国家出版基金资助项目

中国傣族经典民间叙事长诗集 【上卷】

何少林　张方元　主编

德宏民族出版社

图书在版编目（CIP）数据

中国傣族经典民间叙事长诗集 / 何少林，张方元主
编 .—— 芒市：德宏民族出版社，2020.1
ISBN 978-7-5558-1172-5

Ⅰ.①中… Ⅱ.①何…②张… Ⅲ.①傣族－叙事诗
－诗集－中国 Ⅳ.① I222.7

中国版本图书馆 CIP 数据核字 (2020) 第 018255 号

书名 中国傣族经典民间叙事长诗集（上下卷）

作者 何少林 张方元 主编

出版·发行	德宏民族出版社		责任编辑	封履仁	
社 址	云南省德宏州芒市勇罕街1号		责任校对	毕 兰 银传秀	
邮 编	678400		封面设计	梁 鹏	
总编室电话	0692-2124877		发行部电话	0692-2112886	
汉文编室	0692-2111881		民文编室	0692-2113131	
设计·制版	云南善影集文化传播有限公司		电子邮件	dmpress @ 163.com	
印 刷	云南天彩印务包装有限公司		网 址	www.dmpress.cn	
开 本	889mm×1194mm 1/16		版 次	2020年1月第1版	
印 张	85.25		印 次	2020年1月第1次	
字 数	2200千字		印 数	1-1000	
书 号	978-7-5558-1172-5		定 价	960.00元（上下卷）	

如出现印刷、装订错误，请与承印厂联系。印刷厂联系电话：0871-64106599

德宏傣文：民族文化大发展 优秀传统永传承（朗岩四过　题）

西双版纳傣文：经久不衰的傣族经典诗篇（岩坎哈　题）

缅甸

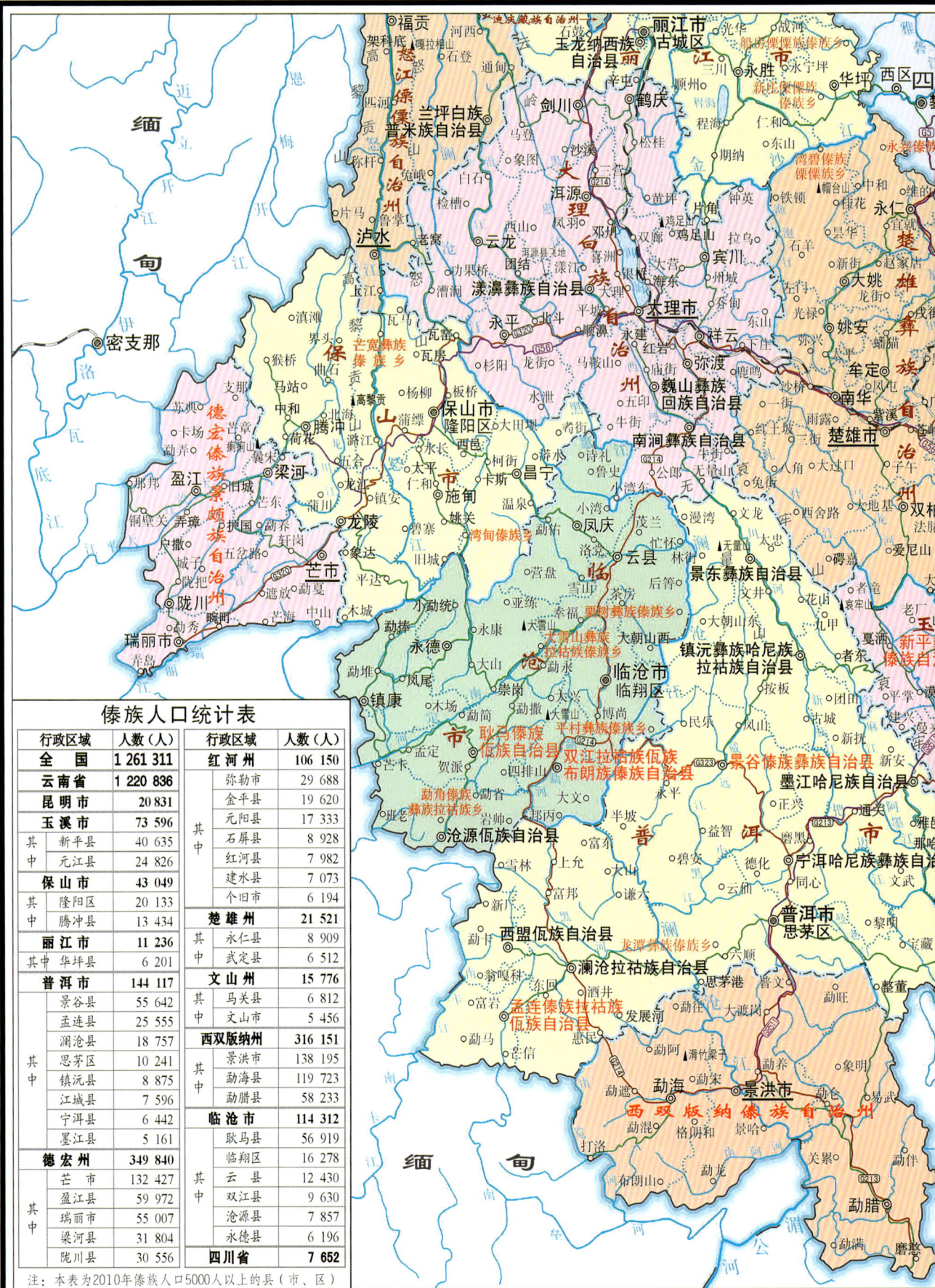

傣族人口统计表

行政区域		人数(人)	行政区域		人数(人)
全　国		1 261 311	**红河州**		106 150
云南省		1 220 836	其中	弥勒市	29 688
昆明市		20 831		金平县	19 620
玉溪市		73 596		元阳县	17 333
其中	新平县	40 635		石屏县	8 928
	元江县	24 826		红河县	7 982
保山市		43 049		建水县	7 073
其中	隆阳区	20 133		个旧市	6 194
	腾冲县	13 434	**楚雄州**		21 521
丽江市		11 236	其中	永仁县	8 909
其中	华坪县	6 201		武定县	6 512
普洱市		144 117	**文山州**		15 776
	景谷县	55 642	其中	马关县	6 812
	孟连县	25 555		文山市	5 456
	澜沧县	18 757	**西双版纳州**		316 151
其中	思茅区	10 241	其中	景洪市	138 195
	镇沅县	8 875		勐海县	119 723
	江城县	7 596		勐腊县	58 233
	宁洱县	6 442	**临沧市**		114 312
	墨江县	5 161		耿马县	56 919
德宏州		349 840		临翔区	16 278
	芒市	132 427	其中	云县	12 430
	盈江县	59 972		双江县	9 630
其中	瑞丽市	55 007		沧源县	7 857
	梁河县	31 804		永德县	6 196
	陇川县	30 556	**四川省**		7 652

注：本表为2010年傣族人口5000人以上的县(市、区)

傣族分布区域示意图

川
盐边
米易
会理
攀枝花市
G108
省 会东
蒙姑
巧家 昭
通
市
马路
老店
马树
大桥
矿山
迎车
威宁彝族回族苗族自治县
纳雍
织金

乌东德
会泽
拖布卡
大海
雨碌
老厂
宣威市
热水
板桥
龙潭
大井
倘塘
乐丰
普立
格宜
六盘水市
水城
贵
安顺市
六枝特区
镇宁

东坡傣族
昆
转龙
阿旺
驾车
恩泽
后所
曲
靖
落水
田坝
羊场
炎方
后所
关岭布依族
苗族自治县
晴隆
G320

元谋
禄劝彝族
苗族自治县
明
沾益
白水
富源
盘县
普安
兴仁
贞丰

武定
富民
嵩明
滇源
市
曲靖市
麒麟区
营上
威舍
老厂
冲坡
安龙
册亨
省

禄丰
恐龙山
一平浪
省政府
昆明市
呈贡区
宜良
陆良
马街
师宗
罗平
鲁布革
隆林各族自治县
G78

易门
绿汁
安宁市
晋宁
澄江
石林彝族自治县
圭山
白水
龙庆
五龙
高良
西林
广
西
壮
族

玉溪市
红塔区
江川
华宁
弥勒市
永宁
新哨
宜寨
温浏
者太
坝美
广南
阿用
剥隘
者桑
自百色市
治
区

山彝族自治县
戛洒傣族彝乡
通海
盘溪
江边
红河哈尼
蒙自
丘北
珠琳
旧莫
董堡
富宁
板仑
德保

元江哈尼族
彝族傣族自治县
石屏
南庄
开远市
中和营
树皮
平远
稼依
维摩
阿猛
五珠
南屏
里达
木央
靖西

建水
面甸
鸡街
大庄
草坝
阿舍
德厚
秉烈
蚌峨
砚山
黑支果
篆角
鸡街
马街
田蓬
那坡

红河
宝秀
官厅
牛厂
文山壮族苗族自治州
马塘
人头
蚌谷
法斗
西畴
董马
杨万

元阳
个旧市
卡房
冷泉
新街
文山市
东山
古木
道贡
新街
麻栗坡
河江

绿春
攀枝花
蛮耗
湾塘
坡脚
大粟
都龙
金平苗族瑶族
傣族自治县
屏边苗族自治县
马关
天保
仁和
金厂

江城哈尼族
彝族自治县
曲水
金水河
河口瑶族自治县
莱州
老街
宣光
安沛

老
挝
丰沙里
山萝
越
南
越池

图 例

★ 省级行政中心
◎ 地级市行政中心（外国重要城市同）
蒙自市 自治州行政中心
◎ 县级行政中心
○ 乡级居民地
铁 路
G80 高速公路及编号
G214 国道及编号
其 它 公 路
示 意 国 界
示意省、自治区界
州 、 市 界
县 、 市 、 区 界
河 流 、 湖 泊

比例尺 1：280万
0　28　56 km

本图以云南省地图院2013年编制的1：75万《云南省行政区划图》为基本资料编绘而成，图内界线不作划界依据

审图号：云S（2014）号

《中国傣族经典民间叙事长诗集》主编何少林（右）于2019年4月12日在德宏州芒市陪同云南省傣学研究会会长、诗集顾问刀爱民（左）拜访德宏傣族景颇族自治州原老州长、诗集顾问刀安钜（中），并报告了编著工作情况

为传承和保护傣族丰厚的民间长诗，《中国傣族经典民间叙事长诗集》的主要策划者何少林（右）曾向云南省政协原副主席、著名学者刀世勋先生（左）汇报了编选傣族经典民间叙事长诗集的设想

《中国傣族经典民间叙事长诗集》主编何少林、张方元在向云南民族出版社原社长、总编辑、研究员左玉堂（中）征求对诗集的编著意见和建议

《中国傣族经典民间叙事长诗集》成稿后，主编向德宏民族出版社领导和诗集编委会有关成员介绍诗集的编选情况

《中国傣族经典民间叙事长诗集》主编何少林、张方元与德宏民族出版社社长郭畅兹、副总编辑王稼祥、副社长思铭章及编委会成员孟成信、封履仁合影

2017年，诗集编者在瑞丽市对著名傣族诗人召尚弄芒艾圆寂100周年纪念活动进行采访

2019年12月13日《中国傣族经典民间叙事长诗集》主要编纂人员共同完成编务工作后在德宏州芒市五云寺合影（由右至左）孟成信、张方元、银传秀、何少林、毕兰、封履仁

民间长诗与电影歌舞戏剧

云南省干崖土司刀安仁的英雄事迹，被编为傣剧《刀安仁》

20世纪60年代，云南省歌舞团由《娥并与桑洛》民间长诗改编的民族歌剧演出片段

国家级非物质文化遗产项目《召树屯与喃木诺娜》的爱情故事曾改编为电影《孔雀公主》，并由中国著名演员唐国强、李秀明出演召树屯与喃木诺娜

以《娥并与桑洛》民间长诗改编的傣剧成为傣戏经典剧目

20世纪50年代，西双版纳文工队就将《召树屯》改编为傣族舞剧上演。当时剧中的孔雀公主喃木诺娜由傣族著名舞蹈表演艺术家刀美兰扮演

丰收时节同感恩

盈江县光邦鼓队

走进泼水广场的版纳傣女

著名傣族舞蹈家在德宏与民间象脚鼓手同舞共乐

耿马县民间舞者

嘎光舞

打土电话对唱山歌

泼水节迎宾队

傣族姑娘乘牛车参赛选美

传统傣服庄重靓丽

村寨象脚鼓队

元江县傣族姑娘欢唱敬酒歌

德宏
芒市勐焕
大金塔下
泼水狂欢

西双版纳傣族自治州总佛寺

西双版纳勐腊县曼崩铜塔

保山市潞江佛塔

德宏瑞丽市姐勒金塔

德宏傣族景颇族自治州勐焕大金塔

耿马县总佛寺

景谷县勐卧总佛寺

孟连县勐卧总佛寺

佛事活动赕供品

赕宝伞

佛事活动滴水仪式

前往佛事盛会祝福、颂经的佛教界长老

合掌祈福

聆听佛经

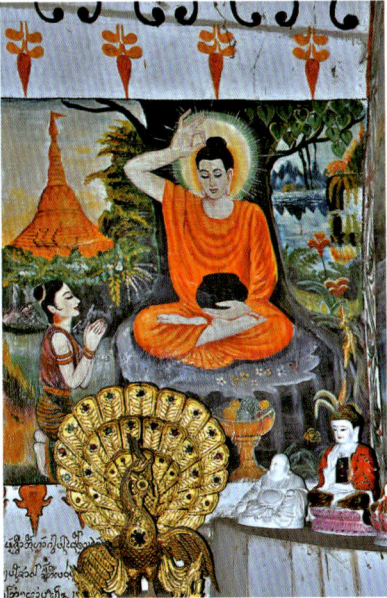

勐遮曼宰竜佛殿壁画

《卧河搭桥》

《象猴得度》

《佛度猎人》

孟连县芒沙佛殿壁画

20世纪60年代，著名傣族舞蹈表演艺术家刀美兰在傣族村寨辅导傣族少年儿童跳舞

西双版纳民间章哈（歌手）表演对唱

20世纪60年代，著名孔雀舞表演艺术家毛相在德宏芒市村寨进行辅导和表演

傣寨的文化夜校

小葫芦丝演奏者

民间剪纸艺术

序

左玉堂

  傣族是一个极富诗歌天才的民族，诗的民族。其民间叙事长诗非常丰富、发达，在云南省25个能歌善舞的少数民族中居于首位。

  据傣族著名的诗论家、《论傣族诗歌》的作者祜巴勐说，那时（明末）傣族叙事诗已"确切达到整整五百部了"。他看了"三百六十五部"。据《傣族文学史》编写者统计，"至今能找到版本或手抄本的，有二百六十多部叙事长诗"。足见傣族民间叙事长诗之丰富、发达。

  民间叙事长诗，是民间文学体裁之一。它是相对民间抒情长诗而言、以叙述人世故事为主、塑造人物为中心的长篇诗篇。它所表现的是人世间的矛盾斗争，悲欢离合。

  民间叙事长诗，就艺术而言，有两个基本因素：一是完整的故事情节，二是鲜明的人物形象。

  《中国傣族经典民间叙事长诗集》收录的叙事长诗，都具备构成叙事长诗的两个基本因素。例如：

  叙事长诗《宛纳帕丽》的故事情节梗概是：

  国王召烘沙晚年得子，他自以为儿子召宛纳是佛祖的"儿子"，并将"为佛祖管理整个世界"。于是他下令在"僻静的地方"，为儿子建盖了一幢佛殿，让年幼的儿子由披着袈裟的"妈妈"看管、教养，与世隔绝长达12年之久。召宛纳长到16岁时，与每天送花到宫廷的帕丽姑娘相遇、相爱、私订终身。国王得知，叫召宛纳跪下"向佛祖请罪"，召宛纳不认罪。国王下令惩罚送花女帕丽服苦役，并将她秘密杀害。同时，国王惩罚召宛纳服"三年苦役"，跟随奴隶到遥远的海边淘金。召宛纳苦役三年期满回宫，当他得知帕丽已遭残害而死，悲愤至极，便以死殉情。

  《宛纳帕丽》唱叙了一个愚昧无知、扼杀人性的悲惨故事。长诗批判矛头直指当时的封建统治者，标志着傣族叙事长诗题材的拓展和主题的突破。

  叙事长诗《阿銮和他的弓箭》的故事情节梗概是：

  勐西少年岩坦潘自幼丧父，跟着母亲躲进了深山老林，被一位好心的老猎人收留，拜师学艺，练得一身超群本领。在勐西召王比武招亲的盛会上，他独占魁首，但召王却嫌他贫贱而毁约。可是有心的公主已经深深爱上了这位英武不凡的少年，决然与岩坦潘私奔。召王闻讯大怒，立即派兵将岩坦潘的母亲活活烧死。这时，岩坦潘从老猎人那里得知，公主即是被召王抢去的自己的姨母的女儿，自己的父亲也是被召王以"五牛分尸"的极刑残酷处死。旧恨新仇，他怒不可遏，立马冲进王宫，用神箭射死了凶恶残暴的勐西召王，并被拥戴为勐西一代新主。岩坦潘充满智慧，用心治国，不久将苦难连年的勐西治理得日新月异，欣欣向荣！然而他痛定思亲，毫不贪恋桂冠与奢华，舍去了王宫里的一切，毅然带领爱妻离开了勐西，走向茫茫森林，去寻找心中真正理想的地方……

  叙事长诗《厘俸》的故事情节梗概是：

  天神叭英的儿子海罕和侄儿俸改，由于俸改挑逗了海罕的妻子婻崩，引起二人的不和。俸改又调戏了另一个天神桑洛的妻子娥并，引起桑洛的愤怒。他们的争吵，使叭英十分生气，就把海罕、婻崩、俸改、桑洛、娥并等全部罚到人间。俸改下凡后，三岁就当了勐景罕的国王，以后他东征西讨，妻妾三百，其中就有桑洛的妻子娥并。桑洛也当了国王，他联合一百零一个小国去攻打勐景罕，胜负难分。海罕来到人间，当了勐景哈的国王。一天，俸改设计抢走了海罕的妻子婻崩。海罕知道后，决心攻打勐景罕，于是，发生了长达七年的战争。天神叭英为了平息战乱，派一名天神到俸改那里传旨意，要他将嫩崩送还海罕。俸改不愿意，还当着天神的面奚落叭英。于是叭英大怒，派天兵天将协助海罕攻打俸改。海罕也联合桑洛，调集八十万大军参战。双方激战无数次，伤亡惨重，海罕仍攻不下勐景罕城。海罕举行一次盛大的祭典，重振了军威，在叭英派来的天兵天将协助下，终于攻下了勐景罕城。这时俸改乘飞马而逃，在天边被海罕的大将冈罕抓住。海罕要俸改给他当奴仆，俸改不愿意，被海罕处死。持续七年的战争到此结束，冈罕被海罕委任为勐景罕国王，海罕则带着妻子嫩崩回到勐景哈。

以上引证的三部叙事长诗，都编织了完整的故事，且情节曲折、富于戏剧性、引人入胜。

三部作品，同样塑造了鲜明的人物形象。

《宛纳帕丽》塑造了一个藐视佛祖，不向佛祖请罪，服"三年苦役"，忠于爱情，以死殉情，敢于向最高统治者挑战、抗争的英勇形象。《阿銮和他的弓箭》成功地塑造了一个为追求真正的爱情和美好生活，练就一身本领，为民除恶，敢爱敢恨而又贤达英明的英雄形象。《厘俸》以现实主义与浪漫主义相结合的手法，塑造了一个荒诞不经、炫耀武力、夺人爱妻、淫乱放荡，而又勇猛、粗犷，桀骜不驯，敢于藐视天神，宁死不屈的勐景罕国王俸改的典型形象。召宛纳、阿銮、俸改的形象，栩栩如生，给人留下了深刻的印象。

文学是语言的艺术。傣族民间叙事长诗的语言基调是朴素、明快、婉约。如《娥并与桑洛》是用这样的语言来描写景多昂的："景多昂是个热闹的地方，赶街的人来来往往，牛马成群结队，牛脖上挂着铃铛……景多昂是个快乐的地方，到处是象脚鼓的声响，口弦在竹楼上弹奏，琴声在竹林里飘荡。"这些诗句，那么朴素，那么明快、清新、生动，而又那么有声有色。《线秀》用民众的口头语来刻画国王："在森林里，雀鸟斗不过老鹰，在世界上，我的话谁敢不听。"这短短四句朴素的诗句，勾画出一个骑在人民大众头上，作威作福，横行霸道的暴君桀骜的形象。娥并与桑洛度过了美好的蜜月，分离的时刻到了。长诗用这样的语言表达桑洛复杂的感情："正开放的荷花呀！我要回家去了。我们共同栽的花，不要让旁人摘下；我们一起引来的泉水，不要让旁人来吸取。"这是多么朴素、明快、婉约的语言！正是从诗的语言风格上，体现出鲜明的民族特色。

傣族是一个有自己的语言文字的民族。其民间叙事长诗，有口头流传的，也有老傣文手抄本面世的，有的作品还辑录于贝叶经中被广为传颂。

据主编介绍，《中国傣族经典民间叙事长诗集》总共42部叙事长诗，分为上卷和下卷，是他们从汇集的80多部民间叙事长诗中编选出来的。其中有傣族悲剧叙事诗开先河之作《宛纳帕丽》，有傣族爱情叙事诗代表作《召树屯》，有傣族英雄型代表性作品《阿銮和他的弓箭》，有傣族"三大爱情悲剧"——《娥并与桑洛》《线秀》《叶罕佐和冒弄央》及《葫芦信》《松帕敏和嘎西娜》《嫩波冠》《缅桂花》《苏文纳和她的儿子》《一百零一朵花》《红宝石》《金孔雀》《三牙象》《九颗珍珠》《嫩侻罕》《帕罕》《相勐》《兰嘎西贺》等著名叙事长诗。诗集42部中有17部作品是《傣族文学史》列专章或专节评介的叙事长诗。可见，《中国傣族经典民间叙事长诗集》可谓名副其实。

《中国傣族经典民间叙事长诗集》是傣族诗歌史上一座里程碑。

一个民族的文学创新与发展，离不开继承、弘扬民族优秀传统文学；没有继承，就没有创新。从这个意义上讲，《中国傣族经典民间叙事长诗集》的编选、出版，对继承傣族优秀传统文学，创新发展傣族社会主义新文学，具有重要的现实意义。

应诺文友、傣族著名诗人何少林和张方元两位主编的诚意之约，我满怀欣喜，匆匆读完即将出版的《中国傣族经典民间叙事长诗集》书稿，略谈感言，表示由衷祝贺！是为序。

2019 年 3 月 6 日于春城

前　言

一、傣族民间叙事长诗——中华民族文化宝库的奇葩

1. 傣族是民间叙事长诗最多的民族

傣族历史文化源远流长，早在两千多年前傣族先民就能役使大象从事农业生产，是中国最早栽培水稻的农耕民族之一。傣族是一个热爱大自然、热爱生活、酷爱自由、和平的民族。傣族人民能歌善舞，也是一个酷爱诗歌的民族。在漫长的历史发展过程中，傣族人民在创造物质文明的同时，也创造了具有本民族独特风格、多彩纷呈的优秀传统文化：优美动听的傣族音乐、豪迈奔放的象脚鼓舞、柔和婉转的葫芦丝乐曲、婀娜多姿的孔雀舞、喜闻乐见的傣族戏剧等，都从不同层面展现了傣族人民的人文精神。特别是傣族民间叙事长诗更是傣族人民人文精神的重要载体，是傣族人民传承民族优良传统、培育民族灵魂的精神乳汁，在傣族文学发展史上占有重要地位，是中华民族文学宝库中一颗璀璨夺目的明珠。

傣族民间中流传的叙事长诗，不仅数量多、篇幅大、内容丰富，而且具有鲜明的民族气质和民族风格。这些脍炙人口的民间叙事长诗凝聚了勤劳勇敢、感情洋溢的傣族人民丰富多彩的生活、劳动、情感、思想，展现了傣族人民的理想和追求，记载着他们的悲欢离合，传达着他们的喜怒哀乐，同时也渗透了他们对世界的思考，人生的体验。这些传世佳作情真意切，感人至深，经过世世代代传唱至今，仍然以顽强和神韵展现着傣族民间叙事长诗的感染力，彰显着傣族人民独特的文化魅力，在祖国多民族文化大花园里芬芳袭人，独具异彩，在中华民族文学宝库中熠熠生辉。

傣族民间长诗所反映的内容题材非常广泛，几乎包罗世间万象：有歌唱人类创世活动和祖先创业事迹的，有颂扬为民除害、为国分忧的英雄人物的，有揭露封建统治阶级贪婪残暴的，有赞美忠贞爱情和纯真友谊的，有弘扬民族精神和传统美德的，有通过爱情主线揭示社会矛盾的等等。这些长诗大都以宏伟的规模和多样性的题材，组成了一幅幅傣族人民社会历史的壮丽画卷。由于它们语言生动、故事曲折、情调优美、人物性格鲜明、乡土风味浓厚，长期为傣族人民所喜爱，在傣族人民群众中广泛流传，家喻户晓，已经成为傣族人民重要的精神食粮和文化名片，在傣族文学发展史上民间叙事长诗的创作和发展始终占有主体地位，是傣族优秀传统文化的重要非物质文化遗产。可以说，只要深入研究了傣族文化，认真品味了傣族民间叙事长诗，你就认识和了解了诗的民族——傣族。

2. 傣族叙事长诗特别发达的原因

民族文化遗产是一个民族的重要组成部分，是民族崛起和发展的精神瑰宝；民族文化遗产也是整个人类文明的结晶，是人类社会发展共同的宝贵财富。伴随着民族的崛起与繁荣，作为民族之魂的民族文化也在不断地兴起和发展。作为傣族民族文化遗产的民间叙事长诗，数量之多，不仅在中国境内，就是在世界的民族之中也是非常罕见的。至今为止，很少有哪个民族拥有数百部故事体叙事长诗的。

那么，傣族民间叙事长诗为什么会有那么多呢？

这要从傣民族的性格、气质、经济社会及文化教育的发展历史中才能寻找到答案。傣族是一个富于想象、充满浪漫气息的民族，因此诗歌自然地成为反映傣族人民生产生活、婚姻爱情、梦想与追求等方面最好的文学形式。远在采集经济时期，傣族诗歌已经开始产生，傣族先民们最早创作的

歌谣最大的特点是见什么唱什么，想什么就唱什么，见景生情，见物生歌，随心所欲，没有框框套套，题材十分广泛。人人都会编，人人都会唱，"就像长在山林里的野芭蕉，人人都能吃，人人都可以去吃"，因而具有广泛的群众性。傣族先民们用诗歌的形式总结人们的生产实践经验，如《十二马》《四季调》《生产歌》《种甘蔗歌》等古代歌谣就在歌中告诉人们，什么时候该犁田，什么时候该栽种，怎样插秧、收割，姑娘们怎么纺线等等，让人们通过诗歌的形式传授农业生产、生活常识。因此，傣族儿童从小就听老人唱这些歌，从懂事开始就要学唱歌，这样做不仅使孩子们的身心得到健康成长，而且使他们从歌词的内容中学到各种生产生活的知识。孩子长大之后，少男少女们的恋爱也是通过歌唱来进行的，如果不能使用动人的诗的语言就无法打动对方的心，就收获不到爱情，因而在傣族地区流传着"不会唱歌的伙子，婆娘都找不着"的说法。因此，傣族的父母们在男孩子懂事之后，就要教他们唱歌、作诗、弹口弦、吹葫芦丝等等。诗歌已然成为傣族人民生活中离不开的形式，傣族诗歌这种文学形式的发展就有了深厚的人文基础，诗歌也就自然地成为傣族文学的主要形式了。在远古时代，傣族已产生了众多的诗歌，即由傣族先民从游猎时代过渡到农耕社会，从游猎到定居时代，诗歌已成为全民所有，人人都会唱，见什么唱什么，不存在社会对诗歌的"约束"，从而使傣族诗歌的大发展具备了条件。之后，便渐渐发展成为包含各种内容的诗歌，如情歌、祭祀歌、生产歌等等。傣族诗歌的形式也有了很大的发展，由记事的歌谣发展为抒发情感的情歌，进一步出现了颂歌或祝词，最后发展成为故事体叙事长诗。但只有当傣族社会进入了农耕时代后，在村社组织中出现了民间歌手（西双版纳称之为"章哈"，德宏则称为"摩喊"），此时傣族民间诗歌的创作才算步入到了"专业创作"的时代。歌手们最初也只创作一些有关劳动、生活、恋爱、婚姻等内容的歌，接着才产生歌唱风俗习惯的歌，如盖新房、贺新房、十二马等，再进一步发展成了情歌，随着生活、劳动的发展，出现了叙事性的鹦鹉情诗、凤凰情诗；从各种形式的诗歌发展成为讲述重要事件的叙事诗，因此说傣族诗歌是以民间歌手为主体创造的，在这个意义上说傣族诗歌就是傣族人民自己创造的。

傣家人有一句名言："没有歌手就等于吃饭没有盐巴。"在傣族人民的生活里没有歌手吟唱诗歌，生活就会觉得淡而无味，因为诗歌成了贯穿傣族人民精神生活中的一条主线。每逢傣族人民的节庆日，如泼水节、关门节、开门节等，以及贺新房、结婚、生小孩等等喜庆的日子，村村寨寨的百姓都要请民间歌手来唱歌庆贺。兴致勃勃的歌手们就会或即兴地，或按照傣文手抄本唱起节日的赞歌，唱贺新房的歌，唱婚姻爱情的歌，唱道德礼仪的歌，唱生产生活的歌，唱生儿育女的祝福歌，唱古代英雄事迹的叙事歌，唱佛教积德行善的赞美歌……往往一唱就是一个通宵。

傣族文学的发展由于受经济文化教育发展的局限性及傣族文学发展的特殊原因，并没有像许多民族文学的发展那样，经历由歌舞音乐一体到产生独立的诗歌和歌谣，由韵文到散文，再发展成为戏剧、小说等等更专门文学形式的发展模式，如中原汉族文化在经历了诗歌创作后产生了《三国演义》《水浒传》《西游记》《红楼梦》这样的反映社会、战争和爱情悲剧的长篇小说那样，而是走了一条具有傣族特色的文学发展道路。傣族诗歌的发展从原始歌谣演进到抒情诗、叙事诗，最后产生了故事体叙事诗，成为傣族古代文学蓬勃发展的重要标志。在漫长的傣族文学发展史上，诗歌的发展始终是傣族文学发展的主流，占着最重要的地位和时段。

前期的傣族叙事诗内容是以人与神话结合作为主要特点的，主要表现为现实主义与浪漫主义相结合的创作方法。随着封建领主阶级的诱导和宗教传播教义的需要，一些作品逐渐发展成了粉饰现实的作品，许多神话已失去了原来的浪漫主义的幻想，掺进了许多宗教迷信的杂质。傣族的叙事长诗在一个相当长的历史时期描写的主角几乎都是被国王、王后、王子、公主、天神所占有，他们是神仙，是有福的人，是掌握人的命运的贵人。他们是受苦受难人民的救命菩萨，是人类的救世主，而人民群众则是愚昧无知的。随着社会的发展，来自民间的草根诗人们目睹了在社会底层过着艰难、痛苦日子的百姓们的不幸，让他们逐步地觉醒起来，普通人的苦难、普通人的命运成了民间诗人创作叙事诗中的主角，这一转变是傣族叙事长诗从对封建统治者的歌功颂德走向批判现实主义的飞跃，特别是傣族民间悲剧叙事诗的创作，不论是内容还是形式，都向前大大地发展了一步，使它更成熟，更有力量，艺术性也更高，因此，悲剧叙事诗的产生是傣族文学发展的一个崭新阶段。

傣族的长篇叙事诗歌的产生之所以出现一个黄金时代，跟这个民族善于吸收外来的文化是密切地联系在一起的。傣族诗歌发展到叙事诗时代，南传佛教确实起到了非常重要的作用。如果没有南传佛教的传入，傣族叙事长诗不会发展到这么多和这么丰富。当然如果没有傣族人民雄厚的群众文化基础，也不会产生那么多的叙事长诗。南传佛教传入傣族地区为傣族带来了古老的印度文化，加上傣族善于学习，善于吸收新鲜养料，他们不仅吸收了印度的文化，也吸收了本国中原汉文化和其他民族的文化，吸收了东方其他国家民族的文化。傣族在南传佛教传入之后，不仅翻译了大量的佛教文学，而且更多的是翻译或改编了许多外来的民间故事，扩大了他们的视野，而且从中学到了许多诗歌写作技巧，使它成为民族自己的精神财富——傣族文化。傣族文化不仅有属于文字部分的文化，也有人文部分的文化，包括本民族的生活、风俗、民族精神、物质文化、精神文化等等。由于傣族文学一开始就直接与广大的人民群众联系在一起的缘故，而传播方式又以口传为主，如果完全照搬外来文化，人民群众就不可能接受，因而就促使傣族诗人、作家必须把外来的文学作品经过再创作成为描述本民族的事，用本民族人民群众喜闻乐见的形式进行改造，否则它就不可能成为傣族文学的一部分。傣族的民间诗人和作家们是做得很出色的，他们不仅保存、搜集大量的民间口头文学，并且研究了本民族文学作品的特点、人民群众的心理素质、社会现实，他们深知什么是本民族的文学传统，什么是现实中存在的问题，因此，他们就能按照人民群众的需要来接受和改造外来文化，真正使外来文化为本民族服务。

傣族经济社会的发展和傣族文学的发展是相适应的。傣族虽然是我国发展农业生产最早的稻作民族之一，但由于没有傣族文字和印刷技术的支持，早期傣族诗歌的扩散和传播一直停留在口耳相传的形式，这就极大地限制了傣族文化的传播和发展。佛教的传入以及同时传入的傣族文字，对于傣族地区社会的进步与发展，特别是对傣族文学的发展起到了巨大的促进作用。但是，傣族文字的推广开始主要是在佛教的寺院里通过系统文化教育教授给从事传播佛教的佛爷。除了佛寺之外，有条件接受傣族文字教育的就只有各地土司及其贵族子弟。由于傣族地区教育的贵族化和印刷技术的缺位，使得傣族民间叙事长诗无法通过纸质媒介进一步扩大影响。因此，傣族诗歌的传播除了少部分手抄本在知识分子中流传外，绝大部分作品仍然要依靠民间歌手通过口头演唱的方式进行传播。傣族民间歌手进行口头传播的基本特点就是韵文化，它不仅便于歌手们记忆诗篇的内容，而且同时伴以音乐的韵律让广大听众以愉悦的心态自觉接受。傣族民间叙事长诗不同于汉族七言、五言的格律诗，而是以简练的叙事与丰富而含蓄的抒情方式相结合，演唱的文字充满傣族的民间色调，美丽、简朴、自由，却又充满着诗情画意，富有流水似的音乐性。因此，傣族叙事长诗的特点就是诗与歌的结合，这是傣族文学独特的现象，即文人文学和民间文学糅合在一起，书面作品和口头流传互相作用，使得许多初创的诗篇作品，由于经过不同歌手在传抄过程中对作品的理解不同，特别是经过众多有诗人气质的歌手在口头传唱时的即兴发挥，让作品寓意表达的主题思想更加明确，诗句表述的文采更加生动活泼，通过文人和民间歌手共同发力"众手成诗"，使得最后经过大浪淘沙流传下来的民间叙事长诗作品成为艺术质量极高且经久不衰的文学精品。

南传上座部佛教的传入，对于傣族社会的进步与发展，特别是对傣族文学的发展起到巨大的促进作用。而诗歌作为一种深受傣族民众喜闻乐见的民族文学形式，同时又作为很适合于宣传佛教的一种文学载体，自然被佛教保持并发展了下来。以宣传弘扬佛法为宗旨的僧侣们虽然在讲经时在民间叙事诗中增添了一些佛经中关于生死轮回和因果报应、积德行善的教义及佛经故事，但南传佛教在傣族地区的传入把傣族叙事长诗的发展向前推进了一步却是不容置疑的。在德宏和西双版纳的傣族地区，几乎村村寨寨都有南传佛教进行佛事活动的场所——奘房（即佛寺），佛塔遍地，一年中几乎每个月都有佛教节日，佛事活动十分频繁。每逢关门节、泼水节、摆广母（朝拜佛塔盛会）、弥勒佛节等等，笃信佛教的傣族善男信女们都会十分虔诚地扶老携幼全家参加，年长的信徒每逢规定的日期还要集中到佛寺食宿持戒，听经参禅。南传佛教借助傣族民间叙事长诗进行弘扬佛法收到了很好的效果，同时，傣族民间叙事长诗也在无处不在的南传佛教布经传教的活动中影响到了最广泛的受众，并让傣族民间叙事长诗得到了有效的传承和保存。

佛教传入傣族地区之后，傣族文字的产生与使用，对于发展傣族文学起到了巨大的推动作用。傣族文字使傣族民间歌手逐步知识化，成为傣族文学的主力军，因而相继创作产生了《乌沙巴罗》《线秀》《葫芦信》《兰嘎西贺》等数以百计的故事体叙事长诗。傣族叙事长诗中在我国影响较大的《兰嘎西贺》（即《十头王》）是一部篇幅巨大，影响广泛的傣族神话史诗。全诗共有22章，3万余行。作品通过传奇性的情节，以勐沓达腊塔国的王子召朗玛和勐兰嘎国王捧玛加（即十头王）两个人争夺勐甘纳嘎公主南西拉为主线，展开了一场错综复杂而又尖锐曲折的斗争，作者以浓墨重彩的笔法赞颂了公主南西拉对召朗玛坚贞不移的爱情，肯定了召朗玛王子领导的正义战争和惩恶扬善的英雄壮举，展示了傣族古代社会生活的广阔画面，作品塑造了70余个栩栩如生的典型人物形象，围绕争夺勐甘纳嘎公主南西拉展开了人、神、猴的战争。长诗的主题具有较高的人民性，诗中描写的傣族社会风俗和亚热带风光，使作品具有浓郁的地方特色和民族特色。这部巨著不仅具有较高的文学欣赏价值，而且对于傣族社会历史、宗教和民族文化交流方面的研究具有重要的参考价值。《兰嘎西贺》看起来似乎是神的世界里神与神之间的战争，再加上风神之子白猴阿奴曼的千变万化，似乎是一部脱离人间烟火的神话叙事诗，然而，它所反映的仍然是人类社会的状况，人与人之间的斗争。此外，还有不少是由动物转世变成人的，也具有神话的色彩，它们仍然是反映人类社会的作品，可以与我国汉族著名的古典小说《西游记》相媲美。长诗还通过运用拟人化的手法，把动、植物人格化，让人听来有血有肉，有声有色，增加了这个时期叙事诗的浪漫主义色彩，使叙事诗更生动，更吸引人，更具有诗的美，成为傣族诗歌的代表。15世纪之后，封建领主开始没落，社会处于动乱不安之中，傣族诗歌冲破了封建领主在政治上的统治和佛教在思想上的控制，由对封建君王的歌功颂德变为揭露社会黑暗面、鞭挞统治阶级的诗歌革命，产生了数十部著名的悲剧叙事长诗，其中的代表作有《娥并与桑洛》《线秀》《叶罕佐和冒弄央》《宛纳帕丽》等，对傣族文学的发展起到重要的作用。

《娥并与桑洛》是描写傣族社会风貌和歌颂唯美爱情的一部经典著作，是著名的傣族三大婚姻爱情悲剧叙事长诗之一，广泛流传于云南德宏、保山、普洱及江城、孟连、景谷、耿马、新平等州、市（县）傣族聚居区。作为傣族文学的典范之作，其丰厚的文化底蕴对傣族文学的发展有着深远的影响。长诗通过对男女主人公追求自由恋爱，却受到封建势力的反对和压迫，他们尽管进行过不屈不挠的斗争，但最后却只能以双双殉情作为故事的结局，以此抨击了封建势力对纯真爱情和幸福生活的摧残，作品寄托着傣族人民对美好生活和爱情自由的向往。这首优秀的傣族民间叙事长诗，既闪耀着夺目的现实主义光辉，又充满着浓郁的浪漫主义色彩。娥并与桑洛的爱情悲剧既让我们感愤、警醒，又让我们产生出坚定的信念和对未来的期望——在某种意义上，生活将因抗争而变得美好。《娥并与桑洛》将像一切人类艺术珍品那样，伴随它那凄婉动人的爱情故事，永远给人们以艺术上的感染与思想上的启迪。《娥并与桑洛》以巧妙的艺术特征描写傣族人民生动感人的爱情故事，以自然的美映衬人物形象的美，突出表现主人公内心世界的变化，流露唯美爱情的忠贞与执着。同时，借助爱情的力量，有力地抨击邪恶势力，歌颂了主人公为民主、光明、自由奋斗到底的坚定信念，显示了这部文学作品的特色和价值，因而引起了广大群众的共鸣，在傣族地区影响很大。

悲剧叙事长诗《宛纳帕丽》则是从另外一个角度把封建领主和佛教结合起来摧残人性的内幕揭露得更清楚，更完整。故事写勐基达腊纳管国家的王后生了一个王子，因为国王召烘罕是个狂热的佛教信奉者，所以他立志要把王子培育成一个纯粹的佛教徒。因此，他为王子建立了一栋封闭式的宫廷并请了一个高僧专门来培养他的儿子，一心想要把他的儿子培养成一个与世隔绝不食人间烟火的佛教徒，他严格规定不准任何俗人与他接触，这其中也包括他的母亲。高僧完全按照国王的旨意辛辛苦苦把国王的儿子宛纳培养成一个十四五岁的青年。宛纳一个人住在这么大的宫廷里感到非常无聊，在宫廷的院子中有一棵大树，有一天宛纳因无聊爬上大树向外眺望，当他在树上看到外面的世界有牛有马，还有种田的、种地的各种各样的人，他才知道外面的世界原来这样神奇、美丽。于是宛纳便下定决心一定要冲出这个囚禁了他十几年所谓佛的世界的小房子。他赶走了高僧，回到他父母住的地方大吵大闹，说他不会再回到他住的地方去，国王、皇后没办法只好让他和他们住在一起。有一天他遇上了一个送花进皇宫的姑娘帕丽，两人一见钟情成了一对幸福的恋人。宛纳与帕丽相爱的事被国王知道了，国王千方百计想要拆散他们，但都不管用。最后国王想了一个毒计，他假意把宛纳送去海边劳动，在宛纳走后便叫人放火烧死了帕丽全家，企图以此逼迫宛纳和另外一个国家的公主成亲。当宛纳从海边回来到帕丽的住处时只见空地上有一座坟墓。当他得知事情的经过后，他跪在帕丽坟前痛哭后，回到宫廷就在他父母为他举行婚礼的仪式上，拔出长刀自杀身亡，以鲜血向封建领主制度"官种不能与百姓通婚"的规定进行抗争。具有强烈讽刺意味的是创作这部悲剧叙事诗的作者就是一个被佛教精心培养出来的贫民和尚中获得最高职位的傣族高级知识分子。因为他最了解封建专制主义的危害，所以才能写出这样一部揭露封建专制主义的悲剧叙事诗。

从揭露封建社会领主的残暴发展到后来公然鼓励受压迫的傣族人民拿起武器直接反对封建领主，《三牙象》是最典型的批判现实主义叙事长诗代表作之一。《三牙象》的大概内容是讲：勐巴纳西的国王普麻大经常做噩梦，他做了个梦，梦见在东郊有一对福分比他大的两兄弟降生，于是他残忍地下令杀死了东郊所有的孕妇。七年后国王又做了个噩梦，他梦见了那对福分比他大的两兄弟已经长到七岁会打陀螺了，于是他又下令残忍杀死了郊外所有打陀螺的男孩。但这两个福分大的人都躲过这两次劫难。当国王知道这兄弟俩没有死，他身边的大臣便设毒计让国王借赕佛找来两兄弟，以便于加害他俩。在赕佛这天，国王找到了吉达公玛和万纳西朗兄弟俩，国王欺骗两兄弟为了让勐巴纳西免遭灾难需要他俩去找两件宝贝：一是西大瓦大湖的湖水，可使百姓免遭干旱；二是龙宫的避火龙珠，以避免京城被天火烧毁。吉达公玛和万纳西朗两兄弟为了勐巴纳西百姓的幸福，也为了勐巴纳西的风调雨顺便答应了国王的要求去找这两件宝贝。在寻宝途中，吉达公玛和亚写的女儿木里结为了夫妻，同时兄弟俩从木里的父亲亚写那里得知西大瓦大湖湖水和龙宫避火龙珠都是在木里出生的地方。于是木里便带着兄弟俩来到她出生的地方，吉达公玛还在这里救了龙王一命，龙王为了感谢救命恩人便把两件宝贝都给了他们，并告诉他们说，如果今后有了紧急情况就用手在水上拍三下，龙王就会来救他们。就这样他们三人拿着两件宝贝回到了勐巴纳西，亲自交给了国王普麻大。但是残暴、昏庸的国王普麻大为了保住自己的王位，又想出了另外一条毒计，他决定在献宝那天让人将两兄弟推到江中淹死。两兄弟掉入江后被大水冲出十里，情急之下他们想起了龙王的话，便用手在水上拍了三下，龙王便把他俩救上了岸。兄弟俩把他们的遭遇告诉了龙王，龙王愤怒地发誓要用大水淹死国王普麻大，但两兄弟考虑到勐巴纳西百姓的安全，便决定另想办法。两兄弟告别了龙王回到家乡，国王普麻大很快得知两兄弟没死，又出难题让两兄弟去找三牙象，两兄弟再次告别了乡亲和木里，走进了茫茫森林。兄弟俩不知要去什么地方找三牙象，只好再次去找亚写。亚写告诉他们三牙象在遥远的天际，要得到三牙象路程十分艰难，甚至会付出宝贵的生命。兄弟俩感谢了亚写，并告别亚写走进更深的森林。临走时亚写送了吉达公玛一把宝刀，送了万纳西朗一副神弓。两兄弟在途中救了一位姑娘，这位姑娘是勐占巴国王的公主，她是被魔王抢来的。两兄弟降服了魔王，并从魔王口中得知三牙象被他祖父拴在大龙树下，龙树外面围着七山七水。这时万纳西朗同勐占巴的公主结为了夫妻。吉达公玛让万纳西朗带着妻子回到亚写的住处去，他一人去找三牙象。最后吉达公玛克服重重困难终于找到了三牙象，并回到亚写住处带上弟弟和弟媳回到了勐巴纳西。国王对没能杀死两兄弟恼羞成怒，于是再次设毒计企图通过举行赛龙舟来害死两兄弟。他让每家每户各造一条龙船，大家可以相互帮忙，但绝不能帮吉达公玛兄弟俩，并规定七天以后两兄弟必须做好龙船，不然就要砍头。七天以后国王坐在龙船的中间，旁边都是头人、宫女、卫士。这时两兄弟再一次得到了龙王的帮助，龙王变成一条又大又漂亮又快的龙船，于是一场龙舟大战便展开了。最后国王普麻大掉入江中被淹死了，而吉达公玛两兄弟则被三牙象安全送回岸上，吉达公玛做了勐巴纳西的国王，而他弟弟做了宰相，最后正义战胜了邪恶。

由于傣族的叙事长诗是傣族大众文学的主要形式，众多的民间歌手来自人民群众之中，他们能切身体会到民间的疾苦，知道人民群众的喜怒哀乐。因此，流传在傣族民间的叙事长诗由于经过民间歌手的再创作，没有按照封建统治阶级和南传佛教的意图去发展，而是巧妙地用人民的聪明才智塑造了许多反映傣族社会生活的动人形象，宣泄了人民群众对封建专制主义的不满，发出了人民群众反抗压迫的呐喊，从而使傣族叙事长诗这个形式一直保持着它的强大的生命力。

在艺术结构和艺术语言上的简洁也是傣族叙事长诗能够广泛传播的原因之一。像《兰嘎西贺》那样庞大的叙事长诗，内容涉及天上、地下、海洋的场面，但没有众多的人物、复杂的斗争，结构简洁、故事单纯，从头到尾就围绕主人公写那么一件事。如《宛纳帕丽》中宛纳与帕丽的爱情，《娥并与桑洛》中桑洛与娥并的爱情，《叶罕佐和冒弄央》中叶罕佐和冒弄央的爱情，都是从主人翁的出生开始叙述，讲到他们之间开始恋爱、遭难，最后成为悲剧。中间没有更多的枝蔓，故事发展主线简单明朗，极易被广大群众接受，这是这些作品能在群众中广泛流传的重要原因。但是，作者在刻画人物时笔法却并不简单，相反，诗人们把笔墨重点用于描绘主人翁的感情世界，具有细腻、精美、动情的特点，特别是对男女之间的爱情描写大大地增加了诗的抒情成分。傣族叙事诗语言的比兴手法为群众喜闻乐见也是傣族叙事长诗能广泛流传的重要原因之一，尤其是比喻，几乎每篇诗中都有，而且这些比喻都与傣族人民的日常生活紧密地联系着，生动形象，通俗易懂。傣族叙事长诗还有个特点，几乎每首动听的叙事长诗都有一首序歌，这个序歌与傣族叙事诗的口头流传特点有着非常密切的关系，而且给人一种诗的意境、美的感受。如叙事长诗《召树屯》中的序歌是这样唱的："美丽的故事像一片艳丽的彩霞，纯洁的爱情就像并蒂开放的鲜花，真心相爱的青年人啊，请把这份礼物收下。我要用最诚实的心，描下他们的欢乐与痛苦，让我的歌啊，像一颗绿油油的菩提树。请四面八方飞来的鸟群，都停下翅膀……"还有一些比兴手法，如"心肠像麂子般善良""最鲜艳的花朵""眼睛像明珠""像一只粗野的狼""菠萝的滋味"等等。用其他事物来烘托的例子也一样俯拾即是，如"常青的菩提树啊，每一片叶子都是有情人的心""最好看的玉石常有斑痕，生得最直的树容易遭受风吹雨淋""没有翅膀的鸟不会飞，没有鱼鳍的鱼不会游水""想吃鱼的蒲翠鸟老是蹲在水边，蝙蝠一看见佛寺就绕着飞转"等等，由于语言非常形象，因此，使得长诗的语言非常美丽、动人。傣族叙事长诗的艺术风格即吟唱特点，也是傣族叙事长诗能够广泛传播的重要原因。为了让听众听得更清晰，更有音乐感，傣族民间文人和傣族歌手将傣族诗歌韵脚押在两句之尾和腰之间。随着诗歌的发展，韵律的运用也日趋熟练。到了傣族诗歌的成熟时期，韵律也发展到了严密、完善的时期，大量的长篇叙事诗产生之后，又出现了腰韵型的自由体韵律。由此可见，傣族能创造出数百部之多的长诗，除了社会、经济方面的原因外，诗歌的传统和对韵律的突破也是一个重要因素。如果要求傣族的诗歌也像其他民族如汉族的诗歌一样，每节四句、每句五言或七言的格律限制，傣族是无法创作出成千上万行叙事长诗的。加上傣族的叙事长诗是通过民间歌手来演唱，如果束缚太严格，没有一定的韵律也无法吟唱，所以傣族叙事诗的创作一方面突破了韵律，一方面又增加了节奏感。

傣族民间叙事长诗经过漫长历史的检验，犹如大浪淘沙，有的已经被淘汰了，淘汰的原因就是内容不符合傣族人民的思想感情，也就是不符合当时的时代与社会的要求。到如今又经过了四五百年的风风雨雨，流传下来的傣族叙事长诗只剩下二百余部，而如今翻译成汉文的也只有一百余部。经过了历史的考验，现在所发掘、翻译、整理出版的傣族民间叙事长诗（包括本土文学作品或改编、再创作的文学作品），可以说，是傣族人民最喜爱的傣族民间叙事长诗，是能够载入傣族文学史册的诗篇！

3. 傣族民间叙事长诗——从民族精神中迸发出来的珍珠

"诗言志""歌咏言"，诗是从诗人的内心中迸发出来的心声，包含着诗人的主观世界和对客观世界的认识，是从诗人的血管里流露出来的最美好的一串串珍珠。一个民族的诗人总是代表着一个民族的心声，真正伟大的诗篇就是代表着一个民族的精神，因此说傣族民间叙事长诗就是从傣民族精神中迸发出来的珍珠。

首先，傣族是一个热爱和平、热爱劳动、热爱生活的民族。"傣"的含义就是酷爱自由与和平的意思；其次就是犁头（寓含劳动）的意思。因为傣族先民是我国最早进入农耕时代的民族之一，犁头也是农耕社会最主要的工具。他们在历史发展过程中，为了生存和发展跟大自然做斗争，不论是采集经济、游猎经济、农耕经济的整个傣族的史前阶段，都是在与自然做斗争的过程中认识自然、改造自然，推动社会进步的，应该说傣族是在和平中发展成长的一个民族。其次，傣族又是一个善于和其他民族和平相处，共同创造和谐社会的一个民族。在他们与自然斗争或开发土地的过程中，由于生产力的落后，必须有一个和平的环境，如果发生战争就不能在新地区开发，繁衍子孙，因此在漫长的历史过程中，傣族形成了爱好和平、尊崇友善的性格。

傣族对和平、劳动、生活的热爱，从思想上奠定了傣族文化的基础，成为傣族独特的民族特性和民族精神，这个思想基础对于傣族社会文明的发展起到很大的推动作用。人人都以诚相见、以善相待，这就形成了傣族极为良好、安定的社会风气。傣族对心存爱心也十分重视，人人之间友爱，男女之间相爱，家庭之间亲爱，就成为傣族社会中人人崇尚的一种美德。傣族人善于识别善良与邪恶，傣族人懂得知恩报恩，这些道德观念也成了傣族民间叙事长诗总体贯穿的一条坚定不移的主线。

二、傣族民间叙事长诗的发现及发掘工作

傣族有那么多的民间叙事长诗，但在我国古往今来的历史文献中，从来没有记载过，因此，多少年来都没有人知道傣族有那么多民间叙事长诗。由于历史上的种种原因，特别是由于封建统治阶级对于少数民族的歧视与压迫，在我国漫长的文学长河中，傣族的文学或诗歌不仅从来没有被列入中国的文学史册，而且根本没有被发掘、被翻译、被整理，因而无人知晓，这也是许多少数民族文学长期得不到发展的原因之一。

在新中国成立之前，傣族民间叙事长诗就曾引起过一些汉族诗歌爱好者的关注。张镜秋先生用直言体翻译了叙事长诗《天王松帕敏奇遇》唱词译作（即《松帕敏和嘎西娜》）。云南大学西南研究所曾出版过由张镜秋先生翻译的名叫《樊民唱词集》的傣族叙事诗，书中的主要内容就是《天王松帕敏奇遇》唱词译作，这首叙事长诗其实就是后来出版的《松帕敏和嘎西娜》，翻译者是用汉族的五言诗体来译的，因此缺乏傣族民间叙事长诗的特点。这本书因为只是专门提供学者作为研究傣族民间诗歌用的书，所以没有在社会上公开流传，因此在群众中的影响不大，知道的人也不多。在抗日战争后期有一些进步人士在云南深入少数民族地区整理了一些少数民族的民间叙事长诗，例如光未然先生（即张光年先生）在今石林县中学教书时整理出版了《阿细的先基》，出版之后在云南文化界影响很大。而真正对少数民族的民间叙事长诗和对傣族民间叙事长诗这一文化宝藏进行广泛深入地发掘、翻译、整理和出版工作，则是在新中国成立之后才得以实现的。

自从五星红旗在中国大地上高高飘扬的那时起，党和国家对少数民族优秀传统文化的发展给予了高度重视，积极开展对傣族民间文学和傣族民间叙事长诗的调查、搜集、整理工作。1956 年中国作家协会昆明分会组织了三个调查组深入到彝族、哈尼族、傣族等少数民族地区开展云南民族民间文学基本情况的调查、研究。从这个时候开始，云南的民族民间文学被有组织地进行发掘、整理。西双版纳调查组搜集到了几本傣族叙事长诗，其中最重要的就是《召树屯》这部民间叙事长诗，经翻译、整理后在中国作家协会昆明分会主办的文艺刊物《边疆文艺》上发表，立即引起了中国文学艺术界的重视。作家出版社立刻做出决定出版此民间长诗，并且请上海的知名画家程十发画了插图。出版后的傣族民间爱情叙事长诗《召树屯》很快就被其他国家翻译成俄文、日文、英文，名扬

国内外。1959 年后，傣族民间叙事诗的调查工作得到了云南省委、省政府的高度重视，开始是由中共云南省委宣传部发动并领导云南大学中文系毕业班的师生到楚雄、大理、德宏，对彝族、白族、傣族文学进行大范围的调查、发掘，取得了很大的成绩。这个调查组发现了许多有关傣族民间叙事诗的资料，当时最突出的发现是德宏傣族地区民间流传的三大爱情悲剧叙事长诗，诗名为《线秀》《娥并与桑洛》《叶罕佐和冒弄央》，是德宏傣族家喻户晓并深受群众喜爱的民间长诗。

云南傣族民间叙事长诗的发掘整理工作，同样引起了云南省各级党委、政府的关心和支持。各级地方党委及文化机构相继组织了大批专家和基层文化工作者广泛深入农村开展调查研究，他们上山下乡、深入村寨、走进佛寺，走家串户，与傣族民间文人、歌手、佛爷座谈，进行采访，搜集记录了大量傣族民间叙事长诗的第一手原始资料，随后又组织有关精通傣族语言、文字的专家、学者进行认真的翻译整理，并在文学造诣较高的专家学者的进一步指导下，从 1956 年开始，在短短十年间就翻译出版了《召树屯》《松帕敏和嘎西娜》《娥并与桑洛》《线秀》《葫芦信》《苏文纳和她的儿子》《三只鹦哥》《朗鲸布》等傣族民间叙事长诗优秀作品。之后，又通过闻名全国的民族文学双月刊《山茶》这个平台，不断刊载云南民族民间文学作品和民族民间叙事长诗，让世人从中阅读和欣赏到了脍炙人口的傣族叙事长诗优秀作品，如《相勐》《阿銮和他的弓箭》《红宝石》《金孔雀》《香发公主》《叶罕佐和冒弄央》《九颗宝石》《景亚丽与南达纳》《朗伦与金野猫》等。各级党委、政府和文化管理机构也通过组织开展傣族民间叙事长诗的搜集、翻译、整理和编著工作培养了一大批傣族作家和文化工作者，为弘扬傣族优秀传统文化和增强民族文化自信起到了重要的作用。

"文化大革命"期间，傣族民间叙事长诗的搜集、整理、出版工作受到严重冲击，致使许多尚未来得及搜集整理的傣族民间叙事长诗优秀作品丢失；又因口传心授的民间老艺人年老病逝等原因，让相当多的傣族民间叙事长诗因此而失传，成为无法挽回的历史遗憾。

1978 年，中国社会科学院在昆明市召开了社会科学规划会议，在这个会议上全面地规划了哲学社会科学恢复和发展的工作，其中就有建立中国少数民族文学研究所，同时建立云南分所的规划，这个决议有力地推进了我国各民族非物质文化遗产保护与传承，也促进了民间文学的保存、发掘、整理工作。1979 年，中国社会科学院决定建立少数民族文学研究所，随后，1980 年中国社会科学院少数民族文学研究所又建立了云南分所。这个分所建立之初就考虑到要着重培养各个民族的歌手、民间文化工作者。当时除了汉族同志以外就吸收了各个民族从大学毕业出来的民族民间文化工作者，当时有彝族、白族、傣族、纳西族、哈尼族、普米族、傈僳族、苗族等民族的同志。中国社会科学院少数民族文学研究所云南分所成立后，开展的第一项工作就是和德宏州委宣传部合作，开办民族民间文学讲习班，集中全州傣族文人和学者全力开展傣族民间叙事长诗的搜集工作，在短短一个月时间里就搜集到了 40 多部阿銮故事和民间长诗，经翻译、整理后发表了《阿銮和他的弓箭》《相勐》《红宝石》《缅桂花》《三只鹦哥》《一百零一朵花》《阿銮莫协罕》《九颗宝石》《婻慕沐苹》《兰嘎西贺》《叶罕佐和冒弄央》《九颗珍珠》《帕罕》《朗伦与金野猫》《婻悦罕》《尼罕》《召西纳》等 20 余部傣族民间叙事长诗。直到中国社会科学院少数民族文学研究所云南分所建制撤销前，终于找到了三百多部傣族民间叙事长诗的目录和翻译成汉文尚未正式出版的以及傣文手抄本的叙事长诗手稿一百多部。

改革开放以后，随着社会主义精神文明文化建设的深入开展，党和国家对优秀民族传统文化给予了高度重视和积极的扶持，傣族民间叙事长诗也被列为云南省少数民族非物质文化遗产保护项目，出版界也相继整理出版了一部分傣族民间叙事长诗的单行本，傣族叙事长诗又引起了世人的关注。

在回顾傣族民间叙事长诗的发掘、整理和出版工作所走过的历程，我们不能忘记那些默默无闻地把青春、热情和毕生精力都奉献给了傣族文学和傣族民间叙事长诗的搜集、翻译、整理及出版的各民族开拓者们，他们或已步入年逾古稀之列，或已走完辉煌而光荣的一生离世远去！可当我们今天捧读着那些脍炙人口的傣族民间叙事长诗的珍品佳作时，我们对这一群不辜负傣族人民的重托和希望，不辜负时代赋予的民族文化建设的使命和重任，始终以毕生的热诚和精力贡献了党所交给的民族文化事业工作，将中国傣族经典民间叙事长诗捧入共和国民族民间文学殿堂的开拓者们不由得肃然起敬！而且，更加重要的是：我们要以他们为榜样，继承他们的梦想和意志，砥砺奋进，深入挖掘和整理那无尽的傣族优秀的民间叙事长诗！

三、弘扬傣族优秀传统文化，提振中华民族的文化自信

中华优秀传统文化是中华民族的"根"和"魂"，是我们必须世代传承的文化根脉、文化基因，也是我们坚定"四个自信"的深厚基础。习近平同志在谈到继承弘扬民族优秀传统文化时曾经意味深长地指出："中国少数民族创造了大量优美动人的神话、传说、史诗，以及音乐、舞蹈、绘画，有价值的科学典籍；建造了很多雄伟壮观、绚丽多彩、富有民族特色的建筑。这些优秀的文化艺术遗产，是中华文化的重要组成部分，是中华民族共有的精神财富，是人类文明的重要成果。"2016 年 5 月 17 日，习近平同志在哲学社会科学工作座谈会上强调指出："中华文明延续着我们国家和民族的精神血脉，既需要薪火相传、代代守护，也需要与时俱进、推陈出新。"

傣族民间叙事长诗作为中国文学宝库的重要组成部分，已经被国家列为重点保护的非物质文化遗产保护项目。由于缅甸、印度及泰国、老挝、越南等地的傣族自古以来就和中国的傣族有着千丝万缕的联系和友好往来，各地傣族同宗同源，语言文字相通，风俗习惯相同，互市通婚现象非常普遍，民间交往十分频繁，特别在民族文化方面相互交流、互相影响，使中国与东南亚及南亚国家傣族聚居区事实上已经形成了一个傣族文化圈。中国的傣族民间叙事长诗在东南亚的缅甸、老挝、泰国、越南及南亚印度等国傣族聚居地方有着深厚的文化影响。历史上傣族民间叙事长诗由于历代统治阶级实行文化偏见主义，致使傣族文学没有被列入中国文学的史册，根本没有组织开展对傣族叙事长诗的挖掘、搜集整理和出版工作，致使傣族叙事长诗这一文化瑰宝长期处于"待字闺中人未识"的困境。新中国成立后，在党和国家对民族文化的关心和重视下，经过大批专家学者和专业民间文化工作者深入傣族群众中进行艰苦的挖掘、搜集、整理，相继翻译成汉文出版，但就数量来说，至今也仅仅在 100 部以内。鉴于历史的和现实的各种原因，中国傣族民间叙事长诗在传承和发展方面已经面临出版作品分散、口传作品失传、研究专家断代的紧急状况。为了及时进行抢救保护、方便收藏和开展学术研究的需要，我们与德宏民族出版社共同策划后，决定对已经公开出版的傣族民间叙事长诗进行全面整理和精心筛选基础上，按照各部民间叙事长诗在收录地区的影响和受傣族群众的喜爱程度，以及傣族和各民族专家、读者的评说等有关因素进行分类，编著了《中国傣族经典民间叙事长诗集》。此诗集的出版是新中国成立以来第一次全面、系统、权威性编著出版的鸿篇巨制。《中国傣族经典民间叙事长诗集》的出版将填补出版界在傣族民间经典叙事长诗集约出版的空白，对于有效的抢救和保护傣族民间叙事长诗非物质文化遗产保护项目、方便读者全面阅览和有利于专家学者系统开展对傣族民间文化的研究有着十分重要的现实意义。此举也将会大大提升中国民族文字图书出版物在东南亚、南亚国家边境地区的传播、影响作用。《中国傣族经典民间叙事长诗集》的正式出版发行将在推进和实施"一带一路"国家发展战略中，进一步加强对东南亚、南亚国家的对外文化交流，在具体实施好让中华文化"走出去"，提高中华民族的文化自信的行动中发挥它积极的影响作用。

《中国傣族经典民间叙事长诗集》一书精选了傣族民间叙事长诗原著版本中最能代表和体现傣族文学的最高成就、艺术风格最典范的傣族民间叙事长诗共 42 部，对每部收录的民间长诗都做了内容提要、作品的流传地区、搜集过程等方面有关背景资料的详尽介绍，为帮助读者和学术界专家学者全面了解每一部长诗的相关信息提供了良好的研究基础，同时结合图书内容精选了许多珍贵的资料照片，使诗集做到图文并茂，赏心悦目。令我们感到欢欣鼓舞的是，此书的编著出版计划受到

了国家图书出版主管部门的高度重视，并给予了积极的支持，此书的编著出版被列为国家图书出版基金的资助项目。为不辜负各级领导的关注和重视，为向广大读者负责，我们竭尽全力努力做好编著工作，决心要把这本新中国成立以来首次出版的《中国傣族经典民间叙事长诗集》作为精品图书奉献给广大读者！同时作为向我们伟大祖国七十华诞献上的一份厚礼！

主　编

2019 年 8 月 1 日

目　　录

凡　例

一、本书定名为《中国傣族经典民间叙事长诗集》。

二、《中国傣族经典民间叙事长诗集》以传承发展中国傣族优秀传统文化为宗旨，编选云南省世居民族傣族的优秀民间叙事长诗。

三、《中国傣族经典民间叙事长诗集》分上卷、下卷；上卷、下卷分别按目录顺序编排页码。

四、《中国傣族经典民间叙事长诗集》所收录的 42 部傣族民间长诗，主要精选以记叙婚姻爱情、人间世事、各类人物为中心的长篇诗篇。并以 2017 年 6 月 30 日前发表、出版为限。所选傣族民间长诗每部篇幅均在 600 行以上；不收录节选作品。

五、《中国傣族经典民间叙事长诗集》所收录的每部长诗，均包括题目、正文、附记（或后记）、流传地区（以县市为限）、演唱者（或抄写者）、翻译者、搜集整理者、搜集时间。演唱者、翻译者、搜集整理者标明族别的，保留。

六、本书所编选的民间长诗篇名，均以规范化的汉文予以标明；少数篇名仍沿用历来已约定俗成的傣语音译命名，并加以注释。

七、所选入的民间长诗，原有的序（或代序）、后记、附记，原则上保留，并编入本卷附记。

八、《中国傣族经典民间叙事长诗集》的序、前言、凡例、目录按顺序排于上卷、下卷的正文之前；"编后记"均排于上卷、下卷末页。

九、注释为脚注，在当页下脚注释线下。同样的名词在每一部长诗只做一次注释。由于存在地区语言差异，对相同名词存在不同的解释。

十、凡接连编排的数部民间长诗都选自同一书刊出版的，即在最末一部长诗下脚统一标明出版单位和编印时间。如：以上长诗选自《云南少数民族叙事长诗全集》云南出版集团公司 云南教育出版社 2012 年版。其余民间长诗的出版处均标在每部民间长诗的末尾处。

十一、演唱者、翻译者、搜集整理者两人以上的，人名中间不打标点符号，而在中间间隔一字。

十二、《中国傣族经典民间叙事长诗集》所用数字，除习惯用的汉字数字之外，公元和统计数字均采用阿拉伯数字。

召树屯

一　诗人的歌

太阳从树林里伸出头，
呆呆地望着我写这个故事；
公鸡也朝我展开翅膀，
我的故事正在金色的天空中飞翔。

美丽的故事像一片艳丽的彩霞，
纯洁的爱情就像并蒂开放的鲜花，
真心相爱的青年人啊，
请把这份礼物收下。

我要用最诚实的心，
描下他们的欢乐和痛苦，
让我的歌啊，
像一棵绿油油的菩提树。
请四面八方飞来的鸟群，
都停下翅膀；

请会唱歌的鹅托朗①，
绕着菩提树歌唱。
从远方来的客人，
带来他们的歌声，
使各村各寨来的男女，
带来他们的爱情。
常青的菩提树啊，
每一片叶子都是有情人的心，
那蒙蒙的大雾啊，
它夜夜来滋润。

二　王子召树屯

在古老的勐板加地方，
住着皇后玛茜娜。
她梦见老鹰落在屋顶上，
过了十个月，生下了一个男孩。

为了孩子的命运，
国王请来了摩嘎拉②。
摩嘎拉翻开了历书，
在四十六个格子③里寻找幸福。

"天空中最能飞的是老鹰，
地上跑得最快的是金鹿，
孩子的名字啊，

---

① 鹅托朗：一种在夜里唱歌的鸟，叫声婉转动人。
② 摩嘎拉：卜卦算命的人。
③ 四十六个格子：卜卦算命的根据。在傣族经书中，相传有四十六种野兽。

应该叫作'召树屯①。'

"最好看的玉石常常有斑痕，
生得最直的树容易遭受风吹雨淋，
幸福的王子，
他会遭到爱情的折腾。"

十六年的幼苗长成树，
十六岁的召树屯长成英俊的青年。
他的容貌金子般闪光，
他的心肠麂子般善良。

他像一条神龙，
在勐板加地方造下湖水。
勐板加的百姓，
就像开在湖里的金莲。

英俊的召树屯，
常常骑着马带着弩箭，
在森林里追逐金鹿，
在高空中射落飞雁。

他也按照风俗，
领着百姓赕佛②，
祈求灭巴拉③，
给勐板加带来风调雨顺。

三　勐董板有七个姑娘

离勐板加很远很远，
在那云雾缥缈之间，
有一个奇妙的地方，
它的名字叫勐董板。

勐董板是个好地方，
遍地开鲜花，

满山是牛羊，
来往的人都骑着大象。

勐董板的国王叫作叭团④，
他有七个大小一般的姑娘，
她们像七只飞雁，
披上孔雀的羽毛，
就能在天空飞翔。

七个公主啊，
七朵海棠。
花中有花王，
最鲜艳的花朵，
要算喃婼娜——第七个姑娘。

密密丛丛的树林里，
有一个镜子般的金湖碧波荡漾，
美丽的凤凰在那里栖息，
多情的金鹿在望着水中的情郎。

湖边有一座古寺，
古寺里住着一个叭拉纳西⑤，
他像蜜蜂一样日夜念经，
古寺里的钟声悠悠扬扬。

每隔七天，
七个美丽的姑娘飞到湖边；
每隔七天，
湖边的花都为她们开放。
雀鸟悄悄飞来偷看，
只见千万层白花花的水浪中，
七朵鲜花一晃一晃。

四　猎人

从竹林中跑出一个猎人，

---

① 召树屯：坚强勇敢的王子的意思。
② 赕佛：献佛、敬佛之意。
③ 灭巴拉：管理雨水的神。
④ 叭团：直译为魔鬼的头人，在此当"孔雀国王"解释。
⑤ 叭拉纳西：据说是佛教传入中国初期在森林中修行的和尚。

骑着马拿着弩箭，
他追逐着一只金鹿，
从树林里追到湖边。

他忽然站在岸旁，
就像拴牛的木桩，
金鹿从他脚上奔过，
他也没有看见。

想吃鱼的翡翠鸟总是蹲在水边，
蝙蝠一看见佛寺就绕着飞转①。
年轻的猎人啊，
他的眼睛就像两颗明珠，
沉落在湖水中间。

落日把他的影子送到水面，
惊动了七朵浮莲，
好像麻雀看见了老鹰，
她们披起羽毛飞向远方。

湖水又恢复了平静，
鸟雀也飞回森林，
只有猎人啊，
还在呆呆望着青天。

钟声突然把他惊醒，
骏马呜呜嘶鸣，
他揉一揉眼睛，
便打马来到寺院。

猎人跪在叭拉纳西的脚下，
求他解开爱情的锁链。
"都卑龙②啊，
我不知道是在梦里，
还是真正活在人间。

"我看见湖里有七个姑娘，
像莲花一样发出清香，

金色的带子装饰在头上，
脖子上的珠宝闪烁发光。

"可是，她们已经飞向天堂。
美丽的天使啊，
像彩虹使我眼晕，
像老鹰叼去了我的心脏。"

叭拉纳西问他是哪里来的猎人，
他说他是勐板加的小王子，
刚生下来的时候，
大家就叫他召树屯。

叭拉纳西眯起了眼睛，
冷冷地笑了一声。
召树屯哀求道："请你不要笑我，
我确确实实喜欢她们。"

"青年人啊，你抬一抬头，
这是佛寺，这是佛身。
你还活在人间，
就应该遵守人的本分。

"她们是天王的公主，
她们是神仙的化身。
世间从来就没有一条路，
通到那个地方。

"丢了你的梦想，
你不是锦那暖③，
你也没有锦那暖的翅膀；
就好像爬上树去捉鱼，
就好像下到水里捞月亮。"

猎人懊恼地拜别了叭拉纳西，
像白天的猫头鹰飞出树林。

---

① "蝙蝠绕寺飞"是傣族成语。据说从前有一个和尚，被头人赶出佛寺，无家可归。由于他怀念佛寺，后来变成一只蝙蝠绕着佛寺飞。
② 都卑龙：直译为大佛爷。
③ 锦那暖：一种飞得最快的鸟，传说每天绕大地飞行七十七转。

他牵着马又来到金波荡漾的湖旁，
用手轻轻拨起浪花，
水波中又闪现出七朵红花。

树影在水中晃动，
七个姑娘对他微笑，
慢慢朝他游浮，
啊，那是红色的鱼在水中游弋。

那是月亮和星星在湖中的光影，
那是银河流向金湖，
那是神龙带领着虾兵蟹将，
在他的湖中巡行。

神龙啊，你是我的好朋友，
我曾经救过你的性命。①
如今我遇到困难，
你能不能给我帮助？

神龙浮出水面，
张开嘴哈哈大笑：
"我的朋友呀，
什么风把你刮到这里？

"是病魔纠缠着你，
还是有人来攻打勐板加？
你是我的救命恩人，
我一定为你效力。"

猎人诉出了心中的苦恼，
神龙又是一阵爽朗的大笑，
接着就把七个姑娘的秘密，
对召树屯讲了。

五　告别

召树屯按照神龙的话，
用长刀砍了许多竹子，
在大树上搭起了竹棚，

他就躲在那里等候。

过了一天又一天，
月亮在湖里洗了七次脸，
凤凰飞来饮了七次水，
召树屯在湖边等了七天七夜。

那一天无风无云，
蓝天上飞来七只孔雀。
它们轻轻地落在湖边，
又像花一样飘落到水面。

笑声泛起波纹，
花朵飘向湖心。
召树屯悄悄爬到湖岸，
拿走了喃婼娜的孔雀衣。

召树屯回到了竹棚，
便放声歌唱。
七个姑娘慌忙回到岸上，
喃婼娜不见了衣裳。

没有翅膀的鸟不会飞，
没有鱼鳍的鱼不会游水；
没有衣裳的喃婼娜，
无法飞向天空追她的姐妹。

歌声越来越近，
喃婼娜慌忙躲进花丛。
喃婼娜的手啊，
被谁轻轻地牵起。

六只孔雀在空中徘徊，
她们看见猎人拉住了妹妹。
像有六支箭射进她们的心中，
像有六把刀砍在她们的身上。

十二只翅膀，
一齐扑向猎人；
六个姐姐的头，

---

① 传说召树屯在金湖边狩猎时看见一只老鹰将神龙叼入室中，召树屯用箭射死老鹰，救了神龙，后来他和神龙结为朋友。

一齐冲向召树屯。

情人不会吐掉嘴里的槟榔，①
姑娘不会轻易拔下头上的金簪，
召树屯不愿放走心爱的喃婼娜。
六个姐姐的眼泪，
雨滴般洒在湖上。

"再见啊，可怜的喃婼娜，
我们向你告别了。
要是以前我们做错了什么事，
妹妹啊，请你原谅我们。

"当我们飞下来的时候，
我们总是把你围在中间。
现在你竟被猎人捉去，
这一切都是命中注定。

"我们赶回去告诉爹妈，
阿妈会很伤心。
阿妈会请求阿爹，
赶快派兵来救你。"

喃婼娜的眼睛望着天空，
眼泪遮住了姐姐们的身影。
她低下头说不出话，
只向姐姐们合掌②：

"从今以后，
我们恐怕不能相见。
请把我的话转告父母和头人，
喃婼娜啊，
永远想念他们。"

六　爱情

湖水一片平静，
喃婼娜微微打颤。

就像风雨飘到她的身上，
她不知道猎人将对她怎样。

召树屯轻轻脱下自己的衣裳，
把它披在喃婼娜的身上，
然后他跪在姑娘的面前，
嘴里又轻轻歌唱：

"美丽的姑娘啊，
我像一只粗野的狼，
我像无礼的暴君，
我的心啊，像金鹿一样善良。

"请雪白的云朵给我做证，
请微风表白我的心肠。
粉团花啊，
我只是一只平常的蜜蜂。

"请你不要再用双手遮住脸，
只求你轻轻看我一眼。
我知道，只要你看我一眼，
你就会看清我的心房。"

喃婼娜依然一声不响，
就像含羞草被人触动，
她的眼睛啊，
像天上的星星闪烁。

椰子树没有他英俊，
十五的月亮比不上他的眼睛。
哪里来的小伙子呀？
菠萝的滋味，
也比不上他的歌声。

召树屯恨不得拔出长刀，
掏出自己的心房。
他不知道该用什么办法，
才能表白他的爱恋与敬仰。

---

① 傣族青年男女恋爱时，常用槟榔来款待情人，认为吃了槟榔的人不能变心。
② 合掌：傣族的一种礼节，表示对对方的尊敬和诚意。

"多兰嘎①啊，
请你打开谷仓，
请你把爱情的种子，
播在姑娘的心上。

"姑娘啊，
我不是狐狸，
不会吃小鸡；
我不是老虎，
不会伤害人。

"我是勐板加的一只丑鸭，
我是猎人的一支秃箭，
我是田野上看得见的鹭鸶，②
我的名字叫作召树屯。"

喃婼娜听见这个名字，
不觉吃了一惊。
摩嘎拉曾经说过，
她将嫁给一个勇敢善良的人。
她的心里暗暗喜欢，
恰恰遇到了心上的人。

召树屯的眼睛没有离开过喃婼娜，
召树屯的嘴没有停止歌声。
在喃婼娜没有回答他之前，
他决心一辈子歌唱不停。

"可爱的姑娘啊，
请打开你的心扉。
不管天崩地裂，
鱼啊，只有在水里才能生存。

"我只要每天看见你一眼，
没有吃的我也心甘。
请你这朵花开在我园里，
让我变成浇花的水。"

母鸡听见公鸡叫唤会展开翅膀，
召树屯的歌声，

像一只蜜蜂落在喃婼娜的心上。
她望着湖水，
又羞又喜地低声歌唱：

"热辣辣的太阳，
会使鲜花枯萎；
你过热的爱情啊，
叫我的心跳荡。

"一棵芭蕉只结一次果，
懂得修剪花蕊的人啊，
芭蕉果会愈结愈多。

"一棵香瓜只抽一次藤，
会种香瓜的人啊，
一棵香瓜藤爬满瓜棚。

"愿你像一棵椰子树，
树高根深，
我会天天坐在树下，
觉得快活凉爽。"

召树屯的两颊发烫，
心里像煮开的水一样。
他站起身，
放声歌唱：

"姑娘啊，
你的歌声像湖里的清水，
让我洗了一次澡。
姑娘啊，
只有现在，我才感到，
我是一个骄傲的国王。

"姑娘啊，
你看见没有？
湖边的花为我们开放，
林中的鸟也为我们歌唱。"

召树屯轻轻拉起喃婼娜，

---

① 多兰嘎：傣族传说中的爱神。
② 相传，鹭鸶与孔雀恋爱，因孔雀飞进森林里，鹭鸶等待孔雀，脖子都望长了。

一对情侣沿着湖岸，
像凤凰一样漫舞低唱。

七 拴线礼

走出重重的森林，
眼前是一片平坦的坝子。
落日赶着成群的牛羊，
村寨在彩霞中闪亮。

召树屯指着坝子说：
"看啊，喃婼娜，
这就是我们的家乡，
这就是我们的勐板加地方。"

喃婼娜朝着召树屯指的方向眺望，
一千间房子镶着金边，
一万根栋梁雕刻了龙身，
墙上画满了花草和飞鸟。

喘息的马儿，
扬起了灰尘。
穿过田野，
他们来到了城边。

一阵咚咚的鼓声，
召来了许多百姓。
他们是来看喃婼娜，
他们是来迎接召树屯。

人们都赞赏喃婼娜的美丽：
"这是一朵正要开放的腊梅花。
勐板加地方，
找不出这样一个美女。"

召树屯把喃婼娜带回家里，
头人和百姓都在议论。
赶快给他们拴线①！
有的人给喃婼娜准备金伞，
有的人去准备喃菩他圣水②。

全勐的百姓都来庆贺。
他们送来了蜡条③，
送酒的人像一条河，
村村寨寨都为他们赶猪赶羊。④

宫殿里响起三声大炮，
象脚鼓、铓锣一起敲响。
百姓像朝王的蜜蜂，
唱着、跳着拥进皇宫。

一群侍女捧着蜡条跟着喃婼娜，
来到大厅里便一个个跪下。
召树屯燃起蜡条走到她的身边，
年老的阿爹手上拿了一根红线，
轻轻地拴在他们的手上，
又把蜡条吹熄。

阿妈把他们扶到门边，
大象把前腿跪在他们面前，
召树屯和喃婼娜骑上大象，
绕着村寨游了一圈。

沿路都是百姓，
跪在地上为他们滴水⑤，
嘴里为他们祝福，
孩子们都喊着"水！水！水！⑥"

转眼就到了七月，
许多果树都开花了。

① 拴线：傣族的一种仪式。在祝贺结婚或为新生婴儿免除灾难的时候，都举行拴线仪式。通常是由年长的人将一根红线拴在被祝贺人的手上，表示吉祥。
② 喃菩他圣水：是七种金属粉混起来的溶液，传说用来洗澡可以得到吉祥。
③ 蜡条：用黄蜡做成的细条，可以点燃，象征吉祥。
④ 傣族头人、土司结婚时，老百姓要送猪羊。
⑤ 滴水：用水滴在地上，是一种祝福的仪式。
⑥ "水！水！水！"：是欢呼声。

喃婼娜和召树屯，
开始收割他们的爱情。

八　战争

六个姐姐啊，
像带箭的鸟儿飞回到勐董板，
跌跌爬爬来到爹妈面前，
她们哭泣得话不成声，
把爹妈吓得心神不定。

"爹妈啊，
喃婼娜遭到了不幸，
猎人把她捉去，
如今生死不明。"

突然来的雷鸣，
叫人胆战心惊；
突然来的消息，
害得老妈妈昏迷不醒。

六个女儿救起了老母亲，
千万支箭射中了叭团的心。
他一声不响，
眼泪淌得像泉水一样不停。

喃婼娜是他们最小的姑娘，
喃婼娜是他们掌上的明珠，
喃婼娜是他们的心肝，
喃婼娜从来没有离开过他们。

喃婼娜的撒娇叫爹妈喜欢，
喃婼娜的声音叫爹妈温暖，
喃婼娜是家里的一只小鸟，
只要她在家人人都会快活。

老妈妈从昏迷中苏醒，
她的眼泪哗哗流下，
她的心像被撕成几片，

她的声音像一根线的丁①。

"可怜的喃婼娜啊，
不幸的姑娘，
你在哪里受难，
哪个能够救你回家？

"晚上有哪个给你铺床？
哪个来带你睡在我的身旁？
你啊，怎么忍心丢下阿妈，
叫我怎样活下去……"

母亲再也哭不出声。
叭团猛地站起身，
他击起大鼓，
下令立刻出兵。

在勐板加地方，
召树屯和喃婼娜正过着好时光，
铓锣和大鼓突然齐响，
竹楼都被震得摇晃。

灾难来到了勐板加，
勐板加人心惶惶。
召树屯传下命令，
勇敢的人都挂上刀枪。

骑马的来到召树屯面前，
骑象的集中在广场。
他们摩拳擦掌，
人啊，像被暴风吹打的树林一样。

召树屯穿上全副盔甲，
默默来到妻子面前，
向喃婼娜轻轻告别：
"亲爱的喃婼娜，
我们的日子刚开始，
就遇到了不幸。
不过，请你放心，
我一定不会让你受惊。

---

① 丁：傣族的一种乐器，类似二胡。傣族青年男女常常用丁传达感情。

"大树倒了会惊散鸟群，
灾难会伤害人的生命。
我啊，不能不离开心爱的人，
但是，我的心将永远在你身边。

"我知道，
没有弦的丁，
弹不出声音；
看不见的雷声，
却总是跟着闪电。"

好梦常被风雨惊醒，
喃婼娜的心里闪着霹雳。
两股泪水淌过脸上，
她低声对着丈夫唱吟：

"你的爱情像血液一样，
永远激荡着我的心房。
在你的面前，
就像在冬天的火塘旁。

"请你不要为我伤心，
请你不要因我怕去打仗。
你的妻子，
一万年都是为你活着。

"你要很好地带领那些勇士，
不要让他们斜着眼睛看你。
他们都是正直的人，
他们会帮助你杀退仇敌。

"我在家里，
会用最真诚的心，
祈求神灵帮助你。
你会感觉到，
你的妻子随时都站在你身旁。

"去啊，不要说时间长。
椰子要十年才会结果，
葵花总是向着太阳。
你一定会得胜，
欢乐的日子会像青松一样。"

喃婼娜说完话，
又亲了亲他的头巾。
召树屯便走出城门，
大象已经来到他面前。

他带领着八万人马，
浩浩荡荡绕过田坝，
穿过密密的森林，
向边界出发。

九　灾难

召树屯离开了家乡，
灾难就落在喃婼娜身上。

有一个晚上，
召树屯的阿爹做了一个梦，
梦见他的肠子从肚子里飞出，
绕着城池转了三转。
他坐着肠子，
像乘着飞龙在上空游转，
然后肠子又回到他的身上。

他被怪梦惊醒，
一直呆坐到天亮。
是凶是吉？
叫他十分忐忑不安。

他把所有的摩嘎拉都请来，
那个最大的摩嘎拉掐指一算，
脸色顿时发白，
话到舌尖又吞了回去。

什么事情使摩嘎拉作难？
什么事情叫摩嘎拉不敢抬头？
经过国王再三请求，
摩嘎拉才说出口：

"灾难就要像火一样燃烧，
只因为你家里有了妖气。
一棵树结不出两种果子，

喃婼娜生得再漂亮，
也不能和人住在一起。"

国王愕然地抬起头，
半信半疑地望着摩嘎拉，
他要摩嘎拉再三推算。

摩嘎拉把头低下，
装作诚心诚意，
掐着指头算了又算，
他皱起眉毛眯起了眼睛，
嘴里吐出了骇人的字眼：

"只有杀了喃婼娜，
用她的血来祭百姓的神，
才能消除百姓的灾难，
才能让你重生。"

国王想了又想，
既然是妖气就要除根。
他问摩嘎拉，
她该死在什么时辰。

摩嘎拉烧起香火，
庄严地宣布：
"她将死在龙日，
太阳刚刚上升的时刻。"

时刻到了，
乌云像青纱盖住太阳，
勐板加一片阴暗、凄凉。
百姓围在宫殿门前，
眼睛都黯然无光。

喃婼娜被叫唤出来，
她脸上绯红，满怀喜悦，
以为百姓聚集门前，
是来迎接丈夫得胜回转。

当国王向她述说真情，
就像魔鬼撕碎了她的心。
她几次昏倒又几次苏醒，
跪在国王的面前哀哀求情：

"阿爹啊，
我本是天上的一只神鸟，
因为和你的儿子有缘，
才从天上飞来。

"我不会给你们带来灾难，
求你不要听信谗言。
只有阿爹的保护，
暗箭才射不中我的身。

"请你为你尊贵的儿子想一想，
当他得胜回来，
看不见心爱的妻子，
他的心将会碎裂。

"阿爹啊，
没有水的树不会发芽，
没有伴的雁啊，
会伤心而死。"

国王不敢抬眼去看喃婼娜，
他只说："不杀你，
勐板加就会遭难
召树屯也不能回转。"

喃婼娜脸色苍白，
她的心像风中的布旗一样飘荡。
她又向百姓求情，
百姓都低头无声。

喃婼娜十分伤心，
脸上流下两行眼泪。
她把头低下，
等待死的时辰。

死的时刻即将来临，
她向阿妈告别。
她说："阿妈啊，
我的命运既然是这样，
我也只有听从。

"召树屯回来的时候，

请你代我向他告别。
倒了的松树还有根，
枯了的青草还会再生。"

阿妈洒下了伤心泪，
走上前去轻轻抚摸喃婼娜的头发，
问喃婼娜还有什么话要说。

喃婼娜擦干了眼泪，
她说："我是从舞蹈的地方飞来，
当我临死的时刻，
我只有一个请求。

"请求把我的羽毛还给我，
让我最后跳一次舞，
再享一次人生的欢乐，
我会安心地离开人世。"

国王看了一看百姓，
所有的眼睛都好像说：
"人就要死了，
国王应该答应。"

阿妈怯生生地抱出了孔雀衣，
喃婼娜接过来穿在身上。
她拜了拜阿妈，
就轻轻起舞。

她抬起头向四面张望，
四面都围满了百姓，
看过一个一个脸孔，
就是不见召树屯。

她向百姓拜别，
然后飞向屋顶。
当她的脚离开了土地，
眼泪像点点细雨。

"阿爹阿妈啊，再见！
头人们啊，再见！
百姓们啊，再见！
勐板加啊，再见！

"愿你们都过好日子，
愿你们万寿无疆，
愿勐板加地方啊，
五谷丰登，遍地牛羊。

"再见啊，我住过的房屋，
再见啊，我走过的小路，
再见啊，亲爱的城市，
再见啊，召树屯的家乡。

"请将我的话转告主人，
我就要飞回勐董板。
要是他怀念我的时候，
就找一找别的姑娘吧！

"千万请他把我忘记，
我是一只无情的鸟，
我就要飞回勐董板，
勐董板是在另一个世界。"

喃婼娜展开翅膀，
她穿过云层飞向远方。
不久，她又飞转回来，
在勐板加上空盘旋。

她又向勐板加告别，
但是她的头依旧不断回转，
仿佛她掉落了东西，
仿佛她忘记了金簪。

喃婼娜飞来飞去，
又停在一棵黄金果树上，
森林里所有的鸟都飞来朝拜，
她又渴又累，昏昏欲睡。

鸟儿在四面歌唱，
喃婼娜一惊，
好像看见召树屯，
啊，不，这是召树屯在怀念……

她匆匆飞起，
又飞回到金湖边，
最初的爱恋，

又涌现在她眼前。

她再没有力量远飞，
两眼只是呆呆地望着湖水。
夜雾的寒气把她惊醒，
她才慢慢走到佛寺。

她拜见了叭拉纳西，
要求借宿一夜。
叭拉纳西问她从哪里来，
是不是从天上来到人间？

"我不是出来游玩，
我的丈夫是召树屯。
只因为他去打仗，
灾难降落到我的身上。

"如果我的丈夫来到，
请你劝他不要去寻找。
前面没有人走的道路，
野兽到处都会吃人。

"请把这个金手镯转给他。
要是他怀念我，
请他问一问金手镯。"

第二天一早，
喃婼娜又从佛寺飞起，
穿过森林和云彩，
飞回自己的家乡。

十　追赶

战争已经胜利结束，
勐板加的百姓热热闹闹，
吹起金号银号，
迎接自己的亲人。

召树屯在人群中，
找寻自己的妻子。
喃婼娜啊，

为什么不见你出来迎接？

为什么看不见妻子的脸，
听不见喃婼娜的声音？
他急忙向房里走去，
像有什么蒙住了心。

他在房门前大喊：
"我的喃婼娜呀，
你还不曾起床？
还是有了什么疾病？

"你是躲在房里绣花，
还是忙着梳妆打扮？
难道是金花没有带好，
头发还没有梳完？"

头人们向他深深告罪，
吞吞吐吐地把详情说出，
最后，又把喃婼娜的话，
小心地转告给他。

召树屯呆了半天，
像一只飞在空中的鸟，
遭到猎人的暗箭，
突然跌落下来。

什么话也说不出，
眼泪像小河一样流淌。
他拜见父母，
像一块石头落在地上。

许久许久没有听见声音，
阿爹阿妈都着了急。
他们把召树屯扶起，
故意问他为什么这样伤心。

"阿爹啊阿妈，
我虽然活着回来，
我的心已经破碎。

"请允许我，
去找寻可怜的喃婼娜。

她住的地方对别人是太远，
对我来说，只在跟前。"

阿爹阿妈听见儿子的话，
心里像一团乱麻。
刚出山的太阳，
又被乌云遮住；
刚回家的儿子，
又要离开爹妈。

"我尊贵的英雄呀，
听一听你父亲的话：
各勐都有好姑娘，
我要出一道布告，
把所有的姑娘都招来，
任由你挑选。"

召树屯立刻回答：
"几千几万的姑娘都漂亮，
她们统统都是好姑娘，
却没有一个活在我心上。

"只要我还有一口气，
我就会去找寻喃婼娜。"
召树屯带上食物和弓箭，
立刻出门寻找爱人。

他又来到金湖边，
闻到洛金坎①的芳香，
怎么能叫他对妻子不怀念？
他又坐在湖边低声哭唱：

"喃婼娜啊，
难道我将死在这里？
喃婼娜啊喃婼娜，
难道我们再也不能相见？"

他又来到佛寺，
拜见了叭拉纳西。
叭拉纳西对他早已熟悉，
他便眯起眼睛：

"你是个有福的人，
你熟读了许多佛经。
我走得十分疲倦，
请你让我歇息一夜。

"你问我为什么来？
我是一个过路人，
我是失掉鞘的剑，
我是找寻妻子的人。

"喃婼娜是不是经过这里？
我应该怎样去找寻？
善良的人啊，
请你给我指点。"

叭拉纳西站在他面前，
说话好像念经：
"曾经有朵云彩飘过金湖，
曾经有一只孔雀飞过天空。

"她有一颗纯洁的心，
给你留下一只手镯。
她劝你另娶妻子，
她劝你把她忘记。"

召树屯接过了金手镯，
好像托着喃婼娜，
心里像火烧一样难过，
泪水又不禁流淌。

行商的人结伴同行，
马铃响得咚咚叮叮；
出门的人成双成对，
只有他独自一人。

"都卑龙啊，
你有一颗慈善的心。
请你告诉我，
我应该怎样去找寻？"

---

①　洛金坎：一种黄色有香味的野花，常常寄生在古树上。

叭拉纳西低沉的声音，
使召树屯心里难过。
他说："你好好地听着，
我要依照喃婼娜的话对你劝告。

"那里有滚腾的风沙，
那里的山有几万丈高。
飞鸟过不去，
野兽走不通。

"我没有什么法术，
也没有什么口诀，
我劝你转回头，
勐板加还有许多姑娘，
勐董板不是你去的地方。"

召树屯再三请求：
"所有的姑娘头髻都偏朝一边，①
所有的姑娘和我都没有姻缘。
请你把喃婼娜的话说完，
我相信：她还给我留下一颗心。"

叭拉纳西感到十分为难，
他说他是念经的人，
他只能祈求帕召，
为人们消灾免难。

召树屯辞别了叭拉纳西，
他又回到湖边，
双手捧起了湖水。
神龙的笑声卷起了波浪，
它问召树屯又遇到什么困难。

召树屯回答：
"我的妻子离开了我，
我要去把她寻找。
她住在勐董板地方，
鸟雀也飞不到她的家乡。

"神龙啊，树木不能离开土地，
月亮哪能离开太阳。

我离开了喃婼娜，
像葫芦离开了葫芦藤。"

神龙十分同情召树屯，
慷慨地给了他两种灵药一支神箭。
第一种药能够起死回生，
第二种药能够解除疲倦，
神箭可以打破一切阻拦。

召树屯十分感激，
他向神龙拜了三拜，
作了九个揖，
便又匆匆起程。

他走了三百三十三天，
不知走过多少森林高山。
野兽不来伤害他，
妖魔不敢靠近他的身边。

晚上他就睡在大树下，
猫头鹰飞来和他做伴。
他比太阳先起床，
他比金鹿先出森林。

这一天，
他走到一条河边，
河水像一条黑布，
蜿蜒在森林中间。

召树屯抽出宝剑，
插进水中，
剑尖就被熔化，
从此，他的宝剑就没有了剑尖。

他向四处张望，
对着河水叹息：
"难道就是这条河啊，
拦住我走到妻子面前？"

他沿着河边徘徊，

---

① 傣族姑娘喜欢把发髻梳朝一边，在傣族成语中有"不合心意"之意。

一条巨蟒横在河面。
他把神龙的药搽在脚底，
飞一样踏上蟒身走过河去。

召树屯又走了三百三十三天，
前面出现了三座奇怪的石山。
三座石山互相摩擦撞击，
像风车一样旋转。

想从天上飞过，
可惜没有翅膀；
想从地下穿过，
地又没有洞穴。

路啊，不能被阻拦。
他拿起那支神箭，
嗖地射向石山。
哗啦一声，
石块飞向两边。

随着空中的黄尘，
召树屯穿过石山。
回头一看，
石块又合成三座石山。

又走了三百三十三天，
召树屯来到砂石的海洋旁边。
只见一片烟雾，
下面的砂石沸腾滚卷。

召树屯站在一棵大树下，
只听见大风呼呼响，
眼睛无法睁开。

"喃婼娜啊，
难道我就这样被阻拦，
我们再也不能见面？
难道没有一种方法，
让我走到你的身边？"

召树屯坐了下来，

猜想着砂石的海洋有多宽，
猜想着海洋底下有没有鱼龙，
什么东西能够帮助他渡到对岸。

他羡慕一阵阵刮过的大风，
他羡慕天空中飘过去的白云。
"白云呀，请告诉喃婼娜吧，
要是我不能过去，
就让我死在这里。

"我死了也会化为一阵风。
要是她的门是朝北边开，
我就会吹进她的屋里；
要不然我会变为一朵白云，
飘到她的屋顶。

"早上我看她梳妆，
白天我听她歌唱，
晚上啊，我会感觉到，
她对我的怀念。"

天色晚了，
鹅托朗开始啼唱。
召树屯觉得全身酸痛，
他昏昏沉沉睡在树下。

半夜里，
他被什么声音惊醒，
睁眼一看，
一对婼哈里林①站在树上。

雌鸟十分忧愁，
它说："如今生活难讨，
明天又到哪里去找寻食物？"
雄鸟回答："你不必担忧，
勐董板的喃婼娜回到了家，
叭团要杀象为她庆贺。"

召树屯暗暗喜欢，
他像蚂蚁一样爬到树上，

---

① 婼哈里林：傣族传说中一种最大的鸟。

躲在雌鸟翅膀下，
用宝剑挖开了毛管，
就钻到里边躲藏。

不久就听见马鹿鸣叫，
大雾降落下来，
天色渐渐发亮，
两只大鸟扇起了翅膀。

飞到海洋中间，
雌鸟感到身上发痒，
它想抖一抖身子，
让什么东西掉进海洋。

雄鸟说："初一不杀生，
十五不害命。
明天是十五，
请你把他饶恕。"

十一　到了勐董板地方

乌云里出现了阳光，
喃婼娜飞回到她的家乡。
阳光铺满地，
鲜花朝她开放。

父母姐姐都解开心里的疙瘩，
一个个都很高兴。
公主回来了，
正像宝剑插回剑鞘。

叭团叫人齐放六门大炮，
通知全城的人都为女儿祝贺。
百姓都像过节一样，
等待着拴线的时刻。

叭团又拿一对金手镯给喃婼娜，
他不愿意把派兵救她的事告诉她。
他说："女儿啊，

从此，你再也不要离开勐董板。
愿你常在父母身边，
像小鸟一样快活；
愿你不要再惹上祸端，
好让爹妈多活几年。"

父亲把金镯带在她手上，
喃婼娜两手闪闪发光。
她和以前一样美丽，
黑色的眉毛发亮，
两只眼睛水汪汪，
就像都拉①出现在眼前。

慈祥的父母坐在她身边，
姐姐们都围在她后面，
问她捉她的猎人是谁，
这些日子她怎么生活。

喃婼娜又想起了召树屯。
她说猎人是她的丈夫，
他们就像鱼和水，
他们好像星星和月亮。

全家人都十分惊诧，
猎人怎么就夺去了她的心？
难道她不是兵马抢救回来？
难道她只是回来探亲？

喃婼娜又埋怨战争，
认为战争拆散了他们。
为了这场战争，
召树屯才率军出征。

叭团吃了一惊，
从头发到脚趾他都感到不安。
难道那个勇敢善战的少年，
就是喃婼娜的男人？

要是真的把他杀了，
岂不害了喃婼娜的一生！

---

① 都拉：天仙或美丽的神。

他的嘴唇轻轻颤动，
眼神显露着惶惑不安。

召树屯走了九百九十九天，
来到了一个城市。
这就是勐董板地方，
这就是喃婼娜的家乡。

召树屯走近城外的撒拉房①，
只见人们来来往往。
女人们穿着五彩的绸缎，
身上的珠宝闪闪发光。

召树屯走了三年，
勐董板才过了三天。
姑娘们用金锅挑水，
准备为喃婼娜拴线。

有一个姑娘叫喃新莎，
她是喃婼娜的侍女。
她挑着金锅走到井边，
她要给喃婼娜挑水洗身。

召树屯走向喃新莎的身边，
他暗暗祈求天神，
如果她是给喃婼娜挑水，
求天神叫她提不起金锅。

果然，喃新莎虽然用尽力气，
用尽力气也不能把金锅提起。
她抬头看见了召树屯，
就请求他帮忙助一臂之力。

召树屯帮她把金锅抬上肩，
他悄悄把金手镯放进锅里。
他说："你是个好姑娘，
你生得这样美丽。"

姑娘满脸通红，
心里却像吃了蜂蜜。

她说："小伙子呀，
你是一只会说话的鹦哥，
我是一棵快枯的老树，
请你不要拿我取乐。

"你长得这样漂亮，
勐董板找不到你这样耀眼的太阳。
我没有福气请你挑水，
全城的百姓都正在奔忙。"

召树屯又问道：
"姑娘呀，你来来回回挑了这么多水，
是不是像燕子衔泥，
为自己筑巢？"

喃新莎觉得很惊奇：
"全城的人都知道喃婼娜回来，
小伙子呀，难道你没有给她祝贺？
我挑的水就是为她洗福②。"

"姑娘啊，
原来你挑的是仙水。
你应该告诉喃婼娜举起手来，
再把圣水从她头上冲下，
这样她的福气就会更大。"

喃新莎回去后依照他的话去做，
当水从喃婼娜头上冲下，
金手镯便落在她的手上。
喃婼娜十分奇怪，
为什么这只金手镯又回到她手中？

她问喃新莎遇到了谁，
来自何方，
什么样子，
什么姓名。

喃新莎回答：
"今天挑水不比平常。
有一个年轻的小伙子，

---

① 撒拉房：傣族在路边盖的一种供路人休息的房子。
② 洗福：傣族的一种风俗，凡远途和久别归来的人，都要在家里用水洗澡，以示吉祥。

问我为什么挑水，
又教了我这个办法。"

嗬婼娜又高兴又疑惑，
难道丈夫真的来到？
他是地上走来，
还是天上飞来？

嗬婼娜急忙披上纱毯，
向她的父母跑去，
一面走一面流泪，
一面揩眼泪一面叫喊：

"阿爹阿妈啊，
我的丈夫……他来了，
嗬新莎亲眼看见，
他现在在井边……"

叭团和头人们都很惊奇。
他们虽然心里感到怀疑，
还是派了人马来到井边，
把召树屯接回宫殿。

十二　团圆

叭团看见召树屯心里喜欢，
年轻帅气一表人才，
他摆开酒席，
却不让他们夫妻见面。

召树屯十分纳闷，
两眼四处张望，
送酒送菜的人来来往往，
就是不见嗬婼娜的面。

嗬婼娜啊，
急得像火烧身，
窗前望了后门瞧，
为什么还不见召树屯进来？

叭团举起酒杯，

只把闲话问：
"年轻人，你是怎么来的？
顺着大风呢，
还是驾着白云？

"你的父母在哪里？
你的家乡是什么情形？
为什么独自一人来？
你有什么本领？"

召树屯回答一句转一下眼。
到了勐董板地方，
难道是嗬婼娜故意不见？
难道是丈人对他敷衍？

召树屯跪在叭团面前，
他请求得到饶恕。
冒昧来到勐董板地方，
只要求和嗬婼娜见一面。

叭团有意要看一看女婿的本领，
让头人和百姓都来称赞召树屯。
他传令用铁挡住道路，
再把石头堆成石墙，
第三层的石墙又钉上铁钉。

"年轻人，
你能够一箭打开这道墙，
嗬婼娜就是你的妻子，
我就把你招为女婿。"

召树屯只好拿起弓箭，
沉着地骑上马，
像百鸟中飞来一只凤凰，
四面的眼光都看着他。

他拉起弓，
马往前扑，
风往后闪，
箭响如雷鸣，
三道墙全都崩开。

百姓都"水！水！水！"地欢呼，

没有人不称赞召树屯的本领。
力气最大的是象，
象不能推开石墙。

召树屯以为就会见到喃婼娜，
没有想到叭团又叫人搭了一个平棚，
用布把四面遮住，
上面还绣了许多花朵。

中间挖了一千个眼睛一样大的小洞，
他叫了九百九十九个姑娘陪着喃婼娜，
每人都从棚里伸出一个手指，
然后把召树屯叫到棚下。

"年轻的人啊，
如果你认不出喃婼娜的手指，
就请你快点转回家，
以后再也不要想念喃婼娜。"

召树屯皱起了眉头。
深山里捉鱼，
还可以找到沟，
一千个手指，
像一千支藕芽，
叫他选择哪一个？

他绕着布棚走了一圈，
一千个手指都看了一遍，
其中有一个手指，
像有一只萤火虫落在上边。

这是玉石戒指，
啊！不，这是喃婼娜爱情放出的光焰！
他紧紧抓住了这个手指，
这就是我的喃婼娜！

头人百姓都为他欢呼，
叭团和他妻子，
扶出了喃婼娜，
百姓四面把他们围住。

召树屯和喃婼娜，
站在百姓的中间，
就像千万片绿叶中间，
开放出两朵鲜红的玫瑰。

头人和百姓都向他们朝拜，
有的人献上好马和大象，
有的人为他们祝福，
从今后，永远不再分离……

单行本，人民文学出版社 1959 年版
翻译整理者：岩　叠（傣族）　陈贵培　刘　绮　王　松

附记（原《关于召树屯》）：

这里说一下有关《召树屯》的一些问题，以帮助读者更好地理解其内容。

为什么《召树屯》能够在傣族人民中流传几百年，并且始终为广大的傣族人民所喜爱？为什么《召树屯》被译成汉文以后，很快就得到了汉族读者的喜爱呢？这是许多人感兴趣的问题。

《召树屯》绝不仅仅因为它是一部离奇、曲折、动人的爱情故事而获得广大读者的喜爱，它还反映了傣族人民的真实历史，塑造了属于傣族人民的英雄形象，表达了傣族人民爱和憎的真实情感，表达了傣族人民的理想和愿望。

《召树屯》究竟产生在什么时代呢？由于缺乏文献，目前，对于傣族的历史发展阶段还没有一个定论，要十分准确地说出它产生的年代是十分困难的。这里只能根据西双版纳傣族的点滴历史情况及作品本身所反映出来的历史内容和某些传说来分析，作品本身至少反映了下面三个方面的情况：第一，从整个内容来看，反映出傣族人民已经由对自然的斗争转化到了阶级斗争；第二，战争频繁；第三，佛教传入，并开始占领阵地。

召树屯一方面"常常骑着马带着弩箭，在森林里追逐金鹿"，另一方面他又"祈求灭巴拉（管理雨水的神）给勐板加带来风调雨顺"。好几个本子都说：召树屯得到喃婼娜是由彭巴（猎人）获得以后送给他的；又说：召树屯领着喃婼娜回家的时候，看见"落日赶着成群的牛羊"，并且"喘息的马儿，扬起了灰尘，穿过田野，他们来到了城边"。很显然，他们不仅开始有了较集中的村寨（或叫城子）定居下来，而且饲养牛羊，开始农业生产。但是，打猎仍然是不可缺少的生产方式。其次，从召树屯找寻喃婼娜所遇到的黑河、旋转的石山、砂石的海洋等现象来看，虽然召树屯已经征服了这些自然现象，但是，当时人们对于这些自然现象仍然是无法理解的。从整个故事情节来看，矛盾斗争已经从叭阿拉武（传说是开辟西双版纳的英雄）追金鹿的故事转到人与人之间的思想意识的斗争上面来了，降到喃婼娜与召树屯身上的灾难，主要不是来自自然界，而是来自人类本身了。

从《召树屯》的故事看来，人与人之间的斗争有两个原因：其一是来自人与人之间的战争，其二是由于摩嘎拉把喃婼娜认为是妖怪。关于战争，许多本子上都没有交代战争的性质、与谁交战。这说明当时战争十分频繁，人民对于战争不仅感到厌恶，甚至这次战争或那次战争都很难和没有必要分清楚了。其次，据傣族老歌手康朗甩说，对于当时的战争有两种传说：一说当时勐板加的周围有六个国家，经常互相残杀，其中有一个叫勐加西国，一向很妒忌勐板加，但害怕召树屯，听见召树屯结婚了，就乘机进攻。另一说是邻近的几个国家的王子都知道有七个仙女飞到金湖来洗澡，都叫猎人去捉喃婼娜，结果却被召树屯捉了去。为了喃婼娜，他们才来攻打勐板加。不管是属于哪一种，当时战乱纷纷这一点是确定的，战争给人们带来灾祸也是无疑的。因此人民在这个时候需要一个坚强勇敢的人出现，作品的主人公叫作坚强勇敢的王子，是有它的历史根据的。

那么摩嘎拉为什么要把喃婼娜当作妖怪呢？这里边牵涉到一个宗教之间的斗争问题。从作品的故事本身来看，那时候叭拉纳西还住在山上，但是，勐板加地方已经信仰佛教。召树屯已经"按照风俗，领着百姓赕佛"了。但同时又"祈求灭巴拉"，而召树屯的父亲做了怪梦之后，也去找摩嘎拉来占卜吉凶。可见，勐板加虽然信仰佛教，多神教仍然具有一定势力。实际上，一直到新中国成立，傣族人民仍然每年祭寨神、祭勐神，因为这些神和他们的祖宗联系在一起。据康朗甩说，祭寨神过去是由摩嘎拉来主持的，赕佛则是岩占和和尚来主持的。他又说：摩嘎拉是神与人之间的代表。一个国家的战争或男女婚姻、生孩子等，都要由摩嘎拉来做国王的顾问。过去要是有和尚相信摩嘎拉，就要把他赶出佛寺，不准他再做和尚。而佛教的代表则是叭拉纳西。据缪鸾和编《西双版纳傣族自治州的过去和现在》一书中说："……传说当中有'帕召'（来西双版纳的佛祖）和'披雅'（景洪曼达崇祀的部落神）斗法的故事，说明它和原有宗教的冲突。傣文佛经上记载，曾有一段时期，不信佛法的人很多，对佛教徒加以迫害，因而引起长期的残杀和战乱，说明佛教的传入，是经过一番激烈斗争的。"那么，上面所说的连年战争，是不是和宗教有关呢？话又说回来，摩嘎拉究竟为什么要把喃婼娜说成是妖怪呢？一说是摩嘎拉反对多神教的姑娘嫁给佛教徒。那么喃婼娜所在的国家——勐董板应该是多神教的国家了。从作品对于勐董板的描写，从喃婼娜的生活中的确都找不到佛教的痕迹。老赞哈康朗英也说，勐董板是不信佛教的。但是，除掉一些如拴线等风俗习惯与勐板加相同，战争时喃婼娜鼓励丈夫去打仗时说"祈求神灵帮助你"之外，也找不出多神教的痕迹。另一说，当时勐板加有个西纳（大臣），西纳有个女儿，想嫁给召树屯，就乘国王做了噩梦，用十三两银子买通了摩嘎拉，故意陷害喃婼娜。这当然是另外一个问题了。但是从作品的整个内容来说，应该是牵涉到宗教信仰问题的。而且还可以肯定，这个故事不是佛教徒创作的。

介绍过上述情况之后，应该回头谈谈西双版纳傣族的一般历史情况。据傣文《仂史》记载：公元1180年，傣族领袖叭真在西双版纳建立了第一个王朝——景咙国，这个"国家"是受"诏章法"（傣族对内地封建帝王的通称，意为"大天王"）加封的。如果说，这是西双版纳封建领主制的开始，那么，在这以前，应该是一个长时间的部落联盟过渡到建立奴隶制国家的时期。这是一个战火四起的混乱时期。这一个时期的社会，农业已经进入到犁耕阶段，唐樊绰《云南志》记载："开南

（即今景东）以南养象，大于水牛，一家数头，养之代牛耕地也。"并且根据史载，七八世纪以后，傣族各部落生产已经相当发达并已产生了商品，《后汉纪》载："日南塞外擅国献幻人。"可见当时擅国（即掸国。掸，傣之变音）已有相当水平的文艺了。从生产发展情况来看，已经从家族公社跨进了阶级社会，许多社会公仆变成了政治的和军事的首领，进一步成为奴隶主了。而佛教很可能就是在这个时候传入了西双版纳，据一些傣族老人说，佛教传入西双版纳至今已有一千多年；另外，叭真建国的时候，傣族已经有了文字记载，而傣仂文据语文专家的鉴定，是从印度的巴利文演变而来的，可见傣族文字与佛教的传入有着不可分割的关系。那么，佛教应该是在叭真建国以前传入的。

如果上述情况合乎西双版纳傣族历史发展的真实情况，那么，《召树屯》应该是产生在这个历史时期。

可是，也有另一种看法，认为《召树屯》是产生在叭真建国以后社会政治经济繁盛的时代里。其实，马克思早就说过了，艺术和物质生产往往是不平衡的。恩格斯也说："只有奴隶制才使农业和工业之间更大规模的分工成为可能，并因此而为古代文化的昌盛——为希腊文化创造了条件。没有奴隶制，就没有希腊的国家、希腊的艺术和科学……"而西双版纳傣族在那个时代已经有了自己的较高水平的艺术，并且在一千八百多年前就有杂技团走了几万里到洛阳东汉王朝去表演，轰动了洛阳。这一事实说明，那个时期是可以而且已经产生了较高水平的艺术了。至于《召树屯》，当然是经过后来无数诗人、作家不断修改才完善起来的。其次，从傣文《仂史》所反映的情况来看，叭真建国后的三四百年间，是傣族封建领主制的极盛时期，政治经济势力都得到了极大地扩张，与外族的关系也处于相安无事状态。至于这中间统治阶级内部发生矛盾，第六世与第十世国王的弟弟等因争夺王位引起的战争，显然与《召树屯》所反映的环境有所不同。从这个时期所产生的文学作品《松帕敏和嘎西娜》《兰嘎西贺》《哺捧荒》等可以得到充分的反映。稍后一个时期的《召玛哈塔》是歌颂傣族反侵略的长诗。而这里最重要的问题是《召树屯》的主题思想与典型环境及典型性格的问题。

那么，《召树屯》的主题思想应该是什么呢？是的，作品本身通过人物和故事，歌颂了一对真正相爱的青年，同时，大家也承认它表达了傣族人民的理想与愿望。问题是什么样的理想和愿望，又是在什么情况下产生了这种理想和愿望。是的，召树屯与喃婼娜的爱情本身就应该是道德观念的理想和愿望，可是，隐藏在这个故事和人物里的思想比爱情本身要更广阔和深刻得多。

据傣语的解释，喃婼娜的家乡——勐董板，是一座洁白的、在白云之间的，也就是天与地之间的美丽城市或理想地方。在这样一个地方生长了喃婼娜七姐妹是合理的。从作品中所描写的勐董板来看，不论是作者的介绍，还是人物口中的描述，都是合乎上述说法的。作者一开始就说"有一个奇妙的地方"，接着又唱道："勐董板是个好地方，遍地开鲜花，满山是牛羊，来往的人都骑着大象。"连和尚叭拉纳西也说："那里有滚腾的风沙，那里的山有几万丈高，飞鸟过不去，野兽走不通。"因此，喃婼娜必须会飞，必然有美丽的孔雀衣，因此，喃婼娜是"天王的公主，她们是神仙的化身"。其次，据康朗甩说，"叭团的团"是比魔鬼还要大、还要有本事的近乎神的意思。这样一解释，和勐董板及喃婼娜就十分相称了。这也就把后来佛教徒把勐董板歪曲为魔鬼的地方的阴谋粉碎了。（佛教徒也曾经把傣族人民的英雄叭阿拉武歪曲为向"披雅"〔魔鬼〕投降的贪生怕死的形象）而召树屯出生之地勐板加，据傣语的解释，是聪明人住的地方，也就是出圣贤的地方。应该说，这两个地方都是当时人民理想中的地方。这是因为当时人民遭受连年的战火，生活十分痛苦，因此，希望有一个出圣贤的地方，生出一个召树屯来，然后带领人民到理想的地方去，把理想的地方和出圣贤的地方合二为一。因此，原诗的结尾描写了召树屯也做了勐董板的国王。可是，并不是任何战争环境都可以出现召树屯和喃婼娜那样的性格的。

"大树倒了会惊散鸟群，

灾难会伤害人的生命。
我啊，不能不离开心爱的人，
但是，我的心将永远在你身边。"

接着喃婼娜也唱出了动人心弦的歌：
"去啊，不要说时间长，
椰子要十年才会结果，
葵花总是向着太阳。
你一定会得胜，
欢乐的日子会像青松一样。"

　　这是充满着人民的不幸、充满着一对刚开始爱情生活的恋人的分离的痛苦，也是充满着正义，充满着信心的崇高的声音。这种声音在侵略者的队伍中，在统治阶级内部矛盾的喧嚣里是不可能听见的，但同时，它又不是另一个民族或是外国侵扰进来时的战争，因为这次战争是这样的突然。

　　可是，战争并不是产生《召树屯》的唯一原因。正如傣文《梦的对照》一书所解释的召树屯的父亲所做的梦，肠子是表示他的肉，飞出去转了三转，就是说召树屯要离开他三个月，然后又回到他的身上，这应该是一个吉祥的梦。这个梦却被摩嘎拉歪曲，变成企图杀害和赶走喃婼娜的借口。因此，长诗揭露了阴谋家摩嘎拉的嘴脸：他认为"一棵树结不出两种果子，喃婼娜生得再漂亮，也不能和人住在一起"。因此，他就血淋淋地宣布："只有杀了喃婼娜，用她的血来祭百姓的神，才能消除百姓的灾难，才能叫你重生。"同时也揭露了统治者国王的愚蠢、自私和奴隶主的嘴脸。他为了自己，同意杀害喃婼娜。

　　在召树屯回来以后，他说："各勐都有好姑娘，我要出一道布告，把所有的姑娘都招来，任由你挑选。"这不是活生生的奴隶主的嘴脸吗？可是，杀害喃婼娜意味着什么呢？这就意味着杀害理想，意味着杀害人民的未来与希望。因此，"时刻到了，乌云像青纱盖住太阳，勐板加一片阴暗、凄凉，百姓围在官殿门前，眼睛都黯然无光"。这就十分明显地说明了人民和作者是站在一起的，他们一起痛恨摩嘎拉和当时的统治者。但是，傣族人民并没有灰心丧气，并没有甘心失败，因此，作者赋予主人公以无比的毅力和勇敢，对统治者进行了巧妙的反抗，终于战胜了许多困难，使现实与理想结合为一。这就是《召树屯》强烈的人民性和它不朽的原因。

　　《召树屯》的力量，不仅在过去近千年中鼓舞着傣族人民不断地向统治者和侵略者进行反抗，而且将永远地鼓舞着人民前进。当然，勐董板和喃婼娜作为当时人民的理想，是有着时代的局限性的，不可能像我们今天的人们看未来美好理想一样清楚，我们也不应该这样来要求。但是，从喃婼娜与召树屯作为一个理想人物的思想性格来看，我以为至今也仍然是十分可爱、十分鼓舞人的。

　　《召树屯》被列为新中国成立十年来的优秀文学作品之一，这是傣族人民的光荣，这是傣族文学的光荣。也只有在共产党领导之下，这部傣族人民的优秀文学作品，才可能加入我们伟大祖国的文学宝库中去。因此，也是我们伟大的党、伟大的祖国的光荣。

　　上面的意见，因为时间关系，来不及和岩叠、陈贵培、刘绮同志商量和讨论，仅作为我个人的意见，一定有许多错误和不妥之处，希望大家严正地提出意见。本来还想把最后一段诗再作一番整理，可是时间来不及了，上述的几个同志又不在一起，只好暂且作罢。

王　松
1959 年 3 月 13 日　勐海

娥并与桑洛

我要把这个古老的故事，
像红烛一样来点亮，
让它的光芒射到四方……

一

景多昂是个热闹的地方，
赶街的人来来往往，
牛马成群结队，
牛脖子上挂着铃铛。

景多昂是个快乐的地方，
男男女女生活得欢欢喜喜，
家家户户有吃有穿，
日子过得像天堂。

到处是象脚鼓的声响，
口弦在竹楼上弹奏，
琴声在竹林里飘荡。

景多昂四面都是高山，
泉水在山间流淌，
竹楼成排成行，
楼角指着星星和月亮。

混何罕①生活很快活，
四个妻子也很漂亮。
这个国家热闹得天天像赶摆②，
到处是象脚鼓的声响。

广阔的田坝，
平坦得像蝴蝶的翅膀，
一直伸到高高的金塔下，
这里住着沙铁③苏定那。

沙铁的钱多得像谷子，
金子银子堆得像小山，
沙铁的家漂亮又宽广，
养着成群的牛马和大象。

沙铁没有儿女，
夫妻俩成天焦虑，
这么多的财产，
死后谁来继承？

沙铁不管天晴下雨，
天天拿上鲜花，
到奘房④去拜佛，

① 混何罕：国王。
② 赶摆：傣族的一种集会形式，类似于汉族的庙会。
③ 沙铁：因商致富的大富翁。
④ 奘房：佛寺。

一年之后终于生了一个儿子。

沙铁夫妇高兴得不得了，
给儿子取名叫埃果那，
埃果那只活了一个月就死了，
夫妇俩哭得声音沙哑。

过了一年又生了一个儿子，
亲戚朋友都来祝贺。
给孩子取名叫易，
易只活了两个月也死了。

夫妇俩一天到晚地悲伤，
以为不会再生孩子。
一天，沙铁的妻子做了一个梦，
梦到天上飞满星星。

一颗最明亮的星星掉了下来，
在她手上闪闪发光。
所有亲戚朋友都跑来看望，
她忙把星星往裙子里藏。

正藏着猛然惊醒，
发现自己躺在床上。
鸡叫了，天亮了，
她把梦告诉了丈夫。

她疑惑地问：
"多么奇怪的梦啊！
快告诉我吧，
这是好事，
还是灾祸？"

沙铁说这是一个好梦，
他轻快得像被风吹起的树叶，
天天想抱上又白又胖的孩子，
他的妻子不久果然又怀了孕。

傣历三月初三，
月亮弯得像把梳子，
星星闪得特别明亮，
孩子就在这晚出世。

孩子的皮肤白得像水晶，
脸儿团团像月亮，
小嘴红得像紫椒，
父亲给他取名叫桑洛。

母亲把他抱在怀里，
喂他银白的奶，
父亲把他背在背上，
用的是绸缎的背带。

远远近近的亲戚，
姑爹姑妈舅舅，
大姐姨妈老表，
都来把桑洛称赞。

景多昂的姑娘都来了，
小玉、小安、小娥，
争着来抱桑洛，
嘴里夸奖心里羡慕：

"小桑洛呀！
你小小的就这么漂亮，
长大了更没有人比得上；
你像迎春花一样开放，
而我们已被太阳晒得枯黄。

"小桑洛呀！
你生得太迟了，
我们不能采一个园子里的花，
我们不能唱一样的歌。

"小桑洛呀！
假如你是园里的花朵，
我们要把你戴在头上，
假如你是树上的果子，
我们要把你揣在怀里。

"可惜我们相差太远，
好像大刀和斧头。
你快快长大吧！
我们闻闻香味就够了。

"不同辈的桑洛呀！

要是你早点生下，
我们要在竹楼下纺纱，①
陪着你谈笑在月光下。"

就像一棵竹笋，
生长在绿茵茵的竹林里，
桑洛长得美丽，
逗得所有的姑娘欢喜。

就像荷花开在水池里，
走过的人都把他称赞，
都想在水边停留，
把它摘下带在自己身边。

二

日子一天天过去。
日子一月月又来，
桑洛学会在地上爬，
有时爬到谷仓里去。

七月的时候父亲死了，
母亲整天哭哭啼啼。
她把丈夫埋葬，
靠儿子来解除悲伤。

桑洛一天天长大，
长到三四岁了，
他在天井里跑来跑去，
有时候一个人跑出了大门。

很快长到十四五岁，
桑洛成了小伙子②，
天一亮就离开家，
骑着马到田野里去奔跑。
太阳落山他才回家，

拴好马又背上了琴。
他弹琴就像讲话，
他讲话也像弹琴。

人人都想和他讲话，
人人都想听他弹琴，
老人孩子爱听，
姑娘更爱听。

姑娘们天天盼望桑洛，
天天等着桑洛的琴声，
"只要桑洛到了我家，
我马上搬凳子给他坐下。③"

有的姑娘早已摆好凳子，
有的姑娘整夜在竹楼织布，
有的靠在门边等待，
有的拿锄头去修好门前的路。

有的姑娘听说桑洛要来，
把竹门换成新的；
有的姑娘听说桑洛要来，
拿一根竹棍到楼边去吆狗。

景多昂的姑娘，
为了桑洛常常吵架，
井边的水桶在碰撞，④
也是为了桑洛。

为了看看桑洛，
挑水的姑娘，
故意从他家门前绕过，
桑洛的门前姑娘多，水桶也多。

桑洛长大了，
姑娘们对他更喜欢，
老年人说桑洛是自家的亲戚，

---

① 傣族姑娘习惯在竹楼下纺纱等待情人。

② 这里的"小伙子"原音卜冒，只指未结婚的男青年。

③ 傣族习惯，姑娘们喜爱的小伙子来了，便搬最好的凳子给他坐；如果姑娘讨厌这个小伙子，便搬一个坏凳子或者根本不让他坐。

④ 傣族男子从不挑水、煮饭。这些都是女子的事情。每天早晨，妇女们都到井边，河边挑水，已成习惯。

姑娘们说桑洛是妈妈的女婿。

桑洛从寨子走过，
姑娘们都把窗子打开，
心里的话呀，
不好意思说出口来。

"桑洛哥哥呀！
假如你是一朵花，
我要睡在你的花瓣下，
夜晚闻着你的芳香，
早晨看着你开放。

"桑洛哥哥呀！
你要是一只燕子，
就请到我家来搭窝。
我家的屋梁最干净，
哪管你只借宿几天，
我都会喜欢得掉泪。"

小玉姑娘心里更着急，
她梳光了头发，
趁没有人在家的时候，
学当新媳妇。
一个人在屋里扭来扭去，
一不小心跌在门槛上，
碰肿了膝头。

安毕昂姑娘高高兴兴，
说妈妈就要把她嫁给桑洛，
结婚的事不用愁，
只愁出嫁那天，
应当怎样打扮。

阿佐姑娘早已戴上耳环，
套上漂亮的手镯，
把小凳子背在背上，
学妈妈哄娃娃。

本寨的姑娘爱桑洛，

外寨的姑娘也爱桑洛，
母亲一个也不选，
偏偏选了阿扁或安佐。

三

离景多昂不远，
有个景算地方，
这里也有一家沙铁，
这家是桑洛的姨妈。

桑洛的姨妈，
有两个女儿，
一个叫阿扁，
一个叫安佐。

阿扁鼻子高高的，
长得又白又细，
她常到桑洛家来玩，
总是讨得桑洛母亲的欢喜。

阿扁好像一条蛇，
在桑洛身边扭来扭去，
就是桑洛的影子
她也要追随。

她有换不完的新衣服，
她有戴不完的花藤圈①，
嘴里叫着"咩叭，咩叭②"，
心里想做人家的媳妇。

她脚上的藤圈，
有绳子一样粗。
她嘴里讲的，
都是别家姑娘的坏处。

她头上天天戴花，
多得发髻也插不下。

---

① 藤圈：傣族姑娘戴在脚上的装饰品，黑漆的，细而亮。
② 咩叭：大妈。

看见男人口水特别多

走路也要扯扯裙子和衣角。

安佐也整天跟着桑洛转，

脸上的粉搽得像灰猫，

头发上扭得出油来，

天天请人写情书给桑洛。①

安佐与阿扁，

就像起了锈的黄铜，

怎能与宝石相配，

怎能放进一个袋里。

这样的姑娘，

母亲偏偏喜欢，

母亲要桑洛

挑选一个做妻子。

听说桑洛母亲喜欢阿扁、安佐，

阿扁的母亲，

走起路来洋洋得意，

踩在狗尾巴上也不觉得。

每天她到桑洛家几次，

送来桑洛喜欢的东西。

母亲连忙把东西放进柜里，

桑洛看也不看一眼。

母亲要桑洛娶阿扁，

说阿扁是她家的亲戚，

整天的唠叨纠缠，

桑洛心里很厌烦：

"可爱的姑娘走在水上，

水也不会动荡，

阿扁走在地上，

竹楼都会摇晃。

"人家说，

刺都戳不痛她的脚，

她一走进花园啊，

嫩苗都要遭殃。

"她织的布，

像一朵枯萎的花，

就是她织出十朵花，

我也不会爱她。"

四

一枝花谢了，

一枝花又接着开，

桑洛的故事永远讲不完，

像月亮落下，

第二天又升起来。

景多昂很热闹，

做生意的人来来往往，

牛群叮当的铃声四处响，

桑洛的心飞向远方。

他向母亲请求，

让他出门做生意，

他愿像牛群走遍山林，

不愿像宝石锁在柜里。

母亲听了儿子的话，

千言万语阻挡他，

"心爱的桑洛呀！

你天天和我在一起，

你像我的镜子，

我一天也离不开你。

"家里有的是金银，

你怎么想到做生意？

家里有这么多牛马，

你怎么不骑？

家乡有那么多姑娘爱你，

你怎么不娶？

---

① 新中国成立前，德宏傣族有请人写情书的风习，一些农村知识分子和佛爷，专为年轻人写情书。

"我的儿子呀！
我爱你哟，
像爱勐拱的宝石，
你快不要这样想，
做生意是辛苦的事。"

桑洛越想越苦恼：
"我像一只小鸟被关在笼里，
只能低着头淌眼泪，
不能像鹦哥到山里去飞。

"我只想走进深山老林，
自由自在地满山跑，
可惜不能随我的心！
我像一只大象，
被人紧紧地关在屋里。"

桑洛天天要求出去，
他用温和的语言，
向母亲苦苦请求，
母亲不得不同意。
桑洛就像脱了缰的马，
去把朋友们约齐。

景多昂的小伙子，
个个愿和桑洛在一起，
听说要到外地去，
没有一个不愿意。

大家把衣服装进箱子，
拉来黄牛装好驮子，
换上新的绳，
装好吃的米。

牛驮子一排排放好，
桑洛要出发了。
他打扮得真漂亮，
银色的长刀背在背上。

桑洛脸上闪着红光，
头上戴着三角篾帽，
太阳照着他的衣裳，
金色的纽扣也在闪光。

桑洛的马也很俊美，
脖子上的铃叮叮当当。
桑洛高高骑在马上，
金线绣的鞋子踏在镫上。

景多昂的姑娘穿得漂漂亮亮，
站在路旁送桑洛。
看见桑洛走过，
姑娘们唱起了歌：

"多好的桑洛哥哥呀！
你为什么要离开家乡？
我们的地方这样好，
你为什么想到远方？
我们从小一起长大，
难道你的爱情啊，
要到远方去寻找？

"桑洛哥哥呀！
你像高高树梢上的一朵花，
我们这些姑娘啊，
只能抬着头白白地望着它。

"桑洛哥哥呀！
你不喜欢家乡，
你不喜欢我们，
就像森林里的小鸟，
尝到苦味的野果，
慌忙从森林里飞走了。

"墙外的金银花呀！
我们天天想把你摘下，
戴在我们头上。
现在永远不能够了，
蜜蜂蝴蝶把花采走了。

"亲爱的桑洛哥哥，
你要离开我们，
就像水鸭子，
不愿走进陌生的池塘。
"你像深山里的麂子，
挣断了猎人的缰绳，

飞快地跑进森林，
到更远的山里去了。

"漂亮的哥哥呀！
姑娘们的心，
像干池塘里的青蛙，
盼望着大雨快快淋下。
愿你不要忘记了家乡，
不要永远在外面流浪。

"桑洛哥哥呀！
你要离开家乡，
我们只能送点槟榔，
嚼着槟榔你就会想起我们。

"我们想念你，
我们等待你，
不要让粉红的花朵枯萎，
不要让新绣的金花褪色。
要是不怕爹妈骂，
我们一定跟着你去。

"去吧！我们无法把你拉住，
我们挡不住你的路，
只求你好好记住我们的话，
记住我们的祝福。

"去吧，慢慢地走吧！
不要忧愁，不要牵挂。
愿你高高兴兴地去，
愿你高高兴兴地回家。

"要是你能活一千年，
一千年也不要忘记我们；
你就是走得再远，
我们也在你身边。

"去吧！快快地去吧！
快快地回来吧！
发光的宝石啊，
不要永远让银盒子空着。"
姑娘们举手把槟榔、茶叶
递给桑洛，

露出了雪白的手臂，
银亮的手镯。

姑娘们的话，
好像森林里的鸟儿叫，
叫开了岩石上的花，
桑落高兴地回答：

"再见了，姑娘们！
我们要走了，
并不是为了离开你们，
并不是因为不爱家乡。

"亲爱的姑娘们！
愿你们在家里，
打扮得更漂亮，
歌唱得更响亮。

"姑娘们啊！你们像孔雀一样，
孔雀的美在它的羽毛上；
你们像龙银鸟一样，
龙银鸟的美在它的声音上；
你们像公鸡一样，
公鸡的美在它长长的尾巴上；
姑娘们啊！
你们的美，
是在你们的心上。

"宝石一样的姑娘们啊！
我永远记着你们，
永远不会把你们遗忘。
树林里鸟叫的时候，
我就会想起你们，
田里开始插秧的时候，
我就会回到家乡。"

桑洛骑在马上，
转回头向姑娘们招手，
铃子的声音渐渐消失，
离家的人们走远了……

五

翠竹长大了，
笋叶一张张掉在地上，
我的歌啊！
像露水淋湿的树枝，
又发出了嫩绿的芽。

离开了景多昂，
牛铃叮叮当当地响，
牛在哞哞哞哞地叫，
吆牛的小伙子心里也高兴，
在树林里唱起了山歌。

走过竹林，
走进森林，
见挡路的刺丛，
用长刀把它们斩尽。

走了一整天，
太阳落山了，
桑洛和他的朋友们，
卸下牛驮子，
要在森林里住宿。

有的放牛去吃草，
有的上山去找柴，
有的泉边去淘米，
熊熊的篝火烧起来。

深山的夜，
特别美丽，
月亮忽儿被树梢遮住，
忽儿又从林中露出。

月亮的光照在大地上，
照在密密的树林里，
四周静悄悄，
只有小鸟在咕咕咕地叫。

月亮又露出来了，
清凉的霜落在人们脸上，
桑洛的琴声轻轻飘起，
他歌唱可爱的家乡。

他想起门前的水井，
每天早上挤满了水桶，
挑水的姑娘们，
这时该起床了……

天蒙蒙亮，
风吹树叶哗哗响，
野鸡在山谷里啼叫，
小伙子们起身了。

没有出过门的黄牛，
走得很慢很慢，
小伙子抽了一鞭，
它又蹦蹦跳跳跑上前。

离开景多昂很远了，
又来到一个村寨。
这里的姑娘嘴是甜的，
跑来向客人问长问短：

"哥哥们从哪里来？
到哪里去？
你们的牛真多啊，
牛的铃子真响啊。

"你们来到这里，
好像月亮升在天边，
可惜我们之间啊，
像太阳和月亮一样离得远。"

又走了一天，
天快黑了，
星星围着月亮，
乌云罩在山顶，
像一朵朵的花，
在森林上空飘动。

他们又走进一个寨子，

寨子边的泉水旁，
挑水的姑娘穿梭不停。
裙子的声音沙沙悉悉，
好像在说：
"漂亮的哥哥，
去哪里？
去哪里？"

她们从泉边走来，
挑着清凉的泉水，
走得那么轻盈，
好像燕子飞。

天快亮了，
牛铃在响动。
桑洛背上了腰刀，
骑上了骏马。

经过寨边泉水旁，
穿过热闹的街子，
姑娘们向桑洛问好，
水晶的耳环摇摇晃晃。

穿过一座密密的大森林，
来到德昂族的地方。
眼前是一片绿色的茶林，
密密层层像秧田一样。

牛的铃声传到山上，
戴着银项圈的德昂族姑娘，
背着竹篓篓，
一齐跑下山来。

按照德昂族的风俗，
准备了丰盛的饭菜，
招待远方来的客人，
招待漂亮的桑洛。

桑洛也回送了礼物，
送的是槟榔和烟草，
德昂姑娘又敬献了茶叶，
邀请客人们上山休息。

六

话儿呀说不完，
歌儿呀唱不完，
像姑娘坐在织布机前，
永远织不尽那长长的线。

走了一天又一天，
第三天来到了勐根地方。
勐根遍地是鲜花，
一朵朵盛开在地上。

勐根城里很热闹，
城外流过一条大河，
河里有起伏的波浪，
河边有美丽的姑娘。

桑洛来到勐根，
像春天的泉水，
流进了城外的大河；
像好听的铓锣，
在街子上敲响。

牛群停在勐根的塔下，
勐根的人们都来接待客人。
姑娘打扮得像鲜花一样，
害羞地看着他们。

人们给商队找了舒适的住处，
男男女女都热情地来看望。
桑洛请大家尝了新鲜的茶叶，
客人的大方很快传到四方。

到了赶街天，
勐根城里的人真多，
都想来尝点茶叶，
都想来看看桑洛。

这样漂亮的青年，
勐根从没有见过，

勐根城热闹得像一条河，
人们像鱼一样来往穿梭。

勐根的姑娘都来了，
放下了装得满满的水桶，
丢下了手里织的布，
停下了转动的纺车。

姑娘们穿着绸裙，
像水塘里的鸭子一样美丽，
嘴里嚼着槟榔，
金耳环一晃一晃。

怕羞的姑娘，
假装买东西，
慢慢从桑洛面前走过，
怕头发不好看，
一边走路一边梳头。

大胆的姑娘，
高高举着双手，
笑嘻嘻地对客人们说：
"远方的哥哥们，
我们是换东西来的。"

有的姑娘太高兴了，
把两句话也说错了，
"远方的哥哥们，
我们换你们来了。"

好吃的水果，
送给客人们尝，
客人们的东西，
大家争着买光。

桑洛来到勐根，
像春风吹送花香……

七

漂亮的花苞，

一串串垂在树上。
像鲜花一样的歌啊，快开放吧！
人们等着闻你的芳香。

勐根靠着大山，
山下有河水流过，
河水流不尽，
勐根一年四季有歌声。

古老的勐根城啊，
有个美丽的姑娘，
比棉花还要洁白，
比云彩还要柔和。

手指像竹笋，
声音像口弦，
她会说会讲，
她的名字叫娥并。

园子里的菜，
韭菜长得最快，
勐根的姑娘，
数荷花样的娥并最漂亮。

娥并的歌声又细又轻，
全寨子的人都爱听。
小伙子们听见，
再不敢拨动琴弦。

娥并听到桑洛的消息，
她停下织机，向母亲请求：
"亲爱的妈妈，
答应我去赶街吧！
我只去一天。"

女儿要出门，
母亲不放心：
"我的姑娘啊！
你正像鲜花一样开放，
别到街上去吧！
我怕有人会把鲜花损伤。

"我的姑娘啊！

你像一朵娇嫩的小花，
从小开在我的花蓬里，
我怕旁人会把你偷偷摘去。

"从前赶街，
叫你去你也不去，
今天赶街，
不叫你去偏要去。

"你是想买什么东西？
家里有你吃的，
家里有你穿的。

"你是要买口弦？
家里还有四五个，
每个都吹得响，
每个都吹得好听。

"你要想吃水果？
园里的果子已经成熟。
你要想戴花？
园里的花开得正鲜艳。

"心爱的娥并啊，
听妈的话吧！
街子上没有好吃的，
街子上的果子又苦又酸。"

听了母亲的话，
娥并没有回答。
她脱下漂亮的衣裳，
把衣裳挂在栏杆上。

母亲看见女儿脱了衣服，
放心地走进屋里去了。
娥并悄悄地出了门，
走了很远又换上另一件衣裳。
她戴上鲜花和银手镯，
戴上闪光的金耳环，
口里嚼着槟榔，
她来到街上像仙女从大而降。

娥并稳稳地走在街子上，
她的衣裳闪闪发光。
娥并走得大大方方，
头上的花啊，
引得蜜蜂蝴蝶奔忙。

街子上的人们看见她，
想买东西的人忘了买，
想卖东西的人忘了卖；
拿着秤杆的人，
忘了把秤锤挂上；
吃饭的人放下碗，
错把菜盆端起。

喝茶的人见了她，
往碗里丢进了烟草；
抽烟的人见了她，
烟叶掉了还不住地吸。

娥并东张西望，
到处寻找桑洛。
街子上一阵马蹄响，
桑洛和他的朋友赶街来了。

两块远远相隔的草坪，
今天连在一起了。
娥并和桑洛，
今天相会了。

像河水流进海洋，
赶街的人都围在他们身旁。
都来看美丽的娥并，
都来看漂亮的桑洛。

谁也不知道他俩的心，
他们用眼睛说话；
谁也不知道他俩的心，
就像朗并会见西加①。

---

① 朗并是传说中的仙女；西加是傣族神话中的天神之一。

娥并和桑洛，
两颗心连在一起。
爱情啊！像金色的藤，
攀在一棵树上，
绕得比丝线还紧。

桑洛回到住的地方，
悄悄拴好了马，
急忙走到河边，
驾着小船在河里划。

娥并正站在河里洗头，
像一朵初开的荷花，
手臂像两只象牙，
小鱼在她身边游来游去。

河水哗哗地流淌，
桑洛的船在水上漂荡，
桑洛的歌声娥并听不清，
娥并望着河水轻轻地唱：

"小河啊！
你流轻一些吧，
让我听听桑洛的歌。"
哗哗的水声忽然消失，
桑洛的歌啊，
钻进了娥并心里。

"勐根的河水啊！
你真是清凉，
甜得像甘蔗，
绿得像草地，
我想带几罐河水回家，
只怕没有福气。

"山上的瀑布啊！
你多么明亮，
就像一面大镜子，
对着太阳在发光。

"河里的鲤鱼啊！

你躲藏在哪里？
我划过了每一个波浪，
就是为了把你找寻。

"勐根像一个天堂，
姑娘们像天上的仙女。
勐根雨后的草地，
爬满了金蚂蚁。
勐根美丽的姑娘，
比金蚂蚁还多。

"磨得发光的宝石啊！
像象牙一样洁白，
是不是你吃的不是人间的米，
才会长得这样美丽？

"娥并的名字啊！
像鲜花的花粉，
被蜜蜂蝴蝶四处传去。
哥哥像一只蜜蜂，
从远方飞来采蜜。

"哥哥从景多昂来，
就是为了串妹妹①，
为什么风吹荷花不摇摆？
为什么洗头的妹妹口不开？"

娥并听着桑洛的歌，
半句也没有放过。
她还怕听不清楚，
把散开的头发，
轻轻挽成一束。

"勐根的宝石呵！
你的光射到四面八方，
为什么心里的话，
却要搁在家里？
心里的歌应该带在身边，
随时都能唱出来。

---

① 串妹妹：找姑娘玩耍之意。

"我的这些歌，
请你把它好好保藏。
不要沉在水底，
要被灰尘打脏。

"我唱的这些歌，
不要让它白白抛撒。
请你把它装进心里，
请你给景多昂的哥哥一句回答。"

桑洛的歌好听，
桑洛的歌就是他的爱情。
桑洛的爱情啊！
打动了娥并的心。

好像风吹树叶，
桑洛的心不住地跳。
娥并的歌像河里的流水，
逗得桑洛的心，
像小船一样在波浪上漂。

"捉鱼的哥哥呀！
你的歌声真好听，
你身上背着弩箭，
不是要去打野兽吗？
怎么又到河里来捉鱼？

"你真像一个猎人，
手里却拿着渔网。
猎人应该到山林里去，
猎人怎么会坐在船上？

"在船上的哥哥啊！
为什么你的网只撒在水面？
是不是要叫鱼儿，
自己跳进小船去？

"哥哥真会唱歌啊！
哥哥却一点不会捉鱼。
哥哥赶来了那么多黄牛，
哥哥是来做生意的！

"哥哥长得这样漂亮，

却没有姑娘配得上。
哥哥的歌是唱给娥并的，
这里没有一个姑娘叫娥并！"

"姑娘呀，
你像春天发芽的树叶，
又嫩又绿，
你像河边的金竹子，
又直又细。

"你说这里没有娥并，
却有娥并一样的眼睛，
有娥并一样的手臂，
有娥并一样的嘴唇！

"娥并的名字，
像粉团花一样芳香。
你说这里没有娥并，
我却闻到了粉团花的香味！

"不管这里有没有人叫娥并，
不管你的名字叫不叫娥并，
天神已经把我送到你的身边，
没有得到爱情啊，
我决不回去！

"我离开了家乡，
赶着牛群到远方，
不是为了做生意，
是为了寻找心爱的姑娘。

"我到过无数的寨子，
我走过每一个山冈，
尝过山里的泉水，
尝过新鲜的茶叶，
没有一个地方，
像勐根这样美丽。

"我在家里，
时刻都想出门；
我在家里，
没有一天安静。
你好像一根绳子，

把远远的小船啊！
从景多昂拉到了勐根。"

听了桑洛的歌声，
娥并轻轻回答：
"花苞呀，
一个一个挂在花树上；
鲜花呀，
一朵一朵开在枝头上。
钓鱼的年轻小伙子啊，
你真会唱！
你的歌像芳香的板宝花，
香味吹在我的心上。

"我想摘下这朵花戴在胸前，
怕我的衣服配不上。
我怕自己长得太丑，
我怕旁人知道，
会乱说乱讲。"

"美丽的姑娘呀！
你好像一颗发光的钻石，
我在这里找到了它，
我永远要把它托在手上。

"我的爱情，
不像货物锁在箱子里；
我要唱出来，
让姑娘知道我的心意。

"姑娘呀！
难道你的心，
你的爱情，
都是锁在家里，
没有带在身上吗？

"我的爱情啊！
无法隐藏，
我不讲就要唱，
不唱就要讲。

"勐根漂亮的姑娘这样多，
我爱的就是你一个。
你像高高山上的鲜花，
我穿过刺丛也要摘下。"

"我离开景多昂，
离开了自己的家，
我像山巅上的鲜花，
自由自在地开放。

"我像小鸟在天空自由地飞翔，
没有谁能缚住我的翅膀。
就是母亲的笼子我也要飞出，
我的爱情要自己来找寻。"

"亲爱的哥哥呀！
如果你真喜欢这朵荷花，
你就要下水去采；
如果你真爱我，
我一定在家把你等待。"

"姑娘呀！
请把你的家告诉我，
等到太阳偏西，
我一定会来串你。

"如果不能和你在一起，
一辈子没有幸福！
如果不能同建一座塔，①
死也不甘心！"

"我家住在街头上，
来往的人都要经过。
做生意的人爱在门外谈笑，
小孩子们爱在门边玩耍。

"我的家在街头南边，
站在街心就能望见。
家里有几棵高高的芒果树，
快熟的果子挂在枝头。"

---

① 过去傣族风习，恩爱的夫妻，为了下世还能再做夫妻，就积钱修一座佛塔。

桑洛听见连连答应，
小船在岸边靠拢。
娥并也准备回家，
把洗好的衣服放进水桶。

八

桑洛的歌啊，
像丁香花正在开放，
日子愈长，
开得愈浓愈香。

桑洛回到住处，
只望太阳快落山。
娥并回到家，
只望月亮快升起。

她早早就坐着纺线，
纺车转得特别响，
线也纺得特别多，
装满了一个个小竹箩。

爱情啊，
像天上的月亮，
怎么还不升起？
走夜路的人，
正等着你的光芒！

太阳落山了，
桑洛背上了琴，
走到勐根街子上，
找到了娥并的家。

他轻轻弹着琴，
娥并早已听得仔细。
这不是勐根小伙子弹的，
这琴弹得多好听！

娥并停下了纺车，
拿起了口弦；
桑洛已经走到楼下，

来到她的身边。

娥并的母亲看见桑洛，
心里再不为女儿焦急。
她叫女儿快快打扫竹楼，
把远方的客人请上楼去。

娥并在火塘边铺好一床褥子：
"哥哥请褥子上坐！
只怕我家竹楼不平，
真对不起哥哥。"

娥并拿出水罐，
给桑洛倒了一碗水：
"哥哥请喝水吧！
只怕我们家的水不甜。"

娥并捧着草烟和槟榔，
亲手递给桑洛：
"太阳落坡的时候，
我就为哥哥准备好了。"

"你家的褥子，
比我家的床还平软；
你家的凉水，
比我家的糖还甜。"

琴声停止了，
口弦弹响了：
"天神送到勐根来的哥哥呀！
凉水好喝你可以挖一条沟，
让它流到景多昂去；
勐根的花好戴呵，
你可以连根挖走，
用泉水把鲜花浇养。

"只怕我笨手织的粗布，
配不上哥哥的细绸缎；
只怕我采的野菜和番茄，
让哥哥吃饭时难下咽。"

"水银般的妹妹呀，
勐根的好姑娘！

桑洛各地都挑遍，
再细的绸料子，
也比不上勐根的粗布；
再苦的果子，
在勐根也会变甜。

"只怕哥哥和妹妹相隔太远，
见一次面要走三十天；
只怕妹妹是镜子里的花，
我看得见却挨不到身边；
像水里的月亮，
哥哥一伸手浪花就把月光隐藏。"

"远方的哥哥呀！
世间这样宽广，
再远的路我们也能走完。
只要心里相爱，
三百天相见一次也情愿。

"我像悬崖上的野果，
没有人来采过；
我像岩石下的花苞，
没有虫子爬过。

"我们地方的姑娘，
一句话比金子珍贵。
只要哥哥不变心，
我们的爱情啊，
没有人能够拆散！"

"勐根的花呀！
我摘下了你，
别人用鲜花我也不换。
走过深山老林，
不让你淋着雨，
不让你在路上枯萎。
我的心啊，
要像泥土和泉水，
细细地把你栽培。"

这时，火光映着娥并的耳环，
一闪一闪。
两人都沉默无言，

爱情已深深埋进他们心间。
爱情啊！
像粉团花一样发出芳香，
两对眼睛都为爱情发光。
爱情啊！
不怕风吹雨打，
已像扭在一起的藤子，
没有什么能拆散。

说不完的话，
表白不尽的情意，
两人的情话要是写成书，
三个奘房也装不完。
好像一个深深的井水，
舀不尽，打不干。

月亮已经西沉，
天上只剩下最后一颗星星。
火塘的火渐渐熄灭了，
天快亮了。

太阳升起来了，
驱散山野里的浓雾。
母亲听见了桑洛的一片真情，
她暗暗地为女儿祝福。

三天过去了，
七天八天过去了，
二十个傍晚也在爱情中消磨。
每天天快亮，
桑洛才回到住的地方。

朋友们早已知道，
大家议论纷纷，
谈着桑洛的事情。
有的跟他开玩笑，
有的好心为他祝贺，
有的说他真是幸运，
到远方找到了心爱的人。
有的为桑洛担心，
怕他的母亲知道，
会阻拦他们的爱情……

小伙子们出门太久，
货物早已卖完。
买来的东西，
又把牛驮子装满。

朋友们不停地劝说，
桑洛不能不听。
动身前的夜晚，
桑洛来向娥并告别：

"正开放的荷花呀！
我要回家乡去了。
我们共同栽的花，
不要让旁人摘下；
我们一起引来的泉水，
不要让旁人来汲取。

"漂亮的鲜花啊，
离开你，哥哥心里多么难过！
亲爱的姑娘，
把我俩的爱情包起来，
紧紧地锁在箱子里吧，
不要让别人抢去。

"我回家要告诉母亲，
准备好礼物骑上马再来娶你。
亲爱的娥并啊，
牢牢记住我的话吧，
我请求你送我一朵花，
让它伴着我回去。"

桑洛要回景多昂，
娥并心里多焦急：
"桑洛哥哥呀，
你要回到景多昂去。
家乡的姑娘，
又会在路边迎接你；
牛群的铃声，
会使家乡的人欢喜。

"亲爱的哥哥呀，
骑上你喜爱的马，
慢慢地回家去吧。

你什么时候离开勐根，
我的心也跟你去到景多昂。

"我俩的爱情永远不会改变，
就是天上的仙人来和我谈情，
我也不愿意。

"桑洛哥哥啊，
记住我俩的爱情吧！
到了你的家乡，
不要把我遗忘。"

天快亮了，
红公鸡伸着脖子叫，
桑洛就要离开娥并了。
他俩的心啊，
像一朵鲜花，
被摘下来丢在路上一样了。

天刚刚发亮，
勐根的姑娘都起了床。
不是去挑水，
不是去摘菜，
是听见了牛铃声，
去给桑洛送行。

有的站在园子边，
有的站在大青树下，
有的躲在篱笆后面，
有的伏在栏杆上，
看着桑洛走过去。

桑洛的朋友们，
取下了牛脖子上的铃铛。
桑洛的心，
闷得说不出一句话，
唱不出一句歌。

娥并站在篱笆后面，
偷偷地哭泣！
她说不出话，
眼泪一滴一滴地滚下。
桑洛走远了，

影子看不见了，
娥并忍不住哭出声来。
又怕别人知道，
用裙子捂住嘴，
泪水已把衣裙湿透。

九

一队牛群往回走，
没有铃声也没有人声。
牛头上绿茵茵的孔雀毛，
像大雨前的森林。

路啊，弯弯扭扭，
像在鸡冠上一样难走。
森林里一片烟雾，
雀鸟也不愿飞出窝。

桑洛回到家里，
亲戚朋友都来欢迎，
有的来问外地的风光，
有的来尝点春茶和槟榔。

家里挤满了客人，
大家都有说有笑。
只有桑洛，
满脸的愁苦，
一句话也不说。

桑洛回到家啊，
琴弦再也不响，
他只想着娥并，
只想偷偷去到勐根。

"山啊！
你为什么这样高？
低下来吧，
让我看看勐根在哪里！

"云啊！
飘到勐根去吧！

去看看我的娥并，
是不是在悲伤流泪？"

桑洛整天忧伤，
什么话也不愿讲。
母亲问他是生了病，
还是做生意亏了本？
桑洛没有回答。

母亲去向他的朋友探问，
朋友们说出了真情。
桑洛的母亲知道了儿子的心事，
准备把儿子狠狠教训。

桑洛天天想念娥并，
他不理睬母亲的反复盘问。
这天趁母亲睡熟，
他又骑上马去到勐根。

桑洛在勐根住了很久，
日子一天天过去，
娥并的脸渐渐消瘦，
她已经怀孕了。

娥并看见自己和以前不同，
她告诉桑洛：
"你不要在勐根住得太长了，
我已经怀孕了。
你快快离开勐根吧，
告诉母亲后再来接我。"

"亲爱的娥并啊！
你不要发愁，
不过一个月，
我一定来接你。
我去了很快就来，
你等着我吧。"

桑洛回到家，
立刻把事情告诉了母亲。
母亲听完就变了脸，
拉开嗓子大骂：

"不知羞耻的畜生，
我一滴水一口饭，
白白把你喂养成人，
偏偏你要跑到外乡，
干出这种丑事情！

"我只想，
你出门会找回金银，
想不到，
你会和勐根的姑娘谈情！
亲戚家的好姑娘你不要，
偏偏去找魔鬼样的女人！

"你在我的家里，
就得听我管教。
要是再不规矩，
从此不要叫我母亲！"

母亲这样凶狠，
伤了桑洛的心。
想起善良的娥并，
桑洛再也不能容忍：

"老年人怎懂得年轻人的心？
年轻人怎能违背自己的爱情？
母亲的话我都听，
这件事绝不能答应！

"娥并是最好的姑娘，
娥并是最好的妻子。
你不准我娶娥并，
我偏偏要和她成亲！
如果你真不答应，
从此我不叫你母亲！"

桑洛这些话，
气白了母亲的嘴唇，
她知道儿子的脾气，
又用软言来劝引：

"妈妈的桑洛呀，
你要听母亲的话。
外地的姑娘，

不会使你快活，
外地的姑娘又丑又笨！

"她们织的一块布呀，
不够做一件衣服；
她们织的布，
像牛脖子一样粗。

"桑洛呀，
你出去这样久，
阿扁还是爱着你。
她聪明得像小鸟，
她织的布呀，
又结实又有花纹。

"你是景多昂沙铁的儿子，
怎么会爱上勐根的穷姑娘？
她们织的布，
做头巾也不够，
做手绢也不配。

"她们笨手笨脚，
织的丝绸呀，
看起来黑漆漆，
穿起来冷冰冰。

"远方的姑娘，
只会爱你一时，
你要有了疾病，
她们就会把你抛弃。"

母亲这些话，
刺痛了儿子的心。
邻居为他着急，
朋友为他掉泪。

十

年轻的姑娘和小伙子们，
他俩的痛苦多么深！
好好地听吧，

我要让我的歌，
打动人们的心！

桑洛离开勐根，
娥并日夜等待。
左也不见来，
右也不见来，
腰身一天天地大了。
可怜的娥并呵！
日日盼望着，
夜夜在哭泣！

"桑洛哥哥呀，
你怎么到今天还不来？
当初我像荷花开放，
你每日每夜在我身旁。
是不是荷花枯萎了，
哥哥再不愿走近池塘？

"桑洛呀，
你像森林里的鹿，
不想再看见猎人？
怎么还不回到勐根？
娥并不是森林里的猎人。

"亲爱的桑洛，
我多么害羞呀！
没有什么痛苦能和我相比。
回到你的家想不起我了吧？
怎么还不来接我啊！
如果我知道，
你要离开我这样久，
我一定跟着你去了！

"桑洛呀，
我俩的爱情，
像结在一起的丝线那样紧。
为什么到今天，
还不见你的身影？"

痛苦啊，
像千斤重担，
压在娥并双肩！

母亲知道了也为女儿焦急：
"亲爱的女儿啊，
你已经长大成人，
你的事情由你决定，
我们不阻挡你，
快去找桑洛吧！"

娥并收拾了几件衣衫，
匆匆离开了勐根。
她第一次走这样远啊，
三个姑娘陪着她一起出门。

走过无数个寨子，
渡过无数条大江，
爬过无数座高山，
路啊，还是那么遥远。

路上没有桑洛的脚印，
林中不见桑洛的牛群。
粉团花一样的娥并呀，
她去问放牛的青年：

"放牛的哥哥们！
你们在这里放牛，
有没有看见桑洛？
到景多昂走哪一条路？"

"姑娘啊，
你仔细记住：
前面的路有几条，
到景多昂的路最难走。
你要走向日出的东方，
那就能找到桑洛。"

不知走了多少天，
走过了密密的森林，
走过了大石桥，
终于看见了河边高高的金塔，
娥并来到了景多昂的寨头。
四个姑娘在河里洗了澡，
娥并换上新衣服，
抖了抖裙子，
戴上了鲜花和金手镯。

跟娥并来的姑娘，
头发也梳得很亮，
她们走进了寨子，
寻找桑洛住的地方。

桑洛的母亲，
早就猜到娥并要来，
心里的主意啊，
比魔鬼还要毒。

她收藏了家里的金银，
锁上了家里的箱柜。
用甜言蜜语对桑洛说：
"这几天你这样着急，
是不是娥并要来？
她来了我要请客，
家里却还没有酒菜。

"你快到河边去吧，
去打点鱼回来。
家里有我照顾，
她到了我替你招待。"

桑洛刚刚出去，
母亲就关上房门，
锁上了装米的柜子，
藏起了装菜的罐子。

她找来许多竹片，
削得像针一样尖，
把竹针插在楼梯上，
插在竹墙上，
插在门上。
在装饭的盒子里，
藏起一把锋利的刀。

娥并走进了寨子，
心想着姑姑嫂嫂会来接她，
姐姐妹妹会来牵着她的手，
桑洛会来帮她背上包裹。

可是，没有一个人来接她，

也没有人和她打招呼。
三个姑娘陪着她，
进了桑洛的家。
家里不见桑洛的影子，
只有桑洛的母亲。
娥并恭恭敬敬对她行礼，
好言好语对她说话。

桑洛的母亲，
一句话不说，
脸酸溜溜的，
弯得像犁耙。

她一见娥并，
鼻子就翘起来。
弯弯扭扭的心啊，
像狗尾巴一样摇摆。

她去端来饭菜，
放在娥并面前。
她的脸酸得像木瓜，
她的声音装得像蜜糖：

"桑洛怎么还不回来？
是不是碰见了老虎？
你不用为他着急，
先吃点饭再等他吧！

"腌菜是昨天才腌的，
你们来了正好碰上；
这些鱼啊，
都是桑洛为你预备的。"

桌上的东西，
哪里像人吃的！
帕贡菜像药一样苦，
腌鱼又生又臭。

娥并心里难过，
一口也咽不下。
看看母亲就要发怒，
她只好去添饭。

娥并不知道，
饭盒里会有尖刀；
娥并不知道，
母亲会有魔鬼的心肠。

娥并去抓饭①，
刀划破了她的手指，
娥并痛得昏了过去。
她急忙去开门，
门上的竹针又刺进了手心。
她靠在竹墙上，
墙上的竹针又刺进了背。

鲜红的血啊，
浸透了娥并的衣服。
三个姑娘看见，
连忙把她扶住。

娥并伤心哭，
呼唤着桑洛。
可是桑洛还在河边打鱼，
她眼前都是陌生的人。

眼泪一滴一滴落下来，
血一滴一滴掉下来，
血一直滴到楼下，
滴在楼下白公鸡身上，
把白公鸡都染红了；
滴在红公鸡身上，
把红公鸡都染成紫色。

桑洛的母亲指着大门，
高声骂娥并：
"我家的饭菜不好吃，
你就放下碗筷！
我家的屋子不好在，
你就快些离开！
我的儿子桑洛，
娶不上你这个媳妇。"

十一

娥并被赶出来了，
像牲口被主人赶出门。
勐根的姑娘啊！
她只能站在门外啼哭，
呼唤桑洛哥哥：

"我的桑洛呀！
你现在在哪儿？
你的娥并刚到你家，
就被你母亲赶出来了。

"我身上流着血，
你快快来吧！
你怎么还不来啊？
为什么还不见你的影子？"

一边走，
一边哭，
美丽的娥并，
哭哑了嗓子。

头发散下来了，
头巾落下来了，
耳环掉在地上，
血从手上滴到地上。

身边的三个姑娘，
一路上拾着掉下的东西；
她们跟着娥并哭，
一面哭，一面往后看：

"桑洛呀桑洛！
你的妻子从勐根来，

---

① 从前，傣族吃饭不用碗筷，用竹盒盛饭，用手抓着吃。

你的妻子遭到伤害，
你怎么不快快来看一眼！
这样生疏的地方，
我们到哪里去找你？"

三个姑娘扶着娥并，
走进一片树林。
娥并走不动了，
衣裙浸透了鲜血。

娥并呼唤着桑洛：
"刚开的攀枝花呀，
被风一吹，
花瓣纷纷散落。
刚离家的娥并呀，
遇见老虎，
快死在森林里了。

"我不愿死啊，
我不愿离开桑洛哥哥。
我的儿子还没有出世，
儿子还没有看见父亲。"

娥并昏倒过去，
孩子就在这时出世。
婴儿刚刚落地，
就在母亲身边死去。
三个姑娘把娥并摇醒，
在地上铺好绿叶，
把孩子放在上边。

"可怜的孩子啊！
你才出生就死去了。
没有尝到母亲一口奶，
没有得到父亲的疼爱。

"刚生下的孩子啊！
我怎舍得用泥土掩埋？
放在河里鱼要吃，
放在地上蚂蚁要搬，
放在池塘里青蛙要咬，
只好把你放在树上，
用树叶轻轻覆盖。

"亲爱的孩子啊！
你死在森林里，
灵魂不要跑到远方。
你要变成一只会唱的小鸟，
飞在一棵高高的树上，
在这里等着父亲。

"亲爱的桑洛啊！
我们的爱情，
像一棵竹子，
被劈成两半了。
连刚长出的竹笋，
也被人铲掉。

"桑洛呀！
快骑上马，
快来到森林吧！
我见不着你，
还有一只小鸟，
会代替我啼叫……"

娥并的声音渐渐低沉，
树林里显得更寂静。
树梢上出现一只小鸟，
不停地叫：

"桑洛！桑洛！"
勐根的三个姑娘，
扶着娥并，
听见小鸟的叫声，
心里更觉凄凉……

十二

桑洛还在撒网，
这天真不顺利，
没有网到一条鱼，
中午才回到家里。

他走到门前楼梯下，

看见一缕缕的血迹，
桑洛问母亲：
"地上怎么会有血？
是哪家孩子割破了手指？"

"儿呀！
今天我煮红皮树，
想给你的娥并染布，
染水倒在地上，
到处都染红了。

"你妈妈煮了紫胶，
装在罐子里，
被娃娃们打泼在楼梯上，
看起来好像人的血迹。"

母亲的话是在骗他，
桑洛心里一片惊疑。
他赶忙去问邻居，
邻近的人讲了实话：

"桑洛呀！
今天真是好日子，
喜事来到你家。
大象自己走到你家，
你家没有把它拴起来，
它又回到森林去了。

"一只羽毛闪亮的金孔雀，
已经飞上了你家的凉台。
可惜啊，
被你妈用箭射伤了，
金孔雀流着血飞走了……"

桑洛的心非常痛苦，
他跳上马就往寨外奔跑，
鞭子不停地把马抽打，
心里像有一盆火正在烧烤。

只见路上的血迹，
不见娥并的影子。
沙地上有一群小孩，
桑洛向他们打听：

"孩子们呀！
在热辣辣的太阳下，
这里有没有人走过？
是男是女快告诉我。"

"骑马的哥哥呀，
我们什么也没有看见，
只有三个姑娘，
扶着一个姑娘走过。

"四个姑娘都漂亮，
她们来时头上戴着鲜花，
她们去时哭声响遍树林。
最漂亮的姑娘周身流血，
像只受伤的金孔雀。"

"她们过去多久了？
能不能追得上？"
"只要你的马跑得快，
不久就能赶上。"

她们走过的河，
河水还是浑的，
河水还没有变清，
岸上还有她们的脚印。
桑洛催打着马，
又跑了一段路。
前面有个老大爹，
肩上扛着锄头。

"老大爹呀，
你种田的时候，
看见有什么人走过？
请快告诉我。"

"不见，不见！
只有一朵鲜荷花，
去景多昂时开得正茂，
回来却被太阳晒焦，
花和叶子都变黄了。"

桑洛听了这些话，

心里更加难过。
他抽打着马,
使完了所有的力气,
来到树林里。

一只小鸟在树上不停地叫:
"桑洛父亲,
桑洛父亲,
你来迟了!
你来迟了!"

小鸟是桑洛的血肉,
小鸟的叫声使桑洛伤心。
他在树下呆呆望着,
眼泪像夏天的雨水。

这是娥并生孩子的地方,
地上的树叶还是绿油油的,
小鸟在树上啼叫,
只是不见娥并。

"亲爱的姑娘,
等我一下吧!
再大的痛苦,
你也不要死去。

"你要等着你的桑洛,
我在马上像被火烧。
痛苦无论多大,
你也要活着。"

桑洛抽打着马,
眼泪不停地流,
来到勐根,
泪水已浸湿了鞍头。

跑进寨子什么也看不见,
只见娥并家门口挤满了人。
姑娘们正在春米,
姑娘们正在劈柴。

桑洛下马就问:
"姑娘们为什么春米?

姑娘们为什么劈柴?"

"我们春米不是为了别的,
是为了桑洛的娥并;
我们劈柴不是拿去卖,
是为了你的娥并。
她前脚踏进门,
后脚还没进,
就倒下地死去了。"

桑洛听见这些话,
天地都黑暗了。
他冲进娥并的屋子,
冲开挡路的人,
就像钻进了蜂房,
人们的哭声比打雷还响。

娥并的母亲坐在屋角流泪,
娥并静静地睡着,
还像活时一样美丽。
桑洛一下扑上去,
他抱起娥并,
痛苦地呼唤:

"醒醒吧!
醒醒吧!
快伸开你的双手,
抱住你的桑洛,
快接住我的手帕,
擦去脸上的泪珠。

"我的好娥并!
你为什么紧紧闭着眼睛?
桑洛在和你说话,
你为什么不回答?

"你像天上栽的荷花,
芳香的荷花怎能凋谢?
你的哥哥啊!
没有修一个竹棚,
挡住夏天的雷雨。

"黑黑的头发,

黑黑的眉毛，
像棉花一样柔和的娥并呀！
即使你不能原谅我，
也要等一等我。

"像山一样的爱情，
被狂风吹倒，
留下桑洛一个人，
活着也不再有生命！

"如果你不能等待，
那就让我们的爱情，
像大青树的根子，
在深深的泥土里生存。"

娥并的眼睛，
微微张了三下，
看到了自己心爱的桑洛，
微笑着死在桑洛怀里。

桑洛痛苦地呼叫，
他哭昏过去，
还紧紧抱着娥并不放：
"心爱的娥并啊，
你等等我吧！"
人们把他拉开，
桑洛抽出了刀！

大家慌忙拉他的手，
他抓出衣袋里的银子，
撒了满屋满地。①
人们拥着去捡，
桑洛举起了刀，
倒在娥并身边。

有两个青年人的坟墓，
人们叫做娥并山，
那里埋葬着娥并和桑洛。

为了让两个情人永难相见，
桑洛的母亲把坟墓也隔断，
放了三筒竹子隔开棺材，
用挑水的扁担挡在中间。

但是，爱情却隔不断，
好像娥并生前打水的井，
至今还没有枯干，
井水变得更甜。

水井旁有棵大青树，
树上还挂着娥并的腰带，
挑水的姑娘们，
常在树下怀念。

两个坟头上，
长起密密的芦苇。
芦苇的根连在一起，
芦苇的花絮在一起飞。

桑洛的母亲见了，
放一把火烧了芦苇，
火光中升起两颗星星，
这就是桑洛与娥并。

一颗星出现在黄昏，
一颗星出现在黎明。
年年三月②两颗星相会在一起，
它们是那样明亮、美丽。

十三

在一个长满青草的山坡，

① 傣族习惯，人死后要撒钱，拣得钱，象征平安。
② 三月：此处指傣历三月，为汉族农历腊月。

单行本，云南人民出版社1960年版

搜集翻译整理者：云南省民族民间文学德宏调查队

附记（原《关于〈娥并与桑洛的搜集、翻译和整理〉》）：

关于《娥并与桑洛》的搜集，早在1953年，云南省文联曾做了一些工作。而较大规模地发掘、整理，是从1958年底开始的。

1958年9月，在中共云南省委宣传部的领导下，作协昆明分会、云南大学共同组织了以云南大学中文系师生为主的云南省民族民间文学德宏调查队。在德宏州委宣传部的直接领导下，调查队与傣族翻译同志密切合作，先后调查了潞西、瑞丽、盈江三个傣族聚居县。在整个工作过程中都得到了各级党委的关心和支持，坚决贯彻了四结合：搜集调查工作与当前斗争相结合、专业与群众相结合、普遍与重点相结合、调查与研究相结合。并实行了"六同"（同吃、同住、同劳动、同歌唱、同斗争、同联防），半年来在党的坚强领导与傣族人民的支持下，编写出了《德宏傣族文学概略》（初稿）和德宏傣族《民歌选》《民间故事选》《长诗选》《傣戏选》。《娥并与桑洛》是德宏调查队长诗选中的一部。

关于《娥并与桑洛》的搜集

九月底，调查队到达芒市，迅速下到了寨子，住在街坡、大湾寨和遮放镇两个点上。第一阶段的任务是重点深入。首先贯彻"六同"，以求得对傣族人民的生活、思想感情、民族性格有一个比较深入的理解。同时，通过调查，掌握傣族文学的主要特点与一般规律。

队员们到达寨子后，就在党支部的领导下，投入了秋收秋种的大决战。背着行李随协作队流动突击秋收，和傣族人民一起劳动、一起生活、一起斗争、搞联防、做家务事，也串门子、宣传，召开各种各样的老人、年轻人和歌手的座谈会，因而很快和群众打成了一片。弄喜寨一位大嫂高兴地唱：

风沙沙地吹哟，

吹来了搜罕麻①的干部，

你们是毛主席派来的人。

从大火烧天的时候，②

就注定了今天的相见；

从建寨的时候，

就注定了我们的团圆。

在首先大量地搜集了新民歌后，群众熟悉了我们，也了解了我们，便积极帮助我们了解各种线索。大嫂和姑娘们到处奔走，帮助我们搜集山歌。搜集了不少古老的优秀作品，如：《千瓣莲花》《九颗宝石》《阿暖混盖》《线秀》《叶罕佐和冒弄央》等长篇叙事诗。其中最有价值、最引起我们注意的是《娥并与桑洛》。不论我们走到哪家，群众给我们介绍的第一个故事，往往都是《娥并与桑洛》。老人座谈会上，也一致认为："我们傣族最有名、最好的诗是《娥并与桑洛》。年轻人的情歌中也常常提到娥并与桑洛的名字。"因此，我们便决定把《娥并与桑洛》列为搜集的重点，到处寻访，也搜集口头流传的故事。第一阶段工作结束时，我们搜集了各种各样关于《娥并与桑洛》的传说、故事和三个长诗抄本，其中两本流传于芒市，一本是流动小组从蛮常寨子的奘房借来的。

为了进一步在群众中更深入地搜集《娥并与桑洛》，我们分组至瑞丽和盈江，进行了点面结合的调查，建立了群众性的搜集网。巡回工作组跑遍了瑞丽、盈江两县，几乎"寨寨有熟人，村村有依靠"。弄岛乡嗯哼老人带着我们到处寻找线索。他跑了一整天，从一群小青年手中，找回了一个

---

① 罕麻：山歌。

② 在傣族神话中，开天辟地的时候，大火烧天烧了三万年。此处指的是开天辟地的时候。

遗失了的《娥并与桑洛》底本。

在傣族人民的支持下，我们陆续在盈江的盏西和广朗寨搜集了资料四、五两个口头流传本。在瑞丽姐东罕沙、弄岛蛮艾、勐印搜集了资料六、七、八三个底本。同时集中了各种各样的传说、故事、唱诗片断，汇成了一个资料集。

关于《娥并与桑洛》的翻译

《娥并与桑洛》的翻译，主要是以唱一句、翻译一句、记一句的方式进行的。由于抄本上大多是老傣文，有的夹杂着多种文字，和我们一起工作的年轻的翻译同志能读的不多，翻译的水平也不高。我们依靠当地党支部，动员了一切能调动的力量，广泛发动群众中能诵经书的老人、农村知识分子，以至老佛爷。翻译时，三人一组，老佛爷唱一句，翻译同志对着底本把这句译成汉文，记录的同志再记下来，遇到有疑问或译得不确切的地方，记录者提出相仿的同类词汇，反复考虑决定。翻译水平较高的同志也独立进行了一些翻译。为了忠实于原作，便于研究，记录时完全保存了底本的原始面貌，某些经过宗教徒和统治阶级篡改的、带有浓厚宗教色彩的部分，亦未作任何修改或删减。

关于《娥并与桑洛》的整理

《娥并与桑洛》是在党的领导下和傣族人民的支持下搜集和翻译出来的，也是在党组织的具体指导和亲切关怀下整理出来的。整理工作开始时，德宏州委宣传部杨苏部长对整理的步骤提出了以下的意见：

（1）研究傣族文学的独特风格和表现方法，研究傣文在节奏、韵律方面的特点。

（2）同时翻译若干底本。

（3）研究各底本材料，肯定共同的基本情节、细节描写和共同的表现方法等。

（4）区别不同的情节、细节，找出差别的原因。

（5）在以上基础上决定取舍。

（6）同时起草几个整理本，组织讨论，选出共同的最好的部分或句子，作最后整理，反复修改。

这些意见，给了我们很大的启发。

我们把在芒市整理的初稿带回昆明后，又得到了中共云南省委宣传部部长袁勃同志的具体指导。袁勃同志和我们一道反复研究了整理中的问题，详细查对原始资料，逐字逐句进行推敲，和我们一起作了第二次、第三次修改、整理。

具体的整理工作，是这样进行的：

首先经过酝酿、讨论与研究，在对作品的理解、评价以及情节处理上，求得一致的和比较接近于正确的认识。在认识基本统一之后，要求详细分析和掌握各个原始底本的情况。若干底本中，由于记录和审订者不同，差异较大，而且在基本情节相同的基础上，细节描写的差异也十分突出。经过分析，资料一（芒市抄本）在情节的完整与描写的细腻上超过其他底本，桑洛追求自由与反抗包办婚姻的因素也较其他底本强烈、鲜明，语言的色彩也较为绚丽，而资料三（流传于潞西县）与资料一的情节基本一致，但在对阿扁的刻画上却栩栩如生，超过资料一。在某些方面也还保留了口头传说的一些优美动人的情节和细节。另外两个口头流传本虽然比较简单，但却极其朴素，我们保留了它们的一些生动的比喻。其他底本各有优缺点，基本上概括为资料一和三这两个大类型。也有个别抄本被篡改得特别厉害，从头到尾充满了宿命论的思想。

我们认为，为了使整理本能完美与准确地传达出原作的本来面貌，保留人民长期的丰富的艺术创造成果，底本当然愈多愈好。但在底本出入较大的情况下，又必须选择一两个为基础，这样，我们便选择了资料一与三作为整理的主要根据。又以资料一为基础，其他作补充。

这次整理，由于同志们都下乡进行了较长期的实际调查，对傣族人民有较深入的接触和了解，对傣族文学的基本面貌有一个较具体的印象，因此，这一工作是在广泛调查、研究了傣族口头和书面文学的基础上进行的，使我们在整理时，不致孤立地就《娥并与桑洛》这一作品本身的资料判断问题，而能把它和整个傣族文学联系起来考虑，使我们的判断根据更充分。虽然如此，在整理中碰到的具体问题和困难还是很多的，主要问题如下：

1. 精华与糟粕问题

整理是要"去伪存真"。由于傣族过去全民信教，佛教思想在傣族地区影响深广，因此，傣族文学和宗教之间存在着复杂的联系。再加上过去统治阶级篡改和编造的故事，也通过抄本流传，因而作品中往往是精华、糟粕交织在一起。如：《娥并与桑洛》资料一，一开始就用了三百多行的篇幅歌颂沙铁的功德和豪富，叙述沙铁怎样求神拜佛、修桥补路，感动了佛，于是给他们送了一个儿子，这就是桑洛。一部分宗教徒写定的本子更直接插入些宿命论的解释，借此宣扬教义。有时，审订者的人生哲学也表现在作品中。如资料五（瑞丽本）说："娥并与桑洛的爱情，像虚幻的梦境，过分地追求总会毁灭，不希望的事却那么容易来临。爱情啊，像绳子一样紧紧缚在人们身上，愿后世人们，不要迷恋爱情，"等等。这些部分，我们把它删了。但为了尽量保留反映当时傣族生活现象和人民精神面貌的某些细节，诗的开始关于沙铁夫妻想要一个儿子，沙铁拜佛、妻子做梦的情节，我们在整理时适当地保留了合理的部分。

较复杂的问题是那些不明显的、属于审订者的思想感情所带入的某些不健康的因素。如有的对桑洛外表的美描写多了一些，某些夸张也显得过分。如说老太婆看见桑洛也想变年轻来和桑洛谈情，因此用染料染头发，把脸都染黑了；又如说漂亮的寡妇们故意卷起袖子露出雪白的臂膀给桑洛看，等等。我们认为这些是不值得宣扬的，因而整理本保留的不多。

2. 情节的选择与安排

在各个底本的情节存在差异的情况下，我们希望能做到合理地安排情节，在情节发展需要的前提下，尽可能地把各底本好的情节保留下来。在以下几个主要问题上，我们是这样处理的：

关于桑洛上门这个情节。一部分底本在桑洛回家告诉母亲要娶娥并遭拒绝后，处理为桑洛上门到娥并家。另一些底本则处理为桑洛想念娥并，又怕母亲反对，第二次又去勐根看娥并。也有一些底本根本就没有这个情节。实际上所有原始资料中，桑洛从勐根回家后，斗争都显得有些停滞，停滞于等待娥并的到来，而上门也并不能弥补这个弱点。因为桑洛上门后，想念母亲，又回到了母亲身边，娥并等了好长时间不见桑洛来，只得去找他。这样不但没有丰富桑洛的形象，且使全诗结构不够紧凑。所以我们采取了资料一的处理：桑洛在复杂的内心矛盾下，忍不住又跑到勐根去看娥并。回来后，终于和母亲展开了公开的斗争，这样情节发展更合理，也深化了桑洛的反抗性格。

关于娥并的母亲这个人物形象，一部分底本中娥并的母亲反对女儿和桑洛的爱情，一部分底本是支持女儿爱情的。经反复研究，感到如果把两位母亲都处理成了反面形象，将使人物形象显得太单调，且娥并的母亲反对女儿的爱情也缺乏根据。我们认为将娥并的母亲处理为正面形象的底本，客观上使一切反面的东西都集中于桑洛母亲身上，也更突出了桑洛母亲这一反面典型，因而我们采用了后者。

再次，关于娥并与桑洛的死，一部分底本处理为死在森林里，一部分处理为死在家里。我们更多的是采取后一种。整理时在选择上有一些分歧。有的同志认为：如果处理为死在家里，两位母亲和周围的人免不了长篇的哭诉，这在长诗中显得累赘，故主张死在森林里。还有的同志认为：娥并去到森林里生了孩子就死去，桑洛赶到后自杀在她身边，未免显得过分单调。更主要的是傣族人民非常熟悉和喜爱桑洛赶到娥并家自杀这个结局，所以还是死在家里好，悲剧气氛也浓烈一些。我们再次征求了翻译同志的意见，根据大多数底本的处理，便确定了桑洛死在家里。关于娥并母亲哭的那一段，和接近结尾的紧张情节有些游离，并显得累赘，所以我们删除了。

同时，各个底本在细节描写上都特别细腻，因而我们在情节发展上以资料一的处理为基础，在细节描写上，则将各个底本中最好的细节描写都集中起来，作为资料一的补充。比如在刻画人物时，从小写到大，从侧面和环境写到人物，以及在表现方法上丰富新颖的比喻和独特的比兴等都慎重保留下来了。

为了传达出民间口头创作的特征，原诗中的序诗、作者的启白和对话的精华都尽可能地保留了。

  3. 语言问题

由于我们不懂傣文，而且生活在傣族地区时间不长，要掌握傣语的特点是困难的。把傣语翻译成汉文之后，翻译同志有时觉得不够味。同时，傣族长篇叙事诗音乐性强。有时它不在韵脚押韵，而是在句子的中间自成音节，或是第一句的第三个字和第二句的第五个字押韵。但翻译同志说：“念起来最顺畅。”句子的长短也参差不齐，短的几个字一句，长的达四十多个字一句。汉语的诗要在句中押韵是少见而困难的。汉族诗歌一句几个字，一句四十几个字的情况也难找。我们在不伤原意的原则下，尽量做到韵脚押韵，有时为了表达自然和忠实，或遇有困难时，宁可不押韵。由于傣文诗歌既押韵又很自由，因而既不能搞成自由诗体，更不能搞成七言四句。这两者都与傣族诗歌的风格格格不入。要在翻译和整理时保持原诗语言的风格，是我们努力以求的，但结果仍不能圆满解决。

我们在忠实于原作、不损害原来风格的情况下，语言上仍努力作了适当的加工整理。但只是小范围的，如一句中改一两个字，或用另一种方式组织原有的由于翻译得不好或不够通畅的诗句。如：“牛铃声传到山上，德昂族姑娘们背上竹篮篓，带上银项圈，一齐跑下山来。”整理为：“牛铃声传到山上，带着银项圈的德昂族姑娘，背着竹篓篓，一齐跑下山来。”

同时，我们特别强调了避免在整理时带进一些知识分子的语汇，不随便乱增加一个形容词或比喻。

原诗中无标点符号和明显的分段。为了眉目清楚，我们把诗分了段，加了标点符号。

整理《娥并与桑洛》的过程是一个学习的过程。由于担任整理工作的主要是学生，没有经验，水平也有限，这个整理本仅仅是一个开始，一个起点。我们衷心盼望同志们提出意见和批评，帮助我们做进一步的修改。

参加《娥并与桑洛》搜集的包括云南省民族民间文学德宏调查队的成员：张友铭、朱宜初、龚荣星、戴家麟、吴国柱、李从宗、王刚昌、李必雨、杨千成、杨天禄、向源洪、魏静华、喻汉鲜、黄铁驰、佘仁澍。

德宏州委宣传部抽调了十一位翻译同志，参加《娥并与桑洛》的翻译工作，主要的有：刀宝干、刀秀庭、方鹤琴、克炳珍、方克儒、龚肃政等同志。

主要整理者为杨千成、佘仁澍。

袁勃同志进行了指导和具体修改。

另外，德宏州委宣传部杨苏同志给了我们很大的帮助和支持。德宏州潞西、瑞丽、盈江各县委宣传部的同志，以及各乡寨的很多同志都帮助了我们搜集和翻译，在这里一并致谢。

整理者
1959 年 12 月

线 秀

一

开放在池塘里的荷花呀，
是这样的美啊，这样的香，
花呀，你长久的芳香吧，
香遍各个城镇，各个地方。

花呀，再繁荣、再开放吧，
让爱花的蜜蜂为你奔忙，
让你的芳香传到各处，
让世世代代都闻你的芳香。

静静地听吧，听众们，
为了使故事像花一样，
永远活在人们心里，
我来为你们歌唱。

话说有个景东国，

任何国家也比不上，
景东有座弄秀城，
房屋密得像蜂房一样。

弄秀城有条大街，
一年四季都像赶摆①一样，
棉花摆的遍地是，
货物堆积像山一样。

弄秀城有两对有钱的老夫妇，
因为没有儿女日夜焦思，
虔诚的祷告感动了天神，
他们梦见天神降赐一颗绿宝石。

正月十四是一个吉祥的日子，
天神果然给了他们一个儿子，
儿子生得漂亮又伶俐，
线秀②就是他们给儿子取的名字。

苦命的小线秀啊，
他生下不久便成了孤儿，
他的父母丢下他去世了，
他长养在好心的叔叔家里。

没有父母的孩子是可怜的，
线秀心里很痛苦，
叔叔家里是富足的，
线秀心里却不欢喜。

_____

① 摆：傣族的一种集会形式。
② 线秀母亲梦得绿宝石而生子，故取名为线秀。线，宝石也，秀，绿也，线秀即绿宝石的意思。

小鸟长大了，
要飞出森林，
线秀长大了，
要远离家门。

他背上长刀一把，
他头戴篾帽一顶，
寨头上祝拜了神树，
线秀离开了弄秀城。

离开叔叔的家，
离开父母的故土，
他要到远方去流浪，
他要到异乡学本事。

弄秀城的小姑娘们，
个个都有爱线秀的心，
姑娘们都偷偷地想啊，
不成夫妻，也要做情人。

听说线秀要离开，
姑娘们一个个都传开了，
一伙一伙的小姑娘，
走到城寨外头来了。

"线秀哥啊，
你要离开我们，
为什么不讲一声？
外地没有亲人，
你会变得更孤零。

"线秀啊，
异乡的溪泉，
没有我们的水沟清亮，
异乡的姑娘，
没有我们真心肠。
前腿的肉啊，
不会有后腿的肉香。

"你离开我们了，
好比池塘里清鱼，

好比草地上没有露水。
你出去找到了幸福，
可不要把我们忘记。"

雁儿飞出芦苇，
芦苇草要摇动，
星星出在天上，
池里有它的亮影；
姑娘们的话语，
使线秀心里感动。

"亲爱的姑娘们啊，
线秀没有姐妹，
你们比姐妹还亲。
线秀没有家，
寨子就是我的家。

"我到外地去，
是要去学学本领，
到云端里飞翔，
像一只长大的雄鹰。

"姑娘们等着吧，
你们的线秀，
会给寨子带来光彩，
会给姐妹们带来高兴。"

过了寨头的桥，
转了几个弯子，
爬过了高高的山头，
他来到了宽阔的坝子。

河水喧响的地方，
是石头多的地方
热热闹闹的地方，
是人最多的地方。

线秀来到这个城镇，
走进一家卖菜的羊嘎①。
有两个年轻小伙子，

① 羊嘎：馆子、食堂。

到他身旁坐下。

"深山里的鹰啊，
为什么飞出森林？
远方的朋友啊，
为什么来到这个城镇？

"是来做买卖，
还是来寻找亲人？
你的名字叫什么，
家住在哪里，
谁是你的双亲？"

菩提树刚发嫩芽，
就遇到春天的雨露，
线秀刚到外地，
就遇到意外的知己。

"两位和蔼的朋友啊，
雄鹰飞出山崖，
是为了蓝蓝的天空；
我从家乡出来，
是为了学学本领。

"我像森林里的小鸟，
从小就没有一个窝；
孤苦的线秀啊，
从小就失去了父母。
请问两位朋友，
好听的名字怎样称呼？"

线秀戴着篾帽，
长刀在腰间摆动，
线秀的谈话，
使两个青年高兴。

"远方来的朋友啊，
我们是一对兄弟，
我的名字叫罕坦，
他的名字叫岩景。

"我们的命运，
和你一样的不幸。

父母都已死去，
再没有一个亲人。

"十岁的时候，
就被人送进宫廷，
听国王的使唤，
做国王的侍从，
好像岩洞里的嫩芽，
得不到雨露和光明。

"山里的鹦哥，
不愿关进牢笼；
我们两兄弟啊，
终于逃出了王宫。

"远方的朋友啊，
看你的模样，
勇敢而又坚强。
你有一把漂亮的长刀，
你有一副善良的心肠。

"我们今天相遇，
命运把三颗心结在一起，
太阳为我们照得更亮，
河水为我们流得更急。

"让我们结为兄弟，
永远不要分离。
好像三个猎人，
走进一片森林。

"遇到猛兽挡路，
三支箭一齐发射；
遇见鲜花采三朵，
找到果子摘三个。"

一颗星星，
照不亮地上的路；
一粒种子，
不会使田野变绿。
孤独的线秀，
感谢两个朋友，
答应结成兄弟。

太阳快落山了，
照着三个人影。
他们借宿在一个沙铁①家里，
好心的沙铁接待了三个好兄弟。

富有的沙铁没有子女，
他把线秀认作自己的义子。
三兄弟赢得了沙铁的欢喜，
三兄弟在这里经营生意。

二

季节像转轮一样，
风驰电掣的夏季过去，
明朗的秋天又来了。
稻谷在田里一片金黄，
散发着一股股清香。

农人拿着镰刀下田，
远行的生意人，
给黄牛挂上铃铛。
青年们的琴弦拨动：
姑娘们的纺车转响。

三兄弟同心同德地经营，
三个人就好像同胞兄弟。
每天到了夜晚啊，
两个朋友就围着线秀，
听线秀弹奏美妙的琴。

这一天夜里，
线秀还没有回来，
两兄弟围着火塘，
火塘的火快熄了。

雄鸡已经拍了三次翅膀，
十五的月亮也已经下降，

线秀终于回家了，
他眼里还含着幸福的光芒，
欢唱过的琴弦似乎还有余音。

线秀轻轻地躺下，
怕把朋友惊醒。
罕坦和岩景，
一切都听得很清楚。

第二天黄昏，
三个朋友一同回家，
线秀要上街子，
叫两个朋友不要等他。

"罕坦和岩景，
今晚你们早些睡吧，
请不要把我等，
门也不要闩上，
怕我回家把你们惊醒。"

两个朋友点头答应，
心里忍不住暗笑，
线秀的心事呵，
他们早已知道。

线秀独自走在街上，
他心里有些着急，
他盼望星星快出齐，
他盼望月亮快升起。

他背着三十二弦琴，②
走到寨子的西边，
他有力的双手啊，
弹出的琴声，
却像丝线一样柔软动听。

"我胸前的三十二根弦啊，
你要像雄鸡那样高唱，

---

① 沙铁：财主，富翁，有钱人。
② 傣族青年求爱，皆吹葫芦丝。三十二弦琴，是傣族神话中的一种优美动听的乐器。在"肇物丁"的故事中说肇物丁善弹
三十二弦琴，他的琴一弹起来，所有的野象都驯驯服服地听他指挥。唱诗时不用葫芦丝，而用三十二弦琴，就是从传说中
因袭下来的。

像鹦鹉的歌声那样婉转，
让屋里的姑娘，
赶快来到我的身旁。"

听见线秀的琴声，
一个姑娘轻轻出迎，
这是全寨最美的姑娘，
她的名字就叫线玲。

屋里的灯光，
已在窗户上闪动，
线秀走过屋外的天井，
看见了姑娘的身影。

她站在屋檐下，
月光正照在她的脸上。
好像一个仙女，
云裳在她身上飘扬；
好像一颗宝石，
在漆黑的夜里发光。

她手上的戒指，
也在暗中闪亮，
好像一只萤火虫，
停留在开满鲜花的花枝上。

心里激动又害羞，
姑娘不好意思开口。
可是线秀的歌声啊，
正像春风一样吹逗。

"闪闪发光的宝石啊，
为什么只静静地站着？
难道让哥哥的琴声，
徒然地被黑夜吞没？

"已经几个夜晚，
哥哥为你离开了自己的家，
我这心爱的琴啊，
也忘记了为朋友唱歌。

"亮晶晶的宝石啊，
开口回答吧！

不讲满一只箩箩，
也要讲豌豆粒那样大，
我就把它包好带回家；
轻轻地笑一下吧，
不笑月亮那样多，
也要笑一颗星星那么多，
我就小心地把它放进我的心窝。

"你园里的花啊，
不给我一束，
也要给我一朵；
不给我一朵，
也要让我闻闻它的香啊。

"吊兰花啊，
像灵芝草那么珍贵，
像仙人培植的荷花那么芬芳。
美丽的姑娘啊，
难道今天晚上，
又让哥哥白跑一趟？

"是不是因为，
宝石已经配上戒指，
菊花已经有人采去，
果子已经有人守望，
土地已经被人耕犁？

"要真是这样啊，
哥哥只好绝望。
我的琴弦啊，
永远为朋友歌唱，
唱出我心里的忧伤。"

琴声停止了，
线秀并没有走开。
从朦胧的屋檐下，
传来姑娘的回答：

"会说会讲的哥哥呀，
你来到我家，
我没有什么款待你，

请你接受这一嘴槟榔，①
请你坐在我心爱的小竹凳上。②

"会说会讲的哥哥啊，
你是远方飞来的小鸟，
姑娘怕你采了果子就飞掉。
你从外地来到这里，
姑娘的爱情怕父亲阻挠。

"哥哥的琴声，
钻进妹妹心里，
像雨水落在湖里，
流不走了。

"哥哥的爱情，
来到妹妹心里，
像燕子筑成的窝，
谁也拆不掉了。"

"姑娘呵，
哥哥的琴弦快弹断了，
你终于开口了。
只是妹妹的名字，
哥哥还不知道。

"人们说，
人的名字有三百零一个，
不知妹妹名字叫什么？"

"漂亮的哥哥啊，
人们说，
人的名字有三百零一个，
妹妹的名字啊，
好像山里的野菜一样难听，
父母给我取名叫线玲。

"哥哥啊，

人们说，
人的名字比谷子还多，
不知道哥哥名字叫什么？"

"妹妹啊，
人们说，
人的名字比谷子还多，
我的名字啊，
像撮箕、箩筐和竹篓，
爹妈把我叫线秀。

"妹妹的名字啊，
我早就听说，
你像三只牙的白象，③
哥哥走遍各地没有找着。

"今天和妹妹相见，
没有父母的线秀啊，
有了甜蜜的爱。
像月光一样的妹妹啊，
我俩的爱，
就像编好的藤篾，
一股箍着一股，
拆也拆不开。

"粉团花啊，
我俩的爱情，
寄托在勐岳④的椰子树下，
像椰子一样结得丰盈，
寄托在瓦慕⑤的大青树下，
像大青树叶一样永远发青。

"夜已深了，
妹妹屋子里的灯，
正在为你闪动，
哥哥也要回去，
以免朋友们把我久等。"

---

① 傣族青年男女互相恋爱时，常用槟榔来款待情人，傣族人认为吃了槟榔的人不变心。
② 傣族习惯，姑娘们喜爱的小伙子来了，便搬好凳子让他坐，如果不喜欢，便搬个坏凳子或根本不给他坐。
③ 三牙象，是傣族神话中极为珍贵的宝物。阿暖是傣族人理想中的英雄。有一个故事，说国王叫阿暖去找有三只牙的象，阿暖经历了许多艰辛，战胜了许多困难，终于找到了三牙象。
④ 地名。
⑤ 地名。

"哥呀，你回去吧，
今后要勤去勤来。
你不要到处乱讲，
不要把爱情丢在路上，
不要把妹妹丢开。"

线秀离开线玲，
很快回到家中，
他轻轻推开房门，
怕把朋友吵醒。

屋子里的火塘，
柴火燃得正旺，
屋子里的灯光，
比往日点得更亮。
罕坦和岩景，
迎着线秀乐洋洋。

小鸟吃了果子，
飞起来高高的；
马儿喝了清水，
跑起来快快的；
林子里起了风，
芦苇草沙沙的；
线秀有了爱情，
眼睛是亮亮的。

一丝一毫也不隐瞒，
线秀自己讲出了经过。
他请求朋友原谅，
原谅自己的过错。

两个朋友为他祝颂，
罕坦说：
"线秀哥啊，
爱情是幸福的事情，
我们要为你高兴，
你的琴啊，
今夜要为我们弹到天明。"

岩景说：
"线秀哥啊，
你有了爱情，
也使我们感到高兴，
我明天要早早上山，
为你寻找珍贵的礼品。"

红红的火塘，
暖在三个人身上，
好像初升的太阳，
照在三个人心上。

三

线秀要送礼物给线玲，
表示他们的爱情；
两兄弟要送礼物给线秀，
表示他们的友情。

他们日夜在想，
送什么才最恰当？
送金子太不稀奇，
它常被商人收藏；
送绸缎更不光彩，
人们常常穿在身上；
送宝石也不如意，
湖水更比宝石亮。

世间最稀罕的是什么？
世间最难得的是什么？
世间最可贵的是什么？

世间最稀罕的，
是象牙席①；
世间最难得的，
是象牙席；
世间最可贵的，
是象牙席。

---

① 象牙席，是傣族传说中的珍贵物品，中国古籍书中亦有记载。如《西京杂记》："武帝以象牙为簟，赐李夫人。"簟就是席子。

事情已经决定，
三个人要一同出门。
线秀在动身的前夜，
独自去向线玲辞行。

他没有背上琴，
嘴里也没有歌声，
悄悄来到线玲窗前，
线玲已经在外面久等。

"亲爱的线玲啊，
你不要奇怪，
我今天没有带琴来；
你不要伤心，
我今天是来向你辞行。

"我要去到远方，
去寻找珍贵的象牙席，
这是我们爱情的见证，
为了妹妹我才要出门。"

"哥哥啊，
真心相爱的人不怕别离，
只怕半路上把爱情抛弃。
我们的园子刚刚围起，
初放的花朵多么美丽。
只怕哥哥不在家，
牛马会进来践踏，
野猪会拱坏篱笆，
炎热的太阳，
会把嫩芽晒得枯萎。
哥哥回来迟了啊，
花儿会早早憔悴！"

"我爱的妹妹啊，
哥哥离开了你，
你要把花园围得更严密。
不要让牛马来践踏，
不要给野猪来糟踏。

"妹妹不要悲伤，
你要在家把哥哥等，

当柳树换叶冒芽，
当秧苗随风摆动，
我就会回到这里，
带回珍贵的象牙席，
带给你更甜蜜的爱情。"

第二天早晨，
天上还留着几颗星辰，
三个兄弟一同起床，
收拾好行李就动身。

来到寨子前面，
又碰见线玲姑娘，
一个人站在小河边，
她脸上无限惆怅。

线秀说：
"线玲妹妹啊，
你怎么独自来到这里？
早晨的风最冷，
早晨的雾最潮湿。
初开的花啊，
你要快快回去；
心里的话，
要快快对哥哥倾诉。"

"要远离乡土的线秀哥啊，
要讲的昨夜都讲完了，
要说的昨夜都说尽了。
我只担心父亲知道，
我只担心夏天的闪电，
会突然把鲜花烧焦。

"这一条头巾，
是我亲手用丝织的，
哥哥带在身上，
就好像没有离开妹妹。"

"妹妹啊，
我只有一对金手镯，
是母亲给我留下的，
妹妹把它戴在手上，
就好像和哥哥在一起。

"妹妹不要担忧，
也不要为我焦愁。
我有一颗勇敢的心，
我有两个好朋友。

"记住哥哥的话吧，
当柳树换叶冒芽，
当秧苗随风摆动，
我就会回到这里，
带回珍贵的象牙席，
带给你更甜蜜的爱情。"

线秀把篾篮挑上肩，
和两个朋友走了好远，
走过了绿油油的竹蓬，
线玲还伫立在河边。

四

走完了平坝，
来到荒无人烟的森林。
密林里野花似锦，
有的正在开放，
有的已经凋零。

森林里绿荫覆罩，
树枝上有数不清的小鸟，
有的振翅飞翔，
有的高声鸣叫。

到了黄昏，
太阳在森林中消失。
三兄弟放下行李，
要在大树脚下歇息。

砍来一堆树枝，
搭成一个棚子，
三兄弟睡在一起，

草地当作毯子。

森林里的夜啊，
漆黑好像锅底；
黑夜里的森林啊，
小虫叫个不停，
好像有一千只口弦，
一齐在姑娘嘴上弹弄。

不知名的夜鸟，
唱出忧伤的歌声。
线秀听见了鸟叫，
想起在家的线玲。
整整一夜啊，
他都睁着眼睛。

他想啊，
线玲是不是已经睡了？
她的纺车是不是还在转动，①
也许她正靠在窗前，
望着月光下的路影……

早晨的太阳，
在树叶中间照耀。
山里的野鸭叫了，
一群一群的小鸟，
飞出了窝巢。

天大亮了，
雾也散了，
三个好兄弟，
走得很远了。

他们这样走了几日，
在森林里住了几宿。
太阳晒干了几次露水，
蜜蜂飞来采了几次花蜜。

走完了森林，
来到了坝子；

---

① 傣族姑娘习惯在竹楼下纺纱等待情人。

下完了高山，
到达了平地。

到了一个城镇，
三兄弟四处打听消息。
泉水在山上寻找缝隙，
他们处处寻找象牙席。

最好的鹿子被猎人捉，
最甜的井水被水桶打，
最珍贵的象牙席啊，
藏在一个沙铁家。
三兄弟找到沙铁家，
向他说明了来意。

"有千箩万贯金银的沙铁啊，
野鸭子飞过高山，
是为了寻找水池；
种子从土里长出，
是为了尝到露水；
我们到你家来，
是为了买你的象牙席。

"你要多少金银？
你要多少宝石？
你要什么都行，
只要能换给象牙席。"

沙铁看见三个小伙子，
生得又壮又聪明。
高飞的小鸟啊，
翎毛还没有长成；
远方来的小伙子啊，
身上哪有多少金银。

"远方来的客商啊，
我有象牙席，
只是价钱太贵，
怕你们买不起。"

猎人为一只孔雀，
不惜射出所有的箭；
为了买象牙席啊，

三兄弟的钱袋都掏干。

沙铁看见金银，
嘴里连忙答应。
象牙席子过了秤，
价钱也一概付清。

泉水流下山箐，
要在池子里静一静；
小鸟吃了山果，
要在树枝上停一停；
快乐的三兄弟呀，
要在这里住三天三夜，
逛逛这里的风景，
看看这里的人情。

五

就像农家犁田要放牛吃草一样，
我们暂把三兄弟的话放下，
再来讲述他们的国家。

这个国家的国王，
名声大，权力更大。
他的奴仆有千千万万，
他的侍臣挤满了宫廷，
他的士兵多得像蚂蚁，
他的宫女多得像星星。

可惜啊，
他有国没有妃子，
他的宫廷冷冰冰，
就好比有谷子没有田地。

国王为此烦恼，
忧愁得像一片枯了的叶子。
宰相们四处打听，
为国王寻找漂亮的妃子。

风言风语吹进了宫廷，
说本地最美的姑娘名叫线玲，

国王的心里万分高兴。
他即刻命令大臣们备礼说亲。

一大伙人拥往线玲家里，
一大堆金银送到线玲家里。

国王的媒人对线玲的父亲说：
"布沙铁①啊，
我们国家很强盛，
我们国家很富足，
我们国王却没有妃子，
好比有谷子没有田地。

"听说你有一只金孔雀，
听说你有一只金凤凰，
听说你家的线玲啊，
是全国最美的姑娘。

"我们奉了国王命令，
特地来向你说亲，
把你的女儿送进宫去，
将来呀，我们双方都会幸运。"

听说说亲的是国王，
线玲的父亲欢喜得发狂。
他收下金银和礼物，
高高兴兴地答应嫁姑娘。

"国王的象队马队哪天到我家，
我的女儿就哪天嫁给他。"

夏天的雷雨，
把窝里的小鸟惊醒了；
突然的灾难，
把线玲的理想打乱了。
可怜的线玲啊，
她跪在父亲面前泪淋淋；
她的请求啊，
好像快要枯死的禾苗，
渴望着天上的甘霖。

"哺育我长大的父亲啊，
女儿不愿嫁国王，
女儿不愿去远方。
我是家乡的一口水井，
不愿叫国王的水桶来打。"

禾苗渴望甘霖，
上天却把烈火降下。
线玲请求父亲，
反被她父亲痛骂：

"你不嫁国王，
我偏要你嫁国王；
你不去远方，
我偏要你去远方。
你既是一口水井，
打水就得用水桶；
你不让国王的水桶打，
就用国王的泥土来填平。"

竹篾片戳进了心肝，
钢刀插进了肺腑。
线玲回到自己的屋里，
对纺车哭诉心里的痛苦：

"线秀哥啊，
你为什么还不回来？
你园里的菊花，
要被野猪连根拱翻了；
你的花园，
野牛野猪要跑进来了！

"我日日夜夜想着你，
一天到河边几十次。
河边的草啊，
被妹妹的鞋子踩遍了；
河边的竹子，
被妹妹数完了。
为什么还不见你的影子？"

---

① 线玲的父亲也是一个沙铁，"布沙铁"，是对老人的一种尊称。

线玲的衣襟被泪水湿透了，
线玲的眼睛哭红了。
妈妈走来安慰姑娘，
却好像送来一条金锁链，
给姑娘做为嫁妆。

"我的儿啊，
世上的姑娘长大了都要出嫁，
就好比一颗种子，
要种在地里才能发芽。

"你嫁给国王，
就好像乌鸦变成凤凰；
你嫁给国王，
就好像星星变成月亮。

"有奴仆供你使唤，
有珠宝供你赏玩。
国王的宝石像天上的星星，
你永远也数不完。"

父母都不可怜女儿，
线秀又去的太远了，
姑娘像没有翅膀的鸟儿，
轻轻地被人捉走了。

正月十四那一天，
国王的象队来到门前，
线玲被拖拖拉拉抢进了宫廷。

可怜的姑娘啊，
哭也不成声了，
嗓子也哭哑了，
狠心的国王啊，
却高兴得哈哈大笑了。

"我的线玲呀，
你不要哭了，
哭死哭活也没有用了。

"在森林里，
雀鸟斗不过老鹰，
在世界上，
我的话谁敢不听！

"我把宝石都给你，
我把奴仆都给你，
我把国土都给你，
只要我能够得到你！"

漂亮的宫廷，
比岩洞还冷；
高大的楼房，
关住了线玲。

"苦啊！
人们说世间苦子果最苦，
比不上我线玲的苦；
人们说熊胆蛇胆最苦，
我的苦比熊胆蛇胆苦！

"风要吹散乌云，
乌云会变成大雨降落；
国王要逼我成亲，
我一定要想个办法，
等我的线秀哥哥回家。"

盛开的花越摆动，
就会引来更多的蜜蜂；
鲜红的果子不落地，
会被乌鸦啄了吃。

线玲忍住悲痛，
脸上装出了笑容。
等国王大臣走进房门，
她发出了温和的声音：

"威震疆土的国王啊，
今天是正月十四，①
诸事不吉不祥。

---

① 线秀生于正月十四日，是个吉祥日子。国王抢线玲，又恰逢正月十四日，线玲为了推迟婚期，故诡称正月十四日是不吉不祥的日子。

今天成亲啊，
不是男的死，
就是女的亡！

"要成亲就得依我，
改在七月二十七。
要是不改期，
婚事至死我不依。"

聪明的线玲啊，
背诵了一套天干地支，
大臣们不住地恭维，
国王也满口赞许。
结婚的日子啊，
就这样推迟了。

六

春天露水好，
夏天雨水好，
润洒千草百花。
遍地的花儿开得好，
这一蓬刚要谢，
那一蓬又含苞。

线秀三兄弟，
回来带着象牙席，
路边的花花草草，
引不起他们的注意。

三兄弟走到一个城寨，
见一个银匠站在当街，
手里捧着银刀①，
不住地高声叫卖。
他们走上前去，
线秀拿起银刀，
轻轻抽出了刀鞘。

宝刀上的银光，

---

① 傣族人喜欢在好刀的刀壳和刀柄镶上银子，刻上花纹。

在阳光下闪闪四射，
罕见的宝刀啊，
三兄弟舍不得放过。

买到了象牙席，
买了三把宝刀，
爱情变得更甜蜜，
爱情可以更牢靠。

三人往回走，
归心如流水。
行路赛乘船，
顺风又顺水。

三兄弟昼赶夜赶，
很快地回到了家乡。
寨子里三班老幼纷纷议论，
屋子里客人们来来往往，
有的赞美罕有的象牙席，
有的说线秀的本领真正强。

有的说他可怜，
有的对他同情，
找来了难得的象牙席，
却失去了更难得的线玲。

人人都咒骂国王，
国王残暴像虎狼。
线秀是异乡来的孤儿，
线秀的遭遇使他们伤心。

好像三十二弦的琴，
每一根弦都折断了。
线玲被国王抢去，
线秀的心比断了弦的琴还痛苦。

"欢欢喜喜回到家，
我好比看见了田地，
却没有看见谷子；
我好比找回了谷子，

却又没有了田地。

"我好比一匹大象，
象牙被人拔掉了；
我好比一只孔雀，
羽毛被人剪掉了。

"全寨子的小姑娘都在，
全寨子的水井都照样清凉，
只有我的线玲被抢了，
只有我的水井浑浊了。

"水井浑浊了，
可以把它澄清；
水井枯干了，
可以另挖一口；
失去了线玲啊，
我要把她夺回来！"

全寨子的人都不平，
像风暴中的森林。
更愤怒的是罕坦和岩景，
就好像高山上打虎的猎人。

消息像风一样快，
从一寨传到另一寨。
消息激怒了正直的人们，
人人把长刀抽出来。

线玲的父亲啊，
吓得像干瘦的公鸡一样了；
逞凶的国王啊，
他的灾难马上就要降临了。

七

一切都准备好了，
线秀拿起笔来，
给线玲写了一封信：

"线玲妹妹啊，

我回来了，
回来却不能见面！
如果你还爱着哥哥，
如果你还记着约言，
你就走出宫门，
等在宫墙外边，
我要和你相见。"

线秀写好了信，
交给了聪明的岩景。
岩景装成一个卖绸缎的商人，
他到宫廷去卖给线玲，
为了国王的新婚做准备。

国王帮忙挑选了绸缎，
高高兴兴地走去。
岩景悄悄掏出信来，
塞到线玲的手里。

线玲拆开了信，
仿佛大水冲破了水堤。
悲伤惊喜像一阵大水，
把线玲冲得阵阵昏迷。

岩景扶起线玲，
叫她不要露出形迹，
他说线秀正在家里，
等待着她的消息。

线玲醒过来了，
把线秀的信读了一回又一回，
然后她拿起笔来，
写封信交岩景带回：

"线秀哥啊，
月光下的约言，
我一句也没有忘记，
我的心永远不会变，
我整个心里只有你。

"哥哥啊，
赶快来救我吧！
我要跑出宫门，

等候你的来临。"

岩景带回线玲的信，
好像带回一只象脚鼓，
线秀把鼓敲响了，
聚来了正直勇敢的人们。

农民来了，
猎人来了，
朋友来了，
不认识的人也来了。

罕坦和岩景，
本领最高强。
走路像闪电，
呐喊像雷响。
弄起刀和枪，
谁也不敢挡。
他们率领着众人，
他们是带队的大将。

出发的日子到了，
前进的队伍浩浩荡荡。
铓锣声使人振奋，
牛角声把田野变成战场。

军旗飘扬，
军旗在风里呼啦啦地响，
头领们头上的孔雀翎，
像一片芦苇在风里摇荡。

战士们年轻力壮，
长矛扛在肩上，
长刀挂在腰上，
手臂上刺着花纹①，
好像雄鹰的翅膀。

这个队伍呀，
真是雄赳赳，气昂昂，
他们一面前进，
一面大声喧嚷：

"往日我们背上长刀，
是为了砍伐高大的树木，
为了征服凶猛的虎狼。
今天，我们举起长刀，
是要去惩罚凶横残暴的国王！

"线秀是我们的好兄弟，
线玲是一个好姑娘。
今天他们遭了难，
就和我们自己遭难一样，
我们一定要帮忙！"

三个兄弟，
骑着三匹大象：
长着金色皮毛的，
是岩景骑的大象；
长着紫红色皮毛，
牙齿又弯又长的，
是罕坦骑的大象；
长着绿色皮毛的，
是线秀骑的大象；
长着银白色皮毛，
上面的鞍子还空着的，
是为线玲准备的大象。

队伍走过艰难的途程，
来到了国王城边，
罕坦和岩景单独进城，
队伍在森林里扎下营盘。

国王的宫殿，
四周是白花花的楼房。
罕坦和岩景悄悄地走进了后园，
线玲正在那里焦急地张望。
他们把她带出宫墙，
扶上了银白色的大象。

大象来到城外，
线秀看见了线玲。

---

① 花纹：文身。傣族青年，过去喜欢在臂上刺上龙虎之类的花纹，以示英武。

他们的快乐里含着伤痛，
整个森林都为他们骚动。
罕坦和岩景骑在象上，
注视着城里的动静。

国王正在准备娶亲，
忽听线秀抢走了线玲，
他立即命令士兵集合，
自己骑上老象带队出城。

在森林里抓不回线玲，
他发誓要烧毁森林；
士兵们夺不回线玲，
他发誓要杀完士兵。

线秀的队伍，
正在森林里等候。
河水不冲倒山崖，
河水就不能畅流；
队伍冲出了森林，
就像一万只猛虎在怒吼。

线秀跑在前面，
后面紧跟着两个好朋友。
他们三人多英武，
国王见了说话直发抖：

"线秀呀，
你为什么不讲理，
把我的妻子悄悄抢走？
这是天也不容，地也不许的事情。
雷神会把你打死，
我也决不和你甘休！"

线秀骑在象上，
唰地抽出宝刀：
"希哇基①啊，
你要抢夺我的线玲，
我只有这把钢刀。
你想要一个线玲，
我们送给你一万支长矛！"

双方开始了战斗，
杀得天都暗了，
杀得地都摇了。
人们的愤怒像洪水，
快要把国王淹没了。

国王渐渐招架不住了，
士兵们死得更多了。
他像一只撞破了的小船，
只好向岸边藏躲了。

他找了一个老人来调停，
答应不再抢夺线玲。
他要线秀给他三十箩银子，
赔偿他预备娶亲的损失。

国王趁此逃回宫殿，
心里恼恨没有得到美丽的妃子，
象背上只放着几个箩箩，
那是打了败仗骗来的银子。

线秀和线玲，
罕坦和岩景，
带着所有的乡亲，
胜利地回到家乡。

象脚鼓四处响动，
远远近近都来迎接线秀和线玲。
男女老幼都高兴，
为了胜利和爱情。

有两个漂亮的姑娘，
爱上了罕坦和岩景。
人们庆贺这三对情人，
让他们同一天结婚。

大家选了好日子，
做了七天七夜的大摆，
结婚的黑夜像白天一样热闹，

---

① 希哇基：国王的名字。

大家唱啊跳啊，把象脚鼓敲起来。

快乐的小鸟也来赶摆，
芳香的花朵也为他们盛开。
大家多么欢喜，
大家多么开怀。

我的故事唱完了，

美好的故事却永远没有完，
就像年年都有好花开放，
就像年年都有开花的春天。

真正的友谊像太阳，
真正的爱情像月亮，
真正的友谊和爱情啊，
永远在世间放光。

单行本，云南人民出版社1964年版
搜集者：云南省民族民间文学德宏调查队
整理者：李广田

附记（原《序》）：

一

《线秀》是流传在云南德宏地区的傣族民间叙事长诗。这部长诗究竟创作于什么年代，又于什么年代写成傣族书面文学形式"经书"，是很难确定的。云南民族民间文学德宏调查队所写的《德宏傣族文学概述》和《潞西傣族文学发展概况》（均系内部资料，未定稿，未出版），都认为是傣族封建领主制度时期的产物。一般认为，德宏傣族社会发展进入阶级社会约在十世纪前后，进入初期封建社会约在十四世纪之初，那么《线秀》的产生最早当在14世纪。从其故事、人物、主题、风格等方面看，还可能是产生于封建社会中期或更晚一些。解放以前的傣族社会就是封建领主制社会，当时的领主可以任意强娶民女，但有时也要在表面上经过一定的手续，如托媒说亲之类。长诗中的国王要娶线玲，实际上是强娶民女，但也不得不派了大臣到线玲家说媒，作个虚伪样子。长诗中的主要人物都生在沙铁家里，主人翁线秀的父亲是沙铁，线玲的父亲是沙铁，线秀离开家乡到外边去学本领，做了沙铁的义子，与两个朋友都住在沙铁家里，而线秀和两个朋友的生活也还是靠做生意。有的稿本中说，强娶线玲的不是国王，而是一个有势力的沙铁。沙铁这个阶层，在长诗中占着重要地位。沙铁是有钱的人，其中也包括经商致富的人。德宏地区的商业贸易，由来颇久。自明代以来汉族商人入境者日多，商业更加发达，不仅随处有市集，而且繁盛的商业城镇，亦随之兴起。钱古训《百夷传》记洪武时德宏傣族地区贸易称："地多平川沃土，民一甸率有数十千户，众置贸易所，谓之街子。"明史《孟养土司传》载："蛮莫等处，乃水陆会通之地，蛮方器用，咸自此出。江西、云南大理逋逃之民多赴之。"可以想见当时社会的性质。至于线秀离开家乡到异乡学本事，线秀与罕坦、岩景结拜为兄弟等情节，就更具有封建时代的色彩。

从艺术风格来看，《线秀》的神话色彩已经减低到最低限度，几乎是不存在了。假如它是奴隶社会的产物，它所继承的古老的神话色彩一定很浓，神话色彩的减退，就意味着社会的发展进步。傣族的另一长诗《娥并与桑洛》，可以肯定是一个反封建的爱情悲剧。以《线秀》与《娥并与桑洛》相比，从各方面看，大致可以肯定《线秀》的产生只会晚于《娥并与桑洛》，而不会早于《娥并与桑洛》。如果说，从古老的神话《千瓣莲花》（阿銮故事之一）发展到《娥并与桑洛》，又从《娥并与桑洛》发展到《线秀》，成为傣族文学的三个里程碑，这确是很有道理的。这中间，神话的色彩越来越少，而现实主义因素则愈来愈浓，《线秀》可以说是一部现实主义的杰作。傣族人有的认为桑洛与线秀就是古老神话中的阿銮（傣族人理想中古代人民的英雄形象），也恰好透露出在德宏傣族社会发展过程中，在德宏傣族文学发展过程中，有一个一脉相承的传统，而《线秀》，则是德宏傣族封建社会时期现实主义文学的一个成熟的果实。

也有人认为《线秀》可能是奴隶制社会的产物，原因是叙事诗第五章写到国王的时候说：

> 他的奴仆有千千万万，
>
> 他的侍臣挤满了宫廷，
>
> 他的士兵多得像蚂蚁，
>
> 他的宫女多得像星星。

看起来这个国王很像个奴隶主的样子。其所以会有这样的描写，恐怕主要还是由于艺术的夸张，这样，更可以引起人民对他的痛恨。他虽然奴仆如云，兵悍马骄，但终于还是被人民打败了，更充分地证明了"多行不义必自毙"。至于在发展过程中，特别在文学创作（尤其是口头创作）中还保留一点奴隶社会的痕迹，这也是很自然的，但不能据此判断《线秀》是奴隶社会的产物。

二

《线秀》的主题是什么？

叙事诗第三章一开头就说：

> 线秀要送礼物给线玲，
>
> 表示他们的爱情；
>
> 两兄弟要送礼物给线秀，
>
> 表示他们的友情。

诗的最后说得更清楚：

> 真正的友谊像太阳，
>
> 真正的爱情像月亮，
>
> 真正的友谊和爱情啊，
>
> 永远在世间放光。

作者、歌者，似乎就是这样给我们点出了主题：歌颂真正的友谊与爱情，二者之中又主要是爱情。线秀与线玲的爱情，中间遭受了严重的挫折，两个人都忠贞不渝，爱情是真实的。线秀与罕坦、岩景陌路相逢，结为兄弟，同生活，共患难，确是好朋友。友谊之可贵，具体体现在长诗中是两个朋友帮助线秀买到了难得的象牙席，更重要的是帮助线秀从国王那里夺回线玲。但是，只有两个朋友的帮助是不行的，因为线秀面对的敌人不是别人，而是有权有势的最高统治者。国王强夺了线玲，他认为：

> "在森林里，
>
> 雀鸟斗不过老鹰；
>
> 在世界上，
>
> 我的话谁敢不听！"

这是封建统治者的哲学。然而，线玲不听，线秀及其朋友不听，结果是一场激烈的战争。线秀之所以获得胜利，其关键又在于有了人民群众的支援。我们说《线秀》是产生于封建领主制社会的一颗成熟的文学果实，其中一个特点，也就是不同于傣族其他长诗的地方，就是这里出现了这样的人民群众，人民群众为正义感所激发，参加了与不义的国王的战斗，人民群众在这里充分地表现了他们对封建统治者的憎恨和反抗。人民说：

> "往日我们背上长刀，
>
> 是为了砍伐高大的树木，
>
> 为了征服凶猛的虎狼。
>
> 今天，我们举起长刀，
>
> 是要去惩罚凶横残暴的国王！"

他们在胜利之后的那种高兴的心情，更是难以形容。线秀与线玲的爱情是值得歌颂的，这是叙事诗的中心，没有这个中心，其他情节也就无所附依。线秀和罕坦、岩景的友谊是值得歌颂的，没有这两个朋友的帮助，线秀一个人是无能为力的。但线秀及其朋友都已不是神话中的英雄阿銮，没有人民的力量，要战胜希哇基国王是不可能的。《千瓣莲花》之类的长诗中不可能出现这样的人民力量，就是在《娥并与桑洛》中，虽然有几个女孩子同情并帮助娥并，虽然桑洛也是坚强的，但还是没有办法从母亲的毒手中救出娥并。所以，在长诗《线秀》中，正义的一边是线秀与线玲的爱情，线秀与罕坦、岩景的友谊，再加上一个重要因素——人民的力量，这一切结合在一起，与另一边为人民所痛恨的不义的国王做斗争，胜利当然属于前者，失败当然属于后者。长诗《线秀》的主题，是歌颂爱情与友谊，这是首先要肯定的。但通过这一主题和故事，也表现了人民的力量，揭露并抨击了封建统治者。这就是《线秀》与其他傣族长诗不同之处，也就是它的可贵之处。由于这一点，《线秀》通篇洋溢着乐观愉快的情调。长诗刚一开始，写线秀父母相继死去。对于孤儿线秀，这当然是可悲的，但不应当使这些情节影响全诗。有的稿本，过多地描写了母亲与父亲死后的哀伤，紧接着又过多地描写了线秀在母亲死后的可怜处境，这可能是歌唱者不断敷陈的结果，在整理过程中适当删削这些描写，这是有一定道理的。至于线玲被抢，这对于线秀与线玲都是极大的不幸，这里当然要表现他们的痛苦，这是一阵阴云，但雨过天晴仍还它青天一碧，那气象，那情调，就越发地显得朗朗高举了。

另外两个问题需要在这里试加说明：

一是关于沙铁的问题。

有人说：线秀与线玲的父亲都是沙铁，线秀又认了一个沙铁作义父，而沙铁都是有钱人那么他们与广大劳动人民的关系如何？假如他们是富商巨贾，是重利盘剥者，又如何能赢得劳动人民的支持？前文已经说过，德宏地区商人贸易，自古有之，于明为盛。但有一特殊情况，即这一地区的大商巨贾，多为汉人，傣族人弃农而务商者，史料中尚不多见。"沙铁"一词，在傣族民间故事中屡见。据一个傣族同志讲，沙铁泛指有钱人，不一定都是因经商而致巨富的人。因此可以设想，《线秀》中的沙铁，也可能只是贸迁有无、逐什一之利的一般傣族人民，他们和广大劳动人民的利害是一致的，他们也同样是受封建领主剥削的，线秀与线玲的不幸是广大人民所同情的，所以人民才说：

"线秀是我们的好兄弟，

线玲是一个好姑娘。

今天他们遭了难，

就和我们自己遭难一样，

我们一定要帮忙！"

一是关于"说和老人"的问题。

有的稿本中根本没有这个"说和老人"，国王战败，线秀胜利，事情就结束了。有的稿本说抢线玲的不是国王，而是一个沙铁，双方战争激烈，一个二百九十岁的老人因震惊而昏倒了，老人醒来后把两方大骂一顿，说他们愚蠢之至，特别责骂线秀无礼，结果双方都听了话，线秀送礼物给沙铁，作为休战的条件。另一个稿本却说：

双方都勇敢，

双方都本领强。

杀得天都暗，

杀得地都摇。

谁也不败，谁也不弱，

但双方的人都死得不少。

这个震动全国的消息，

传到了一个古老长寿的老头那里，

他的年纪已经有八百九十岁，

他给他们调停来了。

这个老人说自己是从古代来的人，他知道吉凶祸福，他说双方不应当为了一个线玲就这样厮杀。他给双方提出了讲和的条件：国王把线玲还给线秀，线秀送国王三十箩银子，算是给国王的面子。这个老人的出现说明什么问题？这有两种解释：一是人民总结了所谓历史经验，不论什么战争，总是对人民不利的，所以创造了这样一个"和平老人"。一是反映了封建统治阶级的意识，当他面临失败的时候就出现了阶级调和论者，或者这段文字干脆就是由反动统治者篡改的。整理定稿时，改为由国王自动请人来讲和，说明他的失败是不可挽回的。这样改，既符合长诗的主题思想，在情节上也是适当的。有的稿本里说：战争胜利之后线秀三兄弟做了新的统治者，这也许正是人民希望的一种反映。另一个问题是，为什么线秀还要给国王三十箩银子？难道真是为了给国王一个好看的面子吗？与其说是给封建统治者面子，毋宁说这是人民对于统治者的一种嘲讽。请看，这个希哇基国王，得不到线玲，只要有了三十箩银子也就夹起尾巴来逃了。这是人民的"幽默"，是胜利了的人民对于失败了的统治者的一种含笑的讥讽，其中充满了多少蔑视！而这种情调，也还是和洋溢在全诗中的那种乐观愉快的情调完全一致的。

三

《线秀》的艺术特色是非常明显的，就是朴素的美，或美的朴素。《线秀》的故事情节是朴素的，自然的，处处予人以真实感。在人物的刻画上，虽然着墨无多，但也面目各殊，性格鲜明。有些比喻和描写，简直朴素到了出奇的地步，那么平常，但又那么令人惊绝。如第一章中写线秀要离开家乡，家乡的姑娘们给他送行，姑娘们说：

> "你离开我们了，
> 好比池塘里没有鱼，
> 好比草地上没有露水。"

第六章中，线秀从远方买了象牙席回来，准备赠给线玲，但线玲已经被抢走了，他诉说他的痛苦：

> "欢欢喜喜回到家，
> 我好比看见了田地，
> 却没有看见谷子；
> 我好比找回了谷子，
> 却又没有了田地。"

用这样习见的事物比喻这么深沉的痛苦，真令人体味不尽。第一章临尾，写线秀在外地遇到了罕坦和岩景，三人结为兄弟，罕坦和岩景高兴地说：

> "让我们结为兄弟，
> 永远不要分离。
> 好像三个猎人，
> 走进一片森林。
>
> "遇到猛兽挡路，
> 三支箭一齐发射；
> 遇见鲜花采三朵，
> 找到果子摘三个。"

这很容易使我们联想到第七章写三兄弟骑上大象准备出发的景象：

> 三个兄弟，
> 骑着三四大象：
> 长着金色皮毛的，

是岩景骑的大象；

长着紫红色皮毛，

牙齿又弯又长的，

是罕坦骑的大象；

长着绿色皮毛的，

是线秀骑的大象。

当然，这一次不是走进森林去射杀猛虎，而是要去和国王决战，而且还要去接回线玲，所以在三匹大象之外还有一匹：

长着银白色皮毛，

上面的鞍子还空着的，

是为线玲准备的大象。

诗章就是这样很自然地、老老实实地编织而成的。有时真是写得又深又细，把恋爱者的心情写得那么温柔，那么谦逊，而又那么诚挚，那么大胆，那么美。如第二章线秀向线玲求爱：

"亮晶晶的宝石啊，

开口回答吧！

不讲满一只箩箩，

也要讲豌豆粒那样大，

我就把它包好带回家；

轻轻地笑一下吧，

不笑月亮那样多，

也要笑一颗星星那么多，

我就小心地把它放进我的心窝。"

读到这样的诗句，我每每停下来，沉入思索。我很想从我所知道的中外古今的好诗中找出可以与之比拟的佳句，大概也由于自己所知太少，实在想不出有类似的写法。第二章写线玲回答了线秀的要求，接受了他的爱，表示了自己的爱，她说：

"哥哥的琴声，

钻进妹妹心里，

像雨水落在湖里，

流不走了。"

真的，从线玲自己来说，真是把话说到家了。可是她又不能不担心线秀会不会遗弃她。她说：

"不要把爱情丢在路上，

不要把妹妹丢开。"

"不要把爱情丢在路上"，话说得傻里傻气，莫名其妙，可是，这比得多好啊！这使人想起《诗经·谷风》一诗中如下的句子：

习习谷风，维风及颓，

将恐将惧，置予于怀，

将安将乐，弃予如遗！

所谓"弃予如遗"，并不是说舍弃我就像丢掉了什么东西似的。如果丢了什么东西，人还会挂在心上，设法寻找的。遗，脚印也。丢弃了我的爱情，就像走路时把脚印留在身后一样，毫不回顾，一点儿也不经心。这就是线玲所说的"不要把爱情丢在路上"的意思。

有人说，诗的高潮是一场血战，到了要紧处，反而不用力描写了。这样的惋惜，可能有一定的道理，但是也不见得。因为，如果不必多写也可以说明问题，又何必多费笔墨呢。《线秀》是用战争来解决矛盾的，但它本身又不是一首写战争的诗。一场血战，只用五行诗就交代了：

> 双方开始了战斗，
> 杀得天都暗了，
> 杀得地都摇了。
> 人们的愤怒像洪水，
> 快要把国王淹没了。

这样也就够了。何况，在第六章，写三兄弟回来的途中，遇见一个卖银刀的银匠，三兄弟买了宝刀，并说：

> 买到了象牙席，
> 买了三把宝刀，
> 爱情变得更甜蜜，
> 爱情可以更牢靠。

这就预示了将要面临一场战争，而且也预示了线秀的胜利。人民诗人就是这样自然地老老实实地编织他的诗章的。要想用美好的辞令来赞美这样的诗篇，自己感到很无能，因为它太朴素，令人无话可说，说了这些，也许还不如不说为妙。不过有一点必须指出：这一艺术特色，就是《线秀》的艺术风格，这种风格是傣族人民所独有的，不是模仿，不是虚构的，而是从傣族人民的历史中，从文艺传统中，从他们的斗争与生活中，从他们的感情与语言中生成的。《线秀》有很多特色，不只这一点，但这一点却很重要。

四

1958 年 9 月，在中共云南省委宣传部的领导下，作协昆明分会与云南大学共同组织了以云南大学中文系师生为主的云南省民族民间文学德宏调查队，在德宏州委宣传部的直接领导下，与傣族翻译同志密切合作，先后调查了潞西、瑞丽、盈江三个傣族聚居区。傣族叙事长诗《线秀》，就是这次调查所得。现在有四种译文稿本：44 号，是调查队根据口述记录的；43 号，是刀秀廷、思永林根据口述翻译的；42 号，是调查队初步整理稿；41 号，是调查队的第二次整理稿，完成于 1959 年 3 月。我就是在 41 号稿的基础上，参考了其他三种稿本，有增有删，进行再整理的，定稿于 1961 年 12 月 10 日。

在这次整理中，遇到了不少问题，有几个问题，前文中已经说过，不再重述。另外有些问题，再简单提一下。

41 号稿中已经删掉了的，如表现歌手唱诗特色的开场诗、过场诗、收场诗，表现傣族人民风俗人情的如远行者在寨外祝拜神树，表达爱情时请吃槟榔等情节，都恢复了。有些事是不合实际的，经向傣族同志请教后，都改写了。如 41 号稿说线秀与两个朋友住在一间破茅屋里，打柴为生，并且用打柴所得的金银去买到了象牙席。这是不可能的，因为傣族人并不以卖柴为生意，更不可能用卖柴所得的一点钱购到高价的象牙席。线秀既然出身于沙铁家，他自己出去经商是很自然的。线秀认沙铁为义父（所谓认"亲爹妈"），这是符合傣族习俗的。傣族青年人到远方去，要认"亲爹妈"，才能找到住处，至今犹然。傣族人民到国境线外帮助缅甸人采茶，也要认"亲爹妈"。有的稿本说，线秀父母死后为鬼神所使，化身为另一对沙铁夫妇，就是线秀认作"亲爹妈"的沙铁夫妇，这当然是迷信。线玲问线秀叫什么名字，线秀说："我的名字啊，像粪箕、箩筐和竹篓，爹妈把我叫线秀。"新中国成立前傣族人无厕所，不积肥，不可能有粪箕。虽然他们也有所谓"粪箕"，实际是盛垃圾的，不是盛粪的，和一般所说"粪箕"不同。为避免误会，仍以不用"粪箕"为宜。附近缅甸境内虽有宝石矿，但在诗歌中用矿井作比喻，说国王的宝石多得像矿井一样永远开不完，是不常见的，故改用星星作比，说国王的宝石像天上的星星那么多，永远也数不清。像这样的例子还有一些，都是向熟悉情况的同志请教过后才改过的。叙述重复过多处，有所删减，叙述不够处，参照其他稿本有所增补。在字句润饰上曾经用过一些心思，也不过求其自然顺畅而已。至于傣族长诗的音乐性，它的押韵的方法（据说它不在韵脚押韵，而是在句子中间自成音节，或是第一句的第三字和第二句的第五字押韵）和造句法（数量词和形容词放在名词之后），更是无从捉摸，只好不去管它了。

我个人没有参加过调查队的工作，也从未到过傣族地区，对于傣族人民的历史、文化、生活、习俗简直完全处于无知状态，要把这样一部长诗整理好，实在是不胜任的。长诗定稿和在后记里所说的这些话，一定有很多错误和缺点，希望原来的调查者、翻译者、整理者和读者们给予批评和指正。

在这次整理过程中，云南大学历史系少数民族历史专业研究傣族史的江应樑同志，中国语言文学系少数民族语言文学专业担任少数民族文学史教学的朱宜初同志和傣族教师龚荣星同志，都提了很多宝贵意见，给了很多帮助，谨向他们表示感谢。

李广田

1961 年 12 月 12 日

叶罕佐和冒弄央

一边叫作曼丁贯，
一边叫弄央。

弄央地方真热闹，
牛帮的铜铃日夜响。
汉人来做生意，
青年来串姑娘。

园里的鲜花啊，
明媚的春天已经来到，
你为什么还不发芽？
夏天的雨水已经洒下，
你为什么还不开花？

这里有个岳柏戛，
四间楼房高又大。
黄牛遍山坡，
水牛满平坝。

快些开放吧，
让人们都闻着你的芳香。
让蜜蜂、蝴蝶为你奔忙，
人心为你震荡！

生下独儿冒弄央，
眼睛像星星闪光，
小嘴槟榔般红润，
头发墨玉般黑亮。

我提着水桶辛勤浇洒，
让满园的花儿开得芬芳。
弹起傣家的丁我热泪盈眶，
把祖先这悲苦的故事传唱。

爹爹爱他如珍珠，
妈妈爱他像玛瑙。
一天换三次衣裳，
一天洗三次澡。

这故事像闪烁的火光，
在达希那地方越传越广。
为了不让这堆火熄灭，
我把心中的柴火添上。

春天过去夏天又来，
冬天刚逝春天又到。
冒弄央一天天长大，
会说会笑会走路了。

不缠着妈妈要奶吃了，
不穿着开裆裤满地爬了，
脸蛋上不再粘着鼻涕，
独个儿也敢出门去耍了。

一

汹涌的怒江波浪，
隔开两个好地方，

青草发了十六回嫩芽，
孔雀换了十六次羽毛，

青树换了十六次衣裳，
冒弄央长到十六岁了。

妈妈缝绸子衣裳给他，
爹爹买最好的丁给他。
冒弄央系上了红飘带，
还有一匹俊美的马。

骑着骏马在平坝奔跑，
弹着丁在树下唱歌。
他到哪里哪里热闹，
他走了，寨子就冷冷落落。

弄央寨的姑娘多得像星星，
却没有一个获得冒弄央的爱情。
他最喜爱的姑娘在哪里？
骑上马带上丁去远方找寻。

二

怒江右边弄央对岸，
有个寨子曼丁贯。
寨边竹蓬是围墙，
大青树是遮阴伞。

这里有个罕布杏，
人们称他金头人。
大小事情归他管，
金银满库牛满山。

牛马放进怒江去，
堵得江水流不过。
牛叫起来像打雷，
马跑起来像雨落。

两夫妇年老无儿子，
生得个女儿叶罕佐。
白得像刚绽出的棉桃，
嫩得像刚开放的粉荷。

爹爹天天抱她，

妈妈时时亲她。
美丽的小姑娘呀，
一天一天长大。

姑娘长到六个月，
妈妈得病离了人间。
幼小的叶罕佐失去了母亲，
像无娘的小鸡一样可怜。

半岁的孩子怎能无人照看，
六个月的囡怎能没有母亲！
金头人托人四处打听，
娶来个年轻女人。

后妻到家四年时光，
先后生下两个姑娘。
于是金头人便有三个女儿，
三个女儿都像鲜花一样。

金头人有了三个女儿，
门口热闹得像赶街一样。
星星熄了还有小伙子在唱，
天快亮了还听见丁声在响。

三个姐妹是一束鲜花，
叶罕佐是最好看的一朵。
后娘总是爱亲生的骨肉，
三个女儿呀，她只爱两个。

叶罕佐去采野花，
她说："引来了讨厌的蜜蜂！"
叶罕佐和妹妹游戏，
她说："妈死了，你还不心痛？"

后娘咒骂大女儿，
妹妹来安慰大姐。
后娘不爱妹妹爱，
没有亲娘有妹妹关怀。

三个姐妹亲密无比，
一刻也舍不得分离。
一同到园子里摘菜，
一道去小河边洗衣。

三姐妹像仙女一般美丽，
三姐妹像金鹿一样纯洁。
老年人见了称赞，
年轻人见了欢喜。

三

春天来到怒江两岸，
山坡又披上翠绿的衣裳。
山李花迎风盛开，
百鸟在林间歌唱。

叶罕佐的心随着李花开放，
山上的野草真嫩啊，野花真香！
叶罕佐提着竹篮出了家门，
妹妹们手拎提箩跟在身旁。

三个快乐的姑娘，
嬉笑着来到花山上。
红衣绿草迎着春风轻摆，
蜜蜂彩蝶绕着野花奔忙。

芭蕉叶上的露水像镜子，
等着姑娘来梳妆；
大青树的枝叶像把伞，
等着姑娘来乘凉。

孔雀在草地上开屏，
百鸟在头顶上鸣叫。
白兔灰兔忘了吃青草，
跟在姑娘身后跳。

走了一坡又一坡，
过了一洼又一洼，
篮子里装满了野菜，
头发上戴满了鲜花。

秀银花，帕笋花……
山芹菜，野茴香……
头上的鲜花多娇艳，

篮里的野菜嫩汪汪。

野外春风真凉爽，
野地花草多清香。
若不是后娘等着煮晚饭，
真想一辈子留在花山上。

三姐妹正想转回家，
忽听得有人在说话：
"漂亮的姑娘啊，
你们是哪个寨子的鲜花？"

叶罕佐抬头四处望，
山上没有竹楼草房，
四周不见人影，
是谁在这里歌唱？

树枝上有一只鹦鹉，
一边唱一边扇着翅膀。
绿色的鹦鹉把歌唱完，
一展翅便飞向远方。

听见鹦鹉的话，
妹妹们悄悄笑了；
遥望鹦鹉远去的身影，
叶罕佐的脸红了。

三姐妹在大青树下歇脚乘凉，
叶罕佐对着芭蕉叶重新梳妆，
采几朵鲜花插在发髻，
将薄纱披巾搭在肩上。

四

乡亲们，静静地听吧！
我要像铁匠一样把锁来开，
我要像木匠一样把桥来搭，
我要像园丁一样把鲜花来灌溉。

冒弄央在家中心里烦闷，
他想着春天的田野山林。

跨上鞍一扬鞭马如箭发，
过怒江马鬃毛没湿一根。

心神恍惚，去向不定，
放开缰使马儿自在慢行。
走了一山又一洼，
花瓣花粉呀粘满马身。

森林间阵阵清风吹来，
花枝儿轻轻摇摆；
白李花红樱桃开满路边，
阵阵幽香迎面扑来。

小猴儿在树上嬉闹跳跃，
啄木鸟把树干一敲一敲，
绿鹦鹉一对对比翼齐飞，
闹喜鹊一双双高声啼叫。

眼前出现一棵大青树，
识途的马儿停住了脚步。
大青树下坐着三位姑娘，
像三朵鲜花盛开怒放。

冒弄央跳下马来，
规规矩矩走到叶罕佐面前，
对着漂亮的姑娘，
轻轻弹拨着琴弦：

"美丽的姑娘住哪村？
谁是你们尊贵的双亲？
你们好听的名字叫什么？
在大青树下停留有什么事情？"

鲜花引来蜜蜂，
春风送来鸟语；
小伙子的声音比蜂蜜甜，
小伙子的话比鸟叫动听！

叶罕佐含羞低下头，
摸摸衣角又整整披巾，
心像小马鹿跳个不停，

不知怎样回答年轻人。

"漂亮的哥哥啊，
是什么天神把你引来？
是什么鸟儿给你指点？
使我们能在这里相见！

"远方的哥哥啊，
你像混西迦①一样漂亮。
你的声音是清脆的泉水，
流进了姑娘的心房！

"年轻的天神啊，
你来到人间的山林，
是为了寻找纯洁的爱情，
还是迷了路才踏上这条花径？

"迷了路的哥哥哟，
你的情人没有从这里走过。
美丽的姑娘早在家里等你，
漂亮的马儿不该在这里歇脚。

"马儿不该在这里停留，
这里的水不清呀山不秀，
这里的花朵不芬芳，
这里的姑娘生得丑。

"难看的姑娘啊，
不配跟哥哥唱歌；
英俊的哥哥啊，
应该戴最香的花朵。

"我们三姐妹，
住在怒江边，
寨子的名字叫曼丁贯，
穷困的日子很艰难！

"我的亲娘已死去，
爹爹又出门去做生意，
家中只有后母，

---

① 混西迦：傣族传说中的天神。

孤零零地跟我们在一起。

"请问漂亮的哥哥，
你的家中有些什么人？
年老的父母住在哪个寨子？
嫂嫂和爱妻住在哪个村？"

叶罕佐的声音比菠萝甜，
叶罕佐的话比丁琴好听。
冒弄央啊要怎样开口，
来回答这醉人的歌声？

"金子一样的妹妹呀，
园子里鲜艳的板宝花！
你的歌像笛子一样清脆，
你的歌像铃儿一般悠扬。

"你的声音像混西迦的琴，
你的声音像青铜的磬；
你的歌蜂蜜一般甜美，
你的歌米酒一般醉人！

"十五的月亮啊，
又白又嫩的芭蕉心！
哥哥不是迷路才来到花山，
是天神在暗中指引！

"哥哥的名字叫冒弄央，
他是一片没有找到泥土的浮萍，
他是岳柏戛家一棵独树，
他是弄央寨一个孤独的人。

"怒江两岸他都跑遍，
没有找到一枝最美的花朵；
两岸的山林他都去过，
没遇见一只最美的孔雀。

"四处奔走的马儿，
今天才见到最鲜嫩的青草；
孤独的冒弄央啊，
今天才把最美丽的姑娘找到。

"白菊花呀，

只怕你的园子早有人围；
笼子里的鹦鹉呀，
只怕你早有人哺喂。

"你像森林里的树木，
只怕有人早就想砍伐；
你像田里的秧苗，
只怕有人已经移栽。

"你像圈里的小牛，
只怕有人已经驯服；
你像草场上的骏马，
只怕有人已配上金鞍。"

"聪明的哥哥呀，
说话不要像弯弯扭扭的树藤。
妹妹在竹楼里单床独枕，
妈妈还没有收下人家的金银。

"曼丁贯的园子啊，
还没有人来围；
山林里的鹦鹉，
还没有人来哺喂。

"绿葱葱的森林，
还没有人来砍；
嫩汪汪的秧苗，
还没有人来移栽。

"蹦跳的小牛，
还没有犁手驯服；
草坪上的骏马，
还没有骑手配鞍。

"没有绿叶的花朵，
是这样寂寞孤单；
没有亲娘的叶罕佐啊，
只有纺车做伴。"

叶罕佐的话像雨水，
浇绿了怒江两岸的森林；
叶罕佐的话像春风，
吹散了冒弄央心上的乌云。

"金针花啊，
我和妹妹一样寂寞忧愁。
好比孤雁憩息在芦苇里，
好比小鱼在水中独自漂游。

"浓密的大青树啊，
请你作为我们的媒人，
让怒江隔着的两只小鸟，
同飞进一个森林！"

叶罕佐的脸，
像路边的桃花一样泛红；
叶罕佐的心，
像林中的小鹿在蹦跳……

山林升起薄雾，
太阳靠近山坡。
牛群马群要回圈了，
雀鸟也快飞回窝。

"做晚饭的时候早过了，
后娘在家里生气了。
冒弄央啊，
妹妹只得和你分手了。

"慢慢地回去吧，哥哥，
我俩的话要牢牢装在心里。
骑上大马过怒江，
别让汹涌的江水冲掉一句。

"回去见了鱼肉，
不要忘记野茴香；
过江见了菠萝，
请别把酸木瓜遗忘。"

"叶罕佐啊，好妹妹，
太阳告别了白天，
它还会回到大地；
月亮在天边升起，
总有着星星陪伴；
芭蕉叶闪闪发光，
是因为洒上了雨水；

桃花李花开得灿烂，
是因为太阳的光辉。
桑叶已经发绿了，
专等蚕姑来采摘；
展缪花已经放苞了，
只望彩蝶来相亲。"

"太阳就要滚下山冈，
金子一样的时刻总是不长。
冒弄央啊，好哥哥，
只要你真心相爱，
请骑着骏马来我们寨子。
叶罕佐妹妹，
等着哥哥把心弦拨响。"

五

"春夜啊，为什么这样漫长？
雄鸡啊，为何还不拍翅膀？
星星啊，快休息去吧！
太阳啊，快把东方照亮！

"春夜的小虫哟，
你不要再叫了；
早起的绿雀啊，
你快快起床！

"四周太静，没有声响；
春夜墨黑，不见亮光。
上家的牛栅怎么还不开？
下家的灶房怎么还不响？"

起得最早的姑娘刚挑起水桶，
最勤快的大妈刚打开房门，
心急如焚的冒弄央，
已备好马鞍，背好丁琴。

跨上鞍把鞭一扬，
马不停蹄奔向怒江。
清晨的寒风吹着江水，
翻起串串棉花一样的波浪。

冒弄央过了怒江，
来到曼丁贯的水井旁。
他轻轻跳下马来，
去问一群挑水的姑娘：

"茉莉花在哪个园里生长？
夜来香在哪一家开放？
请问姑娘们，
哪一幢是叶罕佐的楼房？"

姑娘们看见冒弄央，
一个个害羞地笑了。
她们停下婀娜的步子，
好心地给他指路：

"日出那方是她家，
一围篱笆高又大，
奘房上去第三幢，
门前一树缅桂花。"

一围篱笆高又大，
门前一树缅桂花。
奘房过了数三幢，
来到叶罕佐的家。

来到了叶罕佐的家，
为什么挂着锁一把？
竹刺、荆棘封大门，
这又为哪桩？

鸡鸭已放出竹笼，
牛马早赶上山坡。
锁门不是关牛马，
莫不是关叶罕佐？

要上前竹刺挡住，
要砸门锁得太紧。
冒弄央在门外站了许久许久，
他只得轻轻弹起了手中的丁：

"悲愤的丁琴啊，
你要高声地唱。

唱得门上铁锁开，
唱得织布机停止声响！

"亮晶晶的宝石啊，
是谁把你锁进柜子？
快冲开铁门出来，
寻宝的人已来到门外。

"莫非你忘记了秀美的花山？
莫非你忘记了大青树下的荫凉？
莫非你忘记了我们的相会？
莫非你把珍贵的誓言丢在路上？"

琴声越过筑得高高的篱笆，
琴声穿透锁得紧紧的大门，
琴声流进叶罕佐的机房，
悲痛的眼泪沾湿了衣襟。

她顾不得照一照镜子，
顾不得抖一抖披巾，
顾不得挽一挽头发，
三步两脚奔向大门。

叶罕佐跑到大门边，
隔着铁锁怎么相见！
无情的篱笆把情人隔断，
叶罕佐和冒弄央离得又近呀又远！

"多情的冒弄央哥哥呀，
花山的景色永远美丽，
珍贵的誓言留在心里。
只是无情的铁锁，
它要关住宝石；
高高的篱笆啊，
它要隔断情意！

"善心的人积钱修塔，
后娘啊，她却要把塔拆垮。
昨天妹妹回来晚了，
后娘生气不让你踏进我们家！

"父亲修起圈门，
只为关牛关马；

妈妈打好柜子，
只为藏金藏银；
后娘打的铁锁，
用来锁住女儿的爱情。"

"善良的叶罕佐妹妹啊，
我只望，来饮一杯凉水，
我只望，来采一束鲜花，
我只望，能和你同坐一棵树下。

"谁料到我们这样不幸，
铁锁锁住了厚厚的门。
你后母的心肠，
为何这样狠？"

"冒弄央啊，亲爱的哥哥！
我俩的爱情，
像拴在辫子上；
我们拴得再牢，
只怕后母轻易把它解了！

"我知道，
太阳永远在我们头上照耀，
谁晓得蓝天上压下乌云，
灾难的魔鬼呀，把我紧紧跟随。"

"我的好妹妹，狂风吹着鲜花，
美丽的花瓣一片一片掉下。
心要炸了，肠要断了，
我只得踏着残花回家。

"我只得踏着残花回去，
妹妹呀，难道我们就这样永远分离？
美丽的竹林使我心里忧伤，
宽广的大路也会变得崎岖！"

"冒弄央啊，好哥哥，
只要你真心实意地爱我，
我们的爱情，
就像万条丝线并成一股，
二十匹老象也拉不断；
我们的爱情，
就像千条河水汇成大江，

高山悬崖也不能阻拦！

"哥哥呀，
不要太伤心难过，
你的情意啊，
叶罕佐永远记着。

"日子还长呀，好哥哥，
我会把爱情牢牢拴住。
你的果子留着你来摘，
你的花朵留着你来采，
你的井水留着你来打，
你的秧苗留着你来栽。

"没有雨水，
秧苗不会发绿；
没有和风，
谷穗不会怀胎；
不薅除野草，
秧苗长不茂盛；
快成熟的谷穗呀，
全靠种田人辛勤关怀……"

"叶罕佐啊，好妹妹，
我们马上就要分离。
怒江两岸的小鸟啊，
何时才能飞到一起？"

"冒弄央啊，好哥哥，
我把银手镯抛出来给你，
你把红飘带丢过墙来。
只要哥哥心不变啊，
妹妹永远把你等待！
只要哥哥心不死啊，
两只鸟会把窝筑到一块。"

六

雄鸡高叫呼唤姑娘们起床，
绿雀啼啭催促男人们下田。
乡亲们啊，

你们催我快唱不要停歇，
可是，这悲伤的歌啊，
让我流泪伤心。

后娘的铁锁，
在大门上锁了三年；
叶罕佐和冒弄央，
离别了三个春天。

后娘整天又打又骂，
美丽的鲜花快要枯萎；
爱情烧着姑娘的心，
叶罕佐一天比一天憔悴。

嚼着饭菜不知道是辣是酸，
坐上布机分不清经线纬线；
门外鸟叫她说是冒弄央弹起了琴，
风吹竹叶她说哥哥的马到了江边。

打不开门上的铁锁，
冒弄央忧伤得病了；
进不了姑娘的大门，
小伙子整日为爱情心焦。

冒弄央从怒江上渡过来又渡过去，
冒弄央在铁锁前徘徊又徘徊。
后娘的目光凶狠啊，
冒弄央整日为叶罕佐担心。

熬过了三个寒冷的冬天，
又到了烟花明媚的三月。
这一天，太阳落下西山坡，
星星在深蓝的天上眨眼。

冒弄央又洗刷了他的骏马，
把心爱的丁琴带在身边。
他要约叶罕佐逃出家门啊，
再一次渡过汹涌的怒江。

下弦月从东山悄悄升起，
曼丁贯已夜深人静。
没有人弹琴吹筝，
也没有飘起歌声。

冒弄央轻轻踮着脚尖，
摸到了叶罕佐门边。
那棵缅桂还没有开花，
大门依然锁得很严。

鱼不见水，
怎能活下去？
亲爱的姑娘呀，
你在哪里？

嘭嘭的响声，
是不是你在劈柴？
透出阵阵的油香，
是不是你在炒菜？

咔嗒的声音，
是不是你在织布？
一阵阵叹息，
是不是你在啼哭？

冒弄央贴着竹篱，
向屋后小门绕去。
隔着门缝往里看，
有个人影在院里。

淡淡的月光照着庭院，
他看清那是安罕。
对着好心的妹妹，
冒弄央轻声呼唤：

"安罕啊，好妹妹！
冒弄央过怒江衣服湿透了，
请把小门打开吧，
借点火把衣服烤烤。"

安罕听见声音，
心里为姐姐高兴。
她轻轻打开门让冒弄央进来，
嘴里埋怨着姐姐的情人。

"冒弄央哥哥啊，
种田不勤修水沟，

你的水沟被沙石堵塞了；
谈情说爱不经常来，
我姐姐都要变老了。"

"安罕妹妹啊，
不是我不勤修水沟，
只因为沙石太多；
不是我没有来过，
只因为打不开铁锁。
我每次来到门边呀，
你妈妈发疯一样地叫骂，
还把洗脚水往外泼！"

安罕摇摇头又叹叹气，
拉起冒弄央的手，
穿过一个又一个房门，
走到叶罕佐的房门口。

冒弄央轻轻地推开门，
听见叶罕佐的呼吸声。
清清的月光射进窗户，
照着叶罕佐苍白的面影。

"仙水洗过的红宝石啊，
冒弄央来惊扰了你的梦。
你在梦中看见了吗？
怒江对岸的小鸟飞到了你房中。

"亮晶晶的黑宝石啊，
你快闪光！
只怕春夜太短啊，
转眼又要天亮！"

一对黑宝石闪闪发光，
叶罕佐睁开了双眼：
"冒弄央啊，好哥哥，
莫非这是在梦境里面？"

她忙挽了挽散乱的头发，
围好薄纱的披巾，
心里的话啊，
像岩洞中的泉水，
向着阳光奔流。

"冒弄央啊，好哥哥！
你是从天上掉下，
还是鬼神送来？
高高的篱笆怎么翻过？
生锈的铁锁怎样打开？

"我以为江水已卷走你的心，
今生把你白白等待；
我只说，你要让田地荒芜，
不再把嫩秧移栽；
我只说，咯啰鸟飞向别处，
早把这果园忘怀；
我只说，沙石要永远堵住沟渠。
想不到啊，
想不到怒江的波涛，
今天又将沙石冲开。"

"叶罕佐啊，我的好妹妹！
我飞过汹涌的怒江，
马鬃毛也不会打湿一根；
可我一次又一次来到曼丁贯，
却打不开紧锁的大门。
我一到就弹起丁琴，
凶恶的后娘就骂出大门，
说我有本事再来，
她有本事挖出你的心！
我不敢时时来找你啊，
怕后娘会杀死我亲爱的人。
如今爱情的骏马啊，
又驮着我向你飞奔。"

"冒弄央啊，好哥哥！
我想你，没有了日月星辰，
忘记了春夏秋三季；
我想你，久久不能入睡，
一遍一遍数着鸡啼；
我想你，两手端起米饭，
一口也咽不下去；
我想你，双脚踏着布机，
胡乱把梭子穿来穿去；
我想你，镜子蒙上灰尘，
没有心思把头发梳理。"

"叶罕佐呀，我的好妹妹！
白日里，
我心烦意乱坐卧不宁；
黑夜里，
闭上眼就梦见你的家门。
嚼着鱼肉，
不知道是酸是辣；
走上大路，
不晓得是陡是平。
高大的骏马关在圈中，
见到这野外的花草我更伤神；
断了弦的丁整日锁在家里，
拨动它会使我痛心。"

"冒弄央啊，好哥哥！
整三年没有听见你的山歌！
灾难的魔鬼啊，
密密麻麻把妹妹围着，
比墙脚的蚂蚁还密，
比房上的马蜂还多！

"从那一次我们在门边相会，
后娘她就叫骂不休。
妹妹脚不停手不住地做活，
她时时紧盯在背后。

"叫我去砍柴，
她把砍刀放进房间，
逼我用双手，
去把树枝扭断。

"叫我去挑水，
又把扁担收下，
逼我两手提水桶，
跌跌撞撞走回家。

"起床的时候啊，
她藏起梳子；
让我的头发啊，
像一团团乱麻。

"吃饭的时候啊，

她把菜饭拉到面前；
可怜的妹妹呀，
空拿着筷子坐一边。

"妹妹坐上织布机，
想念你啊，乱了纱线找不着头。
后娘见了破口骂，
拿起竹条呀，就往身上抽。

"她生起气来，
还要把棉被抢走。
哥哥呀，没有人在我身边，
替我挡住半夜的寒流。

"冒弄央啊，亲爱的哥哥！
后娘像野狼一样凶狠，
小羊羔快被咬死了，
怎么还不见保护她的猎人？

"冒弄央哥哥啊，我的亲人！
你不爱叶罕佐了么？
你不疼你的妹妹了么？
这样的日子我怎么过！

"让我跟你走吧，亲爱的哥哥！
让我们翅膀搭翅膀飞向天空。
我不再怕大江里的鱼怪，
要跟你游出狭窄的水坑！"

"金子一样的妹妹呀，
我俩的爱情，
怒江水冲不散；
我俩的爱情，
后娘凶狠折不弯！

"烈火烧尽了森林，
爱情也不会枯焦；
洪水淹没了大地，
爱情还要在水面漂浮！

"今天我过怒江，
江里掀起更大的激流；
不管浪涛多大，

我的竹筏也要把你带走！

"等到三月初三晚上，
没有月亮只有星星，
雄鸡叫过两遍，
你仔细听我的琴声。"

"冒弄央啊，我的好哥哥！
怒江水涌，
紧挨着就能跨过；
后娘狠毒，
只要同心定能逃脱。

"你的竹筏没有舵，
我也要乘！
你的骏马没有鞍，
我也要坐！"

倒不完三年的苦水，
说不尽一夜的欢快。
雄鸡已叫了五遍，
相爱的人还不愿分开。

露珠在草尖上闪光，
白雾罩住了村寨，
晨风吹响了竹叶，
太阳就要出来。

"紫红的梅花啊，好妹妹，
东方已经发白，
哥哥要走了，
你在家小心安排。"

"冒弄央啊，好哥哥！
到了三月初三，
切莫把今夜的话忘怀。
妹妹只等你的骏马，
一同奔驰野外！"

七

冒弄央离开叶罕佐，
刚刚走下竹楼梯，
迎面碰上后娘来，
她张开大嘴喊得急：
"快抓小偷啊，
抓住这个坏东西！"

冒弄央不怕魔鬼叫，
他镇定地回答：
"我是一只斑鸠，
清晨才飞出森林；
我是一只鹞子，
从来不舍啄人。

"我不是什么小偷！
是来找我家羊羔。
怕她走错了圈门，
来你家瞧瞧。"

"清晨飞出的斑鸠，
怎么不去地里找食？
森林飞出的鹞子，
怎么来到了平地？

"你打扮得这样漂亮，
哪里像是找羊羔！
找羊羔怎么不戴篾帽？
找羊羔为何不配长刀？"

"我的篾帽丢在草坝上，
我的长刀忘在打谷场。
我刚从外寨做客回家，
忙找羊儿忘了换衣裳。"

后娘不听讲，
一手抓住冒弄央的衣裳；
鼻子酸酸，嗅了又嗅，
把最难听的话大声张扬：

"你怎么骗得过我？
怎能把我的眼睛躲过？
叶罕佐的头油，
还在你脸上发香；
她筒裙上的染料，
还粘在你的衣服上！

"老实告诉你，
怒江对岸的坏东西，
寨里的小伙子都叫我骂跑了，
你别来打我女儿的主意！
叶罕佐是我家的牛马，
一辈子她也别想嫁出去！"

冒弄央越听越气，
一把将后娘推倒，
跨上他的骏马，
扬鞭奔向怒江。

后娘跌了一跤，
屁股肿起老高。
回头对叶罕佐龇牙咧嘴，
像打跛脚的老虎一样吼叫。

八

故事太心酸，
忍不住一阵阵悲伤。
不说假话的歌神啊！
你要将这线头引向何方？
可怜的叶罕佐呀！
你能不能逃脱魔鬼的手掌？

这一天冷风凄凄，
叶罕佐坐上织布机，
忍着眼泪听后娘咒骂，
怀着希望等初三鸡啼。

脚踩踏板不住地响，
叶罕佐的心不住地跳。

明天就是三月初三，
鸡叫两遍骏马就会来到。

织布机呀，你要均匀地动，
这段布专给我的冒弄央。
明早动手裁衣服，
出了门亲手给他穿上。

魔鬼的黑影落在布上，
身后闯来狠毒的后娘！
问叶罕佐为什么不去挑水，
为什么不给她洗衣裳。

后娘越骂声越高，
叶罕佐静静地不声响，
魔鬼一把夺下织布梭，
劈头把叶罕佐打倒在地上。

可怜的叶罕佐姑娘，
痛苦地在地上呻吟，
鲜血从鬓角流出来，
染红了薄薄的衣裙。

刚出土的萝卜又白又嫩，
刚绽放的花朵正把蜂儿招引，
毒蛇就咬烂了她！
冰雹就砸死了她！

两个好心的妹妹，
把姐姐抬到床上。
叶罕佐脸色煞白，
两眼望着前方。

安罕紧拉着大姐的手，
玉薄紧贴着大姐的胸口。
两个妹妹哭声呜咽，
惊动了全寨的老幼。

"妈妈呀你怎么这样狠？
姐姐呀你怎么不说话？
亲爱的大姐姐啊，
你要离开我们了吗？

"是你把我们带大，
你爱我们胜过亲生的妈妈。
我们的好大姐啊，
你永远离开妹妹了吗?

"你走了，谁来教我们织布?
你走了，谁带我们去采花?
亲爱的好大姐啊，
你真要离开我们了吗?"

"我们的好姐姐啊，
全寨的姊妹都来看望你了，
你快睁开双眼!
看一看你的妹子呀……"

妹妹的哭声，
惊醒了叶罕佐，
她的每一句话，
都叫人伤心难过。

"我的妹妹啊，
人间谁有这样的爱情?
刚长成的小树还没有开花，
就被狂风吹断了根!

"人间谁像我这样不幸?
成天只听到咒骂声!
过去没有一天好日子，
今后也不会有好命运。

"妹妹们啊，
你们要好好活下去。
愿你们有幸福的爱情，
愿你们平平安安没有疾病。

"我要离开你们了，
独自走向人迹不到的山林。
如果你们想起姐姐，
请念一念叶罕佐的名……"

血和泪顺着脸颊流下，
叶罕佐又晕了过去。
老人们不住流泪，

小伙伴放声哭泣。

"好心的叶罕佐呀，
你的口弦再也发不出悦耳的声音，
它只会在篮中积满灰尘;
长年伴随你的银镯，
也只会孤零零地想念它的主人。

"可怜你束发的丝带，
就要变成坟头的绿草;
可怜你晶莹的泪水呀，
就要变成坟前的小溪……"

鲜血不住地流呀，
叶罕佐的眼睛睁了又阖。
她挣扎着喘着气，
唱出最后的歌:

"好妹妹呀，
不要太伤心。
你们把我的话，
告诉远在外乡的父亲。

"我时刻思念的父亲啊，
不要太悲伤，
我去了，
多么想见你一面!

"我去了啊，
不可惜我的银镯，
不可惜我的口弦，
也不可惜那做姑娘的岁月，
只可怜我的冒弄央哥哥，
他过了怒江，
无人替他卸下马鞍!

"山上的野花正开，
死神却已向我飞来!
妹妹啊，如果冒弄央来了，
你要为他把大门打开。

"我那块绣花纱巾，
留给玉薄小妹，

描金花的筒裙留给安罕，
柜子里的白布留给爹爹。
还有那机子上的细布呀，
请安罕妹帮姐姐织完，
送去给冒弄央做一件衣裳。

"啊，窗外什么在响？
是不是冒弄央弹起了丁琴？
门外谁在走动？
是不是冒弄央的脚步声？

"好哥哥啊冒弄央，
怎么还听不见你的琴响？
妹妹还没有骑上你的骏马，
就要被人抬到坟山上。

"好哥哥啊，冒弄央，
怎么听不见你的马蹄响？
妹妹还没有坐上你的竹筏，
怒江水就已把欢乐卷向远方。

"冒弄央啊，好哥哥！
什么时候才来看你的叶罕佐？
怕哥哥来到床边呀，
叶罕佐再不能听见你的歌！"

叶罕佐的眼泪，
像八月的大雨。
身边的伙伴们，
伴着她伤心地哭泣。

"我的好哥哥啊，冒弄央！
腊月降下的白霜，
屋里屋外冰凉，
你的妹妹叶罕佐，
不能再给你烧起火塘。

"正月里春风吹来，
野外的鲜花初开，
我只好变成那第一朵花，
绽放在你的窗外。

"二月来到大地，

山野披上新衣，
我要变成绿毯，
托着你的马蹄。

"三月百花盛放，
千万只彩蝶飞翔，
我要变做那最美的一只，
停落在你的琴弦上。

"欢乐的四月，
赶摆的姑娘挤满路边。
哥哥呀，请采一束鲜花，
替妹妹献在塔前。

"炎热的五月到来，
热辣辣的太阳挂在天上，
妹妹要变做阵阵清风，
吹过你的面庞。

"天气干旱的六月，
水田开裂秧苗枯黄，
我要变成一股清泉，
悄悄地向你的田里流淌。

"哥哥呀，你听，
七月的青蛙，
叫得多么悲凉！
那是你的妹妹，
在地下伤心地哭泣。

"哥哥呀，你看！
八月的闪电，
照亮了怒江，
那是叶罕佐妹妹，
在黑暗中把你探望。

"九月的雨水如注，
九月的闷雷乱打，
哥哥你要来看望妹妹的坟，
是不是被雨水冲垮。

"十月'进洼'节来临，
寨子里一片欢腾，

妹妹要掀开墓门，
远远听着你的象脚鼓声。

"十一月是丰收的日子，
人们在田野里忙碌，
妹妹要变做你手中的镰刀，
伴着你一起收割。

"十二月干朵节到来呀，
你同大家一起去唱去跳吧，
不要一个人骑着骏马，
来看我的孤坟。

"死神啊，你慢慢地来，
梦神啊，你快快地去，
去到冒弄央心里。
他不来啊，我的两眼难闭……"

找冒弄央的人飞马去了，
人们团团围着可怜的姑娘。
乌鸦在树上嘎嘎地叫，
罕布杏家更加凄凉。

叶罕佐可爱的小脸，
渐渐变得苍白；
黑亮的眼睛，
慢慢失去光泽；
红红的嘴唇轻轻地合拢，
高高的胸脯不再起伏。

红红的火塘熄灭了！
盛开的花朵凋谢了！
清香的井水干枯了！
灿烂的云霞呀，消散了！

一颗流星划过夜空，
那是星星的眼泪；
一阵晚风吹过山坡，
那是树林在嘤嘤哭泣。

星光暗淡，
晚风凄凉，
人们的哭声震动了整个寨子，

怒江也掀起了汹涌的巨浪。

九

一场噩梦把冒弄央惊醒，
门外传来马蹄声！
冒弄央把院门打开，
迎进曼丁贯陌生的客人。

一声炸雷在头顶轰响，
冒弄央险些昏倒在地上。
他来不及备鞍就跃上马背，
急扬鞭奔向怒江。

人世苦啊，
心里的苦水比江水还多；
人心急啊，
冒弄央的心比蹄声急促！

江水啊，
怎么掀起这样猛的波浪？
我的竹筏还没有划到江心，
你就把它卷翻！

江水啊，
你今夜怎么这样急？
马儿啊，你千万不要失蹄，
快快驮我过江，把叶罕佐救起。

马儿来到江心，
江水为何这般殷红？
莫非是叶罕佐的鲜血，
流到了江中？

星光在江面闪亮，
叶罕佐，是不是你的眼睛在闪光？
明天才是三月初三呀，
你莫非要提早渡江？

江水晃动，
我看见你的脸在水底；

波涛呜咽，
那是你在哭泣？

翻滚的江涛，
冲击着骏马；
咆哮的江水，
打湿了鬃毛。

啊，今天原来是三月初三呀，
我的叶罕佐！
你已经过了怒江，
正在江心等我！

我就来了，
成花同在一个枝头；
我就来了，
成树同生一面坡上；
我就来了，
成鸟同住一个巢里；
我就来了啊，
成鱼同进一条大江！

呼声急切，

叶罕佐的呼声就在耳边；
水光晃动，
美丽的脸蛋就在前面。

叶罕佐啊，我把手伸给你了，
怎么老触不到你的指尖？
江涛啊，你平静一点，
怎么把我卷得越来越远？

骏马啊骏马，
你怎么也精疲力竭？
叶罕佐啊叶罕佐，
你怎么不回答我的呼唤？

马头被大浪打中，
马身被大浪淹没，
高大的骏马啊，
渐渐向江心沉落！

冒弄央的灵魂，
还骑在马背上奔驰；
它紧紧地追赶着，
叶罕佐的影子……

原载《山茶》1983 年第 1 期
搜集翻译者：云南省民族民间文学德宏调查队
整理者：佘仁澍

附　记（原《后记》）：

　　《叶罕佐和冒弄央》是傣族优秀的民间文学作品之一，它同《娥并与桑洛》《海罕》一道，被称为德宏傣族的三大悲剧长诗。这部作品，通过一对青年的爱情悲剧，抨击了封建家法和封建婚姻制度，歌颂了傣族渴望冲破束缚的反抗精神，是傣族人民与封建势力做斗争的一个侧影。由于资料散失，这部长诗的整理工作一直无法完成。1981 年，在清理资料时，终于找到了这部长诗的三份底稿：一份是李必雨同志搜集、记录的；一份是克炳珍同志翻译的；还有一份翻译、记录者均未署名。另外，有一份故事稿，系孟刚口述、方鹤琴同志翻译、黄铁驰同志记录。这些，都是民族民间文学德宏调查队在 1958 年搜集的资料。三份稿本均较完整，各具特色。现在的整理稿主要就是依据这三份资料，参考故事底稿而完成的。

　　整理中有什么缺点错误，敬请读者赐教。衷心希望今后能看到更好的整理本。

整理者
1982 年 12 月

娜波冠

第一章　勐惟加国

一　灾难之王

辽阔的森林里，
有一个古老的国家，
一万个山峰并肩耸立，
一千个湖泊盛开着荷花。

在平坦的坝子中间，
耸立着一座宏伟的宫殿。
白云缭绕着宫殿的金顶，
流水经过宫殿的大门前。

阳光照射着金黄的瓦片，
金龙飞舞在栋梁之间。
一百三十二棵圆柱，
是国王不可触动的威严。

国王靠刀剑和弓弩，
征服了一百零一个弱小之国。
一百零一个弱小之国的君王，
都成了他的奴仆。

老鹰不敢飞过他的国土，
马鹿不敢在他的森林散步。
他却时时露出笑脸，
说出的话比蜜还甜。

"由我治理的大勐惟加，
是一个最有福的国家。

歌手的心愿

听吧，慈祥的老人，
听吧，善良的乡亲。
我的歌像山涧流水，
呜咽着叙述人间的不幸。

看呀，月亮在悄悄流泪，
星星痛苦地闭上了眼睛。
晚风吹拂着我酸涩的歌，
萦绕着一片片绿色的树林。

觅食的猫头鹰不飞了，
萤火虫扑在菜花上静听，
山峰在摇头叹息，
大地拍打着心灵。

落叶漂走了，
流水却依旧不停。
我的歌像不回头的箭，
它要穿过人间的不幸。

一年四季能闻到芒果的芳香，
从京城到村寨都有鲜花开放。

"我疼爱全勐的臣民，
每天都把欢乐播撒给百姓。
美丽的姑娘摇着纺车纺线，
英俊的青年在唱着歌耕田。

"请天下的臣民相信，
勐惟加竜一定会繁荣昌盛。
到处都是欢乐的种子，
幸福的绿叶将永远常青。"

他经常用蜜涂抹自己的嘴唇，
表明他是森林里贤明的国君。
其实他是灾难之王，
用笑脸包藏起狠毒的心。

他出世那天，
狂风猛烈地席卷森林，
惊雷震撼着大地，
暴雨敲打着每扇篱笆门。

一百个摩嘎拉①为他卜卦，
九十九个都不敢张开嘴巴，
只有一个提着脑袋，
宣称王子应叫召果腊。

召果腊就是灾难之王，
继位后便把灾难撒在国土上，
使得泪珠滴满森林，
勐惟加竜乌云飘荡。

二　猎人之家

豪华的宫殿四周，
围绕着幢幢矮小的竹楼，
幢幢竹楼组成一座座村寨，
一万个村寨有一万座金塔。

金塔有大有小，
村寨有富有贱。
最贫穷的寨子，
是偏僻的曼坝端。

曼坝端里有一个猎人，
是一只最勇敢的飞鹰。
他从小就学会打铁、射箭，
黄昏时也能射穿猛虎的眼睛。

他曾拔过野猪的獠牙，
他曾品尝过豹子的胆。
乡亲们敬佩他的勇敢，
都推选他为乃盘②。

矮小的竹楼不宽敞，
火塘的光焰能照亮人心；
朴实的竹凳不冷清，
房里常常坐满客人。

家里没有宽大的谷仓，
可每顿饭都有鲜美的野味；
杯里缺少待客的米酒，
桌旁却洋溢着赞哈的歌声。

不羡慕豪华的宫殿，
不羡慕贵族的财产，
小鸟热爱自己的窝，
乃盘热爱自己的家园。

家园里有鲜花一朵，
勤劳的妻子叫依香窝。
她是乃盘的知音，
恩爱的感情胜似纯洁的天湖。

山上的斑鸠成双对，
林中的鹦鹉比翼飞。
乃盘和他的妻子依香窝，
是绿叶下的一对金芒果。

---

① 摩嘎拉：会卜卦的大师。
② 乃盘：猎人的首领。

恩爱的夫妻形影不离，
每天早出晚归去狩猎。
他俩不盼望得到宝石，
只盼望有一个孩子。

三　山林之子

野花映红了流水，
和风迎来了春天。
依香窝悄悄地怀了孕，
勤劳的乃盘多么喜欢。

洛占花在细雨中开放，
稻田里送来阵阵谷香。
凉爽的十一月到了，
依香窝在竹楼里分娩。

一个男孩呱呱坠地，
小小的竹楼盛满欢喜。
纯洁的爱情开出纯洁的花，
乃盘给孩子起名叫宰坝①。

晴天里飘来一团黑云，
甜睡中闯进一场噩梦。
可怜的宰坝刚满六岁，
病魔就夺走了他的母亲。

牛犊要母牛带领，
幼鸽要母鸽渡食。
每当吃饭的时候，
泪水便淋湿了宰坝的衣襟。

慈祥的父亲，
急忙抚慰儿子的心：
"阿爹的宰坝啊，
莫让泪水再淋湿衣襟。

"你那离开了人间的母亲，
会变成天上明亮的星星，
白天为你驱赶灾难，

晚上给你送来光明。

"孩儿失去了慈母，
就像枯萎了的柳树。
可春风会使你长出新枝，
大地会给你生根的泥土。

"你是阿爹的希望，
阿爹盼你快快成长，
长大后会有善良的姑娘，
替你赶走心灵上的忧伤。"

懂事的宰坝，
理解阿爹的话，
每天都跟随阿爹上山打猎，
肩上挂着个小小的筒帕②。

他跟着阿爹的脚印，
穿过莽莽的大森林，
看见过大象舞动长鼻，
看见过巨蟒追捕黄麂。

野牛在草丛中抬起双角，
野猪的莽撞激怒了猛虎。
贪食的猴子却无忧无虑，
一群群爬在树上啃着黄果。

大森林是多么宽广，
给了宰坝智慧和胆量。
他跟着阿爹越过一条条深箐，
他跟随阿爹翻过一座座山冈。

儿子像小鹿一样灵敏，
阿爹像喝了酒一样高兴，
耐心地教儿子在密林里挽弓射箭，
要把儿子培育成勇敢的猎人。

云端里飞翔的小鹰，
在风雨中越飞翅膀越硬；
森林里奔跑的幼鹿，

---

①　宰坝：山林之子。
②　筒帕：傣族随身带的布织的挎包。

乱石把它的四蹄磨得更坚。

勐惟加竜的高山陡壁，
都留下了宰坝的脚印。
十六岁的宰坝啊，
成了曼坝端有名的猎人。

在漆黑的深夜里，
他能辨认野兽的脚迹；
在嘈杂的响声中，
他能听清百鸟的声音。

宰坝的本领，
村村寨寨都有传闻；
宰坝的英俊，
吸引着姑娘们的心。

姑娘们称赞宰坝是火塘，
爱慕的激情在她们心里流淌，
盼望得到爱神的火苗，
把自己的心灵点亮。

宰坝感谢姑娘们的盛情，
向她们吐露真挚的声音：
"美丽的姑娘啊，
我们都是同喝一井水的人。

"你们不嫌我家的竹楼矮小，
我永远铭记在心感激不尽。
可是刚破土的树苗结不出果，
刚成人的宰坝还不想成亲。"

乡亲们，山林之子的故事，
今晚就先唱到这里。
世间有一道道多彩的竹篱，
我们将要从另一个人唱起。

第二章　虎口前的爱情

四　婻波冠

勐惟加竜的另一块田坝，
盛开着一簇簇鲜花，
鲜花簇拥着竹楼，
竹楼围绕着篱笆。

这就是美丽的曼坝碧寨，
寨边有一片清澈的池塘，
池塘碧波荡漾，
荷花正在开放。

池塘边住着一对夫妻，
像犀鸟一样恩爱亲密。
妻子名叫香帕，
丈夫被称为盘南①。

撒在田里的种子会发芽，
栽在园里的缅桂要开花。
夫妻俩生下一个姑娘，
美丽得像十五的月亮。

池塘里波光荡漾，
飘散着醉人的芬芳。
红色的占冠、紫色的帕多迭②，
簇拥着波冠③盛开怒放。

"看呀，池里的荷花多鲜艳，
这可爱的女儿应该叫婻波冠。"
阿爹给她起了个美丽的名字，

---

① 盘南：打鱼能手。
② 占冠、帕多迭：湖里的花名。
③ 波冠：荷花。

阿妈摘朵荷花挂在她的胸前。

坝子里常有灾星，
河里的鱼常遭不幸。
嫦波冠长到十岁时，
猝然失去了父亲。

怎么生活下去呀，
阿爹的灵魂已经飘到天上，
只丢下一张破烂的网，
一间漏雨的茅房。

篱笆倒了谁来帮围？
茅屋破了谁来帮补？
嫦波冠扑在阿爹尸体上，
母女俩号啕痛哭。

失去了阿爹的孩子真可怜，
失去了丈夫的妻子真艰辛。
母女俩相依为命，
只好到山里拾野果采野菜为生。

痛苦使得嫦波冠更聪明，
艰难使得嫦波冠更勤奋。
她常在火塘边跟阿妈学纺线，
她常在竹楼下跟阿妈学织筒裙。

嫦波冠纺出的线，
像蚕丝一样均匀柔软；
嫦波冠织出的筒裙，
飞舞着一道道彩云。

傣哼花在箐边开放，
山风飘散着它的芬芳。
嫦波冠像盛开的花朵，
转眼已是十六岁的姑娘。

黄金埋在泥土里也会发光，
宝石在晚上也会闪亮。
在贫困中长大的嫦波冠啊，
比黄金闪光，比宝石漂亮。

她身上没有华丽的衣裳，

心灵却比天鹅更善良；
她从来不夸自己的容貌，
百鸟却每天为她歌唱。

寨子里有一位好心的人，
对她们母女俩十分同情，
送给她们一头黄牛，
让母女俩养牛为生。

和睦的曼坝碧有个习惯，
牛群一起放，鸭群一起养，
每户轮放三天，
从古至今没改变。

从此，嫦波冠常在山上放牛，
从此，嫦波冠常在密林里行走。
她熟悉森林里的每一条小路，
她熟悉曼坝碧的每一头牛。

她喜爱放牧的密林，
密林给了她胆量和欢欣；
她爱寨子里所有的牛群，
所有的牛群都熟悉她的声音。

姗姗回到寨子里，
她从来不吝惜自己的力气。
刚为邻居挑满水，
又去为守夜的大嫂舂米。

乡亲们个个都称赞：
"池塘里的荷花最鲜艳，
寨子里最善良的姑娘，
要数勤劳的嫦波冠。"

五 除虎

云层遮不住明月，
水草盖不住小溪；
低矮的竹楼啊，
关不住嫦波冠的美丽。

她像初绽的荷花，
漂游在清澈的池塘；

她像芬芳的梭腊批①，
沐浴在清香的海洋。

她清脆的笑声，
像叮咚的山泉，
唤醒了沉睡的山林，
引来无数孔雀和白鹇。

像鹦鹉还没有成双对，
婻波冠还没有情侣。
她只想分担阿妈的忧愁，
还没想到应该有人伴随。

四月的山林百花争艳，
青山绿水都在梳妆打扮。
蝴蝶在草丛中飞舞，
蜜蜂在花丛中传情。

婻波冠赶着牛群，
踏着雀鸟的歌声，
翩翩从飞蝶旁走过，
到密林深处放牧。

密林里的野花，
向她扬起笑脸；
密林里的绿叶，
姗姗飘到她的身边。

她摘下一串串野花，
挂在牛的角上，
牛群低头向她致谢，
将脖下的铃子摇得叮当响。

望着吃草的牛群，
她轻步走到泉边，
泉水映出她的身影，
她的身影比荷花鲜艳。

少女的倩影，
蕴藏着少女的美梦。

① 梭腊批：花名。

婻波冠想到这里，
羞涩的脸蛋彩霞一般红。

她斜着身子躺在柔软的草地上，
呼吸着大自然馨香的空气，
聆听泉水清脆的歌声，
呆望鹦鹉在树上嬉戏。

突然传来一阵沙沙的响声，
惊跑了正在吃草的牛群。
婻波冠猛地从梦幻中惊醒，
朝着扬起的灰尘瞪起眼睛。

只见一只斑斓猛虎，
旋风一般向牛群猛扑，
血盆大口露出闪光的虎牙，
四只虎脚带着锋利的虎爪。

"啊！"婻波冠大声呼喊，
仿佛在催促牛群快点躲闪。
猛虎没有捕住牛群，
却发现了牧牛的婻波冠。

它又大吼一声，
瞪着可怕的眼睛，
转身扑向美丽的姑娘，
要把少女一口吞。

婻波冠边奔跑边呼喊，
惊慌的声音断肠般凄惨。
饥饿的猛虎紧追不放，
要以姑娘的血肉充当美餐。

仿佛看见死神站在眼前，
仿佛看见猛虎在嚼自己的心肝，
婻波冠倒在一个土包后面，
颤抖的嘴唇仍在不断呼喊。

"耸立的大树啊，
请你们救救可怜的姑娘；

天空的飞鸟呀，
请给姑娘一对翅膀。

"勇敢的猎人啊，
请救一救姑娘的命！
姑娘就要死于虎口，
丢下孤单年迈的母亲。

"请快来救一救可怜的生命啊，
不管是地上的猎人或天上的神。
姑娘不单有一个苦命的母亲，
还放牧着全寨百姓的牛群。"

她的呼声越来越轻，
终于闭上了明亮的眼睛，
斜靠在一棵树干上，
等待死神的降临。

突然"当"的一声弓响，
林中飞出一支利箭。
猛虎发出震山的吼叫，
山崩似地倒在土堆前。

像云雾中透出一道闪电，
森林里飞出一个青年。
猛虎见有人敢向自己挑战，
张牙舞爪扑向射箭的青年。

射箭的青年迅速抽出长刀，
趁势对准猛虎的胸膛。
带伤的猛虎想躲闪，
两只虎爪已落在地上。

俗话说：垂死的虎最凶恶，
伤势越重越要挣扎怒吼。
它在草地上打了一个滚，
又飞起后腿向青年猛扑。

青年又挥起闪亮的长刀，
嚓地砍断了猛虎的腰。
凶恶的野兽终于死了，
再也不会跑，不会跳。

青年这才松了一口气，
摘下绿枝揩干刀上的虎血，
整一整被虎爪撕破了的短衣，
伸出脚踩一踩死虎的尸体。

当他重新抬起头时，
猛地看见树干上靠着一个姑娘，
苗条的身材像一朵受了惊的花，
苍白的面容像一轮十五的月亮。

莫非她就是呼救的人？
刚才那呼救声是多么可怜。
青年用脚踩在虎头上，
以便消除姑娘的恐惧之心。

死神没有夺去嫦波冠的生命，
猛虎的惨叫吓得她睁开眼睛，
于是两条视线碰在一起，
交织成难以倾诉的感情。

猛虎已躺在血泊中间，
受惊的牛群已获得安全。
嫦波冠打量着英俊的射虎人，
只见他手提长刀身背弩箭。

这救命的恩人，
莫非是天上的神？
嫦波冠从噩梦中惊醒，
感激的泪花纷飞。

她整整破旧的短衣，
翩翩向青年人走去，
双手合十跪在跟前，
用真诚的心表示感谢。

"椰树一样英俊的哥哥啊，
从蓝天上下凡来的天神，
你从死亡中救了姑娘的生命，
可怜的嫦波冠永远感激不尽。

"手提宝刀身背弩箭的哥哥啊，
如果你不是从天上降临的天神，
那一定是个勇敢善良的猎人，

嫦波冠不知该怎样感谢你的救命之恩。"

射虎的青年将姑娘扶起，
拉起衣袖揩干姑娘的泪迹，
用温柔的话安慰受惊的心，
劝嫦波冠别再哭泣。

"薄眼皮的善良的姑娘啊，
清除林中的祸害是猎人的责任。
哥哥的长刀和弓箭，
就是用来保护家乡的亲人。

"如果妹妹想知道的话，
丛林深处有一片平坝，
树叶飘落的地方有一道篱笆，
那就是哥哥贫穷的家。"

像阳光驱散了乌云，
嫦波冠的心渐渐平静，
可苍白的脸庞又泛起红晕，
救命之恩激起了少女之情。

"勇敢的哥哥啊，
你从虎口里救了妹妹的生命，
恩情比这莽莽林海还要深，
妹妹应该报答你善良的心。

"虽然妹妹的家很穷困，
竹楼里只有一个守寡的母亲，
但妹妹从小就懂得善良和情义，
一定要报答救命的恩人。"

森林最懂得小鸟的情，
河水最了解鱼儿的心；
穷人最同情穷人，
宰坝也唱出心声。

"妹妹啊，我也是个苦孩子，
很小就失去了慈祥的母亲，
跟妹妹有同样的命运，
一生下就遭受风吹雨淋。

"天不早了，快回家吧，

让哥哥帮你驱赶牛群。
回到家里请转告你的母亲，
就说有个山林之子很挂念老人。"

绿叶里掠过一朵红霞，
红霞落在嫦波冠的脸颊。
姑娘低头站在猎人面前，
跳动的心不知该说什么话。

她已忘了刚才的灾难，
虎口相遇也许是爱神的指点。
这意外的欢欣和喜悦啊，
触动了姑娘从来没有过的情感。

"勇敢的哥哥啊，
林中的归鸟成双对，
林中的孤儿啊，
为何不能比翼飞？

"也许过了这一天，
欢乐就会丢在路边。
待明日妹妹来到这林中时，
将仍旧只有牛群孤影相伴。

"按照傣家的规矩，
嫦波冠应该献上万两黄金。
可是妹妹是个穷苦人，
只有一颗赤诚的心。"

姑娘的话比泉水还清，
表达了她的一片真情。
年轻的宰坝默默地站着，
感情的激流波浪滚滚。

但他又抑制住自己，
把爱慕之情埋在心底。
忙着给姑娘吆赶牛群，
跟着姑娘离开了森林。

来到田坝的岔路口，
宰坝就要向嫦波冠告别。
姑娘又感到一阵难过，
低声地向宰坝倾诉：

"哥哥啊，曼坝碧虽然穷困，
寨边的井水却像珍珠一样纯净。
请到妹妹的竹楼喝一口凉水，
让阿妈看一看妹妹的救命恩人。"

宰坝请求娓波冠原谅：
"妹妹哟，往后的日子还长，
哥哥要做的活计还很多，
只有改天再来拜访。

"那死虎还丢在山上，
哥哥得赶快回到村庄，
请乡亲们一起去抬虎，
一起把山珍美味尝一尝。"

"那就请走吧，恩人，
娓波冠的心将永远为你伴行。
每当天上闪烁着繁星，
姑娘便会看到你的心灵。"

两人依依不舍地分离，
很久很久，姑娘仍站在原地，
直到宰坝的身影消逝在林间，
娓波冠仍然不肯离去。

六 酬谢

彩云牵着月亮走出山窝，
繁星在蓝天上闪烁，
微风又迎来一个美好的夜晚，
娓波冠和阿妈在凉台上纺线。

姑娘的心无法平静，
手一松纺车突然停，
抬起头来望着阿妈，
把白天的相遇告诉母亲。

讲了林中遇虎的经过，
又讲了宰坝怎样救她，
声声赞扬勇敢的猎人，
流着热泪恳求阿妈：

"阿妈啊，慈祥的阿妈，
如果没有本领高强的宰坝，
女儿早已变成鬼魂，
再也看不到亲人。

"是宰坝的弓箭和长刀，
救了女儿的性命，
应该替女儿去酬谢啊，阿妈，
我们虽穷，却不应忘记恩情。"

心肠柔软的母亲，
听了女儿的话呆呆发愣。
她把女儿搂在怀里，
爱抚着女儿的秀发询问：

"宰坝的家住在哪里？
他的父母是怎样的人？
世上有这样好的青年，
真是点着火把也难寻。"

娓波冠十分兴奋，
无意中流露了真情：
"他跟女儿一样命运，
从小就失去了母亲。

"他的父亲是一个猎人，
乡亲们称呼他为乃盘。
他家住在北山的曼坝端，
和我们是一样的穷苦人。

"勇敢的宰坝哥哥，
像一棵挺拔的椰子树。
椰子树受尽风吹雨淋，
宰坝哥饱受人间痛苦。

"像石缝里的一条青藤，
他和女儿同样是可怜人。
但他比女儿更勇敢勤奋，
森林里到处是他的脚印。"

阿妈看见了女儿的心，
祝福女儿遇上了正直的人。
同是一根藤上的苦瓜，

定能结成美满的婚姻。

第二天早晨，
阳光照耀着翠绿的蕉林，
母亲准备启程到曼坝端，
去替女儿感谢恩人。

媔波冠打开竹箱子，
拿出亲手织的土布和包头巾，
还有筒帕和图案帕垫，
请邻居的老人跟母亲同行。

两个老人赤着脚，
蹚过一条条小河，
到了太阳当顶的中午，
便看见曼坝端在绿丛深处。

幢幢竹楼都开着门，
仿佛有什么喜事降临。
男女老幼出出进进，
整个寨子一片欢欣。

寨边站着一个姑娘，
红润润的脸像鲜花一样。
香帕向姑娘询问，
乃盘的竹楼在哪一方。

姑娘的笑声像银铃，
有礼貌地回答客人的询问：
"乃盘家呀在寨头，
篱笆门前有一片绿荫。

"昨天他儿子打死一只虎，
乐得全寨的人笑嘻嘻。
他家只留下一腿肉，
其他虎肉虎骨都分给了邻居。

"消息传到了王宫里，
王宫立即派人来催逼。
说百姓打得老虎要交一半给王宫，
这是古老的规矩。

---

① 咩竜、咩叭：大妈、老大娘。

"大伙都向宰坝祝贺，
宰坝却又喜又怒。
大伙劝他别把王宫的丑恶放在心里，
应该欢乐地跟亲人唱歌。

"请两位大妈快去吧，
最热闹的地方就是宰坝家。
人们正在那里吃虎肉，
有说有笑像过节一样欢乐。"

两个老人走进热闹的庭院，
迎接客人的是打虎的青年。
他向客人问寒问暖，
请老人坐在正房中间。

"尊敬的咩竜、咩叭①，
请接受晚辈的真诚问候。
你们的光临带来了吉祥，
给矮小的竹楼增添了荣光。

"请老人先喝杯茶解渴，
然后再跟大伙尝尝虎肉。
宰坝家历来是客人歇脚的地方，
请吃顿粗茶便饭再上路。"

宰坝聪明伶俐，
香帕见了真欢喜；
宰坝的话甜如蜜，
香帕听了很中意。

"懂事的年轻人啊，
咩竜是波冠的母亲，
今天特来酬谢你，
酬谢你救了波冠的性命。"

"大妈啊，虎豹横行森林，
不除掉家家就得不到安宁。
这点小事用不着酬谢呀，
媔波冠的深情宰坝已记在心。"

这时乃盘也出来陪着客人，
香帕称赞他生了个好儿子，
他称赞香帕生了个好姑娘，
都希望这对孩子变成一对鸳鸯。

香帕越说越高兴，
从竹箩里取出礼品。
"请收下呀，尊敬的猎人，
这是我女儿感谢宰坝的心。

"寡妇家贫穷如洗，
只能用心表示情意。
请不要嫌弃礼物单薄，
每一件都来自波冠的心窝。"

乃盘和宰坝收下礼品，
父子俩像喝了蜜一样高兴：
"这礼品既是波冠亲手做，
那我们就收下波冠一片心。"

疲倦的太阳快进入竹林，
金色的黄昏就要降临。
波冠的母亲要告别回家了，
她向乃盘问候，向宰坝叮咛：

"路要常走才会熟悉，
友情要常来往才会亲密。
孩子呀，你要常到大妈家，
波冠姑娘天天盼着你。"

好心的乃盘诚恳挽留，
波冠阿妈却一定要走。
这时善良的主人回到房间，
从竹箱里取出礼物三件：

一件是钻花的手镯，
一件是碧绿的玉簪，
一件是闪光的耳环，
三件礼物包藏着火热的心愿。

"这是宰坝他妈的遗物，
我小心珍藏了十多年。
请转送给善良的嫦波冠，

让她也知道宰坝阿妈的心愿。"

双方老人友好情深，
宰坝感到无比高兴。
他将新鲜的虎肉装满箩筐，
请老人带回让波冠尝一尝。

七　回访

嫦波冠在寨边等候母亲，
迎来的却是她想念的人。
宰坝送母亲归来，
知礼的人呀情意更深。

她的心呀又像鱼儿蹦跳，
她的脸呀又染上了红云。
"啊，哥哥，你也来了，
请快进妹妹矮小的房门。"

母亲懂得年轻人的心，
借故离开了他们。
篱笆外便只有两个人，
两颗心越跳越挨近。

红花终于配上了绿叶，
斑鸠终于找到了情侣。
波冠和宰坝情投意合，
就像月亮伴随着星星。

池里的荷花仿佛更清香，
树上的绿叶仿佛更鲜嫩。
全寨的乡亲都为他们高兴，
林中的百鸟都赞美他们的爱情。

回到竹楼里，
阿妈取出耳环、玉簪和手镯，
幸福而又慈祥地对女儿说：
"收下吧，这是宰坝哥给你的礼物。"

嫦波冠脸颊霎时像一朵红花，
羞涩而又兴奋地望着宰坝。
宰坝也投来脉脉深情，
像泉水注入嫦波冠的心。

一对情人默默无言，
无言的会意胜过清泉。
波冠捧着礼物俯首微笑，
宰坝亲切地呆呆站在她旁边。

母亲看到这情景，
忙把女儿提醒：
"波冠啊，你怎么又痴又呆，
快去给宰坝哥煮饭炒菜。"

婻波冠从梦中惊醒，
乐滋滋地去烧火淘米，
刚从圈里捉来一只母鸡，
又去捞养在土缸里的鱼。

宰坝刚把板凳坐暖，
香喷喷的饭菜已摆在他跟前。
"哥哥啊，请尝一尝，
没有山珍，只有妹妹的心意。"

姑娘的话像清泉，
哗哗地流进宰坝的心坎，
清泉变成一股暖流，
宰坝感到从未有过的温暖。

"妹妹啊，有伴的糯列①，
不会感到麻哈②又苦又涩；
有你在哥哥身边，
就是吃苦笋也会感到甜。

"蜜蜂飞遍森林，
是为了寻花采蜜；
哥哥来到这里，
是因为想念你。"

勤劳的宰坝，
边说话边观察，
发现波冠的晒台快倒塌，

发现竹楼的四周没篱笆。

吃过饭，他拿起砍刀，
悄悄走进寨边的竹林，
砍来一捆捆绿竹，
破成一条条竹片。

打好篱笆桩，
编织篱笆墙，
你穿我递映笑影，
片片竹篱心连心。

欢乐总觉时间快，
眼看夕阳已偏西。
宰坝想起阿爹的嘱咐，
忍痛向波冠告别。

波冠理解宰坝的心，
将宰坝送出家门。
恋人怎舍得分离，
姑娘送了一程又一程。

晚霞映红了路边的小草，
轻风梳理着路边的柳絮。
知了在竹林里唧唧叫，
仿佛在倾诉他们离别的衷情。

走一程，送一程，
送到路边的撒拉亭③。
婻波冠停下脚步，
轻轻地拉住宰坝的衣襟：

"哥哥啊，从今以后，
妹妹的竹楼就是你的家，
可不能让狂风暴雨，
吹倒刚围好的篱笆。

"善良的哥哥啊，
你已带走了妹妹的心。

---

① 糯列：鹦哥。
② 麻哈：野果名。
③ 撒拉亭：路旁的凉亭。

回到你们寨子啊，
请莫忘记苦命的人。"

宰坝的心要跳出心窝，
感情的激流像千丈瀑布。
从林中相遇那时起，
娲波冠就是他理想的花朵。

但他却又迟疑不定，
没有倾吐求爱之心。
因为他家很贫困，
对不起美丽的人。

他只能安慰波冠别难过，
秧苗不会辜负阳光雨露，
森林不会忘记栖歇的鹦鹉，
请妹妹相信贫困的哥哥。

分手了，恰是晚霞满天之际，
分手了，恰是雀鸟归窝之时，
晚霞映人心，雀鸟成双对，
送宰坝的娲波冠忘了返回。

第三章　定亲

八　热恋

听吧，星星和月亮，
别嫌我的歌太长。
因为娲波冠的故事不是来自佛经，
是来自我们的家乡。

这首歌一诞生，
就记载着人间的不幸。
于是我用农闲时间将它写在纸上，
作为我今生献给世间人类的礼品。

蜜蜂忘不了花朵的鲜艳，
宰坝天天想念娲波冠，

他的心绪翻滚如乱云，
离别的痛苦剪不断爱恋。

要说姑娘已是自己的情人，
可自己还没勇气向她求婚；
要说姑娘不是自己的情人，
可心上时时有她的倩影。

怕只怕果树已经围上竹篱，
金丝鸟已被人关进竹笼里。
如果娲波冠早就有了情人，
他不愿在别人的幸福中投下阴影。

芬芳的花朵究竟有没有主人？
聪明的宰坝不愿向旁人打听。
他要请天上的明月作证，
用筚和丁①去试探姑娘的心。

皎洁的月亮出来了，
宰坝穿上土布衣，搭上花披巾，
拿起传情的筚和丁，
欢乐得像刚下凡的天神。

告别年迈的阿爹后，
便嘚嘚地走出篱笆门，
踏着如水的月光，
轻轻地把竹丁拉响。

竹丁声婉转悠扬，
像哈光鸟在月下歌唱，
声声像蜜一样醉人，
牵动着曼坝端姑娘的心肠。

她们听得神魂颠倒，
有的端起碗忘了喝汤，
有的捏起饭团忘了放在嘴上，
有的站在晒台上发呆地张望。

唉，只怪自己动作太慢，
月亮出来了还没架车纺线，

---

① 筚、丁：均为乐器。

没有燃起明亮的火塘啊，
白让拉丁人穿过竹楼边。

曼坝端最漂亮的姑娘呀，
要算先乃曼家的金坎，
人们称她是梭腊批花，
说她比孔雀还好看。

宰坝只瞪了她一眼，
丁声便随夜风飘进竹林。
头人的女儿嘟起嘴巴，
又羞又怒骂个不停。

宰坝踏着月色，
快步来到曼坝碧。
是不是时间太晚了，
婻波冠的房门已关闭？

哦，房里还亮着油灯，
不断传出唧唧的纺车声。
宰坝高兴极了，
立即拉响传神的竹丁。

"占芭花般的姑娘啊，
大地撒遍你身上的芬芳。
哥哥披着月色赶来了，
徘徊在你竹楼外的小路上。

"如果姑娘的心田，
已经被人围上了篱笆；
如果姑娘的菜地，
已经有人种上南瓜。

"哥哥的痴情啊，
就只是一场梦幻，
不管挑来多少泉水，
也只是白流在沙滩。"

竹楼里的纺车声断了，
婻波冠洗耳静静地听。
她没有立即放声回应，

因为还弄不清拉丁的人。

她思索了又思索，
她掂量了又掂量，
决心用试探的口气，
揭开这个谜底。

"贫穷的波冠，
已有了倾心相爱的情人，
他和妹妹有相同的命运，
就像两颗瓜结在一根藤。

"灾难中的情谊最珍贵，
宰坝哥是妹妹的恩人。
他从虎口里救出妹妹的生命，
也在妹妹的心里播下了爱情。

"如果拉丁人是宰坝哥，
就请快快进家来坐，
妹妹早已准备好竹凳，
妹妹早已准备好槟榔。①

"如果门外的人不是宰坝哥，
就请到别的竹楼寻找更美的花。
因为除了宰坝哥哥啊，
别的小伙子波冠一个也不嫁。"

姑娘的歌声比蜜甜，
点点滴在宰坝的心坎。
他乐滋滋地走上竹楼，
幸福地坐在波冠的身边。

竹楼里的火塘倾吐着火焰，
波冠第一次尝到人间的温暖。
她呆呆地望着宰坝哥，
爱情的蜜汁是这般香甜。

占芭花在清晨最香，
雨后的荷花最鲜艳。
爱情的雨露啊，

———————————
① 傣族青年以送槟榔表示相爱。

滋润着美丽的娲波冠。

她温顺地依偎在情人的怀里，
品尝着最纯洁的爱情。
宰坝抚摸她那柔软的秀发，
爱情的美酒使他们如痴如醉。

"哥哥啊，请记住今天，
爱神把爱刻在我们心间。
月儿缺了又圆，
不知我们何时能团圆。

"哥哥家里的父亲，
是否赞同我们的爱情？
请快点禀告老人呀，
让落地的种子早日生根。"

宰坝把波冠搂得更紧，
发出火一般的激情：
"妹妹啊，我俩都是苦命人，
苦命人的心比明珠更纯净。

"苦竹虽然长在山箐边，
吮吸的却是清凉的山泉，
如同歌声能给人温暖，
山泉能使苦涩的竹笋变甜。

"森林里处处有落叶，
有时候邪恶也十分猖獗。
但乌云无法遮住阳光，
邪恶无法战胜正义。

"我父亲是个善良的老人，
懂得世间最珍贵的是知心，
他会为我们祝福，
他会赞美我们的婚姻。"

娲波冠心花怒放，
幸福的热泪滴答流淌，
她想不到自己的苦命会变得这样好，
只觉得苦笋汤里放进了无数红糖。

"哥哥啊，亲爱的哥哥，
波冠早就等待着这一天，
我阿妈的心情也一个样，
早就盼着女婿走进庭院。

"妈常夸你不怕苦，
耪田种地打猎样样都会做。
老人家还喜欢吃你打来的野鸡，
喜欢尝你剁的斑鸠肉。

"看啊，天地在看我们相会，
月亮和星星在给我们做媒，
金碗银碗已装下我们的话语，
哥哥啊，请定下吉祥的婚期。"

宰坝满心欢喜，
答应回去跟父亲商议。
这时天已快破晓，
公鸡在引颈喔喔啼。

娲波冠又一阵心酸，
"哥哥啊，妹一刻也不愿离开你，
只是呀，为了商议不得不分离。
但愿啊，暂时的分离换来永恒的团聚。"

宰坝拿起竹丁走出庭院，
依依不舍地告别娲波冠。
离别的话啊说不完，
只盼明天又有这样一个夜晚。

九　说亲

歌声唤来满天彩霞，
铓锣催开糯洛东花。
勐惟加竜村村寨寨都起舞，
森林回荡着京比迈①的欢歌。

吉祥的傣历六月，
鲜花开遍大地，

---

① 京比迈：傣历新年。

河里的鱼虾跳跃，
满山的雀鸟欢喜。

节日里谁都想在家欢乐，
嫡波冠却轮着给大伙放牧。
她赶着牛群从河边走过，
坐在一棵垂柳下思念宰坝哥。

宰坝啊宰坝，
此刻你在哪里？
是在追踪虎的足迹，
还是在跟父亲把婚期商议？

想起吉祥的婚期，
少女满心欢喜；
听不到宰坝的回音，
姑娘又很焦急。

一对鹦鹉从她头上飞过，
她对着鹦鹉唱出心里的歌，
请鸟儿捎个口信，
捎给心爱的哥哥。

"鹦鹉啊，你最会传情，
请你带着我的口信飞到北山箐。
那里居住着我的亲人，
他是我生命中的生命。

"弩箭是他的伙伴，
大森林是他的母亲。
波冠正在焦急地等他，
等他快派来说亲的媒人。"

鱼儿忘不了河水的温暖，
归燕忘不了恩爱的伴侣。
宰坝也在天天计算着日期，
焦急地盼着红花满山的六月。

他决定把心事告诉父亲，
请父亲派去说亲的媒人，
请父亲为他的婚礼做准备，
欢欢喜喜迎接心上的人。

乃盘有双敏锐的眼睛，
他知道儿子已有了爱情，
但为了尊重儿子的心愿，
他装作不知地询问：

"树长大了可做栋梁，
鸟长大了会张开翅膀。
儿呀，你已到了成家的时候，
不知你选中了哪家的姑娘？"

"尊敬的父亲呀，
林中的鸟儿成双对，
长大成人的孩儿，
是该找个终身伴侣。

"云雀不会飞进凤凰窝，
猎人不会跟王公贵族成亲。
嫡波冠和孩儿有相同的命运，
孩儿和她已订下了婚姻。

"六月是我们选定的良辰，
请原谅孩儿没有禀告父亲。
波冠的母亲满心欢喜，
也望父亲派去媒人成全孩儿的婚姻。"

乃盘听了连声赞许，
波冠是他最中意的儿媳。
儿子的大事不能延误呀，
他立即去找有经验的邻居。

邻居有两位老妇人，
对儿孙的婚事很热忱。
她们答应替宰坝做媒，
带着礼物到了曼坝碧村。

嫡波冠的母亲香帕，
见来了曼坝端的客人，
知道是为了女儿的婚事，
忙放下活计热情迎接。

先请客人坐在正房里，
然后询问客人的来意。
语言像三月的和风，

这是傣家人的礼节。

两位媒人取出礼物，
先向姑娘的母亲道贺：
"好心的亲家啊，
你栽培的鲜花已结出了金果。

"今天呀是彩虹降落的时辰，
凤凰对对飞出绿色的森林。
凤凰带着幸福的喜讯，
唱着一支支赞美的歌。

"赞美勤劳勇敢的宰坝，
爱上了珍珠般的娴波冠，
两个年轻人情投意合，
就像金线连着银线。

"他俩得到爱神的指引，
在月光下订了终身。
鲜花烂漫的六月啊，
是他们成亲的吉日良辰。

"我们受宰坝家的聘请，
特来向娴波冠姑娘求亲。
我们带来了他家的金线银线，
带来了宰坝的厚意深情。

"姑娘的好母亲啊，
请你成全孩子们的婚姻！
当着火塘和三脚架许诺，
让洁净的水流进金色的盆。"

娴波冠的母亲收下花盘礼品，
合掌感谢媒人给她带来了喜讯。
她按照规矩许了诺言，
真心赞同女儿和宰坝的婚姻。

有经验的两位媒人，
认真地履行着自己的责任。
母亲同意了她们还不放心，
婚事啊应由姑娘自己决定。

"姑娘啊，你是月亮，

宰坝哥是满天的繁星；
你是盛开的花朵，
宰坝哥是花旁的绿叶。

"小鸟离不开森林，
鱼儿离不开河水，
好花得有绿叶配，
你愿不愿跟宰坝成双对？"

媒人的话拨动着姑娘的心弦，
姑娘的心燃起一团火焰。
她借了山泉的声音，
表示她的耿直和坚贞。

"两位尊敬的依雅啊，
感谢你们给我带来了幸福，
排除了我心中的愁虑，
赶走了我焦急等待的痛苦。

"没有纺车难纺出棉线，
没有耕牛无法耕田，
没有伴侣心灵会荒芜，
世上的人都盼望月儿圆。

"我是一棵孤独的树苗，
生长在贫瘠寂寞的山沟，
白天需要太阳的温暖，
晚上需要雨露来滋润。

"宰坝是我心中的太阳，
宰坝是我心中的月亮。
他从虎口里救了我的性命，
又使我的心灵焕发春光。

"我们已立下海誓山盟，
我活着是宰坝哥的妻子，
我死了是宰坝家的鬼魂，
请两位老人转告宰坝快来接亲。"

蜜蜂钻进了花蕊，
两位老人落了心。
她们匆匆赶回曼坝端，
向宰坝转告幸福的喜讯。

十　成婚之前

满坡的百花绽开笑脸，
天上的白云飘落人间，
山风摇曳着森林里的绿叶，
一起祝贺波冠与宰坝的爱情。

南山的诺燕罕，
要与北山的诺列罕①相配，
幢幢竹楼为他们欢呼，
个个乡亲向他们祝福。

波冠的母亲笑眯眯，
朴实的嫁妆已备齐。
从今后宰坝就是她的女婿，
她要为女婿缝一件新衣。

年迈的乃盘笑开颜，
把儿子叫到他跟前：
"吉祥幸福的婚期近了，
孩儿呀，该去波冠家看看。

"乘凉的晒台是否牢固？
房里的篾笆铺得平不平？
举行婚礼那一天，
屋里屋外都会坐满人。

"拴线②用的竹桌，
客人坐的竹凳，
还有火塘和内房，
整间竹楼都要检查修整。

"做饭要用多少柴？
泡茶要备多少碗？
如今两家已成一家人，
样样都要替你岳母分担。"

聪明的宰坝遵从父意，
踏着晨雾来到了曼坝碧。

慈祥的岳母笑嘻嘻，
要他试穿刚缝好的新衣。

试罢新衣心更甜，
宰坝立即去耕锄菜园，
锄完菜园又上柴山，
欢欢乐乐忙了一整天。

曼坝碧的乡亲，
个个夸奖宰坝，
勤劳的蜜蜂啊，
找到了最香的花。

曼坝碧的妇女，
个个都夸波冠有眼力。
孤苦伶仃的姑娘，
有一个好女婿。

宰坝刚跨出篱笆门，
阿妈便发出慈祥的声音：
"波冠啊，妈的好女儿，
明晨你也该去串串亲。

"宰坝家没有姑娘帮舂米，
宰坝家没有女人做饭补衣。
办婚礼应该干干净净，
你快去帮宰坝做好准备。"

太阳还没有醒，
波冠便跟着母亲启程，
来到曼坝端，
乃盘将她母女俩迎进门。

婳波冠忙合掌施礼，
话声既柔软又甜蜜：
"尊敬的阿爹啊，
儿媳特地来看望您。"

乃盘刚要搬竹凳，
波冠抢前先拿起。

---

① 诺燕罕、诺列罕：鸟名，一雄一雌。
② 拴线：傣族一种表示永不分离的仪式，他们在结婚、重逢时都举行这个仪式。

乃盘要母女俩歇歇气，
波冠却不肯多休息。

担上银桶把水挑，
拿起扫帚忙扫地，
燃亮火塘煮好饭，
又到河边把衣洗，

曼坝端的乡亲，
个个都夸奖波冠勤劳，
有这样一个儿媳，
日子一定美好。

母亲没见到宰坝，
询问是否又上山了。
乃盘刚要回话，
宰坝便抬着麂子回到家。

寨里的众乡亲，
立即闻讯赶来，
人多刀更快，
麂子皮很快剥开。

波冠把火燃得更旺，
炒出的麂子肉满楼香，
全寨的乡亲都想尝一尝，
尝罢个个都赞扬。

乡亲们啊，真诚相爱的歌，
唱到这里先告一个段落。
但我的故事还没有结束，
可怕的风暴呀还隐藏在密林深处。

第四章　逼婚

十一　意外的遭遇

婚礼已安排妥当，
嫦波冠心花怒放。

她跟随阿妈往家里走，
沿途沐浴着灿烂的阳光。

忽然传来一阵马铃声，
山路扬起一股冲天的灰尘，
惊飞了林中的百鸟，
野鸡野兔慌忙逃奔。

母女俩急忙闪到路旁，
马队的铁蹄差点踩在她们身上。
愤怒从姑娘的心窝爆发，
指骂马队为何如此莽撞。

马队骤然停下，
跳出个满脸铁青的西纳[①]，
瞪着一对凶神似的眼睛，
张开血口向无辜的人怒骂：

"你们是哪个寨子的讨饭鬼，
胆敢拦住国王的马队？
别说踩坏了百姓的庄稼，
就是踏碎你们的脑袋也活该。

"是你们母女瞎了眼，
还是不知勐惟加竜的尊严？
召果腊王是下凡的天神，
天底下的万物都是他的财产。

"你们已冒犯了国君，
国君决不会饶恕你们。
还不赶快乖乖跪下，
等待你们的死刑！"

听说是召果腊驾到，
香帕吓得魂飞九霄。
她慌忙跪在地上，
等待灾难的惩罚。

召果腊凶恶地扬起鞭，
打落路边的一丛花瓣。

---

① 西纳：大臣、军师、头人。

"嗨，你们是哪里的畜生，
胆敢指骂勐惟加竜的国君！"

他本想一刀杀死母女二人，
仔细一看，不禁大吃一惊！
姑娘的容貌比皇后美千倍，
肮脏的欲念立即飞上饥饿的眼睛。

臭雕看见食物要猛扑袭击，
召果腊看见美人垂涎欲滴。
他跳下马走到婻波冠跟前，
越看越觉得波冠美得像仙女。

像苍蝇围着佳肴飞旋，
召果腊围着波冠转了三圈。
他是君王竟然不顾礼节，
伸出手去抚摸婻波冠。

波冠躲在阿妈身后，
召果腊仍然嬉皮笑脸：
"美人啊，让我闻闻你的芬芳，
我是最懂得爱情的召果腊国王。"

即使召果腊的淫威胜过猛虎，
姑娘也忍受不了这般侮辱。
她本想对着他的黄脸吐口水，
却被阿妈紧紧地拉住了衣角。

阿妈担心惹出大祸，
惶恐地乞求召果腊宽恕。
老人家一连磕了十个响头，
把灾难之王视为慈善的佛祖。

站在一旁的西纳，
一副丑脸长两片嘴巴。
他怕光天化日下不好收场，
奸笑着悄声献计给召果腊：

"圣王啊，天上阳光灿烂，
路旁河水田水金光闪闪。
前呼后拥的士兵头上都有一双眼，

喜事啊，应按照古老的礼节办。"

召果腊听了哈哈大笑，
赞扬西纳嘎①的计谋高超。
"那就照你的主意办吧，
聪明而又狡猾的西纳。

"这母女的衣裙太破烂，
她们的日子一定很艰难。
应该送些银子接济她们，
使她们感到人间有温暖。"

西纳嘎扶起母女二人，
送给她们三两白银，
歪起嘴巴昧着良心，
硬说召果腊疼爱百姓。

"大妈啊，快收下，
快感谢国王召果腊，
他是最关怀百姓的国君，
莽莽的森林个个都夸他。"

西纳嘎的花言巧语，
遮不住召果腊淫邪的目光，
他仍像饿老鹰一样，
双眼死盯在婻波冠身上。

但他也换了一副嘴脸，
推骂西纳嘎狐假虎威：
"刚才你胡说什么呀？
我怎么会给姑娘定罪！

"我是金殿王朝的主人，
普救众生是我的本性，
天下人都知道召果腊善良，
素来就疼爱勐惟加竜的百姓。

"快呀，快撒下一片阳光，
让姑娘和她阿妈回乡。

---

① 西纳嘎：奸臣。

踩坏的庄稼也该赔偿，
做西纳应保护百姓安康。"

西纳嘎扬起奸诈的脸，
吼叫着指挥马队闪向一边。
香帕忙拉起女儿慌张逃命，
不敢抬头看召果腊一眼。

十二　打听

母女俩刚走进竹林，
召果腊就大发雷霆。
他指着西纳嘎的鼻子，
一声声骂他是奸臣。

"嘿嘿，王宫选美那时辰，
你口口声声表白效忠国君，
说什么全勐的美女都选来了，
从天上到地下都不漏一人。

"你撒下了天大的谎言，
愚弄勐惟加竜的叭英①。
我那成千上万的妃后，
哪个比得上刚走的美人？

"她的脸比荷花更鲜艳，
她的腰比柳枝还柔软，
她的头发比占芭花香，
一见到她我就眼花垂涎。"

听啊，满楼的乡亲，
这是多么肮脏的声音！
世界上有亿万种生命，
为何美好与丑恶总是并存？

故事里善良的生命总是很短暂，
罪恶总是在统治着人间。
残忍、贪婪和丑恶啊，
是人世间灾难的祸根。

乡亲们，请看啊，

看清清的江水怎样被搅混，
看召果腊怎样利用他的权力，
给百姓撒下灾星。

当时，西纳嘎吓得抖抖颤颤，
"叭"地跪在召果腊的马脚前。
先乞求饶恕他的疏忽大意，
后又献出一条毒计。

"国王啊，你喜欢月亮，
微臣会从海底捞出来；
你喜欢星星，
微臣会从天上摘下来。

"你喜欢民间美女，
不必这般性急，
待微臣查清了姑娘的身世，
自有办法送到王宫里。"

奸猾的西纳嘎，
立即唤来当地的头人，
拔出闪亮的长刀，
借刀光威严地逼问：

"刚才那对母女，
是哪个村寨的百姓？
母亲叫什么名字？
姑娘有没有男人？"

当地的头人先贺勐，
手抖脚软瘫成泥一团，
只顾磕头求饶，
半句话也不敢隐瞒。

"高贵的国王啊，
我头顶上的福星，
那母女俩就住在这附近，
是曼坝碧寨子的百姓。

"母亲是寡妇，

---

① 叭英：傣族传说中善良、智慧的天神。

很早就失去了丈夫，
耨田种地很艰难，
只靠帮人舂米织布。

"姑娘名叫婻波冠，
像一朵盛开的牡丹，
可惜很快就要出嫁，
男人是曼坝端的宰坝。"

嘿，这宰坝是什么人，
竟有这样的福分！
要是他胆敢跟我争夺月亮，
我要将他剁成肉酱！

召果腊将善良糊在脸上，
将罪恶藏在心里。
宰坝的情人算得了什么？
就是叭英的老婆他也要娶。

十三 逼婚

召果腊召集大臣，
商议要娶婻波冠为宫中美人。
大臣们个个低头无语，
残暴的国王要亲自去抢亲。

抢亲有失国王的威望，
西纳嘎又把毒计献上：
"尊贵的主人啊，
请莫性急喝下滚热的汤。

"花朵开在你的花园，
要采摘有何困难？
婻波冠是你的奴仆，
谁敢跟你争抢？

"只是有了情的美人，
很难夺取她的真心；
用铁链拴来的奴仆，
很难使她归顺。

"想要鱼儿游向大海，
要先切断别的水源；

想要得到美丽的婻波冠，
只有把系在她心上的金线割断。

"系在她心上的金线，
是国王管辖下的猎人。
要让宰坝在人间消亡，
婻波冠才会失去希望。

"失去希望的婻波冠，
总要寻找新欢；
失去了希望的婻波冠，
才会嫁给国王。"

召果腊嘻嘻地淫笑一声，
立即发出一道通令：
"快召集全勐最勇敢的猎人，
去追捕最勇猛的象群。"

然后他又派出西纳嘎，
带着贵重的礼品，
到曼坝碧表达国王的心意，
向美丽的婻波冠求亲。

西纳嘎不敢怠慢，
带领着人马涌进寡妇的庭院。
善良的香帕从矮屋里走出来，
慌慌张张地跪在西纳嘎面前。

头人进村寨，
必然有灾害。
香帕以为西纳嘎是来抓人，
默默地祈祷着，乞求天神可怜。

谁知西纳嘎变得很温顺，
像一个慈祥和气的老人。
他一把将香帕扶起，
又双手呈上贵重的礼品。

"祝贺你啊，姑娘的母亲，
幸福已飞进你的篱笆门。
孔雀爱上了田鸡，
凤王要跟瓦雀结亲。

"这是天下的奇缘，
就像大地忽然滚出黄金一团。
你的女儿真有福气，
贫贱的波冠就要戴上高贵的皇冠。

"从今后，你就是王后的母亲，
召果腊国王就是你的女婿。
天下的绫罗绸缎任你穿，
天下的山珍海味任你尝。"

这不是幸福的阳光，
这是灾难的火光。
寡妇感到眼前浓烟滚滚，
惊叫了一声便昏倒在地上。

顷刻，竹楼鸦雀无声，
篱笆外仿佛站满了死神。
过了好久香帕才渐渐苏醒，
无力地睁开痛苦的眼睛。

"高贵的西纳诰①啊，
请饶恕寡妇的罪孽。
波冠没有福分去当王后，
她是苦难人家的丑女。

"她的婚事早已订，
她的灵魂已属另一家人。
对方是曼坝端的猎手宰坝，
再过几天就要来上门。

"尊敬的西纳诰啊，
请可怜国王脚下的百姓。
国王的洪福啊，
应该保护百姓的安宁。"

香帕的话震动天地，
天地都认为寡妇有理。
在场的官兵闭起同情的眼睛，
只有西纳嘎发出凶狠的奸笑声。

"国王的嘴是金嘴，
说出的话重千斤。
他定要娶波冠为王后，
今天特派我来宣布决定。"

可怜的寡妇战战兢兢，
一滴悲泪，一声哀怨。
她在痛苦中挣扎，
在挣扎中变得更果敢。

"请西纳诰回去吧，
别用刀枪威逼奴仆走上绝路。
当王的哪能拆散百姓的婚姻，
当王的哪能给村寨制造痛苦！

"请回去转告国王，
抢夺民女是自找祸殃。
天下人都会诅咒他昏庸残暴，
将无数口水吐在国君脸上。"

像虎啸狼嚎，
西纳嘎又一阵狂笑：
"哈哈哈，老婆子，
你真是有眼睛不识无价宝。

"国王的洪福比山高，
国王的旨意就是刀。
谁敢不听他的话，
有十个头也都会被砍掉。

"百姓应该服从君主，
奴仆应该听从主人摆布。
反抗只会粉身碎骨，
劝你莫攀登悬崖自寻死路。"

可怜的香帕还想乞求，
西纳嘎却不许她开口。
他强行丢下了礼品，
便领着人马返回宫廷。

---

① 西纳诰：对西纳嘎的尊称。

115

第五章 抢婚

十四 调情

听说嫩波冠又在林中放牧，
召果腊的情欲再也按捺不住。
他等不得西纳嘎说亲归来，
便带着随行亲自到林间捕捉。

林中的草地十分宽广，
百鸟在枝头上自由歌唱。
放牧牛群的嫩波冠啊，
躺在一片山花的中央。

她仿佛感到自己已是新娘，
英俊的宰坝哥就坐在身旁，
两颗恩爱的心紧紧贴在一起，
幸福的泉水呀哗哗流淌。

牛群吃饱了青草，
竖起耳朵在听她唱歌。
它们仿佛知道主人的心情，
在分享着嫩波冠的欢乐。

唱罢心中的欢歌，
她又在草地上翩翩起舞，
引得百鸟齐飞来，
观看林中最美的孔雀。

正当姑娘沉醉的时候，
远处传来一阵马蹄声。
嫩波冠以为又出现猛虎，
在梦幻中不觉一惊。

天呀，来的不是猛虎，
可比猛虎还要凶恶，
他就是灾难之王召果腊啊，
他的马蹄踏碎了草地的露珠。

啊，勇敢的宰坝哥呀，

此刻你在何方？
快来营救你的波冠呀，
她又遇上了人面兽心的豺狼。

姑娘正在暗中呼喊，
想不到召果腊却跪在她跟前：
"美人啊，不管你躲在哪里，
你的光彩都照亮人间。

"在你的面前，
山花失去了鲜艳，
太阳暗淡无光，
明月羞得躲进了云间。

"你是天地间最美的花，
应该享受王宫的豪华；
你是下凡的仙女，
应该生活在王宫里。

"自从昨天在路上相遇，
我的灵魂便被你叼去，
睁眼闭眼都看见你，
没有你呀，我忘了吃饭穿衣。

"跟着我到豪华的王宫吧，
人间的一切财富都将汇集你身旁。
白天你可以坐在金凳上梳头，
晚上你可以站在银台上歌唱。"

召果腊想采尽天下的花，
他的感情既丑恶又虚假。
他对一千个王妃说着同样的情话，
转身却又把她们一个个糟蹋。

听到这庸俗不堪的声音，
嫩波冠一阵阵恶心。
她大声地吆喝着牛群，
想迅速离开这片森林。

召果腊不肯轻易放过，
像饿虎朝着羊群猛扑。
他拦腰将姑娘抱住，
嘴里喃喃地唱着赞歌：

"人间的美人啊,
花朵一般的姑娘,
我是真心地爱你,
我要把桂冠戴在你头上。"

娲波冠又气愤又慌张,
召果腊仍紧搂着不放。
她在挣扎中咬了他一口,
在愤怒中赏了他一耳光。

这出乎召果腊的意料,
脸颊被打得疼痛难熬。
但一想到已接触过美人的身体,
他竟然又发疯地狂笑。

娲波冠清醒后更加慌张,
她竟然打了至高无上的国王。
灾难之火呀就要毁寨烧身,
她只好悲愤地逃进莽莽森林。

十五 选勇

勐惟加竜的猎人,
一个个雄赳赳地来到京城。
召果腊见宰坝十分英武,
不觉胆战心惊。

他听说这青年打死过猛虎,
他听说这青年射死过野猪,
能赤手空拳跟马熊搏斗,
征服过森林里的所有凶兽。

一旦知道有人要强占他的情人,
他肯定要拼死命报复,
那时纵然有千军万马,
也难防暗箭射进心窝。

召果腊越想越心惊,
摇晃着脑袋登上城门,
心里盘算着杀人的诡计,

嘴里却堂堂正正地发布着命令:

"我们的勐惟加竜,
像宝石一样闪闪发光。
它的国土繁荣昌盛,
它的名字比花还香。

"王国的森林无边无际,
茂密的大树高入云天。
林中有许多珍禽异兽,
它们都是国王的财产。

"王国需要大量的战象,
战象是国家强盛的力量,
它可以保卫王国的边境,
还可以保护百姓的安康。

"如今已经发现,
在绿色的群山中间,
有一批高大的象群,
居住在南恍①之源。

"勐惟加竜的猎人,
个个都很顽强勇猛,
上山能给国王打虎,
下江能给国王擒龙。

"现在需要一个最勇敢的猎人,
率领勇士到莽莽的森林,
为王国捕捉一头公象,
来充实我们象队的阵容。

"这是国王的命令,
也是猎人神圣的责任。
活着的百姓都要服从,
死了的灵魂也要执行。

"经过狩猎官认真筛选,
在你们之中数宰坝最勇敢。
他是万刃中的尖刀,

---

① 南恍:澜沧江。

他是万箭中的神箭。

"国王任命他为捕象的盘巴①,
捕不到公象不许回返。
要是谁在半路上逃跑,
定要剖开犯上的心肝。"

召果腊的命令,
像乌云遮住了星星。
台下的猎人,
个个都为宰坝担心。

宰坝很疑惑,
国王为何在此时派他出苦差?
此时正是鲜花盛开的六月②,
捕象的季节还未到来。

他想向国王提议,
捕象应在长竹笋的雨季。
但他不愿在众人面前乞怜,
勇敢地横下了一条心。

怕死不是猎人的本性,
搏斗才是猎人的歌声。
捕一头公象算什么,
猎人的尊严不可污损。

十六 抢亲

眼下正是青黄不接的季节,
百姓纷纷到森林采摘野果嫩叶,
王宫里却大摆酒宴,
山珍海味堆积如山。

召果腊在酒宴上发布命令,
明晨要到曼坝碧抢亲。
整个宫廷立即闹闹嚷嚷,
大臣士兵忙得手脚不停。

天刚亮礼炮便轰隆响,

召果腊跨上金鞍大象。
他穿着华丽的王服,
身上的金片银片响叮当。

浩荡的队伍涌进山庄,
鸡飞狗叫人心惶惶。
是不是邻国侵犯边境?
国王的军队为何奔赴战场?

婻波冠刚从森林回到家,
正坐在凉台上绣花,
吼声忽然折断了绣花线,
刀光剑影立刻涌到她跟前。

召果腊骑在象背上,
两眼喷出火一样的凶光。
他朝空中挥了一下手,
震耳的锣鼓便一齐奏响。

接着,西纳嘎恭恭敬敬,
指挥宫女们端出礼品:
"祝贺新王妃到宫廷!"
宫女们发出阵阵呼喊声。

听到宫女的呼喊,
仿佛雷电炸碎了波冠的心肺。
她昏倒在阿妈的怀里,
眼前一片天昏地暗。

不管母女二人悲泪成河,
西纳嘎仍然唱起祝贺歌:
"恭喜呀,有福的人,
微臣向高贵的王妃祝福。

"你过去是放牛的姑娘,
今天是勐惟加竜的婻勐③,
出门有宫女给你撑金伞,
天热有宫女给你扇金扇。

① 盘巴:狩猎首领。
② 傣历六月即农历的三月。
③ 婻勐:王后。

"你将是全勐第一棵花树，
你将是国王掌上的明珠。
所有臣民都将跪在你的脚下，
为你祝福，听你使唤。"

西纳嘎摇头摆尾，
善于向主人献媚。
婻波冠鄙视这样的灵魂，
对他的甜言蜜语十分讨厌。

"豪华的宫殿，
只不过是白骨一堆；
金碗里的山珍海味，
浸透了百姓的血泪。

"吃惯了草根的竹鼠，
厌恶虎豹嘴里的肉；
懂得情义的婻波冠，
不稀罕荣华富贵。

"百姓有一点过错，
就遭到残酷的拷打；
国王派兵威逼民女，
算不算是践踏王法？

"王宫里虽然富丽堂皇，
出入的人却像蛆一样脏；
穷苦人虽然一无所有，
心却是温暖人间的火塘。

"波冠只爱穷苦的宰坝，
除了宰坝波冠谁也不嫁！
国王没有民心有刀子，
要杀人就在这里杀。"

婻波冠的意志坚如山，
不再悲伤，神态昂然。
她发出一支支锐利的箭，
箭箭都射中召果腊的心尖。

召果腊又羞又恨，
擦净了抹在脸上的粉，
露出他原本的面目，

一个繁殖灾难的暴君。

"我是骑大象的国王，
国王的意志无法阻挡。
如果你继续反抗，
我就把你剁成肉酱。"

暴风吹不断大青树的根，
恐吓动摇不了姑娘的心。
婻波冠胸中燃起冲天大火，
又发出响亮的声音：

"纵然我死在你的刀下，
波冠的灵魂也要跟着宰坝。
人间的正义不可征服，
别以为你有千军万马。"

"哈哈，你还想着宰坝，
他的脑袋就要搬家。
我早已下令给死神，
在森林里一刀送他归天。"

可怕的消息，
像尖刀插进波冠心里。
她惊呼了一声，
便昏倒在地。

召果腊乘机抢人，
下令将姑娘抬起。
可怜的母亲拉住女儿不放，
伤心的泪呀淋湿了破衣。

召果腊像发疯的狗，
露出牙齿大喊大叫。
西纳嘎用力推倒香帕，
一群士兵抬着波冠就跑。

曼坝碧顿时乌云遮天，
绿色的树叶也闭起了眼。
这时乃盘匆匆而来，
说宰坝已被派进深山。

两户人家同时落难，

两个老人哭成一团。
乡亲们个个流下同情的泪，
悄悄把仇恨埋在心间。

第六章　再救波冠

十七　临危脱险

听吧，我要继续歌唱宰坝。
宰坝已被派进莽莽的深山，
茫茫的深山里啊，
到处布满了暗害的刀剑。

狡猾的西纳嘎是只狐狸，
派出心腹尾随宰坝的踪迹。
尽管阴谋隐藏在云雾里，
却也引起了宰坝的猜疑。

他停步看看烟雾弥漫的山峰，
山谷里吹来阵阵冷风。
四周都是岩石嶙峋的陡壁，
哪里是象群居住之地！

凭着猎人的经验，
他预感到捕象是个阴谋。
他看看身上的长刀弓弩，
仿佛要跟谁展开搏斗。

士兵们继续催他往前走，
他猛然回头大声怒吼：
"你们说的象群在哪里？
这地方尽是些乱石头。"

众士兵顿时张弓拔弩，
像遇到了可怕的猛虎。
宰坝明显地意识到，
自己已成为国王的囚徒。

但他仍旧坦然平静，
机智勇敢是猎人的本性。
突然间他跳上崖顶，

想试一试武官有何反应。

武官果然拔出利剑，
指挥士兵冲到崖前。
宰坝若无其事地大笑，
笑声吓绿了武官的脸。

此刻空中飞过两只山鹰，
翅膀搏击着蓝天白云。
宰坝朝天射出一箭，
飞鹰应声落进山涧。

仿佛射落的不是飞鹰，
而是那武官的心。
乱草在风中摇摆，
武官的眼睛产生了幻影。

四周的岩石和山峰，
变成了一个个高大的猎人；
满山的树木和花草，
都变成了待发的利箭。

多么可怕啊，
难道这宰坝是天神？
如何完成国王的嘱咐呢？
国王叫他在夜间结束猎人的生命。

武官认为只能用智取胜，
装出笑脸对宰坝表示亲近，
想用温和做诱饵，
来麻痹猎人的心。

"勇敢的猎人啊，
你刚才吓了我们一跳。
我们以为你发现了凶象，
我们以为猛虎出来了。

"我们从未打过猎，
听见猴子叫也胆战心惊。
今晚就在这里住宿吧，
前面的山路呀太艰辛。

"大象还在很远的地方，

让我们饱饱地喝一碗热汤，
让我们在草地上睡个香，
明天好对付凶猛的大象。"

夜幕像无边的黑纱，
从天空渐渐往下垂挂。
群山在朦胧中沉睡，
林中的月色如水。

宰坝隐身于一片石林，
机警地注视着四周的动静。
四周不断传来焦躁的蛙声，
他预感到阴谋即将发生。

十五的月亮明又圆，
他又想起了娟波冠。
此刻她是坐在凉台上相思？
还是在火塘边纺线？

思念情人心陶醉，
他起身在岩石边徘徊。
忽然岩缝口有个黑点，
他迅速举起弩箭。

"别射箭，勇敢的猎人，
我是特意来给你报信。"
夜幕中飘来细雨般的轻声，
那黑点是一个年轻的士兵。

宰坝警惕地问他报什么信，
好心的士兵讲出了真情：
"宰坝哥啊，国王要暗害你，
今晚你处于最危险的境地。

"捕象是国王的阴谋，
娟波冠已被暴君抢走。
可怜的姑娘昏迷不醒，
悲伤的泪泡红了眼睛。

"你快逃走吧，
逃出去营救可怜的亲人。
狡猾的武官已经疲惫不堪，
像猪一样正在呼呼打鼾。

"你快乘机逃走吧！
但到处都有伏兵，要特别小心，
来的原路千万不要走，
应选另一条路绕道而行。"

听说波冠已被抢进宫廷，
万丈怒火燃烧着宰坝的心。
他感谢正直士兵的帮助，
忍痛悄悄地逃离森林。

波冠在受难，
宰坝心如焚。
他仿佛长了一双翅膀，
一夜走了两天的路程。

他本想直奔宫殿，
早点跟情人见面，
可又想到那里是座地狱，
去了难以返还。

他只好先回到家里，
跟年迈的父亲告别：
"阿爹啊，可怜的阿爹，
勐惟加竜没有我们生存之地。"

宰坝叙述了波冠的灾难，
宰坝叙述了捕象的阴谋。
像凶兽突然扑向老猎手，
悲愤的泪呀滴满了竹楼。

"孩子啊，苦难的绿叶，
神灵会主持正义。
按照你的意志去做吧，
天神定会保佑你。"

告别了自己的父亲，
宰坝又去看望波冠的母亲。
年迈的母亲早已奄奄一息，
躺在房门前昏迷不醒。

宰坝大声呼唤，
母亲渐渐睁开双眼，

蠕动的嘴唇仿佛在说：
"孩子呀，快去营救波冠。"

复仇的火烧穿了天空，
宰坝立即奔向王宫，
这时雄鸡已开始啼叫，
王宫的灯火仍像血一样红。

十八　宫中劫马

辉煌的灯火照亮宫廷，
召果腊的婚礼还在进行。
豪华的大厅酒气熏天，
零乱的乐曲响个不停。

坐在酒宴上的，
不是皇亲国戚，
就是王族后裔，
都是钱财万贯的玛哈西梯①。

狂饮的狂饮，
猜拳的猜拳，
像爬在腐肉上的蛆虫，
他们的肠肚永远填不满。

喝醉了，丑态百出，
有的捂着肚子呕吐，
有的踢腿把桌凳蹬翻，
宴席上到处都是破盘碎碗。

守门的士兵也醉如泥，
执勤的真罕②搂抱着舞女。
大臣们还在给召果腊敬酒，
整个宫廷都陶醉在酒罐里。

这时，宰坝披星戴月，
猫儿似的钻进宫廷。
看见召果腊正在狂欢饮酒，
宰坝恨不得吃他的肉掏他的心。

他咬紧牙关，
几次举起弓箭，
想当场射死召果腊，
再放一把火烧毁宫殿。

但理智战胜了鲁莽，
他要先去寻找婻波冠。
在一间豪华的卧室里，
亮着宫灯一盏。

如丝的哭声从窗口传出来，
仿佛是山风在幽谷中鸣咽。
宰坝快步飞跑到窗前，
啊，波冠正躺在象牙床上哭泣。

他顿时悲喜交加，
忘记了生命危险，
迈开大步闯进门，
在国王卧室里跟情人会面。

来不及倾诉思念之情，
远处已传来公鸡啼鸣。
时间紧急如飞箭，
他拉起波冠便往外逃奔。

刚跨出宫廷侧门，
便遇上巡逻的士兵，
西纳嘎也跟在后面，
吃惊地猛叫了一声：

"啊呀，不好了，
宰坝的鬼魂已窜进宫廷！
士兵们，快呀，
快给我紧紧追赶。"

三个巡逻的士兵，
还来不及看清，
只见一道电光闪过，
西纳嘎已被砍倒在墙脚。

---

① 玛哈西梯：大富翁。
② 真罕：武官。

断了腰的蛇仍然有毒，
垂死的虎豹更凶恶。
西纳嘎拖着肠子，鲜血淋淋，
挣扎着爬进酒宴大厅。

像大风突然袭击宫殿，
酒宴立即惊慌大乱。
有的躲在桌凳下，
有的叫爹叫妈大声呼喊。

召果腊的魂也被吓落，
他咆哮着像一头野猪：
"快呀，勇士们，
快上马给我追捕。"

士兵们从醉梦中惊醒，
不知道发生了什么事情。
一个个昏头昏脑，
吓得战战兢兢。

召果腊只好亲自提起宝剑，
慌慌张张地跑进马厩。
啊！他惊得不敢相信双眼，
白色的龙驹已经不见。

他气得顿足咬牙，
跨上一匹黑色劣马，
杀气腾腾地冲出宫廷，
一边追赶一边咒骂。

第七章　寻火

十九　逃亡

白色龙驹驮着一对情人，
风驰电掣逃出京城，
越过宽阔平坦的田野，
朝着雾露弥漫的森林飞奔。

星星从他们头顶闪过，
夜风急忙给他们让路，

霞光为他们张开翅膀，
百鸟在为他们欢呼祝福。

宰坝一手护着波冠，
一手紧紧地拉住缰绳。
白龙驹喘着粗气，
飞过一片又一片森林。

黑夜间走路的人，
时时盼望着光照；
逃亡的情侣呀，
多么想停下来休息。

可是不行呀，
后面传来嘈杂的马蹄声。
国王的追兵已经逼近，
他们是在死里逃生！

"宰坝哥啊，我的亲人，
死神的手已揪住妹的心，
波冠也许会在马背上死去，
丢下哥哥孤苦伶仃一个人。

"要是妹妹死了呀，
妹妹的魂永远萦绕在你身旁。
快把波冠从马背上推下去吧，
召果腊的人马已经快追上。

"活着一个总比两个都死好。
我们双方都有可怜的老人。
可怜的老人年迈体弱，
身边需要有儿女照应。

"宰坝哥呀，我的亲人，
明天就是我们成亲的良辰。
要记住是谁夺走我们生存的权利，
是谁将我们的美好希望化成泡影。

"灾难之王可以夺走妹的生命，
但他永远得不到妹的心！
波冠在九泉底下呀，
也不忘记哥哥的深情。

"哥哥想念妹妹的时候，
请抬头仰望天上的白云；
哥哥想念妹妹的时候，
请对着荷花呼唤妹一声。

"仇人拆散了我们，
应该得到应有的报应。
哥哥呀请把妹妹推下去，
留下你好报仇雪恨。"

宰坝将波冠抱得更紧，
不愿再跟姑娘分离。
四周不见一线灯火，
此刻呀正是黑沉沉的深夜。

"波冠呀，我的亲人，
一颗心不能用刀劈开。
要死就死在一起，
要生就一起逃出这罪恶的世界。"

他们要选择生的路，
又跃过一道黑洞洞的深谷，
终于甩开了召果腊的追兵，
越过了勐惟加竜的边境。

待到黎明降临的时分，
他俩已到达荒无人烟的密林。
白马倒在一块草地上，
为逃亡的情人献出了生命，

两人洒下悲痛的泪水，
默默向白龙驹致哀，
采来无数鲜花和绿叶，
挥泪把它掩埋。

然后他们双双跪在地上，
面对着遥远的故土家乡，
向勐惟加竜的亲人告别，
祝勐惟加竜的亲人安康。

---

① 麻必麻糯、麻芒麻罗：均为水果名。

二十　林中婚礼

原始密林荒无人烟，
枯藤古树争相交缠。
低头没有行走的路，
抬头看不见蓝色的天。

宰坝扶着心上的人，
在荆棘丛中把路寻。
密林中只有虎豹的踪迹，
草丛里只有大象的脚印。

这不是猎人歇脚的地方，
是巨蟒和凶象争夺的战场。
跟罪恶的宫廷一样，
停住脚只有死亡。

他们又绕过一片潮湿的洼地，
鸟儿把他们引进另一片林海。
清清的流水从紫色的河谷穿过，
两岸的野花正怒放盛开。

山坡上长满麻必麻糯，
河岸边长满麻芒麻罗①。
猴子松鼠在树枝间嬉戏，
百鸟群蝉在绿丛中唱歌。

金鹿黄麂向他们摇尾，
欢迎他们在这里居住；
孔雀彩蝶为他们起舞，
祝贺他们在这里生活。

"波冠呀，在这里安家吧。
这里虽是杳无人烟的荒山，
却有山雀做我们的邻居，
麂子马鹿都是知心的伙伴。"

波冠扑倒在宰坝怀里，
他们终于逃脱了国王的追击。
深山密林虽然荒凉，
两颗恩爱的心却充满喜悦。

古树前有一个山洞，
洞前有一条小河，
河边有一棵波沙莱树，
枝头结满金色的小果。

在洞前扎上木篱笆，
他俩就在这里安家。
抱来干草作床铺，
床前插满野樱花。

果树上有一对鹦哥，
是一对恩爱的夫妇。
公鹦哥衔食喂进母鹦哥嘴里，
神态是那样自然而又和睦。

波冠看了触景生情，
鹦哥的恩爱给了她欢欣。
她抹干了伤心的泪水，
含羞地发出幸福的声音：

"心爱的宰坝哥啊，
今天是我们约定的结婚良辰。
虽然命运使我们离乡背井，
但这山洞呀也是最美的婚礼厅。

"我们应在这里播下欢乐的种子，
我们应在这里收获我们的爱情。
万秋不变的岩洞啊，
将是我们恩爱的象征。"

一阵心酸后又一阵欢喜，
宰坝抹干了波冠的泪迹。
他无法拒绝姑娘的情意，
同意在苦难中结成夫妻。

波冠采来许多红花，
宰坝砍来许多绿叶。
绿叶将红花衬得更漂亮，

山洞成了美丽的洞房。

没有金线银线，
宰坝用野藤串成花环；
没有待客的茶点，
林中的野果更香甜。

没有梳妆的镜子，
波冠对着山泉打扮；
没有结发的蜡条，
用心头的恩爱点燃。

"哥哥啊，太阳已经西沉，
晚霞已经映红山岭，
正是良辰美景，
是拴线的最好时辰。

"请按照家乡的规矩，
举行我们幸福的婚礼。
听呀，山风在为我们祝福，
糯洛东鸟在为我们吹笙。

"红霞是我们的彩礼，
明月是我们的证人，
蕉叶是我们的餐桌，
星星是我们的贵宾。

"请山风带着我们的喜讯，
吹到勐惟加竜的边境，
转告阿爹和阿妈，
转告邻居和乡亲。"

宰坝拉着波冠，
双双跪在山洞前，
对着山上的明月，
夫妻俩互相拴线。

一对受难的人，
就这样在逃亡中成亲。
古老的山洞变得异常温暖，
然而又埋藏着不幸。

二十一 寻火

阴雨阻拦不了鲜花开放，
灾难征服不了爱情的力量。
一对恩爱的年轻夫妇，
在荒山野林度过了甜蜜时光。

撒下的种子，
将得到希望。
宰坝在甜蜜中收获爱情，
波冠在恩爱中怀孕。

春光随着冷风消逝，
落叶迎来了寒冬。
分娩的时刻越来越近，
忧虑塞满了宰坝的心胸。

寒冬里野果落尽，
野菜野物也难寻。
怎样照顾妻子分娩？
怎样迎接希望到人间？

产妇需要补养，
婴儿需要温暖。
从未叹息过的猎人，
遇到了难以克服的困难。

小小的萤火虫，
能在黑夜中发光；
犀鸟的羽毛，
是幼鸟温暖的火塘。

宰坝要将寒冷，
驱赶出古老的山洞，
让他的爱情果实，
诞生在温暖之中。

他决心暂离山洞，
去远方寻找火种。
有了火种才能驱散寒冷，

有了火种才能越过严冬。

"波冠啊，我的心肝，
有件急事要与你商谈商谈。
我们的孩子就要出世了，
不能让他来到人间就挨饿受寒。

"我要去寻找火种，
我得去寻找温暖。
也许会遇上好心的猎人，
送一把米给我们煮碗稀饭。"

波冠理解丈夫的心，
再三叮咛要小心：
"天黑以前一定要回来，
别让妻子害怕、担心。"

告别妻子，林海苍茫，
山下横躺着一条大江，
像从云雾中跃出的巨龙，
翻腾着银色的波浪。

对岸有绿林一片，
林中冒着一缕青烟，
青烟连着白云，
云中飞过一群归雁。

宰坝看到了希望，
宰坝找到了火光。
砍来竹子扎成筏，
手撑筏竿破恶浪。

破浪过江到对岸，
对岸是座花果山。
孤独矮小的茅屋里，
一位老妇蹲在火塘前。

她是勐巴拉的雅嫁孙①。
专为王后种植水果鲜花。
半月进城敬奉一次，

---

① 雅嫁孙：看守果园的大妈。

终年以果园为家。

宰坝忙向老人施礼，
讲述了遇到的灾难，
乞求老人赐给一把火，
乞求老人赐给一碗饭。

雅嫁孙是一位善良的老人，
对宰坝的遭遇十分同情，
她像母亲听到了儿子的不幸，
簌簌的泪水淋湿了衣襟。

她拿出指头大的盐巴，
她拿出剩下的一筒糯米，
又取出一个土罐，
把火灰火炭装在罐里。

"拿去吧，孩子，
太阳已经偏西，
快快飞步赶回去，
免得妻子挂念你。"

宰坝把东西抱在怀里，
向老人磕头拜谢。
他离开果园的时候，
乌云满天，孕育着一场大雨。

宰坝忙解开竹筏拿起桨，
瓢泼的大雨已锁住了大江。
大雨夹着狂风，
狂风掀起巨浪。

竹筏像一片蕉叶，
像要被漩涡吞咽。
勇敢的猎人呀，
抱着火种在急流中旋转。

狂风越刮越发疯，
浪柱越来越凶猛，
吼叫着像一群野兽，
翻滚着像一群恶龙。

一块礁石撞散了竹筏，

雷雨江涛抽打着宰坝。
勇敢的人拼命跟恶浪搏斗，
恶浪呀像要将猎人卷走。

二十二　死　别

对岸的森林，
同样云雨蒙蒙。
狂风席卷着山洞，
波冠一阵阵腹痛。

她呻吟着等待丈夫，
丈夫正为她去寻火种，
只要有了火呀，
山洞就会一片通红。

她在痛苦地呼喊丈夫，
丈夫为她去寻找食物。
只要有一碗糯米稀饭呀，
她就不会感到饥饿。

她等得望眼欲穿，
她喊得嘴唇枯干。
亲爱的丈夫啊，
你为何还不回返？

山洞是这样寒冷，
草木是这般无情。
喊破喉咙无回应，
只听到哗哗的暴雨声。

波冠在疼痛中挣扎，
婴儿在狂风中诞生。
随着婴儿呱呱坠地，
虚弱的母亲已躺在血泊里。

过了很久很久，
血泊才渐渐蠕动。
波冠喜悦地睁开眼睛，
把婴儿抱在怀中。

"不知人间痛苦的孩子呀，
你来得真不是时候，

你阿妈已掉进了苦海，
你阿爹去找火种又未归来。

"孩子呀，阿妈的心肝，
阿妈没有新的衣裳给你穿，
迎接你到人间的呀，
只有严寒和灾难。"

波冠吃力地睁开眼睛，
甜蜜地吻了吻婴儿的嘴唇。
这是她的生命的继续呀，
这是她的爱情的结晶。

丈夫仍旧没有回来，
死神却已经光临。
波冠挣扎着将婴儿推到草堆里，
刚爬到洞口便闭紧了眼睛。

国王抢不走她的爱情，
灾难却夺走了她的生命。
森林为她痛哭，
瀑布为她控诉。

雷电啊，你爆炸吧，
将森林里的罪恶烧毁；
暴雨啊，你倾泻吧，
冲走森林里的一切污秽！

美丽的婻波冠死了，
她的灵魂仍在山顶上徘徊。
纯洁的爱将永远盛开，
她仍在盼望宰坝哥快归来。

风雨渐渐停息了，
宰坝被狂浪推上沙滩。
冷风抚摸他的肌体，
雀鸟声声把他呼唤。

他猛地又想起分娩的妻子，
忍不住悲痛放声大哭。
一边哭泣，一边爬行，
他要赶回山洞看望亲人。

山洞静悄悄，
是不是波冠睡着了？
宰坝站在洞口喊，
回音在山谷回旋。

他慌慌张张跑进洞里，
看见妻子已惨死在地。
他猛扑在波冠的身上，
拼命呼喊，拼命摇晃……

喊了一百声，
都没有一点回音；
摇了一百次，
都没有一点反应。

美丽的身躯啊，
已硬得像石板。
只有那微闭的双目在含笑，
仿佛还想看亲人一眼。

宰坝绝望地抱起亲人，
茫然地往山洞外奔。
乱草中又看见血块一团，
初生的婴儿已被蚁群咬烂。

天呀，这母子为何这般凄惨！
天呀，人间为何有这样的灾难！
宰坝顿足捶胸，
愤怒地质问苍天。

苍天低头不应，
猎人的精力已耗尽。
他挣扎着驱走蚁群，
抱起血肉模糊的初婴。

孩子呀，可怜的孩子，
你还没有看到阿爹一眼，
就离开了人间，
叫阿爹怎能不悲痛心酸！

孩子呀，可怜的孩子，
阿爹还没有唤你一声，
你就离开了人间，

叫阿爹怎能不心碎肠断！

宰坝已经没有眼泪，
只有仇恨的火焰。
他砍了一截竹筒，
木然地走到河边。

抬来清清的水，
洗去亲人的血迹，
然后将婴儿跟波冠放在一起，
盖上自己的破衣。

搬来一块块石头，
采来一朵朵鲜花，
亲人啊，苦难的亲人，
请在这森林安眠吧！

一边哭诉，一边埋土，
用鲜花和岩石筑起坟墓；
铺上绿叶，献上野果，
宰坝又放声痛哭。

"安息吧，可怜的妻子！
安息吧，可怜的孩子！
醒来请闻一闻这束鲜花，
醒来请尝一尝这堆野果。

"花开时，我请彩蝶给你们做伴，
月圆时，我请清风为你母子唱歌。
开门节，我会给你们滴水，
泼水节，我会跟你们一起欢乐。

"太阳将天天为你们洒下光辉，
彩虹会早晚在你们头上降落。
既然人间没有我们的住所，
自然只有到阴间去找归宿。

"妻子啊，孩子呀，
你们只是先走了一步。
待宰坝报了仇，雪了恨，
便会赶来跟你们一起居住。"

宰坝颤颤巍巍站起来，
提起长刀走到山洞外。
忽然有一大一小的斑鸠，
扑打着翅膀向他飞来。

在他的头上飞旋，
在他的头上呼唤，
他跟着斑鸠奔去，
浓雾啊又把山谷填满。

原载《民间文学》1984 年第 2 期
翻译整理者：岩温扁（傣族）　岩　峰（傣族）　王　松

附　记（原《后记》）：

在探索我国傣族文学发展的过程中，在云南德宏地区发现了有被当地民众称为"三大爱情悲剧"的叙事长诗，即《娥并与桑洛》《叶罕佐和冒弄央》，还有一部有人说是《线秀》，也有人说是《海罕》。后来，在西双版纳也发现了三大悲剧叙事诗。但是，当地并没有这样的提法。以后，我们发现，在著名的傣族诗歌理论著作《论傣族诗歌》这部距今三百多年的重要文献中提到了流传在西双版纳的两部悲剧叙事诗，即《宛纳帕丽》和《婻波冠》，加上《葫芦信》也是三部。与此同时，或者更早些，又发现金平的傣族地区也流传着一本叫《婻波冠》的悲剧叙事诗。这样，在我们脑子里就慢慢形成了一个在傣族的文学史里存在着一个悲剧叙事诗的阶段的概念。但是，除了已发表的《娥并与桑洛》和《葫芦信》之外，其他就一无所知了。为了弄清这一点，我们除了自己到处寻找外，也到处托人寻找。不久，有个同志告诉我们，孟连傣族拉祜族佤族自治县发现了一部叫《宛纳巴月》的悲剧叙事诗，我们非常高兴，便千方百计把这部傣文手抄本找了来，一翻译，原来是一本佛经的变种，便又大失所望。

　　大概是去年，岩温扁同志从勐海的勐阿公社搜集到一本傣文手抄本《娥波冠》，据说，当地听的人很多，而且全都哭了。这很令人高兴。在这之前，我们从德宏孟尚贤同志那里发现了《叶罕佐和冒弄央》（后来佘仁渊同志整理出来，发表在《山茶》1983年第1期），接着刘辉豪同志又从金平搜集来金平的《娥波冠》，今年，又发现了《宛纳帕丽》手抄本，并且全部翻译了出来。这样，傣族文学史上存在着一个悲剧叙事诗时期就可以肯定了，而且我们认为这是傣族文学史上很重要的时期，也就是傣族文学从虚幻的、主要受佛教文学影响的时期发展到批判现实主义的重要时期。

　　我们很喜欢《娥波冠》和《宛纳帕丽》这两部悲剧叙事诗。它们各有不同。前者更重视抒情，后者则更富于哲理，揭露现实也很深刻。我们先把《娥波冠》整理发表，《宛纳帕丽》正在整理之中。

　　关于整理，主要是根据手抄本，我们力求忠实于原作。口头流传与手抄本略有不同，即国王是在山上打猎时看见娥波冠，后来又欺骗男女主人公说山上有一种仙树，那边派宰坝去砍，这边便抢了娥波冠，情节比较带有神话色彩。但我们考虑到这是一部揭露现实的作品，便采用了手抄本的情节。另外，男女主人公逃出王宫后，便与国王的关系不大了。他们在山上的生活描写篇幅很长，我们删去了一些，但仍然基本保持原样，是因为考虑到压在傣族人民头上的大山，除了封建领主制外，还有一个生产力落后，即天灾的问题，因此，这部分仍然保留着。金平的《娥波冠》只是同名而已，内容与诗的风格都跟西双版纳的不同，当然也就不存在与这部《娥波冠》糅合的问题。情节都没有动。原来的诗也很美，但因为先是口头流传，后来才成为手抄本的（《论傣族诗歌》的作者说，这是他作的一部叙事诗，但是显然它已经过在民间长时间的流传，许多内容与诗句都产生了变异，因此，它仍然是一部民间文学作品），所以，我们做了文字与诗句的集中，这是从口头到文字所必须做的工作。此外，诗句也做了某些修饰。有人希望直译，这在诗，尤其是口头流传的民间文学是很困难的，而且毫无意义。如傣诗中既押头韵，又押腰韵、尾韵，那是因为口头唱，否则就唱不出。到了汉文就不存在唱的问题了，读者对象也变了，因此主要想保持内容的真实和诗的民族风格。

整理者

1983 年 11 月 7 日

苏文纳和她的儿子

第一章

在巴拉拉西地方，
从前有一个国王。
他既顽固又没主意，
一点小事都得和别人商量。

因为没儿子继承王位，
他也请教他的宰相。
宰相让他们祈求天神，
国王立刻做起了赕①。

供上了谷穗和鲜花，
点起了明亮亮的神灯。
国王和王后祈求天神，
念了七天七夜的经。

王后不久就怀了孕，
国王真有说不出的高兴。

过了十个月，
一个女儿平安地降生。

宫女们报给国王：
"尊贵的国王啊！
王后已经生了一个孩子，
圆圆的眼睛、红红的嘴唇，
不过是一个姑娘，
却不是个儿子。"

国王说：
"女儿我也高兴，
你们要好好照应。
让她吃最白的奶，
让她睡最软的床，
让她喝最甜的水，
让她穿最好的衣裳。"

宫女们天天抚养公主，
绿鹦哥已经换了十二次羽毛，
公主长到十二岁，
比世上所有的姑娘都美丽。

国王请来宰相和磨龙②，
让他们给公主起一个名。
磨龙照着出生年月打了卦，
给公主起名——苏文纳。

国王担心小伙子进来扰乱，
为女儿盖了一座高楼，

---

① 赕：这是指敬佛求神的意思。
② 磨龙：求神问卜的巫师。

让公主住在里面，
一千个宫女将她陪伴。

楼下面站满卫兵，
手举着刀矛像密林，
个个强壮又英武，
从早到晚不离开一步。

竹楼挡不住清风，
密林挡不住白云。
公主太美丽了，
她的名声已经四处传开。

远远近近的国家都来求亲，
一百零一个①王子都送来金银。
森林里的大象②也喜欢公主，
它们从山里送来果子做礼品。

宫殿里挤满了客人，
桌上堆满鲜花和金银：
"我们的儿子长得好，
我们的金银也不少，
我们两家早就是亲戚，
苏文纳应该和我儿子结亲。"

国王不知如何应付，
他又高兴又愁闷：
"这么多的人向女儿求亲，
到底给哪家才合适？

我希望有一千个女儿，
一个不留嫁给你们。
"可我只有一个女儿，
不能把她分给两个人。
如果她能像树枝上的果子，
会让你们人人尝尽。"

一百零一个王子失望而归，
喧闹的王宫立刻冷清。
苏文纳天天待在楼上，

没有谁和她接近。

天上的月亮公子，
也听说苏文纳美貌非凡，
打扮成一个潇洒的青年，
他从月宫飞到人间。

那时已经是夜深人静，
守卫的士兵也停止行动。
宫女们一个个睡得正甜，
月亮公子飞到公主的床前。

他从身上拿下三十二弦的丁琴，
轻轻地拨动了琴弦。
丁琴发出美妙的声音，
月亮公子的歌声赛过丁琴：
"甜睡的姑娘啊！
几千人守卫的姑娘啊！
请你听听我的琴声吧，
爱你的人已经来到你的身边。"

琴声扰乱了公主的梦，
她仿佛从高崖上跌下，
醒来还一阵阵害怕。
"你是哪里来的人？
为什么到我床前来弹琴？
我的楼下面站满卫兵，
你怎么能走进这森严的宫廷？

"你是山里的妖，
还是水里的龙；
是善良的天神，
还是地上的人？"

月亮公子轻轻地回答：
"我诚实地把一切告诉你，
我是月亮公子——天上的神。
我来到你森严的宫廷，
是因为早已把你爱上。"

---

① 一百零一个：泛指多数。
② 傣族喜欢以大象作为吉祥的象征。

公主没等他说完就问：
"你住的地方那样遥远，
怎么能来到人间？
也许你只是来弹琴取乐，
不是真正对我爱恋。"

月亮公子笑着回答：
"不是现在我才认识你，
你没有成人我就把你记在心。
我俩早就应该相爱，
我这心愿你应该相信。"

公主心里感到快活，
答应月亮公子坐在床边。
从此公主爱上了月亮公子，
两人的心紧紧相连。

天刚放亮，
月亮公子就飞回天上；
太阳一落，
他又来到公主的身边。

他俩每晚在一起谈情，
一年时间还没有人发觉。
宫女和卫兵们都很放心，
以为公主从没有见过什么生人。

公主的脸色渐渐苍白，
公主的身体一天天变化。
宫女们询问公主，
她把实情告诉了她们。

宫女们都为公主担心，
宫女们都为公主难过。
她们跪在王后面前求情，
不要告诉国王这件事情。

王后听见非常生气，
跑上楼抓住女儿的头发：
"不懂事的女儿，
你竟做出这样的事！
要是你父亲知道，

他会把你杀死！"

王后走到国王面前说：
"姑娘做出了丢人的事情，
月亮公子就是她的情人。
他们是什么时候相爱？
从没有见过一点儿踪影。"

国王听了这些话，
气得要发疯：
"她干出这种事情，
丢尽了我的脸面。
我一定把她杀死，
来保住我的声名。"

国王立刻命令他的卫士：
"把苏文纳砍成三截，
让乌鸦啄她的心，
让所有的人记住这个教训。"

母亲不劝丈夫，
母亲不可怜女儿。
只有宫女们同情公主，
她们悄悄地流下眼泪。

卫士凶恶地奔上高楼，
拖下了公主就要动手。
忽然来了报信的人，
叫嚷着要他们慢些动刑。

老宰相为公主求情：
"把福气罩在我们头上的国王啊！
公主还很年轻，
千万不要杀她。
她是你亲生的女儿，
再大的过错也容忍了吧！

"不要因为这一点小事
损害了国家的平静。
不如把她放上竹筏，
让江水把她送出国境。"

国王答应了宰相的请求，
把公主带到江边。
竹筏已经放在水里，
公主一个人走了上去。

宫女和百姓们站在岸上流泪，
波浪冲走了竹筏没有一点声音。
只见远方波光闪闪，
天空乌云横卷。

刮起了大风，
响起了雷声，
大雨倾盆落下，
闪电划破天空。

树木被刮倒，
房屋、宫殿也被吹垮。
河水掀起波涛，
大地比黑夜还黑。

天空里雷声轰鸣，
卫士们四处躲藏。
国王也要逃命，
东躲西藏掉进了茅坑。

暴风雨停息了，
太阳又出现在天空。
卫士们出来找寻国王，
国王正在茅坑里大喊救命。

卫士们搭上竹梯让他爬上来，
大臣们忍着臭气替他冲洗，
冲洗完了洒上香料，
又给他换上漂亮的衣服。

国王换好了衣服，
才忽然想起了女儿。
因为遭受了灾难，
才悔恨自己的无情。

第二章

天气到了四月，
各种鲜花正在开放。
太阳落下又升起，
竹筏还在江里随波漂荡……

苏文纳的命运，
不能由自己摆布，
任凭竹筏漂向远方，
它没有舵也没有桨。

江里面的鱼儿呀，
有时浮上水面，
有时沉下水底，
它们舍不得离开苏文纳，
围着竹筏游来游去。

竹筏愈漂愈远，
随着江水穿过一片森林。
树林又高又密，
看不见天，也看不见云。

竹筏漂过了森林，
漂到了一片幽美的平坝。
江两岸没有高山，
葱茏的芭蕉林看不到边。

江两岸开满鲜花，
四处飘来芳香。
竹筏在这儿停住了，
苏文纳从竹筏走到岸上。

这真是一个美丽的地方，
正好接待美丽的姑娘。
一年四季都结满果子，
一年四季都有花香。

离这儿不远有座高山，

山上住着雅写①易格细拿。
这天黄昏他散步到芭蕉林，
看见一个姑娘坐在河边。

他走到姑娘面前，
忙向姑娘问询：
"不知你出生在哪里？
为什么只孤单单一个人？"

苏文纳回答：
"在奘房修道的雅写呀，
我在巴拉拉西地方出生。
我是国王的女儿，
因为得罪了父亲被赶出门。"

苏文纳讲了自己的事情，
雅写同情公主的遭遇。
他把公主带到奘房住下，
苏文纳内心十分感激。

苏文纳忍着悲痛生活下去，
每天到森林采摘野果野菜。
日子很快过了一个月，
孩子眼看就要降生。
奘房里不能生小孩，
雅写为公主做了安排。

雅写采来了树枝和树叶，
要为公主另盖一座楼房。
雅写心愿虽然很好，
一个人却无力盖起楼房。

雅写心里正在焦急，
混西迦②派来了四个匠人。
在安静的深夜里，
四个匠人来到了森林。

他们没有砍伐树木和竹子，
也没有挥动锯子和斧头，
只消一夜的工夫，

平地里就出现了一座高楼。

匠人们飞走了，
楼房静静地等待着主人。
苏文纳说不出的高兴，
雅写也为她感谢天神。

苏文纳搬进了楼房，
楼房雅致又漂亮，
床上有新的被盖，
锅里飘出来阵阵饭香。

六月十五的月亮又圆又亮。
大地起了震荡，
山崖也在摇晃，
五百条大河都掀起了波浪。

苏文纳的儿子在这一夜降生，
他又好看又健壮。
林中的风为他吹得更响，
天上的月亮放射出从来没有过的亮光。

苏文纳生下儿子，
身体显得更是轻盈，
好像用仙水洗过澡，
比从前显得年轻。

苏文纳非常疼爱自己的儿子。
她怕孩子受冻，
成天抱在怀里，
成天背在背上。

雅写十分疼爱这个孩子，
给孩子吃芭蕉和野果。
太阳一出来他带着孩子出去，
太阳落山才把孩子送给母亲。

过了几年孩子会讲话了，
孩子会叫妈妈了。
雅写十分高兴，

---

① 雅写：深山里修行的，学识渊博、法术高深的仙和尚。此处易格细拿是他的名字。
② 混西迦：傣族传说中善良的天神。

要给孩子起个名，

算过了母亲怀孕和出生的年月时辰：
"啊！这是天神的孩子，
月亮公子是他的父亲，
他应该起名叫珍达萨朵①。"

珍达萨朵长大了，
珍达萨朵懂事了。
从母亲口里知道了他们的遭遇，
从雅写那里学会了很多本领。

雅写知道的都教给他了，
雅写会做的都传给他了。
每天黄昏雅写都到河边洗澡，
珍达萨朵常跟着他去。

河边有个很大的石头，
是开天辟地时混善②留下的。
石头高十丈宽十丈，
像一座楼房耸立在河岸。

珍达萨朵想试试自己的本领，
他走到大石的跟前，
用手轻轻一推，
石头就裂成两半。

石头鬼受到了震动，
连忙爬上水面。
他害怕珍达萨朵的神武，
献上了石头下的宝刀。

这把刀厚有一寸，
宽有三掌，
长有三尺，
拔出刀鞘得用无穷的力量。

珍达萨朵没有用力，
宝刀就被拔出来。
刀子黑得发绿，

没有一点光亮。

珍达萨朵洗完澡，
带着宝刀去见雅写。
雅写看了很高兴，
母亲也为这事感到光荣。

有一天珍达萨朵一早离家，
一个人走进山林，
看见路上开满鲜花，
芒果树结满果子。

他来到一个大湖边，
碧绿的湖水像一面明镜。
谁在水里洗了澡，
他就永远不会生病。

湖里住着魔鬼阿拉围，
看守着湖水和荷花。
见珍达萨朵身佩宝刀，
他便转身悄悄逃掉。

珍达萨朵跳进湖里，
采摘荷花和藕根。
吃了鲜美的藕根，
力气赛过十头大象。

他想起了多病的母亲，
想把母亲带来洗澡。
回家他把自己的想法告诉雅写，
雅写嘱咐他：
"看守荷花湖水的妖怪又凶又狠，
鸟雀一到湖边，
都被他一口吞去，
你母亲去洗澡要加倍小心。"

第二天天刚亮，
他就和母亲一起走到湖边。
母亲下水洗澡，
他在岸上守卫。

---

① 珍达萨朵：月亮阿銮的意思。阿銮是傣族民间英雄的总称。
② 混善：傣族的天神之一。

苏文纳下到湖里，
湖水变得更清；
她摘下一朵荷花，
荷花开得更美。

苏文纳洗完澡上了岸，
珍达萨朵才走下湖去。
他在母亲身边用宝刀画了一个圈，
使魔鬼不敢挨近母亲。

珍达萨朵刚刚下水，
一个妖怪从空中飞来，
在地上他不敢挨近苏文纳，
就从空中把她抓去。

珍达萨朵看见非常着急，
跳上岸就追上去。
妖怪快得像加仑鸟，
转眼把苏文纳带进山洞。

珍达萨朵跑遍了森林，
四处呼唤寻找母亲。
他找遍了每一个石洞，
见不到母亲的踪影。

抬头望树上，
只见树缝中飘过白云；
低头看地下，
只见青草绿莹莹。

珍达萨朵找不到母亲，
他第一次流下眼泪。
十头象的气力已经消失，
倒在湖岸上悲伤哭泣。

他爬起来昏昏沉沉地往前走，
不觉到了一个山洞。
母亲正在洞里受难，
儿子却在洞外找寻。

洞外有个长长的水塘，
是龙王一家游玩的处所。

珍达萨朵在塘边停下，
用荷叶舀水来喝。

龙母这时从水里出来，
一头白发披在肩上。
看见珍达萨朵孤单单坐在水边，
她可怜这个青年。

龙母有一个女儿，
生得秀美又聪明。
龙母看珍达萨朵长得英俊，
正好和女儿成亲。

龙母想走近珍达萨朵，
但又怕他害怕，
摇身变成苏文纳，
向他轻声呼唤：
"我的儿子，来吧，来吧！"

珍达萨朵听见喊声，
跳起来向前追去。
"母亲"不等儿子，
眼看要追上却又走远去。

龙母把珍达萨朵引进一个地洞，
一转眼就来到了龙宫。
龙王看见珍达萨朵长得英武，
心里也十分高兴。

端来了香甜的茶，
送上烈味的槟榔、草烟。
为了隆重地招待客人，
龙王接着又摆起丰盛的酒宴。

饭菜热来酒也美，
珍达萨朵吃得很香。
龙母这时悄悄溜走，
叫女儿快快梳妆。

龙王的女儿出来了，
她打扮得艳丽无双。
龙王龙母给他们成了亲，
龙王想要把国家交给珍达萨朵执掌。

身边却没有珍达萨朵。

第三章

苏文纳被妖魔关在洞中，
想念儿子的苦痛，
像野火烧着山野。
她眼含泪水天天哭泣：
"珍达萨朵出生就很不幸，
现在为什么又遭到这样的苦痛？"

妖魔几次走近苏文纳，
好几次都没把她抓住。
她好像身上有火，
她好像是神明的化身。

抓也抓不住，
咬也咬不着。
她像火一样烫，
像风一样躲闪。

妖魔只好把苏文纳放出洞来。
她昏昏沉沉坐在洞外，
她看不见奘房在哪方，
只看见树林和水塘。

她看见和儿子洗澡的草地，
放衣服的荷叶还在地上。
荷叶已经枯干，
儿子却已不知去向。

珍达萨朵用宝刀划的圆圈，
清楚地在眼前出现。
苏文纳在塘边哭泣，
苏文纳在塘边打转：
"我的好儿子呀！
妈妈已经活着回来了，
为什么你还不来领着妈妈回家？"

太阳快落了，
苏文纳心里很害怕。
树林里有老虎野兽，

前面有棵大树，
树身上有一个大洞。
苏文纳进洞内躲藏，
四周的野兽发出吼声。

野兽围着大树狂奔，
鸟雀在树顶上惊叫。
直到深夜时分，
苏文纳没有闭一闭眼睛。

天总算亮了，
太阳照到了树顶，
野兽又远远躲开，
苏文纳走出树洞。

她不认识道路，
她只顾向前走去。
她不避任何危险，
她要寻找自己的儿子。

花儿开得美丽，
鸟儿叫得好听。
她向前走个不停，
天黑休息，天亮又起身。

这样地走了七天，
还没有走出森林。
最后走到一个平坝，
苏文纳坐在地上喘息。

这时走来一个背着刀箭的猎人，
满脸胡须，样子非常英勇。
他名字叫作木生，
是围利扎国的百姓。

走遍森林也没见一只野兽，
猎人木生不由起了抱怨：
"我出来打猎从不落空，
今日为什么一样也碰不见？"

他坐在树下休息，
把手背在身后掐算：
原来今日碰不见什么野兽，
只能遇见一个姑娘。

他又取出经书来念，
看看能碰见什么鸟雀。
原来今日碰不见任何鸟雀，
天上只能飞来一只白鹤。

猎人高兴起来，
他走路非常轻快。
他一连爬过好几座山，
走累了也不肯休息。

他看见了一只小鸟，
就随便射出一箭，
眼看着小鸟扇扇翅膀飞走，
他随着追出森林。

猎人追出森林，
不见小鸟踪迹，
只看见远处大树下，
坐着一个姑娘。

姑娘生得漂亮，
神色却很悲伤。
猎人放下弓箭，
走来树下相见：

"你从哪里来？
为什么独自坐在树下？
你是妖怪还是凡人？
为什么这样忧愁烦闷？"

苏文纳答：
"我不是什么妖怪，
我是国王的女儿。
父亲把我放上竹筏赶出来，
我和我儿子在山林里居住。

"一天，我和儿子在荷塘洗澡，
妖魔把我捉去关在山洞。

它没法把我吃下，
只得将我放了出来。

"但是，儿子已经和我分开，
他找不到母亲一定很悲哀。
你射死小鸟，它母亲一定会伤心，
我失去儿子怎能不流泪？"

木生听见苏文纳的话很是同情，
好像自己失去儿子一样地愁闷：
"山里到处是野兽，
你一个人不能找到儿子，
不如随我回去，
免得受到伤害。
只要保住身体，
总有一天会见到你的儿子。"

苏文纳答应和他回去，
两个人一同走出树林。
他们走到一条河边，
猎人叫苏文纳洗澡净身：

"山洞里你身体被弄脏，
你快到河里去洗干净。
我的家已经不远，
我等你一同回去。"

苏文纳洗得清爽、美丽，
像仙女一般出现在山林。
他们回到猎人的家，
从四处来了许多客人。

猎人的妻子喜欢苏文纳，
猎人的朋友喜欢苏文纳。
他们探问她的父亲，
又询问她的母亲；
问了她的儿子，
又问她的丈夫。

猎人把姑娘的身世，
详细地告诉大家：
"她不是普通人，
是个国王的女儿，

我们要好好地照顾她。
讲话要和气，
走路脚要轻。
这位公主啊，遭遇很是不幸。"

猎人摆上饭菜，
大家一起吃得高兴。
他的家好像做摆，
人们上上下下，来往不停。

他们不让苏文纳扫地，
不让苏文纳端饭，
更不让苏文纳挑水，
因为她是最尊贵的客人。

为了庆祝苏文纳到来，
猎人做了四五天的摆。
有钱的朋友送来了金银，
热闹的摆轰动了整个森林。

围利扎国王听见这个消息，
要看看猎人收留的姑娘。
他妻子死了已经一个月，
找不到美女做王后正在心烦。

国王找来宰相，
宰相把消息讲给国王：
"听说她是一个国王的女儿，
从森林来到这个地方。
她住在猎人家里，
寨里人都说她长得漂亮。"

国王立刻眉开眼笑：
"这真是福气从天降！
我想要娶她做王后，
才把你请来商量。"

宰相说：
"人们都这样传说，
还不知道真相。
国王如果想娶，
让我们先去打听打听。"

宰相派人去到猎人的寨子，
他们一起拥进猎人的屋子。
猎人问："你们有什么事情？"
来人答："听说你收留了一位姑娘，
国王让我们来看看，
打算娶她去做王后。"

猎人决定不下，
只好告诉苏文纳：
"国王想娶你做妻，
你自己愿不愿意？"

苏文纳说：
"国王话语好像很强硬，
去不去不能由自己决定。
你是我的救命恩人，
把我带出森林来寨里安顿。

"你的恩情山一样的高，
你的恩情海一样的深。
我不去吧，又怕他们害你；
我去了吧，又舍不得你们。
真是难啊，真是难啊，
但是我不能不去！"

苏文纳含着眼泪打扮：
她手上戴了镯子，
颈上戴起项圈。
她打扮得漂漂亮亮，
出门来和大家相见。

国王派来的人看见苏文纳，
以为是天上仙女下凡。
猎人给他们摆起酒席，
大家竟忘了吃饭：
有的张开嘴巴，
却忘了说话；
有的端起酒杯，
没喝却又放下；
有的把菜喂入眼睛，
有的把筷子送进鼻孔。
好看的苏文纳，
引得他们心神不定。

饭吃完了，
他们动身了。
派人骑着快马，
先向国王报信：
"公主是天上的仙女，
她生得无比的美丽。
她的身材像孔雀一样漂亮，
她的头发像绸缎一样闪光。

"整个国家没有谁能比得上她好看，
我从生下地没见过这样好看的姑娘。
只有她才能做我们的王后，
只有我们的国王才配娶这个姑娘。"

国王真有说不出的欢畅，
好像凉风吹进他郁闷的胸膛。
"这是我的命好，
混西迦为我把妻子送到。
我不消有一点麻烦，
我不消送上金银财宝。
这样顺利得到美丽的妻子，
这全凭我的福气和威望。"
宰相和大将同声赞美国王：
"我王的威名传扬四方！"

为了迎接公主，
国王下了命令：
立刻修起一条大路，
从森林猎人家通到宫廷。

路要修得平平整整，
让车子走过没一点震动；
路上要铺起沙子，
让公主走起来又柔又轻。

斩下竹子编成篱笆，
栽在路两边当作屏风。
再栽上枇杷、柑子和棕树，
让公主看见繁盛景象感到高兴。

只用一天时间，
道路修好了，

果树栽好了，
国王更高兴了。

国王派出一群宫女，
站在新路两边迎接公主，
还牵来一头大象，
等待漂亮的公主乘骑。

管象人把大象打扮得漂亮堂皇，
花花绿绿的绸彩挂在象身上：
脖子上拴起一匹红绸，
脖子下挂着一个大铃铛。

迎新的东西都准备好，
镯子、戒指、项圈也全买到。
那件又新又美的缎子新衣，
是从桑坡买来的衣料。

美丽的头巾扯好了，
手袖上的银饰打好了，
所有迎新的东西全弄好了，
只等待公主来享用了。

宫女集合在一起，
国王又对她们训告：
"见公主要懂得礼貌，
对公主照顾要周到。"

国王讲完话，
人们浩浩荡荡走出宫门。
迎亲的号角，
吹出了百种声音；
打鼓的双手不停地敲，
远远就听见鼓声和号音。

来到林中猎人的家，
宰相对美丽的公主讲话：
"我们国王请你去做王后，
我为迎接你才来到猎人家。"

苏文纳没有出声，
苏文纳没有一点高兴。
宫女们为她梳妆完毕，

猎人木生也被邀进宫廷。

大象牵到猎人门前，
木生把公主抱上象背。
迎亲人前呼后拥，
猎人带着弓箭走在旁边。

很快地回到城里，
国王正在宫里等候。
他洗过头，又洗了澡，
穿戴得非常讲究。

宫女站在两旁，
猎人扶公主下了大象。
宫女牵着苏文纳的手，
把她引入新房。

国王走进新房，
看见苏文纳这样美丽，
他的心一跳一跳，
高兴得话都说不好了：
"我的好妹妹，
像宝石一样漂亮的妹妹，
你的身体可好？"

苏文纳回答：
"我没有生病，
也没有谁把我伤害。
感谢国王的问候，
感谢国王的厚待。"

国王召见猎人，
把他封做头人：
"赏给你金银和刀矛，
感谢你对王后的照料。

"另外唢呐和铓鼓，
还有一头大象也赏给你这个猎人。"
写好了文书封好了大印，
国王派人把猎人木生送回了森林。

宰相大臣都祝贺国王和王后，
宫中的宴会举行了很久，
直到太阳落山，
宴会才算结束。

国王走进新房，
正想挨近公主，
相隔还有三排①远近，
忽然头昏眼花要呕吐。

国王只好退出新房，
昏沉沉倒在床上。
他全身抖颤心也跳，
好像打起摆子一样。

他每次走进新房就头昏，
离开公主又好了；
几次进去了又退出，
国王的心里好生苦恼。

最后他硬着头皮走进去，
结果身上仿佛有火烧着。
他急忙跑出房跳到水里，
泡了一阵才回到屋里去。

他走进退出地闹了一夜，
天亮了，宰相大臣来贺喜：
"我们新王后一定很好，
国王心里一定满意。"

国王连连摆手：
"这个女人很稀奇，
她不是平常的女人。
我一整夜要和她挨近，
不料走进房去头就发昏。

"她如同一团烈火，
她好像可怕的疾病。
挨近她我就难受，
离开她才得安宁。

———————————

① 排：方言。两臂左右平伸的长度为一排。

"起初我还不信，
我堂堂国王哪能害怕女人？
最后我硬着头皮走近她，
忽然间好像大火烧身。

"我只好跳进水池，
在冷水里泡了一阵。
如果你们不信，
试一试就知真假。"

宰相听了哈哈大笑，
大臣听了摇头不信。
国王感到羞愧难当，
好像受了天大的冤枉。

"天呐，天呐！
你们自己试试吧！
如果不是这种情形，
你们割我的耳朵、挖我的眼睛！"

宰相和国王约定，
天黑后他们前去试行。
他们认为国王实在懦弱，
相信自己一定成功。

太阳落山了，
月亮升起了。
宰相和一群大臣，
先后走进宫廷。

大家推举宰相走在前面，
他们跟在宰相的后边。
他们走进新房离公主还有好远，
好像烈火已经烧上眉尖。

气也喘不过来，
心也停止跳动，
东倒西歪地跑了出来，
他们倒下去像做噩梦。

醒过来一个叫一个，
帽子落了，
头发散了，

衣服也脱了，
一个个狼狈不堪。

国王向术士请求办法，
术士说出自己的高见：
"要建起一幢高楼，
楼顶插入云端。"

国王唤来了全国的百姓，
辛辛苦苦把高楼兴建。
建好后送公主上楼安住，
国王认为这回总可接近。

国王刚走上高楼，
霎时间脚又软了，
眼又花了，
全身好像锥扎，
手脚也发麻，
他直挺挺地倒在地上。

国王请来术士，
将经过向他讲明：
"你说造高楼就不会发病，
为什么一点也没有作用？"

术士翻开书本，
又想出新的花样：
"要深深掘开大地，
在地下建造一所土房，
让王后住在地下，
保你万事安康。"

国王又唤百姓挖地盖房，
这一次百姓全不愿意：
"刚才锯了大树，
砍了竹子，
盖了房屋。
放着高楼不用，
这是干什么事情？
是不是为国王掘坑？
是不是为国王建造坟茔？"

国王的命令到底不容反抗，

百姓仍然要为国王掘坑。
他们又做了几天几夜，
才把地下的屋子修成。
宫女扶公主进了土屋，
觉得地下面又阴又冷。

国王又鼓起勇气走进土屋，
立刻觉得天旋地转，
手脚想动不能动，
嘴里有话讲不出。

全身发麻发烧，
鼻涕拖出老长，
嘴里一口口呕吐，
小便大便流满了裤裆。

宫女们将国王抬出土房，
救治一阵才算还了阳。
国王醒过来只是叹气，
他又恼又恨地发了誓：
"从今后，再不和她接近！
从今后不见她我也心甘！
像这样可怕的女人，
来一百个也不准她进门！"

国王为了顾全体面，
不准宫女把事情外传。
他把公主接回宫中，
假装对妻子很有感情。

苏文纳回到宫中，
苏文纳没有快乐。
她每日想念儿子，
她时时想和珍达萨朵见面。

五百个巴拉拉西贩牛的商人，
赶着牛群来到围利扎，
在赶摆时候，
碰见了他们的公主苏文纳。

他们跪在公主面前，
他们声声向公主问好：
"自从公主离开我们国家，

不知江水把你漂送到哪里。

"我们以为这辈子再也见不到你，
谁知你有这样好的运气！
公主的身体一向可好？
我们大家向你顶礼。"

苏文纳向他们致谢，
苏文纳眼里闪着泪花。
她先问她的父母，
后来又问她的国家。

商人们说：
"自从公主走后，
我们像失去了阳光。
盗贼多了起来，
国家也混乱不堪。

"国王、王后非常悔恨，
派人四处找寻。
今天幸好遇见公主，
我们回去就报给你的父亲。"

商人们一回国便去见国王，
把公主的事情说得仔细：
"公主不但没死，
她已做了王后。"

国王找来宰相商量，
命宰相出国去迎回公主。
他让宰相立刻动身，
却不给出国的礼物。

宰相说：
"公主的丈夫是个国王，
公主在那里也很幸福。
现在去接公主，
不应不携带礼物。"

国王哑口无言，
只得为宰相备办了礼物。
赶来黄牛一百头，马一百匹，
还有一头肥壮的大象。

信写好了，
送信的出发了。
宰相走在前边，
宫女们随在后面。

牛车上装满金银，
赶车人骑上大象，
象脚鼓声不住地响，
各色的旗子迎风飘扬。

路又险又长，
一个月才到围利扎地方。
宰相整理好自己的服装，
进宫里去见国王：
"我们公主流落在森林，
多亏国王将她安顿。
我王命小臣送上礼物，
请准她回国会见双亲。"

国王只好请来宰相商量，
他从来没有自己断过事情。
宰相讨厌苏文纳，
劝国王"立即放行"。

国王本来不愿把公主收留，
立刻答应来使的请求：
"你们不送礼物我都同意，
有了礼物我更不好推辞。"

宰相见国王已经允许，
到宫里去见公主：
"自从你顺水漂走，
你父母天天把你思念。
现在送来礼物，
要接公主回还。"

公主说：
"我也思念我的父母，
我也想念我的国家，
见你们就像见了亲人，
这里再好我也不肯留下。"

宰相迎接公主回国，
苏文纳非常高兴。
为了不忘恩人，
她写信告别木生。

木生赶来宫中，
向公主祝贺。
他还提出一个请求：
跟随公主回国。

公主答应了猎人的请求，
让他回森林赶快料理。
他带来了弓箭行李，
他携来了妻子儿女。

公主和宰相将要动身，
围利扎国王排开仪仗送行：
一队兵配着大刀，
一队兵执着长矛，
一队兵抬着铜炮，
五百个宫女将公主围绕。

苏文纳向高楼告别，
向修造高楼的百姓告别，
向送行的人们告别，
向寡妇、老人、大姐一一告别：
"愿你们事事顺利，
愿你们人人快活。
森林江水永不改变，
我们两个国家的人永远安乐。"

公主上了大象，
大象也变得漂亮。
猎人跟在旁边，
路两边三十万人观望。
嘭嘭的鼓声振动人心，
踏起的灰尘变成彩云。

在森林里走了一个月，
才回到自己的国家。
猎人随公主进城，
把家人留在乡下。

公主将要进城，
国王派人来迎接。
宫女牵着公主走进宫里，
父女相见很是欢喜。

公主把经过告诉父母，
先讲起江水和森林，
然后又讲儿子和妖魔，
又提到雅写和猎人。

听见公主生了英俊儿子他们高兴，
听见雅写、猎人的帮助他们感动，
听见国王挨不近公主他们奇怪，
听见妖魔吃不掉公主他们吃惊。

说到儿子的失踪，
苏文纳非常伤心：
"不知他是不是还和雅写在一起，
是不是还在森林里呼唤母亲？"

宫女们听了不住地流泪，
宰相大臣听了默默无声。
就连顽固无情的老国王，
对女儿的遭遇也表示同情。

一百零一个国家的王子，
惊奇苏文纳的死里逃生。
他们从四方来看公主，
巴拉拉西国又有了欢乐和繁荣。

国王找来猎人，
奖励他对公主的帮助，
分给他家一片土地，
种田地不交官租。

第四章

苏文纳的儿子珍达萨朵，
已和龙王的女儿结了亲。
珍达萨朵虽有龙女相伴，
他每日仍想念着母亲：

母亲是不是还在世上？
是不是已被妖魔杀害？
我应该出去寻找她，
死了将她掩埋，活着救她出来。

他跟龙女商量：
"我自己逍遥地住在龙宫，
我母亲却被妖魔关在山洞。
我要出去搭救母亲，
你愿不愿和我同行？"

龙女和珍达萨朵结了婚，
知道苏文纳是个贤德的母亲。
她为受难的苏文纳担忧，
也为自己的丈夫担心。

龙女对珍达萨朵说：
"我不愿你一个人独自出门，
也不愿一个人守在家里。
你既然要救母亲，
我和你一同前去。"

他俩去见龙王，
讲出他们的决定。
龙王允许珍达萨朵去救母亲，
却不答应龙女同行。

龙王对女儿说：
"我们是水里的神龙，
不能够随便行动。
我们身带云雷闪电，
一行动会惹世人惊恐。

"你好好在家等待，
你不能无故出门。
你丈夫珍达萨朵很英勇，
一定会救出他的母亲。

"我送给他一块宝石，
名叫'目里左达拉'。
人世间虽然宽广，
对着宝石就能看见四方。

"无论黑夜怎样昏暗，
无论山峰多么高，
无论岩洞多么深，
原始森林多么密，
宝石随时都可以看清。"

说着他取来了宝石。
宝石和石榴一样大，
它的价值无法估计，
它的威力胜过一切鬼神。

宝石是四四方方一块，
宝石闪着奇异的光彩。
珍达萨朵高兴地接在手里，
把玩好久才放进衣袋。

第二天要出发时，
珍达萨朵和龙女面对面站立。
龙女紧紧抱住珍达萨朵，
说不出一句话，
只是低头哭泣。

龙女送给珍达萨朵一束鲜花，
天亮了还是难舍难分。
龙王叫宰相前来送行，
龙女只好让珍达萨朵动身。

珍达萨朵走出了龙宫，
后面热闹的人群给他送行。
他独自走出深洞，
前面一片荒凉寒冷。

他又走进森林，
森林里阴暗寂静。
森林尽头是条大江，
江水啊又凉又清。

他坐在江岸大树下休息，
望着高山上飘动的白云。
四周是这样广阔，
不知母亲在何处安身！

他想起龙王给他的宝石，

拿出来举到面前观看。
五百五十条大江在眼前奔腾，
无数座高山也在眼前出现。

他看遍了每一座高山，
他看遍了每一片森林，
他看遍了每一条江水，
独独没看见母亲。

后来，他看见一个热热闹闹的城市，
城市中间出现一个宫廷，
他日夜思念的母亲苏文纳，
正站在宫中。

这地方他从来没有到过，
这个国家他从来不曾听过。
看见母亲他实在高兴，
好像母亲已经来到身边。

珍达萨朵感谢这块宝石，
珍达萨朵感谢送宝的龙王。
有了它能看见两千个国家，
有了它能看清天上的星星和月亮。

宝石为珍达萨朵指出方向，
前进的道路一条条摆在眼前。
宝石里忽然映出个小伙子，
手里拿着神弓和金箭。

这个人本领高强又聪明，
是个有道隐士和山上女妖所生。
他能够骑着神马在天上飞行，
他射出一支箭四周响起雷声。

他名叫崩拉亚哈，
只有孤单单一人。
他舍不得离开这里，
因为森林里埋葬着他的双亲。

珍达萨朵等待着崩拉亚哈，
远远看见他从山坡走下。
崩拉亚哈也看见漂亮的珍达萨朵，
他在山坡上停住了脚步：

"这是个什么人？
不怕危险来到森林！
我要试试他的本领，
看他有没有办法应付。
如果他胜了，
我就拜他为师；
如果他败了，
就要听我管束。"

他立刻举起神弓，
轻轻地搭上了箭，
对树下的珍达萨朵一瞄，
金箭就离了弦。
地好像要裂了，
天好像要崩了，
崩拉亚哈的箭刚一离弦，
四周响起了隆隆的雷声。

只见珍达萨朵向上一跃，
闪电般从山上飞下，
一把抓住崩拉亚哈的脖子，
他头昏眼花眼珠子像要掉下。

崩拉亚哈只好向珍达萨朵投降，
连忙跪在地下求饶：
"了不起的英雄啊，
请你饶我一命。
我甘心做你的徒弟，
随时听从你的命令。"

听见崩拉亚哈颤抖的声音，
珍达萨朵放开了手。
他喜爱崩拉亚哈的本事，
两个人做了朋友。

夜里他们睡在一起，
天亮了一同起身。
崩拉亚哈到树上采来野果，
奉献给他钦佩的人。

走过了一片片森林，
走过了一个个水塘。
风送来各种花香，

一群群蜜蜂采着蜜糖。

珍达萨朵和朋友正向前走，
迎面来了一个高傲的青年。
他名叫灭查布达，
他能够兴妖作法。

他父亲圣达瓦，
在森林里修行；
他母亲没有名字，
因为是江里一个鱼精。

圣达瓦在江中洗澡，
大鱼把他身上的泥垢吃下，
后来怀了身孕，
生下了灭查布达。

孩子的母亲是条大鱼，
圣达瓦很不高兴，
起名灭查布达，
"灭查"就是鱼名。

圣达瓦很爱儿子，
因为灭查布达勇敢又聪明。
他将儿子养大，
教给他一身本领。

他学会了用泥土捏出各种野兽，
一念咒语就放出虎豹狮子和大蛇；
他能呼来大雨和洪水，
他能吹出漫天的大火。

他见珍达萨朵、崩拉亚哈走来，
就要试试自己的法术。
他念出了咒语，
放出了豹子和老虎。

崩拉亚哈开弓射出一箭，
四周立刻响起雷声，
老虎、豹子全被轰毁，
狮子、大蛇也没了踪影。

珍达萨朵手举宝石说：

"我是人间的珍达萨朵，
鬼神野兽全不害怕。
你不快收起你的法术，
我就要让你丧命！"

这更激怒了灭查布达，
他念起咒语准备放出一群恶蜂。
珍达萨朵叫崩拉亚哈，
从坡上折来一条野藤。

珍达萨朵将树藤抛向灭查布达，
树藤在空中变成圆圈，
恶蜂还没有放出，
灭查布达已被藤圈紧紧箍住。

圣达瓦的儿子不再逞能，
只好向珍达萨朵乞求饶命：
"了不起的珍达萨朵啊，
你真像天上的太阳。
求你不要杀我，
我愿听你摆布。"

珍达萨朵指着灭查布达：
"你年纪轻轻，
就这样不听劝告。
只要你不再逞强，
你就做我们的向导。"

灭查布达一口应诺，
珍达萨朵为他解下藤圈。
灭查布达请他们到家休息，
第二天一起动身。

灭查布达向圣达瓦请求，
要和珍达萨朵二人同行。
圣达瓦答应儿子离开，
祝儿子和朋友一路平安。

三个人是三勇士，
三个人如同三兄弟。
三个人都出生在森林，
三个人比亲兄弟还亲。

林中有各种各样的鲜花，
鲜花全开在大树脚下，
每个人摘下几朵，
插在头上，插在衣襟。

珍达萨朵拿出宝石，
看见不远处就是自己出生的地方。
雅写仍然健在，
他正站在奘房门前的草地上。

珍达萨朵说：
"这是我的恩人，
他收留了我的母亲。
我们前去问候，
他会欢迎我们。"

三个人走了好多天，
来到雅写的住处。
从前母亲住的房屋，
四周一片寂静。

房边的树木长高了，
房前的野草长深了。
母亲用的东西还在里面，
见了旧物就像见了母亲。

雅写看见珍达萨朵，
高声呼唤自己的亲人：
"你和你母亲走了这么久，
每日我都想念你们……"

雅写挽留珍达萨朵，
让他们在森林里住下。
他的道行很高，
知道不久就有人来接珍达萨朵。

第五章

现在讲讲苏文纳的父亲，
就是落进茅房的那个国王。
自从女儿回到家来，

他的国家变得很是兴旺。

城市热闹了，
赶摆①的人也多了。
他很满意他的女儿，
不知女儿却想念自己的儿子。

苏文纳整天苦脸愁眉，
宰相大臣们都来安慰。
她和宰相猜测珍达萨朵在哪里，
他们决定到雅写的森林去找寻。

苏文纳说：
"我们派人到森林去找珍达萨朵，
把雅写也请到我们国家。
我要为他修建三层楼的奘房，
比他在森林里还要安静。"

大船扎好了，
船上扎满鲜花；
宰相也收拾好了，
立刻就要出发。

苏文纳把一行人送到江边，
告诉他们前去的路程：
"顺着江水流下，
两岸尽是高大的树木。
走过三天三夜，
可以看见一棵大树。

"大树长在高山下，
树上开满鲜花，
一朵花像一个仙女，
花瓣如同起舞的红裙。

"树干很像仙女的腰身，
长长树叶就像仙女的头发；
根根树枝挺入白云，
风一吹呀像仙人歌唱一样地动听。

"大江在树下分成三条支流，

你们要向最上那一条划去。
顺流划七天七夜，
所到之处全是鸟语花香的天地。

"顺着鲜花最多的江岸，
再走七天七夜就看见一座高峰。
上岸走出不远，
就可听见森林里的铃声。"

苏文纳一面指路，
一面在地上画图。
不一会儿铓、鼓响起，
大家开始动身。

船上面载着五百兵士，
船桅上拉起白色的风帆。
起程遇见顺风，
白帆在风中张得满满。

走了三天三夜，
果然看见仙女般的花树；
又走了两个七天七夜，
果然来到雅写的住处。

大船停在江边，
兵士全上了岸。
森林里安安静静，
忽然听见了里面的铃声。

雅写迎接兵士和宰相，
把他们让进他的奘房。
宰相说明了他的来意，
知道珍达萨朵在这里他很欢喜。

雅写说："珍达萨朵带上他的两个朋友，
可以回家去会亲人。
我不能到你们国家，
我不能离开我的森林。

"森林就是我的家，

---

① 赶摆：摆指傣族地区佛教仪式或庆祝丰收、物资交流、文艺会演等群众性活动的集会。赶摆指参加这些集会。

我不能到别的国家。
请你们走时带回礼物，
请你们代我谢谢苏文纳。"

珍达萨朵和朋友打猎很疲倦，
三个人还睡在楼上。
外面来人将他们惊醒，
他们走下来会见宰相。

珍达萨朵长得真是英武，
宰相看见他大为吃惊：
苏文纳生了一个好儿子，
苏文纳的儿子真是威风。

宰相说：
"我们尊贵的公子，
祝你身体安康！
公主日夜想你，
请你回去团圆。"

珍达萨朵的朋友愿意同行，
雅写无论如何也不同行。
雅写不随珍达萨朵回家，
只送了他几句好话：
"你回到了宫廷，
不要忘记森林；
你做了公子，
不要忘记人民！

"我们虽然离别，
我对你们会不断思念。
祝你们国家日日昌盛，
祝你和你母亲永远平安！"

珍达萨朵最后一次到江里洗了澡，
送雅写的礼物又抬上大船。
雅写站在江岸送行，
直到看不见绿树林里的白帆。

临行时，珍达萨朵向天地祷告：
"请神明答应我企求：
我请求让母亲住过的楼房，
随着我飞回我们的国土上。"

鼓声震动了森林，
炮声震动了山峰。
苏文纳住过的楼房，
在空中随着大船飘动。

走了整整一个月，
珍达萨朵他们回到国中。
大船刚刚拢岸，
楼房也降落到宫廷。

这样神奇的事情，
惊动了四面八方。
宰相跑回宫里，
把经过禀告给国王。

苏文纳看见了失散的儿子，
苏文纳看见了自己的楼房。
她万事全都满意，
雅写不来使她非常失望。

各处人都来到江边，
迎接苏文纳的儿子珍达萨朵。
人们打扮得漂漂亮亮，
好像是盛大的节日。

珍达萨朵走上岸来，
看见了久别的母亲，
看见了向他招手的孩子，
看见了呼唤他的老人。

母亲流出眼泪，
说不清是悲伤还是喜欢。
倾诉了分离的苦痛，
母子拥抱着不愿分开。

珍达萨朵把两个朋友介绍给母亲，
苏文纳很是高兴。
看见珍达萨朵带来的青年，
迎接的人们更是欢喜。

人们点起火把，
火把照亮了人群。

宫廷里好像赶摆，
丰盛的酒席招待客人。

飞来的楼房高高矗立，
人人称赞珍达萨朵的本领。
欢宴直到深夜，
天亮了宫中还没安静。

国王亲自在殿上击鼓，
召来了大臣和一百零一个国王。
他当众宣布旨意：
让珍达萨朵继承他的王位。

做了七日七夜大摆，
修建了一座新的高楼，
召唤来许多宫女，
珍达萨朵择日就要即位。

为了给珍达萨朵挑选妻子，
国王把全国最漂亮的姑娘都叫来，
让所有的国家都来祝贺，
让所有的人都来赶摆。

大大小小的国家全来到，
国王向一百零一国的人们讲话：
"我要让位给外孙，
我要让珍达萨朵当国王。
请你们带来最美丽的女子，
让珍达萨朵挑选做他的新娘。"

灭查布拉和崩达亚哈也穿上新衣，
要在赶摆时选择自己的妻子。
一百零一国的公子也打扮起来，
宰相大臣也来公园赶摆。

人们从山上骑马来了，
人们从河里坐船来了。
买卖人来得最早最多，
分不清他们是哪一国的人。

马车响起铃声，
牛车响起铃声，
多少声响混合在一处，

比铓、鼓声音还好听。

人们来来往往，
人们高兴得发狂，
有的舞蹈有的歌唱，
把竹子都踏碎在路上。

大家饭也忘记煮了，
家里事情也不管了。
家里的鸡狗饿坏了，
家门上蜘蛛结起了网。

大摆实在热闹，
大摆做得太长。
男人的新衣穿旧了，
妇女的包头布褪色了。

女人背着娃娃来赶摆，
家里织布机放下不管，
鸡在上面屙屎了，
没织成的布已经烂了。

丈夫赶摆不回家，
老婆在家里日夜咒骂。
他来时很快乐，
回去时忧愁又害怕。

国王和王后在人群里出现，
还有珍达萨朵和他的朋友。
他们身边围满了人，
人们把最好的礼物送给珍达萨朵。

做官的送来了宝石金银，
种田的送来了新收的庄稼，
妇女们送上亲自织出的布匹，
孩子们只想牵一牵珍达萨朵的手。

国王又向大家宣告：
珍达萨朵今天就是国王！
人们齐声为珍达萨朵祝福，
珍达萨朵也祝大家富足和安康。

珍达萨朵还没有选中妻子，

宰相对这事很不放心，
因为全国各地的女子，
都愿意跟珍达萨朵结亲。

一百零一个国家的姑娘，
都穿起最心爱的衣裳，
戴上精心制备的手镯和项圈，
把头发梳得最光最亮。

有的女人已经三四十岁，
脸上的皱纹已和蛛网一样，
她们故意在珍达萨朵跟前走来走去，
希望珍达萨朵把自己选上。

有四五个娃娃的寡妇也来了，
她们打扮得非常漂亮。
她们只有一个希望：
再做一次幸运的新娘。

珍达萨朵一个也没选中，
他不喜欢这些姑娘。
他心爱的人不在这里，
他心爱的姑娘在远方。

大摆做了整整七天七夜，
珍达萨朵回宫廷做了国王。
珍达萨朵一家人团圆了，
他要和苏文纳永远在一起。

单行本，云南人民出版社1960年版
搜集翻译整理者：云南民族民间文学德宏调查队

附　记（原《后记》）：

　　《苏文纳和她的儿子》是云南民族民间文学德宏调查队在瑞丽搜集到的一个本子，傣语原名叫《珍达萨朵》，是一部反封建礼教的长篇叙事诗。这首长诗故事情节曲折复杂，具有浓厚的神话色彩。过去，傣族男女青年恋爱虽然比较自由，但未婚的女子怀了孕，有了私生子，在社会上是遭受歧视的。这首诗却不同。它通过苏文纳和她的儿子珍达萨朵的遭遇，对苏文纳与月亮公子发生爱情，怀了孕，赋予了极大的同情，颂扬了苏文纳反抗封建统治势力的不屈的性格，颂扬了珍达萨朵的勇敢，表达了傣族劳动人民对封建制度的抗议，抨击了维护封建社会的封建宗法礼教。原诗共有十章，现在发表的是前五章。后五章所叙述的故事情节，看起来与前五章有些游离。它主要叙述另外一个国家的公主，被她哥哥强迫嫁给另一个王子，在送婚途中，遇盗逃走。在天神的帮助下，这个公主和珍达萨朵会面而致相爱。由于公主的哥哥不答应，引起了一场大战，珍达萨朵获得了胜利，全诗以团圆告终。后半部不但对月亮公子和珍达萨朵在找寻母亲过程中遇到的龙女（他的妻子）没有做任何交代，人物的刻画也没有什么发展，且宿命论成分很重，如何整理，尚需研究。我们认为现在发表的五章，故事情节比较完整，虽对月亮公子、龙女没有交代，对珍达萨朵的两个朋友也没有更多描绘，但从整体来看，这五章不论艺术性和思想性都还是很高的。

　　刘澍德同志参加了整理工作，做了文字上的加工。

整理者

1960年12月

松帕敏和嘎西娜

树身披着白云，
露珠为他洗脸，
风儿替他梳理双鬓。

这棵撑天的树啊，
大雨淋不潮他的根，
狂风吹不落他的叶，
他是我们的君王②松帕敏。

贤明的君王松帕敏，
他管理着亿万百姓，
他的心肠像棉花那样软，
他有比海洋宽阔的胸襟。

松帕敏的宫殿里，
有一千个美丽的姑娘，
一千个姑娘伴随着君王，
像松软的云彩缭绕在大树上。

勐藏巴遍地是开不败的鲜花，
最香的花要数金嘎拉③；
国王宫里的一千个美丽姑娘，
最美的要数王后嘎西娜。

美丽的王后嘎西娜啊，
蝴蝶在她面前不敢扇翅膀，
孔雀在她面前不敢把屏开，
萤火虫在她面前不敢放光芒。

她的腰肢像黄蜂，

傣家人啊，听吧，你请听！
太阳疲倦地闭上了眼睛，
雀鸟阵阵飞向森林，
月亮带着星星爬上了山顶。

傣家人啊，听吧，你请听！
夜色已从山坡上悄悄降临，
糯乐多，
每扇明亮的窗户都飘进它的歌声。

勇敢的小伙子啊，
糯乐多的歌声像行度①的醇酒，
哪怕你只饮一杯，
也能使你迷醉。

美丽的姑娘啊，
请你别伤心，
糯乐多热情的舌头，
会舔干你辛酸的眼泪。

一

勐藏巴有一棵大树，

① 行度：传说是第一个造酒的人。
② 君王：原为召勐，即地方之主，此处译为君王。
③ 金嘎拉：夜里吐香的花，白色。

她的面孔像太阳，
她的胸脯像雁儿那样丰满，
她的眼睛比萤火虫还明亮。

嘎西娜跳起舞来，
像孔雀在阳光下开屏；
嘎西娜走起路来，
像燕子飞翔那样轻盈。

出窝的燕子双双地飞，
松帕敏与嘎西娜形影相随，
后宫的帏幔上绣着两只孔雀，
窗帘上映着一对影子相依偎。

贤明的君王松帕敏，
按照古老的规矩管理百姓，
人民欢乐他高兴，
人民流泪他伤心。

他常常带着群臣去巡逻边境，
带着百姓祭奠保平安的树神：
"但愿铓锣和象脚鼓，
代替可怕的刀枪声。"

勐藏巴的谷子一年三次黄，
勐藏巴的牛羊满山冈，
赶街的日子处处是歌声，
男男女女都歌唱：

"美丽的糯粘巴花①你开放吧！
歌声动听的糯乐多你歌唱吧！
采一朵糯粘巴花送给王后，
唱一支动听的歌赞美君王。

"大地上的青草枯黄了，
勐藏巴的青草还绿汪汪；
大海里的水干涸了，
我们心里的水还在流淌。

"美丽的王后嘎西娜啊，
像一池清凉的湖水，
贤明的松帕敏像湖里的鱼儿，
就让鱼儿自由自在地戏水吧！

"美丽的王后嘎西娜啊，
像一棵芬芳的缅桂花树，
贤明的松帕敏像树上的糯列，
就让糯列尽情地啄食花瓣吧！②"

燕子喜欢在蓝色的天空飞翔，
孔雀喜欢在碧绿的草地上开屏，
沉醉在爱情里的嘎西娜啊，
她喜欢那宽敞宁静的宫廷。

嘎西娜每晚坐在象牙床前，
一千个宫女围绕在她身边，
一千个宫女像一千朵鲜花，
一千朵鲜花围绕着一朵金嘎拉。

黄昏时的宫院多么宁静，
纱窗外面飞着点点流萤，
王后在讲都拉渡过银河的故事，③
宫女们团团围住，静静地听。

嘎西娜讲的故事多么动人，
泪水浸透了姑娘们的衣裙，
都拉和她的情人已经相会，
宫女却虚度了自己的青春。

一天夜里，嘎西娜做了一个梦，
她梦见宫中坠入一颗流星。
十个月后她生下一个好看的男孩，
他们为他起个乳名叫做宰阿兴。

一年后王后又生了一个儿子，
给他起的乳名叫做宰阿滇。
两兄弟给宫廷添了多少热闹，
国王和王后爱他们如同珍宝。

① 糯粘巴花：一种像玫瑰似的花。
② 傣族人民说鹦哥喜欢啄食缅桂花。
③ 传说都拉是最美丽能干的仙女，曾渡过天河，会见情人。

二

傣家人啊，听吧，你请听！
霹雳会在晴空里响，
风暴会撕碎宁静的海洋，
森林里的糯乐多停止了歌唱。

正当勐藏巴的花开得最香，
正当勐藏巴的树木发得最旺，
正当勐藏巴的牛羊长得最肥，
贪婪的王叔开始痴心妄想。

王叔召刚召集了他手下的头人，
挑选了像牛一样强壮的兵丁，
找来了比蜂刺还锐利的弩箭，
围住勐藏巴，要杀死他的哥哥松帕敏。

森林里冒起了一股股浓烟，
战鼓的声音响连天，
满山的牛羊吓得遍地跑，
鸽子也不敢飞向屋檐。

勐藏巴的大路上只见杀死的象，
勐藏巴的大路上只见跌死的马，
飞禽走兽都离开了勐藏巴，
勐藏巴成了魔鬼和乌鸦的天下。

三千个头人齐集在宫廷里，
谁都没料到会有这突然的袭击，
望着那森林里的熊熊大火，
一个个心乱如麻面面相觑。

勐藏巴的百姓在纷纷议论：
"王叔要抢走宫里的金银，
王叔要抢走我们的牛羊，
王叔要霸占嘎西娜，杀死松帕敏。"

人们的心底笼罩着乌云，
百姓的眼睛望着宫廷，
望着那出出进进的头人：
哪一个能出来杀退敌兵？

金殿上的锣鼓哑了，
宫廷里的灯像瞎了眼睛，
出进的头人不再骑马乘象，
宫廷里听不到往日的歌声。

头人们像热锅上的蚂蚁，
拔出长刀望着冒烟的森林，
他们在宽大的金殿上徘徊，
等待着松帕敏传下命令。

松帕敏望着窗外的园亭，
满园的花朵已经凋零，
他那颤抖的嘴唇舔着胡须，
像被毒蛇啮噬着他的心。

召叭龙①跪倒在国王面前，
他含着眼泪低声禀告：
"我情愿死在大王的剑下，
也不愿在宫中听见敌人的笑声。"

松帕敏对召叭龙说道：
"我感谢你的忠诚！
森林里的彪吃虎是常事，
天王的宫殿里也有雷声。

"我跟百姓心连着心，
再大的雷声也不会使我震惊，
叛军弩箭上的药再毒，
也征服不了我的百姓。

"叛军的马哪怕跑得赛过金鹿②，
又怎能接近我的宫廷？
老鹰的嘴哪怕再锐利，
也叼不走勐藏巴百姓的心。

———————————

① 召叭龙：头人、大臣。
② 金鹿：传说是跑得最快的鹿

"我能舍去心爱的嘎西娜，
我能舍去宫中的珠宝和金银，
我能舍去厨房里的千樽美酒，
我能舍去柱上的彩凤麒麟。

"我会拿起希利刚载①的长刀，
痛饮敌人的鲜血，
我要让叛乱的人，
流下后悔的眼泪。

"只可惜两只雁儿打架，
会损害田中的禾苗，
我怕战争害苦了百姓，
使我做鬼也含羞。"

头人们忍辱纷纷散去，
金殿上只剩下国王一人，
大风吹打着宫殿的窗门，
宫女们一个个胆战心惊。

松帕敏满面忧愁回到后宫，
都维②和王子正依恋着梦神③。
国王掀起黄色的纱帐，
他怎能入睡？睁眼直到天明。

三

乌云遮住太阳，
狂风刮着森林，
一对大象三千个头人走出宫廷，
百姓的眼泪啊，像大雨倾盆。

满城百姓在大象前含泪跪倒：
"贤明的君王松帕敏啊，
离开你，我们像冬天的树木，
离开你，我们像小草吸不到露珠。

"我们贤明的君王啊，
勐藏巴百姓有一颗善良的心，
勐藏巴的泥土赛过黄金，
难道你忍心让饿狼走进羊群？

"看到自己的羊群走散谁不悲伤？
看到树木落叶谁不动情？
召啊④，你走了，河水就会变红，
请你爱惜百姓的生命！"

松帕敏的脸上笼罩着乌云，
美丽的都维满面泪痕，
他俩从台阶上慢慢走下，
满城的百姓痛哭失声。

都维摸了摸耳朵，掠了掠披巾，
她舍不得满城的百姓，
她舍不得巍峨的宫廷，
她用披巾蒙住了眼睛。

嘎西娜埋怨自己没本领，
她恨自己不是一个男人，
她恨王叔的心肠像毒箭，
她可怜松帕敏的心软绵绵。

三千个头人拦住松帕敏：
"召啊，请你撩开我们的衣襟，
看一看我们破碎了的心，
请你可怜全勐善良的百姓！"

松帕敏忍不住泪珠滚滚：
"向你们告罪啊，我的乡亲，
骨肉相争使我羞愧，
我独自出走，不愿带累百姓！"

可怜的嘎西娜啊，
她的眼睛像枯了的深井，

---

① 希利刚载：传说是傣族中最英勇的人，他的钢刀削铁如泥。
② 都维：王后。
③ 梦神：传说是主吉凶的神，常通过梦把吉凶告知别人。
④ 召啊：官啊、王啊、大人啊。

她的心像被魔鬼捏碎，
她想哭啊，却哭不出声音。

"我心上的松帕敏啊，
寡妇深夜不敢出门，
孤雁低飞害怕老鹰，
我宁愿饿死，也不愿留在宫廷。

"我心上的松帕敏啊，
离开你，我像白天的猫头鹰，
宫廷里的宝珠我看不见，
宫廷里的酒肉我难下咽。

"我愿变做一只燕子，
随着你飞过大海高山；
我愿变做一只麂子，
只要跟着你在一条河边。①

"君王啊，森林再黑我也不怕，
野瓜野果我也能咽下，
只有你在我的身旁，
我们的孩子才长得大。

"我心上的松帕敏啊，
孤独的牛羊常遭老虎咬，
孤独的雁儿常受老鸦欺，
没有丈夫的人啊，惹人笑。

"我心上的松帕敏啊，
没有你在我的身边，
白天我怕太阳，
夜晚我怕闪电。"

"我心上的都维啊，
我多想在天空我们是一双孔雀，
在地上我们是一对金鹿，
只要有你的地方就有我。

"只怕鲜花枯萎在霜雪之下，
只怕你经不住风吹雨打。
我心上的嘎西娜啊，

你还是带着孩子回去吧！"

"我心上的松帕敏啊，
你说的什么话！
吃再多的苦我都心甘情愿，
我要跟随你走到天涯。"

松帕敏带着妻儿走进森林，
朽木烂叶的气味令人发昏，
蟒蛇像藤条倒挂在树枝上，
虎豹的吼叫使人心惊肉跳。

嘎西娜跪在一棵大树下，
她低声地祷告着天神：
"猛虎出来就拿我充饥，
千万别吃掉孩子和松帕敏。"

老鹰飞过像一支箭，
知了叫得人心乱，
枯树像魔鬼的幻影，
青磷像野兽的眼睛。

忽听得一阵呼呼的风声，
地上卷起了股股灰尘，
一只犀牛从茅草中奔出，
松帕敏拉着妻儿急忙躲进丛林。

"可怜的嘎西娜啊，
你那单薄的披巾怎抵得住寒冷！
荆棘已刺破了你的手掌，
让你受这样的苦啊，我怎么忍心！"

"好心的君王啊，
我的手不痛，我也不觉得冷，
我只是记挂着勐藏巴的百姓，
我只是记挂着勐藏巴的宫廷。"

阳光透过浓密的树叶，
地上映着四个忧伤的影子，
哭泣声在森林里回荡，

---

① 麂子到河边吃水，雌雄常在一处。

痛苦的眼泪打湿了树枝。

远处传来了一阵马蹄声，
百姓们沿着脚印追赶到森林。
他们跪在松帕敏面前，
请求他回去抵抗敌兵。

"我们贤明的君王啊，
没有你，我们吃不安睡不稳，
一千个夜晚也合不上眼睛，
没有你，我们的牛马会遭瘟。

"假若敌兵杀进勐藏巴，
满城百姓就活不成。
我们贤明的君王啊，
请你救救百姓的性命！"

"请回去吧，我的乡亲，
离开你们我好像万箭穿心。
布谷鸟在森林中叫了，
播种的季节已经来临。

"我没有带走宫中的细软，
我没有带走宫中的金银，
但愿那残暴的召刚吃饱了，
再不要骚扰你们。"

松帕敏合掌辞别百姓，
带着妻儿向东方前进。
夜神①已经悄悄走进森林，
他们在一棵大榕树下栖身。

四

国王和都维爬上一座山顶，
远远地看见勐藏巴的宫廷，
看见那金色的塔尖松帕敏流泪，
看见那红色的宫墙嘎西娜伤心。

---

① 夜神：传说是主宰夜晚的神。

国王和都维回忆起往日的欢乐：
节日赶街他们骑象出巡，
闲来时夫妻打猎在森林……
如今一切都犹如虚幻的梦境。

往日的回忆多么伤情，
同巢的斑鸠不相争，
同娘的小牛不打架，
狠心的王叔为什么要来攻城？

父亲的叹息，母亲的眼泪，
引得两个年幼的孩子也伤心，
宰阿兴拉着母亲的衣裙，
宰阿滇拉着父亲的披巾。

"爸爸妈妈呀，
带着我们回去吧！
我们害怕这遮天的老林，
我们害怕那虎豹的吼声。"

孩子的话叫人心碎，
铁石人听了也下泪：
"宰阿兴啊，你别害怕，
宰阿滇啊，你紧紧跟随。

"宰阿滇啊宰阿兴，
你们哪晓得父母的心头恨！
勐藏巴遍地是烽火，
狠心的王叔来攻城。

"孩子啊，你们静静地听，
森林外传来了呼救声，
王叔的叛军正在追杀百姓，
国仇家恨你们要记在心。"

国王摘来芒果给孩子充饥，
都维摘来椰子给孩子解渴，
他们慢慢地从山顶上爬过，
回头望一望破碎的山河。

峭壁像一把菜刀，
瀑布像岩石崩落，
雀鸟不敢在此地落脚，
野象也只好卷着鼻子走过。

树影给他们送行，
流水给他们唱别离歌，
他们爬过悬崖峭壁，
告别了亲爱的故国。

五

高山脚下，万绿丛中，
一江横跨，大雾蒙蒙，
楠姆捉翁江像匹白布，
弯弯曲曲像悬在空中。

茫茫的大江浪花翻滚，
看不见对岸的村落和人影。
松帕敏恨自己不是一只金那丽①，
望着宽阔的大江暗自心惊。

嘎西娜恨不能变做一只蚂蚁，
驾着落叶漂到对岸去。
他们不是蚂蚁也不是金那丽，
徘徊在江边暗自着急。

松帕敏找来一根竹竿，
想试一试江水的深浅，
五丈长的竹竿也摸不到底，
天连着水啊，水连着天。

他们羡慕空中的飞鸟，
他们羡慕水底的游鱼，
他们恨自己没有翅膀，
他们恨自己没有鳞鳍。

嘎西娜跪倒在地上，

她用竹节盛起清水往下滴②：
"神龙啊，请你制止狂浪吧，
我们从来没有触犯过你。

"我们从没做过坏事，
我们为你修过庙宇。
帮助受难的人逃生吧，
丈夫和儿子不能死在这里。"

一阵浪花冲上江岸，
风浪中漂来一张小竹筏。
松帕敏高兴得流出眼泪：
"都维啊，你感动了天神啦！"

小竹筏停在他们的脚下，
只可惜葵花树经不起猴子爬，
竹筏太小只能乘两个人，
全家坐上就一定被压垮。

"我心上的嘎西娜啊，
赕佛③要献最鲜的花，
清泉要让最渴的人先饮，
就请你先上筏子吧！"

国王对两个王子说道：
"宰阿滇啊宰阿兴，
你们只得在这里等一等，
送过母亲我就来接你们。"

国王和都维坐在竹筏里，
小竹筏险些儿沉下水底，
松帕敏使劲划着双桨，
迎着风浪向对岸驶去。

可怜两个孩子啊，
焦急地望着大江，
竹筏在江面上像一片落叶，
汹涌的波浪把父母送到远方。

① 金那丽：善飞的鸟。佛经上说，这种鸟一天能绕天地七十五转。
② 傣族人赕佛时一种表示最诚心的仪式。
③ 赕佛：赕，奉献；赕佛是傣族祭佛活动的傣语称谓，人们向佛寺奉献财物，求佛消灾赐福。

两个孩子在江边啼哭：
"波浪啊，不要吞掉我们的父母！"
为了不让宰阿滇看那惊涛骇浪，
宰阿兴把弟弟的眼睛蒙住。

天色渐渐晚了，
猫头鹰在树上嗥叫。
两个孩子不见父亲转来，
眼泪哭干，心似火烧。

他们望着对岸的树影喊妈妈，
树枝晃动不回答；
他们望着飞过的雀鸟喊爸爸，
雀鸟低飞不说话。

"吹过耳边的微风啊，
请把我们的话带给父亲吧！
太阳啊，请你等一等，
父亲来了你再落下！

"太阳啊，你离开了我们，
老虎就会叫起来；
太阳啊，你离开了我们，
豹子就会跳出来。

"妈妈呀，小鸡失去母鸡，
老鹰会来叼，黄鼠狼会来咬；
爸爸啊，孩子没有你照管，
一定会饿死在荒郊。"

六

国王和都维到了对岸，
嘎西娜只感到心乱如麻：
"我的心跳眼发花，
是不是孩子在对岸喊妈妈？

"我的君王松帕敏啊，

你赶快去接他们吧！
离开父亲的孩子无人照管，
离开母亲的孩子胆小害怕。"

"都维啊，请忍住暂时的悲痛，
我马上就转回去接他弟兄，
你在江边等候千万别走动。"
松帕敏掉过头又划向风浪之中。

黄昏将近晚霞红，
嘎西娜独自留在江东，
望着国王模糊的背影，
她的心像悬在半空中。

远远的江中漂来一只大船，
船像箭一般驶向岸边。
"是不是有人来搭救我们了！"
嘎西娜喜出望外迎向前。

谁知船上坐着一群马西梯①，
东倒西歪正在吃酒猜拳。
念佛的怎么会碰上魔鬼啊，
吓得她出了一身汗，羞得她红了脸。

黄鼠狼嗅到鸡粪口中流涎，
蝴蝶看到鲜花闭不上眼，
马西梯看见美丽的嘎西娜，
他们个个心中都起了邪念。

嘎西娜像一坛菠萝酿的酒，
菠萝酿的酒比蜜还甜，
树上的猴子见了流口水，
马西梯见了把舌头弹②。

马西梯谈论着美丽的嘎西娜，
好像做买卖时赞赏珠宝一般：
"森林中哪有这样美丽的花？
莫不是天上的都拉下凡啦！"

满嘴胡须的船长先上了岸，

① 马西梯：做买卖的富翁。
② 傣族人调情时弹舌头

他吐了一口槟榔走向前：
"野林里的糯粘巴花啊，
你为什么独自开在江边？

"糯粘巴花啊，你真好看，
是不是从天上来到人间？
你比白云还要洁白，
棉花没有你柔软。

"美丽的姑娘啊，
天鹅要一双才会抱蛋，
庄翠鸟①要两只才会戏水，
你怎么不找一个人陪伴？"

美丽的粉团花被风吹残，
嘎西娜只气得浑身打战：
"多嘴的乌鸦你休来纠缠，
你的叫声会给你带来灾难。

"多嘴的乌鸦啊，
你的声音令人讨厌。
我不是野地里的糯粘巴花，
我是人，不是都拉下凡。"

丑陋的船长吐了一口槟榔，
张开血红的嘴②又唱：
"美丽的花呀，你开在什么树上？
寻食的蚂蚁该走什么方向？"

"最好的花长在勐藏巴地方，
最好的花戴在松帕敏的头上，
我便是嘎西娜王后，
我随着君王刚过江。

"松帕敏大王的威名天下扬，
他佩带的钢刀啊，
不知斩断了多少森林中的毒蟒，
多嘴的乌鸦你敢怎么样！"

听说嘎西娜是王后，

马西梯吓得躲进船舱，
丑陋的船长也吃了一惊，
一时间拿不出主张。

玫瑰花好看刺戳手，
到嘴的芒果吃不上；
凶恶的船长看着嘎西娜，
活像一只贪婪的饿狼。

美丽的嘎西娜比缅桂花还香，
船长的魂儿早已飞到天上，
忽然间他像饿狼扑向绵羊，
将嘎西娜拖进了船舱。

江水不平掀起了巨浪，
大风不平拔起了树桩，
大船扯起风帆逃走了，
嘎西娜的哭声还在江面回荡。

七

可怜两个孩子在江边啼哭，
他们望着江中滚滚的波浪，
他们望着头上飞过的白云，
望穿了白云也看不见爹娘。

远方漂来一只小船，
有一个渔翁在船上撒网，
他看见江岸上站着两个孩子，
泪水打湿了他们的衣裳。

这渔翁有一副好心肠，
他停船上岸细问端详：
"孩子啊，你们为什么啼哭？
孩子啊，你们为什么悲伤？

"为什么父母不在你们身旁？
为什么独自徘徊在江边上？

---

① 庄翠鸟：傣族地区的一种鸟，总是成双成对在一起。
② 指嚼槟榔后嘴唇发红。

你们的家乡在何处？
你们要到什么地方？"

宰阿兴一面哭泣一面回答：
"松帕敏是我们的父王，
嘎西娜是我们的母后，
勐藏巴是我们的家乡。

"我们逃难来到这个地方，
父亲送母亲先过江，
天晚了还不见父王来接，
我们想念父母因而悲伤。"

"可怜的孩子不要啼哭，
可怜的孩子不必悲伤，
天晚了猛兽就要出来，
还是先到我的船上躲藏。"

两个孩子走进船舱，
江中忽然起了风浪，
小船被刮到渔翁居住的村庄，
渔翁只得把孩子交给妻子抚养。

八

松帕敏重新回到西岸，
夕阳早已落下山冈，
只见沙滩上留下几个脚印，
心爱的王子却不知去向。

他大声喊着孩子的名字，
无边的森林送来同样的回响；
他翻开森林中每一片树叶，
看看孩子是否在树丛中躲藏。

他盘问茫茫的江水，
江水无声，后浪推前浪；
他盘问西落的夕阳，
夕阳暗淡，分外凄凉。

他急得抱着枯树摇晃，

枯树无法回答君王；
他急得去抓地上的茅草，
茅草也无法回答君王。

"是不是野象用鼻子把你们卷走？
是不是犀牛把你们踏成肉酱？
假若嘎西娜知道你们丢失了，
孩子啊，我该怎样对她讲！"

松帕敏独自思量，
越思越想越凄怆，
悔不该将孩子留在江岸，
父亲的过失不能原谅。

眼看夜神已经降临，
两个儿子不知存亡，
嘎西娜正在东岸盼望，
松帕敏第三次飞渡大江。

椰子沐浴着惨白的月光，
阴森的大地一片昏黄，
松帕敏将竹筏靠拢东岸，
啊，嘎西娜又不知去到何方。

"是不是她到森林中采花去了？
莽莽的森林没有一朵香花；
是不是她怕野兽爬到大树上？
我的嘎西娜从来不会这样。

"是不是风浪将她卷走了？
沙滩上也该留下一点痕迹；
是不是猛虎将她衔去了？
草地上也该掉下一股金簪。"

犀牛在森林中吼叫，
树叶在夜风中哗哗响，
为什么不幸的灾难啊，
一齐落在松帕敏身上！

"马鹿不会在草地里过夜，
寻食的燕子天晚了就回巢，
我心上的嘎西娜啊，
你到什么地方去了。

"失去了两个王子啊，
我的心死了一半；
没有你啊，嘎西娜，
我的心已全部枯焦。"

受伤的麂子啊，
往石洞里躲藏；
离群的孤雁啊，
不愿飞回南方。

失去妻子，松帕敏像断了右手，
失去孩子，松帕敏像断了左手，
他像一条断了尾巴的蛇，
在森林里到处乱钻。

黑夜里森林中伸手不见掌，
松帕敏像没有头的苍蝇一样。
忽然间天空飞来一群萤蝶，
漆黑的老林洒下万盏灯光。

无数的萤蝶像天上的星星，
在松帕敏的前面上下飞舞，
萤蝶将他引向勐西纳大路，
路旁的竹楼像棕榈排成行。

松帕敏来到一个花园中，
万朵鲜花在灯光下开放，
他躺倒在一块大青石上，
迷迷糊糊进入了梦乡。

九

广阔的勐西纳地方，
住着亿万勤劳的百姓，
遍山的椰子挂满枝头，
茄兰像茅草一样茂盛。

勐西纳年老的国王，
受到百姓的尊敬，
他强大的骑象兵队，

日夜巡逻在边境。

富足的勐西纳百姓，
有比白云还多的羊群，
堆集的粮食比山还高，
一年四季没有饥馑。

在勐西纳的京城里，
百姓睡觉都开着大门，
骑象兵队夜间巡逻在街道上，
人们的日子过得幸福又安宁。

在勐西纳的村寨里，
悠扬的笙声一夜响到天明，
头人常到村寨里访问，
百姓的疾苦他们非常关心。

勐西纳国王常到佛前祷告：
"佛啊，我爱我的百姓，
如果你放下了死神，
请先带我走，然后才带走他们。"

国王年纪老了，体弱多病，
头人天天担忧，经常议论：
"我们的国王假若归了竜林，
什么人才能代替他管理百姓？"

头人们非常担心，
头人们日夜议论，
为的是要在勐西纳国内，
找到受百姓爱戴的人。

有的建议立驸马，
让驸马掌管国家大印；
有的建议到邻国去聘请，
聘请别国的贤能。

立驸马似乎不合规矩，
选贤能一时难以决定，
有一位头人又提出建议，
让小王子继承他父亲的王位。

小王子听说要他继承王位，

急急忙忙来找头人：
"太阳出山全勐都照亮，
小小的萤火虫怎比得太阳光明。

"我尊敬的西纳呀，
我尊敬的长辈们，
我夜间独自一人都不敢出门，
哪能够管理好亿万百姓！"

头人们再三地劝说，
小王子坚持不答应，
最后召叭龙想出主意，
邀请摩嘎拉来问一问。

摩嘎拉能知过去未来，
摩嘎拉能解开人间的疑问，
他骑着大象挟着卦书来到宫中，
三千个头人都到宫门欢迎。

摩嘎拉摆开画着兽形的卦书，
两手合十，双眼半闭半睁，
他喃喃地对着天神祷告，
三千个头人在一旁凝神站定。

老半天他睁开眼睛对头人们说道：
"天上有一颗最明亮的星星，
地上有一只跑得最快的金鹿，
昨夜降临到我们的森林。

"这颗最明亮的星星，
萤蝶替他引路，白孔雀为他送行，
他是森林里的金马鹿，
他能给全勐百姓带来福音。

"这颗星星就是我们的新王，
他躲在我们的花园附近。
趁月亮未落之前出动全勐的象队，
赶快到森林中把新王欢迎。"

一霎时，宫殿里响起号声，
一百头大象配上了金鞍、金牙、金响铃，

头人们个个都准备了献礼，
献礼千百样，花样翻新。

有的送银槟榔盒，
有的送玛瑙花瓶，
有的送挑花的筒帕，
有的送金洗脸盆……

附近的百姓听见号声，
争先恐后齐集到宫门，
百姓们举着千百个火把，
欢乐的人群向着花园前进。

铓锣和象脚鼓的声音响彻山林，
把松帕敏从梦中惊醒，
他一翻身坐在石板上，
以为是王叔派来的追兵。

欢迎的人群来到松帕敏跟前，
熊熊的火把照得他睁不开眼睛。
人们在地上照见了他的脚印，
脚印上有像贺欢板嘎①的脉纹。

有一位老人上前施礼叩问：
"召啊，请问你尊姓大名？
请问你的家乡在何处？
请问你为什么独自远行？"

"最甜的瓜长在沙地上，
最凉的水是椰子心心，
我的管辖地叫勐藏巴，
我的名字叫松帕敏。

"贪婪的弟弟不守古训，
带领叛军围攻京城。
我怕骨肉残杀伤害百姓，
带领妻儿流浪在大森林。

"我和妻儿在中途失散了，
独自一人来到贵国国境。"

---

① 贺欢板嘎：意为千瓣莲花。此处指松帕敏有福气，脚上有莲花的纹。

松帕敏两手合十，
回答老人的询问。

"原来你就是大王松帕敏，
勐西纳早就听说你的美名，
你像那天边灿烂的彩霞，
照亮了我们勐西纳的森林。

"不要嫌我们的宫殿矮小，
不要嫌我们的头人愚钝，
请大王来管理勐西纳的百姓，
请大王把勐西纳的王位继承。"

三千个头人朝拜了松帕敏，
百姓们高举火把发出欢呼声；
头人们将松帕敏扶上象轿，
欢天喜地转回勐西纳城。

十

一个漆黑的夜晚，
狂风吹打着宫殿的窗门，
死神从天上飞下来，
吹熄了所有的宫灯。

死神来到勐西纳国王的床前，
他拉着勐西纳国王奔向竜林。
"老病的国王升天了！"
全城的百姓都痛哭失声。

三千个头人连夜来见松帕敏，
"勐西纳国多么不幸，
年老的国王昨夜已归竜林。
召啊，请你快把王位继承！"

"我是一个不幸的人，
逃难到贵国国境。
兄弟不和使我羞愧，
我只有一颗破碎了的心。

"我是一只受伤的乌鸦，
只愿独自住在森林，
不敢把灾难带给贵国百姓。"
松帕敏再三谦让不肯答应。

三千个头人跪在地下：
"贤明的大王松帕敏，
有你的福气保佑啊，
我们的百姓才过得安宁。

"有你的福气保佑啊，
我们的牛马才不会遭瘟。
请你看在我们先王的面上，
快快把勐西纳的王位继承。"

宫廷里响起了金号声，
隆隆的鼓声一阵比一阵紧，
全勐的百姓奔走相告：
"新王登位的典礼中午举行。"

宫廷的花园里挤满了人，
全勐的召叭龙都来朝拜松帕敏，
邻近的部落也派来了使臣，
祝贺勐西纳牲畜兴旺百姓安宁。

中午举行了第一次"苏马"①，
松帕敏带领着全部头人，
加封了一百一十个召叭龙，
赦免了一百一十个人的罪行。

勐西纳的新王松帕敏啊，
像他在勐藏巴一样贤明，
百姓快乐他高兴，
百姓难过他伤心。

繁华的勐西纳像三月的茶树，
兴旺的勐西纳像草木逢春，
热闹的勐西纳啊，
黑夜里灯光也像太阳一样光明。

---

① 苏马：赦免的仪式。

松帕敏虽然做了勐西纳的国王，
可是他常常怀念勐藏巴的百姓，
花开花落的时候他想念嘎西娜，
夜晚独坐想念宰阿滇和宰阿兴。

十一

慈爱的母亲揩干眼泪吧，
你的儿子还在你身旁；
焦急的小伙子请你放宽心，
今晚上你一定会遇到心爱的姑娘；
伤心的姑娘请你别失望，
嘎西娜还会重见她的君王。

自从那撒网的渔人，
把两个王子带回抚养，
好心的渔人啊，
爱两个王子像亲骨肉一样。

饥荒年间缺口粮，
渔人夫妇吃粗糠，
打来几尾鲜鱼啊，
也要让两个王子先尝。

天干三年不下雨，
十人围的榕树也枯黄，
老渔夫用自己的眼泪啊，
给两个王子作解渴的泉浆。

十年的竹子长成林，
十年的宰阿兴兄弟长成人，
任你老渔夫有好心肠，
两个王子还是想念亲爹娘。

有一天渔夫荡舟在楠姆捉翁江，
一个惊人的消息来自远方：
两个养子的父亲，
已做了勐西纳国王。

老渔夫真是又惊又喜，

一夜没睡和妻子商量：
"三天饱来两天饿，
眼泪不能当酒喝。

"鹭鸶常想着水，
猴子常望着山，
渔人家里养不起凤凰，
还是让孩子去找他的亲爹娘。"

老渔夫把孩子叫到面前，
话未出口泪先淌：
"我想把你们献给勐西纳国王，
好让你兄弟到宫廷中把福享。

"林中的小鸟长出羽毛，
就要飞到大树上；
我们的孩子长大了，
再也用不着贫苦的人抚养。

"飞到天空去的燕子啊，
别忘记曾经栖歇过的屋梁；
要离开我们的孩子啊，
别忘记你居住过的村庄。"

两个王子抱着渔人大哭，
离别的泪水打湿了衣裳：
"活命的恩情永世不忘，
我们愿学跪乳的羔羊。"

宰阿兴和弟弟跟着渔人，
离别了居住十年的村庄，
村里的姑娘都到撒拉亭来送行，
依依不舍把歌儿唱：

"葱绿的两棵芭蕉树啊，
大风要把你们刮向远方，
从今后再也看不到你细嫩的叶子，
从今后再也不能在你的树荫下歇凉。

"我心上的芭蕉树啊，
你为什么走得这样匆忙？

那芭蕉树上的缅布①，
该如何将你怀想？

"我心上的芭蕉树啊，
请你再回头望一望，
别忘记那干旱的年月，
是谁用泪水浇灌你根部的土壤。

"我心上的小伙子啊，
你将会走过热闹的异乡，
你将要走进红色的宫墙，
你将要去把荣华富贵享。

"宫墙上的龙会抓我们，
宫墙上的虎会吓我们，
我们捞不着你这水中的月亮，
你是不是会忘记爱你的姑娘？"

歌声牵住了远行的脚步，
宰阿兴和宰阿滇也把心事唱：
"哈喂②，森林中的缅桂花，
哈喂，好看的姑娘。

"我心上的姑娘啊，
你像道旁的竹子美丽修长，
白天你为我们遮阴，
晚上我嗅到竹叶的清香。

"我是被大风刮起的落叶，
本想飘落在你的竹楼上，
可是狂风要把我带到他乡，
怎能够叫我不悲伤？

"我心上的姑娘啊，
你像芒果一样喷香，
多少年我们一起长大，
多少年我们一起歌唱。

"白天太阳照过我们的影子，
晚上火塘暖过我们的心房。

如今我们虽然走了啊，
醉了的心还留在你的竹楼上。

"在扯闪打雷的夜晚，
请你关上床前的竹窗，
让我留下来的心啊，
不要受到什么损伤。

"哈喂，森林里的缅桂花，
哈喂，我心上的姑娘，
只要你能看见天上的星星，
我的心永远在你身旁。"

十二

渔人带着两个孩子走进宫殿，
他双手合十启奏君王：
"大王的恩惠像中午的太阳，
照在每一个百姓的身上。

"大王的恩惠像早晨的雾一样，
围绕着每一棵枯树桩。
我把两个养子献给大王，
愿他们在你的福气保佑下成长。

"我的两个养子啊，
像都兰花一样漂亮，
虎豹没有他们勇猛，
金子没有他们光亮。"

渔人偷眼望了一望，
松帕敏坐在殿上没有反应。
"怎么君王认不出自己的儿子呀？"
他怀疑渡客向他说了谎。

胆怯的渔人第二次启奏：
"我们贤明的大王啊，
只要人们的眼睛还望得见太阳，

① 缅布：是虫的总称。这里是指一种经常栖息在芭蕉树上的小虫，表示永不分离的意思。
② 哈喂：临别时的呼唤声。

百姓就知道你在他们的心上。

"虽说两个养子的眼睛非常好看，
像我的妻子南梅沾一样，
可是南梅沾不是他们的亲娘，
我哪里敢来欺骗君王。

"自从拾来这两个孩子，
我们夫妻像驮上石头的马一样，
我的妻子南梅沾啊，
像衔食的雀鸟把他们喂养。"

十年的岁月多么悠长，
宰阿兴、宰阿滇已经变了样，
松帕敏没有细问细看，
命两个孩子做混鲁①侍候君王。

十三

糯乐多啊，它没有忘记，
美丽的花遭雨淋，
可怜的嘎西娜，
离开了松帕敏。

可怜的嘎西娜啊，
在风雨中飘摇了十年，
十年的愤怒烧焦了她的心，
十年的梦幻变成满天白云。

在风雨飘摇的十年中，
嘎西娜像被关在笼里的黄蜂，
她用眼泪磨洗锋利的箭，
她用锋利的箭保护自己的贞洁。

癞蛤蟆吃不着天鹅肉，
狡猾的老鼠不敢接近猫身；
船长虽然把好话说尽，
嘎西娜的心上只有松帕敏。

禁锢着嘎西娜的大船，
载满贩运珠宝布匹的商人。
大船沿着楠姆捉翁江，
来到了勐西纳国境。

有一天，大船靠拢江岸，
商人和船主来到宫廷，
他们向国王进贡了绸缎，
想得到国王的赏金。

"聪明的大王啊，
你的福气保佑着我们，
才使我们平安地渡过大海，
来到了你繁华的都城。

"请收下我们最软的绸缎，
愿这些东西使你高兴，
愿大王的洪福啊，
保佑我们在海洋中平安航行。"

松帕敏对马西梯说道：
"我们勐西纳的百姓，
年年都有好收成，
家家户户堆满了金银。

"欢乐的大摆节快到了，
你们不妨等一等，
百姓们过节要买绸缎，
卖了绸缎你们再起程。"

宫廷里摆起酒宴，
船主做了国王的上宾。
松帕敏举起酒杯，
祝船主发财走运。

船主喝干美酒，
连忙跪倒谢恩：
"大王的恩惠比江水还长，
大王的恩惠比大海还深。

---

① 混鲁：警卫、卫队。

"我们听从大王的旨命，
愿将货物卖给贵国百姓，
只怕货船停泊在江边，
无人看管被风浪打翻。"

松帕敏听了微微一笑：
"船主呀，请你放心，
商船尽管停泊在江岸，
我给你派两名看守的兵丁。"

松帕敏叫来两个混鲁，
他们便是宰阿兴和宰阿滇。
胆怯的混鲁走到国王面前，
松帕敏对他们下了命令：

"我命令你们去看守商船，
船上的货物将卖给我国百姓。
你们两人要小心谨慎，
睡觉也得睁着一只眼睛。"

十四

两个混鲁奉了国王的命令，
来到停泊商船的地方。
听说船上有个美丽的妇人，
夜莺也不敢去江边歌唱。

兄弟二人不敢进船舱，
来回巡逻在甲板上。
远处送来声声犬吠，
寂静的江面分外凄凉。

浓霜像蜜蜂的翅膀，
一阵阵扑到他们的脸上，
两兄弟感到又饥又寒，
自然地怀念起父母家乡。

想起双亲宰阿兴流下眼泪，
他一面哭泣一面对弟弟讲：
"我们的生母是嘎西娜王后，
我们的生父是勐藏巴大王。

"我们父亲的手下啊，
有千军万马几百头大象；
母亲给我兄弟的温暖啊，
赛过了中午时的太阳。

"狠心的王叔带兵造反，
才使得我们流浪他乡。
父母在中途失散，
如今只落得国破家亡……"

两兄弟述说着悲惨的身世，
江里的鱼儿听了也悲伤。
忽听见背后有人哭泣，
一个妇人走到他俩身旁。

原来这妇人正是嘎西娜，
宰阿兴说的话她都听到啦！
她又惊又喜奔出船舱，
几乎晕倒在甲板上。

她一把将两个混鲁抱住：
"儿啊，我是你们的亲生娘！"
宰阿兴和宰阿滇被吓呆了，
一时间不知道该怎么办。

"我的两根肋巴骨啊，
你们用不着惊慌！
我的两根肋巴骨啊，
难道已认不出亲娘的模样？

"日里想来夜里想，
阿妈想儿痛断肠。
十年的时间我做过多少梦啊，
醒来时泪水打湿了我的衣裳。

"阿妈想儿三天吃不下一团糯米饭，
阿妈想儿一天喝不下半碗酸笋汤，
白天想儿到太阳落，
夜晚想儿到大天亮。

"阿妈的心被刀砍过，
阿妈的心被火烧伤，

只有心上挂着的儿子啊，
火烧不烂，刀砍不断。"
两个王子热泪满眶，
紧紧抱住生身亲娘：
"十年的日子比江水还长，
离娘的孤儿到处流浪。

"每次心跳想亲娘，
每次耳鸣想亲娘，
逢年过节想亲娘，
端起饭碗想亲娘。

"刮风下雨想亲娘，
扯闪打雷想亲娘，
看见白云想亲娘，
看见星星想亲娘。

"十年的时间啊，
我们不知赕过多少次佛，
我们不知滴过多少次水，
失散的母子才相逢在江上。"

十五

船长从宫中吃酒回来，
一路上跌跌撞撞，醉态醺醺，
猛抬头看见船上情景，
真好比五雷轰顶。

野牛见了红树会发疯，
老象见了长虫吃一惊，
吃不着椰子的船长啊，
哪能不咬牙愤恨。

凶恶的船长跑回宫廷，
气急败坏禀告松帕敏：
"你的两个混鲁欺人太甚，
在船上要把我'妻子'奸淫。"

松帕敏听了船长禀告，
只气得他脸色发青。
他吩咐宫前的糯纳①：
"立刻把两个混鲁丢进竜林。"

糯纳带着十个兵丁，
手执长刀杀气腾腾，
一转身就直奔江岸，
去捉拿宰阿兴、宰阿滇。

糯纳带兵来到船上，
十把长刀寒气逼人，
两兄弟只吓得面如黄土，
好像被老鹰叨去了三魂。

众兵丁像饿狼扑向羊群，
只打得两兄弟鲜血淋淋，
然后他们用绳绑索捆，
将宰阿兴、宰阿滇押进竜林。

宰阿兴一面哭泣一面求告：
"我们兄弟犯了什么罪呀？
召啊召，你们在牛角上，
为什么套上了马绳？"

凶恶的糯纳大叫一声：
"你二人在这里调戏妇女，
我们奉了国王命令，
要把你们斩首丢进竜林。"

宰阿兴、宰阿滇一路哭叫：
"神啊，请告知我们的母亲，
快快来救孩子的性命，
我们将要变屈死的冤魂。"

宰阿兴、宰阿滇的冤屈，
狠心的糯纳毫不同情，
飞过的蝙蝠掉了两滴眼泪，
树上的知了停止了歌声。

① 糯纳：执刑官、刀斧手。

松帕敏手下的召叭龙，
恰巧在这时候路过森林。
仿佛有人在森林中喊救命，
他便停住脚步仔细听。

召叭龙拔出闪亮的长刀，
躲在大树下看动静：
丰衣足食的勐西纳，
难道会有强盗抢人？

召叭龙正在疑惑不解，
只见对面来了几个黑影。
他摇着长刀问道：
"是什么人敢谋财害命？"

糯纳赶快上前回答：
"不是强盗在谋财害命，
我们奉了国王命令，
送两个犯人去见死神。"

召叭龙上前阻拦：
"现在已经是夜半更深，
不准你们在半夜里杀人。
这是勐西纳先王的遗训。

"如果你们半夜里杀了人，
百姓的牛马就会遭瘟。
即使这两个混鲁罪该问斩，
也要让他们等待太阳神。"

糯纳犹豫不决，问召叭龙：
"大王降罪谁人承担？"
"大王降罪召叭龙承担。"
"既然如此，就等待太阳神。"

十六

召叭龙一早就进宫廷，
向国王仔细奏禀：
"昨天晚上我路过森林，
遇见糯纳半夜里要杀人。

"我上前阻拦详细盘问，
两个孩子诉说了冤情。
他们奉命保护商船，
在船上遇见了分别十年的母亲。

"糯纳不问青红皂白，
要将两个孩子拖进竜林。
他们像两只被剽的牛，
已被打得脸肿鼻青。

"椰子树生了虫啊，
君王用盐巴水浇它的根；
两个孩子是不是真的有罪，
要请大王问明原因。"

松帕敏命令召叭龙，
将两个混鲁带进宫廷：
"船长的控告是假是真，
让我亲自来审问。"

两个孩子鲜血淋淋，
跪在殿下抖个不停。
"他们不像做坏事的人啊！"
一千个宫女在旁边悄声议论。

宰阿兴战战兢兢地说：
"召啊，没有角的牛不做祭品，
我们兄弟没有罪啊，
不知道为什么要问斩刑？

"我兄弟无依无靠过了十年，
昨夜才重逢苦命的母亲。
母子相逢抱头大哭，
谁说是调戏妇人？

"大王要杀就杀我，
请你别杀宰阿滇，
宰阿滇比我年纪小，
要杀要砍我一人承担。"

松帕敏含着眼泪说道：
"两个混鲁不必害怕，

盘巴的弩从来不射未长羽毛的鸟，
我的长刀从来不舐冤屈人的血。

"说一说你母亲的姓名，
说一说你父亲是何人，
你兄弟怎样来到勐西纳，
详详细细说给我听。"

"弟弟乳名宰阿滇，
我的乳名宰阿兴，
我的母亲嘎西娜，
我的父亲松帕敏。

"因为王叔造反攻打都城，
随着父母逃进森林，
楠姆捉翁江母子失散，
如今算来整整十年。

"十年来我兄弟哭干眼泪，
十年来我兄弟望断白云，
昨夜奉命守卫商船，
失散的母子重又团圆。"

松帕敏只觉得万箭穿心，
松帕敏忍不住泪珠滚滚，
但还不敢把儿子相认，
他按捺感情再盘问：

"你父亲的别号叫什么？
你母亲的相貌有什么特征？
勐藏巴的宫殿面向哪一方？
宫殿里挂着几盏灯？"

"我父亲的别号叫彼多，
母亲的眼睛像北极星，
勐藏巴的宫殿面向东方，
宫殿里挂着九十九盏灯。"

国王抱着两个王子痛哭失声：
"是不是我吃了魔鬼的心，
是不是我瞎了眼睛，
孩子啊，我就是你们的父亲！"

十七

宫殿前响起了一阵号声，
所有的大象都配上金鞍银镫，
国王召集了召叭龙和头人，
命令他们将都维接回宫廷。

威严的象队来到了江边，
阵阵号声把船长和马西梯惊醒。
头人们朝拜了嘎西娜，
浩浩荡荡将都维迎进城。

松帕敏焦急地站在宫门，
震天的号声由远而近。
他从象轿上把都维接下来，
泪水早湿透了他的衣襟。

嘎西娜跪在地下说道：
"我心上的大王松帕敏，
失散的孔雀又回到了森林，
你为什么还这样伤心？"

"我心上的嘎西娜啊，
失散的孔雀虽回到了森林，
那离娘的两只燕子啊，
已被糯纳打得伤痕满身。"

国王和都维来到后宫，
只见两个王子满脸伤痕，
嘎西娜一时晕倒在地，
千呼万唤才渐渐苏醒。

"大树摇摆啊，
才摔坏了雀蛋；
阿妈前世不知做了什么坏事，
才给孩子带来灾难。"

松帕敏吩咐宫女，
给王子换了衣巾，

又命令请来摩雅^①,
给王子医治伤痕。

摩雅用香草把伤口洗净,
又在每一处洒上了西泻粉^②,
经过了九个夜晚十个白天,
两个王子的伤痛才逐渐转轻。

宫廷里四处张灯结彩,
庆祝国王一家团圆。
召叭龙和头人到缅寺里赎佛,
又为国王一家大小拴了线。

欢乐的日子过得快呀,
宰阿兴长得勇敢又聪明,
国王把国家的权柄交给他,
宰阿兴从此把王位继承。

十八

傣家人啊,
你静静地听吧!
糯乐多又要飞回勐藏巴,
枯了的椰子树又要发芽。

自从召刚带着叛军攻入勐藏巴,
他便自封为勐藏巴的君王。
凶恶的召刚不像他的哥哥,
他手下养着一窝叮人的马蜂。

靠着这一窝叮人的马蜂,
召刚知道哪家的花最香;
靠着这一窝叮人的马蜂,
召刚知道哪家的牛马最壮。

召刚在宫廷里荒淫无度,
享不尽的荣华,闻不厌的花香。
从此宫廷里天天杀羊宰象,

送酒送肉的人像赶街一样。

勐藏巴的百姓啊,
年年闹饥荒,
找不到食物的雀鸟啊,
也飞到了远方。

勐藏巴可怜的百姓啊,
在眼泪水里泡了十年,
他们像被盘巴追逐的麂子,
他们像祭台上的牛羊。

受苦的日子实在难熬,
百姓们带着妻儿老小,
像饥饿的蚂蚁搬家,
逃亡到他乡去了。

没逃走的人也十分恐惧,
太阳未落就把门紧紧拴上,
赶街天都带着防身的长刀,
提防着荒野里吃人的饿狼。

繁荣的勐藏巴变得满目凄凉,
死人的尸骨常常丢在大路旁,
歇在塔尖上的老鹰啊,
也伤心得把眼泪淌。

勐藏巴的禾苗都枯死了,
瘦弱的牛羊找不到一株青草;
勐藏巴的鲜花都凋谢了,
无事的蜜蜂也懒得扇翅膀。

干旱年成望天雨,
早也望来晚也望;
勐藏巴的百姓啊,
想念着松帕敏大王。

有一个头人名叫叭龙校,
他带着妻儿逃到勐西纳地方,
深夜里他求见了松帕敏,

---

① 摩雅:医师。
② 西泻粉:一种药。

将召刚的暴政细说端详。

松帕敏知道故国遭了灾难，
他懊悔为什么不抵抗召刚，
他为破碎的山河流下眼泪，
他为死难的百姓感到忧伤。

国王把不幸的消息告诉都维，
怒火燃烧着嘎西娜的胸膛。
"快解救受苦受难的百姓，
除掉那森林中的毒蟒。"

国王和都维商议已定，
决心打回自己的家乡；
为了救济饥饿的百姓，
还运去了几千石口粮。

雀鸟把消息带到勐藏巴，
微风把消息带到勐藏巴，
白云雨点把消息带到勐藏巴，
"松帕敏的象队已渡过楠姆捉翁江。"

宫廷外人声嚷嚷，
愤怒的母鸡要啄死黄鼠狼，
愤怒的百姓啊，
冲进宫廷要杀召刚。

昏庸残暴的召刚，
像一只吓慌了的饿狼，
他带着手下那一窝马蜂，
急忙逃进森林里躲藏。

百姓们用浸透了眼泪的包头，
铺在勐藏巴的大路上，

迎接美丽的嘎西娜王后，
迎接贤明的松帕敏大王。

松帕敏老远就下了象轿，
他向人群躬身施礼双手合掌：
"向你们告罪啊，我的乡亲，
我不该独自到他乡流浪。

"乡亲们，我的过失无法原谅，
残暴的召刚使你们家破人亡。
见毒蛇就该要拔出长刀，
对豺狼不能够讲忍让。"

松帕敏拔出身边的长刀，
锋利的钢刀闪闪发光：
"从今后谁敢侵犯勐藏巴，
我愿随你们战死在疆场!"

飞出去的雀鸟又回到森林，
逃亡的百姓又回到故乡，
大地上的青草又发绿了，
枯死的缅桂花重又开放。

欢乐的勐藏巴啊，
芒果树高兴得喷喷香，
板凳高兴得会跳舞，
流水高兴得会歌唱!

傣家人啊，听吧，你请听!
槟榔嚼在嘴里会香，
酸角使人口水淌，
椰子的水最清凉，
愿松帕敏和嘎西娜的故事，
比菠萝甜香，比椰子清凉。

单行本：云南人民出版社 1959 年版
翻译者：陈贵培
整理者：李鉴尧

附 记：

《松帕敏和嘎西娜》，傣族民间叙事长诗。流传于西双版纳州、德宏州及景谷县、双江县、耿马县、孟连县等傣族地区。记述傣族一个古老的勐藏巴国家，老国王统治时期，地方安定，百姓安居乐业。老国王死后，由长子松帕敏继承王位，但二王子召刚不服，暗地里招兵买马，建立自己的军队，突然发兵攻打京城，要以武力篡夺哥哥松帕敏的王位。在这紧急关头，忠于松帕敏的臣民和士兵，决心奋勇保卫京城，跟残酷无情的二王子召刚决一死战。但松帕敏不赞同两亲就这样刀枪相见，伤害田园和无辜百姓！他选择了忍让是善的做法，自愿舍弃辉煌的官殿，舍弃王位和财产，只身领着妻儿离开京城，负辱远游。这样，二王子召刚便轻而易举地夺取了政权，做了国王。松帕敏出走后，勐藏巴王国灾难重重，田园荒芜，百姓受尽了人间疾苦，多少人四处逃难，多少家庭妻离子散，村村寨寨失去了往日的安宁和欢乐。年复一年，昏庸的召刚秉性残暴，乱杀百姓，激起众怒，千百个寨子揭竿而起，联合起来推翻了召刚的政权，并派人外出找到了松帕敏，将他接回苦难的勐藏巴，拥戴他重掌勐藏巴王国的命运，信任他引领勐藏巴百姓重建家园。这部颇受傣族百姓喜爱的民间长诗，是根据流传在西双版纳傣族地区的口传文本翻译的，由长期工作和生活在西双版纳傣族地区的知名作家陈贵培主译，李鉴尧整理。

阿　南

2019 年 6 月

葫芦信

他的势力能遮天。
他的妻子叫南西里坎潘，
生得比金孔雀还好看。

宫殿里插满军旗和金伞，
珠宝金银堆得像高山，
墙上画满飞龙彩凤，
地上铺着华丽的绒毯。

宫外布满手执银矛的精兵，
宫中的侍女成排成行。
五百人为勐遮王杀猪宰鹅，
五百人为勐遮王放马养象。

八个西纳像八条猎犬，
时常跟在勐遮王的身边；
八个宫女像八只蝴蝶，
日夜为勐遮王摇着金扇。

勐遮王有数不清的牛马，
勐遮王有成群的大象。
山区的百姓向他献茶叶和烟叶，
坝子的百姓向他献粮食和红糖。

所有的百姓要向他买水吃，
所有的百姓要向他买路走。
死了的人啊，
也要向他买土盖脸③。

一

听吧！傣家人啊，
听吧！森林里欢唱的糯乐多①，
听我唱一个水上漂着葫芦的故事，
这是老人传下来的悲歌。

从前在辽阔的勐遮②平坝，
居住着九万多勤劳的傣家，
这里长着五谷和瓜果，
一年四季有开不败的鲜花。

清清的南卡河流过坝子中央，
万幢竹楼绕着披雅山。
山上有一座巍峨的宫殿，
勐遮王像一只凶恶的鹰，
就住在宫殿里面。

勐遮王的名字叫召捧麻，

① 糯乐多：也叫乐多。傣族地区一种夜间最会唱歌、歌喉婉转的鸟，传说傣族歌手就是这种鸟的化身。
② 勐遮：允景洪西边的一个行政区域，约有现在的区那样大。
③ 买土盖脸：意思是说死了的人也要向勐遮王买土地来埋葬。

日子一天天过去，
南西里坎潘生了一个儿子。
他是人间最美的金花，
他是宫中最亮的宝石。

勐遮王给他起名召罕拉①，
艾章②向他说着吉祥话：
"愿你长得聪明伶俐，
愿神灵给你平安和福气。"

星星眨了一千次眼，
太阳洗了一千次脸。
长到十六岁的召罕拉啊，
他是多么英俊和勇敢。

二

四月是花开的季节，
四月的景真③遍地芳香，
最美最香的花啊，
要算南慕罕姑娘。

景真公主南慕罕啊，
粉团花没有她好看，
金嘎拉花没有她清香。
所有的蝴蝶啊，
都飞来朝着她扇翅膀。

一天早晨，
太阳映红了宫墙，
南慕罕来到殿上，
轻轻地跪在景真王面前：
"今天是吉祥的日子，
正好是勐遮的街期。
女儿想跟姊妹们去看热闹，
不知道爹爹能不能允许？"

景真王扶起南慕罕：
"我的女儿啊，
你是想去买一朵头上戴的金花，
还是想要买一张合身的披毯？
去吧，只是太阳不落就得回家。"

十个宫女像十朵鲜花，
拥着公主走向勐遮坝。
宫女们一路上嘻嘻哈哈，
都想遇见勐遮的王子召罕拉。

有的宫女向天祈求：
"白天我们盼太阳，
晚上我们盼月亮，
天神啊！
愿我们今天能见到王子。"

南慕罕笑着问宫女：
"我的妹妹啊，
王子英俊我也常常听说，
可惜从来没有见过。
你们谁见过王子召罕拉？
他真的像一朵缅桂花？"

公主的话惹得大家嘻嘻笑：
"王子召罕拉啊，
他像椰子花开在树尖上，
大风吹不落它的花瓣，
小姑娘爬不到树梢上。

"人说见了金坎鸟会瞎眼，
王子召罕拉啊，
假如他是一只金坎鸟，
我们也会向他呆呆张望。"

姑娘们说说笑笑，
像林中的知了在喧嚷；
姑娘们跳跳闹闹，
像一片白云飘落到坝子中央。

---

① 召罕拉：召是王的意思，罕拉是坚硬得像金子做的柱子一样的人。
② 艾章：傣族地区专门掌管祭献佛祖的人。
③ 四月的景真：傣历四月即农历的正月。景真是离勐遮十多里的一个较小的行政区域。

雨水也没有来洒。

三

"你是天上的一粒种子，
降落在广阔的人间，
长成了高高的大树，
遍地撒下阴凉。

在热闹的勐遮街上，
赶街的人来来往往。
东街摆着菠萝和香瓜，
西街摆着白酒和盐巴，
南街摆着金银和珠宝，
北街摆着彩缎和丝绸。

"树啊，
只怕凤凰已在你的树梢落脚，
只怕孔雀已在你的枝丫做窝。
可怜小小的绿豆雀啊，
只能绕着低低的树叶飞过。"

公主看见一队大象走过街心，
前后左右拥着兵丁，
有的吹金号，有的敲铓锣，
有的耍长刀，有的唱着歌。
赶街的百姓纷纷合掌，
王子的象队从人群中慢慢穿过。

王子走近南慕罕的身边：
"大树的枝儿刚发芽，
花儿要开还得雨来洒。
公主啊，
葵花开放朝着温暖的太阳，
苜蓿开花朝着含羞的月亮，
我的心啊，永远挂在你心上。"

宫女们把公主拥向街心，
王子的大象忽然停止不行。
地上好像升起了两朵彩云，
照亮了千万双喜悦的眼睛。

娇艳的粉团花，
偷偷地飞到了公主的脸上。
她用嘴唇紧紧地咬住纱巾，
生怕心儿会跳出胸膛。

王子和公主的眼光轻轻相碰，
两颗心儿说不出的激动。
王子恨自己不是一江流水，
不能把所有的话儿尽情倾诉。

她默默地把头低下，
她弄了弄发髻上的金花，
她摸了摸手上的银镯，
好像有什么东西掉在地下。

"哪里飞来的千瓣莲花？
遍地散播着芳香。
如果不是有福的人啊，
世世代代也不会遇上。

她想抬起头来，
又怕碰见王子的视线。
宫女轻轻扯动着公主的筒裙，
把她拥向回家的路上。

"我不知道花儿的香蕊，
有没有蜜蜂飞来先尝？
就怕远方飞来的金壳虫啊，
只能白白睁着眼睛看望。"

从此公主日夜思念王子，
像金鹿恋着无边的草原。
每当月亮把头探进宫窗，
她总是凝神地望着远方。

阵阵的喜悦涌到公主心上，
她拉下纱巾轻轻把脸儿掩藏：
"含苞的莲花藏在荷叶下，
微风还没有来吹，

好像王子是天上的星星对她眨眼，
好像王子在白云里轻轻把她召唤，

好像王子把鲜花撒在她的脸上，
好像王子把披毯盖在她的双肩。

在勐遮的披雅山上，
召罕拉也时刻把公主思念。
想起相见时说过的话，
像蜂蜜一样甜在心间。

白天他想借大鹰的翅膀，
飞到南慕罕的身旁；
晚上他想借糯乐多的歌声，
向南慕罕诉说满怀衷情。

王子想得心焦，
王子想得心碎。
他提笔写了一封信，
画上了一颗真诚的心，
选了一些珍贵的礼物，
派西纳送往景真宫廷。

四

景真山上响起了阵阵号声，
景真王领着头人欢迎贵宾。
勐遮的西纳跪下朝拜，
双手献上了礼物和书信。

"多福的王啊，
我不是来划地割城，
我不是来请求援兵，
我是受了王子的重托，
给公主送来真挚的爱情。"

景真王双手扶起西纳：
"你的来临使我高兴。
只是这桩婚姻大事，
要由我女儿自己决定。"

西纳来到了后宫，
向公主献上书信和礼物。
南慕罕含羞地站在门边，

把王子的来信轻声细读：

"公主啊！
你是一颗灿烂的宝石，
地下的花儿比不上你美丽，
天上的星星比不上你光明。

"但愿我是一个银匠，
把宝石镶在我的心上。
世间所有的金银珠宝啊，
再也不会在我眼前放光。

"清香的白荷花啊，
蛀虫咬不动象牙。
我爱你的心啊，
比象牙还要纯洁坚贞。"

南慕罕读了王子的信，
心里充满着幸福和欢欣。
她想写下最真诚的话语，
她手里的笔啊，
就像风儿吹动着竹叶的尖尖。

"勇敢的王子啊！
神灵给我带来了福气，
使我今生能够和你相遇。
高山不会倒，海水不会干，
但愿世世代代与你在一起。

"王子啊！
愿我们的爱情像高大的树，
年年发叶开花；
愿我们的爱情像江边的岩石，
洪水也冲不垮。"

西纳拿着书信离开了景真，
马儿像一支出弦的弩箭，
树林都给他让路，
重重云雾也躲在一边。

王子读了回信，
心里比吃菠萝还甜。
他盼望早日同公主成亲，

盼望公主早日走进自己的宫廷。

南慕罕来到了父亲的跟前，
景真王见了女儿多么高兴：
"女儿啊！
勐遮要把金桥架到景真，
王子派来西纳向我们求亲。

"十二月的蜜蜂采的是腊梅花，
吉祥的金凤飞到了我们家。
女儿啊，你怎么不说话？
快快说出你的心事吧，
爹妈也要为你高兴啦！"

"王子的真心使我感激，
爹爹的话儿使我欢喜。
只要能给两勐的百姓带来福气，
我愿遵从爹爹的旨意。"

"我独生的女儿啊，
你说的话多么好听。
搭起了友爱的金桥，
两勐的土地就会连得更紧。

"你和王子配成一对，
两勐的百姓就会变得更亲。
只要你们相亲相爱，
爹爹就去召集头人决定。"

景真响起了阵阵鼓声，
头人和亲戚来到宫廷。
景真王坐在宝座上，
把女儿的亲事向他们说明：

"勐遮王子与我女儿相爱，
他们派西纳前来求婚，
要我们两勐结成亲戚，
要我们两勐比以前更亲。
按照祖先的规矩，
请众位出个主意。"

头人和亲戚纷纷说话：
"公主是景真的独朵金花，
如果把她嫁到勐遮，
日后谁来照管百姓？"

一个老头人说：
"金凤飞翔要靠翅膀，
相爱的人应该配对成双。
这是天神注定的姻缘，
我们应该成全他们。

"王子也没有姊妹兄弟，
独儿独女正好结成夫妻。
今后让他们一边住三年，
共同管理两勐的土地。"

老头人的话大家感到称心，
立刻叫昆铁①写好书信，
派老西纳坎糯带上礼品，
前往勐遮详细议亲。

勐遮王像一只饥饿的老鹰，
对景真这块肥肉早有野心，
如今看了景真的来信，
心中不禁暗暗高兴。

"两边的亲事就这样议定，
望你回告景真王，
等选好了良辰吉日，
我儿子就和你们公主成亲。"

勐遮王叫来了西纳和头人，
宣布王子不久就要结婚。
又喊来了最会算卦的摩嘎拉，
要他选择一个吉利的时辰。

他命令身边的八个西纳，
叫他们分头去办理婚事。
有的管银钱，

---

① 昆铁：傣族宫廷中专门从事书写的一种官。

有的管礼品，
有的管音乐，
有的管乘骑，
有的准备手镯和耳环，
有的准备头花和项链。

黑缎子筒裙绣金线，
红绸子衣衫镶银片，
黄金做面盆，
白银做锅盏，
青铜做茶壶，
红木做菜碗。

美酒抬进宫殿，
礼物遍地堆满。
一切准备齐全，
只等摆设酒宴。

五

狮子出洞高声叫，
喜庆的日子已来到。
景真的公主啊，
今天就要出嫁了。

礼炮响了三声，
遍山锣鼓齐鸣，
人们欢欢喜喜、唱唱跳跳，
拥着公主走出宫廷。

公主打扮得像十五的月亮，
发髻上的珠宝像星星一样闪光。
她穿上红色的纱衣，
显得更加美丽、端庄。

南慕罕双手合掌，
告别亲人和家乡：
"再见吧！我的爹娘，
感谢你们把我抚养。

"再见吧！我小时候的女伴，
愿我们常常怀念，永不相忘。
再见吧！亲戚和官员，
愿你们快乐又健康。

"再见吧！勤劳的百姓，
愿你们的歌声日夜不停，
愿你们的田地年年丰收，
愿你们的日子永远安宁！

"再见吧！种满甘蔗的大田，
再见吧！蜜蜂常来的花园。
过去，不管是早晨还是傍晚，
我都同你们在一起游玩。

晴天，鸟儿在树上唱歌，
我坐在树下吃着香甜的菠萝。
想起那些幸福的日子，
是多么自由和快乐。

"小花园啊，今天我要嫁到远方，
愿你满园鲜花依旧年年开放。
当天边送来微风，
我在勐遮也会闻到你的芳香。"

公主坐上了白象的金鞍，
身挂宝刀的卫士走在两边。
前面抬着彩旗，中间打着金伞，
骑马的头人和亲戚跟在后面。

有敲锣打鼓的小伙子，
有打扮得像彩云一样的姑娘，
热闹的人群穿过了茫茫的白雾，
来到了勐遮的披雅山上。

沿途站着勐遮的头人和百姓，
捧着蜡条①和鲜花前来欢迎。
他们把公主拥进了宫殿，
西纳连忙献上礼品。

① 蜡条：据说它象征着佛祖的头发，可以消灾解难。

金号银号吹得山响，
人们都在尽情欢乐。
艾章跪在王子和公主面前，
向新婚的夫妻祝福：

"今天的日子像宝石一样明亮，
今天的日子像黄金一样闪光；
所有的葵花都朝着你们开放，
所有的百姓都祝贺你们吉祥。
白象为你们走出森林，
孔雀为你们开屏。

"让一切魔鬼都被你们打败，
让所有的敌人都跪在你们面前。
愿你们拴上金色的丝线，
愿你们幸福万年。"

艾章为他们拴线，
勐遮王为他们拴线，
头人为他们拴线，
百姓为他们拴线。

王子和公主举起酒杯，
双双向客人敬酒。
老人们望着这对新人，
快乐地为他们祝福：

"天神啊，
酒已赕①在这里，
你们尽情地喝吧，
请为他们的爱情作证。

"我们年轻的主人啊！
请接受老人们的祝福，
愿你们的爱情比象牙还洁白，
愿你们的爱情比鹿角还坚固。"

村村响起了象脚鼓，
寨寨响起了欢呼声。
快乐的人群啊，
涌进了热闹的宫廷。

①　赕：这里指真心呈献的意思。

宫廷摆满宴席，
鲜花撒满大地，
美酒发出迷人的香味，
客人早已喝得昏昏欲醉。

宫灯熄了又亮，
酒席散了又摆，
金号停了又响，
人们欢乐了整整七天。

六

王子和公主幸福地过了三年，
勐遮王苦苦地想了三年。
景真宫殿的珠宝越来越使他眼红，
景真遍山的牛马越来越使他晕眩。

他日夜思量，
他时刻不安。
他害怕将来自己死后，
景真会来侵占他的土地。

他悄悄把召罕拉唤到跟前：
"我的亲生儿子呀，
为了你将来有更大的福气，
我想出了一条妙计。
你千万不能告诉别人，
更不能告诉你的妻子。

"全盘事情由你父亲承担，
但愿我们一切都会顺利。
我要把景真并入勐遮，
叫那里的百姓顺从我们。

"我要请景真王前来聚会，
我在殿上摆下丰盛的酒菜，
让他喝下我的毒酒，

让他尝尝我的厉害。"

勐遮王的话把王子吓坏，
他跪下来拜了又拜：
"我的父王啊，
走错了路可以回头，
做错了事会一辈子害羞。
不能为了土地和黄金，
给百姓带来不幸。"

勐遮王听了心中恼怒，
从墙上摘下金刀：
"谁敢不听我的话，
我要叫他死在刀下！"

王子紧紧拉住勐遮王的手，
忍不住眼泪往下流：
"父王啊……
就照你说的做吧。"

南慕罕一直等到夜深，
王子才回到她的身边。
"我的丈夫啊，
为什么你回来得这样晚？
为什么你面带忧伤？
是头人得罪了你？
还是父王发了脾气？"

王子讲出了父亲的毒计，
这件事难坏了南慕罕。
他们像一对受伤的大雁，
整夜焦虑不安。

阴沉沉的大雾蒙住了山冈，
勐遮王请了景真王前来赴宴。
南慕罕在宫外等了很久，
景真王才骑着马慢慢走来。

南慕罕上前迎接景真王，

双手拉住父亲的马缰，
她悄悄地说了勐遮王的阴谋，
景真王听了心里惊慌。

他前思后想，心神不定：
前去赴会，又怕丧命；
不去赴会，又怕不行。
他迟疑地走进勐遮宫廷。

殿上坐满了大小头人，
他们正在互相议论。
勐遮王假笑相迎，
景真王心惊肉跳。

勐遮王请景真王坐在身边，
然后宣读了召片领①的命令。
先说了头人的职务，
还有赕佛摊派到各寨的金银。

命令宣读完毕，
宫女们摆上酒宴。
景真王闻到了酒味，
九根魂吓断了七根②。

他的脸像纸一样苍白，
他按着肚皮喊疼，
歪来倒去，
谢绝了勐遮王的敬酒：

"我不幸惹着了魔鬼，
没有福气喝你这一杯美酒。
我怕命不长了，
请你让我回去吧。"

勐遮王摔掉那杯毒酒，
假笑着把景真王扶上马鞍。
他故意说着好听的话：
"你的病实在叫我不安。"

---

① 召片领：宣慰使。
② 傣族常说人有九根魂，三根是佛的，三根是父母的，三根是自己的。吓断七根即快要死了的意思。

七

勐遮王的阴谋落了空，
气得他脸青眼睛红，
气得他几夜睡不着，
气得他头昏肚子痛。

他每天苦苦盘算，
他连饭都咽不下，
他想不出一点办法，
他暗地召来了西纳巴塔玛。

巴塔玛见了勐遮王连忙跪下，
勐遮王见了巴塔玛嘻嘻哈哈。
两个坏人相会在一起，
两条毒蛇尾巴缠尾巴。

一个说："景真王不喝你的酒，
明明是看穿了你的计谋。"
一个说："我早就把他恨透，
就是没法割下他的头。"

巴塔玛的心比芒果尖尖还歪，
他出的主意个个都坏：
"撒网拿鱼不能快，
杀景真王得悄悄来。"

巴塔玛叫来了四个凶手，
四个凶手像四条大蟒。
勐遮王赏了他们黄金白银，
命令他们连夜去杀景真王。

八

景真王回到自己的宫殿，
天天坐卧不安。
他请来了众位头人，
共同商量对策。

调来了五百精兵，
命令他们日夜守城。
过往的行人都要盘问，
谁想通过城门，
要有景真王的命令。

夜深人静，
四个凶手来到了景真。
他们叽叽咕咕地商量，
就像夜里的猫头鹰。

四个凶手像四只老鼠，
沿着城墙寻找破洞。
可惜破洞早被封紧，
他们偷偷地摸到城东。

东门的卫士看见四个黑影，
早就料定不是好人。
卫兵都悄悄躲开，
故意放他们进城。

看见城门没有卫兵，
四个凶手特别高兴。
他们嘲笑景真愚蠢，
得意扬扬地闪进城门。

埋伏的卫兵大喝一声：
"你们来干什么？"
"我们来串姑娘。"
"串姑娘为什么不吹吹唱唱？"

四个凶手像哑巴一样，
四个凶手慌慌张张，
四个凶手回头就跑，
景真的卫兵立即放枪。

卫兵从四面围攻上去，
凶手把一个卫兵砍倒。
双方拔出刀来对砍，
展开了一场激烈的搏斗。

刀子碰得叮当响，

刀子碰得火星亮。
他们杀进了森林，
三个凶手终于丧命。

卫兵活捉了一个凶手，
凶手说出了实情。
仁慈的景真王饶了他的性命，
将他赶出景真边境。

九

猫头鹰叫了四个晚上，
勐遮王坐也不安睡也难眠。
派去的凶手像出洞的老鼠，
只见出去不见回还。

是不是发生了什么意外？
是不是遭了景真的杀害？
是不是四个家伙变了心？
把我的计谋向景真出卖？

勐遮王叫来了巴塔玛，
又来商量新办法。
巴塔玛讲了新的诡计，
勐遮王听了甚合心意。
他提笔写了一封急信，
派人连夜送往景真。

勐遮王又叫来了儿子和西纳，
他在众人面前说假话：
"我们派出了四名官差，
有要事去和景真商议。
他们深夜赶到了景真，
可怜都被景真王杀死。"

众西纳都信以为真，
个个气得发昏：

"短尾巴的猕猴妄想骑老象，
手指大的白鱼妄想吞大江。
景真王吃着黄瓜头嫌不够，
还想过来吃剁生肉①。

"莫非他想拿竹竿戳天？
连我们勐遮都看不上眼！
他简直是凶恶的豹子，
他简直是狠心的魔鬼！"

勐遮王又说：
"我给景真王发去了急信，
限他五天前来抵命。
如果他敢不来，
我们就出兵报仇雪恨！"

众西纳气得弹舌头②，
巴塔玛又火上添油：
"五天内景真王不来，
我们就烧毁他的宫廷，
我们就踏平他的景真！"

勐遮王要大家喝菩它水③，
要大家按手印赌咒：
"谁要泄漏了秘密，
灾难就要临头。"

勐遮王的话使王子感到害羞，
恶毒的阴谋使他发抖。
战争的暴风雨啊，
就要摧毁爱情与友好的金桥。

王子跪下向勐遮王求情：
"父王啊！我们两勐祖辈相亲，
两勐的百姓一向都幸福安宁。
千万不能因为四个兵丁，
把痛苦和不幸带给百姓。

"望父王多多谨慎，

---

① 剁生肉：将生肉剁碎，加上醋和香料制成的一道美味可口的菜。
② 弹舌头：愤怒时的一种表现。
③ 菩它水：在发誓前喝的一种用九种金属浸泡过的水。

不要轻易结下仇恨。
两勐相争像双刀对砍，
不是刀背受伤，
就是刀锋缺损……"

王子还没有说完，
巴塔玛就把他的话打断。
他跪在王子面前，
故意装作心酸。

"王子啊，
莫不是景真王把你收买？
莫不是景真的公主迷了你的心？
人家骑在我们头上，
你还甘心闭上眼睛。"

勐遮王也很气愤：
"这件事由我们老人来管，
用不着你担惊受怕。
我们有众多的兵丁，
还怕灭不了小小的景真？

"万一兵力不足，
我们还可以调动百姓。
看来你不是一个勇敢的王子，
只是一只胆小的猫头鹰。"

王子默默地走出宫廷，
森林发出愤怒的吼声。
他像一片枯黄的落叶，
不知无情的风沙将把他卷向何方。

漫天乌云遮住了月亮，
大地变得黯淡无光。
召罕拉暗自思量，
召罕拉独自悲伤。

"景真虽然是个小勐，
但他们从来没有过错。
为什么要出兵攻打他们？
为什么要给他们降下灾祸？

"难道我们的珠宝还不够多？

难道我们的牛马还不够肥？
难道我们的粮食还不够吃？
难道我们的宫殿还不够美？

"这场可怕的战争啊！
不知会有多少男人丧命，
不知会有多少女人守寡，
不知会有多少竹楼被烧毁，
不知会有多少田园被践踏。"

一阵阵冷风迎面吹，
路边的大树哭哭啼啼。
召罕拉感到万分难过，
他的良心受到折磨。

他慢慢地走回后宫，
他轻轻地推开房门，
他昏昏地倒在床上，
雄鸡早已唱过七遍。

他的心转了七十七转，
他含着眼泪对公主说：
"我的南慕罕啊，
大灾大难使我痛苦难言。

"父王就要派兵攻打景真，
他们要杀死你的父亲，
他们要烧毁景真的宫廷，
他们要征服景真的百姓。"

南慕罕像被老鹰叼起的小鸡，
只觉得天旋地转。
她的心好像插上十把尖刀，
她的心好像烈火燃烧。

她跪在丈夫面前，
眼泪打湿了衣襟：
"天啊，为什么这样无情？
为什么这样残忍？

"如果父亲真的有罪，
可以罚他珠宝金银，
可以罚他大象牛马，

为什么一定要杀人害命？

"不该降祸给两勐的百姓，
他们都是善良的人民。
他们从不拌嘴斗舌，
他们从没有结下仇恨。"

南慕罕像火塘边的蚂蚁，
在屋里焦急不定。
她担心年老的父亲，
她担心无辜的百姓。

她伤心，她痛苦，
她两腿发软扑倒在窗前：
"苍天啊，谁能把灾难的消息，
告诉我的父亲和百姓？"

她想找人传书送信，
又怕穿不过勐遮的重重兵丁。
她的心像在油锅里熬煎，
她两眼呆呆地望着山林。

朝霞已染红了景真的山冈，
公主还在凝神地眺望。
缕缕炊烟从竹楼上升起，
群群雀鸟飞过丛林，
独不见家乡的百姓，
独不见父王的士兵。

南慕罕望穿了两眼，
忽见树上吊着一个飘动的葫芦。
她高兴得连忙向天跪拜，
好像葫芦能替她消灾解难。

她小心地摘下葫芦，
轻轻把葫芦举过头顶，
然后画上仇杀的花纹，
再写上父亲的姓名。

南慕罕又提笔写信：
"我的父亲啊，善良的百姓！
勐遮的军队要来攻打景真，
灾难像洪水一样啊，

就要淹没你们的头顶。

"望你们小心提防，
不要让贪吃的乌鸦飞过城墙。
今后不管大事小事，
都要和大家多多商量。

"树木要成林，
才挡得住狂风暴雨；
大伙要齐心，
才抵得住凶恶的敌人。
望父亲禀告召片领，
请他快快把战火平息。"

公主把信装进了葫芦，
再把葫芦密密封紧。
她带着最知心的女伴，
借洗头来到了南卡河边。

清清的河水哗哗地淌，
南慕罕的心像河水一样激荡。
她对上天朝拜，
她对水神合掌：
"大火就要烧到我的家乡，
父亲和百姓将要无辜死亡。

"愿神灵保佑，
托百姓的福气，
让河水把葫芦漂到景真，
让父亲早日得到灾难的消息。"

她双手把葫芦捧起，
小心地把它放进水里，
又向天神拜了三拜，
然后散开乌黑的头发，
在河边慢慢地洗。

十

蒙蒙的大雾散开，
太阳已经出来。

188

一群漂亮的景真姑娘，
来到南卡河边洗澡。

河水清又亮，
水波闪银光。
在那碧绿的水草中间，
有一个花溜溜的东西在旋转。

远看好像一只小松鼠，
近看原来是个花葫芦。
姑娘们吵吵嚷嚷，
大家你争我抢。

叭迈扁勐①的女儿南香婉，
她是南慕罕小时候的女伴，
她劝大家不要吵嚷：
"这个花葫芦不平常，
应该拿给我父亲看看。"

叭迈扁勐看了葫芦上的花纹，
上面还写着景真王的姓名。
他难解其中的详情，
急忙把葫芦送往宫廷。

景真王拿着奇怪的葫芦，
仇杀的花纹使他大吃一惊：
"料不到勐遮王这样蛮横，
他还想把长刀插在我的宫廷！"

他忙传令擂鼓，
召集头人百姓。
他满腔愤怒，
当众读了公主的信。

他向头人和百姓说：
"勐遮是个大勐，
我们是个小勐，
他们要来攻打我们。
是让大象驮着布匹去投降，
还是拔出长刀抵抗？"

头人纷纷议论，
百姓愤愤不平：
"野蛮的勐遮王心太狠，
他要迫使两只老象相争。

"我们两勐一向互相尊敬，
为什么如今他们翻脸无情？
我们从来也没有亏待过他们，
为什么对我们无理出兵！

"我们指望两勐和睦相亲，
勐遮王却偏要发动战争。
人人都是吃饭长大，
难道他吃的是铁是金！

"我们的土地，
宁死也不让给仇敌！
我们的宫殿上，
绝不能升起勐遮王的旗！"

十一

五天的时间过去了，
勐遮王还不见景真王来到。
他命令巴塔玛和捧麻拉出征，
率领一千人去攻打景真。

士兵听说出征，
个个议论纷纷：
"勐与勐都有寨子相对，
象与象都有巨牙抵抗，
两个召勐打仗，
只有百姓遭殃。"

"我们是勐遮王手中的鸡蛋，
是死是活自己不能决定。
打仗只有士兵倒霉，
打仗只有士兵送命。"

---

① 叭迈扁勐：新任管理城市的官。

有的吓得浑身发抖，
生怕再也见不到自己的亲人；
有的一夜闭不上眼睛，
一心只想逃命。

深夜鸡叫时分，
野猫叫了三声，
战鼓敲了三下，
勐遮王宣布命令。

巴塔玛和捧麻拉领着大兵，
像一群恶蜂飞向景真。
两个西纳一路商量：
天亮前定要活捉景真王。

勐遮的首领和头人，
个个骄横透顶，
自以为会玩弄刀枪，
轻易就能打败景真。

天色刚刚透亮，
大雾一片迷茫。
他们偷偷摸摸，
来到景真北面。

景真士兵像生着猫头鹰的眼睛，
发现了远方敌人的踪影。
他们事先走进碉堡埋伏，
准备狠狠地打击敌兵。

勐遮的军队刚刚爬上山坡，
景真的士兵一齐开火。
勐遮的队伍乱作一团，
慌慌张张地东逃西窜。

有的跌在马下，
有的在地上乱爬；
有的被打断了手，
有的被砍掉了头。

巴塔玛眼看情况不好，
就想策马逃跑。
突然飞来一颗弹丸，

打碎了他的魔鬼头颅。

捧麻拉领兵继续进攻，
三番五次地往上冲。
景真的阵地比铁坚固，
勐遮的军队寸步难进。

勐遮的队伍乱成一团，
捧麻拉没有一点办法。
如果再继续攻打，
就会断送全部人马。

他想起巴塔玛的下场，
吓得胆战心惊。
他命令赶紧吹号，
他命令快快收兵。

他领着残兵败将，
回来禀告勐遮王：
"英明的王啊，
请饶恕我的死罪吧。

"景真到处筑起了碉堡，
景真四面布满了岗哨，
景真的刀枪密得像花蕊，
景真的城堡硬得像岩石。

"我们刚刚爬上山坡，
敌人就向我们开火。
从早晨战到傍晚，
我们的人马死了一半多。"

勐遮王听到失败的消息，
差点被活活气死。
他气得头昏脑涨，
他气得快要发狂：
"你们连小小景真都消灭不了，
叫我在世上丢尽了脸面。"

捧麻拉连忙回答：
"有福气的王啊，
宽恕我们吧！
景真越打越强，

我们越打越垮。

"我们还没有走进景真边境，
敌人早已守兵满城。
可怜的巴塔玛啊，
一出马就送掉老命。"

勐遮王像一筒竹炮，
气得青筋直冒；
勐遮王像一条疯狗，
气得大吼大叫：

"为什么敌兵早已布满城头？
一定是谁把秘密泄露！
我要查出这个奸细。
马上叫他人头落地！"

他传来了七个西纳，
一个一个审问追查：
"攻打景真只有你们事先知道，
是谁给敌人说了私话？

"你们走过些什么路？
你们见过些什么人？
你们说过些什么话？
你们为什么不回答？"

七个西纳吓得脸色苍白，
七个西纳吓得两眼发黑。
七个西纳回答得合情合理，
没有一个可以怀疑。

勐遮王瞪着两只大眼，
像老鹰寻找小鸡。
他迟疑了半天，
突然怀疑到宰乃①身上：

"肯定是那两个倒茶的宰乃，
那天商议他们去去来来。
肯定是他们泄漏了秘密，
肯定是他们把我出卖。"

他下令把宰乃绑进来：
"你们又蠢又笨，
胆敢把秘密告诉敌人！
如果还想活命，
快快从实招认。"

两个宰乃跪在地上，
向勐遮王拜了又拜：
"在我们头上的王啊，
请你宽恕我们吧！

"如果我们不合王的心意，
王随时可以把我们踩在脚底。
我们有福气的王啊，
千万不要把马笼头套在牛头上。

"你们那天开会商量，
我们半句也没听见。
就是听着了啊，
我们的舌头也不敢伸到外面。"

宰乃没有招认，
勐遮王下令加刑：
"给他们加上夹棍，
把他们狠狠地绑捆。"

使尽了所有的酷刑，
毒打的次数计算不清。
悲惨的哭声传遍了宫廷，
悲惨的哭声把王子震惊。

王子见到两个宰乃，
被打得遍身伤痕。
可怜啊，可怜！
他们都是无辜的人。

他为父亲的野蛮感到愤恨，
他为宰乃的痛苦感到伤心。
他痛恨自己来得太晚，

---

① 宰乃：宫廷中的男仆。

他痛恨父亲太残忍。

他挺身上前，
替宰乃松开了夹棍。
他压不住心头的怒火，
他压不住心头的气愤：
"是我泄露了秘密，
你们为什么要冤枉别人？"

勐遮王顿时变了脸色，
他拔出长刀鼓起眼睛：
"捆起这个畜生，
把他拖进竜林①！"

南慕罕听说王子受难，
她冲向勐遮王：
"是罪，我来承认，
是祸，我来担当！
赶快解开王子，
不许把他冤枉！

"你的心肠太毒太丑，
使我难以忍受。
我不忍父亲被你杀死，
我不忍百姓无辜受难，
更不忍景真遭到灭亡！

"是我把秘密传到景真，
是我把消息告诉父亲。
你们来捆我吧！
你们来杀我吧！
我宁愿死在你的刀下，
也不让你们把景真糟蹋！"

勐遮王命令卫兵：
"捆起这个罪恶的女人！"
南慕罕坚贞不屈，
勐遮王气得发昏。

十二

勐遮王召集了全勐头人，
宣布公主和王子的死刑：
"王法好比叭英，
谁也不能违抗。
他们泄漏了秘密，
叫我们大军打了败仗。

"不杀掉他们，
坏人更要逞能；
不杀掉他们，
会给全勐留下祸根！"

众头人默默相望，
谁都不敢开腔。
勐遮王命令在边界上挖下深坑，
要把这对无辜的人活活埋葬。

死亡就要来临，
他们依依不舍地告别乡亲：
"永别了，善良的百姓！
永别了，生养我们的土地！

"我们两勐紧紧相连，
本来都是宽阔自由的地方，
可惜我们生长在灾难的年头，
灾难已落在我们身上。

"永别了，百姓啊！
愿你们今后幸福平安，
愿你们躲开一切灾难。
只要你们过得亲切和睦，
我们纵死也不枉然。"

---

① 竜林：原始森林。傣族人死后都埋入竜林。各村有各村的竜林。

他俩祝福了所有的好人，
然后双双地离开了人间。
南边的土坑活埋了召罕拉，
北边的土坑活埋了南慕罕。

风在田野呜咽，
树叶纷纷落泪。
残暴的勐遮王啊，
杀死了一对美丽的黑天鹅。

十三

景真的士兵远远看见一群敌人，
他们赶快准备防御。
只见敌人在交界处停下，
从人群中推出了一男一女。

他们赶紧报告景真王，
景真王听了大吃一惊：
"莫不是我的女儿遭到不幸？
莫不是勐遮王要害她的性命？"

他命令头人和士兵前去搭救，
头人带兵冲到了边境。
只见两个黄色的坟堆，
公主和王子早已遭到杀害。

景真的头人，
景真的士兵，
个个伤心落泪，
个个气愤不平：

"你们杀害我们的公主，
你们活埋了一对年轻人。
我们发誓，
从今后再不跟你们通婚！

"让河里的礁石和香茅草做证，
除非茭瓜会结籽，
除非椰子树会长藤，
才能消除这场仇恨。"

景真的士兵马上发射火枪，
勐遮的士兵立刻抵抗。
召片领的使者正好赶到，
命令他们放下刀枪。

使者来到景真，
询问打仗的原因。
景真王眼泪滚滚，
双手捧出了葫芦信。

他把勐遮王的野心，
从头到尾说了一遍。
他请求使者为他报仇，
他请求使者为他雪恨。

使者明白了全盘真情，
他安慰了景真王，
他离开了景真，
来到了勐遮的宫廷。

看见召片领的使者到来，
勐遮王连忙跪倒朝拜：
"狠心的景真王，
他杀死了我们四个官差。

"是景真看不起我们勐遮，
我才派兵去同他们讲理。
可恨我们内部出了奸细，
原来就是我的媳妇和儿子。

"留下他们是个后患，
我才下令把他们活埋。
使者啊！
请原谅我一时糊涂。"

使者把全部真情摊出来，
勐遮王吓得目瞪口呆。
他伏在地上周身发抖，
结结巴巴地向使者求饶：

"我犯下了大罪，
都怪我黑了良心。

可怜可怜我吧，
饶了我这条老命！"

他拿出千两黄金和万两白银，
请使者饶恕他的罪行。
使者收下了金银，
把他教训了一顿：

"从今后要好好做人，
做事不要再贪心。
我将回去禀告召片领，

替你在他跟前求情。"

勐遮王想到自己做的丑事，
再没脸去见头人和百姓。
他心里万分懊悔，
想起那些金银他更伤心。

他受不住痛苦的折磨，
他永远无法安静。
他喝下一杯毒酒，
结束了自己的生命。

单行本，云南人民出版社 1959 年版
搜集者：云南民族民间文学西双版纳调查队
翻译者：陈贵培　刀文光（傣族）　刀向平（傣族）
　　　　刀新平（傣族）
整理者：冯寿轩　陈贵培　李良振　陆通林

附记（原《后记》）：

《葫芦信》是一部流传在西双版纳傣族人民中的叙事诗。据说这一事件发生在一百年以前的勐遮和景真地区。直到新中国成立后，每年傣历正月，景真的青年男女，还成群结队地拿着鲜花去公主和王子的坟上祭奠，以表示对他们忠贞的爱情、为反对不义战争而壮烈牺牲的敬仰和怀念。

《葫芦信》的搜集、翻译和整理，经过了一个比较长的过程。早在 1951 年，有的同志就了解到一些线索，从而引起大家的注意。1957 年 5 月，陈贵培和冯寿轩两同志到勐遮和景真进行了调查和搜集，记录了傣族同志口述的这部长诗。1958 年 9 月，云南省民族民间文学西双版纳调查队的王国祥和席兴昌等同志，又搜集到岩四同志所提供的一些资料。前后共搜集到十三份口述记录原始材料。

由于我们的水平有限，《葫芦信》的翻译和整理一定会有许多缺点和错误，希望同志们多多指正，以便我们进一步修改。

这部长诗的搜集、翻译和整理工作，是在党的亲切关怀下进行的，各级党委宣传部给了我们许多帮助和支持，谨在此一并致谢。

整理者
1959 年 7 月

三只鹦哥

画眉在阳光下唱歌，
猫头鹰在森林里窥视。
年轻人哟，
世上还有坏心肠的人，
不要闭着眼睛过日子。

一

在勐不那兰西地方，
坝子平坦得像蜻蜓的翅膀，
森林像千层篱笆围着坝子，
一丛丛竹林掩映着村庄。

坝子东头有一丛翠绿的竹子，
竹梢伸到竹楼的窗口上。
这里住着一户贫苦的人家，
整天像蜜蜂那样奔忙。

三颗明星落在朽烂的竹楼上，
贫苦人家有三个儿子——
摩罗门、摩柳和摩哄。

三兄弟长得英俊又坚强，
像熔化的金子闪闪发亮。

有人说摩罗门像朵莲花，
莲花却没有得过那么多赞赏；
有人把摩柳比作天神，
天神也不敢站在他身旁；
如果把宝石同摩哄放在一起，
宝石顿时会失去光芒。

棵棵翠竹根连着根，
三兄弟和贫苦乡邻想的是一样：
乡邻的忧愁三兄弟分担，
乡邻的欢乐三兄弟共享。

丛丛竹林向着太阳生长，
乡邻们都把三兄弟爱上。
众人有事就找三兄弟商量，
无事也到三兄弟的竹楼几趟。

千层篱笆隔不住董娥花①的芳香，
三兄弟的美名天下传扬，
远乡近邻人人把三兄弟称赞：
"他们是勐不那兰西的希望！"

一箩芒果有大小，
天下人的心不一样。
坏心肠的勐不那兰西国王，
对三兄弟的名声嫉恨得发狂。

勐不那兰西国王的鬼主意，

---

① 董娥花：一种在春天开放的花，香味浓烈。

比田里的黑蚂蟥还要多；
勐不那兰西国王的坏心肠，
比田埂上的黄蚂蟥还要狠。

国王召来了大臣，
翻着白眼珠把话讲：
"你们吃得像猪一样肥胖，
怎么把管理百姓的事遗忘？

"乱刺棵里飞出的野鸡，
决不会到竹楼里下蛋；
摩罗门兄弟吸引了百姓的心，
我怎么能稳当勐不那兰西国王？"

只要国王放个屁，
大臣闻着都说香。
大臣与国王是鸭子的巴掌，
他像条毒蛇爬进摩罗门家的门槛：

"你家的三个儿子不是好人，
整天串到寨子里东游西荡。
野树林里飞不出凤凰，
竹梢梢怎能做成扁担？

"国王要把三兄弟引上正道，
命令他们明天就去见国王。
这个地方归国王管辖，
谁敢违抗就会降临灾难。"

狂风吹过竹林一阵阵响，
国王的命令没人理睬。
田里的蛤蟆呱呱叫，
父子四人依旧把田耪。

国王见了气急败坏，
爬来爬去活像一只螃蟹。
螃蟹钳死了万朵花，
三兄弟被捆去毒打。

三兄弟被打得鼻青脸肿，
三兄弟被打得皮开肉绽，
三兄弟被打得死去活来，
三兄弟被打得不省人事。

金鸡叫了几十遍，
乌鸦飞了几十圈，
芭蕉见了直打哆嗦，
石头见了也冒泪花。

大青树不怕风吹雨打，
真金哪怕烈火烧；
三兄弟把眼泪往肚里吞下，
就是不肯向国王求饶。

摩罗门的舅舅来求情，
他给国王送了三挑礼品，
向国王讲了九罗锅好话，
把三个血淋淋的人背回家。

看着三只快咽气的小鸟，
竹林也难过得呜呜哀号。
爹爹的喉咙被悲愤阻塞，
妈妈心疼得在门前晕倒。

妈妈半晌才苏醒过来，
脸色苍白得像悲伤的月亮。
她的心已被刀剑砍碎，
她痛恨国王毒蛇般的心肠。

"我心上的三团金子哟，
难道是因为你们耀眼的光芒，
灾难才飞进我家的竹楼，
死神才敲打我家的门窗？

"你们走错了什么路，
竟碰上这恶煞神？
你们做错了什么事，
会遭受这样大的灾难？

"从瓜子在土里发芽，
到它爬到树头开花，
我每天都在盼哟，
盼着瓜儿赶快长大。

"胸前的三颗珍珠哟，
我时刻都用手去摸抚，

睡觉也在担心着呀，
醒来就要数一数。

"是哪里刮来的一阵狂风，
吹落了我心上的三朵鲜花？
是哪里冲来的一股恶水，
淹坏了三棵白生生的甘蔗？

"草棵里小兔敢撵老鹰，
穷人虽穷要报仇。
宝石一般的三只小鸟，
要把仇恨牢记心头！"

妈妈哭了又哭，
妈妈骂了又骂，
泪水滚滚流，
怒火胸中烧。

爹妈请来摩雅给儿子治伤，
摩雅对三兄弟无限怜惜。
他敷上草药又念神咒，
说七天后三兄弟就能行走。

摩雅治伤果然有方，
七天后三兄弟就恢复原样。
他们还是那么英俊，
他们还是那么坚强。

摩罗门同两兄弟悄悄商量：
"水和火在不得一起，
暴风雨不让鲜花开放，
小鸡遇到老鹰一定遭殃。

"勐不那兰西的坝子虽然宽广，
却没有我们三兄弟立脚的地方。
快到远方去学好本领寻找幸福，
练硬了翅膀再回家乡。"

摩柳听了连连称赞：
"栖息在河边的大雁，
喜欢在蓝天展翅飞翔；
幸福要靠自己去寻找，
我们不怕高山大河阻挡。"

摩哄赞成哥哥的主张：
"干涸了的水潭哟，
终究会被洪水填满；
国王欠下的血债啊，
总有一天要他赔偿！

"我们夜里悄悄地走，
千万别惊动了那条恶狼。
这桩心事却要告诉爹娘，
不然他们的心会枯干。"

爹妈听说小鸟就要飞翔，
心里有说不出的悲伤。
妈妈把儿子搂在怀里，
眼泪不禁簌簌地流淌。

爹爹抱出了衣服和刀枪，
妈妈包好了盐巴和糯米饭，
他们要远行的儿子，
把爹妈的话牢记心上：

"从远方飞来过冬的大雁，
天气暖和了就飞回家乡；
你们就是走到天涯海角，
也不要忘记年老的爹娘。"

二

三兄弟趁着黑夜出了门，
绕过了坝子爬上了山冈，
穿过茂密的参天古树林，
再也看不见家乡的楼房。

才出土的笋子已长成嫩竹，
日子快得像离弦的箭。
一天，三兄弟翻过了一座高山，
突然闪出一座金碧辉煌的宫殿。

巍峨的宫殿望不到顶，
一道道金光在闪亮。

宫殿旁有一塘碧蓝的水，
鲜艳的荷花在水中摇晃。

三兄弟的心头一阵舒畅，
心上的忧愁早已烟消云散。
他们急忙朝宫殿走去，
就像被宝石吸引一样。

宫殿幽静又堂皇，
五彩的画柱、玉雕的栋梁，
金龙和玉凤装饰着门窗，
门窗里飘送出阵阵芳香。

"谁住的宫殿这么奇妙？
到底是人间还是天上？
宫殿的主人是神仙还是妖怪？
我们到这里是幸运还是祸殃？"

三兄弟不想再往前赶路，
好奇地在宫殿前流连观赏。
宫殿里忽然透出一道亮光，
里面走出一个漂亮的姑娘。

三兄弟定睛细细观看，
她的腰肢像柳条一样柔软，
身材苗条得像凤尾竹一般，
眼睛就像星星倒映在水潭。

原来这里住着魔王的女儿①，
公主远离父母住在这个地方。
她年纪轻轻，美貌非凡，
独自在这里度着时光。

公主魔力无边，神通广大，
心肠却像麂子一样纯洁善良。
她常到塘边观赏荷花，
也常乘风遨游在天上。

公主今日刚从天上回到宫里，
料不到有人上门叫喊。

她想若是坏人就不放过，
是好人就要招待酒饭。

看见三兄弟公主吃了一惊，
世上竟有这么英俊的青年，
莲花不及他们迷人，
银子没有他们耀眼。

公主忙把三兄弟请进宫殿，
仔细将三兄弟的来历问明。
三兄弟诉说了自己的遭遇，
激起了公主的无限同情。

公主取出好菜和好酒，
挽留三兄弟住下不走：
"我家里有吃又有穿，
包你们一辈子无忧无愁。

"我的宫殿这么宽敞，
屋顶紧接着天上；
我的宫殿里没有黑夜，
九颗宝珠比太阳还亮。"

公主整天忙着照顾客人，
再没有心思去游山玩水。
看着宝石般的三兄弟哟，
仿佛宫殿也变得暗淡。

三兄弟天天吃吃玩玩，
渐渐觉得生活无聊平淡。
他们一心想着要学本领，
商量着告别主人去远方。

有一天，摩哄突然发现，
公主一跃身就飞到天上。
三兄弟怀疑主人是妖怪，
再不走难免要遭殃。

忧虑和恐惧像一条小蛇，
咬得三兄弟的心不得安宁。

---

① 在金平、德宏等地流传的《三只鹦哥》中，都讲三兄弟遇到了女妖或魔王的女儿，并得到帮助。在傣族一些民间作品中，魔王的女儿往往既美丽，又善良。

他们匆匆带上随身衣物，
趁主人外出时逃出宫殿。

公主回宫后又气又急，
一阵风追上了三兄弟：
"我对你们像待贵客，
你们为什么不辞而别？

"我心爱的三颗宝石，
你们为什么要离开这里？
是宫殿里的泉水不甜，
还是这里的鲜花不美丽？"

摩罗门开口就喊姐姐：
"你的心像白绸一样纯洁，
你对我们的真情啊，
永远珍藏在我们心底。

"喝过了宫殿里的泉水，
我们的意志更加坚定；
闻过了宫殿里的花香，
我们的心会更加纯洁。

"雄鹰飞过重重高山，
是被湛蓝的天空吸引；
我们离开家乡路过这里，
是为了去远方学好本领。

"我们发誓要走遍天下，
去把爱情和幸福找寻。
找不到幸福啊，
我们决不甘心！"

公主挽留不住三兄弟，
心里感到无限惋惜：
"你们要离开这里，
我像丢失了无瑕的美玉！

"只是前面的路哟，
到处是险山恶水，
莽莽森林难辨南北东西，
豺狼虎豹成群结队。

"幸福的花朵哟，
开放在遥远的坝子里，
只怕你们才走到半路，
就会像冬天的小草一样死去。"

摩罗门说："姐姐的好心劝告，
我们一辈子也忘不了，
只是我们的决心啊，
就像宝刀出了鞘。"

摩柳说："练翅的小鸟爱高飞，
风吹雨打也头不回；
心像大海一样宽广的姐姐，
求你给我们一番指点！"

摩哄拉着公主的手：
"姐姐呀，你的法术无边，
快教给我们一点本领，
让我们把天下走遍！"

三兄弟苦苦哀求，
像波涛拍打着公主的心灵。
她愣了半天说不出话，
泪水已模糊了她的眼睛。

公主钦佩三兄弟意志坚定，
也为三兄弟的前程担心。
为了满足三兄弟的心愿，
她决心帮助三兄弟远行。

公主抽出长长的宝刀，
将它佩在摩罗门身上；
又教给三兄弟"吹功"，
让死去的人能够复活。

公主最后取出九根金线，
搓成三根细细的金绳，
她念动口诀把金绳套上三兄弟的脖子，
三兄弟立刻变成了三只鹦哥。

公主揩干了眼泪，
向三只鹦哥祝福：
"高高地飞翔吧，

三只美丽的鹦哥。

"豺狼虎豹再也伤害不了你们，
险山恶水也不能将你们拦阻。
亲爱的弟弟哟，
愿你们早日找到幸福！"

翡翠般的羽毛，红红的嘴巴，
淡红的胸脯像蓝天上的一朵红云。
三只鹦哥绕着公主不停飞舞，
感激的话语发自内心：

"才出土的青笋子，
没有你纯洁明净；
天上闪烁的星星，
不能像你那样放射光明。

"姐姐哟，你是我们心里的花，
永远散发着馨香；
你是天上的月亮，
永远会将我们陪伴。"

三

三只鹦哥在天上飞行，
飘飘荡荡，飞飞歇歇，
高飞和白云打滚嬉戏，
低飞和燕子娓娓细语。

"我们从来没有这么快乐，
蓝蓝的天空多么美丽！"
三兄弟在天空赞不绝口，
一天飞到了勐花董的属地。

这里的国王有个女儿，
名声像天池的莲花一样芳香。
公主的名字叫模芳，
长得恬静又端庄。

国王在王宫的花园里，
为公主盖了一座楼房。

数不清的花果围着高楼，
住在高楼里难分人间天上。

公主每天都去看望爹娘，
平时就同陪伴的姑娘赏花歌唱。
日子天天都如此度过，
公主渐渐感到意乱心烦。

三只鹦哥飞到花园上空，
只见百花盛开瑰丽璀璨，
芒果、牛肚子果一串串，
一棵棵果树累弯了腰杆。

三只鹦哥落在一棵果树上，
心儿像盛开的花朵一般。
它们用嘴梳理着漂亮的羽毛，
欢乐地在枝头跳跃歌唱。

守园子的老妈妈来树下乘凉，
抬头看见三只美丽的鹦哥。
她忙向鹦哥抬手又呼唤，
鹦哥也在扇动着翅膀。

老妈妈急忙跑去报告国王：
"花园有三只鹦哥美丽非凡。
公主整天感到寂寞，
何不派人捉来给她做伴？"

国王立即派来了猎手，
用马尾鬃和丝线做成套头。
摩罗门飞来吃套头上的食物，
翅膀被紧紧套住无法逃走。

摩罗门急忙朝空中大喊：
"弟兄们，快飞走，
你们千万不要再上圈套，
今后的事要仔细商量。"

两兄弟不停地哀叫，
飞来飞去到处乱转。
他俩看着哥哥被装进金丝笼，
又被猎人送往王宫。

国王见到鹦哥心头大喜，
赏了猎人又召来模芳：
"收下吧，我心爱的女儿，
灵巧的鹦哥会给你做伴。"

彩霞飞落在公主的脸上，
她忙把鹦哥挂在高楼的栏杆。
她天天给鹦哥梳理羽毛，
顿顿喂它饱满的谷子。

一天，公主翻弄鹦哥的羽毛，
发现它颈上拴着一根金绳。
她刚刚动手把金绳解开，
眼前突然站着一个英俊的青年。

公主好像身在梦境，
又惊又怕看得痴痴呆呆，
忙问他是天神还是妖怪，
为什么飞到王宫里来？

"蜜蜂喜爱的鲜花啊，
我不是神仙也不是妖怪。
你别用疑惑的眼光看我，
不要害怕得往屋里躲开。

"勐不那兰西住着我的爹娘，
在那里我被狠心的国王打伤。
我像一只没有羽毛的小鸟，
失去了温暖和欢畅。

"才出土的笋尖尖，
就得到春雨的滋润；
我离开家乡来到这里，
就遇见缅桂花一样的姑娘。"

摩罗门细说了来历，
公主听了暗暗欢喜。
他俩在楼上问问答答，
两颗心从此贴在一起。

王宫里开放了两朵红花，
宫墙外两条溪水在一处会聚；
白天，鹦哥在栏杆上唱歌，

深夜，一对情人在月光下私语。

公主从此不再去看望爹娘，
也不愿同姑娘们去赶摆。
她时刻伴随着摩罗门，
就像针离不开线。

国王和王后多日不见女儿，
心中不免产生了猜疑。
他们派人召来公主，
公主也担心着泄露天机。

王后见女儿神色慌张，
猜疑像一团解不开的麻线：
"儿女的心事要告诉爹妈，
切莫让旁人说长道短。"

公主害羞得低下了头，
仿佛红霞落在脸上。
王后看出女儿已有情人，
可是不知道他住在何方。

公主有一个聪明的妹妹，
天天生活在爹妈身边。
她在爹妈面前夸下海口，
一定将姐姐的心事揭穿。

妹妹捧着糖粑粑和水果，
来到姐姐住的高楼上。
她说一个窝的小鸟离别多日，
有许多心头的话要对姐姐讲。

她问姐姐为何不去看望爹娘，
究竟有什么事在心底埋藏。
妹妹的话语打动了模芳的心，
她不愿再把真情向妹妹隐瞒。

"我就像在做梦一般，
爱神已降临在我的楼房。
爹爹送我的那只鹦哥，
会变成小伙子模样。"

妹妹急得摇首顿足，

201

责备姐姐不该相信世上会有这样的事情；
模芳便取来鹦哥，
解开金绳让它现出人形。

妹妹不相信自己的眼睛，
天神怎么来到姐姐的高楼？
她急忙躲到姐姐身后，
半晌还伸着舌头。

"美丽如花的妹妹哟，
藕芽又细又嫩，
藕根又白又甜，
放在你面前也不新鲜。

"我是路边的一丛竹子，
经受过雨淋和日晒；
我是地上的一个凡人，
承受过父母的恩爱。

"一个好心的姐姐，
让我变成鹦哥飞到这里。
我和你的姐姐哟，
已经真心相爱。"

妹妹为姐姐乐开了怀，
急忙向爹妈报告这桩喜事。
她说小伙子像天神一样的漂亮，
他和姐姐是两朵莲花并蒂开。

国王说这是天缘巧合，
王后相信小伙子就是天神。
国王决定让女儿和小伙子成亲，
下令全国赶摆欢庆。

大臣令人敲响大鼓，
乐师舞女齐聚王宫，
丁和竹笛一齐鸣奏，
象脚鼓声响咚咚。

屋顶上旋转着五颜六色的小伞，
路旁的五彩旗簇拥着条条金龙，
鲜艳的董娥花遍地开放，
长幡条在空中迎风摆动。

各个寨子的人群像潮水涌进城里，
城里的人全都挤到街上，
有人骑着马，有人骑着象，
姑娘提花灯，商人挑货担。

勐花董像一锅煮沸了的水，
锣鼓喧天，鞭炮齐放，
唱歌跳舞的精神抖擞，
打拳比武的拍着胸膛。

国王见百姓已经齐聚，
便令人来将蜡条插上。
待把一束谷花装好，
大臣便去请新郎新娘。

摩罗门和公主换上了新装，
佩着宝刀的摩罗门气宇轩昂。
高楼里走出一对新人，
就像两朵莲花漂荡在水面上。

无数的鲜花在空中摇晃，
千万双眼睛将两朵莲花盯上。
欢乐的人群高声叫喊，
人们脱下了项圈、银链，
还夹着耳环和珠宝，
一齐投向摩罗门和模芳。

有人把眼睛看花了抹抹又看，
有人伸长了脖子闪坏了腰杆；
有的人看得忘了嚼嘴里的槟榔，
有的人干脆跟着新人往前赶。

有人说勐不那兰西青年实在漂亮，
这样的女婿会给勐花董带来荣光；
有人说他俩是天神和仙女下凡，
这样的美满夫妻实在是举世无双。

国王见到女婿这样英俊，
心里就像吃着蜜糖。
他走下台阶迎接一对新人，
宣布这对情人当众成亲。

这时象脚鼓又咚咚敲响，
欢声雷动，旌旗飘扬，
人们欢呼着向新人撒米花祝贺，
就像春雷在大地上滚动一样。

国王和王后也向新人泼水，
祝他俩的幸福同天地久长。
国王送给女婿一只海螺，
还加上玉杯、银碗和金盘。

一对新人被香水洒透，
勐花董满城飘送着芳香。
一个大臣在念着祝词，
愿快乐永远做新人的侣伴。

从此摩罗门和公主形影不离，
他俩的日子甜似蜜。
一天，摩罗门一觉醒来，
忽然泪流满面长吁短叹。

公主忙问他有什么心事，
摩罗门说梦中见到两个兄弟：
"我们同甘共苦从不分离，
如今不知道他们在哪里。"

公主把这件事报告了国王，
国王下令到花园里找寻。
摩罗门和公主刚走进园里，
只见两只鹦哥飞落在果树上。

"如果你们是我的弟弟，
就快飞到我的手里。"
摩罗门刚举起双手，
两只鹦哥就朝他飞去。

两只鹦哥落在摩罗门手上，
高兴地不住拍打翅膀，
摩罗门把两只鹦哥颈上的金绳解开，
摩柳、摩哄就突然出现在身旁。

众人见了目瞪口呆，

———————————
① 莫达拉：传说中的一个地名。

三兄弟紧紧抱住不分开。
人们欢呼着向三兄弟祝福，
国王也欢迎摩柳、摩哄的到来。

四

雄鹰不飞到山顶，
决不会合上翅膀；
摩柳和摩哄要继续寻找幸福，
告别哥嫂要奔向远方。

摩罗门给两个兄弟拴上金绳，
他俩又变成了一对鹦哥。
两兄弟飞向蔚蓝的天空展翅翱翔，
微风吹送着百花的芳香。

小鸟在树梢啼鸣，
孔雀在林中开屏，
它们陪伴着两兄弟，
在深山密林上空飞行。

两兄弟飞到莫达拉①地方，
日落时停在一个寨子旁，
只见芒果和芭蕉围着竹楼，
一簇簇石榴花开得红艳艳。

他俩互相用嘴解开颈上金绳现出人形，
走到一位老妈妈住的竹楼前。
"好心肠的大妈哟，
借你家的竹楼住几天。"

老妈妈摇摇晃晃转过身子，
慈祥的面孔上布满皱纹。
她眨巴着昏花的眼睛，
话语就像泉水一般甜：

"两只精灵的小金鹿，
是在森林里迷了路？

你们的爹娘在何方？
为什么找我这破烂的竹楼寄住？"

"勐不那兰西是我们的家乡，
在那里住着慈爱的爹娘。
有条毒蛇爬进温暖的竹楼，
使我们失去了栖身的地方。

"没有窝的小鸟，
冬天就会冻僵；
善良的老妈妈哟，
快把我们收养。"

老妈妈抚摸着两兄弟，
可怜他俩年幼飘零：
"住在我的竹楼上吧，
穷人喜欢与穷人认亲。"

九个缅瓜一根藤，
老妈妈待两兄弟比儿子还亲。
两兄弟的桩桩心事，
老妈妈件件关心。

听说城里出了一件奇事，
老妈妈感到胆战心惊。
她要两兄弟少出寨子，
免得灾难又要降临。

原来莫达拉的国王是个昏君，
他从没办过一件好事情。
大臣们摸透了国王的脾气，
办事只随国王的高兴。

莫达拉国王有个女儿，
纳哈龙就是她的芳名。
只因公主像粉团花一样迷人，
吸引了邻近各国王子的心。

各国的王子都争先恐后来求亲，
像千只粉蝶围着一朵鲜花飞舞不停。
究竟许给哪国的王子合适，
莫达拉国王自己无法决定。

求婚的人络绎不绝，
王宫前摆满了车辆和象亭。
国王召来所有的大臣，
要听听谁的主意合自己的心。

"谁能解决这场纷争，
一定加官重赏！"
有个大臣自告奋勇，
担保一切由他来办。

大臣找来一个有魔法的人，
他的名字叫打嘎惜腊。
这人擅用稻草仿造真人，
让人见了难分真假。

只要打嘎惜腊吹一口气，
世上的一切都会变成石头。
稻草人能将众人哄骗，
一被稻草人哄骗就无法逃走。

打嘎惜腊做出了一个稻草人，
就同真的纳哈龙一个模样——
黑黑的头发用不着首饰，
圆圆的脸蛋用不着打扮。

又白又嫩的藕，
没有她的肤色好看；
破蕾初开的粉团花，
没有她这样芳香。

老年人见了互相交头接耳：
"我走过数不清的地方，
从来没有见过这样美丽的姑娘。"
青年人见了个个倾慕向往：
"我串过许多寨子，
谁也没有纳哈龙漂亮。"

鲜花一样的姑娘啊，
谁不想摘来插在心上；
好花要有绿叶扶持啊，
王子们看了个个心头发痒。

国王高兴地向众王子宣告：

"求婚要先试本领——
谁能够抬起稻草人，
就让他同纳哈龙成亲。"

王子们听了一个个笑趔了嘴，
心里像嚼槟榔一样舒畅。
"轻轻巧巧的稻草人，
抬它几次也很简单。"

国王专门盖了一幢房子，
将稻草人往屋里停放，
求婚的来了就先进屋，
试试本领高强不高强。

王子们痴迷得不辨真假，
总把稻草人当作纳哈龙。
他们个个如痴如呆，
恨不得把稻草人搬到自己的宫廷。

躲在稻草人身后的打嘎惜腊，
悄悄向稻草人吹了一口气，
稻草人霎时变成石头人，
王子们使尽力气也抬不起。

打嘎惜腊又吹了一口气，
一个个王子立即昏迷过去。
他们都变成了石头人，
东倒西歪睡了一地。

老妈妈告诫摩柳两兄弟，
千万别被国王欺哄：
"纳哈龙就像天上的星星，
看得见就是摘不到手中。"

摩柳听了不由得火冒三丈高，
决心去戳穿国王的诡计。
他不相信打嘎惜腊的魔法，
就像不相信小鸡会把人啄伤。

摩柳来到停放稻草人的屋里，
径自朝稻草人走去。
他刚想一把推倒稻草人，
只感到一阵昏眩便跌倒在地……

老妈妈和摩哄四处找寻，
再也见不到摩柳的踪影。
摩哄来到摆稻草人的屋里，
只见哥哥已丢了性命。

不救活哥哥哟，
怎对得起父母哟！
摩哄急中生智想起了"吹功"，
不妨试试看它灵不灵。

他抓起一把灰吹了一口气，
让灰慢慢飘洒到哥哥身上。
只见哥哥渐渐苏醒，
比以前显得更漂亮。

摩哄把灰吹到稻草人和众王子身上，
只见稻草人现出了原形，
王子们一个个睁开了眼睛，
半晌才弄清是回什么事情。

打嘎惜腊一看事情不妙，
急忙夺门逃之夭夭。
他向大臣报告了实情，
说摩哄的本领实在高。

众王子跑过来围着摩哄，
大家对他感激涕零：
"我们是各国的王子，
人数正好一百零一名。

"纳哈龙的容貌使我们迷恋，
才来向莫达拉国王求亲。
谁知国王的心肠太坏，
用稻草人设计将我们暗害。
全靠哥哥救了我们，
哥哥的恩情深似海。"

摩柳兄弟俩心里燃起火焰，
把心头的话告诉王子们：
"小心路上盘着的毒蛇，
绝不能让它再咬人；
莫达拉国王设计害人，

我们发誓要将他严惩!"

王子们听了摩柳兄弟俩的话,
都愿与两兄弟饮酒订盟。
他们与摩柳、摩哄结拜为兄弟,
诚心服从摩柳兄弟俩的率领。

摩柳两兄弟和众王子要报仇的消息,
像一阵旋风刮进了宫廷。
国王急得像热锅上的蚂蚁,
有的大臣已在准备逃命。

莫达拉国王全没了主意,
急忙召来众大臣商议:
"要打,我们怎样才能打赢?
不打,怎样才能把这场纠纷平息?"

一个德高望重的老臣,
讲出了深思熟虑的话语:
"打仗会烧毁宫廷,
也会伤害无辜的百姓。
不如与摩柳兄弟讲和修好,
让纳哈龙公主同摩柳成亲。"

国王听了坚决不答应,
他厉声将老臣斥训:
"高贵的公主怎能嫁给穷百姓?
我不相信摩柳两兄弟有什么本领!
我们打输了纳哈龙就许给他,
我们打赢了就抓他来偿命!"

事情就这么决定,
国王命令各个寨子:
"要准备像树叶一样多的粮草,
要挑像牛一样强壮的兵丁。"

双方摆好了阵势,
天空布满了乌云;
战鼓咚咚响,
天地也惊心。

将对将,兵对兵,
一片刀光剑影。

一连厮杀几天不停,
双方死伤无数兵丁。

摩柳他们越战越勇,
莫达拉国王胆战心惊;
两兄弟的队伍兵强马壮,
莫达拉国王连吃败仗。

莫达拉国王的兵越来越少,
摩柳兄弟让死了的兵丁又复活。
眼看灾难就要临头,
莫达拉国王急得似火烧眉毛。

莫达拉国王想上天恨无翅膀,
莫达拉国王想入地怨无地缝。
他只得率领残兵败将投降,
愿将女儿纳哈龙献上。

两兄弟惩罚了恶人,
要莫达拉国王改恶从善。
战争中百姓的损失,
两兄弟要国王如数赔偿。

摩柳请来了各国使者,
召集了全国的兵丁百姓,
一起欢乐地赶摆,
祈求丰收的来临。

趁着这个吉日良辰,
当着各国使者和全国百姓,
摩柳和纳哈龙啊,
欢欢喜喜成亲。

公主纳哈龙啊,
早已对勇敢的摩柳倾心。
公主见到英俊的摩柳,
高兴得像孔雀见到了森林。

少年英俊的摩柳,
满面容光焕发;
像孔雀一样的纳哈龙,
头上戴满鲜花。

赶摆的人越跳越起劲，
从太阳升跳到月儿明。
他们簇拥着摩柳和公主，
激情的赞歌唱不尽：

"愿你们的爱情哟，
像四季的鲜花永不凋谢，
像山箐的泉水永不枯竭，
像大青树那样永远常青。

"贤明公正的摩柳啊，
你是夏天的清风，
你是闪耀在天空的明星，
愿你给莫达拉带来福气！"

五

三朵鲜花开放了两朵，
第三朵会开放得更鲜艳！
摩哄一人又要远行，
他决心把天涯海角走遍。

翻过山梁，跨过深箐，
穿过坝子，涉过小溪，
太阳也落在摩哄后面，
星星惊讶得眨巴着眼睛。

在遥远的打那太国家，
到处是开不败的鲜花。
国王的女儿霞茶诺，
长得美丽又聪明。

伶俐的公主霞茶诺，
像颗明珠挂在爹妈心上。
她的歌喉像画眉那样婉转，
她的智慧像星星一样闪光。

远近都知道霞茶诺的美名，
许多国家的王子都来求亲。
爹妈舍不得女儿离开，
对谁都没有答应。

求亲的人表现得非常坚定，
多次遭拒绝后仍不灰心。
国王耐心对他们劝导，
他们就是不听。

纠缠使人烦恼，
阿谀令人恶心。
公主听到求亲头就疼，
从此患了头疼的病。

国王虽然找来了全国的摩雅，
就是治不好霞茶诺的病；
王后天天赕佛祈祷，
偏偏一点儿也不灵。

为了避开求亲人的纠缠，
国王想出了一个主意。
他找来一些能干的木匠，
到深山里为女儿建造了一座高楼。

高楼只用一根独柱，
从头到脚共分七层。
猎人从来没有到过这里，
虎豹来了也进不了楼门。

国王担心女儿寂寞孤单，
派许多姑娘将女儿陪伴。
可是公主霞茶诺啊，
不愿离开年老的爹娘。

一节藕根切成两半，
千丝万缕连着心；
公主的一颗心啊，
像结在墙头的瓜左右摇晃。

王后猜透了女儿的心事，
催促女儿快去深山：
"但愿高楼把病魔挡在门外，
女儿早日回来侍候爹娘。"

小鸟听从妈妈的呼唤，
霞茶诺把母亲的话记在心上。

她同姑娘们一道离开宫廷，
从此住在深山密林。

这里遍地是奇花异草，
树林里有各种各样的小鸟，
微风吹送着醉人的芳香，
小兔和金鹿在追逐嬉闹。

公主最喜爱鲜艳的花朵，
姑娘们就采来千束万朵。
只要公主高兴啊，
她们不怕走遍山顶林角。

一转眼三个月过去，
公主的日子过得欢欢乐乐。
阵阵凉风从心头吹过，
画眉又舒展歌喉唱歌。

摩哄走路昼夜不停，
就像春风吹动行云。
摩哄来到了打那太地方，
向着茂密的森林前进。

密林中突然窜出一只小兔，
跳来跳去十分机灵。
摩哄立即向前追赶，
小兔奔跑躲藏时现时隐。

摩哄追到太阳落山，
小兔早已无踪无影。
摩哄力乏肚又饿，
停下把食物找寻。

只见满山的果树上串串甜果，
一簇簇鲜花遍地开放，
五彩缤纷的花果山啊，
引得摩哄放声歌唱：

"缅桂花开放十里香，
为寻找幸福来到远方。
离别了父母和兄弟，
只有鲜艳的花朵来做伴。

"好花开过要结好果哟，
幸福的花朵会插到心上；
蜜蜂远飞是为了采蜜，
我的歌哟要飞到远方。"

山幽树林静，
歌声传四方。
摩哄的歌声美妙又多情，
飞到了霞茶诺的耳畔。

霞茶诺的心啊，
已被歌声吸引，
她想知道是谁在唱歌，
打破了这深山的寂静。

"像画眉一样会唱歌的人哟，
你是远方来的猎手，
还是一只流浪的孤雁？
为什么来到深山停留？

"这里没有麂子，
这里不通大路，
快快离开深山吧，
离群的大雁会迷途。"

动人的歌声像飘动的彩云，
摩哄的心怦怦儿跳。
他请彩云为自己引路，
决心将好心的姑娘找寻。

眼前突然出现一片彩霞，
遍地是五颜六色的鲜花。
摩哄感到眼花缭乱，
只见一座高楼耸入云端。

"彩霞一样的姑娘哟，
你的歌声像迷人的醇酒。
我不是打猎也不是流浪，
只为把幸福的花儿寻求。

"缅桂花一样的姑娘哟，
为什么隔起了千堵围墙？
微风吹在你的脸上，

我也闻到了芳香。

"美丽的鲜花在园里开放，
却不知道谁是园子的主人。
园子是不是已有人保护？
我只能站在园外呆呆张望！

"姑娘哟，你是一颗绿宝石，
从天上落到人间，
是已被别人放在匣内珍藏，
我为什么不能见到你的容颜？

"姑娘哟，你是一颗星星，
紧紧跟随着月亮；
我有心将星星摘下啊，
无奈隔着人间天上！"

月亮和星星，
爬到山顶上，
它们睁大了眼睛，
聆听这深情的歌唱。

鲜花的幽香使人陶醉，
采不到鲜花令人焦心；
摩哄倾吐了真情，
等着姑娘的回应。

"像鹦哥一样精灵的人哟，
你的歌声像清泉在山谷里流淌，
我却像一只愚笨的箐鸡，
不能像你那样歌唱。

"我是打那太国王的女儿，
为躲避求婚的人才来到深山。
你快往前边的坝子里走吧，
那里的姑娘都像鲜花一样！"

"妹妹哟，大雁飞千里，
最后落在河滩上；
我走遍了天涯海角，
今天才找到心爱的姑娘。

"如果宝石还没有宝盒，

我愿变做金宝盒将你罩上。
可是宝石夺目的光芒，
却不能让我看一看。

"你是一朵开在崖子上的鲜花，
我愿变做篱笆将你围上。
可是耀眼的鲜花高悬枝头，
我却不能摘来插在心上。

"妹妹哟，我是一只高大的象，
却没有金象亭罩在背上；
我像一匹日行千里的马，
却缺少一副漂亮的金鞍。

"我像一塘清汪汪的水，
塘里却没有荷花漂荡；
我像河底的一块石头，
河水却不能带着我流淌。"

从心底涌出的歌哟，
嵌进了霞茶诺的心里。
高楼上出现了一个人影，
宛如一株凤尾竹在微风里摇曳。

"鹦哥的话哟，
像甘露滴进了我的心里；
画眉的歌哟，
像清风把心头的忧愁吹散。

"能说会道的哥哥哟，
你从哪里来？
又要去何方？
请你细细讲。"

"孔雀展开五彩的翎羽，
为的是炫耀自己的美丽；
画眉转动婉转的歌喉，
为的是寻找知音和伴侣。

"我来自遥远的勐不那兰西，
为找寻幸福才到这里。
是吉祥的彩云为我引路，
才找到我心爱的姑娘。

"妹妹哟，你是一只金凤凰，
却被千条藤子捆绑。
如果你只爱一颗宝石，
就挣断藤子展翅飞翔。
我会变做一只小鸟，
同你一起飞往天上。"

"哥哥讲给我的话哟，
像橄榄含在嘴里，
越嚼回味越甜在心上；
哥哥对我的情意哟，
像金子一样珍贵，
永远闪耀着光芒。

"我和哥哥的爱情哟，
像月亮一样纯洁，
像岩石一样坚硬。
如果哥哥是一棵大树，
我愿做一只小雀，
永远栖息在树上。

"亲爱的哥哥哟，
快进楼来歇歇脚。
我的楼梯别人还没有踩过，
雕花的楼梯专等哥哥来踩；
我的楼门别人还没有开过，
紧闭的楼门专等哥哥来开。"

霞茶诺见到了摩哄，
一对幸福的小鸟飞到天空；
她同摩哄在一起哟，
头疼病早已无影无踪。

摩哄摘下一枚戒指，
轻轻地戴在公主手上；
公主也取下一件首饰，
将一片真情向摩哄吐露。

鱼儿游进水里，
月亮陪伴星星，
两个纯洁的年轻人，
从此心心相印。

六

远飞的小鸟要回窝，
摩哄没有忘记爹妈的嘱托。
他挂念着勐不那兰西的乡邻，
担心国王给他们带来灾祸。

摩哄向公主讲了自己的心事，
公主又是不舍又是同情。
她含着眼泪向摩哄道别，
让摩哄带走一颗赤诚的心。

摩哄又变成了一只鹦哥，
飞到莫达拉找到了摩柳。
两兄弟又飞到了勐花董，
把心事向摩罗门细说。

三只鹦哥飞上了回家乡的路，
掠过高山，穿过云雾。
他们惦记着家乡的百姓，
巴望着早日见到可怜的父母。

在摩罗门兄弟的家乡，
百姓正在遭殃，
天灾人祸一起降临——
这一年遇到大旱。

狠心的勐不那兰西国王，
照样寻欢作乐；
他手下的大臣个个似虎狼，
哪管百姓死活。

遍地杂草丛生，
豺狼到处游荡，
山鸡野兔窜进寨子，
百姓四处逃荒要饭。

久旱的土地盼雨水，
枯干的小草盼春风，
勐不那兰西的百姓啊，

盼着三兄弟快回家乡！

"我们的眼泪已快流干，
我们的哭声已将竹楼装满，
勇敢的摩罗门兄弟啊，
快回来给百姓解除灾难！"

三兄弟的爹娘哟，
苦难的日子如坐针毡，
辛酸的眼泪如泉涌，
心里有说不尽的悲伤。

他俩舍不得离开竹楼，
他俩不愿意离开家乡，
像折断了翅膀的老鸟，
只把心爱的儿子盼望。

善良慈祥的母亲，
终日孤孤单单，
梦里才见到儿子的身影，
醒来唯有泪水汪汪。

白天听到小鸟叫，
仿佛听到儿子的说话声；
夜里听到风呼啸，
疑心是儿子来敲门。

"我心头上的珍珠哟，
难道忘记了家乡的亲人？
你们就是找到了幸福，
也不该忘记报仇雪恨。

"刨到了根的大树，
活不了几天；
我失去了心爱的三颗宝石，
难在世上熬煎。

"快倒塌的竹楼，
要用柱子来撑；
快咽气的爹娘，
要儿子守在身边。"

母亲的忧伤酿成了病，

躺在竹楼上望穿了眼，
整天泪涟涟，
夜晚难成眠。

忠厚老实的爹爹，
整天愁容满面，
他恨自己没有翅膀，
不能把儿子找到面前。

大河里的流水有尽头，
爹妈的忧愁何时休？
一阵狂风吹得竹楼摇晃，
妈妈惨死在竹楼。

三只鹦哥飞到了家乡，
只见坝子里一片凄凉。
"家乡的土地已变了模样，
莫非是国王又带来灾难？"

三只鹦哥刚落在竹楼上，
只听到爹爹一阵哭喊。
"究竟是什么伤心事？
难道爹妈又遭祸殃？"

三只鹦哥心急如焚，
急忙挣断颈上的金绳。
三兄弟一走进竹楼，
嘴里就喊叫着亲人。

看到竹楼更加破烂，
三兄弟心头一阵悲伤；
见到妈妈已经断气，
三兄弟痛断肝肠。

爹爹讲了百姓遭受的苦难，
说国王比豺狼还要凶残。
复仇的怒火在三兄弟胸中燃烧，
他们一齐取出了刀枪。

三兄弟回家的消息，
像风一样传遍了四面八方。
百姓听了个个心头欢畅，
国王一听心里发慌。

"三兄弟回家很不吉祥，
我要亲自抓来审问一番。"
国王率领着兵丁，
把三兄弟围在竹楼上。

杀声震天响，
竹楼也摇晃。
国王下令快交出三兄弟：
"若敢违抗就把全家杀光！"

三兄弟一听气破胸膛，
一阵风就杀向战场。
千仇万恨涌上心头，
决不让毒蛇再把人伤！

三兄弟见到仇人斗志更旺，
挥舞刀枪像旋风一样。
国王的兵丁不敢抵挡，
跑不快的就把命丧。

摩罗门手中的宝刀，
在国王面前闪着寒光，
只听得叮叮当当一阵响，
兵丁手中的长刀都被砍成两段。

国王见了脚瘫手软，
壮起胆子朝兵丁大喊：
"快快抓住三兄弟，
抓住三兄弟的有重赏！"

摩罗门听了火冒三丈，
挥舞着宝刀直取国王。
摩罗门手起刀落一声大吼，
国王的人头便滚落地上。

大臣们见了急忙逃命，
兵丁看了个个丧胆，
爬倒跪下的一大片，
乖乖地举手投降。

几个顽抗的大臣全被杀光，
三兄弟不让毒蛇在洞里躲藏。

三兄弟仇报恨消心头欢畅，
告示天下从此平安！

三兄弟回到了妈妈身旁，
悲伤又占据了他们的胸膛。
摩哄连忙施展"吹功"，
一口气吹到妈妈身上。

妈妈渐渐睁开了眼睛，
望着三个儿子就像噩梦一场。
久别的母子又团圆，
温暖的阳光把竹楼照亮。

国王被杀死的消息传四方，
百姓们喜欢得像过节一样。
如同久旱的土地上降下甘霖啊，
大地又披上了绿色的衣裳。

勐不那兰西地方做起了大摆，
各个寨子的人就像百鸟来朝凤凰。
欢乐的人群如潮涌般来赶摆，
铓锣、象脚鼓声震动山冈。

孔雀飞来跳舞，
画眉飞来歌唱，
竹林不住地点头，
河水哗哗地流淌。

人们赞颂三兄弟，
给百姓解除了苦难。
人们推举摩罗门，
要他管理勐不那兰西地方。

"是三兄弟严惩了国王，
鲜花才开放在竹楼旁；
是三兄弟严惩了国王，
笑声才飞出了人们的胸膛。

"勇敢的摩罗门兄弟，
像雄鹰一样坚强；
贤明的摩罗门兄弟，
像太阳一样明亮。"

勐不那兰西到处鲜花烂漫，
勐不那兰西到处歌声飞扬。
大家越跳越欢畅，
赶摆延续了三天才散。

三兄弟和人们商量接来三个公主，
全家人欢聚一堂；

人们拥戴着摩罗门兄弟，
祝愿幸福的花朵永远开放！

我的歌啊已经唱完，
愿歌声在人们心中引起回响。
幸福啊要靠自己去寻求，
不畏艰难险阻才能实现美丽的理想。

单行本，云南人民出版社1980年版
搜集者：云南大学民族民间文学调查队
整理者：李子贤

附记（原《后记》）：

《三只鹦哥》是傣族人民喜爱的一部古代民间叙事长诗，在西双版纳州、德宏州及红河州的金平县等傣族聚居区广泛流传。1959年，云南民族民间文学德宏调查队曾收集到由近代傣族民间文学审订者召尚弄奘罗（1848—1914年）审订的叙事长诗《三只鹦鹉》（秀三满），并收集到很多关于《三只鹦鹉》的民间故事。1960年，云南大学民族民间文学调查队金平调查组，又在金平县收集到了一份叙事长诗《三只鹦哥》（乔三冒）。本书所采用的这个整理本，是以从金平县收集到的材料作基础，参照其他有关材料整理而成的。

在各个傣族地区流传的叙事长诗《三只鹦哥》，无论从主题、人物、故事等方面看，都表现出极大的差异性。例如，由召尚弄奘罗所审订的《三只鹦鹉》与金平地区流传的《三只鹦哥》就有很大的差异。在召尚弄奘罗的审订本中，三个主人公都是王子，他们被迫出走的原因，是在国王邀约各国的国王来观看三个王子"比本领"时，三个王子只能将雅写教给他们的"念经说教"重复一遍，给国王丢了脸，结果，国王大怒，把三个王子撵走。后来三个王子在魔王女儿的帮助下寻找到了幸福，这也跟金平流传的故事内容有很大出入。例如三王子的故事是这样的：三王子带了几百个武士来到了勐撒拿哇畋，听说这个国家的公主一见到男人就要杀死。为什么公主如此仇恨男人呢？原来她前世是一只母鹿，一天，她被猎人用套绳套上了，公鹿见了很着急，一直守在她身旁。后来，她渴了，公鹿就去为她含水，不料，公鹿在水塘边也被套绳套住了。但是，母鹿却以为公鹿变了心，便悲愤而死。母鹿今世投生，成了公主，所以极端仇视男人。三王子知道这个情况后，同武士们一道在公主面前演出她前世的事情，公主看了才恍然大悟，从此回心转意，爱上了三王子。显然，这已带上了浓厚的神话色彩。召尚弄奘罗审订的《三只鹦鹉》没有三个王子回到家乡向国王报仇的内容，长诗写到三王子与勐撒拿哇畋的公主相爱就结束了。因此，在金平地区流传的《三只鹦哥》，无论从主题思想或艺术形式上看，都是很有特色的。

第一，长诗的三个主人公都是穷苦人。一开始，长诗就写出了他们与统治者的矛盾：三兄弟横遭国王的迫害，被迫远离家乡，到远方去学本领，寻找幸福。在长诗的末尾，三兄弟与国王的矛盾冲突达到了水火不相容的地步，三兄弟奋起反抗，终于杀死了社会邪恶势力的代表——勐不那兰西国王，这就深化了三兄弟追求自由幸福这一主题，而没有停留在只追求个人爱情这一狭小的范围里。长诗不仅歌颂了傣族人民对自由、幸福的向往和追求，而且还有力地揭露和鞭挞了剥削压迫者的丑恶嘴脸和残暴行为。诚然，这一切几乎是以幻想的方式进行的。但是，长诗中出现与严酷的现实相对抗的"另一个世界"，其目的还在于"企图强固人们对生活的意志，在人们的心中，唤起对现实及现实的一切压迫的反抗心"。（高尔基语，转引自周扬编：《马克思主义与文艺》第80页）这在历史上，无疑是有进步意义的。

第二，从金平县所收集到的这份材料来看，除了有一些反映古代傣族民间习俗的赕佛之类的叙述外，似乎看不出宗教对长诗的影响、渗透。应该说，长诗所表达的思想愿望、思想感情，是属于历史上傣族劳动人民所特有的。这才有可能使长诗打破森严的等级制度和封建礼教的束缚，让三个穷人的孩子与国王的女儿自由相爱，并大胆地提出穷人可以杀死残暴的国王这样的观念。如果说傣族的传统文学一般都受到宗教思想的影响的话，这一点正是《三只鹦哥》区别于其他作品的一个突出的优点。

第三，在金平地区流传的《三只鹦哥》，不仅故事情节新颖别致、优美动人，而且结构十分完整。长诗以摩罗门三兄弟与勐不那兰西国王的矛盾作为展开故事的主线，把三个主人公寻找幸福的三个各具特色的故事有机地组织起来，做到了主题鲜明，首尾照应，浑然一体。而在其他地区流传的有些译文，则没有三兄弟回到家乡与国王做斗争的内容，有的则全然没有反映压迫者与被压迫者之间的斗争，其结果，长诗就没有一个统一的主题思想来联系三个主人公去分别寻找幸福的故事，仅仅靠把三个主人公安排为三兄弟这一外在联系，把三个不同的故事缀合成篇。这样，结构势必欠完整，主题思想的意义也势必减弱。

毋庸讳言，《三只鹦哥》在表现穷苦人与国王的矛盾斗争中，是以大量篇幅描写了三兄弟的爱情，长诗也的确把高尚、纯洁的爱情当作历史上傣族劳动人民的理想愿望来歌颂，这是否就意味着长诗的主题思想缺乏积极意义呢？回答应当是否定的。表现男女爱情的作品，在古今中外的文学中（当然包括民族民间文学在内）都占有重要的地位。就我国的汉文学而言，从《诗经》中的十五国风、《楚辞》中的《九歌》开始，几乎各个时代的民间文学和文人作品中都有很多描写爱情的作品，其中有不少作品至今仍然具有艺术魅力，为广大群众所喜爱。其原因正如恩格斯在分析十八世纪七十年代德国文学所指出的那样：“这个时代的每一部杰作都渗透了反抗当时整个德国社会的叛逆的精神。”（《马克思恩格斯全集》第二卷第634页）大多数写爱情的作品，其思想意义都溢出了爱情的范围，涉及更为深广的社会生活内容。《三只鹦哥》也不例外。只要我们考查一下傣族的历史，就能更清楚地了解到长诗正是通过优美、生动的爱情故事，表达了历史上傣族人民对剥削压迫者，以及对维护剥削制度的等级观念、封建礼教的反抗和斗争，这正是反抗当时整个傣族社会的“叛逆的精神”的体现。因此，长诗所描写的爱情是有特定的阶级内容，揭示了丰富而深刻的社会关系，表达了人民群众对当时社会的反抗和否定的。我们这样说，并不是否认长诗的历史局限性，只是想说明我们应该以历史唯物主义的观点去对待古代作品，而不应该用今天的标准去强求古代作品。

《三只鹦哥》究竟产生于什么年代是无文字可考的。但从长诗所反映的内容看，它产生的年代是比较久远的。首先，长诗中浓厚的神话色彩，说明当时自然力在实际上还没有被人们所认识、所支配。马克思曾经说过：“在艺术本身的领域内，某些有重大意义的艺术形式只有在艺术发展的不发达阶段上才是可能的。”（《政治经济学批判》导言）《三只鹦哥》则更多地保留了“艺术发展的不发达阶段”的痕迹，故其产生的年代当是比较久远的。第二，在《三只鹦哥》的不同译文中，都说帮助三个主人公寻找幸福的是魔王的女儿或女妖，而不是佛教中的“天神”或和尚，这显然只能在佛教未传入或佛教还未战胜多神教而取得统治地位之前，才可能产生这样的故事内容。第三，长诗中写到了许多互相对峙的“国家”，当时整个社会分别由不同的“国王”统治着，而未出现高度统一的君王。这一社会现象，较接近于奴隶社会或封建领主制度前期。综上所述，《三只鹦哥》产生的时间，至少上千年。

在整理《三只鹦哥》的过程中，为了尽可能地将长诗内在的思想意义发掘得深刻些，我们本着“慎重整理，适当加工”的原则，对原资料的内容是有所增删的，个别情节也有所改动，这主要有以下几点。

一、在原材料中，帮助三兄弟寻找幸福的是一个刚死了丈夫的“女妖”，整理时对此做了改动，采用了德宏地区流传的译文的说法，即改为了魔王的女儿。因为她是一个起着关键作用的人物，如果离开了她的帮助，就很难设想三兄弟能够找到幸福，最终战胜残暴的勐不那兰西国王。因此，必须突出她的善的、美的本质特征。而在一些傣族传统文学中，魔王的女儿多半既美丽，又善良，甚至成了美好事物的象征，如《召树屯》中的女主人公喃婼娜，其父亲就是"叭团"（魔鬼的头人）。

二、关于摩罗门兄弟与人民群众的关系。原材料中是有一些交代的，但总感到不足，故整理时在开头和结尾部分适当做了加强。

三、关于摩柳、摩哄与莫达拉国王的战争。原材料中有许多具有浓厚神话色彩的描写，如写莫达拉国王变成了"轰雷"；摩柳又变成了"大石头"，让自己的队伍避开了"轰雷"；莫达拉国王逃到天上，摩柳兄弟俩也追到天上，等等。这些描写与全诗在内容上显得不大协调，因为其他地方并没有交代过他们为什么有这么大的本领，所以在整理时便删弃了这样一些描写。

四、原材料中写到摩哄与霞茶诺的对歌时，不仅缺少傣族风味，而且显得有些油腔滑调，这不但会损害人物形象，也会破坏全诗的艺术完整性。因此，整理时吸收了一些傣族的传统情歌，对保留原意的地方也在文字上做了较大改动。

五、原材料中摩罗门三兄弟回到家乡杀死国王后，就再也没有交代模芳、纳哈龙、霞茶诺的结局，只说"举国上下作摆作赆，祝贺王后的复活"，"百姓庆太平年"。为了让故事更完整些，所以整理时对三个公主交代了一句："三兄弟和人们商量接来三个公主，全家人欢聚一堂。"

在长诗整理的过程中，得到了云南大学中文系党总支的关怀和支持。中文系张文勋副教授及作协昆明分会李鉴尧同志提出了很多宝贵意见，对长诗的整理给予了很大帮助；云南大学中文系1960级张道刚同志带队深入到金平县勐拉公社，收集民族民间文学，张蜀雁等同志记录了这部长诗的原始资料，谨在此一并表示感谢。由于整理者水平所限，这个整理本是很粗糙的，恳请大家批评指正。

整理者

1978 年 11 月

三牙象

一

辽阔的勐巴娜西①，
村连着村，坝连着坝，
稻谷一年两熟，
四季盛开鲜花。

芭蕉椰林掩映着寨子，
菩提树伴着万户傣家，
纺车声、机织声响成一片，
竹楼下数不清的鸡猪鹅鸭。

好客的傣家竹楼，
时常有走亲串戚的人；
富饶的勐巴娜西，
到处有欢乐的歌声。

自从出了暴君普麻大，
勐巴娜西没有了欢笑，

象脚鼓藏着哀怨，
歌声里淌着泪花。

他摊派的捐税像蚂蚁一样多，
他制定的刑法凶残得赛过琵雅②，
他豢养的兵士如狼似虎，
时常把村寨的百姓欺压。

普麻大整日花天酒地，
王宫里关着成千个美女。
城里城外的年轻姑娘，
连赶摆天也躲在家里。

王宫里彩绸堆成山头，
王宫里粮食霉烂发腐，
而终日耕织的傣家人啊，
却衣不遮体，食不饱肚。

阴云积多了会响起雷声，
坏事做多了会引起怨愤；
勐巴娜西像藏着火星，
每年七月宫中都有火灾降临。

干旱连着干旱，
富饶的土地一片荒凉，
谷子不会结穗，牲畜也遭瘟疫，
花蕾未开就凋谢，鸟雀都飞向他方。

坝子里乌烟瘴气，
寨子里怨声遍地。

---

① 勐巴娜西：傣族传说的理想之邦。
② 琵雅：魔鬼。

怨声笼罩着宫廷，
普麻大心惊肉跳。

他白天叫人加固城墙，
天未黑就把城门紧紧关上。
森严的王宫周围，
常守着九层卫兵。

在一个月黑风高的夜晚，
普麻大醉醺醺地钻进帷帐。
他一连做了四个噩梦，
吓出的冷汗湿透了衣裳。

好容易挨到东方发白，
他忙差人叫来摩嘎拉。
普麻大讲述梦中的情景，
颠三倒四，结结巴巴：

"一梦京城燃起大火，
繁华的街市顷刻化为灰渣；
二梦自己变成枝叶茂密的大树，
突然被狂风刮得只剩枝丫。

"三梦一个大湖霎时干涸，
龟裂的湖底现出泥沙；
四梦一头三牙大象闯进王宫，
雪白的象身发出刺眼的光芒。

"大象用鼻子把宫殿摇撼，
粗壮的象腿朝国王猛踏。
国王刚要发出叫声，
大象的身影突然隐遁。"

癞蛤蟆叫唤会看阴天晴天，
摩嘎拉卜卦会顺着国王脾气。
他翻开历书查看了普麻大的生辰属相，
然后把占卜结果说个仔细：

"召①啊！护佑我们的金伞，
有你的福荫我们才免遭日晒雨淋；
召啊！金葫芦长大全靠根和藤，

你的灾祸使我们十分焦心。

"大王梦见大火焚烧京城，
那是王宫里隐藏着一颗灾星，
只有东海龙宫的避火龙珠，
才能够把火灾消弭。

"大王梦见自己变成大树，
茂密的枝叶被狂风刮落，
那是死神缠住了你，
连大臣们也无法逃脱。

大王梦见大湖霎时干涸，
龟裂的湖底现出泥沙，
那是国家将遭遇旱灾，
庄稼粮食颗粒无收。

"大王梦见被三牙大象践踏，
又霎时不见了象的踪影；
那是勐巴娜西地方，
将出现一个福大命大的贵人。"

普麻大听得寒毛直竖，
脸上的横肉不停地抽搐。
他顿时觉得天旋地转，
摇晃的身子像快倒的大树。

火烧了城还可以重建，
天降旱灾饿不死王君，
唯有这福大命大的人，
才是国王的一块心病。

普麻大惊恐地撑起身子，
叫摩嘎拉再认真卜算：
"比我福分大的人在哪村哪寨？
年纪多大？是女是男？"

跪着的摩嘎拉抬起了头：
"大王啊！此人家住东郊，
现在还孕育在娘肚子里，

---

① 召：这里是"王"的意思。也用作对贵人的尊称。

再过三个月他就要降生了。"

杀人成性的普麻大，
立刻传下命令：
"快去把东郊的孕妇杀光，
带着死者的耳朵回来领赏！"

如狼似虎的兵丁扑向东郊，
普麻大露出一丝狞笑。
寨子里流着无辜的鲜血，
血泊里躺着无数孕妇的尸体。

未出世的婴儿啊，
不知是男还是女；
村寨里失妻丧女的人们啊，
一个个在凄惨地哭泣！

沙土挡不住洪水，
野火烧不尽山草，
屠杀消除不了灾祸，
残忍的普麻大无法把厄运摆脱。

七年后普麻大又做了四个怪梦，
四个梦使他忧心忡忡。
他忙又把摩嘎拉传进宫来，
再为他卜算吉凶。

摩嘎拉卜算后大惊失色，
伏在地上向国王禀报：
"召啊！那个福分大过你的人，
现在已有七岁，会打陀螺了！"

普麻大瞪着血红的眼睛，
宫殿像地狱一样阴森。
他责怪大臣们办事不力，
垂首低头的大臣谁也不敢吭声。

普麻大又下屠杀令，
兵士的铁蹄重踏东郊。
一千一百个打陀螺的儿童啊，
顷刻之间全被刀剑砍倒。

秃鹰和乌鸦争食尸体，
凄厉的哭声震天动地，
泪水和血水流成小河，
人们把仇恨埋在心底

二

百姓又熬过十年苦难，
国王安度了十个春天。
同样的噩梦又缠住国王，
他把摩嘎拉叫到面前：

"为什么噩梦总是缠住我？
为什么噩梦重复出现？
是那个福分大的人还没有死？
还是你的卜算失灵？"

摩嘎拉颤抖着跪在国王面前，
翻着历书启动干瘪的嘴唇：
"比你福分大的人还未死去，
现已长成十七岁的青年！"

普麻大听了胆战心惊，
决定要亲自率兵杀人。
正直的老臣素南达，
冒着风险在殿前跪下：

"自古贤明的君王都爱百姓，
望大王不要轻易动兵。
愿大王的心胸像坝子那样宽阔，
前两次屠杀已丧尽人心。"

普麻大一听两眼圆睁，
恼怒素南达把他当众撞顶。
南迪迦是一个阴险的宠臣，
眼睛一转又对着暴君献媚：

"再隔三天就是大赕①良辰，
大王可召拢各勐②大小头人，
借赕佛滴水③为名，
去查访福分大过君王的人。

"问问当年漏网的孕妇，
有几个，在哪村？
盘盘后来逃脱的儿童，
叫什么，多少人？"

普麻大一听大声叫好：
"谅他插翅再也难逃！
查出来就把他拖进竜林，
还要重金犒赏你的功劳。"

摩嘎拉未等国王把话讲完，
上前附耳再献殷勤：
"查出来不忙将他处死，
要借他的福分给大王办两件事情：

"叫他取来西大瓦大湖的水，
勐巴娜西便可永远不旱不涝；
叫他找来龙宫避火龙珠，
京城就可避免大火来烧。

"只要大王传下威严的命令，
办不到就可将他拖进竜林；
万一两件宝物都能找来，
他再大的福分也折损干净。"

赕佛天王宫里杀猪宰牛，
召来了各勐大小头人。
普麻大当众讲出了愁闷的心事，
喧闹的宴席骤然变冷。

半晌有个头人站了起来，
抹了抹油污的嘴唇：
"大王说的那个漏网的人，
听起来像在我们别占达村。

"十七年前的一个夜晚，
我们村里降生了一对双胞兄弟，
大的叫吉达公玛，
小的叫万纳西朗。

"十七年前杀东郊的孕妇，
他母亲恰巧上了柴山；
十年前杀打陀螺的娃娃，
只有他们两兄弟进了森林。

"树林里最直的要数槟榔树，
寨子里最能干的要数这兄弟俩。
盖缅寺要二十人抬的中柱，
他俩一人就能扛肩上。

"十架牯牛一天犁不完的地，
两兄弟只要挖半天。
粗活细活样样会，
众乡亲都爱请他俩帮忙。"

普麻大当众把头人称赞，
赏他十匹绸缎一袋黄金，
又再三对他叮嘱：
"明天早晨把兄弟俩带进宫廷。"

三

在别占达村最破的竹楼上，
住着砍柴度日的夫妇俩，
绳索背不来温饱，
柴刀砍不出希望。

他们年已半百还无儿女，
焦愁着今后无人服侍。
夫妇俩天天到奘房④祈祷，

① 赕：指赕佛。
② 勐：旧时傣族地区行政区划单位。
③ 滴水：赕佛时的一种宗教仪式。求神时用葫芦等器皿盛清水往地下滴，以示虔诚。
④ 奘房：傣族的寺庙。

求天神赐给一男半女。

在一个静静的夜晚，
妻子进入了甜蜜的梦乡，
见一头三牙大象托着两朵并蒂莲，
绕着竹楼团团打转。

她梦中托起莲花，
霞光照得她浑身温暖，
顿时觉得腹胀心慌，
惊醒过来手脚发软。

她忙推醒熟睡的丈夫，
把梦境一气讲完。
丈夫说这是一个吉祥的预兆，
也许天神给我们送来希望。

不久，她果然怀了孕，
当月亮圆了第十次，
嘹亮的婴啼迎来了黎明，
竹楼上诞生了吉达公玛兄弟。

像两块洁白的美玉，
可惜没有金链子系上；
像一对闪光的珍珠，
可惜没有银戒指来装镶。

夫妻俩爱儿子，
用讨来的饭菜把儿子喂养；
夫妻俩爱儿子，
用自己的旧衣拼成小衣裳。

"爹的两块心头肉啊，
爹妈挨饿也要给你吃！"
"妈的两块心头肉啊，
爹妈受冻也要给你穿！"

正抽穗扬花的稻谷，
半夜里遭到冷风冷雨的摧残；
不幸的吉达公玛兄弟，

三岁上先后死去了爹娘。

没有大树遮挡的小草会枯萎，
失去依靠的藤蔓只能匍匐生长；
幼年失去父母的兄弟，
只得挨家挨户去要饭。

在风雨里长到了七岁，
两兄弟长得像小狮子一样。
村里村外的娃娃，
都爱跟两兄弟打陀螺玩。

头人说两兄弟命带灾星，
一见吉达公玛就大声叱赶：
"穷小子再来缠住我的儿孙，
定要把你的脚杆打断。"

听头人恶毒的咒骂，
两兄弟心如针扎。
他们来到埋葬父母的林地，
伏在坟上痛哭一场。

就在这天的中午，
王宫里的兵士扑到东郊，
会打陀螺的儿童全遭杀害，
全寨子哭声震天、阴风惨惨。

两兄弟回到村里，
被这惨景吓得目瞪口呆。
他们把陀螺投入火中，
离开村子到外乡流浪。

兄弟俩帮东家看牛放猪，
帮西家砍柴钐地；
沙铁①把他们叫过去吆驮牛，
老叭②把他们喊过来使犁。

兄弟俩到过九十九个村寨，
兄弟俩忍受过九十九次磨难；
脚跟有三十三道裂痕，

---

① 沙铁：富有的人。
② 老叭：村寨的头人。

手臂有三十三道刀伤。

霜冻黄的枯草逢春会发得更茂，
野火烧过的树桩遇雨会抽出新芽；
两兄弟风里雨里磨炼了十七载，
长得像木棉树高大苗壮。

一天夜里老虎进村咬死牛羊，
两兄弟闻讯拔刀追赶。
老虎咆哮着猛扑过来，
被他们活活砍死村旁。

有一次两兄弟进山砍柴，
杀死了两条吞食人畜的大蟒。
从此他们的名字传遍四方，
村村寨寨都把他们赞扬。

四

头人把两兄弟带进王宫，
普麻大奸笑着把二人夸奖：
"年轻英俊的小伙子啊，
听说你俩聪明勇敢，本领非凡！

"昨夜天神托梦给我，
勐巴娜西要遭火灾和干旱。
摩嘎拉说只有两件宝物能消除灾祸，
东海的避火龙珠和西大瓦大湖的甘泉。

"想摘彩云要有会飞的翅膀，
想打麂子要有追风的脚板；
两位年轻的阿銮①啊，
这个重担只有你们才配承担！"

少年的心纯洁又善良，
兄弟俩低头暗自思量：
"河里有鱼不能无水，
勐巴娜西不能再遭祸殃。"

兄弟俩会意地交换了眼色，
回答的声音像铜锣震响：
"为了勐巴娜西风调雨顺，金谷满仓，
我们愿把找宝的重担承担！"

五

吉达公玛兄弟找宝的消息，
像一阵旋风传遍村里，
两兄弟为多难的家乡担忧，
人人替两兄弟的远行着急。

避火龙珠像在两兄弟眼前闪耀，
西大瓦大湖水似在他们心中翻搅。
远飞的雄鹰盼着黎明，
善良的两兄弟一夜没有睡觉。

等不到报晓的鸡啼，
两兄弟挎上筒帕长刀，
告别了送行的乡亲，
踏上了远行的大道。

顾不得欣赏秀丽的山川美景，
无心倾听百鸟的歌唱，
穿过茫茫的雾海，
走向日出的东方。

遇着泉水就畅饮，
碰到村寨就寄宿，
在荒野里过夜就燃堆篝火，
在风雨中落脚就搭起窝铺。

筒帕里的干粮吃光了，
用弩箭射来充饥的野物；
人走的小道走完了，
用长刀砍出前进的新路。

越过六百六十架山岭，

---

① 阿銮：又译为"阿暖"，傣族传说中智勇善良的英雄，也是对天神下凡的人，有福气、有本领的人的称呼。

涉过七百七十条河流，
走遍八百八十个村寨，
问过九百九十个猎人和渔夫。

人人摆手回答：
"不知西大瓦大湖在哪里。"
个个摇头长叹：
"没有听说过避火龙珠在何处。"

路越走越窄，
山越爬越高，
一群群猴子跳过山箐，
大蛇似藤条盘在树腰。

越朝前走人烟越稀，
越朝前走村寨越少。
两件宝物杳无音信，
两兄弟越更心焦。

酷日下马鹿都躲进了树荫，
山路上仍响着两兄弟的足音；
阴雨里鸟雀都收起了翅膀，
荒野里仍看见两兄弟的身影。

老虎累了要歇口气，
大象也有走不动的时候；
他俩疲倦地坐在树下，
饥渴劳累使他们难以忍受。

两兄弟正想在树下过夜，
一只金鹿突然窜过小溪。
他俩忘记了成天的劳累，
张弓搭箭把金鹿紧盯。

金鹿迅速逃进丛林，
兄弟俩跟踪紧紧追去。
突然间金鹿不知去向，
眼前奇花异草铺满了大地。

成群的金鹿麂子蹦来跳去，
草坪上飞舞着孔雀、白鹇、山鸡。

炫目耀眼的景致令人陶醉，
莫非到了世外仙境？

透过摇曳的凤尾竹林，
一座玲珑的七层楼阁映入眼际。
阁尖高高插进彩云，
八个飞檐都系着发响的金铃。

兄弟俩忙走近七层楼阁，
吉达公玛上前把门轻轻叩响。
随着脚步声门扉敞开，
迎面站着一位刚会纺线的姑娘。

她轻盈的脚步像彩云飘动，
窈窕的身上飘来荷花的清香，
一排①长的黑发又细又软，
秀丽的脸庞像镜子一样明亮。

闻多了花香，蜜蜂会忘记归途，
饮多了酒泉，麂子会醉倒泉旁；
弟兄俩从未见过这样美貌的姑娘，
忘了讲话，只顾呆呆地张望。

吉达公玛按住激跳的心发问：
"居住在七层楼阁的姑娘啊！
你可是九层天上的仙女下凡？
我们路过这里能否寄宿一晚？"

姑娘听后露出腼腆的微笑，
话语里也仿佛带着花香：
"我不是仙女，我是雅写的女儿木里。
请进来吧，只要尊贵的客人不嫌弃。"

木里把两兄弟引进雅致的客房，
支好竹凳，摆出一桌香糯米饭。
好听的声音在殷勤地催促：
"天神送来的客人啊，快用晚餐！"

姑娘在火塘边摇动纺车，
陪着两人边吃边谈。

---

① 排：方言，两手伸开为一排。

两兄弟不知如何感激木里，
心啊，像喝了一罐蜜糖！

"年轻英俊的客人啊，家住何方？
为何不在家耕田种地服侍爹娘？
为什么要远离家乡，
来深山老林里受苦受难？"

吉达公玛叙述了自己的身世，
谈到了暴君普麻大的凶残，
倾诉了百姓遭遇的苦难，
讲述了为寻宝珠远离家乡。

听两兄弟幼年丧失父母，
木里默默地低下了头；
听国王屠杀儿童和孕妇，
木里愤怒得捏紧拳头。

听兄弟俩为救百姓找宝，
木里钦佩地点头称赞：
"远方来的两位哥哥啊，
你们不愧是傣家的阿銮！"

听说两件宝至今都未找到，
姑娘的纺车停止了旋转。
她为两兄弟担忧，
为苦海里的百姓不安。

木里同情吉达公玛的身世，
木里钦佩吉达公玛善良又勇敢，
木里喜欢吉达公玛像天神般英俊，
她的心啊，已把吉达公玛悄悄爱上。

六

话啊，像纺车上的线，
千丝万缕，纺个没完；
话啊，像清甜的井水，
千挑万担，永汲不干。

吉达公玛讲完了自己的不幸遭遇，
深情的眼睛流露出询问的目光：
"缅桂花一样芳香的姑娘啊，
能否告诉我，你生在什么地方？

"你为何隐居森林，
成天和花鸟做伴？
为何不到繁华的城市赶摆，
听听优美动人的歌唱？"

"年轻英俊的哥哥啊，
我不知道自己的生身父母，
只听慈祥的雅写阿爹说过，
我诞生在水清如镜的西大瓦大湖。

"十六年前阿爹漫游到湖边，
看见一朵莲花鲜艳夺目，
含苞待放的花蕾有一抱大，
吸引着千万只蜂蝶翩翩起舞。

"阿爹惊奇地奔到花旁，
闻到一阵扑鼻的花香。
阿爹用手轻轻抚摸花瓣，
花蕾突然开放。

"花蕾中躺着一个女婴，
长得像珠宝一样晶莹发光，
身旁还放着全套穿戴用具，
身上散发出袭人的芳香。

"微风荡着花湖，
女婴放声大哭。
雅写爱抚地抱起孩子，
孩子像攀枝花一样轻柔。

"从此，雅写便是我最亲的阿爹，
他给我取名朗木莫①。
饿了，阿爹嚼饭喂我，
渴了，把葫芦水给我吮吸。

---

① 朗木莫：荷花姑娘。

"森林里的糯占巴花开了十六次，
阿爹要建造新房给我住。
白天，他挥动锋利的板斧，
夜里，他祈求天神给予帮助。

"当第二天拂晓百鸟来朝，
出现了这座楼阁霞光万道。
建楼的天神悄悄地走了，
楼阁上写着维司公①造。

"傍晚，阿爹送我进来居住，
天亮，我就忙着回去服侍阿爹，
汲清甜的泉水给他解渴，
采蜜样的鲜果给他充饥。

"我想看繁华的城市，
可我怎忍心丢下阿爹不管？
我想听人们歌唱，
可我舍不得这养育我的地方。"

听姑娘叙述了自己的身世，
吉达公玛惊奇地把她端详。
她确实长得像荷花般艳丽，
白嫩得像水里的莲藕一样。

圆圆的脸儿像皎洁的明月，
油黑的长发又细又软，
桃红的嘴唇吐出金铃般的话语，
多情的眼神似秋波闪光。

他钦佩姑娘勤劳能干，
他爱慕姑娘美丽善良。
强烈的爱情像千条金藤，
把吉达公玛的心紧缠。

无声的爱慕使客房突然沉静，
听得出两颗心跳荡的声音。
嘴啊，不是上了千把铁锁，
而是怕说出话来不受人听。

姑娘心神不宁地起身回房，

捧出了雅写的衣裳：
"阿哥啊，把衣服换下让我洗洗，
我帮你补好破烂的地方。"

爱情的火苗烧着姑娘，
姑娘感到耳热心慌。
他俩的目光突然相遇，
两片红霞落在木里的脸上。

她羞涩地低下头去，
用手指拨弄着自己的衣襟。
客房里再度陷入沉静，
只有火塘里柴皮炸响的声音。

万纳西朗看穿他俩的心事，
推说累了要进房歇息。
吉达公玛送弟弟入睡归来，
门外已传来夜莺的歌唱：

"天神般漂亮的阿哥啊，
唱支快乐的歌吧！
它会使你丢掉痛苦，
它会给你带来幸福。"

"千瓣莲花般芳香的姑娘啊，
我早想唱一支歌向你祝福，
就怕我的嗓子难听，
就怕我的歌儿粗鲁。"

"只要阿哥有心唱，
何必急着先祝福？
阿哥若想射金鹿，
不要怕林深迷了路。"

"在家我度过多少月夜，
从未感到月光这样皎洁；
今天我的心中充满光明，
因为身旁有一轮圆月。"

"在深山老林里度过多少夜晚，

---

① 维司公：傣族传说中管建筑的神。

我从未跨出七层楼阁的门槛。
今夜我心中充满神奇的力量，
因为有颗智慧的明星把森林照亮。"

"勐巴娜西虽然花多，
我从来没有在花前徘徊。
仙境中无比鲜艳的宝莲花啊，
就怕远方来的蜜蜂不配把花采！"

"我生在湖里，长在山上，
就怕深山里的无名小花啊，
没有坝子里的花芳香，
蜜蜂虽然飞来了，却不愿把蜜酿！"

"香气醉人的缅桂花啊，
我们相逢是托着祖先的洪福，
还是我们生前一起滴过水赎过佛？
就怕我不配做片绿叶，来把鲜花围护。"

"狭小的山谷啊，
容不下倾泻的瀑布；
没见过世面的阿妹啊，
就怕折损了阿哥的幸福。"

"美丽芳香的占固花啊，
你比世上所有的珠宝还要灿烂。
我要把你永远种在心上，
雷打火烧不给损伤。"

"早晨带露的鲜花无比鲜艳，
人们争着采来戴在头上。
就怕晌午露干花儿凋谢，
被人抛在路旁牛踩人踢。"

听了姑娘的回答，
吉达公玛没有出声，
他忙跪下滴出清清的葫芦水，
求天神和龙王来做见证：

"就是人间万物被火烧尽，
我俩的爱情也不会毁灭；
不论来生来世成神变鬼，
也让我俩形影不离！"

誓言拨动了木里的心弦，
她的面颊紧贴他的胸脯。
他俩依偎着向前走去，
月光铺出一条洁白的道路。

森林像湖水碧绿澄清，
他俩像一对金鸭并肩游弋。
诉不尽的情话像酿不完的蜜，
歌声送走月夜，笑声迎来黎明。

清晨百鸟欢歌，
森林里阳光如泻。
姑娘带着兄弟俩，
拜见了慈祥的雅写。

木里向雅写讲了两兄弟的遭遇，
又称赞他们为国找宝意志坚决，
最后把昨晚定情的事，
羞答答地告诉了阿爹。

雅写见两兄弟年轻英俊，
饱经风霜，勇敢坚毅。
雅写为女儿的婚事暗喜，
慈祥的脸上现出了笑意：

"阿爹的宝贝啊！
男大当婚女大当嫁，
自从开天辟地，
祖先就兴下这条规矩。

"哪怕天上的神仙，
也要有个相称的伴侣。
只要女儿称心如意，
阿爹不会把头发丝大的为难留给你。"

慈祥的雅写把他俩扶起，
吉达公玛心中充满感激，
他情不自禁地喊了声"阿爹"，
眼眶里溢出幸福的泪滴。

按照古老的规矩，
雅写给木里夫妇举行了拴线礼。

他滴出葫芦水为他俩祝福：
"望你们白头偕老，万事如意。"

清早，他们同到森林里采野果，
捡最大最甜的奉献给阿爹。
两兄弟脚勤手快，
把山洞打扮得就像仙境。

雅写把两兄弟留在身边，
悉心传授法术武艺。
二人不分昼夜念经习武，
雅写心里十分欢喜。

七

累累的果实没辜负阳光雨露滋润，
精湛的武艺没辜负兄弟俩的学习。
吉达公玛练就二十头大象的力气，
万纳西朗练就了十头大象的力气。

金凤凰翱翔在湛蓝的天空，
不会忘记曾栖息过的森林；
泉水汇入了奔腾的大江，
不会忘记流淌过的山箐。

幸福的生活留不住两兄弟，
两兄弟时时把苦难中的乡亲惦记。
一天，二人向雅写吐露了心事，
雅写告诉他们宝物的秘密。

"你们要找的宝物，
就在木里出生的西大瓦大湖里。
龙王的宝盆可盛来滔滔的湖水，
龙宫里珍藏着神奇的避火龙珠。"

按照雅写的指引，
木里带他们穿过重重山峦，
涉过沼泽，走出竹荫林海，
三人来到西大瓦大湖畔。

啊，辽阔的西大瓦大湖，

不愧是木里姑娘诞生的仙境，
像满天彩霞落到湖里，
万道金光照得周围无限明媚。

满湖的荷叶映绿了湖水，
醉人的花香四处飘逸，
湖边长满了奇花异草，
千百种飞鸟鸣啭来去。

突然一只大雕扑向水面，
啄起一条金鱼飞上青天。
清澈的湖水顿时混浊，
一团乌云笼罩了湖面。

金鱼的遭遇引起了吉达公玛的同情，
他默念口诀手指凶残的大雕。
一股红光像闪电刺穿乌云，
大雕丢下金鱼惊叫着逃命。

湖心掀起了冲天水柱，
满湖荷花摇曳不停。
原来这条遇险得救的金鱼，
就是龙宫的王君。

龙王脱离了险境，
花湖依然清澈如镜。
龙王变成一个英俊的青年，
向三人叩谢救命之恩。

吉达公玛将青年扶起，
向他说明了寻找宝物的经历。
龙王听说恩人的家乡连年遭灾，
慨然答应将两件宝物作为谢礼。

避火龙珠像一块绿色翡翠，
闪射着耀眼的七彩光辉；
金盆里盛着清澈的湖水，
仿佛也装进了满湖的花卉。

两兄弟接过龙王送给的宝物，
感激的话语从心底涌起：
"龙王啊，你解除了我们的危难，
我们永远铭记你的深情厚谊！

"为寻找这两件珍宝，
我们越过了万水千山。
有了它，苦难中的乡亲会露出笑脸，
有了它，久旱的勐巴娜西会充满生机。"

三人谢绝了龙王的挽留，
龙王告诉了相见的办法：
"今后如果需要我的帮助，
只要默念我的名字，把水连拍三下。"

三人恭敬地送走龙王，
匆匆赶回雅写的住地，
拿出了龙王赠给的宝物，
雅写无比的欢喜。

兄弟俩挂念着受苦受难的乡亲，
跪在雅写面前述说了回国的心意：
"阿爹啊！饥渴的土地盼望着普降喜雨，
受灾的百姓等待着找宝的信息。"

木里眼里噙着泪水忧伤地跪下：
"嚼饭喂我长大的阿爹啊！
您是女儿遮风遮雨的金伞，
我怎忍心丢下阿爹远去！"

慈祥的雅写扶起兄弟俩和木里，
答应了他们的请求并为他们祝福：
"放心回去吧，阿爹的儿女，
愿你们万事吉祥如意！

"走山路要提防毒蛇猛兽，
打野兽不要误伤行人；
糖梨刺初长时并不戳人，
对伪善的人要多长一个心眼。"

焦渴待雨的小草，
默默地吮吸每一滴雨露；
从小多灾多难的两兄弟，
牢牢记住雅写阿爹的嘱咐。

把阿爹住处和七层楼打扫干净，
两兄弟将宝物贴身捆紧。

三人跪下拜别了雅写，
木里闪着泪花凝望森林：

"再见了，哺育我长大的森林，
再见了，四时铺满鲜花的福地。
我走了，再不能把你的花朵插上鬓髻，
我走了，再不能坐在你的树荫下歇息。

"再见了，善良的金鹿麂子，
再见了，勤劳的雀鸟蜂蝶。
我走了，再不能陪你们歌唱，
我走了，再不能和你们游戏。"

八

春风吹拂着大地，
草木欢乐地摇曳。
两兄弟回到别占达村，
全村男女老幼欢天喜地。

乡亲为他们铲去院里的杂草，
乡亲给他们送来甘蔗芭蕉，
乡亲送来了修补竹楼的竹木草排，
天未黑就把竹楼重新修好。

喜讯像雨点敲响每幢竹楼的门窗，
喜讯像诱人的琴声传遍村寨街巷。
到处传颂着两兄弟找宝归来，
到处传颂着木里像天仙一样。

来看望的人像河水流淌，
热闹的情景似赶摆一样，
通向别占达村的四条小路，
踏得比街道还平坦。

偏僻荒凉的别占达村，
从此人人知道；
过去少有人串的竹楼，
热闹得快挤炸了。

人人称赞两兄弟聪明勇敢，

人人夸奖木里美貌无双，
人人说吉达公玛找到木里，
就像骏马配上了金鞍。

别占达村的头人悄悄溜进王宫，
禀报了两兄弟寻宝归来的消息。
他夸耀木里貌似天仙，
说三千个宫女都不能和她相比。

普麻大听得神魂颠倒，
心醉得像风吹野草。
南迪迦急忙上前献计：
"愿为至尊的大王效劳！

"何不趁此举行献宝典礼，
在河桥上搭起献宝台，
叫百姓们都来瞻仰大王的洪福，
连续赶七天七夜的大摆。

"献宝台上设下陷阱，
让穷小子献宝后掉进江去。
大王朝思暮想的美人，
不费吹灰之力就到手里。"

七步蛇①毒死人不见流血，
南迪迦比毒蛇更狠更毒。
他连夜监督工匠赶搭献宝台，
第二天就叫百姓来赶摆。

传令的铓锣响彻四方，
人们闻声赶到宫前。
听国王要在桥上举行大典，
人群纷纷走向江边。

国王坐在宫车上耀武扬威，
带刀的兵士两边护卫；
大臣们骑着马朝前开路，
三千个大小头人紧紧跟随。

宫车在江边缓缓停下，
国王摇摆着走上河桥，

南迪迦站在国王后面，
十六个大臣分排两边。

礼炮鸣过三响，
两兄弟托着宝物登上河桥。
两岸的百姓静了下来，
千万人投去钦佩的目光。

大臣们接过宝物递给国王，
两岸发出雷鸣般的欢呼，
几百个高升射向蓝天，
上千只铓锣和象脚鼓一齐敲响。

霎时，奇异的景象出现，
人们惊异得瞪大双眼，
避火龙珠放射出七彩光辉，
金盆的异香扑向四面八方。

翡翠般的龙珠光照天际，
天空飞起了朵朵云絮。
阵阵细雨飘飘洒洒，
滋润着人心，滋润着大地。

金盆中溢出了清澈的泉水，
瀑布般流进了干裂的河渠。
枯黄的庄稼渐渐返青，
龟裂的田野有了生气。

人们发出"水水水"的叫喊，
国王假笑着把兄弟俩夸奖，
他暗示南迪迦踩动机关，
两兄弟踏翻木板跌下大江。

普麻大站起来假作惊慌，
大臣们假装急忙打捞；
千万双雪亮的眼睛充满愤怒，
千万颗同情的心疼得发颤。

铓锣和象脚鼓呜咽不语，
百鸟在江面飞掠久不离去，

---

① 七步蛇：一种剧毒蛇，人被咬伤后走不到七步便会死。

奔腾的江水呼喊冤屈，
人们沿江呼唤着两兄弟。

普麻大坐在回宫的车上，
为计谋得逞十分得意。
他又脚舞手地走进宫廷，
就叫南迪迦马上去抢木里。

九

两兄弟被急流冲出十里，
危急中想起了龙王的嘱咐。
吉达公玛默唤龙王用手拍水三下，
震动了海底各部水族。

龙王率领着虾兵蟹将，
把受惊的兄弟搀扶上岸。
兄弟俩叙述了遇害经过，
龙王气愤地大骂昏王：

"贪婪的昏君不及早除掉，
善良的傣家摆不脱灾难。
让我发阵洪水把他淹死，
为勐巴娜西根除祸患。"

听龙王要发水去淹国王，
二人又高兴又彷徨：
"龙王啊，残暴的国王罪该万死，
怎奈洪水会带累百姓受灾受难！"

龙王默默地想了又想：
"善良的小伙子啊！
你们周详的考虑点醒了我，
可是，怎样才能惩罚这个昏王？

"不打死毒蛇不能放心走路，
普麻大不除，你们不会得到平安。
还是跟我到龙宫享福去吧，
永远离开这罪恶的地方！"

"渔人不能离开江河，

猎人不能离开大山，
庄稼人不能离开田地，
我们不能丢下乡亲不管。

"雾再大总有散的时候，
夜再黑遮不住月亮星光，
冻僵的土地总有苏醒的时候，
勐巴娜西终会迎来明媚的春光！"

龙王见两兄弟意志坚决，
提醒他们要谨慎小心。
两兄弟合掌依依辞别，
登上了回家的路程。

当两兄弟赶回别占达村，
四邻乡亲还围在他们的家旁，
突然见两兄弟安然转回，
惊喜得忘记了刚才的悲伤。

木里扑到丈夫怀里，
泪水沾湿了吉达公玛的胸膛：
"听说你们俩遭人暗算，
像撕碎了我的肺腑心肝。

"小花不能没有大树遮风挡雨，
竹楼不能失去柱梁。
我千呼万唤你们的名字，
昏倒在泪水淹湿的地上。

"千刀万剐的普麻大，
吃腻了鱼肉又想吃熊掌。
他千方百计谋害你兄弟，
是存心要把我霸占。

"竹楼上没有你们的身影，
太阳月亮都不会发光。
我急急忙忙跑到江边，
对着江水把你们呼唤。

"为什么国王这样狠毒？
为什么都是好人遭殃？
阿哥啊！我活着不能报冤仇，
死了也要找暴君算账！

"阿哥啊！活着不能团聚，
死了也要在阿哥身旁。
我纵身向江中跳去，
乡亲们拽住了我的衣裳。

"等我睁开泪水封住的双眼，
众乡亲泪水涔涔，喊声抖颤。
他们伸来援救的双手，
把我藏到饿狼找不到的地方。"

吉达公玛拭去了木里的泪水，
感谢四邻乡亲的关心帮助。
两兄弟说出了龙王搭救的经过，
众乡亲面朝西方向龙王合掌。

鸟雀在天空叫着归巢，
夜幕已把大地笼罩，
乡亲们告别了兄弟俩，
寨子在月光下静静睡了。

突然响起一阵狗吠，
一群恶狼扑向别占达村。
兵士们包围了木里的竹楼，
南迪迦一脚踢开了竹门。

南迪迦正要动手抢人，
木里霍地从火塘边站起。
屋里走出了两兄弟，
炯炯目光射出满腔仇恨。

南迪迦惊叫闯着了鬼，
连滚带爬跌下楼梯。
兵士们被吓得转身逃跑，
屁滚尿流叫娘喊爹。

别占达村头人连夜摸进王宫，
报告了两兄弟坠江并未身亡。
普麻大叱责兵士无能，
手拄腮巴愁眉不展。

十

黄鼠狼改不了偷鸡的脾气，
普麻大断不了害人的主意。
害不死两兄弟他烦躁不安，
抢不到木里他大发脾气。

南迪迦又凑到国王耳边献计，
国王听了大为高兴。
王宫里按计摆出了庆功的酒宴，
要把两兄弟诱进宫廷。

正直的老臣素南达不畏强暴，
早已看不惯作恶多端的国王。
眼看无辜百姓又要受害，
他挺身再次把昏王劝阻：

"大王有六个皇后和成千宫女，
勐巴娜西又有几万美貌姑娘。
鲜花丛中大王可以随便挑选，
何必硬要打散一对鸳鸯。"

普麻大听罢勃然大怒，
叫卫兵把素南达拖进竜林。
怕事的大臣们望着不敢出气，
一个个低下头颅闭上眼睛。

正直的素南达最得人心，
执刑的卫士不愿把他杀死在竜林。
他们悄悄地放走了素南达，
用狗血涂上刀刃瞒过暴君。

次日王宫里摆上酒席，
贪吃的大臣们作陪侍候。
筵桌上山珍海味热气腾腾，
国王的肚里藏着杀人的阴谋。

两兄弟跟着卫兵走进宫廷，
普麻大满脸堆笑下殿相迎。
他像一个横爬的螃蟹，

又像一只怕亮的猫头鹰。

"二位阿銮为国为民找宝,
你们的功劳不比寻常;
我正要把英雄嘉奖,
不幸二位失足坠江。

"那是工匠欺哄我召勐,
未把献宝台搭得稳当。
我已把他们关进牢房,
望二位阿銮宽宏大量。

"二位阿銮脱险归来,
今日设宴给你们压惊。
我要大大犒赏你们,
聊表我召勐的一片诚心。"

普麻大说得比甘蔗还甜,
两兄弟没有听进去半点。
猜不透葫芦里卖的什么药,
两兄弟无心去吃丰盛的酒宴。

有脓的毒疮终要出头,
普麻大的笑语包藏着阴谋:
"根据摩嘎拉的卜算,
勐巴娜西还有灾难。

"只有找来吉祥的三牙大象,
勐巴娜西才能永葆平安。
名声远扬的二位阿銮啊,
只有你们才能把重任承担!

"给你们三个月的期限,
找回宝物会受到嘉奖。
如果逾期找不到三牙象,
按王法就要把你们的头砍。"

兄弟二人惊疑地站起,
把国王的话默默思量:
世上只见过两牙大象,
三牙象不知在何方?

三牙象是传说中珍贵的宝物,

它能给人民带来吉祥。
彩云虽美却无法摘到,
三牙象虽好,哪里寻访!

豺狼改不了吃人的本性,
乌鸦长不出孔雀的翅膀;
害人成性的普麻大张口,
明明是逼人去投罗网。

两兄弟转念又想,
人们世代都有这个愿望——
找来三牙象,风调雨顺,
找来三牙象,国泰民安。

为给家乡永远免除灾难,
两人勇敢地挺身回答:
"为了勐巴娜西的百姓,
我们兄弟愿去寻找三牙大象。"

普麻大见两兄弟中计,
喜在眉梢醉在心底:
"穷小子啊!你算走上了绝路,
木里这朵鲜花就可摘到手里!"

十一

像黑夜响起惊雷,
像狂风摇撼着门窗,
听到丈夫又要出门,
木里的心像掉进汹涌的大江。

"阿哥啊!我宁愿陪你走遍天下,
也不愿空守竹楼盼断肠。
就怕有个风吹草动,
谁来帮我把风雨遮挡?"

"枝叶柔嫩的缅桂花啊!
寻找三牙大象路途无比艰难。
故乡的树木会为你遮风挡雨,
苦难中的乡亲会为你分担困难。

"阿妹啊！你是我心中灿烂的宝珠，
离开你，我的生活将会暗淡。
无论走到天涯海角，
我们的心永远像金藤一样紧缠。"

"我的亲人啊！愿你们一路平安！
愿你们早日返回故乡，
不要让水干了才去栽秧，
不要让木里望穿双眼还不回还！"

离别的歌啊，唱到天亮，
送行的人群已把竹楼围满。
乡亲们送来了由衷的祝福，
乡亲们送来了路上的盘缠。

"再见了，波涛咪涛①，
木里从小在森林里生长，
不对的地方要多说多教，
随事望乡亲们多多包涵。"

"逢着修屋检漏的日子，
请看看我家竹楼是否漏雨；
如果木里的火塘不冒炊烟，
帮看看是不是缺柴少米。"

"放心去吧！阿銮，
父老们会把木里当女儿看待，
只要寨子里碓声还响，
木里的炊烟绝不会断。"

"放心去吧！阿銮，
青年们会把木里当姊妹看待，
只要别占达村的菩提树不倒，
谁也动不了金孔雀的羽毛一片。"

"放心去吧！阿銮，
我们盼望你们早日胜利还乡，
你的每一句嘱咐，
像金糯播在我们心坎上。"

两兄弟与乡亲们依依惜别，

祝福的话语说了一遍又一遍。
众乡亲和木里把两兄弟送到渡口，
遥望着他俩的身影消失在河的那边。

吉达公玛兄弟才出门，
国王就下令去抢木里。
大臣们纷纷跪下，
向国王提出谏议：

"两兄弟去找三牙大象，
是奉行大王的使命。
若是今天就去抢她，
只怕要激怒全勐百姓。"

"看来两兄弟很有福分，
此去死活还难断定。
万一真的找回三牙象，
岂不叫天下人咒骂君王？"

贪婪好色的普麻大，
一听这话脑门皱起了疙瘩。
他无可奈何地长叹一声：
"唉！这件事就暂且这么搁下。"

十二

踏遍了莽莽林海草滩，
翻越了重重峻岭高山，
斩断拦路的荆棘葛藤，
冲破江河的惊涛骇浪。

兄弟俩又来到木里的七层楼阁，
周围鸦雀无声，十分静寂。
看着这荒草丛生的凄凉景象，
无限的感慨涌到心里。

树林中仿佛还看得见木里采花的身影，
楼阁里仿佛还回响着木里的歌声笑语。

---

① 波涛咪涛：波涛，也作布涛、弄涛，意为大爹；咪涛，也作亚涛、咩涛，意为大妈。

对木里的思念随着路程增长，
木里的嘱咐催促着他们加快步履。

他俩来到雅写居住的山洞，
拜谒了这位慈祥的老人。
雅写惊喜地扶起他俩，
问起木里别后的情形。

雅写为他们的遭遇难过，
雅写为寻找三牙象焦心：
"只听说三牙象在遥远的天际，
寻找它的道路无限艰辛。

"我祈求天神给你们帮助，
我祝愿你们一路平安顺利。"
菩提树下雅写采来五色鲜花，
遥望天空，合掌跪下默默求祈。

祈祷刚刚停止，
两朵彩云飞落在两兄弟的面前，
化为吉达公玛手中的一把宝刀，
化为万纳西朗手中的一副弓箭。

两兄弟叩谢天神的赐予，
两兄弟拜别慈祥的雅写，
朝着雅写指给的方向，
两人又踏上莽莽的原野。

早晨，他们第一个碰落草上的露珠，
夜晚，他们要到星星露脸才歇息；
暑热，他们顾不得找片蕉叶遮阴，
阴雨，他们顾不得到崖下躲避。

扑鼻的花香留不住他们的脚步，
缠绕的葛藤挡不住他们的身躯。
两兄弟走到一个深山峡谷，
两条千年大蟒挡住了去路。

一雌一雄浑身遍布黑斑，
有牛身子粗，有十七排长。
大蟒扬着又扁又宽的脑壳，
血口中撩动着半长的红须。

大蟒蠕动庞大的身躯，
把两兄弟团团围住。
万纳西朗从背上摘下弓箭，
吉达公玛上前把弟弟保护。

大蟒气势汹汹地猛扑过来，
吉达公玛抽出宝刀迎击。
咔嚓一声蟒头落地，
腥臭的污血像山泉喷起。

雌蟒见雄蟒丧命，
扭头朝吉达公玛标去。
万纳西朗迅速射出神箭，
箭头深深扎进雌蟒头里。

采一把蒿枝抹去刀上的血污，
两兄弟继续朝前赶路。
突然崖下山洞传来凄惨的哭声，
竹楼大的石头封住洞门。

原来这个巨大的山洞，
是魔王孙子的住处。
囚在洞里哭泣的姑娘，
是勐占巴国王的公主。

妖魔见姑娘生得美丽，
舍不得把她立刻吃掉。
他搬来巨石封住洞门，
到森林里寻食去了。

万纳西朗侧耳细听，
已料到她的危险处境：
"姑娘啊，你的家住哪里？
为何哭得这样伤心？"

洞里发出愤怒的咒骂：
"呸！妖魔啊！
不要再拿花言巧语骗我了，
要吃就快来吃吧！"

吉达公玛抽出长刀朝巨石猛砍，
巨石崩裂的声响震撼深谷。
姑娘以为妖魔真的回来了，

绝望地紧紧闭上眼睛。

听声音不像是妖魔走路，
闻味道没有妖魔的腥气，
姑娘睁开哭得红肿的眼皮，
心中亮起一线光明。

只见面前站着两个英俊的青年，
神态是那样善良可亲。
姑娘正想倾诉自己的遭遇，
不巧妖魔寻食归来，爆发出雷鸣的吼声：

"是谁活得不耐烦了，
敢把我的石门砸烂！"
两兄弟循声往外望去，
毛茸茸的妖魔像一座山。

他的身躯有七棵多乐树①高，
沾血的门牙像板锄样宽。
两兄弟一见打了一个冷噤，
吉达公玛很快恢复了镇静。

姑娘害怕得紧紧抱住吉达公玛，
吉达公玛叫弟弟把姑娘护在一旁。
他拔出寒光闪闪的宝刀，
向猛扑过来的妖魔迎战。

"你拆散了多少骨肉，
你吃得尸骨堆积成山！
凶残的妖魔呀，
今天要把你的罪恶清算！"

妖魔冷笑着伸出簸箕大的手掌，
要把吉达公玛一掌打瘫。
吉达公玛灵巧地闪在岩石背后，
妖魔的手掌被岩石砸得鲜血飞溅。

吉达公玛趁势挥起宝刀，
天空划过一道闪电。
妖魔吓得跪地叩头：

---

① 多乐树：传说中的神树。
② 勐排：魔鬼王国。

"本领高强的贵人啊，请饶我一命！

"我愿以满山的牛羊赎罪，
我愿献出所有的金银财宝。"
"你也晓得贪生怕死，
看在天神的份上且饶你一命。"

"我不稀罕你的金银财宝，
也不要你的土地牛羊。
我们千辛万苦来到这里，
是要寻找吉祥的三牙大象。"

"三牙大象就在我们勐排②地方，
三年前被我祖父瓦沙瓦洛魔王发现。
他到森林里祭奠山神，
作法术召来群兽才发现那头三牙大象。

"祖父舍不得杀它祭山神，
带回王宫精心饲养，
又把它拴在大龙树下，
周围包绕了七水七山。

"吉祥的三牙大象来到勐排，
勐排年年丰收，牛羊满山。
贵人啊，若要得到三牙大象，
只有去找我祖父瓦沙瓦洛魔王。"

两兄弟兴奋得就要立即启程，
他俩劝姑娘返回家乡。
可姑娘发誓不离开他们，
悲愤地倾诉了自己的不幸：

"我是勐占巴国的公主朗占达，
无情的父王叫素里雅，
还有一个贪生怕死的哥哥，
他的名字叫素挽纳。

"有一天哥哥带人出山打猎，
无意中射着一只金鹿。
金鹿带箭飞奔逃命，

哥哥跟踪追捕迷了归途。

"追到太阳已经落山，
金鹿突然不知去向。
看看不见后面的人马，
哥哥找了个山洞歇息一晚。

"哪知这里是勐排的地界，
有一个凶恶的妖魔防守。
他一把捉住胆小的哥哥，
要把他一口生吞活剥。

"胆小的哥哥跪下求饶，
答应每天送一人去喂妖魔。
他又是叩头又是发誓，
妖魔才勉强放他回家。

"父王为了保全哥哥性命，
叫百姓挨家挨户送人替死。
勐占巴天天都有骨肉分离，
勐占巴夜夜都有号哭悲泣。

"送光了牢房里的犯人，
村村寨寨的百姓轮了三遍。
勐占巴不知死了多少善良的人，
过往的客商也不得幸免。

"坝子里种田人少得可怜，
田地里杂草比人还深；
听不见牛帮马帮铃铛响，
客商们都怕跨进勐占巴的门。

"不愿给国王替死的百姓，
纷纷逃进深山老林。
勐占巴到处是凄风苦雨，
竹楼上装不下傣家人的怨恨。

"妖魔点名要把我送去，
哥哥和大臣们都不敢吭声。
父亲像坐在牛肋巴刺上，
一连三夜呆看着宫灯。

"父亲说哥哥是他的命根，
要留着把王位继承。
为了哥哥只好让我去送死，
可惜我又是许配给勐哈岭达国王的人。

"父亲连夜派人给勐哈岭达国王送信，
要国王章答沙派兵来搭救我。
哪知无情无义的章答沙，
也害怕惹恼凶恶的妖魔。

"父亲说已订婚的女儿是泼出去的水，
接了聘礼的姑娘像摘走的花朵，
狠心的父亲为了他的安宁，
竟将我送来山洞喂妖魔。

"洛金坎花①靠大树滋养，
它不会忘记大树的恩情；
我是一株飘零的小草，
感谢你们使我死里得生。

"救命恩人啊！
让我终身服侍你们吧！
只要让我跟着你们，
苦死累死也心甘情愿！"

"姑娘啊！乌云散了就会重见阳光，
除了恶魔家乡就会变样，
离巢的小鸟终要回窝，
你回去吧！我们重任在身还要把路赶。"

公主声泪俱下，
拉着两兄弟恳求：
"世间哪有那样狠毒的父兄，
我发誓不愿再回勐占巴。

"冰冷的宫廷酒肉再多，
不如竹楼上一碗酸笋汤；
冰冷的宫廷裹金包银，
不如茅草窝铺温暖贴心。

---

① 洛金坎花：一种黄色、有香味的野花，寄生在古树上。

"不管路途多么遥远，
不管此去是祸是福，
就是走到地角天边，
我也不愿离开你们一步。"

万纳西朗十分同情姑娘的遭遇，
万纳西朗爱慕姑娘的美丽聪明，
他脉脉含情地望着朗占达，
只盼哥哥把姑娘的请求答应。

吉达公玛很同情姑娘的遭遇，
也猜透了弟弟的一片深情。
他答应了姑娘的请求，
又为弟弟做媒说亲。

"柔美的白云衬托着蓝天，
素洁的荷花喜爱清清的湖水；
我的弟弟是只远来的蜜蜂，
不知能不能歇上金玫瑰的花蕾？"

"凤尾竹长高了靠大地的哺育，
含羞草变绿了靠吮吸夜间的露水；
救命恩情我永远难以报答，
就怕点水雀不配与金凤凰比翼齐飞。"

吉达公玛给弟弟和朗占达拴了线，
又采来鲜花为他俩祝福。
寻找三牙象的路程还十分遥远，
三人急匆匆继续赶路。

兄弟俩走走停停等待姑娘，
朗占达恨自己娇弱难以迈步。
吉达公玛见姑娘行走十分艰难，
又是怜惜又是着急。

想到三牙大象已知下落，
弟弟又与姑娘刚刚成亲，
他劝二人先回七层楼阁等候，
他要独自去把三牙大象找寻。

万纳西朗和朗占达誓要同行，
吉达公玛婉言劝阻。
最后二人只好同意，

万纳西朗取下弓箭让哥哥带走。

吉达公玛和弟弟弟媳告别，
攀着葛藤走上羊肠小径，
穿过幽深神秘的山谷，
前面是耸入云端的崇山峻岭。

吉达公玛艰难地攀登，
云雾遮了视线，湿了衣裳。
猛然一阵大风吹散云雾，
眼前呈现一片奇异景象。

石砌的城堡围着金碧辉煌的宫殿，
勐排的魔王就住在这高高的山巅，
到王宫只有一条险峻的窄路，
沿途魔将防守得十分森严。

吉达公玛纵身跳过深涧，
举步踏上整齐的石阶。
一个凶猛的魔将大吼一声，
张牙舞爪持刀来战。

吉达公玛也抽出宝刀，
虚晃一刀擒住魔将手腕。
魔将疼得嘶叫一声，
被吉达公玛踢出老远。

受伤的魔将跑进宫里，
向魔王禀报了军情。
山坡上到处吹响了牛角，
魔王调动了两万六千魔兵。

漫山遍野的妖魔举着刀弩，
一个个披头散发龇牙咧嘴，
又是弹舌又是嘶叫，
瞪着血眼扑向吉达公玛。

吉达公玛毫无惧色，
挥刀斩魔像砍芭蕉。
只杀得妖魔尸横遍野，
幸存的妖魔四散奔逃。

瓦沙瓦洛气红了眼，

拿出他心爱的宝物九曲魔棍，
棍头一指可置人死地，
棍尾一指死了又可复生。

魔王亲自迎战吉达公玛，
举起棍头向他劈来。
吉达公玛眼明手快，
挥起钢刀把魔棍拨开。

魔王用棍尾指向战死的妖魔，
战死的妖魔又爬起来厮杀。
吉达公玛横冲直撞奋力猛砍，
成片的妖魔又纷纷倒下。

瓦沙瓦洛用棍打落宝刀，
吉达公玛趁势抱住魔王。
两人抱着在地上翻滚，
山谷里响起了隆隆的雷声。

魔王摔开吉达公玛，
念动咒语雷火自天而降。
吉达公玛默念雅写教过的咒语，
顿时暴雨倾盆把雷火浇熄。

魔王吐出一片阴霾遮住太阳，
霎时晴天变成黑夜。
吉达公玛借来狂风把阴霾吹散，
灿烂的阳光又照亮大地。

魔王又变出千条黑龙遮黑了天空，
吉达公玛变出千只大鹏把黑龙啄死。
魔王最后吐出一团乌云，
纵身跳进云里逃命。

吉达公玛张弓一箭射去，
乌云化作毛毛细雨，
魔王中箭惨叫一声，
一个筋斗栽死在森林里。

众小妖纷纷跪下求饶：
"本领高强的贵人啊！
江河能容来往的竹筏，

大象不踏蚂蚁的窝巢。

"我们愿意诚心归顺，
望贵人刀下留情！
我们愿交出所有的金银财宝，
把魔王的公主也奉献给您。"

"我既不想当你们的国王，
也不想要什么公主，
只要你们献出三牙大象，
我就答应把你们饶恕。"

众妖魔献上魔棍一再叩头，
争着给吉达公玛带路。
云雾山中浮现七山七水，
群山巍峨，碧水荡漾起伏。

越过第一层高山，
展现一湖红荷花；
渡过湖水越过二层山，
二层湖里开遍紫荷花。

渡过湖水越过三层山，
第三层湖里尽是金荷花；
渡过湖水越过四层山，
第四层湖里开遍银荷花。

渡过湖水越过五层山，
第五层湖里开遍蓝荷花；
渡过湖水越过六层山，
第六层湖里开遍绿荷花。

渡过湖水越过七层山，
一湖花骨朵含苞待放。
吉达公玛刚刚走到湖边，
霎时，各色荷花开遍了湖面。

十围粗的大龙树在湖心岛上，
龙树下拴着吉祥的三牙大象。
它庞大的身躯像一座山，
从头到尾有一百七十索①长。

---

① 索：一肘长。

三颗红牙各有三排，
两只耳朵像簸箕样宽，
银色的皮毛像月光照在珠宝上，
囤箩大的项铃晃得叮当直响。

三牙象见到吉达公玛，
扇耳扬鼻向他致敬。
待吉达公玛走近龙树，
它就温顺地跪在地上。

吉达公玛解开缰绳骑上象背，
三牙象四足生风腾空驰骋。
妖魔们仰望着齐声欢呼，
"贵人啊！您才是三牙象的真正主人！"

三牙象跃过七层山水，
飞越吉达公玛来时走过的层层森林。
吉达公玛顾不得向勐排的山水告别，
急着去与万纳西朗和木里相会。

十三

勐哈岭达的国王章答沙，
带着猛将雅宾进山狩猎。
他在森林里玩了七天，
遥见迎面走来一对男女。

章答沙倾慕姑娘无比美丽，
雅宾看了也感到十分惊奇：
"大王啊！她仿佛是勐占巴国的公主，
我去说亲时曾见过这块碧玉。"

雅宾上前询问来历，
一看果真是勐占巴国的公主。
章答沙听了雅宾禀报，
指着万纳西朗破口大骂：

"你是哪里钻出来的穷鬼？
竟敢拐骗我未过门的皇后朗占达！
我们原订十二月底成亲，
素里雅国王早已把聘礼收下。

"你装作吃人妖魔威吓素里雅国王，
逼他交出了我的爱妻。
你可知道我就是勐哈岭达的国王，
今天我怎能轻饶了你！"

万纳西朗冷笑着说：
"莫说你是一国的王君，
就是天神叭英的儿子，
我也不会有芝麻大的胆怯。"

一听拦路的正是章答沙，
朗占达不由愤怒地指着他骂：
"有灾有难时不见你来搭救，
风平浪静时你却来摘花。

"鸟兽也知关顾伴侣，
人间哪有像你这样无情的男人。
幸亏他兄弟二人把我从魔掌里救出，
如今我和万纳西朗已是恩爱夫妻。"

章答沙恼羞成怒挺矛刺来，
万纳西朗举刀砍断了他的长矛；
章答沙像一头惹怒的豹子，
一脚踢飞了万纳西朗的长刀。

二人赤手空拳地扭打，
像两头大象厮斗，
直到太阳落山不分输赢，
章答沙暗暗施展毒计。

他朝雅宾丢了一个眼色，
雅宾会意地悄悄捡起断矛，
趁二人搏斗得最激烈的时候，
从背后把万纳西朗刺倒。

章答沙看着倒下的情敌，
喘着粗气十分得意。
朗占达摇着死去的丈夫恸哭，
泪水和鲜血染湿了衣裙。

朗占达猛地抓起丈夫的长刀，
用尽全力砍向章答沙。
章答沙慌忙左右退让，

雅宾从背后勒住了朗占达。

章答沙狞笑着走近公主，
把不屈的公主捆绑上马。
可是他却不能挨近公主，
一靠拢就像被火烧针扎。

望着躺在血泊里的丈夫，
朗占达挣扎着不愿离去。
马匹同情地放慢了脚步，
树林也摇着枝叶悲哀抽泣。

"吉达公玛哥哥啊！你在哪里？
可想到你已失去了亲爱的兄弟？
可听到我悲哀的哭泣？
阿哥呀，快来降下复仇的暴雨！

"小鸟啊，快为我捎个信，
清风啊，快帮我传递消息！
让吉达公玛哥哥快来救我，
来为万纳西朗报仇雪恨！"

朗占达的哭声像堵不住的溪流，
朗占达的悲愤像狂风摇撼树林。
章答沙听了心烦意乱，
乱冲乱闯迷失了路径。

十四

不知飞越了多少高山江河，
吉达公玛突然感到耳热心跳，
他像听到森林中凄厉的哭喊，
他像听到朗占达的声声呼唤。

他示意三牙象从天空降落，
沿着森林向前搜寻。
哭声越听越清楚，
只见前面有三人骑马而行。

朗占达见到吉达公玛，
猛催坐骑奔跑呼救。

章答沙骑马紧紧追赶，
吉达公玛抽出宝刀将他拦截：

"你是哪里钻出的野人，
为何逞凶欺负我的弟媳？
奉劝你快快叩头赔礼，
要不然，我的长刀不会留情！"

"我是勐哈岭达至尊的国王，
你怎敢对我口出狂言？
天下的事都要随我心意，
还怕你这乳臭未干的穷汉！"

"你这披着人皮的豺狼，
干出伤天害理的勾当。
你仗势抢夺了我的弟媳，
哪配当一国的君王！"

章答沙和雅宾从两面扑来，
把吉达公玛夹在中间。
吉达公玛左右挥拳，
把二人打得仰面朝天。

二人又羞又恼仍不服输，
爬起来又和吉达公玛厮战。
吉达公玛拎着二人护领一撞，
二人额上撞起的包包像鹅蛋。

章答沙有十头象的力气，
雅宾有七头象的力气。
他们哪是吉达公玛的对手，
吉达公玛有二十头象的力气。

吉达公玛刚一松手，
两人狼狈地逃进森林。
吉达公玛为朗占达解开绳索，
详细询问途中发生的事情。

一听说弟弟被害身亡，
吉达公玛怒火万丈。
他悔恨自己放走了凶手，
没有把他们剁成肉酱。

吉达公玛把公主扶上大象，
跟她一起回到万纳西朗遇害的地方。
吉达公玛用九曲魔棍朝弟弟一指，
万纳西朗像从梦中醒来一样。

三人倾诉了离别后的情形，
便一同骑上三牙大象。
三牙象腾空飞上云天，
霎时回到了久别的故乡。

十五

彩云从山顶上飘过，
映红了河边的椰林；
三牙象飞落别占达村，
吸引着无数好奇的人群。

犁田的忘了解牛，
吃饭的丢了碗筷，
纺车停止了旋转，
正洗头的姑娘披着湿发赶来。

村村寨寨的男女老少，
忙着把喜讯奔走相告。
连城里的大臣、沙铁，
也骑上快马来看热闹。

三牙象纯善地摇耳晃铃，
让乡亲们抚摸观赏。
人人夸它是宝中之宝，
人人都说它将带来幸福吉祥。

有的拿来鲜嫩的青草，
有的给它佩戴花环，
有的挑凉水给它解渴，
有的喂它香蕉、糯米饭团。

赶大摆算最热闹了，
今天比赶大摆热闹十倍；
泼水节算最盛大了，
今天比泼水节盛大十倍。

篾桌上花生、酸鱼堆成小山，
瓦罐里米酒、烤茶发出喷鼻的芳香，
蜜甜的甘蔗靠满了竹墙，
祝福的吉利话装满楼房。

两兄弟把酒碗传给乡亲，
每个人都喝一口把幸福分享。
竹楼上充满了欢乐，
寨子里像千万只蜜蜂朝王。

找到三牙象的消息传进王宫，
普麻大立即命令两兄弟前去献象。
兄弟俩带着妻子和大象到了宫廷，
普麻大见了两个美人目呆口张。

花啊，无比鲜艳芬芳！
刺啊，又硬又尖又长！
普麻大被欲火烧燎着心，
对献象的兄弟射出忌妒的目光。

两兄弟刚刚退出宫廷，
普麻大就找拢谋臣商量。
南迪迦又献上一条毒计，
乐坏了残暴的国王。

传令的铓锣四处敲响，
城里城外家家造船。
七天内一定要把龙船造好，
七天后陪伴国王江中赛船。

龙船只能提前造好，
限定的时间不能延长，
若有哪家违令，
定要满门杀光。

国王又下了一道密令，
各村造船可以互相帮助，
唯独不准给吉达公玛兄弟帮忙，
违者也要遭殃。

江边的龙船一天天多起来，
却不见吉达公玛兄弟的动静。
头人把情况向国王禀报，

普麻大心中暗暗高兴。

到了第七天的黄昏，
两兄弟来到江边，
默唤着龙王在水上拍了三下，
龙王闻讯浮出水面。

"善良的小伙子啊，
莫非你们又遇到什么灾难？
快快把真情说给我听，
老龙好给你们帮忙。"

"尊敬的龙王啊！
我们已找来三牙象献给了国王，
普麻大却又叫造船游江，
暗地里是要谋害我兄弟俩。"

"残暴的国王终会有报应，
你兄弟不必忧伤。
明日老龙愿变成一只龙船，
让你俩驶着去对付可恶的昏王。"

十六

第八天太阳刚刚冒山，
王宫里的铛锣敲得震响。
大江两岸人山人海，
五彩的龙船排列成行。

国王想骑上三牙大象，
三牙象甩鼻踢腿愤怒异常。
国王吓得退出十丈远，
叫三十个壮汉牢牢把象牵上。

国王只好乘车走在中间，
宫女们举着黄伞走在两旁。
三千个卫士和大小头人啊，
前呼后拥，浩浩荡荡。

队伍来到江边，
国王眯着眼东看西望。

他担心大鱼不会上钩，
落得个枉费心机白撒网。

国王的八只大船金光闪闪，
听到号令，一起飞向大江。
船上各有二十个彪形大汉，
把龙船划得像射箭一样。

突然河头驶来一只龙船，
推波助澜像真龙在水面翱翔；
两兄弟神采焕发地荡着双桨，
两岸人群投去赞赏的目光。

国王的龙船算美了，
它比国王的龙船还漂亮；
二十个彪形大汉划得算快了，
它比国王的龙船快十倍。

国王催大汉使力划桨，
大汉们累得脚瘫手软，
他们挣得青筋鼓暴，
还是赶不上两兄弟的龙船。

国王对大汉叫喊：
"今天划船不比寻常，
划输了你们的脑袋赎不了罪，
划赢了官上加官重金犒赏！"

八只龙船才划了一转，
两兄弟的龙船划了十趟；
国王指挥八只大船猛冲过去，
要把两兄弟撞进滔滔大江。

八只大船步步逼近，
两兄弟划着船左避右闪。
八只大船连冲了七次，
两兄弟耐着性子七次相让。

国王又指挥龙船第八次冲来，
两兄弟假装失手丢落双桨。
普麻大一见仰天狂笑，
满船臣僚乐得拍腿打掌。

突然江面上掀起冲天巨浪，
两兄弟被浪头高高托起，
山一样的浪头朝国王的船只落下，
普麻大和他的臣僚全被江水吞没。

三牙象挣脱缰绳破浪下江，
驮着两兄弟安然地转回江岸。
凶残的暴君淹死了，
宽阔的江面又变得无风无浪。

两岸的人群发出雷鸣般的欢呼，
一齐为两兄弟的脱险高兴。
人人都说两兄弟福大命大，
人人都夸两兄弟勇敢机灵。

人们推举德高望重的长者，
向两兄弟表达众人的请求：
"森林里的象群不能没有王，
勐巴娜西的百姓不能没有君主。

"吉达公玛啊，你找来了吉祥的三牙象，
万纳西朗啊，你协助哥哥为我们除了暴君。
就请吉达公玛做我们的国王，
就请万纳西朗做我们的宰相。"

两兄弟含着感激的泪花，
扶起了跪着的长者和乡亲：
"亲人啊！就怕两棵小树挡不住风雨，
会冷着众乡亲火热的心。"

"善良智慧的人办事公道，
饱经风霜的人才会疼爱百姓。
你俩能除掉暴君普麻大，
也定能把勐巴娜西变成仙境。"

乡亲们的诚意不能辜负，
兄弟俩只好把大家的请求答应。
长者们献上了蜡条和米花，
老臣素南达也带着头人赶来庆贺。

吉达公玛兄弟和妻子骑上三牙大象，
三千个大小头人后面跟着全勐百姓。
通往宫廷的路上撒满花瓣，
三牙象在欢呼声中缓缓走进宫门。

欢庆的大摆赶了七天七夜，
节日的礼花把黑夜照得通明。
青年们狂喜得敲破了象脚鼓，
老年人也变得像孩子一样年轻。

枯死的树木发绿叶，
干涸的田坝流清水，
大地焕发出勃勃生机，
村寨里又飘荡起幸福的歌声。

从此啊，
三牙象的祥光永远把勐巴娜西照耀，
吉达公玛兄弟的贤明政治，
使勐巴娜西变得繁荣富饶。

鲜花都在这里长，
小鸟都往这里飞，
一百零一个国家的使者都来称臣朝拜，
一百零一个国家的百姓都来走亲串戚。

吉达公玛兄弟的事迹啊，
在勐巴娜西到处传诵；
三牙象的故事啊，
一直传唱至今。

单行本，云南人民出版社 1983 年版
搜集整理者：杨明熙　杨振昆

附记（原《后记》）：

一

《三牙象》是流传在景谷、德宏等地的一部傣族民间叙事长诗。它是既在人民中口头流传，又有文字记载的经书和抄本。关于《三牙象》的创作和成文的时代，由于缺少史料，很难得出确切的结论。但是，就诗中所反映的内容看，我们也可以做出一些初步的推断。

长诗叙述了荒淫残暴的国王普麻大为了维护自己摇摇欲坠的统治，企图害死人民的英雄儿子吉达公玛和万纳西朗。两次屠杀没有得逞，他又设计，让两兄弟去找宝，借机杀害。两兄弟经历了千难万险的考验，先后找来了三件宝物。普麻大以庆功为名，两次加害他们。在龙王和群众的帮助下，两兄弟战胜了普麻大，赢得了人民的信赖，被人民拥戴为国家的统治者。整部诗中充满了尖锐激烈的阶级矛盾。由此可见，这部诗是阶级社会的产物。诗中没有作为奴隶制社会的重要标志——奴隶占有制的表现，而集中地反映了只有封建农奴制社会才有的森严的等级制度、政权机构、规章礼仪、剥削方式，等等。诗中出现的人物有国王、大臣、大小头人、宫女、兵士以及村寨的自由居民等；国王出巡乘坐宫车，有前呼后拥的大臣头人，宴会上有豪华礼仪；国王剥削的方式不再是人身占有，而是"他摊派的捐税像蚂蚁一样多"；国王维持统治已不是家长奴役制，而是有法典可依，"他制定的刑法凶残得赛过琵雅"。以上种种表现只可能是封建领主制社会才具有的。

从诗中所反映的宗教状况来看，不少地方都提到"赕佛""滴水""大赕"等佛教全面确立普及时才有的宗教仪式。诗中也出现了奘房，宗教人士除了摩嘎拉外，就是雅写。吉达公玛兄弟找宝途中和勐排国的斗法既可以看成是现实中佛教与多神教斗法的反映，也可以理解为民族之间争斗的反映。佛教是伴着封建领主制的成熟而普及的。因此，我们从作品中对赕佛、庙宇的表现，可以肯定作品产生于封建领主制成熟期。

这部长诗情节曲折，构思完整，长约两千行，可能是根据口头文学创作的书面作品。傣族以文字记载史料是12世纪以后的事。可见，这部长诗产生的年代不可能早于12世纪。诗中虽然有不少神话的成分，如龙王的帮助，天神的赐予，雅写的教练等，但是诗中的现实主义因素是主要的。作品反映了严酷的封建阶级统治和不同阶级真实的生活图景。现实主义因素的增加正是时代向前发展的轨迹。

二

《三牙象》之所以受到傣族人民的喜爱，辗转传颂、历久不衰，这是和作品具有强烈的人民性分不开的。列宁说过："艺术是属于人民的。它的最深的根源，应该是出自广大劳动群众的最底层。它应该是为这些群众所了解和为他们所挚爱的。它应该将这些群众的感情、思想和意志联合起来，并把它们提高起来。它应该唤醒他们中间的艺术家和发展他们。"（见蔡特金《列宁回忆录》）列宁的这段话说明了文学的人民性是文学与人民的联系的集中表现。文学的人民性就是人民群众的"感情、思想和意志"在文学作品中的表现。人民性的强弱的衡量标准就在于文学作品"究竟把某一时代和人民的（自然意向）表达到什么程度"。（见杜勃罗留波夫《俄国文学发展中人民性渗透的程度》）

在民间叙事长诗中，人民的感情、思想和意志常常是通过作品中塑造的正面形象体现出来的。《三牙象》也不例外。长诗集中地塑造和歌颂了吉达公玛和万纳西朗兄弟的英雄形象。他们出身"在别占达村最破的竹楼上"，爹妈靠"砍柴度日"。三岁上父母相继死去，他们只好讨饭生活。

> 兄弟俩到过九十九个村寨，
> 兄弟俩忍受过九十九次磨难；
> 脚跟有三十三道裂痕，
> 手臂有三十三道刀伤。

艰苦的生活没有把他们压倒，他们长得"像槟榔树"一样直，"像木棉树高大茁壮"：

> 像两块洁白的美玉，
> 可惜没有金链子系上；

像一对闪光的珍珠，

可惜没有银戒指来装镶。

他们纯洁、善良、正直、勇敢，明明识破了国王普麻大陷害自己的毒计，但是"为了勐巴娜西风调雨顺，金谷满仓"仍然挺身而出承担了找宝的重任。他们事事为人民考虑，当龙王要为他们报仇，发大水淹死普麻大时，他们想到"洪水会带累百姓受灾受难"，连忙阻止了龙王。他们找来了避火龙珠和盛着西大瓦大湖水的金盆，为乡亲解除了天旱带来的灾难；他们找来了三牙象给国家和人民带来了吉祥。他们的品德和行为得到了人民由衷的爱戴，乡亲们为他们铲草修竹楼，冒着风险保护吉达公玛的妻子木里；当普麻大淹死在江里后，人们又一致推举他们来治理勐巴娜西。这一切都说明了他们不仅来自人民，而且和人民有着不可分割的血肉联系，既是人民的一员，又是人民意志的代表。

作品赋予了吉达公玛兄弟神奇的力量。好心的雅写教他们念经习武，让吉达公玛练就二十头大象的力气，万纳西朗练就十头大象的力气；天神赐予了他们宝刀和弓箭；龙王赠给他们宝物，并变成龙船让他们战胜了暴君；他们越过了千难万险，战胜了凶恶的妖魔，得到了能起死回生的九曲魔棍。这些表现近于神话，但并非是荒诞不经的。毛泽东说："这种神话中所说的矛盾的互相变化，乃是无数复杂的现实矛盾的互相变化对于人们所引起的一种幼稚的、想象的、主观幻想的变化，并不是具体的矛盾所表现出来的具体变化。"（见《矛盾论》）马克思也说过："任何神话都是用想象和借助想象以征服自然力、支配自然力，把自然力加以形象化。"（见《政治经济学批判导言》）因此，《三牙象》中赋予吉达公玛兄弟神力，让他们找到宝物，战胜暴君，正是人民在现实中未能实现的，征服自然力、铲除暴政的理想、愿望的集中反映。

长诗的人民性不仅在对正面人物的歌颂中表现出来，也在对反面人物的揭露和鞭挞中显示出来。普麻大是一个荒淫无耻、暴虐无道的国王，他竟然因为做了一个不吉祥的梦，而两次派兵士杀害无辜的孕妇和儿童。然而惨无人道的镇压只能激起人民的怨愤。面对着愤怒的人民，普麻大又是色厉内荏的：

他白天叫人加固城墙，

天未黑就把城门紧紧关上。

森严的王宫周围，

常守着九层卫兵。

他不顾人民的死活，对于摩嘎拉预言的天旱火灾他都无所谓，只担心有人会威胁他的王位。他不讲信用，几次设计陷害吉达公玛兄弟。他不仅激起了人民的反对，他的大臣素南达也不满于他的所作所为。作品中不仅塑造了国王普麻大的可憎形象，而且还描写了另外两个国王的可恶嘴脸。昏庸的勐占巴国王素里雅竟然为救自己的儿子素挽纳，挨家挨户地把百姓，甚至自己的亲生女儿朗占达送给妖魔去吃。勐哈岭达的国王章答沙也是个无情无义的人，他怕惹恼妖魔也拒绝派兵搭救自己的未婚妻，眼睁睁地看着朗占达被送入虎口。这些统治者的形象和吉达公玛兄弟的形象形成了鲜明的对比。在对比中揭示了前者必然灭亡的命运，显示了后者必然胜利的原因。人民必然选择后者，而鄙弃前者。姑娘也必然把自己纯洁真挚的爱给予后者，而拒绝前者。木里爱上了吉达公玛，朗占达爱上了万纳西朗。朗占达被救后，不愿回国享受公主的豪华生活，而愿随万纳西朗历尽艰辛，她的肺腑之言正表明了人民强烈的爱憎：

"冰冷的宫廷酒肉再多，

不如竹楼上一碗酸笋汤；

冰冷的宫廷裹金包银，

不如茅草窝铺温暖贴心。"

尖锐的对比、鲜明的爱憎和那一时代阶级对立的生活图景的真实展现，这一切无不渗透着人民的感情、愿望、意志、理想。这一切使作品具有了强烈的人民性。

三

《三牙象》强烈的人民性不是在诗句中着意指出的，而是在场面和情节的描写中自然流露出来的，是通过长诗独到的艺术表现来显示的。这部长诗的魅力除了它的人民性外，还在于它有着曲折的情节、鲜明的形象和强烈的抒情色彩。

《三牙象》的情节是十分曲折的，一波未平，一波又起，给人以"山重水复疑无路，柳暗花明又一村"的感觉。纵观全诗，感到长而不乱，脉络清楚，奇而可信，险而有理。长诗以梦象、找象、得象为结构的主线，层次分明地展开情节。以主人公吉达公玛兄弟的命运为悬念，紧扣人们的心弦。叙事诗的成败常常取决于情节吸引人的程度。从《三牙象》的情节结构，我们不难得出这个结论。

《三牙象》的形象塑造也是相当动人传神的。它描写心藏毒计设宴招待吉达公玛兄弟的普麻大仅用了两个比喻："他像一个横爬的螃蟹，又像一只怕亮的猫头鹰。"用语极简，但却活现出一个奸诈的暴君的可鄙形象。它描写木里的美丽，诗句是朴素的：

> 她轻盈的脚步像彩云飘动，
> 窈窕的身上飘来荷花的清香，
> 一排长的黑发又细又软，
> 秀丽的脸庞像镜子一样明亮。

作品不仅传神地描写了她的形象，而且对她和吉达公玛在爱情发展过程中的心理也刻画得惟妙惟肖。木里听了兄弟俩的身世，同情地"默默地低下了头"，听到国王的暴虐，她"愤怒得捏紧拳头"；听到他们为民找宝，她顿生了爱慕之心。

> 无声的爱慕使客房突然沉静，
> 听得出两颗心跳荡的声音。
> 嘴啊，不是上了千把铁锁，
> 而是怕说出话来不受人听。

这些描写都细致入微地刻画了人物的心理，使人物不仅达到外形的真实，而且达到心理的真实。这样，人物的形象就显得更加生动饱满。

长诗中还具有强烈的抒情色彩。这种抒情色彩尤其在爱情描写和生离死别中表现得更加浓烈。

> "在家我度过多少月夜，
> 从未感到月光这样皎洁；
> 今天我的心中充满光明，
> 因为身旁有一轮圆月。"

> "在深山老林里度过多少夜晚，
> 我从未跨出七层楼阁的门槛。
> 今夜我心中充满神奇的力量，
> 因为有颗智慧的明星把森林照亮。"

这样的抒情不加雕饰，在白描中表达了无比真挚的爱慕之情，令人回肠荡气。这样的诗句在诗中是不胜枚举的。唯其情真，才能动人。长诗的抒情色彩使它增添了动人心弦的力量。

长诗的语言也很有特色。它善于运用形象的语言使抽象的叙述变成可感可观的画面。例如描写兄弟俩在找宝途中起早贪黑，不避艰苦，诗中是这样表现的：

> 早晨，他们第一个碰落草上的露珠，
> 夜晚，他们要到星星露脸才歇息；
> 暑热，他们顾不得找片蕉叶遮阴，

阴雨，他们顾不得到崖下躲避。

诗中还长于运用民歌中常用的比兴、夸张等表现手法。例如，写到吉达公玛兄弟三岁时死去爹娘，只好讨饭度日时，诗中是这样写的："正抽穗扬花的稻谷，半夜里遭到冷风冷雨的摧残""没有大树遮挡的小草会枯萎，失去依靠的藤蔓只能匍匐生长。"这既是比喻，又是起兴。这种比兴当成套使用的时候，更有一种特殊的韵味。例如：

> "雾再大总有散的时候，
> 夜再黑遮不住月亮星光，
> 冻僵的土地总有苏醒的时候，
> 勐巴娜西终会迎来明媚的春光！"

这种句式的重叠表现了兄弟俩对胜利的坚定信念。夸张的运用不仅在兄弟俩神力的表现上，也表现在许多描写和叙述中，如表现他们找宝道路的漫长。诗这样写："越过六百六十架山岭，涉过七百七十条河流，走遍八百八十个村寨，问过九百九十个猎人和渔夫。"这些泛指的数字夸张地表现了找宝的艰辛。

《三牙象》在艺术上并非是十全十美的，特别在翻译、整理上很难保持原诗的韵味，诗句也还缺少打磨，显得比较粗糙。但是这部长诗之所以流传下来毕竟有它宝贵的东西。正如加里宁所说的："毫无疑问，人民艺术，是最高级、最有才能、最有天才的艺术。这种艺术是人民所铭记，是人民所保存，并且是人民世代相传的。你们要了解，没有价值的艺术是不可能在民间保存下来的。人民好比淘金者，他们所选择的，保存的，相传的，并且在几百年中加以琢磨的，只是最宝贵，最天才的东西。"（见《加里宁论文学·在哈萨克和乌克兰艺术工作者授奖典礼上的演说》）

四

这部长诗是根据景谷县搜集的资料翻译、整理而成的。从最初的搜集、整理的时间算起，至今已二十年了。1962 年在中央拯救民族民间文学遗产的指示鼓舞下，在景谷县委的支持下，当时县文教科勐班文化组收集了《三牙象》资料一；县文化馆云大准、杨明熙请大佛爷周运福口述了《三牙象》资料二；接着又请傣族职工周兴荣、杨兴德逐字逐句翻译了《三牙象》唱本，形成资料三。在整理过程中，杨明熙执笔写了整理意见报县委，县委作了批示。县里还召开部分业余文艺爱好者座谈会，对《三牙象》的整理提出了意见。1963 年杨明熙带本人的整理稿与文教科负责人出席了思茅地区文教会议，并对《三牙象》的整理做了汇报。会上，地区领导给予了肯定，并做了表扬。

孰料"十年浩劫"中，文艺园地惨遭践踏，《三牙象》也被说成是"大毒草"。杨明熙的整理稿和全部资料被没收。整理稿被作为"反面教材"在大会小会进行批判，无限上纲，说成是借古讽今、攻击三面红旗，是"修正主义文艺黑线的产物"。杨明熙同志受到批判，其他一些同志也受到株连。

粉碎"四人帮"后，《三牙象》及翻译整理者得以平反、恢复名誉，我们才又提笔继续整理这部长诗。再次整理中，我们反复几次征求了有关领导及熟悉这个故事的康朗、佛爷和傣族群众的意见。他们的不少见解和建议给长诗的整理以极大的帮助。经过反复六次的修改，一致反映整理稿较之原作更集中、合理，既忠实于原作，又突出了原作中人民性的一面。在《三牙象》的整理中，我们力求忠实于原作，注意了以下几点。

首先，在不改变原作的主题思想和情节结构的基础上，进行了适当的剪裁，使情节更集中，主题更鲜明。原诗共有十七段，我们只整理到第十五段，即吉达公玛找到了三牙象，国王普麻大在赛龙舟中淹死，吉达公玛当了国王为止。从故事结构看来，到此结束，有因有果，情节已算完整。十六、十七段主要叙述勐哈岭达国王章答沙为了抢夺万纳西朗的妻子朗占达发动了战争，与整个故事的中心情节和主题思想关系不大，如保留，反觉拖沓，故删去。另外，原作中还有一些人物的身世来历以及轮回转世的叙述，和整个故事不协调，故也予以剔除。

其次，在翻译中，由于种种原因，原诗的诗意、内在的韵律很难完满地保留下来，因此给整理带来了较大的困难。我们在整理中把几本资料认真进行对照，力求使诗句尽量保持原作的特色和民族色彩，并使之更富有诗意和内在的韵律。虽作多方努力，但由于整理者的水平限制，仍觉得不够理想。

今天，当我们把这个还觉粗糙的本子献到广大读者和傣族人民面前的时候，我们的心中充满了感激之情。感谢党中央给文艺带来了百花吐艳的春天；感谢那些曾经参加或关心过《三牙象》收集、翻译、整理工作的各级领导、省民研会负责同志、出版社编辑和广大傣族群众。是大家共同的心血浇灌了这株小花。特别需要指出的是，在收集、翻译、整理过程中，舒郁生、邱贤伟、唐圣明、云大淮、杨兴德、周兴荣、熊兆阳、马绍兴、李荫生等同志给予了具体的支持、帮助，在这里，一并表示感谢，并殷切地期待着各方面的同志们提出宝贵的意见。

搜集整理者：杨明熙　杨振昆

1983 年 1 月

阿銮和他的弓箭

序歌

我不赞美皎洁的月亮，
也不赞美缅桂花的幽香。
大家坐在宽敞的竹楼上，
听我把阿銮和他的弓箭来歌唱。

背琴的小伙子，
不要再把琴弦拨响；
约会情人的姑娘，
也请安静地坐在我的身旁。

坝子里密密麻麻的树木，
要数大青树根深枝干壮；
会飞善跑的禽兽，
要数大白象勇猛顽强。
万卷经书记载过多少英雄，
都没有阿銮那样令人赞扬。

听啊——

弓弦嘣嘣作响；
看啊——
离弦箭凌空飞扬。
阿銮的箭百发百中，
箭中靶心打动了九公主的心房。

靶场上的人群熙熙攘攘，
多少人祝愿阿銮吉祥。
多少人为九公主祈祷，
千百颗心啊，比弓弦还要紧张。

召王帕喊[1]像只豹子，
贺舍捧勐像豺狼。
善良人遭到折磨，
纯洁的爱情受到创伤。

让神箭为爱情增添异彩，
让神箭换取美好的春光。
现在我放开米酒润过的嗓门，
把这古老的传说向大家歌唱……

一　苦难的勐西

很久很久以前的勐西，
像一颗闪闪发亮的绿宝石。
河水像银链绕过万顷田地，
翠鸟在茫茫林海中欢啼。

————————————

① 召王帕喊：名叫帕喊的国王。

喷香的谷子，
长在勐西的田里；
甜蜜的瓜果，
长在勐西的园子里；
艳丽的鲜花，
像七色披毡铺满了勐西。

高山上的金鹿，
森林里的白象，
泉水边的孔雀，
都不愿离开勐西的土地。

村村寨寨的竹楼凉台上，
织布机唱起欢乐的歌子；
山山岭岭的蜿蜒小道上，
马帮铜铃奏起美妙的乐曲。
勐西河两岸居住着二十万百姓，
年年过着蜜一般的日子。

老敏星①划破夜空，
乌云笼罩了大地，
金塔上的银片失去光泽，
奔腾的河水在呜咽哭泣。

欢乐的森林啊，
忽然闯进了老虎豹子；
盛开的鲜花啊，
突然遭到暴风雨的袭击。
召王帕喊接替了勐西王位，
从此，灾难摧残着可爱的勐西。

刚刚登基的召王帕喊，
向百姓传下谕旨：
要建造富丽堂皇的新宫殿，
旧王宫配不上他的声威权力。
一道道竹牌②像飞箭，
派工派款十万火急。

白玉鸟躲进了深山老林，
南来的大雁再也不落在勐西。

服役的百姓低着沉重的头，
那送别的哭声震天动地。

万名苦工像牛马一样，
被卫士赶进施工广场。
贺舍捧勐腰佩银刀，
冷酷的目光把苦工横扫。

九千人搬石头，
九千人搬木料，
九千人雕龙凿凤，
九千人在栋梁上镶上珍珠玛瑙。

苦工们汗珠如雨洒，
白天夜晚不能休息睡觉。
谁要怠工反抗，
就被吊打、火烧……

毒蛇蜕了七层皮，
乌鸦叫了七个冬，
金碧辉煌的宫殿建成，
召王乐得梦中发笑。

会算卦的摩嘎拉，
为召王选择吉日良辰，
庆贺宫殿落成。
鼓乐齐鸣，火花腾空闪耀。

十勐头人晋献金银珠宝，
把威风凛凛的召王送进新宫。
歌手们唱起祝福的颂歌，
宫女们跳起优美的舞蹈。

摆了三天三夜宴席，
宫灯亮了七个通宵。
宰了百头牛，
宰了百头猪，
宰了千只鸡，
吃了百箩米，
喝了数不清的米酒，

---

① 老敏星：扫帚星。
② 竹牌：传达王宫指令的竹制牌子。

啊！留下的酒糟比山高。

宫墙外的竹楼倒塌，
宫墙外的田园长满野草，
饥饿病魔夺去了多少生命，
竜雷上阴风惨惨鬼哭狼嚎。

一个产妇在竹楼里痛苦呻吟，
初生的婴儿在哇哇啼叫。
苦命的岩坦潘没有奶吃，
苦命的岩坦潘没有破布包。

你为什么出生在这养马人的家中？
你为什么出生在这苦难的年月？
莫不是神给你命中注定，
要同爹妈一起受煎熬？

二　抢亲

勐西召王继位八年，
娶了八个漂亮的妃子。
八个妃子生了八个公主，
没有一个生太子。

八个公主八个丑样，
不是嘴歪、眼瞎便是瘸子。
召王发闷又生气，
朝思暮想生一个太子。

召王像刚进囚笼的老熊，
有肉不想吃，有水不想喝，
粗野烦躁的性子啊，
东窜西窜魂不附体。

只有贺舍捧勐大臣，
才是召王的智囊；
只有贺舍捧勐大臣，
才了解召王的心意。

欺骗扯谎是贺舍捧勐的嗜好，
讨好谄媚是他的绝技。
在国王面前他像顺从的马耶①，
在百姓面前他是咬人的花苍蝇。
他凑近国王的耳朵，
诡秘地低声耳语：

"森林里的珍禽会使召王开心，
山乡的异景会使召王满意。
巡视国土看风情，
召王的百姓一定欢喜……"

贺舍捧勐把话说完，
召王听了眉开眼笑。
召王决定巡视国土，
指令大臣把出巡准备做好。

十八面旌旗开路，
三百名卫士保镖。
大马摆响着銮铃，
击鼓敲铓又吹起金号。

长长的队伍跑了九十里，
九十里路风尘高。
满山是箭又是刀，
人在喊来猎狗咬。

撵得老熊出了窝，
追得岩羊到处逃，
赶得麂子团团转，
惊得松鼠蹦蹦跳。

卫士们沿途猎兽又打鸟，
山坡上的烟叶被踩倒，
山脚下的蚕豆被踏断，
田里的小卜少惊骇得躲藏又逃跑。

召王帕喊身疲体倦，
贺舍捧勐无精打采，
难道山间藏着妖气，

---

① 　马耶：最驯服的马。

出门的运气才这样不好？

不惹眼的草丛忽然跳出小金鹿，
四蹄腾空顺着山腰往下跑。
召王惊喜得如获至宝，
急忙带着卫士们从两面包抄。

眼看金鹿窜进寨边小碓房，
猎狗卫士把碓房围了两道。
可是金鹿像长了翅膀，
从他们的头上穿过跑掉了。

召王心里像被火燎，
正要斥责卫士把气消。
贺舍捧勐眯笑着走出碓房，
对召王把好消息报告：

"摩嘎拉给召王卜算了好运气，
草房里有一个小卜少，
红润的脸儿配着细长的眉毛，
她比孔雀还要美丽妖娆。"

召王听了嘻嘻笑，
心儿发痒脸发烧，
叫了卫士三五个，
埋头便往碓房跑。

召王见了姑娘十分惊喜，
八个妃子哪能同她相比，
她是百花中最香的一朵，
她是宝石中最亮的一颗。

"哪儿飞来的金孔雀，
怎能让她和野鸡混在一起？
哪儿飞来的金菊花，
怎能让她长在百姓的家里？
我的大臣啊，快去请媒人，
带着金银绸缎来说亲！"

召王的话像晴天霹雳，
重重打在玉莎的心里，
等召王的身影在眼前消失，
她跌跌撞撞回到家里。

没有了爹妈的玉莎，
见了姐姐放声哭泣。
小鸡躲不过饥饿的老鹰，
两姊妹难逃无情的祸事。

鸡叫三遍狗汪汪，
媒人王兵进村庄。
扑进玉莎小竹楼，
送上礼品把话讲：

"彩虹飞进你家竹楼上，
福气来到你姊妹身上。
召王的金银绸缎随你挑，
只要玉莎姑娘进宫房。

"金线绣筒裙啊，
银片镶衣裳，
宫中有人侍候啊，
出宫把马骑上。

"宴席月月摆啊，
美酒天天香。
舞女为你把愁消啊，
歌手为你把歌唱。
月莎姑娘啊，
快劝说妹妹把福来享。"

月莎怕看召王的金银绸缎，
月莎怕听媒人的蜜语甜言。
"我们只见过粗布没见过绸缎，
我们只见过粗米没见过细粮，
我们只见过铁铜没见过金银，
我们不敢把珍贵的礼品收藏。

"我妹妹是草房头上的鸽子，
哪能到宫殿里去做凤凰？
我妹妹生来是仆人的命运，
哪能到宫殿里去住上房？"

媒人说砍倒的竹子不能接，
召王的旨意不能改变。
不管月莎姊妹答不答应，
他放下礼品匆匆往回转。

一天傍晚，玉莎到河边，
用扁榤①轻轻敲打着衣衫，
听不清向她奔来的马蹄声，
更想不到马上她将遭难。

贺舍捧勐带着一队王兵，
扑到玉莎身边，
撒开披毡把玉莎裹住，
抢走了美丽的玉莎姑娘。

召王抢亲的消息很快传开，
可怜的月莎奔跑到河边，
只见玉莎的衣衫浮在水面，
载着妹妹的马队已走得很远。

姊妹竹啊被狂风折断，
姊妹俩从此分离在宫墙两边。
月莎哭得死去活来，
哭得天昏地暗……

玉莎被抢进宫中，
玉莎被锁在后宫房里。
亲爱的姐姐从此像离群的孤雁，
不知道她将在哪里栖息。

玉莎愿喝山泉水，
不吃宫中珍珠米；
玉莎愿同破竹楼做伴，
不愿面对王宫的红墙金壁；
玉莎愿做石岩上的草一株，
不当御花园中的菩提树。
玉莎喊哑了嗓子，
玉莎哭红了眼珠……

三 宫中明珠

召王做了一个梦，
恍惚来到花园中，

天上飘着五彩云，
红花绿叶舞东风。

凤尾竹下有幢新楼房，
楼上雕刻着金鹿丹凤。
突然间，天空飞来一只孔雀，
色彩耀眼像天降霓虹。

孔雀的叫声尖厉惊悸，
不知是咒骂还是歌颂。
召王正想前去抚摸小孔雀，
孔雀展翅飞出了花园。

孔雀飞走惊醒召王梦，
他心儿惊跳两眼惺忪。
正在追忆梦中事，
忽见两个宫女跑进他房中。

两个宫女一时未开口，
好似糯米粑粑粘住嘴。
召王问道出了什么事，
宫女只好把真情供：
"九妃子十月怀胎孕期满，
九公主刚才出了世。"

"不生男来只生女，
难道这是注定的天意？"
召王头昏耳鸣心生疑，
决定卜算是凶还是吉。

派去拜见摩嘎拉的差使，
很快回到了王宫里，
见了召王笑眯眯，
双脚连忙跪在地：

"尊敬的召王啊，
摩嘎拉托我向你道喜：
天飞瑞云是吉祥，
孔雀降临是天意，
瑞气盈宫，勐西要兴旺，

---

① 扁榤：傣族妇女洗衣时用来敲打衣服的木具。

孔雀托生，后世要发迹。"

召王听了露出了笑容，
召王放下了多年的心事。
嘱咐宫女把九公主精心护养，
嘱咐家人每日求天祈地。

九公主三天就会笑，
九公主三个月就会说话。
九公主眼睛像对宝石，
九公主脸儿像朵荷花。

她聪明又伶俐，
她善良又美丽，
见到九公主就是福气，
人人说她是天神送来的仙女。

召王说九公主的洪福胜过了王子，
他请摩嘎拉给九公主起了名字。
好听的名字是朗翠香，
朗翠香从此成了召王的命根子。

口渴的人啊见到了井，
迷路的人啊找到了路，
隔水的人啊见到了桥，
无架的瓜藤爬上了树。

九妃子有了九公主，
心中苦闷便向女儿诉。
女儿爱自己的妈妈，
妈妈把女儿当作心中的明珠。

四　森林之愤

茫茫白雾笼罩着森林，
层层寒霜覆盖着草坪。
谁在弯腰割草？
谁在痛苦呻吟？

啊，是可怜的波岩坦潘[①]，
在宫中受熬煎的养马人。
他为自己的命运感到伤心，
他为召王帕喊的残忍感到愤恨。

他不怕林中老虎长啸，
他不怕树上乐告[②]哀鸣，
只怕割不够十挑嫩草，
只怕喂不饱宫中大红马，
被扔进黑暗的水牢，
蒙受残忍的酷刑。

居住在森林里的老猎人，
百般同情养马人的不幸。
他常把猎物给波岩坦潘充饥，
他常把好酒给波岩坦潘暖身。

波岩坦潘每一次离开草棚，
都流下感激的泪水，
想起阴森可怕的王宫，
觉得森林里多么温暖、光明。

当波岩坦潘挑起草担走出森林，
当波岩坦潘迎着晚风走回王宫，
一朵黑云在他头顶不肯散去，
一群乌鸦在他身后叫个不停。

像马蜂蜇着他的脖子，
像毒刺戳着他的脚心，
波岩坦潘的心怦怦乱跳，
难道是灾祸就要来临？

远处跑来一个妇人，
像一只受惊的麂子在狂奔。
莫不是野兽把她追赶，
莫不是她碰着可怕的死神？

波岩坦潘站在路边细细张望，
不觉全身发呆又发冷。

---

① 波岩坦潘：波是爹的意思，波岩坦潘即岩坦潘的爹。
② 乐告：猫头鹰。

啊，是他可怜的妻子背着孩子在呼救，
无边的森林也发出了悲惨的回音。

她的脸上蒙着一层乌云，
她的泪水湿透了肩上的披巾，
她的心已经破碎，
她已经哭不出声音……

波岩坦潘紧紧搂住妻子，
波岩坦潘紧紧搂住儿子，
询问惊魂落魄的亲人，
到底发生了什么不幸？

"我苦命的丈夫啊，
你养的大红马今天突然死去，
召王要找你问罪，
他还要杀掉我们全家。"

天空异常暗淡，
森林分外凄凉，
谁听了也要落泪，
谁听了也要悲伤。

"可怜的妻子啊不要哭泣，
可怜的妻子啊不要悲伤。
你带着岩坦潘快快逃走，
到密林深箐里把身藏。"

"不幸的丈夫啊，
我俩是河里的鱼、山冈的鹿，
到处都在张网，到处都有毒箭，
勐西哪有我们藏身的地方？"

"假如我真的有罪过，
召王只应杀我一人，
不会拿你和孩子问罪，
不会拿你和孩子上刑。"

"召王的刀舔惯了百姓的血，
召王的酷刑送掉了多少人命！
他要把我家斩草除根，

怎么还容得我们母子生存？"

王兵的马卷起滚滚风沙，
王兵的马蹄踏得大地摇晃，
风一般向他们扑来，
长刀的寒光使人胆战心惊。

波岩坦潘和妻子明白，
插翅也难逃出王兵的魔爪。
岩坦潘是地上的一株嫩苗，
决不能让马蹄糟蹋。

夫妻俩很快商定，
用父母的血肉保护小生命，
咩岩坦潘①准备把王兵引进峡谷，
波岩坦潘准备把王兵引入森林。

波岩坦潘解下洁白的包头，
含着泪珠裹在岩坦潘的头上；
咩岩坦潘取下肩上的披巾，
含着泪珠披在岩坦潘的身上。

夫妻俩一起祷告：
"大山啊！森林啊！
请你们把这苦命的孩子收藏，
请你们把这可爱的孩子哺养，
你们就是他的亲爹亲娘！"

凶神恶煞的王兵已经逼近，
夫妻俩把儿子藏进密密的树林。
咩岩坦潘把王兵引进峡谷，
跳下悬崖含恨身亡；
波岩坦潘把王兵引入深林，
被王兵用箭射伤。

当日傍晚，暮色昏沉，
威严的照壁下站满了王兵。
像惊雷灌入耳中，
千村万寨听到恐怖的鼓声。
百姓前来纷纷跪下，

---

① 咩岩坦潘：咩是妈的意思，咩岩坦潘，即岩坦潘的妈。

请求召王给波岩坦潘减罪免刑。

凶狠的召王背靠照壁，
命令贺舍捧勐摆设酷刑。
召王像见了红布的疯牛，
像被火燎的马蜂，
他斥退了请求的百姓，
发誓不收回庄严的命令。

波岩坦潘被五牛拖倒在地，
波岩坦潘被五牛分尸鲜血淋淋。
乡亲们紧闭的眼睛涌出泪水，
乡亲们的哭声摇撼着高山和森林……

第二天清晨霜露还未散，
月莎寻找叶子来到山林。
一阵清风送来幼儿的呼喊，
喊声敲打着月莎善良的心灵。

大山里，怎么会有幼小的孤儿？
大山里，怎么会回响这哀怜的声音？
莫不是迷路的孩子寻找路径？
莫不是可恶的豺狗伤害人命？

啊，草丛里深藏着苦难的小生命，
岩坦潘从死亡线上复活苏醒。
未长羽毛的鸟被抱进了窝棚，
失去爹娘的岩坦潘遇见了恩人。

碰巧老猎人也从这里路过，
他已知道岩坦潘爹妈被杀害，
他认出了月莎怀抱的岩坦潘，
因为他的父亲曾背他到过森林。

老猎人对月莎说：
"他的爹娘已经离开人世，
在召王酷刑下悲惨丧命。
再不能让魔鬼把他折磨，
再不能让他掉进油锅陷阱。

"枯死的缅桂花遇雨发芽，
岩坦潘得到你的温暖会成人。
当他伸展臂膀拉开弓箭时，
他会一心报答你的恩情。

"我的家就在勐醒山上，
条条小路通向我的家门。
假若需要我的帮助，
请你随时呼唤弄涛滚腾①。"

"仁慈心肠的弄涛滚腾啊，
我和岩坦潘一家命运相连。
我不会让他挨饿受惊！
失去亲人的苦难我已尝够，
我会用心血将他养育成人！"

老猎人取下虎皮披在岩坦潘身上，
老猎人取下短刀挂在岩坦潘腰间，
老猎人取下腊肉放在岩坦潘面前，
依依不舍地离开了这悲伤笼罩的大山。

五　卖叶子的人

城墙脚下，大青树旁，
每逢街天，人来人往——
有平民百姓，
也有沙铁富商。

有的挑着芒果、椰子，
有的背着笋子、槟榔，
有的扛着红木、竹子，
有的提着大鱼、豹皮。

富有的商人马驮宝石，
穿戴阔绰趾高气扬；
穷苦人肩挑竹箩装帕衮②，
衣裳褛褴大汗淌。

---

① 弄涛滚腾：居住在山林里的老人。
② 帕衮：蕨菜。

月莎牵着五岁的岩坦潘，
挑着两箩芭蕉叶子①，
在街子的偏僻角落里，
也摆下了一个摊子。

穿黑缎子筒裙的女人，
从他们面前摇过去；
穿蓝缎子衣衫的汉子，
从他们面前擦过去。

戴着花环和项链的召朗②，
戴着金戒指和银环的召坤③，
扬着鹭鸶一样的脖子，
对他们的地摊非常蔑视。

只有好心肠的波涛咪涛，
对他们和和气气，
用买得的一小包盐巴，
换走他们不值钱的叶子。

不管电闪鸣雷，
不管天晴下雨，
每隔五天的街子，
月莎和岩坦潘都这样来来去去。

苦难像大海洋，
无边无际，
泪水伴着苦瓜，
咽下肚里。

当岩坦潘把亲娘一声声呼喊，
月莎就忘了辛酸的日子，
像蜜汁酿透心窝，
脸上的忧愁也不觉消失。

大青树换了十次叶子，
芒果树结了十次果子；
岩坦潘长到十五岁，
他比同岁人都要懂事。

他能上山割草砍柴，
他能下河撒网拿鱼；
他可以帮人使牛犁田，
他可以帮人收割堆谷子。

他用辛勤的汗水，
他用使不完的力气，
慢慢地，逐月地，
换得糊口的大米。

月莎不再担心雨季的来临，
岩坦潘能让草棚不透风雨；
月莎不再担心冬天的来临，
岩坦潘会把火塘的火苗熊熊燃起。

岩坦潘长得十分英俊，
但没有一件新衣，
连挑花的筒帕，
岩坦潘也背不起。

每逢街天，月莎心里难过，
可岩坦潘劝妈不必伤心。
他想，一个卖叶子的人，
怎能和沙铁家的儿女相比。

月莎常想着岩坦潘的亲爹娘，
悲惨的往事她永远不忘。
眼看着岩坦潘已长大成人，
有一天她把岩坦潘叫到身旁：

"好孩子啊，好岩坦潘，
你的勤劳受到乡亲们的夸奖，
你的诚实受到乡亲们的赞扬，
但是啊，大雁不远飞怎能练硬翅膀？

"我梦见森林里的弄涛滚腾，
他天天都在把你盼望。
他能够给你智慧和勇敢，

---

① 芭蕉叶子：傣族作日常生活包装之用。只有最穷苦的人，才靠卖芭蕉叶度日。
② 召朗：小姐。
③ 召坤：少爷。

你快去啊，快去把他拜访！"

亲人的话啊像眨眼的星光，
在岩坦潘的心窝里闪亮；
亲人的话像火把，
点燃了他奔向勐醒山的愿望。

月莎拿出珍藏着的短刀，
给岩坦潘佩带在腰上；
月莎拿出珍藏着的虎皮，
给岩坦潘披在身上。

"饥饿时不要忘记打开饭团，
黑夜赶路要把火把点亮。"
月莎和岩坦潘第一次离别，
她说不完的嘱咐和期望。

六 在勐醒山上

岩坦潘告别了亲人，
奔向森林，跃上山冈。
晨曦为他开路，
晨风为他增添翅膀。

路旁的鲜花向他点头，
树上的小鸟向他歌唱。
勐醒山的景色使人陶醉，
岩坦潘有说不出的欢畅。

森林里的道路弯弯曲曲，
三岔路口把岩坦潘的步子阻挡。
岩坦潘焦急地四处张望，
以自己的聪明辨别方向。

禽兽的足迹深印在地上，
岩坦潘细细思量：
"猎人的箭从不轻易伤害马鹿，
虎豹不敢走向猎人居住的地方。"

岩坦潘沿着马鹿的脚印走，
终于看见了老猎人点燃的火光。

一个白发苍苍的老人，
正在草坪上舞着棍棒。

"尊敬的弄涛滚腾啊，
我是月莎的儿子，也是您的子孙，
请您不要嫌弃我的粗笨，
让我跟着您磨炼意志和胆量。"

老猎人看见岩坦潘身上的短刀、虎皮，
立即伸出热情的臂膀，
"快进草棚，快坐到火塘旁，
我早把英俊的岩坦潘盼望！"

一年四季，春夏秋冬，
岩坦潘都在老猎人身旁，
耍刀舞棍他熟练精通，
百发百中的箭术使老猎人赞赏。

他的利箭，
射向天空，
飞禽无法躲闪，
纷纷跌落地上。

他的利箭，
射向山冈，
走兽无法躲藏，
纷纷倒地死亡。

老虎见他吓得夹起尾巴，
野牛见他赶忙跪在地上。
但他从不伤害孔雀和凤凰，
从不伤害马鹿和大象。

岩坦潘练得好本领，
像山中柚木一样挺拔健壮。
在老猎人的身边，
他整整度过了三年的时光。

出窝的燕子常想着窝，
离圈的水牛常想着圈；
岩坦潘常挂念亲人，
岩坦潘常思念家乡。

重重的心事瞒不过老猎人，
在篝火熊熊的夜晚，
老猎人对他说："我舍不得你，
但你的亲人在把你想念。

"走吧，勇敢的岩坦潘，
大山和森林已给你智慧和胆量。
不用害怕恶魔和豺狼，
它们见你不是颤抖，就是躲藏。"

老猎人把自己的弓箭送给岩坦潘，
岩坦潘恭敬地捧在手上。
他跪在老猎人面前，
眼泪像泉水一样流淌：

"鸟儿不能没有树林，
鹿儿不能没有山冈；
我不会收了谷子忘了草棚，
我要把您的恩情铭记心上！"

岩坦潘挎上弓箭，
再次向老猎人合掌。
告别了森林，
告别了勐醒山，
匆匆地返回家乡。

七 阿銮

像奔驰的骏马，
像离弦的飞箭，
岩坦潘回到了家乡，
回到了亲人的身旁。

正是绚烂的春天，
彩霞挂满了天边，
离别的话像榕树叶多，
七天七夜说不完。

看着岩坦潘乌黑发亮的头发，
看着岩坦潘炯炯有神的双眼，
看着岩坦潘娴熟的武艺，

像菠萝水流进月莎的心田。

她感谢森林，
她感谢勐醒山，
她感谢老猎人，
让岩坦潘得到了智慧和勇敢。

月莎合着双掌，
久久望着遥远的天边。
母子相逢的欢乐和幸福，
使她忘记了缠身的苦难。

乡亲们听到岩坦潘归来，
争先恐后地跑来看望。
竹楼上像火塘一样温暖，
竹楼上热闹得像赶摆一样。

沉浸在深情厚谊的海洋，
岩坦潘忘掉了路上的疲倦，
晚上，他用热泪磨快了长刀，
深夜，他用热泪擦亮了利箭。

天刚亮，铓锣急促敲响，
说是野猪来糟蹋寨子的果园。
人们都很气愤，
岩坦潘马上背上了弓箭。

在野猪出没的地方，
他埋伏了三个夜晚，
终于等来丑恶的黑影，
岩坦潘一箭射断了野猪的喉管。

第三天，铓锣又急促敲响，
说是豹子拖走了寨里的小牛。
人们纷纷相告，
岩坦潘马上背上了弓箭。

在草木枯黄的山沟里，
他找到小牛的尸骨。
一步一步追踪，
无处藏身的豹子在箭下死亡。

第七天，铓锣更急促地敲响，

说是蟒蛇卷走了放马的少年。
人们惊恐万状，
岩坦潘马上背上了弓箭。

跑进少年呼救的树林里，
他对准大蟒双眼连发两箭。
不等大蟒挣扎，抽刀劈成两段，
救出了放马的少年。

人们都高兴地说：
"感谢你啊，岩坦潘，
你的勇敢和弓箭，
保卫了寨子的平安！"

听了乡亲们的赞扬，
岩坦潘低着头；
听了乡亲们的夸奖，
岩坦潘红了脸。

"一蓬竹子根连根，
我们都是一家人。
乡亲们的痛苦，
就是我岩坦潘的痛苦；
乡亲们的困难，
就是我岩坦潘的困难。"

岩坦潘的话像井里的水，
又明又亮；
岩坦潘的话赛过奘房的鼓声，
又脆又响。

人们听在耳里，
人们喜在心上。
像热天吃着麻桑坡①，
像冬天向着太阳。

日子像碾石一样运转，
不觉又过了一年。
上山砍柴，帮人种田，
岩坦潘一天也不愿闲。

他打来的猎物，
寨子里每家都分一串；
他晒好的豹皮，
常拿给老人们当背垫；
他绷好的蟒皮，
让小伙子们拿去做琴面。

寨子里的男女老少，
都喜欢到岩坦潘家中串，
不是因为他家养着蜜蜂，
而是他母子待人厚道温暖。

勐醒山下出了好猎手，
近邻远寨把名传。
岩坦潘的箭术使大家钦佩，
岩坦潘的名字传到了召王耳边。

召王命贺舍捧勐，
传岩坦潘进宫受见。
岩坦潘心明如镜，
大胆走进了森严的宫殿。

召王帕喊问他：
"你就是有名的神箭手岩坦潘？"
"我是召王土地上的百姓！"
岩坦潘回答得十分坦然。

"我命你三天之内，
各捉一只马鹿、大象，
各打一只老虎、豹子，
三天期限，不得迟缓。"

岩坦潘离开王宫，走出城门，
乡亲们围拢他身边。
听到召王苛刻的要求，
众人气愤难言。

全寨子的老人们说：
"我们同你一起拿主意。"
全寨子的青年们说：

---

① 麻桑坡：方言，树木瓜。

"我们同你一起钻林撵山。"

命薄如笋叶的月莎惊慌不安，
难道悲惨的往事又要出现？
难道召王有意把岩坦潘陷害？
难道我和岩坦潘又要再跌苦海？

岩坦潘佩带好长刀、弓箭，
青年们佩带好长刀、弓箭，
像出征的勇士，
消失在莽林群山。

第一天，第二天，
第三天早晨还不见回还。
月莎满腔忧愁，
乡亲们举目焦盼。

是不是他们没有摆好陷阱？
是不是他们被狂风暴雨阻拦？
是不是他们迷失了路途？
是不是他们忘记了召王的期限？

太阳已经偏西，
时鼓声声敲响，
母亲们的眼睛已藏不住泪珠，
但大家坚信岩坦潘的智慧和勇敢。

忽然，从森林里爆发出欢呼，
呼声回荡在重叠的山峦。
岩坦潘和青年们肩扛猎物走来，
绚丽的晚霞辉映着张张笑脸。

来了英武的岩坦潘！
来了骄傲的青年！
他们打了三只老虎和豹子，
他们捉了三只马鹿和大象。
他们按时把猎物送进王宫，
召王像猫头鹰瞪着双眼。
岩坦潘的本领果真高明，
召王也不得不跟着啧啧称赞。

全寨的人一起欢庆胜利，
大青树下铓锣一起敲响，
歌手们拨动丁的琴弦，
把岩坦潘赞美、歌唱。

"岩坦潘啊岩坦潘，
你的心像龙竹般笔直，
你的心像月亮般明亮，
你的心像阿銮一样善良，
啊，你就是我们的阿銮！

"岩坦潘啊岩坦潘，
你比金鹿还机智，
你比雄狮还勇猛，
你比大象还顽强。
你像阿銮一样机智、勇敢，
啊，你就是我们的阿銮！"

动人的琴声传遍四乡，
金缅桂花随风飘香，
绕过森林，越过山冈，
阿銮的美名啊传到很远很远的地方。

八　召王招亲

凤凰花像多彩的幕帷，
莫喊善养花①一天香三回。
九公主比最香的花还香，
九公主比最美的花还美。

召王帕喊一天三次看望九公主，
三十个宫女给九公主做伴。
九公主比金子还要纯，
九公主比珠宝还要珍贵。

美丽的朗翠香，
最受召王帕喊的宠爱，
像白玉鸟关在笼中，

---

① 莫喊善养花：兰花的一种。

从不让她走出王宫的台阶。

她常对着镜子沉思，
她常依着窗台发呆。
她想着阿妈的遭遇心疼，
她看着召王的暴行愤慨。
她恨不能长着金凤凰的翅膀，
她恨自己为什么来宫中投胎。

寂寞的宫中生活使她厌恶，
那宫外的春光使她陶醉。
啊，成熟的姑娘，
等待爱情的甘泉渗入心扉。

水不浇根花不艳，
花木鸟失伴不再高飞，
九公主没有爱情，
像一盆鲜花锁进大木柜。

召王决定招驸马，
继承勐西的王位，
也给宠女朗翠香，
在寂寞中找到安慰。

不管隔着多少大山大水，
消息很快传到各勐头人耳里。
谁不想让自家的儿子被选上驸马，
谁不想采到这朵火红的玫瑰。

为了能与召王攀亲，
头人忙着备厚礼。
贺舍捧勐暗中高兴，
妄想让儿子为他夺取更大权力。

吉祥的日子终于来到，
九十九个宫灯一起点亮，
宫廷四周插满鲜花，
丰盛的宴席等待着求婚人。
十勐的头人一个跟着一个，
向召王献出珍贵的礼品；
十勐的召坤一个跟着一个，
对召王甜言蜜语献殷勤。

求婚人挤满宫廷，
宫廷里摆满了礼品。
这边堆着象牙和鹿茸，
那边放着金碗和玉盆。

这边堆着金手镯和银耳环，
那边放着彩绸衣衫和缎子筒裙。
一千匹骏马配着金鞍，
一千头白象挂着金响铃……

贺舍捧勐和他的儿子，
也献上了镶满珍珠的宝刀。
召王看得眼花缭乱，
召王喜得手舞足蹈。

乐队奏起宴席曲，
宾主并坐饮美酒。
癞蛤蟆想吃天鹅肉，
头人们围着召王喋喋不休。

一队宫女从深宫走出，
像一群彩蝶给孔雀引路。
九公主答谢客人的祝福，
向着等待的人们迈出轻盈的脚步。

望着公主细长的眉毛，
望着公主一对圆圆的眼睛，
望着公主粉团花似的面孔，
望着公主匀称丰满的腰身，
头人们都抢着说好话，
想把公主作为攀登王宫的阶梯。

朗翠香透过薄薄的面纱，
看看那些轻薄的召坤，
眼睛充满忧郁的神色，
明洁的心泉被几滴污水搅浑。

客人把酒喝够了，
求婚人把赞美的话儿说完了，
当他们向召王辞行的时候，
都恳求把福气赐给自己的儿子。

乌鸦散去，麻雀回巢，
热闹的宫廷死水般沉静。
召王把朗翠香唤到跟前，
问她谁是中意的人。

公主轻声回答：
"花儿多了不知哪朵香，
蝴蝶多了不知哪只好看；
十勐的召坤都一般长相，
叫我把哪一个挑选？"

召王听了有些生气：
"一蓬竹子总有一根是高的，
一山红木总有一根是粗的，
一片李子树总有一棵是甜的，
召坤中总有一个是你中意的。"

"斑鸠双双并翅飞翔，
是它们情相投；
鱼儿在水中尾随追逐，
是它们意相合；
我同召坤们无情又无意，
叫我嫁给哪一个！"

公主的回答像把剑，
戳着石头火星冒。
要是别人这样刺伤召王，
召王早把宝刀拔出鞘。

朗翠香是召王的宠女，
召王只好强忍怒气，
"女儿啊，
父王的话像泼出的水，
定了的事不能收回。
怎样做才合意？
快快说出给我听，
我一定使你满意。"

朗翠香大胆把话说明，
她爱那跃马能射箭的人，
她爱那上山能伏虎的人，
她爱那聪明又勇敢的人。

玉莎暗夸女儿有志向，
仿佛说出自己的肺腑之言。
她劝召王顺从女儿的心意，
另做大摆把驸马挑选。

一根藤子扭紧了会断，
女儿的心意不能勉强。
召王授意向十勐传令，
大摆场上把驸马挑选。

十队骑士朝十勐飞奔，
向头人和百姓传达命令：
"四月大摆招驸马，
赛马比箭选优胜。
不分沙铁和百姓，
公主要选聪明勇敢的人。"

各勐头人像热锅上的蚂蚁，
督促儿子学好骑马射箭的本领。
村中鸟惊散，山中兽吓跑，
仿佛在准备迎接一场战争。

九　心愿

大青树下站满了人，
小伙子跟着长老议论纷纷：
什么鸟能落在公主的床前？
什么人的利箭能中公主的心？
谁能为百姓争取荣誉？
谁去试试召王和公主的真诚？

人们都想到了阿銮，
人们一同去找阿銮，
在草坪上团团盘坐，
用最真诚的心推举阿銮。

"愿吉祥降临在大青树上，
愿天神赐福给百姓。
阿銮啊，阿銮，
你可看见召王的金榜令？"

"竹篾笆墙挡不住风，
高山堵不住流云，
乌鸦喳喳叫响，
召王的命令谁敢不听。"

一个长老说：
"只有阿銮能带头到摆场赛马比箭。"
另一个长老说：
"哪个也比不上他的机灵和勇敢。"

按祖先的规矩众人出主意，
按寨子的风俗长老说了算，
大家一起喝了圣洁的南莫水，
为阿銮祈祷祝福。

人们的眼神都饱含着信任，
人们的笑脸都寄托着希望。
阿銮的血在血管中奔腾，
阿銮的心在胸腔里跳荡。

他给乡亲们下跪，
他向乡亲们发誓：
"乡亲们啊，
豹子和水牛不能攀亲，
魔鬼和孔雀不能在一起；
召王和百姓不能做亲戚，
朗翠香不能做我的妻子。
赛箭场上可去试一试，
但不能为豪华的宫殿去卖力。

"乡亲们啊！
我的智慧和勇敢，
是你们哺育的；
我的生与死，
是大山和森林安排的。"

阿銮说着洒下热泪，
人们听着洒下热泪。
大家把酒碗高高举起，
相互祝福，连干三碗。

野鸡叫破了黑夜，
东方飞出一片朝霞。

人们都宽心地回家去，
去为阿銮选一匹最好的骏马。

十　箭中金牌

金塔像洗过了澡，
显得异常光彩灿烂；
宽阔的草坪像绿色的地毯，
周围团转束束鲜花耀眼。

东边响起了象脚鼓，
南边响起了号角声，
西边响起了葫芦丝，
北边响起了欢呼声。

头人坐在白象上，
金鞍金晃晃，
坐垫闪银光，
金铃响当当。

召坤骑在大马上，
粉红包头白衣裳，
镶有宝石的长刀挂腰间，
嵌有珍珠的弓箭挎身上。

卫士肩扛月牙刀，
紧跟在白象和大马的两旁；
卫士手举鲜艳的彩旗，
一队接一队走进赶摆场。

百姓们像流水一样，
唱着跳着拥进赶摆场。
少女们穿的筒裙镶金片，
小伙子们穿的衣衫挂银链，
三色的花伞，五色的筒帕，
仿佛彩云降落地上。
"哟啊，哟啊，哟啊……"
一阵阵欢声在森林中回荡。

召王帕喊在金伞下走着，
王后、妃子和公主跟在后面，

走上搭着凉棚的台子，
朗翠香像红花开在绿叶中间。

小伙子们舍不得眨眼，
哪怕灰沙扑进眼眶；
象脚鼓忽然不响了，
提在手上的铓锣也掉在地上。

美丽的朗翠香啊，
有人把她比作绿孔雀，
可是绿孔雀见了她不敢开屏；
有人把她比作金凤凰，
可是金凤凰见了她也要躲闪；
有人把她比作皎洁的月亮，
可是月亮没有她那样鲜艳。

当人们从花的周围苏醒，
就开始了赶摆的活动。
一队人耍棍、耍刀、耍拳，
啊，那鼓声锣声齐响热闹喧天。

耍得好的人，跳得好的人，
一个个到看台前受奖。
召王亲手把彩绸带，
挂在受奖者的胸前。

"哟啊，哟啊，哟啊……"
一阵阵欢声在大地回荡。
人们是在向受奖者欢呼，
他们的武术使人眼花缭乱；
人们是在向受奖者欢呼，
他们的鼓点挑动着人们的心弦。

金塔下，古老的铜钟敲响，
卫士紧握刀和矛。
召王帕喊传下令，
赛马比箭开始了！

铜牌，银牌，金牌，
一个比一个高，
一个比一个远，
一个比一个小。
人们伸着脖子望，

人们踮着脚尖看。

三个牌子系着公主的项链，
三个牌子系着驸马的桂冠。
参加赛箭又不顾丢丑的人，
一时间心里发冷，身上打战。

十勐头人鼓着眼，
心中慌乱数不清一二三。
儿子是否有福气？
儿子能否中三箭？

十勐头人都一样担心，
十勐头人都一样焦急；
对儿子千万声嘱咐，
对天神许下了千万个夙愿。

勐马召坤跳上马背，
马夫牵着马笼头，
在锣鼓声中，
绕场一周。

他催马向前，
他张开弓箭，
嗖的一声
一箭射落了铜牌。

他父亲高兴得跳掉了包头，
他母亲高兴得给他合掌。
但当他俩的儿子射出第二箭时，
他俩脸上的喜色顿时改变。

十勐召坤要数勐龙召坤强，
但他的箭也没给他增添光彩，
仅只射下铜牌和银牌，
十勐的召坤没有射中公主的心房。

贺舍捧勐的儿子，
也爬上了马背拿起了箭。
他手抖心又慌，
箭未离弦便摔下了马鞍。

高傲的金牌在阳光下闪亮，

它好似朗翠香的娇姿。
盘旋着的金凤扇酸了翅膀，
在人的森林里把英雄寻找。

正当九公主的笑容在脸上消失，
正当召王垂头丧气扫兴时，
正当摆场上蒙上一层阴雾，
人群中闪出英武的骑士！

百姓们簇拥着阿銮走进广场，
宽阔的广场变成了欢腾的海洋。
阿銮的马扬起双蹄仰天嘶鸣，
仿佛在向欢呼的人们致敬。

彩旗迎风招展，
鲜花绽开笑脸。
美丽的朗翠香，
猛然揭开面纱张望。

召王流露出轻蔑的表情，
头人表现出看不起的面孔，
召坤们等着看笑话，
他们怎么会相信阿銮的本领。

贺舍捧勐大声问：
"请报骑士姓名！"
阿銮也大声回答：
"我叫大山！我叫森林！"

百姓们跟着阿銮回答，
声音大得像洪钟雷鸣：
"他是岩坦潘，他是阿銮，
他是勐西的英雄！"

贺舍捧勐吓得后退十步，
召王帕喊吓得掉下板凳。
他们认出了斩蟒伏虎的阿銮，
他们目瞪口呆，胆战心惊。

口甜如蜜的召王帕喊，
露出了歹毒心肠。
他把射箭距离推远一倍，
想让阿銮箭箭落空。

阿銮没有理睬召王的阴谋，
双眼闪射着自信的光芒。
哪怕靶牌被飞鸟叼在嘴里，
他也能将它射落在地上。

他手握弓箭，
双脚一蹬，
骏马腾空，
利箭出弓。

铜牌飞落，
银牌飞落，
第三箭正要离弦，
贺舍捧勐高声喝住：
"阿銮住手！
金牌需调换方向，
只许从东往西射。"

太阳正在金牌后面，
强光刺着阿銮的双眼。
他从容地望着金牌，
像对准掠空而过的大雁，
像对准穿箐而过的麂子，
张弓放箭——

金牌，落在地下！
利箭，正中牌心！
人们拥向广场中央，
在草坪上跳舞，在金塔下欢腾。

从朝霞升起到夜幕降临，
从深夜到次日黎明。
人们围着阿銮唱了七天七夜，
人们围着阿銮跳了七个晨昏。

美丽的朗翠香啊，
悄悄偷看着英俊的阿銮；
美丽的朗翠香啊，
深深爱上了勇敢的阿銮。

召王诡计多端，
指使贺舍捧勐公告：

"选中驸马是王宫大喜，
婚事要办得富丽堂皇。
召王决定准备一个月，
一月期到阿銮要送来聘礼——
象牙三对：
一样白，一样粗细，一样轻重；
鹿茸三对：
一样色，一样长短，一样大小。"

好似倾盆大雨泼在身上，
好似冰霜寒露凝结在心上。
人们不愿再在摆场停留，
不愿再看见不知羞耻的召王。

阿銮啊，宁可去打六对斑虎，
也不会对准白象放一箭；
阿銮啊，宁可去打六对金钱豹，
也不会对准金鹿放一箭。

阿銮和乡亲们走在回乡路上，
他们又唱起来，跳起来了，
有了阿銮啊，百姓们有了光荣，
有了阿銮啊，百姓们有了骄傲！

十一 私奔

十勐头人纷纷来到王宫，
跪在召王脚下叽叽喳喳，
像一群乐嘎喳①在吵架，
叫着一个调，说着一种话。

"不能把鲜花插在牛屎上，
不能把宝石丢进烂泥巴，
一个猎人怎能娶高贵的公主，
一个百姓怎能进王宫当驸马！"
召王和贺舍捧勐心怀鬼胎，
躲在暗宫密室把阴谋策划，
决定派人去到阿銮家退婚，
一袋银子和两匹马作代价。

多情的朗翠香啊，
像燕子盼春来，
像蓓蕾盼雨洒，
盼着阿銮快送来鹿茸和象牙。

这一天，她迎着清晨的云霞，
对着镜子梳理鬓发。
她想啊，
哪一天情人给她插上金缅桂花？

中午，她走近饭桌，
看着满桌的鸡鸭鱼肉，
她想啊，
哪一天才能同情人高兴地咽下？

晚上，她躺在床上，
望着窗外弯弯的月牙。
她想啊，
哪一天才能在情人耳边说话？

远处，芭蕉林里的伙伴，
成双成对地在唱着情歌，
歌声飞过高高的宫墙，
送进了朗翠香的心窝。

她穿起衣裳，
她推开房门，
在晒台上眺望月下的田野，
笪南岛越吹越动情。

沙铁家的儿女钱财多，
百姓家的儿女欢乐多。
他们用眼泪洗去忧愁，
把爱情编成一曲曲好听的歌。

花儿得不到雨露，
一天天会枯萎凋零；
漂亮的姑娘得不到爱情，
脸上一天天堆起皱纹。

---

① 乐嘎喳：喜鹊鸟。傣族常把这种鸟的叫声比作吵架声。

听见女儿唉声叹气，
看见女儿珠泪涟涟，
玉莎悄悄来到女儿身旁，
劝她莫让忧愁搅断肠。

"妈妈呀，
人家的忧愁像草上的露水，
太阳一出来就晒干；
儿的忧愁啊像森林里的水塘，
永远是那样冰凉冰凉。

"妈妈呀，
人家的忧愁像平坝里的水沟，
用盆一舀就能见底子；
儿的忧愁啊像勐西大河，
永远是那样滚滚流长。"

朗翠香依偎在妈妈的膝盖上，
好似小猫把头搭在奶猫的乳房，
她问妈妈什么时候能见阿銮，
什么时候把结婚的宫灯点亮。

母女二人还蒙在鼓里，
召王派去退婚的人已走在路上。
娇柔的朗翠香啊，
能不能经受得了风雨的摧残？

玉莎几乎流着泪对女儿讲：
"可爱的女儿呀，
当天上还未现出彩霞时，
妈妈不能说坝子有了吉象。"
十九年来凄凉昏暗的宫中生活，
玉莎无时不在思念亲人和家乡。

"我心爱的翠香啊，
假若阿銮知道你在把他思恋，
假若阿銮知道你有个苦命妈妈，
他会和你把爱情的火点燃。"
当母女二人起身回后宫，
忽然听见贺舍捧勐的讲话声响。
她俩走近召王的卧室偷听，
每句话都像钢刀扎在母女心上。

贺舍捧勐说阿銮不答应退婚，
假若要退就得同百姓商量。
贺舍捧勐还说阿銮的妈就是月莎，
月莎向他询问玉莎的生死去向。

虎豹与豺狼在一起要伤害猎人，
召王与贺舍捧勐在一起要暗算阿銮。
他们密谋把阿銮引进王宫，
用药酒将他毒死在饭桌上。

玉莎不忍再听这痛心的语言，
她拉着女儿奔回卧房。
她为听到月莎姐的下落而喜悦，
她为阿銮将遭遇不幸而惊慌。

玉莎不能眼见亲人闯入魔网，
她叫女儿逃出王宫去认姨妈，
她叫女儿逃出魔窟去找阿銮，
她叫女儿到山林里把身躲藏。

朗翠香啊在妈怀里失声痛哭，
狠毒的父王将把她母女拆散。
玉莎忍痛把女儿送走，
千里马载着朗翠香奔向远方。

彩虹为她铺路，
金鹿与她同行，
相思鸟为她指引方向，
清风洗去她身上的灰尘。

不知道涉过多少河流，
不知道跑过多少村寨，
不知道穿过多少森林，
不知道越过多少山冈。

朗翠香来到了一个地方，
一个挑柴人正从山坡上走下，
她一眼认出了阿銮，
连忙把自己的遭遇对他讲。

阿銮不敢相信陌生的朗翠香，
阿銮不相信公主会到他身旁。
但朗翠香的悲痛和真诚，

终于把阿銮的泪水引出了眼眶。

远处，尘烟滚滚卷上青天，
召王的追兵在山腰时隐时现。
阿銮和朗翠香跳上千里马，
像一对金凤张开翅膀。

"善良的朗翠香啊，
你为什么冒死来找我?"
"勇敢的宰①阿銮啊!
因为你是我命中的人。"

千里马足蹄如雨，
阿銮和朗翠香骑在马上……

"美丽的朗翠香啊，
你好比萤蝶，我好比蚂蚁;
你好比宝石，我好比石头，
你我怎能配得上?"

"英俊的宰阿銮啊，
不管是一个在天上，一个在地上，
我俩的命运是混西迦安排的，
注定要做湖中一对鸳鸯。"

千里马足蹄如雨，
阿銮和朗翠香骑在马上……

在简陋的竹楼边，
在慈祥的月莎身旁，
阿銮勒住马绳问候妈妈，
朗翠香轻声呼唤亲人……

月莎见到了朗翠香，
像见到了久别的玉莎。

她把朗翠香紧紧抱在怀里，
抚摸着她湿漉漉的鬈发。

十九年的辛酸苦辣，
十九年的日盼夜挂，

一齐从肚子里倒了出来，
掺着血和泪抛洒……

阿銮一脚把地踩裂，把石头踩碎，
他头次看到月莎妈带血的泪花，
他头次听见生父被五牛分尸，
他头次听到生母跌死悬崖下。

雷声隆隆，
风声沙沙，
好像灰暗的天在旋转，
好像颤抖的地在陷塌。

阿銮捧着生父带血的包头布，
阿銮捧着生母带血的披肩纱。
像一把钢刀刺在肺腑，
像一根竹篾片往心窝里扎。

"让召王帕喊的头颅掉在我刀下，
让贺舍捧勐的性命丧在我箭下!"
阿銮跪在养母面前，
请求养母答应他去实现誓言。

月莎揩去阿銮脸上的血泪，
劝他不要自投虎口牙下。
吉祥的混西迦不会饶恕恶人，
召王和贺舍捧勐总会受到惩罚。

"混西迦会保佑你们顺当，
死去的亲人会保佑你们平安，
坚贞的爱情会保佑你们幸福，
我要日夜祷告，让你们免除灾难。"

阿銮和朗翠香泣不成声，
他俩舍不得离开活着的亲人，
舍不得离开埋葬着亲人的土地啊，
可是，召王的追兵却步步逼紧。

"阿銮啊，如果你爱阿妈的话，
朗翠香啊，如果你爱姨妈的话，

———————————
① 宰：哥哥。

268

就快快骑上千里马逃走，
逃到遥远的海角天涯。"

阿銮把仇记在长刀口上，
阿銮把恨记在利箭尖上，
拉着朗翠香对亲人三拜，
再拜森林啊再拜山冈。

他俩一边眼睛流着泪，
他俩一边眼睛流着血，
离别了亲人！
离别了家乡！

十二 离乡

金鹿为一对相爱的人引路，
白象为一对相爱的人开道，
翠鸟为一对相爱的人唱歌，
孔雀为一对相爱的人舞蹈。

古老的森林飘满彩云，
快活的鸟兽迎来了客人。
阿銮和朗翠香多么高兴，
这里的一切生命都那样热情。

他俩已走了三十七天，
他俩已走了三十七夜，
当布谷鸟在天空报信，
才知道播种的季节已到。

清风吹拂着龙竹，
霞光映射着山桃，
野珠兰睁开了睡眼，
知春的鸟儿也来泉边洗澡。

山冈披上了鲜花，
森林响起了松涛，
为了迎接尊贵的客人，
花鸟禽兽都在欢笑。

阿銮把朗翠香扶下马来，

舒软碧绿的草毯早已铺好。
朗翠香疲倦地进入梦乡，
美丽的向往追逐着春花般的思潮——

她梦见和阿銮举行婚礼，
面前点起细长通亮的蜡条。
老人们为他俩拴线、滴水，
乡亲们献来一箩又一箩的金桃。

她的心像溪水在峭壁间翻腾，
她的情怀像烈火在燃烧。
她和阿銮并排而坐，
七色花片在他俩头上飞飘……

朗翠香的梦越做越香，
沉醉在幸福的汪洋。
阿銮舍不得把她叫醒，
捧着充饥的野果站在她身旁。

微风吹动着她的头发，
花蝶扑在她的脸上，
朗翠香才睁开了眼睛，
羞涩的红云飞上了脸庞。

"朗翠香啊，你梦见了什么？
看你笑得那样舒坦、安详。
假若不是我把它猜错，
定是我们爱情的鸟儿在晴空展翅飞翔。"

朗翠香虽然没有回答，
水汪汪的眼睛就是她爱情的门窗。
请大地做媒，请苍天作证吧，
就在这森林中实现我梦中的幻想……

来祝贺的飞鸟走兽啊，
唱着各种各样婉转的曲调。
相爱的伙伴一点不觉寒冷，
两颗心好像两盆燃烧的火。
阿銮和朗翠香对面盘坐，
我看着你，你看着我。
爱情的瀑布在沉默中倾泻，
听，他俩轻轻唱起了心底的歌：

"开在高山上的是斑色花，
开在河岸边的是攀枝花，
开在村寨里的是金缅桂，
开在阿銮心中的是慕莱恩花①。

"啊，朗翠香哟，
我美丽的慕莱恩花！
你比玫瑰花还艳，
你比茉莉花还香。"

"长在高山上的是红木树，
长在河岸边的是杨柳树，
长在村寨里的是凤尾竹，
长在朗翠香心中的是大青树。

"啊，宰阿銮哟，
我雄伟的大青树！
你挺拔屹立在坝心，
经风沐雨耐霜寒。"

"我没有买衣衫的钱，
我没有买花筒裙的钱，
就是身边的长刀和弓箭，
也是亲人送给我的伙伴。
朗翠香啊，你跟着我，
只有数不尽的苦难。"

"我知道你是卖叶子的人，
父王才不让你进宫殿。
我爱你的一颗心，
才来做你终生的侣伴。
宰阿銮啊，我跟定了你，
苦难中蕴藏着爱情的贞坚！"

竹筒当酒杯，
泉水当美酒。
清醇的美酒喝进嘴里，
纯真的爱情使它回甜。

第二天，他们又上路了，
不知道哪是林海的尽头，

不知道哪是理想的归宿，
他们又走了三天三夜的路程。

金鹿给他们衔来仙草，
金猴给他们摘来金果，
一路上陪伴在他们身边，
多么温暖，多么快活。

相爱的人啊，要走向何方？
相爱的人啊，还要走多远？
两张脸突然投下阴影，
千里马也不愿再向前。

他们回头遥望家乡，
遥望勐西的河流和高山。
忽闻长空飞雁啼鸣声，
仿佛是芭蕉林里的亲人在呼唤。

大雁在头顶盘旋，
丢下一封口含的信笺。
阿銮和朗翠香啊，
急忙拆开把信看。

信中说月莎阿妈遭灾难，
召王追兵把竹楼点燃，
阿妈被活活烧死，
从此离开了人间。

信中说在宫中的母亲受折磨，
召王把她投入水牢，
不准送水也不许送饭，
她永远也不能再见亲人面。

阿銮顿时怒火万丈，
朗翠香面对家乡呼喊。
听啊，喊声在林中久久回荡，
看啊，怒火烧红了半边天。

"混西迦啊，请赐我无敌的宝刀！
混西迦啊，请赐我无敌的神箭！

① 慕莱恩花：一种香花，是圣洁芬芳的象征。

召王的残暴不能再容忍，
贺舍捧勐与我不共戴天。"

转眼间，天上一声炸雷响，
宝刀和神箭由天而降，
随着耀眼的光柱落地，
阿銮惊奇地接在手上。

阿銮和朗翠香拨转了马头，
面对森林，面对大山，
把宝刀神箭高高举过包头，
立下了为勐西除恶的誓言：

"让召王帕喊的头颅落在我的刀下！
让贺舍捧勐的性命丧在我的箭下！
把他砍成五截，把他剁成肉酱，
再不让虎豹豺狼把勐西糟蹋。"

大雁又丢下一封书信，
写明了报仇的时机是三月三。
三月三召王要做六十寿辰，
还要招贺舍捧勐的儿子做驸马。
双喜临门必然大庆，
报仇的日子就是这一天。

阿銮和朗翠香，
催动千里马，
像疾风闪电，
顺着走来的路奔回勐西。

十三　火焚王宫

勐西城门上，
一只大铓在不停地敲响。
拼命催促百姓交贡，
村村寨寨一片恐慌。
蝙蝠绕着奘房飞旋，
王兵围着寨子巡转，
人们忙着拼凑贡品，
生怕灾祸降临头上。

转眼就是三月三，
从城门直到宫殿，
扎起彩坊九十九道，
挂起红灯九十九盏。

早早晚晚，
王宫内外熙熙攘攘，
十勐的头人蜂拥而来，
抬着寿礼给召王献上。

贺舍捧勐和他的儿子，
站在召王两旁得意洋洋，
一个像一条吃人的大蟒，
一个像一只贪婪的饿狼。

头人们尽说吉祥的话，
为贺舍捧勐父子捧场。
谁都知道乌鸦嘴边挂肥肉，
王位将是他父子俩坐上。

祝寿的舞在跳，
祝寿的歌在唱，
交贡的百姓穿梭不息，
紧咬牙关强忍着内心的悲伤。

宴席上有各种美味，
头人们在尽情品尝，
直到深沉的夜晚，
宫廷中还爆发出狂笑的声浪。

召王帕喊酩酊大醉，
贺舍捧勐父子沉浸在争夺王冠的幻想——
国王的宝剑在他们手中飞舞，
崭新的王冠戴在他们头上……

两匹骏马冲进了城门，
撞翻了守卫的王兵，
踏倒了九十九道彩坊，
踏碎了九十九盏宫灯。

雪白的骏马像疾风一般，
奔向灯火通明的王宫；
雪白的骏马像闪电一般，

飞向魔鬼聚集的宫廷。

当人们看清了，
挺立在马背上的英雄，
都高呼他们的名字：
阿銮，朗翠香！

人们高举起熊熊的火把，
在他们后面紧跟，
好像大山在倾塌，
好像林海在翻腾。

阿銮舞着手中的宝刀，
一群群王兵没命地躲闪，
一道道大门被砍开，
一堵堵宫墙被推翻。

阿銮手握弓箭，
冲进了烟雾弥漫的宫殿。
召王和贺舍捧勐正在碰杯，
他怒不可遏地放出神箭，
射穿了两个魔鬼的胸膛，
吓得头人们四处逃散。

百姓们把手中的火把，
一齐投进血泪筑成的宫殿，
烈火腾空，染红夜天，
魔鬼与魔窟化作灰尘一片。

森林披上霞光，
山河换上笑脸，
挣脱了苦难的百姓，
聚会在阿銮和朗翠香身边。

人们把圣水洒在他俩身上，
人们把他俩的名字呼唤。
久别又重逢啊，
高兴的热泪打湿了衣衫。
长老郑重宣布：
"美丽的朗翠香，勇敢的阿銮，
你们是勐西的骄傲，
你们的功绩铭刻在百姓心上。
百姓爱戴你们，

请你们就来把勐西掌管。"

阿銮和朗翠香啊，
热泪唰唰像不断的银线：
"乡亲们的信任永不忘，
抚养我们的勐西山水牢记心坎。
但我们像刚孵出的小鸡，
我们像刚冒土的笋尖，
勐西的山和水，
应该让智慧的长老来掌管，
他们慈祥的心同百姓相连，
他们智慧的光芒能使勐西更加璀璨。"

阿銮和朗翠香的话儿，
比仙水还明，比月亮还亮。
乡亲们感动得泪水盈眶，
围着王宫的废墟又跳又唱……

尾歌

这是勐西最美丽的春天，
这是勐西最灿烂的早晨，
这是勐西最难忘的时刻，
金塔迎着太阳显得更加神圣。

阿銮和朗翠香，
就要离开勐西的乡亲们，
去寻找更自由的山冈，
去寻找更理想的森林。

村村寨寨敲响了象脚鼓，
男女老少都来送行。
高高举起的酒杯啊，
像夜晚的繁星数不清。

草坪上空，
响彻祝福的声音：
"过山防虎豹，过河防龙蛇，
一路平安，万事顺心。"

"再见吧，兄弟姐妹们，
我俩永远铭记你们的鱼水之情！
再见吧，父老长辈们，
我俩永远铭记你们的养育之恩！

"再见吧，洒满着阳光的土地，
再见吧，铺盖着青苗的土地，
再见吧，盛开着鲜花的土地，
再见吧，荡漾着歌声的土地！"

阿銮和朗翠香啊，
宝刀仍在手，弓箭仍在身，
千里马迈开轻快的铁蹄，
驮着英雄儿女走上了新的征程。

人们送过十座大山，
人们送过十座森林，

他俩不带走人们送的礼物，
却带走了乡亲们的一片心。

在他俩走过的地方，
开放出慕莱恩花，
人们珍爱这繁茂的山花，
如同珍爱自己的生命。

每当逢年过节的时候，
人们都要上山去采摘慕莱恩；
每当竿南岛吹响的时候，
动听的乐声都要赞美慕莱恩。

慕莱恩花啊，
永远在人们心中扎根！
慕莱恩花啊，
永远是吉祥幸福的象征！

原载《山茶》1980 年第 1 期
翻译者：方峰群（傣族）
整理者：方峰群（傣族）　岩　林（傣族）　刘辉豪

附　记（原《后记》）：

阿銮，是傣族民间传说中对善良、勇敢、智慧的人的总称。傣族人民千百年来塑造了许许多多阿銮的形象，通过阿銮的英雄事迹，表达他们的爱憎、愿望和理想。《阿銮和他的弓箭》（原名《卖叶子的阿銮》）就是众多阿銮故事中的一个。

由于长诗把对封建领主罪恶的揭露同对人民英雄纯真爱情的歌颂结合在一起，因而使它具有深厚的人民性；由于长诗鲜明的民族特色和艺术描写上的生动感人，因而使它在傣族人民中世代传唱，像慕莱恩花一样永远散发出芳香。

长诗《阿銮和他的弓箭》是我从小最爱听的一部。1958 年，我根据帕戛莫相的口述进行了首次翻译，1964 年前后，我又多次回到德宏傣族地区，将长诗译稿同老傣文的手抄本进行核对、校正。但不久，"四人帮"挥起"文艺黑线专政论"的大棒，打向文艺界，长诗汉译稿及傣文原著都被付之一炬。粉碎"四人帮"后，我翻出了残存的译稿，邀约岩林、刘辉豪同志共同整理。因无法找到傣文原稿，我们在整理过程中，从故事结构到语言文字都进行反复、认真的回忆，力求保持作品原有的风貌。同时，我们还多次向德宏地区、耿马地区熟悉这部长诗的傣族同志请教，他们为这部长诗的问世给予了很多帮助，在此，特向他们表示谢意。

方峰群
1979 年 7 月

九颗珍珠

悠扬的竿声飘出门窗，
清亮的月光已洒在竹楼上，
让我饮下这碗醇美的米酒，
将动人的歌儿慢慢来唱……

一

从前有一个美丽的地方，
那里有一座古老的都城，
它就是勐巴娜西啊，
它像一颗照亮一百零一个国家的明星。

白玉石砌成的城墙啊，
将雄伟的王宫围在中央。
七层高楼飘挂着彩云，
楼角上玲珑的铜铃叮当作响。

楼房像一座座山峰，
金柱上雕着奔跑的大象；
玉墙上画着飞腾的彩凤，
大大小小的宫室金碧辉煌。

老国王身边的王后和妃子，

正观赏绿色的孔雀开屏。
宫女们尽情地欢歌曼舞，
十二种乐器的合奏曲曲动情。

勐巴娜西像块绿色的宝石，
吸引着邻国大小商人的心。
街子上摆满五光十色的珠宝绸缎，
到处是熙熙攘攘的人群。

勐巴娜西的土地喷香，
勐巴娜西的泉水沁人心。
可是人间总有贫富啊，
贫苦人像枯干的树叶凋零。

大青树旁住着一户穷人，
房子用树叶子盖顶。
夫妻俩躺在冷清的竹楼上，
可以望见天上凄凉的星星。

老两口常年讨饭度日，
女主人只穿一条破烂的筒裙。
可是天神赐给他们一个儿子，
他和黎明一块儿欢乐地降临。

听见儿子哇哇的哭声啊，
比听最美的歌声还动情；
看着儿子甜蜜的微笑啊，
比喝最香的美酒还醉心。

夫妻俩从来没有这样欢乐，
破烂的竹楼上升起了明星。
他们给儿子起名叫卞亚干塔，
意思是他最有本领。

儿子的眼睛像星星一样明亮，
儿子的手臂像竹笋一样细嫩，
儿子的头发像黑漆一样闪光，
儿子的脸庞像明月一样清新。

母亲吻吻儿子的黑发呀，
脸上愁苦的皱纹顿时舒展；
父亲亲亲儿子的嘴唇呀，
驱散了满脸阴沉的愁云。

七个泼水节过去了，
父亲被疟疾夺去了生命；
母亲痛哭了七天七夜，
流干了眼泪也闭上了眼睛。

卞亚干塔的哭声震动了竹楼，
他恨自己没有分文给父母治病；
卞亚干塔哭得死去活来，
他更恨自己没有起死回生的本领。

卞亚干塔成天四处流浪，
伴随他的只有悲伤的泪水。
他走遍富有的勐巴娜西啊，
冷眼和嘲笑追随着他的背影。

十五个年头过去了，
卞亚干塔长得像春雨浇过的竹笋，
身躯高大像一座山峰，
走起路来脚下滚动着雷声。

卞亚干塔力大无比，
能把一头大象举过头顶。
他被请上召沙铁豪华的竹楼，
喝了一碗淡酒后成了一个帮工。

几头黄牛拉不动的粮袋，
卞亚干塔轻轻地扛上肩头；
几头大象拉不动的大树，
卞亚干塔用胳膊一夹就走。

又一个年头过去了，
卞亚干塔想到远方去周游。

他向主人召沙铁辞行，
召沙铁端出醇酒婉言相留：

"你不能走啊，实在不能走，
我不能让你到处飘游不定。
我的田地也少不了你啊，
就像吃饭不能没有碗碟。"

卞亚干塔只好留了下来，
把筒帕又挂在自己的房门，
他又开始给主人劳累耕耘，
每天送走太阳迎来星星。

卞亚干塔当了九年苦工，
他又向主人辞行：
"我要去游遍天下，
学到人间最大的本领。"

召沙铁还是那几句老话，
想把卞亚干塔拴在家门：
"你不能走啊，卞亚干塔，
我做事哪一点让你伤心？

"如果你爱哪个竹楼上的姑娘，
我们马上送银子去为你求婚。
这里的姑娘个个像美丽的花朵，
就看哪一朵更合你的意。"

大雁已在展翅，
商队已在启程；
卞亚干塔的心啊，
早已飞出了竹楼的小门。

"我生活在美丽的姑娘当中，
我对她们像亲姊妹一般尊重。
我绝不想采摘任何一朵鲜花，
只想学到本领让大家幸福。

"再见吧，我犁过的田地，
再见吧，我喂养过的牛群，
再见吧，待我像兄弟的姑娘，
再见吧，我恋恋不舍的乡亲！"

卞亚干塔背上了筒帕，
流着热泪告别了乡亲。
召沙铁忍痛拿出了九砣白银，
作为他帮工九年的酬金。

召沙铁夫妇还在不断嘱咐：
"卞亚干塔呀，你快去早回，
我们把你当成家里的人，
每顿饭都给你留着座位。"

金孔雀飞出了竹笼，
卞亚干塔眼前的世界多么广阔，
棕榈树扇动一把把绿扇，
蕉林捧出一串串香蕉果。

一条小河从坝子里流过，
两岸的竹林摇曳婆娑，
凤凰树摇动着珠红色的花瓣，
椰子树上的小鸟不停地唱歌。

卞亚干塔爬过了一山又一山，
卞亚干塔走过了一村又一村。
肚子饿了他就吃野果，
身上的白银舍不得花分文。

为了像风一样轻快地赶路，
他把沉重的白银换成九锭黄金，
接着又走进一家沙铁的店铺，
请求用黄金换取更轻巧的珍珠。

沙铁看卞亚干塔十分诚恳，
便看了看筒帕里的黄金，
随即取出透明的九颗珍珠，
轻轻放在卞亚干塔的手心。

九颗珍珠像九盏明灯，
九颗珍珠像九颗星星；
九颗珍珠是九年的汗水，
攥在手心啊，步履轻盈。

珍珠宝贵也有价啊，
本领才能给人们带来幸福和安宁。
卞亚干塔沿路细心地询问，
什么才是人间最高的本领。

"大爹大妈伙子姑娘，
我来自那遥远的地方。
我想学到真正的本领，
不知道有本领的人住在何方？

"我有最好的九颗珍珠，
黑夜里会发出七色的光芒。
谁教给我最大的本领，
我就把九颗珍珠送到他的手上。"

人群中一个老人说：
"我会编最精致的扁帕①，
更会编各式各样的箩筐，
箩筐上能编出吉祥的凤凰。"

又一个老人说：
"我会各种仙术仙方，
会让妖魔陷进罗网，
会叫鬼怪个个死亡。"

一个中年人上前插话：
"看我这样把嘴一张，
两只手就敢抓烧红的铁块，
两只手就敢伸进翻滚的油汤。"

又一个汉子抢着说：
"只要带上我做的阿索纳摆②，
就能让最美的姑娘对你钟情，
跟随你去到那甜蜜的地方。"

还有一个年轻人在夸海口：
"我有一种绝妙的本领，
只要用手拍拍姑娘的肩膀，
姑娘就微笑着走进我的住房。"

① 扁帕：傣族群众挂在腰间放小物品的一种竹篓。
② 阿索纳摆：一种药物，据说小伙子带在身边就可以诱走心爱的姑娘。

有的人耍起精彩的拳术，
有的人吹响竹笛翩翩起舞，
有的人放开歌喉纵情高唱，
都夸耀自己的技艺举世无双。

大家挤到卞亚干塔的身旁：
"我们将全部本领传给你呀，
只要你给我们每人一颗珍珠，
我们永远不把你遗忘。"

卞亚干塔只是微笑着摇头：
"原谅我无心观赏你们的绝技。
不是我舍不得闪光的珍珠，
是这些本领还不能使我称心。"

卞亚干塔只想为人们解除苦难，
卞亚干塔只想让乡亲们长寿健康。
他的脚印撒遍了阿娜西，
迎接他的是东方的朝阳。

二

大象喜欢有森林的山冈，
水牛喜欢有水草的池塘；
卞亚干塔寻找有本领的人，
找到了年轻的朋友戈谢爽。

两人一见如故，
都有一副热心肠。
卞亚干塔说出自己的心愿，
想请教朋友戈谢爽：

"我有九颗闪光的珍珠，
是我帮工九年的酬金。
我想学一种高超的本领，
能治疾除病、起死回生。

"让老年人无痛无病，
让年轻人永葆青春。
我的朋友啊，你可知道，
谁是具有这样本领的人？"

戈谢爽敬佩卞亚干塔：
"我才从达戛西学回来本事，
学到了让全勐惊奇的法术，
可是还不会治疗各种疾病。

"我只听说世间有仙水、仙草，
但不知它究竟在什么地方。
你要学我的本领我能传授，
要找仙药还要多多探访。"

卞亚干塔听了戈谢爽的话，
像黑夜走路突然看见明灯。
他高兴地拉住戈谢爽的双手，
忙问是什么神奇的本领。

戈谢爽立了一个跟斗，
顿时变成一棵大青树插入云层。
他的头发钻进了土里，
变成了千万条粗大的树根。

它有二十人才能围过来的树干，
繁茂的枝叶像撑开的巨伞，
黄黄的果子散发出醉人的清香，
招来千万只鸟雀又跳又唱。

大青树又突然变小，
戈谢爽恢复了原来的面貌：
"这一变，再饿的肚子也饱了，
你看我的本领妙不妙？

"我还学到一套咒语，
如果遇到了什么困难，
只要我念起咒语吹一口气，
困难就像火烟被风吹散。

"我的这些本领啊，
只有对朋友才显露。
你要学会这些本领，
舍不舍得九颗珍珠？"

卞亚干塔一心想学本领，
哪里看重九颗珍珠这有价之宝？

哪怕是要他的九颗心啊，
他也甘愿用来换取仙水和仙草。

卞亚干塔把珍珠交给戈谢爽，
戈谢爽把本领传给了他。
他吹走困难像吹走蚊蝇，
他变大青树只要身子摇一摇。

卞亚干塔一连试过几回，
笑容满面地站在戈谢爽前头。
他们分手时恋恋不舍，
走出很远还回头招手。

卞亚干塔一路询问：
"大爹大妈大哥大嫂，
有件事向你们请教：
仙水、仙草要去哪里寻找？"

有人指着园子边的鸡屎草，
嘲笑的话像一把尖刀：
"这就是仙草哟，
你吃了它定会长生不老。"

有人指着牛打滚的塘子，
戏弄的话像一阵冰雹：
"这就是你要找的仙水池，
你抹上仙水准会青春永葆。"

有人笑得前倒后仰，
带刺的话能装几箩：
"你怎么这样愚蠢？
你想不想登着梯子把星星摘到？"

也有些好心的人，
劝卞亚干塔别再痴心：
"仙水、仙草只有天堂才有啊，
你磨穿了铁鞋也白费精力。"

卞亚干塔的心仿佛铜浇铁铸，
不顾冷嘲热讽只管迈步向前。
忽然一阵扑鼻花香，
引他来到一座蜂飞蝶舞的花园。

守花园的是一对老夫妇，
满脸皱纹，佝偻着背。
他们见到这个健壮的伙子，
连忙递烟倒茶水：

"我们这对穷夫妇啊，
孤苦伶仃像两片叶子已在憔悴。
你就在这里做我们的儿子吧，
我们会把你当作心上的宝贝。"

老人的话像火塘一样温暖，
烤热了卞亚干塔的心房。
他恭恭敬敬向老人叩了三个头，
把他们认作自己至爱的爹娘。

每天，他起得比雄鸡还早，
帮老人烧火做饭、浇花锄草……
他和两位老人的心啊，
就像铁三脚架一样互相扣搭。

在一个月光皎洁的夜晚，
卞亚干塔对老人诉说衷肠：
"我想去寻找仙水、仙草，
却不知道它们生长在何方。"

老爹爹摸着下巴慢慢讲道：
"过去听老人说确有仙水、仙草，
可守卫它们的是一对魔鬼，
谁去寻找都要被活活吃掉。"

卞亚干塔听了老人的话，
乐得心尖都在打战：
"仙水、仙草就是魔鬼的心肝，
我也要取来让人们分享。"

为了使两位老人放心，
他又把学到的本领试练了一回。
老人知道他主意已定，
只得收拾行装为儿子送行。

老爹爹擦着满眶的眼泪：
"我见过无数的小伙子，
没见过谁有你这样的硬骨，

我只好为你指一指路程。

"东方森林里有一座高大的奘房，
那里住着一位老人叫召尚雅写①。
他能上天又能下海，
一定知道魔鬼居住的地方。"

卞亚干塔拜别了老人，
迎着太阳直奔东方。
他仿佛看到了仙水、仙草，
他准备着与魔王决一死战……

三

卞亚干塔走出莽莽的森林，
进入干塔纳的国境。
坝子里稻谷香喷喷，
山坡上牛羊如彩云。

三千个村寨环绕京城，
三千间房子簇拥着王宫，
三千根金柱雕着飞龙，
三千根铁柱刻着金凤。

王宫像座雄伟的金塔，
金的屋顶金的墙；
一百盏宫灯挂在门前，
一百个宫女像蜜蜂奔忙。

国王有一百头大象，
国王有一百箱珠宝。
国王说："我的女儿苏温娜，
比所有的大象、珠宝都宝贵。"

国王有一片片宝地，
国王有一片片茶林。
王后说："我的女儿苏温娜，
比所有的宝地、茶林还珍贵。"

王宫的光芒照耀四方，
那不是金子的光亮，
只因为有公主苏温娜，
王宫才闪烁着金光。

王宫的芳香传遍四方，
那不是鲜花的芳香，
只因为有公主苏温娜，
王宫才四处飘香。

王宫前挤挤攘攘，
象队接着象队；
前头进了宫殿的大门，
后头还看不见队尾。

原来是一百零一个王子前来求婚，
一百零一张嘴巴赛过鹦哥的嘴。
国王和王后选中了达戛西王子，
娶亲的日子订在最吉祥的一天。

苏温娜知道了这桩婚事，
愁云遮住了平日的笑脸；
绸缎的衣裙她不爱穿，
宝石的玉簪她不爱戴。

苏温娜叫来宫女们，
到御花园里散心解闷。
庄翠鸟的叫声带来悲哀，
板宝花上的露珠好像泪痕。

天空中突然传来一声巨响，
顷刻间飞沙走石、天昏地暗。
一只大嘴巨鸟朝公主扑来，
吓得宫女们晕头转向。

大风刮过去了，
树已不再摇晃。
宫女们睁眼一看，
苏温娜早已不知去向。

---

① 召尚雅写：对雅写的尊称。

宫女们四处张望找寻，
忽听天空有人啼哭，
只见那只巨鸟叼着公主，
霎时钻进远方的云雾。

宫女们吓得急忙跑进王宫，
跪在国王面前哭诉：
"公主被大嘴鸟叼走，
转眼已消失在山谷。"

像晴天里一声霹雳，
国王急得浑身颤抖；
王后一阵又一阵昏迷，
心像被万支利箭穿透。

国王率领持刀操矛的队伍，
到深山丛林把公主找寻。
每座森林寻了九遍，
每个山谷找了九回。

士兵低着头回来了，
将军伤心地回来了，
百姓失望地回来了，
抛下一路叹息和哭声。

国王立刻给达夏西王子写了信，
不祥的消息像小蛇咬着王子的心。
王子急忙请摩嘎拉卜算凶吉，
摩嘎拉翻开卦书念念有词：

"啊，尊贵的王子，
苏温娜公主还活在世上，
不过王子要是找到了她，
国家会降临一场毁灭性的灾难。"

王子急得发狂，
用拳头往头上乱打乱敲：
"我一定要找到心爱的情人，
就是要我上天下海也不怕。"

可是当他躺在床上转念一想，
一肚子闷气顿时云散烟消：
"全国的美女千千万，

何必为一个女人去找麻烦。"

王子不再提这桩亲事，
苏温娜的下落他已不想知道，
情人就像盛着美酒的杯子，
摔了一个还可以另找。

苏温娜的父母啊，
每天为公主祈祷神灵，
王后悲痛的哭声，
打动了看卦人的心。

他站在宫廷瞭望，
一会儿看地一会儿看天；
他翻开卦书细细查找，
急忙请求国王召见：

"喜讯跑来叩门，
国王的福气直冲天庭！
大嘴鸟已经飞走了，
一个非凡的能人已把公主救起。

"不必再找公主的行踪，
她已把心献给了恩人。
一年后你们又会见面，
但那是在另一个国家的都城。"

国王听了笑声不断，
命大臣重赏看卦的人；
王后更是满面笑容，
喜悦的泪珠洒在衣襟……

四

且说大嘴鸟扇起大风，
叼着苏温娜飞向远方，
越过莽莽林海、滚滚大江，
停歇在卞亚干塔变成的树上。

大嘴鸟把头左右摆动，
苏温娜的身躯在空中晃荡；

大嘴鸟要啄食苏温娜，
凶狠的眼光扫着姑娘的脸庞。

卞亚干塔看清了这一切，
十分可怜那无辜的姑娘。
他立刻大吼一声，
又变回人形站在地上。

大嘴鸟吓得张开翅膀，
像箭一样射向远方。
苏温娜突然从空中落下，
绷紧的心像要跳出胸膛。

忽然她又觉得被什么接住，
像躺在温暖的床上。
卞亚干塔的双手就是温暖的床啊，
苏温娜紧闭眼睛不敢察看。

"醒醒吧，醒醒吧，
珍珠一样的姑娘；
醒醒吧，醒醒吧，
花朵一样的姑娘。

"眼魂、耳魂、鼻魂啊，
快回到姑娘的身上；
三十三魂都归来吧，
归来附在姑娘的身上！

"姑娘啊，你像带露的花蕾，
会在温暖的阳光下开放。
你快快醒来吧，
让死神滚到一旁！"

他把苏温娜放在草坪上，
轻轻地摇着她的肩膀，
亲切的语言像一只温暖的手，
抚平了姑娘心灵的创伤。

姑娘慢慢地睁开了眼睛，
羞涩的眼神里透出惊慌；
她的怀里像有小鹿蹦跳，
想多看一眼青年可又忙把眼睛闭上。

姑娘很惊奇：大嘴鸟去了何方？
难道变成小伙子守在我身旁？
死亡使她恐惧也给她胆量，
她的声音坚毅却又透出凄凉：

"要想吃我你就吃吧，
何必用甜言蜜语遮掩凶相？
竟存心用死亡换取欢乐，
你这怪鸟呀，已经丧尽天良！"

卞亚干塔急忙回答：
"姑娘呀，你不要害怕，
我不是大嘴鸟啊，
不会伤害你一根头发。"

卞亚干塔摘来麻檬果，
真诚地放在苏温娜的手心；
他砍开一个椰子给她喂水，
汁水滴滴甜透苏温娜的心。

她仔细打量好心的青年：
身子像柚木树般挺直英俊，
头上的黑发像一团乌云，
还有一双善良的眼睛。

若说他是大嘴鸟变的，
待我为何这样真诚？
他究竟是人还是魔怪呀？
真像那神秘莫测的森林！

苏温娜正在踌躇，
大嘴鸟又拍着巨翅飞了回来。
它遮住了太阳的光焰，
发出一阵阵尖厉的叫喊。

卞亚干塔毫不畏惧：
"姑娘啊，金子般的姑娘，
把你叼来的就是这魔鬼，
我现在要让它把厉害尝尝！"

大嘴鸟朝苏温娜猛扑下来，
大地上骤然刮起了狂风。
苏温娜扑在卞亚干塔的怀里，

紧紧贴住他的胸脯。

卞亚干塔拍手跺脚念起咒语，
口中喷出了一股仙气，
只听大嘴鸟惨叫一声，
从空中一直坠下大地。

卞亚干塔再度施展法术，
又一股仙气从口中喷出。
大嘴鸟惊慌地张开翅膀，
向着遥远的森林逃去。

森林又恢复了宁静，
苏温娜还抱着卞亚干塔的身子，
两颗心贴在一起跳动，
她脸上泛起了朵朵红云。

"好心肠的阿哥哟，
你的恩情永远珍藏在我的心房，
它像一潭清凉的泉水，
使我干枯的心又萌发出希望。

"我愿终身伴随着你，
像星星永远跟着月亮。
我愿跟随到你的家里，
为你烧茶煮饭缝补衣裳。"

苏温娜的声音啊，
像多情的糯乐多在唱歌，
多饮一杯椰子水啊，
芳香从嘴上流到心窝。

"姑娘啊，六月的鲜花，
你的话像金子一样闪光。
我是一个穷苦的人，
怎能让你跟我把苦水尝？

"如果你是哪个国家的公主，
我送你去与父母欢聚一堂；
如果你是沙铁的姑娘，
我送你回到可爱的家乡。"

"我是干塔纳国王的女儿苏温娜，

父亲把我许给了达戛西的王子。
我痛苦啊，去到花园里散心解闷，
却被那该死的大鸟叼到了这里。

"父母亲生养了我，
但不能把我从死亡中救活；
是你给了我又一次生命，
我的心啊应该属于阿哥。"

"我善良多情的公主啊，
你同达戛西王子已经定亲，
园子里的鲜花属于主人，
我闻闻香味已很称心。"

"阿哥的话儿叫我伤心，
阿哥的心灵却使我高兴。
达戛西王子虽然与我订了婚，
那只是我父母的决定。

"我遭了难却不见王子来拯救，
这没有爱情的婚姻多么痛苦！
是你把我这落水的羊羔救上岸，
不让我属于你就是于理不符！"

"妹妹的一颗心啊，
像一池泉水清澈明亮。
我见过多少个卜少也不曾动心，
只有你使我的感情掀起波浪。

"愿我们的两颗心啊，
像两根藤子缠在一起，
把根子深深扎进泥土里，
让茂盛的枝叶永远常青！"

苏温娜眼里热泪轻轻滚动，
像荷叶上那晶莹的露珠；
苏温娜脸上的红晕啊，
像荷花在晨雾中泛红。

卞亚干塔叙说了父母的惨死，
又讲到了自己经历的苦难。
苏温娜静坐着听得出神，
同情的泪水挂满脸庞。

"我俩的爱情再甜美，
也不能为百姓消灾除病；
我纵然爱着鲜花一样的妹妹，
也得继续去寻找仙草和仙水。

"即使走遍天涯海角，
我也要把仙药找到。
我送你去干爹干妈家里，
请代我把他们精心照料。

"我会时刻把你想念，
爱情的力量会帮我把困难压倒。
愿你每天为我祈祷祝福，
祝福我早日找回奇妙的仙水、仙草。"

苏温娜拭去一颗颗泪珠，
脸上露出甜蜜的微笑。
她钦佩卞亚干塔的品德，
她为有了称心的丈夫而自豪。

他们来到芳香四溢的花园，
来到了老人的住处。
他们双双跪拜在地上，
老人连忙为这对情人祝福。

"我尊敬的爹妈啊，
请收下你们的儿媳。
姑娘是一位贤淑的公主，
定会让你们事事如意。"

卞亚干塔拜别了苏温娜和父母，
理想催动着他的脚步。
他刚擦去公主的眼泪，
自己却掉下了更多的泪珠。

他没有贵重的珍珠，
只把安慰当珍贵的礼物：
"金色的美人蕉啊，
真诚的思念孕育着幸福。"

五

岁月如行云流水一样，
每天只见太阳升起又落下，
漫长的道路好似无边的大海，
卞亚干塔像一叶孤舟在海上漂荡。

神仙在天上看见了卞亚干塔，
将一盏明灯点在路旁。
卞亚干塔向亮灯处走去，
原来这里就是召尚雅写的奘房。

卞亚干塔暗自欢喜，
走进了灯火通明的奘房。
他向召尚雅写跪拜三次，
他向召尚雅写合掌问安。

"召尚雅写啊，
您尊贵的身体是否健康？
您住在森林里，
可曾遇到什么灾难？"

"我每天拜佛念经，
日子过得清静平安。
在这密林仙境中，
只有吉祥的彩云和我做伴。

"你叫什么名字？
来自什么地方？
莫非你遇上了大灾？
要贫僧为你赕佛解难？"

"我的名字叫卞亚干塔，
勐巴娜西是我的故乡。
为了寻找仙水、仙草，
我才来到了这密林深山。

"我想让人间的百姓啊，
不再有疾病和死亡；
为了让大家都过好日子，

我愿向魔鬼和死亡挑战。

"我问遍了所有的人，
没有人知道仙药藏在何方。
您是最有福气的人，
一定知道藏仙药的地方。"

"勇敢的卞亚干塔呀，
你的理想像金塔一般辉煌，
可要找这种仙药啊，
像从老虎嘴里掏出心肝。

"守仙草的魔王叫米萨利，
他花园中有许多奇花异草，
仙草就生在他花园正中，
魔鬼日夜严密守卫。

"花园围着七层铜篱笆，
铜篱外边还有七层铁篱笆。
你就是插着翅膀啊，
能飞进篱笆里去吗?

"守仙水的魔王叫米萨罗，
在他花园中有个美丽的仙池，
仙水就在仙池里，
日日夜夜有魔鬼巡逻。

"仙池周围也有七层铜篱笆，
铜篱外边也有七层铁篱笆，
你就是变成一条小虫，
能爬进篱笆里去吗?

"米萨罗的宝石能当望远筒，
米萨利有一面闪亮的宝镜。
他们怕生人接近仙草、仙水，
每天都要照看三回动静。

"还是往回走吧，
好心的卞亚干塔!
你那年轻的生命多么宝贵，
何必在异乡扔下白骨一堆?"

"我像猎人手中的箭，

射出去就决不回头;
我像勇士骑的战马，
冲出去就决不退后。

"为了找到仙草，
我不怕我的坟头长满荒草;
为了找到仙水，
我不怕我的白骨抛在荒郊。"

召尚雅写被他的真诚感动，
决定把法术传给这勇敢的青年人。
卞亚干塔急忙拜了下去，
再三向召尚雅写谢恩。

召尚雅写教他变洪水，
洪水滔滔无边;
召尚雅写教他变大火，
大火熊熊烧天。

九十九变的本领啊，
卞亚干塔都学会了，
他能钻进地层深处，
他能飞到天涯海角。

他能变成凶猛的野兽，
他能变成小小的蜜蜂;
他能变出千军万马，
他能变出雷电风雨。

卞亚干塔背上筒帕，
双手合掌向召尚雅写辞行。
卞亚干塔走向老林深处，
向着魔鬼的国度急行。

站在云端的混西迦天神啊，
听到了卞亚干塔的脚步声，
天神十分感动，
要试试他的心是否赤诚。

天神变出一间破旧的草房，
停放在山坡边上，
自己变成一个白发苍苍的老人，
病倒在屋里潮湿的地上。

卞亚干塔来到草房里，
将老人慢慢扶出住房，
他和善的眼神哟，
胜过温暖的太阳。

卞亚干塔拿起竹筒，
给老人打来清凉的泉水；
卞亚干塔用自己的衣襟，
给老人兜来香甜的野果。

"老人家啊，
您为什么独自睡在地上？
您举目无亲重病在身，
有什么事情需要我来帮忙？"

"我是一个孤苦伶仃的人，
多年来一直病魔缠身，
没有哪个人能治好我的病，
我只有孤零零地在这里等死。"

卞亚干塔看到病重的老人，
想起自己病死的父亲。
他含泪安慰老人，
像儿子一样诚恳：

"我正要去寻找仙水、仙草，
好让人们免除疾病和死亡。
等我战胜魔鬼取回来仙药，
第一次就用在您老人家的身上。"

混西迦佩服这个青年的胆量，
更喜欢小伙子的好心肠，
特意给了他神弓和宝箭，
让他去实现美好的愿望。

"你只要拉一下神弓，
利箭就会射穿敌人的心脏；
你只要挥舞一下宝刀，
魔鬼的头颅就会掉在地上。"

卞亚干塔接过神弓和宝刀：
"您的恩德我终身不忘。"

突然彩云飞舞，草房消逝，
老人早已站立在云端。

卞亚干塔明白老人是天神所变，
慌忙向苍天躬身、合掌：
"感谢尊敬的天神，
等我取到仙药后再报深恩！"

六

卞亚干塔得到了神弓和宝刀，
走起路来像驾着飞云。
他飞过了一座座山峰，
溪水有意啊，森林也多情。

榻扇树为他撑起绿伞，
枇杷树为他搭起帐篷，
芒果树把甜果投到他的脚前，
接着他又看见了奇异的动物世界：

大象直甩长鼻，
老虎威风凛凛，
小兔跳跳蹦蹦，
孔雀展翅开屏。

百鸟百兽聚会，
选举森林王国的首领，
有的在高谈阔论，
有的在发表演说。

有的推举大象，
说它身体强壮鼻子长；
大象却说自己没有智慧，
不配作为动物之王。

有的推举小白兔，
白兔羞得直摇耳朵：
"我这么点小小个子，
哪能率领大姐大哥！"

推举了各种动物，

个个都不愿承担，
最后选出雄狮、猛虎，
当了森林鸟兽之王。

卞亚干塔大吼一声，
百兽百鸟纷纷逃命，
只有乌龟和猫头鹰，
被卞亚干塔一把抓在手里。

"召①啊，原谅我们挡了道路。
我们本性老实，
求你给我们留条活命，
我们能帮你做很多事情。"

卞亚干塔轻声问道：
"我来寻找仙水、仙草。
它们在魔鬼守卫的地方，
你们能不能帮我找到?"

猫头鹰争着立功：
"我偷看过仙水、仙草。
白天魔鬼们看守森严，
晚上魔鬼们酣然睡觉。

"我愿为你当个向导，
领你去取仙水、仙草。
我能将宝物运到人间，
只要翅膀一扇就能办到。"

花乌龟也抢着献宝：
"装仙水需要一个宝葫芦，
它藏在海底的龙宫，
底细我都知晓。

"它放在海中央的大青石上，
虽然很小却能装下一海子水。
趁着守它的金角龙熟睡未醒，
我去把宝葫芦偷来给你。"

卞亚干塔来到海边，
花乌龟钻进海里又跳出水面。

它捧着金闪闪的宝葫芦，
使满天的星斗也显得暗淡。

花乌龟高兴地说道：
"召啊，感谢你不杀的恩典！
今后你遇到什么困难，
喊三声我就出现在你身边。"

猫头鹰领着卞亚干塔，
连夜飞到了仙水池边。
深深的仙水绿里透蓝，
上面像覆盖着宝镜一面。

卞亚干塔叫猫头鹰拿着宝葫芦，
轻轻地盛满透亮的仙水。
卞亚干塔也变成一只猫头鹰，
在空中展翅飞行。

飞到米萨利魔王的花园，
他们悄悄在百花丛中找寻。
只见园心有一大蓬仙草，
翠叶茂盛，芳馨四溢。

卞亚干塔轻轻采下仙草，
悄悄地交给了猫头鹰，
他一个人留在后面，
提防魔鬼赶来拼命。

两个魔王心惊肉跳，
一整夜睡不安宁。
他们拿起宝石望远筒，
卞亚干塔被照在宝镜中心。

两个魔王怒火烧心，
牙齿咬出"咯咯"的响声：
"快去追赶偷宝物的强盗！"
一声大吼召来千万个魔兵。

众魔兵举起快刀利剑，
紧跟着两魔王飞奔追寻。

---

① 召：对人的一种尊称。

魔鬼的怪叫如滚雷惊天，
魔鬼刮起的狂风夹着乌云。

魔王魔鬼把卞亚干塔团团围住，
霎时刀光剑影电闪雷鸣。
"你胆敢来偷我们的仙草、仙水，
难道没有看见白骨堆成山岭？"

卞亚干塔从容镇定，
挥起宝刀呵斥魔群：
"你们这些吃人的妖精，
我要让你们受到死亡的严惩！"

卞亚干塔闪光的宝刀啊，
砍削着一个个魔鬼的头颅，
魔鬼们一片片的尸体，
像镰刀割倒的稻谷。

卞亚干塔摇身一变，
万千马蜂铺天盖地。
马蜂紧追着魔鬼又蜇又咬，
魔鬼们纷纷抱头逃窜。

两个魔王心惊肉跳，
用魔法变出漫天冰雹，
打落了呼啸的蜂群，
打倒了一大片森林。

卞亚干塔用嘴一吹，
喷出了凶猛的烈焰；
两魔王变出漫天大雨，
又顷刻把烈火扑灭。

魔王用长矛刺了过来，
卞亚干塔用宝刀挡开。
魔王射出一支支弩箭，
卞亚干塔用宝刀砍落下来。

双方大战几百个回合，
各有胜负难解难分。
魔王的两个女儿出来观战，
敬佩卞亚干塔的奇勇神能。

卞亚干塔心里一动，
想起花乌龟的神能。
他悄悄飞到了海边，
对着大海喊了三声。

花乌龟应声出现，
问卞亚干塔有何吩咐。
卞亚干塔说明了来意，
花乌龟让他钻进龟壳中。

众魔鬼追到海岸，
只见夜色茫茫波涛汹涌。
他们找遍了天涯海角，
却找不到卞亚干塔的影踪。

卞亚干塔从龟壳里出来，
花乌龟又把妙计献上：
"召啊，为何不变成小小的蜂子，
钻进魔王的肚子？"

卞亚干塔谢过乌龟，
变成两只小蜂嗡嗡飞鸣。
它轻轻飞到魔王嘴边，
顺风飞进两个魔王的肚子里。

两个魔王正得意洋洋，
突然肚子痛得大汗直淌。
他们在地上打滚呻吟，
乞求天神慈悲饶命。

卞亚干塔在肚里说道：
"害人的恶魔啊，
你们万万想不到吧，
在你们肚里的是取仙药的人！"

两个魔王跪地磕头：
"召啊，不要伤害我们的性命，
我们愿做你的仆从，
再不做伤天害理的事情。"

卞亚干塔飞出肚来，
对两个魔王严加训斥：
"你们休想骗我，

不守诺言我要你们的命！"

"天神派来的召啊，
如果我们说了假话，
苍天起火烧毁我们，
大地裂开吞噬我们。"

卞亚干塔饶恕了魔王，
告诫它们要改恶从善，造福百姓。
魔王感谢不杀之恩，
各自领出女儿，执意要配他为妻。

两位公主原来是仙女下凡，
一同诞生在两朵荷花的花心。
魔王把她们接来抚养，
用仙水把她们洗得非常漂亮聪明。

卞亚干塔连忙谢绝，
两位公主却脉脉传情：
"哥哥啊，我们等了多少年，
今天才等到你走进宫廷。

"我们曾请摩嘎拉打卦，
卦上说有一位英雄就要降临。
你就是神勇的英雄啊，
你就是我们心上的明星。

"你是树木，我们是叶子跟着你，
你是秧苗，我们是雨水跟着你，
你是月亮，我们是星星跟着你，
你是鲜花，我们是蜜蜂跟着你。"

公主的话感动了卞亚干塔，
他接受了她们纯真的爱情。
两个魔王万分高兴，
立即为英雄和公主举行隆重的婚礼。

宫殿里张灯结彩，
来了九万九千个魔鬼的亲戚。
魔王给女儿女婿滴上仙水，
众魔鬼高喊"水！水！水！"

魔王要卞亚干塔继承王位，

卞亚干塔却婉言回绝：
"岳父岳母啊，取到仙药我要及早回去，
父老乡亲的病患正等着我去治愈。

"你们的深情厚谊，
我永远记在心怀。
请允许你们的两位公主，
跟我一起回到我的家乡。"

两位公主和卞亚干塔，
就像树叶和树根长在一起。
她们向父亲母亲哀求，
不要让他们夫妻活活分离。

米萨罗魔王欣然同意，
他叫卞亚干塔多带仙水，
让家乡的每一个乡亲，
都能长命百岁。

米萨利魔王也点头允许，
他叫卞亚干塔多带仙草，
让家乡的男女老少，
都能长生不老。

米萨利魔王啊，
送给卞亚干塔一只芒嘎腊飞象，
它有三根长鼻，六颗象牙，
背上还配着镶宝石的金鞍。

他教会卞亚干塔两句咒语，
能使飞象变得很大，
也能使飞象变得很小，
卞亚干塔忙把飞象装进筒帕。

魔王米萨罗啊，
把宝石望远筒送给他们带上，
让女儿随时都能看到家乡，
就像在爹娘身边一样。

众魔鬼都送了礼物，
山珍海宝堆成大山。
卞亚干塔真高兴啊，
他要带回去让乡亲们共同分享。

魔王又派八个大力士，
挑上如山的财宝和米粮，
唢呐、铓锣为他们送行，
祝福的呼喊声啊在天空飘荡。

召尚雅写听了十分高兴，
祝愿他们永远年轻健壮。
他们给召尚雅写滴上仙水，
祝愿召尚雅写长寿安康。

七

卞亚干塔和两个公主骑上象背，
稳稳地坐在闪光的金鞍上。
芒嘎腊大象腾空飞起，
同八力士一道飞往卞亚干塔的家乡。

飞过一片片森林，
飞过一座座高山，
他们来到动物聚会的地点，
卞亚干塔邀请猫头鹰同回家乡。

猫头鹰呜呜地鸣叫，
欢乐地拍打翅膀，
它跟在芒嘎腊大象后面，
像离弦的箭一样疾驰飞翔。

他们飞到碧蓝的大海上空，
来到了花乌龟住的地方。
"快来吧，花乌龟，
我们不能丢下你这个好伙伴。"

花乌龟离开大海，
飞到卞亚干塔身旁。
卞亚干塔轻轻地把它托起，
请它坐在金鞍边上。

他们又继续向前飞行，
来到了召尚雅写的奘房。
大家一起走了进去，
恭恭敬敬地向召尚雅写合掌。

卞亚干塔述说了取仙药的经过，
千辛万苦酿成甜美的蜜浆。
英雄哪能独自享用啊，
蜜浆应让恩人第一个品尝。

接着，他们又穿过一层层云彩，
来到大嘴鸟歇脚的地方。
卞亚干塔想起救公主的往事，
幸福的回忆化为美酒的醇香。

卞亚干塔叫大家停下，
他敏捷地跳下金鞍，
八个魔鬼也止住脚步，
放下金银与绸缎的货担。

卞亚干塔拜谢八个魔鬼：
"请把金银珠宝埋在这里，
然后返回你们神秘的森林，
今后有事再来相请。"

等八个魔鬼起程回去，
他们又骑上飞象飞往家乡。
不久飞到了花木葱茏的花园，
飞到了自己寂静的草房。

两位老人打开房门，
只见卞亚干塔更高大健壮。
"苏温娜呀你快来看，
我们眼前出现了初升的太阳！"

卞亚干塔领着两位公主，
一道拜见了干爹干娘。
苏温娜眼里流出的爱啊，
像甜酒灌醉丈夫的心坎。

老人看着花朵般的新媳妇啊，
乐得眼角的皱纹也慢慢舒展。
三位公主像亲生姊妹啊，
小小草房洒满春天的阳光。

卞亚干塔拿出仙水和仙草，
让两个老人最先品尝。

老人顿觉血脉贯通周身舒畅，
白发变黑满脸焕发容光。

卞亚干塔又把苏温娜喊来，
让她把仙水、仙草品尝。
宝石再加雕琢一番，
她变得比仙女还要年轻漂亮。

卞亚干塔的仙水、仙草啊，
众乡亲都得到品尝。
盲人见了光明，聋子听到声音，
老人都变得像年轻人一样。

卞亚干塔也尝过仙草、仙水，
变得更加年轻英俊：
红红的脸庞犹如宝石，
健美的身躯威风凛凛。

卞亚干塔吩咐两位公主：
脱下华丽的盛装，
穿上傣家百姓的衣裳，
把自己的衣物暂时珍藏。

还有那芒嘎腊飞象，
不能让过往人看见，
叫它缩得很小很小，
随时带在卞亚干塔身上。

三位公主都贤惠善良，
清扫花园从不游逛。
她们真诚地服侍老人，
像对待自己的亲爹亲娘。

草房没有彩灯鼓乐，
家庭里却喜气洋洋。
他们吃的是粗茶淡饭，
却比吃山珍海味还香。

八

在卞亚干塔的故乡，

国王正为一桩大事忧伤：
公主已长大成人，
却未选中如意的新郎。

勐巴娜西的公主啊，
眼睛像泉水一样清亮，
皮肤像玉石一样洁白，
身材像棕榈树一样颀长。

公主的美名哟，
像缅桂花香飘四方，
一百零一个国家的王子，
都想做公主的新郎。

说亲的媒人来来往往，
踏烂王宫大理石的门槛。
他们送来金银绸缎，
他们送来骏马大象。

有的向国王顶礼叩拜，
夸自己的王子勇敢英俊；
有的恨不得长出七个舌头，
话语像蜂蜜一样香甜。

国王毫不动心，
王后也不愿嫁走姑娘。
他们要选最有本领的女婿，
把国家治理得更加富强。

说亲的人气得剑拔弩张：
"如果不嫁姑娘，
一百零一个国家的大军，
要把勐巴娜西踏平烧光。"

宰相对国王说：
"给公主订婚是件大事，
得先问问公主，
看她愿做哪个王子的新娘。"

国王立刻把公主召来：
"我心上的珍珠啊，
一百零一个王子都把你爱上，
就看你愿嫁到哪个地方？"

公主说话像画眉歌唱：
"我尊贵的父王，
女儿年纪还很小，
像幼鸽展不开翅膀。

"我谁也不愿嫁啊，
只想守在父母身旁。
我长大要嫁的人啊，
应能给国家带来幸福吉祥。"

公主翩然离开大殿，
像云朵飘向闺房。
她推窗看见绿林沃野，
闺房灌满茶香稻香。

她苦闷焦虑左思右想：
"一百零一个王子求婚，
若是答应了哪一个王子，
岂不煽起一百个王子的妒心？

"那将惹起无休止的战祸啊，
会给各国带来损伤，
会给父母带来忧愁，
会给百姓带来死亡。

"我可不能只为自己啊，
应给百姓带来欢乐和安康。
决不能成为一潭祸水，
把苦难带给千家万寨！"

等到人们安然睡熟，
公主解下腰带上吊在梁间。
月亮躲进云层不忍细看，
天神也在为她落泪悲叹！

清晨，宫女端来洗脸水，
兴高采烈走进公主的闺房，
抬头一看，吓得金盆当啷落地，
慌忙跑出去报告国王。

国王披着龙袍跑来了，
大臣穿着内衣跑来了，

王后散着头发跑来了，
宫女光着脚板跑来了……

王后双手抓住公主，
拼命摇着她的身子：
"女儿啊，我的心肝，
我也要跟你一道埋进竜林。"

国王紧紧抱住公主，
泪珠落在公主脸上：
"女儿啊，快醒醒，
没有你，我怎能活在世上？

"女儿应该为父母送终，
怎么反倒父母为女儿送葬？
天神啊，为什么把这巨大的悲痛，
落在无辜的父母身上？"

国王命令大臣隆重举行丧礼，
让所有头人百姓都来吊唁，
还通知一百零一个王子，
都来为公主祈祷焚香。

国王对王子们说：
"你们求婚时挤破门框，
今天谁要是能救活公主，
公主就是他的新娘。"

王子们叹气摇头，
谁也没有起死回生的药方。
他们一个个逃出公主的灵堂，
忙着骑马骑象恨不能长出翅膀。

国王准备把公主远葬，
十头大象牵引着精致的金棺；
铓锣声夹着百姓们的虔诚祷告，
送丧的队伍路过卞亚干塔的屋旁。

卞亚干塔见到送丧的情景，
便问队伍中一个年轻的姑娘：
"死者是王后还是国王？
值得如此隆重礼葬？"

姑娘垂泪哀叹：
"死者是国王的姑娘，
她为国家、百姓而死，
人人称赞她品德高尚。"

卞亚干塔把送葬的人群阻挡：
"我有仙药能救活姑娘！
这样好心的公主呀，
应该青春常在福禄无疆！"

大臣走来惊异地责难：
"你是疯子还是傻瓜蛋？
有谁听说死人能治活？
有谁见过腐臭的尸体能喝药汤？"

卞亚干塔不慌不忙，
叫大臣带他去看姑娘的遗颜。
"如果我治不活公主，
愿把我的血洒在她的坟上。"

有人飞报王后和国王，
他们破碎的心又充满希望。
国王召来卞亚干塔，
要送葬的队伍返回灵堂。

国王当众向卞亚干塔宣告：
"你若能救活我独生姑娘，
一半国土交给你管理，
你就是公主的新郎。"

卞亚干塔在公主身上洒上仙水，
公主发臭的身体立即变香；
他在公主嘴里放进仙草，
公主僵硬的嘴唇变成樱桃模样。

他在公主脸上弹过一次仙水，
公主的脸庞泛起红光；
他在公主身上擦过一次仙草，
公主的身体开始舒展。

他在公主的脸上弹过三次仙水，
美丽的公主变得更漂亮；
他在公主的身上擦过三次仙草，

公主坐起来惊讶地四处张望。

国王和王后笑了，
大臣和宰相笑了，
头人和宫女笑了，
人们都高兴得又唱又跳。

待公主明白了一切，
忙向卞亚干塔拜谢：
"哥哥哟，你莫不是神仙，
怎能让我死里回生？"

卞亚干塔忙对公主合掌：
"我不是神啊也不是仙，
我历尽艰辛找来仙药，
为的是给人们免除疾病和死亡。"

公主缓缓走下床来，
拜见母后和父王：
"世上最有本领的人就在眼前，
他应该做我称心的新郎。"

国王和王后高兴异常，
命令大臣把这桩喜事筹办。
老国王宣布立即退位，
让女婿把国家治理得更富强。

卞亚干塔一再谦让，
国王总是不愿改变主张，
大臣们都拥护国王的决定，
就是要卞亚干塔当国王。

国王派大臣去接栽花老人，
又派宫女去把三个公主接来。
迎亲的队伍抬着金旗银幡，
铓锣象脚鼓敲得震天响。

苏温娜和三个姊妹呀，
像四朵莲花开在碧蓝的湖面；
大臣、百姓簇拥着新国王，
古老的勐巴娜西焕发出异彩！

看谁能说出最好的主意。"

九

勐巴娜西的喜讯像一阵春风,
吹进了干塔纳的王宫,
国王和王后满心欢喜,
商人和百姓纷纷传颂:

"苏温娜像带露的玫瑰,
开在竹林更加火红;
她还活在勐巴娜西,
古老的国家春意更浓。

"救她的叫卞亚干塔,
他给苏温娜第二次生命。
莫非他有神奇的法宝,
莫非他有超人的本领?"

干塔纳啊一片欢腾,
庆祝苏温娜获得新生。
姑娘们跳起孔雀舞,
小伙子吹响葫芦丝。

王宫里张灯结彩,
整个宫廷一片光明。
喜讯如香美的醇酒,
国王痛饮啊变得年轻。

王后的笑脸突然变得阴沉,
她连连摇头叹息:
"哎,女儿活着我们高兴,
可婚姻大事哪能由她的心?

"她从小就许配达戛西王子,
我们也曾点头赞成。
如今嫁给了卞亚干塔,
言而无信还算尊贵的人?"

国王急忙召来众位大臣:
"你们都听说我女儿的事情,
请你们都打开智囊,

大臣们议论纷纷:
"卞亚干塔是真正的英雄,
尊贵的公主嫁给他呀,
就像被拴住的孔雀挣脱了藤萝。

"公主被大嘴鸟叼走,
我们曾送信给达戛西王子,
可是他见死不救,
这只老鼠怎能和孔雀匹配?"

国王按照大臣们的主意,
派人送信到达戛西宫廷。
达戛西王子微笑着拆开书信,
脸上突然布满阴云。

"昏庸的干塔纳国王,
竟敢对我言而无信!
你自己说话自己吞掉,
算什么尊贵的国君?

"勐巴娜西的老国王呀,
你是个两眼昏花的庸人!
你把魔鬼当成宝贝,
我要让灾难降临到你的国境!"

王子将信撕得粉碎,
拔出腰间的长刀:
"我要亲自率军远征,
让卞亚干塔跪下求饶!"

王子给邻国的国王写信,
向一百零一个国王求援。
一百零一个王子派出兵马,
刀矛林立,战旗遮天。

战马嘶鸣排成长阵,
象队驰骋烟尘滚滚;
骑士的头上插着孔雀翎,
步兵的胸膛上刺着虎豹花纹。

兵马开到干塔纳城下,

干塔纳的国王胆战心惊。
为了保住王宫财产，
他向达戛西王子归顺。

达戛西王子要他派兵助征，
他心里怕跟勐巴娜西对阵，
但看见"女婿"愤怒的眼神，
只得点拨兵马跟着出征。

一连走了十天十夜，
队伍来到勐巴娜西扎营。
达戛西王子给卞亚干塔发出通牒：
"不交出苏温娜就把勐巴娜西踏平！"

达戛西王子眼睛一转，
又给勐巴娜西老国王写信：
"至高无上的国君，
我对你一直崇拜如神。

"卞亚干塔是个贱民，
他有毒蛇般的歹心，
还有魔鬼的妖法，
大嘴鸟就是他的化身。

"他叼走了苏温娜公主，
又装成她的救命恩人；
他拐骗了你美丽的公主，
又欺骗你善良的心。

"为了你的尊严和声誉，
我要铲除人间的祸根。
你既是神圣的国君，
绝不可把妖魔尊为上宾。

"你要顾念女儿和百姓，
捕杀卞亚干塔建立功勋。
请听取晚辈的真诚奉告，
免得国破家亡玉石俱焚。"

老国王读着达戛西王子的信，
从字缝里看出刀丛戈林。
他脚步沉重紧皱眉头，
心如刀绞又如烈火烧身。

老国王把信交给女婿，
心上的巨石越压越沉。
他默默观察女婿的动静，
看他可有破敌的决心。

卞亚干塔把信看毕，
气宇轩昂从容镇定：
"狂吠不止的是癞毛狗，
敬请父王只管放心。"

十

卞亚干塔请来猫头鹰，
让它把回信送到敌营。
王子们都以为是投降书，
哪知每句话都像烈火烧心。

"勐巴娜西的国土，
每一寸都十分神圣。
你们挖掘的每道战壕，
都是为你们自己建筑的坟坑。

"你们的兵将成千上万，
劝你们都留着脑袋去见爹娘。
勐巴娜西早已严阵以待，
欢迎你们的只有诅咒和刀枪。"

王子们看完了信，
个个咬裂牙根气红了眼睛。
他们拔出长刀狂呼乱嚷，
支支弩箭叩击着都城的大门。

呐喊声伴着带血腥味的狞笑，
一百零一个王子成了狂人。
他们争吵着瓜分勐巴娜西，
像赌徒争抢一锭锭白银。

在勐巴娜西的京城里，
老国王在催促女婿：
"敌人的毒箭已瞄准我们的心，

你要保护全城百姓的性命！"

卞亚干塔微微一笑：
"父王啊，你不要担惊受怕！
狡猾的狐狸跳不出陷阱，
凶猛的虎豹逃不出猎人的手心。"

卞亚干塔给魔王写了一封信，
又叫猫头鹰当使者，
飞过三千座古老的森林，
去请八大力士来助阵。

魔王看着女婿的书信，
不禁为女儿的性命担心。
他立即派出八个大力士，
火速赶到勐巴娜西。

八大力士进了宫殿，
向卞亚干塔跪拜问安。
卞亚干塔上前扶起他们，
用大坛美酒为朋友洗尘。

"一百零一个王子，
要用刀剑宰割勐巴娜西。
为了百姓免遭灾难，
今日特请你们前来助阵。

"请先把达戛西王子抓来，
可不要吓破他的鼠胆；
把干塔纳国王也抓来，
可不要捏碎他的骨头。

"把所有的王子也抓来，
别把他们的灵魂吓飞。
我要让他们高傲的膝盖，
也来尝尝下跪的滋味。"

八大力士遵命腾空飞走，
卞亚干塔率部迎敌。
城门里涌出的兵丁似潮水，
城门上长号高鸣大鼓擂。

卞亚干塔变出滚滚的黄沙，

淹没了敌军的马队；
卞亚干塔变出怒吼的飓风，
推倒了敌军的象队。

卞亚干塔吹出一口仙气，
勐巴娜西倒下的兵将又站起来，
砍掉的脑袋又长出来，
挥刀舞矛像猛虎扑下山冈。

八大力士乘着雷雨出没敌营，
吓得敌人哭爹喊娘。
敌军的弩箭虽如雨点般射来，
但一射到魔鬼身上就纷纷折断。

魔鬼捉拿敌军的将领，
就像老鹰抓小鸡，
敌军顿时乱了阵脚，
像被捅了窝的马蜂一群。

魔鬼一把抓起达戛西王子，
王子吓得肝炸心裂；
魔鬼又抓起干塔纳国王，
国王吓得两腿短了半截。

魔鬼先后抓起一百零一个王子，
他们一个个筋骨酥软像一团烂泥：
有脚不会走路，
张着嘴却吐不出半句话。

勐巴娜西云开雾散，
欢乐的人群全拥到街上，
敲锣打鼓放高升，
欢庆打了一场胜仗。

卞亚干塔登上城楼，
百姓们看清了新国王的面容，
他的宝刀像一钩弯月，
他的神弓像五色长虹。

老国王站在女婿身边，
四个妻子簇拥着新国王，
大旗在他们背后飘舞，
像飞动的云霞一样。

一百零一个王子啊，
在城下跪成一片，
脑袋快贴着地了，
谁敢抬头看卞亚干塔一眼？

王子们坐惯虎皮椅和黄金凳，
头一次尝到下跪的苦味；
王子们往常趾高气扬，
头一次在冷眼中把头低垂。

百姓们议论纷纷，
爆发出一阵阵讥讽的笑声，
笑声像无情的鞭子，
抽打着王子们的全身。

王子们汗珠直滚，
脸上一阵红一阵青，
恨不得大地裂条巨缝，
钻进去躲开人群的眼睛。

卞亚干塔把王子们训斥，
王子们听到惊雷般的声音：
"你们想吞掉富饶美丽的勐巴娜西，
终于受到了无情的严惩和报应！"

王子们磕头捶胸咒骂自己，
悔恨跟着达戛西发兵：
"卞亚干塔大王，饶条命吧，
我们愿做你忠实的臣民。

"我们没长眼睛，
让狗掏去了心。
如今甘愿献出所有的土地，
并入神圣的勐巴娜西。"

"我寻找仙草、仙水，
是为了让人们健康长寿；
你们却要杀人抢劫，
就像一群吃人的野兽。

"从今后不准你们为非作歹，
从今后不准你们欺侮百姓。

国王的职责和荣誉，
就是给百姓带来幸福安宁。"

卞亚干塔锐利的目光，
刺痛着达戛西王子的面皮：
"大嘴鸟叼走苏温娜公主，
你为何没派一个兵丁找寻？

"我救活了苏温娜公主，
你却煽动一百零一个王子出兵！
像你那样的黑心肠，
真该让野狗来吃个干净。"

达戛西王子使劲磕头，
求卞亚干塔饶他一命：
"我愿做你的奴仆，
永远记住你的深恩。

"卞亚干塔啊，你是一座高峰，
我却是一颗沙粒；
卞亚干塔啊，你是一片大海，
我却是一沟污泥。

"卞亚干塔啊，你是一只大鹏鸟，
我却是一只黑乌鸦。
乌鸦跟大鹏比高低，
都怪我眼睛长在脚底。"

这时苏温娜走了过来，
扶起羞愧的父亲：
"要不是遇见恩人卞亚干塔。
我早被大嘴鸟啄尽。

"最挺拔的是椰子树，
最好的人是卞亚干塔。
我与卞亚干塔的姻缘啊，
是我们命中注定！"

苏温娜的父亲老泪横流，
感激女婿的救命恩情：
"我善恶不分罪有应得，
见到贤明的女婿我很高兴。"

卞亚干塔扶起了苏温娜的父亲，
又发布赦免众王子的命令。
王子们都拥戴卞亚干塔为王，
感激的泪水模糊了眼睛。

卞亚干塔拿出仙水，
淋浴一百零一个国家战死的士兵，
他们一个个起死回生，
又唱又舞一片欢腾。

卞亚干塔吩咐八大力士，
挖出埋藏的金银，
分给所有的百姓，
王子和头人也有一份。

卞亚干塔当众宣布：
"大家用珠宝去换米换柴，
再换几件漂亮的衣裳，
准备赶个愉快的大摆。"

像拍岸的海潮，
像穿林的风暴，
铓锣、象脚鼓震天响，
满城一片歌声和欢笑……

十一

孔雀在碧绿的草地开屏，
黄莺在金色的田野歌唱，
朝霞给大地披上红纱，
溪水像竖琴欢快地弹响。

姑娘们穿上漂亮的长裙，
像百花在草坪开放；
伙子们包着白色的包头，
像蝴蝶绕着百花飞翔。

老大妈头上插着鲜花，
扔掉拐杖神采飞扬；
老大爹挑着酒坛，
笑声和酒香一起飘荡。

一百零一个王子，
佩戴长刀穿着盛装；
王妃公主的宝珠啊，
像星星落到头上。

英武的卞亚干塔呀，
筒帕挎在肩上，
他的穿着和百姓一样，
宝刀神弓闪烁光芒。

卞亚干塔走进人群，
亲自点响节日的礼炮：
"今天是良辰佳节，
舞要尽兴，歌要尽情。"

姑娘们跳起孔雀舞，
像花一样美，像云一样轻；
伙子们跳起刀舞，
长刀飞舞如穿空的流星。

卞亚干塔站在人群正中，
向人们合掌祝福，
他心里荡起了春风，
他要为大家表演法术。

卞亚干塔突然不见，
一棵大青树耸入云天，
引来百鸟绕树飞鸣，
人们观赏不尽这绝世的奇景。

卞亚干塔哈哈一笑，
大青树又恢复人形，
人们的掌声未落，
又不见了卞亚干塔的身影。

突然雷声震天，
洪水滚到人们脚边，
王子们惊慌后退，
呼啦啦洪水又转眼不见。

突然狂风卷土而起，
刮得山摇地动，

王子们正要抱头藏躲，
霎时又晴空万里风停沙落。

突然大火烧天，
森林山岭映得通红，
王子们正惊慌叫喊，
火光顿时又无影无踪。

卞亚干塔又出现在人群中，
脸上带着和善的笑容，
王子们纷纷敬酒，
百姓的叫好声震动山岳。

卞亚干塔又把手伸进筒帕里，
掏出芒嘎腊飞象：
它像老鼠一样小，
人们投来惊讶的眼光。

他用仙草喂了神象，
他用仙水洗了神象，
念了咒语又吹了三次，
神象转眼长得像山峰一样。

六颗象牙闪闪发光，
比十棵菩提树还长；
神象的三个鼻子向上一撅，
像三根撑天柱架在天上。

卞亚干塔骑上神象，
霎时飞上天空，
飞过王子们头上，
带着呼啸的飓风。

卞亚干塔挥舞宝刀，
像闪电劈开了三层黑云；
卞亚干塔拉开神弓，
射落了银河一串串星星。

王子们一阵惊叫，
摸摸脑袋直瞪眼睛，
舌头伸出半尺长，
半天还不知道发生什么事情。

神象缓缓降下蓝天，
像船只在大海里航行；
神象轻轻落到地上，
像远方飘来一朵彩云。

人群又爆发出一片呼声，
铓锣和象脚鼓声齐鸣，
姑娘们挥动鲜花，
向勐巴娜西的英雄致敬。

王子们赞不绝声：
"我们神勇的大王啊，
只有你才配当我们的国君，
才配主宰一百零一个国家的命运。"

百姓们放声歌唱：
"珍珠一样的召啊，
你的光彩把我们照亮，
你的美名永远留在我们心上。"

百姓把芳香的谷花抛撒，
王子把五色的花瓣抛撒，
像千万朵金花银花啊，
抛向尊贵的卞亚干塔。

卞亚干塔叫猫头鹰取来仙草，
他把仙草撒向人群，
人人都得到了仙草啊，
它比金银珍珠贵重万分。

卞亚干塔叫花乌龟取来仙水，
他把仙水洒向人群，
人人都得到了仙水啊，
它比金银珍珠贵重万分。

聋子淋了仙水，
耳朵第一次听见声音；
瞎子淋了仙水，
两眼第一次看见光明。

老人淋了仙水，
头上的白发又变成黑色；
姑娘们淋了仙水，

变得比鲜花还芳香娇嫩。

伙子们淋了仙水，
脸庞像水仙花一样莹润；
王子们淋了仙水，
个个更加年轻英俊。

一百零一个国家的百姓啊，
人人都尝到仙草了，
个个都洒上仙水了，
九十六①种病全好了。

铓锣声飞到天上，

天神高兴啊，降下福音；
琴声飞向森林，
魔王欢喜啊，与人同庆。

唱吧，尽情地唱，
欢乐的歌像流不尽的大江；
跳吧，尽情地跳，
幸福像万年常青的高山。

卞亚干塔的英名啊，
像日月永放光明；
卞亚干塔的事迹啊，
像大青树永远长青！

单行本，云南人民出版社 1982 年版
翻译整理者：云南大学《少数民族民间文学概论》师训班《九颗珍珠》翻译整理组

附记（原《后记》）：

一位傣族老人曾经说："我听歌手唱过上百部长诗，最好听的要算《九颗珍珠》，它是傣家人心上的明珠。"傣族民间叙事长诗《九颗珍珠》（又叫《九颗宝石》）流传于云南省的德宏、西双版纳、耿马、孟连等傣族聚居区与杂居区。

长诗《九颗珍珠》反映了傣族人民早期的社会生活，集中歌颂了孤儿卞亚干塔的英勇、顽强、善良、有本领以及他为百姓寻找象征幸福的仙水、仙草的无私精神，表现了人民大众追求平等、自由、幸福，反对不义战争，要求和平、安宁的社会理想。

卞亚干塔是德宏傣族地区阿銮类型的半人半神的艺术典型。他是凡人百姓，却具有神能奇才，这正是早期社会的时代英雄的共同特点。卞亚干塔是傣族有独特生活、经历、思想、性格的理想人物，有人称他是早期傣族人民的民族象征。

整理过程中，我们既注意作品的文学价值，又注意作品的科学价值，在忠实于原作的前提下，本着慎重整理、适当加工的原则，对原始记录材料做了如下处理：

一、宗教问题。这部长诗主要是从经书唱本中翻译过来的，它在第一章中就提到作品是叙述释迦牟尼未成佛之前的四十八世的故事（传说释迦牟尼经过五百五十世才修成大佛。五百五十世各有独立的五百五十则故事和叙事长诗，《九颗珍珠》就是释迦牟尼最初由动物形体修成人身后的第十四世的故事）。从现有的三份译文来看，这部作品很可能是先以民间故事流传于群众之中，后由宗教徒搜集、加工写入经书唱本，成为叙事长诗。历史上，宗教常常利用民间文学中较有影响的作品来为自己的教义服务。因此，我们整理时，将第一章涉及释迦牟尼讲故事和他对自己的颂扬及最末一章结尾给有的人物、动物封神等因果报应的佛教观点，还有诗中所包含的宿命论思想全部做了删除，但同时保留了有的人物的宗教活动，如干塔纳国王敬神、祈祷、卜卦等，目的是再现傣族这一方面的历史生活。再如召尚雅写，他是南传上座部佛教未从印度传入以前就经常出现在森林中的"仙人"，是按照劳动者的意愿塑造的、神化了的理想人物，所以也做了保留。

---

① 九十六：表示多数。

二、多妻制问题。《云南通志》中写道："焚夷，头目之妻百数，婢亦数十人，少者数十，庶民亦有数十妻。"这种多妻制的婚姻形态，在民间文学的叙事长诗中不能不有所反映。卞亚干塔有四个妻子是正常的现象，我们没有按照新的观点删除。魔王主动将自己的公主嫁给卞亚干塔，除了他们双方自愿之外，无疑是部落间的联姻，有利于结成更大范围的联盟，具有某种政治意义。应该说，这种多妻制是当时的客观存在，无损于卞亚干塔这一早期社会的英雄形象。

三、章节顺序。方正湘的口译本，全诗分十二章；克炳珍的翻译本，全诗分七章。现在的整理本，主要采用前者的分章方法，但也做了少量的章节之间的调整，比如倒数第二章，原材料是一百零一个王子战败后，跪在地上向卞亚干塔求饶就突然结束了，下一章又接着插写王子们的求饶场面。我们将这一章的内容往后顺移到庆功之前的赶摆迄止。这样，就使章与章之间更加完整，避免了末章的零乱。

四、全诗力求精练、紧凑。凡重复及与主题关系不大的诗句，均已删除。原始记录材料，每份长诗有四千多行，现在的整理本只有两千多行，删去了一半。原材料语言比较散文化的地方，都进行了适当加工，以增强诗意，但不使其离原材料太远。至于气氛不够的地方，也适当做了渲染。比如卞亚干塔帮工九年后要出走时，我们增加了几组离别的诗句。

长诗的整理本是集体劳动的成果。教育部委托云南大学举办的"少数民族民间文学概论"师训班按照教学计划，于1980年4月分别到云南省的德宏州和西双版纳州进行了民间文学和民俗、宗教等综合调查，搜集了大量资料。《九颗珍珠》就是在德宏州搜集到的一部较有价值的作品。

《九颗珍珠》共有三份材料：（一）克炳珍的笔译本；（二）潞西县文化馆方正湘口译并由冯寿轩、林忠亮记录的直译本；（三）一篇同名故事（资料）。

1980年5月，在云南大学中文系党总支、系行政的领导和系主任张文勋副教授的主持下，成立了《九颗珍珠》整理组。学员方面由李景江任组长，林忠亮任副组长。

参加长诗讨论研究的有：宝音和西格（内蒙古大学）、杨庆文（云南民族学院）、杨政银（贵州大学）、石锐（云南民族学院）、林忠亮（西南民族学院）、李景江（吉林大学）、克炳珍（云南人民广播电台）、杨秉礼（云南大学）、冯寿轩（云南大学）。

初稿整理采取集中研究、分章执笔的方式，冯寿轩负责第一章，杨政银负责第二、第三章，杨庆文负责第四、第五章，林忠亮负责第六、第七章，李景江负责第八、第九章，杨秉礼负责第十、第十一章，而后由冯寿轩和李景江进行统一修改、润色，整理出第二稿。

由于师训班于1980年7月上旬期满结业，对第二稿来不及做进一步的修改。九月以后根据出版社的建议并征得系主要负责人的同意，由李子贤同志对长诗的内容和情节做了进一步的提炼、修改，在文字上做了润色加工。

在搜集过程中，得到了潞西县文化馆、中共潞西县委宣传部、云南人民广播电台、中共德宏州委宣传部等单位的大力支持和热情帮助；在整理过程中，云南人民出版社自始至终都给予了有益的指导与帮助，并协助解决了若干具体问题，我们特在此一并表示衷心的感谢。

这个整理本，虽然我们力求精当，但仍会有不足之处，敬请读者和专家指正，以便将来修订，使之更趋完善。

整理者

1981年9月19日

红宝石

第一章 降宝

一

很久以前的一个夏天，
人间遇到了大的灾难。
天上的烈日像火一团，
朝大地撒下无情的光焰。

树木的叶子被烤黄，
河水不再蜿蜒流淌；
缅桂花抬不起头来，
芭蕉叶直不起腰杆；
竹子开出白花，①
甜石榴也变酸。

金鹿、麂子、岩羊，
在山坡上惊慌地东跑西窜；
云雀、画眉、孔雀，
在森林里扇动着不安的翅膀。
成群的水鸭，
找不着一汪清澈的水塘；
成群的牛马，
找不着一块碧绿的草滩。

坝子里到处听见呻吟，

这支古老的歌，
这支生命的歌，
歌唱着友谊和爱情，
充满着悲伤和欢乐，
伴随太阳升起，
伴随月亮落下。
奘房上没有空位，
竹楼里没有虚座，
无论男女老少，
都爱听这支动人的歌。

听吧，听众们，
通向幸福的路从来不平坦，
恩爱的伴侣也要经受折磨。
只有当勇敢代替了怯懦，
正义战胜了邪恶，
那含泪的缅桂啊，
才能散发出醉人的芳香；
那美丽的孔雀啊，
才能把吉祥带给每一个村落！

---

① 傣族百姓将此现象视为不吉利的征兆。

寨子里到处传出哭声，
谁也找不出灾难的原因，
只有对着天空紧合双掌。

善良的混西迦①啊，
洞察到人间的苦难，
从银钵里取出两颗宝石，
红色的宝石撒向人间。

两颗宝石金光闪闪，
招来了一阵阵风，
唤来了一阵阵雨；
清风如同回春的巨手，
雨水好比万能的南溪达②。
大地回复了生机，
人们露出了笑脸。

有一颗宝石落在勐获罕③，
被召获罕④接进王宫里面，
命大臣高悬在宫殿的梁上，
宫殿里顿时显得无比辉煌。

白天，红宝石和太阳一样爱发光，
夜间，红宝石比月亮还要明亮。
召获罕高兴得忘记吃睡，
一连几天都坐在金椅上观赏。

另有一颗红宝石，
不知落到了什么地方。
许多百姓和沙铁都这样讲，
自己的头上曾划过一道亮光。

也许落到了勐圣木⑤的金湖畔，

也许落到了勐沙堤弯⑥的田野上，
也许落在琵排⑦居住的山头，
也许落到了很远很远的地方。

第二章　获罪

二

勐获罕自从得到了宝石，
高山和坝子一天天变样。
稻谷长得饱满，
牛马长得肥壮。
养了许多军队和象队，
造了许多刀矛和战铠。

邻国害怕召获罕，
就像羊儿害怕豺狼。
他们常常派出使者，
带着高贵的金树银叶⑧，
来到勐获罕王宫，
给召获罕献上。

召获罕更加趾高气扬，
他逢人就这样讲：
"假若不是我的福气，
勐获罕不会有今天的荣光！"

但勐获罕的百姓啊，
日子依然贫苦凄凉。

---

① 混西迦：傣族传说混西迦为至高无上、关爱人间的最大天神。
② 南溪达：傣族传说中能治百病、让万物复活的仙水。
③ 勐获罕：勐是地区、国；获罕是金色的意思。勐获罕是传说中的一个金色的王国。
④ 召获罕：国王。
⑤ 勐圣木：传说中美好的国家。
⑥ 勐沙堤弯：传说中的一个国家。
⑦ 琵排：妖魔。
⑧ 金树银叶：古时候，傣族把金银制成的金树银叶视为最高贵的礼品。

他们只能看见自己丰收的金谷，
却吃不着一箩米粮；
他们只能看见自己丰收的猎物，
却喝不着一碗肉汤。

勐获罕的百姓对天合掌，
倾诉心中的悲伤：
"善良的混西迦啊，
我们真心把你敬仰！
你怜悯的雨水洒到了人间，
却没有湿润我们干裂的嘴唇；
你慈祥的光辉洒满了大地，
却没有照亮我们苦闷的心房。"

百姓的虔诚祈祷，
化成一朵白云，
升上了高高的天庭。
混西迦把白云收到掌心，
立即看到了百姓的苦情。

他对着白云吹口气，
白云化成了一团灰尘，
灰尘顺风飘下，
飞进了勐获罕的宫廷。

王宫里的红宝石，
瞬时失去了光泽，
白天比不上一支蜡烛，
夜晚比不上一只飞萤。

召获罕惶惶不安，
忙把大臣召到阶前：
"是谁使我的宝石失去光焰？
是谁把我的福气消散？
你们快转动智慧的脑袋，
说出原因我一定要重赏。"

大臣们急得在地毯上团团转，
每一个人都在冥思苦想。
只见摩嘎拉①走进王宫，
抢先把头重重地磕在地上：

---

① 摩嘎拉：卜卦大师。

"尊敬的召获罕啊，
不是宝石不愿放出光芒，
是燕子带来了灰尘，
是瓦雀带来了粪土，
遮盖了灿烂的宝石，
损害了召王的荣光！"

国王听了摩嘎拉的话，
像烈酒滴进了心田，
他高兴得从金椅上跳起，
马上实现他重赏的诺言。

摩嘎拉得到了金制的绸伞，
还得到了两只银制的水罐。
幸运使他尝到了欺骗的甜头，
他像乌鸦一样飞离了宫殿。

召获罕立刻发出谕旨，
各村各寨的猎人射手，
三天内集中在王宫广场。
召获罕要亲自挑选能人，
射杀飞临王宫的飞鸟，
使宝石重现光芒。

三

百姓是召王地上的草儿，
召王说话有谁敢不听从！
等到第三天的黎明时候，
各方猎手都在王宫广场聚拢。

召获罕坐在金伞下，
两只眼睛像一对灯笼，
扫了扫拥挤的人群，
立即下达比赛开始的号令。

一队凶神恶煞的士兵，
手里都拎着一只竹笼，
竹笼里装着一对对鸟儿，

鸟儿随时准备展翅腾空。

如果射手们的弓箭把飞鸟射落，
能干的射手就被选进宫中；
如果林子里挑不出一棵栋梁，
召王就会把树木全部砍光！

在场的百姓都为猎手们担心，
一个个朝着自己的人睁大眼睛。
士兵打开了手中的竹笼，
鸟儿纷纷飞上天空。

九个猎手放了箭，
都没有把飞鸟射中。
又有九个猎手走出人群，
心惊胆战地张开了弓。

召获罕从金椅上站起，
砸碎龙杯气势汹汹：
"假若你们九人再射不中，
我要把你们关进有刺的木笼！"

这时猎人队里站出两个少年，
他们是孤儿腊贡南和纳达瓦。
他们手里紧握着弹弓，
迈着从容而自信的步子，
为救穷苦猎手挺身上阵。

召获罕不相信少年有出众的武艺，
同寨的乡亲上前替两个孤儿作证：
"他们弟兄不会让召王失望，
请召王让他俩为猎手争回名声！"

腊贡南和纳达瓦分站两边，
对准两只飞鸟发出"嗖嗖"两弹，
两只飞鸟立即坠落在众人面前，
广场四周顿时呼声连天。

召获罕绽开了满意的笑脸，

高兴地对身边的大臣传命：
"我赞赏两位少年的本领，
快叫他俩同我一起进宫。"

四

从此，腊贡南和纳达瓦，
日夜守在宫中，
眼睛紧盯着红宝石，
手里紧握着弹弓。
第三天飞来了两只小燕，
他俩弹丸齐发，
把小燕的翅膀打断；
第七天飞来了两只斑鸠，
他俩举弓同射，
把斑鸠的胸脯射穿。

白天不能合眼，
晚上不能睡眠，
就是铁打的汉子啊，
也经不住这样的熬煎。

有一天，他俩十分疲倦，
眼皮里好像灌进了铅，
不知不觉地闭上了双眼。

忽然，王宫里一片呼喊，
惊醒的腊贡南睁眼窥探，
一只老鹰已把红宝石叼上蓝天。

腊贡南急忙拉弓射击，
腾空的弹丸带去猎手的憎恨，
老鹰的头被打烂，
可是，落地的红宝石也摔成碎片。

召获罕气得双眼鼓出，
肥胖的身躯像打摆子①一样颤抖：
"把腊贡南送进地狱！
把纳达瓦拖去问斩！"

---

① 打摆子：方言，疟疾。

五

四乡的百姓闻讯赶来，
一起把召获罕拜见，
像倒下的芦苇跪成一片，
请求宽恕两个苦命的少年。

发怒的召获罕背对众人，
用沉默来拒绝众人的请求；
站立两旁的卫士目光冷酷，
好像那一把把利刀直刺人们的心头。

不幸的腊贡南和纳达瓦啊，
双手被绳索紧紧捆绑。
他俩看到求情的乡亲，
就像看到了去世的爹娘。

"敬爱的乡亲们啊，
你们的恩情我俩永远难忘！
当寒冷欺侮我俩的时候，
是你们把我俩带到火塘旁；
当饥饿折磨我俩的时候，
是你们把饭团塞在我们手上；
当病魔缠绕我俩的时候，
是你们为我俩煎熬药汤。

"你们养活我俩的生命，
你们抚育我俩成长。
你们教会我俩种田砍柴，
你们教会我俩摸鱼撒网，
你们教会我俩张弓打猎，
你们教会我俩削篾盖房。
你们给了我俩一副健壮的体魄，
你们给了我俩识别善恶的双眼。"

腊贡南和纳达瓦啊，
说着说着眼泪汪汪：
"居住在勐历板①的父母啊，
也常在梦中对我们讲：

不要离开骨肉般的乡亲，
不要离开生养自己的故乡。

"敬爱的长老们啊，
亲爱的年轻伙伴！
假若我俩被砍死了，
请将我俩埋在家乡的山上，
让我们依然闻见缅桂的香气，
让我俩依然听见亲人的歌唱。"

一串深情的诀别话，
使乡亲们无限悲伤，
泪水浸湿了颤抖的土地，
哭声淹没了恐怖的响铓②。
善良的腊贡南和纳达瓦啊，
从小就有纯真的心肠，
哪家的篾笆墙倒塌了，
他俩就悄悄帮着围上；
哪家的茅草房漏雨了，
他俩就赶紧用草排盖上……

这样好的孩子啊，
怎能让他们屈死在暴君的刀下？
这样好的少年啊，
怎能让他们过早地夭亡！

几个悲伤的长老，
顶着杀身的风险，
走到召获罕身旁：
"尊敬的召获罕啊，
红宝石失去了光辉，
我们也痛在心上。
但杀了两个苦命的少年，
绝不会使宝石重放光芒！

"我们都有着清晰的记忆，
还有一颗宝石陨落在人间。
倒不如免除两个少年的死刑，
命他们去把另一颗宝石找回，
使勐获罕重享过去的荣光！

---

① 勐历板：傣族传说中的极乐世界。
② 响铓：傣族的一种乐器。

召获罕啊，假话我们不会说，
我们的银发可以证明自己的诚意，
我们愿用生命来担保自己的主张。"

召获罕听了老人的忠言，
心中升起了新的希望：
杀死两个孤儿，
好比大象踩死蚂蚁一样。
不如让他俩去立功赎罪，
也许能把第二颗宝石给我献上！

卫士们立即收起了斩首的竹牌，
给腊贡南和纳达瓦松了绑。
死里逢生的少年啊，
在长老面前连忙下跪；
刀下得救的兄弟啊，
在亲人面前热泪滚淌……

第三章　跋涉

六

在兄弟俩出发之前，
乡亲们都聚集到他俩的身边。
大家不再用眼泪为勇士送行，
而是以真诚的心意为他俩增添力量。

弄涛①送来糯米酒：
"我们不幸的子孙啊，
快把这碗壮胆酒喝干，
愿你俩不愧为刺着文身的汉子，②
愿你俩做个受人敬佩的阿銮。"

咩涛③送来黄披毯：
"我们贴身的骨肉啊，
快把这两床毯子披上。
天热时用它当枕头，
天冷时用它做被盖。"

青年们送来好长刀：
"我们亲密的伙伴啊，
深情都凝结在锋利的刀刃上，
让它在密林中为你们披荆斩棘，
让它在深山里给你们护身做伴。"

姊妹们送来米饭团：
"我们的好兄弟啊，
望着你俩离去我们心酸，
带走饭团就像带走我们的心，
愿你们勇敢地去，平安地回返。"

腊贡南和纳达瓦，
两掌紧紧合在胸前：
"再见吧，乡亲们！
再见吧，一起长大的伙伴！
长老们用自己的生命，
把我们的性命保护，
我们也要用鲜血和智慧，
去把长老的诺言实现。

"哪怕红宝石藏在天边，
我们也要追踪找遍；
哪怕红宝石放在魔窟，
我们也要拼死冒险！"

两个少年拜别了乡亲，
朝那遥远的西边走去。
他俩已经走出很远很远，
乡亲们还站立在寨前，
年轻人向他俩频频招手，
老年人为他俩祈祷平安……

七

像鸟儿飞出了牢笼，
像鹿儿逃离了陷阱，

---

① 弄涛：老大爹。
② 男子身上刺文身是傣族的传统习惯。青年男子身上刺了文身，才被视为好汉，也才会被姑娘看上。
③ 咩涛：大妈。

腊贡南和纳达瓦获得了自由，
一路抑制不住欢快的心情。

森林向他俩伸开热情的臂膀，
山花向他俩发出阵阵清香，
鸟儿唱出多情的调子，
清泉弹出优美的乐章。

那婉转的鸟鸣，
那叮咚的泉音，
好像伙伴们就在身旁；
呼吸着清新的空气，
行走在生机勃勃的林间，
仿佛心窝里撒进温暖的阳光。

腊贡南从筒帕里掏出筚南岛，
迎着山风轻轻吹响；
纳达瓦像无忧的猕猴，
攀着树枝悠闲摇荡。

迷人的景色，
使他俩忘记旅途的疲劳；
凉爽的山风，
暂时洗去了心头的忧伤……

眼前的山梁越来越险峻，
走过的林子越来越阴森。
有时抬头难以望见一叶蓝天，
有时低头随处都是虎豹的足印。

腊贡南摸了摸腰间的长刀，
纳达瓦摸了摸身上背的弹弓，
转动着猎手明亮的眼睛，
显示出猎手的警觉。

忽然一声咆哮使山摇地动，
一只猛虎从草丛中蹿出；
另一只猛虎睁着贪婪的眼睛，
拦住了前面的去路。

腊贡南抽出长刀，
向饿虎步步逼近，
他机灵地躲过老虎的三下猛扑，
挥刀劈裂了它的脑门。

当腊贡南转身正想援助弟弟，
只见另一只老虎也已毙命，
但纳达瓦后背受伤，
半身齐腰鲜血淋淋。
腊贡南撕下一块包头布，
急忙把弟弟的伤口裹紧。

腊贡南扶着弟弟，
吃力地向前走去。
想喝水，找不着一汪清池，
想休息，这里不是安全的住地。

漫长的路程啊，
何处是你的尽头？
生命的宝石啊，
你究竟藏匿在哪里？

纳达瓦因流血过多，
倒在地上陷入昏迷。
腊贡南紧搂着弟弟，
也渐渐合上了疲惫的眼皮……

混西迦派来了坤尚①，
驾着彩云来到他俩身旁，
流着两行同情的泪水，
凑着腊贡南的耳朵悄声讲：

"混西迦明察你俩的苦难，
派我来到这座山冈指引去向。
要想取到那颗生命的宝石，
不能光靠长刀和弹弓的力量。

"有一把拉圣亚②和一副钢哈相③，

---

① 坤尚：仙子。
② 拉圣亚：傣族传说中无敌的宝刀。
③ 钢哈相：傣族传说中无敌的弓箭。

被飞魔藏在勐排的山上。
你们取到了这两件宝物，
就能冲破邪恶的阻挡。

"取宝石的路程还很长很长，
前面还少不了恶风险浪。
你俩要凭智慧和勇敢，
去实现自己的愿望。"

一阵暴雨前的炸雷，
把腊贡南从美梦中惊醒。
坤尚的身影顿然消失，
留下清晰的教诲在心上。

腊贡南从地上站起，
高兴得把饥饿也忘记，
背起纳达瓦朝前走，
雷打雨泼也不躲避。
有时被杂草绊倒，
有时陷进烂泥里。
他双脚肿得像牛肚子果①，
冷汗一把把顺腮流滴。

乡亲们的期望在耳边回响，
腊贡南一步步咬牙鼓气：
不能在折磨中失去勇士的意志，
不能在困苦前玷污猎人的声誉。

纳达瓦在哥哥的背上苏醒，
心里的疼痛更比伤口难过，
他怎忍心让哥哥苦上加累，
他怎能让艰难扑灭生命之火！

任凭苦难把穷苦人磨炼，
穷苦人在磨难中变得更坚毅。
两兄弟好不容易走出了老林，
又被一条南西河②在前面拦阻。

看见南西河的横浪，
会凫水的野鸭也发抖；
看见南西河的旋涡，
会钻水的獭猫也惊叫。

纳达瓦望着疲惫的哥哥，
腊贡南望着受伤的弟弟，
寻思着怎样跨过深蓝的河水，
两人的心里都一样的焦急。

他俩用长刀砍倒竹子，
他俩用长刀削好篾条，
扎起了一只过河的竹筏，
乘上竹筏去搏浪涛。

忽然，河心钻出巨龙一条，
一口水喷出十九排高，
一排浪像十九座小山包，
号称鱼王的巴孟③也吓得躲逃。

小竹筏在河里好比一根稻草，
小竹筏在巨龙口边好比小鱼一条。
人间的灾难啊为什么这样多？
善良的人啊为什么祸上加祸？

混西迦派出一只天鹅，
天鹅从南西河上空掠过，
丢下一片金光闪闪的荷叶，
把苦命人朝水面上推托。

巨龙望见金荷叶，
就像望见一艘神驾的金船，
赶紧往深水里躲藏。
苦难的弟兄啊，
又避免了丧生的危险，
乘着荷叶顺河水漂荡……

---

① 牛肚子果：菠萝蜜果。因为形状像牛胃而俗称牛肚子果。
② 南西河：苦难的河。
③ 巴孟：江河里最大的一种鱼。

第四章　结识

八

金荷叶漂到了一处幽静的河湾，
腊贡南和纳达瓦又喜又惊，
眼前仿佛是一幅美妙的图画，
他俩只当是睡梦中来到了仙境。

哥弟俩踏上陌生的土地，
凝视着异乡迷人的奇景。
暖风轻拂着他们的衣衫，
花儿把芳香撒进苦难人的心里。

红嘴的鹦哥唱起迎宾的曲子，
美丽的孔雀抖动七色的羽屏，
凤凰花张开热情的笑脸，
迎接着两位远道而来的客人。

绿色的草坪，
像柔软的绒毯铺在地上；
清澈的流水，
像明镜般耀眼晶莹。

腊贡南跪下双膝掬饮河水，
甜滋滋的凉水像乡茶一样爽心；
纳达瓦高兴得独自起舞，
欢乐使他忘却了疲劳和伤痛。

好客的蜜蜂，
为客人在前面引路；
飘零的少年，
沿着鲜花的路径继续前行。

过完草地又进密林，
沿路看不尽的柳暗花明。
突然林地中出现一个莲湖，
清汪汪的水面上莲枝亭亭，
戏水的玉鸟上下啁啾，
沐浴的鹭鸶呆望着两个陌生人。

湖的一边传来一串笑声，
清脆动听像塔顶上的铜铃。
腊贡南、纳达瓦感到惊异，
急忙把身子往大树后面藏隐。

十二个妙龄的少女，
穿着薄雾般的衣裙，
出现在林荫小路上，
互相追逐着来到湖滨。

她们扯下纱巾，
脱下三层彩衫，
露出柳条般娇柔的身姿，
现出葫芦般圆润的胸膛。
她们推搡着相继下水，
平静的湖面拂起欢浪。

十二朵金缅桂，
有一朵最芬芳；
十二个姑娘里，
有一个最漂亮。
她就是刚满十六岁的婻珍玛，
从头到脚闪射着动人的春光。

岸上的野杜鹃，
没有她鲜艳夺目；
湖中的水睡莲，
没有她妩媚丰盈。
假若伙伴们像天空中的群星，
她就是群星中皎洁的月亮。

腊贡南透过轻纱薄雾，
送去极度赞美的目光，
假若不是姑娘正在沐浴，
他早就把爱慕的歌儿唱响……

九

突然，一只老鹰从高空扑下，
叼走一串项链和一件衣衫。
它从姑娘们的头上掠过，
又飞上高高的蓝天。

狂风吹落树叶，
暴雨拍击花瓣，
莲湖里甜蜜的笑声，
顿时变成一片惊惶的呼喊。
姑娘们纷纷上岸，
发现被叼走的是婻珍玛的衣物。
公主的项链啊，
是勐圣木国王祖传珍宝；
公主的衣衫啊，
是王后给她的生日纪念。

婻珍玛受到突然的打击晕倒在地，
姑娘们围着公主不知道怎样才好。
她们向着天上的老鹰合掌哀求，
愿用自己的衣物调换公主的珍宝。
但老鹰不理睬姑娘们的祈求，
它扇动着翅膀越飞越高。

腊贡南和纳达瓦躲在暗处，
看见了莲湖畔发生的事情。
他俩同情姑娘们的不幸，
他俩憎恶老鹰的凶狠。

救人之难不由迟缓，
嗖！嗖！两颗弹丸向老鹰射去，
只见老鹰垂头塌翼一阵摇晃，
像断了线的风筝坠落在地。

腊贡南早把项链和衣衫接在手上，
也暗暗为失宝的主人欢喜。
他连忙拨开湖岸的绿叶花枝，
向那群还在悲泣的姑娘们走去。

被痛苦压得喘不过气的姑娘们，
顾不得害羞和躲避，
一个个睁着黑溜溜的眼睛，
呆望着突然到来的两兄弟。

腊贡南双手捧着衣衫和项链，

恭敬地送到婻珍玛的面前：
"美丽的姑娘啊，
请别再啼哭哀伤。
凶恶的强盗已死在我们的弓下，
你心爱的宝物依旧完好放光。"

腊贡南的行为使公主感动，
腊贡南的话语使公主脸红，
她伸出白嫩的双手，
接过衣衫赶忙披在身上，
她把项链捧在胸前，
眼含喜泪又吻又亲。

婻珍玛微微抬头把客人打量，
害羞里流露出倾慕的情感：
她多么钦佩客人的弹弓本领，
她多么感激客人的善良心肠，
她多么爱慕客人的英武模样，
她多么想问客人的姓名和家乡。

她闪动着脉脉含情的目光，
柔如丝线的话儿飞出胸膛：
"好心肠的宰冒啊①，
你来自人间美好的哪方？
你的名字一定很好听，
请你把它留在我们的心坎上！"

腊贡南好像听见拜箪②声响，
面对美丽的姑娘轻轻地唱：
"我粗俗的名字叫腊贡南。
来自勐获罕苦难的地方。
我不知道配不配站在这里啊，
粉团花一样漂亮的姑娘！
我不知道配不配同你搭腔啊，
绿孔雀一样好看的姑娘！"

"我怎么说啊，宰冒，
感激的话一天一夜都说不完。
我要是到勐获罕请你呀，

① 宰冒：冒，小伙子。宰冒，是女青年对男青年的尊称，意为阿哥。
② 拜箪：少女在唇边弹奏的一种乐器。

还怕找不着你金色的楼房。
如果你不嫌弃勐圣木，
就请留下来住三天的时光。"

娴珍玛第一次向卜冒①恳求，
周围的宫女也跟着帮腔：
"尊贵的勐获罕客人啊，
请不要使我们的公主失望！
她和我们会周到地款待你的，
让你就像住在自己的家里一样。"

腊贡南听说眼前的鲜花就是公主，
心里如同春风激荡。
勐圣木地方果真好啊，
勐圣木的公主举世无双！

卜少②递过槟榔盒③，
卜冒会心地接在手上；
卜少递过花手帕，
卜冒高兴地拴在筒帕④上。
就像孔雀遇着了凤凰，
就像金鹿遇着了岩羊，
兄弟俩接受了盛情的邀请，
公主催促宫女们把客人带回住房。

娴珍玛用披纱遮住半个脸，
一路上却不断地把腊贡南偷望。
娴珍玛抑制着激动的情感，
心里像升起了金色的太阳……

十

年老的勐圣木国王，
被女儿的叙述深深感动。
他决心要重谢两位青年，
他吩咐大臣为客人洗尘接风。

宫廷内顿时一片忙碌，
大殿内外马上张灯结彩，

热情的铓锣招来无数亲友，
一同款待勐获罕客人。
宴席上摆满了佳肴美酒，
鼓乐齐奏，庭院里充满节日气氛。

国王脸上堆着慈祥的笑容，
腊贡南和纳达瓦合掌致敬。
国王亲手为客人斟酒，
高兴的王后也在一旁陪同。

热闹的宴席上，
国王谈笑风生，
一面把两兄弟的武艺赞扬，
一面把他们的去向询问。

听了国王的询问，
腊贡南脸上立刻罩上乌云：
"尊敬的国王啊，
您的仁慈我们早就闻名。
如果勐获罕召王有您的半颗心，
我们就不会踏上生死难卜的路程。

"我俩不是出门做生意，
也不是出门串亲戚。
我们是来寻找一颗红宝石，
不知道它飞落在哪座山林。
假若找不回召获罕要的宝石，
家乡的亲人和我俩都要遭受酷刑。

"一路上我们经历了千辛万苦，
猛虎蛟龙几度使我们濒于丧生。
尊敬的国王啊，
可曾看见红宝石的去向？
慈祥的国王啊，
可听说过拉圣亚和钢哈相？"

腊贡南说起不幸的遭遇，
不禁泪滴衣襟。

---

① 卜冒：小伙子。
② 卜少：小姑娘。
③ 送槟榔盒和手帕，都是姑娘对小伙子表达爱情的方式。
④ 筒帕：随身携带的挎包。

躲在屏风后面的嫡珍玛，
也跟着哭泣伤心。

国王沉思以后说道，
在夏天的一个傍晚，
曾望见一道罕见的光芒，
从东边划向遥远的西方。

国王沉思以后还说，
早就听说有拉圣亚和钢哈相，
如果混西迦已经指点，
阿銮一定能取到手上。

"令人敬佩的两位勇士啊，
我没有多余的话要讲，
请你们休息三天，
请你们治好病痛创伤。"

腊贡南和纳达瓦，
拜谢了勐圣木国王，
在宴席结束之后，
走进了安排好的住房。

十一

夜深了，鸟不叫了，
树上的叶子不响了，
月亮像一只银盘，
星星像数不清的银片。

自从远方飞来了金凤凰，
绿孔雀心里就时刻不安；
自从看见了英俊的腊贡南，
嫡珍玛就想同他真诚做伴。

夜来香在墙头上，
把浓香撒向过路人的鼻尖；
嫡珍玛要把自己的爱情，
传递给勇敢的腊贡南。

她一个人离开闺房，
悄悄走进幽静的花园，
眼睛盯着腊贡南的窗户，

盼望那英俊的身影能够出现。
哪怕能说上半句话，
她心里也会快活；
如果能对上一支歌，
她心里就会比蜜还甜。

月下的嫡珍玛啊，
想去敲腊贡南的门窗，
又怕别人看见；
徘徊的嫡珍玛啊，
想用歌声唤醒腊贡南，
又怕别人听见；
孤单的嫡珍玛啊，
想转身走回自己的房间，
又舍不得这珍贵的夜晚。

爱情的藤条把她紧紧捆缚，
爱情的火焰煎熬着她的心田。
她孤寂地坐在石凳上，
小声唱出少女的哀怨：

"我想唱歌，没有人来和声；
我想弹琴，没有人来旁听。
我盼望的身影，不见在闪动；
我爱着的人儿，不见他走近。

"长在他乡的大青树啊，
难道你已让别人在你下面乘凉？
生在他乡的金凤凰啊，
难道你已同别个配对成双？

"你为什么像死水一潭，
掀不起爱情的波浪？
你为什么睡得像醉汉一条，
听不见别人倾诉衷肠？"

不知是嫡珍玛扔去的石头，
把腊贡南从梦中惊醒，
还是嫡珍玛痴情的歌声，
打动了青年猎手的心，
腊贡南推开一扇竹窗，
望见了园中洁白的身影。
他一眼就认出是嫡珍玛，

心窝里飞出动情的歌声：

"芬芳的缅桂花啊，
你在等谁来闻你的清香？
美丽的绿孔雀啊，
你在等谁来把你的羽屏欣赏？
可爱的嫡珍玛啊，
你在等谁来把毯子披在身上？①"

腊贡南的歌声像甘露，
洒进了公主干渴的心房；
腊贡南的话语像蜡烛，
把公主寂寞的心田照亮：
"花儿对着谁开放，
就是请他来闻她的芳香；
绿孔雀向着谁开屏，
就是请他来一同做伴。
披毯在宰冒手上，
弄少②就等着他赐给温暖。"

腊贡南大胆走进花园，
把心中的丁琴拨响：
"看见你两只发亮的金耳环，
我怕是沙铁的儿子给你戴上；
看见你脖颈上的七色项链，
我怕是高贵的王子已占据了你的心房；
看见鲜花这般艳丽夺目，
我怕人家早围起了厚厚的竹墙。
尊贵的珍玛公主啊，
我怎敢轻易靠近你的身旁！"

"我还没有做媳妇的包头，
我还没有出嫁的新衣裳。
不是父母没有银钱去买，
是我还没遇到像你这样的卜冒。"

"看见滴水叶上的水珠珠，
我早就口渴得干裂发痒；
看见枝头上的熟芭蕉，
我早就饿得意乱心慌。

可爱的珍玛公主啊，
让我打开披毯给你披上！"

孤单的雁儿找到了伴侣，
离林的麂子寻到了青草，
绽蕾的花朵等到了甘露，
摆尾的鱼儿游进了水塘。
嫡珍玛与腊贡南，
心贴心，脸靠脸。
嫡珍玛对着腊贡南的耳朵：
"在太阳火辣辣的时候，
我就希望有一顶篾帽，
给我戴在头顶上。"

腊贡南对着嫡珍玛的耳朵：
"在太阳火辣辣的时候，
我就希望有一块草坪，
让我舒心地卧躺。"

相爱的人在毯子里，
度过了甜蜜的夜晚；
相爱的人在花园里，
立下了终身做伴的誓言。

十二

朝霞微笑着送走黎明，
王宫外面响起了马铃，
腊贡南留恋逝去的月夜，
更喜爱勐圣木快活的早晨。

一个大臣走进房门，
传达了国王的邀请：
"今日天气格外晴朗，
国王邀约二位陪同，
一起上山去打猎，
寻找野味看风景。"

打猎的队伍早在宫外等候，
国王坐在金鞍上显得精神。

---

① 男青年在得到女青年的爱情时，便可把披毯披到女方身上。
② 弄少：妹妹。

当他看见腊贡南、纳达瓦来到，
便朝猎队下达了出发的命令。

腊贡南刚刚纵身上马，
就觉得有一股香风扑鼻。
还不等他回头把花来看，
公主已骑马跳进了他的眼里。

啊，芳香的金缅桂，
你的娇姿叫我难信！
可别让马儿把你欺侮，
可要当心山藤把你缠进刺丛。

公主好似猜中了情人的心，
立即挥鞭打马朝前飞奔。
她那撩起的披纱仿佛是召唤的手，
腊贡南心领神会把她紧紧追赶。

滚滚尘烟遮蔽了一对情人，
也把打猎的队伍引进森林。
腊贡南与嫡珍玛的身影，
在密林深处时现时隐。

受惊的小兔在树下乱跑，
胆小的麂子纷纷钻进草丛。
被腊贡南、嫡珍玛打翻的野物，
一路士兵拾都拾不赢。

国王兴奋地眯着双眼，
心中升起了十倍尊敬。
他对身边的纳达瓦说出期冀，
请求两位勇士帮他训练士兵。

马蹄声中飞来了嫡珍玛，
她满面春色拜见父亲：
"祝贺你的女儿吧，父亲！
腊贡南给我增添了射击的本领。"

说着嫡珍玛举起弹弓，
射倒了一只飞跑的白兔。
国王抬起双臂向森林欢呼，
感谢天神赐给女儿的聪明。

十三

三天的时光眨眼过去，
离别的时辰来到了。
勐圣木国王舍不得两位勇士，
把心里想的话向腊贡南说道：

"尊贵的勐获罕勇士，
你们在三天里辛苦了！
又教我的女儿射箭，
又教我的士兵耍刀。
你们娴熟的武艺，
在勐圣木国实在难找。

"尊贵的勐获罕勇士，
我希望你们不要再往前走了，
勐圣木的土地肥美，
勐圣木的百姓勤劳，
你们可以在这里做大臣，
帮助我把国家管理得更好。"

腊贡南感谢国王的信任，
合着感激的双掌说道：
"我的故土正遭苦难，
我的乡亲正受煎熬。
我怎能在这里独自享福，
我怎能在这里贪图荣耀？

"尊敬的国王啊，
命运决定着我们必须告别，
等我们找到了红宝石，
把勐获罕的土地照耀，
我定会骑上串亲的快马，
再走进勐圣木温暖的怀抱！"

腊贡南的话说给国王听，
腊贡南的话说给公主听。
嫡珍玛句句听得明白，
她只盼拴线的时辰早来临。

国王钦佩勇士的信念，
不好意思再把客人挽留。

他吩咐布曼捧勐①选两匹骏马，
配上金鞍给两位青年骑走。

第二天黎明时分，
全城上下给两位青年送行。
腊贡南和纳达瓦啊，
接过王后赠别的鲜花，
饮干国王壮行的米酒，
把勐圣木的情谊永记心头。

嫡珍玛走到腊贡南跟前，
眼含泪珠强作笑颜：
"假若我是一名勇士，
我要跟随你去远征取宝；
假若我懂得仙术神法，
我一定帮助你去战胜魔妖！"

她取下手上的戒指，
悄悄递给心爱的宰冒：
"让戒指同你一起做伴，
让戒指同你一起回转；
看见它就像见到一颗真诚的心，
真诚的心永远为你在燃烧。"

腊贡南听了公主的话，
激动的眼光把公主盯牢，
他要公主相信，
真诚的猎手决不辜负纯洁的爱情；
他要公主相信，
重逢的时刻一定会来到。

骏马懂得主人的心，
围着公主绕三圈，
围着送别的人群绕三圈，
才把足蹄踏上远征的大道。
骏马载着两个青年奔驰，
像两支顺风的箭，
像两把会飞的刀……

第五章　遭劫

十四

嫡珍玛的美名，
越过勐圣木土地，
传遍了邻邦，
传到了勐沙堤弯国王的耳里。

勐沙堤弯国王的野心，
早就在胸中翻腾激荡。
他决定与勐圣木联姻，
实现多年来吞并邻国的梦想。

他吩咐贴身大臣，
带着王子的画像，
带着珠宝绸缎，
带着马鹿大象，
去拜见勐圣木国王，
诉说联姻的渴望。

勐沙堤弯的使者和士兵，
浩浩荡荡排了一里长，
驮马满载求婚的礼物，
来到了勐圣木的都城广场。

勐圣木对邻国使者以诚相待，
就像对待其他高贵的客人一样，
让他们从彩门进宫，
让他们从红毯上走过，
为他们摆设了隆重的宴席，
为他们准备了宽敞的住房。

使者的嘴皮薄，
使者的舌头长，

---

① 布曼捧勐：总管大臣。

使者的脑瓜灵，
在勐圣木国王面前巧舌如簧。

好比贪婪的乌鸦，
向奘房的召尚①讨米饭；
好比心厚的谷雀，
向守场的农夫要食粮。

"高贵的勐圣木国王啊，
你给邻邦的友情深似海，
你造福的功勋大如山。
我们的召王很佩服你，
我们的召王向你问安！

"光荣的勐圣木国王啊，
你的公主聪明美丽，
像一朵玫瑰又香又艳；
我们的王子仰慕婻珍玛公主，
他愿把这朵花日夜戴在胸前。

"尊敬的勐圣木国王啊，
假若你珍惜我们两国的友谊，
就不要使我们的召王失望，
请答应我们的求婚吧，
画像和礼物会博得公主的赞赏。"

听了使者的甜言蜜语，
听了使者滔滔不绝的颂扬，
勐圣木国王啊头昏脑涨，
就像喝了迷魂的药汤。

他觉得勐沙堤弯很阔气，
他觉得勐沙堤弯大度量。
不经妻子同意，
不找女儿商谈，
他就轻易地把婚事应允，
就这样擅自作了主张。

婻珍玛听见了大臣们的议论，
婻珍玛望见了王子的画像，

婻珍玛瞧见了大堆的聘礼，
如同惊雷在头上炸响。

婻珍玛纯真的心呀，
已经交给了腊贡南，
像铁打成了长刀，
像线织成了筒帕，
像木头盖成了房子，
像竹子编成了箩筐。

婻珍玛十分痛苦，
婻珍玛十分悲伤：
"父亲啊，
你曾把我当作心头的肉，
从小不让我离开你的身旁。
现在为什么要把我赶走，
要把我抛向陌生的远方？"

婻珍玛泣不成声，
婻珍玛苦苦哀诉：
"母亲啊，
请替女儿做主！
我不愿离开勐圣木的山水田园，
我不愿离开勐圣木的乡亲伙伴，
我不愿离开生我养我的父母！
我不愿到勐沙堤弯，
不管那里多么富足。"

王后流着眼泪说：
"明珠只有一颗，
女儿只有一个。
她像孔雀会起舞，
她像画眉会唱歌，
她像火盆暖人心，
我怎能让她离开我！"

贺舍捧勐②对国王悄悄讲：
"乌鸦的叫唤从不吉祥，
狐狸来磕头会有祸殃。
勐沙堤弯国王诡计多端，

---

① 召尚：对和尚的尊称。
② 贺舍捧勐：军事大臣。

他的军队经常侵扰我们的边疆。

"今天又派使者来说亲，
暗藏的伎俩一定要提防。
尊敬的召王啊，
公主的婚事你要谨慎思量！"

大臣的话在左耳响，
妻子的话在右耳响，
女儿的话在心里响，
国王低着脑袋走进后房……

十五

爱情的春花被狂风摧残，
爱情的蜜泉被洪水冲卷，
婻珍玛思念腊贡南，
深陷的眼窝泪水不断。
她吃着不甜，
她睡着不香。

往日的云霞光彩灿烂，
今日的云霞显得暗淡。
婻珍玛带着两个女伴，
来到了平时游玩的莲湖畔。

莲湖水清澈得像镜子一般，
照出了她哭肿的双眼，
照出了她忧郁的面庞，
照出了她满怀的思念。

这幽静的莲湖啊，
是她和腊贡南相识的地方；
这俊美的莲湖啊，
是她爱情的起点。

如今啊，只落得一片凄怆！
那心中的金鹿啊，
不知现在落脚在哪片森林？
心中的人儿啊，
可知道痛苦的心在把你怀恋！

婻珍玛悔恨自己，

为什么不跟着腊贡南一起远行，
假若现在有一双翅膀，
定要去把心爱的人追赶！

婻珍玛再也不能迟疑，
她要向父母讲明自己的爱情。
她要父亲亲自开口，
谢绝勐沙堤弯的求婚；
她要母亲亲自许诺，
为她与腊贡南的婚事把嫁妆准备。

忧愁没有消除，
灾难又从天降。
一只骁勇的飞魔，
突然出现在莲湖上空。
它贪婪地俯视着美丽的公主，
惊喜地抖动着乌黑的翅膀。

像一股旋风，
像一阵闪电，
飞魔猛扑向婻珍玛，
把她夹在肉翅下面，
掠过含泪的睡莲，
飞向望不到的天边……

第六章　重逢

十六

飞魔夹着婻珍玛，
回到勐排山洞的时候，
也是腊贡南和纳达瓦，
走进勐排地界的时辰。

奇异的绿鸟，
站在枯树枝上；
好看的花蛇，
盘在野藤条上。

满山浓雾滚滚，
岩石好像都长着眼睛，

大树好像都伸着利爪，
威吓着过路的生人。

腊贡南和纳达瓦，
手握着刀柄，
边走边注视着四周，
紧张使他俩的精神更振奋。

哪里是混西迦指点的山洞？
宝刀和宝箭在何处隐藏？
当腊贡南这样想的时候，
前方突然闪出一道白光。

白光中，闪现出一座山岭，
白光中，隐约望见一个石洞。
啊！莫不就是坤尚所说的雷颠法①，
拉圣亚和钢哈相隐藏的地方？
腊贡南和纳达瓦两腿生风，
径直奔向云雾缭绕的石洞。

阴风阵阵送来时断时续的哭声，
声声搅动着腊贡南善良的心。
他往前走去扶着岩石侧耳细听，
啊，分明是一个女人的声音！

她真的是人吗？
怎么在勐排的洞穴里独自呻吟？
难道是魔鬼的伪装，
故意把路过的人诱引？

腊贡南对纳达瓦使个眼色，
两人同时蹿到洞口。
腊贡南让弟弟在洞外守候，
他一个人往黑洞里摸去。

山洞深处的女人，
听见有脚步声靠近，
以为是飞魔回来了，
更放开了哭的声音：
"飞魔呀，
你能缚住孔雀的双翅，

却缚不住她对伴侣的思念；
你能捆住我的双臂，
却阻挡不住我对亲人的爱恋。
要杀要吃随你的便吧，
要我做你的妻子万万不能！"

听着这充满怨愤的诉说，
腊贡南产生了同情。
她是被妖魔抓来的啊，
她是遭到不幸的女人！

"遥远的亲人们啊，
我已经没有希望脱身，
魔鬼在一步步朝我逼近，
它的血口就要把我生吞……"

这哭声多么熟悉啊，
这哭声使腊贡南暗暗吃惊。
"心爱的人儿啊，
你现在在何方？
我还来不及穿上镶边的筒裙，
就要永远闭上双眼；
我还来不及随你走进新婚的楼房，
就要永远离开人间。"

这多么像婻珍玛的声音！
难道婻珍玛落难在这里？
腊贡南顿时毛发倒竖，
心里像蹦跳着小鹿。

"腊贡南啊腊贡南，
我月下的知心人，
你再也听不见我的笑语，
你再也听不见我的歌声。
只望爱情的生命，
在你心上永存。"

啊，心上人啊，
怎么会落难在此地！
腊贡南急步上前，

---

① 雷颠法：传说中高耸入云的山。

把嬬珍玛紧紧抱在怀里：
"嬬珍玛啊，
快睁开你明亮的眼睛，
看看我是你的什么人！
是谁把你带进了勐排山洞？"

嬬珍玛看见定情的戒指，
放心地把头紧贴腊贡南的胸膛，
像寒冬里见到了太阳，
一股暖流涌到她的身上。

十七

嬬珍玛正要叙说不幸遭遇，
一股腥风从洞口飘进。
嬬珍玛急忙告诉心上人，
外出的飞魔就要回洞。

腊贡南嘱咐嬬珍玛，
共同用智慧战胜魔妖，
取到了拉圣亚和钢哈相，
再去西方寻珍宝。

飞魔随风入洞，
落在嬬珍玛的面前：
"哈哈哈！我的美人，
你的脸上终于有了红颜！
乖乖做我的妻子吧，
这里哪点不如勐圣木宫殿！
凡是人间地上有的东西，
我这勐排山洞都一应俱全。"

嬬珍玛装出顺从模样，
更使得飞魔欣喜若狂。
好酒斟过了七巡，
好菜摆出了九盘。

飞魔喝得酩酊大醉，
横躺在石头床上：
"美人啊，美人！
快来同我一起上床。
人间地上数你最珍贵，
还有我那无敌的宝物两样。"

嬬珍玛喜上心头，
赶紧靠在飞魔身边：
"啊，我怕虎叫狼嚎，
我怕刮风闪电。
你的宝物放在哪里啊？
我怎么没有亲眼看见？"

"不要害怕啊，美人！
不要声张啊，美人！
宝物就放在洞底石房，
石房门有左右两扇，
左敲七下，右敲九下，
石门开处你就会看见宝光闪闪。"

飞魔说出的秘密，
被躲着的腊贡南暗记在心中。
他急忙带着纳达瓦，
去把洞底的石门敲动。

左敲七下，右敲九下，
石门果然徐徐敞开，
里面确有宝物两样，
两件宝物放出奇异的光彩。

腊贡南赶紧把拉圣亚握在手上，
纳达瓦也迅速抓住了钢哈相。
飞魔发现亮光，
像挨了蜂蜇一样。
他从石床上跃起，
奔向藏宝物的洞房。

腊贡南把宝刀亮出，
纳达瓦把宝箭拉满，
飞魔与两位勇士怒目相视，
展开了厮杀较量。

飞魔依靠一双妖翅挣扎，
宝刀宝箭给勇士增添力量。
他们从洞内杀到洞外，
从这山打到那山，
从白天战到晚上。

飞魔失去了宝物，

惯用的魔法都用不上。
他步步退却，筋疲力尽，
只好匍匐在地上。

"两位勇敢的阿銮啊，
请留下我一条性命！
今后愿服从你们的调遣，
今后愿听从你们的使唤。"

"天上的一颗红宝石，
如今跌落在什么地方？
只要你说出宝石的所在，
我们决不把你的性命损伤。"

"红宝石被琵排王拾到，
他已将宝石嵌在蜈蚣头上，
藏到了很远很远的丁雷绍法①，
还派成群的野牛日夜守望。"

"丁雷绍法离这里有多远？
还要经过多少森林和山冈？
快给我们指出一条近路，
你马上就会得到释放。"

"大路九千九百里，
小路七千七百里，
大小道路都有琵排把守，
厮杀会耽误你们的时光……"

飞魔感谢两位勇士的宽恕，
愿送他们飞越勐排的秃岭恶江。
腊贡南骑上飞魔的右翅，
纳达瓦骑上飞魔的左膀，
婻珍玛坐在两翼中间，
随飞魔去往丁雷绍法方向……

十八

太阳在湖中洗了七次脸，
月亮在天上梳了七次头；
飞魔飞过了七十座险恶的峻岭，

飞过了七十条汹涌的急流。
他们飞到了勐排王国的腹地，
前面闪现出一片宽阔的绿洲。

飞魔收拢双翼，
顺着彩云降落在丝绒般的草地：
"前面就是丁雷绍法了，
可是我不能再跟你们前去。
因为丁雷绍法不是我去的地方，
我只能在这里把你们等候。
尊贵的阿銮啊，取宝石就在此一举，
愿混西迦把你们暗中保佑。"

腊贡南、纳达瓦和婻珍玛，
举目眺望丁雷绍法——
只见蓝色的天穹嵌在水中，
地上的山峰矗进了天里，
云雾缭绕分不清天地的界限，
天与地紧紧地黏合在一起。

他们走到野牛山下，
三千头野牛把守着所有的路径，
三千个牛头摇晃着锐角，
三千双眼睛闪射着凶光，
一阵吼声啊使大地颤动，
要对陌生的来者发动进攻。

腊贡南立即举起钢哈相，
呼啸的利箭从牛角中间穿过，
箭飞处划出一道七色的彩虹，
彩虹下出现一道天桥，
直通野牛山的顶峰。

腊贡南、纳达瓦和婻珍玛，
好比三只幸运的马鹿，
他们从天桥上跳跃而过，
登上了野牛山麓。

腊贡南挥起拉圣亚，
对准山筋砍了三千刀；②

① 丁雷绍法：传说中天地接壤的地方。
② 傣族传说，山有山筋，地有地脉；砍断了山筋、地脉就能把山、地制服。

纳达瓦从哥哥手里接过拉圣亚，
对准地脉砍了三千刀。
最后一刀在黎明时砍下，
山筋断了，地脉断了，
崩裂的山口现出一条金黄的蜈蚣。

啊，红宝石！
红宝石就镶嵌在蜈蚣的头顶上，
耀眼的金辉胜过阳光，
苦难人的心里充满了希望！

腊贡南连续射去三箭，
三箭都被蜈蚣的头顶弹回；
纳达瓦跳上前砍了三刀，
只见三刀落处火花纷飞……

蜈蚣的道行非常，
腊贡南和纳达瓦惊得目瞪口呆，
宝刀神箭都制不服它，
嫡珍玛不禁心中发慌。

他们退到天池旁歇息，
把对付的计策商量。
嫡珍玛捡起腊贡南的拉圣亚，
顺手在池边的砂石上轻磨：
"保佑苦命人的混西迦啊，
年轻的兄弟已渡过了重重难关。
在这取宝的最后时刻，
求您再赐给他们主张……"

忽然刀石之间发出呜呜的声响，
卷刃的刀口又恢复了原样。
拉圣亚啊变得银光闪闪，
银色的光辉接上了宝石的红光。

腊贡南仿佛背上挨了一掌，
翻转身来接过拉圣亚，
几步纵到蜈蚣身旁，
对准蜈蚣的头手起刀落，
一瞬间，蜈蚣头冒烟火，
烟火中宝石滚落地上。

腊贡南把宝石捧在胸前，
纳达瓦和嫡珍玛欣喜万状。
歌声跟着热泪飞出心窝，
喜讯随着彩云飘向家乡。

丁雷绍法洒满了金辉，
坤尚在云端拨响丁琴。
腊贡南将宝石举过头顶，
和纳达瓦、嫡珍玛一起仰天下跪：

"慈祥的混西迦啊，
红宝石是您赐给，
我们的生命是您赐给，
您无量的恩德我们永远铭记在心！"

人间儿女虔诚的心，
又一次映入混西迦的天镜①。
坤尚遵照混西迦的嘱咐，
从云端上丢下两条彩巾。

一条彩巾飘落在飞魔的翅膀上，
飞魔变成了一头威武的白象；
一条彩巾飘落在蜈蚣的身上，
蜈蚣变成了一头雄壮的白象；
两头白象踏着欢快的舞步，
跪倒在三位主人的身旁……

第七章　入赘

十九

勐圣木自从失去公主，
就好像失去了月亮，
白天没有人欢笑，
晚上没有人歌唱。

爱打猎的国王，
没有心思再上山间猎场。

---

① 传说混西迦的天镜能洞察人间的一切善恶。

爱赏花的王后，
没有心思再去花园游逛。

全勐的头人百姓，
天天都祈祷合掌，
盼望公主早日回还，
驱散勐圣木的忧伤。

在一个宁静的夜晚，
月亮突然露出笑脸。
巡视边境的贺舍捧勐，
飞马来报国王：

"我们明净的月亮，
已经回到勐圣木天上；
婻珍玛公主回来了，
还骑着一头高贵的白象。

护送公主回来的勇士，
是我们尊敬的腊贡南。
只等明天黎明的钟声一响，
他们就可以来到您的身旁。"

婻珍玛回来的喜讯，
像春风一样传遍全勐，
吹散了百姓心头的阴云，
赶走了国王、王后心中的忧伤。

人人热爱善良的公主，
人人崇敬英勇的阿銮！
勐圣木的老老小小，
连夜赶到都城广场。

象脚鼓手们，
重新绷好鼓面；
双镲拴上丝绸，
响铓擦得锃亮。

歌手用酒洗了嗓子，
要唱出好听的赞歌；

姑娘们扎好彩色的花环，
准备给公主和阿銮献上。

国王、王后和大臣们，
一起站在金伞下面，
耳朵听着时辰的钟声，
眼睛望着大道的前方。

最后一颗夜星刚刚消失，
道路的尽头闪出宝石的红光。
婻珍玛和两位阿銮，
骑着两头高大的白象，
向沸腾的人群走来，
走进了欢乐的海洋。

三人骑象回村，乡亲欢迎。
人们抛掷手中的花瓣，
把芬芳撒到婻珍玛的身上；
人们端起银钵里的清水，
把敬意洒进阿銮的心房。
歌手的歌声和着悦耳的排铓①，
把亲人们尽情赞美颂扬。

婻珍玛离开白象，
扑进了父母的怀抱；
腊贡南、纳达瓦离开白象，
朝勐圣木的亲人深情合掌②。

彩霞停留在勐圣木的上空，
欢乐回到了人们的心里和脸上。
国王把两位阿銮请进宫中，
百般亲近地问寒又问暖。

婻珍玛跪在父母的面前，
诉说了自己与腊贡南的爱情。
她那甜蜜的话儿，
像山涧流泉一样动听；
她那纯贞无瑕的心，
深深感动了眼前的亲人。

① 排铓：把几支铓装在一起，同时敲响，发出和谐的音色。
② 合掌：傣族礼仪，双手在胸前合掌，以示歉意。

国王知道自己过去把事情做错，
当日不该收下邻国的礼品。
他右手拉着婻珍玛，
他左手拉着腊贡南：
"让我们为你俩祝福，
让我们为你俩拴线①。"

二十

金号吹起高亢的调子，
布曼捧勐点燃第一支竹炮。
庆祝亲人归来的宴席尚未平静，
隆重的婚礼更加热闹。

婻珍玛头上顶着粉红的面巾，
腊贡南包头上插着孔雀的羽毛。
他俩手牵着手，
走过红毯铺起的长廊，
向天地拜跪，
向客人们合掌，
向伙伴们问好，
请父母对他俩说出期望。

国王亲手给女儿拴线，
王后祝福他俩白头到老。
纳达瓦代表伙伴们敬酒，
把满心的敬爱献给哥哥嫂嫂。

歌手的歌儿，
将月亮请上了竹梢；
乐师的乐曲，
使人们忘记了睡觉。

腊贡南与婻珍玛，
双双来到莲湖畔，
望着圆圆的月儿，
想起他们相识的那天；
望着飘走的云朵，
想起他们经受的苦难；
望着栖息的翠鸟，

想着他们幸福的婚姻。
他们依偎在一起，
更感到今夜的香甜……

第八章　御悔

二十一

三天过后，
勐沙堤弯来了使者，
把勐圣木国王指责：
"说出的话如泼出的水，
商定的事怎能翻悔！
你为什么要欺骗我们召王？
你为什么让野鸭来做窝？"

勐圣木国王害怕虎啸猿嚎，
说话也担心咬着嘴唇：
"我不愿得罪你们的召王，
我也不能忘记我儿的恩人。
相好的鸳鸯不好拆散，
双飞的孔雀不好强分。
请使者转告尊敬的召王，
我愿加倍退还贵国的聘礼。
勐沙堤弯国王会答应的，
假若他有一副善良的心肠。"

使者手按刀柄，②
把茶杯摔碎：
"你敢惹怒我们召王，
你不怕头上落下大祸？
奉告你啊，勐圣木国王，
趁着公主的美貌还未消落，
赶快撵走不值钱的野鸭，
把公主送到我们的金窝银窝。"

看到使者的蛮横举动，
听到使者的无理奚落，

---

① 拴线：傣族婚礼习俗，老人给新人手腕上拴上白线、彩线，表示幸福吉祥的祝福。
② 表示内心的极大愤怒。

纳达瓦在一旁拔出了长刀，
但被腊贡南压住了怒火。

嫡珍玛不能忍受侮辱，
站起身来指着傲慢的使者：
"你快收走肮脏的礼品，
滚出圣洁的勐圣木国！
不要把污秽溅在我们的土地，
不要让臭气熏染我们的花朵。
你们的金窝银窝要是好在，
就让猪狗去落脚！"

使者怒气冲冲回到勐沙堤弯，
把实情向国王详细禀报。
国王气得筋粗气喘，
对大臣们发出咆哮：
"向勐圣木兴师讨伐，
向勐圣木显示我的骄傲！"

二十二

听到勐沙堤弯的大兵压境，
勐圣木国王日夜胆寒心跳。
他连忙把好话写在贝叶上，
派得力的大臣到邻国求好。

大臣拜见了勐沙堤弯国王，
一面呈信，一面说道：
"只要召王答应不娶公主为媳，
勐圣木的美女随王子去选挑。"

勐沙堤弯国王撕碎了贝叶信，
揉成一团丢进火塘里烧掉，
并指使凶恶的卫士斩了使者，
又将人头高挂在两国的交通要道。

勐圣木国王气得病倒，
大臣们个个怒火直冒。
难道小国就应当受大国欺辱？
勐圣木的尊严啊，比人的生命更重要！

但是，奘房没有和尚难念经，
国王病倒怎样吹响御侮的军号？

腊贡南临危不惧，
愿为国王带兵把国保。

国王听了双眉舒展，
大臣们个个拍掌拥护。
勐圣木有了新的希望，
腊贡南率军立即向边疆开赴。

勐圣木军队奋勇迎敌，
大刀长矛像一堵城墙。
腊贡南挥起长刀，
纳达瓦拍打战象，
士兵们紧紧跟随，
杀得敌人东逃西窜。

骄横的勐沙堤弯国王，
像猛虎背上挨了一刀；
腊贡南兄弟神勇的武艺，
完全出乎他的预料。
他只好宣布收兵回国，
日后再作计较……

第九章　惜别

二十三

双双远飞的大雁啊，
思念着栖息的南方；
腊贡南和纳达瓦啊，
思念着苦难的故乡。

召获罕给的期限，
已经没有几天，
故乡的亲人在把阿銮盼望，
苦难的山河在把儿女呼唤。

腊贡南对嫡珍玛讲：
"心爱的妻子啊，
我想念自己的故乡，
就像你热爱自己的国土一样！
我想念家乡的亲人，

就像你敬重自己的父母一样！
请允许我向你告别，
我和弟弟决定返回勐获罕。"

妻子怎愿恩爱的丈夫离去，
但婻珍玛的心地纯正明亮。
她同情心上人的苦难，
赞同腊贡南返回故乡。

"心爱的丈夫啊，
你和我想的没有两样。
假若我把你拴在勐圣木王宫里，
枝头上的洛多①也会把我另眼看。
勐获罕的亲人不知是死是活，
你应该快快回到他们的身旁。

"心爱的丈夫啊，
你和我是嘴唇两半，
你和我是牙齿两行，
恩爱夫妻不能永远各在一方。
你为亲人解除了苦难，
决不要把我婻珍玛遗忘。"

婻珍玛说着泪珠涟涟，
腊贡南听着泪水两行。
人间的灾难为什么这般多？
幸福的时光啊为什么这般短暂？

腊贡南拿出宝箭一支，
放到婻珍玛的手上：
"如果勐圣木遇到危难，
请把它射向我走的方向。
利箭出弓自会飞行，
见到它，我们兄弟会返回来相帮。"

婻珍玛按照亲人嘱咐，
把这支宝箭细心收藏。
她用纱帕擦干哀伤的泪痕，
去为亲人准备上路的行装……

送行的那个时刻，

---

① 洛多：一种野鸽子。

人人心里充满忧伤。
腊贡南弟兄上前抚慰，
留下临别的赠言：

"有牢靠的篱笆墙，
才能挡住贪婪的野猪；
有锋利的长刀，
才能对付吃人的猛虎。
愿举国上下团结一心，
守卫好美丽富饶的勐圣木。

"寒冬的火塘最使人流连，
患难中的情谊最使人难忘；
勐圣木已经和我们血肉相连，
勐圣木就是我们的第二故乡。
有离别就会有团圆，
重逢的日子不会太长。"

腊贡南、纳达瓦骑上白象，
向国王和大臣们鞠躬辞行，
向婻珍玛和百姓们合掌告别，
离开了盛情的都城广场……

二十四

勐沙堤弯国王，
探知勐圣木国王病危，
腊贡南兄弟也远行，
复仇的蛆虫咬着他的心肺。

他把文武大臣召进密室，
决定对勐圣木发动突袭战争。
他要用勐圣木百姓的鲜血，
洗涤脸上的耻辱；
他要用勐圣木肥美的土地，
填补他权欲的深坑。

勐沙堤弯百姓，
厌恨罪恶的战争。
为了逃避征兵，

纷纷背井离乡躲进深山老林。

山坡上没有人使牛犁地，
水田里没有人播撒种子，
菜地里没有人除草松土，
河沟里没有人拉网捕鱼。

战鼓的声音使人恐惧，
战马的足蹄震撼大地。
只见一路路兵马，
向邻国的边境汹涌而去……

勐圣木边境的哨兵，
奔回王宫报急。
大臣们忙向国王请命，
可是国王已经卧病不起。

勐圣木的天空啊，
笼罩着滚滚乌云；
勐圣木的大地啊，
被阵阵狂风吹袭。

谁来代替国王指挥？
谁来统帅勐圣木军民？
大臣们围拢在国王床前，
提出庄重的奏议：

"婻珍玛知书识礼，
婻珍玛头脑精明。
她跟随腊贡南弟兄，
学到了不少本领。
召王啊召王，
公主和王子都是一样的人，
谁都是从母亲身上落地，
就让婻珍玛继承你的权柄吧！"

婻珍玛站立一旁，
心里很不平静。
她仿佛看到敌人的足蹄，
已经踏上自己的国土；
她仿佛看到善良的百姓，
正在惨遭无辜的杀戮；
她仿佛听到腊贡南在给自己忠告：

退让会给人民带来灾难，
软弱只会给国家蒙受耻辱！

爱情使她增添力量，
荣誉使她产生勇气，
群臣的信任更使她受到鼓舞，
她跪在父王的床前发誓：

"敬爱的父亲啊，
假若你相信女儿的忠诚，
就让我接下你的宝刀。
我要和大臣、百姓在一起，
保卫勐圣木的土地和尊严，
保卫老祖的英灵和荣耀！"

大臣们也一齐跪在地上，
等待国王的决定。
国王尊重大臣们的劝谏，
把宝刀递到女儿手心。
这是勐圣木开天辟地第一次，
珍玛公主挑起了国家存亡的重任。

第十章 危急

二十五

勐沙堤弯兵马众多，
像决堤的洪水一样汹涌，
冲破勐圣木的边境防线；
勐沙堤弯兵马强悍，
像铺天盖地的蝗虫一样可恶，
把勐圣木的田园变成了荒凉一片。

婻珍玛和贺舍捧勐，
并排站在帅旗下面，
指挥勐圣木不屈的军民，
顽强抵抗敌人的侵犯。

前面的将士倒下，
后面的奋勇顶上。
为了勐圣木的自由和幸福，

献身的将士都觉得荣光。

有的右臂折断了，
还用左手握刀同敌人厮杀；
有的双腿被打残了，
还跪在血地里扭住敌人不放。

战马嘶鸣了九天，
刀箭碰击了九夜。
来犯的敌军停止了进攻，
战场上突然变得死水般沉寂。

弱小的勐圣木，
损失十分惨重。
人，好比树林倒在地上，
血，好比河水遍地流淌。

婻珍玛带着大臣们，
踏着硝烟来到前沿阵地上。
士兵们每一张熏黑的脸庞，
都流露出不屈的神色；
士兵们每一双充血的眼睛，
都闪耀着坚毅的光芒。
勐圣木的儿女啊值得歌唱，
婻珍玛感动得热泪盈眶。

她吩咐布曼捧勐打开国库，
把足够的饭菜和衣物运到阵地上，
把王宫陈年的好酒，
也一齐送到勇士的手上。

她命令贺舍捧勐，
把士兵撤退到坚固的防线内；
磨快刀口，削尖箭头，
准备迎接更猛烈的拼战。

二十六

敌人的长号又吹响了，
黑压压的大军扑来了。
马队后面跟着长矛，

象队后面跟着大刀，
尾巴是督战的大将，
黄白旗下人吼马叫……

勐圣木军队寡不敌众，
只有边战边退退进都城。
勐沙堤弯国王指挥着大军，
把勐圣木都城团团围困，
不让一匹马跑出城门，
也不让一股水流进孤城。

听到敌军兵临城下，
勐圣木国王吐血而死；
看到国破人亡的景象，
勐圣木王后也含恨自刎。
可怜的婻珍玛啊，
无情的打击全聚到她一身，
大臣们看着她心疼，
百姓们望着她悲痛！

婻珍玛把父母送上了弄雷①，
将仇恨在心底深深埋藏。
她相信恶人即使逃到天边，
罪恶也会追着不放。

婻珍玛登上城头，
透过黄昏举目瞭望——
看不见翠林和青山，
看不见鲜花和草滩，
看不见寨子和竹楼，
看不见佛塔和奘房。
只见浓烟弥漫的土地，
到处飘着异国的旗幡……

城下的勐沙堤弯国王，
得意地朝城头上大喊：
"你们知道有今天，
应当早顺从我召王。
告诉你们无能的国王，
现在我不只要你们的公主，

———————————
① 弄雷：坟山。

我还要你们的土地和百姓，
我还要你们的都城和宫殿。"

"我们的召王被你逼死了，
你还要把我们公主摧残……"
一个大臣在气愤中失言，
勐沙堤弯国王高兴得发狂。

他指挥人马加紧攻城，
决不错过这制胜的良机。
顿时，城内城外天抖地动，
城上城下刀乱箭密。

城内的士兵大半阵亡，
好几个将领也负重伤；
水井干枯见底，
食粮也快用光……

啊，美好的勐圣木啊，
难道就要被邪恶征服？
啊，善良的勐圣木啊，
难道就要被强敌灭亡？

这时，一个大臣乘乱丢弃刀箭，
顺着绳子孤身吊下城墙，
直朝敌阵跑去，
显然是叛变投降。

嫡珍玛两眼闪射出火焰，
望着那丑恶的背影气愤难言。
她拉开无情的弓箭，
一箭射穿了叛臣的胸膛。

正义的军心岂容动摇，
国家的尊严岂能失丧！
大臣们拥护公主的裁决，
兵民们欢呼公主的坚强。
危难关头才能识别忠贞，
将士们死守在各自的岗位上。

嫡珍玛面对破碎的山河，
把手中的宝刀亲吻，
她要像这钢刀宁折不弯，

与勐圣木共存亡！

嫡珍玛抽出腊贡南留下的宝箭，
咬破指头把殷红的血滴在箭上，
朝着白象奔去的方向，
张弓射出告急的箭。

神箭带着勐圣木的血泪和仇恨，
神箭带着嫡珍玛的爱情和期望，
越过勐圣木的残山剩水，
飞向远处的阿銮腊贡南……

第十一章　奔援

二十七

腊贡南和纳达瓦，
骑着两头白象匆匆赶路，
很想快些见到勐获罕乡亲，
但也挂着身后的勐圣木。

腊贡南望着一路清泉，
在山涧潺潺流淌，
就好比嫡珍玛的友情，
在心中翻波激荡。

腊贡南望着一路野花，
在山坡上竞相绽放，
就好比嫡珍玛的爱情，
在散播着迷人的芬芳。

腊贡南望着一路翠竹，
在山脚下迎风摆荡，
就好比嫡珍玛的娇姿，
在眼前曼舞轻翔。

腊贡南怀念勐圣木，
更把生长的故乡向往。
漫长的离别使他心急，

不知道勐获罕的乡亲现在怎样？

珍贵的红宝石啊，
不知能不能使勐获罕免除灾难？
能不能给乡亲们带来幸福和吉祥？

珍贵的红宝石啊，
不知能不能满足召获罕的欲望？
能不能使他的心地变得善良？

腊贡南和纳达瓦，
满怀着兴奋和喜悦，
一步步向亲人走近，
一步步靠拢久别的家乡。

突然，一阵刺耳的雷鸣，
一股蓝色的电光，
伴随一支利箭飞啸而来，
落在腊贡南面前的地上。

腊贡南立即翻身下象，
啊！这是嫡珍玛告急的箭！
箭杆上血迹未干，
箭尾的羽翎在抖颤。
一定是嫡珍玛在痛苦呻吟！
一定是勐圣木在承受熬煎！

腊贡南把血箭装入箭袋，
怀着焦虑的心情对弟弟讲：
"亲爱的纳达瓦啊，
看见这支血箭，
就像望见勐圣木又惨遭蹂躏，
就像望见善良的人在被杀被砍。
勐圣木在向我们呼救，
我们必须快快回转！

"亲爱的纳达瓦啊，
召获罕给的期限虽然快到，
但我们不能只想到自己的危安。
勐获罕的乡亲虽然也在盼望，
但我们不能只想到自己的团圆。
斩虎除豹是猎人的天职，
我们要扶助勐圣木把邪恶惩办！"

纳达瓦的心像金竹一样直，
想到别人的危难不会变弯。
他跟着哥哥拨转象头，
朝勐圣木把白象催赶。

两头白象像长了翅膀，
忽而腾空而起，
驾着云朵飞翔；
忽而随闪电而行，
飞跑在风的前方……

二十八

一天的傍晚时分，
兄弟俩来到勐圣木，
从一座高高的山上，
俯瞰到悲惨的景象——

往日乐声悠扬的竹楼，
只留下一堆破竹断墙；
往日歌声嘹亮的田野，
只留下一片冲天的火光；
往日花香鸟语的果园，
只留下几挑烂笋残筐。
到处是横躺着的尸体，
到处是紫红色的血滩……

腊贡南、纳达瓦悲泪骤落，
飞速奔向战铓不停的都城。
当他俩望见强敌在攻城，
仇恨像沸茶在胸中翻滚。

腊贡南抽出拉圣亚，
纳达瓦取下钢哈相，
两头白象领悟阿銮的心，
勇猛地冲向敌军的背脊梁。

无敌的宝刀和宝箭，
立即在千军万马中闪耀光芒，
扫向敌人的头颅，
戳穿敌人的心脏，
像割韭菜一样，
像穿芭蕉一样。

勐沙堤弯国王和他的将领们，
看见了两个勇士的箭影刀光，
就像看见了神将从天而降，
威风的样子好似还给了爹娘。
他们只得下令撤离阵地，
敲响退兵的战铓……

嫡珍玛率领守军从城内杀出，
配合两位勇士追赶溃逃的敌人，
直到把勐沙堤弯国王撵过边境，
一对恩爱的伴侣才勒马相望。

嫡珍玛翻身下马，
腊贡南跳下白象，
两人紧紧地拥抱，
喜悦和泪珠同时挂在脸上。

见面的话慢慢说，
重逢的歌悠悠唱。
他们率众把战死的同胞掩埋，
他们抹掉泪痕打扫战场。

软弱容易被别人欺辱，
轻信容易使自己上当；
安宁从来不能靠乞求，
只有举起猎枪才能驱走恶狼。

勐圣木汲取了血的教训，
新生的人民团结得更紧。
他们白天围刺桩，
晚上点着火把掘陷阱；
整编的军队日夜操练，
重建家园的百姓热血沸腾。

第十二章　决战

二十九

勐沙堤弯国王心不死，

① 巴细：沙鳅。

他像一条复活的蚂蟥，
又带着一大队随从，
披星戴月奔到勐获罕。
向召获罕呼救求援，
向召获罕倾吐谗言：

"天下最尊敬的召王，
勐沙堤弯遭到了不幸。
小小的勐圣木人马，
把我们的财物一劫而光。
请召王帮我报仇，
请召王替我做主张！

"天下最光荣的召王，
我要真诚地对你讲。
腊贡南两兄弟就在勐圣木，
他们已把红宝石取到手上。
但他们不愿把幸福奉献给你，
还辱骂你是万刀该剐的国王。"

听了勐沙堤弯国王的话，
召获罕从金椅上跳起三丈，
想不到腊贡南这样胆大，
把脏水泼到了他的头上；
想不到勐圣木这样狂妄，
半路夺走了光辉的宝藏。

召获罕把大臣召到宫殿，
咬牙切齿对他们讲：
"假若勐圣木是巴细①，

我召获罕就是巴孟。
绝不能让弱小的勐圣木，
欺到我召获罕的头上；
绝不能让两个孤儿，
污辱我召获罕的威望。

"勐沙堤弯国王啊，
快回去准备好酒，

快回去备齐食粮。
我要亲自率领大军，
夺回我梦想的红宝石，
让你的金伞在勐圣木土地上闪光。"

勐沙堤弯国王像猫舔着糖水，
在地毯上"咪咪咪"地打转。
他不停地向召获罕合掌拜跪，
只差把召获罕的脚搭在脖子上。

喝了密谋酒，
吃了联盟饭，
商定了阴谋战争，
勐沙堤弯国王急忙带马回转。

三十

不久，勐圣木边境的密林，
一群群鸟儿飞离窝巢；
勐圣木边境的山坡上，
一群群马鹿四处乱跑。

鸟飞鹿跑的后面，
涌来了勐沙堤弯的大军，
还有勐获罕的远征人马，
也跟着开到了勐圣木边境。

天空盖满乌云，
山林一片朦胧。
盘旋在天上的惊鸟叫不停，
像是诉说着对勐圣木的担心。

强大的敌军踏进了勐圣木，
可是，长长十里没有动静，
他们遇不着勐圣木的士兵和百姓。

高傲的敌军又推进了十里，
也还没有碰到抵抗的力量，
更听不见刀箭碰响的声音。
召获罕和勐沙堤弯国王，
骑在大红马上威风凛凛。

九十面战旗在他们身边摇摆，
九十支长号在他们前面排了三层。

有个大将报告可疑情况，
不顺心的信息召获罕他不愿听，
他想的是红宝石马上就可到手，
他想的是举足便可把小国踏平。

猛然，铿锣震醒恶人的美梦，
勐圣木人马出现在他们两旁。
腊贡南和纳达瓦指挥两侧精兵，
像两把利刀插进敌军的心脏。

受袭的敌军晕头转向，
惊慌得像一群苍蝇，
纷纷跌进刺桩，
陷阱深处哀鸣声声。

一路人马又从正面杀出，
领头的是婻珍玛公主。
后退的敌军像潮水，
两个国王也阻拦不住。

混乱的敌兵互相残杀，
有的被自己人的箭射伤，
有的被自己人的刀砍倒，
有的被自己人的马踩死，
黑暗中不知道该钻到哪方！
召获罕气得两眼发红，
勐沙堤弯国王急得顿足捶胸……

三十一

乌鸦是鹫鹰的朋友，
琵排是恶人的伙伴。
为找回野牛山上失去的红宝石，
琵排王①也带兵赶来捉拿阿銮。

两个国王像遇着了救星，
败退的士兵也精神大振。

① 琵排王：一地鬼怪妖魔的首领。

他们与红红绿绿的琵排兵会合，
折回头来又扑向勐圣木军民。

敌人依仗人多势众，
一排一排轮番冲锋。
勐圣木的三路人马，
战斗得很勇猛……

但弱者如果和强盛的敌人死拼，
结果正是帮助敌人毁灭自己。
腊贡南站在象背上一声呼喊，
将勐圣木人马撤到象山高地。

腊贡南身边只剩下三百名骑士，
纳达瓦身边只剩下三百名射手，
嫡珍玛身边只剩下五百名青年，
能不能经受得住眼前的搏斗？

腊贡南想到象山上的艰难处境，
便将嫡珍玛推上白象脊背：
"嫡珍玛啊，你是金船的楫杆；
嫡珍玛啊，你是金铓的主捶。
都城军民需要你去率领，
这里让我和弟弟把守捍卫。"

嫡珍玛泪水洒落，
嫡珍玛心儿欲碎；
她怎能离开象山之战？
她怎能只顾及自己的安危？

眼看敌兵和琵排已冲上象山，
腊贡南抬手猛烈拍击象背。
白象载着嫡珍玛离去，
象山上转眼血肉横飞……

不知是怀中的红宝石显灵，
还是象山把善良人怜悯，
腊贡南刀箭不入，
纳达瓦勇气倍增。

在战斗更加激烈的时候，
嫡珍玛又返回了象山顶，
她要和前线的军民战斗在一起，

她要和腊贡南生死共存亡。

纯洁的爱情啊，
鼓舞着人们再次挫败敌人的进攻；
坚贞的爱情啊，
激励着人们把美好的未来憧憬！

三十二

黑夜放下沉重的幕帷，
象山四周战火熊熊。
召获罕想宝石想得心焦，
他催促琵排王把腊贡南活擒。

琵排王掏出一个金项圈，
对准象山上的腊贡南抛去。
但项圈在空中绕了一转，
又飞回到了琵排王手里。

金项圈套不着腊贡南，
琵排王大惊失色倒抽冷气。
他连忙又掏出一个火球，
再朝腊贡南狠狠掷去。

火球照样在空中旋转一阵，
还是滚回了琵排王的牛皮袋。
魔法失灵，敌兵骚动，
勐沙堤弯国王干瞪着眼睛。

召获罕心里惧怕，
嘴上却叫得更响：
"腊贡南，我的奴仆，
快给我跪在地上！
交出红宝石，
免你遭祸殃！"

啊，红宝石！
红宝石就在腊贡南身上。
腊贡南用手按住心口，
一阵阵红光撒向四方，
吓得敌兵步步退让。

腊贡南拿出红宝石，

站在高高的象山上。
勐圣木军民一起围拢，
虔诚地合拢双掌：

"红宝石啊红宝石，
假若你是混西迦善良的天使，
请把人间的邪恶丢进火网！
红宝石啊红宝石，
假若你带着混西迦慈祥的光辉，
请把人间的妖雾通通扫荡！"

象山上的祈祷声上天入地，
红宝石放出了神奇的红光；
红光没有照不到的地方，
它把勐圣木的河山照得又明又亮。
红光里闪烁着耀眼的星辉，
它给勐圣木军民带来新生的希望！

红宝石闪亮的时候，
正预示敌人的灭亡。
象山脚下的敌兵睁不开眼，
两个残忍的暴君也瘫倒在地上。

勐圣木军民围着红宝石跳跃欢呼，
簇拥着腊贡南和嫡珍玛冲下象山。
琵排兵纷纷现出蛇蝎兽尸的原形，
琵排王化成了一股蓝色清烟。
勐沙堤弯和勐获罕的士兵纷纷投降，
两个暴君早在马蹄下变成了泥浆……

第十三章　宝石放光

三十三

天上降下倾盆暴雨，
把战场上的烟火扑灭，
把战场上的血污冲洗。
七色的彩虹横跨晴空，
勐圣木的土地又显露出生机。

勐沙堤弯派来了使者，

拜见嫡珍玛和腊贡南。
"勐沙堤弯国王的下场罪有应得，
请把宽恕的花粉撒在百姓身上。
我们来请求重修友谊的桥梁，
让两国百姓世世代代互爱相帮。"

公主的心地无比善良，
阿銮的胸襟无比宽广；
他们设宴款待邻国的使者，
请他们把勐圣木的佳肴饱尝。

宴席间嫡珍玛举起金杯，
向使者吐露圣洁的心声：
"痛苦的往事虽难从记忆中磨灭，
但友谊与安宁更宝贵千倍！
请你们回去转告勐沙堤弯臣民，
勐圣木欢迎他们来访友串亲。"

嫡珍玛的话使客人感动，
嫡珍玛的话令使者落泪：
"公主啊，你的心比井水还透明，
你的话我们句句带回。"

欢庆的酒杯正在传递，
宫廷外面响起了九声礼炮。
布曼捧勐禀告嫡珍玛，
勐获罕的使者从远方来到。

嫡珍玛和腊贡南走出王宫，
把亲人迎上了红色的地毯。
号手吹出最热情的乐曲，
歌手唱出最优柔的歌声。
嫡珍玛恭敬地合拢双掌，
把亲人深情呼唤。

爱情不分国界，
友谊不嫌路远。
从此，勐获罕和勐圣木是一家，
好比恩爱的阿銮和公主心相连。

勐圣木长老来说话，
说出了客人的心思。
"媳妇总要去见自己的公婆，

新郎新娘总要回自家的楼房。
我们留不住腊贡南与婻珍玛，
只能让孔雀随凤凰去向远乡。

"尊敬的勐获罕亲人啊，
我们送走了出嫁的姑娘，
我们也要招来满意的新郎，
请将纳达瓦留在我们身旁！"

勐获罕使者笑得合不拢嘴，
好比吃着沾蜜糖的甘蔗：
"真是一家人不说两家话，
你们说的正是我们的意愿。"

婻珍玛替勐圣木乡亲做主，
为纳达瓦选了一个漂亮姑娘；
腊贡南替勐获罕乡亲做主，
为纳达瓦的婚礼敲响金铓……

婚礼的乐曲奏完，
离别的歌儿又唱。
腊贡南与婻珍玛骑上白象，
从花海中走出王宫广场。

一路地毯又铺上了花瓣，

吉祥的孔雀在大道两边飞旋。
送别的人们闪动着晶莹的泪珠，
把心中最美好的祝福献上：

"愿无敌的红宝石，
永远和阿銮在一起；
愿生命的红宝石，
长留在人间地上！"

腊贡南和婻珍玛，
将亲人的深情铭记心间，
洒下告别的热泪，
留下重逢的心愿，
踏着红宝石的金辉，
走向遥远的勐获罕……

听众们啊，
夜莺收拢了圆润的嗓门，
好听的故事也在黎明时结束；
我用珍珠般的词句把它吟唱，
是为了赞美我们骄傲的民族。
让这生命的歌儿，
伴随我们的民族世代传颂；
让这古老的故事，
像天空的星宿永远在人们心中闪光！

原载民族文学双月刊《山茶》1981 年第 1 期

唱述者：亚克相光洒（傣族）

搜集翻译者：岩　林（傣族）

整理者：岩　林（傣族）　仲　禄

附　记：

　　傣族民间叙事长诗《红宝石》，原名叫《阿銮弓冠》，是傣族文学史上著名的民间长诗之一。它在民间既有长诗流传，也有散文故事行世。长诗中的主要人物腊贡南，是傣族人民在自己的文学创作中所极力描绘和歌颂的英雄，并称之为"阿銮"。"阿銮"一词有多种含义，主要含义是指有福气的、善良的、有本领而又勇敢的、不畏强暴的、长得英俊的男子。关于"阿銮"的长诗很多，在云南德宏、西双版纳、保山及耿马、景谷、孟连等州市县傣族地区号称有五百五十部。已整理出版的叙事长诗如《召树屯》《松帕敏和嘎西娜》《苏文纳和她的儿子》《相勐》《厘俸》《阿銮和她的弓箭》《阿銮莫协罕》《三牙象》《金孔雀》《白虎经传》等都被称为"阿銮"民间长诗，使之形成一种内容复杂、结构独特的文学作品系列。阿銮这个人物在长诗中往往以各种面目出现在人们面前，就像千面人一样。他可能是某种器物，如篾帽（《金篾帽阿銮》）、岩石（《阿銮帕罕》）等；他可能化身为某种动物，如青蛙、岩羊、水牛等；他可能成为某种人首兽身的复合体，甚至只出现一个头颅（《头颅阿銮》）。而更多的还是以人的面目出现——也许是卖叶子的孩子，出身贫寒的孤儿，如本诗里的猎人腊贡南兄弟；也许是出身高贵的富商、王子、国王等。阿銮的这一些文化现象很类似《佛本生经》中关于佛陀转世的各种经历。据调查了解，阿銮故事中相当一部分可在佛经、尤其是本生经中找到它们的渊源关系。或取材于本生经，或对本生经故事进行改编。但这些素材和故事原型一旦进入傣族的长诗艺术中，无论主题和情节内容都会发生根本的变化，阿銮与佛陀之间是性质完全不同的形象。也就是说经过傣族民间文化人的合理借鉴和再创作之后傣族化了。当然，更重要的是那些直接取材于傣族自己的历史和传统文化的阿銮长诗（故事），更能表现傣族民众的心理和愿望，因而也更具民族特点和艺术特色。

《红宝石》是众多的傣族民间长诗中较有特色的一部。它的一个最突出的特点，是诗中两颗红宝石的象征性。这是在其他长诗中所少见的。第一颗宝石象征光明、吉祥、财富和幸福，"勐贺罕自从得到了宝石，高山和坝子一天天变样。稻谷长得饱满，牛马长得肥壮。"但它一旦被贪婪的国王召贺罕攫夺，占为己有，变成他追求无限权力和扩展野心的手段，结果就使宝石蒙尘，百姓受苦，邻国遭殃……寓意是深刻的。第二颗宝石却是和平、正义，勇敢和爱情的象征。猎人腊贡南、纳达瓦兄弟为寻找第二颗宝石所进行的艰苦、曲折的斗争，以及在斗争中所表现出来的献身精神和崇高的品质，使他们捍卫了正义，迎得了和平，也获得了爱情。这两颗宝石前后辉映，暴君召贺罕与猎人兄弟的前后对比，使长诗的主题进一步深化。

我们在整理《红宝石》时发现，这首长诗不是一般的单纯以表现爱情生活为主的叙事长诗（虽然爱情也是它的主要内容），可它具有很浓厚的英雄史诗的色彩。在长诗的后半部分，集中写了勐圣木与勐沙堤弯、勐贺罕的战争。这是一场捍卫祖国尊严、捍卫自由和和平的战争。勐沙堤弯国王妄图用与勐圣木联姻的办法来达到吞并对方、扩大自己地盘的目的。因在婚姻问题上"起决定作用的是家世的利益，而绝不是个人的意愿（爱情）"。当勐沙堤弯国王的这企图不能得逞的时候，就与勐贺罕结盟，不惜诉诸武力，大举出兵进攻小国勐圣木，从而爆发了一场正义与非正义、掠夺与反掠夺的战争。战争的最后结果是以侵略者的失败而告终。《红宝石》的作者是站在反侵略、反掠夺的立场去描写和反映这场战争的。因此战争的正义与非正义性在诗中区分得非常清楚。这些内容就具有英雄史诗的性质。当然，《红宝石》作为一部英雄史诗来看，还有一定的距离。但它里面包含着浓厚的英雄史诗因素却是很明显的。

译者搜集到这部《红宝石》长诗，是一个难得的机遇，那是在1980年，岩林在德宏深入生活时，与同事走进了傣族与德昂族共同居住的潞西县（今为芒市）遮放乡（镇）广夏寨，遇到了一位能唱会道、六十岁的傣族老大妈，大家都叫她亚克相广夏。听说，她年轻时候就是本寨有名的歌手，对歌的小伙子们经常输给她。亚克相广夏能讲许多民间故事。她知道我的来历后，即主动唱述了她最喜欢的《阿銮弓冠》（即后来命名的"红宝石"）长篇故事，只一个下午和晚上的时间，她用诗的语言、柔和的声音，连续唱述了这部优美动听的叙事长诗。我一面默译一面记录，写了厚厚的一本笔记本。不久，《红宝石》（即"阿銮弓冠"的译作诗名）于1981年首发于《山茶》民族文学双月刊第1期。受到傣族群众的广泛喜爱。在全国首届民间文学评奖大会上又荣获二等奖。1987年中国文联出版公司收入《中国新文艺大系》（1976－1982年）。1989年由云南人民出版社出版单行本。2012年又被云南出版集团、云南教育出版社收入《云南少数民族叙事长诗全集》中卷。我以为，这是对《红宝石》民间长诗与所有作者最大的认可、最大的鼓励！也是对《红宝石》这样一部有影响的傣族民间叙事长诗最好的评价。

最后，要永远感谢为我唱述了、传承了这部优秀的傣族民间叙事长诗的傣族女歌手亚克相广夏大妈！感谢以上各有关出版社领导和编辑对《红宝石》一书所付出的辛勤的编务工作！恳请关注此书的专家和广大读者对本长诗的不足之处给予指正。

翻译整理者

2019年7月18日

金孔雀

序歌

古老的三十二弦琴哟，
每一根都叮咚作响；
长藤子的素馨花哟，
每一朵都发出芬芳。

金色的晚霞照映着竹楼，
我拨动这美妙的琴弦，
我采下这清香的素馨，
把美妙动人的歌来唱。

第一章　王子出世

一

勐巴娜西的夜晚，
十五的月亮又圆又亮。
在洒满月色的竹楼上，
姑娘们手摇纺车把线纺；
在枝叶茂密的榕树下面，
小伙子把传情的笙吹响……

蒙蒙夜雾悄悄漫到坝子，
像薄纱遮掩了明月的面庞。
庄严的王宫今晚不同往常，
大臣、宫女、摩雅穿梭般繁忙。
国王高兴得睡不着觉，
王后的分娩就在这个晚上。

半夜"哇哇"一阵哭叫，
一对双胞平安地来到世上。
随着王子的出世，
王宫闪出耀眼的亮光。

姑娘们刹住了纺车，
小伙子停止了笙响，
雀鸟也不再歌唱，
呆望着那忽然暗淡的月亮……

两个王子出世的奇景，
不知是灾难还是吉祥？
五十岁的老国王哟，
又是高兴，又是慌张。
他请来白发的摩嘎拉，
焦急地把心中的疑问来讲：

"月亮失去银色的光彩，
是不是因为我的孩子今夜问世？
这是什么样的兆头呀，
我该怎样对待自己的孩子？"

白发的摩嘎拉净手焚香，
他虔诚地卜卦，
他认真地掐算，
他激动地向国王合掌：

"大喜呀，大喜！
孔雀落到了檀香树上。
可爱的王子是有福的阿銮，
月亮跟他俩相比变得灰暗，
太阳跟他俩相比显得无光。

"牢记呀，牢记！
十二岁前他们要躲开日头，
十二岁前他们要躲开月亮。
如果让他俩照到日月的光，
他们将遭到不幸和夭亡。

"他们跟凡人没有两样，
波折伴随着他们成长。
他们是你最好的继承者，
勐巴娜西更加繁荣兴旺！"

国王听罢高兴得合不拢嘴，
取出金锭感谢摩嘎拉。
他给大王子起名叫章达贡玛，
他给小王子起名叫苏里亚。

国王连夜派出一队士兵，
手中执着明晃晃的火把，
速将森林岩洞修成宫殿，
把两个王子藏入石宫抚养。

二

石宫中有一百个洞穴，
晶莹的钟乳石作隔墙；
石宫中点着一百支蜡条，
把石宫照得通明透亮。

王后一天三次把王子陪伴，
国王一天三次把王子看望；
逗着王子咿呀学语，

扶着王子爬坐滚翻。

一百个奶妈的乳汁，
哺养着可爱的王子；
一百个奶妈的双手，
牵着王子试步学走。

一百个奶妈聪明又善良，
她们讲的故事动人心弦：
召相勐①的奇遇多么曲折，
召朗玛②的勇武令人钦慕。
那可爱的《一百零一朵花》③，
还有闪着异彩的《阿銮弓冠》④。

王子渐渐长大，
国王请来摩来⑤教他们识字念书，
还指派本领高强的将领，
教他们练拳习武……

三

林中的小金鹿长硬了蹄，
就想奔向长满青草的高山；
章达贡玛和苏里亚长到十岁，
对石宫里的生活感到厌倦。

他们想骑一骑威武的白象，
他们想拜一拜闪光的佛塔；
王子日盼夜想出石宫，
他们想看一看透明的蓝天；
他们想采一朵带露的花……
扳着指头一天要数三遍，
越数心里越急，
出宫的日子还差五天。

王后随同国王来到石宫，
把心爱的王子探看。

---

① 召相勐：傣族民间传说《相勐》中勐维扎国的三王子。
② 召朗玛：傣族神话《十头魔王》中勐腊塔国的大王子。
③ 《一百零一朵花》：又名《朗京布》，傣族民间故事。
④ 《阿銮弓冠》：又叫《红宝石》，傣族民间叙事长诗。
⑤ 摩来：教师。

两个王子已长成英俊的少年，
两双明眸如四口透明的清泉，
高高的鼻梁露出坚毅的神气，
黑黑的眉毛如出鞘的利剑。

王后把王子紧紧地搂在怀里，
他们就像阔别了多年一样。
王子娇声奶气询问母亲：
"出宫的日子可能提前？"

"嫩笋般的孩子啊，
不是妈妈不想享受天伦之乐，
只因要在石宫里躲避灾难，
按时返家才稳妥安全。"

国王吩咐侍从摆出丰宴，
把崭新的衣帽送到王子跟前：
"儿啊，耐心等待吧，
五天一眨眼就过去。"

章达贡玛跪在父母跟前：
"尊敬的父王和母后，
我们像两头被囚的猛虎，
硬扎的腿不能把山崖登攀；
又像那网中被缚的大鹏，
矫健的双翼不能去空中盘旋……"

苏里亚没等哥哥把话说完，
上前来跟哥哥跪成一排：
"尊敬的父王母后啊，
石宫中佳肴我们早已无味，
石宫中铓锣敲得我们心烦；
我们吃不下睡不好，
一场大病就要降到身上。"

王后早就盼望接回王子，
从旁尽力向国王求情。
国王只好提前三天接王子回宫，
石宫里的人一片欢腾。

第二章 天鹅告状

四

国王亲自选好两头白象，
白象背上铺着闪光的金鞍，
白象背上撑着绣花的大伞，
迎接王子返回王宫。

一百个佛爷在前开路，
三百个武士执刀断后；
一路铓锣齐声敲响，
两旁的百姓有三万七千。

迎驾的队伍绕成一圈，
百姓们纷纷赞叹：
看那和气的面容，
看那英俊的身姿，
看那闪亮的眼睛，
真是天神下凡！

迎驾的队伍绕城两圈，
王子在象背上笑眯了双眼：
原来生活是这般多彩丰富！
洞外的空气是这样新鲜！

迎驾的队伍绕城三圈，
一对白白的天鹅飞过蓝天。
章达贡玛奇怪地抬起头来，
向身旁的大臣询问根源：

"这是什么鸟儿，
胆敢在我们头上盘旋？
它们住在哪里？
是不是生性傲慢？"

大臣连忙答道：
"那是一对天鹅，
住在自由的海岛上面。
它们飞过众人头顶，

纯粹属于偶然。"

"我们的父王德高望重，
只能管理勐巴娜西；
小小的一对天鹅，
却任意飞过所有国家的土地。
它们还常常在我们头上，
多么狂妄，多么无理！"

两个王子同时举起弹弓，
把一只白天鹅射落在地；
另一只悲鸣号叫的天鹅，
也被轰响的铓锣吓跑。

迎驾的队伍回到王宫，
接风的酒宴设在院中。
国王亲自为王子把盏，
庆贺他们提早返宫。

五

国王刚刚举起金樽，
突然传来告急的鼓声。
他连忙吩咐身边的侍从，
叫来两个士兵：

"像麂子一样地快跑吧，
去把那击鼓的事由询问。
是谁蒙受冤屈？
还是边关发生了战事？"

两个士兵奔出城门，
鼓前却不见一个人影，
只有一只白天鹅站在鼓上，
用嘴猛啄鼓面。

士兵顿时心生怒火，
大声斥责古怪的天鹅：
"嘿！你是肚饿寻食，
还是想啄通大鼓做窝？
你只图嘴痒啄个痛快，
害得我们把气跑脱！"

天鹅停住了敲啄，
对着士兵连连点头：
"勐巴娜西勇敢的武士哟，
我击鼓不是为了寻食做窝，
我的丈夫被王子无辜打死，
我击鼓是要鸣冤叫屈！"

两个士兵把天鹅带到国王面前，
没等士兵说话天鹅上前哭诉：
"尊敬的勐巴娜西国王，
我有话儿对您讲。
若有人一箭射死王后，
您的心会如何想？

"您会不会痛彻肺腑？
您是不是怒火满腔？
您要不要严惩凶手？
您会不会日夜悲伤？

"我们夫妇从遥远的岛上，
慕名前来贵国观光。
不料我的丈夫被王子射落黄尘，
良好的愿望却遭到这样的不幸……"

它的话音刚落，
王宫像一锅开水翻腾：
"一只天鹅怎抵两个王子！"
"百只天鹅也不值得一条人命！"

国王厉声喝令众人安静，
他的心像火烧火燎：
"天鹅的哭诉句句有理，
它要我秉公办事合乎常情。

"两个娇嫩的孩子不满十二，
我已是风中残烛年过六旬。
依法处死王子，
我的王位谁来继承？

"我不该提前三天去接孩子，
我不该违背天神的预示。
世上许多好事毁于一旦，
失误于不慎的瞬间。

"天鹅虽小却系无辜，
王子不该夺去它宝贵的生命。
国法是我亲手制定，
怎能让王子不去服刑！
如果我饶过了自己的孩子，
又有何脸面对天鹅和百姓！

"那只死掉的天鹅呀实在可怜，
但要我的孩子偿命实为不忍。
有没有办法可以补救？
有没有办法可以两全？"

天鹅见国王犹豫不决，
它的哭诉声越发悲切：
"都说勐巴娜西国王公正，
今天却愧对自己的百姓。
不如我也撞死在王宫，
变一个万年不散的屈死冤魂！"

国王叫侍从拉住天鹅，
果断地下了命令：
"打死天鹅罪责不可推脱，
维护国规处决王子以命偿命！"

国王开口一声令下，
犹如晴天里的一声雷炸。
王后向国王双膝下跪，
两行悲恸的泪水滚滚而下：
"要杀就杀我吧！
留下儿子的性命。
你无父子之爱，
我有母子之情。"

一百个大臣一起跪下，
向尊敬的国王求情：
"为了一只天鹅就处死王子，
将造成万民无主的大祸！
不如把这只胡诌的天鹅赶走，
免得急坏王后，乱了全国！"

一百个奶妈齐向国王跪下，
求他留下勐巴娜西的希望；

一百个小伙伴也上前哀求，
他们情愿去顶替王子赴刑场。

千求万求动不了国王的心，
国王再次开口把道理讲明：
"我自己也许活不了多久，
王子继位是件大事情。
但因此就糟蹋严明的国法，
他们继承了王位又有什么用！"

两个王子默站一旁，
天鹅的哭诉十分凄惨。
父王的为难他们已经理解，
跨步上前对众人把话讲：

"慈爱的母后别伤心，
孩子的罪过怎能连累母亲！
尊敬的臣伯啊国家的栋梁，
父王的决定是公正无私的榜样。
善良的奶妈和敬爱的兄长，
我们犯的罪理应自己承当。

"遗憾的是我们过早离开人间，
还没有为国土撒过一把热汗，
也没有为百姓做一点事情，
就像小牯子牛未犁过一块田……"

听到王子诀别的话儿，
姑娘们抑制不住呜咽；
听到王子诀别的语言，
百姓模糊了双眼……

国王生怕决定拖延，
自己的心也会变软，
咬牙命令把刀的士兵：
"快将王子处斩！"

六

听到国王一声令下，
悲恸的王后如梦初醒，
她躲开国王和众人的目光，
在丛林中把刀斧手紧跟。

当士兵把王子押到山脚，
举起利刀对准王子的脖颈，
王后飞快扑了过去，
抓住刀柄大放悲声：

"求你们放了孩子，
我对你们感恩万世！
让他们逃进深山老林，
留下年幼无知的生命。
不然我就借刀自刎，
走西天我和孩子同行。"

士兵对王子的不幸深为同情，
亲手杀死他俩也于心不忍。
他们拒绝了王后的无价宝石，
立即给王子松绑免刑。

这时恰巧有只野羊跑过，
士兵一箭射倒野羊，
用羊血涂在刀刃上，
回禀国王已经执刑。

王后拿出收拾好的衣物，
对王子嘱咐叮咛：
"儿啊，赶快逃生吧！
一路上当心这秘密走漏。
倘若这事被父王知晓，
好心的士兵就要遭殃。

"做一回错事要记住一回教训，
以后遇事千万要小心谨慎。
只要你们还活在这个世上，
我天天为你们祈祷上苍。"

王子洒泪告别母亲：
"妈妈呀，请你放宽心！
走千山过万水不忘肺腑之言，
躲过了这场祸再来重逢。"

母亲和孩子分手离别，
他们走三步来一回头；
王子走向莽莽森林，

王后走回孤独的王宫。

第三章　金色的孔雀

七

在遥远的大森林里，
有一个叫里拱浪的地方。
以猎为生的人们，
分住在精巧的木楼上。

他们是林中的骄子，
他们个个本领高强。
善跑的马鹿难逃他们的利箭，
凶猛的老虎难躲他们的标枪。

十月一天清凉的早上，
猎手们结伴出猎走远方。
当他们翻过了第三座高山，
猛然望见一只金孔雀，
站在崖顶上对着太阳梳妆。

头上金红的翎毛放着异彩，
金黄的大扇是它的翅膀；
金丝绒般的细羽全身披散，
屏尾的花片像七色的钻石嵌镶。

猎人们看得忘记了寻猎，
有人说那是一只稀罕的金鸭，
有人说那是一只拦路的妖鸟，
不知道是吉祥还是祸殃。

聪明的猎首忙对大家说：
"预备好弓箭吧，
这是一只无价的金毛孔雀。
我曾听前辈老人说过，
谁吃了它的肝肠，
笑吐金哭吐银；
谁吃了它的头，
当国王统管全国。"

猎手们剑拔弩张，
争着抢先射箭。
求幸福个个心里迫切，
射出的箭就像一群飞蝗。

美丽的金孔雀抖抖羽翎，
又转过头来眨眨眼睛。
猎人的利箭支支落空，
它不慌不忙展翅飞进深林。

又急又慌的猎人紧追不放，
走过七片森林又七个山冈，
度过七个白天又七个夜晚，
唾手可得的幸福呀谁不想。

八

章达贡玛和苏里亚，
历尽艰辛来到这片森林。
他们看着衔食的大鸟哺育鸟儿，
更觉得自己孤苦伶仃。

兄弟俩忍不住一阵悲伤，
兄弟俩抱头痛哭了一场。
但想起母亲的话又擦干泪，
踏着厚厚的落叶走向远方。

走了三年又三天，
他俩来到美丽的国家勐获罕。
清水塘中开满了粉荷花，
辽阔的坝子望不到边。

在一棵高高的柏树下，
章达贡玛和苏里亚捧水解渴。
被猎人追赶的金孔雀，
也悄悄飞到柏树下把身藏躲。

两个王子正想休息，
突然听得人声大嚷。
他俩来不及躲藏被猎人喊住，
盘问金孔雀的去向。

王子见猎人剑拔弩张，

怕惹是非又起祸殃，
抬手指指远处的树林：
"金孔雀飞向森林那方。"

心急的猎人匆匆追寻，
王子在青石板上刚要躺身，
忽然又听见一片喧嚷，
由远而近追来第二伙猎人。

猎人对他俩把话讲：
"这是一只无价的金孔雀，
谁吃了它的肝肠，笑吐金哭吐银，
谁吃了它的头，当国王统管全国，
得到了金孔雀就是得到了幸福，
从今世世代代不受劳碌奔波。"

九

一伙伙猎人远去，
金孔雀从叶丛中露出脸庞，
离苏里亚不到七排远。
苏里亚忙取出弓弩和弹丸。

章达贡玛担心地上前劝阻：
"你怎么忘了妈妈临别的话？
要不是返宫那天打下天鹅，
怎会受这样的苦难与折磨。"

苏里亚把理由诉说：
"这是天神对我们的恩赐，
它该我们兄弟来把它分享。
你就是一片善心把它放走，
碰上猎人也同样把命丧。"

想想苏里亚说得有道理，
又摸摸咕咕直响的肚肠。
章达贡玛也掏出了弹弓，
一起把金孔雀打落地上。

他俩顾不得欣赏孔雀的美丽，
便生起火来把孔雀肉烤得油淌。
苏里亚将孔雀头递给哥哥，
自己高兴地拿起肚肠，

一个望着一个，
吃得又甜又香。

十

他们来到开满荷花的池塘，
无心采花的人双双对天祈祷：
"我们离开家三年又三天，
不知父王和母后可否安好？

"长着宝石般眼睛的天神，
我们想有一头强壮的大象，
我们想有一匹飞奔的骏马，
我们想念勐巴娜西的臣民，
我们想念自己美丽的国家……"

长着宝石般眼睛的天神，
听见了王子的心里话。
他看王子纯洁的心灵，
就像两朵洁白的荷花。

天神吹起神奇的风，
王子飘过高山和丛林，
王子飘过七条大江大河，
王子飘过七个国家的上空。

他俩落到地上还以为是在做梦，
睁眼细看四周仙国一般的美景。
苏里亚高兴得开怀哈哈大笑，
亮晃晃的金子随声撒落草坪。

他捡起一把仔细辨认，
高兴得忙叫哥哥来看，
"金孔雀的神灵已经应验，
我们的噩运已经走完。"

躺在地上的章达贡玛，
虽听见苏里亚的连声呼喊，
却无法把好话回答，
他气息奄奄浑身冒冷汗。

苏里亚一看眼泪汪汪，
急忙俯身把哥哥安慰：

"哥哥呀，切莫心急难过，
我们兄弟俩经历了多少磨难。
今天你会得到天神的保佑，
我去找药搭救哥哥脱险。"

苏里亚替哥哥揩干了汗水，
又拿出破棉毯给他盖上，
便飞一样地跑向村寨，
去寻找良医药方……

第四章　章达贡玛继王位

十一

勐巴娜西年老的国王，
心里也充满了失子的悲伤。
他怕见到两个王子的母亲，
他怕走到王子玩耍的园场。
孤独和痛苦深深地把他折磨，
他一病不起卧倒龙床。

一百个医生给他会诊，
也不能医好他心灵的创伤。
他在病中紧闭着双眼，
用回忆来度过临终的时光：

王子的可爱赛过明媚的月亮，
王子的英姿胜似森林的白象。
他曾一次又一次地把他们亲吻，
比喝了三碗糯米酒还舒畅。

他忽然想起那染血的大刀，
自己下令夺去了王子的性命，
他们惨白的面孔睁大着眼睛，
像是在向他呼救又像在呻吟……

这样的回忆虽然痛苦，
却能把漫漫思念填补；
这样的回忆也有幸福，
使他和百姓联结得更紧。
最后他带着这思念和幸福，

永远离开了勐巴娜西臣民。

十二

勐巴娜西的臣民们，
主持了祭祀，送国王归天，
对继承王位的大事，
发表了共同的意见：
既然国王没有后代来继承，
就按传统方法把新王挑选。

他们找来一匹红马套上车，
车身装饰着雕龙的象牙，
车门挂着喜庆的绣球，
车上扎上漂亮的金花。

车后是八个穿白衣的老人，
还有辅佐执政的朝臣，
英武的卫士站列在两旁，
后面跟着熙熙攘攘的百姓。

人们手捧着谷花和缅桂花，
乐队吹奏着响亮的金喇叭，
围着城子转三圈，
松开缰绳放开马。

选王的马车跑向野外，
停留在章达贡玛的身旁。
当马车围着他跑了一圈，
一口热气涌进了他的心田。

马车又围着他跑了两圈，
他渐渐地睁开了双眼；
三圈绕完，红马在他面前跪下，
他病痛消除，额上泛出了红颜。

老人和朝臣欢喜地向他合掌：
"尊敬的国王哟，英俊的青年，
请你接受我们的祝贺和敬意，
请你接受天神的挑选。"

章达贡玛连忙起身还礼，
同时也认出了眼前的臣民，

他才明白金孔雀把他们送回了故土，
他才知道父王已经离开了人间……

原来混西迦曾让天鹅的英灵化成野羊，
使两个王子从士兵刀下幸免。
如今又让天鹅化成金孔雀，
飞到王子必经的路上，
赐给他俩非凡的本领，
让他们跋涉坎坷了解人世间。

第五章　苏里亚的遭遇

十三

当章达贡玛同母亲团圆的时刻，
为哥哥寻找救命药的苏里亚，
却在一个村寨遇到了不幸，
落进了一个沙铁的贪婪魔爪。

沙铁见苏里亚手上的金银，
顿时心中起了邪念。
他一面假装安慰取药，
一面左问右问盘根源。

温纯的小鹿敌不过恶狼，
狡猾的毒蛇能咬翻大象；
善良的人不弄虚作假，
正直的青年不吹牛说谎。

苏里亚不知其中深浅，
把金孔雀的神力露了真相。
坏心肠的沙铁趁他不防，
举起柴块把苏里亚击翻。

他又找来几个同伙，
用绳索把苏里亚紧紧捆绑。
为了得到更多的金和银，
他们把苏里亚高高地吊上大梁。

皮鞭抽得苏里亚鲜血直淌，
哭喊时白银哗哗落在地上。

贪心的沙铁得到银子想金子，
又上前给苏里亚腋下搔痒。

沙铁的金子装满了柜箱，
沙铁的银子装满了箩筐；
贪心的沙铁永远不知满足，
对苏里亚百般折磨……

十四

狂风刮断了缅桂花的枝干，
苏里亚在黑夜里把哥哥呼唤；
他可怜哥哥病倒在荒野，
他痛恨沙铁丧尽人间善良。

沙铁家的丫头依罕，
她的爱和恨同苏里亚一样。
她同情苏里亚悄悄把泪流，
深夜里为苏里亚换药洗伤。

天上的星星光灿闪烁，
苏里亚的悲歌飞出牢窗。
依罕越听越伤心，
对着黑牢把歌来唱：

"苦命的哥哥哟，
你不要过分哀伤，
恶人从来没有好报应，
你同亲人会有团聚的时光。"

"好心的唱歌人哟，
你莫非是天上下凡的仙女？
你的声音像南溪达圣水，
把我心头的创伤治愈。

"夜幕像黑纱遮住了你的面容，
我感到你比婻婼娜①还美丽。
把你的歌儿再唱一唱吧，
我希望太阳从此别再升起。"

"尊敬的哥哥莫夸我，

我是一朵地边的野菊花。
苦命的孤女长年当帮工，
从小失去了慈爱的爹妈。

"我天天看见你受折磨，
我天天看见你遭毒打，
我的贫穷和弱小帮不了你，
唯一的财富就是心里的话。"

沟上的水碓能舂出白米，
患难的生活能认识知己。
苏里亚和依罕哟，
结下了深厚的情谊。

十五

发了横财的沙铁，
大盖新房，大买良田；
用金银换来无数丝绸锦缎，
用金银换来了珠宝玉器。

最甜的菠萝也有刺眼，
最甜的黄瓜也有苦皮；
坏心肠的沙铁，
不能事事如意。

他的独生儿子岩滚憨，
三十八岁还未娶媳。
长着一张又麻又黑的丑脸，
跛脚走路实在难看；
说话满嘴薰人的臭气，
姑娘们看见他老远就躲避。

不久，沙铁打听到一个消息，
遥远的地方有个勐提索拉，
国王正为独生女儿招亲，
美丽的公主叫苏婉娜莫卡。

他仗着自己有很多金银，
要用金银去买来这门婚姻；

---

① 婻婼娜：傣族民间故事《召树屯》中美丽的公主。

他凭着自己满腹的谋算，
要远渡重洋去相亲。

他请来两百个木匠造了大船，
他买来两百个小伙和姑娘；
让儿子冒充勐巴娜西王子，
自己装扮成年老的宰相。

他还请来两个媒人，
媒人舌滑又能言善辩。
看见就要下水的大船，
沙铁感到美梦即将实现。

十六

苏里亚和依罕，
把一切看在眼里恨在心间。
在大船下水的头天夜晚，
苏里亚向天神合掌：

"混西迦哟，
请睁开你智慧的双眼，
用无敌的法力惩治恶人，
让船长出根永搁在沙滩。"

随着苏里亚的祈祷，
大船悄悄地长出了根，
三十二条大根扎进了海滩，
三十二条大根越扎越深。

沙铁请来几百个人拉船，
从早上拉到月上东山；
大船一动不动像座大山，
急得沙铁围着大船打转。

聪明的依罕走上前来，
小心地把沙铁试探：
"主人呀，火大了不能烤干巴，
心急了不能煎鳅鱼！
写字要请聪明的摩来，
头痛要找药寻医……"

"我急得像火上的干巴，
我急得像油煎的鳅鱼，
做好的大船拉不下水，
叫我到哪儿找药求医？"

"黑牢中关着那个奇怪人，
说不定就能当医生。
他也许懂得神法仙术，
不然怎么会吐金吐银？"

沙铁一听依罕说得有道理，
他急急忙忙钻进黑牢里。
他装出一副和蔼的笑脸，
求苏里亚把大船拉起。

苏里亚半晌没有说话，
两道剑眉上愁云满挂。
他像一尊玉雕那样英俊，
沙铁看得两只小眼直眨。

满脑子坏主意的沙铁，
要苏里亚代替他丑儿子娶媳妇，
完事后答应放他去找亲人，
同时要送上一份厚礼。

苏里亚向依罕传递眼神，
依罕心领神会把头轻点。
为了回到哥哥身边，
苏里亚答应启船为沙铁走一趟。

十七

娶亲的人簇拥着苏里亚，
可恶的沙铁十分得意。
苏里亚走到海边，
面对大海深深致意：

"海神穆里咩哈兰呀，
请你赐给我无比的力气，
把这条浸透血泪的大船，
轻轻拉起推进海里。"

随着苏里亚的呼唤，
大船收起了三十二条神奇的根。
苏里亚拉住船头的铜环，
大船像一头小羊跟在后边。
他轻轻地把大船拖入海中，
人们个个惊呆了双眼。

苏里亚告别了依罕，
感谢她一片好心肠，
无论走到天涯海角，
对她的真情永远不忘。

依罕站在海岸边，
抬着一双泪眼眺望海面，
她为苏里亚远行担忧，
她对苏里亚难舍难分又难言。

第六章　苏婉娜莫卡

十八

大船在海上行驶了一个月，
不知道经历了多少次风暴，
终于抵达了勐提索拉，
这是一个美丽富饶的小岛。

黄澄澄的芒果缀满枝头，
椰子像蜜罐高高挂在树梢，
扭曲的树上吊满了酸角，
绿绸似的叶下挂满香蕉。

辉煌的宫殿站满了卫兵，
金色的佛塔一层比一层高，
海边忙碌着国王的侍从，
正在给大象冲凉洗澡。

沙铁毕恭毕敬地走下大船，
向国王的侍从合掌弯腰：
请他们通报国王，
请他们把路指引。

沙铁第一次求见勐提索拉国王，
把求婚的书信和礼单呈上。
媒人把赞美公主的歌唱了又唱，
苏婉娜莫卡却没朝他们望望。

沙铁第二次求见勐提索拉国王，
把英俊的苏里亚带在身旁。
媒人用最美的语言把苏里亚夸赞，
苏婉娜莫卡一句也没有装进心房。

一百个国家的使者，
也曾举行过这样的求婚仪式；
一百个国家的王子，
也曾受到过这样不愉快的待遇。

仿佛星光和月亮在天空交辉，
公主同苏里亚目光偶然相对，
苏里亚隐匿在心里的痛苦，
躲不过公主的聪明和智慧。

"求婚的人像绿鹦哥，
说不完的话唱不完的歌。
唯独这个王子有点奇怪，
像只不唱歌的糯乐多。

"求婚的人像黑苍蝇，
走进王宫叙说献殷勤。
唯独这个王子令人莫测，
看见我反而冷淡转开脸。

"他生来比我更高傲？
还是心中有烦恼？
这疑团像块打火石，
击出我心中感情的火苗。"

沉默不语的苏里亚，
反而博得了公主的好感。
公主请求国王收下礼物，
约请苏里亚到王宫赴宴。

十九

宴席上摆着金盏，

宴席上摆着玉盘；
山珍海味应有尽有，
佳肴美酒桌子摆满。

国王亲自为客人把盏，
将苏里亚叫到身边，
询问勐巴娜西的风情，
沙铁和媒人时时抢话在前。

苏里亚看到这情景，
嘴里的菜饭难下咽。
他强把杯中的酒喝下，
独自走入王宫花园……

苏婉娜莫卡在珠帘后面，
把苏里亚偷偷察看，
不觉也悄悄跟进了花园，
用歌声把王子试探。

"展翅高飞的大鹏鸟呀，
看见过勐督西达①的仙境；
我是只秃尾巴的小灰雀，
只能在山洼里扑腾。

"是因为我生得太丑？
还是我们礼节不周？
远方的客人哟，
为什么离席独自出走？"

她的歌声像巴乌②一样甜润，
苏里亚从沉思中醒来，
也用歌声回答她的提问：

"金荷花呀，美丽的公主，
南西拉③不能同你相比，
你的心像金竹一样正直，
你的话诚恳又谦虚。

"我又蠢又笨像长尾巴的马一匹，

你不要自编箩箩把自己箍紧！
我是一只被关在笼子里的麂子，
有腿走不回居住的森林。"

苏里亚本想向她诉说苦情，
但林中已走出狡猾的沙铁，
假心假意来关心王子，
说他得病需要去吃药睡眠。

七天后媒人来到公主身边，
满脸堆笑把公主欺骗：
"金荷花呀，善良的公主，
王子他七天七夜没合眼，
他对你朝思暮想一心爱恋，
不食不睡只留下消瘦的容颜。

"要是你拒绝了他的求婚，
就是揉碎了他的心肝。
他不变成一个疯子，
也怕活不到明天……"

会嚼舌头的媒人哟，
把公主的心说软；
她不忍心让王子受折磨，
她无意把爱情的花朵摧残。

公主奔到国王面前，
把心愿对父亲来讲：
"尊敬的父王啊，
我心中的人已经选定，
就是勐巴娜西的王子，
这门亲事不能再误延！"

国王十分疼爱公主，
希望女儿有美满的婚姻。
到来的王子英俊过人，
恰配爱女苏婉娜莫卡。

八月盛开的凤凰花，

---

① 勐督西达：传说中天河边最美的地方。
② 巴乌：傣族民间的吹奏乐器。
③ 南西拉：傣族神话故事《十头魔王》中的勐甘纳嘎公主。

鲜艳的花簇像一片彩霞。
王宫里一片欢腾繁忙，
美丽的公主就要出嫁。

父王送她价值半个王国的嫁妆，
母亲难分难舍泪水汪汪：
"你要像爱护自己的眼珠一样，
爱护勐提索拉的荣誉。

"记住，对大臣们不可骄矜，
记住，对百姓要和气，
记住，对公婆要尊重，
记住，对丈夫要温存体恤。"

苏婉娜莫卡记住了父母的话，
她抱着喷香的鲜花，
她收起了珍贵的礼物，
她就要离开自己的国家。

二十

冒充宰相的沙铁，
有一副绿牙蛇般的心肠。
他们先将苏里亚架上大船，
用绳索捆绑后丢下底舱。

公主踩上了踏板，
公主走进了船舱，
公主挥手告别了乡亲，
公主洒泪告别了爹娘。

她在船内默默倚窗，
对生活充满了美好的遐想；
她几次走到沙铁面前，
要求把意中人看望。

沙铁急得直眨双眼，
沙铁急得手慌脚乱，
他忙用巧言掩盖，
站在舱门前把公主阻挡：

"尊敬的公主请听我讲，
勐巴娜西有个规矩，

才订婚的男女不能相见，
从国王到百姓都得遵循。

"我们尊敬的王子，
他病卧在床不能站立，
就像成熟的果子经不起暴雨，
更经不起内心的狂喜。"

公主见不到王子，
内心里整日整夜惴惴不安。
她厌烦那多嘴多舌的媒人，
她厌恶沙铁贼溜溜的双眼。

公主默默地站在窗前，
回味着王子那真挚的目光，
情不自禁地对着大海唱起歌，
歌声伴着海风轻轻飞翔：

"痴情的哥哥哟，
你既然长久地把我思念，
今天我来到你的船上，
为何不见你的身影？

"如果你还不能行走，
我愿意将你搀扶；
如果你还需要医治，
我来把汤药熬煎。

"海风吹得我心儿打战，
我真怕你有三长两短。
请你快回答我吧，
我好把悬挂的心安放。"

苏婉娜莫卡停止了歌唱，
侧耳静静地细听，
只有海风阵阵地呼啸，
没有王子的半点回音。

二十一

沙铁的大船已经靠岸，
沙铁的骗婚就要实现，
他哄着公主走进家门，

说这是去王宫的驿站。

漆黑的夜空星光点点，
公主半夜不能入眠，
她披着纱巾坐在床沿思忖，
隐约见窗外走过一位姑娘。

这姑娘就是依罕，
她悄悄地走进公主房里，
向公主揭穿了沙铁的骗局，
又讲述了苏里亚的遭遇。

依罕解开了公主心中的疑团，
公主对苏里亚更加爱恋。
她忍不住满腔的怒火，
要去把沙铁的阴谋戳穿。

沙铁早有盘算，
生米定要煮成熟饭。
他里里外外忙了个通宵，
把成婚的日子安排在明天。

沙铁家搭起了新竹楼，
岩滚憨流着臭口水在等候。
竹楼上摆好了热水，
等公主来和他互相洗头。①

公主一见岩滚憨的丑样，
怒火燃烧在胸膛。
她猛然抬起一盆热水，
连盆带水打在岩滚憨头上。

呆子生来身软脚跛，
滚下楼来跌了个四脚朝天，
只喘了几口粗气，
翻翻白眼就一命归西。

公主悲切地大声哭诉，
惊动了周围的百姓：
"我远离自己的父母家园，
我受了沙铁的愚弄欺骗。"

沙铁一见儿子丧生，
气得在楼下跺脚捶胸，
他紧捏青筋暴起的拳头，
扑向苏婉娜莫卡讨命。

公主早被随员保护，
沙铁又急又气全身发麻。
苏婉娜莫卡正把沙铁痛骂，
门前的路上奔来一队骏马。

马上坐着威武的章达贡玛，
他巡视国家来到这地方，
忽然听见一片吵闹声，
越听越感到事情不同一般。

苏婉娜莫卡和沙铁吵骂不停，
国王派人上前查问原因。
国王将公主和沙铁带回王宫，
他要亲自查明案情。

二十二

章达贡玛先把公主审问，
苏婉娜莫卡流泪悲泣。
她哭诉了受骗的经过，
她请求国王为她主持正义。

苏里亚的遭遇多么凄惨，
她请国王快把他救出苦坑；
沙铁的手段十分狠毒，
她跪在国王面前疾呼严惩。

国王听到苏里亚的名字，
霎时从宝座上站起，
上前把公主扶起，
不觉两眼泪水横溢……

章达贡玛克制住激动，
指派侍从将公主扶入内宫，

---

① 傣族古老的习惯，新婚夫妇在结婚的那天早上，要上新竹楼相互洗头，以喻百年相好，白头到老。

再把坏心眼的沙铁捆起，
亲自去把苏里亚接出牢笼。

苏里亚看见哥哥章达贡玛，
一时不相信自己的眼睛，
他把章达贡玛看了又看，
才同哥哥紧紧抱在一起。

章达贡玛扶弟弟坐下，
心里的话滔滔涌到嘴边：
"苏里亚呀，我的弟兄！
十二月的雨水洗净天上的乌云，
金孔雀的神力驱散了昨日的苦难，
勐巴娜西善良的臣民，
都会庆贺我们的团圆。"

兄弟俩来到后宫，
拜望年老的母亲。
四年的分离终于结束，
逃生的孩子长大成人。

年老的母亲欢喜难言，
骨肉分离终于结束在今天。
她把两个儿子看了又看，
狂喜的眼泪湿透衣襟……

哥哥陪伴弟弟与公主相见，

催他们早日把婚礼举行。
苏里亚把心事告诉哥哥，
共患难的依罕早在他心中。

苏里亚说服了哥哥，
要他和公主结成一对，
国王娶公主理顺情通，
两全其美世上难逢。

尾声

攀枝花一树一树红遍了山，
粉团花一蓬一蓬无比娇艳；
热闹的婚礼震动了全勐，
母亲为两对亲人一起拴线。

章达贡玛牵着美丽的公主，
苏里亚手牵着善良的依罕；
接受全勐百姓的祝福，
共同把勐巴娜西掌管。

章达贡玛和苏里亚，
把金孔雀的神力带回家乡；
勐巴娜西像美丽的花园，
充满了幸福与吉祥。

原载《山茶》1983 年第 6 期
演唱者：方有明（傣族）　杨正平（傣族）
翻译记录者：晓　黎
整理者：吕　晴

附　记（原《后记》）：

《金孔雀》这部傣族民间叙事长诗，广泛流传在保山地区昌宁湾甸、施甸旧城、龙陵勐兴等傣族聚居的寨子里。这个整理本，主要以昌宁湾甸马棒生产队方有明和杨正平两人的唱诵为依据。在整理过程中，我们对原诗做了一些删节和调整，如有不当，请专家、读者批评指正。

整理者
1982 年 12 月

香发公主

月光抚摸着多情的花朵，
星儿陪伴着相恋的情侣；
长流不息的响水河啊，
诉说着一个神奇的故事。

一　勐纳嘎①

一百朵彩云从这里飘过，
一百条江河在这里汇合；
无垠的水清澈如镜，
荡叠的浪放声欢歌；
金鱼在水面上遨游，
珍珠在水底下闪烁。

一座灿烂夺目的宫殿，
在亮晶晶的石花中间坐落；
这地方就是勐纳嘎，
一个自由安宁的王国。

善良的国王召纳嘎②，

直到如今没有多余的女儿，
刚满十六岁的朗玛莲③，
就是他心坎上的花朵。

月亮神望见她的容貌，
也含羞地往云窝闪躲；
像她这样漂亮的姑娘，
远近的国度里找不着。

艳丽的鲜花招引蜜蜂，
幽静的小河唤来鱼儿；
勐纳嘎辉煌壮丽的王宫，
每天都有媒人来游说。

红马、白象挤满了广场，
金银绸缎一驮又一驮；
宫灯蜡条昼夜不熄，
迎客的宴席一桌又一桌。

就在这个不平常的时辰，
灾难夺走了勐纳嘎的欢乐。
王宫内外像森林一样沉静，
朗玛莲日日夜夜悲伤泪落。

她那黑油油的长发，
不知道染上了什么病魔，
突然散发出一股臭味，
哪里有风就从哪里飘过。

---

① 勐纳嘎：龙的国度。
② 召纳嘎：龙王。
③ 朗玛莲：龙公主的名字。

求亲的人们纷纷收回礼物，
怀着失望的心涉过了界河。
疼爱女儿的国王和王后，
好比大火缭绕在心窝，
忙叫侍女去挑除污的珍泉，
急令卫士去请祛病的神者，
还让总管大臣写下文告，
谁能治好公主的臭发病，
愿将王宫的珍珠敬送九箩，
愿将繁华的城池奉献九座。

二 人间妙药

王宫的诺言够神圣的了，
可是已过去了七个白天，
却没有一个人敢来揭榜；
王宫的酬谢够丰厚的了，
可是已过去了七个晚上，
也没有一个人献出药方。

慈祥的国王和王后，
只好为女儿建造一座楼房，
让一群宫女日夜来做伴，
又是游戏又是弹唱。
朗玛莲忘记了臭发，
但开心的时光总是短暂。

妙药在哪里？
神医在何方？
满面愁容的国王，
召来了一百个医师，
可希望还是那样渺茫；
泪水汪汪的王后，
召来了一百个摩弄①，
其中有一个摩弄这样讲：
"人间有一头独角牛，
牛角做成的梳子又明又亮。
用它梳一梳公主的头，
便能使长发由臭变香。"

---

① 摩弄：会卜卦的人。

八把快刀架脖子，
摩弄发誓不说谎；
独角牛就在东南面，
叫勐巴娜西的地方；
那里有个穷苦的青年，
日日夜夜把神牛喂养。

勐纳嘎王后笑颜顿开，
勐纳嘎召王欣喜若狂。
在宫殿里立即传圣旨，
命令七个智勇的大将，
带上七队精悍的骑士，
马不停蹄地把路赶。

人饿了抓一把米粮，
马乏了换一匹骑上，
他们像一串流云，
他们像一道闪电。

三 独角牛

遥远的勐巴娜西村寨，
生活着贫穷的两母子。
为了赡养多病的母亲，
小瑞孟走进了沙铁的家里；
他不挑拣轻重活计，
无论放牛还是耕地。

召沙铁端详着瑞孟，
好久好久才启齿开言：
"清晨露水还未干，
你就要把牛羊赶到山边，
牛羊吃了含露的嫩草，
才能长得高大又肥壮。

到了那一天那一时，
母牛产了一只角的儿，

我就把它作为给你的重重酬赏，
还给你母子田地房屋，
还给你讨个媳妇在身旁。"

从此瑞孟成了放牧人，
早迎黎明晚送夕阳；
陡坡上留下他奔跑的脚印，
铜铃叮当响遍草滩牧场。

孤独的母亲牵肠挂肚，
瑞孟用辛勤追赶着时光；
母子俩没有过分的奢望，
只盼独角牛快降生地上。

瑞孟的诚实感动了天神，
瑞孟的辛勤得到了回报，
一只角的牛儿降生了，
又黑又亮如同金子闪耀。

召沙铁万分惊奇，
本来只是长雇瑞孟的借口，
如今却变成了活生生的现实，
他只好让瑞孟把小牛带回了家。

瑞孟爱小牛，
小牛亲瑞孟；
在松软的草地上，
瑞孟常依偎小牛入梦。

四　神秘的买牛人

像一群蜜蜂，
顺着芬芳寻找花园；
像一伙猎手，
沿着麂足把猎物追赶；
勐纳嘎的七个大将，
率兵来到瑞孟的家乡。

只见一条条清水河，
丝带般缠绕着草滩；
有一个年轻小伙子，

把好听的山歌欢唱：
"宽宽的坝子啊，
哪里有对歌的伙伴？
深深的林子啊，
哪里有知心的姑娘？
如果没有火塘温暖，
我将变得凄凉；
如果没有黑牛陪伴，
我将多么孤单。"

龙宫里没有这样动听的歌，
七个大臣听得入了迷，
又看见瑞孟身边的独角牛，
他们暗自高兴在心里。

独角牛果真不一般，
全身光滑，四肢粗壮，
一双眼睛炯炯有神，
一只独角闪闪发亮。

勐纳嘎大臣走上前去，
面带笑容把来意直说：
"和气的兄弟，
我们是专程到这里的远客，
带来了国王的诚意，
也带来了金银珍珠。
假如你愿意出卖这头牛，
请随心说出它的价格。"

瑞孟听了脸泛怒云，
不快活地回答：
"尊敬的客人们，
请原谅我坦率的话，
这头牛比金银还贵重，
这头牛比珍珠更光华。
我永不出卖好伙伴，
它在世上珍贵无价。"

"我们是远方的贵族，
不是浪迹天涯的客商。
聪明的年轻人，
你不要小看与我们攀亲，
只要你答应出卖这头牛，

我们可以把你迎进宫廷。"

无论是富有的贵族，
还是腰缠万贯的客商，
瑞孟毫不动心，
也决不听信蜜语甜言。

七个大臣们折头走了，
他们带走了一串失望。
但勐纳嘎国王并不死心，
想啊想，又有了新的打算。

还是那帮大臣和人马，
第二次告别了龙宫宝殿，
匆匆奔向勐巴娜西，
直往独角牛叫唤的地方。

五　宝牛被盗

太阳照耀着绿草地，
微风传送着竿南岛，
瑞孟像往日一样，
牵着独角牛啃青草。

瑞孟心里并不真正欢乐，
因为他母亲在承受病的煎熬；
只是为了消除心中的忧愁，
他才把器乐悠悠吹奏。
泪水汪汪的眼睛直望远方，
不知道是企望还是祈祷！

好像听见了母亲的呼唤，
瑞孟在牛脖上拍了两下，
就急匆匆跑下山坡，
三步并两步跑进了家。

母亲起身抚摸着儿子的头，
久病体弱使她的声音嘶哑：
"儿呀，好好放牛吧，
不要总把我牵挂。
我要喝茶会自己倒，

我要吃饭会自己抓；
快去，不要让牛乱跑，
太阳落山就赶快回家。"

瑞孟回到放牛的地方，
可黑牛却已无影无踪。
他在山坡上呼叫，
没有铃铛回应；
他在深草丛寻觅，
处处显得寂静。

他去求朋友们帮助，
大家齐心合力来找寻，
找遍了东南边的山坡，
找遍了西北边的森林，
才在一块草地上，
发现了牛的足印。

瑞孟和朋友们急忙追赶，
不知翻过了多少山岭，
最后在一个山沟里停步。
牛足印伸进一个大地洞，
俯身不见洞底，
投石难闻响声。
瑞孟和朋友们都很失望，
伤心的泪珠滚滚不尽。

瑞孟回到家里，
牛圈冷冷清清，
望望病重的母亲，
他不敢吐露实情。

在深沉的夜晚，
病危的老人这样叮咛：
"瑞孟儿啊，
我无力再陪伴你了，
你要懂得照顾自己，
还要学会尊重你的朋友。

"亲戚有难要全力相帮，
邻居有危要挺身相救；
有了中意的姑娘，
你要诚心去追求。

在这冷酷的世上啊，
孤身一人愁更愁。"

老人说了一串话，
与世长辞闭上了双眼。
瑞孟悲痛地呼唤母亲，
瑞孟不停地摇动母亲。
痛苦的心如快刀砍割，
悲哀的泪似不息的长河。

瑞孟母亲去世的噩耗，
唤来了四面八方的乡亲。
他们全力帮助瑞孟，
埋葬了死去的亲人。
多少真诚的抚慰，
温暖着瑞孟孤寂的心。

六　香发朗玛莲

独角牛被牵到勐纳嘎国度，
召纳嘎和王后万分欣喜，
宫殿内外都为公主庆幸，
七个大臣受到了重赏。

召纳嘎满面春风，
乐哈哈地对大家讲：
"头功已被七个大臣领受，
受赏的还有七队勇敢的兵将。
现在要制作神奇的牛角梳，
请大家献出智慧和胆量，
锯下独角牛的角来，
但又不能让宝牛伤亡①。"

在场的大臣们面面相觑，
没有一个敢应声承担。
为了公主的臭发早得医治，
国王只好下令设立摆场，
在庆祝活动中向苍天祈祷，
请锯角人降临勐纳嘎地方。

一群漂亮的姑娘，
挑来清水冲洗独角牛角；
一群美丽的宫女，
挑来清水冲洗公主的长发；
大摆赶了七天七夜，
但还是没有人敢报名。

貌美的朗玛莲，
脸上充满着愁容；
善唱的朗玛莲，
长久没有了歌声。
她跪倒在牛的面前，
真诚地祈祷和哭诉：

"牛啊，尊贵的牛，
我无罪但很可怜，
臭发让我失去笑颜，
臭发让我失去青春。

"请救救我吧！
把你的角做成梳子，
让我摆脱人生的不幸，
请救救我吧！
我会感激你的主人，
也会牢记你的恩情。"

公主话音落地，
五彩的光四起，
独角牛突然跪地脱角，
摆场上顿时欢声不息。

巧匠做成的牛角梳子，
像宝石一样闪闪发光。
十一个宫女给公主梳理，
黑黑的长发突然喷香，
香满了宫殿和摆场，
香醒了国王和王后。

国王和王后激动难言，

---

① 传说这宝牛的独角受到损伤后，牛会死去。牛死了，牛角梳子也就失去灵性。

大臣和百姓紧合双掌，
向香发公主祝福，
感谢独角牛情深意长。

闻名的歌手，
唱起了悠扬的颂歌；
好心的勐纳嘎公主，
一定要实现自己的愿望。

她亲自挑来清水，
把牛轻轻擦洗干净；
她亲手割来青草，
把牛细心照料喂养。
一颗跳动的心，
在默念着牛的主人和故乡。

七　瑞孟寻宝

龙王公主的长发，
香飘到人间地上；
勐巴娜西的臣民们，
好像醉了酒一样。
国王向全国下了一道命令，
要人人查找香气来自何方。

有的从南找到北，
有的从西找到东。
山坡上的蜂子，
不时追赶胆怯的人；
林子里的老虎，
不时吓唬软弱的人。
多少人失望回家，
唯有勇敢者没有灰心。

瑞孟循着香气疾走，
瑞孟追着蜜蜂跑奔；
当他来到留有牛足印的洞口，
脚步自然一动不动。

只见蜜蜂一群又一群，
猴子绕着洞口跳跳蹦蹦，

黑黝黝的地洞啊，
扑鼻的香气一阵又一阵。
人们相互呼唤着，
纷纷在洞口聚拢。

国王听到了报告，
高兴得亲手敲响大铓，
又带着王后和大臣们，
匆忙赶往那神秘的地方。

国王站在洞口旁，
如同下圣旨一样讲：
"这是千载难逢的事啊，
香味怎么会从洞里喷放？
谁有胆量下去探源，
我赏给他金银和楼房。"

瑞孟听了国王的话，
毫不犹豫地出来承担，
即使前面布满艰险，
也愿为目的付出血汗。

士兵们征来了全国的藤子，
藤子结成了长长的绳索。
腰挂长刀的瑞孟，
顺着藤索往下梭。

十万根藤索用光了，
悬空的瑞孟还没有着落，
又加了十万根藤索，
瑞孟终于看见了一派山河。

蓝色的水绕着蓝色的城，
城门边站着古怪的士兵，
但他们很礼貌亲切，
把瑞孟引进了王宫。

面对一位和蔼的大臣，
瑞孟把来意详细说明。
大臣紧紧拉着瑞孟的手，
老半天才说了这样的话：

"哦，年轻人，

你终于来到了勐纳嘎，
这是我们的缘分，
人间地下成一家。

"你的牛在我们这里，
请原谅我们的无礼行为；
没有你的牛角梳显灵，
就没有我们公主的香发。
尊贵的远客啊，
请随我们去见国王一家。"

听了大臣的一席话，
瑞孟的心上如同蜜水浇；
日思夜想的黑牛找到了，
人间地下的香源找到了！

可他此时却思绪万千，
是要回自己的国度把喜报，
还是要见见香发公主，
看看她如花似玉的容貌？

八　纯真的心愿

勐纳嘎的花园，
香花尽情怒放，
瑞孟摘了两朵，
请大臣转送国王的姑娘。

一朵红得发亮的花，
一朵蓝得放光的花，
送到了朗玛莲手上，
她感到心儿一阵颤抖，
她觉得脸颊顿时烧烫，
她预感幸福来到身旁。

召纳嘎也得到信息，
他立即把瑞孟召见。
瑞孟走过红色的地毯，
坐到召纳嘎的身旁。

召纳嘎像对待亲戚一样，

笑着对瑞孟讲：
"英俊善良的年轻人，
你怎么来到了这方？
你不怕走迷了路？
你不怕野兽剥皮断肠？
你怎么知道，
独角牛就在我的国土上？"

瑞孟也笑着答话，
声音比琴弦还悠扬：
"尊敬的国王，
我的牛世上无双，
它像白象一样英武，
它像宝石一样漂亮；
它的眼睛亮得好比月亮，
它的粪便甜得如同蜜糖。

"我认得它的脚印，
就像记得自己的衣衫。
当它的足迹在洞口消失，
我的心也像掉下深渊；
当香气从洞口飘出，
我猜那是来自神秘的地方。

"勐纳嘎果真美好，
朗玛莲公主一定更加漂亮。
如果我的牛能给她幸福，
我和故国的亲友同样荣光。"

瑞孟的话多甜，
瑞孟的心更香；
召纳嘎和王后听醉了，
这样的青年世上难找。

他俩喜在眉梢，
他俩代女儿表心愿：
"漂亮的年轻人啊，
你的牛使公主解除忧伤，
命运让你们在这里相会，
上天让你们情深意长。

"请接受我们的请求，
做勐纳嘎召王的女婿；

请接受姑娘的爱恋，
与她结成终生的伴侣。"

召纳嘎的话说在瑞孟心上，
父王的话正是女儿的愿望，
瑞孟就是为了寻找幸福，
才告别了可爱的亲友故乡。

摩弄算下了良辰，
让公主和瑞孟配对成双；
勐纳嘎上下都在传闻，
等待着一对新人的婚礼时光。

九 天地姻缘

人们没有失望，
婚礼格外隆重，
兴许是天神的安排，
瑞孟和公主百般恩爱。

在一个甜蜜的夜晚，
新人双双走进园林。
望着朗玛莲丰满的身姿，
瑞孟动情地轻轻唱：

"美丽的朗玛莲啊，
谢谢你给我的欢乐时光！
我以为家乡的花儿最香，
可你比家乡的花更迷人；
我以为家乡的水最清，
可你比家乡的水更润心；
我以为家乡的姑娘最美，
可你比家乡女更加深情！

"香的来源在你的长发，
美的所有在你的眼睛，
我希望你再给我个满足，
随同我回家乡拜见亲人。"

公主的脸像花朵一样，
公主的回声好比银铃：

"亲爱的瑞孟哥哥呀，
你是我一生中最亲的人，
没有你的陪伴，
我会失去生活的欢欣；
没有你的抚慰，
鲜艳的花朵也会凋零。

"是你把我的长发染香，
是你让我享受到爱情；
无论你走到哪里，
我愿同你相依为命。
快确定起身的日子吧，
我们一起去辞别父王母后。"

慈祥的召纳嘎和王后，
一一同意女儿的意愿，
并选派了一群宫女侍从，
随他俩去人间种地耕田。

瑞孟和朗玛莲一行人，
紧紧牵着黑牛好伙伴，
还是来到那喷香的洞口，
一个个顺着藤索上人间。

当公主在洞口出现，
守在洞口的大臣惊奇难言；
他没有见过这样的美貌，
他没有闻过这样的花香。

他赶紧报告勐巴娜西国王，
国王如获至宝不迟缓，
匆匆赶来洞口迎接，
在公主面前献尽殷勤。

得到了美貌的公主，
国王不容瑞孟再回人间，
一声命令封了洞口，
想以此断了新人的爱恋。

狠毒的勐巴娜西国王，
强迫朗玛莲做他的妻妾，
七天大摆七夜婚宴，
朗玛莲的泪水湿了大地。

"瑞孟哥啊快救我，
让我回到你的怀抱里。
如果我们的团圆毫无希望，
我将在你的故土上死亡。"

是天公的安排，
还是爱神的照应，
朗玛莲的牛角梳竟不在身上，
她的长发一天天失去馨香。

整个宫殿臭气熏，
国王闻着脸发酸，
国王只好另建一座楼，
让朗玛莲孤身一人苦思念。

十　远离故国

朗玛莲被劫走的那天，
召纳嘎也送瑞孟到了人间，
但他和黑牛走迷了方向，
不知道走到了什么地方。

走了多少时辰也记不清，
只感到越来越黑暗，
黑黑的森林，
黑黑的山冈，
有一个影子拦了他的路，
那声音又害怕又洪亮：

"胆大的野少年，
你来自地的何方？
这里连猎人都不敢出入，
为什么你一人胆敢来闯！"

瑞孟礼貌地回话，
还希望得到对方的帮忙。
拦路者哈哈一串长笑后，
愿意为瑞孟助力相帮。

四周顿时一片光明，

瑞孟面前原来是魔王，
但他貌丑心地善良，
把瑞孟请进了宽敞的宫殿。

魔王没有生养儿子，
他看着瑞孟英武雄壮，
便提出要认义子，
言语充满诚实和企望。

瑞孟最钦佩坦荡，
瑞孟最推崇善良，
他拜跪在魔王面前，
把义父义母声声呼唤。

从这天以后，
魔王把瑞孟安在宫房，
指派魔师教他学咒语，
指派魔将教他练刀枪，
指派魔兵陪他上山打猎，
指派魔女伴他跳舞歌唱。

功夫不负有心人，
瑞孟果然体壮本领强，
但升沉的太阳和月亮，
常常唤起瑞孟的思念。

离别已经三个月零三天，
不知道朗玛莲是欢是愁，
他要去寻找心上人，
但不知魔王会不会阻拦。

魔王和妻子一样的心思，
瑞孟才走到他们身边，
魔王就和气地对他讲，
快回故国会见亲人面，
到了花香月圆时，
再带着妻儿来魔宫探望。

这情意瑞孟牢牢记住，
这深恩瑞孟永世不忘。
他拜别了义父义母，
奔向月亮高悬的那方。

十一　重逢

魔国的山林消失了，
熟悉的土地重现了。
勐巴娜西啊，
还是那么宽阔富饶。

枝头的野果朝他点头，
路旁的鲜花对他微笑，
山鸽子拍打着翅膀，
不停地在向他问好。

瑞孟念一句咒语，
他像插翅飞起来了；
瑞孟又念了一句咒语，
他转眼看见王宫了。

一串悲哀的歌声，
落在瑞孟苦涩的心窝里；
一阵热切的呼唤，
把瑞孟的心儿震得颤抖。

瑞孟走到王宫门口，
叫卫兵向国王报告：
"快快送还可怜的朗玛莲，
瑞孟可以把他的命来饶。
否则他将宫倾人亡，
倒在千人的胯下哀号。"

勐巴娜西国王闻讯而来，
他以为瑞孟是那么渺小，
立即命令士兵们出动，
要把大胆的瑞孟刀剐火烧。

只等士兵们冲到面前，
瑞孟一串咒语如魔来到。
握刀的士兵呆呆站定，
一个个对着太阳傻笑。

锋利的长刀没有用了，
闪光的铠甲没有用了，
响亮的大铙没有用了，
千万个士兵失去战斗力了。

可恶的国王仍不死心，
又派出大队的士兵，
一边冲来一边乱喊乱叫。

瑞孟抽刀一声长吼，
蜂拥的士兵竟即刻把头掉，
举着长矛大刀反去杀国王，
好似一股势不可挡的怒潮。

国王还以为是胜利之师，
面向队伍频频点头把手招；
等他看清那充满杀气的脸，
才知道自己的性命难保。
他马上带着王后和侍从，
慌慌张张往莽林躲逃。

瑞孟跨上黑牛，
向阴森的高楼飞奔。
朗玛莲听见了呼唤，
泪水涟涟跑出深宫。

两个落难的情侣，
两个久别的恋人，
在勐巴娜西宫外相会，
他们拥抱得很紧。

在瑞孟的怀抱里，
朗玛莲的长发又散发出芬芳，
香满了山，香满了水，
香满了花，香满了林，
香满了王宫，
香满了人心。

这是牛角梳的魅力，
也是两个恋人纯贞的爱情！

原载民族文学双月刊《山茶》1990年第5期

搜集者：孟尚贤（傣族）

翻译、整理者：孟尚贤（傣族）　　方佩龙（傣族）　　岩　林（傣族）

附　记：

　　《香发公主》又名《独角牛》，均为译名。它是傣族百姓较为熟悉的一部爱情叙事长诗，广泛流传于云南省德宏傣族景颇族自治州傣族地区。长诗唱述勐纳嘎（龙的国度）是一个自由安宁的地方，刚满十六岁的朗玛莲龙女，不知道染上了什么病，长长的黑发竟散发出一股臭味，求亲的人们纷纷收回礼物，失望而返。龙王发布庄严的文告：凡能治好公主臭发病者，可奖赏九箩珍珠和九座城池。面对神圣的许诺，无人轻易揭榜。只有摩弄（巫师）说出了秘方，勐巴拉纳西那方的一头独角牛能解除公主的痛苦。勐纳嘎国王派出七位大将领兵去寻宝牛。在勐巴拉纳西的一个村寨，不辞辛劳的寻牛将士如愿以偿地找到了一个名叫瑞孟的傣族青年和他的独角牛。可是几次讨买都没有结果，穷困的瑞孟爱宝牛不爱金银。讨牛的将士无可奈何只得乘瑞孟回家看望母亲时，悄悄偷走了独角牛。朗玛莲龙女见了独角牛，悲喜交加，泪流满面，立刻双膝下跪，哭诉心中的悲哀和乞求。面对公主揪心的哀诉，独角牛也嘣咚跪地，含泪献角。龙宫里的十一个宫女拿着巧匠做成的独角牛梳子，在公主的长发上日夜轮流梳理。结果，公主的臭发慢慢变成了香发，香满了宫殿和节日的摆场（盛会）。从此朗玛莲公主亲手喂养照料独角牛，也深深挂念宝牛的主人。自从丢失了独角牛，瑞孟跋山涉水，历尽艰辛，终于来到勐纳嘎王国。龙王以百倍的热情款待了勐巴拉纳西青年，朗玛莲公主也吐露心语：愿意终身伺候瑞孟恩人。度过了七天七夜的婚礼吉日，瑞孟就要带着朗玛莲双双重返人间故乡。可是，狠毒的勐巴拉纳西国王起了歹心，要把朗玛莲占为己有。他下令将出入人间的地下洞口封死了，让瑞孟永不再能回到人间故乡。同时将龙公主霸占为妻。知恩图报的勐纳嘎王和善行的魔王，同心协力帮助瑞孟返回故国。又把可恶的勐巴拉纳西国王赶进了茫茫森林，救出朗玛莲公主。重逢的情侣，紧紧相依在一起，瑞孟长久长久地吻着朗玛莲秀美的黑发……这个优美的爱情故事，深深打动着每一个讲述人和听众。作为傣族文化人孟尚贤首先对《香发公主》的各种形式的内容进行了搜集和记录，并做了认真翻译。最后，孟尚贤、方佩龙、岩林又一起对长诗的最初译文进行了讨论、修改和整理。使傣族民间长诗《香发公主》得以首刊于民族文学双月刊《山茶》1990年第5期，跟广大读者见面。

整理者

1989年4月

一百零一朵花

勤劳勇敢的傣家人啊，
请静静地听，
听我唱一百零一朵花，
听我讲南金波！
愿我的歌和着悠扬的筚声，
激动着千万人的心！

一

勐巴娜西坝子又宽又长，
人间少有这样美丽的地方。
一条大路穿过坝子，
椰子树像绿色的海洋。

河水弯弯流淌，
野鸭对对双双，
被惊醒的睡莲啊，
散发出迷人的清香。

这里的国王叫西里有娃纳，
是个贪酒好色的人，
他管理着六千万个百姓，
宫廷里有数不清的金银。

国王有一万六千个大臣和头人，
宫廷周围有数不清的卫兵，
短枪长炮比星星还多，
鸟雀飞过也会肉跳心惊。

勐巴娜西坝子虽然美丽，
百姓用草根树皮填不饱肚肠。
他们每月还得交门户税，
欠了分文就被抢走牛马和姑娘。

嗜酒贪淫的国王啊，
后宫里有六个王后，
最大的阿嘎麻夜西，
长得又黑又瘦。

国王有田有地，
国王有金有银，
国王有牛有象，
还有虎狼般的士兵。

国王什么东西都有，
就是没有王子。
他说他最可怜，
可怜得像竹楼没有大门。

他白天愁眉苦脸，
他夜晚更加忧愁。
他五天吃不下一团糯米饭，
他七天要喝一坛美酒。

国王命人擂鼓，
鼓声飘到四方。

大臣们骑着马来了，
整整齐齐立在宫殿两旁。

"我的头发白了，
我的牙齿落了，
我还没有王子，
还没有继承王位的人。

"以后谁来照管百姓？
谁来管教你们？
如果遭受别国攻打，
谁来带兵抵抗敌人？

"没有王子会招人笑话，
我死后国家不得安宁。
你们愿出主意，
还是愿永落骂名？

"我为这事日夜焦心，
我为这事伤透脑筋。
你们摸着包头做什么？
为什么个个闭着嘴唇？"

大臣们没有回答，
大臣们个个像哑巴，
你看着我，我看着你，
眼睛都不敢眨一下。

大臣们呆呆地望着国王，
有嘴不敢把话讲。
他们怕得罪王后，
怕被丢进大河。

过了很久很久，
宫殿上还是寂静无声。
爱讨好国王的老臣啊，
想显露一下自己的才能。

他走出大臣的行列，
站立在宫殿中心，
向国王合了三次掌，
说出一件谁也难办的事情：

"尊敬的国王啊，
听我说一句不该说的话。
如果你想有王子，
还得再找一个王后。

"不管她是富人还是穷人，
只要她能吃一百零一只螃蟹，
就能为你生出漂亮的王子。
有没有这样的姑娘，
还要看国王的福分。"

国王听了这些话，
笑得满脸是皱纹：
"你们站着做什么？
快去找能吃螃蟹的女人！"

象脚鼓咚咚敲响，
铓锣声传遍四方。
大臣们骑着高头大马，
头人们边走边唱：

"哪个姑娘能吃一百零一只螃蟹？
国王要接她去当王后；
哪家姑娘能吃一百零一只螃蟹？
国王赏给她黄金万两。"

他们走过东村西寨，
谁也没有理睬；
他们从南边走到北边，
得不到半句回答。

他们来到一个小小的村庄，
这里有一个漂亮的姑娘。
她供养着瞎了眼的妈妈，
人人都夸她温顺善良。

她白天上山采摘野木瓜，
夜晚在火塘边纺纱。
姑娘像蜜蜂一样勤快，
还是没钱医好妈妈的眼睛。

六月的太阳像火一样辣，
姑娘挑着木瓜回到了家。

她躺在妈妈的筒裙边，
睡得像一朵含苞欲放的玫瑰花。

大臣们走不动了，
铓锣和象脚鼓哑了，
他们来到破烂的竹楼前，
看见这个美丽的姑娘。

大臣们交头接耳，
头人们爬上竹楼，
他们硬说这个姑娘，
能吃一百零一只螃蟹，
还说要送来金银，
为她妈妈医好眼睛。

姑娘从梦中惊醒，
她拉着妈妈的衣裙：
"阿妈呀，他们为什么吵嚷，
又要有什么灾难降临？"

妈妈将大臣们的话说了一遍，
姑娘含着眼泪告诉妈妈：
"虎豹下山总要伤害生命，
豺狼进寨鸡犬不宁。
我们是无吃无穿的百姓，
穷人和国王不是一家人。"

姑娘的话吓坏了头人，
大臣也狠狠地瞪着眼睛：
"这是国王的旨意，
谁也不能违抗，
违抗了有大祸降临！
这是天生的命运，
只有顺从，
才能医好你妈妈的眼睛。"

妈妈摇头不说话，
姑娘哭倒在妈妈的怀里。
大臣们互相挤挤眼睛下楼去了，
头人们互相撞撞肩头回去了。

二

大臣禀告了国王，
国王差点笑歪了嘴巴，
他恨不得立刻把姑娘抢来，
看一看这朵田野里的鲜花。

"今天日子最好，
你们快去准备鸡鸭，
不要忘记手镯和耳环，
更不要忘记金银和鲜花。

"铺一条大路通向姑娘的家，
路要铺得比镜子还平。
明天就要铺好，
后天要接姑娘进门！"

抢姑娘的时候到了，
路两旁摆满了芭蕉和鲜花。
卫兵整整齐齐地站成一排，
一直排到了姑娘的家。

有的大臣骑着马，
有的大臣吹着箫；
有的头人跳着舞，
有的头人耍着刀。

有的小伙子挑着水酒，
有的宫女抱着木瓜；
有的小伙子捧着蜡条，
有的宫女拿着鲜花。

他们唱唱跳跳，
他们吹吹打打，
他们说说笑笑，
来到了姑娘的家。

给姑娘换上了长筒裙，
给姑娘戴上了鲜花，
给姑娘披上了毯子，

拥着姑娘上了黄马。

姑娘哭着告别妈妈：
"阿妈呀，阿妈，
我不能离开你呀，
我舍不得自己的家！

"老鹰叼走了凤凰，
叼不走凤凰想念森林的心。
阿妈呀，我的阿妈，
但愿能医好你的眼睛！"

妈妈哭得更伤心了：
"妈妈心上的花呀，
你还没有长大，
就被魔鬼抢去；
妈妈心上的花呀，
你还没有开放，
就遭风雨吹打。"

百姓个个流泪，
泪水浸透了衣襟，
铁打的人啊，
也哭红了眼睛。

国王看见了姑娘，
就像饿雕见了凤凰。
他在宫门前拉住姑娘的手，
把蓝纱巾披在她的肩上。

国王拉着姑娘坐在中间，
大臣和头人站在两边，
宫殿里跳起了孔雀舞，
热闹得胜过赶摆。

大臣捧来亮闪闪的银盆，
高高地举过头顶。
他把银盆轻轻放在桌上，
盆里装着螃蟹和金银。

螃蟹爬来爬去，
姑娘看了害怕。
凶狠的大臣啊，

逼着姑娘快快吃下。

姑娘闭着眼睛吃了螃蟹七十个，
大臣又端上一个银盆。
姑娘咬紧牙又吃了三十一个，
殿上响起了阵阵欢呼声。

国王站了起来，
当着大臣和头人们宣布：
"从今后你是最大的王后，
你是一朵初开的缅桂，
所有的花儿都失去了香味！"

大臣们嘻嘻哈哈，
六个王后气红了耳根，
最丑的阿嘎麻夜西啊，
忌妒的眼睛半闭半睁。

花瓣一把把撒向姑娘，
一瓢瓢的水泼向姑娘，
人人都在把她夸奖，
说她胜过西天的女王。

有的说她手臂比象牙还白，
有的说她眼睛比星星还亮，
有的说她眉毛像一弯新月，
有的说她头发又黑又长。

宫女们背地说她年纪太小，
国王不该摘下这朵花苞；
有的说她太可怜，
这样小就要当妇人。

宫廷大设酒宴，
酒席直摆到宫门，
桌上摆满了名贵的酒菜，
个个吃得昏昏沉沉。

大家都叫姑娘为南金波，
南金波就是会吃螃蟹的女人。
大家又吃又笑，
差点闹翻了宫廷。
南金波没有说半句话，

她恨透了好色的昏君。

大臣和头人捧起一盅盅水酒，
跪着为国王王后祝福：
"愿王后早生王子，
愿王位后继有人。

"愿你们赶走人间的魔鬼，
愿你们给大地带来雨水，
愿勐巴娜西坝子更加繁荣，
愿勐巴娜西处处是笑声！"

三

远处有一个国家，
早就想把勐巴娜西吞并。
兵丁扎在菩提树下，
想把国王西里有娃纳生擒。

他们派了一个胆大的使臣，
黑夜闯进勐巴娜西京城。
使臣站在宫殿前吼叫：
"快交出你的百姓和金银，
勐巴娜西已经属于我们！"

国王听了使臣的话，
又是气来又是怕。
他气得左手揪下了包头，
他怕得右手的酒盅突然掉下。

想到战火将要烧到京城，
想到宫中的美女和金银，
国王故作镇静警告使臣：
"快回去告诉你的国君，
谁敢来侵犯我们，
勐巴娜西的尘土会湮没他的全军！"

使臣手提长刀，
他有七尺多高，
两步跨出宫廷，
急忙回去禀告。

勐巴娜西的战鼓响了，
勐巴娜西的金号齐鸣，
国王说自己不会张弓放箭，
要大臣前去退兵。

大臣纷纷奏禀：
"国王呀，一国之君，
请你不要留恋华丽的宫廷，
快快启程抵抗敌兵！"

勐巴娜西的士兵出发了，
军旗横扫蓝天的游云。
国王慢慢地爬上象背，
回头呆望着黄黄的宫门。

长长的队伍穿过平坝，
大地扬起阵阵灰尘。
队伍看不见了，
森林里响起了炮声。

四

一年的时间已经过去，
美丽的南金波怀孕了。
人们都为她高兴，
六个王后心里像刀子乱绞。

南金波怀孕十个月了，
六个王后一次都没有去看她，
最坏的阿嘎麻夜西啊，
总是在别人面前说她的坏话。

六个王后像一群乌鸦，
在竹楼上叽叽喳喳，
有的说南金波不能当最大的王后，
有的说穷人的姑娘不配住在皇家。

阿嘎麻夜西抢着说：
"如果南金波生了王子，
国王就会更爱她。

我们得拔掉这朵臭花！"

南金波十分明白，
六个王后为她烦恼。
有一天她感到肚子阵痛，
娃娃要出世了。

南金波生了一百个男孩，
最后生了一个像朵缅桂花的姑娘。
南金波昏过去了，
婴儿的哭声咿咿哇哇。

阿嘎麻夜西和五个王后站成一行，
她们的眼睛比手还忙。
她们把孩子一个传给一个，
把一百零一个孩子塞到猪圈里去了。

南金波微微动了一下，
阿嘎麻夜西吓得在地上乱抓。
她抓来一只小狗，
放在南金波的筒裙下。

她们悄悄走了，
一个跟着一个；
她们欢欢喜喜，
回到自己屋里。

母猪见到地上的婴儿，
像一百零一朵含苞的花。
它不忍心让花苞枯萎，
把孩子藏进了嘴巴。

阿嘎麻夜西命人敲响铓锣，
阿嘎麻夜西命人点燃土炮。
炮声震动了竹楼，
向全勐宣布王子诞生。

国王在远方听到了三声土炮，
他高兴得把包头甩了五丈高。
他高兴南金波生了王子：
"王位总算有人继承了！"

一个喜讯又一个喜讯，

勐巴娜西的军队打退了敌人。
士兵吹响了金号，
国王下令收兵。

国王刚进城门，
阿嘎麻夜西上前相迎：
"国王打胜仗回来了，
这是天大的喜事情。

"可是你心上的花，
没有为你生下王子。
她生了一只小狗，
我还把它养在楼下。

"要是百姓知道了，
他们会笑掉大牙；
要是大臣知道了，
你以后如何管理这个国家！

"六个王后为这事发愁，
我更是害羞。
她丢尽王后们的脸，
更伤害了国王的尊严！"

国王气红了眼睛，
国王的脸上笼罩着乌云。
他提着血迹未干的钢刀，
气冲冲地闯进宫廷。

钢刀拍打着桌子，
酒盅在桌上转了几圈，
大家都不敢说话，
国王大声咒骂：

"我读完了佛寺里的经书，
还没有见过生狗的女人。
我为你花了万两白银，
谁知你玷污了我的宫廷。"

国王命人杀掉南金波，
南金波被拖出了宫门。
一个养象人拦住了去路，
他说有话要向国王奏禀。

养象人向国王跪下，
低着头对国王说话：
"国王呀，国王，
求你不要杀她！

"杀了她天不会下雨，
杀了她谷子不会开花，
杀了她太阳会像火一样辣，
杀了她鸟雀会吃完庄稼。

"就算她生了小狗，
把她赶到牛圈里，
让她替你放牛，
让她替你养马。

"我们尊敬的国王啊，
你的心一定像火一样燃烧，
请你喝下这盅泉水，
怒火就会慢慢化消！"

养象的人跪着不起来，
他向国王拜了又拜，
等候着国王的回答，
国王不理不睬。

过了一阵养象人又说：
"我小时候听阿爹说过，
从前有一个国王，
他做事很少同大家商量。

"有一次错杀了王后，
那年就无水插秧。
虽然收了一点糯米，
又被洪水冲下大江。

"坝子里的人病死很多，
山上的人也躲不过死亡；
牛马在森林里乱跑，
国王病了也无人熬药汤……"

国王站了起来，
打断了养象人的话：

"不要再往下讲，
快把生狗的女人押下。"

南金波被拖进牛圈，
她白天哭，黑夜哭：
"天呀，天！
我的娃娃到哪里去了？

"是不是被水冲走了？
是不是被蚂蚁抬跑了？
是不是被老虎衔去了？
是不是被乌鸦吃掉了？

"是不是被阿嘎麻夜西抢走了？
是不是被她丢到森林里去了？
是不是被她丢到岩下去了？
是不是被她掐死了？

"孩子呀，我的孩子，
你到哪里去了？
为什么妈妈还没有看见你，
你就不在妈妈身边了？
为什么妈妈还没有听见你的声音，
你就离开妈妈了？"

南金波的哭声越来越小，
只有她自己才听得到了。
她又哭昏过去了，
嘴里还不断诉说：

"孩子呀，我的孩子，
你快回来吧！
你不能离开妈妈，
妈妈也不能没有你呀！

"我是你的阿妈，
没有喂过你一口奶，
没有给你穿过筒裙，
没有尽到妈妈的责任！

"我心头的肉呀，
妈妈还活着，
妈妈躺在牛圈里，

妈妈在这里等你！"

哭声飞过山头和平坝，
哭声钻进森林和大江，
哭声传遍村村寨寨，
哭声传进每家门窗。

南金波的哭声啊，
不知抹红了多少人的眼睛。
大家都为她难过，
大家都为她伤心。

好心的百姓啊，
为南金波痛断了肝肠；
狠心的阿嘎麻夜西啊，
日夜用酒菜陪伴昏王。

阿嘎麻夜西对国王讲了又讲：
"南金波不会生娃娃反把国王伤害，
但愿我阿嘎麻夜西啊，
托天神的福给国王送来后代！"

国王听了不住点头：
"把过去的事忘了吧！
我本来不爱南金波这个穷姑娘，
她不会在我心上开花。

"我和她像做了一场大梦，
醒来就成为冤家。
从今后我俩一起喝酒，
从今后我俩一起赏花！"

听唱歌的人们，
请你们想一想，
阿嘎麻夜西做了什么事？
国王是什么样的人？
知不知道羞耻？

五

阿嘎麻夜西白天坐在国王身边，

她的心早已飞到宫殿外面。
夜晚她用筒裙做成假人，
和国王同枕共眠。

国王翻来覆去睡了几觉，
阿嘎麻夜西还在到处搜查。
她翻遍了每家人的坛子，
找不到一百零一个娃娃。

她说饿死了会有尸首，
狗吃了会剩骨头。
她看不到娃娃们的一片指甲，
急得像蚂蚁在火塘边乱爬。

她又跑到猪圈里去，
看见母猪的嘴肿了一边。
她向前走了几步，
躲在一旁偷看。

她看出娃娃藏在猪嘴巴里，
心儿忐忑又惊又喜。
凶狠的阿嘎麻夜西啊，
连夜和五个王后商议：

"我们要装病躺在床上，
叫宫女拿三两黄金十两白银，
连夜送给卜卦人，
就说我们的病要吃母猪的心。"

受骗的两个宫女啊，
急急忙忙把金银送给卜卦的人。
六个王后悄悄钻进被窝，
她们怪叫："有人拿魂！"

国王从梦中惊醒，
揉了揉惺忪的眼睛。
他问阿嘎麻夜西，
阿嘎麻夜西装着张不开嘴唇。

国王吓得心惊胆战，
国王大叫大喊：
"老臣快开宫门，
快去请卜卦的人！"

老臣请来了卜卦人，
卜卦人走进了宫廷。
宫中点满了红烛，
卜卦人坐在当中。

卜卦人的眼睛望着地下，
他的手忙着乱翻书卦，
装出一副忧愁的模样，
好像卦书上写着不吉利的话。

卜卦人对国王拜了一拜，
他慢慢把嘴张开：
"尊敬的国王啊，
请你不要见怪。

"我是信佛的人，
不能伤害生命。
今天的卦难坏了我，
我说了会触犯神灵！"

"卜卦人呀，卜卦人，
有事由我承担！
如果你不实说，
就会送掉王后们的性命！"

"好，好，我说，我说！
王后们的病又重又轻。
不消到天上去找药，
不消到佛寺去念经。

"只消杀掉宫里那头大母猪，
替她们补补快要烂了的心！
要猪还是要人，
国王自己决定！"

国王半天没有回答，
他既不愿王后死去，
又舍不得杀掉母猪。
王后是他心爱的人，
母猪能为他换来金银。

卜卦人乘机又说：

"六个王后死了啊，
鸡鸭会飞着下蛋，
鸟雀会死在宫殿里，
勐巴娜西不会再有笑声，
鬼神也会抓国王去抵命！"

卜卦人这么一说，
国王只好下令：
"快快杀掉母猪，
为王后们治病。"

母猪听了他们的话，
它可怜这群无辜的娃娃：
"娃娃们这样小，
不会说话不会跑。

"如果送到森林里，
谁来把他们抚养？
如果送进寨子里，
又怕泅不过大江。"

母猪走来走去，
母猪自言自语。
无星无月黑黑的天，
母猪跪在白象身边：

"白象呀，白象，
我的灾祸来临。
王后要害死这群孩子，
还要杀我去补她那烂了的心。

"死了我一个不要紧，
只要能保住一百零一条生命。
请你收下这群孩子，
他们不会忘记你的恩情！"

白象收下了孩子，
母猪又拜了拜它：
"你的心肠真好，
胜过国王一家！"

阿嘎麻夜西知道要杀母猪了，
高兴得睡熟了都会笑醒。

她悄悄来到猪圈里，
猪嘴里没有了孩子的身影。

她又回去对国王说：
"我的病好了，
快去告诉大臣，
明天不杀猪了，
什么时候要杀再告诉他们。"

杀猪的人个个议论：
"阿嘎麻夜西真麻烦，
一时说要杀猪补心，
一时又说病已经好完。"

六

太阳还没有出来，
六个王后又到处找寻。
她们搜遍了所有的山林，
看不到孩子的踪影。

王后们来到白象身边，
看见孩子们在象的嘴里。
她们赶快回到宫廷，
慢慢爬上楼梯。

王后们又推病躺在床上，
叫宫女给卜卦人送去书信和金银，
要宫女去叫大臣，
说国王有要事商议。

大臣来见国王，
国王不知端详，
问他们来做什么，
为什么慌慌忙忙。

大臣像扑惊了的小鸟，
上气不接下气地说：
"宫女来叫我们，
说国王有事商量。"

国王像个醉汉，
说话懒心无肠：
"可能王后又病了，
你们快去找药熬汤。"

不要脸的阿嘎麻夜西啊，
头发揉得像鸡窝。
装着在床上乱滚乱翻，
把长筒裙蹬在一边。

大臣瞪起一双眼睛，
以为魔鬼抢走了王后们的心。
他们不敢再往下看，
急急忙忙去找卜卦人。

卜卦人闭着眼睛说话：
"王后的病比前次更深。
她们的心虚了，
要吃白象鼻子上的筋！"

大臣回禀了国王，
国王说明天就杀白象。
白象知道了消息，
急急忙忙跑到山上。

白象过了小桥，
来到一户人家，
它向老爷爷跪下：
"老爷爷呀，我想求您一件事情。

"有一百零一个孩子，
魔鬼想害死他们。
请您救救他们，
让他们在您这里安身。

"只要娃娃能够活命，
我死了也甘心。
您收下他们吧，
善良的老爷爷！"

老爷爷对白象说：
"好心的白象啊，
我会把他们收留，

一定好好照看他们。"

老爷爷收下了娃娃，
白象跑回了家。
白象躺在圈里，
静静地等待天明。

母鸡扇着翅膀，
公鸡催着天明，
大雾散开了，
东方升起了彩云。

阿嘎麻夜西一夜没有合眼，
她悄悄跑到象圈里，
见象嘴里没有了娃娃，
她转身又跑回宫廷。

她向国王合掌，
高高地举过了眼睛。
她的手有点颤抖，
她的脚向前斜倾：

"国王啊，为了救我的命，
听说又要杀白象了。
我病了还会好，
不能连累畜生。"

国王高高兴兴，
他叫杀象人不要磨刀了，
把力气用去杀鸡，
杀一千只鸡来吃一顿。

王后们吃不下鸡肉，
王后们喝不下鸡汤，
她们不知道娃娃的去向，
日夜慌慌张张。

七

孩子们来到老爷爷家，
吃的是芭蕉和菠萝，

喝的是清清的泉水，
他们一天一天长大。

爷爷用黄土做牛做象，
爷爷用黄土做鸡做鸭，
一人有十多样玩具，
还有一个装玩具的小匣。

老爷爷领着娃娃，
用山泉给他们洗发。
他们从来没有生过病，
老爷爷很是高兴。

娃娃们没有吵过嘴，
娃娃们没有打过架，
他们天天跳舞，
他们天天唱歌。

老爷爷从未离开过他们，
常常和他们一起说笑。
他们这样在山上过了六年，
迎着第七个泼水节来到。

娃娃们的歌声被寨子里的人听到了，
大家都说老爷爷的福气最好。
有人称老爷爷为神仙，
借口采野花来和他说笑。

阿嘎麻夜西找来了两个宫女：
"你们天天出去，
为什么找不着娃娃？
不把他们杀死，
我们不好过日子！"

宫女假装割马草来到山上，
她们看到了那群娃娃。
她们背着马草回去了，
吞吞吐吐地向王后禀告：

"山上老神仙家，
有一群娃娃，
长得非常好看，
我们不敢伤害那些鲜花。"

阿嘎麻夜西挤眉弄眼，
她又把诡计增添。
她陪着国王漫步在芭蕉林里，
她的嘴一直未停：

"我的病能够好，
这都是神仙的搭救。
为了酬谢恩人，
王后们备了酒肉。"

国王叫头人去请神仙，
请客的人来到高山：
"老神仙，老爷爷，
国王请你下山去做客。"

老爷爷笑着说：
"我不是什么神仙，
我是一个普通的老人，
爱帮别人做点事情。"

老爷爷要去国王家了，
他蹲着对娃娃们说：
"我有事要下山去，
你们好好在家。

"在家不要哭，
在家不要吵架。
不能吃别人的东西，
不能跑到山下。"

老爷爷走进了国王的宫殿，
国王请他坐在对面。
他们吸烟喝酒，
他们吃菜吃饭。

王后们做了一百零一团糯米饭，
毒药包在饭团里面。
阿嘎麻夜西把糯米饭放在挎包里，
匆匆忙忙地走出宫殿。

阿嘎麻夜西来到了山上，
娃娃们东躲西藏。

小姑娘轻声呼唤：
"爷爷快来，我怕!"

阿嘎麻夜西张开大嘴：
"小姑娘，不要怕，
我是你们的阿妈，
我来领你们回家。"

娃娃们走出来了，
把阿嘎麻夜西看了又看。
他们远远地站住，
他们没有说话。

阿嘎麻夜西的话像蜜一样甜：
"爷爷今天不会回家。
我送来了糯米饭，
你们快来吃吧!"

最大的那个娃娃说：
"爷爷走的时候说过，
不能吃别人的东西，
我们的肚子不饿。"

阿嘎麻夜西轻轻地说：
"不怕，不怕，
是爷爷叫我送来的，
你们快来拿吧!"

狠心的阿嘎麻夜西啊，
她递给每个娃娃一团糯米饭，
她哄着娃娃们吃，
她坐在一旁细看。

不懂事的娃娃啊，
有一个还在说：
"别人的东西我们不能吃，
是爷爷的我们就吃吧!"

他们坐成一个圆圈，
高高兴兴地吃着糯米饭。
阿嘎麻夜西笑了，
她悄悄地跑回了宫殿。

娃娃们拿着糯米饭，
稀奇地看了又看。
有的说这种饭没有吃过，
要给爷爷留一半。

有的说肚子饿了，
给爷爷留了一小点；
有的几个分吃了一个，
给爷爷留了好几个。

娃娃们吃了糯米团，
有的叫肚子痛了，
有的叫头昏了，
有的叫眼睛花了。

吃得多的鼻子淌血，
当场就倒在地上了；
有的痛得喊口渴，
倒在水塘边了。

有的痛得叫冷，
倒在火塘边了；
有的痛得眼睛流血，
倒在门边了。

有的痛得乱滚，
倒在芭蕉树下了；
有的痛得乱钻，
倒在刺蓬里了；
有的痛得跑去找爷爷，
倒在桥头了。

有的抱着爷爷做的马死了，
有的抱着爷爷做的象死了，
有的抱着爷爷做的牛死了，
有的抱着爷爷做的鸡死了。

遍地都是娃娃的尸体，
一百零一个娃娃都死了。
森林里的雀鸟停止了歌唱，
山野里的鲜花也变得黯淡。

老爷爷告别国王：

"国王啊，勐巴娜西的君王，
我要回去了，
愿你和王后给百姓带来幸福。"

国王送老爷爷出了宫殿，
笑着对老爷爷说：
"我因国事太忙，
很少到山上游玩。

"能和神仙饮酒用饭，
一定会多活几年。
请你慢慢走吧，
今后常来宫殿！"

天黑下来了，
老爷爷来到了山上。
听不到娃娃们的笑声，
听不到娃娃们的歌唱。

老爷爷走到了桥头，
不见一个娃娃来接他。
他以为娃娃们肚子饿了，
他以为娃娃们睡了。

天黑得看不见路了，
老爷爷东看西看，
老爷爷东摸西摸，
摸到了死在桥头的娃娃。

老爷爷摸了摸娃娃的手，
老爷爷摸了摸娃娃的胸口。
他的心慌乱了，
他的手在颤抖。

老爷爷的心碎了，
悲痛的眼泪直往下流：
"我一天不在家，
谁害死了娃娃？

"孩子们啊，
怪爷爷没有好好照看你们。
你们活转来吧，
让爷爷再看一眼！"

老爷爷燃起了火把，
他抱起这个又放下那个。
火把快燃尽了，
他还抱着娃娃。

他给娃娃们揩去了嘴边的鲜血，
他给娃娃们揩去了未干的眼泪，
他把娃娃们的脚一只一只放平，
他把娃娃们的手一只一只靠紧。

老爷爷用手抓着黄土，
把娃娃们埋在屋子周围。
他担心小姑娘胆小害怕，
把她埋在楼梯脚下。

我要把故事唱完，
我要让所有的人都听得见。
愿我的歌声啊，
飘进每家人的竹楼。
请大家好好地听，
请大家牢记在心！

八

夜深了，
月亮不见了，
风吹起来了，
雨下起来了。

风一时向东吹，
一时向西吹；
雨一时向东打，
一时向西打。

风吹得树枝摇摇晃晃，
雨打得芭蕉叶哗哗地响。
风呀，莫吹跑了娃娃，
雨呀，莫冲走了姑娘！

风渐渐停了，

雨也渐渐停了。
星星还挂在天上，
老爷爷已经起床。

老爷爷走下了竹楼，
看见娃娃的坟上开出了一百零一朵鲜花。
他又惊又喜，
笑得合不拢嘴巴。

一百零一朵花开得多么美丽，
美得就像娃娃们的笑脸；
一百零一朵花迎风摇摇摆摆，
就像娃娃们荡着秋千。

一百零一朵花越看越好看，
老爷爷越看越喜欢。
他天天守着这些鲜花，
不让别人糟蹋。

一百零一朵花都很大很大，
花秆壮得像孩子的小腿。
老爷爷每天除一次草，
老爷爷每天浇一次水。

一百零一朵花一天比一天鲜艳，
把老爷爷的房子围在中间。
老爷爷坐在里面，
真有点像个神仙。

春风轻轻地吹，
花儿左右摇晃，
发出了一样的声音，
就像小娃娃叫爷爷一样。

春风送走了醉人的花香，
香味飘到了远方，
辽阔的勐巴娜西啊，
就像遍地洒上了缅桂花浆。

爱香的蜜蜂飞来了，
爱美的蝴蝶飞来了，
爱热闹的鸟雀啊，
也张开翅膀飞来了。

一天清晨，
替国王割马草的人来到了山上。
他看见鲜花，
心里暗想：

"我走过了所有的平坝，
我爬过了所有的高山，
我渡过了所有的江河，
我穿过了所有的森林。

"没有见过这样鲜的花，
没有闻过这样香的花，
没有采过这样大的花，
没有听说过这样多的花。

"这一定是神仙的花园，
人间不会有这样漂亮的花。
我数一数看，
究竟有多少种花。"

有比树叶还绿的花，
有比金子还黄的花，
有比银子还白的花，
有比鸡血还红的花。

有蓝色的花，
有黑色的花，
有灰色的花，
有紫色的花。
……

有的花中间黄周围白，
有的花中间红周围黑，
有的花中间紫周围灰，
有的花中间白周围紫。
……

有的花一路黄一路白，
有的花一路绿一路红，
有的花一路黑一路灰，
有的花一路红一路紫。
……

有的花一瓣绿一瓣白一瓣灰，
有的花一瓣红一瓣紫一瓣蓝，
有的花一瓣灰一瓣红一瓣绿，
有的花一瓣白一瓣紫一瓣灰。
……

有的花上一半是红的下一半是白的，
有的花上一半是黑的下一半是紫的，
有的花上一半是蓝的下一半是绿的，
有的花上一半是黄的下一半是灰的。
……

有的花一边灰一边红，
有的花一边白一边紫，
有的花一边红一边蓝，
有的花一边黑一边黄。
……

有的白花中透一点红，
有的黄花中透一点紫，
有的绿花中透一点黑，
有的蓝花中透一点灰。
……

有的花瓣有一尺四寸长，
有的花瓣只有三分长。
有的花瓣很多很多，
像用剪刀剪的一样。

有的花瓣很大很大，
像芒果的叶子一样。
有的花瓣很细很细，
像松鼠的毛一样。
有的花颜色很多，
像豹子的尾巴一样。

有的花微微低着头，
有的花弯着长长的腰，
有的花是一节一节的，
有的花像一层一层的波浪，
有的花花心向天，花瓣垂下，
有的花像芭蕉一样分杈。

有的花适合吊在耳朵上，
有的花适合插在发髻上，
有的花适合拿在手上，
有的花适合戴在身上。

割马草的人眼睛都看花了，
他也没有把花数完。
他蹲在地上，
感觉好像天旋地转。

一只蜜蜂停在花心上，
花瓣闪闪发光。
割马草的人啊，
还呆呆地蹲在地上。

蝴蝶在花间飞舞，
花儿东躲西藏。
割马草的人啊，
想摘一朵去送给心爱的姑娘。

他的手刚刚靠近红花，
红花轻轻叫唤：
"哥哥，哥哥，
有人要来摘我。"

割马草的人缩回了手，
吓得倒退了几步，
头碰着芒果树，
脚才慢慢站住。

过了一阵他又去采摘，
红花又叫了：
"哥哥呀，哥哥，
他又要来摘我！"

所有的花都说：
"你这个不懂事的人，
要看，你就看吧，
不该随便摘花。"

割马草的人听了害怕，
他一口气跑回宫殿，

忙着去禀告国王。
国王睡着没有理他。

他不敢再次惊动国王，
悄悄退出了宫殿。
阿嘎麻夜西走过来了，
问他为什么这样惊慌。

割马草的人说：
"过去我天天在坝子里割草，
一天一天地割啊，
草都被我割完了。

"今天我去到山上，
看见了很多鲜花。
我想摘一朵回来，
鲜花把我咒骂……"

阿嘎麻夜西逼近几步，
打断割马草人的话：
"你数过没有，
究竟有多少朵花？"

割马草的人想了一下，
才回答阿嘎麻夜西的话：
"我的眼睛都看花了，
有一百多朵不会差！"

阿嘎麻夜西派人去数，
花儿不多不少，有一百零一朵。
原来是毒药毒不死娃娃，
原来是娃娃都变成了花。

如果不挖掉这些花，
花又会变成娃娃，
娃娃会慢慢长大，
长大了就成为冤家！

阿嘎麻夜西叫来了大臣，
要他们连夜挖掉它，
要他们把花儿丢在河里，
让河水冲走这一百零一朵鲜花。

大臣们一路没有说半句话，
他们夜里来到了老爷爷的家。
一个一个弓着腰杆，
连根挖掉了鲜花。

他们把花儿丢在河里，
河水轻轻地送走鲜花。
大臣们回来禀告王后，
阿嘎麻夜西嘻嘻哈哈。

老爷爷清晨起来看不到鲜花，
眼泪像雨点落下。
他遍山遍野去找，
找不到一朵心爱的花。

老爷爷哭昏过去了，
醒来还在轻轻呼唤：
"花呀，花！
你们被谁劫走了，
为什么连根也不留下？

"花呀，花！
如果你们被人糟蹋，
但愿又能变成娃娃，
好去杀掉你们的冤家！"

老爷爷白天哭，
老爷爷黑夜哭，
他哭昏不知多少次了，
他含着泪水死去了。

人们都说老爷爷的心肠最好，
说他的福气比山还高，
说他真正成了神仙，
升到西天去了。

九

花儿一朵靠着一朵，
像一块彩绸铺在水面。
河水流得很慢很慢，

把花儿送到了沙滩。

一个万里无云的晴天，
有两个老人在河边洗毛毯。
老妈妈远远望见花秆，
又望望身边的老伴：

"老头子，老伴，
你看啊，
花儿多么可爱，
它们被谁伤害？"

两个老人抓住了一株花秆，
一百株花秆围成一团。
他们整整挑了一天，
才把花秆挑完。

老伯伯有些累了，
天刚黑他就睡了。
老妈妈在火塘边绕线，
轻轻地哼着古老的歌。

花儿变成了一群十五六岁的娃娃，
娃娃们在门外叽叽喳喳，
有的说这里太冷，
有的说这里风大。

老妈妈听到了人声，
以为头人又来催租要款。
她侧耳听了又听，
门外又寂静无声。

一把线还没有绕完，
外面又有了响声。
她叫醒了老伴，
怕自己的耳朵不听使唤。

这幢破烂的竹楼啊，
深夜很少有人敲门。
今晚这样吵闹，
可吓坏了两个老人。

他们静静地听，

人声还是未停。
两人相互呆望，
心中猜疑不定。

老妈妈下楼去了，
撞在小姑娘的肩上：
"哎，老伴，
不是催命的官家，
是些不相识的娃娃。"

老伯伯望着娃娃，
胡子笑成了一朵花：
"姑娘，娃娃，
门外太冷，
快进来吧！"

娃娃们走进了家，
向两个老人跪下，
一起喊着伯伯，
一起喊声大妈。

老妈妈扶起娃娃，
老伯伯笑哈哈，
他们没有想到，
老来才领娃娃。

老伯伯忙着给娃娃们烧火，
老妈妈忙着给娃娃们煮饭。
塘火越烧越旺，
饭菜煮得喷香。

天亮了，
老妈妈对老伯伯说：
"娃娃们太冷，
我家只有几寸白布，
不够给他们做衣衫，
要去买又没有钱，
还是到别家去借借看。"

老伯伯向东家去借，
东家少吃少穿；
老伯伯向西家去借，
西家比他更可怜。

他借了一天，
衣衫没有借到一件。
娃娃们换着穿老伯伯的衣服，
老妈妈的黑筒裙盖住了姑娘的脚尖。

他们虽然少吃，
他们虽然少穿，
一家人有说有笑，
日子过得喜喜欢欢。

可爱的娃娃啊，
在把母亲思念，
他们多么想和阿妈在一起，
又不知道阿妈在哪边。

一阵狂风吹过，
西天的老爷爷回到了人间。
他抱着一只花鸡，
这只鸡比孔雀还好看。

花鸡有一个红红的冠子，
嘴壳像黄澄澄的金子，
鸡脚比棉花还白，
鸡爪像两把锋利的钳子。

西天爷爷还提着一口金箱，
金箱闪着红光，
里面什么都有，
牛马鸡鸭猪象……

他把花鸡送给娃娃，
把金箱送给姑娘，
好心的西天爷爷啊，
还摸着胡子对娃娃们讲：

"你们快到京城去，
去同国王斗鸡。
去寻找你们的阿妈，
她的名字叫南金波，
她的头发有两排长，
病倒在国王的牛圈里。"

娃娃们想去找阿妈了，
他们就要告别两位老人了。
姑娘打开了金箱，
拿出了一百零一套衣裳。

娃娃们穿上了各种颜色的衣裳，
你看我像个神仙，
我看你像个天王，
比花朵还要漂亮。

哥哥们要好好打扮妹妹，
要她穿一件最好的衣裳，
白衣服上有黄花，
穿得要与小伙子不一样。

大哥哥抱着金箱，
花鸡随着姑娘。
他们从山头走向坝子，
像彩云从天上下降。

十

在一个没有月亮的晚上，
南金波梦见一百个男孩和一个姑娘。
他们手里捧着鲜花，
从南方飞到了她的身旁。

南金波被鲜花围在中央，
心里多么欢畅。
娃娃们把她抬了起来，
她的笑声像清清的泉水流淌。

男孩子送给她一朵蓝杜鹃，
小姑娘送给她一朵红牡丹。
无情的风啊，
却把鲜花吹回了南天。

南金波清清楚楚地看见，
花儿在长空飞成一排。
她想飞飞不起啊，
从梦中醒了过来。

南金波苦思着这个梦，
她不知道带来的是吉是凶；
南金波心里怀着一线希望，
希望在病中与儿女重逢。

她恨自己没有力气把花儿握紧，
又恨自己不该苏醒。
她日夜思念娃娃们啊，
想再看到他们的身影。

十一

娃娃们像一群云雀，
说说笑笑地穿过了椰子林。
他们走得很快很快，
来到了国王的宫廷。

大臣拦住了他们，
走上前来查问：
"你们从哪里来？
来这里找什么人？"

娃娃们一齐回答：
"我们来自东方，
来自平坦的沙滩上，
来找我们的亲生娘。"

大臣又逼上了一步：
"你们是什么人？
知不知道这是什么地方？
送来了多少礼品和金银？"

小姑娘抢先回答：
"我们是普通的百姓，
知道这是国王的宫廷。
我们只有斗鸡和金箱，
没有带来什么礼品！"

大臣来见国王：
"国王呀，我们头上的天。

外面来了一群娃娃，
他们穿得十分漂亮，
没有带来什么礼品，
连斗鸡和金箱也不肯献上。"

国王气得乱跳，
"哪有这样大胆的东西，
来到王宫不送金银！
快把他们押进来，
我来对付他们！"

娃娃走进了宫门，
他们的眼睛四处搜寻。
娃娃们的心多么慌啊，
想找到自己要找的亲人。

国王挡住了他们，
不转眼地盯着小姑娘。
贪淫的禽兽啊，
又起了什么坏心肠。

国王假笑着问娃娃：
"你们穿得全身是金，
是哪个王后的女儿？
是哪个国王的子孙？"

最大的那个娃娃说：
"国王不必多问，
我们已经向大臣说过，
我们是勐巴娜西的百姓！"

国王皱着眉头，
国王板起面孔，
高声地对娃娃们说：
"你们的金箱在哪里？
里面装了多少金银？
快快献了上来，
我就饶了你们的狗命！"

小姑娘咬着牙根说：
"我们是来找亲人，
不是来送金银。
如果你想抢我们的东西，

这只斗鸡不会饶你！"

国王捏着刀柄，
心中怒火难平：
"和小娃娃难把话说清，
我们就赌一场输赢。

"如果我的鸡斗输了，
就算天神保佑你们，
让你们平平安安地走过我的国土，
还赏给你们万两金银。

"要是你们的鸡斗输了，
我要你们箱里的金银，
你们替我当牛做马，
小姑娘就成为我的女人！"

姑娘气得大骂国王：
"谁给了你那双老鼠的眼睛？
你知道我是什么人？
你这个没有人性的畜生！"

国王举手要打姑娘，
被一百个娃娃拦住：
"先别动手打人，
还是让斗鸡比比输赢！"

士兵吹响金号，
号声传遍了京城。
国王急急忙忙，
召集了头人和百姓。

国王站在高高的地方：
"按照我们祖先的习惯，
每逢开门季节，
为了消遣解闷，
便要斗鸡游玩。

"今天我和娃娃们斗鸡，
输赢不比往常。
如果我的鸡输了，
我愿交出金银万两。

"如果娃娃们的鸡输了，
我要他们的金箱，
我要那个小姑娘，
还要一百个娃娃的性命！"

国王放出一只黑鸡，
黑鸡张开翅膀。
娃娃们的鸡时斗时停，
娃娃们的鸡好像斗不赢。

头人在一旁笑了，
国王在一旁高兴，
百姓个个担心，
他们越围越紧。

国王怕自己的鸡累了，
下令斗鸡暂停。
国王抱着黑鸡看了又看，
就这样过了一个时辰。

国王以为自己的鸡歇够了，
国王又下令斗鸡。
娃娃的鸡扇了扇翅膀，
国王的鸡东躲西藏。

国王担心地走来走去，
他的脚一直未停。
百姓们都笑了啊，
笑国王的斗鸡不行。

国王的心虚了，
他又擂鼓下令：
"我的鸡斗累了，
斗鸡暂停暂停！"

又过了一个时辰，
国王提起了精神：
"最后一次斗了，
大家注意输赢！"

娃娃的鸡越斗越猛，
国王的鸡东跑西逃；
娃娃的鸡猛扑猛啄，

国王的鸡东歪西倒。

国王的鸡斗败了，
黑鸡被扭断了脖颈。
国王呆呆地站在那里，
双手蒙着眼睛。

头人望着大臣，
大臣望着远方的森林。
他们不知道如何收场，
场内鸦雀无声。

百姓悄悄议论：
"该输的输了，该赢的赢了。
可爱的小娃娃啊，
大家为你们高兴！"

国王是个贪财好色的人，
想赢娃娃们的金银，
一心想娶小姑娘，
谁知他的斗鸡不行。
国王的美梦啊，
像大雾一样消散。

十二

娃娃们走到国王面前：
"国王，国王，
不要只顾生气，
不要气红了眼睛。

"我们不要你的一丝一线，
更不要你的金银。
我们只要一样，
要一个善良的女人。

"她的头发最黑最黑，
细细的头发有两排长。
她的心地最善良，
百姓都把她赞扬！"

国王叫来阿嘎麻夜西。
阿嘎麻夜西穿上了最好的衣裙，
她想混过娃娃们的眼睛，
装扮成善良的女人。

国王扶着阿嘎麻夜西，
歪歪倒倒地漫步在人群。
娃娃们说不要，
不要这个像魔鬼一样的女人。

国王想了又想，
想不出娃娃们所要的人。
他叫出了五个王后，
娃娃们说一个都不行。

国王叫出了六千个宫女，
娃娃们摇了摇头，
说她们是受骗的人，
有的已经被王后换去了善良的心。

国王叫来了所有的姑娘，
姑娘们个个像花一样。
娃娃们说她们有一副善良的心肠，
就是头发没有两排长。

国王想了很久很久，
才想起牛圈里的女人。
国王去叫南金波，
南金波走出了牛圈后门。

南金波走向人群，
娃娃们向她合掌。
一百零一个娃娃都跪在地上，
迎接自己的母亲。

南金波忙着扶起娃娃：
"你们是谁家的儿子和姑娘？
为何跪在地上？
你们快快起来，
我这个牛圈里的人不敢受享。"

"阿妈呀，我们是你的儿女，
你就是我们的亲生娘！

我们想接你回去，
母亲和儿女团聚。"

南金波看了看儿子，
南金波看了看姑娘。
她不相信自己的耳朵，
不敢相认儿子和姑娘。

姑娘倒在南金波的怀里，
姑娘扶着妈妈的肩膀：
"他们是我的哥哥，
我是你最后生的姑娘。
都怪六个王后黑心肠，
他们想害死我们，
母猪、白象和老爷爷把我们抚养。

"如今我们都长大了，
阿妈呀，阿妈，
快来认认你的儿子，
快来认认你的姑娘。"

南金波仔细端详姑娘，
姑娘长得像她一样。
黑黑的头发有两排长，
就像森林里的凤凰。
最美的千瓣莲花啊，
也比不上这个姑娘。

南金波仔细端详儿子，
个个长得像天神一样。
南金波难过了，
眼泪掉在姑娘的脸上，
姑娘紧紧地贴着南金波的胸膛。

娃娃们坐下来了，
把南金波围在中间，
一百零一双眼睛望着妈妈，
等候着妈妈说话。

南金波的泪水顺着脸颊淌，
她的眼睛望着地上。
时间就这样过去了很久，
大家都为南金波忧伤。

姑娘给南金波揩了几次眼泪，
姑娘轻轻地对南金波讲：
"阿妈呀，受苦的阿妈，
不要再想过去了！

"我们都在你身边，
你给我们多说上几句话。
阿妈呀，阿妈，
你笑一笑吧！"

南金波抬起了头，
她像有很多话要说，
不知从何起头：
"儿子呀，姑娘，
我虽然没有把你们抚养，
可是你们是我身上的血肉。
为了见到你们，
她们把我折磨得满脸皱纹。

"姑娘呀，娃娃，
你们是受苦受难的人，
以后不要像阿妈这样软弱，
见了魔鬼就要像狂风卷走乌云！"

最大的娃娃握着刀把，
又一次向南金波跪下：
"阿妈呀，
你为我们受尽了折磨，
你为我们流干了眼泪！

"为了替你报仇，
为了替大家除害，
请你允许我们，
杀掉吃人的魔鬼！"

王后们被绳索捆绑，
阿嘎麻夜西被拖出了人群。
有的用脚踢她，
有的用棍子打她。

有的还在咒骂：
"你这个魔鬼变成的女人，

不知害死了多少善良的百姓，
娃娃们你也不肯放过。"

娃娃们要阿嘎麻夜西认罪，
阿嘎麻夜西死不招认。
她缩着长长的脖子，
眼睛一闭一睁。

月亮从东山升起，
六个王后被拖出了西门。
她们的头落地了，
月亮也高兴世上除去了坏人。

国王站不住了，
两眼望着西门。
什么都像完了，
他昏昏沉沉地闭上了眼睛。

白象笑起来了，
母猪跳起来了，
它们为娃娃们高兴，
它们为大家高兴。

森林在欢笑，
大地在沸腾，
人们又唱又跳，
人们又闹又笑。

铓锣停了又响，
象脚鼓响了又停，
百姓们跳了七天七夜，
娃娃们唱了七天七夜，
善良的南金波啊，
也和大家笑了七天七夜。

一百零一朵花就唱到这里，
南金波就讲到这里。
娃娃们和南金波啊，
去到了一百零一个地方。

他们相亲相爱，
他们常来常往，
他们像最香最美的鲜花，

四季在人间开放。

单行本，云南人民出版社 1978 年版
翻译者：罕华清　沈应明　胡德兴　专片
整理者：冯寿轩　和鸿春（纳西族）
以上选自《云南少数民族叙事长诗全集》

附　记（原《后记》）：

这部长诗，搜集于 1961 年春节，搜集地点主要是在沧源县班洪、岩帅、勐董等佤族和傣族地区。由于历史和各种原因所限，长诗在对主题的表达和主要人物的刻画方面都还有不足之处，但其基调仍是好的。它对"古为今用""百花齐放"，丰富祖国文化宝库，具有积极的作用。

搜集、整理过程中，可能会有一些缺点，敬请读者指正。

冯寿轩
1978 年 3 月

京省勐晃

欲知圣凡归宿终如何，
且看京省勐晃释因缘。

这里有一个王国，
它就是沙洼体国美丽的地方，
土地肥沃，山清水秀；
这里有一座大寺院名叫借达用，
是佛祖释迦牟尼讲经说法的佛堂。

听经闻法者无数，
一年四季不间断，
白天僧侣凡人坐满了寺院，
夜晚也有天仙鬼神过来听讲。
这是佛在讲经说法时的盛况，
那些道德伦理的经典代代相传……

第一章

细心听吧，父老乡亲，
我要把精彩的故事来歌唱。
让它好比动听的铓锣，
传遍人们居住的地方。

话说在很久很久以前，
有一个年轻人名叫京省，
他与对手勐晃打打杀杀，
是因为对方抢走了属于他的公主，
是因为对方贪嗔痴①而引发。

这个故事像优良的种子，
撒遍平坝，撒遍山冈；
这个故事像天上的星星，
在向人间招手；
这个故事像天上的月亮，
在向人间挥洒亮丽的光芒。

对手是拥有神奇力量的修道者，
他把整个天空都搅乱了；
可以这样说，
有了京省的过去才会有他的今天，
那个修道者勐晃也很值得赞叹。

在那混沌久远的时代，
天地日夜动荡不安，
渺茫宇宙虚空看不见；
自从天神出世撕开朦胧，
开辟宇宙现出了蓝天；
众生男女都仰慕圣仁，
希望形成万物皆为善。
诵经者说：

在大火烧天的时候，
在大风吹干海水的时候，
不知又过了多少万年，

---

① 贪嗔痴：贪得无厌。

也不知换了多少回人间。

天神又重造了天和地，
一切的一切都重新开篇。
有九位天神下凡，
开垦了江河海洋，
划分了若干个大洲，
人类又慢慢生息繁衍。
从那时起，
人类分成了若干个勐①，
人们都过着幸福美满的生活，
人类就这样没有停息地伸延。

有一个王国名叫勐巴娜纳西，
土地肥沃，物产丰富，
百姓幸福，国家富强。
消息传到天上的玉皇大帝那里，
玉帝立即派出天神，
变成若干个蚌哪②下到人间。
他们建了一个大宫殿，
柱子大梁雕龙画凤，
四面金碧辉煌。

这就是勐巴娜纳西的大宫殿，
宫殿占地宽广，气度恢宏。
坐落在依山傍水之地，
四周山清水秀，鸟语花香……

宫殿的所有装饰，
塑有多样魔鬼像，
刻着各种鸟类，
还有凶猛的动物，
这都是守护宫殿的象征。

宏伟瑞气浓的宫殿，
地盘宽广万花鲜艳。
层层叠叠琉璃瓦，
玲珑剔透珊瑚丛。

说是玉皇大帝把他的汗珠洒下，
汗珠滴落在宫殿的花园里，
变成了无数个妙龄少女，
少女们都穿着漂亮的花衣；
她们突然变成了四个宝座，
四个宝座被腊嘎③抬起。

这是一座最稀奇的大花园，
落地生根的花木无比壮丽耀眼。
这种大花园人间何时有啊，
但它却显现在了人间地上。
这座城市居住着数十万人，
他们都是知晓宇宙的蚌哪，
他们都是家财万贯的沙铁④，
也还有贫穷者成千上万。
这里有一位圣明的国王，
这里有一位美丽的王后，
她的美丽胜过仙女，
她的美名传遍四方。

城里驻有好多士兵，
他们强壮勇猛，
他们守护着王城，
显示着战无不胜的军威。
热闹的城内夜夜笙歌，
商贾巨子来来往往，
市场上的商品令人眼花缭乱，
有锅碗瓢盆，
有绫罗绸缎，
有用的有吃的，
真是五花八门五颜六色！
这是一个广阔的大市场，
各个国家的货物都有售卖，
有灰色的毛毯有各色布料，
也有锋利的铁斧和钢刀。

东边摆着菠萝、香蕉和蔬菜，
西边卖着红糖、蜂蜜加草烟，

① 勐：国家或地方。
② 蚌哪：婆罗门或大占卜师。
③ 腊嘎：龙。
④ 沙铁：富翁。

应有尽有的货物价廉物美又齐全，
吸引着人们的胃口和偏爱，
赶集的人流源源不断……

第二章

富庶的勐巴娜纳西，
有一个老者叫塔禄座季，
他有两个漂亮的妻子，
他的力气赛过十头大象。
他懂得神奇的医术，
他的名气传扬四方；
今天他出山采药去，
走遍了所有的森林和山峦。
各种鲜花向他招手，
各种鸟儿陪他做伴；
他在大树下休息，
思念家中的娇妻。

现在话说一个掐念珠的圣者，
他将下凡到人间；
但是东南西北的人们，
都不曾有信仰。
人人都为吃穿而忙碌，
天天只会梳妆和打扮。
不曾懂得三皈五戒，
不知世间的邪恶与善良。
混西迦①查看人间南部，
心绪缭乱，倍感渺茫；
他下到勐铎细达②，
他捧着鲜花跪在阿銮③脚下，
恭恭敬敬地说道：
"召④啊，人间南部没有信仰，
那里就像没有太阳的白天，
那里就像没有月亮的夜晚。
请召接纳在下的鲜花，

请您带着神圣的使命走一趟人间吧。"

阿銮接下混西迦的鲜花，
混西迦拜别阿銮准备回天宫。
可阿銮却把花抛在一边，
双眼半闭，右手捻珠。
混西迦着急万分，
忐忑地劝阿銮道：
"为什么把鲜花抛开？
召舍不下这里的鲜花美女吗？
召暂时离开这里到人间一趟不好吗？
难道只有这里能修道而人间就不能吗？"

其实混允⑤错怪了阿銮，
是勐铎细达的神女们舍不得阿銮啊！
她们有的跪在他脚下哭泣，
有的拉着他的手舍不得放弃。
阿銮微笑着劝神女：
"你们别伤心，
你们都有家有室，
你们都有儿有女，
你们要全心全意相夫教子，
我祝福你们家家和睦相处，
世世代代就像鱼水不分离。
我不是接受了玉帝的邀请才下人间，
是我的使命未完成，
是我的修道未圆满，
所以才到人间走一趟。"

神女人人伤心个个哭泣，
她们将缺少一位威震四方的圣者，
她们将缺少一位知心的亲人，
她们失去了一位贤明的君子。
其中一位美丽的神女，
跪下伤心地哭泣，
她下定决心跟随阿銮入凡尘，
发誓服侍阿銮生死不离。

---

① 混西迦：泛指慈悲为怀、扬善抑恶的天神。这里译为玉皇大帝。
② 勐铎细达：一个天国的名称。
③ 阿銮：泛指无所不能的勇者。这里译为佛祖成佛前的称呼。
④ 召：对有地位的人或男子的尊称。这里是王者之称谓。
⑤ 混允：这里译为玉帝。

众神女哭劝道：
"贤明的召啊，
您此去可不能把我们忘了，
隔一段时间就得把天宫回，
不能让我们的等待落空。"

众神女护送着阿銮，
依依不舍脚难移；
他们看到了人间南部有宫殿，
宫殿闪闪发光金碧辉煌。

宫殿旁有大花园，
花园里有鸟歌唱，
花园里有果喷香，
尽是那混允的汗珠所变化，
这就是佛祖将来诞辰的地方。

阿銮和神女缓缓落在大花园里，
大花园有众魔兵将日夜守护。
有混允派下来的三十三位侍女等待着，
她们将与神女快乐地在一起，
那里的树是双生的，
那里的花是并蒂的。

话说在深山里采药的塔禄座季，
在不知不觉中走近了花园，
他惊叹这花园的广大，
他陶醉这花果的芳香，
他不曾见过这般万紫千红，
他断定此非空中楼阁定是世间蓬莱，
无论如何他要好好领略一番。

塔禄座季走进花园，
满园的花朵让他眼花缭乱，
他采下三束最鲜艳的花朵，
送给国王和两位妻子让他们欢喜。

他将花束装在麻袋里，
走在回家的路上他才感到了饥饿，
便在一棵大青树下他把午饭吃，

吃饱了饭，喝够了山水，
他捧着三束鲜花在树下睡觉歇气。
有五百只嘎几鸟①飞落在大青树下，
嘎几鸟王看见树下睡着一位老者，
就下来站在旁边左看右看，
见到三束花朵开得正鲜艳，
它抓起红绿两束花束飞向蓝天。

深山老林里有一座古老的寺院，
古寺里有一位修炼得道的雅写②，
他通晓天下一切事象，
他能占卜过去与未来。

嘎几鸟王来到了这座古寺院，
要将红绿两束花献给雅写。
雅写合掌谢绝：
"老鸟呀你把偷来的花献给我，
让我怎么能随便就收下？
难道你不知偷盗有罪吗？
你还是放回那该放的地方吧，
这是我真心实意的心愿！"

嘎几鸟王低头认错：
"修身得道的雅写啊，
我看见一个老者躺在一棵青树下，
我原以为他已经过世，
其实他只是睡着了。
他双手捧着三束花，
我就偷来两束准备献给您！"

雅写说道：
"老鸟啊老鸟，
花是美丽纯洁的，
那就放到清净的莲花池里吧！"
嘎几鸟王受到雅写的开导，
立即衔着花束飞往莲花池，
将花束放在荷花中。
嘎几鸟王离开莲花池后，
池中忽然升起了两座金碧辉煌的宫殿。
荷花籽变成的器具衣物应有尽有，

---

① 嘎几鸟：鸽子。
② 雅写：修行者。

绫罗绸缎银碗在宫中一一闪现。

莲花化身为一位公主，
这位公主的美丽啊，
胜过玛洛崃恩①的仙女，
更是凡间的女子千万倍。
宫殿的恢宏无与伦比，
公主的美丽哟天下无双。

天神又让嘎几鸟王将绿色花束带走，
嘎几鸟王在大海的上空飞翔，
绿色花束被风吹落在大海里，
花束在海浪中日夜漂荡；
有时碰到礁岩和石壁，
会发出"轰轰"的奇妙声响。

话又说住在玛洛崃恩的天神，
他辉煌的宫殿就建在山顶上，
有三十七如占纳②宽阔，
庄严雄伟的宫殿，
在阳光照射下发出一道道银光。

宫殿里的大王名叫苏借雅，
他名声远扬；
宫殿里的王后名叫苏玛哈，
她聪慧美丽。

他俩生有七个儿子，
个个身高体长仪表堂堂。
七个王子已经长成大小伙，
但还没有一个成了家，
使得王父王母愁眉苦脸。
七兄弟每七天飞往大海洗澡，
每一次的尽兴玩耍，
就是他们最大的愿望。

这天他们又飞到了大海，
正在海里游玩的时候，
有三十七花束飘向他们，
他们拿着花束高兴地飞回了宫里，

鲜花的芳香弥漫了整座山城。
公子们把鲜花献给了父母，
父母都说从未见过如此芳香的花朵。
母亲将鲜花插放在卧室里，
她日夜精心护理时时观赏，
花香弥漫在她的华丽卧室。

在一个特别的晚上，
夜深人静时突然狂风大作，
仿佛要把整座银山吹翻。
王后苏玛哈从梦中惊醒，
看见一个小美女坐在她的妆奁上，
整个卧室顿时金光灿烂。
她赶紧唤来国王观看，
国王见景也十分吃惊，
他轻声对王后说道：
"夫人不要担忧，
这是天神安排给我们的继承人！"
他站在客厅中央祈祷道：
"如果这是天神的安排，
请立即在大院变化出一座宫殿，
如果不是就不变！
让一切复原如常。"

国王的话音刚落，
大院里出现了一座银色宫殿。
国王请来了多位蚌哪为女孩算命，
蚌哪异口同声地说女孩命运好，
便将女孩抱上早有准备的宝座。
鲜花化身的女孩世间稀有，
她的出现实属人间罕见。

小公主一天天长大，
她的名声也越传越远，
四面八方的公子王孙，
人人都想拿着重金来娶她，
希望她成为自己的珍贵情人。

国王想了几天几夜，
终于想出了一个办法，

① 玛洛崃恩：银山。
② 如占纳：眼程。

用一个钢铁做的篱笆把公主罩起来，
然后传出他的金口玉言：
"只要谁有本领拔掉这些篱笆，
就将公主嫁给他为妻，
一生与他日夜相伴。"

公子王孙们个个摩拳擦掌，
都以为自己一定能娶到公主，
他们争先恐后来到铁篱笆旁，
一个个使尽了全身的力气，
但铁篱笆却依然纹丝不动。
他们只好眼巴巴地站在那里喘粗气，
觉得自己不是真正的男子汉！
国王以比赛娶公主的金口玉言哟，
还在四面八方沸沸扬扬……

第三章

话说贪睡的塔禄座季，
醒来不见了两朵宝花，
他东西南北找了一遍又一遍，
却始终没有花的踪影，
他的心窝里填满了失望。
回到了家的塔禄座季，
他的心啊还在咚咚地跳动不安。

他把花被偷的经过告诉了两个妻子：
"我在神州的大花园里采了三束花，
准备把红花和绿花送给你们两个，
但是我在青树下睡着了，
红绿两束花也被人盗了。
还剩下这束黄花，
我明早要献给国王。
你俩不要伤心，
我会让你俩戴上最美的鲜花！"

塔禄座季捧着鲜花来到王宫，
他把鲜花放在高高的供叠上，
恭敬地跪下禀报：
"尊敬的国王，
我把这束大黄花献给您，

请您收下国民的一片心，
这花不同于普通的花，
它的芳香将会飘到遥远的天边！"

国王一见到花就闻到了芳香，
他满心欢喜，
微笑着问道：
"座季医王，
你从哪儿采来的大黄花？
它的枝干它的叶子长成什么样？
你说来听听吧！"

"尊敬的召王啊，
我是在魔鬼守着的花园里采的，
花的树干高大无比，
花的品种数不清；
花园广阔无边，
花园里日夜鸟语花香，
站在那里身心舒畅，
那里是凡尘的仙都啊！"

国王苏帕然叫来夫人，
夫人一见花就感到芳香扑鼻，
全身心被黄花所迷醉，
花的香气洋溢着整个王城。
侍女们闻到花的香味，
竞相涌来宫殿看那朵花；
个个都向塔禄座季要花，
争相去抓他的麻布口袋，
哪怕摸到一片花瓣也幸运。

国王苏帕然允许大家闻一闻花，
这令大院里的侍女们欢呼雀跃。
闻过花香后每人都觉得年轻了十岁，
一会眩晕迷醉一会又觉心里透明，
这感觉实在太奇妙了，
这好像在梦境之中，
好像又是年少时候的轮回。

国王赏给塔禄座季许多银子，
白花花的银子装了一大麻袋。
塔禄座季高高兴兴地回到家，
两位妻子见了多多的银子好欢喜。

世间无奇不有，
这一晚发生的事百年难见，
突然间地动山摇水翻树倒，
这就是将要发生奇事的人间。

国王曾梦见月亮陨落王宫，
王后也梦见双手捧着明月；
突然间整个宫殿银光灿灿，
一个男孩在王后的宝箱上站立，
男孩体态健美，相貌可爱，
他穿金戴银，身披绫罗绸缎；
凡尘世间无与伦比，
国王的奇梦啊闹热了七城九乡。

真是圣人出世地动山摇，
王后朗夜嘎玛耶细急忙跑到国王的卧室，
把眼前的一切告诉他并叫他去看，
国王看后心中十分欢喜。
他明白了这是天神的安排，
这是神圣的赐予，
这是他们修来的福祉，
有缘者好运总是相随不相离。

大臣国师们听到"隆隆"的大鼓声，
他们都来到了国王面前，
只见国王欢欢喜喜在等待，
好像有大事要安排。

国王对大家说：
"昨晚地动山摇，
所有的锣鼓不敲自响，
昨晚诞生了一个由花朵化身的小子，
我们国运昌盛的时机到了。
国王把朗夜嘎玛耶细叫出来，
只见她怀抱一个小男孩，
男孩体态丰盈貌美很可爱。
朗夜嘎玛耶细讲了昨晚的事，
挤满宫内外的人们无不称奇，
都说这事真的有些奇怪。

在天界里无忧无虑的混允也吃惊，
无缘无故天空中发出大声响，
他也猜测是不是阿銮出世了，
天女们都劝他为何不到凡间看一看！
混允如梦初醒，
他四下观望了凡间，
的确是阿銮出世了，
他将下到凡间给孩子取个名。

混允乔装成一个特殊的蚌哪，
悄悄出现在小公子身旁。
为他洒圣水为他取名叫京省①，
并祝福他理想远大有抱负，
一生为民创建美丽的家园。

混允悄悄回到了宁静的天界，
无数天女都前来问安，
王宫里也有许多好意，
美妙的雨花纷纷洒向人间。

苏帕然国王选出五百个侍女，
让她们一心一意服侍京省，
日日夜夜和京省相处在一起，
呵护京省快快长大成人。

她们或背或抱轮流着服侍京省，
京省从来不喝奶水，
只吃上好的精心蒸煮的素食，
京省能做到大人般按时作息，
他的一举一动表明他不是凡人。

京省一天天在长大，
京省一月月在长高，
京省越来越受人们的喜爱，
五百个天仙般的侍女每天陪伴着他，
国王和王后见了心中乐陶陶。

有的侍女对他说：
"召啊，如果您成了佛啊，
一定带我们去勐涅槃②，

---

① 京省：国家栋梁之意。本长诗主人翁的名字。
② 勐涅槃：傣族传说中的极乐世界。

您不能把我们忘了，
不能把我们留在苦难的人间。"

京省在不知不觉中已长到两岁，
他能开口说话后更加可爱。
国王想方设法呵护好京省，
下令从全勐找来八万个同龄人，
作为京省的相依相随好伙伴，
他们一步都不能离开京省，
他们要陪京省直到长大成人。

他们有时去河水浅滩中戏水玩耍，
有时去到王宫的广阔花园中游玩；
他们采来鲜花送给五百个侍女，
他们无忧无虑多么开心。
他们有时爬上高高的山冈，
眺望广阔无边的勐巴娜纳西，
遥看高耸入云的玛洛峡恩，
他们小小年纪却个个感慨万千。

京省就这样一天一天长大，
他慢慢懂得了人间的烦恼和忧愁，
他慢慢品味着人间的苦难和艰辛，
京省年龄虽小但智慧非凡，
不知京省将来的命运如何，
我们将在后文慢慢细说慢慢讲。

第四章

听吧，父老乡亲们，
我们在讲述后半部的故事，
这是佛祖在一次讲经说的金口玉言。
听经闻法的人们历来心地善良，
修行的人更加坚定自己的信仰。
佛祖有一句话这样说：
"佛法难闻今已闻，
人生难得今已得，
今生不向此身度，
更待何生度此身？"

话说在六欲界里住着一位天神，

年岁已达数十万年，
他的名字叫哈令达便玛，
他神通广大法力无边。

人间的凡夫俗子生生死死是常事，
天神只生不死也属正常。
哈令达便玛对凡尘的生老病死不解，
凡人死后不托生到天界，
这更令他疑惑万端。
他决定下凡走一趟人间。

天神哈令达便玛离开了天宫，
飞在人间的上空东看看西望望，
他了解到凡人死后不往天界的原因：
他们不知道佛法为何物，
他们不知道何为三皈五戒，
他们整日为吃穿疲于奔命，
他们只懂得男欢女爱与贪嗔痴，
这就是凡与神的最大不同。

天神走过一地又一地，
飞了一天又一天，
整整飞了十二个月，
就是没有发现哪个地方像天堂。
他想把佛法传给人间，
但没有发现哪里有因和缘。
他很为凡人惋惜，
更为他们担心，
担心凡人死后堕入地狱，
在地狱受苦的时间特别漫长。

他在察看地狱，
其样子曾有一古诗写道：
地狱净处非剑阁，
村舍有树岂堪攀。
就连佛手遮不得，
唯是凡心似等闲。
高山峻岭尚未雪，
自然白起作何颜。
人人日日空弹指，
忙忙碌碌尘世间。

天神把天下的大洲小洲察看遍了，

他才明白为什么地狱已经人满为患，
明白天堂为什么没有凡人往生。
他想把链接地狱的铁索斩断，
他要把凡人通往地狱的道路封闭，
他要把凡人往生天堂的大路拓宽。

察看凡尘，
其样子也曾有一古诗中这样说：
无数年又无数年，
耗尽无数年未休。
应知只因情未了，
轮回生死总自留。
四大组成唯免角，
六根拴住细丝毛。
泡花影内翻筋斗，
来去尘世是几遭。

天神在空中艰难地飞行，
有时淫雨霏霏数十天，
他身上的衣服干了湿湿了又干；
有时浓雾遮天白昼变黑夜，
有时电闪雷鸣伴着倾盆大雨，
天神的飞行难上难，
但他定要把佛法宣扬到人间。

这时有一圣女名叫翁纳娃蒂，
她飞翔在辽阔的天空，
她手中的宝物照亮了整个大地，
这时守护崃少勐①的魔兵魔将，
手拿弓箭把她追赶。
宝物在风雨中发出的亮光忽闪忽灭，
那就是下雨时人们看见的闪电。
魔箭射在崃少勐时发出的声声巨响，
就是刮风时人们听见的雷声。
凡是天阴下雨就有电光闪闪，
巨响雷声连续不断，
这就是刮风下雨时的人间。

天神哈令达便玛继续在空中观望，
他在找寻适合宣扬佛法的地方。
又有一名天神名叫阿鲁婆叠座季，

① 崃少勐：顶天柱山。

他来到宽达六如占纳的崃少勐，
它旁边的海洋掀起了巨大的波浪，
波浪冲开崃少勐的巨石形成激流，
一直流向遥远的南方，
然后分成十八条支流。
其中一条支流撞击在一块巨石上，
发出震耳欲聋的声音，
浪花翻滚高达六十如占纳，
此支流取名为应嘎雅勐纳海。
一条支流无声无息，
穿过一个长达六十如占纳的山洞，
最后从南方的一座山顶奔涌而下，
此支流取名为影嘎甘嘎海；
一条支流缓缓向西流去，
蓝天之下它静如白练，
此支流取名为余扎撒纳海；
一条支流向右取名为玛信撒纳海，
一条支流向南取名洛玛彭纪海。

这五大河流流向蓝天下的南方，
每条河流又分成一百条支流流向各地，
又称五海五百条支流，
世间的所有河流又都是它的分支，
海洋的大名传遍天下平坝和山冈。

天神哈令达便玛在空中看见一大片森林，
森林里有一个大石洞，
大石洞里住着一位修行得道者雅写。
天神飘下人间化身为一个修行者，
哈令达便玛步入深邃的大石洞，
拜见雅写合掌问安。
雅写回答道：
"我只是一个修行者，
我无忧无虑不问天下事。
你是谁，从何而来？"

哈令达便玛答道：
"我本从天上来，
前来察看大地人烟，
为什么凡人死后不往生天界？

现在我知道是人们贪心太重，
他们只懂得男欢女爱图享乐，
因此堕入地狱的人成千上万。

"他们从未想过修正自己的理念行为，
我很为他们惋惜、悲哀，
也无法替代他们而走向黑暗深渊！
不知道大师可有办法替我分解？"

雅写说道：
"难哉！难哉！
原来我和你一样，
给他们说法却无人领情；
我说不过他们，
才躲进深山老林的大石洞里，
吃野果喝山泉，
日夜只管打坐精修，
不知不觉已过了一千多年。"

哈令达便玛说道：
"请师父千万别灰心，
我们一定帮助他们走出泥潭，
请您用您的法眼再找合适的人吧，
我们一起把通往地狱的路截断！"

雅写在座上入定，
他苦苦搜寻谁是拯救众生的恩人，
在卧塔列撒王宫里他找到了，
这个人就是由鲜花化身的京省。
京省是佛菩萨授意的，
只有他才能拯救众生。

雅写对哈令达便玛说道：
"我一定能找到适合拯救众生的圣者，
你一定要用自己胸部的汗垢，
把我找来的'人'让他脱变成普通人。"

天神十分高兴，
便用手擦拭自己的胸部直至有了汗垢，
他把汗垢放在石洞的石桌上，
让雅写找来的人遇到汗垢就有灵气。

雅写说道：
"天神哈令达便玛你在石洞里等待，
我定能将拯救众生的'人'找出来，
说罢他脚踏彩云飞上无际的天空。"

一刻工夫后，
雅写飞到了诺哈左王①的宫殿上空，
他缓缓落在宫殿中央。
诺哈左王有礼貌地跪下问安道：
"尊敬的得道雅写，
您有何事要亲临寒宫，
近来诸事如愿否？"

雅写微笑道：
"天地之下唯有南方的人们没有信仰，
人人一生充满贪嗔的心。
我有一个想法才来你这里，
我们共同来教化那些不懂佛法的人。

"你诺哈左王是佛菩萨派来的，
所以我才找到你。
如果不教育这些人，
通往极乐世界的道路就要荒芜，
而大大小小的地狱则拥挤不堪啊！"

诺哈左王担心地说道：
"鄙人非常感激雅写的指点，
只可惜鄙人腹中空空无法育人。
能满足人所愿的雅写呀这可怎么办？"
雅写高兴地说道：
"这个你放心，
我自有安排。
你和我一起到我们修行的地方，
你就会明白一切该怎么做，
要做这件事你我不能分开。"

诺哈左王伏在雅写的背部，
眨眼间已到深山里的大石洞，
石洞立刻变成一座大寺院，

_____

① 诺哈左王：树神。

他俩缓缓走进寺院中。

诺哈左王看见天神留在桌面上的汗垢，
就突然变成了一只漂亮的鸟儿，
它围绕着天神飞来飞去，
最后落在哈令达便玛的肩头上。

雅写说道：
"天神，你看你的子孙多么不听话，
现在你得好好教导他们，
不能再让他们到处作恶了。"
天神拜别了雅写，
背起洛哈左王飞上了天空。
一直飞到崃少勐旁，
那里矗立着一棵高耸入云的檀香树。
天神用斧头在树上挖了一个洞，
又变出许多绸缎垫在洞里，
然后将诺哈左王安放在洞中，
再叫来成千上万的魔将魔兵。
天神交代群魔道：
"你们务必好好守护这檀香树十年，
十年里谁也不能挖开这树洞。
你们务必日夜轮流看守，
对檀香树谁也不能动。"

群魔齐声高呼，
吼声震天动地。
天神把诺哈左王安置妥当，
立刻升天回到了雅写的大寺院，
拜别雅写后才飞回自己的天宫，
过着若干年前修来的幸福生活。

第五章

话说京省已长到十余岁，
在他的伙伴里显得鹤立鸡群，
只要和他在一起都会形影不离，
在这里他成了孩子们的大王。

这时混允下凡来到了人间，
给京省送来一套神弓神箭，
让京省如虎添翼，
京省就像凡尘天仙。
由于混允的暗中帮助，
人们为京省举行大摆①，
附近的大国小国的国王们，
抬着昂贵的礼物聚集到勐巴娜纳西，
有龙王龙女们成群地飞舞在空中。
摆场空前盛大，
到处彩旗飘舞，
歌声鼓声响彻云霄，
这喜人的消息传遍了四面八方。

在喜气洋洋的节日里，
有许多国师蚌哪在掐算吉日良辰，
人们要选举京省为勐巴娜纳西国王，
让他统治这里的江山。

选出了黄道吉日，
拥京省坐在雕有龙狮图案的宝座上，
宫外的人群齐声欢呼，
空中无数天神在喝彩。
混允让天空洒满色彩斑斓的雨花，
京省身披光华耀眼的彩带。
京省当上了国王，
摆场里的人们都已散去，
但皇宫里依然很热闹。

王城的夜晚是如此的静谧空旷，
一天夜里，
京省梦见从崃少勐射来一道光芒，
照得皇宫亮如白昼。
京省猛然从梦中惊醒，
几乎要跌落下床。

他在梦中看到的景象是：
一束寒光入宫里，
两朵白云游虚空。
有时见人磨钢斧，

___

① 摆：庆典活动或盛会。

偶尔邀友补旧缯。
十里城高防盗贼，
二公为显听杀声。
翻江倒海实罕见，
震天动地怒神明。

他焦急地等待着天亮，
再把梦境告诉人们。
他还找来了八位蚌哪，
让他们占卜梦境的吉凶。
蚌哪大师们跪下问道：
"我尊敬的大王，
有什么重要的事把我们聚拢，
有什么特别的烦心事要问吗？
请告诉我们吧，大王。"

京省说道：
"各位大师，在昨天夜晚，
我梦见从崃少勐射来一道金光，
把我们南部人间照得明亮，
请你们掐算一下是福是祸？"

八位蚌哪大师占算后跪下道：
"尊敬的大王啊，
您昨夜所梦无关恶事唯有善业，
是一位圣者出现在一棵檀香树里，
光芒是从那棵檀香树射出来的，
这个圣者将会把善法传遍每个角落。
敬请大王勿忧勿虑，
如果他出世后，
他的贤德将闻名天下。"

京省又问道：
"各位大师们，
你们掐算看一看，
出世后他的贤德会胜过我吗？
你们看一看他是怎样的圣人！"

八位蚌哪大师跪下道：
"尊敬的大王，
我等鄙人掐算大王的贤德超过他，
但他的阳寿会超过天下所有的人，
因为他是天神的汗垢混合而成。"

京省点头微笑称是，
然后蚌哪大师们各自回家了。

京省躺在大床上左思右想：
"如果这个圣人比我优秀，
万一我败于他如何是好呢？
我现在没有任何本领，
如果与他斗肯定不是他的对手！"

京省又叫来八位蚌哪大师，
大师们掐算出结果后禀报：
"我等鄙人禀报大王，
未来会有一场灾难，
他将与您恶斗一番，
你们将难分胜负，
大王你还是早早谋划为好。"

京省明白其中道理，
他立即拜见父母，
说他尚无本领需外出求学，
望王父王母恩许。
王父听后说道：
"我儿不必思量太多，
我从未听说过谁有十八般武艺，
谁也不敢与我们为敌，
谁也不会来争夺我们的江山。
我儿你还是安安心心地过生活，
宫里应有尽有，
随你吃穿随你玩。"

京省又跪下请求道：
"父王，
你儿我已请蚌哪们掐算，
未来会有人与我敌对，
父王还是让儿去学习十八般武艺，
只有这样，
以后才能永保我们的江山。"

父王听后也觉得有道理，
答应道：
"那我儿去学艺也别去得太长久，
我和你母亲会日夜思念你，
我们盼你早去早回，

学会十八般武艺，
守护我们勐巴娜纳西天和地。"

京省带上弓箭，
告别了成群的侍女，
又去拜别了父母，
他只身一人飞上天空直冲云端。
他飞呀飞，
一直飞往北方的天际。

京省飞跃无数的崇山峻岭，
有时遇到宽广无际的花园；
京省凭借一双飞鞋飞过无数如占纳，
犹如一只神鹰在宇宙中遨游。

吹向京省的冷风有时像弓箭，
有时又像刀和枪。
飘在他脚下的彩云如百花竞放，
有时他又像踩在细软的沙滩上。
京省飞过了南方人间的所有空间，
他看见天下层层叠叠的山峦，
有的山形像一条直立的蛇身，
有的山又像一位老者坐在蓝天边。
京省从白色的云端飞下，
落在开满鲜花的山谷，
这里百鸟鸣叫，
这里山花烂漫。

由于有天神在心中鼓动，
有时他仿佛听见"等我！等我！"的鸟声，
他朝着鸟儿鸣叫的方向走去；
有时听见"跟我来！跟我来！"的呼唤，
他一直向前走去。
他走过最后一座山冈，
眼前出现一座古老的寺院。

京省走进寺院内，
看见一位雅写在那里坐禅，
他立即走近圣者，
跪下向雅写问安：
"圣者一人孤单的在山间，
每天只以野果和树根充饥，
日日夜夜只与百鸟相伴，

不知圣者近来可平安？"

雅写微微睁眼开口道：
"已有一万六千年从未有人来，
孤独清修来来往往均无碍，
不知弟子何方人士为何来？"
其实雅写一切都清楚，
只是佯装问一声远客。

京省轻轻答道：
"尊敬的雅写圣者，
鄙人住在美丽的勐巴娜纳西，
名叫京省，
鲜花化身惊众人。
只是徒弟尚无一技之长，
想学会十八般武艺，
可能是佛和神的安排，
才从遥远的地方来到这里。
请雅写给予指点，
给徒弟指一条通往光明的道路。
圣者请接收我吧，
让我来服侍您永远做您的徒弟。"

雅写高兴地点头道：
"好吧，现在就收你为徒，
十八般武艺我样样有，
古书典籍我部部通，
真言咒语我有千万偈。
只要你有心学，
我所有都教给你，
只要你学会我教的一切，
将会满足你所有的愿望，
你能战胜所有的顽敌。"

京省成为雅写的徒弟，
他俩日日形影不离，
他夜夜苦练苦修不断。
京省排除所有困难，
他下定决心要练就十八般武艺。
刀枪棍棒无有不精通，
真言咒语无有不灵验。

练就的身体犹如金刚，

轻轻一掌就能劈断巨石。
咒语一句吹向大森林，
所有树木即倒成一片。
真言一偈吹向大河流，
水停浪休江底现。
举手指向蓝蓝晴空，
倾盆大雨立刻落地淌满人间。

真是：
雅写精心传武艺，
学到真功夫手段高。
养心修真熬日夜，
将来磨难逞英豪，
得乘大品天仙诀，
超凡人圣路飞遥。
今后若遇真对手，
全然不怕半分毫。

京省要拜别师父雅写，
雅写同意他回到自己的王宫，
嘱咐道：
"你切记所学的一切，
你要去教育你的国民，
害人之心不可有，
防人之心不可无。
你要教化他们远离恶业，
引导所有臣民行善，
清净的眼耳鼻舌身意不能丢。"

京省含泪拜别了雅写，
穿上飞鞋飞翔在空中，
他回头遥望渐渐离去的古寺，
不大工夫就接近自己的故宫。
天亮之前京省脚踏故土，
全宫上下无不欢喜！
父母问他学到本事没有，
是否学到十八般武艺与实用口功？

京省说孩儿遇到了一位得道的圣者，
万般本事孩儿已样样精通；
包括做人做事之德道，
出世入世佛理佛法已融通。
众侍女见京省归来更是欢喜跳跃，

整个王宫一片欢腾！
太阳从东方冉冉升起，
美丽富饶的勐巴娜纳西万道金光。

第六章

住在大檀香树里的诺哈左王，
已住了整整十年，
这时已到了他要出世的时间，
突然大地颤抖似乎快要天翻地覆。

这种天摇地动的大地震，
千万年来人间罕见，
发出的巨响震耳欲聋，
万鸟惊飞似乎将改天换地。
京省住在金碧辉煌的王宫里，
他十分吃惊一时无主，
唤来知晓命运天理的蚌哪们，
蚌哪们个个惊呼怪哉怪哉！
我辈从未闻未见此种怪象，
只有听天由命啊！

京省鼓励蚌哪们道：
"你们别怕别惊慌，
天大的事有我京省在，
你们掐算看是何征兆，
你们千万别慌张。"

八位蚌哪大师个个手忙脚乱，
有的人定如磐石一动不动，
然后禀报京省大王：
"大王，知道了，知道了！
是住在嵊少勐旁檀香树里的诺哈左王，
他将横空出世！
天界人间才出现大地震！"
京省对蚌哪们予以奖赏。

京省自己思索道：
原来是诺哈左王要出世，
不是大圣人出世，
但诺哈左王一出世将威胁我的国土。

京省调动三十万年轻人，
坐上能驾云行空的宝物。
三十万人遮天蔽日，
使得大地一片黑暗，
京省号召要将檀香树砍成千万段。

他们找寻三个月不见影，
是天神把檀香树藏起来了。
京省他们仍在不停地搜寻，
他们走到了天涯海角，
他们找遍了山山洼洼，
就是找不到檀香树的踪影。

京省调大军沿着宝物引领的方向，
一直奔向银光闪闪的玛洛峡恩，
一座巨大的银山出现在他们眼前，
这座山的主人威震四方。
大兵压境黑压压一片，
银山主人立马出宫来问道：
"大圣人为什么带大兵来我山？"
京省把因由告诉了他，
山主吃惊不小，
即刻把京省迎进大院。

京省问道：
"沾有天神汗垢的诺哈左王要出世，
天摇地动使众生不得安宁，
我怕出灾难便带领众人到处找，
我的人多得无法数，
可是找遍天涯海角都无影无踪。
我冒犯你了，
这是为什么，您能告诉我吗？"

玛洛峡恩王苏借雅恭敬地说道：
"从花朵化身的大王啊，
十年前诺哈左王名叫腊撒，
要娶我们从花朵化身的漂亮女儿，
我女儿名叫朗布罕①，
他们挤满了我的银山，
我只有一个女儿，

但前来提亲的人多如麻，
我无法确定应该嫁给谁？
我用三十万根铁棍和三十万片铁篱笆，
将我女儿罩住，
谁拔动铁篱笆就把女儿嫁给他，
可是谁也拔不动。
您看现在又来了许多人，
挤满了我的整座银山。"

京省说道：
"尊敬的银山玛洛峡恩王啊，
你漂亮的女儿该与我有缘了，
与他们毫无缘分。
大王您三十万片铁篱笆难不倒我，
这也是我与她前世修来的缘分，
大王您能成全我和她的姻缘吗？"

银山王苏借雅说：
"只要大王您能拔动铁篱笆，
我定将女儿嫁给您。"
这时银山王公主开口说话：
"谁的本事大明天天亮见分晓，
到时有天地和众人作证，
谁有本事我就嫁给他。"

回到天宫的天神已有十年，
他已来察看檀香树，
他用神斧砍了针眼大小的洞，
可是诺哈左王已不见踪影。
诺哈左王已飞到太阳面前，
天神眼疾手快抢回了诺哈左王，
他抱着诺哈左王去交给雅写，
他对雅写说万幸了。

雅写察看了诺哈左王的生辰八字，
因为他出世时天地动摇，
所以把他取名为勐晃②，
也因为他的大名后来传遍四方。

雅写传授给他十八般武艺，

---

① 朗布罕：金螃蟹公主。
② 勐晃：地动山摇之意。

包括各种真言咒语。
勐晃一施法能断水，
勐晃一念咒能摧山。
勐晃力大无比，
能排山倒海，
能敌千军万马，
能轻松地呼风唤雨。

雅写把所有的刀枪棍棒之术，
传授给勐晃，
几乎把天下所有的武艺，
宇宙间的真言咒语，
都教给了勐晃。
天神送给他宝刀宝弓，
还有能飞天走云的宝鞋，
雅写还给他文身，
用红蓝两色的图案刻绘真言。

天下所有内功外功他无不精通。
天神与雅写让他出师，
让他去教化大众，
让他严持戒律，
让他率领众人弃恶从善，
让他功成名就在凡尘；
让他落土能入地，
让他落潭能入水，
让他一跃能升空，
让他能敌万人战无不胜。

勐晃拜别了天神和雅写，
即刻已到了空旷无云的蓝天，
他听见天底下乱哄哄的人群，
他低头往下看，
见到银山玛洛崃恩的皇宫大院。
他心想定要好好看一看，
他就站在宫殿的上空俯视，
这里漫山遍野挤满了人，
难怪嘈杂声传到了上天。

在皇宫里的苏借雅王，
听见巨响声从天上传入宫中，
他便出来观看，
见一个奇特的人站在上空。

苏借雅王大声骂道：
"站在空中不识人间礼节的是谁？
如果你还不走开，
小心本王派人打断你的腿！"

勐晃哈哈大笑道：
"银山大王，
你也不看看我是谁？
我是十年前拔铁篱笆娶你女儿的人，
我是沾有天神哈令达便玛汗垢的人，
因我要从檀香树里出世还地震呢，
难道你连这都不知道吗？
你怎么开口就骂人？
我是雅写的徒弟，
刚出师路过这里看一下就不行？"

这时京省出来告诉他：
"我知道他要出世发生天摇地动，
他威大无比，
沾有天神汗垢的人的确与众不同。"

苏借雅王立刻跪下道：
"沾有天神汗垢的圣者请您息怒，
刚才鄙人有眼无珠侮辱了圣者，
鄙人跪拜恭请圣者光临本宫歇足。"

勐晃缓缓下到宫殿里，
和京省他们在一起。
勐晃无拘无束地和他们交谈，
话题扯南扯北说东道西。
勐晃问苏借雅王道：
"大王，连人连鬼神这么多，
你这里办什么大喜事，
能告诉我一二吗？"

苏借雅王告诉他道：
"鄙人有一个漂亮的女儿，
他们都是来提亲的，
我辞退了一批他们又来一批，
成千上万的人都聚集在这里。
所有的小伙都展示自己的力量，
可就是没有人将铁篱笆拔得起。

京省圣者也是为提亲而来，
我们有缘聚集在我这小天地里。"

勐晃高兴地说道：
"大喜！大喜！
既然碰到好事那就该见者有份，
我还是孤身一人，
大王，这事弟子也想沾沾边。"

京省也说道：
"大王，嫁女儿的权力在您手里，
嫁给谁由您说了算，
要许配给前来的我京省，
大王，这全由您来考虑。"

苏借雅王左右为难，
嫁给京省怕得罪勐晃，
嫁给勐晃又怕得罪京省。
他说道：
"两位圣者，
鄙人不敢做主，
你俩都是威震天下之人，
这事我的确左右为难，
我只有依从她的命运，
来决定谁是她的夫君。"

京省说：
"大王，您应许配给我，
谁先谁后有理在，
按顺序就无话说。"

勐晃说：
"京省兄，你该把花朵让给我，
首先你是统领勐巴娜纳西之人，
鲜花美女多得无法数，
随你挑来随你爱。
我常在外闯荡江湖，
至今仍孤独一人，
请兄把花让给我。"

京省说：
"我先到来你在后，
相亲相爱看姻缘，

还有你是雅写徒，
三皈五戒不能破，
这是天经义不能改，
明天我就将美人领走。"

勐晃说：
"京省兄你的心太贪厚，
天下美女由你挑，
高矮胖瘦随你愿，
此朵鲜花我摘走。"

京省说：
"勐晃兄，你的想法我替你脸红，
你不怕雅写责怪吗？
玛洛崃恩王昨天已许配给我，
今天你要来抢，
这损害乡风，天理不容。"

勐晃说：
"京省兄你勿胡讲，
提亲本无谁在后谁在先，
配与不配看姻缘。
你我在此不用争，
争来争去世人笑，
我俩心事急如焚，
唯请大王出妙招。

京省说：
"你是雅写的小沙弥，
怎敢来要美如天仙的公主，
你不害羞我替你脸红，
最终你只会落得一场空。"

勐晃说：
"眼中无人京省兄，
你无本事莫夸口，
雅写教我诸神功，
虽只有我一人在，
八级狂风吹不动，
内功外功小弟有，
山摇地动稳如松，
劝兄把花儿放弃，
归我带走游天空。"

京省忍不住说道：
"说话你得看时间，
现在你别夸海口，
即使我让你也罢，
铁篱笆你拔不动。
凭你这条穷汉子，
也想戴这金花环，
若能拔出铁篱笆，
美人归你无话谈！"

勐晃站起来说道：
"京省兄你小看我，
铁篱笆只三十万，
再加数十万也无妨，
只像我在捏泥丸。"

京省微笑着说：
"若拔得动就领走，
莫在这里费时间，
该归你的就归你，
胜败就在眼前。"

勐晃将包头包好，
轻轻将铁篱笆拔出甩向天空，
众人见状无不惊奇，
个个叫好连称妙！
正当勐晃高兴时，
京省立刻站起，
叫上三十万伙伴，
带上公主飞得无影无踪。

勐晃说：
"京省兄说话不算数，
男子话一出口犹如石头断，
你这个失信的小人，
你抢走我的美人，
还算一个男子汉？
你快快如云，
我快快如风，
论本事我比你大，
我说无用武之地，
你偏让我来试试，

京省，你看我……"

只见勐晃一飞冲天，
他们在空中你追我赶。
京省在前快如白云被风卷，
勐晃在后疾似快刀斩乱麻，
两位圣者在空中斗法，
显露神通神速超闪电。

苏借雅看得一清二楚，
立即叫七个儿子去追打勐晃，
七兄弟带领无数兵将在后追赶。
勐晃见势说道：
"你们这些小妖也敢在我面前跳？"
只见勐晃施法放出神箭，
七兄弟的兵将无一生还，
只剩下七兄弟在勐晃后面追。
勐晃哈哈大笑后放出飞刀，
转眼七兄弟魂断蓝天。

勐晃在追赶着京省，
他们双方不快不慢，
他俩施出的神术有些失灵，
他俩放出的神箭有些偏离。
京省说小心你身首分离，
勐晃说小心你魂断蓝天。

他们之间只有一步之遥，
一前一后就是追不上。
京省对他的三十万伙伴说：
"你们集中好兵将，
我将带着公主飞向月宫，
我还会回来，
我把勐晃甩掉，
那时我们再来庆功！"

京省说罢穿上飞翔宝物，
抱着公主奔向月宫。
勐晃紧追不舍，
京省飞到了明月的故乡，
勐晃也赶到了，
勐晃说：
"京省兄你好快啊，

你把公主还给我吧，
免得我出刀，
出刀对你我来说都不妙！"

京省说：
"她是银山大公主，
又不是你妻，
你是天神的汗垢，
莫来跟我比！"

勐晃说：
"她本是我妻，
你却脸厚把她带到月宫，
若你不还我，
要打要杀由你说。"

师兄和师弟在月宫里争吵不休，
一个拉公主的左手，
一个拉公主的右臂，
拉去拉来天上人间不曾有。
有时拉得公主的衣裙掉落地，
有时拉得公主的披巾飘空中，
公主含羞不敢言，
犹豫不定仿佛在梦中。

月宫主人劝也无法劝，
他飞出月宫奔向混允的宫殿，
他向混允禀报道：
"尊敬的威震天宫的混允啊，
勐晃和京省在月宫里开打，
为的是争抢银山公主朗布罕，
请混允前去劝架，
不然公主将会死在他俩手下。"

混允离开皇宫，
走近月宫只见刀光闪闪，
银山布罕公主泪花盈盈。
他俩吹出真言咒语时，
整个月宫一片黑暗，
只见刀光闪来闪去，
他俩的打斗摇动了整个上天。
当京省和勐晃暂时离开公主时，
混允将公主带到月宫后院莲花池，

让她住在立刻变现的宫殿里，
他俩仍打得斗转星移。

真是棋逢对手显本领，
这就是将遇良才更用功。
两圣广宇来相交，
恰似遇龙争虎斗。
反反复复有解数，
来来往往不敢闲。
威风逼得斗牛寒，
怒气胜过雷电的闪光。

见朗布罕公主不在后京省说：
"勐晃师弟就因为你，
公主才会被天神偷去藏匿，
谁知道公主现在在哪里。"
勐晃也叹气地说：
"京省兄就是你，
你说拔掉铁篱笆就可以娶公主，
可你言而无信，
我俩打得月晃星稀。
你要吧！你要吧！
以为十拿九稳却扑空，
这些都是贪心的后果。
由于男子不守信，
公主被鬼神藏匿；
由于你失信，
三十万伙伴死于我神箭。
我拔铁篱笆时，
你把她抢走。
因为你失信，
我俩才打到上天。"

京省说：
"由于你勐晃，
公主才无影无踪。
由于你穷追不舍，
才使公主丢失于天宫中。"

他俩谁也不让步，
又打斗起来。
诸天神十分畏惧，
一个是天神哈令达便玛汗垢孕成，

一个是沾有佛气的花束所化身，
所以难分伯仲。

真是两圣抖擞逞雄风，
刀枪闪亮光华惨。
前挡后遮各施功，
左迎右架均勇敢。
天宫诸神赞威风，
敲锣打鼓来壮胆。
斧轮棒去显神通，
杀得星抖天地动。

众天神建议让四位老天神去劝谈，
混允同意了，
四位老天神站在京省和勐晃中间道：
"两位圣者有话好好说，
再打也不会分出胜负。"
对勐晃说道：
"你以天神汗垢合成的勐晃，
你想争夺朗布罕公主是不可能的，
因为她几生几世都是京省的伴侣，
你勐晃应该放弃这个念头。
请你俩都罢手，
这是混允的话，
叫你俩立即停息。"

勐晃发怒道：
"你们住在天宫的众神，
都在为京省说话，
告诉你们谁的话我都不听！
我师父雅写说不许我怕谁，
即使混允的话也是如此！
公主本是我妻，
你们尽帮京省着急！
你们这些老神的话，
我不听！我不听！"

勐晃说罢拔刀向京省冲去，
京省出刀抵挡。
四位老天神只好向混允禀报：
"尊敬的混允大王，
勐晃不听劝告，
还说我们对京省偏心，

还夸口说大王您去劝也无用。
他又拔刀冲向京省，
他俩在月宫杀得天昏地暗。"

这时混允出去劝两个圣者，
站在他们旁边说道：
"你俩都住手！都住手！
布罕公主生生世世为京省妻，
勐晃你不能来争，
各人妻各人娶，
天经地义，亘古不变。
谁敢不听我混允的劝阻，
我将用天斧把他砍成稀泥！"

勐晃丝毫听不进去，
发怒道：
"混允你也来帮京省，
你说公主是他妻，
但京省已许给我。
为何他又来抢夺？
即使你混允用天斧砍我，
我也绝不会放过京省，
这个背信弃义的小人！"

混允也发怒道：
"你不要叫我发火，
等我发火一切都不好玩！"
勐晃继续顶撞道：
"即使用天斧砍来我也不怕！
一把天斧算什么，
你就是用千把万把天斧来砍我，
雅写的徒弟我毫不放在心！"

混允抡起天斧向勐晃砍来，
勐晃一闪身天斧砍偏了；
混允又抓来四把天斧向勐晃杀来，
勐晃一一将天斧挡开。
混允叫来四位天神，
抓来十把天斧杀向勐晃，
还用上金斧银斧铜斧铁斧神斧的神力，
京省、混允和四大天神杀向勐晃，
整个天堂四方晃动，
勐晃左跳右闪，

天斧每每都落空。
勐晃更加神气十足，
大吼大叫地发怒。
勐晃心中念念有词吹出神咒，
独自杀向众天神，
一边杀一边骂道：
"你们这些养尊处优的天神，
我让你们看看老天神哈令达便玛的儿子！
我要把你们砍尽杀绝！"

勐晃手握利刀杀向众神，
天神死伤无数。
向来宁静的天宫，
这时四面八方震动。

勐晃追赶着混允，
混允跑进自己的皇宫不见了踪影。
勐晃跃上宫顶四处察看，
他又跳下来追向众天神，
众神跪下异口同声地说不见混允。

勐晃杀气腾腾，
用脚蹬皇宫一下，
整个皇宫摇摇晃晃。
勐晃这脚不一般，
呼风卷云狂风起，
暗暗虚空黑雾浓浓。

突然四处飞沙走石，
钢刀狠狠金斧败，
口吐仙诀太毒情，
天神们恨不得活吞勐晃，
天神们恨不得擒住雅写小徒僧。
这怪圣一把柳叶刀，
缩舒收放实在精灵。

靠得京省那柄护身剑，
亮相广宇有名声。
今番未显身手神通广，
只因美人归月宫。

混允悄悄跳出来，
用龙宫里的神绳，

将勐晃捆住，
混允跑向勐铎细达，
让勐晃无法赶上他。

勐晃用神咒一吹，
神绳被风吹得粉碎。
他查找混允连声骂道：
"你往哪里跑！"
众神见状心哆嗦，
急忙跪下请求饶。

勐晃追到皇宫，
站在众天神中间，
勐晃仍大声骂道：
"你们混蛋的混允，
如果没有他来捣乱，
我已让京省魂断蓝天！
若你们不把混允交出来，
我要把皇宫推翻！"

这时从深宫里出来四个神女，
走在前的名叫苏坦玛、苏吉大，
走在后的名叫苏纳大、苏扎大，
她们劝道：
"勐晃侄儿，
你爷爷混允脾气不好，
由于他历来惧怕地神，
他经常发脾气，
你别与他作对，
我们怕你后悔。"

勐晃哈哈大笑道：
"你们别帮混允讲好话，
他已逃出宫外，
难道我还比不上他？
现在天宫该由我来掌管，
你们四位天女该与我做伴！
我让你们享尽荣华富贵。
混允他是个疯老头，
他已被我打垮，
你们四位天女该听我的话，
他老头不配戴如此美丽的鲜花。
现在我可以做天宫的主人，

你们该与我成一家。"

四位天女道：
"人间的哥哥啊，
我们四天女也不会舍弃那老头，
我们已是即将凋零的花朵，
怎配得上你威震四方的小伙。
天上不是你在处，
你应该回到天下的南方。
这里是混允的皇宫，
不是你所在的天堂！"

勐晃回答道：
"话音动听如神琴，
我从未听过如此美妙的语言，
能否让我看一面？"

勐晃说罢一跃已到宫内，
他顿时眼花缭乱。
宫里何止四个天女，
天女好比艳丽的百花。
他在心里赞叹不绝，
自叹怎么来得这么晚！

勐晃忘了心里的怒气说道：
"成群无数的天女啊，
你们离开年老的混允吧，
跟我一起到人间享福去吧，
我让你们吃不光玩不尽，
到人间你们要什么我都满足你们。
不要待在单调乏味的天宫，
跟我一起到天下的南方。"
勐晃说话时几乎流下了乞求的眼泪，
他从未见到这么多的天女，
她们的美丽让他如痴如醉……

第七章

话说老天神哈令达便玛坐立不安，
他听见天翻地动的声音，
便走出宫殿探望，

他一眼就看明了事象情景。

诸神亚与他的儿子勐晃在打斗，
他急得几乎开不了口。
他在心中说道：
"啊啰！啊啰！
我儿勐晃本来让他去教化人间，
怎么跑来天宫作乱？
勐晃的武艺，
内功外功超过他们千万倍，
即使调来所有天兵天将，
加上天主混允及京省，
最终都会被我儿勐晃杀光。
如果再继续下去，
天上天下将乱成一锅粥，
到时也会连累我，
这个不知天高地厚的勐晃啊！"

老天神说罢一跃离开了天宫，
到了勐铎细达，
见混允后问道：
"混允，您怎么离开了天宫，
我听到天翻地动的巨响，
才来到这里，
请把事情的来龙去脉说来听。"

混允回答道：
"是京省和勐晃为争夺布罕公主而打斗，
鄙人我前来劝架，
可是劝谁谁也不听，
您儿勐晃还骂我，
我才拿天斧与他斗。
我们和京省及诸神与他斗，
但我们都无法还手，
所以我才离开了皇宫，
告别了天空跑到勐铎细达。
尊敬的老天神哈令达便玛啊，
如果您不去劝他，
我混允的天宫将被他糟蹋，
请您去劝一劝吧！"

老天神哈令达便玛说：
"混允啊，混允，

勐晃的本事天上地下无人能比，
您要好话与他说明，
我与您去劝他一定能听。"

哈令达便玛与混允下到了天官。
哈令达便玛叫来了勐晃，
勐晃跪在父王面前说：
"请父王指点。"
哈令达便玛说：
"我儿呀，
叫你去教化人间你却来闹天宫，
你与京省相互打斗，
你把前因后果说来听。"

勐晃恭敬地把事情全说与王父，
最后他说：
"如果他们不把公主归还，
我将占领全蓝天，
不占领也会闹个天翻地覆。"

哈令达便玛耐心说道：
"我儿啊，
你与京省本来都有女人才下凡尘，
不该为公主兵戎相见，
我会找来让你俩平分。"

哈令达便玛先让混允下凡间去，
他叫来了莲花化身的莲花公主，
还有藏在后院莲花池的朗布罕公主，
让她俩躲在宫殿后面。

哈令达便玛说完就回宫，
让混允来帮摆布完成。
混允将两位公主安置妥当，
叫来京省、勐晃，
让他俩和好就去挑公主。
勐晃说让他挑在先，
京省同意不多言。

勐晃高高兴兴走入后宫殿，
见两位公主美丽胜过仙。
勐晃左看右看不眨眼，
谁美谁丑谁都难分辨。

勐晃让两位公主裸露肌肤给他看，
勐晃呆若木鸡更垂涎。
他看了腿部还看胸部，
使他眼花缭乱往后退，
勐晃忘了是在天上还是在梦中。
勐晃心里像波浪翻滚，
有时心里痒痒麻麻像蚂蚁咬，
他很想在天宫里大吼大叫。
两位公主一样美丽无话说，
若娶莲花公主又可惜朗布罕公主，
他要学大野猪一口气吃两个水果。

两位公主无异样，
人间天上独一双。
勐晃选择难取舍，
决意单线栓红黄。

混允在等待他的选择，
京省亦在等待朗布罕公主，
勐晃打定主意两位公主他都要，
熊掌和鱼一样不能少。
勐晃说给混允道：
"混允大人，
两位公主我都要，
让京省重新去寻找，
我不准两位公主相分离。"

混允无法劝阻，
他去找哈令达便玛说：
"老天神您的儿子太贪了，
两位公主他都要，
您去劝劝他吧。"

哈令达便玛急忙来到勐晃面前，
他说道：
"勐晃我儿听话，
看你胆量超过雄狮和猛虎，
瞧你胸怀却没有麻雀的心量大，
汉子是做大事的，
而不是争女人玩儿戏。
两位公主你只能挑一个，
另一位让京省来娶，
男人的胸怀要像海洋一样宽广。"

勐晃仔细思量一番，
顿觉父王与混允说的都有道理，
他立即发誓：
"我闭上双眼去抓住谁的手指，
那个公主就与我有缘分。"

说完他闭上双眼从远处走向公主，
伸出右手摸摸，
终于摸到莲花公主，
他俩双双同起舞，
天女们把无数的花朵撒向他们。

勐晃选妻已结束，
哈令达便玛与混允及诸天神，
都为之赞扬欢喜跳跃。
哈令达便玛领着勐晃下到崃少勐旁，
让勐晃统管有千万亿魔鬼的地方；
他变化出七十七栋金碧辉煌的宫殿，
东西南北、前后左右规划整齐，
座座宫殿高耸入云，金光闪闪，
让勐晃在此管辖魔鬼之乡。

勐晃做了千万亿魔鬼首领，
把这里管理得井井有条。
他在魔乡传播佛法，
这里的所有众生以善为本。
受持三皈五戒，
勐晃总是以身示范。

勐洼撒洼洛①是魔乡，

勐晃要在这里传道播善，
他选出几个老者做和尚，
他要让风调雨顺护民安邦，
他要让这里的美名天下传扬。
勐晃请来了他师父雅写，
师徒共同教化群魔，
群魔听经闻法修行，
魔形全部变成了人形，
个个心灵进化弃恶从善。
勐洼撒洼洛的魔国，
变成了风调雨顺的人间天堂。

京省在天宫娶到了朗布罕，
勇士与公主恩恩爱爱永相伴。
不忘前世所带来的灾难，
共同憧憬人间美好明天。

京省带着朗布罕公主，
双双回到日思夜梦的勐巴娜纳西，
举国上下一片欢腾，
隆重迎接勐巴娜纳西儿女！

国王请众大臣及四大国师，
为京省与朗布罕测算了吉日良辰，
盛大的婚礼热闹非凡，
祝福和赞美传遍了大地和森林！

京省忠诚于故国和百姓，
用心治理勐巴娜纳西的千里江山；
这里到处是丰收和欢乐的景象，
这里永远是牢固的和平之邦！

单行本，德宏民族出版社 2012 年版
搜集、翻译者：岳小保（傣族）

附　记：

　　《京省勐晃》是一部傣族爱情叙事长诗，广泛流传于德宏傣族景颇族自治州傣族地区。《京省勐晃》用圆体傣文（亦称南方傣文或傣蚌文）书写。书写工具为毛笔或蕨杆笔，书写材质为棉纸（有的用折叠式构纸书写）。文体为傣族叙事长诗体的"喊令嘎"（傣族长诗体分为吟诵调的"喊货律"，鹦鹉调的"喊秀"，朗诵调的"幸令嘎"等几种）。全书傣文有 192 页，80000 字左右。在德

---

　　①　勐洼撒洼洛：魔鬼国。

宏民族出版社领导和有关专家的支持、鼓励下，我根据傣文文本进行了认真的翻译，将傣文译为汉文，并于 2012 年由德宏民族出版社将汉文文本《京省勐晃》正式出版。

现在读者所看到的傣族民间长诗《京省勐晃》，就是根据之前出版的《京省勐晃》做了进一步修改而成的。我认为更加突出了傣族传统叙事长诗的风格与韵味。

傣族叙事长诗是傣族人民团结进步的重要精神支撑，是傣族人民共有的精神家园，也是祖国百花园中的一朵奇葩。充分利用好我们的文化资源，把我们数千册（部）傣族叙事长诗好中选优地逐步翻译整理出版，把承载着傣族先辈们智慧之光，承载傣族历史文化的宝贵文献尽早翻译整理出版，尽早呈现在世人面前，让傣族传统文化在我国的政治、经济和文化建设中发挥应有的作用。我以为，这就是时代赋予我们傣族文化工作者最重要、最光荣的使命！

译　者

景丽亚与南达纳

牢记啊，不见七色的戒指，
不送去多情的草烟。

"路边的芒果再熟不攀摘，
野外的缅桂再香不留恋，
哪怕见了高贵的王子公主，
也不投去一丝含情的目光。

"难忘的梦只映着一个身影，
滚烫的心只把一个人思念，
二十年重逢，二十年拴线②，
作证的是公允明洁的月亮！"

一　向往人间

他俩将一双七色的戒指，
分别戴上各自的食指；
他们将两对金镯和银镯，
分别套上各自的手腕。

神圣的天庭像蓝宝石闪亮，
纯贞的爱情却暗淡无光；
一对心心相印的坤琶婻琶①，
日夜把自由的人间向往。

在那静谧而美丽的夜晚，
月亮拨开云朵露出笑脸，
坤琶婻琶偷偷走到银河边，
面对碧波翻卷的激流合掌：

有情的宝石突然裂开成两片，
坤琶婻琶各捡一片放入口中，
泪汪汪的情侣啊依依不舍，
好心的月神催促他们赶快启程。

"我们不管托生在人间哪方，
变成树在一条根上盘缠，
变成鸟在一棵树上筑窝，
变成花在一块地上开放。

哪怕苍穹漫漫无际，
哪怕人间遥遥万里，
坤琶婻琶脱下了仙衣，
一同变成了两只蚂蚁。

"牢记啊，不见七色的宝石，
不张开温柔的披毯；

沿着月神指引的路，
走上云姑搭起的桥，

① 坤琶婻琶：男神女神。
② 拴线：傣族的传统习俗，在盛会上或婚礼上将拴线仪式视为吉祥和美好的祝福。

心里充满着对幸福的憧憬，
在洁白的大道上奔跑。

忽然，天庭的警钟嗡鸣，
巡视的风神发出了怒吼，
无情的天沙天石滚滚击来，
不幸的情侣一东一西分了手。

二 勐占达里之光

岁岁兴旺的勐占达里地方，
也不是没有自己的忧伤！
妙乐驱赶不了王后的孤寂，
唯有美梦还能唤起她的心欢。

她做了多少虔诚祈祷，
她吃过多少妙药仙丹，
却还是没能生下一子，
伤心的泪啊常湿透她的衣衫。

与坤琵离散了的婻琵，
不是寻求豪华的宫殿，
却落到了勐占达里王后身上，
满怀着深情来到了人间。

福气为王后驱散了愁云，
壮丽的宫殿更显出灿光，
婻琵平安问世的那一天，
小脸上就露出迷人的笑颜。

一声哭喊吐出宝石一片，
金镯银镯紧紧拴在两只娇腕，
王后怀抱着爱女看了又看，
欢喜得叫人赶紧报告国王。

国王飞步来到王后卧房，

面对女儿目不转眼，
只见黑色的眼珠光彩熠熠，
身上的宝贝世上罕见。

是苍天给善良的好报，
还是怜悯勐占达里的苦痛，
感恩不尽的国王紧合双掌，
喃喃诉说着心里的喜情。

勐占达里王宫的幸运和欢乐，
随着彩云飞向森林和群山，
四面的头人富翁都来祝贺，
大道上红马白象一串又一串。

国王对身旁的摩嘎拉①讲：
"人们都说你的智慧无量，
今天请你将本事施展，
把勐占达里的吉凶分辨。"

摩嘎拉认真卜算把话答：
"口含宝石，手戴宝镯，
这是天仙下凡到了人间，
是混西迦②有心送来吉祥！

"她能给百姓们带来福气，
她能给百姓们增添力量，
勐占达里的幸福和吉祥，
就寄托在她的身上。"

国王听了摩嘎拉的话，
心里像灌满了蜜汁一样；
王后听了摩嘎拉的话，
脸庞上像彩云跌落一样。

为了给爱女取个好听的名字，
国王和王后想了整整七天，
最后还是请摩嘎拉来做主，
为她取名叫景亚丽婻相③！

---

① 摩嘎拉：知识渊博者，也称卜卦师。
② 混西迦：传说中善良智慧的天神。
③ 婻相：宝石公主。

三 金伞下的王子

荷花在绿叶丛中日益娇艳，
景亚丽在王宫里很快成长。
菩提树刚换过第十七次嫩叶，
她已经是一身轻盈的姑娘。

漂亮的景亚丽呀，
头发黑得像木炭，
眼睛明亮会传神，
嘴唇又薄又嫩如笋片。

她的衣衫呈现出九种颜色，
她的裙子闪耀着九股彩光，
走起路来像孔雀跳舞，
说起话来像清泉流淌。

她走到哪里，
哪里就会扬起笑语；
她走到哪里，
哪里就会飞出调子。

景亚丽的名字，
传遍了村寨和山林，
伴随着绚烂的云霞，
飞到了一百个勐①的京城。

一百个高傲的国王眼红，
一百把金伞下的王子羡慕，
他们连忙备办求亲的礼品，
日夜学唱动听的求婚歌。

一百个象队从东边出发了，
一百个马帮从西边出发了，
金鞍上的王子们神气十足，
日夜赶路也不知道疲劳。

在勐占达里京城广场上，

求婚的人儿围了一圈又一圈，
这边纷纷献上厚礼，
那边匆匆倾诉良愿。

像蜜蜂扑向花蕊，
像歌手开始吟唱，
求婚者的甜言蜜语，
在勐占达里国王耳边回响：

"洁白的花虽然远离我们，
但她的芬芳撒满了我们的心房，
漂亮的公主虽然没有见过，
但我们常把她同月亮一起赞扬。

"请召王张开金口玉牙，
请王后敞怀赐恩来答允，
把福分分给我们的国度，
给我们举世无双的王子增光！"

望着一堆又一堆的宝贝，
奇异的色彩是那么耀眼，
看着一摞又一摞的绸缎，
花样品种是那么的齐全。

勐占达里国王一肚子愁肠，
开口对来宾们吐露真言：
"可惜呵我没有一百个女儿，
景亚丽也是上天恩赐的心肝。

"倘若有千朵艳丽的粉团，
在勐占达里土地上开放；
倘若我有一百个爱女，
在勐占达里王宫歌唱！

"也不必让你们这般苦求，
你们自然会个个心满意足。
我真担忧你们之间出现纷争，
伤害了哪个国土都不吉祥。

"请你们收起珍贵的礼品，

---

① 传说中的一百个国家。

回去禀告你们尊敬的召王，
这桩婚事我们要反复思量，
公主也应有她自己的主张。"

听了勐占达里国王的回话，
各勐的使者只好合掌告别。
归路上啊他们又跳又唱，
心里依然怀着美好的希望！

四　景亚丽的心

送走了客人却没有送走烦恼，
勐占达里国王的心还在蹦跳，
他又一次召集精明的大臣，
把公主的婚事认真商讨：

"你们是我身边的智囊，
婚姻也会挑起残酷的战争。
如果我们的乐土失去安宁，
灿烂无比的深宫也会做噩梦。

"大家都耳闻目睹啦，
百勐的王子个个贪婪，
谁都想娶景亚丽公主为妻，
谁都想把婚礼的金铓敲响！

"但我们只有一颗明珠，
到底嵌在哪幢金楼上？
知识渊博的大臣们呵，
此时此刻多么需要好主张。"

大臣们深知国王的信任，
都愿分担国王的忧愁，
可好办法一时难以找到，
人人都在用心划策出谋。

一个大臣突然开了口，
说了一席合情合理的话：
"喳喳叫的喜鹊要搬家，
它知道哪棵树最好栖息。

"喜爱戏水的鱼儿要换池，
它知道哪个池子最舒服，
公主的伴侣应由她选择，
终身大事还要她自己做主。"

大臣的话拨亮了国王的心，
他急忙来到女儿的卧房：
"女儿呵，婚事哪能轻率，
不知道你是否也在思想？

"一百个勐的王子一个念头，
都想把你接进自家的宫殿，
勐占达里的这朵宝花，
到底该插在哪个的包头上？"

景亚丽面对父亲笑眯眯，
声声细语似软软的丝线，
又像潺潺流水清澈透明，
轻轻洒在父王苦闷的心田：

"哪一个是我心上的人，
上天早已定了美满姻缘，
口含宝石手戴镯头的小伙，
同我一道来人间终身做伴。

"不管他沦为贫民还是富翁，
不管他变成瘸子还是壮汉，
他不到来女儿决不出嫁，
永远不离开可爱的家园。"

老国王听了锁眉舒展，
大臣们听了点头称赞，
把公主的话写成文告，
令千名骑士送往四面八方。

五　寻宝与献宝

金色的文告耀眼夺目，
年轻人见了个个振奋，
公主的美德令人翘首，
但不知谁是她的心上人？

面对勐占达里庄严的承诺，
百勐的王公贵子心花怒放，
国库里的珍宝堆积如山，
拿出三件易如吃饭端碗。

他们带着宝石、戒指和手镯，
纷纷赶到了勐占达里王宫。
面对隔帘相对的景亚丽公主，
不知倦地把自己的宝贝炫耀。

都想赢得景亚丽的欢心，
都想得到景亚丽的回答，
好比一百只雄鸡盼着黎明，
渴望的眼睛不敢眨一眨。

当公主的宝贝从纱帘内闪现，
一百颗宝石变得暗淡，
一百双戒指手镯更难看，
一百张脸顿时失去笑颜……

希望变成为泡影，
勇气也飞落山涧，
羞愧的王子们悄悄退让，
把头埋进了金黄的披毯。

送走了百勐王子，
景亚丽也藏入深宫，
她心里仿佛乱云缭绕，
思念中更添几分担心。

难道他没有来到人间？
难道他背弃了神圣诺言？
为什么迟迟不来相见，
那珍宝啊在何方亮闪？

六 不平凡的卖菜人

失望而归的马蹄声，
震醒了一路宁静的森林。
景亚丽寻宝的消息，
深深触动了种菜人的心灵。

他挑起菜担离开竹楼，
向遥遥京城快步疾行，
在城脚下摆起菜摊，
留心探听公主寻宝的实情。

傍晚，王宫的管理大臣，
恰巧从卖菜人面前走过，
他觉得有一股异香扑进鼻孔，
身边随从也被熏得神魂颠倒。

这菜比圣树还翠绿，
这菜比国花还芳香，
莫不是上天撒下的种子，
有意让年轻人献给君王！

管理大臣命随从把菜买走，
给国王做一顿美味佳肴；
年轻人的菜果然格外鲜美，
润在了国王一家的心里。

国王、王后叫来大臣，
问他从哪里买得好菜，
还问菜里加了什么佐料，
大臣如实禀告菜的由来。

如获至宝的国王传下谕旨，
年轻人的菜不准到街上摆，
一天两担按时挑进王宫，
宴席上把尊贵的宾客款待。

卖菜人像只自由的鸟，
朝暮出入森严的王宫，
每一回他都不停地转动双眸
留神寻觅景亚丽的情影。

国王不愿亏待卖菜人，
吩咐大臣赏给他很多金银，
可穷苦青年并不多要一文，
端正的品行令国王吃惊。

这一天，卖菜人应召进宫，
他先向国王合掌彬彬躬敬，
再向王后、公主问安祝愿，

句句言语如委婉的歌声：

"尊贵的召王呵，
是我的菜使你们难咽，
还是我的行为冒犯了宫规，
请你们一一教诲指点。"

说话间隙他把公主偷瞧，
啊，容颜好比娇月一盘，
但不知她能否将我相认，
喜悦之时又生疑团……

国王对他笑着说：
"你的菜又香又甜，
在哪片土地上栽种，
用哪条河水浇灌？"

卖菜人恭敬答话：
"种的地是勐占达里的沃土，
种的菜是勐占达里的嫩苗，
辛勤的汗水把嫩苗哺育。"

国王又问：
"给你的金子银子
你为什么不敢要？
是怕我们责怪你，
还是嫌给的太少？"

卖菜人又回话：
"我付出了多少劳动，
就应得到多少报酬。
贵重的金银可以让人富足，
可良心不能让我多收。"

真挚的话似净水一汪，
磊落的心比宝石还闪亮。
国王、王后频频点头，
公主投来敬佩的目光！

卖菜人感到一阵温暖，
也是日日夜夜的梦想，
如果错过了此时此刻的良机，
必将铸成终身的遗憾！

爱情需要胆量，
幸福需要担当，
卖菜人鼓足了勇气，
向国王和王后吐露真言：

"尊敬的国王和王后，
还有美丽的公主多多原谅，
我有真心的话要诉说，
请宽恕我今天的举动和莽撞！

"百勐王子牵不走公主的心，
而我可以圆满公主的思念。
她要寻找的情侣就在眼前，
我带来了无价宝贝三件。"

国王和王后听了一脸怒容，
卖菜人很快掏出怀中宝件，
一缕光芒顿时照进公主的心，
也照亮了辉煌的宫殿。

两片宝石好比祥云相拥，
绚烂夺目难以分辨；
两只戒指齐并相依，
瞬间喷吐七道绚烂的光焰。

一双银戒合成对，
一对金镯配成双，
公主的明眸闪现爱的火花，
饱含眷恋的心在胸中跳荡。

他们像龙竹靠在一起，
他们像山藤扭在一起，
景亚丽表达不尽内心的狂喜，
卖菜人倾诉不完长久的分离。

多少年磨难不变心，
忠贞情侣终归团聚。
卖菜人在森林里长大，
南达纳就是他自豪的名字。

国王、王后为女儿祝贺，
大臣、亲友向公主道喜！
金镯把喜讯传送四方，

宫内宫外忙着准备婚礼……

七　为了纯洁的爱情

嫉妒转为仇视，
谣传混淆假真，
娶不着景亚丽的百勐王子，
百般毁辱勐占达里的名声。

一封封恶毒的信，
飞进了勐占达里王宫：
"你为什么把孔雀配给野鸡，
让我们的声誉败落在你的国门？

"怨气可忍，名气不可侮，
如果你和你的家眷想活命
就快把公主扶上象背，
送出你那矮小的城门。"

威胁的语言，
恫吓的声音，
像千只象脚踏在国王胸口，
像万支竹箭戳在王后的心。

大臣们匆匆进宫宽慰君主，
国王对他们说出自己的担心：
"你们可听见可恶的虎啸狼嚎，
公主的婚姻可能会引发战争！"

统率千军的大臣义愤填膺：
"公主有权决定自己的命运，
扼杀爱情不合勐占达里情理，
胆怯的白兔才怕他们的横行！

"磨快手中的长刀，
这是全体臣民的决心。
准备抵抗来犯者，
勐占达里从不怕牺牲！
"我们有的是骑士，
勇敢的兵将也有数万名。
只有刀箭才能惩罚野兽

正义之战才能赢得和平。"

正气浩然的大臣们挥臂赞同，
国王更受到巨大的鼓舞，
他立即发出庄严的圣旨，
号召全国百姓奋起御敌！

京城内外齐响应，
臣将兵民一条心，
勇士的刀矛光闪闪，
百姓的弓箭亮铮铮。

一封正义凛然的回信，
同时送到了百勐王宫：
"我们不怕虎豹来伤害，
我们不怕野猪来拱门。

"公主的嫁娶由我们做主，
我们从不想损坏谁的名声，
也不许别人践踏我们的荣誉，
还有我们的乐土和森林！"

旋风卷动着四方旌旗，
战鼓擂动在平坝山峰，
雄牛从两面冲出来角斗，
战争就爆发在不幸的早晨。

火光熊熊，
烟尘浓浓，
长刀摇晃，
死伤不尽……

九万九千九百人倒在地上，
勐占达里国土被鲜血染红。
第十一天的腥风黑夜，
敌军的脚步已踏近京城。

危急的战况令南达纳心焦，
虽然臣民们都在英勇抗击，
敌人也在刀箭下纷纷丧命，
但寡不敌众难取最后胜利。

南达纳对茫茫星空合掌：

"上天啊请赐我无敌的本领，
我将用自己的赤诚保卫公理，
保卫苍天下纯洁的爱情！"

南达纳的请求飞到天上，
混西迦早把善恶分辨，
他手持宝刀和宝箭，
乘朦胧夜色来到人间。

面对战火燃烧的勐占达里，
面对疲惫万分的不屈将士，
混西迦传授制敌妙计，
尽快医治战争的创伤。

当战鼓把南达纳再次催醒，
宝刀和宝箭已在他眼前亮闪，
他惊喜地把刀箭握在手中，
深深默念着混西迦的指点。

看到眉心紧锁的国王，
南达纳从容地对他讲：
"捕鸟人要等飞禽钻笼，
撒网人要等鱼群入网。"

勇士的话语铿锵有力，
国王的脸上现出红光。
臣民们也增添斗志，
共同把胜利的曙光眺望。

第二天，森林猛醒，
金鼓和号角划空长鸣，
南达纳骑上骁勇的白象，
率领愤怒的兵民杀入敌阵。

按照混西迦的指点，
南达纳把戒指向前一指，
顽敌立刻脚瘫手软；
他又把口中的宝石，
向野牛般的敌人吹去，
瞬间敌兵一片慌乱。
战场上腾起胜者的欢呼，
勐占达里挫败了敌人。
一百个勐的国王和王子，

纷纷跪地请求饶命：

"可敬的勇士啊，
我们的过错难以宽容，
毁坏了你们的美丽家园，
伤害了你们的善良百姓。

"财产我们可以补偿，
可轻率的罪恶万年遗恨；
我们向自由和平悔过，
永远恪守今天的庄重保证。"

南达纳宽容又友善，
宽恕了知错的君王。
炯炯目光扫过残烟，
开口将真诚的话来讲：

"我们热爱自己的每寸国土，
从不允许敌人把它摧残蹂躏。
记住吧，各勐的君主王子，
珍爱和平的军民克敌可胜！

"自己生长的土地是可爱的，
自己劳动的果实是宝贵的。
纯贞的爱情决不屈服于邪恶，
愿王子们找到心中的爱妻。"

有的王子将战马赠送南达纳，
表示无比崇敬和兄弟的结交。
有的国王毅然写下血的字约，
愿与勐占达里永久相好。

八　赤子之念

为故国赢得胜利的南达纳，
英名传扬，臣民起敬！
他的名字像星辰闪烁，
他的荣誉像茂盛的森林。
颂扬声中南达纳怀念双亲，
更担心他们贫寒的生活处境。
这深藏着牵挂的赤子之念，

感动着王宫里的所有亲人。

多少年的艰辛熬煎，
南达纳啊牢记永生：
"是双亲把我哺育，
是双亲教我做人。

"忘不了割叶为生的母亲，
忘不了打柴度日的父亲，
忘不了做伴的大山森林，
忘不了乡亲朋友的深情。"

泪珠滚滚的景亚丽，
催促父王去接双亲；
王后也把心意表明，
一队人马飞快出城。

霞光在这时升起，
南达纳的双亲来到王宫，
不凡的团圆令人泪落，
坎坷的路啊有了尽终。

美丽又善良的景亚丽啊，
为安顿好双亲累够一身；
尝尽贫困的两位老人啊，
好像在做着一场美梦！

南达纳牢记混西迦的嘱咐，
把金银镯头放入木柜，
到了第二天吉时良辰，
神奇的宝贝果然显灵。

金子银子如流水，
撒满了京城广场，
南达纳吩咐兵士，
把金银分到穷人的手上。

金铓声声，响鼓阵阵，
绿色的国土上一片欢腾，
到处是歌舞的人海，
到处是赞美的歌声……

原载《山茶》1984 年第 3 期
搜集、翻译者：岩　林（傣族）

附　记：

　　《景亚丽与南达纳》傣族叙事长诗。流传于云南省德宏傣族景颇族自治州傣族地区。长诗唱述天上善良的混西迦，指派天子双双下凡，到人间地上托生，帮助百姓清除灾患，美化家园。女性天子落在勐占达里国王身上，成为富贵华丽的公主，取名景亚丽；男性天子则落在以卖菜为生的穷苦人家，注定是一个要经历苦难的汉子，得名南达纳。栖身深宫的景亚丽美丽无比，招来了一百个国家王子的仰慕，他们派出一百个象队和马帮到勐占达里求婚。为避免纷争，引起战乱，勐占达里国王下旨，以爱女景亚丽的意愿来决定招贤联姻，公主明言："什么人拥有与我一模一样的宝石、戒指、手镯，无论他是百姓或富翁，无论他是瞎子或瘫汉，都是我命中注定的伴侣。"各国王子闻讯，立即翻箱寻宝，求神祈祷，渴望成为景亚丽公主的意中人。卖菜小伙南达纳终于得知情侣的下落，他征得父母的同意，立即奔向国都，面对公主陈述三年来的思念和期盼。景亚丽和南达纳的相逢，让百国王子受到了羞辱和刺激，也同时引发了一场规模浩大的战争。洞察人间的天神混西迦帮助勇敢的南达纳扑灭了战火硝烟，各国又恢复了和平与安定，南达纳的宽恕让百国王子感激和明理。善良不会屈服于邪恶，爱情不会屈服于强势。勐占达里因为有了勇敢智慧的南达纳，变得日愈富足强盛。《景亚丽与南达纳》这部译作对于喜爱傣族民间文学读者来说更受青睐；对于从事傣族社会与傣族文学研究工作的研究者来说也是有一定价值的。

译　者
1979 年 10 月

阿銮贡马那

序歌

勐巴塔纳①是个美好的地方，
山河像锦绣一样漂亮；
年年五谷丰登，岁岁人畜兴旺，
遍地百花常开，满园果子喷香。

每逢赶街②的日子到来，
蜂拥的人群好像赶摆③一样。
在地上摆满了丰盛的物品，
翡翠和宝石放射着耀眼的光芒。

兄弟姐妹相亲相爱，
扶老携幼是共同的风尚。
高兴挂在人人的眉梢，
幸福充满了人人的心房。

笑语歌声在竹楼上回响，
琴声、葫芦丝声在金塔顶上飘荡，

赞美富饶美丽的家乡，
赞美贤明的年轻国王。

第一章　离乡垦荒

国王原名叫作贡马那，
幼小丧父只有母亲抚养。
病魔欺负他们贫困，
旱灾使他们母子遭受饥荒。

苦难的生活如坠黑暗的深渊，
不知什么年月才会见到吉祥，
梦里也常遇到豺狼扑来，
幸福只是一种渺茫的希望。

宽阔的坝子草木枯萎，
村村寨寨缺少充饥的食粮。
荒芜的田地变成鸟兽之家，
豺狗常把孩子咬死咬伤。

饿死、病死永不相见啊，
逃荒远走牵思挂肠。
勐巴塔纳的人一天天减少，
阴风嗖嗖比坟山还要凄凉。

贡马那在母亲身边一天天长大，
他的身体像大象一般强壮。

---

① 勐巴塔纳：传说中一个美好安宁的王国。
② 赶街，贸易集市。
③ 赶摆：傣族的节日庆典或盛大集会。

二百斤柴压不弯他的腰杆，
十箩谷子磨不破他的肩膀。

他上街卖柴从不多要一文钱，
他帮人做活从不多讨一粒粮；
他常在寨头修桥补路，①
他在寨尾栽树让人乘凉。

他猎获的麂子、马鹿，
从来都让年老的乡亲先尝。
人人都说他的心像井水一样明亮，
人人都夸他为人憨厚大方。

枯树有了生机，
小鸟出窝扑打翅膀。
贡马那跪在母亲的面前，
诉说着自己心中的愿望：

"檐下污水要开沟才能引走，
富足的生活要靠双手去开创，
不上高山采不到鲜嫩的竹笋，
请妈妈让儿去远处开田垦荒。"

母亲疼爱自己的儿子，
舍不得让他离开身旁。
但又不能让灾难逼得人人心慌，
让老人和小孩们饿死在竹楼上。

绿叶青枝变得焦黄，
花儿萎缩不能开放。
小狗饿瘪了肚子，
家中也没有老鼠吃的余粮。

羚羊抬头寻草滩，
野鸭嘎嘎找水塘。
儿子决心要去开荒种地，
妈妈终于同意了儿子的主张。

芭蕉叶包好粗米饭团，
筒帕②里装满破旧衣裳。

妈妈祷告天神保佑儿子，
祝福勤劳人遇着丰收的时光，

贡马那望了望竹楼，
贡马那看了看亲娘，
好比出窝的小鸟，
充满了生活的力量。

他走到很远的一片洼地，
在那里挥动起勤劳的臂膀。
锋利的大刀砍平了刺藤野草，
锄头下的泥土发出喷鼻的芳香。

宽宽的田地三十亩，
弯弯的流水长又长，
田边栽上挡风的凤尾竹，
再栽一棵榕树好乘凉。

种子撒地下，
汗珠浇地上。
第一年就有了收成，
贡马那的心像粉团花开放。

他挑起一大担谷子，
飞一般地穿过森林和山冈，
回到了久别的村寨，
回到了妈妈的身旁。

妈妈第一次绽开了笑脸，
热泪滴在金灿灿的谷子上。
乡亲们纷纷赶来看望，
对着勤劳的贡马那连声夸奖。

贡马那好比一只带头羊，
又领着乡亲们去开地垦荒。
一年两年谷子堆成小山，
三年五年瓜果香飘四方。

乡亲们团团围坐，
大口大口吃着糯米饭；

---

① 傣族将这些自发性的公益行为视为传统道德和习俗，并广为提倡和赞美。
② 筒帕：傣族男女喜欢挎在身上的自织棉质、丝质挎包。

乡亲们眯笑着眼睛，
把斟满的酒杯举在面前。

"贡马那有明亮的眼睛，
哪里地肥他能分辨，
贡马那有阿銮①的心肠，
找到了蜂蜜总把乡亲思念。"

勐巴塔纳的天空异常湛蓝，
勐巴塔纳的月亮格外明亮，
勐巴塔纳唱起丰收歌谣，
象脚鼓扬起了欢乐的声浪。

第二章　夜遇老妖

看见了肥壮的岩羊，
野狼睁大贪婪的眼睛，
竹楼上的丰收歌声，
使作恶多端的布桑林②心神不定。

他嫉恨人间善良，
不愿意百姓安康。
每到昏暗的傍晚，
就是他播种苦难的时辰。

他手上有一面金鼓，
叫唤魔法使人头昏，
呼来狂风唤来暴雨，
可使那生物死而复生。

一个新月弯弯的夜晚，
布桑林悄悄溜到坝心。
对着贡马那开发的田地，
掏出金鼓敲响三声。

贡马那正睡在草棚里守田，
突然被三声金鼓震醒；
他睁开疲倦的眼睛，

望见迎面扑来两朵黑云。

狂风席卷秧苗倒，
枝头果子落纷纷。
贡马那十分惊奇，
急忙冲向那浓浓的黑云。

贡马那猜想是天降灾难，
或许是眼前有什么阴魂，
一生不做亏心的事啊，
灾难怎能欺负善良的人！

布桑林又敲响金鼓，
杂草发芽，荆棘丛生。
辛勤开垦出的土地啊，
变成莽莽的荒林。

贡马那举起大刀，
心中充满了愤恨，
他向四周挥刀砍杀，
刀击石块火花乱溅。

"我望着土地开花结果，
我盼着土地多得收成。
是谁啊来糟蹋庄稼瓜果，
我叫他永世不再睁开眼睛！"

贡马那从东跑到西，
又从西跑到东；
除了跟前纷纷的云雾，
始终找不到什么踪影。

贡马那扑倒在自己的土地上，
眼眶的泪水像泉水奔涌。
贡马那紧握着刀柄，
发誓要找到害人的妖精。

布桑林暗中得意，
躲在云间笑个不停，
他又敲响金鼓唤来阵阵雷电，

---

① 阿銮：傣族传说中下凡的天子，在人间惩恶行善，是无所不能的勇士。
② 布桑林：掌管森林的魔鬼。

顿时大雨倾盆，洪水滚滚。

洪水淹没了田地，
狂风刮倒了竹楼，
勐巴塔纳善良的儿子啊，
找不到回家的路径。

无情的洪水卷走了贡马那，
他像荷叶片在水面上漂行，
远离了亲爱的故土，
远离了慈祥的母亲。

第三章　奘房学艺

贡马那的妈妈盼儿归来，
十天半月不见音讯。
"儿啊，是挫伤了筋骨不能起步，
还是蟒蛇咬着已经丧身？"

白天，妈妈站在门前等候，
晚上，妈妈合掌祈祷神灵：
"儿啊，你是被洪水冲走，
还是掉进了百丈深坑？"

妈妈伤心哭诉，
血泪湿透衣襟：
"你怎么熬过那凄凉的日子？
儿啊，你身边没有一个亲人？"

道路那么漫长，
迷雾那么深沉。
只听见泉水在低低抽泣，
只听见猢猴在声声悲鸣。

贡马那听不见妈妈的呼唤，
听不见妈妈悲痛的哭声。
无情的洪水把他送出千里之外，
让他在一个陌生的山林栖身。

贡马那在深山里找路，
果做食，树当房，叶遮身……
不知走了多少个日日夜夜，
不知跨越了多少深坑和陷阱。

马鹿、岩羊在山坡上出没，
野鸡、雀鸟在草丛中飞行，
都向贡马那投来惊奇的目光，
似乎询问他是哪里来的客人？

白鹭在河边戏水，
雀鸟掠过水面扇起波纹。
啊，会唱的鸟都在唱着动听的歌，
仿佛在安慰贡马那不必过分伤心。

"大自然是那么美好迷人，
一切生物是那么蓬勃旺盛。
可我却远离故土漂泊他乡，
见不到自己可怜的母亲！

"鸟儿的翅膀可以飞翔，
马儿的蹄子能够驰骋，
故土为什么抛弃我，
灾难为什么绞缠我的身？"

绿色的土地变成荒滩，
香甜的果子化为泡影。
苦难像黑夜轮番袭来，
贡马那常从噩梦中惊醒。

想念自己的母亲，
老祖啊可会同情？
思念自己的故土，
神仙啊可会怜悯？

贡马那呀走了九十九天，
决心摆脱困境走出森林。
他透过晨曦看见了一幢奘房①，
超尘的僧人在这里修行。

① 奘房：佛寺。

贡马那向召亚协①礼拜，
诉说自己的身世和不幸，
请求召亚协让他在奘房停留，
请求召亚协收留他做仆人。

召亚协连忙把贡马那领进奘房，
抬给他一个松软的草墩，
端给他一杯解渴的热茶，
递给他一条擦汗的毛巾。

贡马那在召亚协身边，
挑水、扫地、劈柴不怕辛苦；
他天天向召亚协请教本事，
他夜夜苦练拳术棍棒武术。

三年又三天的时光流去，
贡马那有了力量和本领。
他增添了奔向故土和母亲的信心，
他百般感激召亚协的教导和恩情。

当他离开奘房的那天清晨，
善良的召亚协又把礼物奉送。
一只银钵，打开盖子就有饭吃，
一件袈裟，披在身上可避寒冷，
一包草药，危难时可以起死还生。

"你这样思念自己的家乡，
你这样热爱自己的母亲，
那太阳升起的东边，
就是你通向幸福的路程。"

贡马那面对恩人双膝跪地，
感激的话儿在心中翻腾，
感激的泪珠洒湿了泥土，
感激召亚协给予的智慧和本领。

他十步一回头，
朝着召亚协合掌②鞠躬，
他百步一声唤，

---

① 召亚协：在深山老林里修行的高僧。
② 合掌：双手合十是傣族的一种礼仪，表达问候与谢意。

天塌地裂不忘召亚协的恩情。

第四章　魔窟劝兽

在密林里从天黑到天亮，
贡马那一路荆棘挂破了衣裳，
他来到了一个荒凉的山谷，
这里没有鸟叫，没有花香。

两个大大的山窟，
山窟里闪着绿光与蓝光，
足有九十九丈高宽，
一出声四面八方便回响。

恍惚听到刀箭在撞响，
抬头望去火光在摇晃。
看不见人的足迹和身影，
只见黑雾浓烟在滚滚翻卷。
贡马那疑惑不解，
沿着弯曲的路径走向前。
血雨夹着沙尘，
随风扑在脸上。

狭长的石洞晃动着黑影，
两个恶鬼相互大吵大闹，
他们为做老大占山为王，
在拼命抢夺一根发光的魔杖。

抢夺中互相诅咒，
诅咒中又动刀枪；
他们杀得血肉纷飞，
拼死拼活两败俱伤。

两个恶鬼无力地合拢眼睛，
格斗的刀矛无力地摔在地上。
贡马那走近魔鬼身边，

不觉低下头来在思想——

腥风呜呜地吹，
血雨唰唰地响，
不知魔鬼为什么在这里闹腾？
是世代冤仇还是为了私利欲望？

贡马那像只不透气的葫芦，
闷得心里慌乱没有了主张：
"天神啊，请告诉您的儿女，
兄弟般的厮杀为什么这般凶残？

"魔鬼啊，你的妈妈在哪里？
魔鬼啊，你的爱妻在何方？
你们瞬间就这样倒在血泊中，
爱妻有谁安慰，妈妈由谁抚养？"

贡马那要弄清他们仇杀的原因，
想起了召亚协传给他的救命秘方，
他立即拿出神药糊住魔鬼的伤口，
两个魔鬼很快苏醒回转世上。

两个魔鬼揉揉眼睛，
如噩梦初醒神色慌张，
立刻跪在贡马那面前，
一面感激，一面坦言：

"我们没有多余的土地，
我们没有多余的粮食，
一窝孵出的雄鸡纵然反目，
互相冲撞，互不相让。

"烧毁了亲手建造的房屋，
周围的乡亲也无辜遭殃；
最后为争夺一根祖传宝杖，
哥弟俩制造了一次次灾难。

"漫骂时搜索伤人的言语，
厮杀时搬出锐利的刀枪。
死去的鬼魂日夜哀鸣，
幸存者有说不完的悲怆！"

贡马那面对着此景，
万般思绪涌上胸膛。
他劝两个魔鬼弃恶从善，
要把恶行邪念一齐抛光。

贡马那的真诚话语，
使两个恶鬼懂得了人间善良；
贡马那的温暖感情，
使两个恶鬼懂得了友爱相帮。

贡马那不能在此久留，
他无时不在挂念着母亲和家乡。
两个魔鬼感谢再生之恩，
双双把护身的魔杖献上。

第五章　金湖相爱

贡马那又朝着日出方向行进，
不久就走出了魔窟那个地方。
眼前彩霞缭绕，
草坪洒满金光。

林中猢狲在玩耍跳跃，
泉边小鸟在放声歌唱；
蜜蜂恋着花蕊不停地转悠，
粉蝶双双扇动着快活的翅膀。

下一阵喜雨石崖滋润，
风吹龙竹像凤尾摆荡；
蓝天掩映的青山多么苍翠，
宁静的平湖闪出一片银光。

贡马那啊来到金湖边，
千朵莲花正绽蕾开放，
波光粼粼的莲花湖啊，
发出异彩，传送芳香。

谁也不知道湖有多深，
谁也不知道湖有多宽，
它像无垠的坝子，
它像宽阔的蓝天。

啊，静悄悄的湖面，
在短短的眨眼之间，
一位楚楚动人的少女，
踏着闪闪波光在湖面出现。

她气质非凡而且充满智慧，
她的脸庞胜过盛开的花瓣，
她的身姿像莲花露出水面，
多情的眼睛比繁星还要耀眼。

见到她啊，枯树也要发芽，
见到她啊，酸果也会变甜。
忧愁填满心窝的贡马那啊，
把苦闷烦恼也搁在了一边。

贡马那第一次见到这朵鲜花，
贡马那第一次闻到这迷人的清香，
啊，一定是混西迦①赐给的福气，
让这仙女拨动他爱慕的琴弦。

爱情的小鸟把歌唱，
蓝色湖水把情意传：
"是谁把石子投进湖心，
是谁把我的爱情试探？
天神派我来看守金湖，
不是魔妖混杂在莲花中间。"

贡马那一听眉展心欢，
好比春风把忧愁驱散：
"姑娘啊，美丽的睡莲，
好似天神引导我同你相见。
我多么想同你做伴，
假若你不嫌我贫寒。"

荷花显出千姿百态，
叶绿花红少女娇艳：
"宰冒②啊，一千年前的安排，
今天我们才得在此会面。

"混西迦要我们为民解难，
把幸福和安宁带给人间，
像荷花那么纯美，
像莲子那样香甜。"

贡马那抛出手中魔杖，
一道彩虹在湖上出现；
贡马那走向金莲姑娘，
幸福的金桥把他们紧紧相连。

星星眨着眼睛，
月儿绽开笑脸，
林中百鸟绕着金湖飞翔，
双双鸳鸯依偎在湖面上。

湖水往四面分开，
湖底闪现出一座宫殿。
金莲姑娘啊伸出小手，
拉着贡马那走上长廊。

月色洒在他俩脸上，
星光映在他俩身上，
恬静的夜卷起爱情的波澜，
两颗心好比一朵并蒂莲。

日子如箭一般飞过，
不知有多少黑夜和白天；
林中小鸟夜来都要回巢，
天上大雁也要飞回南边。

"朝日出的方向行进！"
召亚协的话又在脑子里亮闪。
贡马那啊怎能在此久留，
故土啊令他深深的怀念！

虽然这里的天空晴朗明净，
湖中也难免投下阴影；
虽然金莲姑娘情深意厚，
贡马那难以掩藏怀乡之心。

---

① 混西迦：傣族传说中善良、智慧的天神，他日夜洞察人间、惩恶助善。
② 宰冒：傣语，宰即哥哥，冒即小伙子。译为少年哥哥。

贡马那望着蓝天沉思，
贡马那望着湖水出神，
七色花瓣使他倍感目眩，
涟漪的湖面现出可怜的母亲—

故土上有千军万马在飞奔，
竹楼啊在烟火中化为灰烬。
母亲在呼唤，乡亲在哭喊，
奘房内敲响了急促的钟声。

贡马那由此心事重重，
面容消瘦，精神不振。
金莲姑娘面对贡马那，
请求他把牵挂快快说明。

"婻[①]啊，
我的故土遭遇了侵犯和掠夺，
和平安宁的生活已无影无踪。
亲人们是死是活使我焦虑，
故国的命运像绳索紧系着我的心。
心爱的妻子啊，请你体谅，
我想快快奔上回乡的路程。"

"宰冒啊，
人人都有故国和家园，
人人都有敬爱的母亲！
我们的情谊像金锁牢固，
这里的莲花湖水也是那么迷人，
但为了帮助远乡故土和亲人，
我愿舍去一切跟随你前行。"

第六章　金莲被抢

贡马那和金莲离开了莲花宫，
一同骑上会腾空飞翔的魔杖，
飞上了蓝天，飞过了三千里路程，
飞越无数河谷、森林和山冈。

漫长的路程使他们疲劳，
两人在一个草坪上歇脚。
眼前的翠鸟点头欢啼，
身边的花鹿扬蹄跳跃。

不久，他俩呼呼入睡，
好像两只小鸟躺在窝巢。
妖怪总是欺侮善良的人，
布桑林又在这里伸出魔爪。

他看到美丽的金莲女，
垂涎三尺，笑弯眉毛。
十分困倦的贡马那啊，
想不到又碰见布桑林这个老妖。

布桑林抱起金莲就跑，
任其金莲的反抗呼叫，
布桑林硬把金莲抢进了魔窟，
扬言要把金莲永远留在窝巢。

金莲骂他不知羞耻，
金莲恨他不讲人道：
"你比枯树还腐朽，
你比老雕还难瞧。
你不怕火神把你焚烧，
贡马那也不会把你轻饶。
快放开你罪恶的黑手，
让我回到丈夫的怀抱。"

布桑林脸皮如象皮，
满身的毛好比野猪毛。
他不听金莲姑娘的劝说，
还把自己的魔窟当作宫殿夸耀。

布桑林想亲金莲的脸，
就好像挨近了呛人的辣椒；
布桑林想吻金莲的手，
就好像碰上了红红的火炭条。

---

① 婻：公主。也可解释为男性对女性的尊称。

布桑林要金莲同他做伴，
金莲说金鹿怎能配虎豹；
布桑林要金莲忘记贡马那夫君，
金莲说恩爱夫妻千年都牢靠。

布桑林好话说完办不到，
布桑林坏话吓唬办不到，
他又不想轻易放走金莲姑娘，
只好让他女儿来同金莲说好。

金莲望着茫茫森林，
相思绵绵涌起怒潮。
她悔恨自己不带着宝刀，
她盼望贡马那快快来到：

"心爱的贡马那啊，
你在哪里把我寻找？
魔窟这样恐怖阴沉，
你可听见我的悲愤我的呼叫？"

金莲倚窗落泪，
好似流水涛涛。
一天如同一年的时辰，
怎么叫金莲苦度煎熬？

第七章　真挚考验

贡马那在寻找金莲，
贡马那在呼喊金莲，
只听见高山的回声，
听不见金莲的回音。

莫不是金莲摘果子跌下悬崖？
莫不是金莲喝泉水掉下深箐？
贡马那又飞回莲花湖边寻找，
千呼万呼依然无人回应！

贡马那骑着会飞的魔杖，
穿行在厚厚的云层雾中。

是布桑林用魔法使他迷失方向，
还是狂风把他送到陌生的山林？

贡马那降落在勐货罕①国土，
他看见满山的卫士和人群；
他想问这里可有奇事发生，
也把金莲的失踪向人们打听。

原来是勐货罕国王出宫打猎，
跟随的卫队和人马数不清，
猎狗、马匹和铓锣满山轰鸣，
围猎的呼叫声在山谷中沸腾。

为了探听金莲的点滴消息，
贡马那决定接近狩猎的人群；
他自称自己也是个好猎手，
请允许加入今天的狩猎行动。

国王看看一身英武的年轻人，
便请贡马那亮出猎手的本领。
贡马那一箭射死奔跑的野兔，
贡马那一箭射落空中盘旋的老鹰。

国王佩服贡马那的箭法，
热情邀请贡马那一同回宫。
贡马那也想探听金莲的消息，
便爽快地接受了国王的盛情。

步入宫殿的贡马那四处打量，
大臣们也打量着这陌生的客人。
那些悠闲自在的宫女和妃子，
个个都用眼睛赞美贡马那的英俊。

三天后的一个深夜，
贡马那的住房门外有人叩门，
声音是那么轻柔和均匀，
好像在表达着内心的一种渴望之情。

贡马那从梦中醒来，
以为是仆人叫他起身，

---

① 勐货罕：一个国家的称号。勐，即一地或一国；货罕，即国王。

当他打开房门一眼望去——
啊，是两个娇柔的公主美人！

她俩的名字叫苏文娜和苏文丽，
前来约请贡马那去花园观赏美景：
"尊贵的客人啊你远道而来，
请不要拒绝我们的真诚。"

苏文娜像朵白玫瑰，
苏文丽像朵金缅桂，
笑脸像春风吹拂的粉团花，
说话像鹦鹉唱歌婉转动听。

鸳鸯在湖边双双栖息，
夜风摇曳着绿枝上的花粉。
苏文娜和苏文丽都张开披巾，
想用他们的热情温暖这孤单的客人。

贡马那向两位公主合掌致意，
并真心地感谢她们的一片深情；
他向公主说明了入宫的本意，
说明自己正在苦苦寻找心上人。

贡马那无心同公主暗中幽会，
哪怕温馨的花园里悄寂无人。
他一想到故土和母亲就落泪，
他一想到金莲失踪格外伤心。

贡马那寻找亲人的愿望，
得到了两位公主的同情，
贡马那在花园里向她俩告别，
两个公主含着眼泪脉脉送行。

第八章 智斗老妖

贡马那又走了几天几夜的路，
火辣辣的太阳使他浑身无力。
大青树像把大伞张开，

有意让他在树下歇息。

贡马那皱着紧锁的眉头，
贡马那想着沉重的心事：
漫漫道路啊何时完结，
千村万寨哪里是归宿之地？

榕树叶子刚刚落地，
妈妈已为儿织好了寒衣；
儿子要出门上路时，
妈妈就把饭团装在筒帕里。

儿子在外晚归几时，
妈妈便问魔弄①是凶是吉？
儿子冷着头昏咳嗽，
妈妈便急忙拜佛求医。

妈妈如今站在寨头盼望，
妈妈如今坐在楼上哭泣！
茫茫迷雾啊快散开，
不要隔断了母子的深情惦记！

混西迦在天上洞察人间，
望见了贡马那愁眉苦脸；
断明他是失去亲人的痛苦，
断明他是遭遇到了大灾难。

混西迦爱惜善良人儿，
下凡来到贡马那面前；
他装扮成白发苍苍的老人，
询问年轻人是否需要相帮？

贡马那立即站起来致谢，
即向老人诉说了自己的灾难。
老人点着白发苍苍的头，
拉着贡马那的手飞离地面。

混西迦有一双宝石眼②，
九千九百里都能搜索到他眼前。
浓云迷雾挡不住他的目光，

---

① 魔弄：卜卦师。
② 宝石眼：是傣族传说中赋予混西迦天神的无所不及、无所不明的慧眼。称之为宝石眼。

布桑林的魔窟在他眼前出现。

在那怪石嶙峋的地方，
在那一团团黑雾中间，
贡马那揉揉眼睛，
看清了金莲被锁着的宫殿。

布桑林啊可恶的布桑林，
是你发洪水把我冲离家园！
布桑林啊可恨的布桑林，
是你在途中劫走了我的金莲！

贡马那悲痛难言，
他跪在老人面前：
"敬爱的老人啊请帮帮我，
山高水深的恩情永生不忘！"

混西迦又点点白发苍苍的头，
伸手扶着贡马那的右肩：
"召亚协教你的本领已经很多，
我再赠你一把宝刀将力量增添。"

贡马那照着老人指点的方向，
冲向一团团黑云浓烟中间；
只见魔鬼们在火塘烧烤人肉，
一个个你争我抢血肉飞溅。

乌云密布，
雷电闪闪，
贡马那冲进那吃人的宫殿，
布桑林慌慌忙忙出来应战。

漫野的魔鬼各色各样，
大嘴巴可以吞噬小山，
一个个头长刺棵，面如斑蛇，
一个个龇牙咧嘴，红发散乱。

贡马那使出强力的魔杖，
先击破布桑林的金鼓面，
贡马那又使出坚韧的宝刀，
先砍断布桑林的铁链环。

布桑林张弓射箭，

贡马那左右飞旋；
布桑林变换法术，
贡马那随机应变。

他们苦斗了几百个回合，
直打到太阳快要落下山；
双方依然胜负不分，
贡马那只好回到混西迦跟前。

混西迦安慰贡马那：
"孙儿啊你不用难过，
勇敢还需要有智慧，
战胜恶魔就在今晚。"

布桑林认为打了胜仗，
当晚便大摆人肉大宴；
大魔小妖放开肚皮大吃大喝，
翩翩起舞的魔女朝魔王颂赞。

贡马那在寂静的深夜，
得到了混西迦的救援，
他转身变成一只白兔，
跳进了布桑林的花园。

魔王的女儿梭加达正在游玩，
看见蹦跳的小白兔非常喜欢，
上前把白兔抱在怀里，
回到房间给金莲观看。

她们看着看着白兔突然不见，
英武的贡马那却站立在面前；
金莲一头扑在贡马那的怀中，
止不住的泪水诉说着日夜思念。

贡马那双手搂住金莲，
贡马那向梭加达问安；
梭加达也敬慕贡马那，
催促他俩快逃出宫殿。

贡马那和金莲逃走不远，
后面一匹追马飞快如箭。
当贡马那拔出宝刀准备迎击，
尘烟中闪出梭加达的笑脸。

"啊！勐排①的小姐啊，
你带来的是吉祥还是灾难？
为什么单身匹马奔出宫殿，
为什么这样匆匆把我们追赶？"

梭加达公主下马对他俩说：
"我厌倦苦闷的勐排宫殿，
我痛恨父亲狠毒的心肠，
我向往勐巴塔纳自由的田园。"

梭加达哭泣声声，
梭加达泪水涟涟，
她请求把她当妹妹带离勐排，
让她一同去享受人间的温暖。

野花丛中有芬芳，
魔女真心吐心愿。
贡马那和金莲姑娘多么高兴，
他俩让梭加达妹妹走在中间。

他们越走天空越晴朗，
他们越走大地越娇艳；
他们踏着闪光的道路，
回到了勐巴塔纳的美丽家园。

第九章　喜庆还乡

阳光照耀着金塔，
勐巴塔纳盛开着鲜花；
喜鹊在枝头欢叫，
贡马那回到了久别的家。

冷清的寨子一下子欢腾了，
乡亲们都来到寨头大青树下，
小伙子敲起象脚鼓，
姑娘们端来糯米茶。

多少年的想念，

多少年的挂牵，
千言万语说不完，
汇成欢欣的泪水洒湿衣衫。

孩子们睁着新奇的眼光，
老年人急忙上前问话：
"是天神保佑你啊，
我们心爱的贡马那！"

贡马那的母亲闻声赶来，
昏花的眼睛擦了又擦；
"天神啊，不是我耳朵听错，
祖先啊，不会是我在做梦吧！"

贡马那领着美丽的金莲，
一齐跪在妈妈的面前，
热泪渗透了家乡的泥土，
辛酸的经历如刀把心窝扎。

三天庆贺已经过去，
贡马那恢复了旺盛的精力。
他和金莲带着梭加达，
和乡亲们一起去耕田种地。

贡马那从远方带来了树苗，
贡马那从远方带来了种子，
他分给乡亲们撒在田地上，
见风长三寸，见雨高三尺。

一片片茂密的果林，
一片片丰收的田地，
贡马那的家乡变得翠绿，
泛滥的河也得到了治理。

贡马那把魔杖插在哪里，
哪里就有崭新的竹楼矗立；
家家搬进新房，
人人欢天喜地。

幸福的故乡啊，和平的土地，

① 勐排：妖魔盘踞的国度，即魔鬼国。

家家户户的生活过得多么甜蜜。
远方的百姓纷纷来这里安家，
这里的土地比宝石更加多彩绚丽。

贡马那手按着宝刀银柄，
对人间邪恶充满了警惕；
布桑林还没有受到惩办，
幸福的时候怎能忘记辛酸的往日。

第十章　出战立功

乌鸦声声啼叫，
站在菩提树上不肯离去；
灾难的阴影，
依然笼罩着肥美的土地。

布桑林率领着妖兵，
又向勐巴塔纳侵袭。
年迈的国王手慌脚乱，
连忙派大臣向全国传达圣旨：

"勐巴塔纳忠诚的臣民们，
我们的和平将被妖魔夺去，
快拿起我们的刀矛武器，
快显示我们的坚强意志！
保护我们的妻儿老小，
保卫我们可爱的土地！

"我已经年迈无力，
不能带兵前去迎敌。
谁有过人的胆量和智慧？
我需要一名克敌制胜的勇士！

"请他火速进宫晋见国王，
请他扛起我们骄傲的大旗。
国王将命令他统率千军，
保卫勐巴塔纳的和平与荣誉。"

安宁的土地笼罩着乌云，
往日的歌声琴声顿时消失。
多少人气愤难言，

多少人深感焦虑。

贡马那怎能忍受欺辱，
未报的仇恨还在心里。
假若勐巴塔纳被毁灭，
祖先的阴魂也难以安息。

贡马那一手拉着母亲，
贡马那一手拉着爱妻，
挤进人群去拜见传旨的大臣，
愿意率领大军迎击来犯之敌！

在刀箭林立的王宫广场，
国王把大旗递到贡马那手里：
"你的美名早就传到我耳里，
原谅我没有及时向你道喜！"

鲜艳的花朵怎能让恶人蹂躏，
斑斓的孔雀怎能让别人扼死！
幸福是我们国人亲手开创，
就像神圣的金塔不可夺去。

国王信赖贡马那的本领和忠诚，
嘱咐他快快捎来胜利的消息。
贡马那跨上战象威武出征，
十万将士紧紧跟随着他的大旗。

贡马那知道妖兵勇猛彪悍，
贡马那懂得布桑林的诡计。
他把勐巴塔纳的将士巧妙埋伏，
等待妖兵闯进死亡的包围圈里。

贡马那靠魔杖乔装妖兵，
带着士兵悄悄混进敌阵里。
当金号在山谷和森林中吹响，
勐巴塔纳的军队奋勇出击。

鼓声震天，
金号动地。
妖兵们惊恐万状，
布桑林措手不及。

他慌忙指挥妖兵抵挡，

但好比一群群野兽掉进了陷坑。
愤怒的大军从四面夹攻，
厮杀的战场像大火滚滚不熄。

贡马那猛然出现在布桑林背后，
不给魔王变幻法术的半点时机，
威猛的阿銮立即把布桑林打倒，
又挥起宝刀戳进了他的心窝里。

妖魔鬼怪败阵逃跑，
贡马那率军乘胜追击，
闪闪发光的魔杖，
把妖兵的脑袋纷纷扫落在地。

勐巴塔纳军民胜利了，
善良的土地显得更加美丽！
勐巴塔纳国王亲自出城迎接，
喜庆的美酒献给凯旋的勇士。

贡马那接过国王的满杯的酒，
洒向奋勇杀敌的乡亲和勇士。
胜利永远属于勐巴塔纳的军民，
胜利永远和壮丽的山河在一起！

勐巴塔纳爆发出阵阵欢呼，
不落的赞歌回响在漫天彩云里。
国王向全国百姓庄严宣布，
他的声音如响铓传遍大地：

"我把荣誉奖赏给英雄贡马那，
勐巴塔纳从此由功臣来管理！"

百姓们高兴得跳舞歌唱，
幸福在每个人的心里流蜜……

尾歌

金鼓敲，
金铓响，
赶摆的百姓像流水，
拥戴贡马那当国王。

人们欢送贡马那入主宫殿，
千瓣莲花洒向贡马那国王，
颂歌飞向蓝天白云，
净水洒在贡马那的身上。

贡马那向乡亲们合掌，
贡马那感谢母亲的哺养，
他忘不了恩人召亚协，
他抬头把混西迦敬仰。

太阳照耀着金色的国土，
春风吹到人们的心坎上，
安宁富足的勐巴塔纳啊，
到处都闻得着米酒的芳香。

贡马那战胜了苦难和邪恶，
贡马那迎来了美丽的曙光。
百姓永远同阿銮贡马那在一起，
像星星围绕着月亮。

（原载《民间文学》1982 年第 1 期）
演唱者：景哏赛·樊相（傣族）
翻译者：岩　林（傣族）
整理者：刘辉豪　岩　林（傣族）

附　记（原《后记》）：

《阿銮贡马那》是流传在云南省德宏傣族景颇族自治州傣族地区的一部傣族民间叙事长诗，特别是在芒市、遮放等地的傣族村寨里，几乎人人喜爱，家喻户晓。长诗独特的构思，优美的意境，深深吸引着我们。长诗以炽烈的感情，突出地讴歌了主人公贡马那这个被傣族人民称之为无敌英雄热爱和平、热爱故土、热爱乡亲的高尚品质，同时把对邪恶势力的斗争同与改造自然的斗争，以及对坚贞爱情的赞颂都有机地结合起来，比较完美地反映了傣族人民对美好生活的向往与追求。像这样的长诗，尽管它是产生在古老的年代里，但它却具有永久的生命，而且也很有现实意义。我们在整理这部长诗的时候，主要是依据流传在德宏傣族景颇族自治州潞西县遮放镇户闷村的傣文手抄本并由傣族老者、民间文人景哏赛·奘相和岩林翻译的稿本，同时将岩林所搜集到的口头流传资料进行综合整理的。

整理者

1980 年 12 月

青莲之歌

一

听吧——
无论统治大勐小寨的君主首领，
还有普通的男女老少平民百姓，
无论漂亮姑娘、强壮小伙子，
还是耳戴金环的离婚女人，
以及面带微笑的老少爷儿们。

听吧——
丈夫没有睡在身边的女人，
还有那些丧夫的寡妇，
以及年轻的有夫之妇们，
请一起来从头静静倾听。

时光如水啊转瞬即逝，
吉利宝壶般的姑娘啊，
哥哥我已经衰老了，
不会再有第二次年轻。

能与妹妹相遇是哥的福分，
哥哥心里非常清楚明白，
哥哥将从头讲到结尾，
解释给哥最爱的妹妹。

让它成为佳话世代流传，
让它像鲜花永远遍地开放，
让人们在一起议论评说，
成为地方和村寨的风俗习惯。

哥哥的困难像五月天的火，
消息像风从草丛缝隙间穿过，
哥哥喜爱才把它拿来琢磨，
绞尽脑汁才把它编写成歌。

哥哥肚里的词汇实在太多，
才编成笑话来给妹妹你说，
就像豪猪射芭蕉花玩耍，
漂亮的妹妹别抛弃哥哥。

金花瓣般的妹妹啊，
哥哥已经编出动听的唱词。
哥哥现在就开始吟唱，
年轻寡妇——波昵①的故事。

面带微笑的波昵妹妹，
无论谁的巧手描绘，
都不能画尽你的美。
人们都说啊，
金莲花开在湖水中央，
馨香的金莲花啊，
花瓣花蕊都令人心醉。

白嫩苗条的波昵妹妹，
美丽善良的波昵妹妹，
生活在宽广的勐西双版纳②，

---

① 波昵：人名，即青莲。傣族喻新寡的少妇为青莲，褒意。
② 勐西双版纳：此意为西双版纳地方。

不贪恋天底下的帅哥俊男。

自从丈夫去世,
白嫩苗条的波昵妹妹啊,
仿佛也将离开人间一样,
再没找其他男人来身边陪。

她不愿找情人配对成双,
常独自一人冥思苦想,
想起疾苦常忧伤发愁,
波昵从此不再出门游玩。

温柔的寡妇波昵妹妹,
常感到艰难困惑身心憔悴,
内心的悲苦无处倾诉,
心火焚烧啊彻夜难寐。

妹妹的思念久久不会消失,
就像风吹树林中的叶子。
苗条秀丽的波昵妹妹,
家里家外啊,
非常讲究待人处事。

她从不偏离妇道礼仪,
独居家中举止娴静,
从不与小伙子拉拉扯扯,
更不与别人的丈夫调情。

她像立在河里的中流砥柱,
从不跟已婚的男人玩耍。
就算有千万棵大树来冲击,
也休想引诱动摇她。

她下决心远离情欲诱惑,
只愿与孩子一起安定生活。
不再贪恋世上的任何男人,
只想享受母与子的幸福快乐。

她不再需要新的丈夫,
不会对别的男人有所在乎;
她不想再寻觅第二个缘分,
仿佛不想在这世上继续生存。

她不想再建立第二个家庭,
因为她还保持着啊,
对宝贝丈夫的眷恋之情,
就像长线缠绕身体一千遍,
丈夫的影子还铭刻在她的心。

除了思念还是思念,
心中一直把英俊丈夫挂牵,
就像风吹水面涟漪波动,
心底还在把自己的丈夫留恋。

牵挂丈夫的心情不会消失,
就像八哥在林中哀叫不止。
苦苦寻觅死去的夫君啊,
惦念丈夫的情思日复一日。

傍晚暴雨将至的时候,
鸟雀蟒蛄在深山啁啾。
她的心中如烈火焚烧,
满心凄楚而无限哀愁。

美丽的波昵吃饭不香,
连喝汤水也难以下咽,
过去的一切不会烟消云散,
往事历历呈现在她眼前。

那时候啊
黑眼睛的妹妹爱陪哥吃饭,
摆好饭桌就能与他面对面,
夫妇同桌饭也甜来菜也香,
饭后哥哥就睡在妹的身边。

小妹妹陪伴哥哥形影不离,
妹最爱与哥哥吃住在一起,
只要得见哥哥红润的脸,
有说有笑苦瓜也甜如蜜,
谈论起家里的各种东西,
逗着妹妹快乐开心无比。

在哥哥要出远门的时候,
宝贝波昵常常拉住哥的手,
千叮咛万嘱咐依依不舍,
妹妹我一次次记在心头。

苗条妹妹现在夜夜梦见，
英俊的丈夫又回到妹身边，
眼睛黑亮的宝贝夫君啊，
温柔依偎在波昵身边。

波昵妹妹心中浮想联翩，
夫君与我鸳鸯戏水在河边；
亲爱的哥哥在前面游啊，
妹妹胆小就紧跟在哥哥身边。

黑眼睛妹妹哪儿也不去，
陪伴着宝贝哥哥形影不离，
双双展翅成双又成对，
像蜜蜂采花纷飞在花丛里。

金子般的妹妹去到河边，
往日的情景又涌上心头，
漂亮妹妹思念英俊阿哥，
好比河水穿过坝子日夜长流。

怪不得那时候啊，
野姜花和藏药木已开始凋零，
其实啊花卉般的哥哥，
还是那样英俊年轻，
亲爱的哥哥并没有衰老，
心爱的哥哥还神采奕奕。

记得那时啊
与英俊的哥哥成双成对，
怎能忘同床共枕令人心醉。
千般恩爱至今魂牵梦萦，
白嫩的哥哥啊再来陪妹妹。

和妹妹建立家庭才五年多，
花布头巾蚊帐垫子和被窝，
麝香檀香味还没有淡去，
哥哥的铺盖也还没有褪色。

可是现在啊
英俊的哥哥却躲往远处，
心爱的英俊白嫩的哥哥，
你怎能抛弃纯金妹妹身先走，

怎能把母子俩丢下不管死活。

你抛弃孩儿不得见脸，
可怜的儿子涕泪涟涟，
早晨哭醒了谁来劝慰，
肚子饿了谁来把饭添？

妹妹胸中十分忧愁郁闷，
伤心的泪啊像绵延的雨水天，
我俩的儿子已渐渐长大，
妹带他出去游玩就会询问。

母子俩高兴时他也会问起，
我家的父亲在哪里？
为什么有家他不回？
难道是我没有亲生父亲？
莫非他变成鬼抛弃了家庭，
丢下年幼的孩儿孤苦伶仃，
独自与村寨的亲戚一起住，
寄人篱下啊四处飘零。

只见年迈体衰的老婆婆，
抱着幼小的孙子在逗乐，
一老一少祖孙俩啊，
咿咿呀呀唱着儿歌。

小屋里怎么冷冷清清，
难道妹妹的亲生父亲，
也生病离开了人世间？
只剩下啊，
当了妈妈的波昵好可怜。

怀抱里的小儿涕泪涟涟，
哭声像离窝的小猫般凄惨，
邻家的姑姑听见不忍心，
抱着他又是哄来又是劝慰：

孩儿啊！
最爱你的好父亲，
他到远方经商做生意，
他到处去找你喜爱的礼物，
一年半载不能回来见你。

孩儿啊!
最爱你的好父亲,
他到越南老挝去经营,
在老挝地界做买卖,
要找花棉被来给儿盖,
漂亮的手镯项链要给儿穿戴。

花环般美丽的金玉项链,
要挂在宝贝儿子的胸前,
我们的儿子这才不哭泣,
同寨里的伙伴一起玩起来。
别家的孩子吃烤鱼,
我们的儿子吃芝麻糖包糯米,
别家的孩子吃烤肉,
我们的孩儿也哭着要吃肉。

没有人到集市上去买,
没法托人到街上去带,
天天呆望着空旷的路,
看着人家吃东西两眼发呆。

我俩那可怜的孩儿啊,
若不夭折就会长大起来,
一旦问起自己的亲生父亲,
人们就会这样说给他听:
你父亲长期在外发了大财。

我俩的孩子就想问明白,
既然父亲经商发了财,
那为什么不见礼物寄回来?
即使到遥远的内地去贩卖,
也该买些绸缎布匹带回来。
无论到内地还是到勐龙①,
或者是到老挝缅甸和越南,
只要听到近处牛铃响,
或者听到森林里马铃叮当,
就这样想这样说,
那是在外经商的父亲回家来了。

如果听说有人从远处归来,
就哭闹着要妈妈领去问明白。

常常拉着妈妈的手去迎候,
母子俩站在路旁翘首等待。

这时候啊,
我们可爱的孩子,
就会到处打听哥哥您的消息,
这时候啊,
妹妹的烦恼忧愁油然升起。

丧夫守寡的波昵妹妹,
独自躺在床上就格外孤单。
孤苦伶仃的妹妹久睡难眠,
因为还把心爱的哥哥挂牵,
妹妹怀念英俊魁梧的哥哥,
心中的思念像秋雨绵绵。

妹妹的心像甘蔗花絮一样,
悠悠荡荡随着轻风飘扬,
灾难已经不可避免地降临,
妹妹奄奄一息仿佛死了一般。

不见心爱的夫君身边陪伴,
不见英俊的哥哥依偎身旁,
艰难困苦妹妹一人承担,
年轻的妹妹冷清孤苦睡不安。

半夜里经常有噩梦惊悸,
醒来在蚊帐里独自哭泣,
妹妹想念心爱的夫君,
思念英俊的情郎。

哥哥心胸宽广善解人意,
和妹妹在一起快乐无比,
妹妹陪伴哥哥毫无厌倦,
哥哥怎么就把妹妹抛弃?

妹妹怎忘得了亲爱的哥哥,
怎能忘记魁梧英俊的哥哥,
怎能忘记矫健如冬笋的哥哥,
怎能忘记啊,

---

① 勐龙:今景洪勐龙。

妹妹金玉项链般的哥哥。

妹妹红莲花般英俊的哥哥，
大象般威武啊槟榔果的颜色，
孤单无助的妹妹我，
像林中徘徊的离群八哥，
苗条俊秀的妹妹我，
伤心哭泣寻不见哥哥。

人们说啊：
芦苇丛里的细叶小树种，
就像森林里弱小的红刺桐，
枝叶枯萎开不出美丽的花。
妹妹啊就好比那棵小刺桐，
长出野姜苗般纤细的茎秆，
鬼为什么使妹妹美梦成空。

妹的痛苦像暴晒的团花树，
又像林中任人踩踏的粘莲草，
夜里睡觉呼吸快要窒息，
孤独的妹妹没人会想到，
俊秀的妹妹孤单受煎熬。

波昵想念英俊的哥哥，
晚餐时人们都围着饭桌，
波昵见不到哥哥的脸，
更不见哥哥过来陪坐，
波昵妹妹像要发疯了。

人家吃晚饭团团围着饭桌，
波昵妹妹孤单难过又寂寞，
在妹妹摆放饭菜的时候，
不见英俊的哥哥过来陪坐。
波昵妹妹独自一人啊，
空守着一大张饭桌。

只有孩子一人陪坐在桌边，
不见亲近的丈夫来把菜搛，
波昵妹妹形只影单好凄凉，
真想跟随哥哥一起断气身亡。

在太阳快要沉落西山的时候，
在太阳升到须弥山顶的时候，

在小鸡围拢鸡圈的傍晚时分，
波昵妹妹把宝贝丈夫想念。

妹妹怀抱幼儿伤心又忧愁，
想念心爱哥哥在世的时候，
眼巴巴看着道路痴心妄想，
小妹妹又回到从前的时光。

假如妹妹的夫君没有死去，
而是到别的地方去做生意，
回来还可以见到自己的妻儿，
回来还可以亲吻自己的爱妻，
回来与自己的妻儿说笑不已。

父亲嫩白的宝贝心肝，
今天父亲到河边林地游玩，
带回酸角甜角多种果子，
现在还装在父亲的背包里。

我们的儿子把它统统掏出来，
分给村里一起玩耍的小伙伴，
如果亲爱的夫君没有死去，
就会对自己的孩子这样疼爱。

可从今往后啊，
妹妹将守寡在家，
十万万年后啊，
也一直会把你牵挂。
在夜深人静的时候啊，
妹妹难成眠啊，
思亲的痛苦像猫在心里抓。

寨子里人们已进入梦乡，
四周的近邻也一片寂然，
妹妹独自躺在空空的床上，
不见夫君来妹妹身边陪伴。

不见夫君心中就格外念想，
亲爱的宝贝妹妹怎能忘，
妹妹思念亲爱的宝贝哥哥，
千丝万缕啊日夜不消散。

在满天星光耀眼闪烁的时候，

小鸟在林中快活啁啾的时候，
蝼蛄在山脚纷纷鸣叫的时候，
蟋蟀在田间地头唱和的时候。

花虫在草丛中鸣叫的时候，
母鸡召唤鸡仔回窝的时候，
波昵妹妹在床上想透了，
妹妹心中是把哥哥牵挂挽留。
白嫩温柔的哥哥啊，
身材魁梧的哥哥，
在已经过去了很久的时候，
在妹妹还是小姑娘的时候，
妹妹后来才逐渐长大，
身材已经高过自己的妈妈。

苗条的波昵妹妹是处女身，
十几岁就亭亭玉立光彩照人，
在妹妹才有八岁的时候，
妈妈就时常把妹妹叮咛。

亲爱的妈妈告诉波昵，
你的丈夫在不远的寨子里，
自从妈妈告诉女儿后，
女儿就心领神会牢牢铭记。

从那个时候起啊，
年轻漂亮的妹妹波昵，
便把长辈的话牢记心里。
妈妈从小就谆谆嘱咐，
即使我俩的缘分远隔十万排①，
也会很快相遇到一起，
成双成对同盖一床被，
享受快乐幸福好安逸。

我俩情意缠绵恩爱无边，
愉悦的身心胜过神仙，
亲爱的妹妹天天刻在心上，
就像拉姆②花天天戴在发间。

波昵妹妹心欢不厌倦，
总想陪哥调情爱绵绵，
因为波昵妹妹啊，
日日夜夜把宝贝哥哥思念。

可是现在啊
哥哥的五蕴③已经破裂，
哥哥的魂魄已经远去，
宝贝哥哥啊，
你的离去使妹妹身心毫无活力。

为什么抛下妹妹空惆怅，
为什么要让妹成为寡妇波昵，
椰子树叶片般单薄的妹，
怎能把亲爱的哥哥忘记。
人们说啊，
湖中的金莲花芬芳四溢，
香喷喷的气息远飘千里，
波昵妹妹心里暗自比较。
英俊哥哥虽然死得很早，
但是不管离别已成为长久，
妹妹对英俊的哥哥啊，
爱恋的情思啊永远以旧。

白嫩温柔的英俊哥哥，
椰子树换叶开花结嫩果，
夺拉下垂的嫩叶片啊，
妹妹像穿城流过的大河。

妹妹看坝子里的那些男人，
那些与妹同村同寨的男人，
妹觉得这里所有的男人，
谁都比不上妹妹的心上人。

那些多次来过家里的老情人，
那些初次登门来访的小青年，
波昵妹妹一个都看不上眼，
波昵妹妹一个都不想理会。

---

① 排：成人两臂左右平伸时两手指间的距离。
② 拉姆：一种野花。
③ 五蕴：色蕴、受蕴、想蕴、行蕴、识蕴。

有的与妹妹谈情无缘无分，
有的与妹妹闲聊违背习俗，
有的与妹妹说话触犯勐规，
妹怎能信任并与他们约会？

有的虽然外表英俊潇洒，
可是恶习不改十分懒惰，
大白天还在蒙头睡觉，
湖边才发新芽的垂柳啊，
柔嫩而孤独的妹妹。

哥哥在妹心中永世难忘，
其他男人的相貌啊，
妹妹看不清爽。
妹只恋聪明的宝贝哥哥，
哪怕因此而气绝身亡，
孤独的宝贝波昵，
心中难过啊彻夜不眠。

妹妹躺在床上的时候，
常把魁梧的哥哥想念，
夜深人静啊大雾弥漫，
哥哥更活在波昵妹妹心上。
八月农忙的雨季时候，
妹妹彻夜听青蛙呱呱叫喊。

太阳神放射光彩，
六月新年已经到来，
人们犁田栽秧，
人们引水灌溉。

波昵妹妹的同龄伙伴，
多么幸福多么愉快，
一起劳动成对成双，
欢欢乐乐建盖新房。
丈夫前面把种撒，
爱妻后面紧跟上，
这时候啊
妹妹就会想起哥哥。
谁将带妹妹去播种？
谁将领妹妹去种田？
谁将与妹妹一起拔秧栽秧？

谁将拉着妹妹的手，
谁将陪在妹妹身旁？
鲜花般芳香四溢的妹妹，
莲花般细腻柔嫩的手掌，
将会干瘪苍老乃至枯僵。

英俊魁梧的哥哥声名远扬，
小荷般细嫩苗条的妹妹啊，
去年还芬芳四溢含苞初放，
如今却已花败色衰全无馨香。

肌肤嫩白透红的波昵妹妹，
如果村寨地方没有消亡，
人们还将生息繁衍度时光，
聪明的妹妹就将把幼儿抚养。

无论有多少艰难困苦，
妹妹都尽心尽力坚持住，
心中多少思念和哀愁，
妹妹都能默默忍受。
要熬过所有的忧伤痛苦，
假如勐西双版纳发生战乱，
假如君王不会治理地方，
违背了十王道就不再兴旺。
假如哥哥的故乡衰败灭亡，
人们把所有东西都搬走，
逃向深山老林去躲藏。

到那时啊，
你亲爱的宝贝妻子，
只能跟随着人们去逃荒。
那时候啊，
妹妹的苦难就会说不完，
一边背着小儿走路，
一边默默哭泣黯然神伤。
妹妹会更加思念哥哥你啊，
止不住的泪水小溪般流淌。

谁来挑藤篾箱笼走在前？
谁来为我背大刀和利剑？
谁来妹妹前面领头把路开？
谁来牵着妹妹的手去躲藏？
谁来领妹妹钻进老林深山？

栖息睡觉的小茅屋，
没有谁来盖给妹妹住，
当大雨哗哗从天降，
妹妹将带儿雨中露宿。

或许兄弟姐妹会可怜，
也许会想到来帮助，
但若说话不顺他们的耳，
就会对妹妹啊
怨气冲天牢骚满腹。

人与人之间啊，
求人就得把好话说尽，
甜言蜜语人家听了才高兴，
如果说话欠妥就受指责。
即使是同宗同门的亲戚，
即使是亲亲的姐妹兄弟，
甚至一母同胎的孪生同胞，
他们也绝不会将妹妹怜惜。

再说那些叔婶姑姨和妯娌，
即使姑姑叔叔们不生气，
婶娘妯娌们也会背后谩骂你，
他们聚在一起论短说长，
口水唾沫都会把你淹死。

在妹妹四处奔波的时候，
下家的姨妈找话来辱骂，
上家的姑妈骂你是妖女，
真的找不到人来帮盖草棚，
没有谁愿意帮助你安身栖居。

人们冷嘲又热讽，
说你有福才做富人妻，
丈夫虽死遗产多多的，
何不雇人来盖房种地？

那时候啊，
妹妹将思念咽进肚里，
伤心悲哀啊痛哭不息，
满眶的泪水不断滚落，
我到何处将哥哥寻觅？

妹妹天天都在伤心痛苦，
妹妹掩面哭泣想念丈夫，
妹妹不想再活在人世间，
想哥哥时只能看天上的星宿。

妹妹独自仰望最亮的那颗星，
别勐的小伙子不如哥哥英俊，
妹妹远眺森林里的树梢，
树梢梢也不像泽兰花俊俏！

妹妹走遍了勐西双版纳，
任何男人也比不上哥哥你，
比不上檀花莲花般的美男子！
哥哥的柔情啊，
胜过十万园甘蔗的甜蜜。

妹妹的艰难困苦说不完，
妹妹想生存下去真困难，
就像握着脱了铁箍的砍刀，
无论怎么聪明伶俐，
寡妇的话谁都不稀罕听，
人们还对妹妹风语风言。

在北斗照亮星空的时候，
在月亮挂在山顶的时候，
在月光弥漫山腰的时候，
就是妹妹最忧愁的时候。

在村寨夜深人静的时候，
在露水滴落屋檐的时候，
妹妹听见小鸟在田间鸣叫，
八哥在坝子边树林里哀号。

扫帚星在空中稍纵即逝，
雄鸡鸣叫将近黎明之时，
晨雾还缠绕着菩提树时，
村寨人们沉沉酣睡之时。
老猫在屋顶上互相撵追，
串外寨情人的也甜蜜返回，
老鼠在牛背上跑去跑来时，
妹妹还眼睁睁在床上装睡。
身材苗条温柔漂亮的妹妹，
思念宝贝哥哥已心力交瘁。

白嫩妹妹做了个美梦，
梦见宝贝丈夫来重逢，
说夫君活着没有死去，
说夫君再来说爱谈情。

有时像是来问候亲亲戚戚，
有时又好似来与妹妹同居。
妹妹精心打扮静静等候，
又像是来陪儿子吃饭嬉戏。
有时像来叫妹妹陪伴聊天，
有时梦见哥哥从远处回归故里。

这时候啊妹妹就信以为真，
相信丈夫没死还活在世上，
俊秀的妹妹时时牢记心里，
连忙掀开四方的蚊帐布幔。

可是只摸到儿子睡在左边，
摸右边不见夫君睡在身旁，
妹妹日夜想念的夫君哥哥，
莫非妹妹是在做美梦一场。

哎呀呀——
别人的丈夫一昼夜病不死，
别人的丈夫二十天不会亡，
再怎么凶猛的疾病也会痊愈，
还能和妻子儿女同桌吃饭。

哎呀呀——
为什么波昵妹妹的夫君啊，
病了一天就不能恢复健康，
为什么波昵妹妹的夫君，
饭后刚生病就突然死亡。

让人家在坟地竖起旗幡，
把妹妹的供奉抛洒地上，
为何要丢弃自己的躯体，
留在墓地与尘埃草丛为伴。

波昵妹妹的宝贝心肝，

哥哥的脸庞妹妹怎么忘，
波昵妹妹我痛断肝肠，
哥哥的功德为何如此短暂。

若早知哥哥你寿命不长，
若早知哥哥你缘分已完，
波昵妹妹就不嫁给夫君，
皆因前世做赕①不圆满。

哎呀呀——
苦啊苦——
在我俩已经过去的前世，
我俩曾与众人一起去赕佛布施。

妹白嫩俊秀的黑眼珠宝贝，
莫非你没把花布摆进礼盘，
还是妹妹玩没有尽心朝拜，
就偷偷把供奉的祭品收藏？

所以后来啊——
妹妹的福气才这样不稳当，
好像左边斜挂山尖的月亮，
又像绕着高山旋转的阳光。

宝贝哥哥已经死亡，
哥哥的寿命竟然如此短暂，
莫非哥哥前世不守戒律，
人还未老缘分就已经消散？

是因为前世没有布施齐全，
布匹上没有涂上金花粉？
还是布施时妹妹忘了准备，
所以才不给妹带来好福气？

妹妹的布施不合理妥当，
妹妹爱发脾气才会这样，
鬼刁难才使妹妹如此受累，
妹对哥哥的爱今世怎能忘。

假如妹能去别处的街市上，

---

① 赕：布施。

妹定要将哥哥的消息打探，
看别人的孩子在快乐玩耍，
小宝笛与铜弦琴一起奏响。

春天小鸟初鸣的黎明时分，
各家各户还在酣然入梦。
别人还在耳鬓厮磨情意浓，
妹妹却形只影单孑然一身。

妹妹对哥的感情特别珍惜，
再没有谁比妹妹更想念你，
森林里梭腊批花般的哥哥，
薄叶片顺着清水流淌的哥哥！

哎呀呀——
莫非是妹前世造下的罪过，
曾使幼鸟离开妈妈挪过窝？
前世的罪孽今生这样报应，
才让夫君早死离开妹妹我？

哎呀呀——
苦啊苦——
因为妹妹的罪孽已经降临，
所以妹妹祈祷福气才不灵。
从今往后谁也别学我啊，
前世的罪孽今生来报应，
就像妹妹我啊，
丈夫死后独自守寡孤零零。

因为布施斋嗇没有虔诚心，
这是妹妹夫君早亡的原因，
因为妹妹有贪婪之心，
贪恋那十万黄金白银。
由于妹妹布施不够神圣虔诚，
布施时发脾气也不曾反省，
也许还多次指责过夫君，
违背规矩才转回来承受报应。

最爱的夫君竟然死于暴病，
妹妹从远处就看得分明，
小妹妹算一算就该知道，
昙花般的姑娘谁也不要学。

温柔的波昵妹妹善良多情，
见丈夫离开身边独自远行，
妹妹伤痛欲绝茶饭不进，
苗条柔弱的妹妹憔悴生病。

妹妹花朵般的至爱夫君，
因妹作孽使哥得到报应，
临终前生死离别刻骨铭心，
多强壮的身体竟酿成重病，
断气时啊——
连遗嘱都来不及说明。

英俊的哥哥唱起歌来嗓音清脆，
可再多的金银都已成为累赘，
竹楼下遍地的鸡猪鸭鹅，
院子里拴着耕牛骡马，
都将由亲戚们决定分给谁！

在波昵妹妹初寡的时候，
阿妈不让妹妹走出竹楼，
那些长老村民和近邻，
还有那些叔婶姑姨和老舅，
他们不准可怜的妹妹再嫁，
妹妹的亲亲戚戚都不开口。

且说妹妹的远亲和近邻，
无人来帮妹牵线再说亲，
还有那些叔伯和婶娘，
他们还不知妹妹孤苦单身。

想起从前做的那些事，
他们觉得有一点羞耻，
因此从不来探望妹妹，
更不进妹妹家的院子。

是妹妹自己做得不合理，
妹妹正准备重建关系，
人们却又说违背了规矩。
只有叔叔姑姑来拴左手的线，
只有继母来拴妹妹右手的线，

他们拿白棉线来绕在妹手腕。①

有些人讲话甜美动听，
解释让人们知道原因，
比如外寨情人来到家，
在家里就不怕别人看见。

心里牵挂爱恋的婚姻，
即使违背规矩不称心，
妹妹结交的情人唯有你，
哪有福气再次结婚择佳婿。

众神仙在天堂里看得清晰，
丢瓦拉②在一层天也会牢记。
如果没有长辈老人来主持，
没有按照结婚习俗来登记，
丢瓦拉就怎么也不会降临，
没有福气赞助就一贫如洗。

人们生活在这尘世里，
如果要配对结为夫妻，
就得有众多的家族和亲戚，
还要有那些大臣和官吏，
以及姑娘小伙子和离婚的男女。

要备好饭桌摆好宴席，
肉汤甜汤酒水要备齐。
要指派专人去拜访邀请，
还要众多亲戚帮助登记，
要在房屋中央举行婚礼，
这样才不悖陈规得安居。

从今往后啊谁也别学妹妹，
不然就像没爹的波昵好伤悲，
因为没听亲戚的劝导和教诲，
鬼缠身才使夫君离开了妹妹，
远亲近戚也不来探望苦妹妹。

赌气登记就违反了勐规，
违反了勐规才这样倒霉。

---

① 西双版纳傣泐人常用白线拴手，以示祝福、祈福之意。
② 丢瓦拉：神仙。

哥哥唱到这里想抽草烟，
哥哥现在口渴想喝茶水，
哥哥眼望着你漂亮宝贝，
心里难过还想唱下一回。

二

构叶树弯枝弯柄的哥哥，
妹是澜沧江畔的黄竹多又多，
妹肌肤红润白嫩的哥哥，
流落在这方多么忧伤寂寞。

哥哥为何要离开妹妹我，
我们的家资有十万还多，
如今却把它们白白抛弃，
头戴缅桂花的英俊哥哥。

哥为何要留下话和服装，
哥的亲戚现在把它全拿光，
妹妹不会去争夺抢拿，
邻居们也不敢替妹把话讲。

即使金银财宝堆满屋檐，
哥的亲戚全都拿完不剩半点，
嫩白妹妹不敢奢望有所保留，
就让他们随心所欲全部拿光。

假如他们的感情还有牵挂，
就应该多少分一份给小儿，
波昵妹妹愿为孩子保存下，
可是人家不给妹也没办法。

天长日久啊，
没钱给孩子买东西吃，
即使已经饿了好几日，
妹妹实在是无计可施，

妹妹实在无力把孩子抚育。

担心的事情接踵而来，
因为妹妹无钱给他买，
妹妹只能挥泪来伤心，
满脸泪水小河般流下来。

昼夜哭泣无休无止，
从早到晚力竭声嘶，
伤心的眼泪流不断，
妹妹浑身颤抖脸发紫，
心头燥热如同烈火焚，
妹妹将在自己家里枯竭死。

妹守在哥哥身边的时候，
病魔缠身的哥哥手脚颤抖，
只有妹妹不曾离去，
只剩妹妹和妈妈寸步不离，
俊秀的妹妹和可怜的小儿，
一直守在哥哥身边伤心哭泣。

那些家在下方的亲戚，
他们从没来看望过你，
那些家在上方的叔婶姑姨，
也没谁来探访过你。

所有附近的远亲近邻，
想来看望也没来得及，
那些另立门户的同宗家族，
有的在背后嘀咕闲言碎语，
有的甚至恶狠狠地咒骂你。

他们说他们有事的时候，
我们谁也没有去帮忙，
他们说他们患病的时候，
我们谁也没有去探望。

他们说谁遇上麻烦事，
我们谁也没有去分担，
他们说所有人都在生病，
我们谁也没有去看看。

人家说戴玉兰花的妹妹，

你爱说刺耳话把人得罪，
仿佛当了大官不想依赖谁，
你为何如此奸诈又愚昧，
不听从亲戚的劝说告诫，
报应牵连就让你受活罪。

现在野鬼刁难你得受累，
身边没有丈夫搂抱你睡，
这是灾难降临到你头上。

丈夫才病死离你而去，
人们就这样诅咒妹妹，
还等着歧视和抛弃妹妹。

有的用污言秽语调戏妹妹，
说什么戴野牡丹的妹妹，
有福气才得做两次新娘。
这是为妹妹你的今后着想，
让妹妹你打扮得花枝招展，
好去勾引各地的帅男俊汉，
妹有福才克死丈夫当寡女，
因为你想多玩几个情郎。
想多与几个小伙子谈情说爱，
所以天神才会下凡来整治，
妹妹的丈夫才被活活气死。

人们对妹妹这样不断责难，
妹妹活着为何就如此难堪，
妹妹的前世啊——
不知道布施了些什么？
难道妹妹拿去布施的花朵，
连花柄都是紫青枯黄？
难道妹妹的朝拜有所不当，
违背了规矩才遭此磨难？

莫非前世做人的时候，
曾挑拨别人的儿女相互分手，
今生才会遭受这样的苦难悲愁？
莫非黑眼睛妹妹心也黑，
拿走小鸟蛋使它们早夭折？
莫非黑眼睛妹妹还欺骗了僧侣，
今世成为罪孽让你哭笑不得？

哎呀呀——
苦啊苦——
宽敞的房屋四四方方，
空旷的院子干净清凉，
精湛的手艺成千上万，
哥哥的精心制作整齐摆放。

靠椅床铺都冷落孤单，
不见英俊哥哥来歇来玩，
不见妹的夫君劳累奔忙，
不见哥在阳台逗孩儿乐，
不见哥哥做工回来晒太阳，
为什么抛下它们孤孤单单。

哎呀呀——
哥哥是那样的精明强壮，
可无论妹妹怎么哭泣悲伤，
哥哥都不再复活过来，
即使妹妹哭得死去活来，
依然是白拉拉的①孤单。

哎呀呀——
妹妹好比离开家乡的宝石，
被人远远带离自己的洞穴，
就像织女星远离牛郎星，
就像喃乌沙②死别夫君。

妹妹思念夫君是多么痛苦，
妹妹手抱头苦苦思念丈夫，
一想起自己的心肝宝贝，
泪水潸潸啊夺眶而出。

三

听吧——
甘蔗梢般的新嫁娘啊，
婚后慢慢对丈夫撒撒娇，
夫唱妻随心心相印，

夫妻恩爱是家中宝。

两人同心一起做，
家中才不会缺吃少喝，
刚才妹妹在那里哭诉说，
如果妹的夫君不死还活着，
就像大河水汇入澜沧江波。

现在妹的夫君已死去，
妹妹有话要叮嘱哥哥，
下面那条路哥哥千万别走，
上边那条路哥哥你走得合，
哥哥在天堂里等待妹妹我，
妹妹将虔诚布施跟随哥哥。

妹妹求宝贝哥哥多原谅，
原谅妹妹心里想不到的地方，
言行举止啊——
可能把五种罪行触犯，
无意间也许就把哥哥损伤。

也许妹妹曾冒犯过哥哥，
现在请求哥哥原谅我。
在哥哥酣然熟睡的时候，
妹妹也许会翻来覆去睡不着，
妹妹的脚尖或手指，
无意间与哥哥的身体碰触过。
妹妹怕由此成为罪孽，
现在请求哥哥饶恕我。

在香甜妹心中不快的时候，
也许曾恶言恶语骂过哥哥，
也许对英俊哥哥不够尊重，
也许曾怒气冲天埋怨哥哥。

也许指责过众多的丢瓦拉，
小妹妹遭到报应非常害怕，
妹妹向黄金般的哥哥谢罪，
求英俊的哥哥啊饶恕妹妹。

---

① 白拉拉的：方言，毫无意义的意思。
② 喃乌沙：人名。

在温柔妹妹丧父的当年，
妹妹对哥哥早有心愿，
只可惜哥哥不知不觉，
妹妹怕因此成为罪恶，
害怕将来报应从天而降，
现在妹妹请求哥哥原谅。

宝贝妹妹用十万种眼神，
求哥哥赦免罪行和仇恨，
任何灾难疾病别来挨近，
伤痛绝症啊永远不沾妹妹身。

野姜花妹妹在家行走时候，
经常穿过客厅走过窗口，
妹妹不会慢步轻盈款款而行，
也许曾冲撞了哥哥的福运。

在哥哥睡觉的时候，
也许妹妹不注意举止轻重，
在妹妹抱柴块来放的时候，
妹妹丢柴块的动作太笨重，
身心劳累而熟睡的哥哥，
被妹妹的粗鲁举动吓醒。

也许妹妹心里懵懵懂懂，
有可能违背了娴静作风，
美丽的黑眼睛妹妹啊，
现在想起来都十分心痛。
请求哥哥高抬贵手，
请别让妹妹陷进黑暗窟窿，
让所有罪孽都消逝如风。

在妹妹起身行走的时候，
曾轻轻走过哥哥的前前后后，
在暗处走过夫君面前时，
也许不小心脚步踢得过重，
踢在心爱哥哥后背好心痛。
妹妹真的这样举止莽撞，
妹妹害怕因此而罪孽深重，
温柔妹妹多次向哥哥谢罪，
求宝贝情人放弃所有怨恨。

哎呀呀——
苦啊苦——
漂亮妹妹从窗前走过，
也许风吹过来气味腥恶，
嫩白苗条的波昵妹妹，
匆匆走过时裙裾乱飞。

妹妹睡觉时反复思量，
妹妹的罪过可能由此而降，
妹妹双手合十虔诚敬拜，
心中默念着求哥哥原谅。

英俊可爱的宝贝哥哥，
供奉品妹妹准备了十万多，
有各种纸花鲜花和米花，
妹还摘了七种鲜花祭献哥哥，
有新搓的蜡条和高脚盘①，
妹妹准备好就将礼盘献上，
按照习俗供奉英俊哥哥，
妹妹的心里话没法说完。

哎呀呀——
英俊哥哥是妹的宝贝心肝，
现在哥将离开妹妹去远方，
翻越了高山还要过大河，
到了渡口又把芭蕉林钻。

蟋蟀纺织娘在箐沟里鸣唱，
妹妹会随时随地把哥哥想，
深厚的感情在心里牵挂，
妹想哥的心情永不消散。
哥哥住在宫殿里要安心，
哥哥别忘记妹妹的叮咛，
哥哥像泽兰花在树上开放，
波昵妹妹啊——
会把各种事情都安排妥当。

妹妹把青莲花野姜花，
插在空旷屋里谢罪给他，

---

① 高脚盘：傣族用来摆放香、线、酬金的礼盘。

妹妹心爱的宝贝夫君啊，
太阳出来时妹妹的脸发黄，
下雨天妹妹的脸色又变花，
所有人都以为妹妹生了病，
其实是哭情人才又黄又花。

妹妹的脸色啊，
越来越像病人一样蜡黄。
哭了又哭啊两眼快要变瞎，
由于波昵妹妹的丈夫病逝，
就像小喜鹊要离开窝一样。

甲芝①花藤贴地攀爬，
黄缅桂野茉莉般的哥哥呀，
妹妹的感情不尽啊，
像装进高脚盘里的蜡条。

妹捧起礼盘向哥哥谢罪，
椰子树叶柄一样的哥哥，
金叶般红润白嫩的哥哥，
宝贝妹妹啊——
情意绵绵要向哥哥诉说。

现在啊，
妹妹将用芳香的莲花，
用森林中袅娜的野花，
用上千种竞相开放的鲜花，
向宝贝哥哥道歉谢罪。

黄色的白色的幡旗啊，
妹妹都早已准备，
福气旺盛的哥哥啊，
妹妹已经道歉多次，
怎么还沾在妹身上不肯离去？

心里的思念丝毫没有减退，
妹妹现在再次请求谢罪，
千枝小棕叶般的哥哥，
妹妹请求宝贝哥哥别再怪罪。

无论有多少罪孽啊，
也请哥哥饶恕妹妹，
就像千万滴水离开叶片，
让它统统消失一去不回。

现在啊，
妹妹将用红莲和青莲花，
用林中最美的黄米籽花，
用芳香各异的遍地野花，
用风吹叶动的椰子花，
向宝贝哥哥谢罪苏玛。

妹妹要摘河边一千枝罗沙②，
妹要摘一千枝黄绿色的罗讷③，
用十万山林晶亮的小叶榕树，
向白里透红的哥哥谢罪苏玛。
向英俊魁梧的宝贝哥哥谢罪，
妹妹魂牵梦绕的英俊哥哥，
妹妹戴千朵花的魁梧哥哥，
妹妹英俊潇洒的伴侣哥哥，
乌黑润滑的头发光彩烁烁，
妹妹咳嗽或者打喷嚏时，
不小心让唾液溅着夫君哥哥。

妹妹现在想起来真是罪过，
因此请求心爱的宝贝哥哥，
原谅苗条的妹妹我，
别让灾难发生在妹妹眼前，
求哥哥让妹妹远离万千灾祸。

现在啊，
妹要用莲花和紫叶金花，
再摘添一千枝茉莉花，
枝条虽然细小却香飘万家，
胜过森林中盛放的野花。

藤蔓交错缠绕在森林里，
妹妹心领神会到处去寻觅，

---

① 甲芝：花名。
② 罗沙：花名。
③ 罗讷：花名。

黄金般妹妹一样也不让缺，
统统拿来摆放在高脚盘里。

莲花及各种鲜花都备齐，
妹妹举手叩拜桌上摆成对，
房屋的四边都种满鲜花，
亲爱的妹妹都已经准备。
道路两旁整整齐齐，
白花红花争奇斗艳，
妹妹的谢罪品全都备好，
妹妹将布施随哥哥去。

泽兰吊兰和水葫芦花，
妹妹早已在房屋里摆下，
所有的供奉品都排成行，
妹还摘来梨花和茉莉花。

有芬芳的梭腊批①和野姜花，
有通天野茉莉和阿诺吒②花，
有葛菲③花和鲜红的刺桐花，
有各种鲜艳美丽的山野之花。

高脚盘盛莲花蜡条和米花，
妹妹双手合十齐顶拜托，
嫩白妹妹遵循习俗做布施，
合十祈祷跪拜告别哥哥。
有福妹妹向哥哥道别谢罪，
悲情不绝把哥哥寻找追随，
亲爱的哥哥啊妹妹思念你，
妹妹我烈火焚胸心欲碎。

哎呀呀——
不管它参天大树蔽日遮天，
妹妹只身走进森林里边，
路途遥远水深流急多艰难，
林间花香沁人心脾好新鲜。

亲爱的哥哥啊妹怎会忘记，
嗅到林中花香就想起了你，

哥哥啊妹英俊魁梧的好夫君，
香花虽美又怎能与哥哥比。

想起了夫君妹妹心喜欢，
夜深人静时又格外孤单，
昔日相依相偎双影贴墙，
如今却独自一人黯然神伤。

哎呀呀——
可怜啊，
妹妹忧郁的白檀花川楝花，
如果妹妹爬山只能独自爬，
如果妹妹落水也是只身游，
十万山箐里有十万多树丫。

黑眼睛妹妹在不断寻觅，
心胸颤抖啊烈火燃起。
妹妹现在屈膝跪拜啊，
妹妹决不辜负夫君你，
各种物品妹妹会准备齐全，
还有妹妹绣的新裤和新衣。
要随葬的东西妹妹数了又数，
有蜘蛛网一般细软的薄花布，
有新染色的红格子黑头巾布，
有新涂上染料的清亮红花布，
有龙蛇戏水图案的刺绣花布。

小妹妹将去乞求官员首领，
邀请佛爷来为哥念佛诵经，
念经与布施祭品随哥哥去，
还有妹妹给哥哥的一颗心。

现在妹将告诉哥哥怎样走，
如果亲爱的哥哥死在前头，
右边那条明路哥哥别去岔，
左边那条路哥也千万别去走。

如果岔左边就转生成水牛，
今后活不到老来不会长寿；

---

① 梭腊批：花名。
② 阿诺吒：花名。
③ 葛菲：花名。

如果岔右边会转生成骡子，
当完骡子转世还将成毛驴；
今后托生在人间不会说话，
哥要把妹妹的话儿记心头。

俊美的哥哥就朝着直路走，
上边那条道路啊，
黄金般温柔的哥哥可以走，
哥哥别让人在岔道拦路抢劫，
更别被上层的大鬼捆绑走。

如果不幸被绑要慢慢请求，
哥要朝拜布施供奉才得走，
别让地狱阎王召去挨鞭挞，
别让凶煞恶鬼拦劫把命丢。

哥哥别靠近阎王的爪牙，
横眉竖目的鬼怪实在可怕，
就是阎罗王和四大鬼官，
地狱的魔头指使它们来抓。

大魔头指使它们守在那方，
十万年天天都在仔细推算，
它们聚集在一起喧哗吼叫，
守在十万勐的每条岔路上。

它们修建了千排宽的凉亭，
专门守候着把好人坏人算清，
如果谁心善就用笔录下来，
还要在红金书里刻下美名。

如果谁心肠狠毒出口狂妄，
它们就会统统记录在案，
犯下了罪孽就会有报应，
所有罪证都写在狗皮书上。

有个专门掌管地狱的大官，
它会指使随从在凉亭值班，
每天有三十二吏轮流守候，

还有三十四个弟兄来轮换。

大江大河汇入海洋的地方，
有通向十万勐的通途来往，
穿过南赡部洲①的有三条路，
阿鼻地狱②由左边那条通往。

如果岔左边路就通到天外，
即使太阳当顶也没有光彩，
月光一次也照不到须弥山，
到处都是云海缥缈雾茫茫。

人们称它为勐巴占达佐，
就在那天外不远处，
哥哥你千万要牢记，
哥哥你千万别糊涂。

正前方的一条路直通天堂，
那是因陀罗③居住的地方，
而那去阴间的路也有许多，
妹妹告诉给哥哥你不要忘。

治理天界的因陀罗天王，
官员们天天都公务繁忙，
三岔路口建起了大宫殿，
专管所有天下人死离凡间。
死了的人们不断投生进去，
没有任何人敢随便超越，
熙熙攘攘涌进那大宫殿，
为投胎争先恐后等候排列。

每天都有男女成千上万，
潮水般涌来好比浪推浪，
如果哥哥你已动身去，
宝贝哥哥你要往前赶。

赤金般宝贝哥哥不可停留，
亲爱的哥哥你要超越远走；
莲花般白嫩的哥哥别歇气，

---

① 南赡部洲：佛教名词，四大部洲之一。
② 地狱：佛教用语，永受痛苦而无间断的地方。
③ 因陀罗：佛教的护法神之一，为忉利天之主。

那地方是有鬼怪妖魔的宿楼。

上面有天堂仙界大魔王，
下面直通阿鼻地狱那边，
地狱的大鬼小吏都在盯着，
如果谁罪孽深重作恶多端，
谁就被铐上枷锁绳索捆绑，
鬼吏们对谁都绝不手软。

如果英俊哥哥走到那方，
请你别在那里停留久长，
哥想有福气就要布施不断，
也会有一天不再遭歧视冷淡。

前世我们一起准备供奉品，
温柔的哥哥早就明白心领；
哥哥别迷途错走阴间路，
妹妹的叮嘱你要牢记在心。

如果英俊哥哥走到那方，
别跟不信佛的黑心人玩；
他们破坏佛塔缺乏教养，
遭报应坠入地狱十万劫。

如果黄金哥哥走到那方，
别与固执无礼的人交往；
他们破坏救世的佛祖像，
会坠入地狱下油锅受熬煎。

如果福气哥哥走到那方，
别跟好杀生的恶人来往；
到后来报应会没完没了，
冤冤相报罪孽缠身多麻烦。

报应会来到自己身旁，
就得去在无想界①地方。
哥哥要听好妹妹的话，
妹妹的叮嘱哥要记下。

哥哥别迷途坠入地狱，
别在清水潭里做游鱼，
聪明的夫君妹的哥啊，
别迷路跌入勐隘硕②做金翅鸟③。

哥哥要勤于拜佛接受教诲，
像哥哥前世那样虔诚苦读，
如今哥哥的一切要从头开始，
如花似玉芳香四溢的妹妹。

哥哥别去寻找罪孽和报应，
哥哥要潇洒大方随意缓行，
无论何时佛陀要留哥的心，
无论何时佛道要在哥的心，
僧侣面前哥哥要多去听经，
虔诚跪拜双手要举过头顶。

走过岔路口要抄上方的路，
走过人间时要匆匆迈大步，
就像风吹树梢一刻也不停留，
哥要勇敢迈开脚走自己的路。

到辽阔的江河入海的地方，
到大海中须弥山屹立的地方，
到远隔千万重大山的地方，
到山脉排列成七行的地方。

如果哥哥去到那个地方，
就用眼睛搜寻天空之上，
那里有哥哥前世布施的两面幡，
它会落到面前飘扬给哥哥看。
哥哥要赶快把它挽住，
带有穗花的漂亮佛幡，
哥哥托付给佛塔之上，
美丽俊秀的寺院将光彩闪亮。

如果哥哥去到佛塔下方，
就会看见仙花在争妍斗芳，
有宝石装饰的金桥和城墙，

---

① 无想界：无想天地。
② 勐隘硕：地底下一个地方的名称。
③ 金翅鸟：又名妙翅鸟，八部众之一，翅翮金色，故名金翅鸟。两翅广三百六万里，住于须弥山下层，常取龙为食。

神仙地方都整齐地砌墙围上，
如果妹的哥哥去到了那里，
就将见到十万种仙花在飘香。

有芳香的喃芥①和莲花，
有连成一片的万种仙花，
有盛开的野姜花啊，
还有千瓣莲花和青莲，
神仙们已经样样栽种齐全。

有凤凰图案和猫头鹰，
有十万种小鸟在啼鸣，
有金色鳄鱼宝角马鹿，
来回穿梭奔走啊，
拉扯咬嚼黄金藤蔓。
有金孔雀集会把彩屏亮，
有白兔与狮群一起游玩，
人面鸟身的男女神仙，
用鲜花打扮得花枝招展。

他们摇晃着手铃欢快舞蹈，
谁见了都想一起乐陶陶，
眼前的情景美不胜收，
像阳光一样明媚闪耀，
十万种天界仙物样样都齐了。

有粉红色毛料布细腻透明，
质地柔软光滑色彩亮晶晶，
所有喜欢的东西都在近处，
整整齐齐悬挂在劫波树荫。

有繁茂的赡部树和菩提，
上面挂满你最喜爱的东西，
颜色亮丽啊整整齐齐，
挂在那劫波花树树荫里。

哥哥去到以后要看仔细，
那里有项链花环做工精细，
崭新的金耳环和大手镯，
与新做的布鞋挂在一起。

如果英俊哥哥去到那里，
哥哥就将看到天堂多富丽，
英俊哥哥随意穿着服装，
可以用名贵服饰打扮自己。

金手镯哥哥戴在左手边，
英俊的哥哥打扮胜天仙，
名声传遍了天堂仙境，
七千万天堂少女争睹尊颜。

天界十万仙女梳妆打扮，
一个个身材苗条容貌端庄，
一个个婀娜多姿福气旺，
都喜欢陪伴哥哥成对成双。
她们都想与哥哥共枕同床，
她们都会来守在哥哥身旁，
她们天天都围着哥哥欣赏；
看望英俊哥哥的仙女啊，
排成队结成行源源不断。

如果宝贝哥哥升到天上，
悲伤痛苦不会挨近身旁，
伤痛疾病也不可能追去，
从此幸福安逸享受不完。
哥哥就快乐地住在天堂，
享受美好幸福永久平安。

如果哥哥有福去到天堂，
哥哥就在妹妹先前把福享，
有福的哥哥别忘记妹妹，
盼哥哥早日进入妹妹梦乡。

如果嫩白哥哥去到天边，
哥哥要托梦给波昵妹妹，
妹想哥哥啊满脸泪水，
妹妹想看看哥哥的笑脸。

你将看见啊，
簇拥着她的美女如云，

① 喃芥：花名。

喃苏扎拉①是她的美名，
秀丽的发鬓上插着金钗，
迷人的身材非常匀称，
嫩白的皮肤格外水灵。

身材像芭蕉树一样苗条，
手指纤细像赕佛的蜡条，
她百事顺心啊无牵无挂，
她红润端庄啊绝色美貌，
真是艳压群芳啊，
她成为天王的正宫宠娇。

喃苏扎拉还在人间时候，
每次筹办供奉都亲自动手，
即使倾家荡产也决不后悔。
每次布施她都虔诚专注，
福气才把他的英俊夫君援助。
自己才得做喃丢瓦拉天后，
统领天庭后宫永享福寿。

另一个仙女美丽如花，
名字叫作喃苏坦玛②，
娇美的面容胜过神仙描画，
洁白的肌肤比宝珠光滑。
她的前世啊，
点灯供奉又布施粉红旗幡，
福气因此伴随她锦上添花，
她得做喃丢瓦拉居高临下，
美艳胜过人间所有漂亮女娃。

一个是黑眼睛的美丽少女，
胸部丰满身材苗条啊，
是神圣的天后苗裔，
名字叫作喃几达玛尼宛③，
行走的柔美姿态啊，
在整个天界数第一。

她的福气是在前世建立，
不偏袒不歪斜守持戒律，
精心筹备上百种供奉物品，
肌肤白嫩粉红一身是福气。

一个名叫涛香玛尼宛④，
端庄秀美出生在天堂里，
肤色嫩白光彩照人，
是宝贝喃苏念达⑤的苗裔。

她的前世在人间建立功果，
曾把细软花布赕给佛陀，
神圣的波罗蜜⑥就来援助，
才得与大天王同盖被窝。

阳光下啊，
她有三十二种光彩，
手持鲜花宝烛翩翩走来，
在众仙女簇拥下啊，
到佛塔寺院虔诚朝拜，
屈膝跪地衷心祝愿，
向佛祖尊腊曼尼⑦舍利塔，
供奉鲜花香料丰富多彩。

有白莲花凤仙花千种万种，
有灰色花紫色花芳香浓郁，
有的洁白透明像珠宝闪光，
还有阿诺扎⑧花艳丽粉红。

黄灿灿的刺桐花挂满枝头，
香喷喷的夜来香遍地都有，
红艳艳的梭腊批火一样红，
还有盛开的青莲花瓣重重。

①　喃苏扎拉：英达天王的妻子之一。
②　喃苏坦玛：英达天王的妻子之二。
③　喃几达玛尼宛：英达天王的妻子之三。
④　涛香玛尼宛：人名，喃几达玛尼宛。
⑤　喃苏念达：英达天王的妻子之四。
⑥　波罗蜜：佛教用语。谓从生死迷界的此岸到涅槃解脱的彼岸。
⑦　尊腊曼尼：塔名，佛祖在天界的舍利塔。
⑧　阿诺扎：花名。

绽放的鲜花纸花和米花，
高举过头顶虔诚供奉他，
跪拜祈祷不断祝福布施，
再沿着右方向转七圈，
八种贡品圆满供奉啦。

有许多男神仙和女神仙，
住在天堂顶端的十六层天，
有神仙梵天百千万亿，
成群结队来自天边，
一起顶礼膜拜啊，
在尊腊曼尼头发宝塔前。

每当月晦望时来临之前，
各路男女神仙都到齐全，
他们在天界不会亵渎供奉物，
嘴里喊着"沙沙"敬拜连连。

屈膝跪地合十膜拜放声高呼，
祈福祝愿响彻梵天顶部，
神仙们喧腾不已祝福声，
成为天堂里最热闹的庆祝。

烦恼的事不会再来纠缠，
他们与仙女们精心打扮，
一起膜拜供奉佛舍利塔，
哥啊时时刻刻也不中断。

现在啊，
苗条美丽的歌手妹妹，
将从故事源头娓娓道来，
不是谁能亲眼所见，
是史诗代代传承下来。

在佛祖多世建立功果的时候，
在佛祖还是菩提然①的时候，
建立波罗蜜长达几亿年头，
二十四劫还多出百千万年，
十万阿松开②才算是尽头。

他骑上宝马离开宝地，
让身心远离爱妻而去，
他看破红尘离开王国，
抛下了王公贵族和亲戚。

他抛弃了官员和黎民百姓，
抛弃了宝贝王后和娇儿女，
他看透了人世间的罪与苦，
再没有贪恋情欲牵挂琐事。

他心领神会啊——
断绝了身边妻子的恩爱，
甚至连亲生儿子也抛开，
把她们留在王宫金殿里，
把她们留在蚊帐被褥里。

有福气的至尊独自离去，
越过了碉楼城墙腾飞起，
因为他避开了五种孽缘，
才得骑金鞍宝马各奔东西。

英俊的召③啊福气无比，
骑上宝马从空中飞起，
因为有召丢瓦拉带领，
到遥远的江河湖海边去。

这时候啊，
召在心里默念召唤，
前世积攒的波罗蜜快来帮忙，
福气快来援助别让低落，
十万世积攒的福德全用上。

于是就成为面前的救世主，
去把地狱里的人统统救出，
他打开牢牢锁住的大石门，
让他们顺顺利利全走出。

他打开隔离万层的大铁门，

———————————

① 菩提然：傣语，觉智。
② 阿松开：记数单位，表示一个巨大的数目。
③ 召：对男子的尊称，这里指国王、主人。

让他们看清走出地狱的路，
他带领生灵到涅槃①宝城，
使他们的罪孽报应全消失，
让他们往生为天堂的仙和神。

至尊祈祷波罗蜜啊，
一诺千金讲求信誉。
这时候啊，
两层天界震撼动荡，
厚千排的大地都隆隆响，
那响声传遍了宇宙天外，
传给了深水潭里的鱼和螃蟹，
它们听到传来的消息说，
至尊放弃王国出家在外。

江河水底的蛟龙啊，
也熙熙攘攘跳出来，
连一由旬②长的大鱼，
睡在水底也惊醒过来，
摇曳着尾巴啊，
掀起美丽的浪花来。

听说大王将成佛，
要拯救人类和动物，
洞中竹鼠和螺蛳，
还有舞着钳夹的大螃蟹，
都偷偷去到海边来敬拜。

那时候啊，
老虎狮子猿猴和青猴，
各种各样的动物到处都有，
看守金盆的小鸟被惊醒，
河里的螃蟹也翻身抬头。

须弥山摇摇晃晃跳起舞，
江河湖海也扬波倾诉，
大地呻吟是蛟龙在吼叫，

江河水底的巨龙啊，
也跃出水面表示信服。

"沙沙"的敬拜祝福声，
不绝于耳传到大梵天，
在宽广的仙界净居天③上，
母亲把自己的爱子想念。

自从开始当母乌鸦的时候，
就把雏鸦抛在远处受苦，
远远飞离了自己的巢穴，
母亲现在是大梵天的家族。

看着亲生儿子将出家为僧，
她心里就想到了从前，
生为洁白母乌鸦期间，
不曾见面就相互分离，
升到天堂享福已经很久。

由于佛祖的波罗蜜援助，
才免去了许多灾难痛苦，
因而有深切的感情牵挂，
就把花布染成漂亮的黄布，
作为布施的供奉物品，
把修行者的资具布施充足。

护送的五种器具多达十万，
有白色华盖排成一行行，
挂在杆上的旗幡随处可见，
金纸做的菩提叶一串又一串。

花朵结成的花穗整齐悬挂着，
护送大王的器具有大鼓铓锣，
还有震天响的铜喇叭大海螺，
丢瓦布④已经把一切安排妥，
他们才送国王去当苗裔佛陀。

---

① 涅槃：佛教修行的最高境界。佛教认为，信佛之人经过长期修行，即能"寂灭"一切烦恼和"圆满"一切"清净功德"。这种境界就称为"涅槃"。
② 由旬：梵文音译，为古印度计算距离的单位，以帝王一日行军之路程为一"由旬"，约合三十里。
③ 净居天：在色界四禅之最高处，有五重天，为证得不还果的圣者所生之处，因无外道杂居，故名"净居"。这五重天就是无烦天、无热天、善现天、善见天、色究竟天。
④ 丢瓦布：男神仙。

有大铙大镲和小铜铃，
有成对的宝笛和铜弦琴，
有音色甜润的双音葫芦丝，
还有清脆的长号和木琴；
有震耳欲聋的大鼓和群鼓，
让欢声响彻宇宙天庭。

头顶上的天花板是花边，
宝华盖遮挡着白云蓝天，
长号与金琴音色悦耳，
八万种乐器啊和谐奏鸣，
智慧的佛祖要教诲世间信众，
随时准备一天也不能停。

金柄华盖宝扇威仪天下，
护送至尊国王离城出家，
持守戒律到广阔的森林，
至尊不问护送仪仗多豪华，
静静坐守在江河海岸边，
祈祷修行业处不断升华。

这时候啊，
十万亿帕雅团①和神仙，
他们来团团守护昼夜无间。
这时候啊，
升到天堂里常享仙福的，
家族宝贝白乌鸦妈妈，
只想见宝贝儿子修行者，
怎样抛弃财富持戒出家。

白乌鸦飞过五条美丽的河流，
持鲜花来到海边的时候，
因陀罗天王和三群大梵天，
早已在静静等候。
那些在净居天上层的神仙，
选用三块布料把色染，
还有棕叶扇子和神圣袈裟。

从靠近极顶的上层仙界，
依次排列先后飞落下来，
供奉品也随之从天而降，

有许多丢瓦布和丢瓦拉，
把各种资具布施献上来。
世尊坐在菩提树荫下，
不断修行祈祷口吐莲花，
由于至尊的祷告已传到，
满天纷纷飘落鲜花布花。

至尊持戒修身坚定不动摇，
不偏离不违背涵养和法道，
十项罪孽互相分离破碎了，
好像承受全世界的大河道。
至尊要做世间的救世人，
要拯救天下的人鬼与苍生，
让龙从地底下脱离而去，
让顶层的因陀罗和梵天神，
向神圣的涅槃宝城升腾。

他用钥匙开启紧闭的城门，
打开十二道天窗通向宝城，
有福气的至尊将实施拯救，
让世间许多众生成为脱离罪孽的人。

将祈祷神圣的黄袈裟，
折叠千层将苦难接下，
让尘世众生脱离苦海，
让罪孽报应全都消散。

至尊高瞻远瞩智慧英明，
为人们把未来的道路指引，
他想让众生超越人间尘世，
让所有生灵都牢记在心。
至尊按照法道精心修行，
手持神圣的宝剑啊，
剃光头发抛向天空，
被因陀罗在天上看得分明。

他用鲜花蜡条和银高脚盘，
还有许多黄金玉石高脚盘，
从大梵天上层的欲界天堂，
邀请拿去留在天堂顶端。

① 帕雅团：傣族传说中一种生活在原始森林里的色魔。

在那里修建一座舍利塔，
取名叫作尊腊曼尼佛发塔，
神仙们修建佛塔耗时很长，
塔高一千排五十由旬以上，
塔基有五十五排七十由旬宽，
二十层塔身镶满璀璨的珠宝，
佛发塔雄伟壮丽辉煌灿烂。

佛发塔的一角啊，
镶嵌了稀世珍宝和沙金，
华丽耀眼极其罕见，
红绿蓝相间火焰般明。

佛发塔的一角啊，
镶嵌着神圣的绿宝石，
那阳光下闪闪发光的，
是重叠镶嵌的珍稀玉石，
赤橙黄绿啊青蓝紫，
映衬着宝塔多彩多姿。

佛发塔的一角啊，
镶嵌着名贵的玉石，
有天下最美的莲花宝石，
水纹沙金紧紧连缀。
间隔镶嵌着名贵红宝石，
还有洁白出名的宝玉石，
还有漂亮珍贵的绿宝石。

神圣庄严的佛发塔啊，
镶嵌的全是珍贵宝玉，
有的来自天堂顶上，
十万梵天官才修建完毕，
宝塔的装饰啊豪华无比。

如果宝贝哥哥去到那里，
拜见因陀罗天王别失礼，
骑上顶天立地的金鞍宝象，
就将看到美少女十万亿。

坐在长牙大象的金鞍里，
还有两头星座来拥抱你，
天界处处有漂亮的女人，
到处是翩翩起舞的仙女。

她们每天簇拥着你不离去，
她们每天守护着你不远离，
她们每天搔首弄姿吸引你，
有四千亿万个王后的苗裔。

有的手持棕叶扇走在前，
有的手抓花瓣抛向后边，
有的怀抱着金银高脚盘，
围着因陀罗天王团团转。

有的梳妆打扮头插金钗簪，
有的扭捏作态娇嗔来陪伴，
花枝招展的仙女们啊，
整天伴着因陀罗天王。

有的打扮得非常英武雄壮，
哥将看见十万神物现天堂，
哥将看见喃丢瓦拉跟随着，
大天王威风凛凛乘坐宝象。

有的吹响唢呐祝福大天王，
有的吹宝笛并把扬琴奏响，
有的把大鼓群鼓一起擂动，
让美丽的宝城啊热闹非凡。

如果宝贝哥哥去到那方，
天界的神圣宝物看不完，
有福气的哥哥啊，
你可别只傻傻呆望，
那些美丽神奇的宝贝啊，
哥哥你也能随意去分享。

你可以看见天界的姑娘，
打扮得像波昵一样漂亮，
每个人有三十二种颜色，
白里透红啊温柔又大方。

她们的美名四处传扬，
她们的长相一样漂亮，
她们的举止婀娜多姿，
头戴金莲花惹得人心痒。

有的和着宝笛娓娓歌唱，
有的跟随唢呐山歌悠扬，
有的摇着扇子载歌载舞，
模样俊俏舞姿外柔内刚。

哥哥的福气比以前更旺，
像伸展枝叶的椰树一般，
如果宝贝哥哥去到那里，
可能就在波昵妹妹前面。

哥享福生在十六层天上，
哥哥将看到第三层天堂，
那里有亿万丢瓦布和丢瓦拉，
他们在仙界比在地上伟大。

每逢月圆的十五啊，
天堂里的丢瓦拉们，
就会换上名贵的礼服，
四方就响起了声声祝福。

这时候啊，
供奉鲜花最受人喜欢。
有美丽的花穗和花环，
有神圣的宝物和金色纸花，
还有许多迎风招展的旗幡。

海螺和牛角号呜呜吹响，
大长号与铜铃声音洪亮，
千万种供奉祭祀的物品，
源源不断啊，
献给尊腊曼尼佛发宝塔。

如果英俊哥哥能够赶上，
就将遇见亿万个丢瓦布，
和亿万个漂亮的丢瓦拉，
正用节日盛装把自己打扮。

哥哥你将看见啊，
弥勒佛祖手持蜡条鲜花，
还有那十万色如意宝石，
稀世罕见的宝物多种多样，
在宽敞的天宫金殿望收藏。

有些丢瓦拉举着旗幡护送，
有些提着红灯笼前呼后拥，
有些手持各种威严的仪仗，
所有场面都显得格外隆重。

那时候啊——
丢瓦拉和三层色魔女，
她们精心打扮相互攀比，
十万尊丢瓦拉和三面神，
她们跳的舞蹈美丽无比。

那时候啊，
十万亿丢瓦拉美少女，
挥舞着霓霞纱巾来献礼，
她们载歌载舞来祝福，
舞姿妖娆啊令人沉迷。

有的摇摆着温柔的小手，
有的放声歌唱一展歌喉，
有的伴着琴声翩翩起舞，
甜美的歌像江水日夜流。

有些遵照古俗敬拜佛发塔，
屈膝跪地合十膜拜敬奉它，
虔诚供奉尊腊曼尼佛发塔，
天堂的庆典数它最盛大。

有些丢瓦拉敲响铓锣铜铃，
有的击打着木琴和金竹琴，
还有的擂响了雄浑的大鼓，
欢腾乐声回荡在整个天庭。

所有天庭的丢瓦拉，
他们分批轮换来拜塔，
手持美丽鲜花来祝福，
供奉神圣的尊腊曼尼佛发塔。

他们兴高采烈大声嚷嚷，
北方和日落的西南方向，
是丢瓦拉丢瓦布的地盘，
那里有供奉宝物千千万。

东南方和日出的东北方，

十六层天上下的仙女们，
她们在离城不远的地方，
唱着祝福歌欢聚在一堂。

靠近天庭的中层和南方，
仙女们一个不漏全来到，
她们先到因陀罗天王处，
然后跟随天王去乘花象。

三十二只长牙象走在前，
整整齐齐啊不斜不偏，
有的竖起大幡和小旗，
有的就用鲜花来装点。

有的弹琴合奏声悠然，
有的铓镲大鼓同擂响，
有的敲起腰鼓和花鼓，
一起奏响欢乐的乐章，
仙乐飘绕在天宫之上。

神仙们遵照古俗布施齐全，
三次合十跪拜佛发宝塔前，
再绕着塔基旋转好几遍，
然后恭恭敬敬坐在宝塔前。

有的敲着蟹钳鼓欢乐庆祝，
有的将木琴横陈敲打祝福，
有的弹奏着金琴敬拜神仙，
五种仙笛声一齐和谐奏出。

祝福声响彻辽阔的天庭，
天上的神仙都俊秀聪明，
金莲花哥哥去到看见了，
请哥别把妹扔在九霄云。

哥跟随众神屈膝跪拜，
哥就与众神举手同乐，
哥就学人家别去超过，
哥以八种供奉去敬拜，
各方到齐后哥再退出来。

哥再去西南或日出的东北边，
高高的大树上啊花儿开得艳，

英俊哥哥先到首幢大金殿，
然后再到我们俩的小宫殿，
并排耸立的两座宫殿啊，
芳香的鲜花在争奇斗艳。

风铃叮当啊旗幡飘扬，
颜色鲜艳像赤金宝座般，
那时哥哥再去千座金殿，
周围插的旗幡颜色鲜亮。

屋檐翘角悬挂着风铃，
轻风吹过就悦耳动听，
那时哥哥将看见装饰物，
摆放在我们俩的宫殿里。

用宝玉装饰的金宫殿，
如同月亮会闪闪发光，
千种供奉品缠绕宫殿顶上，
周围全都是亮丽的旗幡。

屋檐下啊——
悬挂着金菩提叶一串串，
漂亮的花边整齐又大方，
还有丝绸锦绣坐垫和幡旗，
金片镶嵌的宝座耀眼辉煌。

有神仙睡的宝榻和卧垫，
有神仙用的圣物千百件，
天界所有珍贵美丽的物品，
这里都一应俱全，
还有精美无比的幔帐垂帘。

有佩挂着金玉项链的凤凰，
有乌鸦与金凤共舞的图案，
有白鹭翩翩入云间啊，
有青猴长臂猿呼啸在山巅，
各种各样的图画都齐全。

那时候啊哥哥将看见：
各种装饰物如绽放的鲜花，
缀满了祭祀的劫波树上，
摆放在北边的金殿里面，
许许多多金银器具紧相连，

十万多种供奉物都已齐全。

大大小小的金项链金耳环，
挂在劫波花树上闪闪发亮，
还有金银宝石玉石的臂镯，
还有面料细软的花布坐垫。

喜欢的物品会出现在面前，
英俊的宝贝哥哥将会看见，
有棵惹人注目的大劫波树，
矗立在宫廷大院的正中间。
缀有红绿白颜色的宝镜，
白嫩的宝贝哥杰出英俊，
哥哥打扮好了就将看见，
娇嫩的仙姑在等待着你。

她们坐在金色宫殿望，
秀丽的身姿美过宝玉，
她们精心梳妆又打扮，
衣妆艳丽等着来看你。

美貌仙姑盼望见到你，
天堂仙女一万六千余，
都将做侍从来陪伴你，
一天不断地陪伴哥哥你。

如果纯金哥哥已经到达，
享受着天堂的富贵荣华，
与十万绝色少女成双对，
潇洒的哥哥请别忘记，
苗条漂亮的妹妹前妻，
如今还留在人间好孤寂。

妹妹稍后将布施给哥哥，
等待一年半载不会太多，
世间千年妹妹还活着，
千百万年妹还布施给哥哥。
十万年后妹妹将离开家乡，
离开大地去陪伴宝贝心肝，
妹妹将去天宫寻找哥哥，

妹将梳妆打扮把哥哥陪伴。

四

听吧——
嫩白英俊的哥哥，
椰子树般挺拔俊秀的哥哥，
如果哥哥你去到顶层天，
得生在天堂享福在前。

哥哥别太迷恋那些多情女，
即使她们每天都来诱惑你，
英俊的哥哥你千万别轻信，
黑眼睛哥哥要听妹妹叮咛。
妹妹肌肤嫩白可爱的哥哥，
像树枝叶柄垂坠的哥哥，
得生在天堂里的英俊哥哥，
哥哥你尽情享受幸福快乐。

哥哥你别沉溺得太过分，
哥哥要想到世间的可怜人，
哥哥要时刻想着妹妹我，
要想到聪明可爱的心上人。
十万分珍贵的宝贝哥哥，
别偏离为人处世的准则，
哥哥要静心修行佛道法，
哥哥别与女人偷情作乐。

如果漂亮的仙女来找你，
潇洒哥哥千万别去搭理，
如果漂亮的魔女来勾引，
高贵哥哥千万别去接话题。

生活在仙界的婻玛诺拉①，
她们的习俗也各有差异，
有的美艳妖娆魅力四射，
有的苗条嫩白穿金戴玉。

————————————

① 婻玛诺拉：孔雀公主。

她们坐在那里招手等待，
她们都想与你谈情说爱，
千百万仙姑来调情挑逗，
宝贝哥哥你要稳坐钓鱼台。

妹妹的宝贝哥哥聪明伶俐，
英俊威武的哥哥要听仔细，
打扮妖冶的仙女来挑逗，
英俊潇洒的哥哥别着迷。

十万亿仙女个个都靓丽，
哥哥别因她们就把妹忘记，
野姜花般嫩白的宝贝哥哥，
妹妹的叮嘱哥哥要牢记。

祝福可爱的哥哥吉祥如意，
莲花般温柔的哥哥一路平安，
快梳洗打扮换上漂亮衣裳，
多福的哥哥身心守持五戒，
妹妹的哥哥啊红润又健康。

五

听吧——
哥哥将要讲述起，
爱哭的宝贝妻子的忧虑，
妹妹昨夜做了一个蹊跷梦，
喜鹊竟然与凤凰双宿双栖，
森林里到处都是刺丛荆棘。

五颗牙出齐的松鼠被抓起，
妹妹从噩梦中醒来多惊悸，
有二十个情人等着约会你，
担心哥哥准备幡旗来不及。

哥哥要安心待在寝宫里，
哥哥别去挑逗多情仙女，
哥哥要洗涤身心静如石，

哥哥要一心守持五戒律。

哥哥要耐心等待小波昵，
人间二十年天上只一天，
人间天堂相距五百万年，
我们兄妹要互相多鼓励。

到那时候啊——
庄西丽妹妹就离开人间，
离开这生我养我的家园，
飞升到美丽的天堂仙界，
挥手跟随哥哥遨游蓝天。

金凤凰哥哥誓言别忘记，
波昵要在宽敞的天宫望，
要与最爱的宝贝夫君，
同床共枕啊鸳梦再续。

椰树般的哥哥入乡随俗，
得生在天堂与仙女同住，
黄金般的哥哥去贺新房，
别过多勾引仙女犯戒律。

多情英俊的宝贝丈夫，
别因美女说笑就乐不思蜀，
也许那时哥哥已讨厌妹妹，
还要把波昵妹妹恨在心头。

六

听吧——
波昵的心里话千言万语，
潇洒哥哥要听清别忘记，
天堂里居住着仙女十万，
须弥山①上打扮鲜艳美丽。

仙女们花枝招展摆手唱歌，
聪明哥哥别去调情太多，

---

① 须弥山：佛教里的中心之山即须弥山，山顶为帝释天王居住，山腰为四大天王居住。须弥山四周有四大洲，即南赡部洲、
东胜神洲、西牛贺洲和北俱芦洲。

天堂仙界的漂亮丢瓦拉，
她们都在盼着见到哥哥。

如果莲花哥哥去到那里，
她们在顶层等待哥哥你，
有的打开大门翘首盼望，
推开二十层窗户等着你，
有的摇晃身躯逗你注意。

漂亮可爱的小仙女，
一排排整整齐齐坐在那里，
有些来与你谈天说地，
有些过来围着你跳舞，
有些就来说要嫁给你。
她们都喜欢陪伴哥哥你，
每天都坐在那里等候你，
有些就来与你谈情说爱，
宝贝哥哥请你别在意。

年轻仙女打扮起来忒美丽，
仿佛朵朵鲜花开遍大地，
聪明的宝贝哥哥别去调情，
不用多久妹妹就去陪伴你。

一年年一月月光阴逝去，
旧岁过去了新年又来临，
因陀罗天王最清楚啊，
在天界顶层把风铃窗开启。

妹妹心中虔诚布施不断，
前世无福今生就得做赊，
所有供奉妹妹都已齐备，
苗条妹妹就将把布施献上。

有绣着朵朵鲜花的花毛巾，
有透明薄纱和稍厚的黄巾，
有勐缅①横条花纹淡花巾，
有妹妹绣的坐垫和靠背垫巾。

蛇形图案的被盖已准备，
清爽的布上衣整整齐齐，

还有染成粉红的花色布，
有细软的纱布和厚毛呢。

有细薄的粉红色毛料布，
有清爽的紫色垫厚毛巾，
有柔软的细花布垫里层，
亲爱的妹妹将布施随行。

镶金花边的纸布已准备，
七件配成双的都配备齐，
还有神圣的深色绸缎布，
黑眼睛妹妹一起布施去。

有南赡部洲的黄挂裤和粉红布，
有披巾布和各种报答的赊物，
黑眼睛的妹妹要布施多种，
可爱的妹妹要布施给哥哥。

有挑水的土锅和扁担绳子，
有纯银的筷子大勺和汤匙，
锅碗瓢盆一应俱全样样有，
善良妹妹都将给哥哥布施。

有吃饭的碗筷喝汤的勺子，
亮眼睛妹妹已准备布施，
五十万种槟榔儿茶和蒌叶，
妹妹也准备好多种布施。

妹妹亲手绣的衣服裤子，
有妹妹染成黑色的头巾，
还有妹染成粉红的头巾，
心爱妹妹将给哥哥布施。

妹妹现在遵照布施的规矩，
在大殿上合十跪拜屈膝，
向主宰世界的佛祖赎罪，
请求得到天花板宽的福气。

请关闭通往地狱的大门，
让灼热的地狱远离自身，

---

① 勐缅：今普洱市宁洱区。

妹将祈求得到一艘大船，
载着妹妹远离地狱奔天堂。

布施的供奉物有十万余，
妹妹都将给哥哥布施去，
还有华光亮丽的黄白旗幡，
用花边装饰插放在那里。

妹妹怀着万分虔诚的心，
以妹妹为首的儿女和近亲，
一起制成布施的粉红幡旗，
还有鲜花米花蜡条样样新。

赤金般的妹妹屈膝跪下，
妹妹已叩拜祝福供奉啦，
有香艳盛开的黄缅桂，
有夜来香花和古拉①花。

有颜色红润的向阳莲花，
有高高的椰树花和版雪②花，
妹妹将按照习俗来布施，
双手合十屈膝跪拜多祝愿。

有芳菲四溢的吊兰泽兰花，
有上万种清香的缅桂花，
有天界的宝白菜和红丹花，
有芳香飘逸的泽兰和昕③花。

可爱的妹妹将布施齐全，
嫩白妹妹的布施不斜不偏，
一一写上名字才布施，
请神圣的丢瓦拉牢牢记下。

在人世间啊，
别让低贱成为罪孽随身带，
祈求成为功德以脱离苦海，
让所有的罪孽都灭绝，
往生在天堂苦尽甜来。

妹妹将按习俗布施鲜花，
五种鲜花和许许多多的米花，
还有新搓的漂亮蜂蜡条，
准备放进礼盘一起供奉。

请求布施供奉十万整，
虔诚献给英明的佛法僧，
明亮的火把照亮道路，
带苗条的妹妹飞到天层。

希望这许多祭祀供奉，
变成美丽的花轿和宝船，
将妹妹带到涅槃宝城，
享受天堂的幸福时光。

现在啊，
温柔漂亮的孤独妹妹，
用虔诚心来供奉祝愿，
现在将"沙沙"布施粉红旗幡，
灰色紫色的旗幡纷纷扬扬。

红白黄绿的各种旗幡，
制作齐全后就供奉献上，
供奉在佛祖的神圣脚印下，
在璀璨的佛塔下祝福瞻仰。

在高高的大山深处，
林立着佛塔一千五，
供奉拯救世人的佛祖，
还有高大的菩提神树。

苗条的妹妹啊，
想着那些顶天立地的圣物，
心里就不断地祈愿祝福，
无论妹妹走到哪里，
哪里都将有妹妹的祈祷祝福。

请求天界的丢瓦拉带到，
请求各方的神仙们传到，

---

① 古拉：花名。
② 版雪：花名。
③ 昕：花名。

请求天界各方的丢瓦拉，
把妹妹虔诚的祝愿带到。

单行本，云南民族出版社 2011 年版
西双版纳傣族自治州少数民族研究所译

附　记：

　　《青莲之歌》流传于西双版纳傣族自治州勐腊、景洪、勐海县市傣族地区。许多傣族民间文人经常用傣文传抄成册，作为文学精品鉴赏珍藏，也作为对长诗里女主人翁忠贞爱情的敬慕而收藏。歌手们也会在休闲之时吟诵《青莲之歌》，以此告诫年轻人要热爱生活，珍惜爱情。西双版纳傣族自治州少数民族研究所组织翻译整理的《青莲之歌》，作为篇幅比较长的傣族爱情叙事情诗，还是不多见。而且，情诗的主题、内容、人物、语言都比较突出，比较形象、动人，值得民族文学工作者做进一步研究。

译　者
2010 年 8 月

嫡慕沐苹

讲述人间那传奇的爱情。

一

宽阔平坦的坝子，
披着绿色的披毯；
日夜欢笑的清水河，
亲吻着富饶的田园。
翩翩起舞的凤尾竹，
拥抱着古朴的村寨；
金塔四周的黄缅桂，
散发着迷人的芬芳。
这就是勐罕国①的土地，
到处洒满了幸福的阳光。

可敬的乡亲们啊，
歇一歇你们劳累的身子，
松一松你们缠紧的包头吧！
在荫凉的大青树下，
听我吟诵一个动听的故事！
我要用蜂蜜一般的语言，
我要用筚南岛②一样的音色，
讲述美丽的嫡慕沐苹，

金子般的勐罕王国啊，
人们向往的美丽地方，
数不清的寨子像繁星跌落，
数不清的河流似银带闪烁。
勤劳的勐罕百姓啊，
都在为生活奔波，
有的在耕田挖地，
有的在打鱼狩猎；
撩过竹梢的一阵阵微风，
不时传送着悠闲的民歌。

坐落在坝尾的一座村落，
居住着以狩猎为生的猎户，
强壮的猎手们，
练就了一身本领，
射箭耍刀样样精通；
勇敢的猎手们，
练就了一身胆量，
狼群虎穴也敢冲闯；
机警的猎手们，
有着猎狗般的嗅觉，
闻得出各种猎物的味道。

---

① 勐罕国：这是传说中的一个国度。勐，国家或地方；罕，金子。勐罕国，译为金色的国度。
② 筚南岛：傣族的一种吹奏乐器，俗称葫芦丝。

团结友爱的猎手们，
像野藤一样扭成绳，
有了困难大家相帮，
出了险情一起担当。

日复一天又一天，
年复一年又一年，
他们从不叫苦叫累，
也不会空手而归。
他们不分热季冷季，
他们不管下雨打雷，
只要大钅芒敲响，
出猎队伍雄壮威风！

每一回从日出到日落，
他们与深山森林做伴，
渴了，喝一口泉水，
累了，草地就是床。
他们遵循先辈的传训，
他们信守族人的猎规，
有难同担，
有福同享。
射倒了猎物，
见者有一份。

一天，猎手们又要上山了，
他们老早就聚集在寨头，
面对神圣的神牌，
他们一齐拜跪合十。
领头的艾拇瑟①，
一面向寨神敬酒，
一面吟诵祈祷词：

"太阳辣辣的天，
让我们盼到了！
尊敬的寨神，
让我们交好运！
我们就要出猎了，
我们这一伙，
我们这一行，
都是本寨人，

都是好猎手。
他是有父母的汉子，
他是有妻儿的男人，
他是有兄妹的猎手，
等到了撵山的日子，
等到了吃肉的今天。

"请寨神保佑，
请山神指引，
在我们上山时候，
不要让我们迷路，
不要被利刺戳脚，
不要叫藤条绊倒；
在我们饥饿的时候，
能找到休憩的树荫，
能找到解渴的清泉，
能找到充饥的野果。

"仁慈的神，
光明的神，
弓箭已准备好了，
长刀已磨好了，
我们托你的洪福，
将去应验自己的运气。

"请你保佑，
请你指引，
山脚哪头有马鹿，
陡崖哪面有黄羊，
哪条山箐有麂子，
哪棵树上有破脸狗……
你要给我们指点，
不要让我们去扑空。
如果打得麂子，
如果围着马鹿，
第一刀肉，
我们要敬寨神山神；
第二刀肉，
要敬寨子里的长老；
第三刀肉，

---

① 艾拇瑟：猎手。这里作为长诗中的人名。

要敬自己的父母亲；
第四刀肉，
要敬寨子里的乡亲；
第五刀肉，①
才是我们自己享用！

"智慧的神啊，
万能的神啊，
保佑我们吧，
指引我们吧，
让我们的双腿，
比兔子跑得快，
跑在风的前头。
见了老虎躲得开，
见了猎物追得着，
让我们的弓箭，
像长了眼睛一样准，
不误伤自己的伙伴，
不放过眼前的目标。

"上好的日子是今天，
晴朗的天气有好运，
我们选定了上山的路，
不是东边的林子路，
也不是西方的羊肠道，
而是那条黄土小路，
它通向高山，
它通向密林，
它通向深箐，
它通向野兽出没的地方。
那里有麂子马鹿，
那里有刺猬岩羊。

"尊敬的神啊，
请保佑我们，
不要让我们空手而归，
那样多么羞人，
那样多么伤心，

不要让我们失掉欢乐，
失掉下酒的野味，
失掉丰收的喜庆！

"体弱的老人呀，
他们需要肉补身子，
嘴馋的孩子呀，
他们想吃火烧肉，
他们望着我们上路，
也望着我们满载而归。
从早上到晚上，
他们不会散去，
要等着听我们的吆喝，
等着听我们的欢呼歌唱，
等着听我们把铓锣敲响！②
眼巴巴望啊，
伸长脖子盼啊，
不怕太阳晒，
不怕风沙吹，
每一次出猎，
人们都这样盼望。
在这里聚集的持弓人，
都是寨里的好猎手；
在这里拜跪的背刀人，
都是寨里的文身汉③。
我们出猎，
从不空手归来；
这次撵山④，
也不能低头进寨。⑤
智慧的神啊，
万能的神啊，
请保佑我们，
请指引我们！"

拜了寨神，
供了山神，
献了米酒敬茶水，

---

① 这里指的是宰杀猎物时，分配猎肉的俗规。
② 满载而归的猎手，在下山进寨之前，都要敲响铓锣，欢呼丰收，也向寨里的亲人报喜。
③ 傣族男子以文身为骄傲，所以常常要以文身汉为自称。
④ 撵山：围猎野兽。
⑤ 即无获而归，失望之意。

猎手们出发了！
像一群野兔，
瞬间不见了身影，
一个个消失在茫茫山林里。

有名的艾拇瑟，
独自走向一条山道，
这路弯弯曲曲，
这路布满荆棘，
他以为会像往常那样，
险路上将有肥壮的猎物。

凭着不凡的胆量和勇气，
凭着娴熟的箭术和刀法，
他怀揣着希望，
独自径自往前摸索，
舍不得眨一眨眼睛，
顾不得歇一歇脚步，
他以为会像往常那样，
眼前会闪现麂子、岩羊……

天边，不觉挂上了晚霞，
村寨，也升起了炊烟，
猎归的人们欢声笑语，
领到肉包的妇女满面喜悦，①
老人喜食煮肉，
年轻人爱吃烧烤，
酒桌上，歌手唱起了动听的歌，
把赞美献给了勇敢的猎手！

"听吧，乡亲们，
收获的每一天，
欢乐的每一天，
是我们的猎手带来的，
是我们的儿女创造的！
爱情常以竹子为媒，
友谊常以米酒为证。
第一碗酒啊，
来敬我们的祖先，
那是崇敬的酒，

思念的酒；
第二碗酒啊，
来敬我们的前辈，
那是孝敬的酒，
感恩的酒；
第三碗酒啊，
来敬我们的勇士，
那是深情的酒，
自豪的酒；
还有一碗酒啊，
来敬在座的朋友，
那是真诚的酒，
连心的酒！"

歌手就像洛多鸟②在唱，
歌手的歌好听又暖心，
好喝的酒越喝越甜，
好在的地方人们怎想离去。
猎手们醉了，
乡亲们醉了，
整个寨子都醉了！

夜幕在寨头寨尾悄悄降下，
平静把人们带入了梦乡。
只有艾拇瑟的妻子，
站在凉台上把远方眺望，
黑夜让她更为焦急，
不归的丈夫使她牵挂！
她悄悄地对黑夜说，
她默默地对晚风讲：

"一起出猎的伙伴，
已经躺在了竹楼上；
一起攀山的汉子，
已经躺入了妻子的怀抱。
只有我在孤独地盼等啊，
只有我这样焦急不安！"

原来，艾拇瑟的运气不好，
跑了一天还是一无所获，

---

① 傣族猎俗，猎物分成数包，由寨子里各家的主妇去领取。
② 洛多鸟：一种叫声很好听的鸟，人们常把它比喻为歌手。

不要说是肥壮的麂子，
就是一只小斑鸠也打不着。
以猎为生的艾拇瑟，
头一回碰到了这种霉气。
他背靠着一棵古老的榕树，
静静回想着劳累的一天……

猎手行里没有懒汉，
好运从不远离猎人。
艾拇瑟拜过寨神山神，
艾拇瑟的弓箭百发百中。
今天，为什么会两手空空？
今天，为什么如此没有幸运？

肩头没扛着猎物的猎手，
他怎么好意思走进寨子？
箭头不见血的傣家汉子，
他怎么有脸面去见妻子？

艾拇瑟越想越脸红，
艾拇瑟越想越心跳，
向坏运气认输，
不是一个好猎手；
向困难低头，
不是一名真正的勇士！

二

送走不安的长夜，
迎来希望的黎明，
艾拇瑟不知疲倦地走啊，
往深林里走去……

他希望碰到一只马鹿，
碰到一只肥壮的岩羊；
他希望碰到一只麂子，
碰到一只圆滚滚的野猪。

他像觅食的饿老鹰，
搜寻着每一个山谷；
一人深的草被他砍开一条路，

可还是没找到什么猎物。

艾拇瑟渴了，
捧一捧泉水下肚；
艾拇瑟累了，
躺在草地上松一松筋骨。

天空一片蔚蓝，
白云在轻盈地舞动，
凉爽的晨风，
抚摸着他疲倦的身躯。

艾拇瑟在想着什么呢，
他一遍又一遍地问自己：
我到底做错了什么？
要受到如此惩罚！
山风、白云好似在怜悯我，
我还算是傣族的勇士吗？

又一阵山风吹来，
伴随着一股浓郁的香气，
奇特的香味啊，
扑进了艾拇瑟的鼻孔里，
灌入了艾拇瑟的心肺里！
他一骨碌翻起身，
不住地环视周围，
是花香还是草香？
是惊奇还是欢喜？
是幻觉还是真实？
平生不曾闻过啊，
这迎面而来的奇香异气！

艾拇瑟百倍精神，
就像寻找猎物一样，
他睁大双眼四处找，
迎着爽风走啊走，
闻着香味找啊找，
哪里是香的方向？
哪里是香的窝巢？

在那一片林子里，
在那一蓬草丛里，
他望见了一闪一闪的红光，

他瞧见了一亮一亮的白光。
艾拇瑟好比插上翅膀，
飞一般跑到了又亮又香的地方。

啊！是两朵鲜花，
在草丛里双双开放，
一朵是鲜红色的，
一朵是乳白色的，
这样美丽的花朵，
这样芳香的花朵，
不要说猎人没有见过，
聪明的歌手也难以描绘。

拥有金花银花的召王啊，
何曾有过这样芬芳的花朵？
拥有金山银山的国王啊，
何曾有过这样珍奇的花朵？

艾拇瑟像捉蜻蜓一样，
轻手轻脚地扒开绿草，
把红花摘了下来，
把白花摘了下来；
他爱爱地看了又看，
他美美地闻了又闻，
独自暗暗庆幸，
独自喃喃自语：

为什么只让我看见，
为什么只让我来采，
花呀花，花呀花，
莫不是神的恩赐，
莫不是我的好运到来！

这时，艾拇瑟想起了妻子，
想起了戴花的人。
如果她插上白花，
那乌黑的长发会更明亮；
如果她别上红花，
那匀称的身姿会更丰盈。
老实厚道的艾拇瑟，
决意给妻子一个大惊喜！

他用芭蕉叶包花，
包了一层又一层；
他把花放进筒帕①里，
小心了又小心。

艾拇瑟比猎获金鹿还高兴，
他沿着山路飞似地快跑，
翻过了两座山，
穿过了两片林，
好比脚心长了轮子，
一路上舍不得歇气。
在太阳当顶的时候，
他汗水淋淋地回到了家。

他要把奇花献给妻子，
他要把幸运献给妻子，
可还没走上温暖的竹楼，
乡邻们即告诉他坏消息：
"有一个外乡男人，
昨晚拐走了你的妻子！"

像老虎抓心，
像豺狗撕肺，
艾拇瑟心身伤痛，
不知道如何面对这突然打击？

望着空荡荡的竹楼，
望着静悄悄的伙房，
望着冷清清的火塘，
艾拇瑟好比病人样瘫在竹楼上。

他问苍天，
他问山林；
他问亲友，
他问自己：
是什么，能让女人很快变心？
是什么，能让女人轻易陶醉？
是什么，能让妻子背叛美好的爱情？
是什么，能让妻子抛弃多年的婚姻？

---

① 筒帕：傣族用棉线、丝线自织的挎包。

五颜六色的人世间啊，
七情六欲的人世间啊，
肮脏与罪孽无孔不入，
贪婪和诱惑那样险恶！

艾拇瑟摘下篾笆墙上的丁琴①，
边弹边哼起了一首哀伤的歌：
"纷飞的燕子盼归巢，
林里的孔雀恋伴侣。
在深山里拼搏的猎手啊，
想着竹楼的火塘和妻子。
榕树上的翠鸟啊，
陪伴我这孤人唱一唱吧！
用你好听的声音，
驱散我的寂寞和忧愁，
用你自由、快乐的双翅，
带去我的苦闷和悲伤。
榕树上的翠鸟啊，
有你和偌大的山林，
有乡亲和宽阔的土地，
我还是一个不倦的猎手，
我还是一个坚强的汉子。
妻子把爱带走了，
妻子把温暖带走了，
跟着别的男人走了！
我伤心有什么用啊，
是我没有守护好自家的园子，
是我没有管好自己的房门！
一切都是命运的安排啊，
爱和恨只能在今天终结。

"琴弦啊，翠鸟啊，
还是伴我唱一支欢乐的歌吧！
生活需要坚强，
爱情需要宽容。
如果她比我多些幸福，
那她的离去就是归宿。
我何必自叹孤单，
我何必这样哀愁！
我有可信的猎手伙伴，
我有热心热肠的乡亲。

① 丁琴：傣族喜爱的一种弹拔乐器。

我依然酷爱我的弓箭和长刀，
我依然向往我的山冈和森林。"

三

艾拇瑟眼前的两朵花，
依然那样的鲜艳芬芳！
有这么美的两朵花抚慰，
艾拇瑟也足以摆脱一切忧伤了。

他望着宽阔的蓝天，
想起了遥远的王宫；
他望着绚丽的彩云，
想起了富贵的王后。

爱美之心人人有，
王后一定会喜欢这两朵花。
对那情薄无义的妻子，
艾拇瑟真的十分惋惜，
没有福分的人，
好事也常常擦肩而过。

艾拇瑟决定把花送到王宫，
献给勐罕国贤淑的主妇，
表示普通百姓的感激之情，
表示猎手对国王的敬意。

主意已定的艾拇瑟，
立即朝京城扬鞭快马，
他走走歇歇，歇歇走走，
一路清风为他送爽，
一路金塔朝他祝福！

仰望勐罕国都的高大佛塔，
这座远近闻名的金狮塔，
艾拇瑟久久注目，
仿佛在倾诉心中的酸甜苦辣。

坝子里的百姓都说，
塔顶上的十六只铜铃，
会发出悦耳的声音，
会摇响奇妙的旋律。

坝子里的百姓还说，
金狮塔充满灵气，
艾拇瑟翻身下马，
在塔下合掌朝拜。

他是那样专心，
他是那么虔诚，
想着花，念着他，
脍炙人口的献花词脱口而出：

"至高的诸神啊，
崇敬的佛祖啊，
请你在苦难人的心里，
点燃一把炽热的火。
请你给世间的善良者，
指出一条宽阔的路，
金子银子我们不敢奢望，
佛祖的子孙只求吃饱饭，
只求房前屋后花朵盛开，
芬芳的花献给仁慈的神！

"仁慈的神啊，
假若你怜悯我们，
就让我们死后，
实现生前所想。

让我们变作一朵花，
开放在宝石王国的土地上；
让我们变作一条河，
流淌在天国那美好的异乡；
让我们变作一只船，
沿着清清的水驶向归宿的地方。

"至高无上的神啊，
你赐给我们的福气，
请洒在圣洁的花朵上，

让红的花变作菩提树，
让黄的花变作金缅桂，
让白的花变作大佛塔，
从人间铺起一座桥，
直通那云雾缥缈的圣境，
——梦想的勐涅槃①。"

抒发了内心的祈求，
艾拇瑟很觉得满足。
他离开高耸入云的金塔，
又踏上了去京城的路。

不知道走了多少时候，
疲乏了的艾拇瑟也想休息了，
在路边凉荫荫的大青树下，
艾拇瑟感觉到了一阵睡意。
他躺在松软的草地上，
又轻轻拿出两朵花来欣赏！
是花的香气熏醉了他，
还是一身倦意让他失去自控，
他呼噜呼噜地打起了鼾，
进入了遥远而神奇的梦境。

他睡得很熟，
他睡得很香。
也就在他翻身的时候，
两朵花被挤出了筒帕，
红花，依然那么鲜艳，
白花，依然那么芳香！

这时，一只飞翔的老鹰，
在艾拇瑟的上空呆呆停留，
锐利的双眼直盯着两朵花，
好比发现两只壮羊那样惊奇。

老鹰兴奋地扇动着双翅，
绕着猎手和花转了三圈，
猛然从高空俯冲下来，
叼走了猎手身边的那朵红花。

① 勐涅槃：傣族传说中的极乐世界。

红花散发出的异香，
让饿老鹰直流口水，
这花，为什么如此稀奇？
这花，为什么这样味美？
到了嘴边的好东西怎能放过，
老鹰一口把红花吞进了肚子。
瞬间，老鹰倍感精神，
它挥动双翅飞上了高高的天上……

此时一觉醒来的艾拇瑟，
先把筒帕里的花儿探望，
左边摸，右边摸，
筒帕底底再翻过几遍。
啊，那朵红花不见了，
不见了闪闪发亮的红光。

艾拇瑟急得绕着大树林转，
艾拇瑟急得在草地上跺脚。
他顺着风寻找，
以为大风把红花吹跑了。
他扒开草丛找，
以为山鼠把红花拖跑了。

他到东南方向找了，
他到西北方向找了，
红花依然无影无踪，
艾拇瑟伤心落泪了……

艾拇瑟紧紧捧着白花，
不敢再有任何粗心大意，
更不敢在路上迟缓怠慢，
他不眨眼的朝京城奔去。

像离弦的竹箭，
像脱弓的弹丸，
他要很快拜见勐罕国王后，
把一名猎手的真诚献上。

四

艾拇瑟的马跑出了汗，

艾拇瑟的马鞭打断了；
不知道跨过多少山坡，
不知道穿过多少弯道；
他忘了时辰，
他忘了饥饿。

是吉祥的预兆吧，
他的马突然扬起了头，
双足悬空，
竭力嘶鸣！

此时，艾拇瑟看见了，
看见迎面涌来了一大队人马，
举着无数彩色旗幡，
打着金黄色的大伞；
前有彪悍的领军，
后有强壮的卫队。
这是王宫的人马，
这是国王出猎的队伍。

艾拇瑟没有多想，
立刻跪在路的中间，
合起双掌，
高声诉颂：

"至高无上的召王啊，
怨我拦住你威武的猎队。
我是你土地上的猎人，
请接受我深深的崇敬！
今天能拜见你，
是一个猎手的最大荣耀！
我拿不出像样的山珍野味，
也献不起贵重的珠宝翡翠！
召王啊，勐罕国的圣主，
我只有一朵珍奇的花，
要敬献给美丽的王后。

"这朵白花芬芳无比，
这朵白花永不凋谢，
闻一闻它会使人心明眼亮，
看一看它能使人变得年轻。
在勐罕国的土地上，
只有召王才配拥有它！

只有王后才配戴上它！
召王啊，
这是上天给勐罕国的福气；
召王啊，
这是混西迦①给勐罕百姓的恩惠！"

看到艾拇瑟的真诚，
看见这朵闪亮的花，
国王吩咐身边的大臣，
接受善良百姓的赠品。

国王捧着花啊，
顿觉心旷神怡。
王宫花园里有千种万种花，
但没有一种花能比得上它。
假若插在爱妻的发髻上，
她会变得更加妩媚和高贵。

国王命令身边的大臣，
拿出所带的金子银子，
重重赏给艾拇瑟，
让好心人得到好报。
国王的赏赐无与伦比，
艾拇瑟啊感恩不尽！

国王的大队人马开拔了，
国王的大队人马远去了。
艾拇瑟手捧沉甸甸的赏银，
一直目送国王一行渐渐消失。

见到贤能的国王，
艾拇瑟心满意足；
他要把喜讯传告给父老乡亲，
他要把赏银分发给兄弟姐妹。

可就在他返身回寨的时候，
心里即产生了极大的不安，
那一朵被老鹰叼走的红花，
如今落在了哪一方？

五

国王得到了奇异的花朵，
哪里还有心思游山狩猎，
他命令跟随的大臣和士兵，
立即调转马头快快回宫。

在幽静的后宫，
国王找到了妻子，
他要她猜一猜，
此次出猎他有什么收获？
他还要她猜一猜，
他得到了什么珍奇之宝？

国王呵呵笑着，
王后默默想着，
是什么猎物能让国王如此开心？
是什么珍宝能让国王这般兴奋？
是麂子、马鹿、野猪、岩羊……
那是多么平常的猎物！
是金子、银子、宝石、翡翠……
也是王宫里可见的宝物！

是壮士和美女吗？
国王摇摇头！
是宝马和白象吗？
国王摆摆手！

王后苦苦冥想，
国王偷偷在笑……
一股浓郁的清香扑面而来，
渗透王后的心，
她万分惊奇地望着他，
许久许久才回神求问：
"召王啊，这香花，

---

① 混西迦：傣族传说中的善良天神。

一定是你带进了王宫？
召王啊，这仙花，
一定就是那个珍奇之宝！"

国王拿出了那朵亮亮的花，
一半得意一半神秘地说：
"这是一位猎手敬献的，
他遵照天神的旨意献给你。
只有你才配戴上这朵花，
只有你才配拥有这朵花。"

自从有了这朵神赐的花，
王宫里日夜散发着幽香。
国王的亲友们纷纷来观赏，
而且久久都不愿离去。

那天夜深人静的时候，
王后把白花放在枕边，
刚刚脱去衣服上床，
竟迷迷糊糊地睡着了。

从这一时辰起，
王后有了身孕，
她将喜讯告诉了丈夫，
国王高兴得手舞足蹈。

宫里宫外的人们都说，
混西迦的恩赐灵验了，
阿銮①来托生了，
勐罕国幸运了！

辽阔富饶勐罕王国，
山连着山，水连着水，
温暖的天气爱抚着一片片土地，
凉爽的雨水滋润着一丛丛万物。

这里没有战争，

只有和平和安宁；
这里没有仇恨，
只有友谊和宽厚。

在这天地接壤的土地上，
飘香的稻谷一年收三次，
芒果累累，
香蕉串串，
果树成行，
鱼鸭满塘，
鲜花在竹楼四周绽放，
竹林把竹楼紧紧拥抱。
孔雀在草坪上起舞，
大象在山坡上踏足。
古老的象脚鼓，
在黄昏时候就敲响；
悠远的喊定喊别②，
在夜幕落下时吟唱……

勐罕国就是这样富足，
勐罕国就是令人向往。
如今王后又添了新喜，
是男是女都是勐罕国的希望。

那天，水牛进厩的黄昏，③
王后生下了人们期待的王子，
喜形于色的勐罕召王，
要做大摆④与全族共同庆祝。

能干的接生婆给王子洗了澡，
用洁净的水迎接王子的降生，
智慧的长者给王子拴线，⑤
为王子的漫漫人生祝福祈祷：

"今天，天边没有顶头虹，⑥
日子是吉祥的日子；
今天，房头没有疯狗乱叫，

---

① 阿銮：傣族传说中的天子，他勇敢智慧，有一身本领。人们视为傣族的英雄人物。
② 喊定喊别：傣族一种比较古老的情歌调。
③ 傣族视为最吉利的时辰。
④ 大摆：傣族的盛会。
⑤ 傣族接生仪式和习俗，长者用红白线拴在婴儿的手腕上，意示一生平安吉祥。
⑥ 过去傣族视彩虹为不祥之兆。

时辰是喜庆的时辰。
天上掉下了一颗亮星，
地上冒出了一蓬嫩笋，
温和的风吹落了金叶，
好看的花散发出芬芳，
热闹的竹楼又多了一份福气，
仁慈的神又送来了一个子孙。

"向家神拜跪吧，
孩子的母亲，
向家神致谢吧，
孩子的父亲！
看他的头发，
像母亲的长发一样乌黑，
看他的相貌，
像父亲的身架一样俊俏。
听他的哭声，
很像母亲唱歌的嗓音，
摸他的心儿，
如同父亲那样宽厚善良。

"向家神合掌吧，
孩子的母亲，
向家神献酒吧，
孩子的父亲！
这是你们的欢喜，
这是你们命中注定，
在这个日子托生的人，
常常伴随着幸运；
在这个时辰出生的人，
会做出一番大事。

"这是贤明的神告诉我们，
此时此地降生的人，
他来自宝石的地方，
来自金银的地方，
来自有福的地方，
平安和力量就在他身上。

"放心吧，
孩子的母亲，
相信吧，
你们得到的孩子，

你们怀里的宝贝，
绝不是地狱下的魔鬼，
也不是森林里的妖怪，
今天他来到人间地上，
将是一头强壮的白象！
还是聪明的野兔，
还是机灵的山羊，
还是温顺的马鹿。

"啊，仁慈的神，
在这个吉利的日子，
在这个如意的时辰，
我们也要对他讲，
我们也要对他说：
如果你是山坡上的牛头鬼，
如果你是小路上的马面妖，
一时走迷了生路，
来到了这块土地上，
那就随欢乐的鼓声走开，
离开清静的房屋，
离开安宁的寨子，
离开人们欢聚的土地，
离开百鸟歌唱的森林，
离开佛祖走过的坝子。

"石头成不了宝石，
宝石怎能当石头，
有福气的人呀，
有希望的人啊，
快把欢乐给你的母亲，
快把高兴给你的父亲！

"今天降生的孩子呀，
天下很宽很宽，
世间很大很大，
吉与凶常常交错，
人与鬼常常混杂，
黑暗跟着晚风来到，
幸福随着痛苦来到。
今天我们来拴线，
念着神圣的咒语，
把吉与凶隔开，
把人与鬼隔开！

把黑暗和光明隔开，
把幸福与痛苦隔开！

"现在我们来拴线，
在他手腕上拴上红线，
在他脖子上拴上白线。
把最美好的祝愿，
献给新生的儿女。
来自宝石地方的孩子呀，
从今天起，
你要把爱心给你的双亲，
你要把欢乐给你的爹妈，
你要把丰收给你的双亲，
你要把长寿给你的爹妈！
谢谢神的恩赐！
谢谢神的保佑！"

勐罕国王有了继承人，
臣民们无不欢欣鼓舞；
勐罕国的勇士又有了领头人，
勇士们无不满怀自豪。

庆贺摆做了七天七夜，
象脚鼓敲了七天七夜，
歌手们唱了七天七夜，
孔雀舞跳了七天七夜，
香米酒喝了七天七夜，
佛经吟诵了七天七夜。
这是勐罕国最欢乐的日子，
这是勐罕国最难忘的日子。

在热闹的宴席上，
国王提出了请求，
他要大家给儿子赠名，
名字要像雷声一样惊人。

众位来宾议论纷纷，
都觉得王子命根属阿銮，
那是尊贵的族姓，
那是至高的氏系，
他的名字不仅要非常好听，
而且将显示出勐罕的声望。

面对刚诞生的王子，
有的宾客就对勐罕王说，
以后王子选美娶妻，
别忘了他家的娇娇千金！
她也是一朵鲜嫩的花，
她也是一朵醉人的花。

还是一位令人尊敬的长老，
说出了一串掷地有声的话：
"我们的王子啊纯属天子，
他必然降生在吉日良辰，
如果他是穿筒裙的公主，
应当取千瓣莲花般的名字；
可他是要骑马握刀的人，
应当取一个英雄汉的名字！
尊敬的勐罕召王啊，
就叫他马里贡吧！
马里贡顶天立地，
马里贡无所不能！"

勐罕召王很赞赏，
大家也都很赞同。
来到人间的天子，
从此得名马里贡。

马里贡像柚木一样，
一天天苗壮成长；
马里贡像骏马那样，
一天天结实强壮。
他很快长成了一个小伙子，
他很快加入到勇士的行列。

六

艾拇瑟把国王赏赐的荣耀，
带回了自己的故乡；
艾拇瑟把召王赏赐的金银，
分发给了父老乡亲。

人们如同欢迎猎归的队伍，
把赞美都献给了艾拇瑟；

人们如同迎接凯旋的勇士，
把热爱都献给了艾拇瑟！

艾拇瑟给家乡带来了欢乐，
艾拇瑟给乡亲们带来了富裕，
小孩子有裤子穿了，
老人们有槟榔嚼了，
卜冒①跨上了新的长刀，
卜少②穿上了新的筒裙！

向艾拇瑟敬酒的猎手，
唱出了乡亲们的心里话：
"艾拇瑟，我们的弟兄，
今天我们心贴心，
说一家人的话，
做一家人的事，
你的父母，
就是我们的双亲；
你的兄妹，
就是我们的手足。

"珍贵的友情，
胜过红象牙；
长久的情意
胜过蓝宝石。
只有相互信任，
不能相互猜疑；
只能互相帮助，
不可互相伤害。
别人给了你恩惠，
你要想办法去报答；
你给了别人好处，
千万不要挂在嘴上！

"今天的酒，
是欢喜的酒，
深情的酒；
今天的酒，
是暖身的酒，
真诚的酒！

醉了是朋友，
醒了也是兄弟！

"从今往后，
你落水，我下河相救，
我滚坡，你下山来背；
你的脚被水牛踩了，
我去找草药来医治；
你的脚被蛇咬伤，
我用嘴斗着把毒吸出。

"记住远古的规矩，
记住兄弟的情意，
朋友啊兄弟，
愿我们的友情，
像田埂一样长，
像龙潭一样深，
像岩石一样坚硬！"

好听的话，
好比塔顶上的风铃，
清脆又明亮；
入耳的话，
好比流淌着的山泉，
甜蜜又舒坦。
艾拇瑟紧合双掌，
向乡亲们深深致意！

飞燕因为有蓝天，
马鹿因为有山冈，
白象因为有森林，
猴子因为有清泉，
艾拇瑟因为有乡亲们，
他不感到寂寞孤单！

可慈祥的老人们啊，
想给艾拇瑟再有一个家，
他们围坐在火塘旁边，
头对头地商量想办法。

① 卜冒：小伙子。
② 卜少：小姑娘。

他们把寨子里的姑娘，
从寨头到寨尾数了一遍，
哪一个姑娘的心最好，
哪一个姑娘最漂亮！
他们要让她嫁给艾拇瑟，
他们要请她陪伴艾拇瑟！

多少姑娘都悄悄表白，
愿意与艾拇瑟同披毯；①
温柔而勤快的相软姑娘被选中了，
艾拇瑟从此有了新的甜蜜生活！

七

叼着红花的老鹰，
现在飞向了何处？
这一段要吟诵的，
就是红花的下落。

老鹰飞到了很远的地方，
飞到了美丽的勐沙国土，
落在一棵大青树上，
在它的窝巢边稳稳站住，
吐出了肚子里的那朵红花，
准备喂给张着嘴巴的小鹰……

这时，有一位路过的猎手，
他望见了大榕树上的老鹰，
显出从未有过的惊讶，
发出一声赞美的感叹：
啊！
这鹰如此灿烂，
一身透亮透亮！
这鹰何等神奇，
一副勃勃雄姿！

猎手本能地取下弓，
瞄准老鹰射出利箭，

"嗖"的一声把老鹰射中了，
老鹰塌着翅膀跌落在地。

这只老鹰又大又肥，
好多人都跑来观看，
有人说用火烧吃，
有人说去换酒喝。

他们才走进寨子，
就被一位老人碰见，
老人睁大双眼，
饶有兴致地问：
"你们从哪里猎来的鹰？
能否为我老翁做件善事？
如果价钱便宜，
我愿把它买下，
因为我的老伴久病在身，
她需要服用老鹰泡的酒。"

用钱买酒也一样公平，
猎手把鹰卖给了老人。
他们不仅买了糯米酒，
还买了下酒的牛干巴。

买鹰的老人是个沙铁②，
他的家在勐沙京城南面，
当他得到了这只宝贵的鹰，
就快马扬鞭飞奔在回家的路上。

他一到家就亲手杀了老鹰，
并从鹰肚里取出了一朵花，
颜色比初升的太阳还红艳，
香味比一个花园的花还香。
他老伴闻到花的气味，
一身病痛立刻消失好健康。

两位老人面面相觑，
两位老人静静想思：
这花为什么这样香？
这花为什么这般神？

---

① 这是傣族的婚恋习俗，愿意让小伙子把毯子披在自己身上的姑娘，就意味着接受了小伙子的爱情。
② 沙铁：富翁。

百姓的竹楼哪能摆放，
只有王宫方可享用。
献给国王吧，献给王后吧，
我们不要贪图至高的福分！

他俩的主意就这样打定了，
老婆给丈夫准备了雨伞和饭包，
催他赶快去京城求见国王，
把珍贵奇妙的花奉献。

从偏僻的村寨，
到那遥远的京城，
不知道有多少路程？
也不知道要经历多少艰辛？

可因为对召王的崇敬，
诚实的国民甘愿舍去一切。
老人毅然告别了老伴，
匆匆走上了去京城的路。

老人走起路来不觉得吃力，
好像是花在暗中给他力气。
所以，只用一天半的时间，
他就来到了勐沙国的王宫。

通情达理的王宫卫士，
带领远道而来的老人，
在金碧辉煌宫殿里，
拜见了勐沙国召王。

老人向国王合掌致意后，
急忙捧出那朵红色的花：
"召王啊，尊敬的召！
我在很远的城子里，
买了一只肥壮的鹰。
如果贪杯，
这鹰肉是不错的下酒佳肴；
如果贪财，
这只鹰可以转卖上好的价钱。

"召王啊，尊敬的召！
奇迹发生在我家竹楼上，
从鹰的肚里竟剖出一朵奇花，

它血红血亮而不褪色，
像饱含雨露的红莲一样；
它香味浓浓而不刺鼻，
像微风送香的慕沐苹一样。
我的寒舍不配有如此珍奇的花，
所以特地带来献给召王。"

国王看见了花，
眼睛突然变得明亮，
在勐沙国土上，
从没有见过这样艳丽的花。

国王重重地酬谢了老人，
赶忙把这朵奇妙的花朵，
戴在妻子又黑又亮的发髻上，
让漂亮的妻子更添姿色更丰采。

就在这天不平常的晚上，
王后做了一个甜美的梦，
一颗明亮的星星跌落下来，
正正落在了她的手掌心上，
但等她醒来一看，
不是星星是红花！

王后从此有了身孕，
消息飞快传给国王，
国王急急忙忙来看望，
在妻子面前高兴得像只小绵羊。

国王嘱咐宫女们，
照料王后不要有差错，
更不要在一旁偷懒；
国王嘱咐女仆们，
只要王后高兴的事，
再难也要马上去办。

日月如梭，
光阴似箭。
王后生下了一个小女孩，
大家争着要看孩子的脸嘴，
大家抢着要抱新生的公主，
都希望孩子身上的福气，
也留一份在自己的身上。

勐沙国王下令做大摆，
精明的占卜大师也请来了，
在国王的亲属们面前，
摩弄①用心想着公主的名字。

"这孩子来自天上，
神鹰带着她来的，
从勐罕找到勐沙，
经过多少山山水水，
将福气给了勐沙王后，
也给了整个国家。
假若给她取名字，
娴慕沐苹②的名字最好听了。"

娴慕沐苹的名字美啊，
她就是一天七次香的花，
娴慕沐苹的名字清纯啊，
好像奘房边透亮的井水③。
勐沙国王和王后很满意，
亲戚朋友们也觉得很合适，
这个名字多么吉祥、美好，
公主也一定可爱乖巧。

娴慕沐苹长到一岁，
会说会笑会走路，
七岁的时候就会梳妆打扮，
还会到花园里赏花，
谁见了她都赞美她美丽聪明，
谁见了都愿同她搭腔说话。

到了十几岁的时候，
她微露白齿的笑容，
不知道迷住了多少人，
她走进摆场的丰姿，
不知道留住了多少双目光。

她的金镯在手腕上发光，
她的银链在脖子上闪亮，

她的筒裙放出异彩，
她头上的花朵喷香啊，
醉倒了多少英俊少年。

在这茫茫情海中，
谁是为她吹响葫芦丝的人？
谁是与她对唱情歌的人？
谁是给她披上披毯的人？④
谁是伴她去赶摆的人？
谁是陪她去赕佛⑤的人？
美丽的娴慕沐苹啊，
无心同谁谈情说爱，
因为她有无尽的思念和牵挂，
她要等待那早结姻缘的情侣。

八

生命的花伴啊在哪里飘落？
又在哪一家人家里生活？
他是托生在富贵的宫殿里，
还是在贫困中承受折磨？

衣食无忧的娴慕沐苹，
孤单寂寞的日子不快活。
有一天，她得到父母同意，
带着一群宫女去花园里取乐。

她们采摘喜爱的花，
她们唱着心中的歌，
满园的花很香很香了，
却没有公主头上的红花香。

这时，
枝头上飞来了一只鹦鹉，
它的啼鸣婉转声动听，

---

① 摩弄：占卜大师。
② 娴慕沐苹：娴，即公主或小姐；慕沐苹，是一种珍贵的花名。译意，慕沐苹花一样的公主。
③ 专供佛寺里的人饮用的井水，故特别清净。
④ 傣族的婚恋习俗，只有相恋的情人，才可用自己的披毯裹住对方。
⑤ 指信仰佛教的活动，即到佛寺朝拜。

好像在故意同姑娘们比赛，
看谁唱得更扣人心。

绿鸟并不害怕他们，
仍然低头舔着自己好看的羽毛，
还不住地转动着有神的眼珠，
仿佛在这群姑娘中把什么寻找。

鹦鹉的歌声和神情，
触动了婻慕沐苹颤动的心，
她觉得这绿鸟有人情味，
便开口向它询问：

"你是寻食的鸟，
还是妖魔鬼怪？
你是尊贵的贵族子弟，
还是来自天上的圣人？
如果你有亲近的心，
就请真实地告诉我们！"

鹦鹉没有马上回答，
也没有离她们而去，
它只是一股劲地扇动翅膀，
绕着她们飞了一圈又一圈。
是一种特别友好的表示，
还是蕴含着深深的眷恋？

正当公主和宫女们不注意时，
鹦鹉飞进草丛里变了身，
变成了一个英俊的小伙子，
对着公主和宫女说道：

"你们是不是被人掐断尖的瓜？
你们是不是嫁了人的比朗①？
如果人家只拿走了瓜尖，
我愿把瓜连根刨起来，
我不忌讳跟着别人的脚印走，
因为你们是宫中的贵人。"

"我不是王公贵子，
也没有富裕的亲属。

我不是害人的魔鬼，
也不是咬人的毒蛇。
漂亮的公主小姐们啊，
我是山林里的穷苦人。

"你们白得像银河的水，
你们比花还要妖艳芬芳，
能在你们面前站着说话，
我已经觉得十分满足了。
假若你们能变成粉团花，
我多么想摘下来带走啊！"

婻慕沐苹听他这样一说，
心里有些惴惴不安。
但他含含糊糊的语言，
又使婻慕沐苹难以捉摸。

婻慕沐苹有意试探他，
声音如琴弦般委婉：
"绿鸟变成的阿哥啊，
你不要这样来去匆匆。
假若你现在就离我而去，
我们什么时候再见面呢？
假若你珍惜这次相识，
哪一天又才听见你歌唱呢？"

"命中注定的伴侣哟，
总会相遇在一起的。
你为什么要早早离去，
难道我对你不真诚吗？
要是我的爱慕只是自作多情，
我真想用竹片插进喉咙死去。"

听了婻慕沐苹的话，
他很惋惜地唱道：
"你是爱我还是可怜我，
你是骗我还是戏弄我，
不要用油擦在笋叶上，
只不过说说玩玩而以。

---

① 比朗：嫂子。

"天上的神神仙仙，
不是好饭好菜他们不吃，
王宫中的贵族子女，
怎么会爱上一个穷苦青年！"

太阳落山了，
晚霞暗淡了，
年轻人又变成了鹦鹉，
准备展翅飞走，
嫦慕沐苹含着眼泪，
把有情的鹦鹉挽留：

"鹦鹉哥哥啊，
请你不要这样急着走，
我有多少话要对你说，
难道你真的无心听吗？"

"你既然有了相爱的人，
为什么还要这样留我？
难道你不怕爹妈骂吗？
难道你不怕情人多心吗？"

"我的情人是牛还是马，
请你告诉我吧！
如果说我有情人的话，
就是鹦鹉已把我的心叼走了。"

"要是公主真心真意对我，
就让我们的爱情在这里开始吧！
长留在这里要有父母的允许，
我应当回去告诉亲人一声。
以免他们焦虑不安，
以免他们终日挂念。"

"你的话像甘蔗一样甜蜜，
你的心像井水一样透明。
你要快去快回啊哥哥，
宝贵的日子不要耽误！
你要信守承诺啊哥哥，
七天以后一定来相会。"

---

① 召雅写：在深山老林里修行的苦僧。

鹦鹉飞走了，
留下了花园的寂寞。
鹦鹉远去了，
留下了公主的孤独。
嫦慕沐苹思念恋人，
不知道鹦鹉哥可是意中人？

九

现在让我们讲述鹦鹉的来历，
他并不是嫦慕沐苹的姻缘人，
他是召雅写①的养子建栋信；
因为仰慕劢沙公主的美名，
特地来百花园中寻觅知者，
希望得到嫦慕沐苹的爱情。

建栋信的父亲是艾拇瑟，
艾拇瑟日夜出没在深山老林，
从不让勤快的手脚放松休闲，
他要把建栋信好好抚养成人。

那一天，飘着阴云的天，
建栋信的父亲又去狩猎，
还不会说话的建栋信，
用可爱的笑脸向父亲告别。

建栋信的父亲走进了大山，
从此不再回还，
不知道是被豺狗咬死，
还是掉进有毒的陷阱。

建栋信的母亲，
等了七天七夜，
哭了七天七夜，
也想了七天七夜。
最后她从悲痛中醒来，
望望可怜的建栋信，
想想那不幸的丈夫，

决定沿着崎岖的路，
去把建栋信的父亲寻找。

她找来藤条，
她找来树枝，
她抱来树叶，
做了一个摇篮。
她给建栋信喂够了奶，
把他轻轻放进了摇篮。
她咬破了自己的指头，
流着泪写下了一封血书，
好好放在儿子的身边，
留给路过这里的好心人。

血书这样写道：
"好心的猎手啊，
善良的过路人，
如果这个孩子哭喊，
那是他在寻找远去的父母。
请你们照看他，
请你们疼爱他，
把他带回家去，
当作自己亲生的孩子。"

"好心的猎手啊，
善良的过路人，
孩子现在虽然还幼小，
但他长大并不需要多长时光，
他和他的父母是一样的血脉，
他会报答你的恩德的！
天大地大，地大天大，
也不如救命的恩情大！
假如再世还能重返人间地上，
那就让我们来做你们的仆人。"

建栋信的母亲走了，
怀着悲痛和牵挂走了；
建栋信的母亲走了，
沿着丈夫的足迹走了……

摇篮里的建栋信，
用哭声来表示自己的饥饿；
黑乎乎的山里，
更显得幼儿的哭声多凄凉。
山风不停地刮着，
把这哭声送得很远很远！

失去父母的孩子，
听见风吹树叶落，
还以为有人要来抱他；
失去温暖的建栋信，
在一阵阵寒雾冷风中，
冻得全身发抖又发紫。

哪里有母亲的奶水？
哪里有母亲的怀抱？
建栋信揪心的哭喊，
被山林里的一只老虎听见了。
机警的老虎来到草棚里，
闻了闻摇篮里的建栋信。
貌似凶猛的虎啊，
也有一颗平常心，
他怜悯失去双亲的小孩，
他同情无依无靠的生命！

老虎把建栋信衔在嘴里，
沿着草地上的路轻轻走，
好比浮萍在水面上飘；
他怕幼儿再受到惊吓，
不知走了多少个时辰，
才走到了召雅写居住的奘房①。

老虎拜见召雅写：
"召啊，你来看，
这是一个孤独的幼儿，
他快要饿死在深山了。"

召雅写看看这小生命，
仁慈的心快速地跳动，
他赞扬老虎的善举，

---

① 奘房：佛寺。傣族群众称佛寺为奘，奘房是傣汉译语结合。

并给老虎合掌①致意，
请老虎赶快放下小孩，
还真诚地把老虎挽留。

温顺的老虎啊，
成为召雅写忠实的奴仆。
召雅写和老虎，
愿意做小孩的养父双亲。
把幼小的建栋信抚育，
把脆弱的小生命爱护！

召雅写砍来凤尾竹，
照样做成一个摇篮，
每天都守候在建栋信身边，
不知疲倦地摆动着摇篮：

"宝贝啊，不要哭，
别怪波召②雅写不会领你，
睡好吧，好乖乖，
你是我们心中的红宝石。"

老虎也守在一旁，
任何野兽都不敢靠近。
建栋信虽然失去了双亲，
但波召雅写和老虎胜似亲人。

建栋信像上树的藤子，
很快就成了青年模样，
他会握刀砍柴，
他会游水划船，
老虎随时同他做伴，
他不知道什么叫害怕。

懂事了的建栋信，
他想起了父母亲，
便开口问召雅写：
"波召雅写啊，
是你的光芒照耀着我，
使我在温暖中长大成人，

如果你就是我的父亲，
那我的生身母亲在哪里？
我就是河水里的石头变的，
也应该让我记住自己的身世。"

召雅写看着长大了的建栋信，
便把他一家的遭遇一一说出。
建栋信字字句句听在心里，
悲伤的泪水湿透了衣衫，
他跪着用双手托起召雅写的双脚，
恭恭敬敬地搭在自己的头上。③
千言万语说不尽，
万语千言难表述，
波召雅写和老虎的大恩，
建栋信永生不忘：
"波召啊，波召，
对我建栋信来说，
死亡和再生只是一瞬间；
是你的仁悲和照料，
是老虎养父的爱护，
才有了苦命孩儿的今天。"

"你们是我至高无上的救星，
你们是我终生敬仰的亲人，
面对苍天，
面对森林，
建栋信的誓言永不改变，
知恩图报孝敬双亲。
山川河流啊可以消失，
父辈的浩恩与世永存。

"波召啊，波召，
出角的牛犊需要磨炼，
会跑的象儿应该闯荡，
哪怕漫漫路上多坎坷，
孩儿决不会懦弱和退让。

"波召啊，波召，
离去的双亲杳无音信，

---

① 合掌：双手合掌于胸前，礼节性的致意和谢意。
② 波：父亲。波召，对父辈的尊称。
③ 傣族视头部为最神圣的地方。这样做，是表达感恩的最高礼节。

孩儿也想去寻找结果。
哪怕能够拾到几件遗物，
孩儿也可以将痛苦和牵挂掩埋。"

召雅写允许了，
老虎也点了头。
在他临走的时候，
召雅写对他深情嘱咐：

"深山老林里不要多歇气，
菩提树下可以睡一觉，
白天迎着太阳走，
晚上顺着月光行。

"见着大象的脚印，
你可以跟着走，
见着野狗的足迹，
你要握紧手中刀。

"找着父母快回来，
我们天天把你盼，
路上遇着相恋的人，
也不要轻易留足闺房。

"勐沙有一个漂亮的公主，
她是天上下来的一对花，
你不要在她那里耽误时光，
她不会把爱情真正送给你。"

召雅写的嘱咐能否记牢？
寻亲的历程能否平安？
建栋信变作一只鹦鹉，
飞上了无边无际的蓝天。

远离了熟悉的山冈森林，
远离了可敬的亲人和奘房①，
从勐罕国飞到了勐沙国，
他跌进了嫡慕沐苹的爱网。

建栋信就是多情的鹦鹉，

爱唱歌的鹦鹉就是建栋信。
他没有找到亲爹亲妈，
却找到了不该找的爱情……

十

馨香的花儿，
招来蜜蜂团团转，
漂亮的孔雀，
引来凤凰扇翅膀。
美丽的嫡慕沐苹，
让各个勐的王子神飞魂荡。

来求婚的各勐使者，
像来参加赶摆一样，
带着象队，
驮满金珠翡翠；
赶着牛车，
拉满绫罗绸缎；
络绎不绝，
浩浩荡荡，
挤满了勐沙国都街道，
挤满了勐沙王宫广场。

宫内宫外人流如潮，
铓锣鼓声混成一片。
因为王宫难以接待，
有的人就在王宫外搭起了草棚。

每天天还未亮，
求婚的队伍已排成长串。
往东边望去，
是五颜六色的贡品，
往西边望去，
是金色银色的彩伞②！

京城大地啊在摇晃在颤抖了，
好像支撑不住那样多的人马，

---

① 奘房：这里指在深山里修行的僧人住地。
② 金伞银伞做成的聘礼，古时的傣族视为高贵的象征。

如果不是勐沙国王常来相劝，
有的队伍就可能会以刀相见。

使者们都想首批应招，
第一个向勐沙王献上得意的聘品；
使者们都想挤在前头
早些代王子向公主表白爱慕之情！

有一个使臣对勐沙国王说：
"召王啊，你是怎么想的，
美丽的公主许配给哪一家？
请你打开竹窗说亮话吧！
迷人的公主到底有多高贵？
能不能让我们看上一眼！"
这是大家的心愿，
众使者翘首以待。

鲜花只有一朵，
插在哪一顶包头上？
孔雀只有一只，
放飞到哪一方草坪上？
彩云只有一束，
镶嵌在那一家宫殿上？

六神无主的勐沙国王在想，
应该把公主许给哪家呢？
为了女人抽刀相残，
随时都有可能发生。
那时，朋友将变为仇敌，
安宁的土地将燃烧战火。

忧心如焚的勐沙国王啊，
吃不下，睡不香。
求婚的使者们都等着回话，
谁也不愿离开这个神秘的地方！

求婚的使者们个个提心吊胆，
他们得不到勐沙王的许诺，
怎么去回报自己的召王，
怎样承担起使者的职责？

勐罕国的王子马里贡，
也骑快马来到这地方，
他望着焦急不安的求婚者们，
觉得勐沙的公主一定不平凡！
他望着警卫森严的金色宫门，
也盼望美人出现在宫门中间。

嫦慕沐苹的母亲满脸忧愁，
她的心愿同勐沙王不一样，
她想招一个孝顺能干的女婿，
让女儿永远在自己的身旁。

嫦慕沐苹更是心事重重，
她思念的情人会不会出现？
在众多的求婚者中间啊，
能不能找回丢失多年的情缘？
假若她看见那朵白花闪亮，
假若她闻到那朵白花飘香，
她就会告诉父母召他进宫，
把天上人间的爱情故事公之于世！
请父母为他们举行婚礼，
请长者为他俩拴线①祝福。

嫦慕沐苹浮想联翩，
那天在花园相识的鹦鹉少年，
他到底是什么人呢？
他的变幻很不一般！
那巧舌多情的鹦鹉少年，
会不会是自己等待的情侣？

她与他曾约定七天再相见，
现在又如何去实现诺言？
父王母后把她关在高楼里，
不准她走出房门宫院。
她只有像鹭鸶一样伸长脖子，
从窗口把意中人眺望……

勐沙国王经过周密安排，
吩咐大臣书写了数封信，
送到各勐求婚使者手中，

---

① 拴线，是傣民族一种古老的祝福仪式，在集会、节庆、婚礼、赕佛等重要活动中，都可举行拴线仪式。

书信上写明召王的打算：

"尊敬的各勐使者，
召王说出的话像泼出去的水，
婻慕沐苹一定要嫁人，
勐沙王宫的婚宴一定要举办！
但现在我们还不能把公主许配，
请你们回报自己的国王和王子！
我们准备七天后再定婚姻大事，
圆了公主日思夜梦的美满情缘！
如果你们真心实意想娶亲联姻，
就让王子自己来和公主会面。
我们仍然在这个广场上做大摆，
最有本事的人大家都来见一见。"

马里贡也接着了这封书信，
他和其他勐的使者一样，
勒马转回自己的家园，
七天以后再进勐沙京城摆场。

十一

各勐的求婚使者走完了，
勐沙士兵大队涌进王宫广场，
他们按照国王的谕旨，
在广场中心布置赛场。

大象拖来了七根栗木，
七根栗木又粗又长；
总管大臣请来了有名的木匠，
七根栗木被削得又圆又光滑；
他们将栗木直竖起来，
一节一节斗接在一起。
高耸入云的木柱立在广场中央，
多少人的心也随着悬在了天上！

哦，高大的栗树，
好比一棵顶天柱，
穿过云朵吻着蓝天，
抬头也难望见哪是顶端？

在柱子的顶端，
木匠们又盖了一座凉亭，
那是婻慕沐苹藏身的地方，
也是赛场上获胜者的终点。

勐沙王庄重地承诺：
"到第七天赶摆那天，
谁能最先爬上这棵柱子，
与公主并排坐在凉亭上，
他就是公主的丈夫，
他就是我的好女婿！"

七天的时间只是一转眼，
好似火烟一样很快消失。
那天的赶摆赛场，
一大早就很热闹。
东西南北的四面彩门，
涌入的人群源源不断。

国王和王后落脚的凉棚，
坐西向东面对高柱；
匠师们用金粉刷了一层，
阳光下闪着道道金辉。
接待使者们的看台，
也刷上了一层银粉，
并画了许多花花草草，
显得十分气派和舒适。

大铓敲响了，
彩旗飘动了，
国王和王后骑着彩象，
在卫队的护卫下来到了广场。

婻慕沐苹被送上了天梯，
送上了高高的凉亭。
她像一盘月亮，
在云间招引着四方的王子，
多少双爱慕的眼睛，
把她深情仰望；
多少颗年轻的心儿，
为她激烈跳荡。

求婚的人马从彩门蜂拥而入，

纷纷拜见勐沙国王和王后。
使者们的每一声问候，
都充满了甜蜜；
使者们的每一声祝福，
都蕴含着美好。

勐沙国王啊，
高兴地撒下赏金；
勐沙王后啊，
欢喜地扔下彩巾。①
这是一种格外的高兴，
这是一种特殊的施舍。
这是父亲母亲的期待，
这是全城百姓的盼望，
可爱的嫡慕沐苹啊
将会遇到意中郎君！

国王命令士兵，
柱子上要涂一道菜油。
油汪汪的柱子苍蝇也难落，
广场上的人们个个望而生畏。

总管大臣站立起来，
大声向求婚者宣布：
"各勐使者，
各勐王子，
我们国王的条件只有一个，
谁能爬上柱子顶端会公主，
谁就是我们勐沙的勇士，
谁就是我们勐沙的女婿。
希望大家尊重我们的规定，
尽力施展你们的高超技艺。
让勐沙百姓一饱眼福，
让勐沙摩喊②高歌赞美！"

广场立刻沸腾起来，
各国王子争先恐后，
显示出很有把握的样子，
神气十足地聚集在高柱下面。

一声鼓响，
比赛开始！
王子们个个争先恐后抢上柱，
是滚嘎③还是滚播④就在此时。
有的爬掉了包头，
有的爬断了裤带，
有的爬起了血泡，
有的爬了一节就滑跌下来。

眼看不很难，
就是爬不上，
有的人大叫推他一把，
有的人大喊神仙助力！
可是王子们仍然难以攀登，
一个个摔伤在地而告终。

嫡慕沐苹啊花的公主，
真是求婚者眼中的星星！
只能相望，
不可相拥。
哀叹笼罩着广场，
怨恨在求婚者心中萌发，
达不到目的的王子们，
会不会在勐沙京城酿祸？

这时，一匹骏马飞跃入场，
马里贡站在马背上向天合掌：
"混西迦啊我的慈父，
如果你疼爱马里贡，
请你帮助我去实现心愿，
让我和公主在云间相见！"

一双草鞋从天而落，
落在马里贡的手上，
他捧着草鞋从马背上跳下，
拜见了国王和王后。

---

① 这是对来参加盛会的百姓的一种奖赏形式。彩巾，即彩色手帕。
② 摩喊：歌手。
③ 滚嘎：滚即人，嘎即贵和有价值，意为有价值的人。
④ 滚播：滚即人，播即不值价。意为不值价的人，无能的人。

人们用惊奇的目光，
注视着英武的马里贡，
只见他把草鞋在地上拍了三下，
然后从容地穿在自己的脚上。

非凡的草鞋金光闪闪，
神的助力快速如梦，
只在一抬头的瞬间，
马里贡就爬上了柱子顶端。

苦苦等待的婻慕沐苹啊，
以为是能说会唱的鹦鹉少年，
没想到是勐罕王子突然来到，
她显得有些心慌意乱。

神奇的赛场成全了一对情侣，
长别的恋人在金伞下相逢，
红花与白花在云间绽放，
也把芳香撒给了广场上的人们。

红花与白花会面了，
神子与天女会面了，
马里贡拥抱着婻慕沐苹，
来请求国王和王后祝福。

王后高兴地说：
"我们为你俩摆筵席，
我们为你俩拴线，
你俩是天生的恩爱夫妻。"

广场上的人们，
敲起了象脚鼓，
跳起了花环舞，
又是唱来又是欢呼！
各国王子一副无奈的神情，
因为这是上天安排的姻缘！

这个大摆就这样结束了，
勐沙王在宫殿款待了各国王子，
希望真诚的友谊长存，
祝愿王子们一路平安。

十二

正当勐沙王宫要举行婚礼
为婻慕沐苹和马里贡庆贺，
不愉快的事情发生了，
那建栋信闯进了王宫。

他看见马里贡和公主在一起，
立即飞身抓住公主的手不放，
指责马里贡抢占了他的情人，
也责怪公主背弃了花园承诺。

建栋信抱起公主，
逃出热闹的王宫。
马里贡满腔怒火，
在后面紧追不舍。

建栋信横马拦阻，
手上紧握着宝刀，
身边还围着一群猛虎，
愤怒的马里贡势单力薄。
这次夺爱相厮，
马里贡失败了。

建栋信领着婻慕沐苹，
回到了召雅写的粪房里。
婻慕沐苹的心啊，
就像蚂蚁在啃吃，
痛得她一身颤抖不息，
不知道如何面对爱人和情侣？

马里贡在远处呼唤：
"我的婻慕沐苹啊，
你究竟在爱恋谁？
你愿意跟谁在一起？"

婻慕沐苹伤心落泪，
她想前想后细思量：
往日的鹦鹉恋人，
今日的命中情侣，

在两位勇士的中间，
让她如何选择来决断！

天规不能违抗，
天命不能违背，
她仿佛从梦中惊醒，
她记起了自己的身世！
面对往日的建栋信，
十分哀伤地启齿相诉：

"让我难忘的建栋信啊，
我一生最爱勇敢善良的人，
但我不能把自己分成两半，
也不能背弃命中注定的人。
留下回忆吧鹦鹉少年，
留下友谊吧勐沙勇士，
相信你会有自己的幸福美满，
我的爱情只应该给马里贡！"

马里贡向混西迦求助，
混西迦派下了天兵神将，
使马里贡增加了勇气和力量，
一场搏杀又在天空中展开。

打了七天七夜，
还是不分胜负，
嫡慕沐苹昏昏沉沉，
难料勇士争斗的结果。

一边是鹦鹉少年，
一边是白花王子，
曾经的许愿，
神赐的爱恋，
让嫡慕沐苹心力交瘁，
让嫡慕沐苹难以言行如一！

马里贡没脸去见勐罕王，
他觉得这是自己的无能。
他只好再次请混西迦，
来拯救他这个不幸的儿子，
来夺回属于他的爱情，

来战胜虎一样勇猛的建栋信。

混西迦出现在天空中，
他手握藤棍栏住建栋信：
"你这个老虎养大的人，
怎么敢无视神力无边的上天，
你要逃生就赶快来下脆，
不然你别想再见到你的亲人。"

一个拥有虎心的人，
怎么会轻易地退缩？
明知混西迦法力无边，
但爱的追求让他胆大妄为！
他握着长刀，
腾云驾雾迎上前去。

混西迦看在眼里，
几分称赞几分叹息，
他不得以挥棍击去，
正中建栋信的眉间。

建栋信跌跌撞撞，
逃回森林里的奘房。
召雅写用药水给他擦拭伤口，
又吹了线挂在他的耳朵上，[①]
让他免除伤痛振奋精神，
回头再战王子马里贡。

混西迦和马里贡，
站在高空迎击建栋信，
有一位天神高举天镜，
把建栋信和人马照射，
但建栋信没有被击倒，
他挣扎着同天兵拼杀。

混西迦只好丢下一个神圈，
套住了建栋信的身子。
魔力极大的项圈越缩越小，
建栋信啊痛苦难忍。

---

① 是一种祈求仪式，传说被魔法大师吹过的线可辟邪。

上天为大，
人间为小，
召雅写不能和混西迦相斗，
建栋信只有忍让认输。
将爱恋的公主送还马里贡，
为爱情的厮杀就此结束。

建栋信充满忧伤，
他仰望上天唱道：
"婻慕沐苹啊，
我以为我们的相识会幸福，
谁知道却是我的莫大痛苦！
你留给我的是阵阵心寒，
绵绵情意也只是一场梦。

"尊敬的混西迦啊，
建栋信请问你：
什么是友谊？
什么是爱情？
什么是朋友？
什么是情侣？
什么是庄重承诺？
什么是山盟海誓？"

混西迦沉思片刻，
即对建栋信直言：
"马里贡与婻慕沐苹，
是命中注定的一对情侣。
他们来人间播种爱情，
他们来人间播种善良。
婻慕沐苹和你偶然相识，
那是她寻找伴侣过于心切！
婻慕沐苹对你许下诺言，
那是她错爱了鹦鹉少年！

"记住，永远记住，
别人的花园不能践踏，
别人的果子不能乱摘，
别人的竹门不要蹬踢，
别人的篾笆不要去推，
别人的竹笋不要去砍，

别人的屋顶不要去爬，
别人的田水不要乱放，
别人的鱼塘不要撒网，
那是别人的辛勤劳动！
那是别人的幸福生活！

"她应该把爱情给哪一个，
她应该与哪一个共同生活，
除了上天的安排，
也有婻慕沐苹自己的选择。
就像鸟儿选择山林，
就像鱼儿爱恋江河！"

混西迦掏出一瓶南溪达①，
把昏迷中的婻慕沐苹救醒，
让她和马里贡快去见爹妈，
不要让年迈的双亲焦急盼等。

十三

失去父亲的人，
犹如象失去了象牙；
失去母亲的人，
犹如竹楼没有了火塘。

孤独的建栋信，
想念自己的生身父母，
不知他们现在何方？
是真的被野狗撕吃，
是真的被老熊抓翻，
还是掉进了无底深渊？

可怜的建栋信啊，
如今又失去了婻慕沐苹，
他好比无叶的一棵树木，
任狂风暴雨摇撼；
他好比干涸的河谷，
任烈日无情熬煎！

---

① 南溪达：傣族传说中的圣水，能够让万物复苏。

"父亲啊父亲，
你是最了不起的猎手，
怎么会倒在野兽的脚下？
你是人们敬重的艾拇瑟，
怎么会丢下父老乡亲？
你是孩儿梦中的阿銮，
怎么会忍心抛弃骨肉？
背叛人间的仁慈和善良！

"母亲啊母亲，
我毫不责怪你的出走，
那是一个妻子对丈夫的忠诚。
你如果还活在人世间，
就应当快快来到孩儿的身旁，
让我感受一次母亲的怀抱，
让我饱尝一回母亲的乳汁！
虽然我有召雅写的关爱，
虽然我有召色弄①的护卫，
但我更渴望人间的母爱，
渴望那至高无上的亲情和爱情！

"母亲啊母亲，
你可听见建栋信的呼唤？
这是心的呼唤，
这是爱的呼唤，
这是日思夜念的呼唤，
这是梦牵魂绕的呼唤！"

这时，天边划过一道亮光，
召雅写满面笑容地走过来，
像菩萨矗立在建栋信的面前。
建栋信急忙合掌问候，
他知道养父此时此刻的到来，
是惦记着孩儿的痛苦与忧伤！

"勇敢的建栋信啊，
我知道你有一颗猛虎的心，
无论在哪座山冈和森林，
你都不会畏惧和轻易退缩。
今天，

我不是来抚慰你爱情的忧伤，
也不是来理论这场争斗的结果！
今天，
我给你带来了年年月月的思念，
我给你带来了日日夜夜的梦想！"

顺着召雅写的手指，
簇拥的人群让开了一条大道，
那飘着彩云的大道，
那充满欢呼的大道，
出现了几个骑虎的人，
他们的来临给摆场增添了热闹。

是什么人如此福气？
是什么人如此威风？
他们是我什么样的思念？
他们是我什么样的梦想？

莫不是一起攉山围猎的猎友？
莫不是一起杀翻野猪的兄弟？
莫不是一起串寨猎少②的伙伴？
莫不是寨子里来认亲的亲戚？

此时的建栋信，
只觉心儿在蹦蹦地跳
眼前的骑虎人啊，
仿佛与他有着难舍的人间情缘！

召雅写明白了建栋信的心思，
召雅写及时给他以亲切的明示，
建栋信心胸豁然亮堂，
他快步如飞迎了上去！

就像金鹿渴望清泉，
就像金猴向往山林，
就像翠鸟依恋窝巢，
他终于见到了久盼的亲人！

叫一声亲爹！
叫一声亲妈！

① 召色弄：召，这里是对敬重者的尊称。色，傣语为老虎；色弄，即大老虎。
② 猎少：猎，即串；少，即姑娘。意思是小伙子找小姑娘谈情说爱。

建栋信双膝下跪，
眼泪不住地流淌……

是喜是悲，
是爱是怨，
都在这时倾诉，
向人世间最亲的人倾诉！

摆场上鸦雀无声，
人们好比静静的森林，
目睹勇士与亲人的团聚，
见证人世间最难忘的场景。

"亲人啊亲人，
你们为什么现在才来到？
如果没有召色弄和召雅写，
我的生命犹如那根枯草，
怎能活到今天！
如果没有恩人的辛勤教诲，
我的人生就像草丛中的野鸡，
不会有什么本事和胆量！

"亲人啊亲人，
你们为什么离我那样久远？
难道你们就不心疼幼小的孩儿？
难道你们就不牵挂脆弱的小生命？
狂风暴雨的时候，
你们可听见孩儿胆怯的哭啼？
电闪雷鸣的时候，
你们可听见孩儿恐惧的呼喊？

"那时啊，
我多想父亲强壮的臂膀，
把我紧紧怀抱；
我多想母亲甜蜜的奶头，
让我尽情吸吮。
那时啊，
我多想你们微微摆动我的摇篮，
让我悄悄进入梦乡；
我多想你们轻轻讲述美妙故事，
教我早早懂得天上人间。"

听了儿子的哭诉，
艾拇瑟和妻子心如刀刮！
要说的话像树叶一样多，
要流的泪如泉水淌不完，
母子三人紧紧相拥在一起！

这无言的相拥，
这漫长的相拥，
仿佛在相互诉说，
诉说十九个春秋的酸甜苦辣，
诉说十九个春秋的悲欢离合。

母子三人面对恩人召雅写，
紧合双掌深深拜跪！
母子三人面对救星召色弄，
紧合双掌深深拜跪！
感谢两位圣者的大恩大德，
母子三人今生一定要还报！

摆场上的象脚鼓又敲响了，
摆场上的嘎光①又跳起来了，
人们欢庆婚慕沐苹与马里贡的团圆，
人们欢庆建栋信与父母亲的团聚！

四周的山冈在舞动，
八面的森林在摇摆，
勐沙大地一片欢腾，
有名的歌手把安宁与幸福尽情赞美！

在动听的歌声里，
艾拇瑟请出了随行的骑虎人，
让建栋信过来相见，
并说出了他们与骑虎人的难忘情缘。

艾拇瑟眼含泪水，
十分动情地说：
"建栋信啊，
你遇到的恩人功德无量，
我们永世都要铭刻心间。

---

① 嘎光：嘎，即跳舞；光，即象脚鼓。嘎光意为这跟鼓舞。

建栋信啊，
我们与你也有相似的经历，
骑虎人就是我们的生命之神！
是他，让我和你母亲，
拒绝了死神的恐怖召唤，
才能活着走出了茫茫老林，
才能活着走到了你的身边。

"令我们自豪的儿子啊，
我们也有很长很长的苦难历程，
我们也有很多很多的难忘故事，
抽几袋烟也说不完，
喝几碗酒也诉不尽！
当勐沙的摆场鼓声歇息时，
我们再对你一桩桩地叙说！"

十四

正在这个热闹的日子里，
勐沙国突然遇到了不幸，
万恶的瘴气①好似豹狼野狗，
闯进了欢腾的森林和山冈。

欢喜变成了忧伤，
全勐百姓惊恐万状。
召王连忙写下了谕旨，
谕旨随着铓锣传响：

"尊贵的远方客人们，
善良的全勐臣民们，
在灾难横荡的时辰，
我们没有心思跳舞歌唱。

"听说勐排②那边有三颗宝石，
镶嵌在香散傲③公主的项链上，
只要把它化成圣洁的南相④，

就能免除灾难带来吉祥"。

"勐沙的勇士们，
施展你们的智慧和力量吧！
危难的勐沙怎能坠入黑暗？
我们一定要夺回快乐的时光！"

国王的谕旨贴在宫墙上，
各勐王子都不敢来揭榜。
召雅写和艾拇瑟夫妇商量，
即派建栋信去拜见国王。

满面愁容的勐沙国王，
像款待尊贵客人一样，
接见了召雅写的养子建栋信，
让他坐在身边的金竹椅上。

"勐排的三颗宝石，
不是那么轻易获得。
要把它熔化成福水，
更是难上加难啊。
勇敢善良的少年，
你有什么办法去实现愿望？"

"摘来天山的荷花
砍来天山的龙竹，
舀来天山的泉水，
就能把宝石熬成妙药仙汤。"

"天山在哪方？"
"天山在丁雷绍法⑤的地方！"
召王听了建栋信的回答，
显出又信又不信的模样。

"路上的山岭有猛虎，
路上的江河有毒蟒，
路上的森林有妖怪，

---

① 瘴气：从前流行在傣族地区的一种热带疾病。
② 勐排：传说中的魔鬼国。
③ 香散傲：公主名，三颗宝石的光辉。
④ 南相，宝石水。传说这是最圣洁的福水，得到这种福水可以驱除病魔，使万物死而复生。
⑤ 丁雷绍法：传说天地接壤的地方。

你怎么走得到天山那方？"

"勇敢会给我智慧，
信念会给我力量，
我不能眼看百姓遭殃，
我也不会使召王失望。"

假若不是金羽鸟，
唱不出这样动听的歌声；
假若不是阿銮，
说不出这样响亮的话音。

"那就去吧建栋信，
我们等待那美好的时光。
如果你实现不了诺言，
我们也记得你善良的心肠。"

建栋信拜别了召王，
回到了召雅写的身旁。
召雅写拿出一把牙柄银刀①，
递送到建栋信的手上：

"用它指树，
树可以变成船，
带你飞过江河激浪。

"用它指山，
山可以变作大象，
带你跨过险恶山冈。

"豹狼野狗害怕它的闪光，
毒蛇巨蟒害怕它的锋芒，
山妖河精也不能把你阻挡。

"赶快上路吧孩子，
遇到了困苦不要沮丧，
遭到了挫折不要悲伤。"

召雅写的嘱咐和期望，
建栋信牢牢记在心上。

他挎上牙柄银刀，
向亲人拜别合掌。

十五

建栋信用牙柄银刀的神力，
让一座小山变成了大象，
大象载着勇敢的建栋信，
跑起来好比大雁展翅飞翔。

他跨过了十三座湖，
他跃过了十五条江，
他穿过了十七片森林，
他跃过了十九架山梁。

他戳死了十三条毒蛇，
他砍死了十五条巨蟒，
他劈死了十七只豺狼，
他剁死了十九只恶狗。

他遇着了十三场暴雨，
他躲过了十五起雷电，
他冲破了十七层云雾，
他踏碎了十九道寒霜。

十三天来只有山泉沾唇，
十五天来只有野果入口，
十七天来双眼没有合过，
十九天来长刀没有离手。

一天红日初升的早晨，
建栋信望见了高高的天山，
彩云在山顶上飞舞，
百鸟在山顶上欢唱。

守卫着天山的获排②，
听从混西迦的吩咐，

---

① 牙柄银刀：傣族传说这是祖先留下来的一把力量无比的宝刀。牙柄，即象牙柄；银刀，即银制的刀。
② 获排：魔王。

前来迎接尊贵的客人，
鼓铙声中鲜花洒了一路。

获排在豪华的宫殿里，
摆设了丰盛的筵席。
建栋信在敬酒的时候，
向获排说明了自己的目的。

再深的井水，
一眼就能望见底；
再多的话儿，
一句就表达了诚意。

获排把酒杯高高举起，
豪爽地把美酒一饮而尽：
"勐沙国遇到了灾难，
我们理应全力相帮。

"只是这天山上的宝藏，
假若它离开了天山上的水土，
就无法熔化人间宝石，
珍贵的福水也只是空想！"

建栋信听获排一讲，
脸上的喜色一扫而光。
忧泪滴进了酒杯，
愁雾涌进了胸膛。

好事要多磨，
办法要多想。
帮人帮到底，
获排苦思量。

获排把会飞的琵排①叫来，
向他诉说了勇士的忧伤。
琵排听懂了获排的话，
连忙下跪把使命承担。

"天山顶上有天池，
天池里面有宝殿，
龙王委派香散傲守卫，

———————————————

① 琵排：魔鬼。

她武艺高强千夫难敌。
那龙王珍藏的三颗宝石，
就紧紧挂在她的脖颈上。
多智多谋的琵排啊，
你要听好牢记在心，
为解除勐沙王国的灾难，
为帮助勇士实现愿望，
你快快去把宝石取来，
三天之内一定要回还。"

获排的话重千斤，
获排指派哪敢怠慢，
大碗的酒喝足了，
大块的肉吃够了，
琵排戴上了一张面具，
那是一张人的笑脸，
立即张开雄健的双翼，
朝高高的天山顶飞翔。

十六

在天山顶上，
琵排绕着天池转，
琵排绕着天柱转，
他扇酸了翅膀，
他耗尽了气力，
寻找着香散傲的宫房。

突然，三颗红绿蓝宝石，
透过一扇窗口一闪一亮。
琵排收拢双翼，
跌落在公主窗前。

三颗透明透亮的宝石，
照耀着公主蒙蒙睡眼。

琵排迈开猫的脚步，
悄悄走拢公主床边。

一面动手解脱公主的项链，
一面防备扰醒公主的睡眠。

半睡半醒的香散傲，
觉得有人在床边周旋，
猛然睁开疲倦的双眼，
看见一个生人站在身边。

救命啊！救命啊！
公主的呼救震动了宫殿。
琵排跪在她的面前，
请求公主将善恶分辨。

但公主双手紧捂着眼睛，
不断朝四周拼命呼喊。
受惊的卫士蜂拥而来，
琵排一时心慌意乱。

获排的命令不能违背，
建栋信的愿望要实现。
琵排只好抱起香散傲，
飞离宫殿，飞上蓝天。

天山吻着皎洁的月亮，
建栋信抬头焦急张望。
琵排能不能取到宝石？
吉祥的水哪时才能洒到故土上？

理想不能等待，
行动才有希望。
大象的足蹄比不上琵排的双翼，
但建栋信的意志坚比天山。

他骑上大象，
好比飞起一样，
钻进森林，
跃上山冈。

在一片宽敞的草坪上，
建栋信看见了宝石的三色光芒。
琵排迎着大象降落，
香散傲倒在建栋信身旁。

啊！灿烂的宝石，
漂亮的香散傲，
我们不曾在宫殿里相见，
却在深山中碰面。

这是天神安排的良辰吗？
还是前世修炼的姻缘？
建栋信轻轻扶起香散傲，
用温暖催开她迷人的双眼。

香散傲望着他：
"你是琵排变幻，
还是救命恩人？
忧愁已把我百般折磨，
难道还要送我进无底深渊？"

建栋信看着她：
"一架山箐的清泉要流在一起，
一座森林的马鹿要跑在一起，
我是勐沙的勇士啊，
请你不要把哀伤的泪水流滴。"

香散傲望着他：
"啊，勇敢的哥哥，
你为什么把我带到这里？
私奔将对不起苦难的乡亲，
失信会使阿銮的名誉扫地。"

建栋信看着她：
"啊！美丽的香散傲啊，
你不要把我看作贪婪的乌鸦。
假若只是为了得到你，
我不会冒死来到丁雷绍法。"

建栋信告诉香散傲，
宝石只有在天山上才能炼化。
请她不要责怪琵排朋友，
善与恶永远不是一家。

好听的话儿像月亮，
又明又圆，
悦耳的声音好比山泉，
又清又甜。

香散傲跟着建栋信，
双双骑上大象，
说着、笑着、唱着……
回到了天山荷花池旁。

天山荷花张开艳丽的笑脸，
愿把春色献给人间贵客；
香散傲轻轻摘下一朵，
放进圆辘辘的大石锅。

天山龙竹招手致意又行礼，
愿把幸福献给人间贵客；
建栋信轻轻砍下一棵，
做成竹筒把湖水舀进石锅。

栗木燃起了熊熊大火，
三颗宝石在锅里煎熬。
你添一瓢水来我加一把柴，
相爱的人快活得像一对翠鸟。

天山上的恩爱情侣，
手捧圣洁的福水，
眺望着远方故土，
恨不得展翅双飞。

鹿儿要归山，
鸟儿要回林。
获排不再挽留两位客人，
派了一队琵排把他俩护送。

建栋信和香散傲，
在勐排的土地上，
播下了友谊的种子，
架起了亲戚的桥梁。

面孔不是善与恶的象征，
了解才能辨认好与坏。
人间到处有豺狼，
勐排也存有善良。

---

① 勐各达：传说中强盛的国家，勐沙国的邻邦。

建栋信和香散傲泪水涟涟：
"好客的天山主人啊，
离别使朋友心酸，
情谊更使人难忘，
感谢你们的真诚相帮！"

获排和琵排们依依不舍：
"尊贵的两位客人啊，
你们故土的灾难，
也是我们心中的忧患，
让上天保佑你们平安！"

那不是离弦的飞箭，
而是那闪电一般，
建栋信和香散傲，
回到了熟悉的勐沙国田园。

十七

俗话说是祸不单行啊，
苦难的勐沙就是这样；
瘟疫未除强盗又来，
广阔的国土顿时硝烟弥漫。

强悍的邻邦勐各达①国王，
乘人之危闪动着阴险的目光。
说是勐沙的瘟病侵害了他们百姓，
说是勐沙的毒水损害了他们家园。
为了达到掠夺别人财富的目的，
侵略者都要这样制造卑鄙伎俩。

勐各达王子统率大军，
扑进勐沙的村寨山林，
威逼勐沙召王割让半数国土，
还要强迫嫡慕沐苹与他成亲。

这样的背叛是何等耻辱，
这样的允诺是何等悲哀！

勐沙国王面对强盗大声拒绝，
险些在勐各达王子刀下丧命。

美丽国土一片火海，
血流成河尸骨成山。
勐各达的大军，
比瘟疫还要凶残。

他们占领了勐沙京城，
他们闯入了勐沙王宫，
异国的土地收在他们眼里，
异国的珍宝装在他们心上。

经书怎能对豺狼来念，
双掌怎能向野狗合拢，
绕过白塔的滚滚血河啊，
洗亮了勐沙百姓的眼睛。

余生的勐沙王国臣民，
向寨神勐神①点燃高香，
在祖先的碑前升起旗幡；
面对破碎不堪的山河，
举起愤怒的大刀长矛，
迸发出抵抗到底的誓言。

十八

故国的天，
烟云缭绕；
故国的地，
四处哀号。

乡亲在哪里？
村寨在哪里？
稻谷在哪里？
牛马在哪里？

森林中的玉鸟在哪里？
湖水里的鱼儿在哪里？

菩提树下的草坪在哪里？
缅桂树下的鲜花在哪里？

建栋信紧握刀柄，
面对故国大声疾呼：
"故土啊，
你的子孙回来了！
亲人啊，
你的儿女回来了！"

他俩骑的大象，
猛然离地腾空。
扑进呛人的硝烟浓雾，
奔向兵慌马乱的京城。

被瘟疫摧残的母亲啊，
又遭勐各达铁蹄蹂躏！
人间的公理岂容欺侮，
天下的正义不可战胜！

建栋信和香散傲，
满腔仇恨冲进战场。
来自天山的琵排朋友，
跟随他们去惩办人间豺狼。

勐沙国土上不屈的臣民，
好像看见了太阳和月亮，
呼喊着阿銮的名字，
汇成了一股无敌的力量。

勐各达不可一世的大军，
变成了一群群黄鼠狼，
躲闪着仇恨的利箭，
逃避着宝刀的锋芒。

自己酿的毒酒自己喝，
自己挖的陷阱自己跳，
自己掘的坟墓自己埋，
勐各达得到了应有的下场。

① 寨神勐神：傣族百姓信仰的保护神。

公理好比雷神，
宣判了蜈蚣的死刑。①
正义好比狂飙，
驱散了战争的乌云。
勐沙高耸入云的白塔，
显得格外壮丽而神圣。

勐沙王国打赢了！
勐沙王国胜利了！
马里贡牵着娴慕沐苹，
建栋信拉着香散傲，
他们肩并肩跪在地上，
亲吻着芬芳的故土。

乡亲们纵情欢呼——
勇敢的阿銮啊，
我们的太阳！
美丽的公主啊，
我们的月亮！
阿銮为了幸福，
幸福属于乡亲！

来自天山圣洁的福水，
洒向战死的乡亲，
战死的乡亲重获新生。

来自天山圣洁的福水，
洒向召王和大臣，
召王和大臣如梦初醒。

来自天山圣洁的福水，
洒向可爱的故土，
毁坏的家园依然壮美似锦。
再捧一碗生命之水，
请琵排朋友来尝，
琵排朋友变得年轻漂亮，
从此永留在温暖的人间。

马里贡和娴慕沐苹手拉手，
建栋信和香散傲公主手拉手，

他们走到召王和王后面前，
手合双掌深深致敬：
"这一天是不是拴线的日子？
这一天是不是做摆②的时光？"

哟啊！哟啊！哟啊！
王宫广场变成了欢乐的波浪。
人们向可信可敬的儿女祝福，
人们向可信可敬的儿女歌唱……

十九

这时光，
胜比赶摆的时光；
这时光，
胜比收获的时光！

这时光，
是勐沙英雄儿女凯旋的时光；
这时光，
是勐沙臣民夺取胜利的时光！

这时光，
是正义战胜邪恶的难忘时光！
这时光，
是友爱亲善重放光彩的时光！

勐罕国王来了，
带着使臣来了，
带着歌手和舞女来了，
带着庆贺的象队来了！

勐排的兄弟姐妹来了，
带着亲戚的盛情来了，
因为香散傲是他们的宝贝公主，
他们格外珍惜此时的团聚！

勐各达国王的使者来了，

---

① 傣族常把蜈蚣当作最不吉祥的害虫。
② 做摆：摆即隆重的集会。这里指婚礼盛会。

他们带着忏悔和歉意来了，
因为罪恶的贪婪和掠夺，
曾让他们失去理智和善良！
因为疯狂的践踏与残杀，
曾让他们成为众矢之的！
他们洒下了悔恨的泪水，
他们请求得到勐沙的宽待！
重修友好邻邦，
重建兄弟情谊！

没有和平，
哪有幸福；
没有宽容，
哪有快乐；
没有信任，
哪有友谊；
没有真诚，
哪有安宁！

勐沙王宫上空，
绕了一道又一道彩云；
勐沙王国土地，
飞过一群又一群百鸟。

勐沙王宫门口，
铺了一层又一层红毯；
勐沙王宫殿内，
亮着一排又一排烛光！

长鼓敲响了，
排铓敲响了，
迎宾的少女们跳起来了，
待客的宫女们忙起来了！
大坛大坛的米酒摆上了，
大碗大碗的佳肴端上了，
四方的宾客团团围坐了，
千百张脸像花开一样笑了！

勐沙国王和王后，
带着众多的国臣们，
带着英雄的儿女们，

走过了庄严的红色地毯，
走进了灿烂的宫殿，
走到了宴席的中间。

面对友好的宾客，
面对忠诚的将士，
面对亲朋好友，
面对可爱儿女，
召王洒下敬天敬地的酒，
宣布一项天大的决定：
马里贡与婻慕沐苹，
今天隆重拴线完婚！
马里贡接替至高的王位，
婻慕沐苹成为勐沙王后！

召王洒下敬祖敬先的酒，
宣布一项地大的决定：
建栋信与香散傲，
今天隆重拴线完婚！
建栋信承担军事大臣，
统率勐沙王国全军将士！

天大地大的决定，
让勐沙百姓真诚拥戴！
天大地大的决定，
令勐沙百姓衷心祝福！
闻名勐傣①的歌手，
放开了洪亮的嗓门：

"啊——
贤明的勐沙召王啊，
尊敬的勐沙王后，
请接受我最高的敬意，
请接受我最美的祝福！
这是一首心底的歌，
这是一首永恒的歌！

"从今天起，
从此时起，
愿我们的村村寨寨，

①　勐傣：傣族的地方。

愿我们的父老乡亲，
永远脱离灾难，
永远躲过不幸，
豺狼野狗不再来伤害人，
荒火洪水不再吞噬生命！

"要说吉祥的日子啊，
就是我们选择的今天。
今天，
天神撒下了谷种，
仙女撒下了鲜花，
善良战胜了邪恶，
智慧放射出光芒！

"斑鸠飞跃了火线，①
白兔逃脱了蟒口。
大象走出了深林，
召王向百姓施舍。

"要说吉祥的日子，
我们选择了今天！
今天，
我们有了新的国主，
我们有了新的领军！
他们的智慧和胆略，
他们的忠诚和勇敢，
足以保护四方百姓，
足以保护八方安宁！

"他们明亮的眼睛，
好比金塔的光辉，
能洞察大地万物，
能分辨人间真伪。

"今天，
两对勐沙新人，
结为终身伴侣。
有威望的老人点头了，
会卜卦的摩弄点头了。

说他们好比天上两对星星，
说他们好比大地两对鲜花。
筷子成双，
水桶成对，
白头到老，
永世恩爱！

"今天，
我们要嘱咐新娘，
走过客人面前，
不要让筒裙扫过地面，②
父母入睡时候，
不要在旁边砸砸掼掼，
走路要学猫的步子。

"做事要学蜜蜂的样子。
王子与卜冒一样，
公主与卜少一样，
都要学着做好人，
都要学着做善事。

"我的祝福充满希望，
我的歌声充满真诚！
愿我们的勐沙百姓日益富足，
愿我们的勐沙土地日夜安宁！"

歌手的歌声，
唤来了夜幕；
歌手的歌声，
送走了宾客。

丰盛的宴席虽散了，
但人们却留下了无尽的回味；
离别的脚步虽迈开了，
但人们却留下了深情的眷恋！

可敬的听众们啊，
嫦慕沐苹和阿銮的故事，
在这里结束了！

---

① 傣族传说地上有几股苦难的火网。很难躲避。斑鸠指幸运的人。
② 妇女从老人、客人面前走过时，要弯腰收裙，才被认为有礼貌。

好比江河归入大海一样，
优美的故事也传进了千万人的心里，
留给我们民族永恒的善良和爱！

收入诗集《金湖之神》，中国民间文艺出版社
1981年版

演唱者：景哏赛·奘相

翻译者：岩　林（傣族）

附　记：

　　《婻慕沐苹》傣族民间爱情长诗，流传于云南省德宏傣族景颇族自治州傣族地区。长诗唱述勐罕王国一名靠狩猎为生的猎人，一天他钻山入林辛勤寻猎，但运气不佳，直到太阳落山，还是一无所获。他疲惫不堪，满腹怨气。忽然一阵平生未闻的香味扑鼻而来，他惊奇在一块草地上找到了两朵神奇的花。他首先想到要献给国王和王后，可是在他不留神时，那朵火红的花被老鹰吞食，并向远处飞去。猎人不敢再迟缓，赶紧把那朵白色的花献给了国王。一直未孕的王后闻到花味便有了身孕，不久产下了王子马里贡。叼食红花的老鹰在远方的勐沙国惨遭射杀，肚里那朵奇花也被得主敬献给了勐沙国王。勐沙国王后也因此添了一女，还用花的名字命名叫婻慕沐苹。这一男一女是天神混西迦赐给人间的福分，婻慕沐苹的美丽和名声远近闻名。召雅写（修行苦僧）的养子建栋信慕名而访，他变作一只鹦鹉，用婉转动听的鹦鹉歌向婻慕沐苹表达爱情。来向婻慕沐苹求婚的人马挤满了勐沙国都，因为得不到美丽的公主，反目为仇、抽刀相残的事情随时可起。最后，勐沙国王下令，用七根削得又圆又滑的栗木连接成高耸入云的天柱，还用七桶油泼在天柱身上，再把公主送上柱尖顶上。摆设赛场，招贤纳婿，谁能爬上天柱与公主金伞下相遇，谁就是勐沙国的驸马。各路勇士争先恐后，但都因滑落跌倒悻悻而归。只有天子马里贡，凭借着一双神赐的草鞋，一跃而上，如风似箭地拉住了公主的手。有缘的情侣金伞下紧紧相拥，艳丽的红花与白花香飘千里。这部优美动人的傣族民间诗篇在傣族地区广为流传，在德宏潞西县、盈江县、梁河县等地，一些傣族民间文人都收藏有傣文手抄本。1979年我在德宏潞西县遮放户冈村景哏赛·奘相前辈那里见到了此文本，如获珍宝。立即请他吟诵，共同分享傣民族诗的魅力与艺术。在翻译傣族长诗中，我发现一个普遍的现象：傣文抄本的末尾几乎看不到落名。这里说明一个问题，傣族文人都比较谦虚好学，都比较尊重和敬佩前人的创作劳动，都将每一次传承抄写当作学习的机会，当作对本民族民间文学的善举与奉献。因此，傣族民间长诗的发展和传播不乏后人。

译　者
1979年6月

召西纳

一

勐琶①有七个仙女，
她们像七色的彩云，
在勐琶美丽的地方，
飘来飘去，十分耀眼。

每当十五月明日，
七个仙女最高兴，
她们要下凡，
要到人间来游玩。

盛开着千瓣莲花的湖，
就是她们落脚的地方。
她们在这幽静的湖畔，
偷偷分享着人间的欢乐，
分享着吉祥的时光，
分享着向往的爱情，
用圣洁的湖水洗去忧伤。

这一天，

她们披着月光，
她们踩着云朵，
她们驾着轻风，
又落到了莲湖水畔。

清悠悠的湖水，
像一面大镜子，
照着她们花一样的脸庞，
照着她们芦苇一样的脖子，
照着她们丰满的胸脯，
照着她们苗条的身姿。

她们脱下神羽，
一个个跳进湖里，
像七朵花掉进碧水，
像七颗玉石掉进绒毯，
像七只孔雀跌落草坪。

湖水高兴地扬起波浪，
仙女们忘记了这是人间，
在水中无拘无束地打闹，
在水中愉快地放声歌唱。

假若她们是民女，
她们就会从这里去赶摆。
小伙子见了她们，
会吹响动听的筚南岛②，
把她们深深爱恋。

正当她们玩得高兴时，
灾难突然降临。

---

① 勐琶：神仙居住的国度。
② 筚南岛：葫芦丝，是傣族青年喜爱的一种乐器。

可恶的蜘蛛精，
从草丛里悄悄钻出，
偷走了仙女们的衣衫，
还有那珍贵的神羽。

仙女们不见了衣衫和神羽，
在湖岸上又羞又冷，
有的急得放声哭泣，
暗淡的月色更增添了悲戚。

这时，
一只可爱的小白兔，
蹦蹦跳跳来到她们身旁，
好像很理解众姐妹的苦难，
也好像知道她们衣衫的去向。

仙女们向小白兔合掌，
向它询问衣衫的下落，
请求它伸出帮助的小手，
带领她们去把宝衣寻找。

小白兔点点头，
又摇了摇耳朵，
好像听懂了仙女的话，
立即跳起来在前面引路。
仙女们紧跟在后头，
离开莲湖边，
去找衣衫和神羽。

不远处出现了一个山洞，
洞口长着奇树怪石，
就好像魔鬼的嘴脸一样；
萤火虫飞来飞去，
蟋蟀叫出悲凉的声音，
就好像是魔鬼盘踞的地方。

仙女们忘记了害怕，
只管跟着小白兔走，
闭着眼睛走进了洞。
她们互相手拉着手，
以此来克制心头的颤抖。

带路的小白兔突然不见了，

她们失望地转身回洞口，
可是洞口已缠满蜘蛛丝，
像一张捕大象的藤网，
网丝又粗又密，
变成小鸟也飞不出去。

七个仙女就这样裸露着身体，
倍感寒冷和饥饿。
她们陷进了蜘蛛精的黑洞，
深深知道要出去是多不容易。

她们哭，
她们喊，
但天上怎么能听见？
失去神羽的仙女，
好比一群无助的小鸡。

她们希望狩猎的阿銮，
从洞口路过，
把她们救出，
逃离这可怕的山洞。

二

天亮了，
小鸟叫了，
年轻的猎人召西纳，
背着一把镶着宝石的弓，
挎着一把银把的长刀，
从那山来到这山。

他听见了，
风中送来的哭泣声；
他听见了，
森林里悲哀的呼救声。

莫不是妖魔在伤害人命？
莫不是妖魔在假装哀鸣？
莫不是砍柴人跌下深沟？
莫不是那猎手在虎口边挣命？

痛苦声刺痛着善良的心，
猎人从来就会同情别人。
召西纳手握着刀把，
睁大警惕的眼睛，
朝前走去……

哭声越来越清晰，
哭啼阵阵刺人心。
啊，那是一群女人的伤悲，
早晨的森林是这样不宁，
哀伤的声音令人落泪。

斑竹也滴下泪水，
野花也低垂着头，
欢乐的马鹿不再跳动，
爱玩的麂子不再跑进箐沟。

蜜蜂没有心思采蜜，
蝴蝶没有心思起舞，
孔雀没有心思开屏，
翠鸟没有心思唱歌。

往日愉快的山林，
如今像死水一样沉静。
召西纳用自己的聪明，
判断出受苦人所在的妖洞。

他拨开刺棵，
他跳进深沟，
朝着哭喊声奔去，
终于看见了黑乎乎的洞口。

洞口滚着浓雾，
蜘蛛网后面是七个美女，
她们裸着身子缩成一团，
脸庞上泪流不止。

七个仙女看见了召西纳，
睁大七双乞求的眼睛，
顾不得什么害羞，
对着召西纳哭诉：

"善良的人啊，
你一定是勇敢的猎手。
请你看看我们的可怜模样，
何时才能逃出妖精的利爪盆口！

召西纳不忍心再看她们，
只靠近洞口把她们来问：
"你们是哪里来的一群姑娘？
怎么会落进这深林暗洞？
你们的家在哪个坝子？
到这里是找柴还是找菌子？"

"好心的猎人啊，
我们是远方的仙女，
昨晚来到莲湖边洗浴，
被恶魔偷去神羽。
它还变作小白兔，
把我们骗进了山洞，
用蜘蛛网把我们关在了洞里。

"好心的猎人啊，
快救救我们吧！
蜘蛛精去请它的客人了，
如果我们不答应做它的妻妾，
它就要把我们一一熬成汤，
宴请它的客人。"

召西纳是有本事的人，
他向召雅写①学到了武艺，
蜘蛛网挡拦不住他的长刀，
他还会使仙术把蜘蛛网吹开。
他走进山洞，
救出了七个仙女。

七个仙女走出山洞，
立即跪在召西纳面前：
"召啊，
假若我们是云朵，
你就是宽阔的蓝天；

---

① 召雅写：在深山老林中修行的僧人。

假若我们是荷花，
你就是湛蓝的水塘。

"我们该怎样感谢你啊，
让我们逃出了妖魔的手掌！
让我们做你的妻子吧，
或者做你的仆人。
我们愿意离开仙国，
在恩人的身边陪伴。"

召西纳十分感动，
请姑娘们站起来：
"高贵的仙女啊，
召雅写教给我的善良，
不是叫我要得到人家的报偿。
我的竹楼很破陋，
装容不下七位美丽的仙女；
我的花瓶是竹筒做成的，
插不下七朵艳丽的仙花。

"尊敬的仙女啊，
我家里早失双亲，
又没有兄弟姊妹。
假若你们可怜我孤单，
请留下你们的小妹妹，
我一定不让她受苦。"

六个姐姐用试探的眼神，
打量着聪明漂亮的七妹。
小七妹笑在心里，
答应跟着召西纳。

她多么纯真，
为了表示自己的诚意，
不让召西纳猎人担心，
便把能飞上蓝天的神羽，
交给姐姐们带走，
她要永留在人间。

六个仙女，
把妹妹交给了召西纳，
又一次感谢了救命之恩，
就告别他们飞上了蓝天。

三

召西纳领着仙女，
走在回乡的路上。
仙女没有百姓的名字，
召西纳让她叫个婻嫫莱，
意思就是遍山盛开的花，
仙女高兴地接受了这个美名。
婻嫫莱从天上来到人间，
每一样都觉得新鲜。

她高兴得蹦蹦跳跳，
好像马鹿来到清澈的泉边；
她欢喜得翩翩起舞，
好像金孔雀看见了绿草坪。

看见地上的花，
她要问召西纳；
看见树上的鸟，
她要问召西纳；
看见藤上的果，
她就摘一个来尝……

在一棵金伞一般的大树下，
在一块地毯一般的草地上，
他俩停了下来，
像两棵金竹靠在一起。

瞌睡虫站在他俩疲惫的眼上，
眼皮像两扇门，
不知不觉地关上了。
草地变成了松软的床，
晚霞像彩色的被子，
暖乎乎地盖在他俩身上。
就是天上打雷，
他俩也不会醒来；
就是大地摇动要裂开，
他俩也不会睁开眼。
因为爱情的甜蜜，
像酒一样把相爱的人灌醉了。

打得树倒，
打得天昏地暗，
打得地动山摇。

蜘蛛精变成了有毒的小黑虫，
叮在召西纳握刀的手腕上。
召西纳痛得直冒冷汗，
他没有遭受过这种疼痛。

召西纳手中的刀掉落了，
召西纳无力地瘫倒在地上……
蜘蛛精一把搂住婻嫫莱，
向它居住的石洞飞回去……

五

召西纳像打摆子一样，
热一阵冷一阵。
他想喊又喊不出，
他想站又无力气。

望天，云朵在飞旋，
望山，山梁在转动，
望树，树木在乱舞，
他昏昏沉沉又失去了知觉。

半夜时分，
召西纳张开干裂的嘴唇，
舔着草地上的露水。
他觉得生命快要结束了，
再不可能见着婻嫫莱了，
可怜的她一定遭受了恶魔的凌辱。

召西纳解下白包头，
用力咬破手指头，
滴滴血，句句话，
留在洁白的包头布上：

"婻嫫莱啊，
我们的幸福这样短暂，
好像只是一眨眼的工夫。

四

蜘蛛精请来了亲戚，
却找不着七个仙女。
它像疯了一样到处找，
除了地上的一双足印，
什么也找不着，摸不到。
它才想起来那是会飞的仙女，
于是只有望着天空哀号。

蜘蛛精不甘心失败。
它跟着这对人的足印走，
不知道走了多少路，
才看见了树下的情侣。

它像乌鸦失掉了嘴边肉，
它像豹子失掉了爪下牛，
又是口水直淌，
又是哇哇乱叫。

梦中的召西纳和婻嫫莱，
仍在幸福地相依偎。
蜘蛛精使出魔法，
从口中喷出一股黑云，
黑云变成一道石墙，
把他俩团团围住。

石墙像倒下的石山，
把两个相爱的人压住气难喘；
石墙像锋利的爪子，
把召西纳和婻嫫莱抓醒。

召西纳抽出宝刀，
砍倒坚硬的石墙。
蜘蛛精的面目使他憎恨，
他提刀迎击恶魔。

他们像老虎和豹子，
谁也不输不赢，
打得石飞，

离开森林使我难受，
但与情人永别我更痛苦。
我多么伤心，
恶魔的暗算夺去了我的幸福！

"嫡嫫莱啊，
我对不起你天上的父母，
我对不起你的六个姐姐。
要是她们知道你又回到山洞，
她们思念的心会破碎的。
死在恶魔手里的猎人，
就好比死在老虎爪下一样可耻。

"嫡嫫莱啊，
如果你看见这块包头，
就到召雅写那里找我。
即使我被埋在了土里，
你也要来看看我的坟墓，
给我插上一朵野菊花，
我好在地下闻到你的芬芳。"

召西纳爬到一棵树下，
吃力地把包头挂到树枝上，
然后向密林爬去，
向召雅写居住的奖房爬去……

六

蜘蛛精把嫡嫫莱带回山洞，
重新摆起了宴席，
要同嫡嫫莱成亲。
各地的山妖河精都来了，
来祝贺蜘蛛精的婚礼。

蜘蛛精手下的小蜘蛛，
在洞口出出进进，
拖来许多死牛烂马，
还有抢劫来的一罐罐米酒。

阴森恐怖的洞口，
顿时换上了新颜，

挂满了彩灯彩绸，
几个喽啰不断敲响石鼓。

嫡嫫莱泪流满面，
她现在不是想着天上的亲人，
而是惦念着召西纳，
不知道他是死人还是活人？

她走到洞旁的一口水井旁，
一只青蛙惊慌地跳进井里，
好像对她发出启示：
生着不能同猎手在一起，
那就让死后的阴魂去找召西纳！

她望望透明的井水，
她像一朵被揉皱了的花，
蜡黄的脸失去水颜，
愁云密布在脸庞上边。

"不能做水鬼啊，
那是最使人看不起的，
不能把召西纳独个留在世上，
最真的爱是同甘共苦。

"召西纳还会来找我，
善良的人最懂得同情别人，
我要等待他的到来，
直到看见他亲切的面容。"

嫡嫫莱对自己自言自语，
来鼓起自己生活的勇气，
突然，她的聪明放出了光辉，
她想到了制服恶魔的办法：
自己的仇自己报，
让蜘蛛精变水鬼！

她装出笑脸，
她显得顺服，
走到蜘蛛精身边，
殷勤地对它说：

"我的大王啊，
今天是你的大喜日，

洞里洞外都很新鲜，
来客也都在等着摆宴，
更等着我和你去双双磕头，
给它们斟酒倒茶。

"我的大王啊，
不干不净不是吉日。
你看你满头都是小虫子，
满身都是跳蚤，
让客人看见要笑话，
我的脸上也会发烧。"

蜘蛛精听见好听的话，
肉里肉外都是乐滋滋的。
只要婻嫫莱有笑脸，
愿意做它的妻子，
叫它干什么都可以。

婻嫫莱叫它去洗头，
它就乖乖地站到井边；
婻嫫莱叫它把头放进井里，
它就乖乖地把头伸下水。

婻嫫莱看到时机已到，
立即使出全身力气，
把魔头往井里按。
蜘蛛精被按下水井。

不等恶魔把头露出水面，
婻嫫莱又拾起石头往里砸。
水鬼见恶魔搅乱它的水，
也从水底把恶魔往下拽。
从此，恶魔再也出不来了，
被水井里的水鬼撕吃了。

婻嫫莱惩办了蜘蛛精，
就迅速离开水井，
离开花花绿绿的山洞，
朝森林里跑去，
去找心爱的人，
去找不幸的召西纳。

七

婻嫫莱拼命地跑，
刺棵挂破了她的衣衫，
锋利的石头划烂了她的脚。
但她忘记了疼痛，
她要快点看见召西纳，
这就是她力量的来源。

她跑到了遇难时的树下，
看见了召西纳留下的斑斑血迹。
"召西纳啊，你在哪里？
你可听见我的呼唤？"

她沿着被召西纳爬过的草地，
沿着召西纳的血迹，
飞一样地奔跑，
不知跑过了多少森林和山箐。

婻嫫莱看见了带血的包头。
包头上的血字，
像一支利箭，
戳在她的心窝窝。

"心爱的人啊，
你还活着吗？
为什么要写诀别话？
难道你不会想到有今天吗？
我来了，召西纳！
我多么愿意看到你热情的双臂。

"天上的金羽鸟啊，
请给我带带路；
山上的马鹿啊，
请给我带带路。
我要回到亲人的身旁。
他需要我的爱抚。"

婻嫫莱沿着被爬过的草地，
婻嫫莱沿着染血的石头，

向前奔跑着，
向前呼喊着。

啊，来了！
金羽鸟怀着同情，
扇动着翅膀在她前头飞翔。

啊，来了！
马鹿怀着同情，
扬起蹄子在她前面奔跑。

翻过九架山，
穿过九道林，
她不知道渴和饿，
一直走了三天三夜。

第三天的傍晚，
婻嫫莱来到召雅写住的奘房，
召雅写从竹窗口看见了她，
知道她是来找召西纳的仙女。

婻嫫莱拜见了召雅写，
希望得到召西纳的消息。
可是召雅写闭目盘腿不说话，
但仁慈的心同姑娘一样悲痛。

召雅写忍不住睁开含泪的眼，
把召西纳的不幸告诉了姑娘，
婻嫫莱听到情人的死讯，
绝望地瘫倒在召雅写面前。

召雅写拿出药水，
又是擦，又是揉，
才把婻嫫莱救醒，
像慈父般把她呼喊：

"姑娘，好心的姑娘，
他一直咬着牙等你来，
偏偏鬼魂不容好人多活，
就把他拖进了阴间。"

召雅写领着婻嫫莱，
来到一间小草房。

死了三天的召西纳，
还舍不得把眼睛闭上。

婻嫫莱一头扑过去，
扑在召西纳的身上，
悲恸的哭声，
传遍了深山老林。

天有多高，
她的哭声就有多高；
地有多宽，
她的哭声就有多宽。

风吹多远，
她的哭声就有多远；
水有多长，
她的哭声就有多长。

天上的飞鸟听见了，
难过地收拢双翼；
地上的走兽听见了，
悲伤地停住足蹄。
它们不懂人话，
只有站在远处投来同情的目光。

召雅写想劝她，
就是找不着话来讲。
他悄悄走进奘房，
为逝者唱一首祭祀歌。

八

天黑了，
夜深了，
小草房里亮着蜡烛灯，
婻嫫莱守候在召西纳的尸体旁。

她想起莲湖畔姐妹遇难，
在魔洞里受折磨。
如果没有勇敢的猎人，
七姐妹都要被恶魔吞食，

或者做恶魔的大小老婆，
在黑洞中苦度终身。

她想起姐姐们临别的嘱咐，
要她跟着召西纳回乡，
用自己的勤劳报答恩人，
用自己的忠诚换取恩人的欢乐，
让爱情结出硕果，
养儿育女在人间繁衍。

她想起召西纳可怜的身世，
从小失去善良的双亲，
一个人在世上奔波，
帮人家割马草，
帮人家上山砍柴，
是召雅写教会他打猎的本事，
他才有了生活的依靠。

婻嫫莱越想越伤心，
天亮了也忘记吹灯。
召雅写送来的水果和饭团，
她一口也吃不下去。

这时，一队马帮过棻房，
听见婻嫫莱的哭声，
人人都深表同情。
在向棻房的召雅写合掌以后，
人们都要走到小草房，
把哀伤的婻嫫莱探望。

有一个小伙子，
用好话相劝：
"婻①啊，
死掉的人啦，
像腐烂的树木，
不能再生根复活了；
死掉的人啦，
像掉在地上的牛肚子果，
再不能接到枝丫上了。

"婻啊，

同我一起走吧，
我不会让你受苦，
我不会使你悲伤。
赶马人的火，
一夜烧到天明；
赶马人的歌，
一夜唱到天亮。"

婻嫫莱连头都不愿抬，
疲惫地说出心里的话：
"赶马的哥哥呀，
如果你的话是诚心的，
我谢谢你的好心好意！
我的丈夫虽然死了，
他的心还没有死呢！
我和他在一起，
就像活着时那样亲近。
他就是化成了泥土，
我也要守着他不离分。"

赶马人拿出一包盐，
一包饭和一支蜡烛，
放在婻嫫莱的身边，
敬佩地告别了她。

赶马人才走不久，
又来了一个年轻猎手，
看见婻嫫莱哭得死去活来，
他怀着百般同情走进草房：

"婻啊，
折断了的箭，
不能再接起；
砍断了的刀，
不能再复原。
死了的人哭不醒了，
让我们帮你把他埋葬吧，
好人的心灵会飞上天的。

"婻啊，

---

① 婻：公主或小姐，也有对姑娘尊称之意。

你情人走过的山林，
我也都走过；
你情人打过的飞禽走兽，
我也都打着过；
你情人那颗不再跳动的心，
我胸膛里也有一颗，
跟我去生活吧！"

嫡嫫莱微微抬头，
愿意把猎手的心意牢记：
"打猎的哥哥呀，
如果你的话不是假装的，
我谢谢你的柔软心肠！
请你看看我的丈夫，
他还没有闭上双眼，
我怎么能离他而去？

"人的魂只有九根，
我已把八根半交给了他，
我跟你去还能活多久？
留给你的只有痛苦。
请你去另找幸福吧，
有本事的人会有好媳妇。"

猎手取下一串麂子干巴，
还取下了一截老虎皮，
轻轻放在嫡嫫莱身边，
敬佩地告别了她。

九

正当嫡嫫莱同赶马人说话时，
正当嫡嫫莱同猎手说话时，
巡视人间的混西迦①，
站在云端听得清清楚楚。

嫡嫫莱悲痛的哭声，
紧紧揪着他的心；
嫡嫫莱坚贞的爱情，

使他久久不平静。

他驾着云朵落下地，
在奖房边变成白发老人，
向小草房走去，
向嫡嫫莱走去。

他走到嫡嫫莱身边，
轻轻抚着她的肩：
"不幸的嫡啊，
雨水也会有停的时候，
水井也会有干的时候。
你的眼泪已经枯竭，
抬起头来吧，嫡啊，
让我帮助你洗去悲痛。"

老人说罢，
取出葫芦，
用一枝树枝叶，
蘸蘸葫芦圣水，
洒向死去的召西纳，
一滴滴水落在他身上。

第一回洒了九十九次，
滴了九十九滴。
死者不再发出臭味，
肤色也慢慢变得好看。

嫡嫫莱停止了哭泣，
惊奇地抬起头来，
把老人细细端详。

第二回洒了九十九次，
滴了九十九滴。
死者的身躯由硬变软，
四肢开始有些动弹。

第三回洒了九十九次，
滴了九十九滴。
死者的心脏开始跳动，

---

① 混西迦：傣族传说中至高无上的善良天神。

两只眼睛慢慢睁开来。

嫦嫫莱的脸像花朵一样，
紧紧贴在召西纳的胸膛。
一对生死相逢的情人，
好像做了噩梦一场。

嫦嫫莱又哭了，
召西纳也哭了，
但这是起死回生的热泪，
这是苦尽甜来的幸福泪！

水从哪里流来？
话从哪里说起？
沉默诉说着一切痛苦，
眼光表现出一切艰辛。

去感激救命的老人吧，
两人转过身来寻找恩人，
他已经无影无踪。
召雅写告诉他俩，
那是混西迦装扮的老人。

召西纳和嫦嫫莱，
对天紧合双掌，
感谢混西迦的大恩，
感谢混西迦的善良。

召西纳和嫦嫫莱，
拜别了召雅写，
双双离开奘房，
走在回乡的路上。

收入诗集《金湖之神》，中国民间文艺出版社 1981 年版
吟诵者：景哏赛·奘相（傣族）
翻译者：岩　林（傣族）

附　记

　　《召西纳》傣族民间叙事长诗。流传于云南省德宏傣族景颇族自治州傣族地区。长诗唱述勐琶（神仙国）的七姐妹向往人间，每当月明时都要下凡游玩，在千瓣莲花湖畔沐浴戏水，快乐无比。可恶的蜘蛛妖精悄悄偷走了仙女们的衣衫神羽，又变成小白兔为仙女们引路，不知是计的七姐妹跌入了蜘蛛魔的黑洞。年轻猎手召西纳路过此地，忽闻一阵阵悲哀的哭泣声和呼救声，他拨开刺丛，跳过深沟，看见了七个赤裸的少女。武艺高强的召西纳挥刀破魔网，救出了七个仙女。获救的七仙女感恩不尽，愿做召西纳的妻子和仆人。面对这人仙真情，召西纳留下了漂亮的小七妹，并给她取了好听的名字嫦嫫莱（山花公主）。蜘蛛妖精失去到手的七仙女，像疯了一样追赶召西纳一行。在一座山上，善与恶相遇，召西纳和妖精好比老虎和豹子相厮，打得石飞树倒，天昏地动。歹毒的蜘蛛精变成毒虫，咬伤了召西纳握刀的手腕。召西纳刀落人倒，七公主再次落入魔爪。生命垂危的召西纳，解开白包头，咬破手指，写下了痛心的诀别信。回到山洞的妖精强迫嫦嫫莱成婚，聪明的嫦嫫莱运用巧计，以洗头净身为名，将妖精诱到洞边水井，乘其不备，推魔落井，然后拼命逃离魔巢。她沿着血迹找到了带血的包头，找到了死去的召西纳，她的哭声与天高，与地宽，与水长。路过的赶马人劝她另投他乡，年轻的猎手也劝她改嫁他人，可都被她一一谢绝。嫦嫫莱的坚贞爱情感动了上天，天神混西迦手捧圣水来到人间，救活了死去的召西纳，让一对情人再生相逢。这部长诗傣文文本是云南省德宏傣族景颇族自治州潞西县遮放户闷村民间文人景哏赛·奘相提供并唱述，岩林翻译。

译　者
1979 年 12 月

兰嘎西贺①

它是商船来往停泊的地方，
它是东西方交通的枢纽。

岛屿上有宽阔的平坝，
居住着勤劳善良的百姓，
他们种的谷子像黄金，
他们养的牛羊如繁星。

千万朵荷花呀，一齐绽开，
千万团彩云呀，从天降落，
行走的月亮也悄悄钻进竹楼，
听我吟唱动人心魄的《兰嘎西贺》。

蜿蜒逶迤的大山底下，
埋藏着丰富的矿藏，
金银铜铁锡和铅，
取之不尽，用之不完。

这故事宛如涓涓的泉水，
我要让它流进傣家人的心头，
这故事犹如芬芳的缅桂，
我要让它薰香傣家人的竹楼。

岛屿上生长着茂密的森林，
栖息着斑斓的蜥蜴和巨蟒，
飞翔着美丽多姿的白鹇、犀鸟和孔雀，
漫游着成群凶猛的虎豹、野牛和大象。

我的故事像滔滔的江水，
我的故事像浩瀚的海洋，
请你们细心地听吧，
沁人肺腑的《兰嘎西贺》源远流长。

浩瀚无边的汪洋呀，
紧紧把绿色的兰嘎岛环抱；
波涛万顷的大海呀，
蕴藏着绚丽的珊瑚、珍珠和玛瑙。

第一章　勐兰嘎②

兰嘎宛如一颗海上的明珠，
又像一颗宝石烁烁闪光，
它终年不断的花香随风向远方飘散，
它富饶美丽的名声天下传扬。

一　兰嘎

在兰嘎与大陆之间的海底，
居住着一个斑壳长脚的大蟹，
就像一个巨大的暗礁石，

在辽阔无际的海洋里，
有一个富饶美丽的岛国兰嘎，

---

① 兰嘎西贺：兰嘎，地名；西贺，十个头。兰嘎西贺即兰嘎的十头王。
② 勐兰嘎：勐，区域，国家。勐兰嘎即兰嘎国。

守护着兰嘎宽阔的水域。

巍峨的城池肃穆壮观，
各色旗幡在城墙上迎风飘扬，
闪耀着霞光的缅寺、佛塔，
矗立在允兰嘎①的四面八方。

雄伟的宫殿建在城中心，
红墙黄瓦高达二十层，
宫殿的梁柱施漆加彩涂上金粉，
宫殿的壁画千姿百态栩栩如生。

有威望的国王是叭②兰巴，
美丽的王后叫南③安嘎嫡，
国王万里挑一把她选上，
她和国王犹如星星伴月亮形影不离。

南安嘎嫡协助国王管理国家，
每天接受臣民百姓的朝拜，
每天处理大事小事千万件，
就像把一团团乱麻理成细纱。

勇敢的士兵骑着膘壮的战马，
手持长矛弓弩守卫着边关要卡，
健壮的水兵驾驶着庞大的舰船，
劈波斩浪在辽阔的海上巡察。

百姓们在勐兰嘎安居乐业，
国王和王后的美名传遍海角天涯，
一百零一个勐都来称臣纳贡，
森林的妖鬼也接受他们的管辖。

勐兰嘎的威望比山高，
国王和王后的权力比地大，
他们有享不尽的荣华富贵，
但也美中不足，白璧有瑕。

大好的日子年复一年过去，

他们身边还没有添过一个儿女，
勐兰嘎的王室怎能没有后继，
国王对王后说出了自己的心意：

"我们身边没有一棵出土的笋苗，
为此事我内心受尽了煎熬，
希望你去缅寺滴水赎佛④，
祈求天神恩赐给我们一个孩子。"

丈夫的话像一碗澄澈的清水，
点点滴滴洒进妻子的心里，
王后选择了一个吉祥的时日，
宫女们簇拥着她到缅寺求子。

天神有感于王后的虔诚，
让漂亮的南安嘎嫡怀了身孕，
国王高兴地叮咛宫女精心护理，
要像雌燕孵蛋那样的细心。

在一个星星闪烁的夜晚，
月亮像美丽的少女披着纱巾，
王后怀胎十月分了娩，
漂亮的公主在寝宫里降生。

像初一到十五的月亮天天长大，
公主长得恰似雨露中的缅桂花，
国王请来智者帕麻纳⑤，
为公主取了个美名南古蒂提拉。

鲜艳的凤凰花开了十六回，
南古蒂提拉长到了十六岁，
长大了的公主焕发着青春的光华，
池塘里的荷花没有她的容颜滋润。

天真烂漫的公主南古蒂提拉，
宛如勐兰嘎的一颗明珠，
国王和王后疼爱女儿，

---

① 允兰嘎：允，城的意思。允兰嘎即兰嘎城。
② 叭：傣语词，音近于帕雅的合音。一般冠于国王、官员和头人的名字前面，以示尊敬。
③ 南：对公主和尊贵的妇女的称呼，冠于名字前面。
④ 赎佛：敬佛，献佛。
⑤ 帕麻纳：主管宗教、祭祀的官。

就像对眼珠那样珍重爱护。

鹦鹉要有栖息的地方，
凤凰要有居住的金窝，
国王为使女儿过得如意，
特地为她建盖了一座漂亮的塔楼。

高高的塔楼有九层屋顶，
美丽得就像出土的花笋，
塔楼矗立在御花园中，
公主住在里面如居仙境。

二　南古蒂提拉出走

叭兰巴眼看自己年过半百，
就像一棵苍老的大青树，
尽管树干粗壮，绿叶成荫，
也难以经受严酷的风霜雨露。

心情沉重的国王日夜思索，
自己年迈没有儿子，
像大海明珠般的岛国啊，
总该有个后继人来掌握。

他经过慎重仔细地考虑，
决意冲破传统的规矩，
让独生女南古蒂提拉继承王位，
再招个女婿辅佐她把国家治理。

公主听到这个消息，
立即到父王面前表明心迹，
"我尊敬的父王啊，
女儿的终身大事请你不必操心。

"女儿嫌弃堆积如山的财宝，
女儿厌烦喧哗嘈杂的凡尘，
女儿不愿做兰嘎明珠之主，
女儿向往着到深山老林去修行。

"女儿的要求违背了父王的心愿，
乞求父王一定要对女儿宽恕，
女儿的话绝不是随便说出，

它是女儿深思熟虑的结果。"

国王听了气得翘起胡子，
他强忍怒气把女儿劝说：
"父亲已经年迈体衰，
已承受不了繁重的宫廷政务。

"你没有哥哥和弟弟，
你不承袭王位谁承袭，
招婿辅政是可行良策，
父王的苦衷你一定要体恤。"

国王企图说服宝石般的女儿，
南古蒂提拉越听越不顺耳，
她就像叫唤不已的小鸡，
向父王跪下再次坚决表示：

"父王啊，你像阳光那样温暖珍贵，
你的一丝愁云可以使女儿心碎，
但在这件事上女儿使你不顺心，
只好请父王体谅女儿的心情。

"父王啊，兰嘎国家这么大，
不要以为只有你的女儿才行，
臣僚中不乏聪明干练之才，
你可以在他们当中选贤任能。

"国王也可以来自百姓，
百姓里也有治国的能人，
只要你相信他们的才华和本领，
你可以将王位禅让给他们。"

至高无上的国王叭兰巴，
听到女儿这番叛逆的话，
急得心头颤抖话都说不出，
气得满脸煞白肺都要爆炸。

南古蒂提拉没有再与父王争辩，
心里却坚定了到森林修行的意念，
拜别父王母后回到塔楼，
一个人悄悄地准备出走。

星星在寂静的天空眨眼，
月亮已隐藏到天边，
公鸡已经放开喉咙啼鸣，
南古蒂提拉只身离开了宫廷。

公主披荆斩棘走过千山万壑，
经历了长途跋涉的困苦艰辛，
昼行夜宿整整走了七天①，
来到了遮天蔽日的伊麻板②森林。

芳香的花瓣撒满林间，
清新的微风吹拂粉面，
太阳像金子般光彩明亮，
气候温和，空气新鲜。

绿树丛中掩映着巴朗③，
房里干干净净宽宽敞敞，
这里是年老的隐者居住的处所，
这里是帕拉西④修身养性的地方。

公主怀着十分虔诚的心，
走进巴朗朝拜正在坐禅的帕拉西，
她的话语犹如小溪的流水，
声声句句说得轻柔熨帖：

"慈祥的圣者帕拉西，
黑眼珠的南古蒂提拉问候你，
我有心在你身边服侍你，
请收下我这姑娘做养女。"

"你这美丽娇嫩的荷花呀，
你的家乡在什么地方，
为什么来到这深山老林？
这里可不是抚养你的池塘。"

"我是兰嘎王国的公主，
是父王母后的独根笋苗，
我今年刚满十六岁，
父亲就要我继承他的王位。

"女儿已经看破红尘，
不喜欢人世间的混沌，
在那复杂肮脏的人世，
充斥着压榨、欺骗和纷争。

"我不愿陷入黑暗的泥潭，
更不愿陷入权势的争战，
我要像池塘里的荷花，
一身洁净，出淤泥而不染。

"女儿无心为王也不想当王后，
唯一的愿望是脱俗离凡，
恳请慈父发发善心，
答应我在此和你同福共难。"

帕拉西听了公主的表白，
为有人同他一起修行而高兴，
当即应允收她为养女，
但对她是否虔诚还不放心：

"姑娘啊，你要修行的心意可圈可点，
可这里吃的是野果，喝的是泉水，
在这里苦苦修行一辈子，
你是否熬得过这么长的年岁。"

"慈父啊，我来修行的决心已定，
就是再苦再长我也能忍受，
今天托你的洪福庇荫，
我才有缘在你的身旁修行。"

帕拉西听了十分高兴：
"这里的果子你可尽情吃，
任何东西都有你的一份，
从此你就把我当作亲生的父亲。"

帕拉西为公主盖了一间茅屋，
让南古蒂提拉独自居住，

---

① 七天：泛指多天。
② 伊麻板：意为幽静广阔的原始森林。
③ 巴朗：在深山老林修行的和尚居住的茅屋。
④ 帕拉西：在深山老林里修行的仙和尚，有高深的法术和渊博的知识。

父女俩互敬互爱与世无争，
相依为命苦度光阴。

再说公主出走的那天清晨，
宫女们走进公主的内房，
她们轻轻掀开蚊帐，
不见公主睡在金床上。

宫女们分头奔出去，
像蝴蝶四处把花王找寻，
找遍宫殿、花园和河边，
都不见公主的身影。

国王和王后听说女儿失踪，
一下子就昏倒在地，
王后的眼泪像溪水流淌，
国王苏醒后把大鼓擂响。

平时狮子般威武的国王，
突然变得像衰老的大象，
他用微弱缓慢的声音，
说出公主失踪的不幸消息。

他对大臣和头人们宣布：
"我那明珠般的公主，
今天像风一样突然消失，
宫殿里外都找不到她的踪迹。

"是不是因为她长得美丽，
贪色的贼人把她劫去，
还是我昨天刺伤了她的心，
她想不开出走去自尽。

"不管公主出了什么事情，
你们一定要想办法找寻，
谁找到了我的女儿，
我一定赏他万两黄金。

"不管公主走到哪里，
只要打听到她的消息，
再遥远再偏僻的地方，
我都要用金鞍大象去迎接。"

大臣们遵照国王的命令，
带着队伍分几路出发，
有的到各勐去寻找，
有的到森林去搜查。

找遍村村寨寨，旮旮旯旯，
从芒果开花时找到芒果成熟时，
从禾苗种下时找到收割时，
一直没有找到公主的下落。

国王和王后找不到公主，
就像母牛失去了小牯，
就像母兔失去了小兔，
就像钢刀刺心一样的痛苦。

欢乐的宫廷再也听不到歌声，
高大的塔楼也变得凄凉孤寂，
憔悴的王后天天呼唤南古蒂提拉，
见到别家的姑娘就想到自己的女儿。

椰子树开花又结果，
时间像浮云飘过，
国王和王后天天祈祷，
祝愿女儿消灾免祸。

第二章　十头王

一　魔王出世

南古蒂提拉在幽静的森林里，
像亲女儿殷勤侍候帕拉西，
每天砍来柴火、挑来泉水，
找来各种野果和山药充饥。

她就像蜜蜂那样辛勤，
她遵循佛规无限真诚，
她皈依佛法修身养性，
不觉过了七个月光阴。

她的虔诚感动了天神叭英①，
叭英为兰嘎国王叭兰巴担心，
担忧年迈的叭兰巴一旦升天，
勐兰嘎的王位无人继承。

叭英请最高天神玛哈捧下凡，
到森林与南古蒂提拉幽会，
诱惑公主婚配怀孕，
使勐兰嘎的王位后继有人。

南古蒂提拉见到玛哈捧十分高兴，
忙向玛哈捧合掌询问：
"像缅桂花一样美的召②啊，
你是天神还是凡人？

"你像阳光一样灿烂夺目，
你像十五的明月一样皎净，
你的光临使大地增添异彩，
你的光临给森林带来光明。

"看你是心地善良神态文雅的男子，
你一定具有崇高的灵魂优美的品质，
你到森林里来有何贵干，
你的家乡在哪里？

"我这在森林修行的姑娘，
热忱欢迎你的到来，
有福气的人啊，
请你到我的寒舍少憩。"

美貌标致的天神玛哈捧，
好似闪着亮光的玻璃，
他用软如棉花的声音，
对南古蒂提拉说出甜言蜜语：

"像斑鸠一样美丽的姑娘啊，
感谢你的热情邀请和赞美，
你娓娓动听的话语像糖水，
每一句都是那样香甜和清脆。

"我不是世间凡人也不是叭英，
我是天神玛哈捧，
也是我与你有缘分才得相会，
我来执行一个神圣的使命。

"手臂像莲藕般的姑娘啊，
有件事我要对你讲明，
要让你心中像湖水一样明亮，
要让你心地像大地一样坦然。

"你放弃荣华富贵到森林修行，
一生奉守着神圣的信念，
遵行着崇高的美德，
你的心愿一定会实现。

"可是你的出走给父母带来无限忧愁，
你可想过兰嘎王国不能一日无主，
你要为勐兰嘎的前途着想，
不能没有人继承你父亲的宝座。

"如果你不想使兰嘎王位断线，
你就得向天神祈求儿子。"
天神玛哈捧的一番话语，
像明镜一般使公主受到了启示。

公主回想起自己的身世，
担心父亲的王位没人承袭，
她按照玛哈捧的旨意，
摘来十个芳香的芒果准备求子。

她用清水把芒果洗了又洗，
又把芒果放在圣洁的供盘里，
举过头顶敬献给玛哈捧，
祈求天神恩赐给一个儿子。

清香的芒果甜如蜜，
玛哈捧吃了还想吃，
公主南古蒂提拉又去摘，
恰巧树上掉下个象牙芒果。

---

① 叭英：傣族神话里说天堂共十六层，主管一至六层天的天神叫叭英。
② 召：对国王、王子和尊贵的人的称呼，一般冠于名字前面。

象牙芒果沾满灰尘和污泥，
公主忘了用清水冲洗，
慌忙拿来献给玛哈捧，
玛哈捧吃了全身舒畅又轻松。

南古蒂提拉又突然想起，
床头还有个熟透的金芒果，
她细心地用清水洗干净，
捧在手心献给玛哈捧。

公主默默向玛哈捧祷念，
向他索取有福气的子嗣，
玛哈捧在公主的肚皮上抹了三下，
完全满足了南古蒂提拉的心意。

玛哈捧轻言细语宽慰公主：
"不久你定会生下有福气的儿子，
他们会像你供奉的仙果一样纯洁，
长大了的儿子会大有出息。

"你第一次敬献的十个芒果，
天神首先赐给你男孩一个，
这孩子长着十个头颅，
无比英俊又相貌奇特。

"你第二次敬献的象牙芒果，
生下的孩子有野象那么魁梧，
他的肤色像乌鸦那么漆黑，
力气能移山，本领能堵河。

"你第三次敬献的金芒果，
生下的孩子俊秀善良，
他才学渊博，聪慧正直，
他的名字将流芳百世。"

玛哈捧说完便驾着云霞飞回天庭，
漂亮的公主南古蒂提拉仍住在森林，
不久她浑身酸软没有力气，
经常阵阵恶心，想吃酸冷的东西。

南古蒂提拉整天心神不宁，
就像随风逐浪飘动的浮萍，
身体发生了从未有过的变化，

她意识到自己已经怀孕。

她忐忑不安地将情况告诉父亲，
帕拉西听了高兴万分：
"你和天神玛哈捧结合，
这是天赐良缘，命运注定。

"有缘天上人间来相会，
这是你修行得来的福气，
你不必担忧害怕，
你要好好保重身体。"

鲜艳的俊腊皮花缀满枝头，
绽开的花朵送走寒雾冷烟，
双双归来的沙燕快活地飞翔，
用它那欢乐的歌声迎来春天。

黄雀在矮小的草丛中筑巢，
针线鸟在高高的吊窝里孵蛋，
南古蒂提拉怀胎已经十个月，
在温暖的森林里分娩。

一个有福气的儿子平安降生，
是个十个头的奇特的怪婴，
左右肩上各有三个头，
正中间四个头又白又嫩。

四个头像节节砌高的金塔，
最大的一个头才会说话。
刚刚才脱离母体，
嘴里已长满洁白细密的乳牙。

二十只眼睛像星星，
二十只耳朵多么灵敏，
十个丰满红润的脸庞，
像十五圆圆的月亮。

孩子的名字应符合他的福分，
天神玛哈捧是他的父亲，
孩子的名字应跟着父名，
帕拉西给他取名捧玛加。

刚刚落地就会走路，
刚刚落地就会说话，
十个头的捧玛加啊，
像雨露中的竹笋娇嫩挺拔。

南古蒂提拉第二次怀孕，
生下的二儿子黑如乌鸦，
怪模怪样谁见了都害怕，
帕拉西给他取名衮纳帕。

衮纳帕生下就像批雅[①]，
不到三个月就长得有小象大，
他独自一人睡在岩洞中，
天天在岩石上滚爬。

南古蒂提拉第三次怀孕，
生下的三儿子健美又文雅，
他的身体就像金子熔铸，
帕拉西给他取名彼亚沙。

他的眼睛如水晶般明亮，
他的脸颊像吸饱阳光的香瓜，
他的性情温良又沉静，
他的肤色胜过日月的光华。

年老的爷爷和年轻的妈妈，
用木薯、芋头、野果和香瓜，
抚育三个孩子成长壮大，
三兄弟经常在森林一起玩耍。

就像会飞的鹦鹉，
就像会跑的小鹿，
就像调皮的猴子，
三兄弟一天也闲不住。

三兄弟唱啊跳啊，
他们天真烂漫多快乐，
三兄弟经常谈天说地，
就像一起吃米的小鸡。

二　父子相见

日子一天一天过去，
三兄弟已长大懂事，
他们不满足森林的天地，
天天缠着母亲问东问西。

他们就像闹着吃奶的羊羔，
紧紧缠着母亲撒娇，
又像顽皮的鹿崽，
偎依在母亲的胸怀。

他们一齐询问母亲：
“为什么来到这深山野林，
怎么从不见父亲的面，
谁是我们的父亲？

“父亲如今在哪里？
是不是就是慈祥的帕拉西，
是不是父亲把你赶走，
还是他早早就离开人世。”

南古蒂提拉沉默了很久，
才从头到尾诉说自己的经历：
“我眼珠般珍贵的儿啊，
听我把真情告诉你们。

“母亲不是在森林里出生，
也不是在森林里长大，
我是国王叭兰巴心爱的公主，
我的故乡是辽阔美丽的勐兰嘎。

“你们的外祖父老年无子，
我才十六岁就要我继承王位，
还要给我招赘纳婿，
共同把广阔的勐兰嘎治理。

---

① 批雅：魔鬼。

"我不稀罕高贵的王位，
也厌烦豪华的宫廷，
我不愿与父王发生争执，
悄悄逃到这里来修行。"

三个儿子打断母亲的话，
焦急地想知道父亲的情况，
"我们的父亲住在何方？
他的皮肤是黑是白还是黄？

"他是一棵挺拔的大榕树，
还是一棵瘦小的槟榔？
他像大象那样威武，
还是像瘦马那样窝囊？

"他的模样到底怎么样，
他的本事到底强不强，
我们能不能见到他，
让我们见一面又有何妨。"

南古蒂提拉连忙回答：
"你们的父亲是天神玛哈捧，
他的脸孔像洁白的月亮，
他的心肠像柔软的棉花。

"他具有天下最善良的品质，
他像一颗纯洁的宝石，
他精通各种超群的武艺，
他掌握许多深奥的知识。

"你们如想见到他，
就要像母亲一样虔诚修行，
父亲知道儿子有诚意，
就会下凡来会晤你们。"

三个儿子听了心领神会，
就像绿叶盛着泉水那样清晰，
他们多么渴望见到亲生的父亲，
就跟着爷爷学艺、修行。

孩子们朝思暮想的心愿，
感动了在天庭里的父亲，
五年后一个晴朗的日子，

玛哈捧下凡来到森林。

太阳给森林镀上异彩，
草地披上了霞光烟霭，
玛哈捧一个个会见儿子，
先向捧玛加身边走来。

从没见过父亲的捧玛加，
见眼前来的人红光满面，
以为是有福气的圣哲来巡察，
忙用有礼貌的语言问他：

"福气广大的圣人啊，
你像天神光临森林，
你有何贵干，
请问你的尊姓大名？"

身披霞光的玛哈捧，
亲切地对大儿子说明：
"我就是你日夜思念的父亲，
阿爹也时刻思念着你们。

"阿爹眼珠般心爱的儿啊，
你想要点什么本领，
想要什么你随意提出，
我当尽量满足你的要求。"

捧玛加听了格外的高兴，
急忙合掌拜见父亲，
他提出了各种要求，
玛哈捧都一一应允。

赐给他高超的本领和武艺，
不惧怕水淹火烧，
能战胜毒蛇猛兽，
锋利的刀箭杀不死。

玛哈捧严肃地告诫大儿子：
"阿爹已全部满足了你所要的一切，
但你不可能天上地下全无敌，
有三样东西不许你征服。

"一是一个正义善良的王子，

他即将在人间出世，
他有最高贵的命运和品性，
他有绝顶的聪明和才智。

"他是人类的一颗明星，
他有征服宇宙的本领，
他像麂子一样的善良，
你却不可能把他战胜。

"不允许你向他挑战，
狂妄自大冒犯他，
要是你不听我的警告，
必定惨败在他的手下。

"二是神圣的弓阿沙尖①，
当年叭捧②赠给人类开天辟地，
神弓有一万五千斤重，
能拉开它的只有一个王子。

"三是森林里的白猴，
它们是人类的好兄弟，
无论何时何地，
你对它们都不能轻视。"

玛哈捧还警告大儿子：
"切莫贪婪地追求安乐，
奢望有时会带来灾难，
忠实与虔诚才是应当遵循的美德。

"阿爹告诫你的一切，
要当作神圣的天规不许违背，
否则就要受到惩罚，
招致毁灭的厄运。"

最后玛哈捧给他一把神弓，
就是神圣的弓赛宰③，
附上七支锋利的神箭，
捧玛加的生命之弦就系在弓箭里面。

玛哈捧语重心长特别告诫：
"这是一件天下无敌的武器，
你要身不离弓心不离箭，
千万千万不可丢失。

"有了这把弓赛宰，
什么战争你都能打赢，
即使乌云遮黑了天空，
你能射开乌云现光明。

"雨点般的利箭射来，
你可以不必闪身，
蚂蚁般的敌人攻来，
你可以纵横驰骋。"

捧玛加万分高兴，
保证遵从天父之命，
双手接过弓赛宰，
对父亲合掌拜了再拜。

彩霞萦绕的玛哈捧，
告别大儿子捧玛加，
径自走向峭壁上的岩洞，
会见了二儿子衮纳帕。

神采奕奕的玛哈捧对衮纳帕说：
"大象般威武的孩子啊，
我是你的天父玛哈捧，
你有什么要求尽管讲吧！"

衮纳帕高兴得连忙双膝跪下说：
"天神父亲呀，可把你盼来了，
儿思念你已有十二年，
十二年我想见到你望眼欲穿。

"孩儿现在只想美美睡一觉，
请赐给我长眠的本事，
让我一觉睡上十二年，

---

① 弓阿沙尖：一种神弓。
② 叭捧：七层天以上的天神。
③ 弓赛宰：生命之弓。

让我睡个够无事不再起。"

有福气的天神玛哈捧，
满足了二儿子的心愿，
答应让他饱饱睡足十二年，
还把一杆宝镖给他留在身边。

"这是一杆神奇的宝镖，
是一件万斤重的武器，
百掷百中，降魔杀妖，
你要好好掌握不要丢失。

"宝镖最忌沾染腐臭，
不能碰到脏物和尸体，
无论你闻到多么恶心的腥味，
都不能吐出唾液。

"你一定要保持宝镖的纯洁，
它才会有巨大的杀伤力，
不然宝镖就会失去威力，
出去就不会返回你的手里。"

衮纳帕接过心爱的宝镖，
向天神父亲连连磕头，
玛哈捧前脚刚跨出岩洞，
衮纳帕就倒下地呼呼大睡。

玛哈捧来到彼亚沙的住地，
会见了乖巧可爱的小儿子，
彼亚沙与两个哥哥生性不同，
说出了金玉般的话语：

"日月般光辉的天神父亲啊，
孩儿日夜把你思念，
今天你像太阳一样出现，
请倾听孩儿至诚的心愿。

"你的儿子彼亚沙，
不喜欢人间挥戈动武，
向往世界无灾又无难，
祝愿人类生活美好幸福。

"如果你有什么赏赐，

我需要的是聪明才智，
精通天文和地理，
能预卜未来的凶吉。

"儿愿掌握丰富的知识，
有拯救黎民百姓的本事，
儿愿远离灾难的祸根，
身居高位不与豺狼为伍。"

玛哈捧心中格外宽慰，
小儿子的心愿像一片黄金，
便交给彼亚沙天书和神笔，
传给他高明的知识。

"天书和神笔孕育着人类的知识，
它像广阔的蓝天无所不包，
它像浩瀚的海洋无所不在，
你要时时顶礼经常拜读。"

玛哈捧满足了三个儿子的要求，
分别授予他们不同的本事，
最后依依不舍与儿子告别，
驾着祥云飞离大地。

第三章　继位

一　特殊的使臣

玛哈捧走后月亮又圆了十二次，
十四岁的捧玛加长得十分威武，
二十只眼睛闪闪发光，
犹如海底捞出的一把明珠。

十三岁的大力士衮纳帕，
长得比妖怪还可怕，
头颅像一口大铁锅，
身子比老象还要大。

皮肤像木炭一样漆黑，
力气抵得上一千匹骏马，
有时拔起大树做柴烧，

有时抱起房大的石头玩耍。

十二岁的彼亚沙，
长得聪明又文雅，
每天在巴朗苦读天书，
世上的奥秘他都能解答。

椰子树一年年长高，
三兄弟一天天长大，
他们渴望回到母亲的故国，
——美丽富饶的勐兰嘎。

一天三兄弟找到母亲，
提出久压在心头的要求，
他们要继承外祖父的王位，
解除外祖父的忧愁。

三兄弟对母亲说：
"像孔雀一样温和的妈妈呀，
我们有话要对你讲，
说得不对请你原谅。

"就像公鸡盼望着黎明，
外祖父一定想念着女儿，
就像鸟儿的羽毛已经丰满，
孩儿们现在都已经长大。

"孩儿们都学了一套本事，
像鱼儿不怕风急浪大，
像金鹿不怕山高路滑，
都想回去治理自己的国家。"

仿佛阳光驱散了乌云，
南古蒂提拉的眼前一片明亮，
孩子们的话如同一碗清水，
洗去了她心坎上久积的忧伤。

她答应孩子们返回勐兰嘎，
但得先派人向父王讲明心愿，
此事关系十分重大，
应派聪明懂事的人前往。

妈妈一眼看准了彼亚沙，

让他去见外公最为合适，
彼亚沙带着母亲的书信，
接受母亲的重托立即启程。

彼亚沙走了整整七天，
穿过了浓密的原始森林，
才看见了绿莹莹的田坝，
来到了宽阔的勐兰嘎。

他边走边东张西望，
迎面遇上了一群美丽的姑娘，
姑娘们大方又活泼，
上前对异乡人把话讲：

"星星那样明亮的哥哥啊，
你一定是远方来的稀客，
我们是山旮旯里的凤尾竹，
从来没见过这么挺拔的椰子树。

"阿哥不嫌弃的话，
请到妹妹的竹楼上坐一坐，
尝一口阿妹栽的香瓜，
喝一口阿妹泡的香茶。"

彼亚沙感激姑娘们的好客，
热情地做了回答：
"缅桂花一般香的姑娘啊，
请你们别这样把我夸。

"我来自远方的深山老林，
有福气才能走到你们的身旁，
但现在我有要事不能耽误，
等以后再到阿妹的竹楼上看望。"

他告别了姑娘们继续赶路，
一直走进繁华的都城允兰嘎，
他在王宫外面逗留徘徊，
面对辉煌的殿宇惊叹发呆。

"喂，哪里来的小伙子？"
他的行动引起了卫兵的怀疑，
"赶快离开王宫禁地，
这里不是普通人游玩的地方。"

彼亚沙见王宫戒备森严，
心想，若要进殿必须"口出狂言"：
"我是召捧玛加的使臣，
前来向你们的国王索取江山和宫殿。"

卫兵们听了像晴天下大雨，
一个个惊愕得瞠目结舌，
急忙进宫将他的话原原本本禀告国王，
让彼亚沙在宫外稍等片刻。

叭兰巴听了十分惊讶，
立即传令接见异国"使臣"，
彼亚沙被引着来到宫殿，
叭兰巴见了随即发问：

"像秋天云朵般洁白的孩子，
你从哪一个勐来？
你有什么事要见我？
快说吧，我不会见怪。"

彼亚沙合掌拜见国王，
请求国王原谅他的鲁莽，
他呈上妈妈的贝叶书信，
并向外公把经历讲。

国王读着信双手颤抖不停，
听着外孙的诉说他悲喜交集，
往事的回忆使他心潮翻滚，
老泪纵横犹如塘坝决堤。

王后更是忍不住放声恸哭，
把外孙紧紧搂在怀中，
她想起骨肉分离十五载，
问国王现在是否在做梦。

国王悲痛地对外孙说：
"我的孙儿啊，我的眼珠，
自从你妈妈悄悄出走，
我就陷入极度的不幸和痛苦。

"我问你呀小外孙，
你妈妈的身体是否健康，

遇到过什么灾难和疾病，
有没有野兽伤害过你们。"

"外祖父呀！由于有天神庇护，
我和妈妈哥哥都很幸福，
只有一件事要向你提出，
免得你为我们牵肠挂肚。

"我们远离故国和亲人，
都不愿再生活在深山老林，
我们多么想回到你的身边，
不知外公答应不答应。

"假若外公不同意，
宁肯让无价之宝付诸流水，
我就马上离开宫殿，
住在荒林永不返回。"

外孙的话啊，
就像一碗酸涩的凉水，
外祖父的心啊，
就像射进一支竹箭般痛楚。

叭兰巴诚恳地告诉彼亚沙：
"亲爱的小外孙啊，
你们是外公心上的宝石，
你为什么要说这样的话。

"自从你妈妈离开宫殿，
外公两眼望穿心欲碎，
今天你回来报告喜讯，
外公是多么幸福和高兴。

"外公已经像衰老的枯树，
勐兰嘎的朝政要由你们兄弟来继承，
我要按照兰嘎王国的礼仪，
亲自到森林把你的妈妈和哥哥迎接。"

二 出迎

国王亲自擂响宫殿的大鼓，
鼓声回荡在兰嘎都城的上空，
众臣僚和头人们纷纷赶来，

俯首聆听国王的旨意。

"你们都没有忘记吧，
我那黑眼睛的女儿失踪十五年，
十五年中没有哪一日哪一天，
我们不痛苦地把她怀念。

"由于我的福荫浩荡无边，
兰嘎的明珠仍未熄灭光焰，
公主现在已经有了下落，
天神保佑她还在人间。

"昨天我的宝贝外孙来了，
他好比一颗明星降落宫廷，
他好比闪光的金水流出熔炉，
他们给兰嘎王国带来了光明。

"他带来了公主的亲笔信件，
他带来了兰嘎后继有人的喜讯，
天神玛哈捧赐福于她，
公主的三个儿子已长大成人。

"我的外孙都想离开森林，
回国把兰嘎的王位继承，
我已经答应了他们的要求，
让他们回国来主持朝政。

"我要劝说公主高兴地离开森林，
我要让外孙体面地回到兰嘎，
你们快去准备好象骑和骏马，
我要亲自到森林去迎接他们。"

王宫的礼炮隆隆轰鸣，
惊天动地响了九声，
它向全勐臣民宣告，
有威望的国王要出发远行。

国王叭兰巴走下殿阶，
后面跟着王后和外孙，
他们在文臣武官簇拥下，
金伞遮阴登上了象骑。

国王叭兰巴下令出发，
礼炮隆隆又响了三声，
象脚鼓、铓锣、筚丁①齐响，
出迎的队伍浩浩荡荡。

一头跟一头的大象，
一匹随一匹的骏马，
一辆接一辆的彩车，
一把连一把的金伞。

勇猛的武士在前面开路，
魁梧的武官殿后保护，
欢乐的人流走进了森林，
踏出一条宽阔的大路。

彼亚沙带着队伍晓行夜宿，
跋山涉水来到了幽静的伊麻板，
喧嚷声中拥来密密麻麻的兵马，
惊动了正在修行的南古蒂提拉。

她急忙叫来两个儿子：
"森林还从来没有这样热闹，
是大祸临头？
还是吉星高照？"

两个金子般的儿子安慰她：
"亲爱的妈妈不要担心，
有我们兄弟俩保护你，
不会发生什么不幸。

"母亲呀你再仔细观察，
这不像是歹徒的兵马，
队伍欢乐而有秩序，
说不定是弟弟来接我们回勐兰嘎。"

再说彼亚沙不到巴朗就下了象，
他招呼后面的队伍停下，
"外公外婆啊，前面就是我们的家，
队伍就暂时歇在这里吧！

---

① 筚丁：傣族民间的两种乐器名。

"森林里一下来了这么多的人马，
妈妈不了解真相会害怕，
产生误会会引起冲突，
让我先回去告诉哥哥和妈妈。"

国王和王后下了象骑，
命令欢迎的队伍就地休息，
他们随彼亚沙来到巴朗房前，
南古蒂提拉见了一阵惊喜。

见到了离别多年的父母，
南古蒂提拉激动得昏了过去，
看到久别重逢的女儿，
父王母后悲痛得不省人事。

见母亲和外公都如此悲戚，
兄弟三人慌得没了主意，
连忙上前一个人扶着一个长辈，
陪着他们伤心流泪。

醒来互相问寒又问暖，
倾吐十多年怀念的情谊，
女儿问父母身体可安康，
父母说想女儿想得日夜焦急。

南古蒂提拉见父母黑发变白发，
象牙般坚硬的牙齿已经脱落，
灵敏的耳朵已听不到低声言谈，
辛酸的眼泪又如雨洒水泼。

慈爱的叭兰巴和蔼地说道：
"聪明伶俐的女儿啊，
你出走这些年勐兰嘎风调雨顺，
还没有出现过遮天蔽日的乌云。

"但还有一件事使父母担心，
勐兰嘎的明珠还掩埋在森林，
现在勐兰嘎的王位有人继承，
勐兰嘎就像镜子一样明净。

"父母年迈已是风烛残年，
人老体衰已力不从心，
我们升天时，

亲生的女儿不在身边怎么行。

"受惊的麂子逃出山涧，
狩猎人走后它就返回老窝，
带箭伤的白鹤飞离沼泽，
等日子平安又会原地降落。

"你要接下百姓的花盘、黄蜡和米花，
跟随父母返回故国勐兰嘎，
让我们了却一生夙愿，
无忧无虑地安度晚年。"

南古蒂提拉将心愿重向父母倾诉，
宛如屋檐的雨水涓涓下滴，
"眼珠般的父母啊，
请你们把女儿饶恕。

"你们可以带去我宝石般的三个儿子，
让他们协助外公把王国治理，
到时候再让他们把王位承袭，
女儿决心要在森林里终身修行。"

老两口抑制不住内心的悲怆，
哭诉着再把女儿劝说：
"菩提树叶般的女儿啊，
你是我们唯一的一颗宝石。

"如果你不顾我们之间的骨肉之情，
好说歹说都横着心不回去，
如果你不看父母跋山涉水远迎之意，
那我们就葬身在森林里。

年迈体衰的父母哭肿了眼，
南古蒂提拉也阵阵心酸，
不忍心再让父母经受骨肉分离的痛苦，
只得听从父母旨意接下花盘。

南古蒂提拉答应返回宫廷，
父王母后喜泪汪汪，
迎接的队伍也一片欢腾，
象脚鼓和铓锣敲个不停。

慈爱的母亲取出绸缎衣裳，

穿在女儿南古蒂提拉的身上，
它的颜色比彩虹还鲜艳，
它比凤凰的羽毛还漂亮。

她又取出薄薄的纱巾，
披在女儿南古蒂提拉的双肩，
它的线条比蛛丝还纤细，
它比攀枝花蕊还柔软。

南古蒂提拉换上筒裙，
上面织着斑斓的花朵，
莲叶托荷花衬着湖水的微波，
飞燕在彩虹下来往穿梭。

外婆又给三个外孙精心打扮，
捧玛加戴上纯金的帽子，
穿上彩色锦缎的衣服，
体态匀称，英俊威武。

衮纳帕穿戴上熊皮衣帽，
光滑黑亮就像乌鸦的翅膀，
彼亚沙穿上素雅的绸缎衣服，
举止文静，潇洒自如。

三兄弟并排站在一起，
比月亮星星还有光彩，
美丽的姑娘见了都非常爱慕，
一个个目不转睛看着不想走开。

感谢天神保佑女儿安康，
感谢天神赐给三个外孙，
丢掉了十多年的无穷忧虑，
国王下令在森林里赶摆祝福。

伊麻板就像天上的乐园，
人们就像到园内游玩的天仙，
大家尽情地欢乐歌舞，
在森林里整整热闹了三天。

尊贵的国王和王后，
带领公主和金笋般的三个外孙，
置备了花盘、蜡条和鲜花，
来向圣洁的帕拉西辞谢。

"尊贵的帕拉西啊，
感谢你的善良和恩赐，
是你收养了我的女儿，
是你抚育了我的外孙。

"今天我们像要远走高飞的鸟儿，
要把女儿和外孙带回去，
祈求你的金口玉牙，
赐给我们良好的祝福。"

帕拉西点头表示赞许，
说出了珍贵的祝词：
"爷爷心爱的孩子们啊，
你们就安安心心地回去。

"愿你们像井水洗过的宝石，
更加纯净和美丽，
抛弃忧愁和苦恼，
快快乐乐地生活在人世。

"愿疾病和灾难远离你们，
永葆荣华富贵的岁月，
祝兰嘎王国日益繁荣昌盛，
百姓在国王福荫下安居乐业。"

南古蒂提拉和三个儿子，
也向帕拉西惜别辞行：
"如果过去有违背佛规之处，
恳请你为我们忏悔祝福。"

帕拉西安慰他们母子：
"孩子们放心去吧，
神佛决不会责备你们，
爷爷为你们承担一切。"

慈祥的帕拉西说完，
向他们一一洒了圣水，
收下花盘、蜡条和鲜花，
又祝福他们一路平安。

国王率领队伍离开伊麻板，
林间响起马嘶和象吼，
喧嚷的人群往回走，

欢欢乐乐来到了兰嘎坝。

喜讯像春风吹来，
人群像潮水澎湃，
威武的象队走到哪里，
哪里就是一片人山人海。

允兰嘎男女老少倾城出动，
欢迎国王叭兰巴归来，
矮个子在人墙后面踮起脚尖，
都想看一看公主和王子的风采。

三、捧玛加继位

国王接回了女儿和外孙，
命宫廷大臣传下旨意，
由大外孙召捧玛加继承王位，
选择吉日举行登基典礼。

为庆祝召捧玛加登上王位，
全国上下忙得像沸腾的开水，
村村寨寨挂上彩旗神幡，
宫殿重新施漆彩绘。

把全勐最有名的能工叫来，
为召捧玛加修建三足鼎立的笋塔，
把全勐最能干的巧匠找来，
为新国王制作装珠宝的银匣。

用鲜花编成芳香艳丽的花环，
用棉花做成洁白多姿的动物，
用银盘装着蜡条和米花，
还准备了最珍贵的黄蜡和香水。

广场搭起了绿叶凉棚，
大路铺上了粗沙细石，
太阳像闪光的珍珠照亮大地，
隆重的登基典礼宣布开始。

尊贵的老国王叭兰巴和王后，

护送着威武的召捧玛加，
缓缓走下金色的宫殿，
来到笋塔接受登基的洗礼。

臣民们一齐合掌下拜，
米花像雨点般撒出，
香花像彩虹般飘荡，
召捧玛加接受人们的祝福。

十个头的新国王穿起礼服，
文臣武将前呼后拥，
人们不断欢呼"水水水"，
召捧玛加继承了勐兰嘎王位。

天神地祇和龙王都来了，
甫萨乐低①也从地下冒出，
他赐给新国王一辆飞车，
英达②的风火轮也赶不上它的速度。

召捧玛加立即跳上飞车，
飞车像闪电一样飞起，
上天入海飞行一圈才落地，
人群欢声雷动齐呼稀奇。

黑夜在欢乐中过去，
黎明在祝福中来临，
人们尽情地唱啊，尽情地舞，
祝福勐兰嘎江山万年春。

第四章 肆虐

一 娶妻

勐兰嘎的房子啊，
要数王宫的最高，
勐兰嘎的权力啊，
要数召捧玛加的最大。

---

① 甫萨乐低：地神的一种。
② 英达：泛指天神。

召捧玛加统治勐兰嘎已经两年，
他治国的才能四方传扬，
但十六岁的年轻国王啊，
没有心爱的王后在身旁。

有了田就得种谷，
有了水就得养鱼，
一个国家有了国王啊，
就得有王后伴随。

羽毛丰满的斑鸠，
如果身边没有伴侣，
不会安心在原地憨睡，
它会在森林里乱飞。

小麂子蹄硬角满了，
就要去寻找随身的伙伴，
没有伴侣的麂子啊，
一天要窜几座山。

孩子长大了也是一样，
假若他没有找到如意的妻子，
年轻人的心啊，
就会像天上的浮云一样飘来飘去。

年迈的叭兰巴唯恐外孙不安心朝政，
整天为召捧玛加的婚事焦心，
他派官员带上珍贵的礼品去到树那，
向魔王叭干塔的女儿求婚。

美丽的公主南苏婉妮，
嫁给了年轻英俊的召捧玛加，
可他有了一个王后还不满足，
心里翻腾像猫抓。

他还想再娶王妃，
到处物色绝代佳人，
好色淫荡的召捧玛加啊，
不满意与南苏婉妮的婚姻。

自从见过漂亮的龙女南苏甘塔，
他天天心神不定，
想龙女想得他饭菜不香，
想龙女想得他颠倒晨昏。

他穿上金丝织的衣服，
穿上有荷花瓣的套衣，
戴上纯金做的王冠，
驾上飞车潜入勐埃森。

荷花般的龙女南苏甘塔，
见召捧玛加到来惴惴不安，
"漂亮英俊的十头美男子啊，
你是哪里来的，有何贵干？"

召捧玛加被龙女的美色迷了心窍，
呆呆地望着龙女答话：
"海底的花王啊，
你就像池塘里美丽的荷花。

"我来自耸立海洋的兰嘎岛国，
我是威镇四海的兰嘎国王，
你是名传四方的美丽姑娘，
我慕名前来拜望。

"虽然哥哥身为一国之主，
但还是一只孤独的孔雀，
我坦率地对妹妹把话说透，
这次专程而来就为寻求佳偶。"

南苏甘塔微笑着说：
"哥哥的话犹如花蕊般芳香，
但高贵的国王怎能是孤独的孔雀，
你是不是专程前来取笑我？

"我是凋谢了的花朵，
蜜蜂见了都不落，
我是干瘪了的槟榔，
已失掉了鲜红的颜色。

"你知道我已离过婚，
是年纪比你大的女人，
有福气的年轻国王啊，
我们结婚定会成为人们的笑柄。"

召捧玛加当面对天发誓：

"海莲般的妹妹呀，
我说的全是真心话，
丝毫没有骗你的意思。

"哥哥从小就在森林里修行，
从来没有接触过姑娘，
犹如露水没有沾着灰尘，
不信就让苍天大海为我作证。

"有缘分我才从异国来找你，
我对你的爱就像攀树的野藤，
我娶你就不怕嘲讽和打击，
不和你结成佳偶我不死心。"

召捧玛加的誓言感动了龙女，
南苏甘塔接受了他的爱情，
龙王慨然应允他俩的请求，
为公主举办了盛大的婚礼。

召捧玛加眷恋温柔多情的龙女，
在龙宫寻欢作乐了四个月，
然后带着漂亮的南苏甘塔，
浮出海面飞回勐兰嘎。

贪吃麂子的老虎，
永远满足不了它的食欲，
贪色好淫的召捧玛加，
有了两个妻子还不满足。

他才把龙女安顿在塔楼，
又乘上飞车来到勐纳嘎，
就像蜜蜂见了鲜花那样殷勤，
他见了南曼达公主说着甜蜜的话：

"美丽多姿的花王啊，
你的芳香飘满天下，
是你的芳香把我吸引，
我特意来向你求婚。"

刚会飞的小斑鸠，
不知道鹞鹰的凶狠，
很少出门的南曼达公主，
哪知道召捧玛加的品性。

南曼达心上泛起一团疑云：
"亲爱的哥哥啊，
你的话就像清泉在林间流淌，
但不知是不是发自内心？

"我是干了的黄瓜叶，
已没有润嫩的色质，
妹妹没福气和你相配，
你还是快离此返回家去。"

召捧玛加微笑着回答：
"哥哥就像孤独的野鸭，
我说的话一片真情，
字字句句发自内心。

"哥哥是乘骑大象的一国之主，
要是我有一句谎话，
就让哥哥的二十只眼睛，
像黑夜一样失去光华。"

天下假情假意的人啊，
骗了多少姑娘的心，
美丽的南曼达仍不大相信，
又将召捧玛加紧紧追问：

"哥哥真的没有情人，
哥哥真的爱恋妹妹，
你是不是用蜜水来迷住我，
可不要蜜淡水干又把我丢弃。"

"哥哥不是水上的泡沫，
哥哥不是天上的浮云，
哥哥爱你完全是真情实意，
就像雄鹦鹉求爱那样忠诚。

"我是至高无上的国王，
不是爱串好玩的男子，
要是我说了假话，
我怎么有脸回去见臣民。"

南曼达的疑云被大风吹散，
召捧玛加的话使她动心，
他俩就像一对相爱的斑鸠，

手拉手去朝见父母亲。

父王母后同意他们的婚事，
召捧玛加娶到了南曼达，
又在纳嘎王国欢度了四个月，
才领着新王后回到勐兰嘎。

漂亮的三个王后啊，
侍候着十个头的召捧玛加，
他整日在宫廷荒淫无度，
好心的三弟相谏他也不采纳。

衮纳帕不习惯城市的喧嚣，
又搬到悬崖峭壁去住，
找到一个六十丈宽的岩洞，
一倒下就呼呼熟睡。

时间一年年过去，
三个王后都生了儿子，
召捧玛加高兴万分，
请高贵的智者帕麻纳命名。

龙公主南苏甘塔分娩之时，
勐兰嘎黑云密布下着倾盆大雨，
山摇地动就像天崩地塌，
帕麻纳给大儿子取名米卡。

接着小王后南曼达也怀孕生子，
由于他的外祖父是叭团①，
又根据他的生辰年月，
帕麻纳给他取名叫菲玛兰敢。

大王后南苏婉妮生的儿子，
力气像老象一样巨大，
性子像大火一样暴烈，
帕麻纳给他取名叫歪亚拉。

三个王子一天天长大，
人人都像森林中的猛虎，
个个都像顶天立地的柱石，

---

① 叭团：魔鬼的头人。

他们幸福地生活在宫廷里。

二　骄纵

海底的龙王巴拉麻，
原来是一个天神，
他自恃本领高强藐视天法，
酗酒闯祸弄得天庭不得安宁。

叭英见他闹得太不像样，
就把他从天堂贬到海洋，
他落在勐埃森，
后来叭英就封他为龙王。

他念念不忘天国生活的清闲舒服，
他怨恨叭英把他贬得官职卑微，
他心中时时翻腾着这次宿仇，
一想起这些羞辱气愤就涌上心头。

他不能容忍叭英让他失去了天国的地位，
他不甘心在叭英脚下忍辱求生，
他带着水将水兵冲上天庭，
要和叭英拼个你死我活报仇雪恨。

叭英不容龙王侵犯神圣的天庭，
率领天兵出来应战，
双方兵马展开激烈的厮杀，
直杀得雷电交加天昏地暗。

双方势均力敌僵持对峙，
龙王难以攻进天宫，
叭英难以打退水兵，
整整七个月不分胜负。

龙王眼看难以取胜，
便派使臣来找女婿速发援兵，
召捧玛加立即命令儿子米卡，
率领大军乘战车直上天庭。

米卡站在天门外高声叫骂：
"可恶的叭英你听着，
我是龙王的外孙米卡，
亲率勐兰嘎士兵前来将你讨伐。

"我的祖父是天王玛哈捧，
我的父亲是十头王召捧玛加，
哪个不慑于他们的威望？
我劝你还是赶快投降吧！"

米卡骂完就带领将士猛攻，
叭英边指挥抵抗边思忖：
"召捧玛加依仗天王的神威一向狂妄，
这次他儿子来也是气势汹汹。

"如果天兵迎战惹怒十头王，
天庭会遭到更大的祸殃，
还是避其锐气不战为好，
我们暂时撤退到上一层天堂。"

于是叭英下令打开天宫城门，
让龙王和米卡的队伍进城，
他率领天兵天将不战而走，
大队兵马向上一层天堂撤退。

米卡带领将士冲上天宫，
占领了金碧辉煌的宫殿，
威武的米卡坐上叭英的宝座，
胜利的欢呼声响彻蓝天。

祖孙在天庭住了七个月，
满怀喜悦班师回国，
勐兰嘎到处传颂王子米卡的战绩，
称赞他本领高强天下无敌。

召捧玛加听了高兴万分，
选择吉日嘉奖有功之臣，
他册封一半领地给米卡，
将米卡命名为英达西达。

他还下诏命英达西达主持朝政，

要全勐臣民都拥戴他儿子，
他又送菲玛兰敢到龙宫，
向外祖父学习高超的武艺。

从此兰嘎王国更加威震四方，
到处听到的是奉承和赞扬，
从此远近各勐都来朝贡，
耳边响着的是阿谀和歌颂。

召捧玛加如豺狼更加贪婪，
傲慢和狂妄达到了顶峰，
外祖父母的话他听不进去，
众臣僚的忠告他当耳边风。

召捧玛加到处大兴土木，
城墙加固了又高筑墙，
御花园修建得无比阔气，
百姓们担负着沉重的劳役。

召捧玛加贪酒好色，
任意凌辱良家妇女，
他乘飞车成天游逛，
龙国天堂到处寻欢作乐。

百姓被逼得纷纷逃亡，
守护勐兰嘎大坝的帝巴①，
也搬到远方异国的森林去住，
富饶的勐兰嘎啊一片凄凉。

三 调戏南西拉

召捧玛加驾驶飞车像老鹰一样，
飞到很远很远的伊麻板地方，
在这个原始的深山老林里，
各色各样的鲜花竞相开放。

成群的蜜蜂和蝴蝶啊，
来回在花朵上奔忙，
伶俐的野鸡和孔雀啊，
徘徊在花树下寻找食粮。

① 帝巴：泛指管海洋、土地、森林的神，级别低于叭英。

在百花争艳的花丛中，
有一棵花树名叫纳里本，
它的形态完全像一个人，
它的神采就像妙龄的姑娘。

它周身散发出沁人的芳香，
它身上的颜色犹如白色的日光，
它红润的脸颊好像饱含金水，
它的姿容只有神仙美女才能欣赏。

有一个漂亮的帝巴姑娘南西拉，
在伊麻板森林修行，
她每天随着黎明来到，
坐在纳里本花树下祈祷。

像公猪一样的召捧玛加，
闲游来到纳里本花树下，
见树下坐着一个美丽的少女，
便凑上前去说出甜蜜的话语：

"像宝石一样闪闪发光的姑娘呀，
连日来哥哥到处在找你，
哥哥见你如同吃下香甜的蜂蜜，
今天要接你回去做妻子。

"亲爱的妹妹呀，
你别闭着眼睛不搭理，
鸟语花香谁还有心来修行，
现在是谈情说爱的好时光。

"你睁开眼睛看看我吧，
我从来没有串过姑娘，
你点着火把找遍天下，
也难找到像我这样的伙子。"

南西拉无动于衷地回答：
"我不愿做谁家的妻子，
我一心只想修行积德，
请你快快离开这里。"

贪色的召捧玛加不死心：
"薄眼皮的姑娘啊，
难道你要一辈子苦修，

年轻时不行乐更待何时？

"你老了变成一块干巴，
哪个小伙子会要你。
你还是听哥哥的话吧，
跟我一同回去过好日子。"

召捧玛加说着就动手动脚，
紧紧拉着南西拉的手指，
南西拉甩脱他的纠缠，
站起来迅速飞向天边逃避。

召捧玛加跳上飞车追赶，
像狂风一样追到天际，
南西拉转身逃到龙国，
他又追着钻进海里。

他狂笑着向南西拉扑去，
就像老鹰抓小鸡一样凶狠，
惊恐万状的南西拉一闪身，
摆脱十头魔王又钻进森林。

召捧玛加紧追不舍，
直累得南西拉筋疲力尽，
直追得南西拉无处藏身，
只好又回到原地伺机逃遁。

召捧玛加哈哈笑着说：
"世间罕见的美人儿呀，
还是乖乖地服从我吧，
你再逃也是白费精神。"

南西拉的心像被烈火烧烫，
她大声斥责召捧玛加：
"你这无耻的十头魔王，
你想占有我是痴心妄想。

"你想玷污我纯洁的身躯，
就好比蜻蜓想歇在凤凰头上，
今天你这样欺负我，
将来你会得到恶果报应。

"你这遭雷劈的国王，

竟如此荒淫无道伤天害理，
你将给你的国家带来祸殃，
你的十个头将像花一样凋谢。

"我的心像箭一样直，
宁愿折断也不弯曲，
我的身躯像泉水一样纯洁，
宁死也不让你玷污。

"天神呀，投下大火来吧，
让烈火把我焚烧干净，
我宁愿毁灭身躯和生命，
也不容十头魔王贴近我的身子。"

得到天神叭英的帮助，
树下霎时冒出一团烈火，
南西拉毅然跳进火中，
炽烈的大火立刻把她焚毁。

生平第一次见到这惊人的奇迹，
召捧玛加不觉目瞪口呆，
无处逃遁的美人突然隐没，
他只好招来天神地鬼交代：

"我命令你们守在这里，
假如南西拉复活重生，
你们抓住她后速来报告。"
说完跳上飞车愤愤而去。

四 挑衅巴力莫

召捧玛加来到干塔巴塔那山上空遨游，
俯视茫茫森林一片绿油油，
一只白猴在林间十分显眼，
正在向光辉的太阳合掌叩首。

白猴是勐基沙猴王巴力莫，
他信奉太阳神十分虔诚，
天天都来大山上，
向着至高无上的太阳顶礼膜拜。

召捧玛加又看到一只白猴在河里沐浴，
便从云隙里向下窥望，
巴力莫瞥见气愤地说：
"你不要脸，怎么偷看我洗澡的妻子。"

召捧玛加轻佻地说：
"你这白毛长脸的猴子，
看看你女人洗澡有什么要紧，
你这爬树钻洞的东西也配讲什么廉耻。"

巴力莫顿时血涌心头：
"你这下流的无赖，
竟敢在勐基沙国王面前如此放肆，
你有能耐就下来和我比试比试。"

狂妄的十头王哈哈大笑，
他哪里把猴王放在眼里，
"你可知道我是顶天立地的天王，
你这小小白猴算什么东西？

"我在空中等着你，
你有没有飞天的本事，
有种的就上天来吧，
比一比谁有高强武艺。"

巴力莫一气冲上十五约^①高空，
就像狂风那样迅速，
召捧玛加还来不及看清楚，
巴力莫已把他的飞车抓住。

他把十头王紧紧掐在手里，
就像掐着一片干树叶，
他猛烈地挥手甩动，
甩得十头王气喘吁吁几乎气绝。

十头王无法忍受苦苦告饶：
"我求你不要再甩了，
请求你饶恕我的罪过，
从今后愿意听从你的教导。"

---

① 约：长度单位，人的视线所及为一约。

巴力莫听到他如此哀求，
一边教训他一边放开了手，
"只要你真心不再欺负人，
我就放了你不记前仇。"

召捧玛加又气又羞，
垂头丧气返回勐兰嘎，
俗话说江山易改本性难移，
不久他的老毛病又复发。

五　天怒人怨

十头魔王更加荒淫无道，
他的罪孽惹得天怒人怨，
勐兰嘎的守护神邀约众神仙，
到英达面前把他控告。

英达爱莫能助只得告诉他们，
我们都身居天宫最下层，
都是在玛哈捧福荫下生存，
十头王的事须由他亲自过问。

英达率领众神仙升到第三层天空，
在达来捧天宫参拜了玛哈捧，
"我们头上的玛哈捧啊，
你儿子召捧玛加的罪恶实在难容。

"他比猛虎还凶残，
他比恶魔还作恶多端，
天神地祇也整日惶惶不安，
百姓更处在水深火热之中。

"你给了召捧玛加高超的本领，
使得他毫无顾忌地到处横行，
主宰天宫的神王啊，
请你告诉我们制服他的办法。"

玛哈捧回答说：
"我对过去的许诺并不反悔，
我也曾用神圣的语言谆谆教诲，
让他切记不可胡作非为。

"我不允许他战胜三样东西，

善良正直的王子，
神圣的弓阿沙尖，
森林里的白毛猴。"

英达和众神仙心中有了底，
一起回到最下层天宫商议，
如果十头魔王要征服这三样东西，
命运将使他遭到毁灭性的打击。

第五章　勐沓达腊塔

一　沓达腊塔国王

辽阔无际的勐沓达腊塔，
多么富饶、多么壮丽，
它是文化知识的宝库，
它是人口稠密的国家。

宽广的土地居住着千千万万百姓，
平坦的坝子里村寨像繁星闪光，
翠绿的竹林掩映着幢幢竹楼，
俯视远望就像密密麻麻的蜂房。

繁荣昌盛的勐沓达腊塔呀，
都城立在国土的中央，
巍峨的城墙用石块砌成，
成千的将士戍守得固若金汤。

城中矗立着富丽堂皇的宫殿，
居中的正宫威严如山，
正宫里面有神圣的宝座，
威武的国王高高坐镇在上面。

左面是一层比一层高的阁楼，
和正宫、塔楼三足鼎立，
登上最高一层阁楼瞭望，
平坝和森林尽收眼底。

右面是竹笋般的塔楼，
一节连一节耸入云天，
塔楼镀上金粉闪耀着金光，

国王和王后就住在塔楼里面。

治理这个国家的国王，
勐名就是他的名字，
召沓达腊塔的威望传四方，
勐沓达腊塔的盛名天下扬。

召沓达腊塔有三个王后，
大王后叫南苏甘嫡，
二王后叫南苏米达，
小王后叫南洁西。

她们就像麂子那样心地善良，
她们就像金鹿那样温柔伶俐，
她们就像来自三个地方的金孔雀，
各具妩媚姿色又都俊秀美丽。

缅桂花般的南苏甘嫡，
她的皮肤像闪光的金子，
她说话柔声细气像蜂儿展翅，
听她说话像喝进蜜水一样惬意。

洛金花般的南苏米达，
她的皮肤像鲜嫩的洛桑花，
她的眼睛像宝石闪光，
比夜空的星星还明亮。

荷花般绚丽的南洁西，
她的皮肤白里透红，
她的脸庞像开放的睡莲那么红润，
她在三只金孔雀中最娇艳迷人。

成百名宫女簇拥着三个王后，
三个美丽的王后伴随着亲爱的丈夫，
国王关怀王后无微不至，
王后承欢陛下无忧无虑。

国王拥有无数的武器，
——镖、箭、刀、矛，
国王拥有无数的战具，
——骏马、大象和车辆。

国王还有飞鞋一双，

是天神叭英赏赐，
飞鞋光彩夺目闪闪发亮，
它神奇的威力不可估量。

飞鞋只听从国王使唤，
国王经常穿起它到处游逛，
下能潜入海底龙国，
上能腾升云霄天堂。

召沓达腊塔和叭英交谊深厚，
他俩曾经喝下神圣的盟酒，
他俩经常相邀同游叙谈，
他俩经常商讨治国良方。

在一个阳光明媚的新年，
那是全民欢度的泼水节日，
和叭英有宿仇的勐埃森龙王，
又兴兵作乱闯入天堂。

龙王率领成千上万的水兵水将，
抱着复仇决胜的信心，
团团围住了叭英居住的天宫，
叭英岂肯让龙王如此猖狂。

叭英骑上九牙宝象，
率领天兵天将出城迎敌，
叭英身先士卒冲在前方，
无数水兵水将刀下命亡。

龙王巴拉麻毫不示弱，
怒吼一声迎了上来，
水兵水将蜂拥而上，
把叭英紧紧围在中央。

叭英高举手中神斧，
发出隆隆雷电轰击水兵水将，
龙王拿出怀中宝石，
射出能熔化雷电的耀眼红光。

雷电还击宝石发出巨响，
轰隆隆震撼了万里苍穹，
召沓达腊塔仰望长空猜想，
难道天庭又遭祸殃？

召沓达腊塔立即穿起飞鞋，
持刀直向天庭腾飞而上，
叭英见挚友前来助战，
喜出望外越战越强。

召沓达腊塔挥舞宝刀冲进战场，
和叭英并肩作战打击龙王，
龙王毫不畏敌愈战愈勇，
左右迎击斗志更旺。

龙王杀出包围跳上飞车，
勇猛地冲向天兵天将，
水兵水将紧紧跟随，
挥戈舞刀胡乱冲闯。

雷声隆隆、刀声当当，
电光闪闪、乌云乱翻，
天神、国王和龙王鏖战在一起，
天兵和水兵混战成一锅汤。

心狠手辣的龙王巴拉麻，
举刀砍向沓达腊塔国王，
眼明手快的国王连忙闪避，
不幸左手小指被龙王砍伤。

鲜血染红了召沓达腊塔的衣裳，
叭英见此情景奋力营救国王，
天兵天将一齐举起弓弩，
雨点般的神箭嗖嗖直响。

水兵水将只顾招架箭矢，
叭英趁势带兵杀向敌阵，
整个水兵阵脚顿时大乱，
勇敢的国王也从侧翼扫荡。

龙王的队伍被摧垮，
勐埃森的水兵四散逃亡，
就像冲出堤坝的洪水，
龙王带着残兵败将逃回海洋。

在历时七个月的神龙战争之中，
召沓达腊塔英勇地援助了叭英，

天堂的和平与安全得到了保障，
龙王落得个彻底失败的下场。

叭英打了胜仗高兴万分，
把一把弓塔弩和三支宝箭送给国王，
为了保卫自身的安全，
国王随时把它们佩带在身上。

召沓达腊塔凯旋回到王宫，
三个王后一一前来拜望，
国王向她们叙述了激战的经过，
最后又谈到了自己的受伤情况。

小王后听了连忙安慰国王：
"贤明的君王啊，
你的伤痛使我心疼，
但你不必为此忧伤。

"我在娘家时父母教会了口功，
刀伤和箭伤我都能疗理，
只要让我含着受伤的小指睡上几夜，
你的伤痛几天就会痊愈。"

国王每天晚上都在小王后房里睡觉，
南洁西把血淋淋的小指头含在嘴里，
三天后伤口就愈合结痂，
真是多亏小王后的精心护理。

善良的国王衷心感谢小王后说：
"南洁西呀，我心爱的娇妻，
是你解除了我身上的痛苦，
使我的伤口没有感染成疾。

"爱妻啊，要怎么感谢你呢，
你记住我的话吧，
如果你生下的儿子长大成人，
我就让他来把王位承袭。"

小王后听了不知怎么感激，
合掌向夫王谢了又拜、拜了又谢，
衷心感谢国王的恩典，
并把这个秘密藏在心底。

二 求子

一天召沓达腊塔到森林去打猎，
想猎取马鹿和麂子，
他带着武将苏念达和沙腊梯，
背着弓塔弩走进了深山老林。

他们越过高山、穿过深箐，
来到莽莽苍苍的伊麻板森林，
他们恍惚见一只黄绒绒的麂子，
正在山下河边饮水。

国王举起神弓瞄准麂子射出一箭，
忽然河边传来了凄惨的哭喊声，
他们惊惶不安跑向河岸，
只见身穿袈裟的帕拉西在血泊中呻吟。

啊！原来是帕拉西到河边汲水，
召沓达腊塔把他误认为麂子射中，
国王俯身把他抱在怀里，
亲切地询问他的伤情。

"福星高照的帕拉西啊，
你的伤势怎么样？
怪我有眼不识贵体，
用利箭伤害了你。"

遭受重伤的帕拉西啊，
胸口激烈地起伏，
他强忍着浑身剧烈的疼痛，
艰难地发出微弱的声音：

"三位高贵的猎人啊，
我是在森林修行的人，
我和你们无冤无仇，
你们为何这样残忍？

"人们射杀大象，
是需要它的一对牙齿，
人们射杀虎豹，
是需要它们的骨肉和毛皮。

"我身卑体贱不值分文，
你们为何把我射杀，
我从来没有得罪过你们，
你们竟如此丧尽良心！

"看来我是活不成了，
死神在叫我离开人世，
射杀我的人也会得到报应，
天神一定会惩罚他不得好死。"

一阵不安涌上国王心头，
帕拉西的诅咒使他全身颤抖，
他怀着十分内疚的心情，
用谦卑的声音开了口：

"我是沓达腊塔的国王，
今天打猎来到森林，
我们把你误认为麂子射击，
只恨我们的眼睛没有看清。

"我是无心做了错事，
我要忏悔我的罪孽，
我们一定把你的箭伤医好，
恳请你以仁慈的胸襟把我宽容。"

国王勇于承认过错的美好品德，
深深感动了受伤的帕拉西，
他收回了刚才的诅咒，
紧紧拉着国王的手说：

"善良的国王陛下啊，
现在我的创伤已疼遍全身，
你们赶快把我抬回巴朗，
不然我会死在这荒山野林。"

国王一行举着帕拉西回至巴朗，
采来治疗箭伤的草药给他敷上，
每天像奴仆一样尽心地护理换药，
不几天就治好了帕拉西的箭伤。

帕拉西很感激国王的精心护理，
他问国王有什么事需要帮忙，
召沓达腊塔急忙下拜，

请求帕拉西恩赐给个孩子。

"尊敬的帕拉西啊,
我孤孤独独无儿无女,
祈求高贵的帕拉西开恩指点,
怎么才能生育金笋般的孩子。"

帕拉西和蔼地对国王说:
"我了解你求子的心情,
为了解除你的孤独与忧闷,
我赐给你两个香蕉带回宫去。

"这金子一样黄的香蕉,
沁人肺腑、芳香扑鼻,
你让王后吃进肚里,
就会生育金笋般的孩子。"

国王感激不尽地合掌叩首,
收下香蕉放进筒帕①,
他告别帕拉西,
三个人高高兴兴往回走。

途中国王摸着筒帕里的香蕉发愁,
我有三个不能厚此薄彼的王后,
帕拉西只给了我两个香蕉,
不给哪个王后吃都没有理由。

国王征询苏念达和沙腊梯的意见说:
"你们给我出个计谋,
我的三个王后要分吃两个香蕉,
怎样分配才不致引起烦忧。"

"依我们心想要公平合理分配,
最好是一个香蕉给大王后,
另外一个香蕉掰为两半,
一半给二王后,一半给三王后。"

国王嘴里夸赞这个主意,
可他心里还是在犯愁,
"三王后一向对我很好,
不给她一个香蕉她会很不好受。

"给她一个又不合大王后的心,
只给大王后和三王后吃,
二王后吃不到也会不高兴,
这件事真使我伤透了脑筋。

"两个香蕉三个人吃怎能均分,
要做到三个王后都满意怎么可能,
只好给大王后和三王后一人一个,
任随她们怎么分吃都行。"

三 朗玛降生

召沓达腊塔回到宫廷,
换下打猎服装来到内宫,
请来了三个王后坐定,
把打猎求子的事说给她们听。

国王一边与王后亲密的交谈,
一边把香蕉递了过去,
一个给了温顺的大王后南苏甘嫡,
一个给了美丽的小王后南洁西。

两位王后见香蕉只有两个,
二王后南苏米达没有份,
她们怕二王后心中难过,
一人撇了一半放在她手心。

三位王后一齐吃下香蕉,
感到周身舒畅甜蜜,
不久个个都怀了孕,
她们为有后嗣欢天喜地。

三位王后得到宫女的精心护理,
护理的宫女一天要轮换几次,
天冷了给她们加衣服,
天热了给她们扇扇子。

三位王后怀孕十个月,
先后都生了金笋般的儿子,

---

① 筒帕:傣族男女自织的背在身上的彩色挎包。

召沓达腊塔几天来更加和气，
大臣们都来向他贺喜。

先分娩的是大王后南苏甘嫡，
生下的王子像闪闪发光的宝石，
身上均匀分布着三十二种颜色，
比天上的彩虹还要绚丽。

王子打扮起来就像一只金孔雀，
给宫廷增添了无限乐趣，
他的美丽又如十五的月亮，
谁见了都会啧啧称赞不已。

十几个奶妈轮流喂奶，
宫女们随时抱在怀里，
每天给他洗两次澡，
每天为他赕一次佛。

漂亮的王子长到满月，
洁净的身子像珍珠，
请来智慧老人帕麻纳，
为他取一个高尚的名字。

王子的属相不同凡俗，
王子的生辰正逢吉时，
王子将有崇高的名声和威望，
帕麻纳给他取名召朗玛。

二王后生的是双胞胎，
帕麻纳推算孩子的前程，
一个取名腊嘎纳，
一个取名沙达鲁嘎。

小王后南洁西生的儿子，
像熔化的金子一样光彩，
红润的脸庞像开放的荷花，
帕麻纳给他取名帕腊达。

召沓达腊塔有了四个王子，[①]
就像大地上升起了四颗明星，

四个王子是国王的骄傲，
四个王子的出世提高了王国的声誉。

四个王子好像四棵大树，
四个王子犹如四头大象，
四个王子如同四根挺立的中柱，
支撑着王国威严的宫廷。

四个王子降生的喜讯被大风吹向远方，
前来祝贺的人像蝴蝶纷纷飞进宫殿，
前来送礼的使者络绎不绝，
王宫像赶摆一样热闹非凡。

四个王子在国王的膝前，
沐浴着父王母后的洪恩，
四个王子在国王的金伞下，
享受着父王母后的福荫。

四个王子一天天长大成人，
勐沓达腊塔的声望与日俱增，
一百零一勐都来朝拜上贡，
百姓们生活得安康又欢欣。

四　制服大乌鸦

在莽莽的伊麻板森林，
有个修行的帕拉西，
他孤身一人住在巴朗房里，
每天晚上盘腿打坐修身养性。

一年一月飞快地闪过，
帕拉西已经将要成佛，
每天在他居住的巴朗房里，
都供着菠萝、香瓜和野果……

有一群体大如马的乌鸦，
觅食来到伊麻板森林，
凶恶的乌鸦"呱呱"叫着，
趁帕拉西外出，飞进屋里吃供品。

---

① 传说四个王子是天神英达为惩戒十头魔王，指示天神波提亚兄弟四人下凡投生到人间的，他们的随从投生为森林中的猴子。

馋嘴的乌鸦在屋里乱啄乱抓，
成群的乌鸦在屋里出出进进，
每次都把巴朗践踏得乱七八糟，
每次都把供品啄吃得干干净净。

巴朗房遍地是乌鸦的毛和屎，
仁慈的帕拉西也生了气，
他诅咒嘴馋可恶的黑老鸹，
决定寻一个有本事的人来将它们驱赶。

天神昭示他召朗玛有此本事，
他便驾着祥云来到勐沓达腊塔，
进到王宫向召沓达腊塔请求，
让召朗玛去协助他赶走乌鸦。

召沓达腊塔听后有些为难，
他不想让眼珠般的召朗玛离开身边，
"福气高照的帕拉西呀，
请原谅我不能让召朗玛随你前去。

"我儿子年纪还小武艺不高，
恐难赶得走那些凶恶的乌鸦，
还是让我跟你去吧，
我保证把它们赶跑。"

帕拉西快快不乐地走了，
一边走一边不高兴地摇头，
"既然你不愿意让召朗玛去，
我也不愿意你同我走。"

召沓达腊塔转念一想：
"帕拉西有困难应该相帮，
正如自己遇到不幸的事情，
大臣百姓也都为我操心奔忙。

"他找上门来求我帮助，
我竟一口回绝太不应当，
得罪了有福气的帕拉西，
往后会不会给儿子带来祸殃。"

他急忙命令侍从追回帕拉西，
乞请帕拉西把召朗玛带去，
他把宝贵的儿子叫来吩咐，

召朗玛高兴地立即做好准备。

戴上金光闪闪的王冠，
挎上威力无敌的弓塔弩，
带上三支锋利的宝箭，
神采奕奕来到帕拉西面前。

帕拉西马上转忧为喜，
带着召朗玛回到伊麻板森林，
他交代只能用箭声把乌鸦吓跑，
千万不要伤害它们的生命。

第二天曙光赶走了黑夜，
红日从东方冉冉升起，
帕拉西留下召朗玛一人看屋，
腾云驾雾向远方飞去。

乌鸦看见帕拉西出门就蜂拥飞来，
麇集在巴朗房里外乱啄乱扒，
它们"呱呱"叫个不停，
没有发现躲着的召朗玛。

召朗玛拉动弓弦搭上箭，
射向遮天蔽日的鸦群，
箭声像千钧霹雳震撼大地，
吓得乌鸦纷纷逃遁。

箭声震得伊麻板山摇欲沉，
群鸦昏头涨脑飞向蓝天白云，
神箭像长着锐利的眼睛，
盯住鸦群旋转不停。

乌鸦在天空云层无处藏身，
丧魂落魄地钻进森林，
它们在林间拼命逃窜，
神箭也紧追不舍穿梭飞行。

惊惶的乌鸦眼见无法逃生，
只得飞下来"呱呱"地哀求饶命
"有福气的高贵的召啊，
请动动你的恻隐之心。

"千错万错只怪我们的嘴馋，

从今以后我们不敢再犯，
请你饶恕我们收回神箭，
我们将来一定报答你的恩典。"

召朗玛见乌鸦忏悔认错，
随即把神箭收回保存，
规劝它们别再侵扰别人，
同时赦免了它们的罪行。

众乌鸦感激不尽，
感谢他的宽宏和怜悯，
它们一齐扇开双翅向召朗玛下拜，
然后成群地飞回它们居住的森林。

黄昏时帕拉西从天空降临，
召朗玛把降服乌鸦的经过说给他听，
帕拉西连连夸赞召朗玛，
让他留下来传授给他技艺。

召朗玛在帕拉西身边虔诚修行，
学到了渊博的知识和高超的本领，
他在森林一住就是三年整，
成为一个精通武艺的年轻人。

第六章　择婿

一　南西拉重生

伊麻板的纳里本花树当年被火烧化，
春天来临它又破土发芽，
被火化的南西拉也死而复活，
在纳里本花树里长大。

花树慢慢舒展手臂似的枝丫，
花树慢慢睁开亮晶晶的眼睛，
花树的树干越长越像姑娘的身躯，
纯洁的南西拉得到重生。

纳里本花树越长越健美，
忽然变成了漂亮的南西拉，
守候的山神地鬼见神女重现，

立即把她抓住报告召捧玛加。

十头魔王飞来仔细端详，
果真是南西拉再度重生，
他顿时想起神女的诅咒，
心头不禁涌上忧郁的阴云。

"她诅咒要让我得到报应，
通过报应来毁灭我的一生，
我绝不能让她的诅咒实现，
得赶快结束她的生命。"

召捧玛加就和老臣西纳告商量，
西纳告认为这样做万万不行说：
"尊贵的国王啊，
我们不能随便定罪杀人。

"对待普天下懦弱的妇女，
不能用刀箭伤害她们的生命，
对待珍珠般尊贵的神女，
处死她更失掉了道德的准绳。

"比较合乎道德的办法啊，
最好是让她睡在金棺材里，
放到江水中任它随波逐流，
要是她没有福气就让江水淹死。"

心神不定的召捧玛加听了，
立即命令赶做金粉涂的棺材，
十头魔王的命令谁敢不听，
金棺材很快就做好抬来。

刚刚复活的南西拉又面临死亡，
她被装进棺材丢进波涛翻滚的大江，
棺材就像树叶一样顺水漂荡，
七天七夜后漂到勐甘纳嘎的国土上。

再说年迈的勐甘纳嘎国王，
品德比山泉还清亮，
心地比金子还纯净，
他在全勐百姓中享有崇高的威望。

善良的国王和王后啊，

身边无儿又无女，
夫妻到处祷告求神拜佛，
多么想膝下有个后继。

他按照帕拉西旨意在江边赶摆，
这天人来人往盛况空前，
有的在江边撒网捕鱼，
有的在江里赛龙舟划船。

人们突然发现江上漂来一口棺材，
金光闪闪发出耀眼的光彩，
老国王命令把棺材捞起，
里面安详地睡着一个小女孩。

摸摸心口小女孩并没有死，
只是紧紧闭着眼睛酣睡，
她的容貌就像下凡的仙女，
犹如一颗明珠放在金盒里。

国王和王后看见后高兴万分，
轻轻把她抱起来吻了又吻，
收她做自己的女儿，
给孩子以父王母后的温存。

时间如行云流水过去，
转瞬公主已经十六岁，
她像湖水里的睡莲，
迎着雨露阳光越开越美。

光彩夺目的南西拉啊，
就像彩绸搭在栏杆上，
白天皮肤犹如彩虹，
夜晚皮肤宛似月亮。

丰润皎洁的南西拉，
头发不梳也像青苔一样光滑，
她不打扮也像花朵一样鲜艳，
哪个小伙子见了都会眼花缭乱。

青春焕发的南西拉，
生就黄蜂般的苗条细腰，
长成孔雀般的柔软身材，
哪个小伙子见了都要神魂颠倒。

南西拉的眼睛，
宛如两颗闪光发亮的黑色珍珠，
南西拉的嘴唇，
就像两片红彤彤的花瓣不厚不薄。

在南西拉的天姿国色面前，
阳光会失去光彩，
灯光会显得暗淡，
小伙子会呆痴痴忘记走开。

有福气的国王和王后啊，
像疼爱自己的眼睛一样疼爱女儿，
看到女儿已经长大成人，
特意盖了一幢漂亮的塔楼让她居住。

国王还怕女儿寂寞孤独，
把三个弟弟的三个女儿接来与她同住，
三个侄女像三朵鲜花，
终日陪伴着美丽的南西拉。

南西拉的三个妹妹啊，
一个叫南娟达，
一个叫南吉达，
一个叫南谢玛。

她们长得像浪花一样闪光，
她们像小蜂一样热情，
她们像蝴蝶一样小心，
终日陪伴着高贵的南西拉。

四个公主和睦相处，
就像四个亲姐妹，
就像月亮和星星不分离，
就像连在一起的四颗珍珠。

二　求婚

南西拉美丽得像金孔雀，
她的美名四方传扬，
大陆上远近各勐不用说，
隔海的各勐王子也慕名向往。

是狮子才进得了虎穴，
是金山才留得住凤凰，
远近一百零一勐的王子啊，
想当狮子和凤凰。

一百零一勐的王子啊，
用大象驮着珍贵的礼品，
骑着骏马和大象赶来，
向美丽的南西拉求婚。

一百零一勐的王子啊，
头戴塔形金帽，
身穿金瓣镶边的衣裳，
金片银片闪闪发光。

一百零一勐的王子啊，
个个腰间带着长刀，
人人肩上挎着弓箭，
显得威武、英俊和自豪。

一百零一勐的王子啊，
从四面八方纷纷驾临，
像一百零一只金凤凰飞来，
给勐甘纳嘎增添了光彩。

一百零一勐的王子啊，
在王宫前面的广场安顿好，
搭起一百零一个花毯帐篷，
帐篷里荡漾着欢乐的歌声。

一百零一双眼睛啊，
紧紧盯着王宫进出的大臣，
一百零一颗心啊，
思恋着南西拉跳个不停。

各勐王子准备聘礼忙得不可开交，
看到别勐的聘礼比自己的珍贵，
他们又派人回去拿，
一心要使自己的聘礼比别人的更多更美。

勐甘纳嘎天天像赶摆一样，
从早到晚都很热闹，
各勐求婚的人本来就很多，

看热闹的人更是如海如潮。

大臣头人的姑娘花枝招展，
穿来挤去招蜂惹蝶，
可王子们哪有心思去搭理，
他们心目中只有南西拉一个美人儿。

在一个吉祥灿烂的黎明，
各勐王子像湖水般涌进宫廷，
送来的聘礼一个比一个贵重，
呈上一封比一封友好甜蜜的书信。

各勐都想和勐甘纳嘎联姻，
各勐王子都想和公主拴线，
这么多王子应该许给谁？
忧愁代替了国王的高兴。

金笋般的女儿只有一个，
不能像笋子可以切成一百零一节，
一百零一勐都很强大，
处理不当就会结下冤家。

国王急得左右为难，
心头就像一团无头的乱麻，
王子们得不到满意的回答，
就要在勐甘纳嘎长期住下。

三 比武

为了避免引起纷争，
不与各勐的关系恶化，
国王只得求救于叭英，
请天神下凡来排难解纷。

叭英得知国王的祷告，
夜晚悄悄来到宫殿，
赠给国王一把神圣的弓阿沙尖，
还有三支宝箭和赠言。

"请告诉各勐的王子，
谁能拉动弓阿沙尖射出宝箭，
谁就是有福气的人，
他与公主就有缘分。

"要是弓阿沙尖都拉不动，
还想娶公主南西拉，
那就是痴心妄想，
正如水中捞月一样。"

第二天清晨国王下了命令：
"迅速搭起一座高台，
我要进行比武择婿，
看看哪个王子最有本事。"

王宫前迅速搭起了高台，
台上放着弓阿沙尖和宝箭，
国王向各勐的来宾，
宣布了比武择婿的诺言。

"不论大勐小勐的王子，
不分贵贱和高低，
谁能拉动神弓射出宝箭，
我就招聘他为女婿。"

来自远近各勐的王子，
对国王比武择婿议论纷纷，
有的喜欢得像小雀跳，
认为这样才显得出高超的本领。

有的心中急得像火烧，
因为自己的胆子不大武艺不高，
有的灰心又丧气，
娶不到南西拉如何是好。

国王还为公主筑了一座楼房，
好让南西拉在窗口窥望，
看各勐的王子张弓射箭，
看哪个王子本领高强。

比武大会在锣鼓声中开始，
燃着炽烈爱情的各勐王子，
一个个争先恐后前去拉弓，
担心南西拉这朵鲜花被人摘去。

召捧玛加也冒充王子前来求婚，
他的喊声最高挤得最凶，

他傲然跃前走出人群，
跨上高台动手去拿弓。

他的力气抵得过十八条大象，
他的武艺超群出众，
但又硬又重的弓阿沙尖啊，
十八条大象的力气也拿不动。

他运足力气大吼一声，
神弓被提起刚刚离地，
忽然腰酸背痛手软无力，
提起的弓阿沙尖又落下去。

他休息一会恢复了力气，
第二次又去把弓阿沙尖提起，
刚刚举到胸膛正欲拉弦，
手脚瘫软力气又用完。

他慌忙放下弓阿沙尖，
像老牛一样喘着粗气，
满身大汗淋淋，
十个头挣的面红耳赤。

各勐王子相继上台比武，
有的挣得脸红脖子粗，
有的挣得瞪眼流鼻涕，
有的挣得摇头又咧嘴。

一个个都在神弓面前出丑，
徒劳地使尽吃奶的力气，
好像力大无穷的样子，
却没有一个能把弓阿沙尖提起。

王子们个个长吁短叹，
自愧与公主没有缘分，
不能与公主同床共枕，
真是死了也不甘心。

没有哪个王子提得起神弓，
更不用说拉弓射出宝箭，
有的怪国王条件太苛刻，
有的劝国王另定条件。

召捧玛加见大家都不如他，
便大言不惭地站出来开言：
"所有来这里求婚的王子，
没有哪个拿得动弓拉得开弦。

"唯有我虽然拉不开弦，
还把弓提起到胸前，
各勐王子中我最有本领，
在场的人都已看见。

"公主应该嫁给我，
国王同意给我当然更好，
不同意公主也是我的，
我要把她带回国去。"

王子们听了此番胡言乱语，
一个个心中都不服气，
一个个敢怒而不敢言，
都在看国王怎么处置。

四 定亲

这天帕拉西带着召朗玛来到勐甘纳嘎，
只见宫前广场上人声喧嚷，
帕拉西进王宫见了老国王，
国王忙把比武择婿的纠纷对他言讲。

帕拉西沉思一会儿后说：
"尊贵的国王啊，你可曾认真考虑，
假如一个穷苦孩子能拉弓射箭，
你愿不愿意降低门第？"

勐甘纳嘎国王马上回答说：
"我已说过不管贵贱高低，
只要能拉弓射箭就能娶我女儿，
我说话算数决不改变主意。"

帕拉西听了十分喜悦地说：
"我带来了一个年轻的卡约①，
我想让他试一试，
看他有没有这份福气。"

---

① 卡约：对到佛寺修行未成佛爷以前的青年的称呼。

召朗玛拨开拥挤的人群，
神态自若地向高台走去，
王子们见召朗玛小小年纪，
说出了讽刺挖苦的言语：

"一个帕拉西的奴仆，
自己也太不知趣，
不在深山老林吃野果，
竟想到坝子里来吃糯米。"

"这小子也不看看这是什么地方，
纵然拉动弓弦射出宝箭，
高贵的公主南西拉啊，
他穷小子怎能高攀得上？"

公主南西拉在楼房窥望，
见召朗玛威风凛凛气宇轩昂，
美丽得像十五的月亮，
她纯洁的心灵暗自思量：

"这样漂亮的小伙子，
正是我理想的丈夫，
就是不参加比武，
我也愿意永远和他在一起。"

摘下发髻上的金花、取出金线蜡条，
忐忑的心啊怦怦直跳，
炽热的情丝啊腾腾燃烧，
南西拉默默地对苍天祷告：

"众位天神啊，
请你们助他一臂之力，
让他拉动神弓射出宝箭，
就像女人纺线那样轻易。"

召朗玛上了高台站在弓前，
双手举到头顶默默向天神祷念：
"假使我和公主真的有缘分，
请天神保佑我比武成功。"

在命运高贵的召朗玛手里，
沉甸甸的神弓就像竹竿一样轻，
硬邦邦的弓弦就像烘过的篾片一样柔软，
他轻轻拉开神弓"嗖嗖嗖"射出三箭。

第一箭射向高高的苍穹，
神箭穿云破雾直上九重，
箭声响彻甘纳嘎全勐，
全勐人的耳朵几乎震聋。

第二箭射向辽阔的森林，
莽莽丛林刮起怒涛狂风，
箭声吓得野兽跑出窝，
箭声吓得鸟雀齐飞上天空。

第三箭射向烟雾弥漫的海洋，
平静的海洋掀起万丈波浪，
箭声传遍勐埃森王国，
吓得水神喊爹又叫娘。

三声箭响震得十头魔王不寒而栗，
一百零一勐的王子们呆若木鸡，
南西拉像一朵含苞待放的荷花，
片片红晕在她白净的脸上泛起。

国王脸色难看心中不悦，
"怎么南西拉这样没有福气，
竟与乘骑大象的王子没有缘分，
却委身给帕拉西的一个奴仆。"

帕拉西立即上前向国王说出真情，
"拉动弓阿沙尖，
射出宝箭的小召朗玛啊，
他是勐沓达腊塔的王孙。"

国王听了十分欢喜，
急忙叫召朗玛过来仔细打量：
"勐沓达腊塔的王子啊，
这真是千里姻缘一线牵。

"南西拉这只年轻的孔雀啊，
需要鲜艳的金花银花衬托，
你这朵王室的鲜花栽在我们勐，

给勐甘纳嘎增添了福气。

"金花银花开在我女儿的寝宫，
定会焕发出沁人心脾的芳香，
祝愿你们这对幸福的金孔雀，
在蔚蓝色的天空展翅翱翔。"

国王高兴地立即向全勐臣民宣布，
同意王子召朗玛为南西拉的佳婿，
他为王子和公主滴下圣洁的水，
准备三个月后举行盛大的婚礼。

第七章　联姻

一　国王的吩咐

勐甘纳嘎沉浸在欢乐之中，
辉煌的宫殿挂满彩色旗幡，
宫殿的柱子重新刷上金粉，
宫殿的墙画上了新的图案。

隆重的婚礼不久就要举行，
召朗玛和南西拉即将拴线，
尽管距婚期还有三个月，
三个月啊国王只把它看成三天。

所有的东西都得事先准备，
所有的礼仪都得仔细考虑，
国王督促臣僚加紧备办，
场面的豪华壮观要超过登基典礼。

为了勐沓达腊塔的荣誉，
为了尊重王室的父母和兄弟，
为了自己和公主的利益，
召朗玛向岳父提出：

"我与公主结婚是终身大事，
儿女婚事需征得父母的同意，
我还有三个和睦相处的弟弟，
也要请他们前来参加婚礼。"

国王听了欣然同意，
"我一定派官员专程去边境迎接，
我也有三个弟弟住在各自的领地，
也要邀请他们前来参加婚礼。"

召朗玛让弓塔弩发挥神奇的威力，
将写好的四封书信绑在箭翎上，
分别射向四个遥远的地方——
三封射给南西拉的叔父，一封射给父王。

召沓达腊塔接到儿子的喜讯，
立即命大臣做好参加婚礼的准备，
"我要亲自点数各勐的贺喜队伍，
贺喜队伍要雄壮威武。

"行进的队伍分成三十二路，
三十二路都要敲锣打鼓，
队列前要高举红杆黄布的旗幡，
士兵要穿虎皮衣服。

"要赶快修一条通往森林的大路，
路宽八排①，路面铺上粗沙细石，
要选派胆大艺高的武士，
驱虎杀豹在莽莽森林开路。

"要准备一支威武的象队，
牙镀黄金，身披银片，
头安玻璃镜，尾挂珍珠链，
让最大的臣僚骑着公象走在前。

"一队骏马配上金鞍和银镫，
武官们骑上威风凛凛，
一对彩车载运珍贵的礼品，
上面坐着押送金银珠宝的大小头人。

"选好吉日良辰就启程，
出发的礼炮要装足火药，
要像打雷一样声威远震，
让全勐的人都听得清。

"沿途各站要搭棚设摊，
摆出最好的陈酒，
做出最美的菜肴，
让队伍吃饱喝足。

"到海里捕来鱿鱼和大虾，
从山上牵来肥牛和壮羊，
牛肉羊肉要架起火来烤黄，
鱼汤肉汤要熬得鲜美芳香。

"剁生②凉拌要放足作料，
米线米干③要泡上鸡汤，
刮净牛皮猪皮做成油炸泡皮，
大家吃了精力旺盛。

"勐沓达腊塔出产的有名瓜果：
香蕉、荔枝、香瓜、芒果和菠萝，
要摆满道路两旁，
让队伍吃了好解渴。

"召朗玛回来时全国的人都要来欢迎，
会唱歌的赞哈④，会跳舞的艺人，
还有会拉琴吹瑟的乐师，
要一起进行精彩的表演。

"迎亲的人们要梳妆打扮，
妇女们要戴上金耳环，
小伙子要穿上华丽的衣裳，
姑娘们要头戴鲜花手打花伞。

"规模要比赶摆还热闹，
费用全由宫廷来承担，
这次迎亲一定要办好，
谁不尽职我要重重惩办。"

为了祝贺召朗玛成亲，
忙坏了大臣头人，

---

① 排：两臂左右平伸的长度为一排。
② 剁生：傣族用生猪肉、生鱼肉加作料做的一种菜。
③ 米干：用大米做的形如宽面的食物。
④ 赞哈：傣族歌手。

为了接回新媳妇南西拉，
惊动了全勐百姓。

按照召沓达腊塔的旨意，
臣僚们很快准备就绪，
象队车马集结待命，
贺喜的队伍即将启程。

人群像大海沸腾，
礼炮隆隆响了三声，
国王和三个王子登上象座，
召沓达腊塔下达了出发的命令。

行走步伐似千万爆竹炸响，
行进人流像江水奔泻不停，
欢声笑语洒满了大地，
人们唱着跳着走进森林。

二　婚礼

森林里闪射着道道霞光，
山箐里回荡着清脆的铃声，
欢乐的队伍晓行夜宿一个月，
到达了勐甘纳嘎国境。

按照世代相传的规矩，
国王派特使前往王宫呈交书信，
勐甘纳嘎国王立即下令，
准备迎接远道而来的国宾。

神采焕发的召朗玛骑上大象，
偕同官员前往边境迎接父王，
他虔诚地向父王问候，
又向弟弟和侍臣们合掌。

勐甘纳嘎的大臣上前合十，
向勐沓达腊塔国王下拜，
献上花盘和蜡条，
欢迎贵宾不辞劳苦来到了勐甘纳嘎。

勐甘纳嘎百姓倾城出动，
男女老少聚集在王宫广场，
手中的花伞恰似千万朵彩云，

彩云下浮动着张张欢笑的脸庞。

欢迎的人群敲响铓锣，
大小象脚鼓擂得响彻云霄，
人们欢乐地呼喊着"水！水！水！"，
簇拥着姻亲国王前往宫殿。

勐甘纳嘎国王的三个弟弟也及时赶到，
兄弟四人带着王族在殿前欢迎，
两国国王见面互相合掌，
手拉手肩并肩步入辉煌的宫廷。

两国国王并排坐在神圣的宝座上，
四位王子分别坐在宝座两旁，
两国王族在一起亲密交谈，
两国王族欢聚一堂。

满堂共颂两国深厚的友谊，
满堂共祝两国结成了姻亲，
召沓达腊塔送上丰厚的聘礼，
勐甘纳嘎国王也回赠珍贵的礼品。

官员们纷纷前来朝拜，
宝石般的南西拉领着三个妹妹，
南娟达、南吉达和南谢玛，
上殿来拜见两位父王。

四姊妹像四朵含苞欲放的荷花，
皮肤白里透红像有露水滴下，
身体比糯米粑粑还柔软，
一个个娉婷、温和、文雅。

四姊妹像睡莲一样娇艳美丽，
召沓达腊塔越看越欢喜，
他高兴地向亲家提出，
要联姻就干脆四个王子娶四个公主。

勐甘纳嘎国王询问三个弟弟，
他们都欣然同意这桩婚事，
愿意将女儿嫁给召朗玛兄弟，
建立起两国亲上加亲的情谊。

召沓达腊塔感激不尽，

用最美的语言把谢意说出：
"感谢你们为两国搭起牢固的金桥，
感谢你们为两国筑起宽广的大路。

"你们的女儿既然是我的儿媳，
我会把她们当亲生女儿一样爱护，
我的四个儿子就是你们的儿子，
他们会赤胆忠心保护你们免受凌辱。

"让两国像两只沙宝罕①航行在海上，
让两国臣民像一条条江河汇入汪洋，
尊敬的亲家国王啊，
婚礼由你主持定会增添荣光。"

勐甘纳嘎国王非常激动，
在一个吉祥如意的日子，
为四对王子和公主，
举行了盛大的结婚典礼。

召朗玛和南西拉，腊嘎纳和南娟达，
帕腊达和南谢玛，沙达鲁嘎和南吉达，
四对比翼齐飞的凤凰，
一起接受人们撒下的祝福的米花。

公公婆婆为媳妇拴线，
祝愿新婚夫妇白头到老，
岳父岳母为女婿拴线，
祝愿新婚夫妇快乐幸福。

礼炮为婚礼添彩，
锣鼓为婚礼奏乐，
四对新人隆重而热闹的婚礼啊，
在灯火辉煌的王宫举行了七天七夜。

回国的日子到了，
召沓达腊塔偕同四个儿子，
来到王宫向亲家告别，
离别的时刻啊，难分难舍。

老国王向女婿女儿祝福：
"让吉祥的星辰照着你们回去，

祝你们一路上清洁平安，
望我们两国保持永久的情谊。

"勐沓达腊塔的王子啊，
勐甘纳嘎的金孔雀，
你们一定要相亲相爱，
形影不离共担忧乐。"

四姊妹跟随自己的丈夫，
穿过坝子渐渐远去，
父母站在高高的城楼上，
直望到他们消失在丛山密林深处。

三　嫉妒

一百零一个王子比武失败，
一个个垂头丧气各怀鬼胎，
有的不服气耿耿于怀，
有的懊悔白白跑来。

力大无比的召捧玛加，
输给了年轻的召朗玛，
美人儿投入别人的怀抱，
气得他心肝碎裂肺爆炸。

召捧玛加挥拳煽动他的人马说：
"我们不能蒙受这样的耻辱，
我们勐兰嘎光荣的声誉，
岂能容许召朗玛来玷污。

"召朗玛只能拉弓射箭，
他有什么了不起，
我的本领比他高强，
走，跟我一起杀上前去。"

他带来的求婚队伍一哄而起，
扬鞭策马向召朗玛追击，
召朗玛听见后面人喊马叫，
顷刻间一群抢婚者蜂拥而至。

———————————
① 沙宝罕：宝船。

召朗玛从容向南西拉告别，
让父母和兄弟们一旁暂避，
他掉转马头质问杀气腾腾的来者：
"你们追赶我为了何事？"

召捧玛加挺身向前，
气势汹汹地回答：
"我是名扬天下的勐兰嘎国王，
你可知道我召捧玛加的名字？

"我像五月的野火一样凶猛，①
我像明亮的钢刀一样锋利，
召朗玛呀，难道你吃了虎胆，
竟敢抢走我心爱的美人儿。

"召朗玛呀，你要识时务，
给我留下美丽的南西拉，
不然你就要死在我的刀下，
让你们的尸体在森林里腐烂。"

召朗玛听了勃然大怒，
昂首挺胸逼近召捧玛加说：
"你就像一个疯子，
信口开河说瞎话。

"你也不睁眼看看我是何人，
我劝你不要来挑衅，
口出狂言威吓不了谁，
你想较量一下我一定奉陪。"

话未说完召捧玛加挥棍打来，
召朗玛迅速抽刀迎上把它砍断，
召捧玛加又举起镖枪掷了过来，
也被召朗玛一刀砍成两截。

召捧玛加默念咒语口吐烈火，
熊熊烈火烧着了森林，
火焰团团围住召朗玛，
但烧不着他的一根头发。

召朗玛也默默念起咒语，

天空马上降下倾盆大雨，
很快将烈火浇熄，
召朗玛的衣服一点都未湿。

召捧玛加又念起咒语，
一阵狂风吹开云雨，
他抱起大象般的石块飞上天，
照准召朗玛头顶砸下。

召捧玛加得意洋洋夸口：
"召朗玛啊，这次你输了吧，
快把南西拉交给我，
不然你马上就死在石下。"

召朗玛毫不惊慌巍然屹立，
嘴里喃喃地念着咒语，
巨石竟碎散成满天的鲜花，
纷纷落进召朗玛的筒帕。

召捧玛加更加生气，
施展出最后一招来对付，
他站在云端举起弓赛宰，
一边拉弓搭箭一边大骂：

"愚蠢的召朗玛呀，
你还敢跟我作对吗？
你若怕死要求饶命，
你就给我乖乖跪下。

"你若不听从我的话，
你的命就要丧在我的箭下，
我手里拿的是弓赛宰，
它的威力有弓塔弩的十倍大。"

召朗玛听了感到不妙，
连忙向英捧祈祷，
"请天神助我一臂之力，
让神箭都变成香蕉。"

恼羞成怒的召捧玛加用弓赛宰射箭，

---

① 西双版纳的五月天气炎热，天旱无雨，最易发生野火烧山，其势猛烈。

神箭像流星般向召朗玛飞来，
连射四箭都围着召朗玛旋转落地，
变成金黄的香蕉给他解渴充饥。

召捧玛加非常震惊，
浑身解数都已用完，
未伤着召朗玛头发一根，
慌忙驾起飞车带着兵马逃命。

召朗玛收兵并清点人马，
向着自己的祖国继续进发，
长途跋涉整整走了一个月，
才回到故土勐沓达腊塔。

屋里的织布机停止歌唱，
寨边的木碓也不再响，
举国上下的百姓捧着礼物，
迎接召朗玛娶亲回到了家乡。

第八章　让位

一　果嘎腊国王的葬礼

勐果嘎腊国王身患重病后死亡，
王子苏万纳给远嫁的妹妹报丧，
噩耗很快送到勐沓达腊塔，
小王后哭得死去活来肝肠寸断。

南洁西找来儿子帕腊达，
把外公不幸逝世的消息告诉他，
为了哀悼敬爱的父王，
要儿子陪同她一起去勐果嘎腊。

母子征得老国王的同意，
在侍臣和卫兵护送下匆匆启程，
他们默默地穿过阴暗潮湿的森林，
一个月才赶到勐果嘎腊都城。

苏万纳得知妹妹前来奔丧，
率领臣僚和百姓出城迎接，
兄妹相见分外悲伤，
一起走进父王灵堂。

南洁西一见棺材就扑上去恸哭，
帕腊达呜咽着向外公灵柩磕头，
陪同的人——向老国王默哀，
灵堂里充满着一片肃穆和哀愁。

南洁西捶胸顿足眼泪哭干，
才悲伤地领着儿子来拜见母后，
母女婆孙相见又痛哭一场，
外婆见外孙长大成人略减忧伤。

苏万纳为父王筹备隆重的葬礼，
在棺材上涂上金粉画上图案，
灵柩上面支放着塔形的帕纱①，
帕纱上插着红红绿绿的神幡。

在一个吉利的日子举行安葬仪式，
灵柩被轻轻移上象车拉向坟地，
臣民百姓尾随灵车缓缓而行，
送葬的人一个个痛哭失声。

老国王遗体在烈火中升了天，
送葬的人都泪湿衣襟，
滚滚泪水几乎把大火浇熄，
人们守着直到遗体烧成灰烬。

苏万纳继承父亲的王位，
在万民欢呼声中登了基，
他像自己仁慈的父王一样，
励精图治把宽阔的王国治理。

过去了一个月以后，
南洁西留下儿子帕腊达，
辞别哥哥苏万纳和慈祥的母后，
带领护卫先回勐沓达腊塔。

---

① 帕纱：竹扎纸糊的冥楼。

二 挑拨

勐沓达腊塔国王已是半百年纪，
为了国家和百姓的利益，
他按照民族古老的传统规矩，
决定让召朗玛把王位承袭。

金笋般的大王子召朗玛啊，
有着聪明睿智的头脑，
有着善良谦逊的情操，
他是勐沓达腊塔王国的骄傲。

国王召集了大臣和头人，
庄严地宣告了召朗玛嗣位的决定，
国王的决定得到赞同和欢呼，
他又对可爱的儿子谆谆嘱咐：

"我年迈力衰已经精力不济，
需要解除繁重的宫廷政务，
我要把王位传给你，
自己到森林去修身养性。

"你将是一国臣民之主，
对百姓一定要仁慈宽厚，
国王对百姓公正廉洁，
他们才会热爱自己的君主。

"对你的三位母后啊，
要平等敬奉不分彼此，
对你的三个弟弟啊，
要像吃一个奶头的一样相处。

"对你贤淑的妻子啊，
要温存体贴，
对你的三个弟媳啊，
要一视同仁使她们不受委屈。

"你要汲取丰富的知识，
增强治国的本领，
你要把这些话牢记心上，

才能使我们国家繁荣富强。"

老国王倾吐了对儿子的期望，
又请来摩呼拉①问卦占卜，
选定二月十五为良辰吉日，
黎明时举行盛大的登基典礼。

为了欢庆召朗玛继承王位，
国王下旨全勐举行大摆，
百姓纷纷涌进城来，
都城欢乐的人群如潮似海。

就在召朗玛登基大典的前夕，
南洁西奔丧完毕折返回来，
她见城乡一派节日景象，
心中不免引起了猜疑。

南洁西叫卫队停止前进，
派宫女达西前去探听，
勐沓达腊塔这样的欢乐，
究竟有什么大喜之事欢庆。

众多的人对达西说：
"明天是我们勐最神圣的日子，
尊贵的召朗玛要继承王位，
全勐臣民都来赶摆祝福。"

宫女达西回来报告了消息，
南洁西听了感到惊异，
她的脸色骤然变白，
一桩桩往事不断出现在脑际。

当年国王援助叭英打仗伤了小手指，
经我精心护理很快痊愈，
国王曾许诺如果我生了儿子，
长大了就让他把王位继承。

如今国王不履行诺言，
竟自食言将我欺骗，
趁我出国奔丧不在宫廷，

① 摩呼拉：能算会卜的官员。

将王位传给召朗玛令人不平。

南洁西越思越想越生气，
爱搬弄是非的达西乘机插言：
"亲爱的王后啊，
国王过去曾向你许过心愿。

"你趁国王晚上来睡觉时，
要他履行过去的诺言，
并要他令召朗玛离宫出走，
限他十二年在外边漫游。"

南洁西听此言觉得有理，
带着满腹怨气回到了内殿卧室，
老国王见王后伤心啜泣，
便说出了轻言细语：

"我亲爱的王后啊，
是什么使你这样的悲凄，
是不是我对你照顾不周，
是不是有人得罪了你？

"如我有错你别闷在肚里，
如我有过也要等以后再议，
今天可是个大喜的日子，
我们不该郁郁不乐悲悲戚戚。"

南洁西微微转过头来，
向国王倾泻出怨气：
"我是什么亲爱的王后，
你少来些甜言蜜语。

"你是真心实意爱我吗？
你心里哪还有我的位置，
你说过的话还算不算数？
乘骑大象的国王还讲不讲信义？"

国王觉得南洁西说得突兀，
一时发了愣，半天才说出话：
"哪一天哪一时哪个地方，
我说出口的话变了卦？"

南洁西冷冷一笑，

"我高贵的国王呀，
你是人老昏庸，
还是假装糊涂？

"当年你上天援助叭英打仗，
左手小指头受了刀伤，
是我精心护理才得痊愈，
你可还记得你当时对我怎么讲？

"现在帕腊达已长大成人，
他的英俊和威望天下传闻，
你不应该毁约食言，
你应当把王位让他继承。

"你让召朗玛到森林去修行，
十二年不准他回王宫团聚，
当芬芳的芒果花开过十二次，
王位再转让给你的长子。"

走错了路可以返回重走，
说过的话就没法往回收，
面对南洁西提出的要求，
国王没有抵赖和反驳的理由。

国王一阵昏晕周身颤抖，
嘴巴像堵住了一块石头，
他心头有难言的痛苦啊，
紧紧拉着南洁西的手说：

"南洁西呀，我的爱妻，
你的话真使我难受，
我一向真心实意爱你，
当时那样说是一时偏激。

"王位自古都是长子承袭，
召朗玛当国王是众望所归，
他敬你胜过对他的亲生母亲，
你不应该对此愤愤不平。

"召朗玛对兄弟情长谊深，
弟弟们对长兄都很尊敬，
你企图为亲生的儿子争王位，
帕腊达决没这个奢念和贪心。

"我们为人处世不能有偏心，
偏心会给亲人造成不幸，
你其他的所有要求都好办，
唯独这个企求不能应允。"

南洁西听了越发激愤，
站起来气冲冲越说越伤心，
"你自己违背自己的诺言，
你撒谎，你骗人！

"我一直把你的话当作金子，
原来我是多么的幼稚轻信，
既然你不答应我也没法，
这可是你自己损坏自己的名声。

"你还教育我要诚恳老实，
而你自己却不守信义，
如果你将王位交给召朗玛，
我就吃下毒药离开你。"

这一说吓得国王周身战栗，
就像毒蛇咬伤无药医治，
就像嘴含槟榔石灰咬破舌头，①
就像烈火烧身疼痛不止。

三　召朗玛的决心

东方露出了晨曦，
金鼓已响过三次，
登基典礼都安排就绪，
大臣们个个在宫殿上侍立。

久等不见老国王上殿，
大臣苏门纳到寝宫去请，
只见国王忧郁呆坐，
好半天才开口长叹一声。

"有谁知道我心中的苦楚，
我内心如毒蛇噬咬苦痛万分，
我本要把王位传给大王子，

三王后竟从中作梗。

"你赶快把召朗玛找来，
我要当面和他商量，
王位究竟传授给谁，
需要听听他的主张。"

召朗玛应召前来拜见父王，
见父王面带愁容、王后怒气冲冲，
他走近前轻言细语地问：
"有什么不幸的事把双亲折磨？

"是不是嫌我们勐版图小，
父王还想把疆域开拓？
是不是父王身体不适，
还是有什么灾祸在我们勐降落？

"是不是不肖儿有什么不是，
才给父王母后带来了不睦，
纵使我有千条罪万条过，
恳求父王母后宽容饶恕。

"就是下地狱我也不怕，
儿愿替父王母后分担忧愁。"
南洁西瞅瞅国王不开腔，
忍不住自己首先开口：

"大王子啊，你父王身体无恙，
我们勐也风调雨顺百姓安康，
我对你将实话明讲，
他正在为传王位的事忧伤。

"只为你们兄弟出世前他有言在先，
曾许诺我生的儿子继位为王，
现在我要他履行诺言，
他又反悔要找你商量。"

像金鹿一样善良的召朗玛，
听了这番话无限的惆怅，
他思考怎样兑现父王的诺言，

---

①　傣族习惯，用槟榔加上石灰在嘴里嚼，保护牙齿。石灰味辣，如舌头被咬破，极痛苦。

让三王后的心上不致留下创伤。

他听到臣民对自己的赞扬，
仿佛压上石头一样内心惶惶，
他了解纯洁正直的弟弟帕腊达，
论才干和品德完全可以当国王。

召朗玛不愿看到和睦的四兄弟，
在宫廷闹出同根相煎的纠纷，
他没有丝毫愤愤和半点哀怨，
他心地坦然态度十分安详。

召朗玛缓缓地走向父王，
拜倒在他面前提出请求，
他的话语是那样的轻柔，
宛如平坦的林间悠悠的溪流。

"父王啊，既然过去你已经许诺，
就应该遵守自己说过的话，
我心甘情愿不要王位，
请父王将王位传给弟弟帕腊达。

"他的干练和品德能管理好王国，
他的智慧和善良能处理好纠纷，
他的为人和胸襟能获得臣民爱戴，
他的沉着和勇敢能抵御强敌入侵。

"请父王母后答应我的请求，
允许我离开你们走出宫廷，
儿过去受帕拉西的多年教诲，
深感不足还应再出门学习本领。

"儿要一个人到森林中去修行，
陪伴帕拉西十二个冬春，
儿的话毫无半点虚情假意，
十二年以后儿再跨进宫门。"

像宁静湖面突然卷起狂风，
像万里晴空突然飞来乌云，
儿子的话使父王战栗，
老国王低垂的头猛然抬起。

"像金子铸成的儿子啊，

你不能再到深山老林去，
你已经向帕拉西学过本领，
沓达腊塔王国正等待你来治理。

"禽类啊，唯有凤凰配当百鸟王，
兽类啊，唯有狮子配当林中王，
一个国王有几个王子啊，
长子继承王位理所应当。

"你是长子不在我的跟前，
做父王的我怎能安心，
除非我的心脏停止跳动，
我不能让你到森林去修行。"

"父王是一勐之主说话重千斤，
儿是遵循你的诺言才离开宫廷，
父王既然已向母后许了愿，
就一定要兑现才能取信于民。"

国王见儿子出走的意志坚定，
顿觉周身无力头脑阵阵昏晕，
他望着儿子热泪盈眶，
他哆嗦着拉住儿子的手泣不成声。

这件事很快在臣僚百姓中传开，
就像在平静的湖水里投下石块，
人们纷纷议论谁该执掌宫廷大印，
召朗玛受到全勐臣民的拥戴。

"我们的召朗玛胸怀坦荡，
我们的召朗玛本领高强，
我们的召朗玛又是老国王长子，
应该由他来当我们的新国王。"

四　南西拉的忠贞

荷花啊，在默默流泪，
风儿啊，在低声哀泣，
恩爱夫妻很快就要分离了，
召朗玛思索着怎样和妻子话别。

召朗玛心情沉重地缓步回到内宫，

南西拉满怀喜悦出来迎接，
召朗玛为王她满心高兴，
但却见丈夫双眉紧锁不欢愉。

平时他们犹如一对斑鸠难舍难分，
世上没有谁比他们更缱绻贴心，
还没等南西拉启齿问候，
召朗玛就开口倾诉衷情：

"亲爱的南西拉啊，
痛苦折磨着我的心灵，
我的心啊像已破碎，
我的身啊像失魄落魂。

"我就要和你分别了，
我恰似一只孤船要远出航行，
在烟波浩渺的大海里，
不知要漂浮到哪里留停？

"我要到深山老林中去修行，
要在外生活十二个冬春，
你不要因我出走悲伤难过，
不要用泪水送别远行的亲人。"

南西拉感到异常的突然，
就像五雷轰击脑门心，
南西拉感到十分的惊讶，
问丈夫是否在说疯话。

召朗玛啊却对妻子娓娓话别，
"王位要由弟弟帕腊达继承，
我与你生离不一定是死别，
十二年后我再回王室团聚。

"你对年老的父王和三个母后，
要像亲生女儿一样孝敬，
要在他们心上播下欢乐的种子，
不要招惹他们生气烦心。

"你还要和弟妹们和睦相处，
要使几个妯娌相敬相亲，
你对宫女也要像亲姐妹，
和和气气，平等待人。

"弟弟帕腊达继承了王位，
你不要羡慕也不要嫉妒，
要像女仆一样效忠贤明的君主，
又像姐姐那样尽到嫂嫂的责任。

"你要循规蹈矩奉命唯谨，
你在宫中如感到寂寞孤零，
想回到娘家侍奉年老的双亲，
我也没有异议任你择定。

"我就要离开你了，
走向那浓密阴森的莽原丛林，
从此后苍翠的树木和我做伴，
从此后葱郁的花草陪我修行。"

南西拉聆听着丈夫的叮嘱，
泪珠像廊檐水点点浸湿衣襟，
辛酸的哽咽撕裂着召朗玛的肺腑，
低沉的话语震撼着召朗玛的心。

"像宝石一样晶亮的夫君啊，
你为何声声说着离别的话？
我俩相亲相爱亲密无间，
你为何要摒弃你眷恋着的妻子？

"我们俩已经结婚多年，
你的妻子一直对你忠贞如一，
让我们一辈子永远在一起，
就是死也要一同去死。

"难道你忘了我父王的教诲，
要我为你分担欢乐和烦忧，
要我们相敬如宾休戚与共，
要我们永不分离形影相随。

"恩爱的斑鸠永远不分离，
就是狂风暴雨来袭击，
两只斑鸠也要依偎在一起，
你丢下我一人生活多么孤寂。

"你是我亲爱的丈夫，
我是你随身的影子，

你走到天涯海角我都跟随你，
你赴汤蹈火我也要跟着你去。

"你的心地像日月星辰那样光明，
你不愿为王，决心出走我无异议，
请让我跟随到荒林去侍候你，
让我尽到妻子对丈夫的职责。

"比水重的是山上的石头，
比石头重的是夫妻的情义，
义重如山的恩爱夫妻啊，
千钧霹雳也不能轰裂。

"要是出自丈夫对妻子的嫌弃，
你不愿让我跟随你去，
那我不如结束我这短暂的生命，
让你无牵无挂四处飘逸。"

南西拉痛苦地边诉边泣，
召朗玛用好言好语劝慰：
"我亲爱的妻子啊，
我从未编造谎言欺骗过你。

"我对你没半点厌烦心思，
我并未生枝生叶要抛弃你，
我俩情投意合相亲相爱，
我们的爱情天下无与伦比。

"我美丽的娇妻啊，
我对你没半点虚情假意，
如果我存有丝毫的异心，
上苍可察觉，神灵来惩治。

"我不忍心让你同去，
只因为山路陡峭崎岖，
只因为森林虎狼出没，
只因为原野丛生荆棘。

"我担心你随我到荒林去，
饥寒的生活折磨你，
吸血的蚊虻叮咬你，
凶猛的野兽伤害你。

"白天只能找野果来充饥，
夜晚只能在草地上栖息，
日晒只能在树荫下乘凉，
雨来只能在大树旁躲避。

"这些说不尽的艰辛苦楚，
你怎么能忍受得住，
你这么娇嫩的身躯，
怎么受得了风雨侵袭。

"想到这些我心烦意乱，
请你听我的忠言规劝，
你还是安住在宫廷之中，
打消跟随我去莽林的意念。

"十二年的时间说来不算短，
不然你就回勐甘纳嘎去，
在那里耐心地等待我，
十二年后我俩再见面。"

召朗玛历数出走的艰难困苦，
坚贞的南西拉听了毫不介意，
她祈求的脸上挂满泪珠，
任召朗玛如何抚慰也无法止住。

南西拉激动地诉说：
"金叶子般的哥哥呀，
我知道你爱我胜于真金，
你知道我爱你白璧无瑕。

"如果你不嫌弃我这个妻子，
就答应我随你一道出走，
让我俩一同去欢度自由的生活，
让我俩一同去经历命运的坎坷。

"没有不配彩旗的车子，
车子没有彩旗就不美丽，
没有离开丈夫的妻子，
妻子离开丈夫就会遭凌辱。

"人们围园栽种果树，
结果时不会不摘采，
妻子保持的贞节，

难道你甘愿遭人破坏。

"你就像喜爱花卉的蜜蜂,
我犹如你吮吸过的花蕊,
鲜花多么需要蜜蜂的抚慰,
你怎么能听凭花儿遭雨淋风吹。

"你说的丛林里那些艰辛苦楚,
比起我俩的爱情又算得了什么,
只要有你伴随在我的身边,
就是再艰苦心里也舒服。

"只要和你在一起,
就是野果充饥也醇美,
就是树叶垫着睡也安逸,
就是虎狼成群也胆粗。

"就像麂子离不开草地,
南西拉怎能离得开丈夫,
就是你一辈子住在森林里,
我都永远愉快地跟随你。"

有这样一个矢志忠贞的妻子,
召朗玛感到无限的幸福,
妻子的话如同火塘温暖着他的心
他感激地把爱妻紧紧搂在怀里。

"亲爱的南西拉啊,
你的话是多么的熨帖,
你珍重夫妻情义决心随我出走,
我还有什么话来阻挡你。

"你的一片忠贞使我十分感动,
你真诚的要求我同意,
我要把你当作一颗珍珠,
永远藏在随身的筒帕里。"

南西拉听到丈夫表示同意,
破涕为笑,转悲为喜,
她按照召朗玛的嘱咐,
迅速做好远行的准备。

召朗玛临行向腊嘎纳告别,

把出走的原因详细告诉二弟,
腊嘎纳敬佩哥哥心胸宽广,
腊嘎纳称颂嫂嫂品德高尚。

腊嘎纳的心啊像烈火在燃烧,
他请求和哥哥一同远走高飞,
召朗玛费尽口舌多方劝阻,
腊嘎络仍然执意尾随。

腊嘎纳担心哥哥嫂嫂的安危,
他要手持弓箭把他们保卫,
他要忠心耿耿服侍哥哥嫂嫂,
凭借他的勇气和智慧。

忠厚善良的腊嘎纳啊,
要尽到做弟弟的责任,
他的情谊比海洋还深沉,
召朗玛只得答应他一道远行。

第九章　出走

一　去森林修行

黎明时人们还未睡醒,
宫廷是那样的寂静,
召朗玛带上宝刀、飞鞋和弓箭,
与妻子和弟弟悄悄从后门离开宫廷。

他们匆匆走得急促,
出城穿坝又进入了雾瘴弥漫的森林,
不料他们的行动被一个侍臣看见了,
他急忙跑进宫向国王禀报。

国王急令沙腊梯前去追赶,
沙腊梯立即骑马奔向森林,
从早晨直追到太阳落山,
才追上了召朗玛他们三人。

"尊贵的两位王子和公主啊,
我带来的国王的旨意胜过黄金,
要你们三位快返回王宫,

免得他们终日为你们担心。"

英俊的召朗玛回答说：
"谢谢你了，沙腊梯，
请回去禀告父王和母后，
我们既已出走就不回头。

"前面的旅途还很遥远，
我们还要翻山越岭赶路程，
要到森林的帕拉西那儿去修行，
学好了经典和本领再回宫廷。"

沙腊梯说尽好话劝阻，
三朵鲜花听不进一星半点，
也们来到撒腊树腊江边，
夜幕降临还各自坚持己见。

四人在茂密的树林里休息，
困倦的流浪者安睡在树叶床上，
夜里林间吹拂的山风，
飒飒声响催他们进入梦乡。

当沙腊梯正睡得香甜，
召朗玛他们又悄悄启程，
待到太阳从山头升起，
三朵鲜花已经翻越了几座山岭。

古木参天的森林幽深茂密，
箐沟和溪流清澈见底，
良辰美景他们无心欣赏，
绮丽风光提不起他们的兴趣。

三朵鲜花在一条澄澈的河边休息，
只见一群群游鱼在水中嬉戏，
腊嘎纳从林间摘来甜果，
递给哥哥嫂嫂解渴充饥。

三朵鲜花穿行在阴森的丛林，
只有树上的鸟雀和他们伴行，
寻伴的黄鹂在箐间孤声啼叫，
阵阵啼声是那样的哀怨悲切。

可怜娇贵的南西拉啊，

树枝挂乱了她的头发，
荆棘钩破了她的衣裳，
白嫩的脚杆划出了斑斑血迹。

南西拉从小没有走过山路，
痛苦折磨着她孱弱的身躯，
她忍不住疼痛暗中饮泣，
召朗玛听了犹如心肝穿刺。

他搀扶着她好言相慰：
"亲爱的南西拉呀，
你如当初听我的劝告，
现在也不会受此苦楚。

"今天看到你受这样的煎熬，
就像撕破我的五脏六腑，
如今既已从王宫出来，
就不要惧怕旅途的险阻。"

温柔的南西拉非常体贴丈夫，
强颜欢笑忍住了哭泣说：
"那是太阳晒得汗水淌，
不是妹妹滴落的泪珠。

"夫君啊，只要跟你在一起，
含辛茹苦心里也舒服，
还要感谢弟弟腊嘎纳，
多亏他一路上把我们照顾。"

三朵鲜花走走停停，
昼行夜宿趱行了一个月，
终于来到了巴腊米底森林，
蹒跚地走进修行者的茅屋。

三朵鲜花上前合掌致意，
"好心肠的帕拉西啊，
我们三人向你问好，
你在森林日子过得可幸福？"

福星高照的帕拉西答道：
"感谢你们三人的问候，
我在这里隐居修行多年，
生活无忧无虑深居简出。

"你们三人长得堂堂正正，
一个个像王族的子孙，
你们从什么地方来，
是不是有心来修行？"

召朗玛说明了心愿和来意，
又谦和地叙述了出走的经过，
年老的帕拉西听了十分高兴，
欣然收下他们做他的徒弟。

帕拉西摆出新鲜瓜果，
盛情款待三个王室的子孙，
从此他们虔诚地念经拜佛，
陪伴帕拉西修行苦度时日。

二、国王之死

太阳已经照亮了山峦，
成群的鸟儿欢跳鸣啭，
沉睡的沙腊梯从睡梦中醒来，
三朵鲜花已不在身边。

他睡眼惺忪四处寻觅，
急得像热锅上的蚂蚁，
跑疼了脚板，喊哑了嗓子，
也不见三朵鲜花的踪迹。

沙腊梯只好回宫禀报真情，
老国王悲痛得一阵昏迷，
众臣僚和王后连忙急救，
他醒来又呼唤出走的儿子和儿媳。

老国王只要一闭上眼睛，
就好像召朗玛站在面前，
睁开眼睛又什么也不见，
不几天就在梦呓中闭眼长眠。

失掉丈夫的三个王后，
跪在国王身边放声恸哭，
她们哭得趴下又直起，
泪水像山泉潺潺落地。

宫女们跟着王后伤心掉泪，
大臣头人也都低首抽泣，
宫廷里一片悲戚，
哀号声宛如八月山野的蝉鸣。

小王子沙达鲁嘎强忍住悲痛，
召集全勐的大臣头人议事，
三个哥哥都不在王宫里，
只有他出面为父王准备丧仪。

官员们忙碌着积极筹备，
制作了形似宫殿的帕纱，
镶嵌的金珠银粒闪闪发光，
又用金条银片镶成国王遗像。

油漆棺材涂上金粉，
灵堂昼夜灯火通明，
祭奠的人群络绎不绝，
大臣和头人们轮流守灵。

武官苏念达和沙腊梯坐上战车，
奉命去接三王子帕腊达，
他们马不停蹄日夜赶路，
一个多月才到达金色的勐果嘎腊。

他们见了三王子帕腊达，
聪明的沙腊梯上前报禀：
"奉国王旨意前来接你回去，
请王子即刻启程。"

帕腊达辞别了外婆和舅父，
坐上战车立即上路，
他们驱车踏进祖国的边境，
边境的森林异常的阴沉。

他们看不见花开，听不到鸟叫，
偶闻猴子发出一声声心寒的哀鸣，
老雕和乌鸦凄厉地叫着掠过头顶，
有的环绕战车飞个不停。

帕腊达见此情景心中惴惴不安，
用疑虑的口吻询问两个侍臣，
"这是什么样的征兆？

是不是我们勐发生不幸？"

苏念达和沙腊梯极力掩藏内心的痛苦，
不愿在旅途中对王子吐露真情，
"放心吧，这不是什么不祥的征兆，
猴鸣鸟飞是对你的问候和欢迎。"

帕腊达听了两个侍臣的话，
一直没有消除心中的疑雾愁云，
他归心似箭命令驱车狂奔，
一个月后终于回到了自己的都城。

百姓们见帕腊达驱车归来，
蜂拥着纷纷向王子朝拜，
可是他们一个个愁容满面，
有的噙着眼泪向他进言。

"我们尊敬的正直的王子啊，
你的父王已闭上双眼离开人间，
现在全勐臣民正为他筹办国葬，
你快进王宫前往灵堂祭奠。"

帕腊达听后惊得发愣，
转过头来问两位侍臣，
"苏念达、沙腊梯呀，
他们说的事是假还是真？"

满脸忧愁的沙腊梯痛苦地回答：
"他们说的是真情。"
帕腊达有些愠怒地质问：
"那在旅途中你们为什么不露风声？"

苏念达、沙腊梯泪水滚滚，
"请王子体谅我俩的良苦用心，
一路上没把真情向你透露，
是担心你知道后悲极伤身。"

帕腊达理解了他们的心意，
没再责怪就急忙奔进灵堂，
他虽然没有放声啼哭，
可泪水已遮住了视线。

宫女达西闻讯前来拜见，

按照南洁西的吩咐向王子进言：
"王子啊，你们母子前去奔丧之时，
老国王就已决定让位给他的长子。

"你母亲回来要求他履行前约，
让你来把王位承嗣，
大王子知情后毅然出走，
为的是让你父王实践诺言。

"老国王一气之下驾崩归天，
由你继承王位是理所当然，
你哥哥召朗玛自愿让位给你，
你就心安理得地把国家掌管。"

帕腊达听了悲痛至极，
他的心啊犹如万箭穿刺，
他大声叱责宫女达西，
不准她多嘴多舌再胡说下去。

善良纯洁的沙达鲁嘎来看望哥哥，
兄弟俩商量为父王举行隆重奠祭，
为了老国王的灵魂能够升天，
全勐上下要祭赕一个月。

到了庄严洁净的日子，
全勐臣民将灵柩送进了森林，
有福气的老人点着了柴薪，
老国王的尸体在大火中化成灰烬。

三位王后哭着向丈夫告别，
哀伤的眼泪像雨点洒淋，
千万人的哭声和眼泪啊，
像要把大地和森林侵吞。

三天后收拢骨灰装进陶罐，
又把陶罐安放在陵墓中，
请佛爷念佛诵经，
超度老国王的灵魂升天庭。

三　拒绝回宫

一个勐不能没有主宰的国王，
帕腊达兄弟为哥嫂的出走十分伤心，

正直的帕腊达不愿坐国王的宝座，
他特意去和三位母后商量。

"尊敬的母后啊，
按照传统理应由大哥召朗玛继位，
生身的母亲啊，
你不该把父王过去的诺言当作把柄。

"你端出父王的诺言大哥哪能不谦让，
他出走完全是为了维护父王的威望，
大哥是一位品行高尚本领高强的人，
我们应请他回来主持全勐的朝政。"

兄弟俩和母后们商议决定，
立即带领人马去把召朗玛三人找寻，
他们在深山老林里找了一个多月，
终于在一簇树丛中找到了他们三人。

三人用树枝树叶搭了一间草屋，
火塘边一堆堆树疙瘩①，
屋角摆放着野菜野果，
这一切显示着修行者的淡泊生涯。

兄弟母子别后重逢悲喜交加，
大王后说出像糯米饭柔软的话：
"三个心爱的儿啊，
你们为什么要远离自己的爹妈？

"全勐百姓都为失掉你们而伤心，
妈妈想念你们都想出了病，
现在你们的父王已寿终正寝，
召朗玛是长子理应回去把王位继承。"

三王后南洁西愧疚地说：
"我不该听信谗言和挑唆，
不该让嫉妒占据我的心，
只有你们返回宫廷我的罪责才会减轻。"

宛似宝像般的召朗玛三人，
听到父王逝世的消息泪流不止，
知道了母后和弟弟的来意，

召朗玛强忍住悲痛安慰母后南洁西。

"金叶般的南洁西母后啊，
你让父王履行诺言合乎情理，
儿子丝毫没有埋怨之意，
请你不要为这件事烦恼折磨自己。

"既然父王盟誓有言在先，
做儿子的就应该遵奉先辈的诺言，
我离开宫廷到森林里修行，
绝不是对母后和弟弟有什么怨恨。

"到森林修行是我今生的心愿，
我要在磨难中把自己锤炼，
人的一生总要碰到曲折和痛苦，
就是上苍叭英也难免。

"我已将心愿向叭英盟誓，
发过的誓言不能违逆，
现在修行的日子才开始，
我们要在古老的森林度过十二年。"

心胸宽阔的召朗玛，
从案台上拿下父王恩赐的一双神鞋，
一只送给三弟帕腊达，
一只送给四弟沙达鲁嘎。

"父王恩赐的这双神鞋，
你们要倍加珍重爱护，
要把它放在父王的宝座上，
像孝敬父王那样顶礼膜拜。

"这双金底银板的神鞋，
是天神赏给父王的宝贝，
它能为全勐消灾免祸，
它能为全勐驱邪除恶。

"忠诚的帕腊达弟弟啊，
你们还是回去吧，
你要潜心把国家治理，

---

① 树疙瘩：树根一类的烧柴。

为全勐黎民百姓造福。"

恳求的眼泪动摇不了召朗玛的决心，
他们只得郁郁不欢地返回宫廷，
正直的帕腊达也不愿继承王位，
他也离开宫廷步哥哥们的后尘。

哥哥们一个个出走去修行，
宫廷里剩下纯洁无邪的沙达鲁嘎，
他忍受着亲骨肉分离的痛苦，
代行王权治理着勐沓达腊塔。

第十章　勐基沙

一　宝角牛诞生

在古老茂密的原始森林里，
在广阔丰饶的勐基沙原野，
出现了一头凶猛的公牛，
它把五千头母牛当成自己的妻妾。

牛王是一头金角水牛，
尖利的金角有七索①长，
粗壮的身子有三排高，
它的力气胜过四条公象。

它为了把母牛占为己有，
不许五千头母牛与别的公牛接近，
它仗恃自己剽悍力气大，
蛮横地独占了整个牛群。

五千头母牛困守在它身旁，
忍受着它的欺侮凌辱，
为了避免有公牛和它争霸，
它的手段十分残酷毒辣。

每天有一百头母牛怀孕，
每天有一百头母牛产子，
如果生下的小牛是母的，

牛王就让它长大成自己的小妾。

要是生下的小牛是公的，
牛王就残忍地把它杀害，
它用尖利的金角把它戳死，
它用沉重的双蹄把它踩成肉泥。

可怜一个个无辜的小牯子，
刚刚坠地就丧失生的权利，
被它戳死踩烂的牯子啊，
成千上万无法算计。

一头白宝石般的母牛怀孕了，
它整天为胎儿的命运焦虑，
每天噙着汪汪的眼泪，
只敢把忧伤藏在心底。

"但愿我肚里的胎儿是牝牛，
免得一出世就被它父亲害死，
我怎忍心看到刚落地的孩子，
转眼间变成了碎肉烂泥。"

想来想去只有偷偷离开牛群，
逃进偏僻的伊麻板森林，
行到远离牛王三千约的地方，
在一个隐蔽的岩洞里藏身。

不久，它艰难地分娩了，
一个可爱的牯子平安降生，
一生下来就吃青草嫩叶，
四脚落地便能翻山越岭。

它周身皮毛像棉花那样洁白，
那双初生的宝角啊，
如同刚长齐的象牙一般纯净，
就像太阳下闪闪发光的白金。

温暖多雨的伊麻板森林，
青草比田坝的秧苗还鲜嫩，
泉水比三月的蜂蜜还香甜，

① 索：傣族的长度单位，一小臂长为一索。

把宝角牛喂养得股壮腰圆。

时间转眼过去了三年，
三岁的宝角牛膘厚体健，
巍巍身高足有三排，
矫健的四脚腾飞如闪电。

刚懂事的宝角牛询问妈妈：
"为什么从来没见过阿爸？
为什么住在这人迹罕至的深山老林，
没有兄弟姊妹来和我们做伴玩耍？"

母亲还未回答就眼泪汪汪：
"三年来妈妈不敢对你明讲实情，
只因为你年幼无知，
不应该过早使你心灵有创伤。

"今天你已成长壮大，
看来已明白事理听得懂话，
妈就把根由细说给你，
你要把它牢牢记在心上。

"你父亲是世间罕见的狠毒牛王，
它有比批哈竜①更可怕的心肠，
五千头母牛是它的妻妾，
供它蹂躏、供它役使。

"它是一头欲壑难填的老公牛，
私欲驱使他不认亲生儿子，
生下小母牛它留下做妻妾，
生下小牯子就把它戳死踩成烂泥。

"我躲进这深山老林的岩洞里，
为的是保存你的宝贵生命，
孤苦伶仃生下你，
提心吊胆度过了三年光阴。"

角粗颈壮的宝角牛听了，
不由得怒火充满心间，
它要去和父王说理，
为众多死去的兄弟们申冤。

它摆动闪光的宝角，
仰起头对伤心的母亲说道：
"我对一切都清楚明了，
请带我去制止父王的凶暴。"

耳灵目明的母亲急忙劝告：
"你这个想法为时太早，
你年轻体单力还薄，
怎抵得住它那犀利的双角？

"你要是有决心除暴安良，
可试一试洞外那块高大坚硬的岩石，
你若能一角把它挑成细沙碎末，
说明你已具备了防身的本事。"

宝角牛听了心中欢喜，
按照妈妈的吩咐跃跃欲试，
它说一声"请看儿的宝角吧！"，
便风驰电掣般朝洞外岩石冲去。

霎时伊麻板撼天动地，
坚硬的岩石被撞得粉碎，
森林上空扬起阵阵灰尘，
伊麻板大地撒满细沙碎石。

宝角牛转过身来问妈妈：
"儿的力气可以把一块磐石摧垮，
本领是不是比父王的还大，
阿妈呀，带儿去找牛群吧！"

"孩子啊！你虽有一身大力气，
但你还没有敏锐的眼力，
如果我现在带你回去，
你还是可能被你父亲置于死地。

"你的父亲朝右冲来，
用金角能挑断你的四腿，
你的父亲从左攻击，
用金角能插进你的心肺。

---

① 批哈竜：傣族传说中的瘟神。

"你眼不疾腿不快没法防备，
就会被你父亲一下戳死，
那时妈妈后悔也来不及，
孩子啊！你现在还不能去。

"有心报仇，十年不为迟，
你要勤学苦练真本事，
练出高超的武艺，
练出敏锐的眼力。"

儿子对母亲言听计从，
天天在林中磨角练眼力，
整整练了九个月，
三座高山被它磨成平地。

宝角磨练得比神象牙还锋利，
眼力练得像闪电一般迅疾，
这时白宝石母牛要试试它的本领，
把要求和条件告诉儿子。

"河岸上长有一棵橄榄树，
树上结着千万个橄榄果，
你要用头撞击橄榄树，
把树上的果子全部震落。

"随即用你灵巧的双角，
把果子一一顶进大河里，
不让一个滚落下地，
你这才有胜过你父亲的眼力。"

儿子一听满心欢喜，
甩动宝角向河边走去，
对准粗大的橄榄树干，
腾空而起迅猛撞击。

橄榄果落下像倾盆大雨，
要一粒粒顶进河里谈何容易，
但目光敏锐、动作迅疾的宝角牛，
到底还是创造了惊人的奇迹。

四面八方落下的果子，
三万三千粒圆圆的果子，
被它的双角一一顶进河里，
没有一粒掉落在地。

这时宝角牛又向母亲提出，
要同凶残的父王比比高低，
"告诉儿下山的路吧，
告诉儿父亲的样子。"

母亲惊喜儿子有了高强的本领，
带着儿子离开伊麻板，
来到广阔的勐基沙平原草坝，
牛王和牛群就在前面居住。

心明眼亮的母亲停下脚步，
对儿子一一细心嘱咐：
"这儿离牛群已经不远，
你先从脚印上辨认你的生父。

"平地上那些最大最深的脚印，
就是你父亲的脚印，
这时候你不要暴露来意，
你要与它的脚印比比分寸。

"要是你的脚印比它的更深更大，
说明你的力气一定胜过了它，
如果你的脚印同它的一般深大，
说明你们的力气不相上下。

"假若你的脚印比它的浅小，
儿啊，你就会被它轻易打垮，
你就不要去找牛群，
要立刻返回森林来找妈妈。"

宝角牛辞别母亲警惕地走向平坝，
只见平地上脚印密密麻麻，
它发现有一路脚印格外深大，
量了一量足有十拃①。

---

① 拃：表示张开的大拇指和中指或小指两端间的距离。

宝角牛料定是父亲的脚印，
但这脚印装不下它的蹄甲，
它便信心百倍地往前走，
高昂着头寻找牛群中的恶霸。

二　老牛王的惨败

在靠近森林的坝子边缘，
宝角牛走进了熙熙攘攘的牛群，
它沿着草地上深大的脚印寻找，
锐利的目光看到了金角闪亮的父亲。

傲慢的牛王向来目中无人，
突然发现在自己横行的天下，
竟会冒出一条威武公牛的身影，
心中不禁大吃一惊。

它甩动着明晃晃的一双金角，
两眼发红，鼻孔喷着怒气，
它气势汹汹朝宝角牛冲来，
奔跑的蹄声震动着宽阔的草地。

牛王像一座大山压过来，
就像天将崩溃地要裂开，
宝角牛不惊不慌沉住气，
待父亲冲到跟前急忙下拜。

"我是你的亲生儿子，
今天见面是平生第一次，
你怎忍心挥动金色的双角，
无情地把亲骨肉置于死地。

"允许儿子生活在父亲身边，
让公牛母牛都有生的权利，
我一定全心全意辅佐您，
把牛群管理生机勃勃。"

凶残成性的牛王哪里听得进去，
胸中像有几堆大火烧起，
两眼圆瞪，脖子挺直，
扬着金角冲向自己的儿子。

宝角牛一边防卫一边退避，
牛王毫不放松步步紧逼，
宝角牛断定残暴的父亲难以劝转，
只有同它拼个你死我活。

宝角牛不再向后退让，
挥动宝角抵住父亲的金角，
暴怒的父子开始交锋，
角锋相对，势不两立。

两头牛憋足了怒气，
它们的力气不相上下，
父子俩展开了激烈的角斗，
角碰角迸发出吓人的火花。

宝角和金角相撞，
犹如闪电在空中交叉，
撞击的巨大声响，
就像霹雳在云间爆炸。

它们从平地打到森林，
又从森林斗到高山，
大树被撞倒，石头被踩碎，
青青的草地变成了一片泥潭。

斗了一天不分胜负，
双方身上的创伤像蜂窝，
鲜血染红了身躯，
皮上的牛毛犹如火烧过。

直打到太阳落下山，
夜幕开始笼罩大地，
天漆黑看不清对方的身子，
两头公牛的打斗才宣告停止。

好好睡一觉养精蓄锐，
各自去找地方休息，
不获胜利岂肯罢休，
等待天明再决胜负。

金角牛王睡在橄榄树下，
困乏无力，气喘吁吁，
宝角小牛睡在宋贝树①下，
恢复精力，倍增斗志。

太阳从东方冉冉升起，
牛群开始把青草啃吃，
两头公牛就像两块磁石，
从很远的距离向对方冲去。

脖颈挽住脖颈摔打，
牛角顶着牛角对峙，
四只眼睛放射出血样的红光，
两张嘴巴喷着泡沫和热气。

小公牛愈战愈勇猛，
锋利的宝角犹如飞剑，
连续不断的快速攻击，
宛如划破云层的闪电。

老公牛的气力渐渐不支，
四只大脚已经站立不稳，
只觉得头昏眼花浑身发抖，
一失足掉进了一个水坑。

小公牛趁势低头冲刺，
一支角击中牛王的大腿，
牛王猛一下翻身站起来，
两个牛头又紧紧相对。

父子俩在土包上顶撞，
头对头相持了七天，
七天七夜过去了，
牛王终于筋疲力尽四脚朝天。

宝角牛一跃跳上前去，
一脚紧紧踩住牛王的脖子，
挥动宝角左挑右戳，
牛王再也没有还手之力。

牛王的双眼，
被儿子的宝角挑瞎了，
牛王的肚皮，
被儿子的宝角戳通了。

宝角牛在它脖子上又戳又踩，
牛王再也抬不起头来，
它伸长舌头断了气，
再也不能为非作歹。

三　宝角牛之死

宝角牛杀死了残暴的父王，
又把牛王的大权执掌，
但它比父亲更加作恶多端，
还给人类带来无穷的祸殃。

虽然它不把小公牛踩死，
虽然它不对母牛们虐待，
但它破坏果树和庄稼，
但它摧毁房舍和村寨。

它带领着几千头大牛，
骄横地驰骋在平坝和森林，
山头被它们推平，
大地被践踏得灰尘滚滚。

森林树木一片片被撞倒，
庄稼果园一块块被踏平，
所有的江河堤坝，
被它用宝角一道道摧垮。

宝角牛自以为天下无敌，
世界上数自己最有本领，
它那对锋利的宝角，
不辨善良丑恶一概挑衅。

它越来越自不量力，
到处闯祸，四面树敌，
常常口出狂言高声辱骂，

---

① 宋贝树：傣族人民认为是最有威力的树，能驱鬼魔，传说宝角牛由于宋贝树上的水滴在头上而增添了力气，使它能战胜金
　角牛。现在傣族人民还用宋贝树上滴下的水洗头，象征吉祥。

帝娃拉①也不放在眼里。

附近的老百姓纷纷逃亡，
帝娃拉被它赶出森林，
无论神灵和黎民百姓，
莫不义愤填膺。

"桀骜不驯的宝角牛啊，
不要被胜利把头脑冲昏，
天下比你本领高强的还有，
劝你莫再横行霸道。

"不信你就去和猴王较量较量，
在善良的猴王面前你会感到害羞，
在威武的猴王面前你会显得渺小，
同勇敢的猴王作战你会浑身发抖。"

宝角牛听了心肺几乎要气炸，
认为帝娃拉他们有意耻笑它，
它暴怒地呐喊："小猴王在哪里？
我撒泡尿也能把它淹死。"

帝娃拉笑着告诉它：
"你们就住在它的国家，
你们就受着它的管辖，
怎么连自己的国王也不认识啦！

"管辖你的国王叫巴力莫，
它是叭龙②统治着勐基沙，
它居住在大海的北岸，
这条河的上游就是它的家。"

被激怒的宝角牛心头火起，
暴跳如雷昂首扬蹄，
它从下游一口气奔到上游，
冲进勐基沙繁华的都城里。

凶暴的宝角牛冲撞猴群，
不少猴子在它的角蹄下丧生，
勐基沙惨遭蹂躏，

猴子们吓得四散逃遁。

宝角牛洋洋得意破口叫骂：
"你们谁的本事最大，
就来和我较量一番，
不然我宝角牛可不客气啦！

"小猴王你躲在哪里？
为什么如此装聋作哑，
你再不立刻出来见我，
我就要踏平勐基沙。"

巴力莫听到这些狂言恶语，
气得从宝座上纵身跳下，
它手握宝刀飞上天空，
对宝角牛嬉笑怒骂：

"我早就要制伏你这头作恶的公牛了，
想不到你今天亲自送上门来，
是命运注定我们要相会，
我要叫你尝尝我的厉害。"

心比石头还坚硬的巴力莫，
犹如一阵飓风冲向大地，
它挥舞宝刀向宝角牛砍去，
宝角牛见刀来立刻躲避。

巴力莫转身又飞上天去，
一个筋斗又翻身下来，
宝刀像闪电迅猛剁砍，
宝角牛如利剑左右挡开。

宝刀和宝角牛撞得火星四溅，
没有伤着宝角牛半点皮毛，
巴力莫立即改变主意，
变强攻硬砍为声东击西。

它机动灵活左右躲闪，
围着牛王旋转不已，
把笨重的牛王弄得晕头转向，

---

① 帝娃拉：女天神，保护村寨、森林的神，地位低于叭英。
② 叭龙：最大的头人。

瞅准一刀砍向它的脖子。

鲜血染红了发光的宝角，
顺着牛王的颈项流淌，
巴力莫飞快抓住了牛的双角，
终于掀翻了骄横跋扈的牛王。

巴力莫立即挥刀猛砍，
眼看牛王就要断气，
不料它突然挣起，
一甩头把猴王摔倒在地。

牛王趁势冲到猴王跟前，
用一角把猴王的尾巴挑断，
鲜血染红了它的臀部，
从此猴子永远留下这个标志。①

宝角牛不敢再恋战，
迅速逃进一个宽大的岩洞里，
巴力莫带领群猴尾追而至，
在岩洞口布下重兵严密监视。

巴力莫把弟弟嘎林叫来，
将它的决战计划详细交代：
"你带领官兵紧紧把守洞口，
我深入洞内与牛王搏斗。

"你在洞口要注意观察，
如果是紫红色的血从洞内流出，
那就是宝角牛被我杀死，
你们就为我战胜牛王而尽情欢呼。

"要是流出来的血是淡红色的，
说明我已被牛王的宝角戳死，
你们就赶快搬来石块，
紧紧把岩洞口堵死。

"用的石块要有老象那么大，
堵的洞口要严严实实，
不让恶牛再出来伤人，
让它与我在洞中一同死去。"

猴王说完提着宝刀冲进岩洞，
警惕地在岩洞中搜索前进，
越往里走越黑暗，
走了很远也不见宝角牛的踪影。

巴力莫紧握宝刀左右挥动，
直到把二百排深的岩洞走完，
忽然宝刀击中宝角火光一闪，
它才发现牛王倒在泉水旁边。

宝角牛见猴王追到跟前，
睁大血红的双眼跃起迎战，
黑暗中两个王又厮杀起来，
双方都负伤累累血迹斑斑。

猴王趁牛王四脚失足滑倒之机，
抡起宝刀砍断牛王的喉管，
宝角牛伸开四脚倒在地上，
就像中了扣子的野兔不能动弹。

巴力莫在它身上又补了几刀，
把牛王粗壮的脖子砍断，
紫红的血浆涌如喷泉，
不可一世的牛王从此完蛋。

紫红的牛血同泉水一起流淌，
流出洞口的血色已经冲淡，
淡红的血水啊，不祥的兆头，
这个打击使嘎林肝裂肠断。

嘎林唯恐牛王出洞为害，
命令猴子们立刻搬来石块，
层层叠叠严严密密，
把洞口死死堵起来。

嘎林向着洞口跪倒在地，
向死去的哥哥哀悼致意，
嘎林痛哭失声昏厥几次，
猴子们也为猴王的死而悲泣。

---

① 傣族传说，现在猴子尾巴短，屁股红，即源于此。

嘎林在哀痛中离开了岩洞，
率领哥哥的官兵回到都城，
勐基沙不能没有国王，
哥哥死了理当弟弟来继承。

诚实勇敢的嘎林当上国王，
举国上下欢呼雀跃，
它把大牛训练来耕地，
猴子国的百姓安居乐业。

四　嘎林的冤仇

却说巴力莫战胜了宝角牛，
自己也身负重伤筋疲力尽，
它昏昏沉沉倒在血泊中，
不知过了多久才苏醒。

它用宝刀砍下宝角扛在肩上，
准备向百姓报喜，牛王已被它杀戮，
奇怪的是走到头也不见一线光明，
也听不见猴子们胜利的欢呼。

原来洞口已被石头堵严，
巴力莫顿时怒火冲天，
"嘎林阴谋篡位想把我闷死在山洞里面
他真是野心勃勃，无法无天。"

巴力莫竭尽全力也挖不开洞口，
就拿起七索长的宝角来凿石，
宝角具有无比的威力，
坚硬的岩石立即纷纷落地。

巴力莫怀着满腔怨恨回到宫廷，
破口大骂弟弟和大臣，
嘎林见哥哥生还惊喜交集，
忙向它解释堵塞洞口的原因。

巴力莫根本听不进，
指着弟弟的鼻子高声诅咒：
"明明是紫红色的牛血流成小河，
你却有意堵死洞口。

"为了篡夺我的王位，

你竟对亲哥哥下毒手，
你的滔天大罪绝不能宽恕，
你已变成了我的仇敌。

"凤凰窝里竟藏着怪鹰，
隔着肚皮你藏着贼心，
今天不把你杀死，
解除不了我心中的仇恨。"

臣僚和百姓苦苦哀告求情，
请求巴力莫别错怪了好人，
"嘎林是你忠实的弟弟，
它勇敢、正直又单纯。

"它的一举一动我们最清楚，
洞里流出的是淡红的血水，
我们以为你已遭到不幸，
才搬来大石头把洞口堵紧。

"别让乌云遮住了视线，
别让污泥把清水搅浑，
嘎林是清白无辜的好人，
是非善恶请国王分清。

"你平安地回来了，
你仍然是全勐的首领，
嘎林做你的好助手，
勐基沙仍然繁荣昌盛。"

猜忌和怨恨咬烂了巴力莫的心，
它的暴怒像大火燃烧森林，
它拔出宝剑挥舞着痛骂臣民，
骂声犹如八月的雷鸣。

"你们是一个竹筒里的臭虫，
你们的心肠像扭在一起的老鸹藤，
我决不允许任何人反抗我的意志，
我怎能让毒蛇留在我的宫廷。

"就算我留下嘎林的狗命，
也不准勐基沙出现它的身影，
要活命就只有一条路，
嘎林，你快收拾东西启程。

"只是你的妻子必须留下来，
让她做我的仆人，
天天沏茶倒水侍候我，
作为你赎罪的替身。"

嘎林内心无比痛苦，
满腹冤屈无处申诉，
它不忍心无辜的臣民受连累，
它不愿挑起兄弟间的杀戮。

像有万支利箭穿入心胸，
它也不当众呻吟一声，
它悲痛欲绝与爱妻告别，
含冤忍辱离开宫廷。

嘎林忍受着奇耻大辱，
只身在异国的森林里徘徊，
无依无靠的生活啊，
孤苦伶仃，无限悲哀。

嘎林循着野象的足迹，
孤独地在森林里流浪，
它走了一个多月，
来到了伊麻板地方。

这里有一棵枝叶繁茂的大青树，
嘎林爬到树上去休息，
它的眼睛里装满了泪水，
脑海里不断闪现故乡的山水和爱妻……

第十一章　遭难

一　林间恩爱

宝石般的召朗玛领着妻子和弟弟，
居住在静谧的伊麻板森林里，
抛开了人世间的烦扰和贪欲，
虔诚地修身，和帕拉西在一起。

他们向博学的帕拉西学得才智，

他们向高贵的帕拉西学得武艺，
无边的森林雨了又晴，晴了又雨，
漫长的岁月像流水般悄悄逝去。

一天，三个人要到森林里漫游，
辞别了慈祥的帕拉西，
离开了简陋的巴朗屋，
向幽深、古老的森林走去。

他们像三只飞翔的鹦鹉，
像三只翩跹起舞的蝴蝶，
又像三只嬉戏的金鹿，
在伊麻板的草地上漫步。

处处盛开着色彩缤纷的鲜花，
蜜蜂嗡嗡，鸟儿喳喳，
绚烂的花木散发出浓郁的芳香，
森林草地犹如一幅彩色的图画。

三人分享着百花的清香，
尽情欣赏着美丽的景色，
他们像蜜蜂似的团结友爱，
犹如小鸟一样自由快乐。

召朗玛左边是善良忠实的弟弟，
右边是美丽温顺的妻子，
他们像两颗明亮的珍珠，
深深嵌镶在他的心坎里。

召朗玛摘来一束清馨的鲜花，
浓郁的梭腊枇，奇异的阿糯扎，
鲜艳的洛沾比，芳香的缅桂花，
献给温柔的妻子南西拉。

南西拉编成一个花环戴在发髻上，
引来成群的蜂蝶在头上飞翔，
阳光照亮南西拉红润的脸庞，
她比香艳娇嫩的花朵还漂亮。

山中的溪涧轻轻流淌，
声音像马铃子一样清脆，
他们一起在河中沐浴，
啜饮清凉甘甜的泉水。

树枝上挂满成熟的果子，
成千只鸟儿在枝头啄食，
南西拉呆呆地看着，
问丈夫这些树叫什么名字。

"左边枝叶茂盛的那棵，
人们给它取的名字叫宗补，
叶片明亮细叶下垂的那棵，
是百鸟的乐园波沙来罕果树。

"右边高大挺拔直指蓝天的那棵，
它叫梅妞——千里香艳，
它是百鸟餐前餐后的宫殿，
所有的雀儿都喜欢栖息在上面。"

他们愉快地穿行在高山、峡谷、草地，
饿了分享着各种酸甜的果实，
欢笑声在林间时起时伏，
他们的生活啊，无忧无虑。

黑夜来临他们在大树下投宿，
柔软的树叶就是床铺和枕头，
当灿烂的朝晖透进密林，
他们又迎着晨曦向前走。

二　南西拉被劫

波涛汹涌的海边森林里，
住着黑心肠的妖婆姐里哈达，
它的哥哥是勐兰嘎国王叭兰巴，
它的侄孙是十头王捧玛加。

姐里哈达身边有两个儿子，
大的叫谢达，小的叫独腊沙，
它们都栖身在勐兰嘎宫殿，
像奴仆一样效忠国王捧玛加。

野心勃勃的姐里哈达，
一心想把一片森林独霸，
以便饱吃珍禽异兽和甜美的果子，
随心所欲管辖一片天下。

它领着儿子去见捧玛加，
母子三个拜倒在宝座之下，
姐里哈达提出一个请求，
话语说得低声下气又狡猾。

"像天王一样的侄孙啊，
海洋的四周都是你的天下，
请你到彼岸幽静的伊麻板，
划一片森林给我们母子管辖。"

有威望的十头王捧玛加，
爽快地答应了它们的要求，
急忙乘上甫萨乐低神车飞翔，
母子三个紧紧跟随身后。

捧玛加和母子三个越过海洋飞向北方，
一直来到大洋彼岸的伊麻板，
捧玛加指着一片阴暗的森林说：
"这片森林就交给你们掌管。

"里面的飞禽走兽，野菜瓜果，
你们可以随心所欲享受，
有人路过这片丛林草地，
你们可以把他当作美餐。"

捧玛加封了领地就飞回勐兰嘎，
姐里哈达天天提着大刀堵守山道，
吞吃了不少马鹿、麂子和猪羊，
杀死了不少大象、野牛和虎豹。

南西拉、腊嘎纳伴着召朗玛，
正向这一片荒山野林走来，
他们谈笑嬉戏绕过一棵大青树，
一抬头撞见了这三个黑毛妖怪。

姐里哈达见到他们喜得眉飞色舞，
张牙舞爪向他们扑来，
"哈哈，我们的餐桌还缺少人肉，
今天苍天赐福送来三份好菜。"

神威的召朗玛大声吆喝：
"你这个黑毛绿眼的妖怪，
竟敢开口就要吃人，

不许你在森林里为非作歹。"

妲里哈达狞笑着口出狂言：
"这片森林归我们掌管，
任何人来到此地都休想活命，
你们自投罗网，是上门的肴馔。"

说完三个妖怪挥刀砍来，
召朗玛拉动神弓射出一箭，
狡猾的妖怪迅速躲避，
利箭也被它砍落在地。

腊嘎纳乘机一箭射向谢达，
谢达立刻中箭倒下地，
召朗玛拉弓向独腊沙射去，
独腊沙应声断了气。

妲里哈达大惊失色，
夺路逃出伊麻板，
心惊胆战窜回勐兰嘎宫殿，
向十头王捧玛加叫苦连天。

"三个恶人闯进我们的领地，
我带着儿子前去阻拦，
他们射出无情的毒箭，
你的两个表叔死得好惨。

"我心如刀绞悲痛万分，
你一定要替我报仇把冤申。"
妲里哈达见捧玛加默不作声，
又想出办法叫他动心。

"三个人里有一个天仙般的美女，
她的身子像金子一样纯净，
皮肤皙白透出红润，
眼睛明亮宛如星星。

"勐兰嘎所有的美女都比不上她，
丰姿艳丽天下难寻，
就是铁石心肠的男人，
见了她也不会不动心。

"她应该做勐兰嘎的王后，

现在却漂泊在深山老林，
只有你配做她的丈夫啊，
她身边的男人该在刀下丧生。"

好色的捧玛加听了这一席话，
心荡神移，难以平静，
恨不得马上把美女抢来，
搂抱在怀中同床共枕。

但是他思前想后一阵战栗，
对妲里哈达说出自己的顾虑，
"你说的这个美女定是南西拉，
她陪伴着召朗玛流浪在森林里。

"她的美貌确是天下第一，
为了娶她我已经做过尝试，
举不起神弓我丢尽了脸，
小朗玛却碰上了好运气。

"为了抢南西拉我同朗玛较量过，
他武艺高强曾让我碰壁，
我看朗玛身上有很大的神威，
绝不是人间的凡夫俗子。

"朗玛这个人我已经熟悉，
另一个男子可能是他的弟弟，
同朗玛作对可不能鲁莽从事，
要抢南西拉啊，谈何容易。"

妲里哈达不甘心儿子白死，
又向捧玛加献出一条毒计，
"好孙儿呀，你不必犹豫，
姑奶奶自有办法让你达到目的。

"不是让你硬拼硬打强行抢夺，
动脑筋施妙计美人就可以到手，
我变成一只漂亮的宝角金鹿，
在他们面前出没引诱。

"美人见了必然十分喜爱，
定会叫丈夫追扑这只野兽，
你只要躲在茂密的树丛中等候，
朗玛一离开，你抱起南西拉就飞走。

"你把她深藏进森严的宫殿，
谁知道美丽的公主是你偷走，
召朗玛只当妻子喂进老虎口，
最后南西拉必定成为你的王后。"

一番话说得捧玛加心荡神浮，
为了弄到罕见的美人他不怕断头，
他赞赏姑奶奶的锦囊妙计，
催促着妲里哈达赶快带他走。

他们来到幽深的伊麻板，
找到了召朗玛三人休息的地方，
捧玛加躲藏在密林深处，
紧紧盯住美丽的南西拉不放。

妲里哈达变成一只温顺的金鹿，
身上的颜色像金子一样纯黄，
它从南西拉面前悠闲地走过，
森林被它照得闪闪发光。

南西拉看得头晕目眩，
惊喜地抓住召朗玛的手说：
"这么漂亮的宝角金鹿，
我长这么大从未见过。

"它是多么机灵可爱呀！
请你把它生擒活捉给我，
以后你和弟弟外出寻找食物，
让它陪伴我解除寂寞。"

召朗玛心中有几分疑惑，
"这只金鹿长相十分特殊，
在阴暗神秘的森林里不怕人，
会不会是变了形的妖魔。"

着了迷的南西拉十分执拗，
不以为然地连连恳求：
"谁不知你神威广大，
妖魔怎么敢来戏弄挑逗。"

南西拉被金鹿的魅力引诱，
召朗玛经不住爱妻的再三请求，

他只好答应去追捕金鹿，
临走前对弟弟一再叮嘱：

"这地方有许多毒蛇猛虎，
千万不要离开你嫂嫂一步，
凶兽好提防，假象易迷惑，
你可不能疏忽大意。"

召朗玛说罢去追逐金鹿，
金鹿时隐时现、若即若离，
眼看就要追上它了，
它却又窜进深谷里。

召朗玛抓住最好的时机，
对准金鹿一箭射去，
只见金鹿应声扑倒在地，
召朗玛心中好不欢喜。

他急速向负伤的金鹿扑去，
伸出手要把它按倒在地，
不料它却突然一跃而起，
一瘸一拐向前逃去。

召朗玛盯着金鹿紧追，
金鹿忽然腾空飞起，
他急忙射出闪电般的利箭，
金鹿被射穿脖子落下地。

随着金鹿的尸体落地，
一团烟雾卷向空中，
妲里哈达现出了原形，
模仿着召朗玛的声音。

"好弟弟腊嘎纳，快来帮我一下，
金鹿已被我的利箭射中，
可是我的右脚被竹签刺破，
鲜血直流，疼痛难忍。"

这呼救声凄凉悲切，
句句似是召朗玛的呼唤，
南西拉听了心如刀绞，
催促弟弟赶快前去察看。

腊嘎纳感到疑惑和为难，
"哥哥刚才嘱咐再三，
要我千万不要离开你，
绝对保证你的平安。

"嫂嫂不要过分担忧，
我看哥哥不会如此胆怯地呼喊。"
南西拉担心召朗玛的安全，
责怪弟弟犹豫不前。

"你哥哥一个人没有伙伴，
他的处境肯定十分困难，
我听出是他在远处声声呼唤，
快去吧，我这里没有什么危险。"

腊嘎纳经不住嫂嫂一再敦促，
只好去帮助远处的哥哥，
他用箭在嫂嫂周围画了一个圆圈，
祈求土地之神把嫂嫂保护。

"土地之神啊，请多加照顾，
嫂嫂啊，你千万要牢牢记住，
不管发生什么事情，
你都不能走出这个圆圈一步。"

腊嘎纳飞一般穿过密林，
循着声音寻找哥哥召朗玛，
躲在暗处的十头王捧玛加，
趁机扑向圈中的南西拉。

土地之神紧紧吸住南西拉，
捧玛加使尽力气也拉不动她，
南西拉的身子重如万座大山，
双脚好像有根须深深插进地下。①

忠实的腊嘎纳来到哥哥身边，
召朗玛见了大吃一惊：
"弟弟呀，你怎么也来了，
让你嫂嫂一个人留在森林。"

"哥哥呀，听到你的声声呼唤，

我只得请土地神保护嫂嫂的安全，
我在她周围画了一个圆圈，
只要她不动谁也靠拢不了她的身边。"

不祥的预兆使召朗玛焦躁不安，
他愤愤地责怪弟弟腊嘎纳，
"土地神不会说话，
你怎能请他守护南西拉。

"刚才我追的是一个女妖，
它狡猾地变成那只金鹿，
我用利箭把它射死，
你看它已原形毕露。

"刚才我并没有向你呼救，
看来我们中了女妖的奸计，
快，我们赶快回去，
你的嫂嫂必定危在旦夕。"

召朗玛越说越生气，
说着说着用脚猛跺大地，
土地神受到侮辱非常震怒，
干脆放弃对南西拉的保护。

捧玛加看见保护的圆圈消失，
粗鲁地一下把南西拉抱住，
他色心潮激荡，目光淫秽，
犹如饥饿的豺狼捕到了久追的猎物。

南西拉不顾捧玛加的威吓，
在他怀中拼命挣扎，
捧玛加把她放进甫萨乐低神车，
腾云驾雾飞向勐兰嘎。

南西拉在空中放声哭喊，
声声悲戚向召朗玛呼唤求救，
"亲爱的丈夫召朗玛啊，
你的妻子已被十头魔王抢走。

"现在他抓住我在天上飞行，

---

① 还有一种传说为捧玛加冒充帕拉西托钵化缘，南西拉拿着供品走出圈外，被捧玛加掳走。

他的神车犹如风一样快，
不知道越过多少重大山，
眼看已经临近碧波大海。

"不知他要把我劫向哪里，
也许要带我到魔鬼的地方，
威武的召朗玛，英勇的弟弟，
你们快来拯救我脱离魔掌。"

南西拉哭得声音嘶哑，
眼泪犹如雨点飘洒，
捧玛加挟持着南西拉，
匆匆飞向岛国勐兰嘎。

乌鸦看见捧玛加的抢劫行径，
它们想起召朗玛的恩情，
"十头王抢的是召朗玛的妻子，
我们决不能让他的阴谋得逞。

"以前我们糟蹋了帕拉西的圣地，
召朗玛却没有伤害我们的生命，
我们曾经发过誓言，
以后一定报答召朗玛的恩情。

"如今召朗玛的妻子遭到不幸，
我们怎能袖手旁观不闻不问？"
千万只乌鸦奋勇地飞上天空，
抓十头王的头脸、啄他的眼睛。

捧玛加慌忙抽出宝刀迎战，
向扑上来的乌鸦乱杀乱砍，
乌鸦的头脚和翅膀纷纷碎断，
鲜血染红了云彩，血雨洒向人间。

乌鸦的碎尸挂满林间，
捧玛加战胜了鸦群继续向前，
南西拉遥见大树上有个影子，
就竭尽全力对它呼喊。

"过路的大哥请听着，
请你告诉森林里的召朗玛，
南西拉已被十头王抢走，
要他快快来搭救我。"

这个影子是猴子嘎林，
遭受冤屈的它正在树上闷不作声，
听到凄厉的哭声凌空而过，
它的心中产生深深的同情。

捧玛加劫持南西拉回到勐兰嘎，
花言巧语想诱惑南西拉，
他胡说召朗玛已死在森林，
气得南西拉圆睁双目将他痛骂。

"你这十头魔王胆大包天，
竟敢抢劫别人的妻子，
就算天上的雷公不劈你，
召朗玛也定会百倍惩罚你。

"赶快把我送回去，
不然你的十个脑袋，
就要像熟透的果子，
一个个从身上掉落下来。"

坚贞不屈的南西拉，
周身燃烧着仇恨的烈火，
十头王无法和她接近，
只能呆呆地睁着淫秽的眼睛。

捧玛加把她关进御花园，
囚禁在一个幽静的塔楼里，
塔楼十分雄伟高达九层，
上上下下把守着许多士兵。

十头王又四面增派兵马，
严密护卫着辽阔的勐兰嘎，
为了防备有人抢救南西拉，
勐兰嘎牢固得像个不漏水的铁桶。

三 召朗玛寻妻

召朗玛兄弟心急如焚赶回原处，
果然看不到鲜花般的南西拉，
兄弟俩悲伤地到处搜寻，
犹如两匹在森林里乱窜的野马。

兄弟俩眼泪汪汪悲痛万分，
两个王子像两棵雨淋的金笋，
"南西拉，你在哪里？
请回答我们一声。"

他们以为她去采花摘果，
可找遍每个花丛不见她的身影，
他们以为她到山溪中洗澡，
可踏遍溪流也不见她的脚印。

他们站到高山云巅瞭望，
他们钻进密林深处找寻，
走遍了莽原、峡谷、山岭，
亲爱的南西拉无踪无影。

召朗玛望着苍天喊南西拉，
白云默默飘过不回答，
腊嘎纳望着远山喊嫂嫂，
群山回荡着他的喊话。

树上的哈光鸟声声哀叫，
似乎在呼唤着失去的伴侣，
枝头的黄鹂鸟上下跳跃，
好像在等待着伴侣回巢。

山风吹来阵阵寒气，
树叶纷纷飘落草地，
召朗玛兄弟满腹悲愁走了一天，
忘了喝水，忘了吃东西。

林中飘来缅桂花的香味，
召朗玛仿佛闻到了妻子的气息，
树上钟情鸟互相理顺羽毛，
召朗玛似乎看见了南西拉的影子。

召朗玛捧起一掬泉水，
朝着日落的西方下跪，
"亲爱的南西拉呀，
都是我疏忽大意造成的罪。

"从此口渴不能给你送水，

天寒不能给你盖被，
亲爱的妹妹啊，
现在你究竟在哪里安睡？"

他们不觉又回到帕拉西的住处，
向帕拉西打听南西拉的去向，
"她是先回到这里来了，
还是离开森林返回家乡？"

帕拉西说他也没见着南西拉，
心中疑惑，要寻找答案，
他取下木板写下古拉①，
翻开经书仔细卜卦。

帕拉西占卜发现了乌鸦，
它们在死亡中哀叫挣扎，
一齐呼唤着召朗玛，
声声咒骂着捧玛加。

帕拉西告诉召朗玛：
"你那美丽的粉团花，
已被贪得无厌的捧玛加掠走，
装进飞车劫到了勐兰嘎。"

召朗玛伤心得说不出一句话，
就像嘴里里含着槟榔，
舌头被石灰咬伤，
虽知道疼痛，却不能张口讲。

他半天才抑制住悲愤哽咽说道：
"不把南西拉找回来，
我就是至死的那一天，
也不会闭上饮恨的双眼。

"帕拉西，请告诉我，
勐兰嘎在海洋的哪一边？
怎样走才能到达那里？
如何才能同南西拉重新见面？"

知识渊博的帕拉西说：

---

① 古拉：数学一类的经文。

"金团银团般的兄弟俩啊，
我为了传授佛经曾经周游天下，
也到过神圣的勐兰嘎。

"勐兰嘎岛离这里太遥远，
路程不能用目测来计算，
中间隔着波涛汹涌的大海，
三千约的深度，三千约的海面。

"去勐兰嘎的路途也很艰难，
有决心的人总可以走到，
出了森林条条道路通大海，
野象常常到海边洗澡。

"大象走过的地方踏出一条路，
你们顺着象踏出的路往前走，
途中的羊肠岔道很多，
要仔细分辨才不会走错。

"左边的岔道通向勐腊达，
那里居住着众多的人家，
平坝宽阔、富饶，
那个勐啊，热闹又繁华。

"一条路通往勐龙奉纳嘎腊，
那是象类生长繁殖的国家，
灰象、白象、棕象数不胜数，
大人小孩都骑着大象走路。

"右边的岔道通向勐嘎拉，
嘎拉人皮肤雪白眼睛蓝绿，
那里的人们很会做生意，
多少金银财宝落到他们手里。

"一条大路通向猴子国勐基沙，
猴子们管辖着高山、森林和平坝，
它们的国家临近大海，
从那里跨海就能到达勐兰嘎。

"十头王强悍凶暴神通广大，
没有智慧和力量救不回南西拉，
你们牢记我说的话，
勇敢地去战斗吧。"

朗玛兄弟感谢帕拉西的指点，
按照帕拉西指点的方向出发，
在穿越莽莽林海时，
见到一堆堆伤亡的乌鸦。

有的双脚摔断躺在地上，
有的缺少翅膀在树下挣扎，
有的气息奄奄流着鲜血，
有的呱呱惨叫在树上倒挂。

听到乌鸦的哀啼，
兄弟俩心如针扎，
渺无人烟的深山老林，
为什么死伤这么多乌鸦？

召朗玛走到树下，
询问挂在枝头的乌鸦：
"什么人这样残酷，
对你们乱砍乱杀？"

"逞凶作恶的捧玛加，
偷偷劫走了你的南西拉，
他挟着南西拉在天上飞行，
我们义愤填膺岂肯饶他。

"忘不了昔日你的救命恩情，
我们相约飞上去同十头王冲杀，
可是我们没有他的本领大，
英勇地死伤在他的屠刀之下。

"英明、善良的召朗玛呀，
请你救救这些可怜的乌鸦，
用灵丹仙法使它们还原复活，
你的大恩大德一定报答。"

召朗玛听了十分感动，
马上拯救舍己为人的乌鸦，
怎样使飞禽走兽起死回生，
帕拉西曾给他传授过神法。

他对死伤的乌鸦吹气洒水，
霎时遭难的乌鸦又有了生命，

它们呱呱地感谢又飞向高空，
森林里只剩下召朗玛兄弟二人。

第十二章 结盟

一 患难之交

召朗玛兄弟沿着象踏出的路前进，
跨过深谷、翻过高山，
又在茫茫的森林里穿行，
来到了猴国勐基沙的边缘。

痛苦折磨着他们的身心，
热汗浸湿了他们的单衣，
长途跋涉累得腰腿酸软，
他们倒在一棵大青树下休息。

召朗玛疲倦地嘱咐弟弟：
"我感到周身酸软无力，
让哥哥先睡一会儿，
待我醒过来再替换你。"

召朗玛枕着弟弟的身体，
躺在腊嘎纳的身旁，
不一会就呼呼入睡，
均匀的鼾声飘向四方。

生活在森林中的饥饿的蚊蝇，
嗡嗡叫着纷纷向他们飞来，
拼命叮咬召朗玛身上的血，
腊嘎纳轻轻把蚊蝇赶开。

忠厚的弟弟腊嘎纳，
脱下衣服盖住哥哥的手脚，
蚊蝇都飞到腊嘎纳的身上，
它们在光赤的脊背上叮咬。

腊嘎纳的背上麇集着蚊蝇，
他忍住疼痛一动不动，
既不吭声也不拍打，
因为他怕惊醒哥哥的好梦。

却说猴子嘎林正坐在这棵树上，
它看见兄弟俩如此亲密，
弟弟对哥哥这样真诚，
不禁联想起自己的悲惨遭遇。

我也有一个亲哥哥，
却是那样蛮横不讲理，
诬害我企图篡夺它的王位，
赶我出家门，霸占我妻子。

想到这里嘎林一阵辛酸，
泪珠儿扑簌簌往下滴，
泪水滴在召朗玛的脸上，
惊动了树下的两兄弟。

召朗玛醒来询问弟弟，
"是不是你又在哭泣，
或是天上正在下雨，
我的脸上是泪珠还是水滴。"

兄弟俩抬头仔细看，
看见树上蹲着一只大猴子，
顿时心中十分生气，
误以为猴子对他们无礼。

召朗玛大声吼道：
"你这傲慢该死的东西，
竟敢洒水在我们身上，
把我们轻视为一片叶子。

"你今天定逃不出我们的弓箭，
我们要让你死在这里。"
嘎林急得像热锅上的蚂蚁，
慌忙跳下树来好言劝说：

"两位英明的召啊，
我没有一点侮辱你们之意，
因为见到你们兄弟俩异常亲密，
我想起了自己的身世。

"对比一下使我忍不住哭泣，
落在你们身上的是我伤心的泪水，
悲愤像巨石压着我的心，

请饶恕我这苦命的嘎林。"

嘎林讲述了自己苦难的经历，
又关切地询问善良的兄弟：
"看你们脸孔上布满愁云，
是不是心中也有难言的苦痛？"

兄弟俩听了顿时消了气，
深深同情嘎林的悲惨遭遇，
召朗玛也叙述了自己的不幸，
然后细心地询问猴子：

"可恶的十头王把南西拉抢走，
你是否看见他飞过这里？"
"十头王驾着飞车挟持你的妻子，
正是从这片林地飞过的。

"他这不义的抢劫行为，
我在树上看得十分清楚，
南西拉在捧玛加怀中拼命挣扎，
声声呼唤着你的名字。"

召朗玛听了犹如刀割心肺，
难言的悲痛使他流出眼泪，
他感谢嘎林告诉真情，
又请求嘎林相助一臂之力。

"嘎林啊，我们的命运相同，
让我们结下终身的友谊，
若你能帮我救出南西拉，
我会一辈子感激你。"

嘎林听了连忙合十下拜，
"我愿意和你结成终身的盟友，
但是我的哥哥巴力莫为非作歹，
望你先帮助我把它从宝座上踢下来。

"只有你的神弓利箭，
才能战胜十恶不赦的巴力莫，
只有我当上了勐基沙猴王，
才有打败捧玛加的力量。"

召朗玛和腊嘎纳觉得有道理，

满口答应首先实现它的要求，
他们立下坚如磐石的盟誓，
结成了同生死共患难的朋友。

嘎林忧心忡忡地说道：
"巴力莫本领高强有力气，
皮厚腰粗，身体魁梧，
对付它可是不容易。"

召朗玛说："就算它大如天柱山，
也顶不住我无坚不摧的宝箭，
让我试射宝箭给你看看，
再厉害的敌人也休想生还。"

说罢拉开宝弓射出一箭，
声如霹雳，威震大地，
"嗖嗖"地穿透了七棵大树，
飞箭又回到召朗玛手里。

嘎林目瞪口呆又惊又喜，
对战胜邪恶不再怀疑，
召朗玛增加了患难兄弟，
犹如猛虎下山添了双翼。

二 嘎林继位

嘎林领着朗玛兄弟越岭穿林，
来到了勐基沙首府城下，
它面临大海背靠森林，
这就是闻名于世的猴国勐基沙。

国王巴力莫手下有不少兵马，
儿子旺果，大将阿努曼，
聪明的占卜官是摩米，
勇敢的将领有腊塔和阿哈。

召朗玛提出一个作战方法，
由嘎林一个人前去叫骂，
把巴力莫单身引出宫殿，
召朗玛躲在林中把它射杀。

眼睛里燃烧着仇恨火焰的嘎林，
纵身跳到勐基沙上空，
把对巴力莫的冤仇尽情发泄，
怒骂声比火烧茅草还猛烈。

"昏庸无耻的巴力莫听着，
今天嘎林要来给你算账，
要和你比个高低输赢，
今天定要叫你死在我手上。"

凶狠暴躁的巴力莫，
哪能忍得住这番侮骂，
头身手脚热得像火燎，
心肝肺腑几乎要爆炸。

它一头冲出宫廷的大门，
气势汹汹飞到白云底下，
两兄弟见面犹如仇敌相逢，
迫不及待立刻扭住厮打。

你咬我的身，我抓你的头，
又叫又骂，拳脚交加，
一下嘎林骑着巴力莫，
忽而巴力莫又把嘎林踩在脚下。

它们打得乌云翻滚，
它们打得天昏地暗，
兄弟俩像旋风扭成一团，
召朗玛、腊嘎纳望得眼花缭乱。

忽见嘎林手软脚瘫无力气，
是巴力莫卡住它的脖子，
被重重踢了几脚后跌落下地，
直条条躺在树丛里喘息。

巴力莫站在云端哈哈笑，
得意洋洋飞回宫廷，
嘎林挣扎起来无比气愤，
对召朗玛兄弟发泄不平，

"原来你兄弟俩欺骗我，

哄我去同巴力莫交锋，
你们不遵守信誓来援助，
反而袖手旁观、按兵不动。"

两个王子连忙对它解释：
"不是我们践踏诺言，
纵然有天大的本领也无法施展，
几次拉弓成月都放不成箭。

"你们俩都是白猴子，
毛发同色，嘴脸一个样子，
在空中辨不出哥和弟，
我们怕宝箭失误伤害了你。

"患难与共的嘎林你别着急，
许下的诺言我们绝不违背，
现在好好休息一晚，
养足力气明天再战。"

第二天腊嘎纳从树上摘来野果，
三个坐在一起咬嚼，
用野果填饱了肚子，
用泉水解除了干渴。

召朗玛嚼烂甘涩的槟榔，
用鲜红的槟榔水染在嘎林头上，
嘎林的头恰似一个红果，
与它哥哥的头完全两样。①

嘎林纵身跃上宫廷上空，
叫骂声比昨天的更响，
骂声传进巴力莫的耳朵，
仿佛有人撒尿在它头上。

"这家伙昨天才一败涂地，
今天又来挑衅，不自量力，
看来得把它除掉才解恨，
免得它以后再来闹事。"

巴力莫暴跳如雷又气又急，

_____
① 还有一种说法是用槟榔水染红它的脸和屁股，因此，现在猴子的脸和屁股都是红的。

像兀鹰扑去立刻把嘎林抱住，
两人激烈地扭在一起厮杀，
打得难分难解不分胜负。

嘎林忽然施展了脱身计，
甩脱巴力莫掉头向森林跑去，
巴力莫以为嘎林害怕了，
紧紧追赶不让它喘息。

它刚抓住嘎林的脖子，
就被嘎林翻身踢了一脚，
巴力莫滚出几排远，
站在那里喘粗气。

躲在树上的召朗玛，
看清了发红的标记，
辨明了哥哥和弟弟，
把致命的利箭向巴力莫射去。

巴力莫脸腮中了神箭，
一个跟头摔到树林里，
它疼痛难忍不断呻吟，
挣扎着高声怒斥：

"我两兄弟是冤家对头，
在天空中互相斗殴，
是谁躲在森林里射来暗箭？
我与你有什么不解的冤仇？"

召朗玛和腊嘎纳走过去，
对猴王巴力莫坦率开口，
把事情的经过对它说明，
承认神箭出自他俩之手。

"我们同情嘎林的遭遇，
欣然接受它的请求，
我们立下了坚定的盟誓，
互相帮助消灭双方的仇敌。"

巴力莫听了这个回答，
气得全身战栗眼冒金花，
恨得五脏六腑火辣辣，
怒视着大声质问召朗玛：

"我与你俩没有什么仇恨，
我们兄弟的事你们凭什么过问，
为什么要偏心祖护嘎林，
伤害一个素不相识的好人。"

召朗玛义正词严痛加驳斥：
"天下的丑恶我都仇恨，
邪恶的行为哪能容忍，
世上的好坏我们分得清。

"嘎林忠实地执行你的命令，
你却反口诬陷把骨肉当成仇敌，
嘎林无辜受到冤屈，
你不给一点申辩的余地。

"我的妻子南西拉遭了灾难，
万恶的十头王把她抢去，
嘎林的悲惨遭遇和我相同，
共同的命运使我们团结对敌。

"它赞助我去讨伐捧玛加，
夺回我被劫走的妻子，
我们答应帮它惩治你，
今天我才一箭把你置于死地。"

巴力莫听了浑身发抖，
慌忙伏地向召朗玛磕头，
"请你发善心积美德饶我活命，
为我拔出神箭医好伤口。

"只要我能脱离死难的苦海，
一定报答你的大恩大义，
我也愿为你去讨伐十头王，
夺回南西拉让你们夫妻团聚。"

召朗玛见它有所忏悔，
宽容地从它身上拔出箭头，
箭毒已渗透它的全身，
他告诉猴王已无法挽救。

巴力莫听了哑口无言，
知道死神已饶不过自己，
它用微微发颤的声音，

要求召朗玛答应它一件事。

"高贵的召啊,
我今生有一个好儿子,
它能征善战、英勇无敌,
旺果就是它的名字。

"倘若弟弟嘎林做了大王,
请把旺果留在它的身旁,
用它做侍从辅助嘎林,
让儿子替我还清罪账。"

召朗玛一口答应它最后的要求
巴力莫脸上露出一丝笑意,
这位至死才悔悟的暴君,
默默地闭上眼睛死去。

嘎林跪下向兄长告别,
把它安葬在勐基沙森林里,
然后带着召朗玛两兄弟,
离开森林向宫殿走去。

所有生活在勐基沙的猴子,
纷纷前来祝福诚实的嘎林,
所有的武官大臣,
纷纷前来朝拜召朗玛兄弟二人。

它们簇拥在胜利者的身旁,
关切地询问他们的经历、生平,
召朗玛把苦难的遭遇细讲,
又谈到猴王的继承人嘎林。

"嘎林正直、善良,
蒙受屈辱,流放在森林,
今天巴力莫已经升天,
勐基沙的王位应让它来继承。

"旺果娴熟猴子国的法规,
应让它叔侄同心治理勐基沙,
我请求由它俩率领千军万马,
和我们一道去战胜邪恶的捧玛加。

臣民们同意召朗玛的请求,

推举嘎林做了勐基沙大王,
推举旺果做它的辅国大臣,
立即调兵遣将准备跨海出征。

三　出征

摩米占卦选定出征的时辰,
嘎林集结部队加紧练兵,
士兵们成群结队来到都城,
黑压压一片犹如重雾浓云。

列队的有白猴、红猴和灰猴,
它们都是勇将健卒个个威风凛凛,
有的拿着长矛大刀,
有的扛着弓弩梭镖。

听说就要跨海出征,
个个喜欢得手舞足蹈,
有的耍刀弄箭显示武艺,
有的一个筋斗跃上树梢。

出征的日子已经来临,
官兵们的誓言激动人心,
"穿洋过海我们是善游的鱼龙,
腾云驾雾我们赛过高飞的雄鹰。

"我们要像飓风一样,
劈波斩浪越过海洋,
我们要像雷电一样,
气势磅礴冲进勐兰嘎。

"捣毁十头王的宫殿,
征服作恶的捧玛加,
杀死勐兰嘎的魔王,
救出美丽的南西拉。"

出发的礼炮隆隆响起,
召朗玛兄弟走在前面,
嘎林带着猴将猴兵,
浩浩荡荡离开都城。

紧跟着嘎林的后边,
是侄儿旺果和它的兵马,

它们敲着清脆的铜锣，
雄赳赳迈着大步向前跨。

接着是神通广大的阿努曼，
它的精壮、威风的兵马，
手持大刀长矛身背弓箭，
神气十足步步紧跟着它。

接着是占卜手摩米，
它率领的猴兵肩扛长矛，
士兵个个身材高大，
腰间挎着明晃晃的大刀。

最后是年轻的玛尼腊和阿哈武官，
还有胆大的腊塔、老练的嘎木达，
它们的兵马个个精神抖擞，
腾云快如飞，潜水像鱼虾。

敲着铜锣和金鼓，
吹着银笛和唢呐，
高举着旗幡的八路队伍，
铺天盖地、密密麻麻。

林中的缅桂花随风飘散幽香，
一只只杜鹃鸟在树枝上歌唱，
鸟语花香召朗玛无意欣赏，
他的心啊，早已飞过海洋。

第十三章　阿努曼

一　风神之子

海洋上笼罩着朦胧的烟雾，
三千约的海面望不到边，
汹涌的波涛挡住了去路，
出征的大军在海岸徘徊不前。

召朗玛望着海洋久久地叹息，
焦急不安地把嘎林请来，
问它在千军万马之中，

有谁能飞过烟波浩渺的大海。

"现在我的妻子南西拉死活不知，
要派一个最有本事的人到兰嘎探虚实，
如果她仍然忠实于丈夫，我们就挥戈前往，
如果她已变心，我们就不必兴师动众。"

嘎林立刻召集手下的武官，
问它们谁有本事飞过三千约海洋，
腊塔说："我只能纵身三十约，
再上去就全身没有力量。"

嘎木达说："我只能腾空四十约，
再高一些手脚就软弱无力。"
玛尼腊说："我可以在云层穿梭，
但超过五十约就要落下地。"

能卜善战的摩米表示：
"我可以腾云驾雾六十约，
再多两三排就力气不济，
请留下我看守阵地。"

二猴王旺果站出来下拜，
"我只能飞达七十约的空间，
超过七十约就全身瘫软，
请原谅我飞不过宽阔的海面。"

猴王嘎林急忙表示歉意，
"我也只有侄子同样的本事，
越过七十约就会落进海里，
过海侦探我是无能为力。"

最后站出来英勇干练的阿努曼，
它的话语中含着难言的痛苦：
"现在我只能飞腾八十约，
也是心有余力不足。"

召朗玛满面愁容喃喃自语：
"难道我们就找不出跨海的英雄？"
摩米上前举荐阿努曼，
向召朗玛说出了它的底细。

"阿努曼是风神叭汶纳之子，①
一生下地就行走如风，
父亲把自己的本事传给它，
它从小就力大无穷。

"阿努曼从小任性爱发脾气，
它一动怒大地也要去掉一层皮，
谨慎的母亲怕它放荡不羁，
临终前曾把遗言留给儿子。

"'你在森林中觅找食物，
见到有个最红最亮的果子，
那是一种最热最烫的东西，
千万不要飞去摘取。'

"'那些酸甜苦涩的果子，
你都可以随便摘来充饥，
唯独那个最红最亮的果子，
绝不能有摘取它的尝试。'

"阿努曼记住母亲的嘱咐，
天上地下尝遍各种果实，
果汁滋润着它的身体，
小猴子长得聪明伶俐。

"十五年来它都遵循母亲的嘱咐，
但十五岁时阿努曼再也忍耐不住，
它变得天不怕地不怕雄心勃勃，
决心尝尝那个最红最亮的大果。

"一个寒冷的冬天的早晨，
太阳从东方徐徐上升，
好像贴在蓝蓝的天空，
犹如挂在高高的树顶。

"'我每天吃的是矮树上的酸果，
还不知道这天上果子的滋味，
它成熟得这样通红通红，
一定比麻宗补②更要甜蜜。'

"阿努曼这样想着弯腰跃起，
径直向红太阳飞过去，
伸手就要摘这个硕大的果子，
太阳被抓了一下十分惊惧。

"太阳马上向叭英报告，
'天王呀，人间有个妖怪，
竟敢飞上天来抓我，
请求你对它给予惩处。'

"叭英听了勃然大怒，
立即使出闪光的宝斧，
劈伤了小猴子的腮巴骨，
阿努曼突然从天上跌落。

"阿努曼落地昏死过去，
风神叭汶纳十分焦急，
眼看儿子要失去生命，
连忙飞上天向叭英求情。

"'它不是人间的妖怪，
它错把太阳当作果子摘取，
得罪了太阳应该惩治，
但请你宽恕它年幼无知。'

"叭英见阿努曼勇敢、诚实，
不仅宽恕了它无知的过失，
还治好了它的腮巴骨，
赐给它超人的本事。

"'让灾难和疾病永远远离你，
在波浪滔滔的大海上，
你可以快步行走如履平地，
站在激流中你就像坚硬的岩石。'

"'假如你落入熊熊的烈火之中，
你会像洗冷水澡一样舒适，
要是把你放进碓窝里，
也不能舂碎你的身体。'

---

① 传说风神叭汶纳与南装相爱，生下猴子阿努曼。阿努曼的身世原稿中有专门章节叙述，约有六百余行，其中有些情节较荒诞，有些游离。整理时根据内容需要移在此处叙述。

② 麻宗补：傣族地区的一种甜果子。

"'刀斧矛弩伤不了你一根毫毛,
你的本领会威力无穷。'
自此阿努曼精神抖擞地遨游太空,
一口气可飞出三千约的行程。

"阿努曼得到叭英的赏识,
练就了一身神通广大的本领,
它的脾气和性格还是没有改,
总喜欢戏弄嘲笑虔诚的人们。

"它经常追逐大佛爷戏耍,
往它们身上抛掷泥巴,
吓得佛爷们东奔西窜,
它又跳过去撕烂他们的黄袈裟。

"有一次众佛爷向帕拉西学经,
阿努曼把经书撕烂、蒲团乱扔,
惹得众佛爷哭笑不得,
对它的恶作剧莫不切齿痛恨。

"阿努曼如此狂妄放肆,
帕拉西怎能放任容忍,
他领着众佛爷找到阿努曼,
共同发出诅咒声声。

"'阿努曼你这该死的白猴,
竟敢骄横无礼、戏弄神灵,
纵然你有天大的本领,
你的力气将逐渐丧尽。

"'你将永远让病魔缠身,
瘦得皮包骨头不成形,
你碰见大大小小的飞禽走兽,
都将胆怯得战战兢兢。'

"在帕拉西的诅咒声中,
阿努曼得了一场重病,
高烧不退、昏迷不醒,
身体变得瘦骨嶙峋。

"阿努曼大病以后手脚瘫软,
攀藤爬树都没有了力气,

就像野牛折断了犄角,
犹如青龙脱落了牙齿。

"阿努曼到处寻药求医,
一个能起死回生的医生问它,
'你去过什么不该去的地方?
你干过什么不该干的坏事?'

"阿努曼承认耍弄欺负过大佛爷,
医生立即明白了其中的奥秘说:
'阿努曼啊,如果是这样的话,
吃什么灵丹妙药都无济于事。'

"最后是一个摩米向它献计,
'你必须跟我去朝拜帕拉西,
虔诚地承认自己做了错事,
恳求他宽宏大量赦免你。'

"阿努曼由摩米带领,
走进森林前去朝拜帕拉西,
阿努曼忏悔得罪了众佛爷,
请求帕拉西宽恕自己的过失。

"帕拉西原谅它年幼无知。
但心里又暗暗思虑,
'如果让它的疾病全部消除。
它还可能捣乱调皮。'

"帕拉西请摩米作证说:
'现在我可以把它的罪过减轻,
但它要长时间地等待,
一时还不能恢复高飞的本领。

"'当阿努曼遇见一位王子时,
这位王子善良、开明,正直,
只要王子在它背上抚摸三下,
阿努曼就恢复风神之子的威力。'"

摩米讲了这番话后又对召朗玛说,
"我就是那个作证的摩米,
我看你就是那位英明的王子,
这一切是否应验请你试一试。"

大家把瘦弱的阿努曼叫来，
满怀希望簇拥着召朗玛，
年轻的王子心中充满同情，
在阿努曼背脊上抚摸了三下。

第一下，阿努曼的病好了一半，
仿佛觉得解除了身上缠绕的藤蔓，
第二下，阿努曼的病已痊愈，
它高兴得在地上乱滚乱翻。

召朗玛庄严地抚摸了第三下，
阿努曼顿时全身力气向上涌，
轻快敏捷如释重负，
一跃飞上三千约的高空。

阿努曼高兴得放声大叫：
"以后天上地下随我遨游，
我向威力无比的天神发誓，
不打垮十头王决不罢休。"

它向召朗玛表示感激，
"请王子放心不必忧虑，
我会很快飞过茫茫的大海，
探明兰嘎城的虚实。"

二 阿努曼出探

召朗玛立即写了一封信，
又拿出一只金手镯交给阿努曼，
"请你把这信物交给南西拉，
她见了信物就会心中明白。

"你告诉她我们即将越过大海，
要把她从魔鬼的手中拯救出来。"
阿努曼接受使命当场告辞，
一纵身穿过了蓝天上的白云。

眨眼的工夫阿努曼飞进了兰嘎城，
只见高大的瓦屋像蜂房一层挨着一层，
屋檐垂挂着菩提叶般的金片，
风吹金片发出叮当的声音。

阿努曼变成一只灵巧的花虫①，
飞进金碧辉煌的宫殿，
它四处寻找被劫的南西拉，
宽阔的王宫被它找遍。

看不见南西拉的身影，
听不到有关她的一点音讯，
只见脸抹脂粉的千百个宫女，
在宫里出出进进。

最后它飞上寝殿的梁檐，
看到十头王正在床上睡眠，
身边躺着几个半裸的美女，
淫秽的丑态叫人不堪入眼。

"纵然日出西方海枯见底，
南西拉也不会如此卑贱，
即使河水倒流高山崩裂，
南西拉也不会出卖贞洁。"

阿努曼认定里面没有南西拉，
一看时间已是半夜三更，
它就来到十头王的宝座上，
舒舒服服进入梦境。

公鸡的啼叫把它从梦中惊醒，
它清楚记得刚刚做了一个梦，
梦见它走进花园看见南西拉靠着花丛，
跑近一看却又无影无踪。

阿努曼立即飞进御花园里，
看见一座九层高的独柱塔楼，
发现一个妇女孤独地坐在里面，
外面有众多的卫兵把守。

美丽的人儿在悄悄流泪，
乌发垂肩面容憔悴，
一只鸟儿飞过她也会吃惊，
一片树叶落地她也会颤抖。

---

① 花虫：傣语称为缅乃，是一种会叮人的昆虫，状似苍蝇。还有的传说是阿努曼变为小猫或小蜂。

就像圆月被黑云遮蔽，
犹如莲花受风雨摧残，
但愁云掩盖不了美丽的面容，
她和召朗玛描绘的样子不差半分。

变作花虫的阿努曼，
爬在窗口暗暗思量，
"我要在这里观察南西拉，
看看她的心有没有变化。"

好色淫荡的捧玛加一觉醒来，
想把美丽的南西拉抱进胸怀，
可就像井边望月看得见摸不着，
几次尝试接近都遭到失败。

捧玛加把舞队叫进花园跳舞唱歌，
好让南西拉舒展忧愁的面容，
为了求得南西拉回心转意，
他出口的话句句像抹上蜂蜜。

"开在悬崖顶上美丽的花朵，
藏在眼眶里澄澈的珍珠，
七月的荷花没有你妩媚，
六月的缅桂比不上你馥郁。

"你身材这么窈窕多姿，
可惜脸上不见了笑窝，
我想你想得睡不着啊，
心头像被红红的火炭烧灼。

"你若答应我的要求，
我要立你为勐兰嘎的王后，
满宫嫔妃随你使唤，
我也甘愿为奴将你伺候。

"只要你答应我，
勐兰嘎的海洋、土地由你管，
勐兰嘎的宫殿由你安排，
勐兰嘎的财宝任你挥霍。

"只要你点头说一声同意，
你可以一辈子坐着吃躺着喝，
热了有人为你摇金扇，

冷了有人给你加被窝。

"你比星星还辉耀明亮啊，
不要让它白白地放出光彩，
把无能的流浪者召朗玛忘掉吧，
何苦为他把你自己折磨。

"召朗玛没有办法寻到你，
山高海深、路途遥远，
凶恶的野兽四处出没，
听说他已在途中丧命归天。

"就算召朗玛有天大的本事，
也越不过三千约的海洋，
就算他冒险来到勐兰嘎，
他也逃不出我铁一般的手掌。

"宝石没有我爱你的心纯洁，
太阳没有我爱你的心火热，
我对你一片深情、一片忠诚，
你怎忍心一再把我拒绝。

"跟我住进豪华的宫殿吧，
那里有柔软的象牙床铺，
让我们相亲相爱在一起，
让我那三个妻子做你的奴仆。"

捧玛加说着张开双臂扑过来，
南西拉像白兔躲避着秃鹰追捕，
她的眼睛射出愤怒的火花，
话音随着泪水滚滚流出。

"住手，可恶的十头魔，
你休想挨近我洁净的身躯，
铜窗铁门掩盖不住你尽人皆知的罪过，
甜言蜜语改变不了我对召朗玛的忠贞。

"你的心比老鸹还黑，
竟敢把善良的召朗玛贬损，
你不过是路边一块古怪的石头，
他却是山上一棵参天的大青树。

"只要我还有一口气活着，

你就永远得不到我，
除了品德高尚的召朗玛，
在人间我不爱任何一个。

"我劝你还是丢掉邪恶的念头，
赶快把我送回伊麻板森林，
要是你执迷不悟，
你罪恶的宫殿将化为齑粉。

"如果你用强力玷污我，
众人将千年万年向你吐唾沫，
召朗玛的怒火你更抵挡不住，
他将重重惩罚你的罪过。

"召朗玛的本领和为人你也清楚，
他一定会越过大海来拯救我，
那时你的十个头颅啊，
会像熟透的果子一个个蒂落。

"可怜的是勐兰嘎无辜的百姓，
你的贪婪将连累着他们，
如果你不想断送大好的河山，
就该立即把我送回大海那边。"

十头王被骂得心惊胆战，
恼恨、沮丧、满脸羞惭，
他悻悻溜出南西拉的房间说：
"要不是她美貌迷人早就把她处斩。"

捧玛加给看守下了一道命令：
"现在我给她七天的期限，
如果回心转意依了我，
我才让她活在人间。

"要是她还恋着召朗玛，
你们就把她千刀万剐，
给我用浓烟熏、用烈火烤，
把她晒成一块块干巴。"

阿努曼把这一切看在眼里，
看得心中一阵阵欢喜，
它立即恢复原形走上前去，
向愁苦的南西拉合掌行礼。

"尊贵的南西拉，
我是召朗玛派来的阿努曼，
专门来侦察勐兰嘎的虚实，
特意见你一面。"

南西拉猛抬头异常惊愕，
企盼中又产生阵阵猜疑说：
"什么神仙鬼怪也休想欺骗我，
你定是十头王变成的猴子。"

阿努曼讲述了召朗玛的身世，
又拿出信件和金手镯交到她手里，
南西拉至此才深信不疑，
捧着丈夫的信物泪下如雨。

南西拉把信物放在头上敬了三次，
绝望的心灵再次泛起生机，
召朗玛的书信一字一句重如千金，
温柔恳挚的语言慰藉着她的心灵。

"比我的生命还珍贵的南西拉，
菩提树才发出嫩绿的幼芽，
就遭到无情的风霜吹打，
我们的爱情受到恶人的践踏。

"纯洁的宝石、明亮的珍珠，
被黑色的秃鹰偷偷叼劫，
光辉的天地刹那间黑暗昏沉，
我失去心中最珍贵的一切。

"南西拉啊，小象儿般可爱的妻子，
想念你呀，我的心几乎碎裂，
悲伤的泪水常常遮蔽我的眼睛，
犹如阵阵风雨覆盖林间的树叶。

"从你被劫走的那一天开始，
我和弟弟四处将你寻觅，
哪一条河我们没有涉过？
哪一座山没有我们的足迹？

"走遍了茫茫的森林，
片片树叶沾着我们的眼泪，

跨过了广阔的原野，
寸寸土地渗透我们的汗水。

"从遥远的伊麻板森林，
一直寻找到猴国勐基沙，
我们与猴王嘎林联盟誓师出发，
现在大军已进到海岸边驻扎。

"汪洋大海暂时挡住了去路，
我们派尊贵的阿努曼先去侦察，
它是无敌的白猴、忠实的使者，
你完全可以信赖它。

"营救你的大队人马，
不久就会浩浩荡荡开来，
而我想念你的心啊，
早已随着风云飞过大海。

"荷花般的南西拉啊，
你要耐心等待不要过分悲戚，
眼泪啊，它比金粒还要珍贵，
流多了会损伤你的身体。

"眼皮像菩提树叶的妻子，
你的美貌会使捧玛加垂涎三尺，
但是我相信你的誓言，
它会使捧玛加随时碰壁。

"你是蓝天上一颗璀璨的星辰，
乌云不能使你的光辉熄灭，
你是海底一颗明亮的珍珠，
泥沙不能玷污你的纯洁。

"愿你如同象牙那么坚硬纯洁，
愿你好像完美的碧玉没有瑕疵，
我决不允许魔鬼玷污你，
我要尽快为你报仇雪耻。

"即使你被劫进铜铸的宫殿，
朗玛也一定要把它推倒，
即使你被囚禁在铁打的地牢，
朗玛也一定要把你找到。

"哪怕他们把你沉到大海深处，
哪怕他们把你藏到宇宙的顶端，
我也要背着宝刀和弓箭，
把你搭救回我的身边。

"即使年深日久时光逝去，
我对你的思念永远不会消失，
即使为你在沙场上战死，
我也心甘情愿在所不惜。

"就算灾难使我俩离别百年，
百年中我也时时将你怀念，
百年后我离开了人间，
我的灵魂也保持着对你的爱恋。

"为了迎接美丽的南西拉，
我要左手举着芳香的鲜花，
为了铲除缠绕你的毒蛇，
我要右手紧握锋利的宝刀。

"我要挥动犀利的宝刀，
去斩断恶魔的十个头颅，
我要编结绚丽的花环，
把心爱的南西拉紧紧环绕。"

南西拉读完召朗玛深情的书信，
晶莹的泪水遮住了眼睛，
像久旱的花朵吸到了雨露，
如云蔽的月亮重见了光明。

"感谢你呀，阿努曼，
我丈夫的勇敢的使者，
你给我带来了召朗玛赤诚的心，
你给我带来了新的生命。

"看到亲爱的召朗玛的信物，
我才有力量生活下去，
听到他真诚热情的倾诉，
我的爱更是至死不渝。

"可是宽阔万约的大地，
被蔚蓝无边的海洋隔断，
召朗玛的大军怎能来到兰嘎？

看来我一时难以同丈夫见面。

"你勇敢机智本领高强，
只身能够跨过宽阔的海面，
而我是一个软弱无能的女子，
又怎能回到丈夫的身边？

"为了保证你胜利完成使命，
你快先离开这里，
把情况告诉召朗玛，
我等着他一举攻下允兰嘎。"

阿努曼对南西拉说道：
"你不要担心海洋辽阔，
只要你允许的话，
我可以背你穿云飞过。"

"普天下的女子，
没有哪个像我这般受苦受难？
普天下的女子，
没有哪个像我这样寂寞孤单。

"我常常就像要断气一样，
是思念和期待使我活在人间，
我是多么想立刻跟随你，
跨过海洋回到召朗玛身边。

"可是不行呀，阿努曼，
为了忠实于我的丈夫，
在十头王把我抢劫到勐兰嘎之后，
我曾经向天神发过誓言：

"'除了我的丈夫召朗玛，
任何男人都不能贴近我的身子，
谁要是接触了我，
他就会减弱神威和力气。'

"你是男人我是女人，
我怎能让你背着我飞行，
人们看见了会耻笑，
天神知道了要严惩。

"我只有在此将你们盼望，

请你不要管我快回去报信，
叫召朗玛快快前来搭救我，
让我尽早脱离这苦海险境。"

南西拉说完泣不成声，
好半天才恢复了心情的平静，
她拔下七根黝黑的头发，
表示对召朗玛的绝对忠诚。

她取下脖子上的金项链，
表达自己爱情的坚贞，
这些贴身的物品，
托阿努曼带给召朗玛珍存。

三 火烧允兰嘎

御花园里的奇花异草，
阿努曼把它用脚踩碎，
它告别南西拉正要起飞，
被守卫的士兵发现重重包围。

他们大叫大吼扑过来，
"你这白毛猴子还不赶快下跪，
今天你不投降就不得好死，
我们要把你剁成肉酱踩成泥灰。"

阿努曼顺手拔起椰子树迎战，
把围拢的士兵扫倒一大片，
支援的士兵又蜂拥上来，
阿努曼又把他们打得四脚朝天。

一个卫兵急忙跑去报告捧玛加，
"居于我们头上的无比神威的王，
有一只白猴只身闯进御花园，
把我们许多卫兵打死打伤。

"它武艺高超、神通广大，
请赶快派大将去捉拿，
去晚了御花园会变成平地，
也难以保住塔楼里的南西拉。"

捧玛加听了怒火满腔，
气得十个头左右摇晃，

他命令儿子英达西达：
"你快带些兵去把猴子捉来。"

队伍像蚂蚁似的向花园驶去，
一齐射出雨点般密集的箭，
阿努曼拔起大青树来遮挡，
被英达西达的利箭射成两截。

发怒的阿努曼又拔起糖棕树，
犹如五月的山火气势猛烈，
被它扫倒的士兵堆满花园，
就像纷纷掉落地上的树叶。

英达西达吓得掉头逃走，
士兵跟着他就像受惊的马群，
他惊魂未定向捧玛加报信，
"大事不好，我的父亲。

"我率领士兵去捉拿猴子，
不料它本领高超难以战胜，
它的力气抵得上千头大象，
美丽的御花园已被它踏平。"

傲慢无比的捧玛加怒火冲天，
像发疯的公象跳出宫殿大门，
他命令英达西达带领更多的士兵，
布下天罗地网把御花园围困。

阿努曼隐藏在高高的椰子树顶，
众兵丁四处寻找不见踪影，
他们以为阿努曼已经逃遁，
一齐赞颂十头王的威风。

"我们大王的十个头颅，
哪个见了不胆战心惊，
听说他要亲自带人来捉猴子，
小白猴吓得赶快逃遁。"

他们坐在椰子树下休息，
有的说笑，有的打盹，
顽皮的猴子在树上撒了一泡尿，
尿撒空中就像细雨纷纷。

英达西达感到很纳闷，
"不对，太阳当空天大晴，
是什么水这样腥臭难闻？
像雨点泼了我一脸一身。"

众兵丁抬头往上看，
只见白猴叉腰站在树顶，
他们慌忙拉弓射出密箭，
椰树被击成碎片糠粉。

椰树和阿努曼都没有了踪影，
只见一股浓烟直往上升，
"白猴已被我们射成肉酱，
就连它的毛也变成了灰尘。"

士兵们幸灾乐祸得意忘形，
还没笑完，烟尘散尽，
忽见在另一棵参天贝叶树梢，
白猴坐在叶柄上讥笑他们。

英达西达勃然大怒，
把三支神箭射向贝叶树，
神箭旋绕变成三条绳索，
把阿努曼的身子紧紧捆住。

力大无比的阿努曼用力一挣，
三根绳子断成碎条，
但是阿努曼用力过猛伤了元气，
霎时头昏眼花脚站不稳。

它从贝叶树上跌落下来，
士兵蜂拥而上把它捆紧，
阿努曼被押到宫廷，
仇恨满腔的捧玛加亲自审问。

"你是什么地方的野物？
竟敢践踏我的御花园，
你来我的王宫干什么？
是谁派你钻进我的宫殿？"

"我破坏你的御花园，
是对你的一个小小的警告，
你要是还不悔悟继续作恶，

你还会戕害你的岛国。"

骄横的十头王怒不可遏，
下令结束阿努曼的生命，
"你们把它抬到城外的森林，
把它剁成肉酱方解我心头之恨。"

四十五个士兵抬着捆紧的白猴，
吵吵嚷嚷来到阴暗的森林，
他们举刀向白猴的腰杆砍去，
却只斩断了阿努曼身上的棕绳。

阿努曼忽地站起身，
抡起抬它的扁担横扫士兵，
只留下四条大汉，
其余士兵逃不脱死亡的厄运。

阿努曼又抱起手来，
命四个大汉把它捆紧，
四个大汉只得乖乖听令，
又把白猴抬回宫廷。

捧玛加见了气得咬牙切齿，
"你们把它放进石碓里，
一百个人轮流用力舂，
把这可恶的白猴舂成肉泥。"

众士兵高兴地舂着碓，
阿努曼觉得有人帮它捶背，
兵丁舂得精疲力竭大汗淋漓，
阿努曼在碓里闭着眼睛打瞌睡。

捧玛加见了又惊又气，
下令用烈火将它烧死，
阿努曼被丢进炉子关上盖，
一百个士兵拉动风箱鼓气。

炉子比太阳还红火，
士兵们热得汗流如雨，
打开炉盖不见白猴的骨灰，
却见它敞衣乘凉坐在风箱里。

炭火没有烧焦白猴一根毫毛，

士兵们个个惊愕，面面相觑，
"白猴的身子比黄牛还大，
竹筒粗的风箱口它怎么进得去。"

捧玛加颤抖的心更加疑虑，
"这个白猴神威太不同一般，
它可能是召朗玛派来的暗探，
我定要杀掉它以绝后患。"

十头王向大臣和武官下达命：
"快把白猴抬到偏僻的深沟，
用长长的土布把它从脚裹到头，
还要运去几十桶芝麻油。

"把芝麻油煮得沸腾滚烫，
泼在白猴身上，渗透猴毛，
再点起大火把土布烧着，
就算它有天大的本领也活不了。"

阿努曼听了暗暗好笑，
装着胆怯心悸发出哀叫：
"我的命系在尾巴上，
请你们只烧身子别让尾巴烧焦。"

十头王听了暗自高兴，
命令士兵从猴子尾巴烧起，
他以为这一招万无一失，
定把白猴置于死地。

士兵把白猴抬到偏僻的山洼，
阿努曼的身子变得越来越大，
长长的土布只够裹尾巴，
点燃了土布就像烧着一个火把。

浸油的土布比蜡条还易燃，
比干季的野火烧得更快，
阿努曼突然大吼一声，
带着"火把"腾空飞起来。

阿努曼飞进允兰嘎到处乱窜，
穿过密密的房子又钻进宫殿，
窜到哪里尾巴把火种带到哪里，
允兰嘎到处烈焰翻卷。

捧玛加惊慌失措手忙脚乱,
拿着弓赛宰跑出宫殿,
坐上飞车去到遥远的原始森林,
托帕拉西替他把神弓保管。

"好心的圣者帕拉西,
这是天神父亲恩赐给我的弓赛宰,
它能制敌死命有无穷的威力,
而我自己的生命就系在这把弓里。

"现在猴子阿努曼正在纵火行凶,
允兰嘎许多地方烈火熊熊,
烧毁这把弓箭我就失去生命啊,
只好请你保存日后我再来取回。"

捧玛加带来一块竹片,①
上面刻着古怪的符号和文字,
一刀劈开各人拿一半在手里,
作为日后领取弓赛宰的证据。

阿努曼巧计放火烧着了允兰嘎,
迅速带着身上的火钻进海洋里,
身上的火苗淹灭了,
唯有尾巴还冒烟不熄。

阿努曼只好飞进森林求救,
帕拉西给它指出一个秘诀,
"海水不能把你尾巴的火苗淹熄,
只有你身上的水可以把它浇灭。"

聪明的阿努曼立即明白了,
撒了一泡尿把尾巴上的火浇熄,
它卸掉身上的负担无比欢喜,
轻快地向烟雾弥漫的海面飞去。

四 出探归来

捧玛加匆匆赶回都城,
看见到处是烟火、灰烬、瓦砾,
恨得十双大眼闪出血光,

立即派诡计多端的维亚干追击猴子。

维亚干腾云驾雾朝前赶,
落到白猴必须经过的海面,
他将身子变成一个绿色的小岛,
长出的瓜果芳香又鲜艳。

这样新鲜的瓜果谁不爱吃,
白猴见了更是会垂涎下地,
只等阿努曼把瓜果吃进肚子,
就把它压到深深的海底。

阿努曼飞到宽阔的海洋上空,
看见下面有个瓜熟果香的小岛,
它回想来时这里烟波浩渺,
怀疑是十头王暗害它设下的圈套。

阿努曼跃上一千约的高空,
又像老鹰似的俯冲下来,
用它的双脚猛蹬小岛,
把岸边的岩石踩塌了一大块。

维亚干痛得大声惨叫,
见阿努曼不上他的圈套,
只能恢复原形跳离海面,
在空中还一阵阵心惊肉跳。

维亚干鼓足力气扑向阿努曼,
白猴一跃腾空一千多约,
然后像箭一般俯冲过去,
一把抓住维亚干扭打起来。

大力士维亚干忽地闪开,
把阿努曼甩出一千多约,
阿努曼落地又跳回来,
两个扭成一团难分难解。

他们从海洋打到岸上,
又从陆地打到空中,
就像两只扭打在一起的黄蜂,

---

① 另一传说是用两根棍子,上刻一百道线纹,两人各持一棍,作为凭证。

分辨不出谁雌谁雄。

维亚干觉得显示力气的时候到了，
拔起一棵粗大的椰子树猛打过来，
神威的阿努曼也拔起丁香树，
把维亚干手中的椰子树打下大海。

阿努曼冲过去抓住维亚干，
把他远远地摔下大海，
维亚干落到海面又飞起来，
两人本领相当不分胜负。

阿努曼心生一计，
抱起手对维亚干开了腔：
"我们都是能征善战的武将，
只是效忠的王各不一样。

"我们这样胡抓乱打，
犹如小孩子玩游戏，
打了半天不过瘾，
不疼不痒白费力气。

"现在我俩来比一比，
谁力气最大、最有本事，
每人拔起三棵糖棕树，
轮流敲打对方的头三次。

"谁的头骨最坚硬，
谁经得住大树敲打，
就算他的神威最高，
就算他的本领最大。

"如果谁被打死了，
就是他命该如此，
我现在就等着你，
你就从我先打起。"

维亚干听了十分高兴，
觉得白猴真比肥猪还蠢，
叫我先动手是个好机会
我可一棒就使白猴命归阴。

维亚干拔起三棵糖棕树，

瞄准白猴的头顶打下来，
机灵的阿努曼一闪身飞到云天外，
维亚干第一次出手就失败。

维亚干第二次打来，
阿努曼一侧身钻进海里，
过一会儿又从水面冒出头，
呼唤维亚干再来最后一击。

维亚干急得像大火烧身，
使出吃奶力气砸向白猴的头顶，
只见水花飞溅波浪滚滚，
白猴又站在他面前完好无损。

阿努曼笑嘻嘻地对维亚干说：
"我已承受你的三次打击，
现在轮到你低头站在我面前，
让我举起大树来打你。"

阿努曼拔起三棵糖棕树，
把三棵树紧紧扭在一起，
它向维亚干举起大树，
故意装着要打的样子。

狡猾的维亚干立即躲进地底，
阿努曼并没有打下去，
维亚干以为没事探出头来，
阿努曼瞄准了给他闪电的一击。

维亚干的头骨被敲得粉碎，
脑浆和乌血四面溅飞，
杀死了拦路的鬼魅，
阿努曼高兴地继续返回。

到了召朗玛和腊嘎纳面前，
阿努曼把出探的结果禀告：
"尊贵的召朗玛，
阿努曼已去到勐兰嘎。

"我见到了天镜般明净的南西拉，
她孤独一人被关进高塔，
她坚贞不屈忠于你，
没有谁能挨近她。

"捧玛加对她苦苦追求，
说了多少比蜜还甜的好话，
又威胁利诱南西拉把你忘掉，
他愿把整个勐兰嘎交给她。

"善良、忠贞的南西拉，
声声把可恶的十头王痛骂，
甜言蜜语不听，
威胁利诱不怕。

"为了保持自己宝石般的纯洁，
她被劫后已向苍天发出誓言，
除了自己的丈夫召朗玛，
天下所有的男人都不能挨近她。

"贪淫好色的捧玛加，
不敢对她非礼动手动脚，
只能眼巴巴看着心里难受，
就是因为害怕南西拉的诅咒。

"我本想把她背回来，
由于我是一个男子汉，
她不愿意损害我的神威，
声声催促我只身赶回。

"你的信件她捧在胸前，
读了一遍又一遍，
眼泪像八月的雨点，
倾泻不尽对你深深的怀念。

"她拔下自己的七根头发，
表示和你的心紧紧相连，
她取下脖子上的金项链，
表示永远围绕在你的身边。

"我正要离开南西拉，
不料被卫兵发现捉住，
十头王下令把我烧死，
我将计就计烧着了宫殿和房屋。

"南西拉托我把这些信物交给你，
表示永不变心将你等待，

请迅速把大军开进勐兰嘎，
她盼你营救、准备迎接胜利到来。"

召朗玛接过项链和头发，
深情地亲吻了一下，
妻子的忠贞使他感到安慰，
南西拉的遭遇又使他伤心落泪。

他把妻子的头发放进衣袋，
把闪闪发光的项链挂在胸怀，
亲爱的妻子南西拉啊，
仿佛就在自己眼前接受抚爱。

他仿佛听见南西拉的声声呼唤，
他好像看见南西拉站着盼望救援，
迅速渡海和捧玛加决一死战，
在召朗玛心中已是刻不容缓。

第十四章　战前

一　架桥

猴子大军在海岸边安营扎寨，
等待漂洋过海的命令，
阿努曼送信侦察胜利而归，
召朗玛命令把大桥赶造起来。

猴兵猴将像蜜蜂倾巢出动，
海边热闹忙碌胜过赶摆，
它们从森林砍来大树小树，
它们从山上搬来大小石块。

有的深入海底建造桥墩，
有的在岸上来回运输奔忙不停，
歌声、笑声和呼唤声，
震撼着辽阔的海洋和森林。

满山遍野是猴子，
一座座大山被搬平，
有的在陆地上行走，
有的从空中飞行。

一排高大的岩石墩，
整齐地屹立在海面上，
猴子大军艰辛劳动三个月，
巍巍大桥飞跨辽阔的海洋。

猴兵猴将们高兴万分，
谁知突然发生了不幸，
一个个桥墩全部塌陷，
大桥被汹涌的波涛冲毁。

召朗玛和嘎林，
指挥猴子再次建桥，
运来比大象还大的石头，
把桥墩垒得更加坚牢。

阿努曼一次抬来一百棵树，
嘎林王一次搬来一座大山，
眼看大桥就要通向勐兰嘎，
大海一阵震动，又把大桥摧垮。

温和的召朗玛也变得暴跳如雷，
挥动宝刀催促队伍重新搭架，
勐基沙的大小百姓完全出动，
人马更多，声势更浩大。

天空、地面，海上、森林，
全是架桥的猴兵和人群，
白天黑夜又苦战了七个月，
架起的大桥又被怒吼的海浪掀平。

三次架桥三次都失败，
召朗玛冷静下来细细思考，
是海底有什么怪物同我作对，
还是我的福分菲薄命运不好。

他派阿努曼上天请叭英指点，
叭英说是海底有大螃蟹作怪，
它用大脚横扫海底，
架起的大桥就东倒西歪。

阿努曼立即返回地上，
用它的神眼向海洋深处探望，
果见一只斑壳大蟹在海底平躺，
倒塌的石块滚落在爪子两旁。

螃蟹的身子比山还大，
螃蟹的大脚有一百约长，
螃蟹在海底横行霸道，
不除掉它就休想架起桥梁。

阿努曼准备下海擒拿螃蟹，
特地把自己的尾巴伸长，
它叫大家拖住他的尾巴，
尾巴摆动就把它拉上岸。

阿努曼纵身跳进深深的海底，
紧紧抓住大螃蟹的双夹，
大家在岸上发现尾巴摇动，
立即把大蟹拉上沙滩准备宰杀。

慈善的召朗玛嘱咐大家：
"你们不要一气之下杀害它，
只要砍掉它的两只前夹，
它就没有本事把大桥摧垮。"

螃蟹被阿努曼扭断前夹，
扔到海里就气衰力竭一命呜呼，
召朗玛用一只前夹做了一面螃蟹大鼓，
频频鼓声催动士兵前进的脚步。

另一只前夹送给天上的叭英，
叭英也用它做了一面大鼓，
从此只要天上鼓声隆隆，
广袤的人间大地就大雨如注。①

召朗玛和嘎林下令再次造桥，
不屈不挠的精神终于结出硕果，
一道长虹跨越大海的碧波，
浩浩荡荡的队伍从桥上走过。

---

① 还有一种说法，只要天上鼓响螃蟹夹做的大鼓，人世间鸡群便扑翅应啼。

猴子大军吹响金笛、银笛，
敲响螃蟹大鼓和金筒银锣，
队伍在兰嘎岛岸边集结，
营房犹如天上落下的白云朵朵。

二　救活彼亚沙

黎明前的黑夜还笼罩着王宫，
捧玛加做了一个奇怪的梦，
海洋上飞来一只白毛老鹰，
盘旋在勐兰嘎宫殿的上空。

守卫宫殿的黑色老鹰，
和白鹰展开了激烈的搏斗，
黑鹰被撕断了翅膀，
鲜红的血水直往下流。

黑鹰重重跌落在地上，
惨死在兰嘎宫殿门口，
日出时十头王一觉惊醒过来，
宫殿里静悄悄什么事也没有。

捧玛加心里忐忑不安，
不知这是个什么征兆的梦，
他急忙把弟弟彼亚沙叫来，
叫他占卜是吉还是凶。

知识渊博的彼亚沙，
轻轻翻开神灵的天书，
用神笔在木板上写画，
为哥哥的噩梦占卜。

暗淡的阴云呈现在方格里，
犹如窗户蒙上了黑纱，
彼亚沙知道这是不祥的预兆，
一场灾难就要降临勐兰嘎。

心地善良的弟弟彼亚沙，
向刚愎自用的捧玛加做了解答：
"海外的白鹰飞进勐兰嘎，
预示着陈兵边境的召朗玛的行动。

"你引来了一场不可避免的灾难，

你劫来了宝石般的南西拉，
南西拉的丈夫率领千军万马，
要来攻打我们的海岛国家。

"请哥哥原谅我冒昧直说，
守卫宫殿的黑毛老鹰，
代表着黄金般珍贵的大王，
正是你——无比威望的哥哥。

"我们的国家已经年迈力衰，
经不起战乱的折腾破坏，
如果我们再与他们作对，
将无法逃脱战争的失败。

"哥哥呀，你不能再被贪婪淫乱蒙住眼睛，
是聪明的人识时务，
时间虽然紧得像待发的弩箭，
但现在你还来得及改邪归正。

"趁早把南西拉送还给召朗玛，
求他宽恕你一时的过错，
只有哥哥你这样做了，
才能解除这场可怕的灾祸。"

无比傲慢固执的捧玛加，
听不进弟弟的诤谏和忠告，
他面红耳赤、怒火中烧，
犹如发疯的野牛狂吼乱叫。

"只问你一点小事，
你竟然这么啰啰嗦嗦，
你不是给我献计献策，
却这样一派胡言乱语。

"你简直是在扰乱军心，
大敌当前你却妄自菲薄，
你是隐藏在勐兰嘎的毒蛇，
是隐藏在我身边的灾祸。

"你说出这么多不吉利的话，
你把我说得还不如蚂蚁，
简直是长敌人威风、灭我的志气，
我要把你这胆小鬼丢进海洋里。"

十头王越骂越气愤，
抓住彼亚沙脚踢拳打，
彼亚沙受伤的心啊，
卷缩得像晒枯的荷花。

正直的彼亚沙又慷慨陈词：
"杀了我也要把事情说个明白，
召朗玛并没有侵害过我们，
是你把他的妻子无理抢来。

"现在召朗玛的军队近在咫尺，
我们的国家危在旦夕，
召朗玛伸张正义有天神佑助，
你怎么能拿国家命运当儿戏？

"回想天神父亲曾对我们谆谆嘱咐，
森林里的白猴不能屠杀，
正直善良的王子不能欺侮，
我看召朗玛就是这个王子。"

残暴昏庸的捧玛加，
气得胡子直立眼冒金花，
"该死的多嘴的彼亚沙，
竟敢说出这些混账话。

"就是神仙也要向我磕头，
我曾打败天神叭英，
天底下的人都得服从我，
何况一个小小的召朗玛。"

他不容分说令士兵把彼亚沙捆起，
绑在竹筏上，流放大海里，
任狂风暴雨将他扑打，
让惊涛骇浪把他吞没。

犹如笼中小鸟有翅难飞，
彼亚沙在死亡线上挣扎，
在海面上漂浮了整整三天，
经受日晒、风吹、雨淋、浪打。

狂风卷起层层波浪，
竹筏在大海里随风飘荡，

海浪没有吞没正直善良的人，
彼亚沙漂到召朗玛驻扎的地方。

召朗玛见海上漂来一张竹筏，
叫人把它拉到岩石峥嵘的岸边，
筏上躺着一个被紧紧捆绑的人，
脸色苍白，气息奄奄。

召朗玛心中产生无限的怜悯，
亲手给他解开身上的棕绳，
把他轻轻扶进岸边的帐篷，
用泉水和食物挽救了他的性命。

召朗玛用柔和的言语介绍自己，
又关切地询问受难者的遭遇，
彼亚沙从死亡中被救活，
对恩人召朗玛深深的感激。

"我哥哥就是十头王捧玛加，
我是他的三弟彼亚沙，
他不听我忠言相劝，
反诬我是胆小如鼠的内奸。

"你们把我搭救上岸，
我发誓对你们绝对忠诚，
请收留我助你们一臂之力，
协助你在战争中取胜。"

召朗玛听了十分同情，
嘎林听了也十分欢迎，
"早就听说他心直如箭，
是个具有远见卓识的人。

"他熟知勐兰嘎内情，
洞察十头王的隐秘，
收用他来辅助你，
我们定能夺取最后胜利。"

召朗玛和彼亚沙庄严地立约发誓，
双方赤诚相待，齐心协力，
将来战胜凶暴的十头魔王，
彼亚沙就是勐兰嘎的主人。

三　漂尸

彼亚沙成了召朗玛的帮手，
十头王气得浑身发抖，
他做梦也没有想到弟弟还活着，
竟然成了自己的死对头。

诡计多端的捧玛加，
急得心里就像刁猫抓，
他想阻止住召朗玛的进攻，
气急中想出一个退兵的办法。

他把会变相换形的月雅嘎喊来，
要它变成南西拉美丽的人形，
让它装作不堪折磨跳海的样子，
让尸体顺着海水漂向猴子营地。

月雅嘎摇身变成死去的南西拉，
顺着滚滚的波浪向远方漂去，
召朗玛在海边洗澡游泳，
发现蓝色的水中漂着一具女尸。

身材像南西拉一样颀长苗条，
脸庞像南西拉一样俊俏端正，
发丝像南西拉一样乌黑光亮，
脸色像南西拉一样嫩细白净。

召朗玛顿觉天昏地暗，
恰似万箭穿过胸肺，
他把死去的爱妻抱到岸边，
号啕大哭，满脸眼泪。

"南西拉啊，我的妻子，
你为什么把眼睛紧闭，
我们到处将你寻觅，
难道就得到这个结局？

"我们穿过阴暗的森林，
我们涉过寒冷的河水，
经历了多少艰难和辛酸，
承受了多少痛苦和伤悲。

"鲜花开放的时候，
我眼前出现你的笑脸，
乌云笼罩的日子，
我心中感到你的温暖。

"历尽千辛万苦找到了你的下落，
满怀着希望与你幸福的会合，
谁知迎接我的不是你的欢笑，
竟是你被残害的冰凉的躯壳。

"为了你我才到处奔走，
为了你我才大动干戈，
你死了我来到还有何用，
满心的希望全成了泡沫。"

召朗玛的眼泪洗刷着尸体，
哀伤的哭声久久不停，
"他们竟然下了这样的狠心，
是不是阿努曼的鲁莽行为造成。

"他放火把允兰嘎烧成灰烬，
十头王就拿你泄愤，
把你推进海洋淹死，
用你脆弱的生命抵偿仇恨。"

阿努曼带着猴群闻声赶来，
站在一旁审慎观察，
"英明的召朗玛，
这不像你的妻子南西拉。

"南西拉曾表示要耐心等待你，
绝不会突然轻生自杀，
贪淫好色的捧玛加，
怎舍得杀害到手的南西拉。

"可能是他指使妖怪变的把戏，
来扰乱军心把你欺诈，
他妄图欺骗我们，
让我们撤离勐兰嘎。"

召朗玛听了将信将疑，
请彼亚沙来占卜算卦，
彼亚沙翻开万能的天书，

立刻认出它是吃人的妖怪月雅嘎。

召朗玛还是心存疑虑，
坚持要按照古老的风俗火葬，
万一真的是妻子南西拉，
好让她的灵魂进入天堂。

猴兵把尸体放在干柴上，
火光把蓝色的海水照亮，
月雅嘎害怕大火烧毁灵魂，
随着袅袅浓烟升到天上。

这躲不过阿努曼的神眼，
它纵身跳上天空紧追月雅嘎，
月雅嘎一看难以逃脱，
回过身来同阿努曼厮打。

女妖哪里是阿努曼的对手，
阿努曼一下就抓住它的双脚，
把它从天上摔到地下，
然后对召朗玛大声说道：

"如果它是你亲爱的妻子，
如果它是美丽的南西拉，
现在我把它抓来交给你了，
你就把它领回家去吧！"

悔恨自己感情脆弱分不清真假，
召朗玛低着头说不出话，
他在大家面前感到羞愧，
回到帐篷悄悄把自己责骂。

猴子兵围着披头散发的月雅嘎，
嘲笑它以假乱真还是逃不脱惩罚。
阿努曼一拳结束了它的性命，
一脚把它踢下海边的悬崖。

四　劝降

召朗玛的大军在海边驻扎，
一个月来天天操练兵马，
一切事情都准备就绪了，
才选定日子向勐兰嘎进发。

心胸如同火烧的旺果，
手脚早已发痒的嘎林，
恨不得快点打仗，
和十头王交锋比个输赢。

胸襟宽阔的召朗玛，
一一劝说它们冷静：
"勐兰嘎已被我们围困，
神圣的战争一定要先礼后兵。

"我们不是要侵占勐兰嘎的领土，
我们不忍心让无辜的百姓血流成河，
我要先派人去与捧玛加谈判，
再决定是战还是和。

"如果十头王把南西拉送还给我，
我们就把大军撤回本国，
如果他仍然执迷不悟，
我们再用武力惩罚他的罪恶。"

猴王嘎林赞同召朗玛的主意说：
"应派一个人前去劝他投降，
阿努曼曾火烧兰嘎城不宜再去，
再去定会惹起一场血战。

"这次去同十头王打交道，
我的侄子旺果较为恰当，
因为它的父亲与捧玛加相识，
捧玛加曾败在巴力莫的手上。"

召朗玛同意派旺果作使臣，
旺果一跃便在空中消失，
黎明时它大摇大摆走进允兰嘎的宫殿，
又用长尾巴给自己绕成一个宝座。

宝座和十头王的一样高大厚实，
神气十足的旺果盘腿坐着，
捧玛加上朝时见了暗暗吃惊，
不由得对白猴厉声吆喝。

"哪里闯来的白猴子，
竟敢占据我的宝座？"

"我坐的是我的尾巴呀，
难道自己身上的肉也不能坐？"

捧玛加一时发了愣，
回过神来才又重新发问：
"你到底是来干什么的？
不说清楚可别怪我心狠。"

旺果微微合掌：
"勐兰嘎威严的国王啊，
你曾和我的父亲巴力莫在空中较量过，
怎么连老朋友都已忘却？

"无比神威的父王饶了你的性命，
你曾许下了做一辈子朋友的誓约，
父王临终时嘱咐我继续做你的朋友，
现在我怎能不管你的死活？

"勐兰嘎已被召朗玛的大军重重围困，
眼看就要爆发可怕的战争，
召朗玛派我来同你谈判，
要求你把他的妻子南西拉送还。

"我父亲的厉害你已尝过，
它也在召朗玛的箭下升上天国，
你的姑奶奶和两个表叔，
也没有从召朗玛的手下逃脱。

"你要忏悔过去的罪恶，
别再一意孤行招惹灾祸，
要是你妄自尊大不听劝说，
就会粉身碎骨自食其果。"

捧玛加听后暴跳如雷说：
"我是威望无比的十头王，
人世间没有谁能和我相比，
我怎能同低贱的猴子交往。

"召朗玛有什么力量和本事？
他还抵不上我左手的小拇指，
我轻轻放个屁，
也能把猴兵猴将冲到天边摔死。

"你竟敢在我面前说大话，
我要把你剁成肉泥，
就算你插上一百对翅膀，
今天也逃脱不了死亡的下场。"

捧玛加狠狠地咒骂一顿，
气得把宝座猛烈捶击，
高声叫来武官贡巴嘎和贡巴吉兄弟，
让他们把猴子拉出去处死。

他们架着旺果的左右手，
飞也似的跑出宫去，
他们的力气胜过十头大象，
他们架着旺果边走边商量。

"我俩把白猴子抛上高空，
让它重重砸在岩石上，
粉身碎骨成肉泥，
我们再把猴肉的滋味品尝。"

两兄弟喜滋滋地走出城门，
刚要动手抛杀猴子，
旺果冷不防甩开他们的手臂，
抓住他俩纵身飞上九霄云里。

左手举起贡巴嘎，
右手举起贡巴吉，
把兄弟俩一掷下地，
两个小子跌成两滩泥。

旺果乘机飞进宫殿的花园，
悄悄钻进南西拉居住的塔楼里，
它把召朗玛和腊嘎纳跨海的消息，
告诉孤独愁苦的南西拉。

勇敢的旺果飞回自己的阵地，
把劝降经过禀告召朗玛，
召朗玛见谈判要不回南西拉，
下令全军准备进攻勐兰嘎。

五　劫营

两兄弟被杀死后，

十头王叫来自己的儿子歪亚拉，
吩咐他施展妖法去劫营，
偷偷捉拿召朗玛和腊嘎纳。

神通广大的歪亚拉连夜出动，
像一只老鹰钻进召朗玛的兵营，
歪亚拉念出咒语吐出黑气，
召朗玛的官兵东倒西歪昏昏沉沉。

歪亚拉抓起沉睡不醒的召朗玛兄弟，
朝远处的海岸飞去，
他把两人关在岩石上的木笼里，
洋洋得意，一阵狂喜。

"这是桌上的肉砧板上的鱼，
我在漆黑的夜里不把他们处死，①
我现在先回王宫睡觉，
待明日再把他们扔进锅里炮制。"

当东方微微现出曙光，
彼亚沙一个人醒了过来，
全军呼呼大睡使他吃惊，
四处寻找不见了召朗玛两兄弟。

守卫他俩的人密如树桩，
左边睡着嘎林、旺果和嘎木达，
右边睡着摩米、阿努曼和玛尼腊，
统帅失踪竟然无人觉察。

彼亚沙立即卜卦，
马上看出是歪亚拉使了魔法，
只等明天海面上升起太阳，
召朗玛兄弟俩就将被煮成肉汤。

彼亚沙把全体官兵喊醒，
大家急得犹如烈火烧心，
嘎林派阿努曼立即启程，
用闪电的速度去挽救两人的生命。

阿努曼像风一样往前飞奔，
太阳正在海面上冉冉上升，

阿努曼急忙转身扑向太阳，
扯下一块黑云把太阳裹紧。

它双手抓住太阳使劲摇晃，
迫使它退回深深的海洋，
霎时漆黑的云雾又遮盖大地，
只有星星在天上闪光。

召朗玛兄弟俩被曙光唤醒，
发现自己被紧捆关在木笼里，
突然天地又坠入一片黑暗，
两兄弟非常诧异和惊恐。

阿努曼突然跳落在岩石上，
砸开木笼替召朗玛兄弟俩松了绑，
它又返身揭开太阳身上的乌云，
太阳立即升起露出鲜红的脸庞。

歪亚拉醒来回到岸边杀俘虏，
只见召朗玛兄弟俩和阿努曼正要起飞，
他气得脸上青筋突暴杀了过去，
却被阿努曼拔起椰子树打进了海里。

召朗玛兄弟俩遭受灾难被救回，
全靠阿努曼的勇敢和彼亚沙的智慧，
召朗玛感谢两人的忠诚，
对他们比以往更加尊敬。

第十五章 初战

一 围城交锋

劝降等于用鸡毛拦火，
好话被当作怯懦和软弱，
十头王不但不回心转意，
反而更加狂妄、更加可恶。

---

① 傣族规矩，晚上不杀人。在晚上杀人看不清楚，怕出差错。

只有快刀才能斩断毒蛇，
只有神箭才能征服恶魔，
要救回可怜的南西拉啊，
只有出兵一条路可以选择。

惩办凶顽的主意已经拿定，
召朗玛满怀胜利的信心，
他下达神圣的命令，
立刻向允兰嘎发起进攻。

召朗玛走出来了，
看他多么神气威风，
手持明晃晃的宝刀，
肩挎亮铮铮的神弓。

犹如站在白云上的天将，
指挥着气势磅礴的天兵，
身边站着忠实的弟弟腊嘎纳，
眼前的兵马像无边的森林。
召朗玛亲自把兵力调配，
把大军分成四方五路纵队，
强大的兵方放在中心主攻，
进行两翼夹击四面包围。

召朗玛任命了指挥各方的首领，
详细交代了进军的路线，
"攻打允兰嘎的正中大门的任务，
交给神通广大的阿努曼。

"能征善战的摩米做它的助手，
带足精壮的兵马数万，
一开始攻城要勇猛果敢，
犹如奔腾的洪水冲决堤岸。

"占领墙高地险的北面的任务，
交给猴王嘎林和阿哈，
迂回侧攻要快如迅雷闪电，
首先占领居高临下的宝塔。

"登上地势陡峻的西面的任务，
分给勇敢无畏的旺果和玛尼腊，
打通紧靠海洋的城南的任务，
交给嘎木达和腊塔。

"剩下的兵马由我和腊嘎纳指挥，
智慧的彼亚沙做我们的军师，
监视勐兰嘎的天空和海面，
防止十头王临危逃窜。

"四方五路的大军，
统一听我的号令，
行动要勇猛迅速，
要像一齐起飞的雁群。

"要在同一个时间里，
一齐围攻兰嘎城，
以太阳升起为出击时间，
隆隆的炮声就是进攻命令。"

太阳从山上升起，
炮声震撼着大地，
各路兵马一齐出动，
向宽阔的允兰嘎围去。

霎时大地一阵阵摇晃，
犹如满天的云雾翻腾，
数万威风凛凛的猴子兵，
把允兰嘎团团围困。

守卫允兰嘎的官兵，
急忙进宫向十头王通禀，
"就像大火烧着茅草屋顶，
战火已经烧到都城。"

捧玛加得知敌情，
迅速向全勐发布了迎击敌军的命令，
调集精锐部队投入保卫都城的战斗，
几路兵马等待着十头王的指挥。

捧玛加十双眼睛闪出红光，
命令长子英达西达出征，
由古麻帕和干塔两将辅助，
带领一支劲旅担任全军的前锋。

"你们要给进犯的敌军以致命打击，
要抓活的朗玛来见我，

我要在南西拉面前将他斩杀，
让她亲眼看见丈夫的下场。"

英达西达高傲地保证：
"父王啊，相信你的儿子吧！
我一定执行你的命令，
活捉召朗玛，杀退猴子兵。"

三人骑着大象戴上铁帽，
举着绿绸旗幡，率领一支精兵，
风驰电掣出了城，
和召朗玛大军对阵。

所有的大路小径都严加封锁，
各个垭口洼地都栽上竹刺，
英达西达给朗玛送去木刀，
写下正式交战的通牒。

召朗玛接过木刀看着通牒，
上面写着傲慢与威胁的话，
"我父亲是威震天下的捧玛加，
我是不可战胜的英达西达。

"如果你这流浪者想活命，
就快到大王的面前跪下，
如果你胆敢同我较量，
等待你的只有死亡的下场。"

召朗玛命令兵马出阵，
一队队猴子兵冲向英达西达的兵营，
双方厮杀在一起，山摇地动，
鲜血遍地流淌，一片殷红。

英达西达和干塔拉起大弓，
射出两支神箭，声震苍穹，
阿努曼的兵马纷纷逃窜，
如同决堤的山洪。

兰嘎兵乘势紧紧追赶，
猴子兵被杀得纷纷倒下，
阿努曼和摩米见了勃然大怒，
拔起贝叶树向敌群猛打。

英达西达立即拉动大弓，
把神箭射向高高的树梢，
树叶飞落变成一根根绳索，
追上来捆绑猴子兵的手脚。

猴子兵见了慌忙逃跑，
绳索又变成椰子树粗的蟒蛇，
口吐毒舌、遍地游动，
追得猴子兵丧魂落魄。

阿努曼急中想起自己的神弓，
它射出的神箭变成遮天蔽日的巨鹰，
巨鹰的身子比老象还大，
弯弯的尖嘴把蟒蛇吃尽。

英达西达的妖法失灵，
猴子兵欢呼跳跃冲进敌阵，
召朗玛指挥全线兵马，
又把允兰嘎重新包围。
嘎林和阿哈从北往南压去，
嘎木达和腊塔由南往北夹击，
旺果、玛尼腊、阿努曼在东西方猛攻，
四个战场都打得难分难解。

从北面进攻的猴王嘎林，
把一支宝箭射向允兰嘎上空，
宝箭唤来倾盆大雨，
顿时山岭、平坝爆发出滚滚山洪。

英达西达的阵地掀起波涛，
洪水的温度渐渐增高，
热流烫死烫伤敌兵过半，
残余的敌人狂叫着纷纷溃逃。

大将干塔见了大惊，
立即射出神箭飞入云层，
霎时天空卷起狂风阵阵，
把乌云吹散，热雨扫尽。

狂风不停地越刮越猛，
树木纷纷响起折断声，
人仰马翻灰尘滚滚，
召朗玛的士兵寸步难行。

古麻帕乘机放出带火的神箭，
召朗玛的阵地顿时烈焰腾腾，
风助火势，火趁风劲，
猴子兵被烧得遍地打滚。

烧焦毛的猴兵边跳边跑，
猴兵的阵地开始动摇，
腊嘎纳急忙念出咒语，
天上立即降下灭火的冰雹。

冰雹变成冰凉的雨水，
滋润着猴子兵被烧伤的皮肤，
溃烂的伤口很快痊愈，
得救的猴子兵发出阵阵欢呼。

猴子兵重整旗鼓蜂拥出击，
打得敌兵措手不及后退几里，
英达西达见队伍溃败十分着急，
迅速跳上高空大施妖术。

顿时天上卷起黄沙，
黄沙变成刀雨从猴群头上撒落，
召朗玛急忙念出一道咒语，
十万块巨石将雨刀断成几截。

阿努曼闪电般跃上高空，
和英达西达厮杀在一起，
英达西达甩开它跃上云层，
白猴不知是计紧追过去。

英达西达拔出头发吹作长棍，
抡起棍向白猴身上猛击，
阿努曼头昏目眩跌落地上，
陷进十排深的地里。

神通的摩米迅速把它救出，
用仙水灌进它的嘴里，
阿努曼像劳累时喝了凉水，
顿时苏醒浑身又有了力气。

古麻帕向受伤的阿努曼冲来，
摩米迎面向他射出一箭，

前锋的副手古麻帕中箭死亡，
吓得士兵们纷纷扭头逃窜。

二 击毙英达西达

十头王看到初战失利，
慌忙向勐松攀和勐雅哈求援，
要两勐的兵马赶快开来，
把压境的召朗玛的兵马赶走。

两勐的队伍即时赶到，
统率援军的是勇敢的武官干塔，
他们的利箭射死猴子兵成千上万，
召朗玛的阵地一片混乱。

摩米背来山里的草药，
把死伤的猴子兵救活，
阿努曼带着旺果、阿哈、嘎木达冲上敌阵，
敌兵在它们的刀棒前一排排倒下。

双方展开了肉搏战，
直杀得天昏地暗，烟尘滚滚，
鲜血染红了花草和树叶，
太阳和月亮吓得躲进云中发抖。

诡计多端的英达西达，
摇身变成天上神明的英达，
骑着宝象从天空飞下，
妄想欺骗善良的召朗玛。

"天王玛哈捧派遣我天神英达，
下凡来帮助他的儿子捧玛加，
你们出兵兰嘎丧尽天良，
定要受到天神的重重惩罚。

"我要举起神斧击出雷电，
把你们全都劈碎、轰死，
要是你们还想活命，
就赶快撤兵回勐基沙去。"

召朗玛看见这个凶恶的天神，
心中涌起了一团团疑云，
贤明的英达为什么帮助捧玛加，

我要叫彼亚沙卜算是真是假。

彼亚沙翻开神圣的天书，
把真相看清了，告诉召朗玛：
"他哪里是什么英达，
是我的侄子英达西达。"

猴王嘎林也看清这是一个假神，
就拉开大弓射出神箭，
神箭射穿了象背上的金鞍，
金鞍被击碎成一块块碎片。

英达西达露了马脚，
慌忙掉转象头逃跑，
腊嘎纳急忙拉弓射出利箭，
三十三个头的宝象被拦腰射穿。

英达西达恼羞成怒，
跃上天空用身子把太阳遮住，
霎时电闪雷鸣天地一片漆黑，
大雨滂沱把猴子兵淹没。

召朗玛感到十分吃惊，
忙把彼亚沙叫来询问，
彼亚沙回答说：
"这是我侄儿英达西达施展的魔法。

"只有生来未接触过女性的男人，
才能瞥见在黑暗中作祟的魔影，
只有连续十二年不见女人面庞的青年，
才能用神箭把隐身的妖魔射下。"

彼亚沙说出他侄子的奥秘，
召朗玛急得半天想不出办法，
"除了在森林里修行的帕拉西，
哪去找连续十二年不看女人脸庞的男人。"

弟弟腊嘎纳站出来说道：
"请哥哥不必焦虑愁闷，
你的弟弟就是这样的人，
腊嘎纳可以向苍天保证。

"我们离开繁华的都城十二年，

十二来年我从未看过女人的脸。"
召朗玛听了立即反驳他：
"你说的不是老实话。

"我们离开宫殿出走一路同行，
难道忘了有你的嫂嫂南西拉，
南西拉时时在你的眼前，
我去追赶金鹿也是你守护着她。"

宝石般的腊嘎纳答道：
"不是我把这一切遗忘，
自从离开我们的国家，
我把哥嫂当作父母一样。

"每当嫂嫂在我面前，
我都是低着头做事，
只见到她的脚尖，
从来没有看过她的脸。

"弟弟坐在嫂嫂的旁边，
也从不斜着瞟她一眼，
所以十二年我没看过女人的脸庞，
弟弟的品性经得起检验。"

听了这番忠实的表白，
召朗玛愁云顿开转忧为喜，
"如果是真的，你就抬头看看，
英达西达隐匿在哪里。

腊嘎纳仰起头向天穹仔细瞭望，
看清英达西达用身子遮住红日，
他正挥舞长刀击出雷电，
撕碎了黑云撒下暴雨。

腊嘎纳用手指着告诉召朗玛：
"他正站在我们的头顶上，
顺着我的手指看过去，
就可以看到他的身影。"

召朗玛的脸贴着弟弟的手腕，
朝他指的方向仔细观看，
但召朗玛什么都没有看见，
眼前只是一片望不透的黑暗。

召朗玛只得把弓塔弩搭在弟弟背上，
顺着他的手指射出宝箭，
宝箭穿过阴霾云雾飞向太阳，
正中英达西达的身上。

英达西达惨叫一声断成两截，
从四千万约的高空掉落，
顿时云破天开太阳重放光芒，
猴子兵拍手欢呼、高声歌唱……

第十六章　破敌

一　衮纳帕出阵

大儿子英达西达丧了命，
就像断了捧玛加的右臂，
勐兰嘎的威力减少了一半，
十头王悲愤得暴跳如雷。

他纵身跳下宝座，
挥舞着宝刀大叫大喊，
他击起大鼓把众臣僚召来，
要他们赶快去把衮纳帕找来参战。

"我十头王有满腹的血海深仇，
亲人的血不能白流，
你们立刻去岩洞里把衮纳帕叫醒，
要他火速来帮我击溃敌军。"

派出的将士在岩洞里找到衮纳帕，
他还仰卧在里面昏睡沉沉，
鼾声犹如隆隆的雷鸣，
岩洞四壁震荡着回声。

人们对着他的两只大耳朵，
敲响了震天动地的大鼓大锣，
使劲吹起尖厉的牛角号，
衮纳帕纹丝不动，鼾声大作。

大家拿来一根竹竿，

插进他的耳朵内，
任凭怎样搅动拨弄，
衮纳帕仍旧呼呼大睡。

士兵们挑来四十挑烈酒，
士兵们挑来四十挑辣子，
一起灌进衮纳帕的鼻孔里，
又用烧红的铁柱杵进去。

辣酒浓烟呛得鼻子发痒，
衮纳帕猛打了一个喷嚏，
铁柱从鼻孔里喷出来，
把十几个士兵当场砸死。

衮纳帕终于睁开了眼，
边伸懒腰边打呵欠，
"我刚睡下不久，睡得多甜，
才睡个半饱呵，谁给我捣乱。"

领头的武官急忙禀告：
"神圣的勐兰嘎遭到了灾难，
猴子兵已把允兰嘎严密包围，
大王捧玛加派我们来请你回去参战。

"我饿得肚皮贴着脊背，
赶快给我准备一顿美餐。"
武官说："威武的捧玛加正在焦急万分，
等着您迅速赶回宫廷。

"今天早晨白雾消散后，
召朗玛的大军就要攻城，
召朗玛的猴子兵千千万，
你赶快去捉拿猴子充饥。"

衮纳帕听了十分高兴，
急忙起身走出岩洞，
跟着官兵回到都城，
向哥哥捧玛加请战出兵。

十头王见了弟弟高兴万分，
向他详细述说了敌情，
派勇敢的苏列亚协助，
让衮纳帕率领全军出征。

九声炮响震得大地发抖，
苏列亚领兵首先冲下城楼，
召朗玛下令全线出击，
猴子兵如汹涌的波涛此伏彼起。

战斗进行得十分激烈，
苏列亚的队伍伤亡惨重，
鲜血淹没了战马的脚蹄，
到处堆积着士兵的尸体。

苏列亚率领残部退回兰嘎城，
威武凶猛的衮纳帕出阵，
他像一座黑山似地压过去，
大吼一声山摇地动海水翻腾。

他饿得肚子咕咕的叫，
径直闯进了猴子兵的阵地，
他发疯似的抓住猴子就塞进嘴，
想填饱饥饿的扁肚皮。

衮纳帕的耳洞有三排宽，
鼻孔像两个幽深的山洞，
吞进去的猴子从耳鼻逃出，
肚里的猴子跑得无影无踪。

衮纳帕又饿得脚软头昏，
到处找猴子虎咽狼吞，
猴子兵胆战心惊吓得发抖，
一群群向海边逃奔。

召朗玛令阿努曼去堵截逃兵，
一只猴子也不准放行，
阿努曼立刻飞到桥头，
手持宝刀威严挺立像尊石神。

溃逃的猴子兵像潮水般涌来，
它瞪圆双目大喝一声：
"衮纳帕有什么可怕的，
大家快转回去和他拼命。"

猴子兵连忙转回头，
重新集结又上阵，
它们和笨拙的衮纳帕左右周旋，
再也不到他肚里去旅行。

衮纳帕对猴子无计可施，
飞上天堂去取回他的武器，
他父亲送给他的神奇宝镖，
寄放在吉沙主拉麻尼①宝塔里。

年深日久宝镖生了锈，
衮纳帕拿到海边去磨洗，
整整磨了七天七夜，
碧蓝的海水变得浑红如血。

站在桥头上的阿努曼，
突然发现海水由清变浑，
"海水为什么改变颜色，
这原因须要查明。"

它迅速回去报告召朗玛，
彼亚沙受命实地观察，
"有人在海边磨洗宝镖，
磨镖人就是我哥哥衮纳帕。

"宝镖是我天神父亲所赐，
还授给他十头大象的力气，
这宝镖具有无穷的神威，
他有了宝镖更是天下无敌。

"宝镖一次可杀死人无数，
飞出的宝镖还会回到他手里，
他使用宝镖和我们交战，
我军的伤亡将难以算计。

"但宝镖最怕沾上脏臭的东西，
也不能在它旁边吐唾液，
宝镖受玷污威力就减弱，
再也飞不回衮纳帕的手里。"

---

① 吉沙主拉麻尼：天堂的一个地方。

召朗玛想出破敌的妙计，
叫阿努曼变成一只长蛆的死狗，
在衮纳帕磨镖的海面上漂浮，
发出一阵阵难闻的腥臭。

旺果和嘎林又变成老雕和乌鸦，
把死狗叼起来丢到衮纳帕身边，
衮纳帕闻到腥臭一阵恶心，
肠肚翻腾脏物吐了一大摊。

衮纳帕用镖尖挑起死狗，
把它抛到远远的海里，
他一边吐口水一边骂，
提着宝镖恼怒地返回允兰嘎。

二　腊嘎纳受伤

十头王捧玛加重整旗鼓，
命衮纳帕亲率大军出阵，
衮纳帕来到城外指挥冲杀，
敌对的兵马又杀得难解难分。

衮纳帕瞄准目标冲出堑壕，
把宝镖掷向召朗玛的兵营，
宝镖投中腊嘎纳的脚板，
腊嘎纳顿时倒地昏迷不醒。

失灵的宝镖再也飞不回去，
因为腥臭、口水伤了它的神力，
宝镖变成一棵粗壮的大青树，
把腊嘎纳的脚板牢牢钉进土里。

召朗玛把昏倒的弟弟抱在怀中，
轻声呼唤着弟弟的名字，
官兵们围了一层又一层，
有的号啕大哭，有的泣不成声。

彼亚沙大声提醒他们：
"大家要紧紧抱住宝镖不放，
假如宝镖脱离目标再飞回去，
宝石般的腊嘎纳就活不成。"

旺果、玛尼腊、摩米和嘎林，

手拉手把宝镖死死抱紧，
猴子们看到腊嘎纳脸色苍白，
哭叫声就像七月的蜂鸣。

衮纳帕以为召朗玛被镖戳死，
得意忘形回去向十头王请功，
"刚才两军激烈交锋，
我的宝镖已把召朗玛击中。"

捧玛加听了心花怒放，
高兴得不住地手舞足蹈，
他吩咐把南西拉押到前沿阵地，
让她亲眼看看死了的召朗玛。

南西拉被带到阵地的土包上观望，
一眼就看见自己的丈夫召朗玛，
亲爱的丈夫还健在，
原来倒在地上的是弟弟腊嘎纳。

召朗玛没有发现远处的妻子，
他抱着弟弟痛哭流涕，
南西拉的心啊焦急万分，
为弟弟的不幸落泪伤心。

召朗玛想到忠实的弟弟腊嘎纳，
曾跟随他历尽了千辛万苦，
眼看宝镖威胁着弟弟的生命，
怎不叫他泪水纵横。

猴将猴兵爬山钻林寻找草药，
神通的摩米找来奇妙的药丸，
可是草药丸丹对宝镖不起作用，
腊嘎纳的伤势一点没有好转。

彼亚沙从哀痛中猛然醒悟，
"灵验的仙药长在干塔马塔纳金山上，
取来仙药就能治好腊嘎纳的重伤，
金山位于寒冷的北方。

"到那里有十万约路途遥远，
飞快的骏马从地面走也得一年，
这样仙药有如远水解不了近渴，
腊嘎纳危在旦夕生命留存的时间不到一天。

"要是今天能把仙药取回来，
腊嘎纳敷上药就能脱离危险，
否则明天太阳从东方升起，
腊嘎纳就永远离开人间。"

猴王嘎林焦急万分，
叫阿努曼担起这个重任：
"希望你今夜把仙药取回，
时间紧迫，立刻就动身。"

阿努曼说出自己的忧虑，
"好药丑药我分不清，
药和草我无法辨认，
我怕我的无知耽误了事情。"

彼亚沙对他说：
"尊敬的阿努曼你别担心，
药名'金色嫩叶的苏万纳帕达'，
它听到你的呼唤就会答应。"

阿努曼一个筋斗腾空朝金山飞去，
到了金山开口叫喊：
"金色嫩叶的苏万纳帕达，
你们生长在哪里？"

果然金色的仙药回答了，
从药山北面传来声音，
阿努曼跑到山北寻找，
仙药又在西面答应。

阿努曼跑到西面呼唤，
仙药又在南面应声，
阿努曼转身跳到山南，
东面又响起它的声音。

阿努曼在山东大声呼喊，
四面八方都有回声，
眼看黎明就要来临，
仙药在哪里还没有弄清。

急躁的阿努曼怒火冲天，
干脆把金山掰下一半，
抱着半个金山往回飞，
回到兵营太阳还未出山。

彼亚沙纵身跳上金山，
喊了一声就把仙药叫出，
他立即摘下金色的嫩叶，
急忙拿去熬煮。

彼亚沙又吩咐阿努曼：
"你快把金山抬回原处，
否则仙药的香味飘散开，
被我们打死的敌兵又会复苏。"

阿努曼抱起金山往北飞，
飞出勐兰嘎又越过海洋，
它嫌路远懒得再往前走，
把金山扔在下面一个山顶上。①

从此遍地是仙药的金山，
就留在勐帕雅龙山脉上，
人们叫它仙药山，②
从勐兰嘎走去要半年时光。

阿努曼丢下药山飞回来，
摩米已把奇妙的仙药熬好，
它把汤药在腊嘎纳的伤处擦了三下，
药汁拔毒宝镖立刻自动飞出。

阿努曼眼明手快抓住宝镖，
获得了衮纳帕这件神奇武器，
腊嘎纳在哥哥怀抱中苏醒，
很快恢复了生命的活力。

召朗玛如释重负万分高兴，
兄弟俩感谢彼亚沙、摩米医术高明，
感谢阿努曼万里艰苦寻药，
感谢大家的救命之恩。

---

① 还有一种传说，阿努曼在半路把药山抛在大海里，从此茫茫海洋增添了一个小岛。
② 传说西双版纳遍地生长着药材，即由此而来。

弟弟腊嘎纳恢复了健康，
召朗玛高兴地为他庆祝，
猴子兵发出阵阵欢呼，
欢呼声震撼了森林和兰嘎城。

被押解着的南西拉看得分明，
见弟弟活转来感到欢欣，
她只能远远对着丈夫合掌，
声声呼唤丈夫和弟弟快来营救亲人。

召朗玛发现了站在远处的妻子，
恨不得冲过去把她救出敌营，
可是不能啊，鲁莽会毁掉她的生命，
他强忍悲愤呼唤着南西拉的心。

"南西拉啊，我心上的妻子，
我们久久分离，洒尽眼泪，
为了寻找你我们历尽艰辛，
现在相距咫尺却不能相会。

"你别流泪啊，别伤悲，
我时刻把你挂在心内，
为了你我们才到这里作战，
誓把囚禁你的牢笼砸碎。

"但现在你在他们手中，
就像砧板上的鱼，
如果我们冲过去，
他们定会马上杀害你。

"不消灭在人间作恶的十头王，
我们团聚了还会分离，
你现在的困境不会长久了，
我们很快就会把这祸害彻底根除。

"既然敌对的双方交了锋，
不见输赢决不会轻易收场，
你暂时忍受着悲痛和哀伤吧，
我们定能打败恶贯满盈的十头王。

"你回到孤独的塔楼里去吧，
熬过这种人世间最伤心的离别，
等着迎接你的丈夫和弟弟，

正义在我们一边，我们一定胜利。"

南西拉哭着向丈夫倾诉心怀，
"夫王啊，请接受妻子下拜，
让飞洒的眼泪向你告别，
不幸的妻子就要离开。

"为什么心中的怨哀这样难以排解，
远远地见到又要远远地离开，
我就像关在铁笼里的斑鸠，
只能痛苦地望着外面的伴侣泪流满腮。

"这是一场令人心惊的噩梦啊，
还没有摸到你的手又要离别，
你和弟弟为我征战、流血，
想起来我的心几乎要碎裂。

"再见吧，亲爱的丈夫，
我就要回到防守严密的塔楼里，
但是他们锁不住我的心，
不管白昼黑夜永远跟随你。

"没有谁能挨近我的身子，
除非一刀把我杀死，
我将天天站在窗口眺望，
准备用眼泪和笑声迎接你。"

三 衮纳帕身亡

南西拉被押回兰嘎城里，
捧玛加见了产生猜疑，
"弟弟呀，你说召朗玛已中镖身死，
为什么南西拉脸上没有愁云一丝。

"难道朗玛并没有死去，
反而让他们沟通了心思，
我有意叫人带南西拉去看，
是为了让她回心转意。

"如果让她见了活着的召朗玛，
岂不是偷鸡不着反蚀了米。
衮纳帕呀，你若欺骗了我，
我一定饶不过你。"

衮纳帕慌忙向捧玛加表白，
"我亲眼见朗玛中镖身死，
我的每句话都珍贵如金子，
弟弟绝不敢说谎欺骗你。"

捧玛加烦躁地给他下达命令，
"现在你率领队伍再次出征，
把朗玛兄弟的头取回来，
以后你说的话我才相信。"

衮纳帕勉强率军出城，
苏列亚跟着他当副手，
象车上飘扬着红绿旗幡，
士兵们边冲边喊"杀头，杀头！"

勇敢的召朗玛挥动闪光的宝刀，
指挥强大的猴子兵迎敌，
性情暴烈的阿努曼像一阵大风，
冲向敌人刀枪林立的阵地。

它手握衮纳帕的宝镖猛杀，
一排排敌人纷纷倒毙，
衮纳帕见到自己神奇的武器，
捋起袖子冲过来妄图夺取。

阿努曼甩开力大无比的衮纳帕，
一镖就把他的助手苏列亚戳死，
百发百中的腊嘎纳拉起神弓，
一箭把衮纳帕射倒在地。

就像大青树倒下一样，
轰隆隆震动了勐兰嘎大地，
犹如石破天惊，
好似电击雷劈。

衮纳帕流出的鲜血，
变成了一汪湖水碧波荡漾，
湖面上盛开着美丽的荷花，
激滟的大湖隔开了鏖战的双方。

官兵们扑倒在十头王脚下，
一个个心惊胆战低首乞援：

"我们头上威望无比的捧玛加，
敌人杀死了衮纳帕和苏列亚。

"兵马混乱犹如无王的野蜂，
快派得力的武官去坐镇，
召朗玛的兵马有如乌云压顶，
他们的包围圈已经越拉越紧。"

四　智取神棍

捧玛加对战役又重新做了部署，
分兵三路反击猴子兵的包围，
他命令撒哈沙统率大队人马正面出击，
要像大风卷落叶一样把敌人击退。

右路军由武官乾哈、苏判带领，
左路军由大将苏马里率领，
左右两路从侧翼夹击，
配合中路军反击强敌。

黎明天空乌云翻滚，
撒哈沙带领兵马出城，
层层黑云遮住初升的太阳，
顿时雷电交加大地一片昏沉。

召朗玛感到是不祥之兆，
急忙问身边的彼亚沙是何原因，
彼亚沙把即将发生的战事，
——讲述给召朗玛细听。

"这次攻打我们的是撒哈沙大将，
他有大象般的力气武艺高强，
他有一根叫环几拉别的宝棍，
一棍可以使很多人丧生。

"这根带火的宝棍，
能伸能缩多变异，
伸长长度有六十排，
缩短短得像筷子。

"这次战前至关紧要的事情，
是用计谋巧取宝棍环几拉别，
不然撒哈沙战场上挥舞宝棍，

我们的兵马就所剩无几。"

如何才能巧取到宝棍？
召朗玛立即叫来阿努曼吩咐：
"凭你的智慧和本事，
快去把撒哈沙的宝棍夺取。"

阿努曼身披破烂的旧花毯，
身挎七通八补的小筒帕，
来到兰嘎城外的路边蹲着，
泪流满面地等着撒哈沙。

勇猛的撒哈沙率兵从大路走来，
见一个可怜的白猴哭着蹲在路旁，
他走上前去详细盘问：
"你是何人？为何哭得这样悲伤？"

阿努曼呜呜咽咽地说：
"我本来是召朗玛部下一员武将，
跟着他们拼死拼活，
在战争中历来英勇顽强。

"可是他一点也不同情部下，
动辄打骂，怎不令人寒心。
我不满意就被他驱逐出来，
整得我走投无路有谁同情。"

"斑鸠哪能和恶鹰在一处，
黄鳝不能和毒蛇在一起，
你脱离召朗玛是一件好事，
有本事还怕没有地方效力。

"如果你真的有本事，
我撒哈沙就收留你。"
阿努曼用讨好的口气说：
"那就请你看看我的真本领。"

阿努曼冲向一块二十排长的巨石，
上去一拳就把它击得粉碎，
它又顺手拔起一棵大椰子树，
轻轻一跃就在云端里来回飞。

撒哈沙见了分外欢喜：

"你别到处流浪去了，
就跟着我做我的养子，
我绝不会像召朗玛那样虐待你。"

阿努曼故意表现得有些不乐意，
"你有意收下我做你的干儿子，
你的一片好心我领情，
但我不愿再在别人手下做事。"

"我的魂差点被召朗玛吓散，
我早就受不了这口气。"
"孩子啊，我不像别人不讲义气，
不要怕，跟着阿爹进城去。"

"谢谢你了，好心的义父，
但还有一件事使我担心，
我过去曾得罪过召捧玛加，
放火烧过允兰嘎的房屋。

"召捧玛加见了我不会宽容，
倘若他记仇还会杀我的头，
想来想去不如回森林的好，
父亲啊，你还是让我走。"

撒哈沙宽慰阿努曼：
"放心吧，这件事包在我身上，
我带你到国王面前去说情，
国王一定会对你宽宏大量。"

阿努曼佯装高兴的样子，
双手合十拜撒哈沙为义父，
父子俩一直交谈到天黑，
仗也忘记打，越谈越投机。

撒哈沙带着阿努曼去拜见十头王，
捧玛加见阿努曼归顺十分喜悦，
他一跃而起跳下御座，
手舞足蹈洋洋得意。

"这下我们必定能战胜召朗玛，
南西拉一定会成为我的妻子。"
阿努曼在宫廷里住了一夜，
第二天清晨加入了出征的队伍。

铿锣阵阵，号角声声，
撒哈沙率领大军出征，
他坐在战车上策马前进，
命坐在一旁的阿努曼为他握住宝棍。

士兵们呐喊着奋勇冲杀，
正面左右两路将领全披挂上阵，
个个都施展出高超的本领，
决心杀退召朗玛的猴子兵。

撒哈沙从战车上跳下来，
身先士卒带着阿努曼冲锋，
阿努曼佯装十分勇敢，
从腰间拿出宝棍往前冲。

阿努曼为了保护自己的猴子兄弟，
一直冲在撒哈沙的前头，
它假装杀敌把猴子兵撵走，
撒哈沙几次砍杀都没有得手。

猴子兵气愤地向阿努曼扑来，
怒斥它临阵脱逃叛变投敌，
它们恰似一窝蜂"嗡嗡"叫喊，
涌过来要对阿努曼实行惩治。

阿努曼高高举起宝棍打下地，
宝棍席卷尘土声如雷鸣，
吓得猴子兵纷纷四散逃窜，
乐坏了勐兰嘎的将官和士兵。

猴子兵惊魂方定，
又怒吼着向阿努曼反扑，
"你这个狼心狗肺的东西，
我们要挖出你的心，剥下你的皮。"

猴子兵把阿努曼团团围住，
勐兰嘎的士兵急忙涌上来解围，
阿努曼怕敌兵杀伤猴子兄弟，
慌忙举棍第二次捶打大地。

宝棍落地红光闪闪火花四溅，
猴子兵被炙烤得纷纷后退，

又一次被驱散远远逃避，
勐兰嘎众官兵见了心中大喜。

三路将领以为召朗玛的大军崩溃了，
带领官兵欢呼着跳出堑壕，
从左右两侧朝阿努曼方向狂奔，
挥舞武器穷追正在逃跑的猴子兵。

眼看猴子兵将被打垮，
阿努曼突然转过身来，
闪电般举起了宝棍，
朝勐兰嘎官兵猛扫狠打。

勐兰嘎官兵还没有清醒过来，
就被阿努曼一排排扫倒，
霎时被打死的敌人堆满大地，
苏马里、雅啥也被打死。

阿努曼又举起了宝棍，
一棍就把撒哈沙打翻，
阿努曼抱起他飞回兵营，
把人和宝棍献给召朗玛。

撒哈沙被打得奄奄一息，
猴子兵一伙伙来看稀奇，
召朗玛命令阿努曼，
把撒哈沙立即处死。

阿努曼提着撒哈沙到了海边，
一宝棍把他打成肉浆，
愚蠢的撒哈沙呵，
死后变成了吸血的大蚂蟥。

五 大闹祭祀场

阿努曼骗去了环几拉别宝棍，
撒哈沙和二员战将在宝棍下丧生，
召朗玛大军仍紧紧包围着允兰嘎，
武官苏判急忙逃回宫报告捧玛加。
捧玛加像热锅上的蚂蚁，
犹如暴风雨中的雷电，
好比困在笼中的野牛，
十双眼睛射出凶狠的光。

十个头张开了十张嘴，
出口的话就像晴天的炸雷，
他捋起袖子猛擂宝座，
咆哮的声音震得宫殿落灰。

"召朗玛呀召朗玛，
我与你势不两立，
我是天神的儿子，
难道你能不在我面前屈膝？

"我是乘坐大象的万勐之王，
你不过是树叶草尖上的露水，
露滴哪能流成大江大河，
露珠闪亮也只有一刹那的光辉。

"我要为战死的官兵们报仇，
我要为殉国的弟弟和儿子雪恨，
我要用刀箭进行报复，
我要用你们的鲜血祭奠亡魂。"

接连损兵又折将，
捧玛加找大臣来商议，
要举办一次盛大的祭祀，
祈求威力无限的神祇帮助。

大家赞同捧玛加的主意，
立即布置了祭坛，请来祭司，
备办了各种祭祀礼物，
到处点燃起熊熊的火炬。

允兰嘎关紧城门赶起大摆，
精湛的武术演起来，
动听的乐器奏起来，
欢乐的歌声在天空飘开。

兰嘎城里处处搭起绿叶凉棚，
祭天神地祇的供品样样摆齐，
红饭、黑饭、白饭，
香瓜、香蕉、椰子……

杀的鸭是白鸭，
杀的鸡是白鸡，

杀了黄牛、水牛和肥猪，
肉皮刮得像棉花一样洁白。

人们杀鸡把鸡血洒在大青树根，
捧玛加要大家向神祇求情，
人们把米酒滴在树根旁边，
声声念着真言呼唤鬼神。

"来吧，天上地下水里的神祇，
请你们快来吃鲜红的剁生，
请喝金碗银碗里装的肉汤，
请把杯里装的香甜米酒痛饮。

"威力无比的天神地祇，
请赐给我们无穷的力量，
帮助我们打赢这场战争，
让我们把召朗玛赶下海洋。"

十头王在宫殿前广场上主祭，
他献上宰杀了的各种牺牲，
火舌喷射，香烟缭绕，
他献上芬芳的香花和五谷祭品。

忽然乌云遮住了阳光，
雷声把宇宙震响，
电光把天空照亮，
大地刹那间变了模样。

天神地祇山鬼水鬼都来了，
他们欣喜若狂地来接受祭祀，
为了帮助十头王打仗，
他们带来了狂风暴雨。

召朗玛见云天突变十分惊疑，
他不理解天昏地暗的奥秘，
找来彼亚沙探问原因，
彼亚沙遥见城内火焰冲起。

惊慌的彼亚沙告诉召朗玛，
"捧玛加在举行盛大的献祭，
如果天神地祇来受祭帮助他，
这对我们十分不利。

"我哥哥这一招至关重要，
神祇助他将置我们于死地，
请你赶快派人前去，
秘密破坏他这一次祭祀。"

召朗玛听了大吃一惊，
急忙把阿努曼叫来吩咐：
"你趁捧玛加正在祭祀，
赶快飞到祭祀场去。

"趁黑夜行动方便好隐蔽，
把他的供桌供品全捣毁，
把关起的牺牲全放走，
使他的这场祭祀灰飞烟灭。"

阿努曼领会了召朗玛的意思，
很乐意去干这件趣事，
他带上弓箭和棍棒，
跃上高空向兰嘎城飞去。

半路上就遇见奇形怪状的神鬼，
闹嚷嚷前去允兰嘎接受祭礼，
阿努曼见了手发痒，
拉开弓箭就射击。

几个神鬼立刻中箭而死，
其他神鬼纷纷掉头逃去，
阿努曼到祭场把祭坛供品敲得稀烂，
又放走了祭牲猪牛鸭鸡。

第二天太阳刚刚升起，
臣僚们发现祭场已毁灭，
他们慌忙向国王报告，
召捧玛加心里又气又急。

"我们关起城门利用赶摆做掩护，
祭祀天神地祇祈请帮助，
召朗玛怎么会知道这件事，
定是彼亚沙这个叛逆泄漏了机密。"

第十七章　决战

一　十头王亲征

几次开仗连连遭挫折，
官兵们伤的伤来亡的亡，
请鬼神来帮助又遭破坏，
捧玛加气得头昏脑涨。

他一拳打得宝座摇晃动荡，
决定御驾亲征不惜血染沙场，
他重新部署了攻守的兵力，
对大臣武官们大声叫嚷：

"你们不要一个个垂头丧气，
在敌人面前显得无能为力，
只要我十头王还活着，
对召朗玛就用不着恐惧。

"我要亲自带领兵马和召朗玛交锋，
明天，鬼神会来助我的威风，
天空会响起阵阵雷鸣，
乌云会像海涛那样翻滚。

"所有的人都要带上宝刀，
乘马骑象的要带上大弓，
各路兵马要齐心协力，
听我的口令同时行动。"

海面上微露晨曦，
允兰嘎炮响七声，
捧玛加的兵马出动了，
浩浩荡荡跨出了城门。

旗幡在队伍前头飘扬，
乐队在行列中奏响，
前面銮铃叮当、象马嘶鸣，
后面擂起战鼓、敲响铓锣。

气宇轩昂的捧玛加，

十个头都戴上金帽银冠，
二十只耳朵吊上闪闪金环，
身披金铠银甲，肩挎弓弩利箭。

他的战象全身披金挂银，
象牙犹如两根发光的竹笋，
象头、象身、象鞍、象铃，
到处都是明灿灿发亮的纯金。

象背上撑着遮阳的金伞，
金伞仿照由六十三种花瓣做成，
颜色比彩虹还鲜艳，
捧玛加坐在金象上威风凛凛。

有的骑着膘壮的战马，
有的坐着隆隆的战车，
有的扛着大刀、长矛，
看不见头尾的队伍沙尘滚滚。

捧玛加摆好了作战的阵势，
紧紧包围了召朗玛的营地，
他指挥三面兵马发起攻击，
射向猴群的利箭如同下雨。

箭声嗖嗖、杀声阵阵，
把大地震得微微摇动，
召朗玛的营垒如同山崩地塌，
队伍和寨堡几乎被摧垮。

傲慢的十头王驱象向前，
对着召朗玛高声叫骂：
"出来较量吧，所有的猴王，
愚蠢无能的小召朗玛。

"你还不认识我十头王捧玛加吧，
竟敢出兵来攻占和糟蹋勐兰嘎，
我要用宝刀挑破你的肠肚，
用你的血肉去祭帝瓦吾①。"

召朗玛站出来说道：

"黑心肠的捧玛加休出狂言，
我是波提亚②转世的人，
才能越过汪洋大海打到你面前。

"你罪恶滔天、怨满人间，
我们的仇恨是烧毁你的火焰，
我要亲手把你砍死，
割下你的十个头来做坐垫。"

召朗玛说完挥兵迎战，
敌对的双方拼命冲杀，
刀箭闪光、吼声如雷，
同样顽强，谁也不后退。

双方都有自己的打法，
双方都显示了自己的神威，
十头王分兵三路进攻，
召朗玛却用兵把他们分割包围。

召朗玛布下天罗地网，
十头王的队伍慌忙突围，
召朗玛指挥将士咬住不放，
打得敌人不能进也不能退。

腊嘎纳向捧玛加射出神箭，
箭被捧玛加一刀断成两截，
召朗玛对准他拉起神弓，
射出的利箭命中捧玛加的前胸。

腊嘎纳又乘势射中他的身子，
可是捧玛加一点也不觉得痛，
他在大象背上手舞足蹈，
拔出箭，满脸笑容。

射来的箭砍来的刀，
神通广大的十头王一点也不害怕，
他身上的箭伤刀伤呀，
就像筛子眼一样密密麻麻。

捧玛加显神威施展魔术，

---

① 帝瓦吾：管海洋、土地、森林的男天神，地位低于叭英。
② 波提亚：有福气的男天神。

放出成千只花斑猛虎，
猛虎"呜呜"吼着追逐猴群，
猴子兵乱纷纷爬上大树。

召朗玛施展帕拉西教给的神术，
放出一群凶猛的狮子，
老虎被狮子纷纷咬死，
双方又相持不下，势均力敌。

战斗越打越激烈，
召朗玛头部中箭昏倒在地，
十头王上前准备擒拿，
腊嘎纳大吼一声上前护卫。

阿努曼猛一下跳过来，
抱住十头王把他的铠甲撕破，
十头王惊慌失措，
顾不及捉召朗玛挣身逃脱。

敌将见十头王处境危险，
慌忙跑上前将他保护，
兵对兵，将对将，
双方相持，不分胜负。

嘎林冲向右边的苏攀，
一刀把他的身子砍断，
腊嘎纳瞄准左边的嘎哈哥，
一箭把他的胸膛射穿。

阿努曼手持棍棒追击苏玉蚱，
没几个回合就把他一棍敲死，
三个敌将差不多同时一命呜呼，
猴子兵跑上去割下他们的首级。

召朗玛在弟弟护理下苏醒过来，
拿起神弓又继续指挥战斗，
他瞄准十头王射出一箭，
捧玛加的王冠随着箭翎飞走。

十头王心中暗暗吃惊，
不敢恋战慌忙撤兵回城，
他派出重兵四面严密防守，
有翅膀的雀鸟也难以飞进。

二 智取弓赛宰

召朗玛心上布满层层疑云，
捧玛加究竟隐藏着什么本领，
刀口箭眼布满他的全身，
为什么伤害不了他的生命？

召朗玛为这事惴惴不安，
他把疑虑告诉彼亚沙，
问他究竟是怎么一回事，
希望得到彼亚沙的解答。

彼亚沙心情十分沉痛，
说与不说，矛盾重重，
这件事他比别人清楚，
它关系到哥哥能否生存。

他想到自己悲惨的遭遇，
从小他对哥哥友爱、忠诚，
分担着他的痛苦，
分享着他的欢欣。

哥哥作恶他数次好言相劝，
捧玛加只当做几阵耳边风，
哥哥抢劫召朗玛的妻子，
他预料会给勐兰嘎带来灾难重重。

他劝哥哥把南西拉送回，
哥哥竟把他当作死敌，
不顾亲骨肉的情谊，
把他绑起来扔进大海里。

逆耳忠言他听不进，
竟迫害自己的同胞弟兄，
要不是召朗玛搭救自己，
彼亚沙早就没有了生命。

过去的彼亚沙啊，
他已经死去，
今天的彼亚沙啊，
已不是捧玛加的弟弟。

彼亚沙痛苦地想到这些，
就向召朗玛说出十头王的秘密，
"我那哥哥敢这样霸道自恃，
因为天王给了他一件卫护生命的武器。

"我们的父亲——天王玛哈捧，
在森林里送给他一副弓赛宰，
神弓紧紧系着他的生命和灵魂，
神弓可以保佑捧玛加不死。

"只有这把弓箭才能射死他，①
捧玛加死也要死在自己的弓箭下。
弓赛宰是我哥哥的命根子，
他珍惜地背在身上从不丢失。

"那次阿努曼放火烧着宫殿，
捧玛加怕大火烧毁神弓，
秘密拿到森林委托帕拉西保存，
各人留下一块刻纹的竹片为凭。

"如果有人变成捧玛加的模样，
拿着一半竹符去找帕拉西，
把神奇的宝弓弄到我们手里，
我们才能置捧玛加于死地。

"用弓赛宰射死捧玛加后，
必须立即砍下他的十个头，
但千万不能让他的头落地，
因为他死后还有害人的本事。

"他的头会喷出熊熊大火，
他的血会变成滚烫的铁水，
大火能把大地烧裂，
铁水会使人类遭到毁灭。

"唯一能接住捧玛加头颅的，
是天上英达的宝篾盘子，
这宝盘藏在吉沙主拉麻尼宝塔里，
得到它人类才能免除一场浩劫。"

召朗玛知道了十头王的秘密，

心中有说不出的欢喜，
他把聪明的阿努曼找来，
郑重地交给它新的使命。

"现在我要派你变成十头王，
到森林帕拉西处去取弓赛宰，
拔下你的毫毛变成竹符，
不要让帕拉西心中猜疑。

"见了帕拉西你要下拜，
礼貌周到、态度和蔼，
一定要用你的全部智慧，
把十头王的生命之弓取回来。"

霎时阿努曼变成逼真的十头王，
又拔下一根毫毛变成竹符，
彼亚沙验证上有三十六种刻记，
智慧的帕拉西也不能把真伪辨出。

假捧玛加像流星一样飞进森林，
手拿竹符大大方方走进巴朗，
见了帕拉西它赶忙下拜，
把来意向帕拉西细讲。

"福气广大的帕拉西，
捧玛加向你下拜问好，
我今天匆匆来到这里，
是向你取弓赛宰来了。

"千万层云雾把太阳遮住，
灾难降临了我们的国土，
敌人进攻了神圣的勐兰嘎，
勐兰嘎像木船在海浪中沉浮。

"请你把弓赛宰还给我吧，
我要用它去拯救勐兰嘎。"
说罢拿出竹符与帕拉西对合，
帕拉西把神弓交给了它。

阿努曼得到了弓赛宰，

---

① 傣族有一种说法，凡是刀枪不入的人，只有用他身上佩带的刀枪才可以把他杀死。

迫不及待地拜谢起程，
飞离森林，回到兵营，
召朗玛见了宝弓感激不尽。

召朗玛又派阿努曼上天，
叫它去取来英达的宝盘，
阿努曼一个筋斗腾空，
眨眼就到达吉沙主拉麻尼塔旁边。

它向守塔的帝瓦吾跪下，
要求借用一下英达的宝盘，
帝瓦吾见它一片真心，
就把金光闪闪的宝盘交给它。

阿努曼连声道谢，
捧着宝盘从云层飞下，
在猴兵的一片欢呼声中，
它把宝盘交给了召朗玛。

召朗玛称赞它机智勇敢，
官兵们赞扬它比谁都有办法，
都说它是勐基沙的栋梁，
有了它，一定能打败捧玛加。

三　擒纵

捧玛加重新做了一顶王冠，
王冠镶上红星绿星般的珠宝，
戴上它庄重、威严又美观，
头上犹如有金光万道。

捧玛加显得更加傲慢，
决定第二次亲自带兵作战，
他写信动员各勐的兵马，
迅速赶来助战解救危难。

十头王的命令谁敢拖延，
各勐的兵马立即来到宫殿前面，
他亲自调兵遣将发动了进攻，
带领着三方四路队伍勇猛向前。

他指挥各路队伍一齐射箭，
箭飞向敌阵如密集的雨点，

箭声嗖嗖、杀声震天，
漫山遍野的士兵向敌军席卷。

战场上的大树小树被撞倒，
原野上的房舍石头被踏碎，
起伏的丘陵土冢啊，
变成了一堆堆沙灰。

所有的猛将都出动了，
主攻是吉鲁哈、娃鲁纳、古月腊和谢米雅，
左翼是纳吉达，右翼是黑达和乾哈……
喊杀声像要把大地震垮。

十头王捧玛加出阵了，
他骑着的大象如山一样高大，
势不可挡地向猴兵冲杀，
一边挺胸昂首大骂召朗玛：

"我可怜你这个小小的召朗玛，
你今天必定死在我的手下，
你喜欢吃什么就快吃个饱吧，
很快你的血肉就要喂海里的鱼虾。

"南西拉是天上的仙女，
你不过是人间的一个猴王，
你还想得到美丽的南西拉，
那简直是痴心妄想。

"我留下你一条活命，
你快死了心回去吧，
别死在我的象脚下，
让自己的骨肉变成一摊泥巴。"

十头王说着驱象前进，
指挥着官兵猛冲猛杀，
召朗玛跃上马挥刀出阵，
针锋相对给了他一顿回骂：

"南西拉有如宝石一般珍贵，
但今天我不只是为了夺回她，
我是想砍你的十个头颅为民除害，
才不辞艰辛来攻打勐兰嘎。

"你骄横跋扈、行为卑鄙，
你给人们带来灾难和泪雨，
天地不容你，人间怨恨你，
我的使命是把你的头砍下地。"

召朗玛说完冲向捧玛加，
仇敌相遇如胶粘在一起厮打，
兵对兵、将对将，
人马像赶街一样拥挤乱踩乱杀。

直打得烟尘滚滚、天昏地暗，
血水溅飞犹如密集的雨点，
只听得战鼓咚咚杀声阵阵，
尸体堆积好像一座座小山。

腊嘎纳伺机射出一支箭，
里达被射中滚下象背，
猴兵们蹿上去要割头，
被古月腊怒吼着杀退。

乾哈持弓从侧面赶来助战，
嘎林跃起把乾哈和古月腊射翻，
捧玛加连折三将悲愤中跃上天空，
众将领尾随居高临下速速射箭。

双方的兵器相击乒乒乓乓，
就像锅里炒苞谷的爆炸声，
烈火似乎要把森林烧毁，
雷神好像在大地上奔驰。

召朗玛心中怀着满腔怒火，
对忠实的将士们说：
"再也不忍看遍地尸骨，
再也不忍看血流成河。

"今天我一定要飞上天空，
把罪恶的十头王亲手斩杀。"
旺果立刻变成一匹白马，
猴头马身、毛光水滑。

白净的身子套上金鞍，
响亮的金铃脖子上挂，
它昂头摆尾阵前站立，

等待着召朗玛前去乘驾。

召朗玛手持弓赛宰跨上白马，
阿努曼手托英达的宝盘，
嘎林提着衮纳帕的神镖，
一起飞上天空誓斩捧玛加。

召朗玛跃马驰骋飞近捧玛加，
仇人在天空相见立刻厮杀，
凶猛的捧玛加挥刀砍来，
召朗玛用刀格开，威力一样强大。

召朗玛拉起弓赛宰，
搭上锋利的神箭高声说话：
"凶恶的十头王捧玛加，
今天我定要把你的十个头射下。

"你的致命的弓赛宰，
已被我牢牢捏在手里，
眼看你就要死在今朝，
你还能嚣张狂妄几时？"

这一说吓得捧玛加睁大二十只眼睛，
恰似晴天霹雳震撼他的心胸，
细看召朗玛手持的弓弩，
正是请帕拉西秘藏的生命之弓。

捧玛加顿时惊恐哆嗦起来，
身子像躺在摇篮里那样晃动，
脸色突然变成像隔夜的炉灰，
胸腔似有万把火烧那样疼痛。

知道生命快要完结的捧玛加，
突然失去了往日不可一世的威风，
他向召朗码连连告饶，
请求召朗玛想罪宽容。

"我头顶上的朗玛王啊，
你是宽宏大量的人间天神，
饶我的罪恶，免我的死刑，
千错万错都怪我得罪了你。

"我不曾侮辱过美丽的南西拉，

让她住在漂亮的塔楼里，
我去请她来同你相见，
让你们永远生活在一起。

"勐兰嘎的海洋、山林、千百个勐，
勐兰嘎的大臣、武官、众多百姓，
我要双手贡托来奉送给你，
请你做勐兰嘎至高无上的国王。

"勐兰嘎有千千万万珠宝金银，
我将它们全部献给你，
辉煌的宫殿和美丽的花园，
一齐交到你手下统管。

"留下我这卑贱的生命吧！
让我服侍你，
让我为你端洗脚水，
让我在你的脚下把罪孽赎回。"

召朗玛大义凛然地说道：
"我不想霸占别人的国土，
我不想在别的勐称王称霸，
更不想让勐兰嘎的百姓服从我。

"我不要勐兰嘎的宝贝珍珠，
我不要勐兰嘎的一草一木，
我们跨过大海来到勐兰嘎，
是要消除你这人间的恶魔。

"你多行不义必然要失败，
尽管你有多少兵马、大象，
尽管你本领高强有十个头颅，
罪恶使你逃脱不了死亡。

"既然你现在声声求饶，
愿意洗清罪恶重新做人，
你立刻把南西拉送来还给我，
表示你认罪的一点真诚。

"你要是真心实意悔过，
赶快下去跪在地上磕头求情，
向我和我的部属做出保证，
请求大家宽恕、饶你一命。"

捧玛加战战兢兢地回答：
"要我下去跪在地上磕头，
这事万万不能做到，
除非高山削平，河水倒流。

"十个头只能折断掉落下来，
而不能低下来自己叩击地面，
全勐的百姓看着会耻笑，
这将丢尽一个大男子的尊严。

"我只会像大树一样断裂不会弯曲，
要是我在地上下跪，
就会损害父王玛哈捧的声威，
他的诺言比金子还珍贵。

"要是我不下跪，你就不饶恕我，
请你留给我七天的期限，
让我回兰嘎宫殿一转，
我决不逃跑躲藏、怠慢拖延。

"我要向亲人做最后的告别，
向臣僚和百姓做最后的告别，
到那一天我一定准时来受死，
有福气的召朗玛，请遂我心愿。"

召朗玛宽宏大量，
准许十头王回宫一趟，
命运注定了他即将灭亡，
放他回宫又有何妨。

捧玛加带着兵马退出阵地，
就像一只斗败的公鸡，
看着他们垂头丧气回城去，
猴子兵的阵阵欢呼撼天动地。

贪婪和逞凶把十头王葬送，
他的生命到此告终，
到了他刚刚认识到自己的罪行的时候，
灾难已扯断了他的生命之弓。

四 妻子的劝告

生命快要结束的捧玛加，
满面愁容回到堂皇的宫殿，
同外祖父和母亲告别，
同三个妻子会面。

亲人们听说是生离死别，
一个个哭得像泪人儿一般，
哭声像七月田里的蛙鸣，
哭声几乎把宫殿震裂。

三个王后特别痛苦、害怕，
她们苦苦地请求捧玛加：
"你快去送还南西拉，
向召朗玛说说忏悔的话。

"搜罗宫殿的全部珍宝，
赶着所有的大象和骏马，
配上漂亮的金座、银鞍，
一齐拿去献给召朗玛。

"老人常说宁愿失去万两黄金，
不可丢失宝贵的生命，
快把全勐最贵重的东西送去，
请召朗玛宽大饶恕箭下留情。

"你别再梦想娶南西拉为妻了，
你要体察妻子的一片好心，
人死就不能复生了，
请你可怜可怜我们三个人。

"妻子不能没有丈夫，
失去你我们的生活只有苦味，
去吧，向召朗玛屈膝下跪，
去吧，向召朗玛低头认罪。"

捧玛加毫不动心地说道：
"我是天王之子、勐兰嘎的国君，
我不能卑贱地向别人下跪求饶，
屈膝活着，不如挺胸挨刀。"

刚愎自用的捧玛加，
下令全勐举行盛大的赶摆，
他要在临死前苦中作乐，
威风凛凛地离开这个世界。

村村寨寨敲响铓锣和象脚鼓，
家家户户吹起筚拉响丁，
精通武艺和神术的人们，
展示着他们了不起的本领。

有的耍魔术玩手艺，
有的演杂技翻跟斗，
有的嘴含利箭脱下衣服跳舞，
有的光着脚板在刀刃上行走。

小伙子穿着崭新的衣裳，
姑娘们打着红绿的花伞，
小伙子望着姑娘"嗒嗒"弹舌，
有意让姑娘看他们一眼。

宫女们迈着优美的步子走来，
她们打扮得花枝招展，
长长的筒裙一直拖到地上，
孔雀舞跳得娴熟、自然。

孔雀一忽儿向着人们开屏，
一忽儿又扇动多彩的翅膀，
百看不厌的孔雀舞啊，
吸引着多少赶摆人的目光。

人们脸上谁也没有哀伤的表情，
他们为捧玛加超度灵魂，
他们热热闹闹前来参加赶摆，
是要让十头王感到高兴。

不会唱歌的人也张开嘴，
表示已经给捧玛加唱歌了，
他们唱着古老的哀歌毫不悲伤，
好像捧玛加已经脱离了死亡。

捧玛加对大臣一一吩咐，
为他准备足够的米酒，
鲜美可口的剁生和生血，

香喷喷的烤鱼和鸡肉。

还有勐兰嘎香甜的瓜果，
香蕉、芭蕉、橘子、甜柚，
人们一一端到捧玛加跟前，
让他痛痛快快随心吃个够。

在阴郁的十头王的身旁，
坐着他那三个可怜的王后，
声音哭哑了，眼睛哭肿了，
悲伤的泪水还不断地流。

此时此刻，仿佛世界上的人，
就数她们有最多的泪水淌流，
捧玛加对她们好言安慰，
"你们别再流泪，别再忧愁。

"我的灵魂要升上天国，
永远离开勐兰嘎这人间乐土，
平时你们有什么过错，
今天我许诺对你们宽恕。

"梭芭花一样的妻子们呀，
我死了，愿你们生活快乐安康，
愿疾病和灾难远离你们，
愿你们的脸孔像星星永远明亮。

"要是我闭上了眼睛，
结束了今世的生命，
请端上祭物、滴下几壶水，
祭奠我归去的灵魂。"

捧玛加说完泪湿了胸襟，
三个王后哭得东歪西倒，
母亲和宫女一起落泪，
臣僚和头人大声号啕。

所有的大象一齐悲鸣，
所有的战马一齐哀叫，
宫殿的金柱在震荡抖动，
王国的宝座在颠簸晃摇。

捧玛加在痛苦中度过夜晚，
夜里他被许多噩梦纠缠，
他梦见大象全部飞离宫殿，
三个妻子一个个离开他身边。

太阳忽然被青蛙吞食，[1]
浓雾沉沉遮住了蓝天，
宫殿的宝石失去了光辉，
宫廷变得一片黑暗。

他还在梦中看见自己，
全身泡在鲜红的血水里，
身子在污血中腐烂，
蛆虫爬满了他的躯体。

捧玛加确确实实做了噩梦，
醒来后他却不把它挂在心中，
他把不祥的预兆看得很轻，
他一点也不珍惜自己的生命。

他仍然天天吃喝玩乐，
夜夜醉醺醺睡到大天明，
他好像一点也不忧伤和发愁，
热热闹闹欢乐了七天整。

此时十头王的儿子菲玛兰敢归来，
他在外祖父龙王那里学得一身法术，
听母后讲到勐兰嘎战况和父亲的命运，
菲玛兰敢满腔怒火要拼个你死我活。

伤心的母亲南曼达苦苦劝阻，
菲玛兰敢一句也听不进耳朵，
他气冲冲去谒见十头王，
把自己的决心说出：

"召朗玛其实没有什么了不起的力量，
儿子在龙宫学的本领定比他强，
不能白白地束手等死啊，
拼它一场还不知道谁死谁伤。"

---

[1] 傣族传说，日食是太阳被青蛙吞吃了。

十头王本来不愿服罪投降，
儿子的回宫给他增加了胆量，
他决定展开一次闪电式进攻，
拼死拼活，决战一场。

五　十头王的惨死

七天的期限到了，
捧玛加又开始第三次亲征，
他抱着头不落地不服输的决心，
调集兵马作最后一次殊死拼命。

十头王和菲玛兰敢检阅了队伍，
兵马多得像密集的森林，
气势磅礴、威武坚强，
一个个虎视眈眈。

他调派了十五员大将，
组织了八路大军，
像决堤的江水滚滚翻腾，
捧玛加的队伍涌向召朗玛兵营。

军号呜呜响彻云天，
战鼓咚咚震撼大地，
就像狂风在呼啸奔腾，
勐兰嘎士兵的呐喊响遍森林。

召朗玛见捧玛加垂死挣扎，
立即指挥全线兵马冲杀，
将士们挥刀舞棍拉弓举矛，
要把十头王彻底打垮。

捧玛加督促十五员大将往前冲，
把猴子兵的阵地杀得一片通红，
他们决心一举夺回弓赛宰，
挽救十头王的生命。

气势汹汹的阿康达连连发箭，
猴将嘎木达被利箭射中受了伤，
阿康达骑象冲杀得正开怀，
嘎林迎上去与他厮杀不相让。

摩米为嘎木达裹好了伤，
嘎木达又挥舞弩箭冲上战场，
它拉动弓弩对准阿康达射出一箭，
阿康达中箭惨死从象背滚落地上。

猴将玛尼腊和阿哈接连射箭，
成群的敌兵死在它们的箭下，
玛尼腊一箭射死了纳吉达，
阿哈一箭射死了吉鲁哈。

战象掀起一阵阵灰尘，
飞箭撕碎一片片乌云，
灰尘烟雾把天地遮蔽，
看不见太阳、看不见森林。

阿努曼手持宝棍冲入敌阵，
遍地倒下了死伤的兰嘎官兵，
猴子兵跟着它左冲右杀，
血水染红了山冈、溅污了丛林。

菲玛兰敢见兰嘎将士死伤惨重，
口中念念有词施展妖法，
霎时树叶和沙粒变成千军万马，
手持弓箭向猴子兵猛烈冲杀。

他们射出密集的箭雨，
箭矢宛如一只只回巢的蜂子，
猴子兵伤的伤死的死，
顿时召朗玛的阵地一片混乱。

嘎林和猴将夺路冲上前来，
抵挡住兰嘎将士的反击，
发怒的阿努曼大吼一声，
如滚雷般向菲玛兰敢冲去。

菲玛兰敢迅速闪身躲过，
回过头挥刀砍向阿努曼的脑袋，
阿努曼敏捷地躲过利刀，
抓住刀柄和他厮打起来。

阿努曼想活捉菲玛兰敢，
可是他比池塘里的青苔还滑，
犹如泥巴里一条黄鳝，

滑溜溜的无法抓住他。

阿努曼边打边思忖：
"他哪里来的这套本领？
我得去问一问彼亚沙，
想办法把他战胜。"

阿努曼甩掉菲玛兰敢，
飞回营帐去问彼亚沙，
彼亚沙告诉阿努曼：
"用你的尿水搅拌泥沙。

"让泥沙粘满你的两只手，
你就能稳稳地抓住他。"
阿努曼双手沾满泥沙飞回战场，
立刻抓住菲玛兰敢像老鹰抓小鸡一样。

菲玛兰敢拼命挣扎脱不了身，
阿努曼抓住他的双脚，
把他活活地撕扯成两半，
一半摔到北山，一半丢到南岭。

可是两半身子又飞回来合拢，
凶恶的菲玛兰敢又复活，
他拔起大树扑向阿努曼，
暴怒的白猴又大战妖魔。

两人又激烈地厮打起来，
阿努曼又趁机抓住菲玛兰敢，
迅速撕下他的四肢剥下他的皮，
狠狠地把他的头颅在石上砸烂。

阿努曼搬来一块野象大的石头，
把尸首紧紧压在下面，
菲玛兰敢再也不能复活了，
妖兵像风一样顷刻消散。

十头王见儿子惨死，
二十只眼睛闪着凶光，
他决心拼个鱼死网破，
带着将士气汹汹再次上场。

召朗玛率领将士立刻迎上前去，
把十头王团团包围在中间，
嘎木达对准十头王射了一箭，
十头王眼疾手快一刀把它砍断。

长矛、大刀、利箭一齐杀去，
十头王的身躯到处是窟窿，
但他既不流血也不疼痛，
他毫不介意、神态从容。

十头王瞄准召朗玛连发数箭，
被召朗玛挥刀一一砍断，
十头王随即纵身跃上云天，
同众将一起居高临下射出利箭。

捧玛加的神箭在云中转了一圈，
变成一块块野象大的石头，
纷纷落在召朗玛的兵营上，
许多猴子兵被砸死砸伤。

召朗玛再也不能忍让十头王，
仁慈宽大只能使他更残忍疯狂，
召朗玛手持弓赛宰骑马飞上天去，
同凶恶的十头王做最后一次较量。

召朗玛取出致命的弓赛宰，
用力拉动向捧玛加射击，
第一箭被他挥刀砍断了，
第二箭被他躲过避开了。

威力无比的弓赛宰箭矢，
穿透了谢米雅、朗皮塔嘎的身子，
射死了哈腊干、月哈纳，
勐兰嘎的四员大将从云层摇摇晃晃摔下地。

召朗玛见两箭都未射中十头王，
又一次瞄准他的喉管射击，
他使尽平生力气放出第三箭，
像闪电一样迅猛神箭飞了出去。

长空突然雷声隆隆，
神箭掀起了猛烈的狂风，
捧玛加无法躲避，

霹雳一声，喉管被射中。

树干一样粗壮的脖颈折断了，
捧玛加威严的十个头啊，
犹如熟透的芒果，
纷纷从粗大的脖颈上掉落。

阿努曼端着英达的宝盘，
接住掉下来的十个头颅，
迅速飞到茫茫海洋的上空，
把十个头颅抛进大海深处。

十个头颅顿时爆炸燃起大火，
把烟波弥漫的海水煮沸，
热浪翻滚、掀起水柱，
被烫熟的鱼虾螃蟹在海上漂浮。

捧玛加的头颅变成人间的毒虫，
有的变成毒蛇和怪龙，
有的变成花花绿绿的水蛤蚧，
有的变成大蚂蟥在水中游动。

捧玛加的身子落在地上，
变成大蟒、豺狼、虎豹，
飞溅的血液和碎肉，
变成蜈蚣、虱子和跳蚤。

骄横跋扈的捧玛加呀，
最终受到了十头落地的惩罚，
勐兰嘎的王座上再也不见十个头转动，
十头王的事迹从此告终。

第十八章　凯旋

一　召朗玛的胜利

威武无比的召朗玛率领着猴子兵，
浩浩荡荡、威风凛凛地开进兰嘎城，
召朗玛骑着高大的白牙大象，
金鞍闪亮，金伞挡住火热的阳光。

腊嘎纳骑着金鞍银铃的白马，
彼亚沙乘着十头王的坐骑，
各猴将簇拥着召朗玛向前行，
猴兵个个喜笑颜开、步伐整齐。

年迈的前国王叭兰巴，
得知捧玛加在战场上阵亡，
领着女儿、孙媳和侍女，
战战兢兢躲进深山老林。

召朗玛走进富丽堂皇的宫殿，
里面冷冷清清、空无一人，
不见叭兰巴，不见皇亲国戚，
他立刻派人四处找寻。

找遍各个勐的城镇和乡村，
也看不到叭兰巴一家的踪影，
最后在深山老林找到他们，
士兵把他们带回兰嘎宫廷。

叭兰巴见了召朗玛不敢抬头，
他流着悲伤的泪水请罪：
"请英明的召朗玛开恩，
请饶恕我，给我赎罪的机会。

"我是一个年迈体衰的老人，
万万没想到会发生这场战争，
也没想到由外祖父来哀悼外孙，
年轻的死去，年老的苟生。

"兰嘎是个繁华富庶的地方，
捧玛加为王却虐待百姓，
我告诫他要恪守规诫不做恶事，
他对我的话一句也听不进。

"他把自己看得比上天还高明，
有了权力有了本领就胡作非为，
他抢劫南西拉造成你们夫妻分离，
让你们不知流了多少眼泪。

"本来我们都是一座山上的斑鸠，
本来我们都是一个湖里的游鱼，
何必你啄我的头、我咬你的尾，

可是捧玛加却掠夺你的妻子。

"善良和正义啊，
犹如宝石一样，
具有磨灭不了的光芒，
就是沉到海底也会发亮。

"奸诈邪恶有时也会得逞，
就像骤雨之前滚动的乌云，
可是雨后日出天空晴朗，
遮天的乌云就被大风吹得无踪无影。

"今天你像一颗宝石降落，
兰嘎宫殿光芒四射闪闪灼灼，
你的善良和威望天下闻名，
你的胸襟比海洋深沉宽阔。

"我有棉花一样柔软的心肠，
我把王位交给了捧玛加，
希望他治理国家谨严宽厚，
对待百姓温和善良。

"俗话说爱偷鸡的黄鼠狼，
再小心也会落进猎人的网，
常吃人的贪婪的老虎，
再凶猛也终要遭到身亡。

"捧玛加像地下的蚯蚓，
活在土中还怕吃不着泥，
前面吃进去、后面泄出来，
周而复始、永无休止。

"捧玛加管天管地管海管森林，
一直管到上苍的天神，
千人朝拜、万民归顺，
还不能满足他的贪婪和野心。

"他横行霸道超越了天规地法，
直到偷劫别人的妻子，
现在捧玛加厄运临头惨死了，
这是他罪有应得的惩罚。

"请求你宽恕一个年迈的老人，
我愿把勐兰嘎的无价之宝全部献给你，
勐兰嘎的宝座请你来坐，
让我在你的福荫高照下栖身。"

明智的召朗玛不责怪叭兰巴，
不把十头王的罪行记在他的身上，
他欣然满足了老国王的恳求，
并请他协助把混乱的勐兰嘎安顿。

这时召朗玛才宣布迎接南西拉，
允兰嘎全城轰动、欢声四起，
胜利的猴兵更是兴高采烈，
犹如迎来了一个盛大的节日。

人们按照传统的礼仪，
热热闹闹走进御花园，
用大象和花环迎接纯洁的南西拉，
把美丽的南西拉接进兰嘎宫殿。

二 火的考验

像泪人儿般的南西拉，
扑倒在召朗玛的脚下，
心在颤抖，泪在流淌，
悲伤使她说不出一句话。

悲喜交集的召朗玛，
热泪也像喷泉一样滚出，
他有满腹的热情和温柔的疼爱，
又夹有男性的狐疑和嫉妒。

他慢慢把妻子扶起来，
对她说的话缓慢、柔和、低沉，
既像夜里月亮泻下的银光洁白宜人，
又仿夜空小星那样闪烁不明。

"梭芭花般的南西拉，
珍珠般明亮的妻子，
我俩相见付出多少代价，
仿佛是死后又重生。

"捧玛加把你劫走，
使你受尽折磨吃够苦头，
现在捧玛加已被杀死，
你究竟是怎样熬过这些年头的？

"我彷徨、疑虑和不安，
我的心是多么的忧愁，
你像颗五彩缤纷的宝石，
会不会蒙上看不见的污垢？

"过去的南西拉呀，
恰似一棵叶嫩花馥的丁香树，
生长在圣洁的僻静的山坡，
没有蛀虫和黑蜂来爬过。

"过去的南西拉呀，
犹如珍珠在沙层里隐藏，
没有受过灰尘的玷污，
日夜发出锃亮纯净的白光。

"后来皎玛哈宁①被人偷走，
成了别人箱子里的宝贝，
只怕它被沾染了肮脏的灰尘，
不像往日那样闪射耀眼的光辉。

"我做了这么多的比喻，
是要说出我心中的疑惑和忧虑，
纯洁的宝石是否被脏手摸过？
柔弱的南西拉是否被强力侮辱？

"我相信你如过去一样的纯洁，
我相信你自始至终坚贞忠诚，
纯洁的璧玉和珠宝丢失了，
就怕被损坏污染失去原来的光泽。

"我相信失去的璧玉依然完好无损，
可是就怕别人难以置信，
现在流言蜚语到处传播，
你怎样才能证明自己的忠贞？

"开在树顶的缅桂花，

怎样证明它未被蛀虫爬过？
闪烁在高空的微弱的小星，
怎样证明它未被乌云玷污？

"如果你的心像蜡条一样正直，
你一定能用高尚的行为，
消除我心中的不安和疑惑，
也让那些多嘴的人没话可说。"

纯洁善良的南西拉紧皱双眉，
心如针刺又扑簌簌流泪，
除了宝贵的生命还有什么可以作证，
不是真正的金子就让它变成灰。

"乘骑大象的丈夫啊，
做梦也想不到我们还会见面，
而今天才相见啊，
想不到你心中却有难解的疑团。

"妹妹的心从来没有离开过你，
就像被抓在银盆里的小鱼，
天天怀念着深广湛蓝的江湖，
这江湖啊就是我的朗玛丈夫。

"妹妹被监禁在孤独的塔楼里，
受尽折磨的心变成碎末，
就像晶莹纯洁的露珠，
在林中低矮的海芋叶上凝聚。

"这露珠见不到太阳的脸庞，
永远不会闪射色彩和光芒，
它忍受着阴暗潮湿等待太阳，
这太阳啊，就是你朗玛王。

"蜜蜂和花朵情意缠绵，
大海高山不能阻止它们会面，
大树可以砍倒，岩石可以掀翻，
夫妻柔情似水的挚爱怎能斩得断。

"我们已在一起拴过线，

---

① 皎玛哈宁：黑宝石。

金丝银线拴紧两人的手腕，
我们的心早已紧紧相连，
相连的心啊，利刀也砍不断。

"禁囚中我无时无刻不把你怀念，
白天太阳升起我托白云向你问好，
晚上明月高挂我托星星向你祝福，
我就这样天天把恋情对你倾诉。

"要是妻子无私的苦苦表白，
疑虑重重的丈夫不肯相信，
就请烧起熊熊的圣火，
我将站进去验证自己的忠贞。

"如果我的心已经变了颜色，
爱情已离开了自己的丈夫，
就当着大家的眼睛，
让大火把我的肉体烧成灰烬。"

召朗玛脸色阴沉严峻，
下达了点燃大火的命令，
他要证实妻子的话是真是假，
他要考验妻子爱情的忠贞。

南西拉坦然地请叭英作证，
"如果我对丈夫有丝毫不忠诚，
如果我献媚别人被人污损，
就让大火烧焦我的心身。

"如果我说的句句都是真言，
如果我的思想纯洁行为端正，
如果我对丈夫召朗玛矢志不渝，
就请大火维护我的名声。

"不仅是我的肉体完好，
就是衣服和披巾也应无损，
一丝头发也不能烧着，
我将在圣火中生存。"

勇敢无畏的南西拉，
从容走到火堆中央，
大火越烧越旺，
她在烈焰中安然无恙。

是非分明的火神呀，
同情坚贞无罪的南西拉，
护卫纯洁崇高的南西拉，
不让烈焰烧灼她。

犹如金子一样纯真的南西拉，
大火没有烧焦她的一根头发，
她站在熊熊的烈火中，
仿佛沐浴着太阳温暖的光华。

多少人被南西拉的行为感动，
滚下了同情的泪水，
他们一齐称赞她的美德，
对她表示无比的敬佩。

"南西拉的心比蜡条还正直，
南西拉的心比星星还明亮，
南西拉的心比月亮还皎洁，
谁的爱情能比她晶莹高尚？"

召朗玛目睹妻子的壮烈行为，
内心受到深深的责备，
他眼里闪着愁喜的眼泪，
心情又激动啊又忏悔。

"亲爱的南西拉呀，哥哥的心肝，
你的贞节受到了考验，
请原谅我的过错吧，
快快来到我身边。"

南西拉在大火中不动一步，
用莹莹的泪眼看着丈夫，
满腹的辛酸涌上心头，
随着执拗的话儿流出。

"丈夫啊，我不能出去了，
妻子将永远在火中站立，
要是你仍像过去把我当眼珠珍惜，
就请你跨进燃烧的火里将自己的妻子牵出。

"如果你不进来牵我，
妻子怎么能相信你？

怎能相信你爱她一辈子？
怎能相信你不再把她抛弃？

"如果你不敢走进大火，
如果你还是如此多疑，
你的妻子南西拉呀，
就不如永世站在大火里。"

悔悟的召朗玛听了深感羞愧，
为什么要等着她自己出来，
他毫不犹豫地走进大火中，
也让烈火考验自己对妻子的真爱。

他在火焰中将妻子紧紧拥抱，
牵着她的手走了出来，
能熔铜化铁的烈火啊，
触到他们的身上就绕开。

人们对他们发出一片赞扬声：
"乌云抹不黑星星的光辉，
灾难拆不散忠贞的爱情，
大火又怎能烧伤两颗纯洁的心。"

两颗星星啊一对忠贞的情人，
两只金凤啊一对恩爱的夫妻，
召朗玛和南西拉在万人欢呼声中，
双双向灿烂辉煌的宫殿走去。

他们暂时住在兰嘎寝宫里，
就像太阳和月亮交相辉映，
头人、百姓向他们祝贺表达谢意，
感激他们给勐兰嘎带来和平与安宁。

接受老国王的请求和百姓的委托，
召朗玛让彼亚沙登基当了国王，
让他在年迈的叭兰巴辅佐下，
尽心竭力治理好勐兰嘎。

彼亚沙深知哥哥失败的原因，
废除了十头王制定的法规，
重新实行外祖父老国王的规矩，
遭受灾难的勐兰嘎又有了勃勃生机。

三　凯旋归国

召朗玛打算返归故里，
彼亚沙却依依不舍，
"我愿意把勐兰嘎的王位放弃，
紧紧跟随你永远为你效力。"

召朗玛对彼亚沙说：
"不讲信义即使寸步不离也没有意义，
如是肝胆相照啊，
远隔万里也近如咫尺。

"可敬的彼亚沙啊，
你不能离开自己的国家，
受了伤的人要好好治疗，
饱经灾难的勐兰嘎等着你来治理。

"你要善于辨别善恶美丑，
你要善于体察国情民心，
如果你忘记了这些，
国家就要落入最大的不幸。"

离别的时刻到了，
召朗玛和南西拉就要启程，
猴子兵云集在广场待命，
勐兰嘎的百姓夹道送行。

天空响起欢送的炮声，
锣鼓和乐器震动了兰嘎城，
一队队兵马穿过森林，
彼亚沙把他们远送到边境。

召朗玛的大军通过石桥回到了大陆，
山风给他们送来阵阵花香，
召朗玛率领队伍继续前进，
美丽的南西拉紧靠在他身旁。

麂子金鹿在身边奔跑，
蜂群鸟儿为他们歌唱，
他们沿着蜿蜒逶迤的山路行进，
穿过了勐基沙茫茫的森林。

在一个三岔路口他们分道扬镳，
嘎林领着猴群返回勐基沙，
召朗玛把珍贵的金伞送给它，
把它称作勐基沙的叭龙帝雅①。

嘎林让阿努曼跟着召朗玛，
永远守卫在他的身旁，
召朗玛和南西拉又回到伊麻板森林，
住进帕拉西简陋的巴朗。

再说召朗玛的弟弟帕腊达，
当年哥哥出走后也不愿为王，
他在森林里修行了十二年，
如今已还俗回宫不再当和尚。

他听说哥嫂依然健在，
准备接哥哥回来继位当王，
他和弟弟沙达鲁嘎一起，
召集群臣把国事商量。

"按照过去老国王的旨意，
沙达鲁嘎当国王已经满期，
应该把召朗玛从森林接回，
让他当国王把全勐治理。"

这个主张得到群臣的拥护，
百姓们闻讯更是欢喜，
修好了桥梁铺平了道路，
准备连接召朗玛回国登基。

帕腊达兄弟和三位母后，
率领着山泉一样奔流的队伍，
红绿旗幡飘扬，鼓乐震动大地，
来到伊麻板森林帕拉西的茅屋。

帕腊达拜倒在哥哥的面前，
和王后一起叙说离别的情怀，
"十二年我觉着有十二万天，
我们天天把你们盼望和惦念。

"现在十二年终于过去，

哥哥一定要回到宫里，
不要辜负已故父王的期望，
把神圣的勐沓达腊塔治理。"

随行的大臣头人一齐跪下，
同来的百姓发出声声欢呼，
多少人的请求只有一句话：
"请召朗玛回宫继位治理勐沓达腊塔。"

召朗玛见众望难以拒绝，
收下弟弟手中的花盘、蜡条和鲜花，
人群响起一片欢呼声，
召朗玛关切地询问帕腊达。

"气候和雨水是不是合适？
树上的果实是不是累结？
田里的五谷是不是丰收？
百姓的生活是不是富裕？"

帕腊达听了哈哈大笑，
不以为然地答道：
"哥哥在森林里吃野果树叶，
还在为百姓的生活心焦。

"我们勐多年来风调雨顺，
百姓安居乐业丰衣足食，
现在国库里粮油充足，
还堆着无数的金银宝石。"

召朗玛紧紧皱起眉头，
想了一个主意给他教诲，
吃饭的时候在帕腊达的碗里，
装满金银宝石玛瑙翡翠。

聪明的帕腊达猛然醒悟，
赶紧上前请求哥哥宽恕，
"哥哥用金银宝石给我充饥，
使我发现自己见识的谬误。"

"亲爱的帕腊达弟弟，

① 叭龙帝雅：意思是最大的王。

普天下的人全靠五谷生存，
金银珠宝只能存在库房里，
你刚才的讥笑不是一个为王者应有的行为。

"你别以为我不问金银只问五谷，
是因为我在森林里吃不上粮食，
如果一勐之主不关心百姓的疾苦，
就不会得到百姓的拥护。"

召朗玛告别了帕拉西，
走出森林踏上了洒满阳光的大路，
山花一齐朝召朗玛吐露芬芳，
嘎兰托鸟开喉为南西拉歌唱幸福。

四　召朗玛即位

离开了十二年的召朗玛回到王宫，
勐沓达腊塔沉浸在一片欢乐之中，
宫廷大臣擂响了咚咚的金边大鼓，
大臣和头人纷纷来到富丽的宫殿。

他们一致推举召朗玛继承王位，
推举召朗玛的三个弟弟当吾巴腊扎[①]，
选定了新王登基的吉日良辰，
大臣们喜气洋洋忙得手脚不停。

按照王国古老的规矩，
准备了六十三种颜色的金盘，
五朵金花、七座笋塔，
登基时吹的金螺号和遮阳的金伞。

新王登基的吉祥日子来到了，
这是万物生枝发芽的季节，
大臣和头人用芬芳的金水银水，
给继承王位的召朗玛沐浴洗礼。

吹响洪亮的金螺，
召朗玛戴上王冠穿上王服，
米花像雨一样纷纷飘洒，
他坐上了父王金碧辉煌的御座。

人们一一向召朗玛表示祝贺，
全城敲响了象脚鼓和铓锣，
有威望的宫廷大臣帕麻纳，
行使职责第一个向全勐宣布：

"福气无边的王子召朗玛，
从今天起继承勐沓达腊塔王位，
愿新王长寿国家富足，
愿他的臣民万代幸福。"

帕麻纳代表全勐臣民，
献给召朗玛五种仪仗，
六十三把彩色的金伞，
祝新王福星高照名扬天下。

召朗玛接受了臣民的祝愿，
收纳了隆重的礼物，
收下了父王传下来的金盘大印，
开始行使国王的崇高权力。

按照王国的规矩和父亲的遗嘱，
接纳臣僚和头人的奏议，
根据弟弟们功劳和能力的大小，
召朗玛分别给他们封王封官。

与召朗玛同生共死的腊嘎纳，
担任第一吾巴腊扎，
分管北方和东方各勐的土地，
建立一座宫廷、享受王子的权力。

忠实的帕腊达担任第二吾巴腊扎，
建立一座宫廷分管西面各勐的土地，
每年向王国敬献战马和大象，
享受一个王子应有的权力。

善良忠厚的沙达鲁嘎，
担任第三吾巴腊扎，
分管南面各勐辽阔的土地，
每年向王国敬献牛羊和马匹。

---

① 吾巴腊扎：亲王。

对于功勋显赫的白猴阿努曼，
召朗玛留它住在王宫里，
委任它担任王国的收税官，
同时还要管理兵马和田地。

召朗玛还颁布命令，
将全勐珠宝赏赐给臣僚和头人，
将稻谷豆薯分给穷苦的百姓，
臣民欢呼召朗玛的豁达英明。

召朗玛的床头挂着父王的弓塔弩，
宫廷中央放着父王留下的金鞋，
对于这两件祖传罕世之宝，
召朗玛和臣僚每天都要顶礼膜拜。

全勐最高的房屋要数王宫的宝殿，
全勐最亮的塔楼要数王宫的宝塔，
全勐威望最高权力最大的人，
要数国王召朗玛和王后南西拉。

成百上千的宫娥彩女，
轮流给他们跳舞唱歌，
乐队终日演奏着悦耳的乐曲，
为他们解除深宫的寂寞。

武官们喜欢到野外赛马，
百姓们忙碌着种植谷物，
他们好像鱼儿在大海里，
过着自由自在安定宁静的生活。

勐沓达腊塔像星星一样明亮，
犹如林间金湖似的平静无波，
召朗玛和南西拉在舒适的宫殿里，
幸福愉快地度过一天天。

他们享受到团圆的欢乐，
他们享受着恩爱的生活，
可是谁能预料得到啊，
灾难就要在善良的南西拉头上降落。

误解和嫉妒像一条毒虫，
啮噬着召朗玛的心田，
痛苦和悲哀犹如一团黑云，

笼罩在召朗玛和南西拉中间。

第十九章　冤屈

一　怀疑

一天召朗玛悠闲地离开寝宫，
到御花园观赏绽开的鲜花，
无忧无虑的南西拉留在宫内，
年轻的宫女们陪伴着她。

宫女们像春天的燕子嬉笑戏闹，
无拘无束和南西拉开心地闲聊，
她们想知道十头王是什么样子，
就像孩子想看到妈妈手中的东西。

"尊贵的王后南西拉，
我们想知道捧玛加的古怪长相，
听说他的头和眼不像世上的人，
请你画出来看看是什么模样。"

宫女们的恳求声像知了叫个不停，
南西拉难以拒绝她们的好奇心，
"你们真想知道十头王是什么样子，
拿一团红泥巴来我捏给你们看个仔细。"

宫女们去到不远的河边，
拿来了一团柔软的红泥巴，
把宫女看成妹妹的南西拉啊，
高高兴兴给她们捏捧玛加泥像。

捏出了身子、头、鼻、耳、眼，
看上去真如十头王再现，
"这么奇特、古怪、丑陋，
真是独一无二世间少见。"

宫女们叽叽喳喳讥笑着议论，
南西拉讲述捧玛加的凶狠，
就在她们嬉戏谈笑的时候，
宫殿上空出现一团乌云。

女妖妲里哈达的精灵从宫廷上空飘过，
见南西拉捏成一个捧玛加泥塑，
就化作一团云雾悄悄降落，
钻进泥像内部兴风作恶。

精灵找到了躯体寄托，
泥塑的十双眼睛突然闪闪烁烁，
嘴巴张开哈哈大笑，
阵阵弹舌声如敲刀壳。

宫女们惊愕得目瞪口呆，
一个个惊呼着四散逃开，
南西拉吓得浑身发抖，
急忙伸出双脚又踢又踩。

泥像伸出双手抱住南西拉的脚，
南西拉大声呼叫拼命挣扎，
她使尽全力用两手拽打，
泥像还是死死抱住她。

一个宫女急中生智想出一个主意，
"快把它带到你的卧室里去，
用弓塔弩刺它的身子，
它害怕神箭也许会放开你。"

南西拉惊慌失措战战兢兢，
把泥像带进自己的卧室，
她拔出弓塔弩的神箭刺过去，
泥像惊叫一声跌倒在地。

恰巧此时召朗玛返回寝宫，
南西拉慌乱中把泥像踢进床底，
梳理一下散乱的发髻，
战战兢兢把国王迎进卧室。

召朗玛像往常一样，
不慌不忙在金床上坐下，
突然泥像又弹响舌头，
用傲慢的语言咒骂召朗玛：

"召对召，王对王，
为什么你坐在我头上？
是不是你瞎了眼睛，

看不见我这威严的大王？

"我是一个蜚声于世的国王，
谁见了我都不敢怠慢，
你为何胆大到这个地步，
竟敢坐在我的头上面？"

召朗玛听了异常惊讶，
是谁在床下发出辱骂，
听声音似乎是捧玛加，
他急忙在卧室四处搜查。

召朗玛在床下发现了仇人的泥像，
顿时脸色苍白火冒三丈，
他把泥像拿到室外质问宫女：
"是谁手艺如此高明捏得这般相像？"

宫女们胆战心惊慌忙下拜：
"我们从来没有见过十头王的脸嘴，
就是吃了龙心虎胆，
也不敢这样胆大妄为。"

菩提树叶般光亮的南西拉，
急忙走过去向丈夫跪下，
把事情的经过如实诉说：
"是我捏的泥像捧玛加。"

召朗玛听了满腔怒火，
举起拳头捶击宝座：
"我不听你的谎言谎话，
你心里仍然偷偷眷恋着捧玛加。"

南西拉泪如泉涌，
召朗玛的误会令她心痛，
"夫王啊，请饶恕我的过失，
请不要用这话刺伤我的心。

"我从来没有想念过十头王，
我错就错在迁就宫女的好奇心，
这着魔的泥像又得罪了你，
才使你产生了误解和怀疑。"

南西拉一声一泪的辩解，

召朗玛一点也听不进，
"你这女人的心肠真狠，
忘了我兄弟俩怎样把你救出火坑。

"为了寻找你，救出你，
我们穿越森林跨过海洋，
经历了多少人间的苦楚辛酸，
几乎丧失了宝贵的生命。

"我们流了多少血，
我们流了多少汗，
才把你从囹圄中解救出来，
谁知道你竟对我如此冷酷。

"在你回宫的日子里，
原来你心里一直怀念着我们的仇敌，
你思恋他的情意太迫切，
才把他捏成泥像藏在圣洁的宫廷里。

"你心中隐藏着卑污的泥水，
你这淫荡的女人罪该毁灭成灰，
你不配在我这个勐生存，
快去死吧，我要叫你变成鬼"。①

无辜的南西拉眼泪往肚里流，
丈夫的话儿叫她全身发抖：
"妻子头上的'主宰'，
请平心静气听听妻子的表白。

"我对十头王的憎恶和仇恨，
我对夫王忠贞的爱情，
正直无私的天神啊，
已用烈火给我做过验证。

"今天的疑惑为什么又重新发生，
只怕是你从来不相信我的忠贞，
今天的事情妻子已如实讲明，
为什么定要让我带着耻辱丧生。

"夫王呀，看在夫妻的面上，
就算我做错了这件事，

也请你宽恕体谅，
仍让我生活在你身旁。

"要是我的苦衷得不到你的同情，
请让妻子当一名普通的宫女，
为你端茶倒水来赎罪，
我诚心服侍你一辈子。"

召朗玛对南西拉大声呵斥：
"不要多说了你必定得死，
要是你不思念捧玛加，
怎么可能把他的像捏出？

"你是心中没有了我啊，
才会做出这等卑贱的事，
王后啊，我再也不想见到你，
现在来哀求已属多余。"

黑眼睛的斑鸠受到了无辜的折磨，
还可向百鸟倾诉自己的苦衷，
善良的麂子受到不幸，
还可以对森林述说自己的伤痛。

可是无辜的南西拉蒙受了冤屈，
却得不到丈夫的体谅和同情，
她流了多少泪水，
也洗刷不掉自己的耻辱和罪名。

难道就这样不明不白的诀别，
难道就这样含着冤屈死去，
南西拉心中愤愤不平，
含着泪去向母后诉说不幸。

南苏甘嫡母后知道儿媳受到委屈，
带着南西拉去找儿子，
"像麂子一样善良的召朗玛，
你的心为什么会变成了石头。

"南西拉是妈妈的眼珠，
南西拉是妈妈心上的肉，

---

① 还有一种传说，召朗玛看到十头王的泥塑后，将南西拉驱逐到森林去。

她对你无比忠诚坚贞，
她的心比露水还洁净。

"你出走去到无人烟的森林，
她跟着你受苦受难毫无怨言，
她遭劫落入十头王的掌心，
却一直对你怀着忠诚。

"她讲的今天发生的事情，
符合情理，应该体谅，
只因宫女们缠着一再的请求，
她才捏了十头王的泥像。

"怎么能因为今天发生这点事情，
就播种下猜忌的葛藤？
怎么能因为捏了十头王的泥像，
就武断地杀害自己的亲人？

"不要把怀疑当成了真实，
不要让乌云遮住了眼睛，
一时恼怒不容她申辩，
会给你一辈子带来不幸和悔恨。

"孩子啊，你不同情妻子，
也该可怜年迈的母亲，
不能让南西拉无辜受到折磨，
更不能伤害她宝贵的生命。"

召朗玛无动于衷默默不语，
一团团黑雾在头脑里翻滚，
"我在民间暗访听到不少议论，
责怪我把南西拉领回都城。

"说什么南西拉被十头王劫走，
养尊处优住在孤独隐蔽的塔楼，
召朗玛还借兵讨伐救回来，
对别人抚弄过的明珠还爱不释手。

"一个男人和妻子吵架，
说我又不是痴情的召朗玛，
我决不像他那样的傻，

再爱别人搂抱过的南西拉。'

"是我看错了南西拉，
我没有什么对不起她，
绝不能给人们留下话柄，
成为千年万年的笑话。"

召朗玛抬起头来告诉母亲：
"你去听一下百姓私下传播的流言，
我是一个勐的国王，
决不能让人们指着背脊骨讥贬。

"男子汉说过的话是砍断了的树，
做王的一做出决定就是蒸熟的饭。"
召朗玛命令弟弟腊嘎纳，
带南西拉出宫去处死。

忠厚善良的腊嘎纳紧蹙双眉，
心中涌起无限的忧愁和苦恼，
他为无辜的嫂嫂求情，
为王的哥哥怎听得进劝告。

要是不执行哥哥的命令，
召朗玛一定会对他治罪追究，
要是把无辜的嫂嫂杀死，
天大的冤屈啊他一辈子都会感到内疚。

召朗玛见弟弟犹豫不前，
又对他下达了执刑的命令，
"你快去把南西拉砍成两段，
我等着你掏回她的心。

"俗话说淫荡女人的心像狗心，①
狗心的女人最多情，
我倒是要看看这个女人，
长的究竟是颗什么样的心？"

皙白的南西拉猛地站起身，
不再祈求召朗玛的怜悯，
"再见吧，勐沓达腊塔的君王，

---

① 傣族骂淫荡的女人的心像狗心一样。

苦命的南西拉将含着冤屈离开人世。

"今天尽管你亲手割断夫妻的恩爱，
尽管你亲手葬送我们的爱情，
天地间也只有你的妻子，
最理解丈夫的心情。

"因为你珍惜爱情的纯洁，
才会这样的狠心和冷酷，
因为你憎恨邪恶和狡诈，
才会这样的果断和残忍。

"可是你无情的双手，
并没有真正将邪恶绞杀，
纯洁竟然死在惩罚邪恶的宝刀下，
这怎能不使我绝望寒心。

"再见吧，慈祥的母后，
愿您度过幸福的晚年，
永别了，可爱的宫女们，
愿你们歌声更动听服饰更鲜艳。

"再见吧，各位大臣和武官，
召朗玛治国请你们竭力协助，
让人间的欢乐和幸福，
代替你们的不幸和痛苦。

"再见吧，南西拉洗澡的清水和金槽，
别因为主人死亡而潸潸流泪，
永别了，王宫的大象和战马，
愿你们在阳光下享受绿茵茵的青草。

"再见吧，忠实敦厚的弟弟腊嘎纳，
为了寻找嫂嫂你历尽苦难，
为了救出嫂嫂你流下鲜血，
今天让嫂嫂最后把您细看。

"我们一起住在伊麻板森林，
尽管不幸的遭遇把我们折磨，
但我们生活在召朗玛身边，
我们是既艰苦而又欢乐。

"追求的幸福今天变成苦难，

这哀愁悲戚现在对谁表达，
嫂嫂尽管心中有千悲万愁，
只愿弟弟继续照顾召朗玛。"

腊嘎纳默默地拿着大刀，
领着嫂嫂走出庄严的宫殿，
人群顿时发出阵阵哀号，
哭声就像八月的青蛙鸣叫。

腊嘎纳押着嫂嫂走进森林，
悲伤的泪水暗暗流进心田，
森林啊，为何变得这般凄凉？
滴落的露珠好像也在哭泣悲伤。

聪明的腊嘎纳停下了脚步，
合掌祈求天神给予帮助，
"神明的英捧啊，
请来挽救一个蒙受冤屈的生命。

"要是南西拉的心如宝石般纯洁，
我的宝刀将砍杀不进，
如果嫂嫂欺骗哥哥心地不正，
就让宝刀结束她的生命。"

腊嘎纳慢慢地举起宝刀，
霎时地上长出无数花树，
千簇万簇鲜花护卫着南西拉，
把腊嘎纳的宝刀挡住。

腊嘎纳又惊又喜明白了一切，
森林的花树证明了南西拉的贞洁，
这时一只黑狗闯到跟前，
他一刀把它砍成两截。

他向吓呆了的南西拉跪下，
用悲哀的声音对她说：
"洛木花一般的嫂嫂啊，
你赶快远走高飞吧！

"弟弟今天放你逃走，
望你逃向海角天涯，
愿你洁净的身躯脱离一切的苦难，
望你疾病离身一路平安。"

南西拉迅速逃进了深山老林，
腊嘎纳心情沉重地回到宫廷，
他当着大臣的面向召朗玛述职，
交出一个血淋淋的狗心。

从此召朗玛猜忌的心更重，
更加痛恨卑污的女人，
他心中的怒火渐渐平息，
头脑中也慢慢没了南西拉的身影。

二　生子

死里逃生的南西拉，
忍受着无比的痛苦，
她一个人孤孤独独，
无目的地走向密林深处。

寒露把她从梦中冻醒，
仰望着星空无法再入睡，
命运使她从山头坠入黑暗的山涧，
天空啊，求你快一些露出晨曦。

黑夜终于慢慢地退去，
太阳终于慢慢地升起，
南西拉到清澈的泉边洗脸饮水，
到树丛中寻找野果充饥。

她想到召朗玛出走的时候，
他们也在这样的森林里徜徉，
那时虽然艰辛却不悲切，
因为她紧紧跟随在丈夫身旁。

今天谁来陪伴谁来分忧，
她只听见林中的虎嗥狼吼，
啊，自己一生的遭遇多么凄惨，
犹如花朵经历一阵阵风雨摧残。

白头翁突然高声喧哗，
是不是召朗玛追来啦，
也许他消除了误解原谅了她，

不，不，密林里又静寂得叫人害怕。

无望的南西拉只有向英捧祈告：
"神明的天王英捧啊，
请你营救我这个无辜的女人，
让我有个地方栖身。"

南西拉委屈的呼喊传到天宫，
天宫的西腊石①阵阵摇动，
英捧举目向人间观望，
只见受难的南西拉正在林中徘徊。

英捧急忙从天上下到人间，
变成英俊的"国王"走到南西拉身边，
"宝石般的姑娘啊，
你的美貌果然叫我一见倾心。

"我是一个没有伴侣的国王，
听到你的不幸特到森林里把你找寻，
今天接你到哥哥的宫廷里去，
让你享受王后的荣耀和欢欣。"

黄金般纯洁的南西拉回答：
"南西拉感谢你的一片好心，
情欲在我心中已经熄灭，
我不爱你，也不爱任何人。"

英捧还要进一步试探，
说出的话儿比糯米饭还要柔软，
"可怜的孔雀啊，你别忧愁失望，
哥哥对你是一片真心。

"我决不会像召朗玛那样狐疑心窄，
决不会像召朗玛那样三心二意，
要是哥哥有半点虚情假意，
让天雷劈头天斧砍身。"

甜言蜜语打不动南西拉的心，
她用坚定的声音回答：
"南西拉正在遭受灾难和不幸，

---

①　西腊石：传说中的天堂巨石，能将不祥报告给英捧。

就像一朵被风雨摧断的山花。

"你若是一位庄严的国王，
你若是一位善良的君主，
请同情南西拉的不幸和痛苦，
别让她受伤的心再受折磨。

"人生真正的爱情只有一次，
南西拉的爱情已献给召朗玛，
纵然由于误会他置我于死地，
但是真正的爱情刀箭不能扼杀。

"既然召朗玛已抛弃他的南西拉，
南西拉也决不再出嫁，
让天神安排我的命运吧，
从此森林就是我的家。"

南西拉说完向远处走去，
像一只孤零零的野鸡，
她艰难地在山道上爬行，
天地无边，森林无际。

英捧变成一条白色水牛，
脖上的铜铃发出叮当的声响，
它在前面边走边吃青草，
粗粗的花绳拴在头上。

南西拉看见前面的水牛，
不禁心中一阵喜悦，
"水牛拖着绳子在这里吃草，
森林中一定隐藏着村寨。"

她跟着白牛走了七天，
来到温暖的伊麻板森林，
幽静的森林出现一间巴朗，
南西拉回头不见了水牛的踪影。

一个衣着朴素的帕拉西走出来，
南西拉虔诚地向他下拜，
她对帕拉西讲了自己的身世，
请求帕拉西让她在这里栖身。

帕拉西说出了安慰的话语：

"可怜的南西拉，我的女儿，
你的遭遇使我同情，
你在这住下吧，这里就是你的家。"

帕拉西为南西拉盖了一间舒适的草房，
从此南西拉安心在森林住下，
远离人世的烦忧和喧哗，
安静地度过了几个月的时光。

南西拉离开宫殿前已经怀孕，
现在分娩的日期终于到来，
婴儿从母体呱呱坠地，
生下来的是一个男孩。

孩子的皮肤白里透红，
犹如火炉里熔化的金水，
漂亮的眼睛和脸庞，
同召朗玛一模一样。

孤独的南西拉无比高兴，
把孩子当作自己的眼珠，
每当她出去采野果，
就把孩子托给帕拉西照顾。

南西拉勤快得像只母鸡，
一早就到山上寻找瓜果薯芋，
夜里她把孩子紧紧搂在怀里，
母子俩睡得香甜又安谧。

一天南西拉在密林里采野果，
见一只母猴背着两只小猴爬树，
南西拉担心小猴掉落下来，
把心中忧虑对母猴说出：

"白猴啊，你为什么这样傻，
出远门还背着自己的孩子，
爬大树，过深沟来来去去，
难道你不怕把孩子摔死？"

母猴听了反驳她说：
"我看愚蠢的正是你自己，
你身为王后，孩子珍贵万分，
可是你一点不疼爱幼小的生命。

"你每天太阳偏西才回去，
孩子丢在家中饿奶你不疼，
要是你的孩子突然不幸暴死了，
等你回去他已变得冰凉僵硬。

"我不像你那样不心痛孩子，
凡是出门我都带着它们，
万一发生什么意外和不幸，
死活我们母子也都在一起。"

南西拉听了不觉心中一惊，
神色不安，心情不定，
她觉得母猴的做法符合人情，
暗暗责备自己过分粗心。

南西拉匆匆赶回巴朗，
见儿子在床上睡得正熟，
她不声不响背起儿子，
返回森林去采摘瓜果。

帕拉西一觉醒来，
床上不见了小孙孙，
他就焦急地四处找寻，
里里外外不见孩子的踪影。

"是谁悄悄偷走了小宝贝，
竟敢这样伤天害理？
是林中的虎豹进来叼走，
还是作恶的妖怪把他掳去？

"恨只恨我睡得太死，
孩子失踪我还蒙在鼓里，
南西拉回来不见孩子，
残酷的打击定会使她昏倒在地。"

为了不让南西拉的精神再受创伤，
帕拉西用木头雕出一个模样相同的婴儿，
他向着木头吹了三口气，
木头婴儿马上有了生命。

阳光晒红了脸的南西拉回来了，
背着孩子高高兴兴走进巴朗，

一眼看见孩子踢踢蹬蹬躺在床上，
立刻俯身抱起来频频吻他的脸庞。

她解开胸襟把奶头塞给孩子，
嘴里不停地喃喃低语：
"妈妈的宝贝呀，饿坏了吧！"
一切同平常从森林里回来一样。

站在旁边的帕拉西惊愕得睁大眼睛，
丢失的孩子正睡在南西拉的背上，
南西拉也恍然大悟放下孩子，
两个婴儿在一起分不出两样。

她询问帕拉西是怎么一回事，
帕拉西把事情经过对她讲明，
"要是女儿不喜欢他，
阿爹吹口气就让他无踪无影。

"要是你喜欢这孩子，
就留下他给孩子做伴，
女儿你做决定吧！
一切按你的心愿去办。"

善良的南西拉温和地回答：
"你不说我还分不出来，
他们就像一对双胞胎，
这孩子谁见了不喜欢。

"两个孩子都是宝贝，
他们就像我的两个眼珠一样，
慈父啊，别毁了他的小生命，
让他和你的孙子一道成长。"

帕拉西听了十分高兴，
他要为孩子祝福取名，
南西拉的亲生儿子算作哥哥，
赠给他的名字叫洛玛。

帕拉西做成的儿子算作弟弟，
赠给他的名字叫相娃，
南西拉望着两个活泼可爱的孩子，
心里感到无比的幸福。

森林的树叶黄了又绿绿了又黄，
转眼过去了漫长的七年时光，
两棵金笋虽然长在山箐里，
但他们比一般的笋子苗壮。

帕拉西天天给他们传授武艺，
还传授给他们智慧和学识，
他们精通神术和武艺，
手臂有二十条大公象的力量。

长大懂事的洛玛和相娃，
一天向南西拉说出心头的疑问：
"慈爱善良的母亲啊，
谁是我们威武的父亲？

"他是乘骑大象的国王，
还是统率千军的武将？
他是走遍千勐的商人，
还是种田种地的百姓？"

南西拉有说不出的苦楚，
只好半真半假告诉孩子：
"你们的父亲是勐沓达腊塔国王，
召朗玛就是他的名字。

"你们的父亲已经逝世，
妈妈被赶到这里过着伤心的日子，
你们一定要苦练本领勤奋学习，
为受苦的妈妈争一口气。"

两兄弟把妈妈的话记在心里，
更加刻苦地学习知识和本领，
他们天天在森林里摘野果射鸟兽，
侍奉亲爱的母亲和年老的帕拉西。

第二十章　团圆

一　在勐沓达腊塔街上

洛玛和相娃聪明又勤快，
聪明得赛过垒巢的小鸟，

勤快得好像采花的蜜蜂，
他们在伊麻板种出了庄稼和瓜果。

一天兄弟俩在地里交谈起来：
"母亲说勐沓达腊塔宫殿雄伟，
是我们的父亲居住的地方，
城里又有热闹繁华的街场。

"母亲说父亲早已离开人世，
是真是假我们没有看见，
生来我们没有赶过街集，
生来我们没有见过堂皇的宫殿。"

洛玛和相娃谈得津津有味，
决心到城里看看是什么模样，
他们摘下了芳香的瓜果，
动身去勐沓达腊塔赶集。

他们瞒着妈妈离开伊麻板，
翻山越岭走了七天七夜，
来到了宽敞富饶的坝子，
来到了京城热闹的街市。

赶街的人群熙熙攘攘，
出售的东西五光十色，
不同的街摆着不同的东西，
不同的摊前有不同身份的顾客。

洛玛和相娃的豆角、黄瓜新鲜肥大，
又有熟透的散发着芬芳的香瓜，
吸引着人们争先恐后购买，
忙得兄弟俩汗如雨下。

有的人不买东西也不走开，
站在那里观看相貌相同的两兄弟，
观看的人越来越多，
看不着的人又往前挤。

这时走来了税务官阿努曼，
对洛玛和相娃说出了傲慢的语言：
"我是为国王征收税租的叭龙，
快拿出你们的瓜果来上贡。"

洛玛和相娃看了阿努曼一眼，
待理不理顶撞过去，
"我们弯腰流汗种出的瓜果，
凭什么要拿给你？"

"金殿王朝的命令委托给我，
我收多收少没有谁敢说，
你俩竟敢对抗法令不交税，
我看你俩是不是不想活？"

阿努曼的话激怒了兄弟俩，
他们出口的语言像飞来的皮鞭，
"你这猴官架子十足，
想整死我们料定你不敢。

"你想多吃请到山中去，
你想多要请到伊麻板，
我们远道挑来就是要卖钱，
一切都得按照买卖规矩办。"

暴躁的白猴捋起衣袖，
一把抓起一个大香瓜，
洛玛和相娃飞起一脚，
把阿努曼的竹箩踢朝一边。

愤怒的白猴朝他们狠狠踢了一脚，
把兄弟俩踢出十排远，
洛玛和相娃怒吼一声冲向阿努曼，
一人一拳把它打得仰面朝天。

双方拳脚交加厮打起来，
整个街子乱成一团，
得到神灵帮助的洛玛兄弟，
把阿努曼打得周身瘫软。

阿努曼当众出丑羞红了脸，
它跑回宫里向召朗玛告状，
"你委任我收税从没有人敢反对，
可是今天却有两个孩子同我打起来。

"兰嘎大战我没有战败过，
今天堂堂的大臣遭打骂，
头也被打出一个大疙瘩，

不干了，我要回勐基沙。"

二 放马寻子

召朗玛听了非常震惊，
"阿努曼的神威和力量远近闻名，
天下无敌的人竟遭毒打。
这两个孩子究竟是什么人？

"我是唯一能拉动弓阿沙尖的王子，
渡海征战杀死十头王，
一百零一勐的国王和臣子，
没有哪一个敢和我对抗。

"两个孩子既然敢与阿努曼较量，
也一定会对抗我的命令，
听说他俩已经逃跑，
我一定要设法把他们找寻。"

召朗玛发出一个通告，
神圣的王命拴在七匹骏马的脖子上，
"谁在这土地上服从我的管理，
就乖乖地把散失的骏马送回。

"谁在这土地上敢反对召朗玛，
就请牵走我的骏马，
表示接受我的挑战，
我们就面对面比一个高下。"

七匹骏马同时从宫殿放出，
它们随心所欲、四处狂奔，
召朗玛派腊嘎纳带兵暗暗跟随，
看看谁敢违抗国王的命令。

骏马吃着青草向四面八方走去，
士兵沿着蹄印步步紧跟，
有的人表示敬意牵马送回，
有的人生怕惹祸远远躲避。

骏马不停地行走了七天，
来到了遥远的伊麻板，
它们闻到了甘蔗和瓜果的香气，
闯进了洛玛和相娃的瓜园。

它们大口大口地啃吃甘蔗瓜果，
把果园菜地一一糟蹋，
洛玛和相娃前来看地，
立即把骏马拴了起来。

跟踪的武官命令士兵解开缰绳，
洛玛和相娃又要阻拦，
"马糟蹋了瓜果就得拿银钱赔偿，
你们国王的通告管不住我们。"

武官命令士兵将骏马抢走，
洛玛和相娃抓住武官猛踢猛打，
有些士兵被打得头破血流，
逃出森林报告了腊嘎纳。

腊嘎纳带着士兵急匆匆赶来，
看到两个孩子怒冲冲站在园里，
七匹骏马被拴在树下，
腊嘎纳仔细端详产生了怀疑。

"这两个硬气的孩子天不怕地不怕，
为什么长得像我哥哥召朗玛？
他们的眼睛、眉毛和鼻子，
为什么这么像我的嫂嫂南西拉？

"我不能伤害他们的生命，
不能用硬箭把他们射死。"
腊嘎纳顺手采下一根草秆，
搭在弓弦上射了过去。

洛玛被草秆冲倒，
腊嘎纳忙跑过去把他扶起，
"你叫什么名字，父母是谁？
宝石般的孩子，说说你们的身世。"

相娃见来人抱住哥哥，
误认为他们要下毒手，
立即拉弓搭箭射过去，
一箭把腊嘎纳射倒在地。

士兵们吓得纷纷逃跑，
跑回宫殿向召朗玛报告，

召朗玛闻讯大为震惊，
如临大敌立刻带兵声讨。

阿努曼带着一大队人马，
把瓜园团团包围住，
就像渔网罩住水井，
召朗玛往里面看得分明。

两兄弟的面貌似乎十分熟悉，
原来他们长得和南西拉一个样子，
召朗玛站在远处大声发问，
对他们二人的身世盘根究底。

"是谁来查问我们的祖宗三代？
那么胆小只敢躲在森林里，
你们是哪个勐开来的军队？
是不是想来伊麻板送死？"

洛玛说完射出电鞭似的箭，
一下射进召朗玛的胸膛里，
儿子无情的神箭好像为母亲复仇，
父亲召朗玛疼得立即昏死过去。

洛玛和相娃拿过召朗玛的弓赛宰，
拾起他身上的东西奔回巴朗，
途中碰到前来援助的阿努曼，
被他们抓住用粗绳扎扎实实捆绑。

南西拉听到叫喊声跑出巴朗，
眼前的景象使她十分惊惶，
白猴阿努曼双手被反绑，
国王用的宝刀丢在地上。

神威无敌的弓赛宰摆在一旁，
高贵的王冠丢在地上闪着金光，
多么熟悉啊，这都是召朗玛的东西，
看到它们，南西拉心头无比悲伤。

眼泪从南西拉脸上像雨点流下，
两兄弟不理解妈妈的心情，
他们责骂阿努曼睁大眼睛，
一个劲看着妈妈使她受惊。

"该死的白猴不准瞪着眼睛吓人，
今天落在我们手里休想逃生，
我们要打断你的双腿，
看你还敢不敢到街上去收税？"

母亲哭着劝阻儿子，
"快快松开白猴身上的粗绳，
你们不能用恶言秽语辱骂它，
更不准伤害它的生命。

"这个白猴跟我们虽不是亲属，
可它是你父母的恩人，
它是你父亲最得力的武官，
没有它呀妈妈早就被杀害。"

两个儿子听了母亲的叙述，
立刻给阿努曼松绑赔了不是，
南西拉领着儿子走进巴朗，
把儿子杀伤召朗玛兄弟的事告诉帕拉西。

帕拉西忙向英达祈祷，
带着神药仙水跑进了森林，
他往召朗玛和腊嘎纳嘴里滴了药水，
昏死过去的两人慢慢苏醒。

三　大团圆

南西拉默默地站在丈夫身旁，
焦虑地一直守到召朗玛、腊嘎纳苏醒，
她回想起自己的痛苦遭遇，
忍不住拜倒在召朗玛前面啜泣。

苏醒后的召朗玛渐渐看清，
跪在面前的是被自己处死的妻子，
他惊愕得慌忙坐起来，
询问腊嘎纳究竟是回什么事？

腊嘎纳把经过向哥哥陈述，
召朗玛立即伸手把南西拉扶起，
内疚使他痛哭不止，
夫妻俩伤心得昏过去几次。

召朗玛想到自己太多疑，

冤枉了善良无辜的妻子，
他忍着悲怆向妻子表示忏悔，
请求妻子原谅自己的过失。

"眼珠般的妻子啊，请把过去忘记，
误会和嫉妒已使我受到惩治，
请你告诉我这两个聪明的孩子，
可是我们亲生的儿子？"

南西拉怨愤地追叙往事，
召朗玛越听越痛恨自己，
他悔恨交加又无限感激，
他用温和亲切的语言召唤两个儿子：

"宝石一样珍贵的儿子啊，
快过来让父亲看看你们，
跟随父亲回到庄严的宫殿，
去见你们的祖母、叔叔和婶婶。"

两个孩子态度冷淡而生硬，
"我们生下来就没有父亲，
从来也没有亲戚，
你别来诓骗，我们不认识你。"

失掉小犊的母牛哞哞叫唤，
死了伴侣的斑鸠咕咕哀鸣，
见儿子不认父亲，
召朗玛懊恼万分。

饱尝悲欢离合的南西拉，
对丈夫产生无限的怜悯，
她用母亲的关怀和温存，
向儿子说出了真情。

"两颗珍珠啊，
你们冒失射倒的两个人，
一个是你们的王叔，
一个就是你们的父亲。"

从小没有父亲的孩子最听妈的话，
洛玛和相娃平心静气回答母亲，
"不是我们不想念亲人，
不是我们不想念父亲。

"我们天天盼望见到父亲的面，
就像寒夜中的小鸡盼望太阳，
只因妈妈对我们说过，
父亲的灵魂早已升入天堂。

"过去我们悲哀地天天悼念他，
又怨他死得早把我们抛在林间，
今天你又说他是我们的父亲，
到底你的话哪句是假哪句是真？"

孩子的聪明使南西拉高兴，
她把事情的真相进一步说明，
"站在面前的是你们的父王召朗玛，
他治理着勐沓达腊塔。

"你们父王的正直和勇武，
天下的国王谁也比不上，
勐沓达腊塔的光辉和威望，
就像太阳和月亮一样。

"只因妈妈做错事得罪了他，
猜疑和误会使他下错了决心，
要把妈妈处死在荒凉的森林，
多亏你王叔腊嘎纳救了我的生命。

"他把妈妈从刀下放走，
从此妈妈在森林里生存，
我对召朗玛的无情怀着怨恨，
所以才说他去见了死神。

"今天他来见到了你们，
过去的事情就让它过去吧！
快去亲近你们的父亲召朗玛，
还有好心肠的叔叔腊嘎纳。"

洛玛和相娃这才走过去见父亲，
召朗玛伸出双手把儿子抱在怀中，
他从心里敬佩南西拉的坚贞纯洁，
他悔恨交织、无地自容。

"南西拉啊，我的爱妻，
勐沓达腊塔宫殿少不了你，

今天我要把你们接回去，
让我们白头到老再不分离。"

受尽折磨和凌辱的南西拉，
满腔的愤懑难以平息，
她从红红的嘴唇里，
说出一句句低沉哀怨的话语：

"感谢你的好情意，
感谢你跋山涉水来到这里，
请你把两个孩子接回去吧，
让他们将来继承你国王的位子。

"你的妻子早已不在人间，
她已在你的刀口下丧生，
带着深重的屈辱，
成了森林中的孤魂野鬼。

"已经死了多年的人，
怎么能够重新回生？
被你定了死罪的南西拉知道羞耻，
怎么有脸去见大臣头人？

"拴在我们手上的线已被一刀砍断，
滚滚的江水怎么能倒流，
寂寞的茅屋就是我的归宿，
荒凉的森林将是我的坟地。"

"烈火已证明你忠贞无比，
泥像的误解却又使我产生狐疑，
可恨的猜忌使我变得冷酷无情，
妻子啊，请原谅我的过失。

"你不回去，孩子不会有快乐和温暖，
你不宽恕，我的心不会得安宁，
我的妻子南西拉啊，
你一定要跟我回到宫廷。"

站在一旁的官员和士兵，
眼含热泪向南西拉跪拜，
宫廷大臣双手捧着花盘，
南西拉不答应回宫就不起来。

宽厚的南西拉比丈夫还难过，
她不愿在召朗玛的心上增添忧烦，
她不愿看到痛苦的离别，
再次把亲生的骨肉拆散。

南西拉同意了丈夫和臣民的请求，
接下了大臣举着的花盘，
召朗玛激动得热泪如注，
官兵们高兴得一片欢呼。

召朗玛邀请帕拉西也到宫殿去住，
帕拉西向他们诚恳祝福，
"我是森林里修行的和尚，
不能跟你们去城市居住。

"祝你们白头偕老、终身幸福，
愿你们身体健康永葆纯洁，
祝你们的国家兴旺发达！
愿你们的百姓安居乐业。"

召朗玛率领亲人返回京城，
全城百姓在大路两边欢迎，
三个母后走下宫殿迎接，
一家人在金碧辉煌的宫殿里团聚。

宫廷请来了高贵的帕麻纳，
为南西拉和两位王子拴线祝福，
帕麻纳向全勐庄重宣布，
美丽的南西拉重新做勐沓达腊塔王后。

威武的国王召朗玛，
接受人们的欢呼祝贺，
扶着贤良的南西拉王后，
庄严地登上金光闪闪的御座。

受尊敬的波涛、咪涛[①]，
年轻的小伙子和姑娘，
缅桂花迎着太阳开放，
我就要结束这篇故事的吟唱。

当你静静地听完最后一章，

当你诵读这长如江河的诗行，
一定会问谁提金笔把它写成，
也会想知道谁最先把它吟唱。

在浩瀚的经书和唱本里，
谁愿意把自己的姓名写上，
谁也不愿像凤凰那样显示自己，
在这里我请求傣家人原谅。

传说佛经有八万四千套，
灿烂辉煌，源远流长，
就是像《兰嘎西贺》这样长的十部，
也达不到一套的篇章。

世间的知识就如浩瀚的海洋，
《兰嘎西贺》能装上水珠几颗？
我的心情难以平静，
后人究竟对《兰嘎西贺》怎样评说？

尊敬的波涛、咪涛，
象牙般纯洁的姑娘，
《兰嘎西贺》写完了，
我庄重地把它放在金盘上。

当我放下金笔的时候，
太阳又从东山升起，
金色的光线照亮了天上的云朵，
它好像在对我热情地祝贺。

森林的百鸟一齐扇动翅膀，
从我的头上徐徐飞过，
它们用甜蜜动听的歌喉，
送给我无限的宽慰和欢乐。

此时此刻我心情不能平静，
只怕写下的诗篇落字掉音，
损伤了诗章的美丽完整，
荒废了读者的宝贵光阴。

有毅力和恒心就能成功，

---

① 波涛、咪涛：大爹、大妈。

这是我终生的信仰，
我希望获得全部知识，
钻进人类智慧的海洋。

让我懂得文学和古拉经，
能够占卜吉凶，写出故事和诗歌，
因为我这颗破碎的心啊，
时时挂着人类的喜怒哀乐。

像初春一样美好的姑娘，
你们的青春犹如九月盛开的花朵，
当微风轻轻吹拂的时候，
鲜花的芳香就会从森林流过。

这时你心爱的人儿啊，
是不是变了心爱上了别人，
就像泉水不恋岸边的鲜花，
你就让他好好读读这篇诗文。

这篇唱诗像山中潺潺的流水，
可以把心上的污垢洗涤干净，
又可以解除欲念的焦渴，
使人变得善良、纯洁、聪明。

相爱着的年轻人，
要像召朗玛和南西拉那样忠诚，
不怕遭受误解、折磨和分离，
才能获得人生真正的爱情。

傣家人啊，我知道你们爱听唱本，
可是我的使命到这里已经完成，
我的歌喉已因疲倦而沙哑，
我的智慧和才能已经用尽。

要是我再往下写往下唱吟，
它就会像断了线的风筝，
随风盲目飘荡，被雨洗淡颜色，
我的唱本也会不成文和失去生命。

云南人民出版社 1981 年版
翻译整理者：刀兴平（傣族）　岩温扁
（傣族）　高登智　尚仲豪　吴　军
选自《云南少数民族古典史诗全集》

附记（原《后记》）：

　　《兰嘎西贺》意为兰嘎地方的十头王，系流传在云南省西双版纳、德宏、思茅、临沧等地傣族聚居区的一部神话长篇叙事诗。长诗叙述的故事在傣族人民中几乎是家喻户晓。一般以两种形式在民间广泛流传，一是记载于贝叶经中能吟诵的说唱诗和散文故事。傣族人民全民信佛，男孩子从小就要进缅寺当和尚，长大了还俗。多数人在当和尚时就读过这篇经书。同时，在宗教性集会上，佛爷在讲经时把它作为佛教经典来宣讲。另一种是根据贝叶经改编的唱本，以手抄本的形式在民间更广泛地流传，又通过赞哈（歌手）的演唱，使傣族人民几乎妇孺皆知。无论是宣讲佛经教义，还是赞哈演唱，全场鸦雀无声，听众莫不虔诚聆听，可见这部作品颇受傣族广大人民群众的喜爱。

　　《兰嘎西贺》内容异常广阔，结构极其庞大，主题鲜明，立意深湛，故事情节引人入胜，富有神话传奇和浪漫主义色彩。长诗描绘了勐沓达腊塔王子召朗玛和勐兰嘎国王捧玛加（即十头魔王）两个人一生的事迹。通过他们两个人争夺勐甘纳嘎公主南西拉的线索，展开了一场错综复杂而又曲折尖锐的斗争。作者以酣畅饱满的笔墨，咏唱赞颂了坚贞不渝的爱情、正义的战争和惩治暴凶的英雄行为；又充分运用想象夸张的艺术手法和粗线条的笔触，勾勒刻画了许多栩栩如生的人物形象，如正义、善良、英明的召朗玛，贪婪、残暴、淫逸的捧玛加，憨直、昏昧、粗野的衮纳帕，忠贞、贤淑、纯洁的南西拉，特别是英勇、机智、顽皮的白猴阿努曼，可以与我国古典名著《西游记》中的孙悟空媲美。长诗还运用拟人化的手法，把动植物人格化，有血有肉，有声有色。诗歌所反映的傣族社会风习和亚热带风光，色彩都比较浓厚。比喻和藻饰充满傣族文学传统的风格。全诗虽然篇幅巨大，情节浩繁，一个故事扣着一个故事，处理上不能说天衣无缝，但首尾相顾，布局得体，既有叱咤风云的战争场面的叙述，又有缠绵悱恻的儿女情长的抒发。叙事和抒情结合得巧妙，有对英雄人民的歌颂，又有对不义行为的鞭挞；有抒怀沁心的妙语，又有发人深省的训诫。长诗反映了古代傣族人民与大自然和凶暴势力进行斗争的不屈不挠的大无畏精神，对神权、封建权势以及他们的邪恶的憎恨，对贤明君主的追求、希冀统一的强烈愿望和对美好生活的向往。长诗闪耀着傣族人民的无穷智慧和创造性的光辉，在傣族叙事长诗中，堪称优秀之作。长诗浩瀚的内容，对于研究傣族社会历史的发展，傣族宗教，傣族文学与南亚、东南亚文学的关系，中外文化交流等问题，都具有十分重要的学术价值。

《兰嘎西贺》的民间唱本有大小之分，傣族人民称之为《兰嘎童》的，即大兰嘎；称之为《兰嘎因》的，即小兰嘎。小兰嘎是大兰嘎的缩写本，但在个别情节上有所不同。大兰嘎又有两种，一是《兰嘎西贺》，一是《兰嘎西双贺》。后者即兰嘎的十二头王，与前者故事主要情节相似。这部长诗和故事传说不仅在傣族人民中间流传，在与傣族杂居的布朗、德昂、佤等民族中也有流传。我们据以整理的翻译本，是流传在西双版纳傣族自治州傣族人民中的大兰嘎的民间唱本。

早在1959年初，我省为向国庆十周年献礼而组织的大规模的民族民间文学调查中，刀兴平同志就详细翻译了大兰嘎的民间唱本。20世纪60年代初期，为发掘云南民族民间文学做出了巨大贡献的云南省委原常委、宣传部长、作协昆明分会主席袁勃同志曾着手整理，不幸旋即身患重病，卧床不起，终至未完成这一事业。后来，高登智同志曾整理过一个初稿，"十年动乱"开始就遭到批判，初稿被烧毁。粉碎"四人帮"后，从1978年到1979年，高登智、尚仲豪同志又根据幸存的刀兴平同志的翻译稿和其他一些资料整理了一个稿子，于1979年6月交云南人民出版社。1980年初，岩温扁、吴军同志也开始着手翻译整理这部长诗。中国社会科学院云南少数民族文学研究所对《兰嘎西贺》的翻译、整理十分重视，即请岩温扁同志翻译了一个更详尽的民间唱本，组织了翻译整理小组。西双版纳傣族自治州委宣传部、州文化局负责同志对翻译整理工作十分关怀，并给予具体支持和帮助。现在呈现在读者面前的这个整理本，就是根据上述两个翻译稿并参照一些故事传说和资料整理的。

整理中，我们力求忠实于长诗的原貌，力求比较准确地传达出原诗的思想内容和艺术风格，主要处理了以下几个问题。

首先是慎重地取舍、剪裁。原手抄本比较繁杂冗长，重复的地方不少。为了把长诗整理得比较精练、顺畅，不枝蔓芜杂，我们适当做了一些剪裁，删削了一些宣扬宿命论、轮回报应和荒诞的描写，如说帕拉西把身上的污垢搓下来捏成一个女人与他婚配。当然，属于神话部分，对于那些宣扬神力的描写，如在战争中凭借咒语、神刀、神箭、飞绳等来惩罚暴凶，制伏鬼魔，这些都是在人类生产力低下的情况下，人们想控制自然、征服自然的愿望的反映，与宣扬封建迷信不同，我们把它保留了下来。属于反映傣族生活习俗，且能增添傣族文学色彩的，均没有删削。删削比较多的是长诗的结尾部分，在唱本里共二章，五千多行。它叙述召朗玛与南西拉再次团聚后，为了两个儿子洛玛与相娃择找媳妇，又与其他国家发生争斗，直到召朗玛传位给儿子、与南西拉老死升天为止。从情节发展看，叙述的已经是召朗玛儿子的事了，与前边故事情节关系不大，人物形象也没有什么发展，甚至南西拉几乎没有出过场，而且写得也不出色，打仗的场面描写与前面重复，我们就把它割弃了。因为《兰嘎西贺》本来写的是召朗玛与南西拉的悲欢离合，第二次大团圆后，故事就可以结束了，再继续写下去，就显得没完没了，无异于画蛇添足，大可不必。翻译稿中还有一段叙述白猴阿努曼的外祖父和两个帕拉西的故事，有近千行诗，情节荒诞，仿佛一部大合唱中不和谐的一段插曲一样，与整个故事联系不紧，删掉也无损于长诗故事的发展，就没有整理出来。还有捧玛加的二弟衮纳帕，手抄本中说他在岩洞里和一个妖女成婚，生了两个儿。这个情节显然不够合理，我们也把它删掉了。

其次是在结构方面适当地进行了调整。大兰嘎的民间唱本共二十二章（册），现整理为二十章。

章内的小节基本上是沿用原诗的分节，少部分做了调整，章节的小标题是我们加的。原诗每组句数不一，我们都整理成四句一组，并在力求保持傣族诗歌特点的基础上，按汉语诗韵押适当的韵，以增强艺术效果。章节顺序则基本上忠实于原稿，只是在个别地方作了调整。如原稿中介绍兰嘎国和十头王就占据了一开始的前五章，现调整为四章。而有的章又由一章分成两章。因此，整理本的章节与民间唱本的章节是不对等的，如整理本的第十章，并不是原唱本的第十章。有的情节则在先后次序上做了调动，如将阿努曼出生情节由前面移到过海攻打勐兰嘎前由猴将摩米叙述，将十头王儿子菲玛兰敢从外祖父那里学艺回来为父报仇提到前面等。

再次是对个别人物、情节做了一些必要的改动、精简。《兰嘎西贺》人物众多，主要的人物形象塑造得栩栩如生。唱本中的绝大多数人物都保留在整理本中了，但为了维护原诗的思想性，集中塑造主要的人物形象，我们对个别人物、情节做了一些改动。如召朗玛娶亲回国途中，原唱本中有一个山头王子召苏腊满中途劫亲的情节，其中含有对山区少数民族的贬称，而召苏腊满仅仅出现过一次，以后就再也没有这个人物了。我们经过反复研究，保留了这个情节，把这个人物改成十头王。他因不甘心南西拉被人娶走，伺机中途劫亲。这个行动十分符合捧玛加的性格特点，这一改更集中地刻画了十头王骄横贪婪的性格。此外，在庞杂的战争场面的描写中，双方出场的战将很多，特别是十头王方面尤多，我们就精简了一些无关紧要的、出场较少的将官，使双方的阵线更加分明，不致读来吃力乏味。原诗中写双方兵力和牺牲人数，动辄就是几亿、几十亿，过分夸张了，我们也做了精简，使之更合理些。

最后是对一些翻译和注释认真地做了研究、订正。整理中，我们反复查对了傣文民间唱本，对人名、地名、动植物名称和一些特殊的词汇的翻译和注释，反复斟酌，力求准确，发现错误立即订正，以免以讹传讹。如"帕拉西"一词，过去译注为"在深山老林修行的野和尚"，这次发现不对了。这种"野和尚"傣族叫"帕坝"。而"帕拉西"比较准确的译注应该是："在深山老林隐居修行的知识渊博、法术高超的高僧。"其他的动植物和器物的名称尽量意译，用汉语通用的称呼，如芒果、大青树、缅桂花、杜鹃等。实在不知其名的，才直译加注，如麻当果、巴朗等。整理中，得到了中国社会科学院云南少数民族文学研究所王松同志、云南人民出版社杨仲录同志的具体帮助，谨致谢意。

对傣族人民这部鸿篇巨制，我们虽然尽力想把它翻译整理得更好一些，但限于水平，谬误、不当之处可能不少，请专家和读者予以指正。

整理者
1980 年 12 月

国家出版基金资助项目

中国傣族经典民间叙事长诗集 【下卷】

何少林　张方元　主编

德宏民族出版社

德宏傣文：弘扬灿烂的中华民族文化（冯国志　题）

西双版纳傣文：经久不衰的傣族经典诗篇（岩坎哈　题）

耿马县傣族民间歌手岩更在演唱

两个小和尚在阅读傣族民间文学作品

织锦能手

竹编比赛

有名的"民族团结誓词"碑，坐落在普洱市宁洱县"民族团结园"内

《中国傣族经典民间叙事长诗集》顾问、中国社会科学院二级研究员、博士生导师刘亚虎多次应邀出席傣族历史文化研讨会

屹立在景东县城川河畔的傣族武士雕塑

2009年，首届刀安仁革命思想研讨会在德宏盈江县召开

德宏傣族景颇族自治州原州长刀安钜和西双版纳傣族自治州原州长、云南省傣学研究会会长刀爱民出席首届刀安仁革命思想研讨会

德宏傣族景颇族自治州原州长刀安钜和云南省佛教协会、云南省傣学研究会负责人参加刀安仁塑像揭牌仪式

德宏芒市遮放镇户闷村民间文人、长诗传抄者景哏赛·龚相（左），由他传唱的《娴倪罕》《阿銮莫协罕》《娴慕沐苹》等民间长诗已被编入本诗集。这是编者20多年前的采访照片

2017年，云南省非遗保护名录傣族关门节、开门节培训班在德宏州盈江县弄璋镇开班

傣族民间文化人、叙事长诗传抄者焦所比达

西双版纳州"自强、诚信、感恩"傣族章哈（歌手）大赛，传唱经典傣族民歌

2011年9月7日，编者应邀到金平县勐拉乡陆官寨参加傣文培训班挂牌仪式活动，与培训班老师、学员留影

盈江县新城乡傣戏队队长、州级傣戏传承人龚小娣正在抄写由长诗改编的傣戏剧本

德宏芒市知名傣族民间叙事长诗演唱者晚相牙

傣族民间文学工作者岳小保在佛寺里收集傣族民间叙事长诗，并与奘房长老一起探讨傣族民间长诗的传承和保护问题

佛寺里的和尚刻写贝叶经

盈江县弄璋镇边府村老体协秘书长波生平在吟诵傣族民间故事诗

耿马县歌手在演唱傣族民间歌谣

傣族民间叙事长诗文本

2012 年 12 月，傣族生态学学术研讨会在西双版纳傣族自治州景洪市召开

2011 年 5 月，《中国少数民族大辞典系列·傣族卷》元江研讨会

2013 年 12 月，云南元阳·傣族饮食服饰文化学术研讨会

2016 年，在孟连县举办的中国傣族民间音乐舞蹈研讨会

2016 年 12 月 10 日，《中国少数民族大辞典系列·傣族卷》西双版纳首发式

2016 年 12 月 24 日，《中国少数民族大辞典系列·傣族卷》德宏首发式

2019 年 4 月，首届云南西部傣族历史文化研讨会在德宏傣族景颇族自治州芒市召开

2019 年 4 月，出席首届云南西部傣族历史文化研讨会的部分国内外专家学者

元江县"蒙面情歌节"的女歌手

傣族孔雀舞国家级传承人约相

芒市拉院村民间孔雀舞传承人岳老

傣族青年雕刻家

元江县傣族老歌手刀正昌弹唱表演

西双版纳民间章哈（歌手）表演对唱

孟连县芒沙民间艺人、省级传承人赛交

勐海县民间乐队

孟连县勐马镇芒朗寨民间乐队

傣族孔雀拳——冯散保在全国第十一届民运会上荣获三等奖

傣族武术双刀对打

元江傣族民间艺人表演耍刀

傣族武术

耿马县傣族"女创拳"团队

流传于耿马县孟定傣乡的傣族"女创拳"

傣族武士

景谷县传统象脚鼓舞

孟连县传统蜡条舞

传统舞蹈

孟连县古典舞蹈

古老的架子面具孔雀舞

民间双人架子孔雀舞

德宏妇女嘎
光舞队

元江县民间耍狮舞

元江县民间斗虎舞

红河畔的
竹竿舞

爱水的傣族姑娘

稻花香飘

回村

景谷县塔包树

西双版纳植物园

绿孔雀

人与大象

白塔下的一对幸福人

在田野的路上

每逢节日，和睦友爱的乡里乡亲都会在大榕树下聚餐

村寨服饰表演队

红河畔的傣族姐妹

劳动后的小憩

傣家传统木楼

耿马县傣族妇女

西双版纳勐仑柚子节上的"柚子姑娘"

泼水归来

情歌对唱

新娘新郎接受长辈的拴线祝福

目　　录

相 勐①

第一章

一

茫茫的森林里，
盛开着一百零一朵花；
茫茫的森林里，
有一百零一个国家。

一百零一朵花中，
糯占巴最鲜艳；
一百零一个国家中，
勐荷傣最强大。

无边的坝子翠绿如荫，
淙淙的溪水绕着竹楼人家，
密密的椰树顶着蓝天，
高高的佛塔挂满彩霞。

草地上放牧着无数牛羊，

兵营里排列着千万头战象。
幽静的村舍虽然很贫苦，
雄伟的宫殿却十分辉煌。

老国王经常骑象去游览金湖，
身后跟着英俊的王子和美丽的公主，
他俩是勐荷傣桂冠上的明珠，
老国王心中最珍贵的财富。

英俊的王子名叫沙瓦里，
有九十九头大象的力气，
能将椰子树连根拔起，
手中的宝剑像闪电一样锋利。

他声称是森林里的战神，
做梦也想征服整个森林，
让天下的土地都归他掌管，
所有的百姓都是他的仆人。

蟒蛇可以连吃三只小鹿，
但没法将大象一口吞；
聪明的沙瓦里王子知道，
要做森林之王先要有杀人的本领。

他知道勐瓦蒂的貌舒莱，
是一个最粗鲁最残暴的男人，
一拳能打死一只大象，
一脚能踢翻一座山岭。

沙瓦里天天盼望能得到一把利剑，
沙瓦里夜夜盼望貌舒莱能为他卖命，

---

① 相勐：相是宝石，勐是一个地方。

1

他决定要用公主的婚姻，
换取勐瓦蒂的十万大军。

二

公主的名字叫婻西里总布，
盛开的荷花上闪着一对珍珠，
在她面前孔雀失去光泽，
明月也会蒙上一层纱雾。

她有花朵的芬芳，
她有金鹿的善良，
她的名字像洒满阳光的翅膀，
飞旋在一百零一个国家的土地上。

蜜蜂见到鲜花便嗡嗡歌唱，
九十九个王子来到勐荷傣地方，
用金银财宝向国王表示忠诚，
用甜言蜜语向公主倾诉衷肠。

"啊，最有福气的国王，
请把最美丽的荷花栽在最清的池塘，
美丽的公主应该是我们的婻嫡维①，
她的芳名永远盛开在我们的心上。

"啊，最有智慧的国王，
请把最好的谷种撒在最肥沃的田野上，
美丽的公主应该是我们的婻嫡维，
让她的笑声温暖我们的心房。

"啊，最高贵的国王，
请把闪光的珠宝镶在最珍贵的王冠上，
美丽的公主应该是我们的婻嫡维，
她的芳名我们将世世代代颂扬。"

九十九个王子和他们的臣相，
跪在老国王面前声声歌唱，
森林里的蜜蜂最会酿蜜，
他们的赞歌比蜜还香。

老国王感谢各国的好意，
求婚的王子给他带来了无上荣光，
可是美丽的玉石不能分成九十九片，
老国王的欢喜又变成了忧伤。

"怎么办？求婚的人这么多，
我们勐荷傣却只有一个月亮。"
老国王急忙召集他的细纳②，
在宫廷里认真商量。

细纳们自称是勐荷傣的智囊，
知识渊博，处世有方，
如今却一个个低头不语，
刻满皱纹的额头上愁云飘荡。

一根针只能穿一根线，
一件衣服只能穿在一个人的身上，
一头大象只能配一副金鞍，
一个姑娘只能嫁给一个情郎。

细纳们认为这是最难办的事，
一个个都低着头无计可想，
忽见沙瓦里王子将宝剑一摔，
敏捷地跳到宫殿的中央：

"哈哈，我还没有伸手，
需要的兵马便送上大门，
父王啊，细纳们，
公主的婚事让我来决定。

"你们快去通知所有求婚的人，
明天早上将决定他们的命运，
请他们都聚在城郊的花园里，
我要在那里比武招亲。"

一阵阵铓锣响遍京城，
细纳们分头去传达王子的命令，
九十九个求婚者都骑上大象，
为了爱情要在比武场上显示本领。

---

① 婻嫡维：勐荷傣的皇后。
② 细纳：大臣。

三

乳白色的雾笼罩着森林，
咚咚的砍樵声把太阳叫醒，
城楼上响起比武的号角，
人群像山洪朝着花园泻倾。

大地花开了，
人们心上的灯亮了，
勐荷傣的花园无比灿烂辉煌，
老国王带着公主来到比武的地方。

园里所有的花都迎着公主开放，
树上所有的鸟都朝着公主歌唱。
千万首歌合成赞美公主的乐章，
千万颗心汇成一片欢乐的海洋。

九十九个骑象的王子，
早在花园里排列成行，
他们的身上缀满玉石，
心灵却像粪草一样肮脏。

他们看见嫡西里总布的美貌，
有的像疯子一样大叫大嚷，
有的目瞪口呆，舌头伸出三寸长，
有的眯着馋眼，口水淋湿了衣裳。

公主坐在金象背上，
像花蕾遇上了冷霜，
求婚人的丑态百样，
像万箭刺着她的心房。

她曾听说在很远很远的地方，
勐维扎的王子像菩提树一样，
每根头发都是翠绿的枝叶，
心灵像金鹿一样善良。

他从小就喜爱到森林里游荡，
唱起歌来像泉水在流淌，
人们称他是相勐，

在黑夜里也能发出明亮的光芒。

为什么他不到这花园里来呀？
为什么他不站在这群求婚者的中间？
难道是勐维扎离这里太远太远？
难道是雷电风雨挡住了他的大象？

公主还听说勐瓦蒂的貌舒莱，
前世是一只公虎①，现在是一只公狼
手脚比虎狼还粗鲁，
心灵比粪草还肮脏。

只知道无尽的享受，
不知道爱情的分量，
哪里有好看的花都要采摘，
看见美丽的姑娘他的心就发痒。

往日的流言深深埋在公主心里，
她一听到他的名字就恶心想吐，
此时见了他那粗鲁的举动，
果真比想象的还要糟糕。

啊，要是让他在比武中得胜，
嫡西里总布就要遭殃，
勐荷傣的公主想到这里，
像魔爪撕碎了她的肝肠。

她哀叹自己不可预测的命运，
不知如何度过这难受的时光，
她憎恨她的哥哥沙瓦里，
为何要把她的爱情押进赌场。

宫女们送来一束束鲜花，
公主一朵也没插在发髻上，
她的心灵已经被痛苦碾碎，
哪还有梳妆打扮的心肠。

她只盼能长出一对翅膀，

---

① 公虎：相传貌舒莱是公虎转世，因此力大无比。

飞离歇满苍蝇的地方；
她只盼有一支竹笛，
能向山泉吐露她的愿望。

公主正这般低头思想，
比武的号角已经吹响，
只见她哥哥沙瓦里跳下大象，
威武地站在花园中央。

"听呀，想得到爱情的人们，
现在正是决定你们命运的时光，
有本事的请往前走一步，
没本事的请退在一旁。

"这里有一块大青石，
我要把它抛到蓝天上，
谁有本事把它接住，
谁就能品尝勐荷傣的槟榔①。"

大青石有七索②厚，
大青石有四排长，
它跟天地同时诞生，
自古就躺在这个地方。

听了沙瓦里的比武条件，
九十八个王子变得像一团泥巴，
只有貌舒莱乐得像发酵的酒糟，
认定桂冠会落在他的头上。

待了一会，九十八个王子暗想，
别人有大象，我们也有大象，
别人是王子，我们也是王子，
吃饭长大的个个都一样。

只要是用脚走路的，
只要是吃奶长大的，
这样巨大的青石，
怎么能抛到天上。

他们认为这是沙瓦里唬人的手段，

有几个骑象的来到沙瓦里跟前，
拍拍胸脯，壮壮胆，
异口同声地对沙瓦里呼喊：

"勐荷傣的王子啊，请开始吧，
我们要先看看你的力气有多大，
如果你真能把青石抛到天上，
我们就有本事让青石接在手上。"

沙瓦里勃然大怒，
鼻孔里喷出两团火光，
"我是无敌的丈夫，
谁敢把我侮辱？

"你们吐出的口水，
谁也不许收回，
如果你们接不住青石，
我将用宝刀惩罚你们。"

沙瓦里走到青石面前，
绕着大青石转了三转，
然后像抛芒果一样，
把巨大的青石抛到天上。

求婚的王子一个个吓破了胆，
有的从象背上摔下跌断了脚杆，
有的丢下贵重的礼物慌忙逃窜，
有的躲在大象肚子下狼狈不堪。

只有公虎转世的貌舒莱，
平静地望着巨石在空中飞旋，
当那巨石落下来的时候，
他伸手接住，然后又抛向天空。

顷刻，鼓声雷鸣，
整个花园都在欢呼，
貌舒莱高兴得像喝醉了酒，
每根毫毛都挂满了欢乐。

他很想马上奔跑过去，

---

① 槟榔：爱情的象征，姑娘喜欢上某个小伙子，就给他嚼槟榔。
② 索：傣族把手臂长度的一半叫索。

把美丽的公主抱在怀里，
疯狂的情欲把他陶醉，
管它合不合礼貌与规矩。

本来他也很想做森林之王，
为了公主他才跪在沙瓦里脚下，
他想先揉尽天下的鲜花，
然后再做森林里的霸主。

他知道他就要成为勐荷傣的魁勐①，
沙瓦里将要利用他去踏平大地，
好呀，为了公主他不怕付出代价，
尽情地享受啊！总可以寻找到称王的时机。

沙瓦里不知道貌舒莱另有打算，
高兴地走到貌舒莱面前，
紧紧地握住貌舒莱的手，
像握着一把盼望了很久的宝剑。

"祝福你呀，勇敢的王子，
你将得到勐荷傣的桂冠，
请骑上为你准备好的大象，
我们要为你和公主的婚礼赶摆②七天。"

四

公主被拥到貌舒莱的身旁，
只见貌舒莱的口水往外流淌，
就像饿狼闻到肉的香味，
恨不得一口把她吞下。

清水怎么能跟浑水流在一起，
善良怎么能躺在凶恶的身旁，
碧玉怎么能埋进污浊的泥沙，
孔雀怎么能歇栖在虎牙上。

公主不愿和貌舒莱在一起，
不愿跟貌舒莱同骑一头象，
她怨恨她的哥哥沙瓦里，
为何要用她去换取杀人的刀枪。

她的哥哥沙瓦里既骄傲又凶狠，
为了做森林之王哪管兄妹骨肉情，
他不管公主的心灵如何痛苦，
只要得到利剑他就十分高兴。

他立即下令返回宫廷，
通报全国为公主的婚礼准备欢庆，
浩浩荡荡的队伍刚走出花园，
天空忽然响起一阵可怕的呼啸。

刹那间狂风刮起，沙石飞滚，
天空的太阳失去了光明，
人和大象都睁不开眼睛，
既分不出方向，也看不见人影。

只听见落叶沙沙铺满地，
只听见风沙呼呼撕破树林，
突然，一个魔鬼悄悄降落，
轻轻地将公主卷起。

风沙渐渐消失了，
大地又恢复了平静。
人们抖去身上的沙尘，
只听见天空传来微弱的哭声。

国王急忙回头看，
公主骑的大象只剩下一座金鞍，
皇后急忙放声呼喊，
回声却远在天边。

沙瓦里和貌舒莱都拔出宝剑，
同时飞向天空去追赶，
魔鬼立即化成一阵清风，
云彩护送它们潜入密林。

快到嘴边的肉又掉进深渊，
貌舒莱气得吃不下饭；
眼看就要成功的计策又陷于破灭，
沙瓦里再也无法睡眠。

---

① 魁勐：驸马。
② 赶摆：庆祝、联欢活动，也指聚会。

熬过了九个痛苦的黄昏，
沙瓦里才渐渐恢复平静，
他走进貌舒莱的寓所，
道出了誓死要结盟的心愿：

"勇敢的勐瓦蒂王子啊，
能与贵国成亲我十分高兴，
你的战象和我的战象合在一起，
肯定可以踏平茫茫的森林。

"可是命运偏偏嘲弄我们，
驱使魔鬼抢走了我们的亲人，
使我们的欢乐变成了悲痛，
使我们的天空布满了乌云。

"命运虽然如此不幸，
但你应该相信我的诚心，
我愿跟你结成骨肉兄弟，
共同征服茫茫的森林。

"要是我能把公主寻找回来，
一定让你俩在这宫廷里拴线①结婚，
如果公主真的遭到了不幸，
我愿在全国另给你寻找美人。"

枯萎的茅草得到几滴雨水，
貌舒莱干燥的嘴唇又有点湿润，
他把带来的金银珠宝和战象马群，
全部送给沙瓦里作为订婚的礼品。

"啊，高贵的勐荷傣王子，
忠实的猎犬不会忘掉它的主人，
只要得到美丽的嫦西里总布，
貌舒莱将永远为你效劳卖命。"

---

① 拴线：傣族的婚礼或其他祝福的仪式。

第二章

一

在茫茫森林的另一方，
小国勐维扎的盛名到处传扬，
好牛好马都在那里生长，
占巴缅桂全在那里开放。

种田的百姓牵着水牛，
做生意的客商骑着大象，
村庄的竹楼充满着礼仪，
国家的仓库堆满了食粮。

年老的召底卡，
在森林里享有很高的威望，
美丽的皇后给他生下三个王子，
三个王子都是国家的栋梁。

大王子召朗玛，
十分热爱他生长的家乡，
继承了老父王的意志，
井井有条地治理着地方。

二王子召曼塔，
发誓要周游天下，
他带领着五个勇士，
到远方去寻找他的欢乐。

五个勇士的本领都很高强，
可是，眼睛却不很明亮，
途中被一个狡猾的女妖欺骗，
一个接一个地在情场中死亡。

最后只剩召曼塔，

继续在茫茫的森林里游荡，
不久，由于天神的指引，
他戴上了桂冠，做了勐巴坚达的国王。

三王子的官名叫召相勐，
他的宝刀能劈开山峰，
他的神剑能穿过针眼，
他学问渊博，既勇敢又善良。

他自幼就下定决心，
要到茫茫的森林里寻找他的理想，
他要求父王让他离开宫廷，
到百姓中间学习做人的本领。

年老的国王不知儿子的心，
以为儿子要出门寻找欢心，
他立刻下令在花园里赶大摆，
让相勐在一万个姑娘中选择新娘。

赶摆的鼓声传遍四面八方，
姑娘们都穿上最漂亮的衣裳，
秀丽的花园五彩缤纷，
一夜间千万朵鲜花同时开放。

老国王坐在宫殿的窗前，
轻轻抚摸着相勐的肩膀：
"孩子啊，你自由地选择吧！
哪一朵花最香，你的眼睛最亮。"

"啊，我亲爱的父王，
勐维扎的鲜花朵朵都像早晨的阳光，
她们都将得到应有的幸福，
勤劳的蜜蜂会飞来歌唱。"

"是哪一片森林遮住了你的眼睛？
使你看不到姑娘们对你的爱慕，
是哪一座山峰堵住了你的耳膜？
使你听不见姑娘们对你真诚的笑声。"

"不是山峰堵住我的耳膜，
也不是森林遮住我的眼睛，

是我没播下爱情的种子，
没有收割爱情的心肠。

"我要离开这里不是为了爱情，
只因为宫廷太狭小，令人烦闷，
请让我到广袤的森林里去吧，
那里有奇花异草，空气更为清香。"

年老的国王不让儿子出去，
忧伤的皇后也泪珠涟涟地说：
"孩子啊，你是勐维扎的宝石，
怎能离开你生长的故乡？

"森林里有凶恶的魔鬼，
森林里有愤怒的凶象，
还有巨蟒和豺狼虎豹，
它们都会伤害你的性命。"

有灯光就不怕黑暗，
有热血就不怕寒冷，
相勐拔出宝剑表达了他的抱负，
安慰他的父王和母亲。

"我的抱负和意志能战胜邪恶，
宝刀和神剑能劈开野兽和魔鬼的胸膛，
请让我走吧，亲爱的父王，
我要去森林里寻找幸福。"

二

花朵开了又谢，
月儿圆了又缺，
半年的时间过去了，
国王仍拿不定主意。

他派人请来了帕麻纳占摩古拉①，
到宫廷来给他念经卜卦，
聪明的摩古拉看见老国王心神恍惚，
急忙施礼上前询问：

---

① 摩古拉：傣族古时的算命卜卦人。

"高贵的国王啊，
你为何把奴仆唤到宫廷？
请吩咐吧，就是到森林里找针，
你的奴仆也一定为你效力。"

老国王愁眉不展地说：
"有一块石头压在我的心上，
相勐要离开宫廷，
不知是凶，还是吉祥？"

摩古拉问了相勐的生辰，
摩古拉看了相勐的眼睛，
立即躬身合掌向国王祝贺，
称赞相勐是整个森林吉祥的象征。

"让他去吧，高贵的国王，
相勐是森林的骄傲，
叭英①召唤他去拯救森林，
他会给百姓带来幸运。"

树干怎能离开树根？
儿子怎能离开娘亲？
皇后听了摩古拉的解说，
泪珠又淋湿了衣襟。

国王紧咬着颤抖的嘴唇，
他舍不得儿子离开宫廷，
可是儿子坚决要走，
他只好流着眼泪答应。

召相勐告别了父王和母亲，
他祝勐维扎的大树永远长青，
每年都发出新的嫩芽，
多为百姓造福遮阴。

召相勐告别了哥哥，
他一再向哥哥恳求，
早晚代他向父母祝福，
好好照料年迈的双亲。

召相勐告别了全城的百姓，

他感谢百姓对他的深情，
祝他们夏天播下如意的种子，
让他们秋天得到丰足的收成。

全城的百姓站在街道两旁，
祈求天神保佑召相勐得到好运，
国王怕儿子途中遇到灾难，
取出一把宝刀和三支神箭交给相勐。

宝刀的美名叫腊细利甘宰，
是从太空落到地下的一道闪电，
削铁如同削果皮，
劈山如同破木板。

三支神箭都有翅膀，
第一支能推平高山，
第二支能穿过森林，
第三支飞到哪里，哪里就会燃起熊熊的火焰。

这把宝刀和三支神箭是勐维扎的国宝，
曾杀死过无数来犯的敌人，
勐维扎有了这两件宝啊，
国家得强盛，百姓得安宁。

相勐带着这两件国宝，
就像带领着百万大军，
他向辉煌的宫殿告别，
独自走向茫茫的森林。

三

茫茫的森林，
是绿色的世界，
没有酒徒的吵闹，色鬼的狂笑，
到处是生命的歌声，山泉的琴弦。

世间传说天上有仙境，
美丽的彩云缭绕着大树，
像彩带飘绕着仙女，
多情的手轻抚着森林的心。

---

① 叭英：傣族传说中的天神。

年轻的召相勐变成一只快乐的金鹿，
披戴着阳光在森林里欢跳，
年轻的召相勐变成一面象脚鼓，
他的笑声回荡在森林。

他越过一条小河又一条小河，
他翻过一座山冈又一座山冈，
天上的彩云飞来给他做伴，
聪明的猴子跑来给他引路。

他在森林里度过了七个黄昏，
他在森林里迎来了七个早晨，
绿色的世界使他忘记了喧嚣的宫廷，
袅袅的云雾把他带入理想的仙境。

远处，密密的树丛中，
矗立着一幢幽静的宫殿，
白云绕着它漫舞，
小鸟为它低声吟唱。

他轻轻走进宫殿，
原来是一幢幽静的佛寺，
窗前斜靠着一个美丽的姑娘，
就像一朵奇异的花朵开在墙上。

透过枝叶的间隙，
相勐看得分明，
那姑娘有一双会笑的眼睛，
嘴巴像一朵红云。

凤尾竹一样苗条的腰身，
系着一条洁白的银腰带，
翠绿欲滴的短衣下，
拖着一袭长长的筒裙。

微风吹动着乌黑的长发，
羞涩的花容鲜艳透红，
素雅的衣裙轻轻飘舞，
仿佛就要展翅飞到天空。

相勐有礼貌地询问了几声，

姑娘只微笑不语，
相勐睁眼细看，
原来是花织的奇妙的美人。

难道这里不是佛祖念经的地方？
难道帕拉西①不是这里的主人？
这是多么奇怪的情景，
相勐的心里泛起了朵朵疑云。

他走进佛寺的深处，
那里也有一个姑娘，
赤裸着洁白的玉体，
躺在素雅的象牙床上。

这哪里是白云居住的地方，
这是下流庸俗的淫场；
相勐躲在树丛里，
想看看这畜生是什么模样。

过了喝完一杯茶的时分，
一个披着袈裟的和尚走进了佛殿，
他在那里洗了一个澡，
嘴里喃喃念着佛经。

然后他走近花织的美人，
睁着一双贪婪的眼睛，
忽而一阵温柔的抚摸，
忽而发出一阵狂吻……

啊，眼前的一切，
叫相勐多么痛心，
想不到叫人尊敬的帕拉西，
竟是个下流的恶棍。

相勐崇拜佛祖的信念，
像高楼顷刻倒塌，
他不愿再看色情的丑剧，
他不想再学骗人的佛经。

他带着一颗破碎的心，

---

① 帕拉西：佛教传入初期住在山上的和尚，通译为野和尚。

离开帕拉西的佛殿，
随着一朵飘浮不定的云彩，
继续寻找他理想的花园。

茫茫的森林不知有多少棵树，
坚强的相勐不知又走了多少里路，
天亮时，他跟彩云一道起床，
天黑时，他跟百鸟一道歇宿。

山谷里有一棵伞形的榕树，
榕树上有一个盆大的雀窝，
这里居住着一对神鸟，
是一对亲切和睦的夫妇。

夜深了，雾露纷纷，
森林里一片寂静，
神鸟夫妇却还在窃窃私语，
不断发出感慨的声音：

"啊，孩子他爹，
灾难又降落在大地，
孔雀和琴鸟都在哭泣，
泪水淋湿了青苔和绿叶。

"他们说有一个美丽的公主，
被魔鬼锁在黑沉沉的石洞里，
三天没喝一滴凉水，
泪珠湿透了她的心田。"

"是啊，亲爱的妻子，
魔鬼抢走公主的那一天，
我曾亲耳听见公主的哭喊，
声声都像断了琴弦的琴声。

"善良的白兔被老虎抓到时，
它那惨叫的声音我听过，
这公主的哭喊啊，
比那虎口里的白兔叫得更凄惨。

"我很想搭救她，
却没有战胜魔鬼的本领，
可怜的公主啊，
愿天神保佑她。"

神鸟夫妇的议论，
激起了相勐的同情，
这一夜他一刻也没合眼，
一闭眼仿佛就看到公主悲惨的身影。

东方发白，天空还闪着启明星，
相勐便离开神鸟居住的榕树，
他要去杀死给人间带来灾难的魔鬼，
他要去营救受苦受难的可怜人。

四

嫡西里总布躺在石洞里，
泪水早已干枯，
虽然洞外只过了七个昼夜，
洞里却过了漫长的七年。

她每天都按时做三次祈祷，
祈求天神帮助她摆脱灾难，
她的哀求触动了天神，
天神派了一只白象来到洞前。

只听到一声轰隆巨响，
高大的石门裂碎两旁，
一道刺眼的阳光照在公主脸上，
公主的心像飞出了胸膛。

她狂喜着跑出石门，
白象便跪在她的面前，
她坐上了金鞍，白象便踩着五色彩云，
带着她飞到幽静的山泉旁边。

幽静的山泉是百鸟的乐园，
成群的孔雀在泉边梳妆打扮，
成群的金鹿在泉边嬉戏，
成群的蝴蝶绕着泉水飞舞。

所有善良的居民都涌来迎接公主，
公主忙使唤白象停下，
谁知白象又猛地腾空飞起，
把她从天空掀落在荒原。

娟西里总布惊叫了一声，
啊，原来是一个美梦，
石洞仍像地狱一样黑暗，
白象早已无影无踪。

一束又一束痛苦的利箭，
不断射进娟西里总布的心，
魔鬼究竟哪一天要夺去她的生命？
什么时候是她死的时辰？

她凝望着黑沉沉的洞口，
又想起年迈的父王和皇宫，
一首催人断肠的歌儿从洞里飞出，
那是公主告别人间的悲歌。

"再见吧，亲爱的父王，
你的女儿就要变成魔鬼的食粮，
你平日对我的溺爱，
我已再也无法偿还。

"再见吧，慈祥的亲娘，
你疼爱女儿胜过你的眼睛，
生前已不能报答你的恩德，
死后呀，决不忘记你的恩情。

"再见啊，亲爱的沙瓦里哥哥，
普天之下你的力大无穷，
为了征服茫茫森林，
你不该把我当成刀枪。

"如今你的野心已成泡影，
悲愤的怒火一定装满你悲愤的胸膛，
也许你正在懊悔，但是已经晚了，
哥哥啊，妹妹希望你从此变得善良。

"再见了，勐荷傣的乡亲，
我多么想再听一听你们的声音，
可是，已经是幻想，
魔鬼很快就会回来把血口张开。

"我祝愿你们生活更美好，
祝愿勐荷傣年年风调雨顺，
祝愿善良的花朵常在善良的心中开放，

祝愿友谊的树常在友谊的地方生长。"

暴风起了，沙石滚滚，落叶飘扬，
公主吟完告别的祝愿便闭上眼睛，
等待着魔爪，
等待着死神的呼唤……

五

相勐沿着金鹿的脚印，
走进满天云雾的深箐，
这是一个多么奇怪的地方，
石篱围着青草，金湖映着椰林。

相勐走到金湖边，
捧起清清的湖水润润嘴唇，
忽听到丛林里飘来一阵哭声，
他急忙竖起耳朵倾听。

哭声像受伤的天鹅在天边哀鸣，
哭声像中箭的幼鹿在地上呻吟，
四周的绿叶也像滴满了泪水，
相勐听了万分悲愤。

他拔出闪光的宝刀，
顺着哭声去寻找受难的人，
微弱的哭声断断续续，
路边的小河低声哀怨。

山风起时哭声断，
山风停时哭声惨，
声声催促相勐去救急，
声声打动善良的心。

前面出现一棵奇形怪状的大树，
树旁有一个黑漆漆的石洞，
像一只张牙舞爪的猛虎，
凄惨的哭声就从那里飞出。

相勐透过石缝，
看见洞里躺着一个姑娘，
深凹的眼眶装满泪水，
散乱的黑发披盖着苍白的脸庞。

"啊，姑娘哟，姑娘，
你是哪里的鲜花？哪方的月亮？
是谁把你关在这黑漆漆的石洞里？
是什么妖风夺去你的芬芳？"

昏迷中的嫩西里总布，
听到洞外响起了轻轻的脚步声，
以为是魔鬼回来了，
凋谢的花瓣又淋上几滴露珠。

"魔鬼呀，快来吃吧，
请快些，缩短我的痛苦，
我的心已被撕碎，
我的血已被你吸干。"

嫩西里总布绝望的哀鸣，
像箭一样射进相勐的心间，
他痛恨魔鬼的残忍，
决心要把受难人营救。

"受难的姑娘哟，
我不是魔鬼，是年轻的猎人，
森林里的百鸟都熟悉我的面容，
泉水瀑布都熟悉我的声音。"

尽管召相勐的语言很真诚，
嫩西里总布仍然不相信，
人怎么能来到这魔鬼居住的地方？
显然是魔鬼又在愚弄人。

"魔鬼啊，甜言蜜语没有什么意义，
对一个就要死的人还要给多少痛苦，
你要有点怜悯之心，
就请快把我吃掉。"

"啊，被暴风吹落的花朵，
请不要把善良当成凶恶，
天上的彩云可以做证，
满山的绿叶都听过我的歌声。"

"这黑漆漆的魔洞，
是人间痛苦的根源，

如果你真是一个善良的猎人，
那就赶快离开这灾难的地方。"

"我是一棵早被折断的小树，
我是早就挂在魔鬼嘴上的一块肉，
生命的火花就要熄灭，
碎了的心灵再没有什么幻想。"

嫩西里总布的哀鸣，
像浪涛在相勐的心中翻滚，
忽如天空划过一道闪电，
他挥刀劈开五丈高的石门。

石门倒塌的响声胜过山崩地裂，
茫茫的森林震得落叶纷纷，
公主只觉得一股力量将她抛向天空，
猛地落到地下，吓得昏迷过去。

相勐迈步走进石洞，
俯身蹲在公主身边，
和着泉水的声音一声声呼唤，
昏迷的公主渐渐睁开双眼。

像黑夜里看见一盏明灯，
像口渴时遇见一眼水井，
公主微微抬起头，
看见身边坐着一个英俊的青年。

她不断地想，
英俊的青年本领果然高强，
他的宝刀一闪，竟劈开了魔门，
难道他就是我梦幻中的白象？

公主越想越高兴，
碎了的心又变成了一面圆镜，
她感谢大慈大悲的佛祖，
给她派来了救命恩人。

相勐取出洁白的手绢，
替公主把泪珠擦干，
这时他才猛然发现那不是眼睛，
那是两座宝石的宫殿。

一座宫殿闪烁着日月的光辉，
一座宫殿流淌着清澈的山泉，
那光辉迷住了相勐的视线，
那山泉直流进相勐的心间。

"啊，美丽的森林之花，
你为何在这荒山遭风吹雨打？
是谁把保护你的嫩枝绿叶摘去？
使孤独的花萎凋在天涯。"

婻西里总布按捺住跳动的心，
理好乱发默默地倾听，
这是美妙的音乐，
还是会说话的琴声。

琴声带着理想中的知音，
像小鹿闯进她受过摧残的心灵，
引起了她的痛苦，
焕发了她的青春。

"啊，本领高强的哥哥哟，
能遇见你，是我最大的幸运，
我是一只受苦的小鸟，
从小在勐荷傣宫殿里栖息。

"是魔鬼把我抢到这里，
泪海把我泡了七天七夜，
照不着阳光的花朵，
怎么会长出绿叶？"

哦，受难的姑娘原来是勐荷傣的月亮
她的名字曾在森林里到处传扬，
就连魔鬼也垂涎她的容貌，
把她抢到这荒凉的地方。

"我一定要杀死残害善良的魔王，
我一定要把受难人送回她的家乡。"
美丽的公主仿佛听见了相勐的心声，
急忙跪在地下，合起感激的手掌。

相勐伸手将公主扶起，
让她坐在自己的身旁，
用彩云揩去她眼角的忧愁，

用知音洗去她心灵的创伤。

"啊，美丽的公主，
勐荷傣最耀眼的明珠，
森林里布满崎岖曲折的山路，
人生啊，总会有灾难和痛苦。

"灾难的风雨过去了，
生命之树会更加有生机，
痛苦的泪水流干了，
心上又会涌出甘露。"

仿佛爱神在背后指引，
两颗心在沉默中渐渐走近，
两双含情的目光在空中相遇，
相勐的心灵掀起波涛万顷。

"啊，美丽的公主，
悲伤已经过去，请告诉我，
在你的心窝里，可曾有小鸟憩歇？
在你的花蕊上可曾有蜜蜂栖息？"

婻西里总布在辉煌的宫殿里，
千万次听过动人的琴声，
千万次动听的琴声啊，
一次也没有相勐的歌声动人。

知音的笛声要由知音吹，
知音的琴声要由知音弹，
知音的歌声要由知音唱，
婻西里总布也唱出内心的爱情。

"世上的鲜花千万朵，
数宫廷里的鲜花最孤寂，
春天看不见蝴蝶纷飞的情影，
秋天听不到蜜蜂酿蜜的歌声。"

"万里晴空明如镜，
可是地下的群蜂蝶影见不到，
可是，多少彩云在围着你起舞，
多少星星在围着你飞行。"

聪明的公主被问得两耳发烫，

像有把火燃烧她的心房，
她用垂下的长发遮住含羞的容颜，
拨动心弦又轻声歌唱：

"啊，森林里最勇敢的猎人，
你营救的妹妹不是天上的仙人，
她是池塘里最寂寞的一朵睡莲，
心上没有春天，耳边没有知己的歌声。"

"啊，桂冠上最亮的明珠，
森林里最美丽的孔雀，
如果你真是一朵还没有主人的花，
相勐愿意一辈子为你浇水。"

一朵晚霞映入石洞，
公主的脸比晚霞还红，
她的心像棵掉进激流的小草，
含羞的嘴唇又轻轻颤动。

"哥哥啊，你是我的救命恩人，
没有你，哪还有嫡西里总布的命，
如果你不嫌弃受难小鸟的丑陋，
她愿一辈子做你身边的仆人。

"早上，她会为你到井边挑水，
白天，她会为你到河畔洗衣，
天热，她会为你送来清风，
饿了，她会给你端上喷香的米饭。"

一朵彩云飞向明月，
相勐伸开手臂把公主抱在怀里，
两颗跳动的心啊，
在寒冷的石洞里发热。

六

黄昏扇着翅膀来到森林，
黑纱笼罩着远方的山岭，
烈火正在燃烧两颗热恋的心，
呼啸的狂风已步步向石洞逼近。

在石洞里受了七天的灾难，
嫡西里总布的感觉更加灵敏，

她一听见呼啸的狂风，
便抱住相勐胆怯地呼喊：

"魔鬼回来了，
亲爱的哥哥啊，快点躲避，
生命和爱情又将破灭，
欢乐和幸福只不过是一缕云烟。"

绿叶要保护花瓣，
相勐把公主扶到石洞的侧边，
借来一股清澈的泉水，
化成一串亲切的语言。

"妹妹哟，勐荷傣的桂冠，
请不要害怕，你已在相勐的身边，
他将为你的生命跟魔鬼作战，
你看，你哥哥手上有宝刀和神箭。"

召相勐的安慰刚刚抚平公主的心田，
凶恶的魔鬼已经来到洞门，
看见高大的石门变成一堆沙砾，
不觉咬牙切齿大喊：

"喳喳，是谁这样大胆，
敢砸烂我的石门？
我来了，
喝他的血，吃他的心。"

魔鬼的爪子像一对铁钩，
魔鬼的头颅像凶恶的野兽，
魔鬼的眼睛像一对绿灯，
魔鬼的嘴巴像斗大的血盆。

大清早它就离开石洞，
到森林里寻找充饥的食物，
可是跑了一天，什么也没遇见，
难道食物送到他的嘴边？

相勐离开美丽的公主，
手拿着一支神箭，
他冷静地看着妖魔，
沉着地拉开了弓箭。

应该怎样射击？
选择什么部位？
他在默默地考虑，
耐心地等待着魔鬼走近。

魔鬼看见相劢，
不禁发出一阵狞笑，
它伸开双爪，凶狠地扑来，
只听见一声可怕的吼叫。

公主双手连忙紧捂着脸，
相劢屹然不动，
只听见轰隆隆一声巨响，
神箭已从他手里飞射。

神箭穿过魔鬼的胸膛，
魔鬼像山崩一样怒吼，
立即挥起复仇的魔爪，
旋风一般朝相劢反扑。

相劢机灵地闪在一边，
霍地拔出他的宝剑，
像一道电光射进阴冷的石洞，
英雄的剑锋又把魔鬼的胸膛戳穿。

魔鬼像高山一样倒下，
污血满地流淌，
散发出一阵阵腥臭，
整个石洞都臭气熏天。

相劢挂起宝刀，收回神箭，
转身把昏迷的公主呼唤：
"快醒吧，亲爱的妹妹，
魔鬼已经得到了应有的报应。"

公主紧拉着相劢的手臂，
慢慢睁开迷茫的眼睛，
看见魔鬼已经躺在血泊里，
惊悸的心才渐渐恢复平静。

幸福已经降临，
相劢扶着公主轻轻走出魔窟，
西边的晚霞为他们微笑，

树上的金蝉为他们弹琴。

金湖的荷花为他们绽放，
森林里的百鸟为他们歌唱，
甜蜜的菠萝为他们献出蜜汁，
秀丽的槟榔树为他们准备了果实。

夜幕下幽静的森林雾茫茫，
椰子树梢挂着一轮月亮，
清澈的天湖亮如明镜，
他俩依偎在群山的胸膛。

勇敢的相劢和美丽的公主，
用鲜花做枕，把大地当床，
用笑语交换了他们的心，
用爱情表达了他们的理想。

第三章

一

金湖似明镜，公主坐在湖边梳妆，
鲜花似爱情，相劢把花插在公主发髻上，
灾难过去了，应到哪里去啊？
森林里的情侣在亲昵地商量。

相劢想把公主领回劢维扎，
又觉得实在不应当，
她的双亲正在哭泣，
痛苦还笼罩在劢荷傣人的心上。

"亲爱的妹妹啊，我心上的月亮，"
相劢坐在公主的身旁，轻轻把话讲：
"为了让双亲赶走痛苦与忧伤，
请快说，劢荷傣在哪一方？"

公主感激地合上双掌，
"哥哥啊，我也不知道家乡在哪方，
只记得魔鬼挟着我来的时候，
太阳照着我右边的金耳环发亮。"

相勐立刻推算出勐荷傣在北方，
便手拉着手，返回公主的家乡。
路呀，弯弯曲曲躲在山间，
云呀，又把层层的群山遮断。

炎热的白天在森林里消失，
皎洁的月亮帮助他们铺下绿色的床，
每当野鸡唤来黎明，
他们又离开昨天住宿的地方。

他们在途中迎来了二十九个早晨，
他们在途中送走了二十九个黄昏，
多么令人欣喜若狂啊，
眼前出现了一幅令人陶醉的风光。

无边无际的坝子翠绿如茵，
弯弯曲曲的溪水绕着竹林，
密密的椰树顶着蓝天，
高高的宝塔挂满彩云。

相勐借着蜜蜂的声音，
对着公主甜蜜地问询：
"勐荷傣最明亮的桂冠啊，
前面是不是你生长的宫廷？"

公主双手合十在胸前，
欢乐的马鹿闯进了她的心灵，
"亲爱的哥哥啊，勇敢的猎人，
前面正是你苦难的妹妹生长的地方。"

两人都展开欢乐的翅膀，
朝着辉煌的京城飞翔，
要用天神赐予的欢乐，
扫去勐荷傣脸上的忧伤。

黄昏时他们来到城郊的花园，
花园里的百花都朝着他们怒放，
可是，公主见到那块大青石，
突然面容憔悴，泪水簌簌流淌。

像一只蜜蜂掉进一罐蜜糖，
相勐不知公主为何对着青石悲伤，

"亲爱的妹妹哟，
蓝天是那样明亮。

"失散后的团圆是人生最大的幸运，
你很快就要见到母后和父王，
应该无比高兴，
为何反而悲伤？"

公主拿起被泪水浸湿的手绢，
轻轻地擦了擦揉红了的眼眶：
"亲爱的哥哥啊，
这块大青石呀，几乎碾碎了我的心肠。

"魔鬼抢走我的那个早晨，
这花园里挤满了求婚者，
我哥哥沙瓦里为了征服森林，
违背我的心愿，在这里比武招亲。

"他说：谁能接住石头就是我的夫君，
沙瓦里把青石抛上天边，
九十八个王子都吓得到处逃窜，
勐瓦蒂的貌舒莱却接住了青石。

"哥哥不知道妹妹的心情，
收下了貌舒莱送来的聘礼，
啊，我像做了一场噩梦，
我不知道该怎样打发貌舒莱。"

像宝石蒙上了灰尘，
像珍珠化成了灰烬，
像雷电劈开了山顶，
一朵乌云闯进相勐的心。

"啊，森林里最亮的星星，
原来你已许配了别人，
请放心我不会妒忌，
相勐不能跟你一道进城。

"我已把你送回到勐荷傣，
魔鬼再也不会来伤害公主，
再见了，勐荷傣的桂冠，
请你把这段奇遇忘掉。"

公主急忙跪在相勐的跟前，
她的心就像暴雨骤风抽打着花瓣，
"亲爱的哥哥啊，请敞开你宽阔的胸怀，
听一听你苦难的妹妹申辩。

"像从未见过蜜蜂的花蕊，
纯洁的心一直锁在理想的宝盒中，
一百个王子，没有得到她的爱情，
比武招亲呀，并非她的心愿。

"她只愿做一只自由的小鸟，
在广阔的蓝天上飞翔，
她的爱情是一面明镜，
能照出丑恶和善良。

"虽然貌舒莱接住了石头，
沙瓦里也接受了他的聘礼，
许配给他的公主已被魔鬼抢走，
他们谁也没本领把她救回。

"坐在你身边的是一朵新生的花蕾，
是你的阳光使她重新开放，
她的每一片花瓣都献给了你，
你是媚西里总布的阳光和雨露。

"请你不要抛弃刚刚苏醒的生命，
请你不要丢掉重拾欢乐的心灵，
亲爱的哥哥呀，鸟没有翅膀不能飞，
花没有雨露阳光不能生存。"

媚西里总布死死拉住相勐的衣襟，
既申辩又哀求，泪珠儿滚滚，
她坚贞的爱情打动了相勐善良的心，
他答应一起去拜见公主的双亲。

天黑了，
高大的城楼早已关上了大门，
相勐和公主只好在花园里住宿，
观赏勐荷傣的花景。

二

夜深了，花园里散发着芬芳，

会见双亲的美梦把公主引进了天堂，
相勐却心潮翻腾合不拢双眼，
从天黑到深夜直望着天上的星星。

他仿佛看见公主的哥哥沙瓦里，
骑着勐荷傣高大的战象，
对着他挥起闪电般的宝刀，
把他视为抢走公主的魔王。

他仿佛看见勐瓦蒂的貌舒莱，
朝着他射出火一般的毒箭，
谩骂他是魔鬼的化身，
要把茫茫的森林当作厮杀的战场。

他虽然知道勐荷傣的百姓很善良，
骄傲的沙瓦里却跟百姓不一样，
他早有征服茫茫森林的野心，
幻想着做至高无上的森林之王。

他知道公主的心像玉石一样纯洁，
森林之花有她自己的高尚理想，
他不愿让花朵萎谢，
他希望她的生命和爱情永放光芒。

可是，沙瓦里不顾妹妹的愿望，
他一心想的是杀人的刀枪，
为了要做森林之王，
他用妹妹来换取战象……

相勐的思绪像带着忧伤的飞箭，
像孕育着暴雨的乌云遮住月亮，
怎么办呢？为了公主，
勐荷傣的王子可能会对他挥动刀枪。

怎么能让鲜血染红树叶，
勐维扎是诗歌之地礼仪之邦，
不管发生了什么事，
也决不许跟勐荷傣打仗。

芒果成熟了，满树清香，
思想成熟了，闪烁着智慧之光，
为了让森林里的万物和平地生活，
相勐决定要用正义战胜鲁莽。

于是他轻轻起身离开公主，
踏着明月和寒霜，
把他的宝刀和神箭，
悄悄埋藏在一棵花树旁。

他相信仁义能战胜刀枪，
空手能得到体谅，
为了避免沙瓦里发生误会，
他用委屈去求取安康。

三

百鸟用清脆的声音，
把茫茫的森林唤醒，
彩霞给山河穿上新衣，
大地又迎来浓雾弥漫的早晨。

雾虽浓，花园的草木却很清新，
一群蝴蝶在花丛中飞舞，
独有一只花蝴蝶飞到大青石旁，
圆愣愣地瞪起一双大眼睛。

采花的姑娘不相信自己的眼睛，
巨石上闪烁着一颗珠宝，
难道美丽的婻西里总布起死回生，
姑娘怀疑自己还在梦境。

朦胧的大雾呀，
请一边躲开，
让她们再三地细看，
芬芳的占巴花丛中果然有公主的身影。

姑娘们立刻飞奔回京城，
把这惊喜的消息传进每一扇家门，
国王和皇后高兴得热泪盈眶，
下令快把公主接回宫廷。

勇猛而又骄傲的沙瓦里，
听见宫廷里闹闹嚷嚷，
便询问身边的细纳，

勐荷傣究竟发生了什么事情？

细纳躬身回答：
"今早，花园里传来了喜讯，
勐维扎的王子救回了公主，
无限的欢乐撒满京城。"

沙瓦里听了很不高兴，
妒忌会使人失去理性，
为什么偏偏是小国的王子救了公主，
勐维扎有什么本领。

他不相信世间有比他更聪明能干的人，
他不相信森林中有比他更矫健的鹰，
他不相信世上有比勐荷傣更强大的国家，
他不相信除了他还有谁能统一天下。

勐维扎虽然有仁义之邦的盛名，
我沙瓦里的宝剑却没有长眼睛，
它只知要扫除他征服森林的障碍，
管他什么仁义、友谊和恩情。

骄傲的沙瓦里正在这样思量，
咚咚的鼓声震撼着山冈，
欢乐的人群潮水般涌向花园，
幽静的花园已成了鲜花的海洋。

离开公主三十七天的宫女，
跪拜在地下抚摸着公主的衣裳，
想公主想了三十七天的百姓，
感谢天神，合起祝福的手掌。

姑娘们送上一束束鲜花，
小伙子的歌声四处飞扬，
按照森林里最高的礼节，
细纳忙把国王的蜡条①献上。

像泼水节一般热闹的情景，
使相勐把担忧全都遗忘，
他亲手接过国王欢迎他的蜡条，

---

① 蜡条：傣族常用棉线与小蜡条为人祝福。

欢乐的心泉在哗哗流淌。

迎接的人群都争着把公主看望，
公主前面的人海一浪高过一浪，
相勐骑的大象被挤到后面，
与公主的距离越拉越长。

沙瓦里高高站在城楼上，
瞪着忌妒的眼光，
远远地看着相勐骑着大象，
不得不暗叹召相勐长得英俊帅气。

他的心灵被妒火烫伤，
为什么小小的勐维扎要出这个英豪，
召相勐已变成他征服森林的障碍，
野心长出了阴谋与残暴。

"听啊，全城的士兵，
送公主回来的不是善良的人，
他就是抢走公主的魔鬼，
不能让他再把灾难带进京城。

"你们快去把他抓起来，
我要让他在烈火中现出原形。"
士兵们听了个个吓得发抖，
却谁也不敢违背王子的命令。

由于想早点看见父母亲，
公主骑的大象早已进入宫廷，
相勐骑的大象还落在后面，
只看见城外有一个黑点。

公主忙派宫女出去催促，
请相勐赶快来一起拜见双亲，
相勐挥鞭催促大象，
谁知刚到城楼，城门却被紧紧关上。

守城的士兵请他在这里下象，
善良的金鹿不知狐狸的心肠，
相勐有礼貌地跳下大象，
刚一落地，绳索已捆到他身上。

相勐春雷似地大吼一声：

"我是勐维扎的王子，公主的情郎，
你们胆敢这样蛮横无理，
天神必将惩处你们。"

守城的士兵像没有耳朵，
他们野蛮地对待有礼貌的贵宾，
有几个挥起拳头要打相勐，
被愤怒的相勐一脚踢倒在墙根。

四

幸福的糖水灌满国王的心，
慈祥的母后更加高兴，
两人眼巴巴坐在龙椅上，
焦急地盼望公主回到宫廷。

啊，美丽的公主回来了，
宫殿的珠宝更加闪亮，
整个宫殿都欢呼祝福，
哪晓得公主见了母后却昏迷不醒。

像星星呼唤月亮，
宫女们围着公主不断地呼唤，
几十个嗓子都喊哑了，
过度兴奋的公主才慢慢苏醒。

"啊，恩大无边的父母亲啊，
孩儿真个是九死又回生，
当女儿被关在魔窟的时候，
我的心已经破碎，以为再也不会有活命。"

"是哟，蓝天上的星星，
你长得那么大，阿妈从没骂过一声，
自从魔鬼把你抢走，
阿妈天天在刀尖上爬行。"

老国王也热泪滚滚，
嚅动着颤抖的嘴唇说：
"失去了你呀，亲爱的孩子，
父王三心无主，变成了木头人。"

公主渐渐恢复了平静，
觉得不该用悲伤去触动父母的心，

像微风轻轻地掠过翠绿的湖水，
宫廷里又充满团圆的欢欣。

"父王和母后呀，
请不要再悲伤，
女儿的灾难已消失，
幸福与欢乐已经光临。

"营救孩儿的恩人，
是勐维扎的星星，
他的名字叫召相勐，
生得像天神一般英俊。

"女儿感激他救命的恩情，
已把终身许给了恩人，
母亲啊，也许这是天神的指引，
勐维扎王子已接受女儿的心。"

嫡西里总布的脸颊，
红得像一朵粉团花，
慈祥的母后流着欢欣的热泪，
轻轻地抚摸着公主乌黑的头发。

"孩子啊，蓝天上的星星，
你的高兴就是母亲的高兴，
不单阿妈会成全你的婚姻，
整个勐荷傣都会尊重你们的爱情。"

这时，沙瓦里来到父母的宫殿，
望着归来的公主大吼一声：
"妹妹，你快说，
送你回来的到底是什么人？"

公主忙跪下拜见哥哥沙瓦里，
沙瓦里的询问又使公主想起不幸，
"啊，勇猛无敌的哥哥哟，
你妹妹的命运实在可怜。

"像一棵小树断了根，
妹妹在魔窟里举目无亲，
日夜盼望哥哥快来搭救，
盼呀盼呀，日盼夜盼不见哥哥的身影。"

公主说罢泪珠涟涟，
沙瓦里不好再三询问，
国王怕公主过于劳累，
命宫女扶她进内宫更换衣裙。

五

深夜来到勐荷傣京城，
城池像闪着荧光的坟地一般寂静，
突然一阵嘚嘚的马蹄声，
把正直的宰瓦细纳唤醒。

宰瓦细纳问身边的仆人
"战马为何在黑夜飞奔？"
仆人气愤地回答：
"沙瓦里要杀救公主的恩人。"

可怕的消息像万箭穿心，
宰瓦细纳急急忙忙跑进宫廷，
"高贵的王子沙瓦里啊，
宰瓦细纳虽然愚蠢，却有一颗忠心。

"治国要讲礼信，
办事不能忘恩，
锋利的宝剑只能对付丑恶，
决不可伤害善良的心灵。

"勐维扎的王子是公主的救命恩人，
每片菩提树叶都证明他有一颗善良正直的心，
恩将仇报会惹出祸害，
整个森林都会咒骂我们。

"如果王子想成为一棵大树，
必须容得百花千草在树下乘荫，
王子要征服茫茫森林，
必须取得千千万万百姓的同情。"

沙瓦里哪里听得进宰瓦细纳的忠言，
他挥拳打碎了桌上的玉器说：
"呔，你胆敢辱骂我残忍，
难道你的脑袋不想再吃糯米？"

沙瓦里猛地拔出宝剑，

又一次传达他的命令，
宰瓦细纳看见森林上空冒出灾星，
深深叹息勐荷傣又将遭受灾难。

押着相勐的士兵，
来到最挨近太阳的东门，
挥着刀枪大声吼叫：
"快开城门，我们要出城杀人。"

守城的乃巴都①小心翼翼地询问：
"天这样黑，夜这样深，
尊敬的将士啊，你们来到城门，
是为了什么重大的事情？"

士兵们传达了沙瓦里的命令，
乃巴都却摇着脑袋不相信，
勐荷傣的王子怎能恩将仇报，
仁义之邦怎能干伤天害理的事情。

他要求士兵返回宫廷，
把沙瓦里的命令问清，
士兵们说他们的耳朵没有毛病，
王子就是要杀公主的恩人。

守东门的乃巴都有一颗正直的心，
他不愿睁眼看王子肆意横行，
他宁愿死在屠刀下，
也不能执行不正义的命令。

"回去吧，亲爱的士兵，
深更半夜不准许杀人，
这是茫茫森林的古老规矩，
就是要杀一头水牛也得等到天明。"

乃巴都正直的语言，
使士兵们闭起了眼睛，
但他们害怕沙瓦里的铁棍，
还是再三威逼乃巴都开门。

乃巴都想了想说：
"你们不愿回去可在这里等待，

我要让你们暗淡的心见到一点光明。"
于是，他讲了一个故事：

"古时候有个国王，
他想让他的母亲与世共存，
下令全国寻找返老还童的仙药，
谁能献上仙草就赏给万两黄金。

"有一个穷人到山上砍柴，
在山箐边拾到一个金色的小芒果，
他把芒果献给了他的母亲，
他的母亲便变成少女一般年轻。

"这个消息传到国王耳边，
国王命令穷苦人再去把芒果找寻，
穷苦人在原来的山箐里找到了芒果，
国王的母亲吃了却闭上了眼睛。

"急躁的国王不了解真情，
以为是穷苦人谋杀了他的母亲，
他等不得太阳照亮大地把事弄清，
黑夜里便下令杀死了年轻的砍柴人。

"有几个老猎人痛恨国王的残忍，
想用结束性命来表示抗议，
他们一起来到芒果树下，
吃下芒果，准备闭上眼睛。

"可是，这些年迈体弱的老人，
吃下芒果却反而变得年轻，
额头上的皱纹全都消失，
白发变黑发，肤色格外红润。

"他们带回一个送给国王，
国王吃了也满面春风，
于是，他命令细纳去了解真情，
为什么他母亲吃了却立刻死亡。

"细纳到山箐里找到了神奇的芒果树，
却看见一条咬着芒果的毒蛇从树洞里爬出，

---

① 乃巴都：小头人。

于是，他断定国王的母亲，
吃的是毒蛇咬过的芒果。

"国王知道了母亲去世的根源，
悔恨不该在黑夜中杀人，
从此，他宣布了一条不可触犯的法律，
夜晚不能杀人，杀人不能在黑夜。"

押着相勐的士兵，
听了这个故事都默不作声，
但又不敢违反沙瓦里的命令，
他们只得默默转向南门。

守南门的乃巴都是个幽默人，
他右手提着一盏粉红色的彩灯，
一听见马蹄嘚嘚地跑过来，
便斜着脑袋笑着发问：

"哎哟哟，今晚出了什么事情，
为何吸血的蚊子嗡嗡吵个不停？"
"别装醉了，我们奉王子的命令，
要立刻出城杀人。"

士兵们骑在马上大吼，
威逼乃巴都快开南门，
乃巴都不慌不忙，
他喝了口酒，又发出一串笑声说：

"啊哈，你们是跟我开玩笑，
还是想借口出城干坏事情，
你们要我打开城门，
除非是请求白兔来向我求情。"

士兵们问白兔在哪里？
为什么要请白兔求情？
乃巴都便讲了一个古远的规矩，
"白兔规定了漆黑的夜晚不准杀生。

"在那远古的年代，
有个做买卖的汉人来到我们森林，
他带来一只天使般聪明善良的白兔，
一对年轻的傣家夫妇把它买下。

"因为白兔聪明伶俐，
能讲人话，具有人的本领，
年轻的夫妇啊，
就把他们的孩子交给白兔照管。

"有一天，毒蛇悄悄爬上竹楼，
用毒汁夺去了孩子的生命，
白兔进行了顽强的抵抗，咬死了毒蛇，
为受难的孩子报了仇，雪了恨。

"年轻的夫妇被雾霭蒙住了眼睛，
误认为白兔残害了孩子的生命，
提起木棍劈头就打，
含冤的白兔死了也不瞑目。

"年轻的夫妇很快又发现毒蛇的尸首，
看见白兔和毒蛇搏斗的痕迹，
但是，白兔已含冤而死，
他们后悔已来不及。

"想在黑夜杀人的士兵啊，
这就是白兔传下来的规矩，
黑夜里办事啊，看不清，
轻率地杀人会受到天神的报应。"

押着相勐的士兵，
对屈死的白兔产生同情，
他们知道无法从这里出去，
只好又转到太阳落山的西门。

相勐已被捆得昏昏沉沉，
脑海里塞满了团团疑云，
是正直的百姓在保佑我？
还是公主的爱情不可战胜？

相勐越想越弄不清，
高大的西门又出现在眼前，
守门的乃巴都像一头狮子，
吹响号角，向奔来的人群呼喊：

"站住，站住，半夜三更，
谁敢来神圣的城门捣乱，
嘿呀，个个都拿着刀枪长矛，

难道你们想聚众造反？"

押着相勐的士兵气黄了脸，
立刻亮出沙瓦里杀人的令箭，
守城的乃巴都摇晃着雄狮般的头颅，
却朗诵出一首动人的诗篇：

"听着，杀人的士兵，
听我讲一个远古的故事，
茫茫的森林之王有一个美丽的公主，
她是一个天真活泼，逗人喜欢的孩子。

"姑娘养了一条心爱的狗，
她每天都带着狗去游泳，
欢乐的山风为她歌唱，
美丽的金湖为她梳妆。

"有个残忍的贵族色魔，
由于仇恨要害死美丽的姑娘，
他削了许多锋利的竹签，
在湖里布下了死神的罗网。

"炎热又把姑娘领进森林，
她唱着歌走到湖边，
湖水呜呜对她哀诉，
她的狗啊，紧紧地咬住她的衣裙。

"森林之王啊，
以为是狗对他姑娘无礼，
他愤怒地拔出宝剑，
忠实的狗便立刻丧命。

"可怜的姑娘十分怜惜她的狗，
却不知道狗对她的忠诚，
她依旧像金鱼一般跃进湖里，
却再也没有浮上水面。

"人们捞起美丽的公主，
一百支竹签已插在她身上，
森林之王啊，才知道狗的忠诚，
他不该杀害善良的生灵。"

押着相勐的士兵，

一个个又闭上了眼睛，
他们知道这里也无法出去，
只好又转到最后的北门。

北门的城楼上亮着一盏灯，
守城的乃巴都对他们十分热情，
脸上堆满温和的笑容，
嘴里唱出一串串亲切的歌声。

"哦，亲爱的朋友啊，
请你们先在门楼下坐一坐，
我的罐里有刚煮沸的香茶，
那箩筐里有鲜美的水果。

"哦，我知道你们急着要去刑场，
可是，我的兄弟啊，
夜里杀人，日月星辰都会无光，
勐荷傣的土地啊，为什么不让鲜花开放？"

风呼呼地吹打着街道的门窗，
灰沉沉的夜雾使京城更加凄凉，
好心的乃巴都端出茶水，
娓娓而谈讲了一个动人的故事：

"一百零八代以前是个好时光，
我们的勐荷傣有个英勇的国王，
他身边有嫡宾斑和嫡占罕两个皇后，
两个皇后都美如鲜花一样。

"有一天，国王出征去了，
嫡占罕便与仆人勾结，
推说病魔缠住了她，
每夜都把情夫叫进她的卧房。

"丑事立刻在宫廷里传扬，
细纳们既气愤又着急，
毒狠的嫡占罕啊，
却用毒计掩盖她的罪恶。

"不久，国王凯旋了，
细纳和百姓都出城欢迎，
嫡占罕却躺在床上装病，
令宫女把房门关紧。

"刚回国的国王听说皇后有病，
便匆匆跑进去询问病情，
黑心肠的嫩占罕假装疼痛哼了几声，
便张口把污血喷向善良的人。

"她说：国王一离开宫廷，
嫩宾斑皇后就勾引情人，
每天都饮酒寻欢到深夜，
忘了国王宠爱的圣恩。

"她劝嫩宾斑不能这样做，
嫩宾斑反讥笑她是无能的女人，
她天天为国王蒙受羞辱，
于是患了不治的重病。

国王听了勃然大怒，
立刻拔剑杀死了嫩宾斑，
细纳们认为这是天下最不公平的事，
纷纷跪在国王面前说出了真情。

"他们说嫩宾斑的心纯如黄金，
嫩占罕才是鬼变的妖精，
宫女们都同情冤死的嫩宾斑，
一个个都站出来作证。

"急躁的国王只得低下了头，
懊悔的泪珠沾湿了他的衣襟，
从此啊，他便发出一道命令，
没有见到太阳，不要先杀人。"

就这样，四个守城的乃巴都，
一个也不给沙瓦里的士兵开门，
他们勇敢地保护着正义，
不让善良人的血染红勐荷傣的土地。

残暴的沙瓦里气红了双眼，
只好命令把相勐关在马厩，
等天亮再拖出城门去斩杀，
然后再挥起踏平森林的利剑。

六

嫩西里总布换上新衣裙，
在宫廷里等待她的心上人，
月亮从森林上空伸出了头，
公主却还不见相勐的身影。

她又转去拜望她的父亲，
询问为什么还不见郎君，
老国王刚要派人去寻找，
宰瓦细纳已慌慌张张跑进了宫廷。

"勐荷傣的上空已是乌云滚滚，
可怕的灾难就要降临，
沙瓦里要杀害救公主的勐维扎王子，
国王呀，快快想法去扑灭灾星。"

天哪，恩怎能用仇去报！
地呀，箭怎能去射善良的心！
这可怕的消息，
又把公主扔进了深箐。

"啊，父王啊，亲爱的母亲，
请赶快搭救我救命的恩人……"
公主在昏迷中阵阵呼喊，
她的悲伤又淹没了茫茫森林。

老国王回答说："孩子啊，
你放心，父王会搭救你的恩人，
你先去向你哥哥求求情，
他也许会可怜你的不幸。"

公主痛苦地拖着衣裙，
让侍女扶着来到沙瓦里的宫廷，
"啊，力大无比的哥哥呀，
你那勇猛的宝剑决不可杀害善良的人。

"相勐是勐维扎的王子，
是搭救妹妹的恩人，
他像菩提树长满绿色的枝叶，
能使我们两国的友谊长存。"

"不行，不行，勐荷傣的公主，
决不能嫁给渺小偏僻的勐维扎人，
龙王的女儿需要宽阔的大海，
只有强大的勐瓦蒂王子才能跟你成亲。"

"不要把臭水当成清泉，
不要把粪土当成黄金，
勐维扎比勐瓦蒂更懂得信义和友情，
召相勐比貌舒莱更英俊、更聪明。"

"呸，快闭上你的嘴唇，
我决不允许你再替相勐求情，
如果你想跟他埋葬在一起，
就先脱下勐荷傣的丝绸织锦。"

"染血的丝绸织锦我不需要，
我珍惜的是真正的友谊和纯洁的爱情，
如果召相勐不能跟你一样骑象，
我也情愿跟他度过寒碜的一生。"

婻西里总布不再嘤嘤哭泣，
她的声音越来越刚强坚定，
就像从天上泻下的瀑布，
没有谁能压制她胸中的感情。

这时，年迈的国王来了，
沙瓦里瞪着眼睛，像没有看见父亲，
老国王痛恨一切无礼的行为，
当场便把沙瓦里训斥了一顿。

"你、你这没有水的田，
你这没有油的灯，
你连自己的百姓都管不了，
还梦想着征服茫茫的森林。

"不正义的剑再锐利也会断，
你只凭几头战象，必会引火烧身，
相勐既能杀死魔鬼救你妹妹，
也一定能帮助我们保卫勐荷傣的安宁。"

沙瓦里暗想，我还没有死，
老父王便这样赞美勐维扎人，
如果不乘机把相勐除掉，

这把刀将来一定戳进我的心坎。

国王见儿子不肯回心转意，
急得额头的汗珠滚滚，
又端出一碗接一碗的凉水，
要洗去沙瓦里的专横。

"不要拿起火烧自己的村庄，
不要挥起斧子砍自己的森林，
不能做使自己毁掉的事，
孩子啊，你怎能乱伤性命。"

沙瓦里好像不是爹娘生，
像一只野猪毫无人性，
他暴跳着，对父王破口大骂，
勐荷傣的体面全部被他扫尽。

"你的头发已斑白如云，
不知道哪天结束你的残生，
你活着也只会浪费糯米饭，
勐荷傣的大事，不用你再操心。

"我是一个顶天立地的男子，
我的意志就是要征服茫茫的森林，
我的宝剑已经磨得锋利，
我的战象已经操练好本领。

"杀相勐只是要试一试我的利剑，
我很快就要带领勇士去踏平森林，
放宽心在宫里度过你的晚年吧，
只要你不阻拦我，我不会打扰你的安静。"

老国王气得浑身颤抖，
领着公主冲出沙瓦里的房门，
宫殿里的灯火突然熄灭，
勐荷傣的夜空布满灾星。

七

公主不愿返回她的宫廷，
她要去看望她的郎君，
年老的国王相劝也无用，
最后只好点头应允。

马厩里到处都是肮脏的马粪，
四周都闪烁着阴森的刀光剑影。
相勐被捆在碗粗的柱子上，
绳索和木柱都染上了他的血迹。

媈西里总布跌跌撞撞扑向她的恋人，
只听见生命呼吸的声音，
世界顿时被黑暗淹没，
马厩发出呜呜的呻吟。

她狂吻着那带血的绳索，
她吞噬那赤色的血印，
时间凝聚成无边的哀痛，
许久许久没有一点声音。

沉闷引来了惊雷，
公主猛然从悲恸中惊醒，
她搂着相勐带血的脖子，
用号啕痛哭表达她的悲愤。

"啊，黑暗的马厩呀，
你为何要关押明亮的星星？
啊，罪恶的绳索呀，
你为何要捆住高尚的人？

"我原以为天空无比晴朗，
我原以为群山是明镜一般清新，
我原以为回到富饶的勐荷傣，
便可以收获美满的爱情。

"请原谅我吧，亲爱的郎君，
是我把你带到了这可恶的囹圄，
我做梦也想不到勐荷傣的绳索会吮你的血，
我做梦也想不到我的亲人要折磨你的生命。

"啊，残忍的哥哥啊，
你要杀人就先杀我，
你要吃肉就先尝我的心，
你千万不能伤害我的恩人。

"啊，罪恶的绳子啊，
你要捆人就先捆我，

为什么要捆勐维扎的王子，
他的灵魂像彩云那样纯净。"

公主匍匐在地，深深地吻着相勐的脚跟，
她的恸哭使卫兵们闭上了眼睛，
相勐想替她擦去如泉的眼泪，
捆住的双手却没法动弹。

"啊，再见了，公主，
请不要为我痛哭，
纵然屠刀要夺去我的生命，
我也会变成占巴花瓣上的一滴露珠。

"啊，再见了，公主，
请不要为我难过，
如果我的灵魂回到天上，
它将在天上为你祝福。

"哦，再见了，公主，
你就是我的生命之树，
只要你在世上常绿，
我的生命就会发出嫩芽。

"哦，再见了，公主，
你是我们的爱情之湖，
请你每天在我的坟上洒下一滴清水，
让我们的爱情永不枯干。

"啊，再见了，公主，
知心是人世间最珍贵的财富，
虽然我不能跟你白发到老，
但我已感到你的心将永远在我身上跳动。

"哦，再见了，公主，
请接受我最后的祝福，
如果爱神已为我们撒下种子，
请把我的名字告诉我们的花朵。"

听了相勐悲壮的告别，
公主把相勐的双脚抱得更紧，
她无法用语言来倾诉她的感情，
只能用心脏的跳动来表示她的坚贞。

八

沉睡的勐荷傣京城，
像木炭那样一片漆黑，
只有最深的宫廷，
透出半点微弱的灯光。

友谊的树不能栽在刀枪上面，
恩将仇报的勐荷傣将自找灭亡，
不能让沙瓦里杀死召相勐呀，
老国王连夜召集正直的细纳商量。

夜里黑咕隆咚，雾茫茫，
有一个白发老人来到马厩，
他轻轻地吹起一口仙气，
看守的士兵便一个个睡入梦乡。

老人解开相勐身上的绳索，
擦干相勐身上的血迹，
然后踏上彩云腾空而去，
把相勐带到远离勐荷傣京城的地方。

"啊，是神祖的洪福，
还是天神的力量，
把我带到这干净的地方，
使我离开了灾难和死亡。"

相勐睁开眼睛一看，
四周都是鲜花正在怒放，
月光下远处传来清脆的马蹄声，
就像清清泉水在淙淙流淌。

紧接着一辆马车扬起灰尘飞驰而来，
赶车的也是一个白发苍苍的老人，
相勐忙把双手合十在胸前，
有礼貌地向前询问：

"啊，洁白的彩云，
不知您是神仙，还是凡人？
怎么独个在夜晚赶路，
是忙去做生意，还是忙着去串亲？"

"啊，年轻的小伙子哟，
我不是神仙，是勐巴拉的百姓，
我离开家乡已很久很久了，
现在要赶回去看望乡亲。

"好呀，翻过前面的山坡，
森林里便有两条宽阔的大路，
一条通向勐巴拉，一条通向勐维扎，
走吧，让我把勐维扎的王子送一程。"

相勐致了佛礼上了车，
老人挥鞭，马车便跃空飞腾，
踏着大雾，穿过云层，
顷刻间便降落在勐维扎的土地。

相勐像做梦初醒，
揉了揉昏迷的眼睛，
啊，一蓬蓬翠竹在翩翩起舞，
一潭潭泉水在淙淙弹琴。

这就是勐维扎的地方，
这就是勐维扎的心声，
相勐深深感谢赶马车的老人，
直望着马车走远了，才起步进城。

第四章

一

百鸟把太阳唤醒，
守卫马厩的士兵大吃一惊，
啊，血染的木柱上，
只剩下血迹斑斑的绳子一根。

怎么得了呀，怎么得了，
他们慌慌张张往宫殿报告，
把最甜的蜜涂在嘴上，
乞求王子沙瓦里宽恕。

"召啊，不知是什么鬼神，
把奴仆们弄得昏昏沉沉，

勐维扎的相勐乘机逃跑了，
听不到一点声音，没留下一个脚印。"

这消息像一阵惊雷，
震得沙瓦里从龙椅上蹦起，
就算把无用的士兵全都杀光，
也发泄不了他心中的愤恨。

但他没有拔出宝剑，
只是像死神一样大吼：
"你们还跪在这里干什么，
快去给我封锁住四道城门。

"要是抓不到逃跑的勐维扎人，
我的宝剑就要尝你们的心，
要是谁割下相勐的脑袋，
我赏他一千两白银。"

士兵们又急忙跑去守住城门，
从早晨到黄昏，从黄昏到早晨，
只见小鸟从城楼上飞过，
哪里有相勐的踪影。

唧唧的知了一鸣满山林，
相勐逃走的消息顷刻传遍全城，
有的说这是天神下凡来帮助，
有的说他有入地逃遁的本领。

沙瓦里像被恶魔撕破了心，
从早到晚一刻也不安宁，
他不能让比他有福的人留在世上，
他一定要斩草除根。

当天晚上他便决定，
立即向勐维扎出兵，
顷刻间五千头战象冲出营地，
仿佛要把整个森林踏平。

当天晚上趁着黄昏，
他又给勐瓦蒂写了一封信，
要貌舒莱火速召集他的象群，
一齐向勐维扎挺进。

密信上这样写着：
"美丽的婻西里总布，
已平安回到勐荷傣的京城，
可是勐维扎人又夺去了她的心。

"为了保护你俩纯洁的爱情，
我跟勐维扎结下了生死仇恨，
现在狡猾下贱的相勐已逃走，
这是你我最大的祸根。

"要是不把这个勐维扎人杀死，
我们就无法征服整个茫茫的森林，
要是我们的愿望变成了泡影，
那你也不会得到婻西里总布的芳心。

"相勐是卡在我们喉管中的鱼刺，
相勐是拦住你我称王的绊脚石，
快出兵吧，为了爱情，
应该让你的战象发出震天的怒吼。"

使者飞快地赶到勐瓦蒂，
密信像火，烧红了貌舒莱的心，
他立刻向全国的军队下令，
发誓要把勐维扎碾碎踏平。

二

沙瓦里和貌舒莱的战象越来越近，
和平的勐维扎人还在忙碌地插秧，
清清的泉水环绕着田野流淌，
欢乐的小鸟歇在耕牛背上歌唱。

召相勐返回京城的消息，
使得全国百姓心花怒放，
老国王下令赶摆三天，
从京城到村寨都喜气洋洋。

人们争先恐后向召相勐问候，
端茶的宫女像蝴蝶一般飞舞，
年老的国王和皇后热泪盈眶，
紧紧地拉住召相勐的手不放。

"啊，孩子，自从你离开家乡，
我们每天都祈求天神保佑你安康，
现在天神又把你送回勐维扎，
为何祖传的宝刀神箭却没挂在身上？"

提起祖传的宝刀和神箭，
召相勐跪拜在父母面前，
借着水的声音火的感情，
禀报他遇到的欢乐和灾难。

他从见到帕拉西说到杀死魔鬼，
从公主的爱情讲到勐荷傣的花园，
当他提到蛮横的名字沙瓦里时，
愤怒的火燃烧在他的心间。

"人们都说野牛最蛮横，
遇到大树小树它都要撞断；
沙瓦里比野牛还要蛮横，
他的耳朵听不进半句好话。

"他只有几双吃饭的筷子，
硬要吹嘘有几万支利箭；
他只有抛玩石头的本事，
却硬要夸口样样武艺都熟练。

"是他经常欺侮弱小的邻国，
反而骂我们勐维扎贫穷下贱，
他已经跟勐瓦蒂暗中结了盟，
战火呀，很快就要在森林里点燃。"

召相勐的话还没有说完，
巡逻边境的士兵便匆忙跑进宫殿，
报告勐荷傣的战象已经压境，
黑压压的大旗遮住了蓝天。

勐维扎的人个个有自己的尊严，
听到敌人来犯，每颗心都成了火，
所有的细纳和百姓都摩拳擦掌，
纷纷要求老国王赶快迎敌开战。

"啊，沙瓦里这样蛮横，
决不能让耻辱撒在我们心间，
他们勐荷傣有杀害善良的屠刀，

我们勐维扎也有保护尊严的利箭。

"决不能让勐荷傣的战象，
踏坏我们田野里的一棵绿秧，
决不能让勐荷傣燃起的战火，
烧毁我们百姓的茅房。

"应该用我们的战马，
去挡住他们的战马，
应该用我们的战象，
去拦住他们的战象。"

老国王听取了百姓的声音，
准备反击前来侵犯的敌人，
一场残酷的厮杀就要开始了，
善良的召相勐不安地去拜见父亲。

"父王啊，父王，
沙瓦里虽是个蛮横的人，
勐荷傣的人却很洁净，
战象一搏斗呀，不知要夺去多少生命。

"我们能不能再忍一忍，
能不能先带上礼物向勐荷傣求婚，
要是沙瓦里能回心转意，
金丝银线就能给森林带来和平。"

老国王懂得相勐善良的用心，
马上派撵塔辛到勐荷傣求婚，
同时下令日夜操练兵马战象，
并通知召曼塔准备迎敌。

三

撵塔辛押运着珍贵的礼品，
夜以继日地在森林里行进，
离开勐维扎的国境不远，
便遇上了勐荷傣的大军。

勐荷傣的大军拦住了他们，
问他们是从哪里来的百姓，
他们如实相告，

这消息立即报告给沙瓦里。

当沙瓦里听到这消息发出一阵冷笑：
"我的战象已经快到他的国境，
他还有脸派人来求婚，
让这个既下贱又愚蠢的使者来吧，
我沙瓦里要看看他是什么样的人。"

于是撵塔辛继续往前走，
走进辉煌的勐荷傣京城，
骄横的沙瓦里不顾国家的礼节，
下令不准任何人收勐维扎的礼品。

老国王知道来了勐维扎的使臣，
苦恼的心灵浮现出一丝欢欣，
他吩咐他周围的细纳，
要用好菜好饭接待远方的贵宾。

公主听说相勐派人来求婚，
像欢乐的小鸟想飞出森林，
她请求父王送去槟榔和绿叶，
请求派出细纳去慰问。

老国王心疼自己的女儿，
派人送去许多槟榔和绿叶，
但他却又告诉勐维扎的使者，
公主的婚事要问沙瓦里。

沙瓦里的骄横没有谁能相比，
公主的婚事他早就有了主意，
但为了遮掩人们的耳目，
他不得不召集他的细纳商议。

在沙瓦里的周围，
缅桂有枝开不出鲜花，
百姓有嘴不敢说话，
所有的人都变成了哑巴。

此时却有一个正直的细纳，
勇敢地说出了忠诚的语言：
"沙瓦里王子呀，按照比武条件，
貌舒莱应该戴上勐荷傣的桂冠。

"可是他没有这样的姻缘，
魔鬼才把公主抢到了天边，
这一切都是天神的安排，
我们不能违背天神的指点。

"勐维扎虽然是个小国，
但遍地是金银和花朵，
京城里的细纳个个有学问，
村寨里的百姓都会栽种五谷。

"他们的三个王子都有本领，
召相勐又是我们公主的救星，
我们的公主已经把心献给了他，
我们就应该成全这份纯洁的爱情。"

所有的勐荷傣细纳，
都赞同这首吉祥的歌，
他们请求沙瓦里王子认真考虑，
让美好的爱情开出更美好的花朵。

可是骄横的沙瓦里王子，
像一头披着人皮的野猪，
细纳们说这是珍贵的宝石，
他却说这是用不成的废物。

他骂那位正直的细纳愚蠢，
说公主的婚事早已决定，
只有貌舒莱才配做勐荷傣的女婿，
勐荷傣的公主决不嫁勐维扎人。

四

撵塔辛知道求婚没有希望，
但他仍按国与国的礼节进宫拜访，
坐在龙椅上的沙瓦里用手顶着下巴，
对来访的使者眼里射出凶光。

尽管沙瓦里流露出杀人的心肠，
勐维扎的使者却没有丝毫惊慌，
勇敢的撵塔辛不仅能指挥打仗，
正直的舌头也锐不可当。

"我们的王子召相勐，
是一棵结实高大的菩提树，
风吹不倒，霜打不枯，
树根深深地埋在肥沃的泥土中。

"他希望与贵国的公主配成婚，
让友谊的树永远在森林里常青，
我们两个勐的百姓将随着他俩的爱情，
世世代代享受和平与安宁。"

撵塔辛的声音既真诚又刚健，
说完后他从容地端起茶碗，
沙瓦里的嘴唇先是紧紧地锁着，
随后射出一串又脏又毒的语言。

"你们勐维扎遍地是茅草，
哪有什么高大的菩提树？
相勐是个不晓得害羞的人，
怎配得上做我们的魁勐？

"就算你们用十万头大象，
驮来一山又一山珍贵的礼品，
我们也不会答应你们，
因为勐荷傣不像你们那样贫困。

"你们不知道天与地相距多远，
你们不知道沙粒与高山相差几万斤，
你们的相勐是地下的狗，
我们的公主是天上的星星。

"回去吧，撵塔辛，
我不想杀死你们，
你们和相勐一样下贱，
我不愿让下贱的血滴在我的京城。

"如果你们有一点点志气，
我们可以在战场上分高低，
要是我败了，公主就嫁给你们，
你们要是败了，我要把勐维扎踏平。"

谁都有一颗自尊心，
撵塔辛恨不得立即拔出战剑，
但他压住了心头的怒火，

仍然不露声色地坐在一边。

"无理的人说话不会脸红，
勐荷傣的江里既然有蛟龙，
婻西里总布遇难的时候，
为什么看不见你们的英雄？

"我们救了你们的公主，
不想叫你们用土地来感恩，
可是你们给我们的侮辱，
将得到天神的惩罚。"

撵塔辛说完这些话，
立即走出勐荷傣的宫殿，
他本想马上启程回国，
但又想去拜见公主。

公主在父王的宫廷，
接见了撵塔辛，
她像看见了相勐一样，
高兴得热泪流淌。

撵塔辛按照相勐的嘱咐，
双手献上书信和礼物说：
"公主呀，我出国的时候，
召相勐再三叫我问候最美丽的孔雀。"

公主双手接过从勐维扎来的礼品，
滚动在荷叶上的水珠呀亮晶晶，
虽然离别只有几个月，
她却像度过了几万个黑夜。

每一个早晨，
她都要对着东方询问：
"太阳啊，你可曾看见我的相勐？
你可曾听见他那清脆的笑声？"

每一个黄昏，
她都要站在晒台上拦住彩云问：
"彩云呀，你是不是从勐维扎来，
你可给我带来相勐的书信？"

她曾请南归的大雁带去她的思念，

她曾拜托春风带去她枯焦了的心，
如今相勐的使者就站在她面前，
嫡西里总布怎不高兴。

她说自从王子逃出勐荷傣的京城，
她便日日夜夜为他担心，
担心他又遇到新的灾难，
担心他又迷失在森林。

她感谢勇敢的撵塔辛，
给她带来了比黄金更宝贵的书信，
她感谢贤明的佛祖，
又一次把欢乐的种子撒向她的心田。

她打开相勐的礼品，
礼品中有她最喜欢的耳环，
有她最喜欢的衣裳，
件件礼物都在她的心里发光。

她拿起耳环挂在耳上，
耳膜里像响起相勐的声音，
一声声像春天的雨露，
把她枯干的心滋润。

她拿起美丽的衣裳，
贴在她的身上，
她的心感到无比温暖，
就像依偎在相勐的胸膛。

她拆开相勐的书信，
目不转睛地看了又看，
每一个字都是一首歌，
每一首歌都像蜜一样甜。

知心的信呀怎么也念不完，
公主只好把信贴在心间，
然后叫侍女取出她最珍爱的礼品，
请撵塔辛带给她心上的人。

"幸福的使者啊，敬爱的撵塔辛，
请你告诉把我从魔洞里救出来的救星，
嫡西里总布没有忘记他，
请他也不要忘记他救过的人。

"勐荷傣的花园荒芜了，
渴望他早点来栽培，
勐荷傣的田地干裂了，
等待着他的雨水。"

撵塔辛离开了公主，
回到他的行营住处，
他们打整行装，
第二天就率领队伍回国。

好心的客人走了，
小鸟在伤心地哭啼，
勐荷傣的土地，
也在悄悄地叹息。

第五章

一

穿过一片又一片森林，
撵塔辛回到自己的京城，
他跪在老国王和王子面前，
诉说了他心中的仇恨。

"国王啊，王子啊，
沙瓦里的眼睛长在脑门上，
他骂我们都是些下贱的猎人，
骂我们住的都是破烂的茅房。

"他说王子是河里的青蛙，
怎么能配天上的月亮，
他不单侮辱了我们的尊严，
还要派战象来踏平我们的村庄。"

撵塔辛越说越气愤，
声音像战鼓震动着宫廷，
但提到嫡西里总布的时候，
语言却像湖水一样平静。

"公主像金鹿一样善良，
时刻把相勐王子的名字记在心上。"
说罢取出公主的礼物和书信，
双手呈在相勐王子面前。

礼物中有一颗珠宝，
是公主最喜欢的宝物，
上面镶着宝塔和村寨，
还有一簇簇美丽的花朵。

相勐收起礼物，
急忙拆开书信，
他从那洁白的纸上，
又听到了公主的声音：

"雄鹰飞出了牢笼，
孔雀怎能不高兴？
王子啊，妹妹的救星，
请接受婻西里总布真诚的慰问。

"你住在勐维扎的宫殿，
可曾听到我请春风带去的思念？
要是我能变成一朵云，
早已飞到你的身边。

"快来救救我啊，王子，
别让痛苦再折磨我的心，
请你快骑上英勇的大象，
带我逃出这座黑暗的城。"

相勐把公主的愿望，
告诉了周围的细纳们，
周围的细纳个个卷起衣袖，
要求国王立即下令出兵。

二

老国王霍地拔出宝剑，
决定要用正义去制止蛮横，
勐巴坚达和勐窝懂的国王知道了，
决定立即派兵前来支援。

顷刻间路上灰尘滚滚，
森林里响彻战鼓的声音，
旌旗像云朵遮住了天空，
战象似蚂蚁在原野上前进。

队伍到达戛达尼古镇，
遇上气势汹汹的勐荷傣士兵，
一场血战便从这里开始，
战鼓敲落了昏暗的星辰。

战象斗战象，
士兵斗士兵，
骑马的你冲过来我杀过去，
勇敢的人在战场上显示着本领。

从早晨厮杀到黄昏，
勐荷傣的队伍溃不成军，
被杀死的人成山地堆在地上，
活着的立即放下刀剑投诚。

相勐赏给投诚者许多金银，
继续指挥队伍乘胜前进，
消息传到勐荷傣京城，
暴躁的沙瓦里十分震惊。

他火速传下命令，
把细纳们唤到宫廷：
"勐维扎人杀过来啦，
你们还睡得这样昏沉。"

他痛骂了细纳们一顿，
派心腹将领林达去阻止敌人，
林达不是召相勐的对手，
带去的五万军队一夜便化成灰烬。

沙瓦里自称是胜利的战神，
从不愿听失败的音讯，
他用冷笑回答相勐的胜利，
一脚把只身逃回的林达踢出宫廷。

这夜啊，沙瓦里没合上眼睛，
连夜派苏提纳到村寨抓人，
为了征服茫茫的森林，

他要把全国的男子都拴来当兵。

三

荒野的草木枯了，
河边的花朵谢了，
战火持续燃烧了三个月，
相勐的心像在火上煎熬。

他的士兵虽然很勇敢，
他的将领虽然很善战，
但沙瓦里依仗维罗哈①的法术，
使战神躺在山箐里呻吟。

正义呀，怎样才能战胜邪恶？
百姓呀，怎样才能摆脱痛苦？
战争呀，怎样才能快点结束？
让有情的人都能在纺车边弹弦。

白天，相勐骑着大象，
在战鼓声中指挥作战，
夜晚，相勐像一只蜜蜂，
深深地又把花朵思念。

不论是白天还是晚上，
他都在磨炼着刀枪，
他那战胜敌人的意志，
像铁一样坚强。

但到了烟雾茫茫的深夜，
当疲倦的士兵睡得很香，
相勐却靠在床上，
对着灯火扇起思念的翅膀。

啊，从哪里吹来花朵的芬芳？
啊，是谁在深夜低声歌唱？
"来呀，来呀，亲爱的月亮，
你为何不早点来到我的身旁。"

相勐沿着歌声寻找，
仿佛看见大雾中闪烁着宫殿的辉煌，

他思念的婻西里总布，
正坐在窗前低声吟唱。

相勐急忙朝着宫殿奔驰，
卫士的刀枪却拦住了大门，
他伸手拉不着公主的衣裙，
耳朵却又听到公主哭诉的声音：

"没有雨啊，
秧苗怎能绿茵茵？
没有阳光呀，
花儿怎么能生存？

"快来救我呀，亲爱的相勐，
我哥哥沙瓦里对我越来越粗暴，
貌舒莱像蛇一样总是想缠人，
就连维罗哈也像一只污秽的苍蝇。

"快来救我啊，勐维扎的鹰，
我已看到你身边站着胜利之神，
只要你把那邪恶的维罗哈杀死，
你的军队就一定大获全胜。"

"啊，亲爱的婻西里总布，
请你耐心地再等一等，
我一定要把森林里的邪恶全扫尽，
让幸福随着正义诞生。"

相勐一边回答，一边去拉公主的衣裳，
只见茫茫大雾，公主已消失在远方，
他揉揉眼睛仔细一看，
只有细纳和将领们坐在他的身旁。

他立即和细纳们商量，
如何处置维罗哈这个邪恶的天罡，
将领们个个都敢于直言，
人人献计出谋，纷纷说出自己的主张。

"自古以来发生过许多战争，
鲜血一次又一次染红了森林，

---

① 维罗哈：一个善于玩弄法术，干尽坏事的流氓骗子。

每次战争都是正义战胜邪恶，
每次战争都是智慧战胜骄横。"

贤明的召相勐信任他的将领，
立即做出了果断的决定，
要先砍掉维罗哈邪恶的头，
然后再挥师进攻勐荷傣的京城。

但如何杀死维罗哈，
有个聪明的细纳提出建议，
可派人假意向勐荷傣投降，
乘机砍下维罗哈的首级。

这个计策很合相勐的心，
他亲自挑选了三百个最勇敢的士兵，
派攥塔辛带着一个箱子和降书，
又一次进入勐荷傣的京城。

沙瓦里看到勐维扎的降书，
像吃槟榔一样反复玩味，
降书好比一碗鲜蜜，
句句都在歌颂他。

"至高无上的沙瓦里王子啊，
你是天下最有福气的人，
就像那顶天立地的大树，
千年万年都常青。

"你的士兵个个身强力壮，
你的将领个个智慧聪明，
你的战马战象数不完数不尽，
你的粮草兵器堆到了山顶。

"我们勐维扎到处是荒山野坝，
村寨的四周野草丛生，
就像一个病危的老人，
怎能跟你比武，怎能与你相争。

"现在我们已经没有力量打下去了，
请高贵的王子原谅有罪的人，
只要你留给我们一条活命，

我们愿意做你脚下的仆人。"

沙瓦里看了这封书信，
问周围的细纳有没有这种可能，
是勐维扎设计哄骗我们？
还是他们真心愿意归顺？

勐荷傣的细纳不敢说真话，
只会看沙瓦里的脸色曲意奉承，
他们说勐维扎没有力量是真的，
建议沙瓦里杀掉相勐，斩草除根。

沙瓦里高兴得笑眯了眼睛，
立即传令正午时分会见勐维扎使臣，
于是攥塔辛穿过威严的卫队，
从容地走进辉煌的勐荷傣宫廷。

宫廷里坐满了沙瓦里的细纳和将领，
个个都抬着头，斜着眼睛，
当攥塔辛从他们面前走过的时候，
他们不顾礼节地低声议论。

"瞧呀瞧呀，这就是投降的将军，
很适合做我老婆的仆人，
当仆人算是最重用他了，
他比我家仆人还要愚蠢。"

有个将领更加骄横，
他大声地侮辱攥塔辛，
"现在你们全勐都是我们的奴隶啦，
我们要派出波朗、波叭①去管治你们。"

"好呀，高贵的勐荷傣将领，
世上的一切都将随你们的心。"
攥塔辛尽力克制着自己的感情，
不急不躁，像湖水一样平静。

拜见完毕，奏起音乐，
攥塔辛抬出金箱，呈上礼品，
再三向沙瓦里王子，

①　波朗、波叭：封建领主的低级行政官员，如区、乡长。

述说召相勐归顺的心。

"哈哈哈"，沙瓦里发出一串笑声，
"这就是你们勐维扎悲惨的命运，
回去吧，叫下贱的相勐快来朝拜我，
我要在一百零一个王子面前把他教训。"

撵塔辛微微点头表示应承，
立即率领随从返回自己的兵营，
他把这一切经过报告了召相勐，
召相勐无比钦佩他的智慧和才能。

四

沙瓦里下令大摆宴席，
庆祝勐荷傣的辉煌胜利，
赴宴的细纳看见发亮的金箱，
个个都觉得稀奇古怪。

他们很想知道里面有什么礼品，
想亲眼看看勐维扎的珠宝和黄金，
要是沙瓦里王子宽宏大量，
他们认为每个细纳都应分得一份。

沙瓦里知道他的人都很贪财，
就是一块骨头他们也要相争，
他想打开箱子赏赐他的部下，
换取细纳们对自己的忠诚。

可是他用尽吃奶的力气，
挣得满脸通红，满头是汗，
那金箱仍然紧紧地关着，
牢固得像一座大山。

他既气愤又羞愧，
下令他的细纳们把箱子打开，
细纳们和貌舒莱也没有办法，
一个个站在那里没精打采。

沙瓦里急忙派人去唤维罗哈，
维罗哈一看见那发亮的金箱，
便知道是勐维扎的诡计，
脸立即变成一片干枯的树叶一样。

"高贵的沙瓦里王子啊，
金箱里是装满了珍贵的礼品，
但有十二把锋利的宝剑，
守卫着那发亮的黄金。

"他们骗不了维罗哈，
只能欺骗没有知识的百姓，
请不要打开这假降送来的箱子呀，
谁打开它，谁就要丢掉生命。"

维罗哈认为自己比所有的人高明，
他的傲慢刺伤了沙瓦里的心：
"嗨嗨，你常吹嘘你无敌，
为何开个箱子也没本事？"

"不是我没本事打开箱子，
是怕我的头离开我的脖子。"
"胆小鬼，你怕什么？
在我的宫廷里，谁敢刺杀你？"

维罗哈想再申辩，
沙瓦里已经拔出宝剑，
维罗哈只好把话咽进肚里，
他知道自己已站在死亡的边缘。

但他相信自己的法术，
他从衣袋里取出一包药粉，
他将药掺上水放在一个土碗里，
对沙瓦里提出一个条件。

"那就请你帮帮我的忙，
要是我的头一落地，
你就立即把这碗药涂在我的脖子上。"

维罗哈吩咐完毕，
霍地拔出他的宝刀，
嘴里喃喃地念着咒语，
慢慢向那金箱靠近。

只听得哗的一声响，
震得宫廷摇摇晃晃，

金箱自动闪开，
发出一道火一样的红光。

连维罗哈还没有看清是什么，
十二把宝刀便一齐飞出，
维罗哈的人头立即掉落箱里，
金箱又紧紧关闭，鸟一样腾空飞起。

周围的细纳和将领，
一个个吓得目瞪口呆，
等到他们醒过来时，
金箱已经飞到天外。

对着没有了脑袋的维罗哈尸体，
沙瓦里惊慌地大喊了一声，
全城的人都知道出了不幸，
勐荷傣的京城顿时天昏地暗。

五

趁着沙瓦里惊慌失措的时辰，
相勐下令攻打勐荷傣京城，
各路兵马呀，一夜都磨刀擦矛，
等待着百鸟把森林唤醒。

这一夜啊，相勐悄悄飞到花园，
取出他埋在大石下的宝刀神箭，
这宝物曾帮助他杀死魔鬼，
现在他要用它们和沙瓦里作战。

东方亮了，多么凉爽的早晨，
百鸟终于把茫茫的森林唤醒，
相勐率领着他的战象和士兵，
在灰蒙蒙的大雾中浩荡前进。

沙瓦里失去了维罗哈，
像猛虎失去一对门牙，
但他仍然很凶悍顽强，
带领着士兵冲出城门。

刚升起的太阳，
又被云彩遮蔽，
刚起床的百鸟，

全被厮杀的声音吓飞。

每棵树都有刀枪的砍痕，
每片叶子都染着鲜红的血迹，
河流里泡着刚刚倒下的尸体，
断刀残箭丢满一地。

双方的战象都很勇猛，
血染的长鼻像火柱一样红，
双方的战马都很顽强，
在雨箭中风一样飞驰。

双方的士兵都很勇敢，
长刀对长刀，利剑对利剑，
双方的将领武艺都很高强，
一会儿在地，一会儿飞上天。

此刻，貌舒莱飞上云端，
又落在勐维扎的阵营中间，
他要找召相勐厮杀，
跟他的情敌决一死战。

召相勐的神箭呀，
可以射中针眼，
不偏左，也不偏右，
正正地把貌舒莱的心射穿。

像一头凶猛的野猪，
貌舒莱倒进一条山谷，
山谷的树叶立即变黑，
清清的山泉变得血一样浑浊。

相勐射死貌舒莱的消息，
立即传遍勐维扎全军，
士兵们敬佩王子的勇敢，
十万战象一起攻打京城。

受了伤的虎更加凶狠，
受了伤的蛇还想咬人，
沙瓦里就要失败了，
声音仍然无比骄横。

"嘿嘿，愚蠢的相勐，

你不过是山路边的一堆牛粪，
也竟敢来和我比赛本领，
我一定要拿你做祭刀的祭品。"

他命令他的士兵，
一刀要杀死两个勐维扎人，
谁要是往后退一步，
就先割下脑袋挂在城门。

不管是将领还是士兵，
只要不怕死，踏着尸体前进，
胜利后赏给一个姑娘，
发给十万两黄金。

沙瓦里知道他的部下是酒徒，
美人和黄金能燃起他们厮杀的烈火，
他宣布了这些法令，
便把剩下的军队分成九路。

每一路像一把剪刀，
要把相勐的军队剪成九片，
一片当成一团糯米饭，
放在嘴里，一团一团把它吃完。

说罢，沙瓦里提起宝刀，
骑上他那长着绿牙的战象，
带领着最强悍的兵马，
威严地走上战场。

召相勐看见了，
不觉在心里暗想，
这人果然有本领，
不能轻视他的力量。

相勐拉开巨弓，
轰地射出一支箭，
但被沙瓦里接住，
像筷子一样折成两段。

相勐又射出第二支箭，
想让沙瓦里来个措手不及，
谁知沙瓦里早就看见，
拉开弓，也用箭来还击。

两支箭在空中相碰，
发出闪电一样的红光，
响声震得山摇地动，
连太阳也失去了光芒。

相勐刚收回第二支箭，
沙瓦里便冲到他跟前，
眼看对方的刀就要砍下来，
相勐急忙又射出第三支箭。

这一箭呀，真神奇，
它射中了沙瓦里的绿牙大象，
绿牙大象倒在地下，
沙瓦里摔进一个泥塘。

召相勐立即下令，
要活捉这个犯罪的人，
勇敢的攥塔辛和帝营立刻围上，
森林里的大鹏鸟和江里的金龙也来帮忙，

他们水桶似的把沙瓦里围在中央，
不让他逃出刀枪织成的巨网，
谁知沙瓦里杀出一条血路，
呼呼地飞到了天上。

召相勐也腾空而起，
提着宝刀紧紧追击，
攥塔辛也紧紧跟上，
大鹏鸟和金龙也一起前往。

于是蓝蓝的天空上，
展开了一场大战，
胆大的天神站在云里偷窥，
胆小的天神吓得躲躲闪闪。

召相勐挥舞着宝刀，
要掏沙瓦里的心，
沙瓦里往上一跃，
宝刀只划破了一朵白云。

沙瓦里转回头，
想一剑破开相勐的脊背，

相勐摘下一颗星星,
把飞来的宝剑打碎。

你躲避,我追赶,
你往下冲,我往上蹿,
两把宝刀像两道闪电,
地下的人分不清谁是他们的主人。

他们从京城的上空,
杀到天边的森林,
又从天边的森林,
杀到茫茫的大海。

沙瓦里累得上气不接下气,
只好飞进瀑布旁的石崖里,
想在那里喝一口凉水,
恢复一下疲惫不堪的身体。

哪知相勐及时赶上,
刀影又在眼前闪光,
沙瓦里咬着牙飞起左脚,
把相勐踢到九十扎纳①远的地方。

相勐的将领看见了沙瓦里,
都向沙瓦里挥起战刀,
沙瓦里却不把他们放在眼里,
只是张着口冷冷地嘲笑。

这时相勐已从远方飞回,
将闪光的剑刺向沙瓦里的胸膛,
只见沙瓦里往后一仰,
左臂通了个洞,鲜血直淌。

勐维扎的将领猛扑过去,
趁机把沙瓦里扳翻在地,
用绳子捆住他的全身,
用黑布蒙住他的眼睛。

被捆的沙瓦里躺在沟边,
他的精力很快就恢复,
他山崩地裂似的大叫了一声,

身上的绳子全都被挣断。

他又腾空飞起,
飞到高高的山顶,
相勐拉开神弓,
一道电光穿过彩云。

沙瓦里虽然接住了飞来的箭,
心头却焦急不安地说:
"我的命运为什么这样凄惨,
竟会死在勐维扎人的跟前。"

在他这样长叹的时候,
相勐的第二支箭又射中他的右手,
他只感到天地一片漆黑,
便又痛苦地躺在地上。

像森林里的雄鹰,
相勐飞到山顶,
踩着仇敌的胸脯,
想一刀结束沙瓦里的性命。

但刹那间他却又改变了主意,
将挥出的宝刀又收起,
他要把这个罪人交给他的哥哥,
让他的哥哥按照古老的规矩处决。

第六章

一

战争结束了,
战鼓不再响,
惊走了的小鸟又飞回森林,
蔚蓝的天空又一片晴朗。

召相勐和他的两个哥哥,
穿上了节日的盛装,

---

① 扎纳:傣族古时的长度单位,一扎纳约为肉眼能看到的距离。

带领着最有知识的细纳，
去拜见勐荷傣的老国王。

勐维扎取得了胜利，
对人还这般有礼，
老国王忙换了礼服，
领着细纳出宫迎接。

接进辉煌的宫殿，
老国王设宴招待国宾，
召相勐合起手掌向国王问安，
召朗玛献上礼物向国王致敬。

"啊，西里苏啥·沙萨里①，
国王的洪福像大树铺天盖地，
请接受勐维扎王子对长者的问好，
请智慧的长者赐给晚辈一些绿叶。"

"我们不是贪得无厌的人，
不想要贵国一寸土地，
可是沙瓦里却用最脏的话侮辱我们，
扬言要踏平森林，把我们消灭。

"我们勐维扎没有别的办法可想，
只有骑上自己的大象起来反抗，
现在战争已经结束，
茫茫的森林将得到温暖的阳光。

"我们虽然损失了不少人马，
但不需要贵国赔偿半斤钱粮，
晚辈们只提出一个小小的请求，
望德高望重的老国王赏脸。

"由于命运的安排，天神的指引，
我的弟弟相勐与贵国公主有了爱情，
愿这美好的姻缘成为两国友好的桥梁，
让和平的百姓世代在桥梁上来来往往。"

召朗玛的这些话，
句句都讲在公主心里，

她猛地从父王身边奔出，
忘记了宫廷里的礼节。

她一看见召相勐，
便一下子扑了过去，
跪在召相勐的脚下，
什么话都说不出。

她狂吻着召相勐的脚尖，
想让不幸与痛苦从他的脚下消散，
想让新的生活从他的脚下开始，
想让这狂热的吻凝成永久的团圆。

老国王本来就有正直的主张，
召朗玛的话像泉水一样淌进了他的心房，
过去他曾为公主的美丽而自豪，
现在又为女婿的勇敢感到荣光。

"我知道勐维扎的三位王子，
像三棵高大结实的菩提树，
能让嫡西里总布在树下乘凉，
这是整个勐荷傣的幸福。

"勇敢的王子救了苦命的人，
这恩情我们永远感谢不尽，
不孝的沙瓦里以恶报恩，
这次失败是他应得的处分。

"幸好三位王子伸出正义的手，
制止了犬子沙瓦里的暴行，
森林里的灾难扑灭了，
普天下的百姓将共享安宁。

"笼②是一棵空心的竹子，
沉重的担子无力担在肩上，
我要把一切都交给女儿和女婿，
我希望召相勐成为勐荷傣的国君。"

老国王的声音刚落，
公主便跪下把头发撒在召朗玛的双脚上，

---

① 西里苏啥·沙萨里：拜佛时朗诵佛经的第一句。
② 笼：老人谦逊的自称，意思是年纪虽老，但无知识。

她感激三位王子替她扫除了灾难，
又把幸福的种子撒在她的心间。

她祝福正义得到胜利，
失散的家庭从此可以团聚，
蝴蝶可以任意飞舞，
蜜蜂可以任意采蜜。

相勐轻轻地扶起公主，
用温暖的话润湿她的心，
公主将耳朵贴在相勐的胸口，
聆听从他心窝里发出的声音：

"年老的国王啊，
我亲爱的公主，
这场森林里的灾难，
起源于沙瓦里的骄横。

"如今一切都过去了，
我已传下勐维扎的命令，
谁也不许杀害无辜的百姓，
头人将得到保护，村寨会得到安宁。

"我不想当勐荷傣的国君，
我只想跟美丽的公主结婚，
然后回到勐维扎的土地，
跟全勐的百姓共享太平。"

他们互相祝福了一番，
接着又谈论如何给相勐和公主拴线，
国王请摩古拉选择了吉日，
决定全国的百姓赶大摆三天。

二

舂米的舂米，
采花的采花，
从京城到村寨，
都筑起了花的篱笆。

酿酒的酿酒，
杀牛的杀牛，

从京城到村寨，
都成了欢乐的河流。

缝衣裳的缝衣裳，
赶嫁妆的赶嫁妆，
从京城到村寨，
人人都在为公主的婚礼奔忙。

选定的吉日终于来到了，
宫女们都来给嫡西里总布打扮，
她们用鲜花宝石增添公主的美丽，
让森林里的桂冠更加光辉灿烂。

婚礼和赶摆选在同一个吉日，
全城的人都来到郊外的花园，
那里早就搭起一顶顶帐篷，
早就盖起了一座临时宫殿。

公主的婚礼就在临时宫殿里举行，
召朗玛和召曼塔坐在老国王两边，
两国的将领和细纳按次序排成两行，
威武的将领在左，智慧的细纳在右。

精致的竹桌上摆着一对对蜡条，
银盘金盘放着色彩缤纷的丝线，
两旁铺满鲜花和堆满水果，
七色的彩旗从花园飘到天边。

年老的国王亲自为公主主持婚礼，
智慧的摩古拉首先为公主祝福，
他用真诚的语言和绮丽的花朵，
织成一首充满情感的赞歌：

"今天是最吉利的日子，
今天的太阳比往日更有光芒，
幸福的凤凰要在今天飞出森林，
有福的王子要在今天骑上大象。

"森林里最香最甜的缅桂，
要在今天开出最芬芳的花，
河边寨边的芭蕉树，
要在今天结下最甜蜜的果。

"英俊的召相勐啊，
美丽的嫦西里总布公主，
今天，天下的人都为你们拴线，
今天，天神叭英也在为你们祝福。

"愿你们纯洁的爱情，
像菩提树一样永远常青，
愿你们美满的婚姻，
给两国百姓带来友谊与安宁。

"祝国王像大象一样长寿，
祝王子与公主永远年轻，
祝茫茫的森林无灾无难，
祝纯洁的爱情与天地永恒。"

按照古代传下来的婚礼仪式，
细纳和将领们依次向新人祝福，
他们把金线银线拴在新人手上，
嘴里朗读着从心里涌出的赞歌。

婚礼仪式结束后，
赶摆的百姓纷纷要求拜见，
于是相勐和公主骑上大象，
由细纳们陪同沿花园转了一圈。

他们骑的大象走到哪里，
哪里便响起雷一样的欢呼声，
咚咚的象脚鼓声把人的耳朵震聋，
耍刀玩枪的艺人卖弄着本领。

赶摆的百姓个个都欢喜，
就像尝到了最甜的蜂蜜，
京郊的花园像过节一样热闹，
勐荷傣已看不到战争的痕迹。

三

在欢乐中度过了三个月时光，
三位王子很想念久别的父王，
他们把勐荷傣交还给沙瓦里，
准备返回自己的家乡。

公主要离开年老的父母，
相勐担心妻子会痛苦，
他轻轻地走到公主身边，
低声地对嫦西里总布说：

"亲爱的妻子啊，
我不能让愁云挂在你的眉间，
你想到勐维扎，还是留在父母身边？
这一切我都将遵照你的心愿。"

"啊，小鱼怎能离开水塘？
星星怎能离开月亮？
亲爱的夫君啊，
你的妻子一刻也不愿离开你身旁。

"如果你是一只小鸟，
妻子愿意化成一对翅膀；
如果你是一条小河，
妻子就是河里的鱼、田里的秧。

"我爱生我的勐荷傣家乡，
也爱勐维扎美丽的村庄，
不管你走到天涯海角，
嫦西里总布也要跟你同往。"

夫妻俩商量了好几个晚上，
便双双去拜别年迈的父母亲：
"再见吧，亲爱的父王和母后，
我们永远不会忘记父母的恩情。"

母亲舍不得公主远走，
眼泪顷刻淋湿了衣襟，
老父王虽然也很心疼，
但神情却很镇静。

"你去吧，孩子，
勐荷傣的桂冠，
只要你们的日子过得美好，
分别的痛苦，父王能够承担。

"相勐的手是一把勇敢的剑，
相勐的心是一座美丽的花园，
父王相信你们今后的日子，

一定像泉水一样欢，一定像甘蔗一样甜。

"你要热爱关心你的丈夫，
你要尊敬照顾父母与兄嫂，
在宫殿里，对待细纳头人要公平，
到村寨时，要关怀勐维扎的百姓。"

皇后也哭着嘱咐公主，
要公主把父王的话牢记心间，
每年骑象回来一次，
莫让父母亲常常挂念。

告别了父母亲，
公主又告别宫殿里所有的人，
告别完宫殿里所有的人，
公主又告别全城的百姓。

全城的百姓都捧着鲜花跪在路两旁，
年老的念经祝福，年轻的合着手掌，
此刻，出行的礼炮响了，
召相勐和公主双双骑上了大象。

四

召相勐离开了勐荷傣，
沙瓦里的痛苦并没有减轻，
他的骄横使他失败，
他的失败使他无颜见人。

失败的痛苦日夜折磨着他，
不久便患上了不治的病症，
到了雨水下地的时候，
他终于合上了眼睛。

老国王不喜欢儿子的蛮横，
没有了儿子却又很心酸，
"啊，骄横的沙瓦里呀，
想不到你竟死在父母之前。"

国王哭了一阵，
立即派出最能干的人，
去追赶召朗玛和召相勐，
请他们返回勐荷傣京城。

送信的人赶到戛拉尼古镇，
便追上召相勐和他的士兵，
相勐和公主读了国王的信，
都觉得不能让老人太伤心。

于是他们传下命令，
叫细纳率领队伍先回勐维扎，
三位王子和公主啊，
又带着两万人马返回勐荷傣京城。

老国王又悲伤又喜欢，
亲自到城门迎接，
"王子啊，沙瓦里已经死了，
勐荷傣的希望只有寄托给你们。"

召朗玛燃起一堆火塘，
用温暖的话劝老人不要太悲伤，
死了的可以替他念经赕佛，
活着的可以享受更多的阳光。

老国王听了心头渐渐明朗，
他要求相勐做勐荷傣的国王，
召朗玛见老国王很真诚，
只好劝相勐点头答应。

全勐的百姓都拥护这一主张，
纷纷点起蜡条跪在宫殿两旁，
召相勐接过百姓献给他的蜡条，
表示决不辜负百姓和头人的希望。

从此啊，他们兄弟三人，
便在森林里治理着三个国家，
三个国家都享受着和平与安宁，
召相勐的盛名啊传遍天下。

原载《山茶》1980年第2期
搜集翻译整理者：岩　峰（傣族）　王　松

附记（原后记）：

《相勐》是傣族家喻户晓的一部长诗。他们把相勐称为老祖，足见相勐这个文学形象在傣家人中的影响。

我们翻译、整理这部长诗始于 1962 年。那时先后改了四稿。"十年浩劫"中，整理稿被当成复辟封建社会的罪证而被没收。粉碎"四人帮"以后，稿子被退了回来。我们从 1979 年以后又修改了三次。

《相勐》原诗有七千多行，我们作了下述删节：一、相勐的哥哥召曼塔出游，他的一个随从被妖魔引诱而被吃掉，这部分描写很详尽，我们认为这跟《相勐》的主题关系不大，并且有近千行之长，可另成篇章，故删去了。二、在战争爆发前夕，又讲了德罗哈的故事，描述他如何私通皇后婻占罕，描述细腻，共有七八百行，却与主题关系不大，亦删去了。三、原诗有关战争的描写约占全诗的三分之一，其中重复的多，对人物刻画亦无帮助，也删去一半。除此以外，其他情节都没有动。

我们总共收集了四个本子，以从勐海城子所收的手抄本为主，参考了在勐混城子和曼赛寨收集的本子，以及打洛歌手岩宰竜的唱词。可惜这些资料都在抄家时被掠走，连他们的名字也都忘却了，因此没法记上，只好待以后询查补上。

这个整理稿一定还有许多缺点和错误，望读者指正。

整理者

1979 年 12 月

宛纳帕丽

来自雕龙画凤的宫廷和慈悲的佛堂。

绳索拴不住正义的语言，
乌云遮不住太阳的光芒。
《宛纳帕丽》像一条清澈的小河，
将永远在人间流淌。

第一章　宛纳王子

一　国王召烘沙①

传说勐基达腊纳管，
是个无比圣洁的国家。
她的名字与佛国的宝塔并列，
辽阔的土地到处开满了鲜花。

因为在这个国度里，
佛塔如雨后的春笋遍地发芽，
寺庙像谷堆撒满田坝，
善良的百姓心地如同粑粑。

因为掌握这个国家命运的，
是伟大的国王召烘沙。
他是帕召古德玛②的忠实信徒，
他的信念高山大海都压不垮。

耀眼的宫殿照着神塔的式样建造，
神奇的塔顶就像禅坐着帕召古德玛。

序歌

听吧，从南边飞来的白鹭，
请收起你那击风的翅膀，
栖歇在村头那竜树上吧，
听我把《宛纳帕丽》歌唱。

晚霞已飘落在山中，
片片绿叶也默默把眼睛闭上。
北来的晚风啊，
请为我轻轻地伴唱。

宛纳和帕丽的不幸，
已深深刺痛了善良的月亮，
她也伴随着我的歌声，
娓娓地对她的孩子诉说她的衷肠。

星星啊，请别再流泪悲伤；
黑云啊，请别把他们的眼睛蒙上。
请作证，诅咒这支歌的声音，

---

① 召烘沙：傣语，凤凰之王。
② 帕召古德玛：傣语，即佛祖释迦牟尼。

门板上没有龙腾虎跃的雕刻，
墙壁上都挂满了都如召①的话。

四四方方的宝座，
显赫地立在宫廷的中央。
整个宝座都是模仿佛祖的天坛，
召烘沙就端端庄庄坐在中间。

他有家族的尊严，
从他祖父开始就树起了牢固的观念。
吃草的麂子和白兔，
生来就是虎狼的美餐。

天下的鸟兽都分强和弱，
人哟，生来就有贵贱之分。
世界早就由神佛做了安排，
只有当王者才能把世道主宰。

他崇拜已死的祖父和父亲，
皮鞭统治不了百姓，
绳索缚不住天下的咒骂，
香花和毒酒却可以使人醉瘫。

他知道万物的生长离不开地下的根茎，
国王的宝座不能悬在天空。
蜂儿做窝还得依靠大树，
他必须把神佛的信念注入子孙的血管。

王宫的兴旺与衰落，
并不完全取决于众多的兵马，
刀弩啊，往往会招引来灾难，
神佛才能使王权延续千年万载。

召烘沙以积德行善的语言对人，
按照佛的教诲处理国政，
用佛的教义制定法规，
借神的威力镇服百姓。

为了让天下人都崇拜他，

他在宝殿的上方，
专门设置神圣的供台，
台上支放着一排排神牌。

走廊上显眼的墙上，
绘满了维先达腊②的画卷，
中间垂下一块长条白布，
上面写着《达沙西甲》③。

他经常赤脚出入庙宇，
常常伫立在竜林面前表示悼念。
如果途中遇上死难者的亲人，
他的脸上立刻会变得同情。

"啊，可怜的人呀，
我不幸的无辜百姓，
别再哀伤哭泣，
灾祸与福分都来自天庭。

"正如雨水和冰一起下，
不同的命运产生于不同的树林。
前世犯了佛规的人，
免不了乌云要降临在他的头顶。

"听，王国的鼓声响了，
正在为你们驱散灾难。
我这就去向神佛乞求，
请求免去你们身上的孽气……"

于是百姓们都顶礼膜拜，
同声山呼万岁。
纵然朝廷的规矩比铁桶还严，
苦恼的事仍然像堤坝漏水。

一桩桩、一件件都令他难忍，
百姓的咒骂，女人的眼泪，
邻国的窥视，
天灾频频。

① 都如召：对佛祖的尊称。
② 维先达腊：人名，其画卷叙述一个国王为了自己成佛，把国家的宝象、财宝作为贡礼送给别人，最后连妻子和儿女也赎给别人，被佛教奉为英雄。
③ 《达沙西甲》：书名，记载释迦牟尼轮回转世成佛的故事。

有一件心事困扰着他的心灵。
日夜都使他无法安宁，
召烘沙已登基十五年，
成婚的日子也过了十多载。

他把希望寄托给后代，
日夜渴望有个王子传宗接代。
召烘沙焦灼地等待了十五年，
勐基达腊纳管就像断了源头的河滩。

到处都是沙砾，
树木正在枯凋，
大风卷起阵阵沙灰，
漫天变成一片苦海。

二　宛纳出世

勐基达腊纳管的王后婻吉西，
像下凡的天女一样美丽。
可是鲜花失去了芬芳，
她的心啊，已冷若冰霜。

不会结果的鲜花，
再娇艳也不会获得主人的欢心。
婻吉西的脸上总是蒙着一层阴云，
婻吉西呼出的气都是惆怅。

她常常孤单地依在栏杆旁，
痴呆的目光老是凝视着远方。
小鸟从她眼前飞过，
她以为是天神恩赐给她的儿郎。

她陪伴国王十五年，
从未从国王的体贴中获得欢心。
蜡条的烟火熏得她目光缭乱，
喃喃的祷告代替了情爱的颂扬。

花朵慢慢失去了鲜艳，
青春已被绝望吞噬。
一个夜晚天上落下一颗星星，
婻吉西的晚年生下了希望。

这桩事也喜坏了召烘沙国王，
犹如月亮落在他的心房。
跌跌撞撞去敲响大鼓，
颠颠倒倒宣布他的欢狂。

"全勐的百姓听着，
我有儿子啦！
王后为勐基达腊纳管生了个太阳，
大家都来祈求王子的安康！

"听啊，听啊，
这是我祷告感动了天王，
这是佛祖对虔诚者的恩赐，
王子将接受佛祖的灵光。"

消息随着鼓声传向四方，
远远近近的竹楼都在齐声歌唱。
大臣头人纷纷来道喜，
宫廷里的气氛比蜜香甜。

召烘沙什么都要亲自主张，
他东奔西跑急急忙忙。
吩咐这个去舀水，
吩咐那个去用水冲洗佛像。

"不能让王子沾染凡世的俗气，
必须用圣洁的神水洗去婴儿的肮脏。
洗过佛像的水能使孩子增加智慧，
能使人的眼睛明亮。"

婴儿在啼哭声中浑身颤抖，
眉飞色舞的召烘沙用袈裟包扎婴儿，
又急忙把他抱到金殿的宝座上，
吩咐大臣头人一齐点亮蜡条。

"都来，来吧，
一个个都来给王子滴水。
祜巴勐①啊，快给王子求福吧！
为王子取个名字，祝王子健康成长。"

① 祜巴勐：祜巴是和尚的一个等级，祜巴勐是一个地方等级最高的和尚。

求佛的仪式进行完毕，
祜巴勐立刻翻遍了经书。
有如在牛角堆里寻找象牙，
祜巴勐突然发现了太阳和田野。

"王子应该叫作召宛纳①。"
大臣头人一个个虔诚地合掌。
国王听了连声点头称赞，
登上高台向天下人宣告：

"清晨天空中落下一朵闪光的金花，
佛祖很怜爱王子，
王子的名字啊，
就叫作召宛纳。

"太阳的光辉照耀着勐基达腊纳管，
勐基达腊纳管有辽阔的田野，
召宛纳就是太阳和田地之主，
他将管理太阳能照耀的所有地方。

"佛祖为他选择了最美好的时刻，
在最珍贵的时刻里王子来到人间。
他是真正的沙都如召的儿子，
他将为佛祖管理整个世界。

"古德玛的化身不能沾染凡尘，
凡人的奶水将减退王子的福气和智慧。
我要用最圣洁的花露果实当奶水，
我要用荷花铺垫他的身体。

"为了使王子成为超凡的人，
我要用神佛的意志培育王子成长。
我要把他交给祜巴和佛爷，
我要慷慨赏给佛爷祜巴无数银两。"

召烘沙看见王子很快就会哭，
不久便会爬、会走。
为了避开凡人的世俗，
他吩咐立刻建造一座佛寺。

佛寺要选在僻静的地方，
最好盖在后花园那花果丛中，
四周要筑起比椰子树还高的围墙，
还要铸造一把巨大的铁锁。

他传下严厉的圣旨：
"宫女和男仆都不准进入佛寺，
因为他们的皮肤和头发会散出邪气，
他们的灵魂会污染未来的国王。

"王子是勐基达腊纳管的希望，
他的灵魂决不能沾染肮脏。
瓜果只有依靠藤根苗壮，
才会结出累累硕果金黄。"

大臣头人都纷纷合掌，
齐声颂扬召烘沙国王的主张：
"细小的青藤，
要靠盘绕大树生长。

"弱小的稗苗啊，
寄生在烈日的肥堆上。
王啊，你的每一句话，
都刻在百姓的心坎上。"

时光像水流过，
不久便在鸟雀难以飞到的地方，
盖起了一幢雄伟的佛寺，
厚厚的围墙堵住了世俗的肮脏。

召烘沙又把王后请到跟前，
忧心忡忡把话讲：
"吉西哟，我的爱妻，
从今以后，孩子就要抱入佛堂。

"一切都为了勐基达腊纳管着想，
请忍一忍母子分离的痛苦。
我决定让召宛纳到新盖的佛寺去，
沐浴巴洼尼②的阳光。

———————————

① 召宛纳：傣语，宛是太阳，纳是田地，召宛纳意为太阳与田地之主。
② 巴洼尼：巴利语，指佛教的清规戒律。

"我曾仔细地考虑过，
人世啊，就像大海的波涛，
污泥浊水都在翻滚，
幼嫩的心灵哪能经受冲撞。

"每当我想到这件事情，
我就感到不安和忧虑，
睡梦中也常常被噩梦惊醒，
孩子已被腐臭污秽所淹没。

"我不会长生不老儿千年。
趁我还没有闭上眼睛，
教会孩子按照佛祖的旨意为王，
学会统治百姓的本领。

"未成树的小苗好移栽，
弯了的牛角再用力气也扳不直。
让孩子自幼与世隔绝，
别让他知道宫外发生的事情。

"啊，吉西啊，
请听从我的告诫，
让儿子住进神佛的世界，
我已请了有福的祜巴和佛爷。

"日子会随着光阴流逝，
十年八年转眼就会过去。
等他长大成人的那天，
你才会尝到做母亲的荣耀。"

痛苦的王后没有作声，
汪汪的泪水已模糊了她的眼睛。
她深知命运将夺去她的儿子，
夫王的决定绝不会改变。

可怜的宛纳幼子，
还没满月就被与世隔绝。
天天吸的是酸冷的花露果汁，
"奶妈"就是披着袈裟的"善人"。

三　佛祖的儿子

时光在死一般的寂寞中过去，

燕子第十二次回到雄伟的佛寺。
召宛纳已在这里度过了第十二个年头，
十二个春秋没有食过人间烟火。

十二岁的少年啊，
都说是吸吮佛祖的元气生长；
虽然身子像竹虫一般柔软，
都说他是真正神佛的少年儿郎。

象牙没有他纯洁，
槟榔树没有他英俊漂亮。
可是花园上空的晚风呀，
却为他轻轻地、轻轻地哀伤。

啊，可怜的孩子，
不知道什么叫人间欢乐。
他没有见过辽阔的田野，
他没有听过人们动听的歌声。

被关在笼里的鸟儿总渴望着翱翔，
养在井里的鱼儿怎知大海的宽广！
离开了父母的召宛纳啊，
哪里知道人间还有母爱的欢乐！
冷清清的佛寺使他浑身哆嗦，
呢呢喃喃地念经使他对语言感到厌恶。
那没有表情的脸孔啊，
使他对人生感到空虚与绝望。

是啊，每天母后都陪着国王，
来到佛寺把他看望。
他都躲开他们，
不愿跟这两个陌生人来往。

国王关心的不是孩子的健康成长，
他要知道的是王子规矩不规矩，
神佛的福分是否贯注入王子的身上，
将来如何承袭他的王位。

囚徒一般的生活使召宛纳变得乖戾，
他的脾气慢慢像鞭子一样响。
他把经书摔在地上，
把佛爷和祜巴的教诲践踏成泥浆。

"请问，佛爷和祜巴勐，
人活着究竟是为了哪样？
有腿为什么不让走路？
为何要我在泥巴人前盘腿修养？"

太阳的光线使佛爷睁不开眼睛，
召宛纳的举止吓得祜巴出了一身冷汗。
两个僧人面面相觑、战战兢兢，
只得结结巴巴，用佛规相劝。

"尊敬的召宛纳啊，
您是古德玛真正的儿子，
您是神圣的国王的继承人，
不该说出这种亵渎神灵的语言。

"让您住在这圣洁的佛殿，
是为了给您乞求上苍赐予福分。
这是你父王的最高旨意，
也是我们僧人不可推脱的责任。

"求您安下心来学佛诵经，
佛经里有金银铸造的世界，
佛经是一把理想的天梯，
那是通向月亮和星星的路径。

"您的身体和地位，
决定了您至高无上的前程，
让您有更多的聪明和才智，
才能管理大勐，统治百姓。

"要想得到凡人得不到的东西，
就要像您父王那样虔诚。
避开人世间的一切污秽吧，
像帕拉西①那样闭目修行。

"高贵的王子啊，
请回到佛的跟前去吧。
别因为您不守规矩，
也叫我们跟着冒犯天威。

"您要是再任性下去，

让您父王知道了，
他会给我们治罪，
会说我们有意把您教坏。

"看在神佛的面上，
求您同情，请您可怜，
是我们把您从呱呱坠地喂养成人，
您在我们身边已度过十二年。

"今天看着王子长大，
我们是多么地高兴！
虽然白了头发，皮肤也长出皱纹，
我们也心甘情愿。"

祜巴和佛爷的这一席话，
真正从他们的肺腑里淌出，
十二岁的召宛纳啊，
被感动得流下了感激的泪水。

想到十二年的养育之恩，
召宛纳的心肠渐渐变软。
他不愿再伤害善良的心，
同情又夹杂着对他们的可怜。

聪明善良的召宛纳虽然年幼，
却懂得人生养育的艰辛。
他有什么理由责怪可怜的人？
他们才是真正养育他的父母亲。

他觉得人世间太不公平，
父母享尽了荣华富贵，
却让别人承担养儿育女的责任，
冷酷地砍断了父母子女之情。

屋檐下的瓦雀虽然不通人性，
却双双嘴衔昆虫喂养儿女；
墙缝里的蟋蟀啊，
对它们的儿女也有高尚感情。

悲伤和愤懑激荡着幼小的心灵，

① 帕拉西：进森林修行的野和尚。

召宛纳决心要冲破冷宫砸碎铁门，
闯进自由的人间世界，
呼吸充满着人性的空气。

"感激你们啊，
十二年来为我费尽了心血。
白天为我挤果浆，
清晨为我采花汁。

"可是你们为何要给父王卖命？
生儿的父母为何不养育儿女？
生我的父亲给了我多少温馨？
他们为什么要逃避父母的责任？

"请你们离开这座骗人的佛殿。
召宛纳虽然忘不了养育的恩情，
但是，可怜的召宛纳啊，
再也不愿生活在你们身边。

"可怜我今生的命运凄凉，
刚来到这世界就被抛进冷宫。
有脚不能走，有手不能动，
整整被囚禁了十二个春秋！

"每天清晨啊，
只看见小鸟从头上飞过。
白云啊，自由自在，
爱到哪里就往哪里飘荡。

"我羡慕小鸟有自己的翅膀，
我羡慕白云能随意游逛。
人就应该这样生活，
我要冲出这寂寞的冷宫。

"我算什么高贵的王子，
我的命运还不如小蝌蚪。
不知道什么是大江和大河，
整日只知跪在泥人面前磕头。

"别再用佛的话欺骗我了，
虔诚的长老为什么成不了佛？

我死后既不想上天做神仙，
活着时也不想像父亲那样当国王。

"你们走吧，祝你们能升上月亮。
我再不愿闻到蜡条和烟火的气味，
我再不愿听那千篇一律的经文。
再不放我，我要撒尿去浇神像！"

犹如可怕的黑魔把太阳吞噬，
王子的话吓得和尚战战兢兢。
他们不敢继续留在佛殿，
急急忙忙去求国王宽恕。

"尊敬的召哈勐①啊，
我们再也无法完成主人的使命。
王子一天比一天长大，
铁门再也无法锁住他的心。

"王子不要我们抚育，
对于神佛他也不感兴趣。
他的心已随白云飘荡，
小鸟已领着他的灵魂飞向森林。

"让我们离去吧。
当一个人醒来的时候，
用巫术也不能让他再睡。
王啊，再三乞求原谅我们。"

召烘沙的浓眉蹙成一团，
像冷米汤灌进了他的血管。
不知是不安还是生气，
只见他浑身抖抖颤颤。

"你们要走就走吧！
我不相信未见过世面的孩子会如此放肆。"
他叫大臣拿出一千两金银，
按照诺言打发佛爷们出门。

"兔子关在笼子里还会乱跳，
佛寺对于孩子确实太小，

---

① 召哈勐：对国王的尊称。

豪华的王宫一定使他满意。"
他决定把孩子搬回王宫。

为了让王子满意，
召烘沙请来一百个勐的王子和公主，
为他们举行盛大的宴会，
让他尽情地欢乐。

四 叛逆的太阳

召宛纳回到宫殿，
有如晚风吹皱了平静的湖面，
仿佛是太阳照进阴暗潮湿的山洞，
王宫里出现了勃勃生气。

欢乐随着召宛纳的足迹飘荡，
笑声绕着果树旋转。
召宛纳一边掏着土洞一边歌唱，
蝴蝶翩翩起舞在他的身旁。

召烘沙十分忧伤，
世俗的污秽已染上他儿子的心灵。
他命令十个奴仆专门护卫，
不许出门，不能把蚂蚁的生命残伤。

既然竹笼能关住鹦鹉，
树浆能粘住蜻蜓的翅膀，
十名奴仆啊，
就一定能管住太阳。

十个奴仆紧紧尾随王子，
王子跟十个奴仆捉起迷藏。
十个奴仆哭笑不得，
天天都跑到国王前请求饶命。

召烘沙非常气恼，
他不相信一个国王管不了一个娃娃。
召宛纳十三岁那一年，
国王决定对儿子严加管教。

他叫人腾出一间宫房，
布置成优雅的佛堂，
他天天陪着儿子在房里，

又叫人从外面把门锁上。

早上教儿子祈祷，
中午教儿子学习怎样当王，
晚上睡觉之前，
还要儿子背诵帕召的教条。

又是一个撩人心弦的春天，
万物都在阳光下睁开眼睛。
金蝉在枝头欢叫，
饥渴的山雀飞到清澈的河边。

十四岁少年正是初春，
闲不住的小鹿到处蹦蹦跳跳。
被春意缭绕的召宛纳啊，
日夜都幻想着宫外的人世间。

河里的鱼群是否已游出水面？
山上的野花是否已绽开笑脸？
他的眼光老是落在窗外，
那里一定是广阔诱人的蓝天。

一个静穆的早晨，
趁着父王低头虔诚祈祷，
召宛纳轻轻地像猫一样跳出窗口，
跃身到梦幻似的人间。

啊，这是一个什么世界？
这里到处是青山绿水，
宽宽的田野，树木成林，
连空气都更加鲜甜。

他像野兔一样在草地上奔跑，
他像蜜蜂一样在追逐花瓣。
小鸟的啁啾声使他心醉，
他又去捕捉草丛中的蜻蜓。

啊，那是高高的大树，
小鸟儿正在喳喳叫个不停，
喏，树梢上有个雀窝，
小鸟儿仿佛在向他招手。

"来吧，亲爱的小人，

爬上来吧，让我们叙叙真情。"
他像一只小松鼠，
光着脚丫巴爬上了树梢。

哎，天真的小鸟呀，
一只只都向他张开黄黄的嘴唇，
来吧，做我的伙伴，
他就把一只只雏儿装进衣襟。

哟哟哟，那是什么？
一群白鹭从田野里飞过；
啧啧啧，那是个迷人的天地，
庄稼人架着牛来回在田里走动。

播种的姑娘真美！
啊啊，草地上奔跑着马群。
喂喂喂，捞青苔的姑娘哟，
你在低低吟唱着什么歌？

啊，看哪！那远方翠绿的森林，
一定隐藏着神秘的女神。
白云从上空飘过，
猎狗在追逐着黄麂。

这是幻觉，还是梦境？
啊，不，一定是祜巴常说的天庭。
父王啊，你为何用高墙遮住我的眼睛？
为什么呀，要用铁锁把我囚禁？

他久久地趴在树枝丫上，
只顾贪婪地欣赏迷人的风景，
突然耳边响起一阵炸雷声，
父王已在树下气得跺脚发抖。

"你、你、你……孽种！
不成器的顽石，
金路银路摆着你不走，
硬要丢了王冠滑向卑贱。

"捕鸟捉雀、摸鱼捞虾，
是百姓娃娃干的事情。

你是金殿里高贵的王子，
你要学习的是如何统治百姓。

"宫外的天地值不得留恋，
那里的落叶几乎都粘着牛粪。
百姓的身上都散发着汗臭，
他们天生就是王室的奴隶。"

召宛纳快快不乐从树上下来，
他不知道父王为何这样生气。
满肚子的不快与委屈，
只好默默跟着父王走回宫廷。

"快在神佛的面前跪下磕头，
接受帕召惩罚你今天的恶劣行径。"
国王板起脸孔严厉地训斥儿子，
脸色有如霜扎①过的青石板。

热血凝结在冷却的心间，
召宛纳默默站立，似乎什么也没听见。
国王顿时怒火烧心，
伸手用力去按儿子的头顶。

召宛纳身子猛然一晃，
衣袋里发出小雀的啁啁啾啾。
像一盆臭水泼在国王头上，
他顿时跪下，向佛祖求饶。

"孽种啊，孽种！
我前世欠下了什么混账。
佛啊，再给我一点智慧和力量，
我要重新把儿子严加管教。"

懊恼使召烘沙无法安宁，
三天三夜都睁着眼睛。
野象还能驯化，
一个孩子为何竟如此顽强？

不，他是一个富于自信的国王，
他坚信自己有无穷的力量。

---

① 扎：方言，冰冷、冻的意思。

福分能使天地倒转，
意志能把河流阻拦。

他把大臣头人招到殿堂，
郑重地向众臣宣布：
"鸟雀的叫声，
把王子变成一头野象。

"草上的露水，
打湿了善良的王子。
从今天起，
所有的武官都要执行我的命令。

"每个将官带一百兵士，
轮流守住宫廷的大门，
不要让鸟雀从宫廷上面飞过，
不要让野风吹进宫廷。"

国王的声音越来越洪亮，
满殿的人都低头俯耳聆听。
"佛祖啊，请保佑国王的圣洁，
帮助臣民挡住世俗的入侵。"

第二章　　象奴姑娘

听吧，满竹楼的乡亲，
黑夜虽然像死一样寂静，
然而所有的树叶和花草，
却仍然睁大着眼睛。

万物都在等待着我继续歌唱，
他们和坐在这里的人一样，
都想知道宛纳和帕丽的命运，
今晚就唱这个故事的另一个主人。

五　象奴之子

跟宝塔并列的勐基达腊纳管，

虽然有佛塔和佛光闪亮，
却不是所有的流水都透明，
不是所有的瓜果都鲜甜。

尽管如林的佛塔闪射着金光，
却难把昏暗的尘烟驱散。
大地上有高耸入云的大山，
也有辽阔的丘陵地带。

田坝中有遮天的菩提，
树木也有粗有细。
就像一条河里的鱼群，
这个勐的百姓各有不同的遭遇。

在勐基达腊纳管的城外，
有一片偏僻的竹林，
居住着召烘沙的十二户象奴，
一道篱笆把他们围成小小的乡村。

这个乡村没有耕种的良田，
没有栽种瓜果的园圃。
他们专为召烘沙饲养象群，
曼竜掌①因此而得名。

曼竜掌的居民，
就像风雨中晃动的树叶，
他们的命运捆在象脚上，
随着风吹雨打到处飘零。

他们死了没有葬身的竜林②。
他们的祖祖辈辈，
一生下就是国王的卡林掌③，
是奴隶中的奴隶。

一年四季随着象不停地走动，
他们的足迹踏遍辽阔的森林。
汗水浸透每一片落叶，
苦泪洒满无边的大地。

① 曼竜掌：傣语，意为养象寨。封建领主把百姓按照为他所服的劳役分为各种负担寨。
② 竜林：傣族埋死人的坟地。
③ 卡林掌：卡，傣语奴隶，卡林掌是养象的奴隶。

人世间没有什么力量，
能把大象的脚步阻挡。
象奴啊，跟着大象，
走落了太阳，又走出了月亮。

大树往往是象奴的客店，
石洞常常是象奴的暖房。
一走出寨门，命运就交给了大象，
许多象奴都惨死在深山老林。

蜂窝一年比一年大，
蜂娘一年比一年多，
曼竜掌的竹楼啊，
却从五十幢减少为六双。

十二户竹楼里有一幢最明亮，
五十八个人中有个汉子最有名望。
白云知道他的良心，
晚风熟悉他的为人。

晚霞常常想偷看他的笑脸，
诺嘎朗托①时时为他歌唱，
山泉带着他的名字流淌，
他就是善良勇敢的岩糯掌。

岩糯掌的父亲在国王的大象脚下身亡，
阿妈葬身在乱石山冈。
无娘的小鸡啊，
到处张嘴喳喳叫娘。

乡亲们把可怜的孤儿抚养，
省下饭菜来给他吃，
织块土布为他缝衣裳，
全寨的人都对他寄予希望。

十六岁那年，
全寨帮他盖了一幢新房。
搬进新房的那一天，
乃管②就派他去把大象驯养。

召烘沙有四十二头公象，

每一头公象就像一幢竹楼。
它的凶猛胜过千只虎狼，
长鼻能拔起十人合抱的大树。

二十三年前捕捉来的公象，
庞大的身子像一座灰色的山冈。
它是召烘沙国王的骄傲，
可是它至今还没有驯良。

召烘沙想骑着它到一百个国王面前炫耀，
可是它的性情太凶猛，
没有一个象奴敢接近它的身旁。
召烘沙便发出最后的命令：

"我继承父亲登基为王，
佛祖也特意为我送来宝象。
你们却有意在众王面前贬低我的威望，
限三个月必须驯服我的宝象。

"我的命令是神佛的旨意，
昨晚佛祖已来到我的梦境。
三个月不能把象驯服，
就是你们有意欺君。"

再亮的星星也亮不过太阳，
狂风再猛也吹不倒山冈。
国王手里有大刀和精兵，
象奴有翅膀也难逃出罗网。

曼竜掌为了驯服这头公象，
已经付出了二十条生命。
如今森林里又狰狞着死神，
谁能保护象奴的生存？

暴风雨中有雄鹰，
大海波涛托海燕。
灾难面前啊，
岩糯掌愿意赴汤蹈火。

① 诺嘎朗托：一种在夜晚唱歌的鸟，疑为夜莺。
② 乃管：管理百姓的小头人。

他挎上父亲生前留下的弓弩，
背上老人赠给他的长刀，
年轻的象奴之子，
朝着囚禁大象的山坡走去。

六 象奴与花奴的爱情

在勐基达腊纳管的另一边，
离象奴寨不远的大山南面，
一条清澈的河流环绕着一片丛林，
丛林里有一座色彩缤纷的花园。

花园里有一幢矮小的茅舍，
翠绿的果树把小屋覆盖。
屋里住着一位枯藤似的老妇人，
她的名字叫雅佳苏①。

有一天早晨，
她在江边的路上拾回一个女婴，
胸前挂着"赎罪"的铜牌，
证明是一个卡亚②的后裔。

雅佳苏把她养大，
给她取名叫依婻苏③。
荒凉的茅草丛里，
洛歪亮④默默地在开放。

月亮和太阳相会在河边的时刻，
对岸的山梁传来大象的铃声叮当，
一个粗犷的汉子，
驱使着一头凶猛的大象。

大象舞动着长鼻，
饮水在河边的草地上。
草丛中飘着阵阵馨香，
啊，花丛中藏着一轮皎洁的月亮。

微微的晚风为他们泛起感情的细浪，
清澈的河水辉映着他们成对成双。
从此，象奴天天骑着象到河边饮水，
依婻苏每天都等待在草地上。

勐基达腊纳管是个美好的地方，
它像一位慈母养育着儿女。
自从基达和纳管⑤死后，
古老的国家便慢慢变了样。

国法多如牛毛，
执法的如虎似狼。
奴隶和奴隶没有自由相爱的权利，
他们的权利只是为主子干活。

依婻苏和岩糯掌，
一个是花奴，一个是象奴，
纵是酿成甜美的爱情，
也不允许结成夫妻。

曼竜掌的乡亲十分同情他们，
偷偷在深山里为他们举行了婚礼。
一对奴隶暗地里成了夫妻，
人们对官家守口如瓶。

从此，夫妻活活被分离，
一个在河东养象，
一个在河西看守花园，
太阳升起时，夫妻才能在河边见面。

七 帕丽出世

腊混⑥的疯狂欲望，
要把大地的光明一口吞食。
魔鬼虽然猖獗无情，
万物依然顽强地争取生存。

---

① 雅佳苏：傣语，守菜园的老妇。
② 卡亚：奴隶。
③ 依婻苏：园圆的女儿。
④ 洛歪亮：花名，下午开放，不显眼，但很香。
⑤ 基达和纳管：传说是两个狩猎的首领。
⑥ 腊混：灾祸。

埋毕①在降霜的时刻开花，
林旱草在天黑的夜里发芽，
万物都在默默繁殖它们的后代，
灾祸没有力量毁灭世界。

一丝萤火虫的光亮，
在漫漫长夜中闪烁。
在他们结婚后的第二年，
一粒花籽儿落在可怜的依婻荪怀里。

乌云里闪烁着星星，
流水中开出了花朵。
是喜讯还是不幸？
什么时候花园里会飘来绳索？

日子在惶恐中过去，
灾难终于从天而降。
千国的大象之王，
突然窜进勐基达腊纳管。

为了追捕这头凶猛的巨象，
一千个国家的盘巴②和勇士，
日夜不停地尾随着它，
却没有一个勇士有捕捉它的胆量。

三名武官骑着飞快的骏马，
携带着圣旨飞奔到曼竜掌：
"听啊，我忠实的象神之子，
静听国王的命令。

"这是太阳也嫉妒的庄严时刻，
千国的象王从天庭降临。
吉祥的神象啊，
带着帕召的福分来到圣洁的森林。

"祝贺吧，勐基达腊纳管的臣民，
双喜同时降临到我们的土地。
王后刚生下王子召宛纳，
神佛就把神象赐给他做理想坐骑。

"曼竜掌的名声使大山震撼，
你们的骁勇使大海吃惊。
只有神象之子才能捕住象王，
你们的手臂能揽住森林。

"大山中，岩峰最陡峭；
万木中，红椿最挺拔。
全勐一万名盘巴与盘掌③，
要算岩糯掌的本事最强。

"他能驯服王国的宝象，
也一定能捕住千国的象王。
国王命令他带领象奴奔赴森林捕象，
将来他就是大勐的盘掌。"

岩糯掌率领的队伍浩浩荡荡，
在密密的森林里围住了大象。
象王卷起长鼻怒吼，
吼声叫一座座山峰颤抖。

勇敢的岩糯掌不慌不忙，
他背着象钩，举着套链，
率领着光背赤脚的象奴，
一步一步挨近大象的身旁。

象王既不逃走，也不惊慌，
它像一座大山般屹立，
斜着红眼怒视着岩糯掌，
仿佛它正等待着猎手的花招。

岩糯掌来到离象王两米的地方，
象王突然疯狂地舞动长鼻跺着四脚，
睁大红眼缩起巨大的身躯，
随时准备把捕捉者跺成肉酱。

自幼在大象边长大的岩糯掌，
早已把凶象的脾气摸透。
他急忙叫乡亲们躲开，
自己敏捷地跳到旁边的高石上。

---

① 埋毕：一种植物，在冬天开花。
② 盘巴：猎人的首领。
③ 盘掌：村寨的头人

再凶狂的野兽都有弱点，
但在危急时刻却又十分疯狂。
傲慢的象王发怒了，
甩动着长鼻奔来跟岩糯掌决斗。

它来到岩糯掌站立的高石旁，
抬头伸出长鼻要把岩糯掌卷走。
有经验的岩糯掌不慌不忙，
准确地丢出铁链套在象王的脖子上。

捕象的铁链比古藤还粗，
尾端捆着千斤重的巨木。
受惊的象王拼命逃窜，
拖着沉重的巨木满山乱转。

再强健的雄鹰，
也支不住携带笼子飞行；
拖着巨木奔跑的象王，
不多时它那移山的力气就被耗尽。

它喘着大气，
像一幢竹楼似的站定。
象奴们慢慢围过来，
象王的四脚又被扣上铁链。

千国的象王终于被征服，
铁链被拴在大树根。
武官飞快回宫报喜，
召烘沙高兴得失去了平时的尊严。

他不感谢曼竜掌的象奴，
却千恩万恩感谢佛祖。
他命令立即把象王牵回王宫，
让千国之王仰慕他的荣光。

刚买来的鸡还得关养几天，
刚征服的凶象最少得困养半年。
谁敢把凶象当天牵出森林，
谁就把生命拿来赌钱。

"这是最普通的驯象规矩，
莫非国王还不知道公象的脾性？"

可是，这是国王的指令，
谁敢违抗神圣的旨意？

武官强迫象奴去牵象，
把弩箭对准象奴们的胸膛，
谁敢吭声说不去，
毒箭将把所有的象奴射倒。

善良的岩糯掌挺身而出，
他不能眼看乡亲们惨遭杀戮：
"放下你们的毒箭，
捕象的象奴为何反变成罪人？

"天下的人都是母亲生，
你们的心比虎狼还残忍。
驱象的事由我一个承担，
跟众乡亲无关。"

岩糯掌解脱了象脚上的铁链，
象王挪动起疲乏的大腿，
走到大石旁斜身擦痒，
力气便慢慢复原。

岩糯掌看准了这个时机，
勇敢而敏捷地跳上象背。
象王猛然一惊，
立即怒吼乱跳狂奔。

岩糯掌忙用铁钩押住大象的头，
象王猛地一蹦，
转身向右边的森林急奔，
好像插上一双飞腾的翅膀。

这里的树木参天，
这里的山谷万丈深，
遍地都是密密的刺蓬，
到处盘结着天网似的古藤。

疯狂的大象顺着山谷狂跑，
一道道刺藤刺破了岩糯掌的赤身。
他满身是刺伤，血迹斑斑，
岩糯掌死死拉住铁钩不放。

古藤绊住了岩糯掌，
他迅速伸手去扒古藤，
身子却突然摔倒在嶙峋的岩石上，
象王乘机用前脚用力一踩。

犹如石柱落在鸡蛋上，
血花飞溅起数丈。
山谷顿时发出撼天的呜咽，
苦命的岩糯掌被踩成了肉酱。

噩耗随着凄风飘进花园，
依婻苏忍着产前的痛苦奔进森林，
抱住丈夫的碎尸啊，
痛哭震天。

就在这个时候，
依婻苏突然腹痛难忍。
霎时间乌云滚滚，
倾盆大雨盖住了天空。

雨水冲刷了象奴的血迹，
狂风要把大地掀翻。
在这风雨交加的山谷里，
依婻苏跪在丈夫的碎尸前分娩。

一个女婴在血和泪中诞生。
可怜的孩子啊，
来到这个世界之时，
竟是她父亲惨死之日。
山谷里弥漫着雨雾，
浓郁的雨雾把大山遮住。
曼竜掌的男女都赶来，
哭声顿时填满了山谷。

阴雨飘飘，
腥风簌簌。
众乡亲劝着母亲，
抱回了婴儿。

可怜的雅佳苏，
经不住噩耗的折磨，

黑夜即将来临时，
死神就把她吞噬。

依婻苏已经没有悲伤，
眼泪已化成了希望。
乡亲们都说，
该给孩子取个名字。

"好心肠的大爹大妈，
女儿的命比帕丽①还苦。
她喝下的第一口水，
就是帕丽熬成的苦菜汤。

"就叫她'帕丽'吧！
让野外的小草伴着她成长。"
从此，这荒凉的花圃里，
便有了苦命的帕丽姑娘。

河边开出一朵小花，
草地散发着芬芳；
山里有个帕丽，
给森林增添了阳光。

八　送花姑娘

小河的水年复一年流淌，
流走了时光，又带来悲伤。
十六年过去了，
帕丽长成个美丽的姑娘。

依婻苏老了，
头上已加上了一层白霜，
疾病又常常缠着她，
千斤重担便落在帕丽的肩上。

早上，她扛着锄头整理花园，
天不亮就把鲜花送进宫廷；
白天，她在田野和山坡往返，
黄昏时，她才来到河边。

---

① 帕丽：一种野生苦菜。

金色的夕阳，
洒在微微涟漪的水面；
透明的小河，
倒映着碧绿的山岭。

镜子般明亮的河水映照着她的身影。
她脱下贴身的土布衣裳，
在洁净的水中轻轻摆洗，
没有晒干的衣服又穿在身上。

她没有多余的换洗衣服，
她没有镶着金边的筒裙，
她从来没扎过花头巾，
她懂得花奴的处境。

林中只有矮小的帕丽迎着风霜开花，
花瓣和绿叶是她最美的衣裙。
小鸟称赞她的勤劳，
山风歌颂她的美丽。

第三章　纯真的爱情

九　走廊相遇

召烘沙的宫殿，
像一个深深的阴湿的岩洞，
年轻的召宛纳，
被困锁在深宫之中。

尽管大海浪高水深，
鱼儿也要四处游动，
有时还要跃出水面，
看看另一个世界的风光。

召宛纳四年被禁锢在王宫，
召烘沙的铁门锁住了王子的身躯，
却关不住对自由的渴求，
幻觉啊，像奔驰在他心里的小鹿。

四年的困苦，

使他懂得了王权的残酷，
积成了一团像火一样的愤怒。
他以王子的身份对守门官强行吩咐：

"命令你，把铁门打开，
从今天起，不许你再来。
我既然被你们称为王子，
我就有权把你们调遣。

"我不能再像囚犯一样生活，
自由已在门外向我召唤。
小鸟能在天空飞翔，
人应该在大地上奔忙。"

守门官被吓得胆战心惊。
国王的命令他不敢违抗，
王子的话他又不敢不听，
他只好装出一副可怜相。

"王子啊，请你谅解我的苦心。
是国王把王子锁在宫廷，
是国王叫我守住铁门，
国王说王子应在宫里修身。

"愿王子听从国王的旨意，
早日成佛升天。
国王不许王子走到走廊，
走廊有邪恶的宫女来往。

"她们会带来人间的世俗，
她们的污秽会玷污王子的芬芳。"
召宛纳觉得守门官没有罪，
他只好用良言善语跟他商量。

"尊敬的守门官呀，请原谅，
你的话语比镜子还明亮。
刚才是我失去了理智，
不该把罪怪在你头上。

"但请你想一想啊，
拖犁的水牛还能在河边吃草，
圈里的鸡鸭也能到野外欢跳，
为什么王子反不如牛马鸡狗？

"尊敬的守门官啊，
请你发发善心，
把铁门打开，
一切后果由我承担。"

守门官被深深感动，
他不敢动手把铁门打开，
却悄悄把钥匙交给王子，
王子千恩万谢守门官。

像出笼的鸟扑翅高飞，
像盆里的鱼游归大海，
召宛纳走出铁门，
春风啊，轻轻拂着他的头发。

门前的绿树正在发芽，
走廊两边的花卉，
呈现出五颜六色，
啊，竟是如此美丽的世界。

时间正是傣历三月，
温和的阳光洒满大地，
柳条在风中起舞，
雀鸟在枝头细语。

一阵诱人的朗朗笑语，
从墙外飞入宫廷。
召宛纳再也忍耐不住，
他又迅速爬上墙边的大树。

像井底的青蛙看见大地，
像久困山洞的竹鼠看见青天，
啊，瞬间眼花缭乱，
他伸出手想摘一朵飘来的白云。

牛马在河边悠闲地啃着青草，
农家的姑娘成群结队。
她们挑着红色的土罐，
来到清澈的河边。

洗衣裳的少妇，
个个都像鲜花一样美丽；
年轻的小伙子，
撒开了爱情的丝网。

水花飞溅着少女，
笑声洒满了河堤；
调情的目光，
串起一对对情侣。

沿着河堤的大路，
波戛①的马帮响着清脆的铜铃，
田野上的一群群白鹭，
惊恐地群飞。

愉快却又成了内心的阴影。
王宫外面那美丽的风景，
引起召宛纳一阵阵伤心，
为什么独有王子那么不幸？

他闷闷不乐离开了草地，
又回到那寂寞的花园。
簌簌的落叶使春天变得萧条，
墙根下一只蟋蟀在孤独哀鸣。

沉重的鼓声响了三下，
宣告要立刻举行朝拜仪式。
百官们鱼贯进入宫殿，
令人厌恶的礼仪正在进行。

召宛纳顿时感到头昏目眩。
他仰脸长叹：
"天啊，这就是我的未来？
这就是等待着我的前程？"

大殿里百官跪着称臣，
父王像木雕一般坐在中间，
身旁伴着悲哀的母后，
那分明是活人的坟茔。

---

① 波戛：做生意的人。

悲哀使他感到厌倦，
茫茫然他走到走廊。
一阵徐徐的清风，
吹来一阵浓郁的馨香。

那是泥土的芬芳，
还是缅桂的清香？
召宛纳回过头去，
猛然看见一个手捧鲜花的姑娘。

啊，这是哪里来的女郎，
两道秀丽的眉梢像燕尾一样，
苗条的身段像亭亭的槟榔树，
如同一轮刚从水里映出的艳阳。

忧郁的目光充满着温柔和善良，
荷花般红嫩的皮肤仿佛就要绽放，
土布的衣裙上落满了细米般的花样，
高高的孔雀髻闪闪发亮。

是花香还是人香？
是鲜花美还是姑娘漂亮？
王子一时无法分清，
只觉得姑娘跟花一个模样。

没有见过世面的召宛纳，
从来没见过这样美貌的姑娘。
他呆呆望着少女，
老鹰已叼走了他的心房。

这是天上的仙女？
还是地下的凡人？
天上的仙女不会穿一身破衣裳，
地下的凡人比仙女还漂亮。

王子在一边呆呆猜想，
姑娘在一边急得发慌。
时间停住了脚步，
河流也停止了流淌。

过了很久很久，
姑娘才战胜了惊慌。
她闭起眼睛低下头，

规规矩矩躲闪在一旁。

她不知道这是什么人，
不知道这人为什么对着她发愣。
可怜的姑娘不敢抬起头，
只好用手里的鲜花把脸遮挡。

"请不要害怕，
美丽的送花姑娘，
我的容貌虽然丑陋，
但不是吃人的魔王。

"我虽然是个王子，
心地却跟普通人一样。
啊，姑娘，请不要惊慌，
灾难决不会降临到你的身上。"

和气温柔的声音，
像泉水在姑娘心里流淌。
她急忙跪下，
虔诚地向王子合掌：

"高贵的王子啊，
请饶恕奴婢的失礼和慌张。
奴婢急着给王后送花，
来不及回避未来的国王。

"满身闪光的菩提树呀，
请允许奴婢从你高贵的身边走过。"
有礼貌的声音，
使召宛纳更加喜欢。

"啊，姑娘，
请起来，千万别离开我。
绿叶多么想跟鲜花在一根枝头上，
孤雁将死于寂寞的湖泊中央。"

姑娘感到十分惊慌，
却又不敢不从命。
"高贵的王子啊，请原谅，
奴婢实在不敢在这里久停。"

"啊，别再喊我王子，别再说饶恕，

我连一只小鸟都不如。
雀鸟还能自由飞翔,
我却像囚犯被囚在宫中。

"笼子里的鸟还能唱歌,
我却连对话的知音也找不着。
整天只能向佛祖祷告,
伴随我的不是孤寂就是痛苦。

"看不见鲜花,
听不到鸟语;
瞧不着笑脸,
感觉不到人间的气氛。

"从天亮到天黑,
除了佛祖还是佛祖。
啊,姑娘,请告诉我,
人究竟为了什么而活?

"是人为了佛祖而活着,
还是佛祖为了人而存在?
再穷的奴隶啊,
也有跟父母和兄弟姐妹在一起的欢乐。

"我知道呀,姑娘,
你爱花,因为花美丽芬芳。
我却是一个可怜的乞丐,
谁也不肯施舍给我丁点儿残汤。

"啊,美丽的姑娘,
请施舍给我一点怜悯,
送给我一朵花吧,
也许能医治我的创伤。"

帕丽是个聪明善良的姑娘,
她被召宛纳的痛苦所激动。
她从来没有见过富有的王子,
精神上却是那么贫困荒凉。

他那华丽的王服,
掩盖不住心灵的枯荒;
高贵的王宫里啊,
竟有不幸人在愁肠寸断。

不幸人容易引起不幸人的同情,
就像箭毒木也会长出绿叶一样。
王子的痛苦,
使帕丽伤心。

但她没有忘记自己卑微的身份。
他是荣华富贵的王子,
帕丽是金殿脚下的一朵苦花,
奴隶哪敢在王子面前放肆。

"尊贵的王子啊,
您虽然有一颗温和的心,
露珠离太阳却十分遥远。
奴婢真的不敢在王子面前久停。

"请让奴婢过去吧,
花奴的职责是向宫廷送花,
要是送迟了一步,
就要遭受到严厉的责骂。"

帕丽低着头弯着腰,
小心翼翼朝前走。
王子连忙转身望着她,
不由自主尾在后。

透过薄薄的窗纱,
他看见姑娘跪在父王的面前,
把花举过头顶向母后呈献,
然后小心翼翼地退出大殿。

召宛纳已无法支配自己,
不知是不是爱神射中了他的心脏。
他猛地冲过去,
拉住了帕丽的衣裳。

"啊,可怜的姑娘,
难道你每天都跪着把花献上?
天下一个世间的人,
为什么要分成奴隶与国王?

"从你的神态与表情,
可以看出你身世的不幸;

拘谨与胆怯的目光，
道出了你有不幸的遭遇。

"告诉我你的不幸。
你一定有个美丽慈爱的母亲，
也许你的父亲是一位勇敢的猎手，
你一定生长在花的土地上。"

是啊，王子是一片好心，
帕丽却预感到灾难就要降临。
要是国王知道了王子跟她说过话，
明天早上可怕的事就会发生。

"高贵的王子啊，
恳求你别再打听。
奴婢已失去了父母，
也没有一块安身的土地。"

可怜的姑娘流着泪走了，
召宛纳呆呆地站在原地。
猛然间天空布满黑云，
倾盆大雨很快就要降临。

十　相思

美丽的姑娘走了，
带走了召宛纳的魂魄，
留给他的是无穷无尽的幻想，
还有那折磨人的希望。

时间似乎凝结在长廊。
为什么黑夜这样长？
为什么天老是不会亮？
太阳啊您究竟照在什么地方？

召宛纳从白天等到天黑，
又从天黑等到天亮，
就是为了等待那一刻，
等待送花姑娘送花来的时光。

黎明终于撕破了漆黑的天幕，
早雾却仍然裹挟着太阳。
召宛纳从梦中惊醒，

他的灵魂早已奔向了长廊。

为了避开可怜的宫女，
为了避开妒忌的目光，
他躲在大树下，
默默地等待着送花姑娘。

他盼呀盼、望呀望。
昨天的倩影已经消失，
可那草地和长廊，
却仍然留着她的芬芳。

是山太高还是路太长？
是水太急还是断了桥梁？
是生了病还是受了伤？
为什么老是不见送花姑娘？

早晨盼呀，
黄昏望，
盼来了蓝天，
望来了月亮。

就是不见那温柔的目光，
就是不见那荷花一般美丽的脸庞，
就是不见苗条的身影，
就是不见那送花的姑娘。

啊，你在哪里呀，姑娘？
那叮咚的泉水就是你的声音，
那如镜的月亮就是你的身影，
那阵阵花香啊就是你的心灵。

莫非昨夜的一阵暴雨，
把娇嫩的花朵打伤？
难道是父王的脏水，
已泼在姑娘的身上？

啊，那表面像佛一样慈祥的父王，
他为什么老把灾难撒在百姓头上？
老虎能叫人识别他的面目，
世人却不能从脸上辨别残忍与慈祥。

啊，为什么不愉快的事老叫他去想？

瞧啊，那茂密的枝头，
有一对白头翠绿的小鸟，
正欢跳着自由地歌唱。

那雄鸟唱了一阵，
又亲切地给雌鸟梳理翅膀；
那幸福的雌鸟，
昂起头飞到草地上。

雄鸟追逐而去，
双双在草地上嬉戏调情。
树叶和微风悄悄地亲吻，
轻轻地发出沙沙的声音。

谁说大自然没有生命？
它们却处处表现出了爱情；
有生命的人类啊，
却为何如此冷酷无情？

思念又牵来一片黑云，
召宛纳的脸上又增加了一层皱纹。
吹不散的思绪啊，
理不清的感情。

夜雾又罩住了远处的树林，
袅袅的炊烟在空中散成泡影。
送花的姑娘啊，
你可感觉到召宛纳对你的思念？

一天又过去了。
召宛纳盼焦了多情的心，
召宛纳等愁了他的眼睛，
送花的姑娘依旧无影无踪。

啊，再来看他一眼吧，只要一眼。
他所思念的送花姑娘，
只有你，送花姑娘，
才能医治他心灵的创伤。

啊，你在哪里啊，
送花的姑娘？

是所有的花呀，
难道都不再开放？

又是一个明媚的早晨，
召宛纳已不再抱有希望，
微风啊，却忽然吹来一阵清香，
送花姑娘又突然来到长廊。

像乌云里突然闪出一道阳光，
像流水淌进那枯涸了的心房，
召宛纳再也按捺不住感情，
他发疯似的奔向送花姑娘。

送花姑娘一阵慌张，
手里的花差点儿落在地上。
她来不及躲闪，
已被滚烫的手拉住了衣裳。

"哎哟，尊敬的王子，
请庄重，我的衣裙很脏，
要是染脏了您的手，
花奴就要遭受祸殃。"

这是惶恐的语言，
还是爱的心声。
霎时，长久的相思，
化作泪水两行。

王子的痴情，
把姑娘深深打动。
她一阵心酸，
却又匆匆离开。

要摘天上的星星，
跟捞水里的月亮一样是梦幻；
勐基达腊纳管的王子，
怎么会跟一个花奴姑娘相爱？

一棵树结不出两种果子，
一条河流不出两种味道的水。
聪明的帕丽不过是一道苦菜，
苦菜上不了宫廷里的宴席。

她匆匆送去了花，
又回到令人痛苦的长廊。
召宛纳依旧站在原地，
痴痴呆呆，眼神无光。

好心肠的帕丽心里涌起一阵同情，
也许他……
啊，那不过是一朵昙花，
她急急忙忙走出宫廷。

鼓声敲得大地心焦，
也把召宛纳从茫然中惊醒。
送花的姑娘早已不见，
连她留下的芳香也随风飘散。

仿佛是一场美好的梦幻，
仿佛是一滴五颜六色的泡沫，
一阵微风吹来，
这一切便烟消云散。

十一　求爱

小河淌走了无数花瓣，
三月过去，八月又来到人间。
山上的野果成熟了，
园里的百花分外鲜艳。

帕丽姑娘比小鸟还勤快，
天还没亮就生火蒸糯米饭。
窗外的小鸟刚叫，
又踏着露珠到花丛中找伴。

早上的花园格外清新，
绕着花朵的彩蝶还没有起床，
那叽叽喳喳喧闹的黄莺还在梦中，
只有帕丽独自向刚绽放的花朵吐真情。

那常常飞来向她问好的鹦鹉啊，
为什么还不见你的倩影？
啊，你这爱情的使者啊，
又在为哪个有情人送信？

可是花朵却向她倾诉它们的不幸：
"啊，帕丽啊，
为什么，你们都不愿进那冷冰冰的宫廷？
啊，请别，别滴伤心的眼泪。"

花啊，你为什么要触动帕丽的感情？
她似乎感觉到王子对她出于真心，
可是，连花朵都怕冷清，
花奴和王子怎么能成亲？

鹦鹉啊，请你帮帮忙，
把花奴的心带给王子。
啊，不不不，
告诉他，那是自取灭亡。

请他原谅，请他谅解我的心，
帕丽决不会接受这样的爱情。
这是天大的荒唐，
这是一场无法实现的梦想。

啊，花朵啊，
请你们原谅！
广大的土地还有人的亿万根头发，
都是召的财产，我无力反抗。

姑娘为不幸的花朵伤心。
她轻轻地吻着每一束花朵，
又把花束贴在她的胸膛，
她知道它们将凋谢在王宫。

"帕丽，送花的时间到了，
你还在磨蹭什么？"
阿妈的话打断了她的情思，
她急忙捧起花束上路。

"阿妈呀，土罐里已盛满泉水，
笋壳叶包好了糯米饭，
南米①、酸笋都在竹筒里。
女儿去了，很快就回来。"

---

① 南米：傣族常吃的一种菜酱，用菜叶制成。

帕丽辞别了妈妈，
早雾护送她下山，
露珠陪伴她走向平坝，
沿着弯弯小路走进宫廷。

这一天，不知是什么原因，
沿途的山山水水都为她担心。
刺棵拉着她的衣裙，
小河低声向她哀怨。

"小心啊，帕丽，
那不是你的王宫，
那是你的陷阱，
那是你的坟茔。"

帕丽绕开那可怕的走廊，
她不愿再见到那可怜的人。
她走了另一条路，
从草坪直去宫殿。

命运却偏偏捉弄人。
她刚走到草坪，
王子就出现在她跟前。
她以献花掩饰窘容。

"啊，尊敬的王子，
请别再折磨你自己。
花奴和王子就像天和地，
永远也无法在一起。"

召宛纳从来没有那么高兴，
他被那鲜艳的花束深深陶醉。
吻过了花束，
又去拉帕丽那雪白的手臂。

"不，你不是花奴，
你是最美的鲜花。

我已决心越过世俗的偏见，
拆掉等级的台阶。

"请告诉我你的芳名，
我立刻禀告母后为我们祝福，

举行盛大的婚礼。
我爱你，只有你才能拯救我的灵魂。

"请答应我的请求吧，
不要辜负一颗纯洁的心。
冰雪只有太阳才能溶化，
生命之树只有爱情才能让它开花。"

这个意外，使帕丽害怕。
她就像严寒里冒出的一棵嫩芽，
北风里又遭霜打，
浑身都感到酸麻。

"王子啊，王子，
请您冷静地想一想。
石头不会发芽，
扁担不会开花。

"请原谅，原谅花奴不会说话，
贵族和奴隶怎能成一家？
就像贫瘠的黄土，
无法跟金子一起熔化。"

王子激动地回答：
"啊，姑娘，不要说这种话。
我虽然生活在宫廷，
却有一颗纯朴的心。

"在我眼里没有高贵与下贱，
王子和奴仆都是人。
谁都是由父母生，
普天之下都是同样的人。"

"如果普天底下真的都是同样的人，
就不会有茅屋和宫廷之分。
求求你，王子，放开我，
不幸的姑娘会永远把王子惦念。"

王子非常悲伤，
他指天发誓，
哪怕老天降下刀子在他们头上，
他也心甘情愿跟她一起死亡。

"我的生命已拴在一棵花树上，
就让我死在你的脚下。
纵然失去了生命，
我也能闻到你的花香。

"请可怜一个不幸的生命，
慷慨的送花姑娘，
接受我的乞求吧，
恩赐给我一点点爱情。

"只要一点点、一点点，
把我那枯槁了的心田滋润。
救我一条命啊，
我情愿永远做你的奴隶。"

姑娘的心已被砍碎，
召宛纳那火一般的爱情在她身上燃烧。
她咬着嘴皮，忍着眼泪，
只点了点头，就转身痛苦地逃奔。

第四章　灾难降临

十二　订婚

命运已为帕丽做出了决定，
她已给了召宛纳一颗纯真的心。
明知这是一个美丽的梦，
她却一点也不后悔。

她是一棵在潮湿的绿竹下冒出的苦笋，
吃糯米饭的傣家喜欢酸味①，
却上不了王宫里的酒宴，
国王绝不会同意王子跟她成亲。

别人的爱情带来的是欢乐，
帕丽的爱情却带来了灾难。
她想躲开这笔情债，
却又不愿让王子失去生存的希望。

召宛纳已够可怜，
他来到这个世界就不知道温暖。
应该让被她爱的人得到欢乐，
这才是真正的爱情。

她常常背着阿妈唉声叹气，
但不愿让妈妈为她担心。
她深深爱着召宛纳，
却又害怕走进宫廷。

她曾想不再去宫廷送花，
可是召勐的花奴呀，
就像一头牛被绳子拴在牛桩，
生杀予夺全由国王。

"天神呀，你创造了善良，
为什么又创造出邪恶？
你创造了好心的王子，
为何又创造出凶残的国王？

"你为男女创造了爱情，
为什么又撒下了不平？
为什么要分主人和奴隶？
为什么向人间撒下罪恶和不幸？

"既然把帕丽生在花奴的家里，
为什么又把宛纳丢在高贵的宫廷？
既然是两个世界的男女，
又为什么让他们相爱？"

到河边挑水的时候，
帕丽向清清的河水询问；
浇花整枝的时候，
帕丽向花蕾倾诉她的衷情。

流水呀，请别走得如此匆忙；
蜜蜂啊，你对花蕊说的什么？
啊，沉默的花朵呀，
告诉我，我该怎么做？

---

① 傣家很喜欢吃酸东西，因为他们的主食是糯米饭。苦笋一般只能腌成酸笋。

送花的时间又悄悄来到，
送花姑娘忙去采回艳丽的花束。
采完给王后的花束，
又悄悄采回洁白的洛木。

白云没有洛木纯洁，
蜜蜂最喜爱洛木的蜜汁，
这是爱情的象征，
她要偷偷献给召宛纳。

两种不同的花束啊，
束束连着帕丽的命运。
一束花浸透着帕丽的痛苦，
另一束啊，寄托着帕丽的深情。

"请收下吧，王子，
这是你最喜欢的花。
也许它能解除王子的忧愁，
它也是帕丽的心。"

姑娘仍然不敢多说话，
也不敢抬头多看他。
不是初恋的羞涩，
而是莫名的恐惧与害怕。

从此呀，她每天都进宫，
每次都送王子一束花。
王子天天都在长廊上迎接她，
两颗心慢慢在一起融化。

时间像闪电一般闪过，
每次见面都想多说几句话。
帕丽却匆匆来，又匆匆去，
每次相会都给她欢乐，又使她心碎。

她知道王子比她更加痛苦，
每次都紧握着她的手，
任由她挣扎，也不愿放开，
临别，总是泪水涟涟。

他总是向她恳求，

恳求多在他身边停留一下：
"姑娘啊，请再停一停，
我还有说不完的话。"

可是，宫廷的眼睛让她害怕，
要是被国王知道了……
"啊，下一次，下一次吧，
帕丽今天还有事，求您，放我走。"

水有多大，海有多宽，
再多的水也装不满大海；
爱情的容量比大海还大，
汹涌的波涛永远装不满。

八月，是芒果成熟的季节，
在一个金色的傍晚，
凉风轻轻抚摸着绿叶，
帕丽又捧着花走进宫廷，

王子早已在长廊等待。
当宫灯点亮的时刻，
两双眼睛比宫灯还亮，
两朵荷花在一起开放。

姑娘依偎在王子的胸前，
爱的力量使她什么也看不见。
王子抚摸着她的秀发，
轻轻地倾吐着他的心声。

"让我们在这美好的夜晚，
幸福地结成夫妻吧。
我们不需要隆重的仪式，
更讨厌宫廷里烦琐的礼节。

"我们的爱情像宝石一样纯洁，
天上的月亮会为我们做证，
地上的花朵会为我们祝愿，
林中的百鸟也会为我们拴线①。"

---

① 拴线：傣族的一种礼节。结婚、生孩子，都由老人、亲友把一根棉线拴在手上，表示吉利。

土地上种下了果树，
到时候就会开花结果；
心田里种下了爱情，
到时候就盼望收割。

姑娘知道王子的心，
姑娘懂得王子的感情。
她没有用语言来回答，
只是幸福地闭上了眼睛。

从此他俩常在长廊见面，
又悄悄走进花园，
清泉旁留下他们的足迹，
翠竹丛中映着他们的笑颜。

河水淙淙地流淌，
小鸟在树上尽情欢唱。
尽管天上布满乌云，
大地万物仍然在生长。

十三 国王发怒

召宛纳和帕丽私下订婚，
消息传到国王召烘沙耳边。
老国王不敢相信，
会发生这样的事情。

事情虽然还没弄清楚，
召烘沙已气成个冲天的火球。
他走上庄严的宝殿，
传来了文官武将。

雷神常常挥出无声的闪电，
召烘沙细声细语先把事情查询：
"这是谁胆大包天，
干出了伤害勐基达腊纳管的事情？"

没有一个官员开腔，
更没有人敢承认。
一个个都把头低下，

整个宫殿都鸦雀无声。

召烘沙勃然大怒，
咆哮之声震动了天地：
"是谁违背了我的命令，
把王子放出了宫殿？

"说呀，究竟是谁？
谁让他像猫一样偷偷摸摸，
干出了违反佛祖的事，
让丑事在圣洁的宫廷里发生！

"你们都装聋还是卖傻？
为什么全都不说话？
是谁把铁门打开，
让那孽种染上人间的邪恶？

"你们不说，
我一个个都将你们鞭打！
你们生活在王宫，
我给你们荣誉，把你们豢养。

"乃其罕①去拿出你的棍棒，
先把西纳诰②的屁股揍它个开花，
再叫文官把武官打，
看你们再闭嘴不说话！"

召烘沙像一头发疯的狮子，
把一个个头人都吓得全身发抖，
仿佛宫殿就要倒塌，
灾难就要把人间吞噬。

晴空中一道霹雳，
黑暗中一道光亮，
召宛纳突然从内殿闪出，
急忙下跪请罪于国王：

"如果这是罪孽，
全由小儿承当。
是我自己开的门，

① 乃其罕：负责军事的大臣。
② 西纳诰：总管大臣。

是我自己的主张。

"文武百官，
谁敢把王子阻挡？
我已不是小孩，
我应该有我的理想。

"黄雀死于樊笼，
蛟龙无法生存于浅滩之中；
崖鹰还知道教儿飞翔，
且不说勤劳采花的蜜蜂。

"我从小被关在深宫，
从不知道什么叫人间烟火。
可是，神仙并没有领我漫游天空，
也没有见过佛祖的模样。

"父王啊，鸟雀都有希望，
希望在广阔的天空中飞翔。
人啊，难道不应该享受人的欢乐，
不应该让他去追寻他的幸福？"

召烘沙被这意外的事愣住，
王子的言行使他十分震惊，
半天说不出话，
所有的文武百官才轻轻舒了舒筋骨。

谢天谢地，
王子把他们从困境中拯救，
凶残的国王，
也似乎被说服。

国王召烘沙立刻就清醒，
他的信念从未动摇：
"你这个可恶的孽种，
还有脸来见父王！

"你干了损害佛祖的事，
把勐基达腊纳管的面子都丢光。
天下有千千万万的女人，
为什么偏偏去爱一个卑贱的送花姑娘？

"大自然原来就分天和地，

人类生下来就有富和穷。
你明明知道王子不能跟奴隶结婚，
却竟敢私下爱上一个卑贱的花奴。"

召宛纳微微一笑，
他站起身，准备跟父王辩论一场，
却把召烘沙再次激怒，
他卷起袖子拍打龙案。

"你这愚蠢的畜生，
犯下了滔天大罪，
还扬扬得意。
给我跪下，向佛祖请罪！"

王子反而昂头站立，
不肯认罪，更不忏悔。
他蔑视王国的规矩，
更不怕父王的虎威。

"父王啊，别发火，
请听宛纳的申辩。
宛纳也是母亲生下的人，
不是从森林里捉来的动物……"

召烘沙哪里容他分辩，
他立刻命令左右摘下王子的桂冠，
嘴里吐出许多肮脏的语言，
父子两人便开始了一场舌战。

"英勇的祖先创下的业绩，
都将葬送在你的手里。
你已被恶俗沾染，
没有资格做我的继承人。"

"用不着对我高谈阔论，
更不要对我讲什么祖先的业绩。
我的心早已飞出宫廷，
我不愿做什么王族的继承人。"

"该死的花奴已吞食了你的心灵，
下贱肮脏的世俗已玷污了你的心。
除非我死了，
死了也不让你跟花奴成亲。"

"说什么肮脏下贱，
她的情操比王族更干净。
难道不是她种出的花的芬芳，
才使宫廷现出一丝生机？"

召烘沙已气得发昏，
他再不能对召宛纳的放肆容忍。
他立刻命令把王子拉下去，
宣布把王子贬为下等人。

王子挣扎着大声高喊：
"什么高贵的族籍，
什么古老的规矩，
我偏要砸断这根铁链！

"你把我逐出宫廷吧！
我早就想像鸟一样在天空中飞翔，
早就要像鱼一样游弋在大海里，
九头大象也拉不回我的决心。

"我已决定跟帕丽成亲，
再苦的日子我也会觉得甜，
苦笋能变成美味的酸汤，
贫瘠的土地能种出香喷喷的糯米。"

老树经不起斧头砍，
老马受不了重皮鞭。
老国王的心被砸得粉碎，
像枯树一样倒在宝座前。

站在两旁的宫女，
急急忙忙将老国王扶起。
善良的王后也赶了来，
拉住召烘沙的手哭哭啼啼。

老虎死了花纹不会变，
召烘沙昏倒了心还是原样。
他刚苏醒就下令把王子囚禁，
又派人去捆绑可怜的帕丽母女俩。

高傲的国王从来不接见奴隶，
今天却要亲自训斥可怜的两个花奴。

他挥动着拳头，
大声地把两个弱女子挖苦：

"黑色的乌鸦竟敢冒充凤凰，
偷吃东西的下贱东西还想当鸟王！
龙宫里哪能容忍，
吸血的蚂蟥！

"你是一个下贱的花奴，
竟敢梦想做国王的媳妇；
一根沟边的小草，
岂能变成甜美的蟠桃！"

一声挖苦，一声训斥，
国王倒出满肚的怒火。
耍了半天威风之后，
又庄严地宣布：

"从今天起，
不许她们母女俩再进王宫。
谁要敢暗中让她与王子幽会，
就杀他个九代祖宗！

"你们死了这条心吧。
凤凰已有栖身的大树，
王子早有了妻室，
他的未来王后，是高贵的公主。"

召烘沙说完话，
立刻派十个卫士，
把帕丽母女俩押回花圃，
罚她们终身苦役。

刚冒芽的小树就被牛踩踏，
刚开花的芒果就被风暴吹落，
刚建立的纯洁的爱情，
就活活被蛮横地拆散。

十四　阴谋联婚

王子终归是王子，
父亲毕竟是父亲。
血缘的关系割不断，

召烘沙决定亲自为儿子订婚。

勐基达腊纳管旁边有个勐宗罕，
那是个金子一般富饶的国家，
有宽广而又肥沃的领土，
还有辽阔的森林和勤劳的百姓。

勐宗罕的国王没有继承人，
只有一个美丽的公主。
他准备招一个如意的姑爷，
继承召勐的王位。

召烘沙看中了勐宗罕的公主，
他做梦也梦见两个勐联成一个勐。
要是召宛纳做了勐宗罕的姑爷，
他就是辽阔的森林里最高最大的树。

召烘沙召来了西纳诰，
低声对西纳诰说了他的决定：
"最忠诚的大臣啊，
我要委托你办一件重要事情。

"你知道吧，勐宗罕的国王是个善良的人，
他的宫殿里浮着一朵彩云①。
召婻法莱还没有出嫁，
听说正四处寻觅王子招亲。

"说起来，也是前世有缘，
彩云公主至今还没有婚嫁。
我想派大臣火速前去，
为召宛纳求亲。"

召烘沙叫人拿出漂亮的绸缎，
还有珍珠玛瑙和金银，
叫西纳诰用九头大象驮到勐宗罕，
作为见面的礼品。

又叫人偷偷以王子的名义，
写了一封向召婻法莱求爱的信。
一切都准备停当，
西纳诰选择了一个晚上出门。

天下没有不恋花的蝴蝶，
贪吃的蚂蚁死在蜜糖里。
哪有不贪金银的国王？
勐宗罕国王看见金银口水就淌。

三天后西纳诰到达勐宗罕，
他派人先送去礼品，
接着又呈上王子给公主的"信"，
再向国王说明来向公主求亲。

勐宗罕国王十分高兴，
他早就想吞并勐基达腊纳管的土地。
听说勐基达腊纳管派人来求亲，
这是送上门来的礼品。

召婻法莱原就十分聪明伶俐，
她自幼就学会了交际的手段。
父亲教会了她征服男人的本领，
她对召宛纳的追求十分满意。

两个国王各有各的野心，
两颗野心都想利用联姻吃掉对方。
当天夜晚就定下这门亲事，
勐宗罕举行了盛大的欢宴。

当天深夜，
召婻法莱就写了缠绵悱恻的回信。
她用尽了爱情的辞藻，
倾诉了她全部的感情。

西纳诰带着勐宗罕的信息，
立刻返回勐基达腊纳管。
老国王召烘沙笑眯了眼，
称赞西纳诰办事得力。

他深深感谢佛祖，
托佛祖的福，事情办得如此顺心。
如今生米已煮成熟饭，

---

① 彩云：指召婻法莱公主。

召宛纳再固执也不敢不听。

西纳诰也喋喋不休：
"勐宗罕的公主像彩云一般美丽，
召宛纳王子见了也一定会欢喜，
不愁他不把花奴丢弃。"

老国王立刻吩咐百官积极做好准备，
又叫人向外勐的国王发出邀请。
立刻传话，请召宛纳整好衣冠，
出来迎接特大喜讯。

十五　抗婚

召宛纳来到宫殿，
老国王就把召婻法莱的回信给他，
又把脸孔变成一块粑粑，
说出的语言也裹上了蜂蜜。

召宛纳不知道是怎么回事，
他也没有把信拿出。
"孩子呀，昨晚的星星格外明亮，
晚风为你传来了美好的琴声。"

召宛纳立刻联想起他的帕丽，
莫非父王已回心转意，
给他带来了帕丽的消息？
他便急忙拆开了信的封口：

"宛纳王子呀，
你是天下最标直的大树，
叶子像珍珠一般碧绿，
我早就盼望着能在大树下为你歌唱。

"高贵的王子啊，
你是天上最亮的那颗星星，
最懂得珍惜宝贵的爱情，
我早就盼望有一天我们心心相印。

"也许是爱神的指引，
你的信润湿了我那枯涸了的心。
能得到你真诚的爱，
是我召婻法莱最大的幸运。

"请快来相会吧，
我盼望早日举行婚礼。
让红花早日配上绿叶，
让一对金鱼一同游弋在清水里……"

召宛纳再也读不下去，
原来是勐宗罕那个骚货。
他把信猛然一砸，
站起身就怒冲冲走出宫殿。

笔直的树难折弯，
良辰吉日已经临近。
召烘沙还没有征服儿子的心，
父子争吵三天三夜，宛纳死不从命。

国王和王后反复商量，
终于想出一个妥善的计策。
那天夜里，
由母后出面。

"儿呀，我可怜的孩子，
请原谅，原谅你母亲。
母亲对你没有尽到母亲的责任。"
话没说完，母后就眼泪涔涔。

召宛纳十分惊讶，
母后为什么突然如此慈祥？
父王又为什么销声匿迹？
肯定发生了什么事情。

"母后啊，我是个不孝的儿子，
做了许多使父母伤心的事情。
只是，儿子没有别的选择。
啊，母后是为了……"

"母亲是来跟我儿商量一件事。
我已跟你父王闹了几天，
差点闹翻了脸，
最后你父王只好改变了主意。

"佛祖已保佑我儿成人，
儿已成为天上最亮的星星。

你父王已年迈体弱，
斑白已染上双鬓。

"勐基达腊纳管需要一个新的国王，
强有力的新国王才能治理。
早上的太阳最明媚，
你已度过了十八年光景。

"十八年，我儿受了许多折磨，
证明你有坚强的意志，
有处理复杂事件的能力，
你一定能把勐基达腊纳管治理。

"你父王已承认年迈力衰，
像一头老牛拉不动沉重的犁。
父王终于决定，
立刻由我儿登基。"

事情来得太突然，
召宛纳还摸不准是什么意思，
只好请求母后，
让他想想，明天才答复母亲。

这一晚，召宛纳通宵不眠。
他弄不清父王又要什么把戏，
是不是跟召婻法莱公主有什么联系。
不过，召宛纳也有自己的主意。

登上了宝殿，
他就能自己发号施令。
他的第一个法令，
就是召进婻帕丽。

他要立刻叫人准备，
很快举行盛大的结婚典礼。
他要亲自把王后的桂冠，
戴在帕丽的头顶。

谁要敢阻拦他，
他就革了他的职，
严重的还要重重地处置，
不论他是否有崇高的威信。

第二天的太阳格外明亮，
父王和母后一大早就送来王袍王冠。
他们同声为儿子祝福，
高高兴兴为儿子打扮。

"今天是儿登基立业的吉日，
太阳都为儿欢笑。
一百多个国家都派来了代表，
快去接受宾客和臣民的祝贺。"

母后变得格外快活，
亲自给儿子换上崭新的王袍；
父王为他戴上王冠佩上宝剑，
把召宛纳打扮得比天神还英俊。

左边是父王，右边是母后，
牵着新国王走进正殿。
正殿里十分热闹，
百官已云集等候。

鼓声喧天，仙乐齐鸣，
召宛纳被簇拥上宝座龙椅。
老国王容光焕发，
立刻向满殿大臣、来宾宣布：

"今天，我已光荣宣布退位，
让我的儿子主持勐基达腊纳管国政。
从今天起，召宛纳就是全勐的主人，
全勐所有大小事都由他决定。

"为了庆贺这个重大决定，
天神赐给我儿一颗金星。
俗话说这是双喜临门，
今天我儿同时要与勐宗罕公主成亲……"

老国王的话还没有说完，
召宛纳的心中猛然闪过一道霹雳，
轰然一响炸开了满天迷云，
原来是一个阴谋、一个骗局。

宫殿在剧烈地摇晃，
怒火在熊熊地燃烧。
召宛纳猛然从龙座上站起，

疯狂地怒斥不仁不义的父亲：

"这是一场不光彩的偷牛盗马的交易，
堂堂的国王竟如此无耻卑劣。
既然是叫我登基，
为什么又插上什么婚礼？

"我不认识什么召婻法莱，
我只知道帕丽是我的妻子。
谁想要偷天换日，
谁就将碰得头破血流。

"你们不是标榜是虔诚的佛教徒？
难道是佛祖教你们干这卑鄙勾当？
莫非是佛祖教你们虚伪、欺骗、蛮横，
硬要拆散一对有情人？

"你们不是标榜是虔诚的佛教徒？
难道佛祖就是主张分出贫与富？
莫非是佛祖教你们分成主人与奴仆，
硬要划出一条鸿沟结冤仇？

"你们不是标榜是慈悲的佛教徒？
难道佛祖就是教你们用权用势欺压人？
莫非是佛祖主张弱肉应该被强食，
硬要逼着穷人无退路？

"你们不是标榜是救苦救难的佛教徒？
难道是佛祖主张有钱有势就有福？
莫非是佛祖教你们如狼似虎，
硬要百姓当你们的奴仆？

"你们不是标榜是好心的佛教徒？
难道是佛祖教你们一定要把人变成树？
莫非是佛祖主张只准相信佛教，
谁不信佛谁就是民族的叛徒？

"父子没有父子的情义，
母子没有母子的伦理。
互相欺骗，尔虞我诈，
这就是佛的道德经书？

"啊，你有权利把你的决定宣布，

我也有权利揭穿你卑鄙的阴谋！
我决不会向偏见和暴力屈服，
我决不会做你们的不光彩的俘虏。

"帕丽已跟我结成终身伴侣，
如果你们不容许进宫，
我宁肯抛弃这身王服，
跟她一起去过平民的生活。"

王子越说越愤怒，
他确实受到莫大的侮辱，
变成为一头发怒的狮子，
飞起一脚把龙椅踢翻。

他当众脱下王服，
恨不得把整个宫殿砸个粉碎。
吃惊的来宾目瞪口呆，
骑着大象纷纷离开国土。

第五章　林中重逢

十六　出走

一场猛烈的暴风雨虽已过去，
整个森林却已狼藉满地。
落叶纷飞断木残枝遍山，
大地猛烈地颤动。

一座山上的猛虎相斗，
却已两败俱伤。
召宛纳大闹宫殿，
把召烘沙气得死去活来。

他要严惩召宛纳。
先把王子严加看管，
还有那邪恶的花奴，
决不能让他们轻易重新结合。

正当老国王酝酿另一个新阴谋，
召宛纳要实践自己的诺言。
当晚深夜串通两个卫士，

悄悄从后门逃走。

三匹骏马踏着夜色飞奔，
马蹄扬起一股股灰尘。
森林里沉睡的小鸟被惊醒，
引出了天上无数的星星。

天色微微透亮，
他们来到一片翠绿的草地。
王子见后面没有追兵，
骏马渐渐放慢铁蹄。

召宛纳产生一个怪念：
他已宣布放弃王位，
如今他也是一个普通的百姓，
两个卫士应该跟他一样平等。

"宰冒①啊，我该怎样感激你们？
不是你们热诚的帮助，
我是绝不能逃出宫廷。
让我们结为兄弟老庚②。"

两个卫士自知出身低贱，
急忙从马背上跳下，
一起跪在王子的面前，
请求王子饶恕他们：

"王子啊，家兔哪敢跟大象攀亲，
人世间本来就分了等级。
坝子的大路也坎坷不平，
我们本来就是王子的奴隶。

"奴隶与主子怎敢平起平坐，
我们生来只是为你干活。

只因王子平时对下人和气，
我们才下决心跟随王子。"

召宛纳听了勃然大怒。
没有出息的奴才，

扶不起来的爬爬虫！
他用脚踢他们，大骂他们无用。

"蠢材，快起来，我问你们，
我身上有什么邪恶，
才使得你们这样害怕？
我跟你们一样是母亲所生。

"听着，我向你们宣布，
第一，不准你们再叫我召③，
谁要违反了规定，
我就狠狠把他惩处。

"第二，你们没有什么罪，
世界本来是平等的。
家兔为什么不能跟大象攀亲？
我就是命令你们跟我结成兄弟。"

"王子啊，千万使不得。
山箐里的苦笋就是奴隶的命运，
除了等待野猪来拱吃，
再没有什么价值。

"我俩是你世袭的卡亚，
我们的亿万根头发，
都是国王和你的财产，
绝不能跟王子称兄道弟。"

王子听了非常气恼，
他不知道是谁把人类分成奴隶与主人，
他不知道，是谁啊，
把愚昧撒满了大地。

说什么天神下凡，
哪一个国王不是母亲所生？
难道欺压就是福分？
大地啊你为什么不作声？

---

① 宰冒：小伙子的意思，此处是对男仆的尊称。
② 老庚：同年生，即拜把兄弟。
③ 召：主人之意，这里意为王或贵族。

啊，罪孽啊，就在宫廷。
他们打着佛祖的招牌，
在人间播下了不平，
把世界弄得很不安宁。

有罪的不是百姓，
有罪的是吃人的王权。
他痛恨自己出生在王族，
用双拳狠命捶打着头颅顶。

两个卫士吓得脸青。
他们急忙左拦右拉，
又费尽了口舌规劝，
才拉住王子的两只手。

王子在痛苦中慢慢平静，
灰白的嘴唇却还在微微抽搐。
当他清醒过来时，
又悔恨自己对两个卫士无礼。

"请原谅我，我的朋友，
我不该对你们如此粗暴。
这都是宫廷把我养得愚蠢，
我要重新做一个真正有用的人。

"请你们自己慎重考虑吧，
全由你们自己选定。
我已宣布放弃王位，
再也不回到那肮脏污秽的土地。

"我决心做一个平民，
自由自在跟我心上的人，
靠自己的力气过日子，
才对得起我的良心。

"我不愿连累你们。
如果你们愿意过安乐的生活，
你们可以回到宫廷，
把一切责任都推到我的身上。"

两个卫士情愿吃苦，
一定要跟着王子。
三人又骑上各自的马，

进入晨雾弥漫的山林。

十七　重逢

刚刚开放的沾巴花，
就被无情的风暴吹落在地上；
刚刚萌发的爱情，
便惨遭无情的雷打。

老国王不允许王族跟奴隶成亲，
他恨透了花奴帕丽，
认为是她迷惑了宛纳，
破坏了他规定的王法。

他下令罚帕丽母女俩苦役，
每天下河挑石筑墙，
必须把宽阔的花园围起石墙，
他要枯死所有的鲜花。

帕丽的妈妈十分可怜，
已年迈力衰，体弱多病，
扶着拐棍都难行走，
哪还有力气挑石头筑花园。

刮风又遭连夜雨，
宫廷里还要折磨依婻荪。
要她按时送花进宫廷，
绝不让帕丽踏进宫门。

帕丽不忍心让阿妈受苦，
她把所有重担都压在自己的肩上。
天不亮下地去采花，
给妈妈做了早餐就送妈妈。

直到妈妈走远了，
帕丽才回到河边，
挑完九十九转石头，
再去接阿妈回家。

河里的石头是这样沉重，
花奴的灾难比石头更重。
帕丽的两肩已被血染红，
帕丽那颗幼小的心已被压碎。

白天，她把希望寄托给白云。
白云啊，请给他带个口信，
向她可怜的召宛纳报个平安，
带着帕丽对王子的思念。

轻轻地，轻轻地飘到召宛纳的窗前，
偷偷地看上王子一眼，
可是，千万别惊动他，
别叫他为了不幸的爱情落泪。

晚上，她采摘一束洛木托给星星。
星星啊，请你用你的光芒，
轻轻地，轻轻地去到他的房间，
把花束放到他的枕边。

让花束陪伴着他安睡，
就像帕丽陪伴着他，
甜甜地，甜甜地进入梦乡，
一觉就睡到天明。

可是，晚风啊，
请你告诉我，
我的召宛纳究竟在哪里？
是安然无事，还是被发落在苦海？

月亮啊，求求你，
让我们在梦里再见一次面，
只是一次，一次，
让我们最后一次长吻。

她深深地对他抱歉，
她给予他的东西太少太少，
什么东西都没有给他，
却给他带来了不幸和灾难。

让我们再见一次面吧，
帕丽对着蓝天请求，
只要短短的一瞬，
她将把她的一切奉献。

啊，小河的涓涓流水声，
仿佛就是召宛纳那动听的声音；

天空中那朵朵洁白的云彩，
好像就是召宛纳的身影。

是啊，流水慢慢远去，
白云也渐渐消散，
幻觉随着时光流去，
剩下的依旧是哀伤。

花奴生下来就是苦命，
不该有过分的奢想。
幸福与欢乐是公子王孙追逐的理想，
一个普通的花奴没有权利分享。

啊，帕丽没有胡想，
她从来没有想当王后，
可是连小鸟都有自己的窝，
它们都能成对成双。

她是一个人，
人为什么不能有个家庭？
奴隶就不该有个窝，
花奴就不该有她的欢乐？

这一天，她又坐在河边遐想，
小河的对岸雾露茫茫。
忽然有一对野鸭从岸边冲出来，
拍打着浪花逆水而上。

波浪把母鸭冲走，
公鸭冲过去把波浪抵挡，
公鸭领着母鸭绕过一个又一个漩涡，
越过一道又一道急浪。

啊，让她变成一只野鸭吧，
让她和召宛纳逆水而上，
召宛纳一定会帮助她，
他们将共同寻找理想的地方。

她仿佛站在高山上呼唤，
她要自由！要爱情！要理想！
如果得不到这一切，
就让她死亡，死亡……

绝望使她变得疯狂。
她愿化为一阵雷电和暴雨，
把整个丑恶的世界都烧光，
把所有邪恶都无情地涤荡。

啊，送花的姑娘，
送花的姑娘啊，
再不能送花，
什么时候才能再见到她的情郎？

河边的雾露慢慢散开，
"嘀嗒嘀嗒"什么地方传来阵阵马蹄声？
姑娘一阵慌乱，
以往的马蹄声都带来国王给她的灾难。

啊，雾露啊，你为什么要散？
啊，森林里的风暴啊，
为什么不刮起满天的风沙，
让可怜的帕丽躲藏？

她恨不能投进小河，
她再也经不起灾难。
可是，她不能丢下可怜的妈妈，
单独地离开这个世界。

啊，她似乎听见那呼呼的暴雨声，
啊，她似乎听见了轰轰隆隆的雷鸣。
世界即将毁灭、毁灭，
可是，她似乎突然听见对她的呼唤。

流水哟，请静一静，
让她听听，那是谁的声音；
河边的微风啊，请帮帮她的忙，
把那呼唤传到她的耳边。

她不知道这意外的马蹄声，
给她带来凶还是吉，
朦胧中只见对岸出现三匹马，
从马背上跳下三个青年。

是谁呀，帕丽看不清，

只觉得三个年轻人，
像三棵菩提树一样英俊。
莫非真的是从天上降下的天神？

帕丽的心啊，越跳越急，
帕丽的眼睛啊，却越看越不明。
忽然又传过来一声长长的呼喊：
"帕丽、帕丽，我的心……"

是他的声音，
是召宛纳在呼唤！
只有他的声音才这样动听，
只有他的呼唤才这样亲切！

是爱神突然降临，
是喜雨降落干涸的土地，
是蜜蜂寻找到了花朵，
是召宛纳寻找到了帕丽。

她像一头发疯了的母鹿，
她像一朵久闭的花朵迎接太阳，
不顾一切地奔向对岸，
水花为她奏起了音乐。

召宛纳也飞奔到河床，
一对恋人就在哗哗的流水中相逢。
帕丽猛然投进宛纳的怀里，
两人都呜呜地号啕大哭。

灭巴拉①啊求求你，
为他们的相逢下一场大雨。
你应该知道，知道，
他们的眼泪已经流尽。

森林啊，请张开无数的手臂，
帮帮他们，帮帮他们，
让他们抱得更紧，抱得更紧，
他们已经再没有力气。

野火啊，求求你，烧得更旺吧，

---

① 灭巴拉：傣语，雨神。

烧得更旺，更旺！
召宛纳和帕丽的爱情啊，
刚刚才开始。

苍天，苍天，请你开开恩，
让时间停步，让时间凝固，
可怜可怜这一对恋人吧，
补偿补偿他们相聚的时间。

让他们在一起的时间更多一点，
更多一点让他们在一起。
老天爷对他们实在太残忍，
他们总是匆匆见面，又匆匆分离。

最公平的阳光哟，
多给他们一点欢乐和温暖，
他们太需要你的光芒，
永远永远照亮他们的心房。

啊，挫折与痛苦，
换来了重逢的欢乐。
宛纳和帕丽呆呆地相互对看，
千言万语尽在沉默之中。

宛纳瘦了，宛纳的脸色叫她心痛。
"啊，王子呀，你不该来这里，
这里不是你来的地方。
这里哟，遍地都埋葬着冤死的奴隶。

"真的，请原谅，
这里将会给你带来噩运。
这个卑微的地方啊，
将会惹起国王对王子的更加仇恨。

"我知道，你是为了可怜的帕丽，
可是，帕丽不能给王子带来灾难。
请回去吧，回到宫廷里去，
帕丽死后也会报答你的绵绵情意。"

召宛纳理解帕丽的心情，
但他一再表示，绝不返回宫廷。
他请求大山给他做证，
他永远跟帕丽在一起做个普通百姓。

"帕丽啊，亲爱的帕丽，
我已放弃了王子的身份。
让我永远留在你的身边，
让我们都得到人们应该得到的爱情。

"我知道，帕丽，
为了宛纳你付出了多大的牺牲；
我知道，我永远也无法补偿。
就让我贡献出我的良心，只一点点。"

王子的爱像蔚蓝的天，
那样深邃，那样无边。
帕丽明明知道将带来不幸，
也无法加以拒绝。

从眼泪汪汪的眼睛，
宛纳看见帕丽伤透了的心。
他再三掏出自己的真诚，
让姑娘安心。

"帕丽啊，我的爱妻，
请摘去你心中的那朵愁云。
我知道我父亲的残忍，
我俩将共同把苦难承担。

"只要我们真诚相爱，
我愿用我的生命保护纯洁的心。
要是他要用权力拆散一对百姓的爱情，
我们就双双死在他的面前。

"你看，乌云已被风吹散，
阳光多么灿烂！
万物都在祝贺我们重逢，
我们的爱情之花，开得更鲜艳。"

宛纳美好的语言就像山涧的泉水，
汩汩流进帕丽干涸的心里；
像那被风吹雨打的孤独的茅舍，
终于拨开云雾见到了太阳。

十八　分离

像挣脱牢笼的小鸟，
王子逃到了花奴的身边。
国王气得咬牙切齿，
痛心地跪在佛祖的面前。

"佛祖啊，我至高无上的天神，
请饶恕您忠实的信徒，
没有能按照您的意志，
把叛逆的孽种拉回到您的道路。

"请佛祖保佑啊，
我已断了跟他的骨肉之情。
对于叛逆者，再不能饶恕，
唯一的办法，只有给他严厉惩处。"

老国王双手合十，
又默默念了一段佛经，
便发出一道命令，
把宝剑交给真罕。

"命令你，率领一千名士兵，
立刻去郊外的花园，
把叛逆的宛纳押回宫廷，
否则就先结束你的生命。"

真罕不敢违抗国王的命令，
他急忙率领一千名士兵，
连夜催马向荒郊进发，
去捉拿不信佛的异类。

到了河对岸那片森林，
真罕要士兵听从他的命令。
对王子不能随便乱来，
他有对付王子的办法。

过了河，把王子叫出茅舍，
真罕小声地宣读国王的旨意，
又故意高高举起国王的宝剑，
却耐心地将王子规劝：

"王子啊，我请求您不要再任性，
老国王正在宫里大发雷霆。
他不能饶恕背叛佛祖的人，
快跟我们返回宫廷。

"再厚的芦苇草挡不住大象，
一块巨石堵不住大江。
全勐的臣民都看着您，
把您看作森林里最明亮的星星。

"国家的兴旺寄托在王子身上，
请王子为千万百姓想想。
要是王子不回宫廷，
将要连累多少人的生命。"

真罕的话曲曲弯弯，
对王子也不敢挥舞皮鞭。
王子知道真罕的为人，
对他的粗鲁并不责难。

"你回去吧，真罕，
我的事与你无关。
若是国王要惩处我，
就请他亲自来这荒凉的花园。

"若是他不愿意来，
请告诉他，我也不愿意回。
如今我已不再是王子，
我的头上已没有了王冠。

"我只想做个普通百姓，
跟我的妻子度过终生。
就像河边那棵小树，
没有权势，永远默默无闻。

"快回去吧，真罕，
我知道你在执行国王的命令。
我不想使你更多地为难，
你也不要欺人太甚。"

"不行啊，高贵的王子，
你最了解国王的脾性。
欢乐时他可以不顾地位荣誉，

发怒时他就六亲不认。"

老真罕只好望天长叹，
然后突然拔出发光的宝剑，
要在王子的面前自杀，
众兵士慌忙上前阻拦。

老真罕放声痛哭：
"不要阻拦我，命中注定我要死在今天。
让我的血流在荒野，
我也不愿把一对恋人拆散。"

召宛纳被深深地感动，
他也急忙拉住老真罕的手。
他怎么忍心让老真罕为他身亡？
便又问旁边的兵士实情。

"高贵的王子啊，请听：
国王命令我们捉拿王子。
只因老真罕同情您的遭遇，
他不准我们乱来。

"愤怒的国王已发出命令，
要是不把王子押回宫廷，
不仅要杀老真罕的头，
我们这些兵士也会丢了性命。

"高贵的王子啊，
可怜可怜我们这些下人。
要是我们都被国王处死，
有谁来养活我们的亲人？"

召宛纳凝望着森林，
他的心情十分矛盾。
他不愿向父王低头，
却又同情老真罕和士兵。

他不愿与妻子分离，
却又不愿连累许多人。
父王像一条疯狗，
他什么伤天害理的事都会干。

想来想去，又想去想来，

只好忍痛暂时和恋人分开。
为了不连累无辜的人，
他只好回去与父王评说。

可是帕丽突然感到不祥的征兆，
她将永远失去宛纳，
这将是他们的永别！
她抱住王子的双脚失声痛哭。

"宛纳啊，求求你，
请你不要把我遗弃。
既然活着不能在一起，
就让我们死了埋在一起。"

召宛纳不理解恋人的话意，
他用好言好语相劝，
他以为他很快就会回来，
决不会永远永远分离。

第六章　血溅大地

十九　苦役

大鼓敲了一阵又一阵，
像魔鬼的手在撕裂人心；
号角吹了一遍又一遍，
像催命的鬼在拼命呐喊。

国王要惩办叛逆的儿子，
全城的百姓都被集中在广场。
广场上早已搭了高台，
高台上召烘沙紧绷着怒脸。

他把文武百官召到台下，
喷飞着口水训斥所有官员：
"我们宫廷里出了可耻的叛逆，
根源是你们都忘了佛祖定下的法规。

"天上的佛祖也深感不安，
高贵的王族竟然有人背叛！

这事就发生在你们眼前，
你们却谁也不管不问。

"我宁肯断子绝孙，
也不让王族的尊严受到损害。
佛祖的旨意比天地还重，
佛法能够把万物制裁。

"不仅召宛纳触犯了佛法，
你们不忠于职守也有罪过。
凡是有罪的人都要治罪，
不孝的人都要受到佛的处分。

"佛祖已为犯罪的人修了一条路，
在苦役中才能得到忏悔。
遵照佛祖的旨意我已做出了决定，
要送一批罪犯到海边去淘金。

"至于召宛纳逆子，
佛祖也绝不会饶恕。
今天我向全勐庄严宣布，
他已不再是高贵的王族。

"邪恶已浸透了他的灵魂，
他已成为可耻的罪犯。
他将跟一批男女犯人，
一起流放到海边去淘金。

"为了拯救一个堕落的犯人，
罚他苦役三年。
假若他不认真忏悔，
将永远死在海边。"

往日高贵的王子，
今天变成了罪人，
跟着一群男女囚犯，
被押到遥远的海边。

二十　帕丽之死

流水去了，
带去了帕丽的心；
宛纳去了，

带去了帕丽的灵魂。

宛纳走了，
一走就没有了音讯。
窗前的相思鸟啊，
请你帮我打听打听。

是真罕把他骗到死亡的路上，
还是残暴的国王把他打入死牢里？
宛纳啊，宛纳，
你呀，太天真，太轻信。

狡猾的狐狸常常把小兔欺骗，
可怜的山魔常常被猎人的口哨迷惑。
那天，真罕明明是利用了王子的善良，
帕丽啊，她哪里敢揭穿。

可怜的宛纳啊，
便像绵羊一般。
临走时，他还请求，
用绳子把他捆拴。

帕丽有泪流不出，
要哭，哭不出声。
宛纳，她的宛纳，
就像一块纯洁的宝石一样闪光。

然而，宝石已被商人骗走，
也许，已经被卖给了残暴的国王，
国王已把它深深地埋在泥土里，
永远永远不让它发光。

大地失去了光芒，
人间失去了太阳，
帕丽啊，帕丽，
已失去了心爱的情郎。

玫瑰花已失去了芳香，
花瓣一片一片掉落。
没有雨露滋润的玫瑰，
片片叶子会慢慢枯黄。

山冈上一片片野菊花，

太阳出来的时候，
闪烁着金色的光芒，
如今已失去了勃勃生机。

一株株都弯着腰，低着头，
没有了光泽，没有了光亮。
可怜的野菊花刚开就慢慢凋零，
因为太阳已照不到它的身上。

洛木啊，洁白的花中之王，
为什么刚刚冒出的花蕾就慢慢枯萎？
这个宛纳喜爱的花啊，
已经被人从根上折断。

啊，洛木呀，求求你，
求求你不能垂头丧气。
你是爱情之花，
你是宛纳和帕丽结合的媒人。

可是，洛木默默无声。
她凝视着小河，
低声地哭泣，无声地流泪，
她被摧残，她已失去了生命。

向日葵啊，
为什么一大早就耷拉着脑袋？
是啊，你在等待，等待，
等待那东边的太阳。

可是，乌云已遮住了东方，
刚刚出来的太阳啊，
已失去了它的光芒，
再也见不到等待着它的姑娘。

啊，帕丽啊，可怜的帕丽，
她老坐在河边眺望，
仿佛时间已经凝结，
所有的生命都停止了。

她唯一的希望，
就是她的召宛纳骑着骏马，
在河对岸向她大声呼唤，
帕丽，帕丽，我的心肝……

她知道，这已是绝望，
但是，她仍然坐在河边眺望。
是啊，遍山的草木都已枯萎，
是啊，整个世界都失去了阳光。

所有的花都不再开放，
所有的草木都不再生长，
所有的生命都停止了呼吸，
帕丽已经完全失去了希望。

黄昏的时候，
妈妈拄着拐棍站在茅草房前，
低声地，反复喊着：
"帕丽啊，我可怜的姑娘！

"回来吧，回来吧！
回来啊，丢了你那天真的幻想。
啊，天快黑了，天已黑，
回来吧，无情的他再也不会回到你身旁。"

帕丽十分伤心，
她急忙跑回到妈妈的身边，
抱着妈妈号啕大哭，
哀求妈妈别对宛纳这样。

"妈妈啊，我求求您，
求求您哟，不要误解宛纳。
绝不是他变了心肠，
宛纳啊，如今也生死未卜。"

善良的妈妈再也不说，
只是低声地叹息。
她可怜自己的姑娘，
但愿她真的遇上了一位爱她的儿郎。

只是老人不能相信，
一棵树上能结出两种果，
两种不同的人啊，
能结合成一家。

"孩子，自己结的苦果啊，
只有自己咽下。

别再去想他了，
他是再也不会回来了。"

帕丽抱着妈妈，紧紧地抱着妈妈，
可怜的母女啊，互相抱成一团，
只是号啕恸哭，号啕恸哭，
天地都为之震动。

夜深了，天空里不见月亮，
星星也不知躲藏在什么地方。
山野是这样地悲怆，
花圃是那样地哀凉。

就在这个漆黑的晚上，
在这两个善良的妇女昏昏欲睡时，
茅屋里突然闪进三个黑影，
帕丽立刻被闪光的刀剑惊醒。

"是……"
声音还没有喊出，
恶魔的长刀已砍在帕丽的头上，
血花飞溅在黑暗的土地上。

接着又是一声惨叫，
把一个老人的生命也夺走。
三个魔鬼又扒开火塘，
用火苗把茅屋点燃。

熊熊的烈火把黑夜照亮，
两个善良的生命，
只换来一瞬的光芒，
接着又是漆黑，漆黑，更加无光。

花园的烈火惊动了象奴寨的乡亲，
他们已猜测到帕丽母女遭到的灾难。
全寨的男女老幼，
都火速奔向河的对岸。

破旧的茅屋已化成灰烬，
他们抬出了烧焦的尸体，
已分不清谁是女儿谁是娘，
乡亲们无不痛哭流涕。

阴风惨惨，
哭声凄凄。
这正是八月，
是帕丽和宛纳结下爱情的季节。

二十一　血溅宫廷

三年的时间并不算长，
把它拉开来却有二万六千三百个时辰。
召宛纳只有一个念头：希望。
希望伴着他度过艰难的时光。

天亮，他跟其他的犯人一样，
来到海边的沙滩上，
淘呀，淘呀，把一撮一撮沙撮进簸箕，
又把它筛呀，筛呀，筛回到沙滩。

饿了，喝两碗酸汤，
累了，就在沙滩上躺一躺。
火辣的太阳晒焦了沙砾，
就像烤猪的油把沙滩画成屠场。

海风，吹来的是火，
吹来的是焦灼，
吹来了海的腥气，
也吹来了希望。

就像空气和粮食，
没有希望啊，一刻也无法生活。
当海风卷起了海浪，
那浪尖上浮现出了帕丽的脸庞。

海鸥轻捷地在海面上飞掠，
他立刻就看见那轻捷的身影，
那果断勇敢的帕丽，
在山野的林间奔忙。

啊，那海涛的声音哟，
多么动听，多么洪亮，
那是从小河边传来的歌声，
帕丽在婉转地歌唱。

啊，不是，那是清脆的笑声，

那是帕丽的欢乐，
那是他和帕丽散步在花丛中的低语，
那是帕丽对他撒娇的嬉闹。

当海潮退去的时候，
他喜欢独自到海滩去拾贝壳，
啊，仿佛到处都是帕丽的鲜花，
帕丽到处都向他伸开了臂膀。

啊，他们就在那里拥抱，
他们就在那里狂吻，
他们就在那里追逐，
帕丽呀，不断回头对他发出琅琅的笑声。

啊，海滩和山野，
山野和海滩，
鲜花和闪光的五颜六色的贝壳，
仿佛就是一个地方。

每当撮箕里闪出了亮光，
他便看见了一双双大眼，
水灵灵的明亮亮的眼睛一双双，
每一双都是帕丽那动人的眼光。

到了晚上，
晚风轻轻地吹拂着他的衣裳，
仿佛是帕丽在轻轻地抚摸着他的胸膛，
他躺在那里，一声不响。

让帕丽的手，那轻轻的手，
抚摸到他身体的每一个角落，
从头发一直到脚尖，
从皮肤一直摸进他的心脏。

这是他最大的享受，
这是他最美好的幸福。
啊，躺下来吧，帕丽，
伴着他慢慢地进入梦乡。

他和帕丽又在梦中欢唱。
大海变成了他们的国土，
那无边无际的海洋啊，
任由他们自由自在地游荡。

那里有他们的宫殿，
那里有他们的花园，
那里有他们的一切，
他们就是那里的王后和国王。

他们尽情地在那里舞蹈，
他们尽情地在那里弹唱。
啊，帕丽啊，飘飘然，飘飘然，
轻轻地，轻轻地投入他的怀抱。

三年就是这样度过，
痛苦全部融化在他的希望里。
他一天一天，一刻一刻地计算，
帕丽离他一步一步地接近。

三年，他相信，
他们将重新见面；
三年之后，他相信，
他们将永远永远不分离。

就让他们生活在那河边，
他和帕丽就在那山野度过短暂的时间，
却是一生里最幸福的时刻，
是铭刻在他心中的幸福的标准。

三年，就是这样过去了，
希望使他忘记了痛苦。
因为这个世界有一个帕丽，
帕丽就是他的世界。

一颗善良的心，
总是把丑恶的东西误认为善良，
认为一切都是如他所想，
这就是悲剧，悲剧。

有一天早上，
西纳诰突然出现在他面前，
他后面还跟着一大队人马，
敲着象脚鼓来迎接召宛纳。

西纳诰穿着一套崭新的衣裳，
嘴唇上涂了一层厚厚的蜂蜜：
"王子呀，不愉快的时刻已过去，

国王特地派小臣来迎接新国王。

"请快快穿上王服戴上王冠，
骑上大象返回宫殿。
国王已同意您的婚事，
还说您跟帕丽是前世的姻缘。"

王子当然不能相信，
西纳诰又编造了许多离奇的故事，
说国王王后十分后悔处罚王子，
他们真的已回心转意。

王子终于相信了父子之情，
他的希望终于能够实现。
于是，他穿上了王服，
西纳诰又把国王的宝剑交给王子。

幻想啊，又骗了召宛纳，
他坚信帕丽正在河边把他等待。
他吩咐西纳诰先回京城，
他自己却岔到帕丽居住的花园。

穿过茫茫的森林，
王子来到那荒凉的小河边。
他看呀看，望呀望。
就是不见帕丽在对岸。

是呀，帕丽还不知道自己已回来，
她怎么会到河边等待？
于是他飞奔过河去，
可是，那小小的茅屋也不见踪影。

他不免产生了疑虑，
是不是出现了意外事情？
啊，他忽然记起了西纳诰的话，
父王一定已把帕丽和妈妈接进宫廷。
他又产生了一阵高兴，
便鞭打着大象要快快奔回宫廷。
可是，刚走到河边，
却看见一老妇人，那模样就像亲人。

阿妈，是你，你在……
那妇人跪在两个坟墓前面，
正在用力地拔除墓前的杂草，
那杂草已把坟墓掩没。

老妇人回过头看了他一眼，
他看清了不是帕丽的妈妈，
老妇人却认出了他就是帕丽的丈夫，
害死了帕丽母女的罪人。

老妇人不高兴地怒骂道：
"还不快快下来跪在帕丽的墓前！
就是因为你这个王子，
使她们母女遭到了不幸。"

就像晴天霹雳，
召宛纳从大象背上滚落下来。
他跪在老妇人面前，
苦苦哀求讲述事情的真相。

老妇人只见过庶名的王子，
她也听说过王子被罚去服苦役。
她是象奴寨波帕丽①的亲人，
也是依嫱苏的好友亲戚。

她说只知道那晚这上空漫天火光，
她们赶来时，茅屋已变成灰烬，
帕丽母女已被烧得失去了人形，
我们只看见三个黑影。

他们得意扬扬地跨过小河，
向繁华的京城走去。
听说这三个魔鬼，
杀人有功，被提拔为大臣。
曼竜掌的乡亲，
却十分同情可怜的母女。
因被王子看上才遭此不幸，
我们就只好把她们埋葬在这里。

"今天是帕丽母女遇害第三年，

① 波帕丽：帕丽的父亲。按傣族的风俗，男女有了子女之后，名字便随儿女。波帕丽即岩糯掌。

可怜她们在这个世上已没有什么亲人。
杂草已把她们的墓地遮盖，
我才来拔除杂草，让帕丽能等待……"

噩耗突然从天降，
像利箭射穿他善良的心。
他爬到妻子的墓前，
哭声使天地都胆战心惊。

"妈妈哟妈妈，帕丽啊帕丽，
我，我是一个不可饶恕的罪人。
就是因为我们相爱，
却害了两条善良的性命。

"老天啊，人间还有没有公理？
相爱竟变成了罪孽。
我们没有侵犯，也没有妨碍别人的利益，
为什么相爱的人愿做奴隶都不允许？

"啊，我来了，帕丽，
只是，还有什么意义？
我无力为你和阿妈报仇，
也无法再给你一些安慰。

"我回来了，我害了你们母女！
我对不起你们啊！
生不能给你们带来幸福，
死了，也不能让你们安眠。

"连你们坟头上的杂草啊，
我都没有为你们拔一根。
就因为我爱你，帕丽，
才让你母女丢掉了性命。"

一朵黑云从上空飘过，
乱草丛中仿佛传来一声声呜咽。
召宛纳抬起头，
朦胧中看见帕丽从坟墓里出来。

他顿时觉得朦朦胧胧，
啊，他看见了，确实看清了，
那是阿妈哀愁的面容，
那是你，帕丽满脸的泪行。

他知道，知道，
帕丽有满肚子的委屈，
张开了嘴，要对他讲，
可是她一句话也没有说出。

他又看见帕丽，
向他伸开了柔软的臂膀，
可是，她没有向他扑过来，
只是对着他嘤嘤地痛哭。

"啊，帕丽哟，快告诉我，
是谁杀害你？
是谁用最卑鄙的手段，
在黑夜里谋害了妈妈和你？

"啊，别说了，别说了，
什么也别说，你是有嘴说不出，
你是有冤无处诉。
对我诉，又有什么用处？

"啊，你是在怀旧，
要对我诉说别后你的痛苦。
是的，我知道，三年前，
在我们最后分别的时刻你就想说。

"那是一个阴风凄凄的清早，
三个兵丁押着我来向你告别。
我说，我俩在灾难中相会，
又在痛苦中分离。

"只见你默默地跪下流泪，
你几次抬起头，张开了嘴，
几次又把头默默地低下，
至今，大地只留下你那深深的膝印。

"兵士催着我快走，
你又泪汪汪咬着嘴皮。
这时，阿妈把你叫进屋里，
过了一会，你又从茅屋里出来。

"你递给我一包干叶包的饭团，
你只说，这是阿妈流着眼泪为你包的，

呜咽就把你的喉咙堵塞，
我知道阿妈是希望我们住在一起。

"阿妈啊，平时总是为我们担心。
我知道，阿妈不满意我们的爱情，
她几次责备你不该爱我，
可是，她也知道我并没有什么罪孽。

"可是，今天我再也看不见阿妈，
再也见不到阿妈那慈祥的面容。
别说了，我什么都清楚，
只有他，能干这事的只有那个佛教徒！

"请等一等我，等一等我，
我已认识到，真正地懂得了，
这个世界是他们的，
只有坟墓里才会有我们的自由。"

召宛纳嘴里呼唤着帕丽：
"啊，帕丽，不要走啊，帕丽，
不要离开我啊，不要……"
他站起身，痴痴呆呆，茫然若失。

他已失去了知觉，
有个看不见的东西，
牵引着他，走向京城的宫廷，
大象跟在他的后面。

宫殿里热闹非凡。
遵照国王的吩咐，
一个月前就做了准备。
宫廷里大小头人，上上下下都忙个不停。

一个月以前就粉刷了宫殿，
圆柱上重新镀上一层黄金，
正堂铺上了绿色的锦毯，
花园里重新盖了凉亭。

又派人去修桥筑路。
全部按佛祖的旨意，
要为召宛纳和召婻法莱公主积德，

一切都为着他们的婚礼进行。

送礼的百姓排成长长的队伍，
还有扛旗的、抬轿的。
唱歌的赞哈①已集合了几百人，
敲锣打鼓的乐队，还有跳象脚鼓舞的人。

整个坝子都喜气洋洋，
人人的脸都焕发着容光。
大殿里按着等级坐满了宾客和国王，
只等王子回来就举行隆重的典礼。

大门外突然响起了呼叫，
王子回朝！新国王驾到！
顿时仙乐悠扬，
满殿的人都非常高兴。

一幕具有历史意义的典礼就要开场，
鞭炮齐鸣，火花灿烂辉煌。
勐基达腊纳管将进入崭新的时期，
全勐的百姓都为新国王祈祷。

南风簇拥着召宛纳，
召宛纳依旧浑浑噩噩。
他清清楚楚地意识到，
帕丽正伴着他走向坟墓。

啊，那些喧嚣的仙乐和锣鼓，
那一排排、一队队送葬的队伍，
都簇拥着帕丽和他，
所有的臣民百姓都为他们恸哭。

他终于跨进了宫门，
文武百官都为他欢呼；
啊，他终于走进了坟墓，
另一个世界的众人都来迎接。

王子被缓慢地拥进大殿，
国王和王后都高高兴兴上前欢迎，
还有那召婻法莱公主对他微笑，

---

① 赞哈：歌手。

他才猛然惊醒，神经质地大叫：

"啊，帕丽、帕丽，别走！
啊，我的心肝，我的爱妻！
别怕，别怕，
什么？他们，他们要把我夺走……

"欺骗，欺骗，无耻的阴谋！
啊，你这个不要脸的公主！
哈哈哈……帕丽，等一等，
别跑，等一等我……"

召宛纳猛然拔出了宝刀，
仇视着他的父王和母后，
仇视着西纳诰和所有的百官，
他疯狂地挥舞起手里的宝刀。

所有人都吓得乱成一团，

都以为召宛纳要行凶。
召宛纳一阵得意的狂笑，
然后庄严地宣布：

"懦夫们，不必惊慌，
我只是领着我的妻子回来。
这宫殿就是我和帕丽的坟墓，
谢谢百姓，谢谢安排我们死亡的圣者。"

召宛纳把宝剑往自己的脖子上用力一划，
只见喷泉似的鲜血四射。
人们顿时惊呼号叫，
王子在纷乱中伸开了双手。

"帕丽、帕丽……"
他仿佛看见帕丽又回到他身旁。
他笑着，
身子慢慢倒在地上。

收入西双版纳傣族自治州民族宗教事务局编
《相勐——三部傣族叙事长诗》，云南民族出
版社 2007 年版
收集整理者：岩温扁（傣族）　　岩　峰
　　　　　　（傣族）　王　松

附　记：

　　在搜集整理我省民族民间文学资料时，我们发现在傣族聚居的西双版纳和德宏州都有许多悲剧叙事长诗，其中《宛纳帕丽》是最有代表性的。经过研究，我们认为在傣族文学史中确实存在一个悲剧叙事诗时代。《宛纳帕丽》是岩温扁同志发现并翻译第一稿，经过岩峰同志第二稿综合修正，最后王松同志将两本稿子对照整理后定稿而成。我们认为在悲剧叙事诗中，《宛纳帕丽》不论在主题思想还是在诗的意境和语言文字上都是最美的。因为诗的销路困难，又缺乏经费，一直未能与读者见面，现在得到云南傣学会和西双版纳州委、州政府的支持，我们共同把它作为傣族的文化遗产拿出来，留给社会做贡献。

整理者

2006 年 12 月

九颗宝石

他历尽千辛万苦，
给大家带来了幸福和安宁。

一

人世间那珍奇的黄金，
人世间那贵重的白银，
怎比得上闪闪发光的宝石，
能够叫人心驰神往！

闪闪发光的宝石啊，
可也救不了灾难中的性命。
只有人人都聪明勇敢，
才能使幸福在人间降临。

爱听故事的乡亲们啊，
我给你们讲一个聪明勇敢的人，
他取得了仙草和仙水，
拯救了百万生灵。

这是多么好的故事啊，
阿銮①不要宝石和金银，

美丽的勐巴娜西啊，
鲜花铺满了它的土地。
板秀花谢了，牡列花又开放，
人们时时感受到春天的气息。

宽阔的勐巴娜西啊，
绿水青山秀丽无比。
东南西北十二个眼程②，
青树翠竹自由地生长在这里。

山上的飞鸟高低鸣啼，
水里的游鱼上下嬉戏，
还有那人迹罕至的地方，
一定蕴藏着无数的珠宝。

勐巴娜西勤劳的男女啊，
年年月月都像酿蜜的蜜蜂，

---

① 阿銮：传说中的典型人物——有的出身穷苦，自幼失去父母的抚爱，经受种种的磨难，走过曲折的道路，后来得到神灵的
启示，增长了智慧和力量，战胜了艰难险阻，求得了幸福；有的虽然出生于富贵人家，但因为事不如愿，于是远走他方，
为实现自己的意愿而进行不屈不挠的斗争，终于如愿以偿。《九颗宝石》中的阿銮，是穷苦出身，从阿銮故事系统看，是
较早的阿銮。
② 眼程：从某一点到看得见的最远处。

把大量的财物奉献了国王，
只有少数的收获归自己。

昏庸无能的国王啊，
年年月月享乐在宫殿里。
他虽然天天赕佛，
人民还是摆不脱贫困和瘟疫。

勐巴娜西啊勐巴娜西，
贫困使它失去了先前的美丽，
瘟疫使它失去了生机，
国王使百姓无食无衣。

二

勐巴娜西都城外的南边，
有一户穷苦的人家。
穷苦人家只有一对夫妇，
他俩年过半百才生下个男孩。

母亲做活背着他，
父亲下田想着他。
孩子满了一百天，
父母给他起名叫丙亚干塔①。

深山里的青树换了七次叶，
干塔长得像一朵大红花；
园子里的果木结了七次果，
干塔失去了爸爸和妈妈。

才出绒毛的小雀，
怎耐得住风吹雨打？
刚满七岁的干塔啊，
怎能够自立成家？

干塔要去深山里采摘野果，
深山里的野兽使他害怕；

干塔要去河边挖掘野菜，
又怕跨不过坑坑洼洼。

好像晴天里起了乌云，
阴霾笼罩着他绯红的两颊；
好像乌云洒下了暴雨，
他明亮的双眼泪珠滴答。

孤苦伶仃的干塔啊，
饥饿逼着他离开了家。
他挨村挨户去讨饭，
把辛酸苦涩都咽下。

这样的日子过了五个年头，
十二岁的干塔已去给人帮工。
他手脚勤快样样做，
诚实的心毫无虚假。

他放的牛膘肥体壮，
个个流油滚瓜；
他种的谷子颗粒饱满，
穗穗金黄硕大。

干塔的农活样样熟，
寨子里人人都夸奖；
家家都想雇用他，
他答应到一家老夫妇那里帮忙。

干塔种菜又下田，
天天这样，没有闲过片响。
主人家都很喜欢他，
说一年要给一甲②银子作酬赏。

这样的日子又过了九年，
干塔像出土的竹笋转眼茁壮。
他懂得了很多事情，
很多事情使他日思夜想。

为什么自己从小就忍饥挨饿？
为什么自己的父母过早丧亡？

---

① 丙亚干塔：丙亚即办法、本领、智谋、技艺等意思；干塔就是"这样一个具有非凡才能的人"的意思。
② 甲：三个银圆。

为什么百姓的日子这样难过？
为什么国王和沙铁像生活在天堂？

干塔想啊想，
有一天他对主人讲：
"尊敬的大爹大妈啊，
我想离开你们去串串地方。"

主人家听着干塔辞别的话语，
心里有些着慌——
如果干塔走了，
田地里的农活谁来担当？

老夫妇都舍不得干塔离开，
一起把干塔真诚询问：
"心爱的干塔呀，
是不是想找个美丽的姑娘？

"我们寨子里有的是姑娘，
你看上哪一个尽管对我们讲。
我们去把她接到家里来，
你和她就做我家的儿子和姑娘。"

干塔上前把话讲：
"美丽的姑娘我不想，
一心只想去寻访有本领的人，
像高飞的鸟练得坚硬的翅膀。

"我的主意已经打定，
请两位老人不要伤心。
你们对我的好意，
我永远记在心上！"

干塔坚决要走，
主人无法挽留，
只得数好九甲银子，
作为九年的报酬。

干塔把银子装进了筒帕①，
沉甸甸地挂在肩头。
他谢别了老人出了寨子，

在宽阔的大路上行走。

他走着走着心里想：
这一点银子可以用多久？
如果每天都要用一点，
那再多的银子也不够。

他决计把银子换成金子，
稳稳当当好保存。
到沙铁家换了九片黄金，
他又匆匆上路来到都城。

勐巴娜西的都城，
大街小巷都热闹。
干塔在城里串来串去，
又担心金子丢失掉。

他想把金子换成宝石，
小小的宝石方便藏在身上。
他走到了珠宝店里，
换了九颗宝石亮晶晶。

干塔心里多高兴啊，
可又突然想到这也不行。
因为穷人有了珠宝，
坏人会来谋财害命。

干塔想起了老人说的话：
"有了银子要换成金子，
有了金子要换成宝石，
有了宝石还要换成本领。"

只有本领才像流不尽的泉水，
它能让瘦土长出金黄的谷穗，
它能使枯萎的老树开出迷人的香花。
世上还有什么比生命的泉水更宝贵？

为了获得本领，
干塔跋过千山涉过万水，
他走过的道路啊，

---

① 筒帕：挎包。

真是百转千回。

他逢人便问：
"你有什么技艺可以教给我？
我有九颗宝石可以酬谢你，
我要真心向你学习。"

人们看见亮晶晶的宝石，
都另眼相看这位远方的来客。
人们频频向他招手，
脸上露出喜悦的神色。

"来自远方的客人啊，
我愿教给你木工手艺。
这手艺可以给你有吃有穿，
我只要你一颗宝石。"

"不辞辛苦的客人啊，
我把铁工手艺教给你。
你有了这手艺就能养活一家人，
我只要你一颗宝石。"

"不怕劳苦的客人啊，
快来学编竹篾的手艺。
这手艺可叫你全家欢喜，
我只要你一颗宝石。"

"走南闯北的客人啊，
来学学拳术吧。
有了拳术你的道路将畅通无阻，
我只要你一颗宝石。"

"寻欢求乐的客人啊，
来学学唱戏吧。
动听的调子会使你心情舒畅，
我只要你一颗宝石。"

"年轻的客人啊，
来学学咒语吧。
美丽的姑娘将围着你团团转，
我只要你一颗宝石。"

聪明的干塔啊，
——谢过巫师、艺人和工匠。
整个勐巴娜西地方，
使他感到失望。

为了学到合心的本领，
他离开了国土远去他乡。
他走了一山又一坝，
汗水流成了一条条小河。

有一天他正在大青树下休息，
远方也来了一位游人。
他们互相问好交谈，
就像久别重逢的乡亲。

正在口渴的人啊，
恨不得把井水一饮而尽；
寻求本领的干塔啊，
连忙述说了急迫的心情。

"远道而来的朋友，
你可以教给我什么本领？
为了得到它，
我已穿过多少深山老林！

"令人尊敬的人啊，
你待人一定很真诚，
我还应该往哪里走呢？
请你给我指引！"

远方的朋友多么高兴，
他很能理解干塔的心情。
"我才从达戛索①那里来，
那里就是你向往的山林。"

"啊，亲爱的朋友，
你是从达戛索回来的人！
达戛索的人都有本领，
你也一定有高超的技能。"

---

① 达戛索：传说中有办法、本领、智谋、技艺的人聚居的地方。

"我在达戛索才三年，
学到的只是一般本领。
我学会变成大青树，
树高千丈入青云。

"我还学会霹雳吼，
吼得凶猛的野兽闻声逃遁。
听说还有起死回生的灵药，
但我还没有去找寻。"

朋友讲得头头是道，
干塔听得入了神。
他请求教给他这些本领，
愿用九颗宝石报答友人的深恩。

达戛索来的人做了详细讲解，
干塔点滴牢记在心。
他学会大吼一声使野兽逃遁，
他学会变成大青树高插彩云。

干塔学会了本领，
达戛索来的人真高兴。
干塔给了他九颗宝石，
两人互相告别登上路程。

干塔学得了本领，
又想去寻找起死回生的灵药。
他日夜不停地走，
一见人就把仙水仙药询问。

可是有的年轻人竟说干塔憨，
对他讽刺奚落。
他们指着路边的鸡屎草，
说那就是起死回生的仙药。

又指着牛滚塘讲，
那就是仙水，一点不错，
如果吃下去或擦在身上，
保证漂亮百倍，永远快乐。

干塔又去问中年人，
中年人说这事只有老人知道。
那珍贵的仙草和仙水，

他们不知道藏在什么天涯海角。

干塔并不灰心，
相信仙草和仙水定能找着。
一天，他来到一座花园，
里面开着满园的鲜艳花朵。

漂亮的花园多宽阔，
干塔越看心里越快活。
他想，这么好的花园里定有仙草，
也定有圣洁的仙水从花间淌过。

干塔仔细往里看，
看见一位老公公和一位老太太。
干塔上前去问候，
才知道他们是看守花园的老夫妇。

干塔向老人说明了他的来意，
并请求在老人家里住宿。
老人听了很喜欢，
连忙给干塔安排住处。

两位老人没有子女，
他们把干塔看作儿子一样亲。
干塔对老人十分孝敬，
把他们认作自己的父亲母亲。

这样过了一天又一天，
干塔还是没有放弃他的心愿。
那起死回生药生在什么地方呢？
他细心向老人询问。

老人舍不得儿子离去，
怕虎豹豺狼伤害了他的性命。
他们只支支吾吾一阵，
说要经过许许多多深山老林。

干塔恳请老人相信：
"我有降伏野兽的本领。
世上有没有那珍奇的仙药，
我要找遍天涯海角才甘心。"

老人知道不能阻止干塔，

只好告诉他仙药在魔王的园林。
那园林只有雅写说得清，
他正在东方的一座奘房里修行。

干塔告别了老人又登上路程，
他想试试学来的本领是否灵验，
于是他变成了一棵大青树，
巨大的主干上伸出葱郁的枝蔓。

三

在离勐巴娜西很远的地方，
有一个勐叫作刚塔拉，
国王和王后有一个独女，
起名叫作婉娜。

婉娜长到十八岁，
好像国王花园里最美的花。
国王把她许配给了德戛西王子，
约定年底十二月出嫁。

有一天，婉娜在宫里憋得发慌，
就叫侍女随她去花园里赏花。
突然，婉娜被抓上了天空，
凶手是可怕的大鸟提郎戛。

侍女们惊恐万状，
急忙回去报告国王。
国王亲率数万兵丁和弓弩手，
赶紧搜查四面八方。

到处都没有公主的身影，
国王和王后天天眼泪汪汪。
他们暗想是不是自己的命苦，
才使女儿遭到这样的祸殃。

他们没有别的办法，
只好修了一封书，
把恶鸟抓走女儿的事，

告知未来的女婿。

书信送到了德戛西，
消息急坏了德戛西王子。
但他不问青红皂白，
就断定有人愚弄他。

他修书回答了刚塔拉国王，
说是如果有谁把公主藏起，
就要杀死他的百姓，
把他的国土踏成稀泥。

刚塔拉的国王和王后，
失去了女儿已够悲伤，
只想着德戛西会给他们帮助，
没想到竟又蒙受这么大的冤屈。

国王担心着公主，
公主已被恶鸟叼着飞向远方；
王后牵挂着公主，
公主再也不能来到父母身旁。

恶鸟叼着公主在空中飞行，
公主哭喊得死去活来。
恶鸟飞越了三千座大山，
把公主带到勐巴娜西的边界。

恶鸟远远看见了一棵最大的树，
它想就在那上面啄食公主。
变成大树的干塔啊，
他已经把那恶鸟看在眼里。

提郎戛朝着大树飞来，
把公主放在树枝上。
它眼盯着公主细嫩的肌肤，
仿佛要把公主一口吞进肚肠。

干塔看得心里发慌，
决心要救这可怜的姑娘。
他"翁拍拉翁拍拉"① 连叫三声，

---

① 翁拍拉：念咒语时的常用语。

大树摇撼变还了勇士原样。

正要美餐的提郎戛大吃一惊，
连忙扇起翅膀蹿进云层。
姑娘落在干塔温暖的怀抱里，
饱含热血的心儿在激烈跳荡。

干塔一声声把姑娘叫唤：
"受惊的姑娘啊你快醒醒，
伤害你的恶鸟已经飞去，
快快睁开你紧闭的眼睛。

"美丽的姑娘啊你快醒醒，
在这人迹罕至的深山老林，
还可以听见流水淙淙，
闻到野花芳馨。

"纯洁的姑娘啊你快醒醒，
你已经获得了新的生命。
请舒展你的愁眉吧，
就像失落的宝石等候洗净。"

婉娜紧闭的双眼慢慢睁开，
她的心却跳得更加厉害。
她看见抱着她的干塔，
以为是恶鸟变成的人。

婉娜怒视着干塔：
"你这恶鸟变成的假人，
你要吃就吃吧，
想玩弄我永远不行！"

婉娜说完闭上了眼睛，
就想从此死去不再苏醒。
她压抑着满腔的愤恨，
等待着死神的降临。

山风一阵阵吹来，
吹动了婉娜心中的柔情。
她正想着将要离开人世的时候，
却听见了句句甜蜜的话语。

"可怜的姑娘啊，

我最同情你的不幸。
我不是吃人的提郎戛，
我有一颗善良的心。

"我为了实现自己的理想，
才一个人来到这深山老林。
我能变成一棵最大的树，
这是刚学来的本领。"

干塔的话婉娜听得分明，
但甜言蜜语不一定出自真心。
受尽磨难的姑娘啊，
最不轻易相信别人。

正当这真假难分的时候，
天空好像飞来了乌云。
提郎戛扇动着又黑又大的翅膀，
在他们头上盘旋。

婉娜看见是提郎戛，
害怕得胆战心惊，
她躲进了干塔的怀里，
央求救救性命。

干塔跺脚一声吼，
提郎戛在空中抖三抖。
它差点掉了下来，
只好耷拉着翅膀飞走。

吃人的恶魔逃走了，
遮天的阴云散去了，
干塔的本领见效了，
婉娜的心花开放了。

"我的恩人啊我的恩人，
你的恩情比大海还深！
请你告诉我，
我要怎样才能报答你的深恩？

"我没有什么报答你，
我愿做你的佣人。
请你留下我吧，
我对你无限忠诚。

"我敬爱的人啊，
假如你不嫌我又丑又笨，
能够做你的妻子，
那我更感到幸福万分。"

死里重生的公主啊，
她的每句话都出自内心。
她爱上了聪明勇敢的干塔，
也把真情交给了救命恩人。

婉娜真诚的话语，
句句激起了干塔的真情。
干塔左思右想难决定，
只好说出自己的顾虑：

"美丽的姑娘啊，
你的容貌如花似玉。
看看你的穿戴，
就像王室的娇女。

"我是个帮人的长工，
怎敢收你做使女？
我只是流浪的孤儿，
更不敢把你娶为妻。

"姑娘，请说出你的名字，
还有你父母的名字，
你们的家在哪里，
我好把你送回去。

"姑娘啊，请你告诉我，
你是否已是别人的未婚妻？
你不要对我隐瞒，
我能够领受你的情意。"

听了干塔娓娓的谢辞，
婉娜述说起自己的身世。
她要干塔相信，
她的爱情忠贞不渝。

"敬爱的救命哥哥，
请听我细细说给你。

我的名字叫婉娜，
是我父母的独生女。

"我们国家叫刚塔拉，
整个刚塔拉由我父亲治理。
我十二岁的那年，
父亲把我许给了德戛西王子。

"年底我就得嫁给德戛西，
但我舍不得离开我们的御花园。
当时我和侍女们去赏花，
万想不到提郎戛把我抓上了天。

"敬爱的救命恩人啊，
如果没有你，
那可怕的恶鸟，
早已把我吞噬。

"敬爱的哥哥啊，
我的性命是你救的，
请你不要想这说那了，
我愿一辈子侍奉你！"

干塔听了婉娜的心里话，
被她的深情打动，
只是他不能娶她做妻子，
他不能夺取别人的幸福。

"年轻美貌的公主啊，
你是宫廷里的珍珠宝玉，
你虽然遭到不幸，
但总不能让你同我辛苦度日。"

干塔的话使婉娜伤心哭泣：
"哥哥呀，我心甘情愿跟随你，
你为什么总是推辞不依？
你为什么要和我别离？

"古人的话说得有理：
订了婚的不一定成为夫妻。
情深义重的哥哥啊，
不一定非要先下聘礼。

"我和德戛西王子的婚事，
只是父母的心愿，
而我俩却是患难中的伴侣，
命运已把我们紧紧相连。"

听了婉娜心里的话，
干塔也把真情诉说：
"我要寻找起死回生的灵药，
我还要跋涉千座山万条河。

"我心爱的人啊，
如果你发誓同我生活，
请随我转回我的家，
去拜见你的公婆。"

听了干塔的话，
婉娜的心就像泡在蜜桶，
她跟随着干塔，
回到那宽阔的花园。

干塔的父母看见了儿子，
看见了漂亮的媳妇，
心中像灌进了蜜糖，
欢喜全在脸上流露。

为了不再发生不幸，
干塔忙对公主把话嘱咐：
"我亲爱的妻子啊，
请你换上我们的布衣素服。

"你的言行要多检点，
平民的活计要学着做，
要时时在父母身边，
不要让坏人把你勾引。

"亲爱的妻子啊，
虽然千山万水将把我们隔开，
但爱情的丝线啊，
会把我牵挂回来。"

四

干塔告别了婉娜，
迎着东方闪闪的光辉，
他又上了路，
准备跋涉前面的山山水水。

在那些人迹罕至的地方，
更有豺狼挡道虎豹逞威。
但他一点也不怕，
他有战胜它们的勇气和智慧。

干塔走进一片密林，
忽然看见不远的地方，
孤零零地坐落着一幢竹楼，
好像就是雅写的奘房。

干塔心中充满崇敬，
他脚步轻轻走进奘房。
里面果然坐着一位长者，
干塔真诚地向他合掌膜拜。

雅写叫干塔坐下，
问他为什么来到这地方。
干塔一看雅写慈祥，
立刻说出自己的心愿。

干塔寻仙药的勇敢行动，
得到雅写的称赞。
但雅写心里明白，
要找到起死回生的仙药万分困难。

"勇敢的小伙子啊，
很早以前人间曾有过这奇药。
自从大地发生火灾，
它就悄然消失。

"我在人间以外云游的时候，
曾在魔王的园子里见到。
那里有两个魔王管着，

一个管仙水，一个管仙草。

"一个魔王叫依萨立，
一个魔王叫依萨裸。
他们都非常凶恶，
而且还有几十万喽啰。

"魔王的园子围得严严实实，
在有仙草和仙水的地方，
还围了七层障碍：
刺丛、垒石、铁壁、铜墙……

"魔王依萨裸有一个望远筒，
十万个眼程他也看得清。
他每天三次查看四面八方，
谁想进入他的地盘万万不行。

"魔王依萨立有一面大镜子，
也能照到十万个眼程。
他也每天三次向四面八方照射，
谁想挨近他的地盘万分困难。

"年轻的小伙子啊，
你真有心要取仙物，
那就不能只凭勇气，
还要靠非凡的法术。"

干塔赶忙合掌求教：
"请长老教给我法术。
为了解除人间百病，
我愿走遍天下，尝尽艰辛。"

雅写知道干塔一片好心，
就开始教他学法术。
干塔学会了各种本领，
感谢雅写的谆谆教诲。

干塔辞别了雅写，
奔向了山高林密的荒野，
朝着雅写所指的方向，
再苦再累也不停歇。

一天，到天快黑的时候，

他忽然望见不远处有一间茅屋，
一位白发苍苍的老人，
正在旁边烤火取暖。

干塔来到他面前问了好，
说明了自己的心愿。
干塔又向老人请教，
老人也称赞这勇敢的青年：

"魔王的地方好像远在天边，
没有听说什么人去过。
只是很早以前有位云游的神仙，
曾对我讲述过魔王的林园。

"魔王的林园真好啊，
花花草草吐露着芳香，
还有一潭清泉水，
微风吹来碧波荡漾。

"那里的两个魔王十分凶恶，
他们的本领很不一般。
一个魔王有一支长矛，
一个魔王有一把长刀。

"要去那里的人，
本领应比他们高超。
我送你两件祖传的武器吧，
一副弓箭和一把长刀。"

干塔又告别了老人，
满怀信心地继续往前走。
走了三天，他突然看见远处坡脚，
聚集着五颜六色的飞禽走兽。

他悄悄走拢过去，
蹲在草丛里观望，
又仔细听着它们讲什么，
原来是在推举大王。

大家选来选去，
你推我让，
有些想当的，
又没有选上。

最后选定麒麟当陆地正王，
老虎当副王；
没有脚的龙当水里的正王，
有脚的龙当副王。

它们正在热热闹闹，
干塔突然一声大叫，
鸟兽吓得飞的飞，跑的跑，
一片乱糟糟。

只有一只猫头鹰站着不动，
因为白天它辨不清方向；
还有一只乌龟，
刚刚爬进水塘。

干塔把它们两个叫住，
它们两个胆战心惊，
以为干塔是魔王，
赶紧请求饶命。

干塔对它们好声好气，
叫它们不要慌张，
还请它们鼎力相助，
去魔王居住的地方。

猫头鹰表示愿意帮忙，
但行动一定要在晚上，
因为夜晚没有阳光，
魔王的镜子和望远筒就用不上。

乌龟也诚恳地说：
"仙水只能舀三瓢，
仙草只能摘三枝，
拿多了会惊动魔王。

"仙水用什么东西才能装？
只有龙王的葫芦，
装满的仙水不会干，
也不轻易往外泼出。

"葫芦就在水中的石头上，
龙王每七天游来看一趟。

我现在就去偷来，
也算对你的帮忙。"

猫头鹰说："魔王有两个姑娘，
一个姑娘从哈达花中生出来，
一个姑娘从漾玛花中生出来，
不知道朋友想不想找她们做伴？"

干塔很感激地说：
"尽管美丽的姑娘比花还漂亮，
但这时我只想得到仙水和仙草。
让我们把办法一起商量。

"乌龟朋友啊，
请你赶紧帮我把葫芦偷来；
猫头鹰朋友啊，
到晚上一定把魔王的园门打开。"

乌龟很快偷来了宝葫芦，
干塔高兴地把它装进筒帕，
随后也变成了一只猫头鹰，
两只猫头鹰一起飞向魔王山。

他们飞到仙水潭，
已经是夜静更深，
守卫仙水潭的兵士，
已经沉沉酣睡。

他们看了看潭水，
围的是七层，
盖的也是七层，
干塔变回了原形。

他拔出宝刀，
使尽大力把盖子劈开了一个口，
舀了三瓢圣洁的仙水，
又变成猫头鹰双双飞走。

他们飞到了仙草园，
又拔取了三枝仙草，
正要飞离千座魔王山的范围，
忽然，魔王闻到了人的味道。

魔王暴跳如雷，
点齐一万军队，
骑上飞象驾起风，
朝着远去的干塔直追。

魔王的兵丁喊声震天，
在边界地方追上了干塔。
干塔先叫猫头鹰躲开，
自己迎向敌兵厮杀。

干塔丝毫不示弱，
他挥动着闪闪发光的宝刀，
砍向成千上万的魔鬼兵，
杀得他们鬼哭狼嚎。

干塔仔细一看，
死去的魔鬼兵又一个变两个，
他们张牙舞爪黑压压，
朝着干塔声嘶力竭呼喊活捉。

干塔口念咒语吹出大火，
魔王呼雨唤水一齐来浇；
干塔使出土蜂马蜂，
魔王又用大火来烧。

干塔已筋疲力尽，
魔王的兵却越来越多；
干塔的法术也用了不少，
还是不能赶跑魔王的喽啰。

干塔寡不敌众，
边战边找退路。
他想起了乌龟朋友，
退到了乌龟所在的大湖。

他在湖边大叫了三声，
乌龟就露出湖面答应。
他见了乌龟朋友，
说出了敌不过魔王的实情。

乌龟说："年轻的朋友，
快快跳进我的甲壳里来躲避。"
干塔一躲进乌龟的甲壳里，

乌龟就朝深水里游去。

魔王率领魔兵追到湖边，
却不见了干塔的去向。
他命令兵丁下水搜寻，
搅得一湖水都成了泥浆。

乌龟又对干塔说：
"我的好朋友，
你应使用你的法术，
变成大风钻进魔王的肚里头。"

干塔被乌龟一提醒，
就马上跃出了水面，
吹起了一股狂风，
吹得魔兵东倒西歪。

魔王还来不及施展法术，
干塔已经钻进魔王的肠肚。
他在里面乱翻乱搅，
把魔王痛得大叫大哭。

干塔便在魔王肚里大叫：
"两个魔王你们听着，
你们要死还是要活？
为什么要捕杀我？"

两个魔王疼痛难忍，
在山坡上乱翻乱滚，
小树被滚倒，
草丛也被压平。

不可一世的魔王啊，
这时跪下来合掌求饶：
"请留下我们两条兽命吧，
宽恕我们过去的残暴！

"天上的神仙啊，
我们的千座大山，
连同数万兵众，
都让你来统管。"

干塔叫魔王张开大嘴，

立刻在他们面前现出神威。
两个魔王顶礼膜拜，
拜谢干塔的大慈大悲。

干塔又训斥两个魔王：
"你们用人血做汤，
你们用人肉做菜，
你们丧尽了天良！

"你们要改恶从善，
再不能伤害百姓；
你们要脱胎换骨，
学得做人的德行。"

五

魔王感谢干塔的开恩，
把他邀请到自己的宫殿里来，
传告千座山的兵将和奴仆，
做了七天七夜热闹的大摆。

魔王敬佩干塔人才非凡，
又都慑服他的武艺高强，
他们都来劝干塔，
劝他来做千座山的大王。

魔王依萨立，
要把哈达公主嫁给他；
魔王依萨裸，
要把漾玛公主嫁给他。

干塔对魔王的优厚款待，
表示了真心的感激，
但他说："寻找仙药是为了百姓，
我现在不能不回人间。"

魔王挽留不住干塔，
在他要回国的那天早上，
依萨裸送了他望远筒，
依萨立送了他飞象。

依萨立还教给他飞象的用法：
拍它背上三下它就变大，
拍它头上三下它就变小，
小得像鸭蛋可以装进筒帕。

在干塔就要离开千座山的这天，
魔王又举行了欢送大摆，
送了他很多宝贵的礼物，
派了七十七个大力士帮他挑抬。

干塔接受了礼物，
告别了魔王，坐上了飞象，
带着护送他的七百个精兵猛将，
一路上浩浩荡荡。

队伍在山林中行进，
一路的景物赏心悦目，
鲜花盛开，雀鸟欢唱，
都像迎接归来的得胜将军。

来到原来动物选大王的地方，
干塔命令大家停一停。
他在大湖边叫来了乌龟，
在树林里叫来了猫头鹰。

干塔说："两个朋友啊，
你们帮了我很多忙，
现在想不想同我到勐巴娜西？
我们来商量商量。"

乌龟和猫头鹰，
都接受了干塔的邀请。
干塔抱起乌龟，猫头鹰站在象头，
欢欢喜喜登上了归程。

干塔从不忘记别人的恩情，
他上山拜谢了白发老爷爷，
他进密林拜谢了雅写，
向两位长者和老师诉说了经过。

干塔他们夜宿晓行，
来到了勐巴娜西的边境。
在搭救婉娜公主的地方，

只见老树葱茏，嫩草青青。

干塔坐在树荫思忖，
往事桩桩触动了他的心。
他又看看奇形怪状的魔兵魔将，
恐怕会使国内的人民受惊。

干塔谢别了魔兵魔将的送行：
"我的家乡已在不远的地方，
请你们转回去吧，
把我的感谢再次带给你们大王。"

干塔还请魔兵帮他把金银埋藏，
然后各自飞回自己的地方。
干塔带着仙草和仙水，
坐着飞象回到了家乡。

父母妻子见干塔回来，
激动的热泪挂满腮。
父母庆幸儿子免遭祸灾，
妻子感激丈夫不忘恩爱。

干塔接着去安排他的朋友：
把乌龟安排到清水池塘，
把猫头鹰安排在果树花丛中，
把飞象变小了在家里喂养。

干塔把一切安排妥当，
就来和父母妻子共叙家常。
他给父母和妻子吃了仙草和仙水，
父母年轻了，妻子更漂亮。

他给他们讲述自己的经历，
他们都牢牢记在心上。
从苦难中得来的幸福，
像照亮心坎的太阳。

六

一天，温暖的太阳高挂天空，
干塔一家正沉浸在欢乐中，

忽然听到外面人声嘈杂，
鼓声把大地震动。

干塔询问父母亲：
"今天又做什么大摆了？
怎么这样热热闹闹？
好像全国的人都在唱在跳！"

父母说："这不是做大摆，
说起来使人伤心。
这是勐巴娜西的公主死了，
人们在给她送葬。

"你离开家以后，
国王的女儿已经长大，
她长得很好看，
消息传到一百零一个国家。

"一百零一个国家的王子，
都争先恐后来求婚，
他们都威逼国王说，
公主一定要嫁给他。

"王后哭哭啼啼，
国王也一筹莫展。
公主左思右想没有办法，
眼看祖国将遭受祸殃。

"这些国家多么狠毒，
他们想以攀亲为名，
吞并别国的领土，
蹂躏无辜的百姓。

"公主越想越难过，
决心不嫁给哪一国。
于是，她愤然拔剑自刎，
用年轻的生命来免除国祸。

"噩耗传到一百零一国，
各国的国王和王子，
都认为消息是假的，
纷纷从四方跑来看死尸。

"一百零一国的王子，
看见了尸体在棺材里躺着，
他们都说即使嫁给我，
我也无法把她救活。

"公主的丧礼已经结束，
今天就要把她送上山坡。
送丧的人们敬佩公主，
都来伴她同唱最后一支歌。"

干塔听着父母的述说，
心里非常难过，
他为公主鸣冤叫屈，
决心要把她救活。

父亲按照干塔的嘱咐，
急忙跑出大门把送葬队伍阻拦：
"请你们把公主抬回宫去吧，
有人能把死人治活。"

众人说：
"公主的灵魂已经离开人世，
莫非有什么仙人，
可以使得落花返枝？"

干塔的父亲仍然不退让，
士兵只好去禀报了国王。
国王半信半疑，
也只好把公主抬回殿上。

国王派出了专人，
去把干塔请来。
干塔一来到宫殿上，
就叫大家先让开。

干塔把公主翻来翻去，
把仙水洒遍了她的尸体，
于是，公主的皮肉显现了血色，
她的脸庞慢慢地恢复了生机。

公主醒来了，
公主复活了！
看，她的眼睛那么美丽，

看，她的嘴角含着微笑！

她惊喜地望着干塔：
"……你是人还是仙？
我已经是死去的人了，
难道还有什么天缘……"

干塔忙把公主安慰：
"听到你的死我的心碎。
我只是个普通人，
救活你的是仙水。"

国王和王后含泪对干塔说：
"我们不知道要怎样感谢你！
能使公主起死回生的青年啊，
你是不是天上降下的神医？"

"我不是什么神医，
我只是勐巴娜西的顺民。
如果你真心感谢我，
就请你换上一颗仁慈的心！"

干塔的话像霹雳，
震动了昏庸的国王。
他决心用行动来表示悔过，
立即把大小群臣召进宫殿。

国王向群臣们庄严宣布：
丙亚干塔是国王的女婿，
王位也让他来继承，
赶快把这个大事向百姓告谕！

干塔当了国王，
没有忘记他的父母和妻子。
他把他们接进了王宫，
一起过着美好的日子。

七

刚塔拉的公主婉娜，
做了勐巴娜西的王后，

这消息像潮水一样，
很快传到了德戛西。

德戛西的王子听见了，
像受伤的野兽一样暴跳。
他坐卧不安，
怒火在心里燃烧。

他愤愤骂道：
"一个穷苦的长工，
胆敢娶了公主又当国王，
还把我的未婚妻拐进王宫！

"勐巴娜西的国王也太昏庸，
错给魔鬼晋爵封功！
你等着，我要踏平你的国土，
要和那干塔决一雌雄！"

德戛西王子兴师动众，
一面修书到刚塔拉去怂恿。
他把婉娜的下落告知了国王。
要求他发兵向勐巴娜西进攻。

两国兵马六万多，
在勐巴娜西的国土会合。
他们一面安营扎寨，
一面在周围巡逻。

他们向勐巴娜西下了战书，
叫老国王趁早献出干塔的头颅，
还要交出刚塔拉公主，
并且不得延误。

一百零一国的国王和王子，
听到勐巴娜西的公主复活，
听到干塔当了国王的女婿，
心中也充满怒火。

他们抽调了能当兵的百姓，
组成了几十万联军，
在通向勐巴娜西的道路上，
扬起了蔽日遮天的灰尘。

他们也给勐巴娜西送去战书：
"糊涂的老国王，
你不把我们王子当人看待，
却轻信那个穷鬼狂徒。"

"世上哪有死人复活的事？
那是魔鬼玩弄的法术！
现在你要交出魔鬼，
才能得到我们的宽恕。"

"你让魔鬼当了女婿又继承王位，
这是对一百零一国的亵渎！
如果你不低头认罪，
那就抬头看看我们大军的威武！"

一百零一国的大军压境，
惊动了勐巴娜西的百姓，
百姓纷纷跑进城里，
想听到国王发出抗敌命令。

英武的干塔登上了城头，
从望远筒里看到了刀光剑影。
他知道他们是一群豺狼，
为首的是伙昏庸的暴君。

干塔暗自思忖：
不惩罚他们不足以平民愤！
他遣回了他们的差使，
果断地下了应战的命令。

他调集了全国的精兵良马，
安排了逃难的百姓，
又派猫头鹰快快飞到千座山，
七天之内调来魔王兵。

战争爆发了，
像天空滚过震撼山岳的雷霆。
干塔挂了弓箭长刀坐上飞象，
身先士卒，威风凛凛。

一百零一国靠的是兵多将广，
蜂拥而来和干塔拼命；
干塔有的是机智英勇，

还有保家卫国的忠诚士兵。

双方呐喊厮杀，
杀得难解难分，
杀得天昏地暗，
杀得尸体布满山林。

干塔挥舞着弓箭长刀英勇过人，
敌兵敌将胆战心惊。
干塔砍杀敌人像砍芭蕉，
指挥着兵马冲乱了敌阵。

远方的魔兵呼啸而来，
更吓得敌人溃不成军。
一百零一国的国王和王子，
预感到战争的败局已定。

于是，他们都来向干塔请降：
"举世无双的大王啊，
我们将永世称臣纳贡，
再也不敢冒犯勐巴娜西的威望。"

干塔当众训斥了他们：
"你们不是个个自称骁勇无畏？
怎么到要决一死战时，
个个都变成了怕死鬼？

"你们不是王孙贵族吗？
怎么这样个个面如土灰？
你们刚刚兴兵万众，
怎么一时成了觳觫的鼠辈？"

干塔又教训德戛西王子：
"你这个暴戾而又怯懦的崽子！
刚塔拉国王已告知你婉娜的不幸，
你为什么不敢挺身相救？"

干塔也对刚塔拉国王说了几句：
"你不知道谁救了你的爱女？
为什么竟然受人挑唆，
把我当作仇敌？"

一百零一国的国王和王子，

个个承认罪该万死，
但都请勐巴娜西新国王开恩，
说他们从此不再骄横放肆。

干塔看他们有心诚服，
对他们的罪过也就不加追究，
还祝他们国泰民安，
对外结成睦邻好友。

宽宏大度的干塔啊，
叫士兵把战死者收拢一块儿，
他取出了起死回生的仙水，
一一洒在他们的身上。

所有的死人都复活了，
他们都来拜谢干塔的大恩。
干塔叫他们擦亮眼睛，
看清邪恶的人。

一百零一国的国王和王子，
把带来的金银奉献给了干塔。
但干塔却把它分给了各国的士兵，
叫他们回国置业安家。

干塔国王的美德很快传遍全国，
全国的百姓都来庆贺。
干塔吩咐举行大摆，
叫全国的百姓尽情欢乐。

干塔又叫各国的国王和王子，
也来参加勐巴娜西的祝捷大摆。
干塔高兴地表演了他的飞象，
使全体来宾更加感到亲切友爱。

在一片欢乐的大摆中，
刚塔拉国王见到了女儿婉娜。
女儿向父亲叙述了她的恩仇，
用眼泪倾诉了他们的悲欢离合。

大摆正在隆重地进行，
干塔叫人取出魔王赠送的金银，
分发给勐巴娜西的百姓，
表示他爱国爱民的一片诚心。

七天七夜的大摆结束了，
一百零一国的人马也登上了归程。
干塔回到宫中又陷入了思虑：
怎样才能使国家繁荣昌盛？

他把仙水分给各村去保管，
把仙草分给各寨去栽培。

仙水慢慢干涸了，
仙草依然晶莹苍翠。

勐巴娜西的百姓健康长寿，
丙亚干塔享年十万岁。
勐巴娜西的山山水水，
都闪耀着和平幸福的光辉。

原载《山茶》1982 年第 1 期
翻译者：龚肃政（傣族）
整理者：刀保尧（傣族）

附记（原后记）：

《九颗宝石》属阿銮故事中的叙事长诗，它情节离奇，故事篇幅也大。在较大的篇幅中，我们可以看出故事的口头流传时间之长。例如，在妖魔鬼怪的神奇变幻中，竟然出现了望远筒、大镜子、铜炮（火药枪）之类的近代器物，珠宝店和"甲"之类的近代行业和币制单位……在整理中，我们是这样对待诸如此类的问题的：基本保持原样，个别地方做了修改。一方面这是为了提供研究资料，另一方面为了不损害故事中心。另外还有什么别的问题，又应如何处理，请读者指教。

整理者
1981 年 10 月

缅桂花

洁白的缅桂花又美又香，
香味来自那日出的东方。
它会不会永远香在傣家人的竹楼？
请让我敞开洪亮的嗓门高声歌唱！

一

在那遥远的白云深处，
高耸入云的竹林山下，
有一个富饶美丽的坝子，
坝尾坐落着一个古老的村寨。

寨头有一棵白色的缅桂花树，
树下有一幢矮小的竹楼，
这就是穷人月罕姑娘的家，
家里有一个白发的妈妈。

月罕家吃的是野果苦菜，
穿的是旧筒裙，披的是破绿纱。
月罕度过了十六个关门节，
她只愿意戴一朵洁白的缅桂花。

竹林山上的野果月罕都采遍了，

竹林山上的苦菜月罕都吃过了，
人世间所有的苦啊，
月罕姑娘都尝尽了。

关门节的头几个夜晚，
月罕姑娘还在竹楼上纺纱。
从月儿出来纺到月儿下山，
没有一个夜晚间断。

寨尾的那排大青树下，
有一座尖尖的大金塔。
金塔后面有一排寺庙，
庙中有大大小小的和尚。

庙门外有一块绿色的草坪，
草坪上围着一群穿袈裟的人。
他们为关门节敲铓击鼓，
有的还跳着优美的孔雀舞。

象脚鼓一个比一个打得好，
大铓锣一个比一个敲得响，
孔雀舞一个比一个跳得美，
欢乐的声音响遍坝尾。

爽朗的笑声一阵又一阵，
响亮的呼声一声连一声，
优胜者就是年轻的尚堂，
人们在把他不断夸奖。

鼓声铓锣声静下来了，
寺庙里的蜡条燃红了，
和尚佛爷开始了说书念经，
念经的人各有各的心。

110

听念经的人很多很多，
寺庙里再也装不下了。
月罕姑娘也坐在妇女中间，
寨子里的人好像没有一家缺少。

老佛爷念经的声音很小很小，
仿佛只有他一个人才听得清楚。
听众们微微地摇了摇头，
都认为他老得不中用了。

大佛爷念经的声音格外洪亮，
他们念的故事妇女不想多听。
有的人望着寺庙的窗外，
有的人紧紧地闭上眼睛。

二佛爷念经的嗓门最高，
大梁上的老鼠吓得乱跑，
人群中引起了一阵骚动，
勾来了佛爷们心中的烦恼。

大和尚合上了苍白的嘴唇，
两眼望着寺庙外的园门。
释迦牟尼也像收起了笑脸，
听众们的脸上现出了失望的皱纹。

小和尚像一群多嘴的乌鸦，
你也叽叽喳喳，我也叽叽喳喳。
听众们无心再听下去，
人群中又引起一阵喧哗。

所有的经月罕姑娘都不想听，
尚堂念的四季经她还记得清。
佛爷们念得口水下垂，
头人们听得点头回味。

太阳钻进了远远的西山，
晚霞返照那绿色的稻田。
勤劳的傣家人还不肯离去，
寨子里升起了袅袅炊烟。

晚霞由金黄变成淡蓝，
星辰悄悄地爬上了竹尖，

大地盖上了一层薄薄的纱幕，
燕子正准备回到窝里安眠。

零星的铓锣响声咚咚，
寺庙里的和尚开始了化缘。
尚堂整理了一下自己的袈裟，
右手腕上挂着黄色的竹篮。

尚堂来到一家人的大门外，
咚咚的铓锣声刚刚消散。
房主人忙着走下了竹楼，
双手捧出一团白糯米饭。

尚堂来到了另一家的围墙，
铓锣声唤出了信佛的老人。
老人一面走路一面含笑，
端着的酸粑菜还在冒烟。

尚堂来到月罕家的竹楼，
姑娘早在竹墙外边等候。
月罕的竹盘里放着芭蕉和芒果，
还有刚采下来的缅桂花一朵。

尚堂忘记了自己是在化缘，
手里的铓锣声再也无人听见。
别人的供果总是铓锣响后才会送出，
月罕姑娘总是走在铓锣声的前面。

她为什么每次都送一朵洁白的缅桂？
她的心意尚堂有点不好领会。
多少年来天天都是这样，
当和尚的人又不应该多想？

尚堂的父亲只养着这个独子，
他要尚堂终身住在寺庙，
同老佛爷做个永世的伙伴，
以此换取来生少一些苦难。

尚堂的母亲被头人家劫走，
他的父亲活活哭得双目失明。
穷苦人要活究竟有多少条路？
尚堂只好在寺庙中暂时居住。

尚堂这个多年的和尚啊，
想那样多会有什么作用？
化缘就专心地化缘，
管它什么酸辣苦甜咸！

可是十六年来他们总是常常相见，
从小到大都在一起游玩交谈。
他们相处得要比一般人好，
各人脑海里的微妙都心照不宣。

不是凭空的思念终归还是思念，
内心的秘密深藏在各自的心间。
一个想着那永远难忘的过去，
一个想着那神奇美妙的明天。

二

泼水节前的太阳比火还辣，
田里的黄土张开了嘴巴，
芭蕉树卷起了厚厚的叶子，
高大的柚子树还在开花。

大路上扬起了阵阵灰尘，
椰子树下很少有来往的行人。
在泼水节的炎热天气里啊，
万里晴空没有一丝乌云。

鹦鹉躲进了绿色的树林，
大象走进了深深的山箐。
万物都渴望救命的雨水，
盼星星似地等候着泼水节的来临。

泼水节的早晨人人都很忙碌，
有的忙着打扫村头寨尾，
有的忙着备办清清的泉水，
都想把人间洗个干净。

月罕挑着水桶来到了泉边，
水面上倒映着玫红色的筒裙。
她的身材格外修长窈窕，
眼睛像两颗明亮的星星。

黑色的长发盘在头上，
眉毛像深秋时候的弯月。
白色的短衣镶着嫩红色的边，
淡黄色的披巾紧紧贴着嘴唇。

小桶划破了水面的平静，
月罕有眼也看不清自己的倒影。
她挑着泉水走在回家的路上，
像长空飘着一朵七色的彩云。

泼水的时候总算是开始了，
月罕拿着一片翠绿色的菩提树叶。
她右手端着一个雅致的小盆，
盆里盛满了清清的泉水。

她愉快地来到村寨外边，
用树叶蘸着蓝色的清泉，
为老爷爷泼了清清的泉水，
祝他们度过幸福的晚年。

她为老奶奶泼了清清的泉水，
祝她们安乐地长命百岁；
她为小伙伴泼了清清的泉水，
祝她们的日子过得比花还要美。

她为小弟弟泼了清清的泉水，
愿他们放的牛比象还要肥；
她为小妹妹泼了清清的泉水，
愿她们织的花布赛过红梅。

尚堂从寨边忙着走过，
月罕举起了蘸着泉水的树叶。
她轻轻地把水洒在黄袈裟上，
祝福尚堂像雄鹰一样翱翔：

"我的菩提树叶虽然不够壮美，
愿它为你洗去心中的劳累；
我的泉水虽然不够清亮，
愿它为你的生活带来花香。"

尚堂慢慢地回过了头，
恭恭敬敬地对月罕合掌：

"谢谢你的水啊，年轻的姑娘，
我这个当和尚的人不敢享受。"

月罕姑娘低下了高贵的头，
发髻上的缅桂花落在地上。
尚堂俯下身去拾起了花儿，
细心地为月罕插在髻上。

月罕姑娘又向尚堂合掌：
"不用谢啊，年轻的尚堂，
我们都在同一个寨子长大，
是一根藤上的两朵苦花。

"当和尚的时间应该有个年月，
包住的手脚还得靠自己松开。
头人家的少爷为什么不长住在寺庙？
黄袈裟只会为穷人增加苦恼。"

尚堂看了看自己的袈裟，
袈裟牢牢地包住了他的手脚。
"月罕姑娘你哪里知道，
我也没有想当一辈子和尚。"

月罕姑娘怕这样在野外站得太久，
急转弯地扭转了话题：
"尚堂啊，多年受苦的尚堂，
我阿妈今晚上有件事找你。"

尚堂回头往寺庙里走去，
动人的泼水场面装不进他的眼底。
他的心儿像高悬在空中，
好似小舟在大海里游荡。

他的阿妈就是在泼水节死去，
从此后他阿爹哭穿了眼皮。
穷与苦这本账应该记在哪里？
这还暂时是人世间的一个秘密。

月牙儿高高地挂在东山，
稀疏的星斗忽隐忽现，
有时飘过一串串流云，
大地出现了一片昏暗。

泼水节的当天夜晚，
月罕姑娘的纺车声音不断。
长长的线就像那穷人的苦，
不停的声音响在前院。

月儿慢慢地爬到了西天，
月罕姑娘还在静静地纺线。
她妈妈已经早早地睡了，
还听不见尚堂的丁琴声出现。

星星疲倦地只顾眨眼，
黑云为它们不断洗面。
猫头鹰的声音一声两声，
在后山的树上叫唤不断。

尚堂的丁琴声传到了竹楼，
轻轻的脚步声来到晒台。
月罕姑娘早备办好的竹凳啊，
接待着来串的高贵客人。

纺车开始了更加动人的吟唱，
丁琴的声音更加悠扬。
月罕姑娘虽然不是一个职业的歌手，
不停的歌声却还是像深山里的流泉：

"年轻的尚堂啊，你快请坐，
我的话还得慢慢地说。
我阿妈已经睡熟很久了，
说不完的话儿闷在心底不好过。"

尚堂的丁琴声停了下来，
低着头望着月罕的纱线：
"姑娘啊，好心的月罕，
我的心儿像纺车一样旋转。

"我住在寺庙你住在家，
多少话在心底深深埋藏。
你不能说啊我不敢多想，
闷葫芦在地里慢慢生长。"

月罕姑娘放慢了纺车的速度，
嘴里的话儿像河水一样流淌：
"过去听老人一遍又一遍讲过，

有这样一个动人的传说。

"从前有一对勇敢多情的年轻人，
他们同生在一个漂亮的村寨，
你望着我一天一天地长大，
我望着你跳舞、唱歌、说话。

"他们两个相处得特别友好，
上后山摘象牙芒果在一起，
下溪水摸鱼虾也在一起，
从小到大都没有寸步分离。

"好色的国王看中了那个姑娘，
要把她召进森严的宫殿。
姑娘心中一点也不愿意，
她想永远留在男伙伴身边。

"男伙伴想出了一个高明的主意，
约着姑娘逃到了另一个理想的天国。
他们战胜了极高的山和无边的海，
终于赢得了人世间的幸福。"

尚堂摸着头想了又想，
长时间闭着嘴没有说话。
年轻人可以任意远走高飞，
怕就怕年迈人心中牵挂。

月罕看出了尚堂心中的顾虑，
又开始了她那动人的歌唱：
"年轻人他们到了天国以后，
找到了避难的一座村庄。

"日子过去了三年五载，
他们接来了离别多年的爹妈。
穷苦的两家人团团圆圆，
日子过得像蜂蜜一样香甜。"

正当这个夜深人静的时候，
疲乏的月儿掉下了西山。
头人二少爷多喝了水酒，
歪歪倒倒地来到了月罕家的竹楼前。

他想去抱月罕家的母鸡，

他想去偷月罕姑娘的筒裙，
他想去同月罕姑娘谈心，
解解这酒后的烦闷。

他的耳朵紧贴着破烂的竹楼，
专心地偷听月罕姑娘的说话——
"明晚月儿下山的这个时候，
我们就骑马从这儿远远逃走。"

尚堂紧握着月罕姑娘的手，
尚堂两眼望着月罕姑娘：
"就照你刚才说的办吧，
我句句都记在深深的心窝。"

月罕姑娘从发髻上取下了缅桂，
轻轻地插上尚堂的袈裟：
"愿你不要遗忘了花儿的香味，
醉人的美酒不会诱走我月罕妹妹。"

三

夕阳西下火烧蓝蓝的天，
五颜六色的彩云天外多变，
夏风阵阵从南方飘来，
泼水节的气候变幻万千。

牛车回家辊辘团团转，
铃铛叮咚叮咚响在田间。
放牛的儿童正催鞭，
人想回家啊牛儿思圈。

夜色覆盖傣家人的坝子，
星星紧闭眼睛浓云遮天，
月亮有光在遥远的天边，
时隐时现肉眼有点难分辨。

南风劲吹风儿声声紧，
夜莺不叫寨子像死一样寂静。
傣家人在鼾声中安睡，
路上断了夜里的行人。

月罕姑娘家的灯光依然在亮，
临行前准备的物品样样齐全。
她摸了摸发髻上的白缅桂，
等候着慢行的月儿西垂。

二少爷披着黄黄的袈裟，
袈裟盖住了尖头和短腿，
右手拉着瘦小的白花马，
来到了月罕姑娘家的竹楼前。

二少爷轻轻地敲了两下竹窗，
窗内的灯火突然不见。
过了不到吸一口烟的时间，
竹窗像孔雀开屏一样张开。

月罕姑娘从窗口翻了出来，
轻轻地落在马儿的脊背上。
二少爷弯弯地坐在马后面，
狠狠地抽了马儿几鞭。

小花马不要命地往前飞奔，
马蹄声远远地留在马尾巴后边。
二少爷还嫌马儿跑得不够快啊，
朝马屁股上插进了锋利的刀尖。

小花马跑起来像一支出弦的弩箭，
长长的坝子被它一口气跑穿，
傣家人的村寨被它丢在脑后，
像飞一样地跑过了坝头的垭口。

花马的滴血声伴着马蹄声，
四只蹄逐渐放慢悠悠地行。
蹄声嘀嗒嘀嗒响在山里，
黑夜里再没有第二种声音。

月罕姑娘长长地吸了一口冷气，
慢慢地才开始打开了话匣：
"你累了啊，将马绳放松，
我们已经飞出了牢固的鸟笼。"

二少爷拿出了小小的口弦，
低低的弦声合着慢行的马蹄。
他吹出了傣家人的一首情歌，

独自享受这属于恋人的乐曲。

乌云盖住了茫茫的大地，
初夏的夜色越来越黑。
马儿才认识那山中的险路，
猎人的慧眼也难辨别草和木。

月罕姑娘感到有一丝寒意，
用披巾包住了快要松散的发髻。
她两眼望着远远的深处，
动人心弦的情歌又在倾诉：

"尚堂啊，你往前面坐一坐，
让我的背心为你暖一暖心窝。
垭口上的清风有点刺人筋骨，
前面就是那通向幸福的路。

"年轻的尚堂啊，我的情哥哥，
我有多少知心话要对你说。
就为你的那身黄得可怕的袈裟，
把情歌紧紧地压在我的心窝。

"听老人以前这样说过，
和尚不能当姑娘的情哥，
当了情哥姑娘不得好死，
琵琶鬼的罪名难以逃脱。

"姑娘会被柴火活活烧死，
全家老小会被赶出村寨。
人死后也不会升上西天，
只留下天大的罪名传遍人间。

"英俊的尚堂啊，我的情哥哥，
我阿妈也曾多次劝说我，
同什么人结婚她都满意，
就是不能与和尚有半点瓜葛。

"我阿妈也曾这样多次说过，
头人的儿子我们穷人不去沾边，
有钱的少爷我们情愿走远，
穷人中的小伙子由我自己挑选。

"哎，尚堂啊，情哥哥，

我什么人也不想去挑，
什么东西也打动不了我，
我就是选上了你这颗情果。

"勇敢的尚堂啊，我的情哥哥，
你阿妈被头人活活捆去，
泼水节大家都在尽情地欢乐，
你阿妈选的是死没有选活。

"勇敢的尚堂啊，我的情哥哥，
为了你站着死去的阿妈，
你阿爹饱尝了人间的痛苦，
寺庙里他好像找到了寄托。

"庙中的经书他本来不想多听，
和尚的生活实在也不安乐。
可是寺庙里的每一本经书，
他总是一次又一次地细听。

"你阿爹恨透了这个世道，
千烦万恼总是求助于寺庙。
他不知道想错了主意啊，
才要你终身当和尚到老。

"年轻的尚堂啊，我的情哥哥，
等我们逃到了自由的地方，
将你的阿爹很快接来，
我们同生同长同到老。

"到那时只要你甩去袈裟，
换上傣家人的粗布衣服，
我年迈的阿妈她也会来，
四个人在一家不多不少。"

东方的黑云渐渐散开，
青蛙的叫声还留在野外，
小花马又放慢了它的脚步，
悄悄地又走过了一座村寨。

月罕姑娘的情歌像滔滔流水，
二少爷坐在马背后心儿欲醉。
月罕姑娘还在不断地唱啊，
马蹄声把沉睡的大地唤醒。

"情哥啊，我的情哥哥，
你再往前面多多地坐一坐。
一切都为我们安排好了，
黎明很快就要来到！"

凉风抚摩着飘动的纱巾，
月罕姑娘觉得有点寒冷。
她往后面轻轻地靠了一靠，
马儿的背上不太平稳。

二少爷的心儿乱跳，
二少爷像多喝了陈年老酒，
长长的口涎垂在地上，
想尝尽这人间幸福的奇妙。

二少爷悠悠地动了一下月罕，
天地间的美事涌在心间。
他的手里失去了缰绳，
任凭小花马东游西串。

四

鸡啼声唤过了第二遍，
弯弯的月儿溜下了西山，
星星钻进了厚厚的云层，
沉睡的大地还没有苏醒。

闪电撕破了银灰色的夜空，
春雷的吼叫声响在黑云的深宫，
北风一阵一阵地扑了过来，
豆子大的雨点打在凤尾竹林中。

猫头鹰悲惨的哭声一声两声，
远方出现了一盏明灯。
二少爷又重重地追了一鞭，
马儿飞奔到了寺庙面前。

月罕姑娘走进了古老的寺庙，
在烛光下信步地走了一圈。
二少爷脚跟脚地走在后面，

想在这古刹中寻欢作乐。

烛后面的释迦牟尼眯着眼睛，
二少爷将黄袈裟甩在一边。
月罕姑娘像从梦中醒来，
这才看清二少爷的嘴脸。

二少爷只有一只小小的鼠眼，
稀稀的牙齿只有上半边，
鹰钩鼻子和长嘴连在一块儿，
深深的大麻子扯歪了红脸。

二少爷没有生长一根眉毛，
大大的耳朵没有外层的边边，
小小的狗头缩进双肩，
走起路来像野鸭一歪一跛。

二少爷的脚儿一只小来一只大，
迈出的脚步一只近来一只远；
二少爷的背上冒出一座小山，
压得他脚儿无力腰儿弯。

月罕姑娘越看越讨厌，
双脚后退绕到红烛那边。
二少爷的脚还在往前追赶，
方方的小凳子绊住了他的脚尖。

二少爷乘机坐在大殿上，
为了对月罕表白自己虚伪的心，
他又拿出多年的葫芦丝，
妄想把月罕的心儿唱归东山：

"我为你长长地等了十六年，
才有了今天的古刹相见。
你从没有像今晚这样大方，
从来没有像今晚这样畅谈。

"有件事你也许还不知道，
那还是三年前的一个夜晚，
我同大少爷都多喝了美酒，
想去串姑娘唱唱玩玩。

"大少爷他不知道我的心事，

我紧跟在后他走在前。
他说我们寨子里只有一个美人，
这个美人就是你，年轻的月罕。

"他叫我不要跟在他的后面，
他要独自一个人去享受。
我任他放肆地说东道西，
一切后果我都不想多管。

"这个时候天色分外漆黑，
长长的闪电划破夜空。
我劝大少爷另走他家，
我要独自爬你家矮小的竹楼。

"大少爷不知道是否听见，
他的双脚只顾直往前赶。
他快步来到了你家的楼下，
我这个跛脚也来得不算太晚。

"就在你家的楼梯下面，
大少爷的背心戳进了我的刀尖。
鲜血染红了你家的竹楼，
楼上的人一个也没有看见。

"我父亲知道了这件丑事，
连夜抓走了你年迈的阿爹，
说我大哥被你家活活谋杀，
杀死的人就在楼梯脚下。

"你阿爹被绳索紧紧捆绑，
将头套在长长的马尾巴上。
我父亲对着马屁股用力一刀，
马儿的四蹄乱飞乱跑。

"你阿爹被野马活活拖死，
寨子里的人都闭上了眼睛，
他们都不忍多看这样的场面，
可是我父亲的笑声连着笑声。

"大家都说我们的头人残忍，
仇恨的眼睛对着我家的大门，
有嘴的人不能说出心里话，
有钱的头人终归是头人。

"你阿妈气得从此不多说话，
我见你也只会泪如雨下。
冤家如今变成了一对亲人，
说明我应该独占这朵鲜花。"

"为了你我杀死了亲骨肉，
为了你我今夜把罪受够。
我们就在这佛殿暂住一夜，
把人间的乐趣好好享受。"

月罕姑娘实在忍不下去，
她双手紧紧握成拳头：
"你这个害人虫还往下讲，
我恨死了你们这些野兽！"

"你真是一个杀人不眨眼的刽子手，
你家世世代代把坏事干够。
我们穷苦人永远不会遗忘，
绝不会忘记那血海深仇……"

二少爷又向前跨出了几步，
牙缝里挤出了魔鬼的声音：
"月罕姑娘你早就应该清醒，
和尚不能与凡人配对成亲。

"尚堂他是一个穷家小子，
他的命经书里明明注定。
他永世不得还俗归家，
只能在寺庙里出出进进。

"我可以当着人在这里串你，
我可以当着人在这里搂你，
可是尚堂他这个穷小子嘛，
黄袈裟永远将他裹在庙里。

"在这里他见着你只能走开，
在这里他不能与姑娘言谈，
但聪明的二少爷我啊，
可以在庙中同你笑笑玩玩。"

月罕姑娘气红了白色的脸，
紧锁牙关手儿不住打战：

"不准你这个畜生再往下讲，
多嘴会给你带来迎头的灾难。"

"刚出蛋壳的小鸡不会祈求老鹰，
穷人与头人永远不同出进一幢竹楼。
再凶恶的老鹰总会遇到勇敢的猎人，
出弦的弩箭就要射到你的狗头……"

二少爷拔出了闪光的短刀，
一步比一步更紧地追逼月罕：
"你答应我我就放下屠刀，
现在还算是为时不晚！"

月罕姑娘吹熄了红烛，
大殿上什么也难以看见。
月罕姑娘摸着地上的袈裟急忙拾起，
悄悄地迈出了空荡荡的大殿。

月罕姑娘将发髻扎紧，
缅桂花深藏在发髻中间。
黄袈裟从头上盖了下来，
只露出两只黑亮的大眼。

月罕姑娘化装成一个和尚，
她骑上了二少爷的那匹花马。
她高高地扬着马鞭，
马儿的蹄声响在田间。

月罕姑娘紧紧抓住缰绳，
马儿的蹄声越来越紧。
二少爷被她远远地抛在佛寺，
还在那大殿上迷惑不醒。

五

马儿的四蹄跑得均匀，
月罕姑娘的心事它像完全领会。
它总是顺着平路跑啊，
怕把月罕姑娘的心儿抖碎。

田里的秧苗摇摇摆摆，

好像列队欢迎月罕姑娘：
"多灾多难的月罕姑娘啊，
望你以后不要把我们遗忘。"

白孔雀站在绿色的草地，
长长的羽毛高高竖起：
"多灾多难的月罕姑娘啊，
你可需要那片刻的停息？"

路两旁的凤尾竹低下了头，
它们正热情地把月罕接送。
凤尾竹站得那样整齐，
像是祝福姑娘一路顺风。

路旁的小河流水悠悠，
仿佛是不断地呼唤月罕姑娘：
"慢走啊，多灾多难的月罕，
望你以后还是要常来常往。"

棕榈树像一把把长长的利剑，
高高地刺破了蓝蓝的天。
星星早早地跑进了云层，
红太阳才刚刚爬上天边。

马儿的步伐越来越慢，
想让姑娘闭一闭疲倦的眼。
马儿累得有点不想走了，
可还是脚印踏着脚印不断向前。

马儿漫步来到了大江边，
一江横穿南北相连。
月罕姑娘跌下了马背啊，
马儿围着姑娘不断打转。

红红的太阳照在江面，
好像是用晨曦为姑娘取暖。
吼叫的大浪声月罕听不见，
她紧紧地锁住了忧愁的眼。

马儿静静地站在江岸，
它想让姑娘长长地安眠。
月罕姑娘真是苦中苦啊，
劳累了不知有多少个夜晚。

江边的寨子里又冒出了炊烟，
缕缕炊烟绕着山腰旋转。
这里是一个多民族杂居的村寨，
他们的生活全靠鱼肉做菜。

这个寨子里的人靠捕鱼为生，
世世代代都居住在这里。
这里的位置相当偏僻，
来往的游人很少很少。

远方走来了一个壮年的捕鱼人，
左手挽着快要烂了的渔网。
他的裤脚扎得高高的，
竹制的小鱼笼背在后腰。

捕鱼人来到了马儿身边，
马儿轻轻地把姑娘呼唤。
月罕一动也不动啊，
她这一觉睡得又香又甜。

捕鱼人看见地上的月罕，
遇难人才会独自来到江边。
他慢慢地揭开黄袈裟，
粗壮的手臂靠近月罕的鼻尖。

捕鱼人急忙用双手捧着江水，
缓缓地送进月罕的嘴里。
月罕姑娘微微地动了一动，
捕鱼人的脸上出现了笑意。

月罕姑娘苏醒了过来，
见一个陌生人立在身边。
她拉着马儿就要往前走，
捕鱼人的歌声飘在江面：

"你不要走啊，远方的客人，
我们这里虽然缺吃少穿，
可是我们格外好客爱友，
既然来到就该歇歇再走。

"不要走啊，远方的客人，
我这个捕鱼人住在江边。

那里就是我家的竹楼，
若你不嫌弃留下几天。

"不要走啊，远方的客人，
你的心中更不要过分忧虑。
我这个人是好还是坏呀，
你一眼可以全部望穿。

"你不要走啊，远方的客人，
我的爱人生得比花还要美丽。
她会伸出手来欢迎你啊，
住上几天后你再策马离开。

"不要走啊，远方的客人，
我已经有了一个聪明的后代。
他也会伸出手来欢迎你啊，
端出那最美的鱼肉将你款待。

"不要走啊，远方的客人，
我家里有这样一种古规——
遇难人来这里总得住上几天，
不然我们会千悔万悔。

"你不要走啊，实在不能走，
像你今天这样的遭遇，
我每年都得办上几件，
件件事都办得符合双方的心愿。

"客人，远方的客人，
如果你实在要赶着远走，
我这里有一包鲜鱼肉和红米饭，
愿它为你当一次早餐。

"客人，留不住的客人，
我这里有一件旧了的衣衫，
愿它为你避一避风寒，
愿它为你取一取温暖。

"客人，留不住的客人，
我这里有一把汉族的砍刀，
愿它为你开一条幸福的路，
愿它为你除去拦路的山妖。"

月罕姑娘望了望小花马，
小花马把头微微地低下，
好像小花马也会意地说：
"姑娘，我们就暂时留下。"

月罕姑娘脱去了黄袈裟，
捕鱼人的脸上现出了惊讶：
"你原来是一个贤淑的少女，
不是一个遇难的和尚。

"姑娘啊，远方的姑娘，
你在我家里歇一歇脚吧！
等你消除了暂时的疲劳，
条条通途由你信步走。"

月罕姑娘摸了摸自己的发髻，
发髻上的缅桂花发出了幽香，
香味飘在大浪翻滚的江面，
香味溜进了深深的河湾。

六

泼水节难忘的那天夜晚，
弯弯的月儿刚刚下山，
尚堂拉着寺庙里的枣红马，
急急忙忙地来到了月罕家的竹楼下。

竹楼上的窗子半闭半开，
尚堂以为月罕姑娘刚刚起来。
他在竹楼下等候了片刻，
竹窗口依然像锅底一样漆黑。

耐心的尚堂等了又等，
竹楼上还是没有一点动静。
他轻轻地敲了两下竹窗，
竹窗内仍然没有半点回声。

尚堂压低了自己的嗓门，
轻轻地呼唤月罕姑娘。
竹楼上还是没有响动，
只有月罕她妈妈的鼾声。

尚堂以为自己来晚了，
月罕姑娘心里不太高兴。
是不是她还静坐在窗口，
要尚堂先说明晚到的原因？

尚堂从挎包里拿出了丁琴，
丁琴的声音传出了才来到的真情：
"月罕姑娘啊，你不要过分生气，
我来得比昨晚还要早一个时辰。

"月罕姑娘啊，你起得真早，
月儿也才刚刚西沉。
你快从窗口翻出来吧，
我们好一道往东前进。

"月罕姑娘啊，你快一点出来，
雄鸡逼人的声音一声比一声更紧。
你快出来吧，月罕姑娘，
尚堂和马儿在这里等候。

"月罕姑娘啊，你听见没有？
是不是你昨晚的话有了改变？
是不是你不想再往前走？
还是你有病启不了程？

"是不是你睡晕了过去，
我说的这些话你没有听清？
东方的云彩已经由黑变白，
再不走就难以离开村寨。

"快一点啊，月罕姑娘，
你阿妈的鼾声已经不响，
寨子里已经有大嫂起床，
我的心啊，是多么的慌。

"我的琴声已经不能再弹响，
邻居春米的碓声唤醒了大地，
寨尾的黄狗叫声汪汪汪汪，
快走吧，我的月罕姑娘！"

尚堂爬上了高高的窗口，
竹窗内见不到了月罕姑娘。

尚堂难猜透其中的奥妙，
枣红马已经顺着寨边溜走。

尚堂紧紧追赶在后面，
枣红马沿着血迹来到大路边。
它边走边向地下看，
惊奇的声音在把主人叫唤。

尚堂的双眼凝视着地下的马血，
枣红马顺着血迹在往前走。
尚堂翻上了枣红马背，
快马扬鞭直往前追。

马蹄声伴着鞭儿声，
清晨的夏风在后面推。
枣红马穿过了长长的坝子，
路两旁的椰子树往后在退。

鞭儿声和着马蹄声，
枣红马跃过一村又一村。
血迹印在宽宽的大道上，
尚堂在马背上看得很清。

枣红马来到了古庙门前，
四蹄低跪在血迹旁边。
尚堂翻下了枣红马背，
快步来到大殿中间。

二少爷还坐在大殿上，
独眼龙死盯住进门的尚堂。
他不等尚堂首先开口，
一面说话嘴皮一面抖动：

"冤家与冤家时常相见，
我等了你这个穷光蛋好半天。
你的月罕无情地甩下了我，
她跑得了初一躲不过十五。

"小尚堂你这个穷光蛋，
穿黄袈裟还把桩桩坏事干。
民间的姑娘没有你的份，
经书里的女人由你呆呆看。

"小尚堂你这个穷光蛋，
和尚不能把多情的女人恋。
像你这样不守清规戒律，
死后难以升上西天。

"小尚堂你这个穷光蛋，
月罕姑娘永远属于二少爷我。
聪明的人只会选择一条路，
追回月罕我就把你宽恕。"

尚堂气得咬紧了牙，
两个拳头直往二少爷身上击打。
他打得二少爷嘴里尖声喊叫，
他打得二少爷在大殿上乱跑。

大殿被尚堂快要闹翻，
释迦牟尼的头也被打烂，
佛像前的供果在地上乱滚，
尚堂还在把二少爷追赶。

神台后面走出来一个老佛爷，
他背后跟着无数的和尚。
老佛爷低头对佛像合掌，
他的眼睛死死闭上。

老佛爷问身旁的大和尚：
"是哪里冒出来的野和尚？
胆敢大闹我威严的古庙，
胆大包天如此疯狂！"

尚堂站在一边高声答话：
"我是来自远方的和尚，
打的是头人的黑苗子，
不打死他穷人只会忧伤。"

老佛爷不允许尚堂再往下讲，
他吩咐左右的小和尚：
"我们是求神拜佛的善人，
为的是大家都过上好日子。

"要吃好穿好就得有金钱，
最有钱的人就是头人家。
头人的儿子不能骂来更不能打，

经书里早就这样章章写下。

"把无理的野和尚轰出殿去，
让他在深山里填饱毒蛇，
让他去江河里填饱鱼虾，
让他从今后永世不得归家。"

尚堂心中的怒火熊熊燃烧，
仇恨的火焰燃遍全身：
"我这个受骗多年的和尚，
今天我才把你们丑恶的灵魂看清。

"我看穿了你的这座古庙，
我看穿了如今的这个世道。
你们都是我们穷苦人的对头。
你们的逍遥美梦再也不会长久！"

乱哄哄地上来了一群儿童，
他们个个披着黄色的袈裟，
有的最多才有七八岁，
尚堂只好悠悠地退下。

二少爷的这口气尚堂没有出完，
他心中暗想今天不算来日方长。
为了要把月罕姑娘紧紧追赶，
他又骑上了枣红马扬鞭向前。

七

尚堂来到了层层群山面前，
地下的血迹依然展现。
刚开屏的金孔雀啊，
扰不乱尚堂前进的视线。

尚堂来到了笔直的山涧，
树梢上的长臂猿高悬。
长臂猿滑行的姿势极美，
尚堂他啊也无心多看。

尚堂来到了望不穿的老林，
树上的金丝猴一群又一群。

大金丝猴背着调皮的小金丝猴啊，
正在把远方来的尚堂欢迎。

尚堂来到了宽宽的湖滨，
白天鹅在水里游来游去。
天鹅的羽毛多么洁净，
尚堂一心只顾忙着远行。

尚堂来到了高高的山腰，
山腰出现了健壮的金钱豹。
金钱豹飞跃上另一座山峰，
吓人的吼声像巨雷咆哮。

尚堂来到了奇特的险峰，
猛虎高立在蓝天之中。
虎头顶着高高的白云，
两只眼睛像一对铜铃。

尚堂来到了银桦树下，
灰色的猫头鹰栖在树丫。
它紧缩着脖子，
为的是黑夜里放哨声音更大。

尚堂来到了深深的山箐，
大象在浅水中缓行。
它那灵敏的鼻子伸向前方，
为尚堂指引远行的航程。

尚堂来到了广阔的草坪，
梅花鹿伸着细细的脖颈。
尚堂问它看见了月罕没有，
梅花鹿仰头示意已过去了几个时辰。

尚堂来到了柚木树下，
喜鹊张开翅膀低低飞行。
尚堂问它看见了月罕没有，
喜鹊高叫已过去了几个时辰。

尚堂来到了宽阔的大路上，
会说话的小八哥展翅东行。
尚堂问它看见了月罕没有，
八哥低鸣已过去了几个时辰。

尚堂来到了静静的泉水湖畔，
点水雀划破了蓝色的水面。
尚堂问它看见了月罕没有，
点水雀示意已过去了几个时辰。

尚堂来到了黄色的山岩下，
黑熊猫摇头摆尾脚还在乱抓。
尚堂问它看见了月罕没有，
熊猫抬头示意已过去了几个时辰。

尚堂走过了所有的大山，
空中的飞鸟他都问过了，
都说月罕姑娘已经过去，
早早地过去了几个时辰。

尚堂走过了所有的山箐，
大地上的野兽他都问过了，
都说月罕姑娘已经过去，
早早地过去了几个时辰。

月罕姑娘啊，月罕姑娘，
你走慢一点啊，走慢一点！
劳累的尚堂他啊，在把你紧紧追赶，
你要把脚步放得再慢一点，再慢一点！

尚堂走穿了广阔的野林，
他翻遍了每一片树叶，
所有的路他都走过了，
就是没有找到月罕姑娘。

尚堂走穿了大江小河，
他摸遍了水底的每一块石子，
问遍了所有的大鱼、小虾，
都没有找到月罕姑娘。

哎，月罕姑娘啊，月罕，
你急急忙忙地走到哪里去了？
尚堂为什么找不到你啊，
找不到他心爱的月罕姑娘！

尚堂在把月罕姑娘声声呼唤，
不知道风儿是否让月罕姑娘听见？
月罕姑娘啊，月罕姑娘，

你现在究竟在哪边……

尚堂策马来到了无边的坝子，
放牛的牧童伏在马背上。
尚堂问他们看见了月罕没有，
月罕是一个漂亮的姑娘。

放牛的牧童吹响了竹笛：
"我们只看见一个和尚，
骑着一匹飞行的万里马，
没有看见一个漂亮的姑娘。"

尚堂策马来到了黑河之滨，
拿鱼的小姑娘刚撒下渔网。
尚堂问她看见了月罕没有，
月罕是一个漂亮的姑娘。

小姑娘笑着回答问话：
"我只看见一个和尚，
骑着一匹飞行的万里马，
没有看见一个漂亮的姑娘。"

尚堂来到了平坦的田间，
铲田埂的大哥们手儿忙。
尚堂问他们看见了月罕没有，
月罕是一个漂亮的姑娘。

大哥们停下了手中的锄头：
"我们只看见一个和尚，
骑着一匹飞行的万里马，
没有看见一个漂亮的姑娘。"

尚堂来到了一座小山边，
割草的姑娘们笑声连天。
尚堂问她们看见了月罕没有，
月罕是一个漂亮的姑娘。

姑娘们望着远来的尚堂：
"我们只看见一个和尚，
骑着一匹飞行的万里马，
没有看见一个漂亮的姑娘。"

尚堂来到了一座美丽的村寨，

背孙孙的奶奶站在路旁。
尚堂问她看见了月罕没有，
月罕是一个漂亮的姑娘。

奶奶放下背上的小孙孙：
"我只看见一个和尚，
骑着一匹飞行的万里马，
没有看见一个漂亮的姑娘。

"漂亮的姑娘我们这里很多，
她们个个都能说会讲。
你看哪一个像你的月罕，
远方的客人你自己去望望。"

尚堂来到了寨子中间，
老爷爷忙着编制竹子栏杆。
尚堂问他看见了月罕没有，
月罕是一个漂亮的姑娘。

老爷爷放下了手中的竹片：
"我只看见一个和尚，
骑着一匹飞行的万里马，
没有看见一个漂亮的姑娘。

"漂亮的姑娘我们这里最多，
她们个个都像夜来香一样。
你看哪一个像你的月罕，
远方的客人你自己去望望。"

尚堂来到了一幢雅致的竹楼前，
竹楼上的大嫂忙着去挑水。
尚堂问她看见了月罕没有，
月罕是一个漂亮的姑娘。

大嫂放下了肩上的水桶：
"我只看见一个和尚，
骑着一匹飞行的万里马，
没有看见一个漂亮的姑娘。

"我们这里的姑娘都漂亮，
个个都美得像我一样。
你看哪一个像你的月罕，
远方的客人你好好望望。"

尚堂来到了另一家的竹楼上，
楼上的妹妹在煮酸笋汤。
尚堂问她看见了月罕没有，
月罕是一个漂亮的姑娘。

妹妹放下了手中的竹笋：
"我只看见一个和尚，
骑着一匹飞行的万里马，
没有看见一个漂亮的姑娘。

"漂亮的姑娘多又多，
我就是最漂亮的一个。
你看我像不像你的月罕，
远方的客人你仔细望望。

"我们这里的寨子最好，
我们寨子里的牛马最旺。
远方的客人你不要走了，
这里也应该是你留恋的地方。"

尚堂向竹楼上的妹妹合掌，
长长的袈裟拖在竹楼上：
"最漂亮的妹妹啊，
你的美丽我和尚不敢瞻仰。

"等我找到了月罕姑娘，
我们再来高攀你的竹楼，
谢谢你的一片好心意啊，
感谢你这个多情的姑娘。

"为了找到我的月罕妹妹，
远方的客人我又要启程了。
再见了，永远叫人难忘的竹楼，
再见了，我要永远谢谢的姑娘！"

八

年轻人的丢包①快要到了，

捕鱼人买回了金色的丝线，
捕鱼人买回了七色的彩绸，
捕鱼人买回了紫红的锦缎。

捕鱼人叫来了月罕姑娘，
月罕姑娘的心事捕鱼人没有猜透。
"按照我们寨子古老的习惯，
年轻人过丢包节总得走走玩玩。

"多愁的月罕姑娘啊，
别的姑娘都在忙着绣花包，
我为你买来了最软的锦缎，
你也应该拿去好好看看。

"年轻人的丢包节就要到了，
愿它为你赶走烦恼。
月罕姑娘啊，月罕，
你的包儿到时可不能短少。

"月罕姑娘啊，月罕，
过去的事就把它暂时放一放，
一心一意地绣你的花包，
丢包场上去好好地亮一亮。

"月罕姑娘啊，月罕，
我这是最后的一次规劝，
你一定要把花包做好，
它会为你把愁闷减少。"

月罕姑娘拿起了七色的彩绸，
彩绸为她带来了新的忧愁。
月罕姑娘日夜思念尚堂，
不知道尚堂又在何方？

月罕姑娘放下了七色的彩绸，
失神的眼睛望着竹楼。
月罕姑娘日夜思念尚堂，
不知道尚堂又在何方？

月罕姑娘拿起了紫红色的锦缎，

---

① 丢包：丢包是泼水节的活动之一。傣族青年男女常在野外，以丢包的方式谈情说爱，自由交往。

锦缎不会为她把幸福增添。
月罕姑娘日夜思念尚堂，
不知道尚堂的身体是否健康？

月罕姑娘放下了紫红色的锦缎，
她觉得竹楼有点摇晃。
月罕姑娘日夜思念尚堂，
不知道尚堂的身体是否健康？

月罕姑娘拿起了金色的丝线，
不是针儿弯来就是线儿断。
月罕姑娘日夜思念尚堂，
不知道这一切尚堂是否看见？

月罕姑娘放下了金色的丝线，
仿佛有人在把她轻声呼唤。
月罕姑娘日夜思念尚堂，
想念情人的月罕肝肠欲断！

星星慢慢地眨了七次眼，
秋月轻轻地洗了七次面，
月罕姑娘的花包啊，
才绣完那难绣的一半。

大青树发出了淡黄色的嫩芽，
四季常开的缅桂月月开花。
捕鱼人叫月罕快快做花包，
丢包节转眼间就要来到。

月罕姑娘的发髻上不离缅桂，
江边的缅桂花更有清香味，
不喜欢醇米酒的人啊，
闻一闻心窝里也会陶醉。

年轻人的丢包节来到了，
映山红开在傣家人的山寨，
翠绿色的竹楼粉红色的花，
乐坏了辛勤劳动的傣家。

年轻人的丢包节来到了，
牡丹花香留在汉族家。
汉族青年也要参加丢包节，
共同欢度这幸福月。

年轻人的丢包节来到了，
玫瑰花香留在回族家。
回族青年也要参加丢包节，
共同欢度这幸福月。

年轻人的丢包节来到了，
百花盛开在多民族的山寨。
各民族都要参加丢包节，
共同欢度这幸福月。

丢包节的场地是在野外，
男女青年长长地各站一排，
用小花包你找你的对象，
用小花包我挑我的人才。

包儿从这边飞到那边，
一阵欢快的笑声溜了过去；
包儿从那边飞回这边，
一阵潇洒的欢呼声飘进山中。

月罕姑娘站在队伍最后，
她的小花包放在背后。
她无心在丢包场上丢包，
低着头只是想把尚堂等候。

别的姑娘推让月罕先丢，
月罕姑娘总是微微地摇头。
她的眼睛不是望着对方，
低着头为等尚堂心里焦愁。

说起来事情也真凑巧，
尚堂从远方已经赶到。
他不是专程来寻求新欢，
是为了来丢包场把月罕寻找。

尚堂站在了小伙子的队尾，
他不是在欣赏各色各样的花包。
他顺着对方的队伍一个一个看去，
姑娘们个个都长得像艳丽的美人蕉。

尚堂的眼睛转到了队伍的最后，
缅桂花的香味飘到鼻尖，

啊，那不就是月罕姑娘嘛！
可又为什么低着头不把他看？

尚堂轻轻地揉了一下双眼，
姑娘穿的衣裙他在泼水节亲眼看见。
他不怀疑自己的这双猎人的慧眼，
是月罕姑娘站在自己的对面！

为了把事情做得更稳妥一点，
尚堂拨动了悠悠的琴弦。
传神的手指这时格外灵巧，
动人的声音飘向人群对岸。

琴声把月罕姑娘的思绪打断，
月罕姑娘的视线落向尚堂的琴弦。
尚堂的神采一点也没有变化，
那传神的眼睛月罕已经把它望穿。

尚堂的琴声时续时断，
可是他的脚步总是向前。
月罕姑娘靠近了尚堂啊，
久别的情人总算是在丢包场上相见！

月罕姑娘认清了消瘦的尚堂，
尚堂也认清了忧愁的月罕。
他们都没有倾吐那动人的言语，
言语这时也难于表达心意。

尚堂默默地望着月罕姑娘，
月罕姑娘也默默地望着尚堂。
他们都流出了多情的眼泪，
泪珠和泪珠反映着朝阳。

一串串的泪珠就像那一件件的往事，
热泪点点流在丰满的胸膛。
多少往事都溶化在那泪水里，
他们都任意地让泪珠流溢。

泪珠啊，你尽情地流吧！
你流出了多少年轻人的忧伤，
你又流出了多少年轻人的欢乐，
流成了那永无尽头的江河。

尚堂和月罕离开了欢乐的丢包场，
肩并肩地向捕鱼人家里走去。
江里的流水放声歌唱，
歌唱又得到幸福的尚堂。

丢包场上的笑声越飘越远，
男女青年迎得了各自的情人，
一对一对地先后携手散去，
滔滔不绝地倾诉那美妙的衷肠。

月罕和尚堂经过另一个丢包场，
这一个丢包场的盛会才刚刚开始。
他们无意停下轻盈的脚步，
去把丢包的动人场面观赏。

月罕姑娘和尚堂走得更远了，
他们放怀畅谈离别后的悲伤。
路边的画眉叫他们抹去眼泪，
过去的事情以后再慢慢地讲。

月罕和尚堂快要看不见了，
他们畅谈团聚后的欢乐，
欢乐的话儿说也说不完，
年轻人的幸福少不了团圆。

丢包节是年轻人的欢乐节，
年轻人要整整欢乐一个月。
月罕和尚堂畅谈了九天，
情话越说跳动的心儿越热。

滚滚的江水向东流去，
情人的话儿滔滔不绝。
月罕和尚堂向东眺望，
东山顶上又升起了下弦月。

九

二少爷治好了头上的创伤，
大白天当强盗暗偷明抢。
他靠着他父亲头人的权势，
百姓的生死簿像握在他的手上。

寨子里的猪和鸡像为他喂养，
名贵的剁生肉他吃了这样换那样。
顿顿饭他都要饮饱醇酒，
餐餐饭离不了野鸡炖汤。

甜芭蕉用油炸还嫌味不美，
酸笋煮鱼他嫌颜色不好看，
火烤肉他还嫌油水太大，
酸粑菜他只吃菜的尖尖。

糯米饭他还说颗粒过小，
菜花茶他喝了还说味不甜，
象牙芒果他嫌心心大，
麻桑坡①他说长得不够圆。

甜菠萝他说其中有苦，
牛肚子果他嫌长得太大，
香花果他嫌水分不够多，
黄柚子他说不能当水喝。

傣族的白布他嫌织不好，
汉族的蓝布他说布太薄，
灰色的绸子他说不好看，
黑色的缎子他说把手戳。

白色的凉鞋他说不避雨，
淡黄色的包头他嫌不够软，
身上的铜口弦他嫌声音小，
葫芦丝他还嫌声音低微。

寨子里的姑娘他都串过，
背着娃娃的大妈他都胡讲乱说，
年轻的小寡妇都怕见他，
像绿苍蝇沾着了就难逃脱。

小姑娘见着他快步走过，
十一二岁的姑娘他也要摸一摸。
他的妹妹他也不放过，
大嫂也不敢在竹楼上独自静坐。

寨子里的东西像他家所有，
要哪样拿哪样顺手一摸。
穷苦人恨透了这个魔鬼，
都叫他二阎王把他诅咒。

二阎王抢光了周围的村寨，
游向东游向西无人过问。
有钱人靠权势欺压百姓，
放火烧竹楼还说要怪命运。

二阎王酗烈酒成了习性，
歪歪倒、倒倒歪来到凉亭②。
头儿疼，眼睛冒火花，
两腿无力想站也站不稳。

凉亭上张贴着几十幅绘画，
幅幅画动人心招来行人。
这些画出自月罕的手，
画中事是月罕痛苦的遭遇。

二阎王看完画心中恼怒，
举起手撕毁画侮辱诗文。
他顺手点燃了一把柴火，
纵火犯要烧毁行人凉亭。

寨子里的小伙子上前拦住，
他狗嘴里吐狂言血口喷人：
"那上边画的是二少爷我，
我成了你们要捉拿的天神。

"快交出你们的那个月罕，
她是我第九房多情的人。
你们不要鼓着眼睛把我多看，
不交人我不离开这座凉亭。"

年轻人十分憎恨二阎王的恶行，
他们把二阎王反捆起来拖出凉亭。
寨子里的人来到了大江边上，
看热闹相互间都不相让。

---

① 麻桑坡：热带、亚热带水果，又名番木瓜。
② 凉亭：一般建盖在村寨边，专供来往行人休息或避雨的亭子。

月罕姑娘早来到咆哮的江边，
见冤家她更是刻骨仇恨。
二阎王跪在荒凉的沙滩上，
他知道他的末日就要来临。

愤怒的火焰燃烧在尚堂的双眼，
见冤家他的仇恨增添。
江中的小竹筏他已经放好，
二阎王被捆在竹筏上边。

月罕姑娘砍断了竹筏的缆绳，
江中浪冲打着二阎王的脊背。
浪冲浪紧推着小小的竹筏，
二阎王在筏上高喊救命。

丑恶的东西就是二阎王的影子，
头人的权势也是一天一天走向死亡。
天地间的飞禽走兽都为今天的场面高兴，
大自然也比往常更加喜气洋洋。

清清的江水放声地唱，
后浪推着那前进的浪。
二阎王晕倒在那漂行的竹筏上，
小小的竹筏漂向了远方……

灵巧的绿豆雀放声高唱，
清脆的歌声婉转悠扬。
它散开了美丽的羽毛，
感到无比的骄傲自豪。

小青鱼漂游在绿色的水面，
欣赏这诗情画意的蓝天。
它饱尝空气中的各种养料，
凉水里也开始有了点温暖。

"水水水"的欢呼声声不断，
豪迈的笑声连着笑声。
人们纵情地放声唱啊，
唱得那东方出现了朵朵红云。

岸上人人心中欢喜，
竹筏为他们送走了灾难，

为他们迎来了温暖的春天，
迎来了吉祥幸福的美好年代。

十

开门节的第二天清晨，
捕鱼人的竹楼里喜气盈盈，
黑色的蚊帐高高卷起，
大红色的毛毯铺在楼上。

月罕姑娘穿着珠红色的长裙，
淡黄色的短衫盖住了手心。
四个姑娘在为她梳着长发，
精心地打扮着月罕新娘。

尚堂甩掉了黄色的袈裟，
浅蓝色的长裤穿在身上。
两个青年在为他整理包头，
想美美地打扮好尚堂新郎。

新郎的左边坐着三排青年，
新娘的右边坐着三排姑娘，
他们按照傣家人古老的习俗，
吹着竹竿弹着丁琴放声吟唱。

女青年们：
"玫瑰花最喜欢春天怒放，
小青蛙最喜欢夏天清唱，
白糯谷总是秋天低头成熟，
冬天的气候总是分外晴朗。

"月亮与太阳好似轮流循环，
白天好像总是赶走了夜晚，
时间一天一天地过去，
小姑娘长成了如今的新娘。"

男青年们：
"孔雀最喜欢歇在绿色的草坪，
鹦鹉最喜欢住在无边的森林，
黑天鹅最喜欢漂在静静的水面，
鸽子最喜欢高飞在蓝色的天空。

"它们各自都有大自然所给予的习性，
都按照自己的喜好幸福地生存。
开门节一个一个地慢慢溜走，
小小的儿童长成了如今的新郎。"

太阳的光线照着房顶，
结婚时的拴线礼就要举行。
主人们都坐在火塘边上，
众客人围坐在竹楼的正门。

众客人：
"我们都是来自东村西寨，
第一件事得先祝贺竹楼的主人。
你家的金孔雀双双长大，
愿它们肩并肩高飞入云。

"黑天鹅由你们细心抚养，
今天总算是配对成双。
这里面有你们的多少血汗，
才养成他俩今天这逗人的模样！

"月罕新娘的妈妈你们已经接来，
尚堂新郎的阿爹也坐在这里，
我们都为你们感到高兴，
愿你们这个家庭永远欢欣！

"尚堂新郎的阿爹高兴得睁开了双眼，
月罕新娘的阿妈也笑得合不拢嘴唇。
你们内心的事儿我们都已经知道，
为儿为女的苦差事总算有了今天。"

月罕的妈妈：
"我是一个头发花白了的老人，
今天来到这里也得感谢众位乡邻。
你们这里样样都那样美好，
多情人中还有那多情的人。

"月罕她是我独生的姑娘，
我没有精心地把她抚养。
这说明我做妈妈的还未尽到责任，
也充分显露出我的无能。

"月罕姑娘生来就很聪明，
她的胆儿大来心儿细。
这全凭大家的多多说教，
她才有斗风雨的一点本领。

"感谢你们啊，众位贵宾，
感谢你们啊，众位友人！
愿你们的日子也越过越好，
愿你们度过这幸福的一生！"

尚堂的阿爹：
"我的眼睛双目失明，
现在好像看见了众位乡亲。
感谢你们远道前来祝贺，
这是我晚年的最大荣幸！

"尚堂是我把他从小养大，
他是我家里的一棵独根。
我后悔不应该把他送去当和尚，
假佛爷教的经书里只会有眼泪和哭声。

"他阿妈惨死在头人的手下，
月罕的阿爹也死于有钱人的掌心。
这些事穷苦人不会忘记，
请大家先分享这拴线礼欢乐的声音。"

捕鱼人端出了七色的金丝线，
拴线礼马上就要举行。
边祝福边拴线人人有份，
都来比一比各自的金子嗓门。

捕鱼人第一个领头拴线，
放声高唱出吉祥的歌声：
"客人们来到了我的竹楼，
这使我感到无比的高兴。

"竹楼矮小室内又不洁净，
弄脏了客人们彩色的筒裙。
菜花茶还不够清香啊，
请大家还是要一饮再饮。

"我的甜柚子味道不正，
它的花香倒使人闻了清心。

望客人不要过分客气，
穷苦人总是想着穷苦人。

"月罕姑娘来到了我的家里，
为竹楼增加了欢乐的声音，
又勤劳又勇敢样样能干，
是我们傣家人的一朵鲜艳的迎春①。

"尚堂小伙子十分聪明英俊，
黄袈裟裹不住他的真心。
经过了千般万般的磨难，
总算是获得了月罕姑娘的爱情。"

捕鱼人的妻子第二个拴线，
红色的丝线拴在双方的手腕。
大嫂子开始了女主人的祝福，
她的歌声嘹亮动听：

"我合掌第一个感谢乡亲，
感谢你们今日的光临。
我家的竹楼实在破烂，
不配接待高贵的众位客人。

"我是这幢竹楼的女主人，
一切不好都说明我没有本事。
请大家多吸几口草烟，
我这个无能的人不会殷勤奉承。

"月罕姑娘长得姣美，
丰满的手臂像莲藕的嫩根。
她的长发黑得发亮，
还有一双像水晶般的眼睛。

"尚堂小伙子也不逊色，
粗壮的身体像一座大山。
他除了勇敢就是英俊，
大胆中还有那必要的细心。

"愿你们在我家常吃常住，
愿我们永远是共患难的人。
从今后不要分什么彼此，

---

① 迎春：迎春花。

我丈夫也是男人中智慧的化身。"

拴线礼举行了不到一半，
客人们与主人共进午餐。
愿大家尽情地多喝米酒，
愿大家多吃点喷香的抓饭。

吃个饱来喝它个醉，
请大家先照顾一下自己的肠胃。
唱歌的机会下半场还很多，
会唱歌的人不会觉得累。

十一

拴线礼还在继续举行，
美酒染红了客人们的眼睛。
不喝够啊谁也不想离去，
从天黑喝到它个东方黎明。

爷爷们吹响了细细的竹竿，
奶奶们放开了厚厚的嗓门，
儿童们在一旁欢天喜地，
年轻人静静地坐着在听。

竹楼里装满了歌声和笑声，
新娘和新郎乐得合不拢嘴唇。
他们的头上撒满了花瓣，
最香的花还是那朵洁白的缅桂。

缅桂花就是月罕姑娘，
姑娘最爱洁白的缅桂。
缅桂花的味道最醇，
爱香的人不妨先闻上一闻。

奶奶们：
"我们都是上了年岁的人，
没有游览过奇乡异境。
我们唱的歌也许不好听，

只是为大家把酒醒一醒。

"头发白了的人喜欢抱孙孙，
抱着孙孙也会回想青春。
这是老人们的常规常理，
请大家不要多嘴乱云。

"我们不想多说别的废话，
一个愿望就是傣家要后代有人。
我们希望他们一代胜过一代，
老人死后也才会闭上眼睛。"

爷爷们：
"请允许我们换一换竹筇，
让它们把大家引入仙境。
拴线礼我们参加过千百次，
都没有今天这样激动人心。

"小伙子你们不要张开嘴笑，
小姑娘你们不要挤挤眼睛。
我们只有一个心意，
要爱就爱它个终身。

"结了婚就不准随便抛弃，
爱人终归是永远相爱的人。
新娘新郎我们倒放心得过，
怕就怕旁人中会有薄情。"

大嫂们：
"我们是一批过来了的人，
时间将每个妇女严峻地拷问。
寡妇苦没有哪个不害怕，
妇女们总觉得低人三分。

"小伙子你们要好好记住，
有了知心就不要再去寻情。
这些话要说在前头为好，
以免造成那终身的悔恨。

"小伙子你们也尽管放心，
鲜花一样的姑娘大多是痴情。
哪个不想自己的丈夫，
哪个不爱自己的情人。"

大哥们：
"我们接着大嫂们唱的再唱几句，
重点是请姑娘们仔细地听。
伙子们个个都很勇敢，
姑娘们你们不能有偏心。

"伙子做事经得住考验，
心直口快是我们的通病。
说得不对的你们把它减去，
有点道理的请你们记清。

"姑娘家也得守点必要的本分，
不要像那莲花身边的浮萍。
见了男人得多说正话，
以免招来那新的纠纷。"

姑娘们：
"我们也接着回敬几句，
表一表姑娘们的真实心意。
望大哥们不要常打孩子，
说清道理孩子们也会赞成。

"望大嫂们也要少说小话，
说话做事要多想想后果。
我们当姑娘的话儿不多，
丑话说多了会引来灾祸。

"月罕姑娘是我们的表率，
她就是姑娘们聪明的化身。
大嫂们你们也不必谦虚，
月罕身上的东西也有你们一份。"

小伙子们：
"尚堂啊，月罕姑娘，
我们不是你们从小的伙伴，
我们没有生活在你们身边，
但我们依然要送上最美的祝愿。

"愿你们像一对高飞的大雁，
大雁离不开湛蓝色的天空。
愿你们展翅高高地飞翔，
愿你们的日子一天比一天更美。

"高飞吧，南方的大雁，
祝你们生活得吉祥幸福，
祝你们永远是一对领头的大雁，
高飞在那广阔的蓝天！"

儿童们：
"我们的年岁都还不太大，
有的十多岁，有的六七八，
参加这样的拴线礼我们高兴，
拴这样的线我们也一样欢欣。

"有钱人结婚我们不会去，
抬我们去也会抬不齐。
金钱我们一点也不稀罕，
我们要的是深情厚谊。

"我们要像尚堂大哥一样，
我们要向月罕姐姐学习。
你们做出了永远难忘的榜样，
我们要从中很好地吸取。"

新郎、新娘：
"客人拴的线永远留在手腕，
客人唱的歌永远留在心间。
我们先敬这第一碗最醇的美酒，
敬请客人们一定要多喝。

"父母拴的线永远留在手腕，
老人的祝福我们永远存在心窝。
我们的前面还会有艰难，
有了今天我们就不怕明天。

"我们再敬这第二碗米酒

愿它为我们提神壮胆。
再大的困难也能够战胜，
人生在世不由鬼神来管！

"我们再敬这第三碗水酒，
愿大家一道分享这人间的幸福。
头人、金钱我们不看在眼里，
他们欺人的权势不会长久。

"我们再敬这第四碗醇酒，
更美好的生活靠自己去创造。
劳动会造就神奇般的世界，
我们的双手会斩妖除魔。

"我们再敬这第五碗美酒，
请大家一定要开怀畅饮，
不醉不休不往家里走，
喝它个高高兴兴喜在竹楼。

"我们再敬这第六碗米酒，
碗底不干谁也不能回首，
脸儿不红肚里未喝够，
喝它个舒服、痛快、飘飘走。

"缅桂花酿的酒味道最浓，
这是我们最后敬的一碗香甜酒，
不会喝的也得把它咽下，
愿美酒的香味永远留在客人们的心头！"

缅桂花的歌儿到这里已经唱完，
愿它为大家增添力量。
下一首歌又该唱些什么？
总之我们会常常相见。

单行本，云南人民出版社 1979 年版
翻译者：思永宁
整理者：冯寿轩

附　记：
　　傣族民间叙事长诗《缅桂花》流传于德宏傣族景颇族自治州芒市、瑞丽等市（县）的傣族地区。《缅桂花》与长诗《阿銮尚堂》略同。《缅桂花》主要叙述了一个穷人家的姑娘爱上了一个和尚，他们经过了一些曲折经历，在捕鱼人的帮助下，终于战胜了头人的儿子，获得了幸福的故事。《缅桂花》具有独特的艺术色彩，思想性较高，是一首优美动人的诗，深受傣族人民的喜爱，在傣族文学中有一定的地位和影响。

新中国成立前，德宏地区的傣族人民主要信奉南传上座部佛教，因此，《缅桂花》这样的以摆脱宗教束缚为主题的经书唱本在佛寺（奘房）里较难找到。但我们于1962年傣族关门节时，在瑞丽江畔的一座佛寺里，总算是找到了较完整的一本傣文文本。现在的这部长诗就是以这个本子为主，同时采纳了流传在人民群众中的一些传说整理而成的。

在搜集整理过程中，可能还会有不少的缺点和错误，敬请读者批评指正，以便于将这方面的工作做得更好，为促进傣族文学和祖国社会主义新文化的不断发展做出应有的贡献。

《缅桂花》的搜集和整理得到了不少傣族群众和瑞丽县文教科、德宏州文教科、云南人民出版社、云南大学、云南林学院等单位的同志的支持与帮助，特在此一并致谢！

整理者

1978年泼水节

朗鲸布

刺痛过太阳的心灵。

第一章

森林里飞来了一只糯乐多①，
它要唱一支古老的歌。

哎，抬头望吧，傣家人，
天上最多的是星星，
地上最多的是穷人。
这是一支悲伤的歌哟，
它要诉说，穷人呀，
为什么用泪水洗眼睛。

请你们想吧，傣家人，
天上最高的是太阳，
地下最亮的是水晶。
这一支悲伤的歌哟，
像一面没有灰尘的明镜，
它使人看清穷苦人的辛酸，
它要揭穿坏人的狠心。

来听吧，傣家人，
这一支悲伤的歌哟，
月亮听了落过眼泪；
这一支悲伤的歌哟，

金色的勐巴纳西②啊，
有一片望不到边的平地，
五谷年年丰收，
山水十分秀丽。

勐巴纳西像一朵千瓣莲花，
这里住着千万户人家，
傣族人不愿离开这里，
太阳月亮也偏爱它。

甜蜜的井水有时会枯干，
好看的玉石也会有斑点，
幸福的勐巴纳西啊，
有一年遭到灾难。

带雨的云朵总是黑色，
魔鬼总藏着坏心肠，
勐巴纳西的新国王啊，
他对百姓像虎狼。

新国王别姆玛达，
两只眼闪着凶光，

---

① 糯乐多：傣语音译，是傣族认为夜间最会唱歌的一种鸟。
② 勐巴纳西：地名，傣族传说中最美好的地方。

他的命令传下啊，
山要改色哟，
河要变样。

自从别姆玛达当上国王，
穷苦的百姓眼泪汪汪，
寨子里的米粮被搜刮尽，
寨子里的牛羊被他抢光。

自从别姆玛达当上国王，，
勐巴纳西七年不下雨，
绿色的树枯萎，
青色的山变黄，
穷人在寨子里吃芭蕉根，
国王在王宫里杀牛宰羊。

穷苦人的眼前没有希望，
穷苦人的脸色土一样黄，
白天黑夜有人逃难，
幸福的勐巴纳西啊，
转眼一片荒凉。

最毒的要算七寸蛇的牙齿，
最狠的要数勐巴纳西国王，
地方越穷他的心越狠呀，
他左手命令伙头①搜刮，
右手命令士兵去抢。

这里住着两个贫苦人，
别人逃难啊，
他们舍不得离开家乡，
指望天神带来雨水，
指望国王改变心肠。

光秃秃的山养不活牛羊，
干裂的土地呀稻谷不能生长，
老夫妻在山边种下了冬瓜，
一竹筒山上的泉水啊，
一碗老夫妻的泪花花。

泉水灌着瓜藤长，

一寸瓜藤啊，
是老夫妻一寸希望。
星星眨了六十次眼，
一块瓜地里，
只有一朵花开放。

一朵黄花结一个瓜，
老夫妻把瓜当成娃娃，
太阳又露了三十回脸，
小瓜长成了大瓜。

听说山底下结了冬瓜，
寨里人个个惊讶，
听说老夫妻有冬瓜，
国王心里乐开了花。

"这里七年没有下雨，
树不见青，稻不发芽，
老夫妻有了冬瓜，
这是啊，
天神请我的客。"

贪馋的国王把命令传下，
一脸横肉一嘴大牙：
"冬瓜是我国王的，
士兵们啊，
快把冬瓜抬来，
我要尝尝它。"

狠心的国王哪管老夫妻的痛苦，
伸长舌头吃完了瓜，
他伸手指指瓜种：
"王宫旁边把它种下。"

一粒粒瓜种落地，
一根根瓜藤长大，
看见瓜种落地就生长，
国王心中着了慌。

国王站在台阶上看，

① 伙头：从前傣族村寨的头领。

瓜藤向着台阶上爬；
国王躲进王宫，
千百条瓜藤像千百只手，
千百只手都伸进王宫。

国王正想喊叫，
王宫已经倒塌，
卫士们鬼哭狼嚎，
妃子和宫女披头散发。

凶狠的国王啊，
他逃不脱身，
他在大石头下面喊叫救命，
一会就没了声音。

打死国王的消息传来，
京城里人人高兴。
老人们唱起了歌，
歌手们拨动了七年不用的西定①。

可是瓜藤不看百姓的欢乐，
瓜藤不听百姓的歌声，
它像千百条毒蛇，
要吞掉百姓的生命。

瓜藤向前伸延，
鸡犬牛羊不得安宁，
它使房屋倒塌，
它使百姓心惊。

勇敢的青年抽出了刀，
砍断了一根生出了两根，
砍断了两根生出了四根；
勐巴纳西啊，
村村寨寨喊救命。

勐巴纳西遭了殃，
瓜藤蔓延到大山上，
古老的大青树倒下了，

天空也没有鸟雀飞翔。

百姓的喊声震天响，
穿过河流越过山冈，
声音传到了德戛树②，
年轻的召勐③，
飞马跑到山上。

第二章

姑娘们爱摘最香的花，
老年人爱喝陈茶，
德戛树的召勐喜德加，
百姓都拥护他。

喜德加听到了喊声，
晴天的霹雳响在头顶，
桌上的饭菜没有滋味，
他脸上现出一条条皱纹。

他决定援救勐巴纳西，
他决定亲自去砍掉瓜藤；
他领兵来到勐巴纳西边境，
在石头上大声祝告天神：

"天神啊，你请听，
请听我喜德加的声音，
假如我是一个好心的人，
真心来救苦难的百姓，
我砍藤啊，
越砍越快，
要把害人的瓜藤砍尽。

"假如我的心地不纯正，
我来是为了抢占地方，
掠夺财物，
我砍藤啊，

① 西定：音译，西即拉，定即弦琴，西定意为拉琴。
② 德戛树：地名。
③ 召勐：召，王或首领；勐，地方；召勐，地方的首领。

越砍越慢，
让瓜藤夺去我的生命。"

喜德加跨上战马，
告诉他的士兵：
"我的犀牛一样的士兵们，
你们也听听我的声音：

"这里的百姓是我们的兄弟，
瓜藤是我们的敌人，
假如瓜藤伸延到了德戛树，
那里的百姓也不得安宁。

"假如我们不砍掉瓜藤，
这里的兄弟就要死尽，
让我们伸出援救的双手，
拿出你们龙一样的精神。"

声音传给了天神，
声音传给了百姓，
天神说他无私，
百姓说他贤明。

他飞马冲到长藤蔓的地方，
传令放火把瓜藤烧光；
刀到哪里哪里藤断，
大火中的瓜藤啊，
不再生长。

胜利像风一样吹到，
千万条瓜藤转眼枯焦，
喜德加挥手感谢士兵，
亲吻着手中的长刀。

美丽的鸟雀展开了翅膀，
彩云来自东方，
千万百姓唱歌跳舞，
请求喜德加，
当勐巴纳西的国王。

喜德加不肯答应，

他不愿做自私的人，
百姓围着他唱歌，
勐巴纳西啊，
飘荡着赞美的歌声：

"金星①没有你亮啊，
缅桂花没有你芳香，
人世间所有的国家里，
你是最好的国王。

"清清的泉水有源头，
葱郁的大树根扎得深，
你满身都是好处啊，
最好的是你那一颗心，
凶狠的国王只为自己，
你想的是我们百姓。

"请你留下吧，
贤明的人！
有灾难的勐巴纳西，
要有一个英明的首领；
假如你不答应啊，
我们的歌哟，
三年也不停。"

喜德加做了勐巴纳西国王，
一颗心只为百姓着想；
他白天黑夜写信啊，
把信件寄到四面八方。
勐巴纳西的苦难，
勐巴纳西的灾殃，
他都一一写上。

消息长上了翅膀，
飞到了邻近和遥远的地方，
所有的国家，
都把救灾的礼物送上，
大路上的马帮啊，
日日夜夜来来往往。

① 金星：启明星。

百姓重建了家园，
新竹楼盖在河边，
天神送来了雨水，
喜德加啊，
领着百姓种地耕田。

粉团花开了枝枝都好看，
勐巴纳西像粉团花一样；
山坡上的牛羊成群，
平坝里的谷穗闪金浪。

国王辛勤地为百姓着想，
有一天他出现愁容，
从此后笑脸不开，
他一个人轻轻地唱：

"花谢了明年可以再开，
月亮落了明晚又升起来，
喜德加啊，
到现在还没有后代。

"我的苦衷没有人知道，
锁着的大门没有人为我打开，
一个人没有儿女啊，
像一颗星星没有光彩。"

喜德加的心事没有解开，
天神为他作了巧安排，
美梦托给了国王，
喜悦从国王的心头生出来。

国王从梦中惊醒，
听见王宫外有人叫卖，
买卖人带进了王宫，
国王看见了一百零一只螃蟹。

国王买下了这些螃蟹，
梦里的事又在眼前现出来；
国王传下了命令，

要找人吃螃蟹。

"谁能吃下一百零一只螃蟹，
男的当国王，
女的当王后，
富贵还要传给后代。"

国王的命令传下，
勐巴纳西啊，
像一树盛开的鲜花，
铓锣①响遍了高山平地，
消息传到了千户万家。

大树上的椰子人人都爱，
树高了没有人敢去摘，
国王的命令是朵难摘的花，
七天②没有人敢去采。

喜德加听说没有人吃螃蟹，
他的眼圈发红，
行度③的醇酒解不开他的愁闷，
没有人知道他的心事重重。

第三章

云也没有散去，
雨也没有落下，
京城的消息啊，
传到了一户贫苦人家；
这一家只有母女二人，
一棵老树啊一枝鲜花。

早上最美的要算东方的云朵，
嘎梅西的美丽胜过朝霞；
晚上最香的要算金戛拉④花，
金戛拉的香味比不过她。

---

① 铓锣：铓与锣本来有区别，锣是平面，铓的中间却突起碗底大的一块，傣族人不用锣，只用铓。现在的习惯用法，都称铓锣。
② 七：这个数字在傣族习惯中用来比喻多数，用法相当于汉族的"九"数。七天、七十七天，一般是指又过了许多许多天。
③ 行度：傣语音译，傣族传说中最会造酒的人的名字。
④ 金戛拉：傣语音译，花名，夜晚开放，香味很浓。

天上的月亮啊，
没有嘎梅西的心亮；
山里的白兔最温顺，
嘎梅西的心肠啊，
跟小白兔一样。

鲜花一样的嘎梅西，
十二岁养活着瞎了眼的妈妈，
白天上山打柴，
夜晚啊，点着松明纺纱。
太阳没有出来她上山打柴，
鸡叫的时候她的纺车没有停；
打柴和纺纱只能糊口，
打柴和纺纱不能为阿妈医病。

姑娘没有钱找摩雅傣①，
阿妈没有钱医病；
姑娘看到阿妈病重，
眼泪朝着衣襟上滚。

大树上的喜鹊叫喳喳，
京城的消息传下，
竹楼下的纺车没有了声音，
嘎梅西啊，
自言自语地讲话：

"只要阿妈能医好病，
只要阿妈答应，
一万只螃蟹我也要吃，
天大的难处我不害怕。"

嘎梅西把心事告诉了母亲，
阿妈听了没有回声，
竹楼上的炉火，
慢慢地烧，
阿妈的眼泪啊，
落满了身。

"金子一样的女儿啊，

针尖尖刺痛了我的心；
天神啊，
为什么要我又瞎又病，
山一样的苦难，
落在女儿的身上。

"穷苦的日子妈妈不怕，
女儿啊你不能去京城。
那里住的是国王，
他们看不起穷苦人。

"女儿啊，
藏在水中的蛇最毒，
昆贺罕②的心最狠，
别看他会笑着迎接你，
笑完了就折磨你的心。"

"阿妈啊，
我是树叶你是根，
我是小鱼儿啊，
你是深水；
天黑时我不怕老虎，
我的胆子是阿妈生成。

"阿妈啊，
天底下的难事，
别人不敢做，
是你的女儿，
就敢去京城。

"阿妈啊，请你答应，
狂风吹不倒走稳路的人，
恶狗咬不倒好心肠的人，
我到京城去吃螃蟹，
天神会保佑我们。"

阿妈听了高兴，
阿妈点头答应：
"宝贝一样的女儿啊，
听了你的话见到你的心。

①　摩雅傣：傣语音译，即傣族民间医生。
②　昆贺罕：傣语音译，即国王。

"愿你像一口不枯干的水井，
愿你像不怕火的纯金，
瞎了眼的妈妈为你祝福，
愿你是一个有福气的人。"

阿妈答应了她，
嘎梅西亲着妈妈，
牛车在门前等候，
嘎梅西离开了家。

铓锣震天响，
牛车上载着姑娘，
大街上一阵阵欢笑，
王宫里喜坏了国王。

国王传令造一个土台，
七色的大旗迎风展开，
百姓站在土台的四周。
嘎梅西啊，
要当着满城的人吃螃蟹。

满城吹来了春风，
古树开满了鲜花，
红红的太阳啊，
单单照着她。

十二只孔雀飞在天空，
土台顶上有一道彩虹，
一片片云彩飘上土台，
嘎梅西站在土台当中。

千万遍铓锣声响彻云霄，
千万双眼睛朝土台上瞧，
嘎梅西站在土台上，
好像仙女随着云飘。

一只只螃蟹对着她眨眼，
一只只螃蟹对着她笑，
嘎梅西想着年老的妈妈，
把难进嘴的螃蟹，
当成好吃的芒果。

嘎梅西的脸比火还要红，
嘎梅西的心在跳，
嘎梅西吃完了螃蟹，
百鸟朝着她叫。

台下一阵阵欢呼声音，
都说她与国王有恩情；
喜德加上台好像一阵风，
对着嘎梅西拨动了琴弦。

"山头上长出一枝红姣姣的花，
狂风暴雨都不怕；
大河里有一条金色的龙，
凶涛恶浪不能把你吞下。

"黑夜里金星最明亮，
你比金星要亮十分，
喜德加向你起誓，
你是我心中最甜蜜的人。

"土台的四周有千万个百姓，
我们头顶上有公正的天神，
让我们不辜负这只多情的琴弦吧，
当着众人发誓言，
只要河水不干枯，
喜德加永远不变心。"

竹竿插在深水里啊，
水冲浸打稳不住身；
嘎梅西站在土台上，
好像站在云头上定不住心。

年轻的国王像一匹骏马，
她看了脸上飞过红云；
国王的歌声像陈年美酒，
她喝了，
一阵阵昏迷啊，
一阵阵醒。

敲起来吧，铓锣，
响起来吧，琴弦，
来听哟，
一万只糯乐多鸟合起来唱，

也没有嘎梅西的歌声好听。

"一条小船大河里飘，
没有舵手啊，
它会东西飘摇，
舵手今天才找到。

"最好的舵手不怕激流，
国王啊你是我的好舵手，
竹竿子撑船要插到底，
最诚实的国王啊，
嘎梅西愿意和你好到白头。"

嘎梅西幸福地笑，
千万人头上把手招，
国王陪着她走下土台，
京城里热热闹闹做大摆①。

国王找到了最好的摩雅傣，
派他去替阿妈医病，
嘎梅西把幸福的消息，
带给了远方的母亲。

太阳没有落啊，
天空又飘来了乌云，
幸福和苦难好像是双胞，
嘎梅西的笑脸才开，
她的仇人在暗中动了刀。

第四章

枝头上的叶子不一样青，
同母的兄弟也会有各样的心，
勐巴纳西的国王虽好，
王宫中还有坏人。

喜德加有六个妃子，
六个妃子有六颗不同的心，

六个人都想当上王后，
一个人想挤掉另一个人。

七寸蛇的牙齿最毒，
毒不过六个妃子的心；
豹子咬人最狠，
比不过六个妃子的心狠。

六个妃子三年没有当上王后，
天天向摩古拉②卜算请神。
摩古拉早就想陷害喜德加，
蛇兄蛇妹拧成一股绳。

嘎梅西像一朵盛开的花，
才到王宫就当了家，
六个妃子气得横眉竖眼，
后宫里像一窝乌鸦闹喳喳。

大妃子第一个开了腔：
"穷鬼来当王后太不像样，
如果太阳不从西边出来，
穷鬼就不配爬上山冈。"

二妃子说话像破锣一样：
"畜生怎么能当人看待，
堂皇的王宫中怎能把穷鬼养，
我要是饶了她呀，
除非半夜里出太阳。"

三妃子忍不住喉咙发痒，
说话和吵架一样：
"哪里跑来的臭鬼，
压倒了我们六朵花的芬芳，
派人去呀，
夜半里把钢刀插在她心上。"

四妃子一边坐着叹气，
手敲桌子咬着牙唱：
"三年才挣得了四妃子，
国王错待了美丽的凤凰，

---

① 大摆：傣族民俗中的节日或庆祝，是一种在郊外联欢的仪式。
② 摩古拉：傣语音译，即卜卦师，一般在王宫中的卜卦师都掌有一定的权力。

王后的位子该让我坐，
新来的穷鬼呀，
该去坐牢房。"

喜德加走出了议事厅，
听见了后宫的闹声，
他像吞下了一盆炉火，
一脚踢开了后宫的红门。

"假如天国有过都拉①，
嘎梅西就是都拉的化身；
假如大河里还在流水，
我和嘎梅西就有爱情。

"嘎梅西虽然是一个贫穷人，
她的心却像一面明镜，
要是我再听见乌鸦一样的声音，
糯纳②会拖你们进龙林③。"

喜德加转身要向花园走去，
门外传来了文武西纳④的声音，
白胡子西纳见到国王，
把心事说给他听：

"最贤明的昆贺罕啊！
请让我们向你坦吐心情，
愿你像太阳一样的无私，
愿你像玉石一样没有斑痕。

"在古老的勐巴纳西，
太阳最公正，
月亮最光明，
依照古老的习惯，
王宫中不能养着穷人。

"让我们像牛一样的大胆，
我们的话啊，
既不是药酒也不是毒箭，
但愿它不会伤着昆贺罕的心。

"嘎梅西来自贫苦的人家，
嘎梅西不能在王宫住下，
她会给勐巴纳西带来灾难，
贤明的昆贺罕啊，
幸福的勐巴纳西，
不能让灾难践踏。"

天上飞过了一片乌云，
喜德加的脸上掠过一片阴影，
他伸手摸着才长出的胡须，
毒蛇咬痛了他的心灵。

"最忠心的西纳啊，
你们的话比泉水还要清，
只是爱情的种子啊，
已经在我的心中生根。

"我相信嘎梅西不会带来灾难，
正如我相信自己的眼睛；
我相信嘎梅西不会兴风作浪，
正如我相信你们的心。

"公正无私的西纳啊，
我已经对着她弹过弦琴，
我已经向她献出了心，
要是嘎梅西不能在王宫居住，
我情愿不做国君。"

国王的话比山要重，
西纳们的脸色铁青，
一个一个躬下了身子，
一个一个退出了宫门。

六个妃子燃烧着嫉妒的火焰，
国王的怒骂使她们愤恨，
她们在后宫里秘密商定，
找来摩古拉为她们设计害人。

① 都拉：傣语音译，傣族神话传说中的仙人。
② 糯纳：傣语音译，即刀斧手。
③ 龙林：森林，这里当刑场解释。
④ 西纳：傣语音译，即大臣。

摩古拉不喜欢喜德加国王，
国王喜爱百姓使他仇恨，
他早想撵走喜德加，
把王位让给别姆玛达的亲人。

他表面奉承喜德加，
背后又辱骂国君，
他用假笑掩盖对国王的仇恨，
他用谄媚骗取国王的信任。

听说王后是贫苦的嘎梅西，
摩古拉在心中把毒计算定，
他要掀起风浪，
他要国王不得安宁。

摩古拉来到后宫，
六个妃子把他当成仙人，
三个妃子大声咒骂，
三个妃子哭诉心中的不平。

摩古拉向她们摆手，
摩古拉眯着眼睛：
"六朵鲜艳的花呀，
六位天降的仙人，
什么风吹得你们头疼，
什么人说话大了声音。

"摩古拉也像你们一样，
日日夜夜不得安宁，
我的心肠你们知道，
你们的心事有我一份。

"我已经查遍了卦书，
勐巴纳西大难就要来临，
要拯救勐巴纳西，
事先要把计谋商定。

"害人的钢刀不能亮出手，
花瓣要笑啊，
花蕊里才藏得住毒针；
毒药不能当着人面前洒，
胆小的人大事做不成。

"嘎梅西虽然当上了王后，
我还算定了她已怀孕，
但是枯树的叶子遇到大风，
总要四处飘零。

"聪明的六朵鲜花啊，
花开也要逢春，
金银可以买通战神，
只要听到战争的信息，
嘎梅西的好梦做尽。"

六个妃子听了摩古拉的计谋，
六把尖刀暗藏在心中，
国王的面前她们贺喜，
又把嘎梅西拉到后宫。

从前的凶相变成笑脸，
从前的咒骂变成歌颂，
都说嘎梅西比花要美，
她出出进进啊，
她们都高接远迎。

大妃子带着暗刀，
她看见国王总是微笑，
有一天她看见国王，
顺便把嘎梅西谈到：

"贤明的昆贺罕啊，
我们好比月亮和星星，
钢刀架上脖子，
也不能夺走我对你的忠心。

"妃子们的话虽不可信，
摩古拉的卜算也该听听，
我愿意嘎梅西心地善良，
愿意看到你们有甜蜜的爱情。"

喜德加点头答应，
说大妃子还有好心，
他请来摩古拉，
向他说出了嘎梅西的生辰。

摩古拉摆开了卦书，

睁一只眼睛啊，闭一只眼睛，
他开始脸上露着笑容，
后来变成惊慌不定。

"贤明的昆贺罕啊，
我不敢把实话对你说明，
请让我退出王宫，
我的心非常不安宁。"

喜德加脸上掠过阴影，
摩古拉的表情刺痛了他的心灵，
喜德加克制着心中的激动，
说话也特别小心。

"会算的摩古拉啊，
百姓都知道喜德加的公正，
你要算出了什么大事，
大着胆子说吧，
喜德加愿意倾听。"

"英明的昆贺罕啊，
勐巴纳西要遭到不幸，
你违反了这里的习惯，
你让贫苦的嘎梅西进入宫廷，
高尚的昆尚①已经动怒，
要使勐巴纳西卷入战争。

"她要使你失望，
使你成为没有后代的人，
摩古拉不敢再往下说，
你会看见日后的事情。"

喜德加看着星星，
喜德加昏昏沉沉，
他睁开一双大眼，
好像看见毒蛇缠住了人。

喜德加摇着头，
他不能相信，
最甜蜜的嘎梅西，
会变成他的敌人。

他把最痛苦的心事，
藏在心的底层，
他看见了嘎梅西，
痛苦和欢乐都抓住了他的心。

天上的星星眨了三百次眼，
花园中的花朵散发了三百次香，
十个月的时间容易过啊，
嘎梅西的身体在发胖。

天上的朵朵白云赛跑，
喜德加希望好日子快点来到，
他要亲眼看见他们的后代，
他要把一切恶言啊，
从那时起一齐打消。

十五的晚上月亮最亮，
喜德加拨动了手中的弦琴，
他望着嘎梅西就像看到月亮，
弦琴倾吐着他的心情。

"美丽的嘎梅西啊，
雄鸡叫亮不一样早，
一万匹马中你算最好，
一万条金鱼晒太阳，
只有你身上放出金光。

"千万种花朵朵都香，
合起来不如你一朵香，
十五的月亮最亮，
没有你明亮。

"自从你来到我的身边，
我从早到晚都愿意唱；
自从你成了我的妻子，
十年不用的弦琴啊，
天天在手上。

"嘎梅西啊，
愿你像清泉一样安宁，

---

① 昆尚：傣语音译，最高的天神。

你生下的孩子啊，
我要教他成人。

"假如你生下的是男孩，
我要教他啊，
像父亲一样的英勇，
像母亲一样的纯正。

"如果生下的是女孩，
我要教她啊，
像母亲一样的善良，
像父亲一样的忠诚。

"嘎梅西啊，
愿你在最后的时刻里，
给我一线的希望，
我好比在漆黑的夜晚，
盼望着看见一颗星星。"

嘎梅西伴着他的琴声，
摇动了她的银铃：
"我心中的喜德加，
你比清泉还要清，
你像早晨的太阳，
暖着我的心。

"你是一棵葱郁的大青树，
六月的太阳毒不着我的心，
金银买不走你我的心，
恶言砍不断你我的爱情。

"你好像山上一棵大树，
我是只喜鹊在树上叫喳喳；
你是一口人人喜欢的水井，
我是块大石头垫在井底下。
我们俩啊，
一根丝线两下里拉，
合起来是一朵开不败的花。"

喜德加的弦琴还没有落音，
嘎梅西的歌声还没有停，
西纳又带来了战争的信息，
敌人向勐巴纳西发动了大兵。

敌人向勐巴纳西进犯，
王后马上要临盆，
一个身子一颗心啊，
喜德加焦虑万分。

喜德加召集了会议，
他要拯救勐巴纳西的百姓，
喜德加向西纳们辞行，
喜德加要亲自出征。

兵士们在城门外集中，
喜德加发布了命令：
"宫中的大事大妃子暂时管理，
我要去打退来犯的敌人。

"假如王后临盆，
要把铓锣敲响，
虽然相隔着千山万岭，
只要铓锣一响我就能听见。

"只要我听见铓锣的响声，
我会立即转回京城；
只要我看见了我的后代，
千万敌人会变成灰烬。"

他跃身飞上战马，
城门外烟尘滚滚；
百姓们预祝国王凯旋归来，
六个妃子嘻笑盈盈。

第五章

战鼓响彻了勐巴纳西的边境，
灾难在王宫中降临，
摩古拉的毒计已经实施，
六个妃子和摩古拉合成了一条心。

花儿逢春开放，
杨柳二月吐青，
嘎梅西啊，
怀孕十月临盆。

大妃子传下了命令，
不准西纳进入宫廷，
混鲁①们带上长刀，
看守着大小宫门。

六个妃子六张笑脸，
一个比一个殷勤，
她们比宫女们还忙，
安排着大小事情。

嘎梅西痛苦呻吟，
孩子们的脸像荷花开放，
一百个男孩一个女孩，
一个个出世笑盈盈。

嘎梅西听见孩子在哭，
嘎梅西昏迷不醒，
她看见天上有一片乌云，
她看见喜德加拨动了多情的弦琴。

她看见空中飞来一匹马，
马身上坐着妖怪，
妖怪向她猛砍了一刀，
她的肚子在流血啊，
嘎梅西大叫了一声。

趁着嘎梅西昏迷的时候，
六个妃子做完了摩古拉指定的事情，
她们用血染好一只小花狗，
把一百零一个孩子扔下了楼。

大妃子命令敲响铓锣，
京城里万民欢腾，
他们庆贺国王有了后代，
他们盼望国王胜利回京城。

摩古拉站在台阶上，
装着难过的神情：
"我向你们宣布不幸，
嘎梅西生的是狗不是人。

"勐巴纳西遭到了不幸，
勐巴纳西大祸要降临，
英明的昆贺罕不听善良的语言，
把魔鬼带进了宫廷。"

京城里没有了声音，
青年们挤着眼，
老年人拉走了儿孙，
摩古拉的话他们半信不信。

边境上的战斗正在进行，
喜德加听见了铓锣传喜讯，
他催着战马冲杀敌人，
把敌人赶出了国境。

他顾不上揩去脸上的汗珠，
掉转了他的马头啊，
向遥远的京城飞奔。

千条河拦不住他的去路，
万重山他也要一步跨过，
耳边只听见风声呼呼响，
听不见马蹄的声音。

"嘎梅西啊，我真幸运，
是你的喜讯，
帮助我打退了敌人，
喜德加开了一对幸福花，
喜德加双喜临门。

"飞快一点吧，我的战马，
快把我载回京城，
我要见到心上的嘎梅西啊，
我要在这时候宣布，
嘎梅西永远住在宫廷，
让那些恶毒的谗言，
都变成灰烬。"

喜德加进了京城，
京城里没有庆贺的声音；

---

① 混鲁：警卫。

喜德加看见了西纳，
西纳也默默无声。

喜德加看见了摩古拉，
摩古拉叹着气扭转了身；
喜德加看见六个妃子，
五个妃子在低头眨眼睛。

喜德加望着大妃子，
大妃子满脸皱纹；
喜德加进了后宫，
后宫里没有孩子的哭声。

喜德加看见了嘎梅西，
嘎梅西昏迷不醒；
喜德加找遍了小楼，
只看见小狗看不见孩子。

二妃子指着小狗，
说这是嘎梅西生出的人。
喜德加指着二妃子喊叫：
"你的牙齿要再响，
我要夺去你的性命！"

喜德加顺着楼东寻西找，
看不见他希望的宝宝，
他顺着楼梯倒下，
心灵已经枯焦。

喜德加慢慢清醒，
他听见六个妃子的议论：
"王后生狗真是不幸，
毁坏了昆贺罕的名声。"

"没有听见过人生出狗，
也没有狗生出过人，
奇怪的事出现在我们的国家，
勐巴纳西百姓要变心。
邻近的国家会说我们的坏话，
敌人会侮辱我们尊敬的国君。"

一句句话像一支支箭，
箭箭都射中了国王的心，

他跳起来大喊：
"快给我滚！"

喜德加不能相信，
"嘎梅西是正直的人，
她不会生出丢人的小狗，
她是我心上的人。"

喜德加第二次走进楼房，
再一次寻找光明，
楼上的墙缝他都看过，
只见小狗不见人。

他对着嘎梅西拔出了刀，
泪水遮住了他的眼睛，
"嘎梅西啊，是你呀，
你撕碎了我的心。"

房间里只有他一个人，
活泼的鸟儿也没有声音，
他取下弦琴又丢了弦琴，
杀敌的勇气啊，
已经消失磨尽。

"嘎梅西啊，你请听吧，
听我流着眼泪的声音，
从前的弦琴没有草重，
今天的弦琴重有千斤。"

"鱼怕网打啊人怕伤心，
你为什么啊，生狗不生人！
我的声名四方传扬，
你使我啊，
通红的炉火泼上冷水，
你冷透了我的心。"

"喜德加丢尽了脸，
勐巴纳西没有了名声，
太阳从此没有了光彩，
嘎梅西啊，
我要传下命令……"

喜德加望着发亮的刀，

心中又不忍；
他记起了从前的金石盟言，
他眼前出现了嘎梅西的面孔。

"嘎梅西啊，
我不忍心，
弦琴在对我讲话，
它是我们爱情的证人。
你我的爱情像深山的泉水，
流成了大河啊，源头没有尽。"

国王在房间里叹息，
门外传来了闹声，
西纳们拜见了国王，
说话的是一个年纪最大的大臣。

"太阳一样的昆贺罕啊，
山水大树都对你尊敬，
勐巴纳西有了你，
这里才有了荣光和声名。

"今天王后生下了小狗，
这是灾难的降临，
这是我们的不幸，
按照勐巴纳西古规，
穷苦人不能住进宫廷。

"贤明的昆贺罕啊，
她已经伤透了百姓的心，
尽管你和她有过金石般的誓言，
勐巴纳西不能没有荣誉，
勐巴纳西不能没有安宁，
我们求你传下威严的命令，
送嘎梅西进龙林。"

喜德加闭着双眼，
无声地站在门前，
他听见了嘎梅西的歌声，
从前的事情他都想遍。

喜德加抽动了刀，
摩古拉的心在笑，
喜德加睁开了眼睛，

摩古拉以为是发布杀人的命令。

树叶子在狂风中乱响，
树干也跟着摇晃，
喜德加在西纳们面前，
一时没有了主张。

他转身看见弦琴，
弦琴向他轻轻歌唱：
"英勇的昆贺罕啊，
你的宝刀上过战场，
你的宝刀使敌人丧胆，
你的威严的宝刀啊，
不能放在嘎梅西的脖子上。

"嘎梅西给过你温暖，
嘎梅西给过你希望，
昆贺罕啊，
这些事不能轻轻遗忘！"

喜德加眼泪落满了衣襟，
背着西纳们传出命令：
"我不能杀死嘎梅西，
不能断送她的生命，
让贫苦的花朵开在山野中去吧，
嘎梅西要离开宫廷。"

喜德加还想说什么话，
西纳已经传下了命令，
混鲁抓走了嘎梅西，
喜德加蒙住了自己的眼睛。

嘎梅西转过头来看一看，
泪水蒙住了眼睛，
嘎梅西要去看望喜德加，
混鲁的刀枪不准。

嘎梅西放声大哭，
她不知道自己的冤情：
"喜德加啊，
混鲁撵走我，
是奉了哪个人的命令？
为什么你不来见我，

为什么你要变心！"

宫门外站着摩古拉，
他向嘎梅西发出吼声：
"远走吧，贫苦的贱人，
你没有住王宫的命。

"你像一朵腐烂的花朵，
你给昆贺罕带来了不幸，
你生下的是狗不是人，
你使勐巴纳西的荣光失尽。

"走得远远的吧，
到大山林中去安身。
按照王宫的规矩，
贫贱的人不能住在宫廷，
因为你们会像魔鬼一样，
给国家带来不光彩的名声。"

狂风吹啊大雨淋，
嘎梅西听着摩古拉的话，
不能相信。
狂风中喊天天不答应，
暴雨中叫地地没回声。

第六章

城门外面冷冷清清，
月亮单照着嘎梅西一个人，
河水停止了歌唱，
鸟雀已飞进树林。

嘎梅西牵着小狗，
向着月亮伤心地询问：
"光明的月亮公子①啊，
你比最直的竹竿还要公正，
请你听吧，
听我嘎梅西倾吐苦情。

"哪一阵狂风吹走了我啊，
哪一个魔鬼要夺去我的爱情，
说我生的是小狗，
恶言撕碎了我的心灵。

"月亮啊，
嘎梅西的心，
像河水一样不平，
我听见过孩子的哭声，
说我生狗我不相信。

"喜德加的弦琴没有了声音，
喜德加变了他的心，
从前蜜糖一样的语言，
现在变成了灰烬。

"喜德加啊，你请听，
弦琴弹过我们的欢乐，
它没有弹过我的辛酸；
弦琴弹过我们不分离，
它没有弹过撵我出宫廷。

"喜德加啊，你请听，
从前的恶言使你脸上起过阴云，
你在恶言前没有变心；
现在你听从了恶毒的语言，
愿你把仇人找寻。

"大地啊，你请听，
求你为我主持公正，
嘎梅西找到了仇人，
请你张开你的嘴，
把他们一口吞。

"我的孩子啊，
我相信月亮出在东方，
我相信你是人，
我要寻找到你，
我们一同去报仇雪恨。

---

① 月亮公子：傣族神话传说中对月亮一般的称呼。

"公正的月亮公子啊，
嘎梅西是贫苦的人，
嘎梅西出了京城，
不再进宫廷。

"走吧，小花狗，
你是我的眼中钉，
我带着你走上艰难的道路，
将来好做我的见证人。

"再见了，王宫里的人，
你们和贫苦的嘎梅西，
不能同一条心，
我的苦处像一面明镜，
照见了你们的狠心。"

天上的月亮没有了光，
嘎梅西眼泪汪汪，
她牵着小狗，
披头散发去流浪。

天空中一阵阵雷响，
城墙上的百姓偷偷看望，
嘎梅西落泪他们也落泪，
嘎梅西流浪他们也伤心。

第七章

太阳在哭泣，
河水在哀号，
勐巴纳西啊，
被一片乌云笼罩，
山上的花不开放，
树上的鸟雀不离巢。

长头发的魔鬼在空中跳舞，
六个妃子在宫中大笑，
摩古拉策划了计谋，
要把国王的青春烧焦。

喜德加沉默着没有声音，

两眼离不开他的弦琴，
弦琴使他回忆起过去，
琴声刺痛了他的心。

看见了弦琴啊，
他看见了嘎梅西的身影；
看见了弦琴啊，
他听见了嘎梅西的歌声。

喜德加在房间里叹息，
六个妃子在后宫高兴，
她们摆上了肉和酒，
和摩古拉大吃了一顿。

摩古拉问到孩子的下落，
六个妃子大吃一惊，
她们急忙下楼去看，
只看见挖好的土洞，
看不见扔下去的小孩。

大山上的云雾，
没有大妃子的脸色苍白；
雄鸡的冠子，
没有二妃子的脸通红；
三妃子的眼睛没有了光；
四妃子的汗水啊，
像山泉水在淌。

五妃子吓得一声尖叫，
奴仆尚真把她绊倒；
大妃子看见尚真慌张，
心中已经明白了。

天上的乌云遮住了星星，
有一颗星星放着光明；
六个妃子要害死小孩，
尚真有一颗善良的心。

他天天到花园里浇花，
这一天听到了孩子的哭声，
看到孩子们在土坑里哭时，
他的心中疼痛。

他把孩子装进了水桶，
又把他们运出了宫门，
他回来要盖上土坑，
遇到了凶狠的妃子们。

尚真心里像火一样烧，
慌忙跑出了宫门，
把孩子用布包好，
在森林中祷告了天神：

"公正的天神啊！
你救救孩子们吧，
尚真不忍心看着他们死去，
愿意拿我的老命啊，
换取他们的生命。"

摩古拉听到了消息，
杯中的酒顺着手淋，
他派人去抓住奴仆，
大妃子要亲自审问。

后宫的混鲁抓来了尚真，
大妃子睁大了她的眼睛，
她望着尚真冷笑，
跪着的尚真没有声音。

"你是一个好大胆的老人，
也敢管着昆贺罕和妃子们的事情！
要是你和贫贱的嘎梅西一条心，
不交出孩子来，
我要糯纳送你进龙林。"

尚真抬起了头，
像青天拨开了阴云，
他的话比镜子明亮，
看穿了大妃子的心。

"最会骗人的大妃子啊，
是我救了孩子的命，
我已经把他们交给了天神。

"欺骗蒙不住我的双眼，
钢刀砍不碎我救人的心，
天阴总会变成天晴，
贤明的昆贺罕暂时被你们蒙混。"

大妃子脸红心跳，
摩古拉抽出了腰中尖刀，
他对着老人的心窝刺去，
老人在血泊中含笑。

"记住吧，摩古拉，
尚真不向你求饶！
今天你刺了我一刀，
贤明的昆贺罕，
会替我把仇报……"

大妃子叫人拖走尚真的尸体，
又派人到四方去把孩子寻找，
她命令摩古拉散播谣言，
说勐巴纳西啊，
出了一百零一个大妖。

天神听见了尚真的声音，
派一只神象进了森林，
神象卷起了大布包，
四只脚生风踏上祥云。

神象飞过了几百条大河，
翻过高高的山峰，
它身边笼罩着大雾，
不使孩子的敌人看见。

它飞进了一座大山，
那里的大树参天，
那里的花草遍地，
那里的泉水晶莹。

风吹树叶银铃般响，
大树中住着五色凤凰，
森林里没有吃人的虎豹，

缅寺①在森林中闪闪发光。

神象降落到草场上，
让孩子们在这里成长，
临走时它大叫了三声，
声音在山谷中回荡。

缅寺中有一位年老的和尚，
他的心地十分慈祥，
他听见大象的叫声，
又听见孩子们又叫又唱。

他顺着声音走过去，
看见了一群娃娃，
一群娃娃像一堆宝石，
在草地上面嘻嘻哈哈。

孩子们的脸像荷花，
又红又白又像彩霞，
孩子们的眼睛像一粒粒水晶，
水晶也亮不过它。

和尚的两眼眯成一条缝，
他的脸上喜欢得像开了花，
孩子们向他伸手，
他的眼泪流下。

和尚把孩子们抱进缅寺，
要把他们抚养长大，
数一数是一百零一个，
一百个男孩一个女娃娃。

他又喜欢啊又着急，
孩子这么多吃什么啊！
他向天神恳求：
"让我的十指出奶吧！"

和尚的十个指头出奶，
娃娃们叽叽哇哇围了过来，
和尚把他们排成了队，

先喂女孩后喂男孩。

早上东山升起了太阳，
晚上东山升起了月亮，
月亮追赶着太阳啊，
孩子们随着日月生长。

和尚教他们说话，
和尚领他们玩耍，
和尚念经他们听着，
他们把和尚当成了阿爸。

山上的野果他们会采，
和尚做的纸娃娃他们喜爱，
孩子们无忧无虑，
肚子饿了就去吃奶。

深山里孩子幸福，
挡不住无心的猎人，
给京城带去了消息，
一时太阳，一时风雨啊，
狂风吹来的暴雨更急。

第八章

京城东有一个猎人，
打虎射鹿养活母亲，
有一天来到深山，
听见孩子们嬉笑声音。

他看到孩子自己发呆，
忘记了打猎的事情，
"是不是天上来了仙童，
是不是神仙要阿銮②投生？"

他轻轻走近孩子，
向他们询问：
"你们是从哪里来，

---

① 缅寺：寺庙，傣族人习惯把寺庙称为缅寺。
② 阿銮：傣语，指天神下凡的英雄人物。

阿爸阿妈是什么人？"

孩子们看见生人，
个个没有回声，
他们匆匆跑回缅寺，
关好了大门。

猎人收拾了猎具，
奔回了京城，
他把消息告诉邻居，
邻居又把这些话传给了别人。

"在密密的山林里，
有一百零一个下凡的仙人，
他们都是小孩，
他们像莲花出生。

"勐巴纳西啊，
要有幸福降临，
勐巴纳西啊，
要迎接带来幸福的仙人。"

消息传进了王宫，
六个妃子暗暗吃惊，
她们派人找来了摩古拉，
要把毒计暗中商定。

摩古拉看见了六个妃子，
要她们趁着黑夜，
磨好糯米，
做好毒药饼。

喜德加听说这件事，
找来摩古拉询问，
摩古拉假意翻开卦书卜算，
脸上出现愁云。

"勐巴纳西啊，
灾难就要降临，
一百零一个娃娃，
全是水怪山精。"

"他们要夺走你的王位，

他们要杀害百姓，
他们要使勐巴纳西啊，
村村寨寨不得安宁。

"这是不幸，
最贤明的昆贺罕啊，
摩古拉知道神的旨意，
让我去夺掉他们的生命。"

第二天摩古拉进了深山，
和尚外出没有归来，
摩古拉走近孩子们身边，
一边露着笑容，
一边把毒饼分发。

孩子们起了疑心：
"你是外来的生人，
阿爸告诉我们说，
有些生人是妖怪变成。"

摩古拉哈哈大笑，
摸着他们的头要他们放心：
"我是你们阿爸的兄弟，
你们是我的侄儿侄女们，
今天来看你们的阿爸，
只带来这些礼物送给你们。"

孩子们吃着毒饼，
一个个头晕心痛，
一个个倒地呻吟，
摩古拉趁机逃出了森林。

和尚回到缅寺中，
孩子们全都死尽，
老和尚抱起了女孩，
看见了手中的毒饼。

万斤重的石头当头压下，
和尚晕倒昏迷不醒；
只见他醒来时，
雨一样的眼泪落满了身。

"半夜里恶狼下了山，

恶狼冲破了羔羊栅栏，
白天月亮不会出来，
哪一个强盗和孩子有深冤！

"天神啊，你要将坏人除灭，
娃娃们的冤仇要申，
娃娃们没有亲父母，
我指望着啊，
把他们养大成人。

"粉团花谢了，玉石花开，
珍珠一样的孩子啊，
你们能不能再活回来，
听我给你们唱歌，
让我伸开这十个指头，
给你们喂奶。

"我摘来了树上的芒果，
我采来了山上的野菜，
野菜煮成汤没有人喝，
芒果放下啊，
没有孩子围过来。"

树上的鸟雀叫不停，
和尚哭啊声连声，
和尚的眼泪流成了河，
他流着眼泪去挖坟坑。

男孩的坟围着缅寺挖，
女孩在中间埋下，
每一座坟上放一束花，
和尚的嗓子哭哑。

"玉石一样的孩子啊，
愿你们个个都成花，
每一座坟上都长树，
树上开花不要落下。

"我要天天来打扫，
每一天把奶汁给你们洒下，
让我同你们住在一起，
看见你们天天长大。"

一天的时光转眼过去，
每一座坟上的树都发了芽，
棵棵长成了梅花树，
树树开满了梅花。

缅寺周围一片片红，
银色的梅花开在当中，
缅寺内外一阵阵香，
引来了蝴蝶和蜜蜂。

和尚天天来打扫，
一天天露出笑容，
他天天祈祷啊，
他求风神吹春风。

六个凶恶的妃子没有死心，
一百天后啊，
带着后宫的混鲁，
借着拜神为名，
她们又亲自来到森林。

缅寺的周围她们走遍，
听不见孩子的声音，
缅寺周围花香扑鼻，
他们也装成了看花人。

六个妃子攀折花枝，
听见了孩子的喊声：
"阿爸呀，来了仇人，
她们折我们啊，
我们疼！"

大妃子起了疑心，
双眼上挂着皱纹，
她走上前再折花枝，
花枝里有孩子声音。

数一数花树一百零一棵，
看一看树下是一个个小坟，
大妃子望着红色的花朵，
凶光笼罩着她的眼睛。

"假如不把蛇砍成七截，

小蛇也会咬住大人；
假如不把花树拔掉，
我坐上王后的位子心也不宁。"

大妃子传下命令，
命令混鲁砍树要连根，
要混鲁拔掉梅花树啊，
挖掉一个个小坟。

一棵棵梅花树拔起来，
朵朵梅花泪水汪汪，
梅花停止了放香，
梅花喊爹叫娘。

梅花的喊声，
惊动了天上的飞云；
梅花的哭声，
十里外的和尚听得清。

梅花树是他的命根，
朵朵梅花是他的心，
老和尚拿起砍柴刀，
要和坏人拼命。

和尚双脚紧跑，
和尚的心紧跳，
和尚回家看不到梅花，
他的心灵枯焦。

他的眼睛起了血丝，
他的胸膛像烈火燃烧，
他睁着仇恨的双眼，
抓紧了手里的砍柴刀。

"狠心的强盗，
黑心的狼，
你们拔掉了梅花树，
撕碎了我的心。

"你们穿着妃子的衣裳，
长着恶狗一样的心，
我要为我的孩子，
报仇雪恨。"

和尚举起了刀，
混鲁的尖刀啊，
已刺进了他的心窝。
和尚强睁开了眼，
向着天空大喊：

"梅花树啊，
愿你们变成人活在世上，
山一样的冤仇啊，
要叫仇人偿还……"

大妃子命令混鲁，
把梅花树推进大河：
"让这一百零一个妖怪，
任随风吹浪打。
去吧，在岩石上把它们推下。"

山顶上的风大，
大河里的浪大，
混鲁站在岩石上，
把一百零一棵梅花树推下，
一阵阵狂风里啊，
梅花哭喊着妈妈。

第九章

勐巴纳西大河，
千百里长，
河水流过了平地，
绕过了山冈，
大河里波浪千层万层，
嘎梅西啊，
顺着大河流泪。

风吹松树呼呼响，
深山老林里有虎狼，
嘎梅西不怕风吹，
嘎梅西不怕虎狼。

太阳露出了七次脸，

嘎梅西的头发有七尺长，
嘎梅西走了数不清的路，
树枝挂破了她的衣裳。

七尺长的头发随着风飘，
嘎梅西的心灵没有枯焦，
树枝挂破了她的衣裳，
嘎梅西向着好处想。

泪珠顺着她的眼角流，
嘎梅西要走到大河尽头，
到龙王面前去申诉冤情，
她生的是人不是狗。

山顶上划起了大风，
风神要为她报仇，
山神为她的不幸，
低着头发愁。

白云在山腰里等她，
林子里的小鸟七嘴八舌，
把坏心肠的六个妃子咒骂。

贫苦的嘎梅西啊，
是一朵开不败的鲜花，
她一步一步向前走啊，
风里面听见孩子喊"妈妈"。

大阳出来雄鸡叫，
太阳出来斑鸠笑，
嘎梅西听见了喊声，
睁着眼睛把光明寻找。

星星放光只有一点，
嘎梅西的眼睛啊，
像水晶做的镜子，
最黑的地方它也照到。

"山上的白云啊，
你不要飘，
林子里的鸟儿啊，
你不要叫，
告诉嘎梅西，

我的孩子在哪里，
我听见他在喊叫。

"最亮的金星啊，
请你借给我光，
我要用最亮的眼睛，
寻找我的孩子，
看看他在哪一方。

"山神啊，
你站得此我高，
请你替我望一望，
我的孩子在不在流浪，
也请你啊，
看看我那狠心的国王。"

河里翻起了大浪，
一捆花树在浪里漂荡，
嘎梅西看见了花树，
对着大河伤心地唱：

"河神啊，
那一边花树漂过来了，
他们像同母的兄弟，
只缺少妈妈照料。

"花树啊，
你像我的孩子离开了我，
水冲浪打乱漂荡，
哪一天啊，
才能见到亲娘。

"花树啊，
你像我一样，
大风雨里苦苦流浪，
不知道我的孩子在哪里，
不知道何时天才会亮。

"花树啊，
请你们等一等，
受苦难的人心连着心，
让我们合在一起吧，
像母子一样不分离。

"河神啊，
你像石头一样无情，
不让花树停一停，
不怜惜离土的树，
不怜惜离别了孩子的母亲。

"花树啊，
愿你们变成人，
愿你们找到凶狠的仇敌，
和嘎梅西一样啊，
山仇海恨要报清。"

风吹着河水哗啦啦响，
嘎梅西在河边一声声唱，
鸟雀这时没有了叫声，
花儿这时没有了芳香。

一朵朵白云在天边飞舞，
一只只鸟雀在空中盘旋，
深山里传来母亲的呼喊：
"我的孩子啊，
你在哪里？"

嘎梅西的声音传到了上天，
混西加①的眼边起了皱纹；
嘎梅西的声音传到他耳里，
混西加的泪珠染湿了衣襟。

第十章

竹笋和竹叶连着根，
莲叶和荷花连着心，
凶恶的大浪啊，
不能使花树分离。

一百零一棵梅花树，
结在一起根连着根；

一百零一个兄妹，
拧在一起像一股绳。

一百里流水有十万个浪，
大浪小浪打在他们身上，
兄妹们忍受着风吹浪打，
在勐巴纳西河上漂荡。

有一对年老的贫苦人，
住在河边帮人洗衣裳，
他们看见了梅花树漂来，
他们闻到了梅花的芳香。

老婆婆抓住了丈夫：
"我的虎一样的丈夫啊，
你比小伙子还要刚强，
只有你才能打败凶恶的波涛，
只有你才能叫大浪投降。

"你去吧，
我闻到了梅花的香味，
我的心喜得发狂，
我已经爱上了它啊，
它已经香到我的心上，
假如你不嫌我老，
就去把它捞上。"

老头子放下了烟袋，
哈哈大笑起来：
"你好像一个初纺纱的姑娘②，
我的年轻的花朵，
随着你的歌声，
又一次开放。

"只要你愿意啊，
我就能打败大浪，
让梅花开在你的头上；
只要你愿意啊，
我要去摘下明镜般的月亮，
让你对着它梳妆。"

---

① 混西加：傣语，天神之一。
② 初纺纱的姑娘：指坐在竹楼下纺纱，等待情人的少女。

老头子解开了衣裳，
像一条鱼钻进了大河，
他右手拖住了梅花树，
左手分开了大浪。

梅花树抬上了岸，
老婆婆为丈夫点上了旱烟，
梅花树抬进了竹楼，
老婆婆啊，
向丈夫嘴里塞进了槟榔①。

老头子满嘴槟榔甜，
老婆婆满鼻子梅花香；
丈夫说甜，
老婆说香，
他们忘记了吃晚饭，
花猫打翻了一碗汤，
老夫妻笑得又甜又香。

一百零一棵花树她都看过，
红的白的她都爱上，
她说明天要起早一点，
棵棵梅树种在屋旁。

星星在天上眨眼，
老夫妻躺在竹楼上，
穷苦人也会有幸福的梦，
他们进入了梦乡。

黑夜里混西加来到竹楼边上，
把生命的泉水洒满树身，
他记起了嘎梅西的声音，
他使梅花树变成了人。

刚出土的嫩芽，
经不住日晒雨淋；
才出生的小雀
受不住寒冷。

黑夜的风像一把刀，

一百零一张小嘴一齐喊叫：
"哥哥啊我冷，
妈妈呀我受不了。"

孩子们的喊声，
把老婆婆从梦中惊醒，
竹楼上没有亮光，
老婆婆害怕叫声。

声音又细又嫩，
像孩子学着叫人，
声音越喊越大，
老婆婆把丈夫推醒。

"大青树一样的丈夫啊，
你的福气是不是天神赐给，
你的瞌睡比山要大，
你的好梦比水要长。"

"你听听吧，
竹楼下边吵吵嚷嚷，
好像混鲁们来抄家一样。
有了你啊，
我的眼睛才有光亮。"

老头子披上了衣裳，
拨开了火塘，
他听了听声音，
轻声对老婆讲：

"这是孩子的声音，
比我们的歌声还好听，
碰到这样的事呀，
准是幸福降临。"

老夫妻点灯下了竹楼，
一群孩子像一堆嫩藕，
每一个娃娃像一朵粉团花，
一群孩子啊，
是一根藤子上结下的瓜。

---

① 傣族习俗，选中情人时，向对方嘴里喂槟榔，表示肯定爱情。

天上的星星放着冷光，
孩子们身上没有衣裳，
新出蛋壳的小鸡，
新出土的藕，
孩子们在冷风里发抖。

看见了孩子老头子嘻嘻地笑，
一个一个他都要抱，
老婆婆急得搓手，
上楼去搬来了背娃娃的竹篓。

火塘里的火烧得旺又旺，
孩子们在火塘旁暖着心房，
老人们剪开了自己的被褥，
每个娃娃穿上了一套衣裳。

老人们煮熟了糯米饭，
捏成饼子放到娃娃们手上，
老人们看望娃娃吃饭，
询问他们的家乡。

"你们的家住在哪里？
阿爸阿妈为什么不在你们身旁？
为什么夜里来到我家？
是不是跟着爹妈走路，
迷失了方向？"

孩子们听见老人们问，
争着说出经过的事情：
"浮萍只随着水生长，
我们不知道自己的家乡；
星星失去了月亮呀，
我们从小就没有亲娘。"

孩子们说着苦难事情，
老人们泪水顺着眼角流淌，
孩子们哭泣，
老人们比孩子更伤心。

"没有根的枝叶不会开花，
没有太阳就不会有彩霞，
有福气的老人，
请你们告诉我们，

哪一个是我们的亲妈妈。"

一百零一张小嘴，
都把老人们问，
老人们皱着眉头张着嘴，
不知道他们的母亲是什么人。

一百零一张小嘴把老人问，
竹楼上的声音传出来，
混西加听着呀，
要帮助他们。

老头子正在为难，
老婆婆也没有办法，
一个白胡子的老人，
踏响了竹楼的梯板。

慈祥的老人啊，
像黑夜里的明灯，
慈祥的老人啊，
坐下来给孩子们指点事情。

"假如天上的云朵是从大山中生，
你们就有自己的母亲，
听着吧，莲花一样的兄妹们，
有一段贫苦人的辛酸故事，
会刺痛你们的心灵，
愿你们听着牢记在心。

"在幸福的勐巴纳西国都，
嘎梅西是贫苦人的女儿，
嘎梅西要治母亲的病，
她把昆贺罕的一百零一只螃蟹吃下。

"年轻的昆贺罕没有向少女们弹过弦琴，
多情的弦琴响起来了，
他的心献给了她，
嘎梅西当上了王后，
王宫中闪耀着光华。

"贫苦人幸福有人嫉妒，
富贵人要践踏这一朵花，
六个妃子的心肠比七寸蛇狠，

她们和摩古拉把毒计定下。

"六个妃子用金钱买动了敌人，
六个妃子使战争发生，
昆贺罕率兵去打退敌人，
六个妃子在宫中啊，
陷害贫苦人。

"嘎梅西生下了一百零一个孩子，
嘎梅西的身边都是仇人，
趁着嘎梅西昏迷过去，
六个妃子用狗偷换了人。

"昆贺罕传下命令，
把贫苦的嘎梅西撵出了宫廷，
她和孩子像断了的藕呀，
听着吧，深山里有她的声音。"

兄妹们静静地听着，
竹楼外传来了凄凉的声音：
"梅花一样的孩子啊，
嘎梅西是你们的母亲。"

兄妹们听到声音流泪，
兄妹们听到声音伤心，
阿哥的泪水滴下了竹楼，
阿妹用手捂着眼睛。

"勐巴纳西的昆贺罕是你们的父亲，
嘎梅西是你们的母亲，
心中藏刀的六个妃子和摩古拉，
是你们的仇人。

"像鲜花需要太阳，
你们要找到亲娘；
像青天需要拨开乌云，
你们要报仇雪恨。

"拿去我的仙水，
它会使你们长大成人；
拿去我的金包，
用金包里的西定，
去唤醒你们的父亲。

"闪着光的孩子们呀，
记住贫苦的嘎梅西，
记住你们流浪的母亲，
记住啊，银色的宝剑，
不能饶恕敌人。"

第十一章

一百零一个兄妹，
好像长大了的小鸟，
展开了翅膀，
在天空飞翔。

一百零一个兄妹，
记住了混西加的话，
踏上了路途，
涉过大河，翻过山冈。

太阳露了七十七次脸，
兄妹们走了七十七天，
七十七天过去了，
勐巴纳西的京城就在眼前。

京城的房屋闪光，
城外走着牛马大象，
赶街的百姓像织布机上的梭子，
河里的船只来来往往。

兄妹们解开了金包，
拿出金色的弦琴；
兄妹们奔下了高山，
装成买卖人进了京城。

兄妹们进了京城，
像鲜花开在森林；
兄妹们走进大街，
百鸟也跟着飞来。

卖菜人放下了菜，
做饼的忘记了买卖，

姑娘们在楼上忘记了手中的活计，
线团从竹楼滚到大街上。

老大拨动了金色弦琴，
阿妹的歌声四方传开：
"听着吧，京城里的百姓，
我们是远方来的客人，
让我们用辛酸的语言，
换得王宫中弦琴的回声。

"尊贵的昆贺罕啊，
假如月亮的身边围着星星，
为什么勐巴纳西有失去孩子的母亲？
假如太阳放出了幸福的光芒，
为什么深山里有人流浪？

"假如塘里的藕会开出荷花，
为什么勐巴纳西会有母子们分离？
假如昆贺罕拨动过弦琴，
为什么王宫中没有幸福的歌声？"

喜德加没有拨动弦琴，
喜德加没有回答询问，
他想着嘎梅西，
泪珠滚落衣襟。

王宫外的歌声，
惊动了摩古拉，
他带着凶脸走出王宫，
还睁着愤怒的眼睛。

"远方来的年轻人，
你们像一根拨火棍，
昆贺罕的美梦让你们打断，
京城有了你们不安宁。

"像兔子一样的跑开吧，
混鲁的尖刀会伤害你们，
假如昆贺罕传下威严的命令，
糯纳会拖你们进龙林。"

京城里响起了锣鼓声，
国王传令打开了金色大门，

他用生气的眼睛看着摩古拉，
用微笑迎接年轻的客人。

"喜德加愿意接见你们，
愿意听你们好听的歌声，
请走进我的王宫，
让我们当面谈心。"

国王坐在上方，
客人坐在两旁，
国王和客人在客厅里谈话，
摩古拉在门外偷听。

"远方的客人啊，
你们好像知道我的心，
请你们告诉我吧，
我像一座雨中的山峰，
蒙上了一身阴云。"

"尊敬的昆贺罕啊，
你是我们的父亲，
贫苦的嘎梅西，
就是我们的母亲。

"阿妈生出了我们啊，
灾难在王宫中降临，
阿妈生出了我们啊，
母子们被仇人分离。"

喜德加摇着头，
喜德加不相信：
"尊敬的客人们，
喜德加的子女，
不会有这么多人。"

"太阳一样的父亲啊，
请你数一数我们，
母亲在土台上吃进了一百零一只螃蟹，
才生下我们兄妹一百零一人。

"狠心的六个妃子，
收买了摩古拉的心，
用染血的小狗，

换走了我们。

"尊敬的父亲啊,
我们在土坑里叫喊,
是善良的奴仆尚真,
用他的生命救了我们。

"父亲啊,
请你快下命令,
慈爱的母亲应该回家,
我们要寻找仇人。"

喜德加一阵头昏,
他细看着兄妹们:
一百零一个兄妹,
同是嘎梅西的面容;
一百零一个兄妹讲话,
同是嘎梅西的声音。

喜德加细细地看,
喜德加细细地想,
他好像又拨动了琴弦,
在月光下歌唱。

他看见了,
嘎梅西走上了土台;
他看见了,
十二只孔雀一同飞来。

他看见了,
混鲁抓走了嘎梅西;
他记起了摩古拉所说,
勐巴纳西出了一百零一个妖怪。

像割谷子时节的太阳,
喜德加的眼中生出了火光,
像火塘里的火烧得正旺;
喜德加的拳头打在桌上,
屋角上的铓锣也跟着响。

摩古拉转过了身,
摩古拉向王宫外飞奔,
他的脚步才跨出王宫,

喜德加命令敲响大鼓关上城门。

第十二章

勐巴纳西啊,
升起了金色的太阳,
蓝蓝的天空,
有一朵彩云飞翔。

京城外站着国王和西纳,
京城外一阵阵欢呼声。
大象的鞍子金光闪闪,
马头上挂满了银铃。

鲜花开满大地,
孔雀在枝头开屏,
百鸟在空中飞舞,
迎接嘎梅西回到京城。

混西加的金包轻轻落下,
嘎梅西的眼睛发花,
一百零一个兄妹,
围上去呼喊妈妈。

勐巴纳西河水长啊,
没有嘎梅西的头发长;
七尺长的头发随着风飘,
一寸寸头发啊,
都是在流浪中生长。

唯有风吹的落叶最枯黄,
嘎梅西一身衣裳穿成了莲花片,
衣裳是树枝挂破,
破布记着对恶人的仇恨。

嘎梅西睁开了眼,
人影在眼前摇晃,
嘎梅西闭起了眼睛,
深仇大恨牢记在心上。

嘎梅西摇着头,

回头看见了小狗，
嘎梅西流下了眼泪，
记起了从前的深仇。

嘎梅西没有回声，
兄妹们拿起了金色西定：
"分别久了的母亲啊，
请你相信，
站在你身边的人啊，
都是你的儿女。"

"美如玉石花一样的年轻人，
感谢你们的歌声，
我相信我没有生狗，
我相信我生出的是人，
我不能相信啊，
嘎梅西有这样大的福分。"

"慈祥的母亲啊，
请弹起你记忆的弦琴，
你吃下了一百零一只螃蟹，
才有了我们兄妹一百零一人。"

嘎梅西眼泪汪汪，
她抬头看看天上，
一百零一只螃蟹又在眼前，
和一百零一颗宝石一样。

七百七十天没有笑容，
嘎梅西的笑脸今天又开；
七百七十天她流着痛苦的眼泪，
喜悦的眼泪今天淌出来。

嘎梅西的脸上发光，
月亮没有她亮；
嘎梅西的眼睛像珍珠，
珍珠没有它光彩。

"不行啊，尊贵的年轻人，
嘎梅西不能相信，
嘎梅西有山那样高的冤仇，
要我嘎梅西相信啊，
山那样高的冤仇今天要算清。"

喜德加下了命令，
混鲁们带来了恶人，
他把过去的事向她倾吐，
嘎梅西望着喜德加啊，
眉头上又起了皱纹。

"威武的昆贺罕啊，
请你传下命令：
嘎梅西不需要甜蜜的言语，
她要报仇雪恨。"

京城里大鼓一响，
六个妃子拉进了龙林；
京城里二声鼓响，
六个妃子吓掉了魂。

京城里三声鼓响，
六个妃子的头离了身；
京城里没有了第四声鼓响，
国王要救活摩古拉的性命。

"远方来的金嘎拉花啊，
弦琴会证明我的真心，
你的仇人已经得到报应，
请骑上金鞍子的大象吧，
请你回转宫廷。"

"幸福的昆贺罕啊，
请收起你的古老弦琴，
从前月下的金石盟言，
已经像水上浮萍散尽。

"贫苦的嘎梅西不会骑上大象，
贫苦的嘎梅西会给你不幸，
让闪光的王宫永远幸福吧，
嘎梅西不会再进宫廷。"

"我心里的嘎梅西啊，
从前的恶言已经成了灰烬，
你的仇敌已经进了龙林，
让乌云散去吧，
让我们记起从前的真心。"

"断了的弦结起来有一个疙瘩，
破了的镜子合起来有裂痕，
泼出的水舀不回来，
受伤的小鸟会仇恨猎人。

"金色的王宫贫穷人不能住下，
金色的象鞍嘎梅西不想骑，
嘎梅西记起了母亲的话，
王宫里的人和我们不是一条心。"

"乌云散去了天会晴哟，
我已经为你报仇雪恨；
请你骑上象鞍吧，
让枯了的柳树再度发青。

"请你记起我的弦琴吧，
请记起你月光下的歌声，
请记起土台上我的誓言，
让衰老的人哟，
恢复那往日的青春。"

"让甜蜜的语言随风飘走吧，
你身边站着我的恶鬼摩古拉，
假如昆贺罕会记起我的苦难，
不会把仇人当成自己人。"

"善良的嘎梅西啊，
请饶恕这最后的一个人，
他是王室的摩古拉，
按照古老的习惯啊，
昆贺罕不能夺走他的生命。"

"让天神知道嘎梅西的心，
让大地证明这些青年是我的儿女，
昆贺罕不能同嘎梅西合在一起，
我们没有长着同一颗心。

"嘎梅西不会再进京城，
她要领着她的孩子们，
到贫苦的寨子里，
去做贫苦的人。

"我的孩子们啊，
假如你们知道母亲的苦难，
就跟着我一道走吧，
我们同去做贫苦的百姓。"

嘎梅西转过了身，
带走了兄妹一百零一人，
兄妹们打开了金包，
母子们驾上了彩云。

国王骑上了马鞍，
向着远方飞奔，
一阵阵声音传来：
"嘎梅西啊，
我求你转回京城。"

彩云飘向了远方，
勐巴纳西啊，
像宝石失去了光芒。
马鞍上的喜德加啊，
汗珠湿透了衣裳，
京城外的大河，
这时候停止了欢唱。

单行本，上海文艺出版社 1962 年版
演唱者：布来勒 苍 早 布 丙
布来粘 牙 来 冒 相 八 贺等
翻译者：布来亭 刀 敏 李 大 金老大等
搜集整理者：云南大学中文系 1956 年级学生

附记（原后记）：

《朗鲸布》译成汉语是少女吃螃蟹的故事，又名《一百零一朵花》。它是一部脍炙人口的傣族民间叙事长诗，广泛流传在云南边寨傣族聚居地区，在耿马县的傣族人民中更是家喻户晓。

1960 年上半年，云南大学中文系部分教师和学生，到耿马县收集傣族民间文学，与当地的傣族人民一接触，他们就推荐了这部作品。所以在短短的时间里，我们就收集到九份关于《朗鲸布》的资料。其中有抄本的翻译记录，也有口头讲述的翻译记录。

《朗鲸布》非常明显地反映了封建社会的阶级矛盾、贫富之间的对立。通过嘎梅西的遭遇，抨击了残暴的封建统治势力，解剖了封建统治者的反动本质。

《朗鲸布》还反映了这一历史阶段人民的意愿与要求。在严重自然灾害的威胁面前和封建主暴虐统治之下，人民希望有一个贤明的君主来管理国家，使人民安居乐业，过着和平幸福的生活。作品对喜德加的歌颂，正是因为他的某些行动与措施符合了当时人民的利益，而他对嘎梅西的真挚爱情，也深受人民的尊敬和颂扬。但是贤明君主的出现不可能调和阶级社会的根本矛盾和冲突，喜德加也不可能违反封建统治势力的根本利益，正因为这样，尽管当时人民的思想和觉悟有一定的局限，还不能深刻认识阶级的存在与阶级斗争，然而朴素的阶级观念却使人们又不得不对喜德加做了严正的指责，这样，人民的意愿和要求究竟是什么，也就说明得更为透彻了。

《朗鲸布》之所以得到人民的喜爱与传诵，就在于它有深刻的思想意义。

整理时，我们除了根据收集的几份材料以外，也参考了 1959 年云南民族民间文学德宏调查队在德宏傣族地区所收集的一份材料。在个别的地方，略有加工，其中主题、人物、线索都是原有的，只有结尾部分，记录的材料说法不一，绝大部分材料是团圆结局，即嘎梅西回到官廷；而在一份口头讲述材料中，是说嘎梅西离开京城以后，就发誓不再回到官廷，后来实行了她的诺言，没有回去。这个结尾现在被我们所采用，并且认为这样处理，思想性要强烈得多了。但是由于我们水平的限制，对于傣族人民的生活、历史不够熟悉了解，这样处理是否妥当，还望读者和专家们指正。

我们在收集工作中，得到中共临沧地委宣传部和中共耿马县委宣传部的热情支持与具体指导，我们在此深表谢意。

《朗鲸布》的讲述或歌唱者有布来勒、苍旱、布丙、布来粘、牙来、冒相、八贺等人；翻译者有布来亭、刀敏、李大、金老大等人。能够把《朗鲸布》翻译整理出来，应当感谢这些同志。

整理者

1961 年 9 月 30 日

阿銮莫协罕①

一

东南西北的村村寨寨，
无论是百姓还是沙铁②，
听吧，都来听吧，
迎着九色宝石的光，
一起来到明亮的奘房，
虔诚地赕佛、合掌，
一起来到帕拉③的脚下，
接受美好的祝福。

虔诚的人流，
热闹的奘房，
好像欢乐的金船，
掀起一阵阵波浪。

帕拉把福赐予人们，
是地上的人，是阴间的鬼，

都会变得好看漂亮，
好像圆圆的明月一样。
令人陶醉的佛经啊，
日日夜夜在奘房回响。
好比那南溪达④的水，
洗去妖魔鬼怪肮脏的灵魂，
洗去人们心中的忧愁和悲伤。

佛经传播着善良和美好，
像太阳闪耀着温暖的光芒，
无论是天上地下，
无论是人是鬼，
都将接受吉祥的福水，
生活在自己那安宁的地方。

只要真诚赕佛，
只要真诚祈祷，
帕拉不会让你失望，
他将带给人们美好的明天。

绿叶散发着清香，
花朵吐露着芬芳，
三个勐的地方像三座乐园，
帕拉坐在金荷叶上把话讲：
"我的孩子们，
我的徒弟们，
你们为什么欢声连天？
能不能把高兴传到我耳边？

① 阿銮莫协罕：莫协，指蚂蚁；罕，指金；阿銮莫协罕即金蚂蚁的故事。
② 沙铁：傣语，即富有的人。
③ 帕拉：佛祖。
④ 南溪达：傣语，即圣洁的水。

流水一样的声音啊，
好像要把奘房淹没一样。"

马哈沙里连忙合拢十指，
恭敬地向帕拉跪拜：
"尊敬的佛祖啊，
天下三十一个勐的百姓、沙铁，
没有谁能同您相比。
孩儿们议论的是您的公德，
没有谁像您这样受到敬仰。

"我们在用好话把您赞美，
我们在把您真心颂扬！
您像一只金船，
行驶在绿水碧波中央；
您像天上的彩云，
降落在花海丛中把花色染。
花儿的香味飘四方，
迷醉了千万人的心房。"

帕拉露出慈祥的笑容：
"你们在我身边把我赞扬，
好像谁也比不上我一样。
听吧，我的孩子们，
我曾走遍了天下的山山水水，
我曾跌进那苦难的深渊，
有时也和飞禽走兽做伴，
有时也被大海吞没，
同满地的鲜花绿树失散。

"我曾是一只沙土上的小蚂蚁，
经历了数不尽的苦难。
我以自己的虔诚和善良，
方能修仙成佛到今天。
前世后世，几经反复，
小小蚂蚁我也做过，
我也变成过穷苦百姓在人间，
赡养着自己的双亲，
在大风大雨里受煎熬。
一心向善的人啊，
必然会得到幸福的报答，

请你们别再把我赞扬。"

马哈沙里连连合掌：
"尊敬的帕拉召啊，
让我们记住您的教诲！
没有前世的德，
哪有今世的福？
跟随您的足迹走啊，
我们也会实现自己的理想！"

金鼓咚咚敲，
银弦叮叮响，
帕拉对着徒弟，
又把真心话儿讲：
"记住啊我的孩子，
跌进鬼窝里也不要做坏事，
当上国王也不要欺辱善良，
有时变成地上的走兽，
也不要把过路人来伤。

"一心修善成佛，
成佛才能受人敬仰！
听吧，听我的身世，
怎样从勐琵①来到人间，
怎样在黑暗中见到了阳光。"

二

我和婻亚丽公主，
在天上做伴一千年。
一个美好的月夜，
白云在月亮周围飞舞，
我们在一起合掌，
面对面互相发下誓言：
"我们从天上到人间，
不管托生在什么地方，
变成树在一条根上盘缠，
变成花在一枝杆上开放。

---

① 勐琵：傣语，勐即地方或国家；琵即鬼怪。勐琵意为鬼怪的国度。

"从勐琵到人间，
不管路程多远，
我们不要害怕风雨，
我们不要躲避雷电，
后退会失去坚贞，
胆小称不上阿銮①。
十九二十岁那年，
让我们脸贴着脸，
在人间配成双，
在人间接受拴线②。

"不见闪光的宝石，
就不打开温情的披毯；
不见水粉色的戒指，
就不送上热情的草烟。
记住啊，相爱的人，
不要去摘路边的芒果，
不要去采野外的杜鹃，
哪怕见着高贵的王子公主，
也不要投去含情的目光。

"梦中常挂念着对方，
苦难里也不要把伴侣遗忘。
我们是天生的一对，
我们是命中注定的一双，
假若见不到发誓的情人，
孤寡一生也心甘情愿。"

宝石一颗，
用快刀斩成两片，
合起来一点不走样；
水粉色的戒指两个，
分戴在各自的食指上。

左腕戴银镯，
右腕戴金镯，
神子天女要到人间，
把宝石含在口里，
同年同月同日同落到地上。

天女落在勐占达里，
托生在王后的身上；
神子落在穷苦人家，
跟随百姓去经受苦难。
他们相距日出日落的地方，
隔山隔水难以相见。

不久的一个夜晚，
勐占达里王后有了福气，
天女出生在人世上，
哭声中吐出宝石一片，
小手紧握着金银手镯。
王后闪射着惊奇的目光，
黎明时分赶紧报告国王。

国王将信将疑来到后房，
忙把女儿细细打量，
左眼看着宝石，
右眼看着手镯。
啊，神赐的福气，
国王对天连连合掌。

喜讯跟着彩云，
飞向全国的森林和山冈，
铓锣随着暖风，
传到了热闹的宫殿。

各地的沙铁、头人来了，
骑着能跑的红马和白象。
没听说过初生的婴儿，
口里含着宝石落到地上；
没见过初生的婴儿，
手腕上会戴着金银手镯一双。
混西迦③啊送来了仙女，
混西迦啊送来了福气和荣光。

"我的摩嘎拉④啊，

①　阿銮：天子托生到人间均称阿銮，即无所不能的勇者。
②　拴线：傣族百姓在节庆活动中或婚礼的日子里，都要举行拴线仪式，由长辈给晚辈拴上腕线，以示祝福。
③　混西迦：傣族传说中至高无上、善良智慧的天神。
④　摩嘎拉：傣语，卜卦师。

快把你的智慧用上，
看看天时地利，
快把吉凶预兆分辨！
她口含宝石，手戴金镯，
见人就会露笑脸，
真漂亮啊，神送的姑娘！"

一伙摩嘎拉听从国王吩咐，
认真卜算毫不怠慢：
"哦，是天仙到人间托生，
是混西迦把福气带给了国王！
谁也不能同公主相比，
她心灵纯洁无瑕。"

"我们的土地不会有虎啸，
我们的山林不会有蛇盘，
就是那苦难的浓云飞来，
见了公主也要赶紧躲闪；
我们的稻谷将年年丰收，
我们的瓜果将岁岁喷香。

"哦，尊敬的国王啊，
她来自宝石的地方，
她来自金银的地方，
她来自吉祥的地方。
她带来了平安，
她带来了力量，
邪恶再不敢来扰乱，
她是勐占达里的希望。"

给公主起什么名字？
怎样把她亲切呼喊？
国王和王后不分白天晚上，
时时在冥思苦想。

望遍了绿叶红花，
望遍了青山碧水，
七天以后的早晨，
终于想出了好听的名字，
叫她婻亚丽，
命运最好的姑娘。

一幢崭新的楼房，
就是婻亚丽居住的地方，
使女像花一样围在她身边，
卫士像竹墙一样屹立在她的八方。

我把故事写在纸上，
歌唱公主托生在人间，
香喷喷的花随风而去，
好听的故事又唱完了一章。

三

来自天上的伴侣，
各自落在陌生的一方，
相距足有三天的时辰。
那年那月那日属羊，
神子托生在穷苦人家的竹楼上。

一声哭泣，宝石闪亮，
父亲母亲睁大了眼睛，
越看越觉得惊奇；
掰开他那娇嫩的小手，
金镯银镯在他手心发光。

两位老人连忙拾起宝贝，
小心翼翼地珍藏在身边，
采来草药一束，
挑来清泉一担，
熬得药水一盆，
把孩子从头冲洗干净，
愿他身上不留邪气。
布滚潘①啊紧搂着孩子，
给他起名叫坤达纳。

布滚潘啊在发愁，
没有布给他做衣裳；
布滚潘啊在苦想，

---

① 布滚潘：布，傣语意为老大爹；滚潘意为穷苦的；布滚潘即穷苦的老大爹。

哪里去找好饭好菜把儿哺养？
愁云在穷人身边缭绕，
苦藤把穷人脖子捆绑。

割叶为生，
砍柴度日，
早出晚归，
养儿育子。

苦泪泡大了坤达纳，
坤达纳变成了青年，
十五六岁一身强壮，
他有了一双勤劳的臂膀。

砍藤开地，
播种栽树，
汗水浇灌的土地，
谷米瓜果发出了迷人芬芳。
布滚潘笑了，
亚滚潘①哭了，
满脸的皱纹上面，
高兴的泪花在跳跃。

两位老人一前一后，
扁担在双肩上歌唱，
生活不再愁吃愁穿，
竹楼上的火越烧越旺。

枯老的朽木发了新芽，
干枯的土地开了新花，
辛勤的坤达纳啊，
赶走了两位老人的忧伤。

记住啊乡亲，
富足的时候，
不要忘记了穷困时光。

雨水有停时，
花木有谢时，
池塘有干时，
做活有歇时，

让我们先写到这里。
听众们啊，
喝水抽烟休息吧，
奘房外面有皎洁的月光。

四

麻绳要扭才成绳，
经书要写才成章，
含苞待放的荷花，
从水面上露出来看月亮。
会飞的虫子围拢过来了，
会唱的鸟儿围拢过来了，
露水催促着花儿绽放，
听吧，我们的故事又翻开了新篇。

嫦亚丽美过了七架宝山的仙女，
嫦亚丽美过了七塘莲湖的龙女，
她住在瞭望远方的楼房上面，
楼房在彩云间飘摇如天堂。
闻见花香看不见花朵，
谁也挨拢不得她身旁；
看见明月摸不着边，
只好抬起脖子仰望。
宝石是水粉色的，
喜爱的人也只能看着它放光。

美丽的嫦亚丽啊，
头发黑得像木炭，
衣裙上的珠宝沙沙响，
衣衫有八种颜色，
裙子有八道彩光，
不胖不矮苗条身段。

嘴唇像花瓣般又薄又嫩，
她的名声飞出了国界边的山林，
飞到了每一座村寨，
飞到了每一片森林，

① 亚滚潘：亚，傣语意为老大妈；亚滚潘即穷苦的老大妈。

飞到了每一条江河，
飞到了一百个勐的京城。

一百个勐的国王眼红，
一百个金伞下的国王羡慕，
忙把求亲的礼品准备，
绸缎绫罗收装齐全。

一百个象队出发了，
一百个马帮出发了，
浩浩荡荡在路上行进，
走向勐占达里方向。

勐占达里京城广场，
到处是人嚷马欢，
围了一圈又一圈，
求亲者向国王哀求：

"洁白的玉石啊，
我们把她仰望；
漂亮的婻亚丽公主啊，
我们把她赞扬！
请国王松开金口玉牙，
把福气给我们勐吧，
给我们独一无二的坤相①！"

有的使者还说：
"我们两个国家，
是唇齿相依的邻邦，
我们是两个兄弟，
好像同是一双爹娘。
让我们做亲戚吧，
让我们做一家姐妹，
你的姑娘就是桥梁！"

围着花的蜜蜂不愿散去，
求亲的各勐使者叫叫嚷嚷，
礼品献上，好话说完，
谁都想把公主央求到自己的这方。

宝石堆了一堆，

五光十色金灿灿；
绸缎堆了一堆，
千件万样真耀眼。

勐占达里国王，
望着渴求的来宾：
"我没有几个女儿降生，
唯独这个宝贝在身旁。
眼前的道路条条要我走，
我到底走到哪条金色的路上？

"在座的贵客个个要我许愿，
我到底应让谁更高兴更欢畅？
倘若我有千朵花儿呀，
在勐占达里土地芳香，
倘若我有一百个姑娘，
在勐占达里王宫里歌唱，
也不必你们这般苦苦哀求，
把好话都掏出了心房。

"我真担心你们为她发生纷争，
伤害了哪个国王都不吉祥。
客人们啊，我不好开口，
也不敢把女儿许配给哪方。
请你们收起礼品，
回去禀告你们的召王，
我们需要细细商量，
婻亚丽也应当有她自己的主张。"

听了勐占达里国王的回话，
各勐的使者纷纷回转，
一路上跳呀唱呀笑呀，
人人心底里充满了希望。

五

勐占达里国王，
召集大臣们出主张：

---

① 坤相：宝石般的王子。

"各位大臣，
王宫大事大家合议商量！

"公主美名千里外，
各勐的王子都把她窥望，
谁都想娶她，
谁都想把婚礼的金锣敲响。

"但我们只有一颗明珠，
到底给哪个勐的王子？
到底嵌在哪栋金楼上？
我聪明的大臣们，
快对我说出诚实的主张。"

大臣们不知如何是好，
虽然都愿分担国王的忧愁，
但不知道怎样说才有理，
各人都在把办法细想。

有一个大臣终于开了口，
道出了一股清汪汪的话：
"喜鹊要搬家，
它知道哪棵树好在；
鱼儿要换池，
它知道哪塘水舒坦；
要问公主自己啊，
才是最好的主张。"

国王听了大臣的话，
急忙来到公主的房间：
"女儿呀，
喜事反而增添了我的皱纹，
不知道你是否在思想？
各勐的王子都要娶你，
都愿把你接进灿烂的宫殿。

"我不好把花插在谁的头上，
只想听你的内心作何打算，
怎样才能顺利平安，
怎样才能欢喜圆满。
你快说来我听啊，
哪个有名有姓的王子，
留在了你的心坎上？"

婻亚丽笑眯眯，
声音像棉线一样软，
声音像泉水一样清，
落在父亲的心间：

"谁是我爱的人，
天神早配姻缘。
在那吉祥的时辰，
我们一同托生在人间；
一颗宝石各含一半，
一双戒指各戴一只，
一对金银手镯，
各戴在左右手腕。
终身相配的誓言，
早已铭刻在心坎。

"只有他才是我的情人，
哪怕他是百姓或沙铁，
哪怕他是瞎眼或瘸腿；
只有他啊，
才能和我同坐一条彩凳；
只有他呀，
才能和我同睡一张彩床。

"父王啊！
除了我命中注定的人，
我不会轻佻地走过他乡的彩门，
走进他方王子的新房。"

国王听了乐哈哈，
大臣们听了点点头，
连忙把公主的话，
写成文告送到四方：
山上山下，城内城外，
富有的沙铁和穷苦百姓，
都一样的同等看待。
凡是戴着三件宝贝出世的人，
快快拿来与公主的相配，
公主将做他的伴侣。
假若没有这三件宝贝，
再高贵的王子也枉然。

各勐的王子听到讯息，
个个手脚忙乱不停，
亲自到宝库里选宝，
但愿能让公主看中。

好看的孔雀谁不想得？
漂亮的马鹿谁不想要？
一百个勐的王子拜了勐神寨鬼，
向自己的祖先作了虔诚祈祷，
带着宝石、戒指和手镯，
飞一般地来到了勐占达里王宫，
把自己的独一无双的宝贝夸耀。

人人都这样想，
婻亚丽的宝件和我的一样；
个个都这样盘算，
婻亚丽一定对我满意歌唱。

一百个勐的王子啊，
好像捧着一百颗星星；
一百个勐的王子啊，
都睁着一百双渴望的眼睛。

公主的宝石有九色九光，
一百个勐的宝石变得暗淡；
公主的戒指有九色九光，
一百个勐的戒指无法相比；
公主的手镯有九色九光，
一百个勐的手镯更是难看。

一个也配不上，
一个也合不拢，
王子们面红耳赤，
羞愧得无处藏身。

希望变成泡影，
梦想不能实现，
有的转头回程，
放弃了摆设好的欢宴；
有的仍不心甘，
又把公主的宝贝左看右看。
谁也不相信自己国土上会没有，
对婻亚丽公主的骄傲更不服气。

六

消息像长了翅膀，
飞到了卖菜人的耳边，
坤达纳心中暗喜，
忙把菜担挑到城边。

管理王宫的大臣，
碰巧路过坤达纳身边，
他嗅见了一股菜香，
看见了一担少见的绿叶，
越看越觉得奇怪。

菜叶上的水珠，
像宝石发出光彩；
菜叶的香味，
胜过王宫的盛宴桌上的菜肴。
他忙把坤达纳叫唤，
让他把菜挑进王宫。
坤达纳急忙把菜担甩上肩。

国王、王后和婻亚丽，
都觉得今天的菜格外喷香，
越吃越爽口，
一盘又一盘，
比大鱼大肉还润肺，
比丰盛的宴席还美味。
国王叫来大臣，
问他加了什么妙药神汤。

大臣站在国王和公主面前：
"国王啊，
我感谢您的夸奖！
今天的菜不同一般，
我在城边就嗅到它的清香，
才把它买来做您的美餐。

"卖菜人是个青年，
他的双眼饱含着辛酸，
他的双臂显示出勤劳，

他和所有百姓长得一模一样。"

从此，坤达纳种出的菜，
不准在街子上随便卖，
统统挑到王宫里，
专供国王一家品尝。

从此，坤达纳进出王宫，
像一只自由的小鸟，
把伴侣仔细寻找，
把公主的身影偷望。

有一天国王高兴，
给坤达纳很多银子，
但坤达纳不贪要一文，
只收了值一担菜的铜板。

国王听了十分惊讶，
高尚的品德比银贵，
纯洁的心灵令人敬佩。
国王命大臣传话，
他要亲自召见卖菜人，
要看看这个有志气的青年。

坤达纳一点不害怕，
迈着大方的步子走进宫殿，
向国王、王后和公主，
一一合掌问安：

"尊敬的召王啊，
是不是我的菜使您不顺心，
让您增添了烦恼，
才把我召进宫殿？"

坤达纳一面说着，
一面偷看着公主的容貌。
啊，心上的人儿啊，
你安详的眼神里，
为什么看不见爱的火花跳跃？
你丰满的胸襟，
可还有一股清泉在喷冒……"

国王开口回话：

"勤劳的青年啊，
你种出的菜真好。
你在哪片土上栽？
你用哪条水来浇？"

坤达纳开口答：
"尊敬的召王，
我种的地和大家一样，
我的菜苗也是有嫩有小，
我天天用自己的汗水洒浇。"

国王开口又问：
"给你的银子，
你为什么不多要？
难道你还嫌少吗？"

坤达纳开口又答：
"我有多少辛勤苦劳，
就应当得到多少报酬，
良心不能让我多要。"

这话儿如流水响，
这话儿如宝石亮，
国王点头称赞，
公主投来致意的目光。

当国王叫坤达纳离去时，
坤达纳却要求把话讲：
"尊敬的国王啊，
高贵的王后，
还有那美丽的公主，
我有一句话要诉说，
请宽恕我的勇气和大胆。"

"求亲的王子们已离去，
我才知道公主的心愿。
现在请允许我这个卖菜人，
来满足公主的思念。
我就是她要寻找的伴侣，
我带来了她要的宝贝三件。"

国王正要发怒，
坤达纳早掏出怀中的宝件，

公主的放在一边，
坤达纳的放在一边。

两颗宝石像两朵彩云，
不分彼此色彩绚烂；
两个戒指放在一起，
闪耀着九道光焰；
金镯银镯像两股清泉，
分辨不出哪条清哪条明。

王宫里顿时像升起了太阳，
放出异常的光芒。
人们十分惊奇，
以为王宫起了大火，
以为求婚的王子们，
闯进王宫发生拼仗。

公主流着泪，
上前拉着坤达纳的手，
好比藤条扭在一起，
相爱的人欢聚在一起。

国王为女儿祝福，
王后为女儿高兴，
大臣们纷纷来庆贺，
王宫内外忙着准备婚礼。

新衣衫缝好了，
新房间布置好了，
盛大的婚宴摆了七天，
龙床抬起一对相爱的人。

国王的亲属都来了，
京城的百姓也来了，
摩嘎拉念着动听的祝词，
紧接着是有名的歌手唱起来了。

婻亚丽与坤达纳，
像一对久别相逢的鸳鸯，
自由自在地生活，

游乐在王宫就好比天池荷塘。

七

那些带着失望而返的王子，
对这对情人充满了嫉妒，
谣传勐占达里国王的坏话，
说他有意把公主的宝贝分两半，
有意把公主嫁给穷苦青年，
有意败坏贵族的高尚名声。

各勐王子越想越气，
竟在半路上勒住了缰绳，
回头要把公主抢劫，
还派卫士奔回本国调兵遣将，
假若勐占达里国执迷不悟，
他们宁愿发动一场战争。

各勐王子从城外，
送来一封封大口大气的信，
信上都这样写：
"勐占达里召王，
你为什么把孔雀配给野鸡？
你为什么把公主许给冒潘①？
你让我们的名声败落在你的国土上！

"怨气可忍，
名气不可侮啊！
我要让王宫起火，
让王宫倒塌，
用你的血擦刀。
如果你想活在世上，
快把婻亚丽扶上马背，
送出你矮小的城门。
明天早晨再不见人影，
你只好伸长脖子等刀砍吧！"

---

① 冒潘：穷苦青年。

火辣辣的信，
送进了王宫，
好像一把大火冲天，
好像一把竹尖戳心。

勐占达里国王，
召来全体大臣：
"我们得罪了百勐的王子、国王，
公主的婚事带来了灾难。
怎样才能扑灭这股野火？
怎样才能阻拦这股洪水？"

布曼捧勐①说：
"公主送给他们不合理，
不合天意，不合公主心！
百勐王子竟然如此横行，
把我们当作胆小的白兔！

"磨快长刀吧，
这是臣民的意愿；
起来抵抗吧，将士
这是勐占达里的意志！
勐占达里有的是勇士，
阿銮也有千千万！"

其他大臣也都这么讲，
国王受到了莫大鼓舞，
急忙写出旨谕，
号召全国军民抵抗外强。

一架山上的大象，
一条河里的鲤鱼，
一棵树上的芒果，
一块土上的儿女，
大家一条心，
亮出刀和箭，
不怕恶人来欺侮！

勐占达里国王受到臣民的支持，
命令骑士把回信送到一百勐：
"我们不怕老虎来伤人，

我们不怕野猪拱园子，
我们的刀箭随时对准恶人，
我们的将士准备为国献身！

"公主嫁谁由我们做主，
我们不想损坏谁的名声，
我们不允许别人来糟蹋我们的荣誉，
还有我们的幸福和绿色的森林。"

挖沟设井，
磨刀试箭，
兵士们练习武艺，
个个精干，气壮如牛。

旋风卷动彩旗，
刀矛在四周一闪一亮，
雄牛从两面冲出厮杀，
战争就这样爆发，
死伤无数，残刀摇晃，
九万九千九百人倒在了地上。

一时敌军得势，
把勐占达里村寨焚烧，
夫妻母子各自逃散，
混战中不知死活。

你打过来，我压过去，
多少回合不分胜负。
战争进行了两三个月，
勐占达里京城围满敌军，
火光熊熊，
烟雾浓浓。

勐占达里国王心儿发慌，
站在城头上对坤达纳讲：
"敌人好像一阵不可挡的风，
假若你没有阿銮的本领，
我们的土地、村寨，
甚至于京城的王宫，
就要变为敌军的留足之地。

---

① 布曼捧勐：总管大臣。

忧愁啊笼罩着我的心，
也威胁着我的全体臣民。"

坤达纳表现很从容：
"您不要焦躁啊我的父亲，
民难国危我早记心间。
放网人要等鱼群闯进，
捕鸟人要等鸟群围拢，
时间到了我自有安排。
我们的国土怎能让敌人横行。
我的父王啊，
明天黎明时分，
就让敌军惨败在我们脚下！"

听了女婿的话，
国王得到了宽慰，
大臣也很放心，
百姓们等待着黎明。

晚上的时候，
坤达纳对天合掌：
"善良怎能容忍邪恶肆虐？
赐给我无敌的本事吧天神！
我将用自己的赤诚，
来保卫全勐的土地和百姓。"

"伸出你的双手，
赐予我力量吧，
来帮助你善良的儿女，
来解除我们国家的不幸，
来拯救我们纯洁的爱情！"

坤达纳的话儿飞上了天，
天上立即闪电抛出光柱。
在繁星密布的夜晚，
混西迦手捧宝刀和宝箭，
乘月色朦胧的时候，
偷偷来到人间地上，
把宝刀和宝箭放下，
放在坤达纳的枕头边。

坤达纳还在梦中听见，
听见混西迦的嘱咐：

"你把九色的戒指戴在手指，
哪里有敌军就指向哪里，
疾病疼痛就会扑向敌人；
你把九色宝石含在口中，
哪里有敌人就吹向哪里，
敌人就在旋风中哭喊饶命；
你的金镯银镯用不完，
放在柜子里就会倒出金银万两，
拿来救济百姓，
医治战争创伤……"

混西迦说完，
朝坤达纳的脊背拍打三下，
坤达纳从梦中醒来，
倍感精神焕发，
望见那枕边的宝刀宝箭，
闪耀着蓝色的火花。

他把宝刀宝剑紧握在手上，
向混西迦居住的天庭跪下，
向仁爱的混西迦发誓，
天明时要勇敢朝敌人冲杀。

第二天黎明，
敌人又蜂拥而来，
坤达纳骑上白象，
白象扬蹄直冲敌阵，
一路上像风一样奔跑，
掀起漫天灰尘，
坤达纳向敌人奋勇砍杀。

金鼓擂鸣，
号角吹起，
勐占达里百姓跟着白象，
像踏着草丛一样把敌人战败。

敌阵中的一些士兵，
早就厌恶这场战争，
他们也调转刀口，
砍杀那些造罪的王子头人。
各国百姓的共同愿望，
是天下人间的友爱与和平。
为什么要用战火烧毁别人的村寨？

为什么要残杀别国的宝贵生命？

阿銮坤达纳对顽抗的敌人，
怀着无比的仇恨。
他掏出宝石和戒指，
像掏出了两个太阳一样，
强烈的光柱射向敌军！

敌军四处躲藏，
有的双眼失明，
有的滚倒在地，
那些王子和头人，
口吐污血，相继毙命。

一百勐的国王，
跪在地上求饶：
"召阿銮啊，
我们的过错使你难以容忍，
只求留下我们王子的命。
我们向你认真悔过赎罪，
下世就是托生做你的耕牛，
我们也愿意了，召啊！"

阿銮坤达纳善良又宽怀，
对待投降的敌人笑容满面。
他将友好的目光扫过战场，
宽恕那些知错的王子、头人：

"我们的百姓热爱自己的土地，
绝不允许别人来蹂躏糟蹋。
你们要永远记住这个道理，
侵犯别人是没有好结果的。"

"让邪恶从你们身上滚开，
让善良回到你们的心里。
记住啊，王子和头人，
还有那一勐之主的国王。
自己生长的土地，
自己劳动所得的东西是宝贵的，
纯真的爱情不会屈服于邪恶，
愿王子们找到恩爱的妻子。"

敌军恭听阿銮坤达纳的教诲，

丢下残刀断剑含泪离去。
有的把战马送给坤达纳，
表示尊敬和友好的心意。

八

听众们啊，
用手靠着枕头吧，
不要让疲劳带来睡眠。
栽花人都愿花香飘远方，
只是我的写作水平是这样有限。
召闷拉相放罕曾写过一本，
我只是又跟着他修改了一次，
我老景有一个心愿，
希望这部书不要遗失。
请大家来培育这丛花，
流传给子孙后代，
长存在傣家人的心坎上。

我们接着唱，
唱那没有结束的故事。
细雨洗花花更艳，
故事越唱越新鲜。

阿銮坤达纳，
打败了百勐敌军，
美名传扬，
人人敬佩，
他的名字像星光闪烁，
他的荣誉像不灭的森林。

坤达纳怀念穷苦双亲，
不知道他们现在怎么样。
勐占达里国王忙派出人马，
奔向坤达纳的家乡，
迎接两位尊贵的老人，
来到王宫欢聚一堂。

两位老人来了，
来到儿子的身旁。
坤达纳扶着双亲，

拜了国王和王后。
见了美丽的儿媳妇，
老人心里说不出的高兴。

"忘记忧愁吧，亲人，
把苦难抛弃吧，亲人！"
婻亚丽对亲人这样说。
生活里又百般孝顺，
两位老人心里甜蜜，
好像做了一场晚年的美梦。

坤达纳牢记混西迦的嘱咐，
忙把金镯银镯放进柜里，
等到第二天早晨，
宝件果然显灵。
金银如水冒出，
撒得遍地都是，
用箩装，用牛拉，
分给穷苦百姓，
送到千寨万家。
望着金光闪闪的金子银子啊，
百姓心中绽开了幸福花。

在金铓锣声中，
京城做大摆①了，
穷苦百姓都来了。
他们带来好吃的糯米粑粑，
他们带来了醇香的糯米酒，
他们带来了山珍野味，
来到闹热的王宫广场了。

从早上到晚上，
人们唱呀跳呀，
用最美好的语言，
把阿銮坤达纳夸赞；
用最响亮的歌声，
把阿銮坤达纳歌唱！
欢乐充满在勐占达里土地上。
勤劳善良的百姓分享着幸福的时光。

穷苦人变沙铁，
茅草屋变瓦房，
忧愁不再把人们缠绕，
富足的生活人人都过上，
好像高山搬不动了，
好像流水日夜流淌。

愿鲜花常开，
愿绿叶常青，
我们的故事，
要继续唱下去，
哪怕到天明。

九

金银花枝繁叶茂，
太阳西下又从东山升起，
又亮又暗循环不断，
就像我们这个讲不完的故事，
翻了一页又一页，
感谢祖先留下的美丽篇章。

阿銮坤达纳的功绩，
勐占达里百姓记在心上。
阿銮把自己比作出土的竹笋，
比作成长中的菩提树，
比作才会跑的马鹿，
比作才学飞的翠鸟。

听说南山有百岁的召雅写②，
野果为食，武艺高强，
掌握着变化万千的法术，
崇敬不觉在阿銮心上升起。
他决心要去拜师召雅写，
把过硬的本领深造，
让勐占达里的和平安宁，
永远不被别人夺去，
哪怕他多么强悍和凶恶！

---

① 摆：傣族盛会或一些佛事活动都称摆。
② 召雅写：在深山老林里修行的高僧。

坤达纳将心愿告诉国王，
告诉自己的双亲，
告诉了爱妻婻亚丽，
请摩嘎拉来宫中为他送行。

什么时候是吉日良辰？
路上可有艰难险阻？
随从卫士能不能带走？
阿銮催促摩嘎拉快快说出。

摩嘎拉看了看
摩嘎拉想了想：
"去吧，召阿銮，
你一个人大胆地去吧！
彩云将为你引路，
高山会给你低头，
森林会给你让道，
遇着大水浪涛涛，
百鸟将为你搭桥。

"善良勇敢的阿銮啊，
你的名声人人都知道，
任何艰险不会把你伤害，
道路千条任你去奔跑。"

在离别之前，
双亲和妻子一时难舍，
用好话把阿銮相劝：
"你的武艺已很娴熟，
王宫里不缺一样东西，
为什么还要到深山受苦？
山林的蚊虫会吸走你的血，
只怕你无吃无穿伤害身体，
我们在宫中把心儿盼碎！"

大雁向往蓝天，
马鹿向往山冈，
白象向往密林，
猢猴向往流泉，

阿銮敬仰混西迦，
阿銮崇拜召雅写，
他没有听从亲人的挽留，
他毅然告别亲人奔向远方。

坤达纳的父亲为儿子祈祷：
"过河不要撞着竹桩，
走山路不要踢着石头，
去去来来顺顺当当。"

坤达纳对婻亚丽说：
"你要好好伺候年老的双亲，
不要让我在梦中挂牵。
善良的心啊，
不能维护幸福和安宁，
只有精通天下武艺，
才能让我们和江山永葆安康。
我走了，亲爱的妻子，
离别不会很久长。"

婻亚丽泪水涟涟：
"召啊，你快去快回，
我过不惯分离的生活。
天上有飘来的白云，
地上有飞翔的小鸟，
你要常想着把信息捎回。
我希望你像混西迦一样，
在人间充满智慧和勇敢。"

告别的话儿说得差不多了，
阿銮把宝刀挂在腰间，
闻了闻花的芳香，
亲了亲多情的爱妻，
挎包装上盐巴、辣椒，
精神抖擞地上路了。

一路上绿鸟满枝，
一路上野牛、象群常出没，
七天七夜他不停足，
晚上只在树下歇气，
步子常迎着黎明，

汗水常伴着夕阳。

花香鸟语满山林，
麂子跳上山梁把人望，
野鸭在池水中间叫唤，
三千里路不知走了多少时光。

远处的奘房，
像一轮朝阳，
把光辉撒进坤达纳心间。
召雅写站在竹凉台上，
坤达纳惊喜地合掌拜见召雅写，
把满心的尊敬向他献上。

召雅写开口把话讲：
"远来的勇士啊，
让我把好话来问你。
你来自好山好水的哪方？
你来到深山为何事？
是不是有什么忧愁和苦难？
你的父母在上奘房吗？"

坤达纳恭敬地回答：
"我是勐占达里的子孙，
我没有忧愁和苦难，
我怀着敬仰来到您身边，
请求您传教我武艺和仙术！
把我收留做您的儿子，
我真诚的话和心一样，
没有一丝掺假的语言。
时间可以证明，
我是一个好学本事的青年。"

召雅写高兴地收留了坤达纳，
早早晚晚留他在身边。
砍柴烧火送茶，
阿銮从不怠慢。
召雅写教他读经书，

教他练武术，
教他背仙技……
真学假学看他诚实的眼睛，
真懂假懂看他勤奋的热汗。

经书万卷熟读，
武术万般精练；
张口出风树落叶，
沙石也在天空飞旋；
一根木头抛出手，
木头落地把老虎变；
一条藤绳甩出手，
能把万物兽禽捉拿；
他仙气一口吹出，
莽林瞬间成为石壁高墙；
呼风唤雨能化天池龙江，
千山万岭魔鬼也要发抖，
坤达纳一身武艺法术高强……

日月很快消失，
阿銮羽翼丰满，
召雅写盘着腿现出慈悲，
把阿銮的前程指点：
"我的好孩儿啊，
我不忍心把你留长，
哪怕我爱你像爱自己的手掌。
你回去的路途有变化，
要经过班妥麻底勐罕①地方。
获罕②有忧愁，
他的女儿遇到了苦难。
你走过那片国土的时候，
不要忘了传播善良。"

坤达纳告别了百岁雅写，
离开金奘房走下山冈，
像走在云端一样，
像走在风里一样……

① 班妥麻底勐罕：一个国家的名称。
② 获罕：傣语，班妥麻底勐罕的国王。

十

竹笋一节又一节，
新芽一发又一发，
好比流水一波推一波，
经书又唱新的篇章喽。

班妥麻底勐罕土地辽阔，
人来人往像蜜蜂一窝窝，
屋顶上铺着金色的茅草，
到处一色的山清水秀。

召王名叫巴马达，
公主名叫嫡圣蒂娜，
她长得像一口井水一样，
又清又纯又甜。

精明能干的召王巴马达，
没有谁能胜过他的本事。
在他管理的国土上，
强过他的人可能还未出世。

他能舞剑张弓，
精通武艺无人能挡，
在宽广的王宫广场，
常常是他摆设的比赛场。

勇士敬慕勇敢，
国王崇拜阿銮。
他出了一个神圣的金榜，
谁能让他信服，
武艺败在谁的手上，
他就招谁做女婿，
真心实意地让出王位，
亲自扶着胜利者坐到金椅上，
自己从金椅上走进奴仆的中间。

金榜传向四方，
人们赞扬巴马达的胆量。
广场上摆下比赛场，

草棚里的人马拥挤不堪。

这回不再比刀弄箭，
巴马达摆出了一副棋盘，
谁输谁赢照金榜上说的办，
他决不做胆小说谎的老汉。

来比赛的人十分惊讶，
纷纷藏起称心的刀箭，
来同召王赛棋争高下。

一连三天三夜人流不断，
但没有谁是巴马达的对手，
一个个唉声叹气往回转。

西闻塔深山有一个魔鬼，
他的名称叫佐佶，
他的样子不能见人，
比那骷髅还要难看。

一天阴云雾浓时，
佐佶来到了王宫广场。
他使出魔法将丑脸掩盖，
以一副阿銮的模样出现。
他故意询问这里为何喧哗，
像蚂蚁寻食般挤挤攘攘。

在场的人都争先回答，
说这里在下棋围攻国王，
有一朵香花等能人来采，
有一张龙床等阿銮来躺。

魔鬼佐佶安然自得，
人们在一旁暗暗猜想：
他的神态好像非凡，
是不是能实现娶公主的梦想？

佐佶靠拢热闹的棋盘，
对召王巴马达把话讲：
"尊敬的巴马达召王，
我万分钦佩你的胸怀胆量。
假如我的棋艺败在你手下，
我愿终身做你的奴仆；

要是你在今天失手败阵，
希望你不要损害那神圣的金榜。"

条件商定，
面对坐下，
傲慢的巴马达不知魔鬼变化，
还为找到像样的对手而心欢。

几个回合巴马达都输了，
现在只剩下一回合的时辰，
巴马达心慌意乱忙哀求，
请求佐佶让他休息片刻。

巴马达懊丧着离开赛场，
回头又把佐佶细望：
"为什么我总输在你手下啊，客人？
现在只有一天的时间决定女儿的命运，
客人啊，让我俩到花园观观花吧，
待明天再作较量上棋阵。"

佐佶毫不在意地说：
"在你的国土上，
在你的王宫里，
我怎能不加尊重？
就以你的话，一言为定吧。"

巴马达双眉紧锁，
巴马达忧愁难消，
他没想到会输得这般惨，
他没想到对手的棋技是这样高超。

为女儿招女婿，
自己却要变成仆人，
他眼花头昏不知怎样才好，
竟装疯卖傻私逃出宫，
躲进深山老林独自哀号。

坤达纳踏上了班妥麻底勐罕国土，
在一棵树下望见了巴马达召王。
一个是精神爽朗要回乡，
一个是垂头丧气心惆怅。

坤达纳走到树荫下，

开口问起巴马达：
"你一定有难言的心事，
为什么独自蹲在树下？
快告诉我吧，朋友，
我也许能为你想出办法。"

巴马达头都抬不起，
力气好像在赛场上用光：
"好心的客人啊，
我是召王巴马达，
因为我的本事不如一个聪明的人，
才使我如此哀伤。"

巴马达讲了前后经过，
无意中把哀求的目光撒在阿銮身上。
坤达纳一听就明白，
召雅写早就对他嘱咐：
见了邪恶不留情，
见了苦难要相帮。

"啊，尊敬的召王，
想不到在这里遇上。
我不能望着你的苦难袖手旁观，
我愿为你出力走进赛场，
不管对手多么高强，
我也能为你挽回荣光。

"让我们交个朋友吧，
这是我帮助你的唯一愿望。
你愿意怎样接待我，
就只管按你们勐的礼节；
盛情在人的心里，
表面只是应付的过场。
我不会像那贪婪的棋手，
强摘你的花儿别在衣衫上。"

巴马达一时心中凉爽，
阿銮把法术变幻。
坤达纳与巴马达一模一样，
双双走出花园去赛场。

坤达纳让国王在远处观看，
他替代巴马达去同佐佶较量。

佐佶没有半点提防，
仍把坤达纳当作国王。
两人又在棋盘前面对面，
几个回合佐佶慌张，
不知道国王为什么顿时得手，
气得抓起棋子撒在地上。

"让我们来比赛魔法，
看谁能变化万千胜对方。"
佐佶说完转身吹气，
天空霎时云雾腾腾变黑夜，
大风大雨扑地而来，
叶落房摇飞沙走石，
雷电闪闪大地在摇晃。

坤达纳抬头把仙气放出，
云开雾散天地一片明朗。
佐佶随手抓土撒向四方，
土粒变成马蜂把人追赶。
坤达纳挥手画了一个圆圈，
马蜂成了茅草纷纷掉落地上。

佐佶拎起一根木头向山坡扔去，
木头落地变成猛虎一群乱咬人。
坤达纳拾起一块石头打将过去，
山坡上冲出三只野猪把老虎拱翻。

京城的人万分恐慌，
有的急忙逃走不敢多望，
有的吓得尿湿裤筒脚颤抖，
有的躲进房屋不敢声张。

那边佐佶又变出一排大山压人，
坤达纳变出石屏把大山阻挡。
佐佶抓起一把草扔到地上，
草变金、银环蛇把京城围满。
坤达纳抓起一把沙石扔到远处，
千万只山羊将毒蛇一一踏死。

阿銮抽刀向佐佶砍去，
可是被佐佶一臂挡回；
坤达纳拔出火箭朝佐佶射去，
可是被佐佶伸手抓住。

佐佶得意地腾空大呼一声，
四面八方的魔鬼向京城扑来。
天上地上都是手执刀矛的魔鬼，
嗅到人肉味，个个浑身摇摆。

坤达纳取出宝石和戒指：
"善良的天神混西迦啊，
如果我是您的子孙，百姓的卫士，
让我战胜这些吃人的魔鬼，
让我的力量拯救朋友巴马达。"

宝石的光芒扫地而去，
魔鬼个个抱头鼠窜，
口吐黑血，头破脚断，
滚倒在地，无声无响。

坤达纳又甩出神绳，
套住了佐佶的短粗脖子，
把它捆绑在一棵桐树上，
佐佶现出丑恶原形。

佐佶号叫着向坤达纳哀求：
"宽恕我吧，善良的王子，
我不知你是有福气的阿銮，
不然我为什么要自讨苦吃呢？"

坤达纳怒上心头：
"看见你蓝色的眼睛，
就想起被你糟蹋的田园、百姓，
我真想把你剁碎，
把你的皮绷在墙上。"
说着亮出宝刀，
搭在佐佶的脖根。

巴马达国王躲在一边，
看得又清又楚，
喜出望外地跑来，
指着佐佶斥责：
"你不要妄想再回山林魔宫，
我要把你的尸骨埋在城脚下。"

佐佶全身发抖，

身上散发着臭味，
向坤达纳求饶：
"我得罪了国王和阿銮，
我也得罪过善良的百姓，
假若得到你的饶恕，
我就有机会将功赎罪。
放了我吧，好人是不伤害认罪人的！
我有一女名叫嫡排①，好比香花一枝，
愿将她许配给召②阿銮。"

坤达纳忍住怒火：
"你要好好遵守佛规，
像五条彩线拴在身上，
不要任意残害人间万物。
这里的山水再美是别人的土地，
这里的公主再漂亮是别人的骨肉。
常走夜路会摔跤，
常做坏事会送命。
去吧，假若你不诚心服罪，
欺骗逃不过混西迦的眼睛。"

佐佶连连磕头感恩，
忙回到森林告诉女儿，
已经为她安排了美满的婚姻。
嫡排高兴地要马上见阿銮。

佐佶带着嫡排从云中来，
飞落在班妥麻底勐罕国土上，
随身带了象牙床做嫁妆，
把女儿许配给阿銮坤达纳。
坤达纳谢了佐佶的情意，
高兴地把嫡排留在身边。

好花遇到采花人，
巴马达也把女儿许给了阿銮；
好酒遇到了尝酒人，
巴马达在宫中摆起了盛大酒宴。
佐佶回到山林做自己的魔王，
但不再来扰乱人间地上。

巴马达找回了自己的尊严，
一心管理好勐排的壮美河山。
感谢的歌献给阿銮坤达纳，
友谊的歌献给阿銮坤达纳！

十一

听吧听众们，
我们的话像水一样流长，
故事不到地方不转弯，
流水遇不着大海不停留。

坤达纳有他的思念和牵挂，
坤达纳不忘亲人和家乡。
他谢绝了巴马达的挽留，
带着两位公主要回归宿的地方。

巴马达吩咐大臣，
象队配上金鞍，
马帮配上银鞍，
各色的宝石翡翠装满，
为阿銮热闹送行，
让他记得班妥麻底勐罕的盛情，
三年五载再回来把乡亲探望。

嫡圣蒂娜的母亲，
难舍难分把泪流：
"我的金荷花啊，
你要去别乡的蓝湖开放了，
记住我的临别话：
女人的身边，
不能有两个男子的影子摇摆；
女人的肩上，
不能有两双男人的手臂搭放。
你要伺候好勇敢的阿銮，
不要去同别人谈情说爱。
记住啊，我的心头肉，
名声比美貌更加珍贵。"

---

① 嫡排：傣语，嫡即公主；排即魔鬼。嫡排，译为魔王的公主。
② 召：傣族对男性的尊称。

婻圣蒂娜对父母说：
"我远离你们去他乡，
不要使我听不见音讯。
假若我知道你们都安好，
我会把快乐的歌声天天送给你们。"

马铃响了，
大象迈开了步履；
鲜花和手臂，
在人们的头上摇来摇去。

阿銮带着两位公主，
走在马队和象队中间，
在绿树如茵的地方，
坤达纳唤来了一群翠鸟，
把深情的信片，
插在翠鸟的翅膀下，
请它带给敬爱的召雅写，
带去子孙的问候和祝福。

走了三天，
不知道过了多少平地和高山，
终于来到了坤达纳的家乡。
不知是彩云带去了喜讯，
还是象队的脚步声震动了龙床，
坤达纳的亲人都知道了，
一大早就在京城边等候盼望。

两路人马会合了，
象脚鼓合着排铓。
两个公主的金项圈闪闪发亮，
金耳环叮叮当当碰响，
踏着白石铺的道路，

走到亲人们的身旁。

婻亚丽从人群中走出，
同阿銮和两位公主相见，
一起向双亲跪拜，
人人眼里热泪汪汪。

年老的勐占达里国王，
将王位交给坤达纳坐上。
阿銮同三个公主相亲相敬，
在一起管理美好的家园。

天长日久，日久天长，
百姓勤劳，阿銮能干，
勐占达里更加繁荣，
好比人间最舒坦的天堂。

天上、地上的儿女，
和人间那边的魔女，
相处在一起，
生活在一起，
相爱在一起，
说笑在一起！

感谢啊人间的善良，
感谢啊纯洁的爱情，
菩提树下的流水不息，
谁不说那股水甜如蜜！

听众们坐满了奘房，
这是阿銮莫协罕的故事。
大家今天听完了先回去，
赞美的话儿明天再来相叙。

收入《金湖之神》，中国民间文艺出版社 1981 年版
翻译者：岩 林（傣族）

附 记：

　　为抢救、保护和弘扬民族民间文学这一宝贵的文化遗产，中国社会科学院少数民族研究所云南分所与云南省社会科学院民族民间文学研究所、中国民间文艺研究会云南分会联合组织了单位的所有专业人员，到云南边疆的少数民族地区搜集、翻译、整理蕴藏在各民族群众中的民族民间文学作

品（各类长诗、故事等）。那是一次重要的普查和挖掘。广博而浩瀚的傣族民间长诗也在这个时期被大量发现和问世。我们所做的工作，离先辈们所说的傣族曾拥有五百五十部长诗（它们记载着傣族历史、文化、社会、生活及婚姻爱情、人物史事的方方面面）虽然相差甚远，但在广大民族民间文化工作者艰辛而持久的努力下，还是搜集到了二百余部长诗目录，翻译整理了一百余部创世史诗、英雄史诗和叙事长诗，并公开发表、出版。这样的成果，足以让文学界、学术界感到兴奋！正是在这样的文化环境里，我于1980年中旬几次回到德宏家乡，拜见了芒市遮放镇户冈村闻名的傣族文化人景哏赛·奘相长者，并在他的全力帮助下寻找到了多部记叙傣族人物、世事、婚姻爱情的老傣文韵文体（即长诗）的手抄本，我欣喜若狂！当天，我们就迫不及待地进行了合作，他吟诵，我翻译、记录。之后，我们每天坚持10小时以上的工作，因此才有了1981年9月中国民间文艺出版社（云南）出版的《金湖之神》（含六部傣族民间长诗译作）一书。名为《阿銮莫协罕》（译为"金蚂蚁阿銮"，"阿銮"是傣族传说中英俊、善良、智慧、无所不能的勇士）的长诗就是其中之一部。只可惜《阿銮莫协罕》等多部傣族民间长诗的傣文手抄本，我当时没有能力及时购买或出资复制留存下来，还是让景哏赛·奘相老先生抱回了户冈村佛寺里。后来，这些手抄本不知道流散到了何处。可见我们当时的社会科学院云南分所机构对民族民间文学遗产的抢救与保护的能力还是那么的有限，组织措施方面也还很不完善的。

《阿銮莫协罕》虽然是现场翻译和记录，但随后我和景哏赛·奘相老先生又在一起进行了多次讨论和交流，尤其是涉及一些佛经用语，我们都要仔细琢磨、商讨，以求用词准确，表述得当；既是诗文，那就要注重诗味和韵味，发挥傣族散文诗的特点和艺术魅力来赢得读者的青睐。作为傣族群众喜爱的叙事长诗，《阿銮莫协罕》几乎没有明显多余、累赘的情节，因而使我更加充满信心的、更加忠实于原著的进行翻译和整理！其他几部《婻慕沐苹》《帕罕》《婻倪罕》等也同样多姿多彩，令人着迷！由此，我们也可以想见到我们的先辈们、傣族民间长诗的作者们是何等的聪明、才华横溢！他们为傣民族创作了如此之多的丰富多彩的传世诗篇，造就了傣族的一个足以自豪的叙事长诗时代！

翻译者

1980年9月

白虎经传

一

所有的叭汗①，
他们都清楚地记得，
这个美丽神奇的故事，
发生在很久很久的时候——

勐唆娃地这个地方，
是个宽广而美丽的坝子，
那里风调雨顺，五谷丰登，
那里鲜花满地，鸟语花香，
那里人口众多，生活富足，
人们的生活美满又幸福。

那些美丽的寨子啊，
竹楼像月宫里的琼阁，
中间的那座缅寺，
辉煌得像天上的宫殿，
比起其他的缅寺啊，

宏大而又庄严。

一天，太阳刚刚露脸，
叭汗去请西天大佛来讲经。
西天大佛高高兴兴地来了，
所有的人都聚集到这里听经。

西天大佛端坐在床上，
威严而又慈祥，
他手中拿着团扇，
似乎要指点江山。
叭汗们坐在他的身边，
一起赞颂着西天大佛：
"您的名字如雷贯耳，
您的心是那样的仁慈，
地哇答②恶毒地诅咒您，
您都大度地宽恕了他。"

一天他们在议论西天大佛，
西天大佛从中殿走了出来，
早已知道他们在说什么，
但他还是问他们：
"你们这些叭汗在议论什么？"
叭汗们都对西天大佛恭敬地磕头。

"尊敬的西天大佛啊，
我们除了赞颂您，
还说地哇答的心肠不好，
他被叭勇③抓下了地狱。

① 叭汗：佛爷们。
② 地哇答：魔鬼。
③ 叭勇：护法神。

我们就在说这件事，
不知道惊动了西天大佛。"

西天大佛一边微微地点头，
一边微微地笑着，
仁慈的目光扫过面前的一切。
"你们不要赞颂我，
你们可能还不知道吧，
我在巴答咪金那一世的经历。

"那时我生在厅牙哇地，
有个叫扎不兴哈达的魔鬼跟我作对，
想夺走我的妻子桑莫达妮。
我们打了三年才分出胜负，
扎不兴哈达才被打败。"
西天大佛在此停住了话头。

叭汗们一起磕头，
要西天大佛把这段经历讲下去。
西天大佛打开了经书，
对众叭汗点了点头：
"我现在就把此事讲给你们听……"

那时候有一个美丽的地方，
名叫厅牙哇地，
那里绿水长流，四季常春，
鸟语花香，果树遍地，
良田一眼望不到头，
百姓们生活很富足。

统治这里的国王叫西里哇塔拉，
他的妻子叫多达里晒烘。
国王和王后住在宫殿里样样如意，
他们手下有百官群臣，
还有五百个漂亮的姑娘，
都像天仙一样美丽，
每天都在恭敬地服侍他们。

他们有众多的百姓，
地域广大又富饶，
还有勇猛的军队做保卫；
他们的宫殿高大巍峨金碧辉煌，
上面装饰着象头和龙头，

还有那精壮的马匹，
就像在房檐上驰行；
千千万万的百姓啊，
和睦相处，生活富裕，
他们天天都赊佛，
望来世再出生在这里。

只有一件事使国王和王后发愁，
他们人到中年还没有儿子，
昌盛和强大的国家没有王子继位。
国王急得天天唉声叹气，
王后急得夜夜难眠。
她于是天天赊佛和祷告，
希望佛能赐给她儿子。

有一天她又在诚心地赊佛，
希望叭英能够满足她的要求。
她祷告的话刚刚说完，
天上的叭英情感涌动心头。
他低头朝天下一看，
看见多达里晒烘向他跪拜请求。
他被王后的诚心所感动，
收下了王后献上的蜡条和谷花。

他请天上的两个仙人下凡，
他对其中的一个仙人说：
"你今后是西天大佛，
现在轮到了你经历巴答咪金的那一世，
你们俩将是亲兄弟，
投生的地点是厅牙哇地。
这个地方非常富裕，
你们俩将是那里的王子，
拥戴你们的是勤劳朴实的民族。"

两个仙人说：
"好吧，我们也希望到人间走一走。
但如果我们有了困难和忧愁，
你要在暗中帮助我们。"

叭英答应了他们的要求。
他给了一个仙人一把锋利的长刀，
一副弩箭、一双飞鞋，
还有一把有三十二股弦的象头琴；

又送给另一个仙人一根九个弯的金棍子，
既会带人飞行，又能用来打仗。
两个仙人谢了叭英。

两个仙人告别天庭，
选择吉日下凡超生。
天上的仙人们都来相送，
仙女们依依不舍地流着眼泪说：
"你们就要走了，
以后就没有人来跟我们说笑耍闹了。"

他们下凡的时间是六月的一天，
天气晴朗是个好日子。
路上他们遇到了十六个天星，
接受了十六个祝福。
然后他们遵照神意，
落进了多达里晒烘的肚子里。
多达里晒烘怀孕十二个月，
第二年的六月十五日，
生下了第一个儿子。

国王请来了算命的人，
看看儿子的命好不好。
算命的先生说：
"您的儿子命很好，
今后要大吉大利大富贵；
他的武艺很高强，
人也长得很英俊。"

国王听了很高兴，
他给了算命人很多礼物，
又召集了所有的大臣，
商量怎么给孩子起名字。
他们想来想去想了半天，
给孩子起名为巴答咪金。

巴答咪金生得像十五的月亮一样可爱，
王后为他找来了五百个奶妈给他喂奶。
国王和王后都喜欢这个儿子，
希望儿子快快长大。

巴答咪金一天天地长大起来，
当他到了两岁的时候，

王后又生了一个儿子，
国王给他起名叫金里亚达拉，
他们又为他找了五百个奶妈。

兄弟俩度过了一个个春夏秋冬，
在父母的哺育下长大。
国王为他们盖了宫殿，
宫殿交映着月亮和太阳的光辉，
点缀着百鸟和动物，
雕刻着常青藤和鲜花。
他们长年出入宫殿，
享受这美好的时光。

王后经常对他们说：
"你们生得这样英俊，
就像莲花生在水塘里。
你们是有福分的人，
你们命中注定是这里的主人。
你们要学好本事，
今后才能像你们的父亲一样，
治理好这个地方。"

哥哥长到了八岁，
弟弟长到了六岁，
他们开始出去游玩，经历世事。
哥哥穿上了他的飞鞋，
拿起了长刀、弓箭和象头琴，
在天空中飞来飞去。
他在天上弹着琴，
美妙动人的琴声慰藉着蓝天白云；
他对着大地唱歌，
高亢嘹亮的歌声，
滋润着人们的心灵。

弟弟也骑上了他的金棍子，
紧紧地跟在哥哥身后。
他们在天空中游玩，
分享着自由和快乐。
弟弟叫哥哥为"召"，
哥哥叫弟弟为"混"，
他们天天在一起，
亲密无间，无话不说。

他们的本事百姓都佩服，
他们的父母心中很高兴，
天下的百姓都尊敬他们，
希望他们绘制好未来这个地方的蓝图。

二

一个段落过去了，
一个段落又开始，
好像荷花一朵接着一朵开。

那是另一个美丽的地方，
它的名字叫阿泯王地。
统治这里的国王叫苏里亚翁山，
他的威力有一万个太阳大。
他的妻子叫西黎马混扎，
他们有个姑娘叫朵达拉。

朵达拉生性乖巧，
像那温柔的月亮。
她长到了十五岁时，
美丽漂亮又大方。

有一天父母带着她到森林中去玩，
朵达拉坐着五彩的牛车，
国王和王后高贵地骑着大象，
跟着他们的是所有的大臣，
还有众多的子民。

他们到了森林中，
朵达拉被美丽的花朵迷住了，
她走到了鲜花盛开的地方，
千朵鲜花和她争奇斗艳。

一个叫为假拖的魔鬼，
从天上经过时看见了朵达拉。
他心想这个小姑娘生得这样美丽，
鲜花比她还逊色三分，
把她抓去送给叭团，

说不定叭团还会封他做个官。

他从天空中扑了下来，
像老鹰抓小鸡般抓走了朵达拉，
就像恶龙缠住美丽的凤凰，
带着朵达拉飞走了。

国王的军队全都傻了眼，
他们站在那里不会动弹，
有的说是老鹰把她叼上了高空，
有的说是恶罗扒①把她抓走了。

国王和王后大声地哭喊，
伤心地扑倒在地上。
他们不知道朵达拉被抓到何地，
只有在森林中大声呼喊和哭泣。
一直到了月亮升起太阳落山，
他们才筋疲力尽地回到宫殿。

王后天天思念自己的女儿，
她时时以泪洗面。
"回来啊，我的宝贝女儿，
你要快些回到我们身边！
让佛祖保佑你快快回家，
不要让可恨的恶罗扒把你吃了。
你的福分将像一把大伞遮住你的全身，
让你无灾无难平安回家。"

为假拖在森林抓住朵达拉，
朵达拉心里非常害怕。
她红红的脸儿变得焦黄，
不知为假拖要把她带到何方。

为假拖去到了叭团那里，
把朵达拉献给了叭团。
"我今天得到一个美丽的女人，
世界上没有谁还能比得上她，
我特意送来献给你。"

叭团看见了美丽的朵达拉，

---

① 恶罗扒：魔鬼。

心里非常高兴，
重重地赏赐了为假拖。
他割出了一块三里宽的地方，
叫为假拖做那里的召哈罕①。
为假拖高兴得疯了一般。

叭团得到了朵达拉，
就仔细地打量了她一番。
他惊奇这姑娘怎么那么光彩夺目，
他惊讶这位姑娘怎么那么美丽动人，
他笑得半天合不拢嘴。

叭团有个儿子叫贡皮大，
生得高大壮实很有本事，
叭团想把美丽的朵达拉，
送给他的儿子做媳妇。

他召集了手下所有的人，
要他们为娶亲做好准备；
他下令管辖的各个地方，
让百姓欢乐七天七夜，
祝贺他的儿子成亲。

贡皮大得到了朵达拉，
欣喜得好像得到了整个世界。
他天天围着朵达拉转，
想方设法哄她高兴。

可怜的朵达拉，
像凤凰掉进了污水塘，
怎么挣扎扑腾都无济于事。
朵达拉虽然嫁给了贡皮大，
但她每天都想念着自己的父母和家乡。

有一天她感到肚子里不舒服，
心里越想越害怕：
"我是不是怀孕了？
我是人，贡皮大是恶罗扒，
人和恶罗扒怎么能生娃娃？
如果生出的娃娃，
像贡皮大一样丑恶，

嘴里长出两颗长长的獠牙，
那我今后怎么见人？
怎么对得起自己的爹和妈？"

朵达拉怀孕十个月，
预感中的娃娃生出来了，
他真的像他的父亲一样，
长着两颗长长的獠牙。

朵达拉抱着娃娃哭成了泪人，
哀叹和伤心撕碎全身，
这是和恶罗扒生的孩子啊，
但也是自己身上掉下的肉，
朵达拉怎舍得丢弃？

孩子慢慢长大了，
他的名字叫扎不兴哈达。
他的力气非常的大，
他跑得最快没人赶得上他。
他慢慢地长大成人，
他的父亲让他当了叭团，
管理着他们的区域。

朵达拉自从来到这里以后，
每天都想念她的父母，
希望回到她的家乡。
她天天愁苦着脸不说话。

一天，扎不兴哈达对母亲说：
"如果您想外公外婆，
我可以送您去见见他们。"
扎不兴哈达把这事禀告了老叭团，
老叭团同意让母子俩回去一趟。

他给了扎不兴哈达一把砍刀一副弩箭，
又把祖传的飞车给了他们，
让他们都坐在里面。
所有的恶罗扒都来送行，
一共有九万零九千人。
贡皮大带着扎不兴哈达和朵达拉，

---

① 召哈罕：头人。

坐上了神奇的飞车。
飞车越过高山，越过森林，
来到了一条有三里宽的大河边，
他们看到了一场激烈的厮杀。

七年前一条龙在这河边游玩，
天空中飞来了一群扑嘎纶①，
他们的翅膀有三丈长，
飞起来把太阳都遮住了。

扑嘎纶看见了河边游玩的龙，
高兴得大喊大叫：
"可以吃上龙肉了！"
他们都朝着龙飞了过去。
河里的龙急忙召集了龙兵，
他们双方搏斗了起来。
一只扑嘎纶飞去啄龙的头，
龙用尾巴把它打进了河中。
他们两边惨烈的恶斗，
一直打到了第七个年头。

扎不兴哈达看到了他们激烈的战斗，
有的扑嘎纶把龙兵啄到天空吃了，
有的龙兵把扑嘎纶拖到河中撕碎，
龙兵渐渐体力不支，
扑嘎纶却越战越勇。

扎不兴哈达拿出了他的弓箭，
向着扑嘎纶射去。
弓箭的声音像打雷一般，
震得大地都抖动了起来，
扑嘎纶被打得逃跑了。

老龙和他的兵士都非常的感激，
他们跑到扎不兴哈达面前说：
"你救我们的情义有海深！
如果没有你来救我们，
我们就要被打败了。
从此以后你有什么困难，
就叫我们来帮你。"

老龙叫两条小龙变成了两个黑大汉，
让他们跟着扎不兴哈达。
"他们俩都很有本事，
我让他们跟着你，
总有一天会有用。
现在你救了我，
我们就像兄弟一样，
今后一个不要忘记一个。
不管有什么困难，
我们都要尽力相帮，
一个不要丢下一个。"

他们在河边依依惜别，
扎不兴哈达坐着飞车又上了路。
他们过了大河继续朝前走，
两条小龙作法刮起了大风，
吹着他们飞快地朝前跑。

扎不兴哈达有了龙的帮助，
他的威力更加强大了。
他们三天的路并做一天走，
很快就到了阿泯王地。
不久，跟在后面的兵马也到了。

扎不兴哈达的兵马都有大獠牙，
他怕吓坏了阿泯王地的人，
就让他们驻扎在城外。
他跟着父亲贡皮大，
还有母亲朵达拉，
坐飞车飞向阿泯王地的宫殿。
满城的人看见了飞车，
他们都很惊奇和慌张，
不知天上来了什么东西。

国王苏里亚翁山和妻子，
听到了街上的吵闹声，
就来到了宫殿外面。
这时飞车落到了他们的身边，
朵达拉从车中走了出来。
她后面跟着贡皮大和扎不兴哈达，

---

① 扑嘎纶：一种传说中的大鸟。

他们的长獠牙叫人害怕。

朵达拉叫大家不要害怕，
她转身给父王和母后磕头，
哭着告诉了父母，
她被为假拖抓走的经过。
国王和王后都吓得说不出话来。

朵达拉对父王、母后说：
"靠了你们的福分，
我才又回到了你们的身边！
自从我在森林中遇到了为假拖，
他把我带到了很远的森林中，
是你们前世积下的功德多，
所以他没有把我吃掉，
而将我送给了叭团。

"叭团把我嫁给了他的儿子贡皮大，
我们生下这孩子叫扎不兴哈达。
现在他已经长到了十六岁，
靠了他的帮助，我今天才能见到你们。"
说完她领着丈夫和儿子拜见了国王和王后。

国王和王后听了又伤心又高兴，
伤心的是女儿嫁了一个恶罗扒，
样子凶恶又叫人害怕；
高兴的是原以为已死了的女儿又回来了。

他们呆呆地望着女儿、女婿和外孙，
眼泪像乌云遮住蓝天下起了雨，
他们都张大了嘴巴，
半天说不出一句话。

大臣和百姓围在外面，
有些女人听了朵达拉的话就昏了。
王后和朵达拉相拥而泣，
哭得让人伤心、让人感动，
国王叫侍女扶起哭成泪人的母女。

国王对所有的人说：
"今天是个好日子，
我丢失多年的女儿又回来了。
我们大家都不要哭了，

应该高兴和欢喜才对。"
国王为他的女儿开宴七天，
又请了经师为他们祈祷祝福。

国王和王后款待了贡皮大和扎不兴哈达，
让他们尽情地在这里欢乐了十天。
扎不兴哈达毕竟是他们的外孙，
他们慢慢适应了他的长獠牙。
扎不兴哈达上天入地的本事，
也很得国王的欢心。

十天很快就过去了，
贡皮大带着朵达拉要回去，
国王和王后都舍不得女儿离开，
他们分别时都流下了眼泪。

国王看到扎不兴哈达高大雄壮又有本事，
就对他说：
"我的外孙，
你能不能留在这里，
帮助我统管军队？"

朵达拉连忙说：
"他从小野惯了，
还是让他回去吧。
他的相貌很吓人，
不要让他在这里乱闯祸。
如果外公想他了，
他马上就坐上飞车来这里。"

扎不兴哈达听了国王的话非常高兴，
他乐意住在外公的家里。
他坚决地对母亲说：
"我就要留在这里。"
见父王执意挽留和儿子坚决请求，
朵达拉只好答应扎不兴哈达留下。

留在阿泯王地很合扎不兴哈达的意，
他像一只欢快的小野鹿，
奔跑在碧绿的草地和翁郁的森林。
他每天坐着飞车，
在天空中游玩和四处观赏，
有时又到龙宫里面去做客。

他想回去见一见父母，
坐上飞车马上就可回到家里。
他就这样天天往来于这两个地方，
他心里感到非常的快乐。

阿泯王地有了扎不兴哈达，
国王非常地放心，
他自恃外孙有强大的本领，
慢慢地变得傲慢和骄横。
他不怕另外的国家会来欺负他，
因为扎不兴哈达有高强的武艺，
有那闪电一样快的飞车，
还有锐利的长刀和弩箭，
任何国家他都不放在眼里。

三

新的一段又开始，
西天大佛顺着他的经书念下去——

从前有个很宽广的坝子，
圣母达拉河就从离它不远的地方流过。
圣母达拉河的水流很急，
它呼啸着打着漩涡。

水流向前冲击着石崖，
水花飞溅发出了很大的声响，
水流旋转泛起了大片的白沫，
白沫扩大形成了一朵大莲花。
生在水流的中间，
就像生在恶罗扒的花园里，
没有人可以接近它，
桑莫达妮就在里面孕育。

那里有一个叭汗，
他的名字叫依细纳招，
他住在离河不远的缅寺，
周围是葱葱郁郁的森林。
这个叭汗心地善良又很虔诚，
天天念诵经文。
他佛法很高，

练成了能够飞天的本领。

有一天他来到了圣母达拉河边，
看见河的漩涡中，
有一朵非常大的莲花，
莲花散发出阵阵香气。
他很奇怪湍急的河水中，
怎么会生出并留得住这样大的莲花，
就飞到了莲花那里。

他看见很多蜜蜂围着莲花飞旋，
蝴蝶在四周飞舞，
百鸟也在天空中扇动翅膀，
遮住阳光不晒到莲花。
他于是用双手扒开了莲花的花瓣，
看见里面睡着一个美丽的小女孩。
他奇怪这个孩子怎么会生在这里，
于是把她带回缅寺养了起来。

他给她穿上了衣裳，
又为她看了看面相，
他认真地说：
"这个女孩子今后的命很好，
但中间要有一点磨难，
最后她会是一个最幸福的人，
因为她出生得这样奇巧，
长得又这样清秀可爱。"

依细纳招对女孩十分喜爱，
他对着上天说：
"佛啊，这是您赐给的生命，
如果要让我来抚养这个可爱的小孩，
就让我的手指淌出奶来。"

他的话刚刚说完，
手指头马上就淌出了奶水。
依细纳招就用指头当作奶头，
天天给小女孩喂奶。
依细纳招不知小女孩来自何方，
他根据在莲花里找到她的缘由，
给她起名为桑莫达妮。

桑莫达妮在佛爷的养育下一天天地长大了，

叭英暗中给了她一把三十二股弦的琴，
琴与巴答咪金的完全一样；
还给了她一颗明亮的珠宝，
和一把珍贵的玉木梳，
让她打扮得更加漂亮。
当她长到了十六岁时，
就像一朵含苞欲放的花朵。

她长得美丽又高贵，
朗纶妞①都比不上她。
每当人们看到了她，
不知道是她的身材漂亮，
还是她的影子漂亮，
她的美丽让人惊叹得无话可说。

勐巴娜西有个国王叫捧麻答，
他的妻子叫普沙地，
他们有一个儿子叫西哈那毡，
他们还想要个姑娘。

三股线先拧在一起，
现在要说说天上的叭英。

叭英坐在宝座上，
有一天他睁开了眼睛朝下看，
他看见了森林中的桑莫达妮。
叭英很可怜她一个人住在那里，
就想让这个女娃娃做国王的女儿。

于是他使用神法调动勐巴娜西的国王捧麻答，
让国王朝着桑莫达妮住的森林来打猎。
国王领着大小官员和军队，
浩浩荡荡来到了森林。
国王骑着一匹高大的骏马，
他的随从们抬着长刀，
前呼后拥地跟着他朝森林中奔去。

捧麻答一行来到了一棵大缅桂花树下，
叭英从天上下到人间，
变成了一只金鹿在那里吃草。
捧麻答看见了这只可爱的小鹿，

他不忍心把它射死。
他命令他所有的部下，
要活捉金鹿放进皇宫的花园。

他们围猎的声音传遍了整个森林，
所有的人都策马向金鹿围去。
金鹿看见围上来的人群，
就从国王的头顶跳了过去。
金鹿跑得飞快，
转眼就逃进了密林深处。

捧麻答骑在马上，
马飞快地朝金鹿追去。
他边跑边对部下说：
"金鹿跳过了我的头顶，
为什么你们不把它拦住？"

他的部下对他说：
"尊敬的国王陛下，
如果不是你要我们捉活的，
我们早就把它射杀，
也就不会让它跑进了森林。
我们现在加紧围猎，
一定让它成为您的猎物。"

他们纷纷叫嚷着，
跟着国王追了过去。
他们到处敲响大锣，
四处寻找金鹿的足迹，
想把金鹿从森林中撵出来。

他们找啊找，
终于又找到了金鹿。
金鹿的样子像受了伤，
它缩起了一只脚，
惊慌地在前面奔跑。

士兵们看见了非常高兴，
他们大声地叫着：
"金鹿的脚已断了一只，

---

① 朗纶妞：美丽的仙女。

我们快一点追就可以抓到。"
金鹿在前面一拐一瘸地跑，
歪歪倒倒的就像个醉汉，
但就是永远和士兵们保持一段距离，
怎么追也追不到它。

捧麻答策马冲在最前面，
他想奋力赶上金鹿。
金鹿暗中使用了缩地法，
把路程缩短了几十倍，
他们追了仅仅一天，
却追出了三个月才能走完的路程。

太阳已经落山了，
天渐渐黑了下来，
金鹿的脚印看不见了，
捧麻答一行人回不去了。
他们一筹莫展，无可奈何，
只好用树枝干草搭起些棚子，
在森林里暂且安身住宿。

第二天天刚刚亮，
他们就在森林里寻找回去的路。
士兵们找到了圣母达拉河边的缅寺，
见到了缅寺中美丽的桑莫达妮，
她就像才出水的芙蓉光彩夺目，
美丽得让人不敢相信自己的眼睛。
士兵们忙把这件事告诉捧麻答，
国王不敢相信莽莽的森林中，
会有那样美丽的姑娘。

士兵们领着他找到依细纳招的缅寺，
他们看见了桑莫达妮正在那里。
起初捧麻答还端着国王的架子，
傲慢地领着士兵直直地闯了进去。
但当他一见到桑莫达妮，
就如同被闪电灼伤了眼睛，
全身就像抽掉骨头一样，
惊异万分地差点瘫了下去。

他的部下也都目瞪口呆，
有的张大了嘴巴闭不拢，
有的眼睛直直地不会转动。

他们从来没见过这样美丽的姑娘，
她的容貌是那样的迷人，
美丽得让他们产生阵阵眩晕。
所有的人身心都飘飘忽忽，
仿佛置身于虚幻的仙境。

她像莲池边戏水的仙女，
不知是人还是仙。
如此美丽的姑娘啊，
他们一生中都没有见过，
今天见了是他们的福分。
他们想去问她是不是仙女下凡，
希望能走到她的身边，
仔细看个端详。

桑莫达妮是那样的端庄和自然，
像没有看到这样多的人进来一样，
照旧做着她的事。
捧麻答没有了国王的架子，
他轻轻走到了她的面前。

他小声地问她有多大年纪，
为什么会出现在这里，
她的父母是谁。
国王实在想知道，
是谁有这样的福分，
生出如此美丽的姑娘。

姑娘始终没有作声。
捧麻答忙叫士兵准备礼物。
他找来了依细纳招佛爷，
他亲自用双手捧着蜡条和鲜花，
恭恭敬敬地献给了依细纳招。

他对依细纳招说：
"佛爷，这个姑娘是你的吗？
她是仙女还是人？
她生在什么地方？
怎么又会到了这里？
为何和你同住在深山？
你俩住在这里吃些什么？
要不要我们送来东西？"

佛爷回答说：
"尊敬的国王啊，
我住在这里无灾无难，
我吃的东西有芭蕉和芒果。
这姑娘是上天生的，
她出现在大河漩涡里的莲花中，
是我把她带回养到现在。
你是哪个地方的国王？
你的国家叫什么名字？
你怎么会来到这里？"

捧麻答拜了拜佛爷说：
"我的国家是勐巴娜西，
我的名字叫捧麻答，
我的妻子叫普沙地，
我们只有一个儿子，
我们很想要一个女儿。
是神灵把我引到了这里，
请你把姑娘让我带回去做我们的女儿。"

依细纳招听了没有说话，
心里却暗暗地想：
这个姑娘已经长大了，
我是个佛爷，
如果让她跟我住在一起，
的确不太合适，
人们会笑话我。
一只凤凰老窝在林子里，
别人也会说怪话，
怪我不让凤凰展翅高飞。
这个国王今天来到这里，
这是她命中注定的缘分。

于是他对捧麻答说：
"好吧，捧麻答国王，
如果你喜欢我的姑娘，
要认她做你的女儿，
就把她带回去吧！
但你要真心实意对她好，
要每天每日祝福她，
让她过幸福快乐的日子。"
国王高兴得心花怒放，
没想到佛爷这么爽快地答应。

国王已经遂了心愿，
就连忙一一地答应。

佛爷又把姑娘叫了过来：
"桑莫达妮，你长大了，
独自一人在我这里不太好，
你应该离开这座林子，
去那勐巴娜西。
那是个美丽富饶的地方，
那里有许多善良和热心的人，
你在那里会快乐幸福的。
我也不会忘记你，
我今后会去看你的。"

姑娘听了依细纳招的话，
不知应该怎么办才好。
她想，如果去了，
会非常挂念依细纳招佛爷；
如果不去，
又实在想看看森林外面的那些地方。

她望着佛爷那慈爱的眼神，
心里明白佛爷一定是为了自己好。
她抬起了依细纳招的脚，
恭敬地放在自己的头上说：
"佛爷，我就要离开您了，
从前我有不好的地方，
您要原谅我，告诫我。"
她虔诚地献上了蜡条和香花，
眼中含着泪水，
祝福佛爷无灾无难，长命百岁。

捧麻答拜别了依细纳招佛爷，
依依不舍地离开。
依细纳招佛爷的眼睛湿润了，
桑莫达妮的离开像割走了他心头的肉。

他送走了桑莫达妮后，
心绪久久难平，
他念动了咒语，
让她住的房子腾上了空中随她一起飞走。

天神叭英从林子深处走了出来，
他让路程缩短了，
让三个月的路程，
只走了一天就到了勐巴娜西。
桑莫达妮的闺房，
已经稳稳地落在了捧麻答的宫殿旁。

满城的百姓听到了车马的声音，
一起出来迎接他们尊敬的国王。
他们看见了桑莫达妮，
她就像太阳一样光彩夺目，
就像月亮一样纯洁美丽。

捧麻答召集了所有的大臣，
把这次打猎的经历讲给他们听，
大臣都齐声为他得到了女儿而祝福。
国王和王后让她住在飞来的房子里，
又派了五个天仙般的姑娘做她的侍女，
她快乐地住在了勐巴娜西。

四

这是第四节的故事，
这时好像太阳刚出了山。

那时还有个地方叫达嘎索，
国王的名字叫哈地亚翁山，
他的妻子叫富嘎麻里，
他们有个儿子叫莫利静大，
他长得非常的英俊，
脸儿红红的像太阳。

莫利静大长到了两岁时，
达嘎索森林中出现了一只大白虎，
它住在深山中。
有一天，莫利静大正在睡觉，
房中没有一人，
大白虎口中含着一支标枪和一根宝鞭，
闯入了莫利静大的房中。

大白虎用它的嘴亲了亲莫利静大的脸，
把标枪和宝鞭放到了他的身边，
转身又回深山去了。

有人看见白虎跑进了莫利静大的房中，
他们急忙把消息告诉了国王和王后：
"刚才一只白虎进了莫利静大的房中，
它一定把王子吃了。"
又有人说道：
"我看见白虎口里含着一支标枪和宝鞭，
是佛派它送宝贝来给王子，
让宝贝保佑我们的王子，
因为他有远大的前程。"

国王和王后听了很惊奇，
他们口里叫着"西天大佛啊，
请您保佑我们的孩子"。
他们走进了儿子住的房间，
只见儿子好好地睡在床上，
标枪和宝鞭放在他的身边，
房子里还留有白虎的足迹，
足迹与水牛的蹄印一样大。

国王和王后抱起了儿子，
他们亲着他的面颊说：
"是神看中了我们的儿子，
所以才派白虎给他送来宝贝。"
于是他们就把王子的名字，
改为莫利静大利色迫①，
以纪念白虎给他送来了宝贝。

莫利静大得到了两样宝贝，
名声传遍了四面八方。
莫利静大长到十六岁，
有一匹飞马从空中落下，
来到了他的身边，
乖乖地做了他的坐骑。
从此莫利静大有了三件宝贝。

国王心中暗暗地想：

---

① 利色迫：意为白虎。

莫利静大现在长大了，
又有了三件宝贝，
今后我们的国家就更有依靠了。

莫利静大长得身高体壮，本领很强，
没有人可以和他相比。
他时时骑上他的飞马，
右手拿标枪，左手拿宝鞭，
在空中尽情地玩耍。

莫利静大养了一只八哥，
他非常喜欢它，
每天都用最好的东西来喂它，
天天教它说话，
使它学会了各种各样的语言。
一个春暖花开的早晨，
八哥看着外面花园般的世界，
想要出去游玩一番。

它把此事告诉了莫利静大，
莫利静大就对它说：
"你去吧，但我要请你办一件事。
你去帮我看一看世上哪个姑娘最美丽，
看到了就回来告诉我。"
他用一种相思草浸泡的水，
洒在了八哥的身上，
想让美丽的姑娘一闻到就忘不了他。

八哥一共飞了六十六个大地方，
都没有看见最美丽的姑娘；
它又走了三千个小地方，
还是没有遇见最美丽的姑娘。
它到处飞来飞去，忙个不停，
也没看见哪里有最美丽的姑娘。

一天，它飞到了勐巴娜西，
看见了那里热闹的街市；
它飞过了国王的宫殿，
终于看到了美丽的桑莫达妮。
它从来没有见过这样美丽的姑娘，
它为这姑娘的美丽惊叹，
它被姑娘的美貌所倾倒，
不知不觉从天上跌了下来。

桑莫达妮看见一只八哥，
从天上掉了下来，
就轻轻地对它说：
"过来吧，小八哥，
请你飞来我的手上。"
八哥听了她的话，
飞到了桑莫达妮的手掌心上。

姑娘问它：
"可爱的小八哥，
你从什么地方来？
你是养在别人家，
还是住在森林里？
你这可爱的小八哥啊，
你要告诉我！"

八哥回答道：
"美丽的姑娘啊，
我从达嘎索那里来，
我的主人是莫利静大，
他是达嘎索的王子，
他现在还没有妻子。
他派我到各地去看一看，
哪里有最美丽的姑娘。
我走过了六十六个大地方，
又走过了三千个小地方，
才在这里看见了你，
你这最美丽的姑娘。"

八哥身上的相思草味，
使桑莫达妮心醉，
她高兴地对八哥说：
"我生得很丑，
你不要夸奖我。"
八哥说：
"我回去告诉我的主人，
要他来向你求婚。"

八哥告别了桑莫达妮，
飞回了达嘎索。
他告诉王子莫利静大：
"我走了很多地方，

才在勐巴娜西，
看见了一个最漂亮的姑娘，
她的名字叫桑莫达妮。
她的美丽让我惊叹，
使我从空中跌了下去。
我看见她住的房子，
就像荷花开在金色的水塘，
水塘里有肥嫩的水草，
姑娘的美丽胜过晶莹的花瓣。"

莫利静大非常高兴，
决心要见见这个美丽的姑娘。
他写了一封信给她：
"我们这里有一匹骏马，
要寻找远方一个清澈的水塘，
水塘里面开满了鲜花，
还生长着肥嫩的水草。

"骏马想进水塘里吃草，
并让塘里的金香花和银香花抚摸。
骏马恨不得像箭一样地飞驰，
立刻就来到远方的水塘，
但又害怕水塘已有主人，
用棒子把骏马赶走。

"骏马的心里现在乱如麻，
忘不了水塘中美丽的莲花，
想去那里吃几口鲜美的水草，
不知你同不同意？
我现在和美丽的姑娘商量，
如果同意，
请你马上回信，
不要让骏马在焦急中变傻。"

莫利静大用最好的信纸写了这封信，
把信拴在八哥的脚上，
请八哥把信送到勐巴娜西，
交给远方的桑莫达妮。

八哥带着信飞过云层和山川，
一直飞到了桑莫达妮住的房里，

停在了她的肩上，
把信交给了她。
桑莫达妮走到床边拆开了信，
相思草的味道让她心醉。
她看了信又高兴又难过：
我怎么只能见信而不能见人呢？

她马上拿出了纸写道：
"明亮的水塘在我们这里，
里面开着五色的荷花，
它的周围有千千万万的雀鸟和蜜蜂，
它们都想去采那花蕊中的蜜汁。

"但荷花紧闭着她的花瓣，
她不知道要向谁绽开花蕊。
如果马儿想到水塘吃水，
那么五色的荷花就会开放。"

她轻轻地封好信，
又把它拴在八哥的脚上，
让它把信带到达嘎索，
送给莫利静大。

莫利静大接到信后看了一遍又一遍，
心就像草绳掉进了火塘，
燃起了蓝色的火焰；
又像四月的野火烧山，
烧了一山又一山。

信中的话就像弩箭射进了他的心中，
他的魂魄早已经到了桑莫达妮的身边。
他按捺不住急切的心情，
恨不得立刻见到心上的桑莫达妮。
他精心准备着礼物，
要在腊月里去勐巴娜西提亲①。

五

西天大佛的经书翻了又翻，

---

① 腊月提亲为民俗。

现在接着又念下去。

厅牙哇地的王子巴答咪金和金里亚达拉,
本事大得能飞到天空。
他们在天空飞来飞去后,
又能悄然降临地面,
因而他们的名声传遍了天下。

巴答咪金长到了十六岁,
他很想到深山老林中去玩玩,
他听说那些地方有明净的水塘,
还有漂亮的仙女在里面洗澡。

他把想法告诉了弟弟金里亚达拉:
"让我们去森林里,
传说那里常有美丽的仙女,
或许我们还有福气遇见。"

他的弟弟很高兴地同意了。
他们把此事告诉了国王和王后,
但他们的父母不同意他们去,
担心王子兄弟在森林里发生意外。

兄弟俩不顾父母的反对,
执意要到森林中游玩。
他们回到了住处,
悄悄准备好了东西,
穿好了会飞的鞋子,
带上有九个弯的金棍子,
又拿了长刀和弩箭飞到了空中。

他们在天空朝下望:
地上的大山都变小了,
河流变得像蠕动的蚯蚓……
他们透过云雾四处张望,
寻找那片诱人的森林。

他们终于降落在了森林,
满山的鲜花盛开,散发清香,
喳喳啼鸣的小鸟,
使他们感到无比的快乐。

老树成林,树藤交缠,

森林里显得格外幽静。
老虎、豹子、野牛,
在里面跳来跑去,
兄弟俩看了实在开心。

他们看着高耸入云的大山,
有的险峻挺拔,
有的青翠欲滴,
有的开满鲜花,
有的满坡顽石。

他们在深山老林中遇到了一个佛爷,
他独自一人住在这里,
这里的树木最密,
一层层叠在一起。
巴答咪金和金里亚达拉拜见了佛爷,
佛爷问他们:
"你们从哪里来?
怎么会来到了这里?"
两兄弟把来森林中游玩的事告诉了佛爷。

他们看见佛爷慈眉善目,品行高尚,
就拜了佛爷为师,
请佛爷教他们本事和道理。
佛爷见两兄弟心很诚恳,
就收下了他们俩,
从此两兄弟就留在依细纳招佛爷身边。

兄弟两人天天为佛爷做事,
就像他们在家里一样。
他们在林中摘到了好的鲜果,
首先拿去送给师父;
在河边采到最鲜嫩的野菜,
最先端给师父品尝。
佛爷天天给他们讲经,
把他知道的所有事情告诉他们;
佛爷还给他们传授本领,
让他们成为本领更高强的人。

再说勐巴娜西的桑莫达妮,
她的美名传到了四面八方,
喜欢她的人数不胜数,
前来提亲的人络绎不绝,

好几个国家的王子怕别人得到她，
都带着军队来娶她。

城外的空地都被军队驻满了，
王子们都带了很多的礼物送给捧麻答，
要他答应把桑莫达妮嫁给自己。
每个国家的王子都坚持自己的要求，
一个也不愿退让，
他们个个争得面红耳赤。

阿泯王地的扎不兴哈达，
也听到了桑莫达妮的美名，
他也告别了父母，
带着兵马和礼物来求婚。
他的队伍有三十万，
浩浩荡荡地向勐巴娜西进发。

他坐上了自己的飞车，
很快就到了勐巴娜西。
他的队伍到达后，
也在城外扎下了营盘。

勐巴娜西的国王捧麻答，
见此情景不知所措，
他看着城外四处围着的兵马，
感到十分心慌意乱，
一时间想不出任何办法。

莫利静大已经和桑莫达妮通了信，
并向她表达了爱慕之情。
他听说求婚的王子密密麻麻，
他也等不到腊月，
急忙带着军队和礼物，
急匆匆地来到勐巴娜西。

他心里想：
"我已经和她通过信，
她命中应该做我的妻子。"
他集合了他全部的军队，
带上了白虎送来的标枪和宝鞭，
骑上飞马，带着军队驻扎在勐巴娜西。

他紧挨着扎不兴哈达的军队，

扎下了自己的营盘。
他的营房是最华丽和最大的，
他的兵马也是最多的。
等一切安顿妥当后，
他就连忙写信给心爱的桑莫达妮：

"美丽的姑娘啊，
请你不要忘了我们信中的誓言！
现在我已经来到了你的宫殿外，
明天我将要向你的父王送上我的聘礼，
要捧麻答国王同意我们的亲事。"

桑莫达妮收到了莫利静大的信，
心里久久不能平静。
她知道那么多军队，
驻扎在城外的用意，
自己的一言一行必须十分谨慎，
不然会引发争斗和战争。
她回了一封信给莫利静大说：
"我前次已经答应了你，
但你为何不早来提亲？
现在这么多的王子，
带兵围住了城池，
我答应谁都会引起一场灾祸。"
莫利静大接到信后，
就在心里暗自思量，
她现在不敢答应，
我就凭我的本领娶到她。

勐巴娜西的国王，
召集了他所有的大臣，
为了桑莫达妮的婚事，
要他们想一个万全的主意。

大臣们都纷纷说：
"这个姑娘原来不属于我们这里，
她的到来使我们遇到了灾难。
城外兵马有我们的十几倍，
如果爆发战争，
我们就有灭顶之灾。"

有的大臣说：
"一个姑娘不能分成几个身子，

不知嫁给哪个国家的王子才合适。
如果答应了哪个王子，
其他的王子都不会善罢甘休。"

国王听了他们的意见，
更感到事态的严重，
闷闷不乐不作一声。
他派人叫来了太子西哈那毡，
要问一问他这事该如何解决。
国王对西哈那毡说：
"现在我们大家都不知道，
要如何办才好，
想问问你有什么好主意？"

西哈那毡太子回答：
"我们是个太平的国家，
我们又没有招惹过什么人，
我们和这些国家无冤无仇，
对他们不必担心害怕。

"明天在院场心竖一根插入云霄的柱子，
把桑莫达妮放在上面。
谁有本事能上了杆子的尖端，
把桑莫达妮从上面抱下来，
就让她嫁给谁，
这样谁都没有话可说。
但如果他们抱不下来，
就请他们早早退兵。"

国王和大臣都赞成这个主意，
就把这个主张，
对所有求婚的王子作了宣布。
王子们听了议论纷纷，
都不同意这个主张。
"这是西哈那毡自己看中了桑莫达妮，
才想出这个不能做到的方法来为难我们。
我们不会飞，
也不是恶罗扒，
怎么能上插入云中的柱子呢？
这是不可能做到的事，
因为我们是吃谷米长大的人。
如果他看上了桑莫达妮，
他自己也飞上云中的柱子试试！"

还有的说：
"我们从小是吃奶长大的，
吃饭长大的，
莫非他是吃风长大的，
能飞上高空？"

人人都在议论和不满，
只有扎不兴哈达心里暗暗高兴：
这样高的空中只有我能上去，
桑莫达妮一定属于我了！
是我扎不兴哈达运气好，
才叫他们想出了这样的主意？

莫利静大也在暗暗地想：
西哈那毡怎么会想出这样一个主意？
想用这个办法要我们退兵？
但他不知我有一匹飞马，
再高的天空我都能上去，
桑莫达妮一定是我的。
莫说这柱子只有三万拐子高，
就是十万拐子我也不怕。

莫利静大和扎不兴哈达都暗暗高兴，
两人都在暗中打着自己的主意，
想凭力量和本事大显身手，
娶得美丽的姑娘。

第五段落完了，
第六段落就要开始，
就像一堆大火将熄又燃起。

六

西哈那毡对大臣们说：
现在我们里外要同心协力，
让别的国家尊重我们，
你们去传那一百零一个国家的王子来，
不管是大国还是小国的王子。
我们把桑莫达妮，
放在三万拐子高的柱子上，

看他们谁有本事把她抱下来。

西哈那毡到了桑莫达妮那里，
让她打扮得漂漂亮亮，
让她穿上最美丽的衣裙，
戴上闪亮的耳环和金灿灿的手镯，
这样使她显得更美丽。
打扮好的桑莫达妮和太阳相比，
不知是太阳在发光，
还是她在发光。

勐巴娜西动用了最神奇和强大的力量，
让桑莫达妮坐在耸入云霄的柱子上。
她拿着三十二股弦的琴，
拨动着悠扬的琴弦唱道：
"开在林中的花啊，
带着露水将要开放；
我就像那林中的花啊，
不知道会遇到怎样的阳光和雨露？"

桑莫达妮的声音在空中传开，
深情悠扬的歌声，
拨动着王子们的心弦。
王子们都抬起头向空中寻找，
他们都被歌声倾倒了。

王子们耳朵听着，心里想着：
"多么美妙的歌声啊！
如果桑莫达妮做了我的妻子，
我将终生心满意足；
如果桑莫达妮不能做我的妻子，
那也让我看一看她迷人的容貌吧！"

这时西哈那毡像一道电光一样，
从三万拐高的柱子下到地上来。
他对一百零一个国家的王子说：
"你们谁是最有本事的男子汉，
就去把桑莫达妮接下来，
娶她为妻。"

他这样连喊了几次，
许多王子看着直插云霄的柱子，
都纷纷吐出了舌头，

充满了渴望却又十分无奈。
扎不兴哈达见时机到了，
他满怀信心地走出人群对大家说：
"你们不要吵闹，
谁有本事就快些上去。
如果没有本事，
你们就好好睁大眼睛看我的。"

莫利静大也快步走出人群，
急忙对扎不兴哈达说：
"慢着，慢着，
谁说没人上得去？
我要让你们看看我的本事。
如果我接不下桑莫达妮，
我就带着我的军队第一个离开；
如果我抱下了桑莫达妮，
她就是我的妻子。"

扎不兴哈达见有人和他争着上去，
也不甘示弱地和莫利静大争执起来。
正当他们在地面上吵吵嚷嚷的时候，
天空中出现了一个叫挨叭团罗汤的恶罗扒，
他像一团乌云似的向勐巴娜西飞过来。
他听见了下面人声鼎沸，
象脚鼓敲得震天响，
人群黑压压的一片。
他又看到一根大柱子从地面插入云间，
柱子上坐着一个美丽的姑娘。
恶罗扒看到这个姑娘，
惊叹她生得这样的美丽。
他马上飞过去抱起了姑娘，
滚起一团乌云向天边飞走了。

他把姑娘抱回了自己的洞中，
用大石头堵住了洞口。
他想等七天人群散后，
把桑莫达妮送给扎不兴哈达。
他希望扎不兴哈达得到姑娘后，
念及他的忠心和功劳，
会把国土分一半给他。
被桑莫达妮美貌惊呆了的恶罗扒，
根本没想到扎不兴哈达就在柱子下面。

来勐巴娜西求婚的王子们吵吵嚷嚷，
抬头却不见了柱子上的桑莫达妮，
他们个个都惊慌失措，
呆呆地望着柱头无人的天空。
他们有的失声惊叫，
有的怀疑看花了眼睛，
有的猜测西哈那毡在捣鬼，
大家都议论纷纷。

西哈那毡立即跳上了天空，
但却找不到桑莫达妮。
他找遍了四面八方，
就是不见桑莫达妮的踪影。

桑莫达妮在空中突然丢失了，
勐巴娜西的国王和王后都很伤心：
这到底怎么回事？
我们纵然有一千张嘴，
也难向各国的王子们讲清。

所有国家的王子也很伤心，
他们都呆坐在地上不知如何是好。
莫利静大也在责怪着自己，
为什么不早早地跳上柱子，
将桑莫达妮从柱子上接下来。
他拍打着自己的额头，
后悔自己为什么要和扎不兴哈达争吵，
耽误了时机现在后悔也晚了。
他心中焦急地在想：
心爱的姑娘啊，
现在你究竟在何方？
他想象着：
她好像一朵鲜花，
刚刚开到花瓣嫩红的时候，
像宝镜一样闪光，
谁见了眼前都一片明亮。
她的头发乌黑发亮，
迷人地散发出清香。
美丽动人的姑娘啊，
难道今后我们只能天各一方？

扎不兴哈达心里也很难过，
心里就像火烧一样疼。

他也后悔自己为什么不早点飞上柱子，
那样桑莫达妮就不会消失在茫茫的天空。
他像丢了魂一样，
没精打采地胡思乱想：
像镜子一样明亮的姑娘啊，
如果有你的消息，
我愿用一千头大象才能驮动的金子，
换你回来。
他怪自己不慎重，
错失抱下桑莫达妮的时机，
亏得自己平时还夸有本事呢！
他低头生着闷气，
不断地用手擂自己的胸脯。

桑莫达妮丢失了，
所有的王子都心灰意冷，
他们唯一的选择就是退兵。
他们各自率领着军队离开了勐巴娜西，
逢山翻山，遇水涉水，
各自回到了自己的国家。

桑莫达妮觉得昏昏沉沉，
自己还没回过神来，
一瞬间就被恶罗扒抓到了洞里。
她哭哭啼啼地想：
恶罗扒抓我到这里干什么？
他为什么不把我吃了？
这样不死不活地把我关在山洞中，
何时才能见到洞外的光明？
何时才能回到自己惬意的小屋？
何时才能见到那些熟悉的身影？
何日才能见到疼爱我的国王和王后？
恶罗扒使我遭受这样大的苦难，
让我远离自己的住处，
来到了这与世隔绝的地方，
关在这个闷人的山洞里。
洞里黑黢黢的，
伸手不见五指，
没有一丝亮光。
桑莫达妮痛苦得想早点死去，
她像一朵美丽的鲜花遭到了霜打。

桑莫达妮在洞里终日以泪洗面，

声音丝丝缕缕传到了洞外，
从洞外经过的人听到了洞中的哭声，
知道恶罗扒囚禁了一个姑娘。
人们非常同情她。
他们聚在一起商量：
"谁能出个好主意，
救出这可怜的姑娘。"

他们个个都冥思苦想，
但没有人想出好主意。
这样过了半天，
突然有一个人开口说了话：
"离我们不远的森林里有座缅寺，
里面住着一个佛爷和他的两个徒弟，
一个叫巴答咪金，
一个叫金里亚达拉，
只有他们两个才有本事救出这个姑娘！"

众人听了都很高兴，
他们决心去求善良的佛爷，
请巴答咪金和金里亚达拉，
来救出落入苦海的姑娘。

巴答咪金和金里亚达拉跟着佛爷学本事，
一步都不离开他们的恩师。
他们和佛爷形影不离，
他们虚心刻苦地学本事，
同佛爷一起生活了三年。
第四年时佛爷死了，
他的魂魄升上了西天，成了佛。

兄弟俩埋葬了佛爷，
回到了他们学本事的缅寺。
兄弟二人告诫自己：
"佛爷教我们的每一句话，
都胜过百万两金子，
我们要深深地装在心中，
永远不能忘记。"
佛爷死后留下了一把弩箭一把长刀，
哥哥都交给了弟弟掌管，
兄弟两人从此天天在森林中出入，
对森林里的一草一木都了如指掌。

为了要救那可怜的姑娘，
善良的人们来到兄弟俩住的缅寺，
他们到了那里已经是深夜，
兄弟两人已经进入了梦乡。

人们不能深夜扰闹寺庙，
就在寺旁默默许愿祷告，
让神灵感应去告诉两兄弟，
应该去救那被囚禁的姑娘。
他们的诚心打动了天上的叭英，
叭英就托了个梦给巴答咪金，
让他梦中见到了洞中关着的桑莫达妮。

巴答咪金第二天醒来，
把梦中的事告诉了弟弟：
"弟弟，昨夜我做了个奇怪的梦，
见到了一个叫桑莫达妮的美丽姑娘。
她被恶罗扒无辜地抓走，
关在太阳升起的那个方向的一个山洞里，
今天我们到那里去把她救出来吧！"

弟弟听了笑了笑说：
"哥哥，梦里的事怎么当得真呢？
我不想跟你去。"
巴答咪金忙说：
"这不是梦，
是神灵指示我们的，
不然，这样美丽的姑娘，
怎么会关到黑暗潮闷的山洞里？"
金里亚达拉还是不听哥哥的话，
他认为去救一个梦中的姑娘实在荒唐。

哥哥又说：
"弟弟，这真的是神灵在指引我们，
我们一定要郑重地对待神的启示，
不妨到那里去看一看，
这是一件很重要的事情。"

弟弟说：
"哥哥，你被那位美丽的姑娘迷住了，
所以才做了这样奇怪的梦。"
哥哥又说：
"弟弟你要听我的话，

并不是我想美丽的姑娘，
而是神灵来告诉我们的，
我们要尊重神灵的意愿。"
兄弟两人争来争去互不相让，
一直到了太阳落山星星出来，
他们才停止争论睡觉。
叭英又托梦给巴答咪金，
要他天亮后一定要去救桑莫达妮。

第二天巴答咪金醒来后，
他又对弟弟说：
"昨晚我又做了个梦，
梦里还是要我去山洞中，
救那个被关的美丽姑娘。
这事一定是真的了，
你不要再跟我开玩笑，
我在梦中明明见到她被关在山洞中。"

金里亚达拉还是不相信：
"如果真是这样，
仙人一定会来当面告诉我们的，
何必托梦呢？
你做的梦一定是假的。
你不要相信，
一定是有妖怪在梦中骗你，
让你梦见美丽的姑娘。"

他一边说，
一边取笑他的哥哥。
巴答咪金说：
"你不要笑我，
我们还是前去看看，
到时候就清楚了。"
可弟弟就是不愿去，
他们争论得各不相让，
第二天又没去成。

一连六天都这样，
每夜巴答咪金做着相同的梦，
但是金里亚达拉每次都不相信，
他们一天拖一天直到第七天。

天神叭英见两兄弟没去救桑莫达妮，

生怕姑娘在洞中遭遇不测，
于是在深夜念了咒语，
使桑莫达妮沉睡了过去。
叭英运用了法术，
让沉睡中的姑娘飘出山洞，
穿越山岭和森林，
在星光点点中飘进缅寺，
一直飘进巴答咪金的房间里，
让他们两人睡在一起，
同盖着一床被子。
叭英又把房子里的灯点亮，
他走出门外又念了咒语，
让他们两人都醒过来。

巴答咪金睁开了眼睛，
看到了睡在身边的桑莫达妮。
他很奇怪身边怎么会睡着一个姑娘，
用手摸了摸，
发现是个活人；
借着灯光仔细一看，
发觉是一个美丽的姑娘，
而且就是自己连续七天梦见的那个姑娘。
他怕自己是在做梦，
掐掐手又捏捏脸，
感觉都很疼，
他连忙掀开了被子爬了起来。

这时桑莫达妮也刚好醒来，
她认为是恶罗扒来掀她的被子。
她忙拉着衣服说：
"恶罗扒，我是国王的女儿，
凤凰怎能和乌鸦同窝？
你要吃我就吃，不得无礼！"

她说完仔细一看，
才知站在她身边的不是恶罗扒，
而是一个英俊壮实的小伙子。
她感到很惊奇，
呆呆地望着巴答咪金说不出话。

巴答咪金看见桑莫达妮醒来，
也奇怪地发出一连串的询问：
"美丽的姑娘，

你从哪里来？
怎么会到了我这里？
这是我的床，
你怎么会睡在上面？”

看见面前的姑娘呆呆地不说话，
他的语气更加关切和委婉：
"姑娘啊，
你生得这样的漂亮，
像一朵四月刚开的粉团花。
你是下凡的仙女还是妖怪？
怎么会睡在我的身边？"

桑莫达妮没有回答，
她惊奇了半天才问：
"你是谁？
我为什么会在这里？"

"我是厅牙哇地的人，
国王西里哇塔拉是我的父亲。
我和我的弟弟三年前离开了家乡，
到这里来学本事。"
巴答咪金温和地回答。

桑莫达妮听了这些话，
深思很久才说道：
"英俊的王子啊，
请你好好地听我说，
我是勐巴娜西国王捧麻答的女儿，
我的名字叫桑莫达妮。

"是我的命中有难，
被恶罗扒抓到了他的洞中。
我在洞中住了七天，
不知今天怎么会到了你这里，
对此事我一点都不知道。"

巴答咪金听了很同情她，
姑娘的美丽和诚恳也感染了他，
他把自己和弟弟的经历告诉姑娘，
桑莫达妮为他们的志气和抱负而感动。

睡梦中身边突然来了个美丽的姑娘，

她失魂落魄的样子急需帮忙，
她可怜的遭遇令人同情，
也许是神的意愿，
让她来到了巴答咪金的身边，
让他担负起男子汉的责任。

他深情地对她说：
"美丽的姑娘啊，
请你过来，
让我好好地看看你。
你需要我帮助你什么，
请你也告诉我。"
他伸出了手，
紧紧握住了桑莫达妮的双手，
仔细地打量着她。

桑莫达妮被这个英俊青年真诚所打动，
她孤单一人，无依无靠，
是神把她引导到他的身边，
他的英俊和好心拨动了她的心弦。
她深情地把头靠在巴答咪金的肩上，
以此来表达自己的感激和爱慕。
巴答咪金也被姑娘的真情所感动，
他深情地注视着姑娘，
爱情的火花在眼中闪烁，
两颗心灵在震颤中融合。

他们互相爱慕，
说了很多很多的话，
发下了山盟海誓，
永远相爱到白头。
到了东方露出白色，
露水打湿了地面时，
叭英才又念动了咒语，
使他们俩昏沉地睡去，
然后又把桑莫达妮送回洞中。

太阳出来了，
桑莫达妮醒了过来，
她慌忙睁开了双眼，
发现她又回到了恶罗扒的山洞中。
她很奇怪又很惊讶，
昨晚她明明在巴答咪金的身边，

那个英俊的小伙子，
他的双手紧紧地搂着她。
怎么今天天亮了，
自己又回到恶罗扒的洞中？

桑莫达妮心里想：
这到底是怎么回事？
搞得我莫明其妙。
如果梦是真的，
我怎么又睡在这山洞里？
如果梦是假的，
我明明还记得那个可爱的小伙子，
并和他立下了山盟海誓。
难道是妖怪在梦里捉弄我？
如果这样，
我一定会为那个小伙子忧愁而死。

我一生下来就多灾多难，
这样英俊的小伙子，
我怎么醒来看不见他？
难道昨晚的相爱，
又是一个苦难的开始？

她想着伤心地哭了起来，
洞外小鸟喳喳地叫着，
她怕恶罗扒知道她的心事，
才慢慢停住了哭声。

七

这个段落就如孔雀开屏一样慢慢展开，
就像白象拉着太阳一样缓缓升起来。

巴答咪金睁开了眼睛，
四处寻找张望，
不见了昨晚的姑娘。
他慌忙跳下了床，
跑到外面去找，
也没有桑莫达妮的影子。

他说：

"姑娘啊，
你怎么一下就不见了？
我找遍了东南西北，
怎么都不见你？
我们昨天发的誓，
难道你就忘记了？
把我一人丢在这深山中！
回来吧，美丽的桑莫达妮，
你快回来，桑莫达妮！"

四周静静的，
只有小鸟在林中唱着，
他以为这是姑娘的声音；
林中传来了两声麂子的吼叫，
他又以为是姑娘的哭声。
他找得疲倦了，
心里很悲伤，
他怪自己为什么会睡着，
把姑娘丢失。

他走遍了周围所有的山头，
找不到心爱的姑娘，
只好惆怅地走回缅寺，
脚步像拖着木头一样沉重。
他心里就像挂着的布帘子，
被风吹得摇来晃去。

他把这件事告诉了弟弟金里亚达拉：
"我昨晚真的遇到了桑莫达妮，
她来到了我这里。
我们立下山盟海誓，
你难道没有听见吗？"
他说：
"如不相信，
你来闻闻我的手，
她身上的香味现在还留在我的手上。"

金里亚达拉走到了哥哥身边，
闻了闻他的手，
果然有一股姑娘身上特有的香味，
比任何野花都香。

哥哥对弟弟说：

"你闻到了这股香味，
难道还不相信这是真的吗?"
弟弟没有说话。
他想哥哥一定是碰上森林中的妖怪了，
在这莽莽的大森林中，
哪里有美丽的姑娘?
一定是妖怪来迷惑哥哥了。

他悄悄地把驱鬼的咒语念了一遍，
然后对着哥哥说:
"嗡支嗡支①，
好大胆的妖怪，
你怎么敢把我哥哥闹得说胡话!"

哥哥跑过来拉住弟弟说:
"你怎么了，
我并没有被妖怪迷住!
我昨天真的同桑莫达妮在一起，
你不要再一遍又一遍地念咒语!"

他的弟弟说:
"你真疯了，
你不想想这荒山野岭中，
哪里来的美丽姑娘?
你怎么这么糊涂!"

哥哥说:
"弟弟，
我记得很清楚，
我昨天夜里明明跟她在一起。
我心中有她的影子，
手上还有她的香味，
你怎么还不相信!
我们快去东方看看，
那里两座山中间有一个洞，
我记得她说她被恶罗扒抓来关在那里。"

弟弟听了不相信:
她被抓进去关在山洞，
为什么又会来到你身边?
但他看着哥哥着急的样子，

只好答应跟哥哥一起去看看。

拿着弩箭和长刀向东方走去，
他们来到两山怀抱中的一棵大缅桂树下。
他们找来找去，
却没有找到那个石洞。
哥哥再次确定了方位，
确信姑娘说的就是这个地方，
但为什么没有洞口呢?
哥哥心里又纳闷又焦急。

原来石洞被恶罗扒用大石头盖住了，
岩石堆得一层一层的，
连条石缝都没有，
兄弟俩怎么能发现?
哥哥暗想:
桑莫达妮啊，
你到底在哪里?
为什么没有你的踪影?
为什么我找不到洞口?

他们找得精疲力竭，
就坐到大缅桂树下休息。
石头下隐隐传来了一个姑娘的哭声，
哭声在断断续续地诉说:

"我什么时候才能回家?
恶罗扒为什么要把我关在洞中?
如果我有福气，
就让佛保佑我早些出去。
人人都说我命好，
怎么我尽遇到灾难?
我喜欢的东西得不到，
害怕的东西专门来找我。"

声音隐隐约约传到了两兄弟耳中，
他们慌忙站了起来。
这声音哥哥那么熟悉，
他认定桑莫达妮就在这里。

---

① 嗡支嗡支:咒语。

兄弟俩寻着声音，
找到了被恶罗扒封死的洞口。
巴答咪金大声地说：
"桑莫达妮，
你不要伤心，
我们已经来救你了。
你不要再哭，
我们这就把你救出恶罗扒的山洞。"
他说完抢起了大长刀，
朝乱石堆积的洞口砍去，
弟弟也相信了哥哥，上来帮忙。

兄弟两人的大刀砍在岩石上，
就像砍芭蕉一样容易。
他们每人有七头大象的力气，
岩石在刀下飞滚，
但就是没有把洞口砍出来，
因为石头砍开又自动滚回，
原来恶罗扒在上面施了魔咒。

他们放下了手中的长刀，
对着天空祷告。
巴答咪金说：
"如果神要我娶这个姑娘为妻，
就让盖在洞口的石头滚开，
露出洞口吧！"

叭英在天上听见了祷告，
明白了巴答咪金的真心。
原来叭英把桑莫达妮送回山洞，
是为了试探巴答咪金的忠诚。

叭英作法驱除了魔咒，
让大石头自动滚下山。
巨石发出震耳声响，
终于露出了黑黑的洞口。

巴答咪金和弟弟忙进了洞，
桑莫达妮看见了巴答咪金，
忙扑了过来问：
"莫不是我在梦里又来到了你的身边？
你不是恶罗扒变的吧？"
巴答咪金看了看姑娘说：

"我不是恶罗扒，
我是巴答咪金。
这是我的弟弟，
我们是专门来救你的。"

"我们是真的人，
请你不要担心。
我们又见面了，
美丽的姑娘，
可爱的桑莫达妮，
你不要再惊奇了，
我们的誓言像高山峻岭一样永存，
现在还回响在我的耳边。"

桑莫达妮说：
"我们昨晚在夜里相见，
现在又相会在白天。
你是一个英俊的小伙子，
又信守承诺和立下的誓言。
你是值得我终生依托的人，
你的行为已代表了你的真心。"

巴答咪金说：
"美丽的姑娘，
你的信任是我心灵的清泉，
你的夸奖是我力量的雨露，
我来这里就是要救你出洞，
让我们共同去实现海誓山盟！"
英俊的小伙拉着美丽的姑娘，
快速地跑出山洞，
逃离了恶罗扒的魔爪。

巴答咪金把桑莫达妮领回缅寺，
路上桑莫达妮欣喜异常，
她指着路边的一朵鲜花问道：
"生在太阳出来方向的花是什么花？
它怎么那样鲜艳圣洁？
还有那棵大树长得很高，
它上面的枝叶密密团团，
那是什么树？
请你告诉我。"

巴答咪金说：

"你真是勐巴娜西的姑娘,
看这里的一切都很新鲜。
生在太阳出来方向的是金凤花;
那棵树是大青树,
它上面密密团团的枝叶,
是为鲜花遮风挡雨。"
桑莫达妮如何不认得这些树和花呢?
她是在试探小伙子是否心细。

他们说着笑着走着,
森林中的小鸟和百兽都来迎接他们,
五彩的蝴蝶围着他们上下翩跹。
他们在彩蝶和百鸟的簇拥下,
翻过阳光普照的山岭,
穿过绿荫叠翠的树林,
走过花香扑鼻的草甸,
回到了幽静的缅寺。

兄弟俩为桑莫达妮盖了一间漂亮的房子,
摆上了桑莫达妮喜欢的物件,
他们生活得宁宁静静,
没有什么烦心的事再来打搅他们。

八

他们三人住在深山中,
无忧无虑地生活着。
他们每天在林中游耍,
日子过得非常惬意。
有一天哥哥对弟弟说:
"弟弟,你应该去娶一个老婆。
我们离开了父母,
除了学本事,
还要找到好姑娘,
这样父母才会高兴。
我们是有本事的男人,
应该找到美丽的姑娘。"

弟弟对哥哥说:
"好的,我这就去寻找好姑娘。"
他收拾了自己的东西,

带上弩箭、长刀和九道弯的金棍子,
拜别了哥哥和嫂嫂:
"现在我就要离开你们了。"

他坐上会飞的棍子飞到了空中。
他要走遍整个世界,
去寻找美丽的姑娘。
他走了很多的地方,
去过一百个宫殿,
三千个大地方,
就是找不到一个能比得上他嫂嫂的姑娘。
最后,他一直找到一个叫本桐麻地的地方。

这里的国王叫西黎麻达拉,
他的妻子叫违普拉。
他们有一个女儿叫缅朗伦,
刚好长到了十六岁,
她长得非常漂亮,
无人可以相比。
她已经到了出嫁的年龄。
她每隔七天就领着她的侍女们,
到开满莲花的水塘里去洗澡。

金里亚达拉来到这水塘边,
坐在塘边的树丛中纳凉。
这天刚好又到了第七天,
缅朗伦领着一群姑娘也来到了这里。

她们在水塘边嬉闹,
有的采花,有的唱歌。
缅朗伦独自一人坐在树下沉思,
美丽的脸庞映在水中,
引得鱼儿停游观看。

金里亚达拉看得出了神,
没想到在这里遇上了美得惊人的姑娘。
一些姑娘也看到了金里亚达拉,
她们被他的容貌吸引住了,
她们的惊叹声惊动了缅朗伦。

她抬头看到了金里亚达拉的眼睛,
眼睛里那灼热跳动的火花,
羞得她低下了头,

心里咚咚地跳。
她略微顿了顿神，
向面前英姿勃勃的金里亚达拉问道：
"年轻的小伙子，
你怎么会一个人来到这里？
你是路过还是专程？"

金里亚达拉回答：
"美丽的姑娘啊，
我是厅牙哇地的小王子。
我走遍了千山万水，
为的是寻找中意的姑娘。
不知是佛的安排还是命运的指引，
使我在这里看到了美丽的姑娘。
不知姑娘是仙女还是公主？
这里究竟是什么地方？"

缅朗伦轻轻地答道：
"我们这里叫本桐麻地，
我是国王的女儿缅朗伦，
但不知哥哥的名字叫什么？"

小伙子说：
"我的名字叫金里亚达拉。
我走遍了整个世界，
现在才遇上了最美丽的姑娘。
不知我能不能配得上姑娘？"

姑娘回答：
"聪明的小伙子啊，
能不能配我自己怎么知道？
如果你真看得上我，
就让你的心来说话吧！"
姑娘的话使金里亚达拉很高兴，
他们约好了晚上相见。

太阳渐渐地落山了，
天也慢慢要黑了，
他们互相道了别，
姑娘和其他人一起回去了。
她回家准备好了果子，
等待着金里亚达拉。

金里亚达拉等到星星闪烁时，
坐上了他会飞的棍子，
来到了缅朗伦的楼前。
缅朗伦把他迎进了屋子，
盛情地招待他。
他们互相爱慕，
说了很多说不完的话，
他们再也舍不得分离，
金里亚达拉就在这里住下。

九

到这里要分开讲了，
就像树分权一样。

那个叫挨叽团罗汤的恶罗扒，
把桑莫达妮抓到山洞里就飞走了。
七天后他到扎不兴哈达那里说：
"尊敬的王子，
你勇武非常、本领高强，
只有桑莫达妮那样美丽的姑娘，
才能配得上你啊。
那天我从勐巴娜西经过，
看见她正坐在柱子上，
我就把她抢了藏起来，
准备献给你。"

扎不兴哈达正在想念着桑莫达妮，
他听了后赶忙问：
"是不是手持三十二股弦琴的姑娘？"
挨叽团罗汤说：
"尊敬的王子，就是她。"

扎不兴哈达听了非常高兴：
"原来是你把她抢走了！
我正在为这事烦恼，
你快带我去看看！"
他对手下的人说：
"你们在家里好好准备礼物，
我去接桑莫达妮，
今晚我们就要成亲！"

他们坐上了飞车，
向挨叭团罗汤的那个山洞飞去。
一路上扎不兴哈达兴高采烈，
觉得眼前的一切是那么美好。
他听见林中小鸟的叫声，
就像听见了桑莫达妮的歌声；
他看见身旁飞过的五彩孔雀，
就像桑莫达妮迷人的身影。
他们急匆匆来到挨叭团罗汤的山洞前，
看见山洞的洞口大开，
不见了洞中的桑莫达妮。

挨叭团罗汤大声叫骂：
"是哪个胆大的敢打开我的山洞，
放走了桑莫达妮？
我一定要找他报仇！"
他转身对扎不兴哈达磕头说：
"不是我哄你，
实在不知是谁放走了桑莫达妮，
我一定把她找回来送给你。"
扎不兴哈达大怒道：
"你这个丑鬼，
生着两颗比我还大的牙齿，
我恨不得把你砍成七截才解恨，
你竟敢耍弄我！"

恶罗扒慌忙磕头，
请扎不兴哈达息怒，
他发誓一定要找到桑莫达妮！

他向空中飞去，
开始四处寻找。
他找来找去，
终于发现了桑莫达妮的脚印。
他顺着脚印一步步地找过去。

那时太阳刚刚升起，
巴答咪金和桑莫达妮刚刚起床，
他们相拥坐在太阳光下。
桑莫达妮拿起了三十二股弦琴歌唱：
"那时我住在勐巴娜西，
哥哥啊，

是我前生赊佛的结果，
让我在这深山中遇到了你，
使我能幸福地和你生活在一起。"

挨叭团罗汤找到这里，
他看见桑莫达妮很高兴，
他还看见一个英俊高大的小伙子，
身边放着弩箭和长刀。
挨叭团罗汤不敢一个人上前，
慌忙回去告诉扎不兴哈达。

他对扎不兴哈达磕头说：
"我已经找到了桑莫达妮，
另外有一个小伙子搂着她的双肩，
他们正弹着琴欢笑唱歌，
身边还放着弩箭和长刀。
我不知道这小伙子是不是叭英变的，
不然怎么能救出桑莫达妮？"

扎不兴哈达听了大怒道：
"他能救了桑莫达妮，
一定有些本事，
我们去看看，
一定要夺回桑莫达妮！
他有长刀我也有长刀，
他有弩箭我也有弩箭，
谁怕谁！"
他说完坐上了飞车，
像牛滚崖子一样快地飞上天空。

这时桑莫达妮正好摘了一朵鲜花，
她为巴答咪金插在衣襟上。
这情景刚好被扎不兴哈达看见了，
他心里嫉妒得像烈火焚烧。
他想跳过去抢走桑莫达妮，
但又怕巴答咪金身上的长刀。

他心中暗暗想：
到太阳西沉天黑时我再动手。
他转身对恶罗扒说：
"你回去告诉我的父亲，
准备好成亲的东西，
明天我一定让桑莫达妮到我家成亲。"

恶罗扒急忙赶回去了，
扎不兴哈达一直在树林中藏到天黑，
直到各种动物鸟雀都归窝了，
老虎、大象、野牛都回家了，
扎不兴哈达才悄悄走出树林。

巴答咪金和桑莫达妮已经回家，
他们站在窗前听着小鸟归窝前的欢叫，
看着夜幕慢慢降临。
夜慢慢深了，
天也凉了。

扎不兴哈达轻轻走近他们的住所，
向他们的房间走去。
扎不兴哈达边走边念咒语，
慢慢走进了巴答咪金的房间，
到了他们的床前。
他又念动了咒语，
在他们俩的脸上喷了一口气，
使他们两人昏昏沉沉地睡去。

扎不兴哈达点起了灯，
掀开了他们盖的被子。
他看见巴答咪金和桑莫达妮睡在一起，
心中妒火中烧，
牙齿咬得咯咯响。
他轻轻拿开了巴答咪金抱着桑莫达妮的手，
把桑莫达妮从巴答咪金的怀中抱出来，
又拿走桑莫达妮的三十二股弦琴，
把她和琴一起放进了飞车。

他还想拿走巴答咪金的长刀和弩箭，
以防巴答咪金追来报仇。
他想巴答咪金又英俊又有本事，
不把他的武器拿走会后患无穷。
他想是想到了，
但是在慌忙中还是忘了拿。

他驾着飞车到了空中。
这时桑莫达妮醒了过来，
她看见自己睡在一个匣子中，
星星、山头和树林向后飞去。

她哭了起来说：
"这是怎么回事？
我睡在我们的房子里，
怎么会到了这会飞的匣子里？"

她回头看了看身边，
看见了令她生厌的扎不兴哈达，
她就大声地骂了起来，
要他立即送她回去。
她叫着：
"我的巴答咪金你在哪里？
桑莫达妮现在被迫离开了你，
这个可恨的人把我装进了飞车，
不知要把我带到哪里。
今后也许再也见不到你了，
再也不能和你在一起了！"

她在天空中难过地大哭，
求佛保佑她：
"如果念我从前赕佛心诚的话，
就让我的身子像一团火一样，
任何人都接近不了我。"
她的话一说完，
身子周围立刻有一团火罩住了她，
发着灼人的热浪。

扎不兴哈达热得躲也躲不开，
浑身燎起了水泡，
他疼得怪叫，
慌忙把飞车向下降，
一直降到了地上。
他一下就跳出了飞车，
远远地离开桑莫达妮。

他眼睛惊异地睁得很大，
隔得远远地对桑莫达妮说：
"刚才一切都好好的，
怎么身上突然就像着了火？
姑娘啊，
你用什么法术保护自己？
你为什么对我这样怨恨？
你和我一起走过深山、森林，

到我的国度去生活吧！
姑娘啊，你看——
月月开花花儿繁，
小鸟对对林中飞，
我扎不兴哈达也是有本事的人，
也是喜欢你的人，
你怎么不向我这里看看？
姑娘啊，你可怜可怜我，
跟我走吧。"

桑莫达妮跳出了飞车，
她一眼都不看扎不兴哈达，
也不理睬他的话，
不管扎不兴哈达怎样哀求，
一句都不能打动她的心。

扎不兴哈达说了几十几百回，
桑莫达妮都没有回他一句话。
他看着没有办法，
就哄骗桑莫达妮：
"你如果不跟我走，
就好好地坐在这里，
我去把你的巴答咪金找来。"
扎不兴哈达说完，
急急忙忙地坐上他的飞车走了。

桑莫达妮见扎不兴哈达要去找巴答咪金，
以为扎不兴哈达是要去杀她心爱的男人，
她跪下来对着上天祈求：
"天上的佛呀，
求你们去帮助和保护巴答咪金，
不要让恶人去杀着他！
你们要像伞盖一样罩着他，
让他平安无事。
再求你们保佑我，
不要让扎不兴哈达再找到我。"
她采了一把鲜花抛向天上，
就像在寺中敬献香火。
她祷告完毕，
生怕扎不兴哈达再返回来找她，
急忙抱起自己的三十二股弦琴，
独自一人走进了森林。

她想回她丈夫巴答咪金住的地方，
但又分不清东南西北。
她在森林里到处乱走，
藤子绊住了她的双脚，
尖刺划破了她的衣裳，
她都不怕不管，
一心想早点回到巴答咪金的身边。

一路上她遇到了大象和老虎，
还有豹子、野牛、孔雀和松鼠，
它们都同情地回过头来看她，
像是慰藉她受伤的心灵。
她还遇到了一种大树，
浑身长满了长毛。

桑莫达妮一路走一路哭，
她的心里很悲伤，
她一心只想着巴答咪金，
恨不得马上回到他的身旁。
她走啊走，走得筋疲力尽，
但她还是一直向前走。

一路上的鲜花为她绽放，
如果是在从前，
她早就跑过去采几朵戴在头上，
但今天她什么也顾不上，
一朵花都没有插在她的鬓发上。
所有的彩蝶都跟着她飞舞，
但她没有心思看它们美丽的舞姿。

她听着森林中小鸟喳喳的叫声，
她认为那是巴答咪金的声音；
她听到溪流淙淙地流淌，
她觉得那是巴答咪金的呼唤。
有一种力量鼓舞着她朝前走，
每天天一亮她就开始走，
天黑后她就睡在森林中，
饿了采野果吃，
渴了喝山泉水。
走啊走，走啊走，
不知走了多少个日日夜夜，
一天，她来到了一个地方。

这是一个美丽的地方，
这里的宫殿啊，
就像银山雕出来的一样；
这里的土地啊，
就像金谷铺的一样。
它的名字叫茏麻王地，
统治这里的国王叫哈低牙翁山，
他的妻子叫罕哄钻金大哇低。
他们和臣民们幸福平安地生活在这里，
从来没有遇到过战争。

他们有个儿子叫应大地哇，
有个女儿叫朵娜莫哈，
他们的父母都很宠爱他们，
为他们盖了漂亮的房子。
兄妹俩长大成人，
都到了结婚的年龄，
但都还没有娶嫁。

妹妹朵娜莫哈每天都在家里，
陪伴她的只有侍女，
她们在一起打打闹闹，
不和外人往来。
朵娜莫哈长得很漂亮，
就像一朵倒映在水中的红荷。

她的哥哥也英俊和聪明，
办起事来有始有终稳稳当当。
他们生活得平静美好，
没有和任何国度发生过冲突，
一切大小事件，
国王都叫王子应大地哇处理。

国土有一种头疼的病，
一病起来十分难过，
坐也坐不住，站也站不稳。
他请了许多医生，
吃了世上一切药，
用了各种各样的方法来治疗，
都没有治好。
他又请佛烧香念了咒语，

---

① 厅少拉：不是佛寺，但可以赕佛的地方。

也都没有用，
大臣和百姓都时时为他担心。

现在国王的病又犯了，
而且慢慢地加重，
他疼得翻来滚去，
但是又没有办法来治疗。
他只有睁着痛苦的眼睛等死，
满屋子里站满了大臣和医生，
可他们一个个都无能为力。

这时桑莫达妮刚走出了森林，
她沿着大路来到了茏麻王地。
她一面走一面弹起了她的琴，
悲伤自己不知将走向哪里。

她看到路边有间厅少拉①，
她就走了过去。
虽然衣裳被划破，
太阳照在她身上，
她全身却都金光闪闪，
十分耀眼漂亮。
她在厅少拉找了个地方坐下来，
静静地赕佛。

茏麻王地的人看到这个美丽的姑娘，
他们都在她面前走来走去，
只是为了看看她的容貌。
慢慢地她被人们围了起来。

人们关切地问她：
"姑娘，你从哪里来的？
为什么脸上这样悲伤？
你要到哪里去？
为何手中拿着这三十二股弦琴？"

桑莫达妮抬起头，
慢慢地拨动了手中的琴弦，
小声地唱了起来：
"善良的人们啊，

我把我的经历讲给你们听——

"我的家在勐巴娜西，
我的丈夫叫巴答咪金。
扎不兴哈达看中我的美貌，
把我从丈夫的身边抓走。
半路上我从他那里逃脱，
进了四无边际的森林。

"我在森林中经历了许多苦难，
为的是要回到我的家乡。
我不知在森林中走了多少日子，
今天来到了这个地方。"

人们听了她的话，
对她的遭遇表示深深同情。
人们听了她那委婉悠扬的琴声，
个个都感到精神大振，像年轻了一样。

她的琴声有一股神秘的力量，
患有头疼、手疼、脚疼、面黄肌瘦，
只吃不做等疾病的人，
听了她的琴声马上就好了。
患疼病的人立刻不疼了，
面黄肌瘦的人变得满面红光。

听了那美妙神秘的琴声，
只吃不做的人变得勤快，
愚钝的人变得聪明，
白发也能长出青丝。
人们很高兴，
纷纷拿出食物给她，
感谢她的琴声为他们治好了病。

桑莫达妮弹琴治病的事，
传遍了四面八方，
千千万万的人都来听她弹琴，
不管有病和无病的人，
都从各个地方赶来听她的琴声。

人们都争着站在最前排，
有的说眼疼，
有的说脚疼，

有的说手疼，
有的说腰疼……
不管什么人，
也不管有什么病，
一听见桑莫达妮的琴声，
马上就好了。
桑莫达妮弹琴医好了千千万万人的病，
人们都说千千万万的金子银子，
都比不上桑莫达妮姑娘的琴声。

这件事传到了皇宫中，
王子应大地哇忙写了一封信，
让人送去给桑莫达妮，
请她来为国王治一治头疼的病。

桑莫达妮看了信后心中很欣慰，
没想到自己一下变成了医生，
而且还要为国王治病。
她走进了宫殿，
大臣们都在宫殿门口迎接她。
他们把桑莫达妮领进了国王的卧房，
王子也在那里亲自迎接。
宫殿里站满了人，
人人都惊叹她绝世的美丽。

他们都说：
"我们的公主朵娜莫哈生得那样漂亮，
还远远比不上这个姑娘。
她生得这样美丽和迷人，
没有一个女人能比得上她。"

国王在床上对她说：
"刚到这里来的姑娘，
你住在什么地方？
你的父母叫什么名字？
你的琴是什么宝贝？
听说你弹琴能治好别人的病，
请你为我弹一弹你的琴吧，
让你的琴声为我治好这多年的头疼病。
为治病我们才麻烦你来到这里。"

桑莫达妮轻轻拿起了琴，
开始为国王弹奏：

"我生活在勐巴娜西，
国王捧麻答是我的干爹。
我和我的丈夫住在一起，
魔鬼使我和他分离，
从此我的悲伤就像不尽的流水。"

桑莫达妮用指尖轻轻拨动琴弦，
琴声悠扬响彻在皇宫，
她把自己的经历一一告诉了国王。
茏麻王地的国王听了她的琴声，
头痛病马上就好了，
他从床上坐了起来。

大家都称赞桑莫达妮的琴声：
"你的琴声是这样的神奇，
不要说在这里弹，
就是远远地听了，病都可以除根。
我们的国王吃遍了所有的药，
但他的病一直都没好，
现在才听见你的琴声，
他的病马上就好了。
你真像一个活神仙！"

国王也高兴地对她说：
"姑娘，你走了那么多的路，
吃了那么多的苦才来到了这里，
就请你在我们这里住下吧！
不要再悲伤，
你的丈夫将来一定会来到这里，
那时你们就可以重逢！
我们的国家在森林的中间，
任何一条路都要通过这里，
只要你丈夫来找你，
他必定会来到我们这个地方。"

国王的盛情使桑莫达妮感动，
她同意留在这里。
国王让她和公主朵娜莫哈互称姐妹，
希望她们每天欢欢乐乐在一起。

桑莫达妮尽管生活得很好，
但她总忘不了丈夫巴答咪金。
她每天都在盼望，

希望丈夫能早日来到这里。

十

巴答咪金睡在家里，
直到太阳升起才醒来，
他睁开眼不见了身边的桑莫达妮。
他心里想：
桑莫达妮怎么起来也不叫我一声？
他忙穿好衣服出来找桑莫达妮，
但找遍了房子和树林都没有找到。

他着急了，
慌忙拿起他的长刀和弩箭，
沿着森林去寻找。
可是找来找去，
到处都找遍了，
仍然不见桑莫达妮。
巴答咪金慌了：
自己的妻子怎么不见了呢？
一种不祥的预感笼罩在心头。
他想：希望弟弟能够马上回来，
兄弟俩一起去找桑莫达妮。

巴答咪金一边找，
一边喃喃自语：
"弟弟啊，我的桑莫达妮不见了，
不知她去了哪里？
现在只留下我孤单一人，
连个商量的人都找不到，
现在我想不出个好主意，
要怎样才能找到桑莫达妮。
我的心里是这样慌乱不安，
就像攀枝花絮飞满天空。
弟弟啊，我只盼你快来帮助我，
桑莫达妮啊，请你赶快回来！"

巴答咪金边想边走，
边呼唤边寻找，
眼睛呆呆地失去了亮光，
心里像塞进了一团乱麻。

他走累了，
坐在一块大石头上，
拿出佛爷传给他的本子，
他要为桑莫达妮占卜凶吉。

他算了算，
知道桑莫达妮已经到了另一个国家。
巴答咪金于是带着弩箭和长刀，
沿着林中的小路飞奔。
不管路途多么遥远，
不管要历经多少艰难，
一定要找回桑莫达妮。

他走啊走，
每天看着天上飘动的白云，
看着山间流淌的小溪，
看着林中跑过的走兽，
看着满山遍野红红黄黄的鲜花，
这一切都不能吸引他，
他心里想着的是桑莫达妮。

他还看见了许多的孔雀和小鸟，
还看到了老虎、大象及豹子、野牛，
但这些都不能引起他的兴趣。
他每天都急急忙忙地赶路，
去找他心爱的桑莫达妮。

再说扎不兴哈达赶到了缅寺，
却不见了巴答咪金。
他心里想：
巴答咪金一定是去找桑莫达妮了。
他不甘心巴答咪金找回桑莫达妮，
心想要赶回去把桑莫达妮藏起来。

他掉转飞车，
回到了桑莫达妮下飞车的地方，
却发现桑莫达妮不见了。
他对着四周的林子大声叫喊：
"美丽的姑娘啊，
我原先是跟你闹着玩的，
你怎么藏在林中不出来呢？
你快出来吧，
我送你回家！"

他喊了许久，
可是没有桑莫达妮的回答。

扎不兴哈达心里很后悔，
他想恶罗扒已回去告诉了自己的父母，
要他们准备好结婚的东西，
现在他们一定已经办好了，
就等着自己和姑娘回去。
可是桑莫达妮现在不在了，
自己又有什么脸回去见人呢！

他暗暗地责怪自己，
还暗暗地骂着自己：
"你这个蠢笨的家伙，
真不知是吃什么长大的，
怎么会把桑莫达妮一个人留在这里呢？"
他乘飞车在空中飞来飞去地寻找，
但哪有桑莫达妮的踪影！
他无精打采地低垂着脑袋，
直到天黑才悄悄回到了阿泯王地。
他一进门就跑回了自己的房中，
关紧房门不出来，
睡在床上生闷气，
羞愧得一句话都不说，
也不理来敲门的任何人。

巴答咪金拿着长刀，背着弩箭，
在深山中走着，
走出森林，走进草滩。
他遇到了一条大河，
河道弯弯曲曲，
就像大象的鼻子一样。

河水波涛翻滚，
奔腾旋转，溅起朵朵白浪。
河边开满了无数的野花，
河边的树上结满了无数的果实。
他在河边的大石头上坐下休息，
摘下树上的果子充饥。
一阵微风吹来，
把花儿吹得摇来晃去，
散发出阵阵芳香；
天上飘动着一层层的彩云，

翻腾过来又舒卷过去。
他辨认着四面八方，
想分清哪边是太阳升起的地方，
哪边是太阳落下的地方。
他看见太阳升起的地方，
发出一片金色的余晖，
于是便穿好了飞鞋，
朝那个方向飞去。

他在空中远远地看见一座城，
城头是铁做的，
闪着黑色的亮光；
城尾是铜做的，
闪着金色的光辉，
两片光辉映在一起十分漂亮。

他飞进了城中，
经过了一个美丽的花园，
他看见花园中有一间小屋，
里面住着两位老人。
巴答咪金悄悄地落了下来，
走进了这座小屋。

两个白发老人看见屋里来了客人，
热情地让他坐下。
他们问他：
"小伙子，你从哪里来？
怎么会来到这个花园？"

巴答咪金对他们说：
"阿公阿婆，
我会把我的经历告诉你们，
但我想先问问你们，
你们这里是什么地方？
国王是谁？
我怎么看见了一座漂亮的宫殿，
那一定是国王住的。"

两位老人说：
"我们这里叫茫麻王地，
国王叫哈低牙翁山，
那个漂亮的房子就是他的宫殿。"
巴答咪金接着说：

"我的名字叫巴答咪金，
我因为寻找妻子才来到这里。"

两位老人说：
"小伙子啊，
你年轻轻的就吃了这么多的苦，
走过了深山密林来找你的妻子。
我们的国王也有一个美丽的公主，
她的名字叫朵娜莫哈。
她的父母为她盖了一栋漂亮的房子，
住在里面才和她的美丽匹配。
前不久外地来了一位美丽的姑娘，
她拿着一把有三十二股弦的琴，
她的名字叫桑莫达妮，
她就和公主住在一起。
我们常听到人们称赞，
她美丽得像五色的孔雀。"

巴答咪金听了非常的高兴，
他满脸笑容地对两位老人说：
"阿公阿婆，
桑莫达妮就是我失散的妻子，
一定是恶罗扒把她带到了这里。
我也有一把三十二股弦琴，
和她的一模一样。"
他把琴拿给两位老人看，
老人都点头。

巴答咪金心里很高兴，
就像全世界都由他掌管一样。
他在两位老人的家里住了下来，
心里想着心爱的妻子，
他经历了千辛万苦，
终于又找到了桑莫达妮。

十一

桑莫达妮住在茫麻王地，
她的美名传遍了所有的地方，
每一个男人都希望能见到她；
她的美名传遍了天下，

天天都有人慕名而来。

达嘎索的莫利静大听到了这个消息，
他马上调动了所有的军队，
他催动着军队赶路，
他自己骑着飞马到了空中，
他们三天的路并成一天走，
急急忙忙地赶到茏麻王地扎下了营。

莫利静大带来了各种各样的鲜花，
插在自己的头上和身上，
他把自己打扮得漂亮英俊，
心想桑莫达妮看见一定会很高兴。
他暗暗地告诫自己，
这次不能像前次那样错失良机，
不然桑莫达妮又会离他而去。

莫利静大来到的消息，
传到了王子应大地哇那里。
他看见莫利静大带来那么多军队，
明白了对方的强硬来意。
他马上召集本国所有的军队，
要他们做好打仗的准备。
士兵们时时都握着刀枪和弓箭，
城里一派剑拔弩张的景象。

应大地哇又调了一支军队，
去公主的楼前驻扎，
要他们保护好公主和桑莫达妮。
他对着他的百姓们说：
"谁要是想来攻打我们，
就让他来试试我们的刀口。
茏麻王地地方广大，人口众多，
我们不怕别的国家来攻打我们，
他们是男人，我们也是男人，
我们不会害怕他们。"

应大地哇做了这样的准备，
巴答咪金听见了很高兴，
悬着的心终于落地，
他不再害怕桑莫达妮被抢走。

桑莫达妮在茏麻王地的消息，

扎不兴哈达也得知了，
他也带上了千军万马，
坐上飞车，
向茏麻王地进发。
他的军队多得看不见尾，
日夜赶路到了茏麻王地。

扎不兴哈达在城外扎下大营，
他的营房和莫利静大的紧紧相连，
每到夜间，
他们营中报更的梆鼓声此起彼伏。

莫利静大心里想：
现在扎不兴哈达也来了，
但我和桑莫达妮曾有约在前，
这回她一定不会离开我。
这个美丽的姑娘一定喜欢我，
她应该是属于我的。

我再也不能像前次一样行动迟缓，
要赶快把我带来的礼物献给国王，
用贵重的聘礼向茏麻王地求婚。
他在营中一夜没睡，
只等天亮他就要马上动身进城。

勐巴娜西的国王也听到了消息，
他的干女儿桑莫达妮到了茏麻王地。
他让王子西哈那毡调齐了所有的兵马，
去茏麻王地要回桑莫达妮。

西哈那毡骑上了一头大象，
带着十二万军队，
他们像被风吹的树叶一样，
急急忙忙地赶路。
他们跑过森林，
吓得栖息的鸟儿都拍着翅膀飞走了，
百兽也吓得四处乱逃。
他们拿着长刀和长枪，
就像一群猛象冲下山，
到了茏麻王地城外扎下大营。

面对城外来了三支凶猛的军队，
茏麻王地的国王召集了所有的大臣，

要他们快些提出对付的方法。
大臣们不明白求婚带军队来干什么，
于是派了两位德高望重的老人出去，
要他们去问清楚情况。

两位老人来到了城外，
对三个国家的王子说：
"我们奉了国王的命令，
要问问你们，
我们几国素来无冤无仇，
你们带兵到我们这里干什么？
请你们告诉我们两个老人。"

达嘎索王子莫利静大首先抢着说：
"我和桑莫达妮已经有了婚约，
只是没有过彩礼。
这次我已经准备好了，
彩礼又多又贵重。
她已经是我的未婚妻，
我来你们这里是送聘礼和做客，
并要见到桑莫达妮。
我带兵来不是想攻打你们，
只是为了保护桑莫达妮。"

勐巴娜西王子客气地对两位老人说：
"我到这里是找我的妹妹桑莫达妮，
她现在住在你们这里，
因此我前来接她回去。
我像客人一样来到你们国家，
希望国王让我的妹妹回到自己的家里。
我们并不想跟你们舞刀弄枪，
只为接桑莫达妮回到自己的故乡。"

扎不兴哈达气势汹汹地不说话，
他又气又急说不出理由，
更怕别人知道他抢走桑莫达妮的事，
只好说桑莫达妮是他的未婚妻。

两位老人回去奏报了国王：
"他们三个国家来这里都是为了桑莫达妮。
有两个国家的王子说，
桑莫达妮是他们的未婚妻；
有一个国家的王子说，

桑莫达妮是他的妹妹。
他们都说不想动武，
但个个都为了争夺桑莫达妮。

"如果处置不好就要发生战争，
我们茫麻王地就会成为战场。
他们兵精将猛，
我们应当小心提防。
当然，他们是男子汉，
我们也是男子汉，
但打起仗来总会给我们国家造成混乱，
会让子民百姓遭受痛苦和创伤。"

两位老人说完了情况，
大臣们谁都说不出话，
他们个个都呆若木鸡，
就像不会说话的哑树桩。
国王的心里也乱成一团，
他实在想不出办法来应对。
他让大臣们快提出建议，
但大臣们你看看我，我看看你，
思绪像攀枝花絮满天飞，
谁都想不出一个万全的好主意。

巴答咪金看到三个国家军队到来，
目的是为了争抢桑莫达妮，
他心里想：
我应该进殿去告诉国王，
桑莫达妮是我的妻子。
如果国王不知道把她许给了别人，
那岂不误了大事。

他背起了长刀和弩箭，
又拿了三十二股弦琴走进国王的大殿，
正好遇到国王和大臣们在商量对策。
看见突然闯进来一个陌生的小伙子，
国王和大臣们都惊奇地愣住了。

巴答咪金微笑着上前和他们一一问好，
声音很和气，
"祝你们的国家强大，万事如意！"
大臣们听了都回答：
"感谢你的祝福！

英俊的小伙子，
你从哪里来？
为何拿着长刀和琴来到国王这里？"

巴答咪金说：
"我知道你们在这里商量什么，
我是来寻找我的妻子桑莫达妮，
我听说她住在这里，
请你们让我带桑莫达妮回家。"

大臣们听了惊异得纷纷议论：
"刚才有两个王子，
自称桑莫达妮是他们的未婚妻，
一个王子说是他的妹妹，
现在又来了一个说是他的妻子，
这事情怎么越来越奇怪？"

大臣们对巴答咪金说：
"小伙子，
这事可真不好办啊，
城外几个王子都说，
桑莫达妮是他们的未婚妻或妹妹，
现在让我们相信谁呢？

"桑莫达妮虽然治好了国王和很多臣民的病，
但她给我们带来了这样多的困难，
现在让我们怎么办呢？
弄不好就要打仗、死人，出大乱子哪！"

还有的大臣说：
"一个姑娘哪来这么多的男人？
这事可真稀奇！
桑莫达妮到底是谁的妻子，
只有天知道。
你们三人都说她是你们的妻子，
叫我们怎么分？
一个小姑娘有三个男人，
我们几代人都没有听说过呀！"

巴答咪金说：
"你们说的也有道理，
但事情的经过是这样的，
我是厅牙哇地的王子……"

他把经过从头到尾地告诉了他们。

国王和大臣们听了都半信半疑，
他们互相商量了好一阵，
国王才对大臣们说：
"你们要想个好办法，
也不要违反佛的意愿，
桑莫达妮是谁的妻子就还给谁。
比如这小姑娘像一头大象，
大象看见主人就会扇耳朵，
摇着头跑过去；
如果不是它的主人，
它就不会过去。
比如三个王子像三朵花，
小姑娘喜欢哪朵就去摘哪朵，
不喜欢的花她就不会去摘。

"明天我们搭起五个棚子，
一间让莫利静大王子住，
一间让扎不兴哈达王子住，
一间让西哈那毡王子住，
一间让巴答咪金王子住，
中间的那间让桑莫达妮去住。
我们不要管桑莫达妮是谁的妻子，
她爱谁让她自己去挑。"

十二

棚子搭好了，
应大地哇派人告诉了各个国家的王子：
"你们住进棚子里七天七夜，
在此期间，桑莫达妮爱上谁，
谁就是她的男人。"

扎不兴哈达听了很生气：
"吃亏了，吃亏了，
我长得这样丑，
还有两颗大獠牙，
桑莫达妮肯定不会看上我。"

他想来想去，

想出了一个叫桑莫达妮爱上他的办法。
他叫人去找相思药，
想用相思药和咒语使桑莫达妮挑上他。

莫利静大生得很英俊，
听见了这个主意非常高兴。
他说这个办法最好，
他也是这样想的，
让桑莫达妮自己挑。

他想桑莫达妮不会忘记，
他们曾经通过情书，
自己的模样又英俊帅气，
这回的把握是十拿九稳。
莫利静大因此对他手下人说：
"你们不要话多，
桑莫达妮这次一定会跟我回家。"

茏麻王地提出的这个方法，
老百姓们听了都很高兴，
各地的人们都忙着从四方聚集在这里，
想看看这个热闹的场面。
大地方和小地方的人都赶到了这里，
升起的炊烟把天都遮黑了。

小伙子和小姑娘都打扮得漂漂亮亮，
想在这热闹的场合找到自己心爱的人。
国王、王后和大臣们都来到了这里，
王子应大地哇带兵在棚子周围巡逻。

巴答咪金来到了他的小棚中，
手中拿着那把三十二股弦琴。
公主朵娜莫哈陪伴着桑莫达妮，
住在中间的小棚子里，
她们穿着非常漂亮的衣裙，
头上插着最美丽的鲜花，
桑莫达妮拿着她的三十二股弦琴，
五百个姑娘围在她们的四周。

人们见了都吐着舌头说：
"五百个姑娘是那样的美丽，
但没有桑莫达妮美丽。"
所有的小伙子都用手半遮住双眼，

怕她们的光彩闪花了自己的眼睛。
朵娜莫哈和桑莫达妮在棚中坐了下来，
周围遮上了大帘子。

扎不兴哈达准备好了相思药，
力争把自己打扮得花花绿绿的好看一些。
他边打扮边端详自己，
心里盘算着桑莫达妮是否还记恨自己，
到时会不会看他一眼。

这时城里城外热热闹闹，
四个国家的王子和桑莫达妮，
成了大家议论的中心。
大家都说：
"不知谁有福气能得到这个美丽的姑娘。"

场子上样样都准备好了，
茏麻王地的王子就对所有求婚的人说：
"你们这些要向桑莫达妮求婚的人，
现在可以开始唱调子了。"

他的话刚一说完，
象脚鼓就咚咚地响了起来，
看热闹的小姑娘和小伙子都跳起了舞，
他们又唱又跳非常地欢乐。

莫利静大抢先第一个拿起了琴。
他拨动了十二股弦琴唱了起来：
"美丽的鲜花被草遮住了，
但她的周围飞满了采蜜的蜜蜂。
我是达嘎索的莫利静大。
让我心动的桑莫达妮，
不知我和你通信谈情的事可曾忘记？
你还记得那只可爱的八哥吗？
它为我们送过情书，
它转达过我的真情实意。
我信中的话像一团火，
是否烤热了你的心？
你是鲜花开在有刺的花园，
让我那么艰难地采摘。
到现在我只闻到你的花香，
花容却无法看见。"

"我们俩曾经立过誓约，
你一定不会忘记。
你要是忘记了，
但我还记得，
我一辈子都不会忘记，
因为那是我心底的声音。"

莫利静大用十二股弦琴，
诉说了自己的情思，
想要打动桑莫达妮的心。
桑莫达妮坐在棚中没有说话，
静悄悄的没有一点声息。
莫利静大一直弹了四回，
姑娘一回都没有回答他。

莫利静大害羞地收起了弦子，
两边耳朵红得发烧。
他对着桑莫达妮的棚子大声说：
"难道你没有听见我的琴声吗？
我弹琴已用尽了我全身的力气，
难道你真的忘掉了达嘎索的莫利静大？"
但姑娘的棚子里仍然没有动静，
桑莫达妮还是没有出声。

这时巴答咪金调好了自己的琴，
他默默地对着琴说：
"三十二股弦的象头琴啊，
你是天神叭英送给我的，
你要发出最动人的声音，
让所有的人都听得迷醉。
最美的琴啊，
你的琴声中流淌着我心底的热血，
你的弦音中跳荡着我真情的火花，
我为找桑莫达妮吃尽了千辛万苦，
请你让桑莫达妮细细听我的诉说。"

他用手拨动了弦琴：
"你是鲜花开在悬崖上，
我经过努力才得到了你。
我和我的弟弟去到山洞，
才在那里遇到了你。
现在蜜蜂采蜜到这里，
但愿蜜蜂能落在花心里。"

"自从那天你突然离开了我，
我四处寻找徒伤悲。
我走过千山万水来这里，
为的是我们能够再相聚。
现在我终于离你不远了，
我不会放弃这个团聚的机会。

"那天在梦里丢失了你，
不知你为何要离开我？
是你不喜欢我了吗？
还是我在梦中惹你生了气？
难道又是恶罗扒使坏，
逼你那天离开了我？"

巴答咪金停了停又弹道：
"我现在孤孤单单一个人，
就像两只孔雀只剩下一只，
只能孤单地四处乱飞和栖息。
为了你，我来到了这陌生的地方，
家乡的人一个都没有。
没有人帮助我，
我还是一条心，
一定要找到你，
再回到从前的岁月。
如果你听到了，
那你就弹琴回答我。"
巴答咪金又弹了一次，
他相信桑莫达妮不会忘记他们的恩爱。

桑莫达妮听见如泣如诉的歌声和琴声，
立即明白巴答咪金已来到她身边，
脸上不觉泛出喜色。
她无法抑制内心的兴奋：
这不是我丈夫的琴声吗？
是这样的熟悉和动听！
这是我魂牵梦萦的声音啊，
而且离我又那么近！
自己日思夜想的丈夫来到了身边，
桑莫达妮忙着拿起了自己的琴，
心里像被露水滋润过的花一样愉悦，
她轻轻地拨动了琴弦：

"啊，巴答咪金！
真的是你吗？
我在忧伤的歌声中思念你，
在泪水洒落的路途中寻找你，
经过了千辛万苦，
我才来到了这里。
是前世赊佛修的福分，
又让我们相会在这里。

"我要说的话，
让琴声轻轻带到你的身边，
粘在你的耳朵上，
带着花香进入你的心里。
那是为了你而发出的，
是那样炽烈和真诚。
我还应该说更亲近的话，
可惜这里都站满了听我们说话的人。"

桑莫达妮弹着琴在轻轻地诉说，
她的声音是那样的婉转动听，
天上的鸟雀停止了飞翔，
河里的流水停止了流淌，
一切都沉浸在她美妙的声音中，
人们都听得如醉如痴。

她接着弹道：
"你知不知道是什么使我离开了你，
那是扎不兴哈达在夜里把我抢去，
并不是我悄悄地离开你。
要不是佛保佑我逃离了他，
我再也不会在这里见到你。

"扎不兴哈达是那样的可恶，
嘴里还长着两颗大牙齿。
他用力抱我上了他的飞车，
但佛的热光保佑了我，
使他不能碰我，
他只能像在镜子中一样看到我。

"我躲开他在林中跑了许多天，
希望马上能回到你的身边，
但我走来走去不知道方向，
最后来到了这里。

我一直在这里盼着你来，
每天求佛让我们早日相见。
我想我们会生活在一起，
我心里的渴望是那样强烈。"

桑莫达妮用琴回答巴答咪金，
诉说着离别衷肠，
两颗心慢慢地在一起扭紧和融合……
桑莫达妮用三十二股弦琴，
在大家的注视下，
对巴答咪金表达了炽热的爱，
对扎不兴哈达毁人姻缘表示了憎恨和愤懑。

扎不兴哈达在他的棚子里坐不住了，
他非常嫉妒又非常窝火，
觉得在这么多人面前已丢尽面子。
他紧紧地咬住自己的牙齿咒骂：
"你们的话怎么这样刺耳？
莫利静大的话不回答，
现在巴答咪金和你一谈就没有个完。
你们不尊重我，
也应该尊重大家，
怎么在这大庭广众之下，
谈情谈个没完没了？
你说我是个小心眼的人，
身材难看，心肠狠毒，
而且还生着两颗大牙齿，
现在我不想听你们啰啰唆唆，
你们不要得罪所有的人，
也不要戳我的耳朵。"

扎不兴哈达对巴答咪金他俩大发脾气，
想要点威风捞回一点面子，
巴答咪金却不买他的账说：
"琴不用来唱情歌，
难道用琴去念经？
琴不用来谈真挚的爱情，
难道把它拿去当烂木头敲？
遇到美丽的姑娘不弹琴，
那还背琴干什么？
你如果不想听，
你可以堵起耳朵离开这里，
让想听的人们继续听。"

扎不兴哈达听了更愤怒，
他明白巴答咪金在奚落他，
就像烧红的铁锅放进了水，
他面红耳赤暴跳如雷，
心想：我恨啊我恨，
我恨当初为什么放跑了桑莫达妮，
我恨为什么不把巴答咪金永远弄昏迷，
让他们今天在这么多人面前出我的丑，
让我这么有本事的人脸面丢光。
他越想越窝火，
想大声痛骂桑莫达妮和巴答咪金，
但又怕这么多人嘲笑他，
他只好暂时忍气吞声。

巴答咪金又弹起了琴，
向桑莫达妮表达思念和爱情。
所有看热闹的人都为他们高兴，
因为他们看到了情投意合的一对。
桑莫达妮也弹琴回答他，
姑娘的话和小伙子的话，
就好像金线绊住了银线，
解也解不开，
扯也扯不断。

他们用琴声和歌声回忆了过去，
从在洞里救了桑莫达妮起，
唱到扎不兴哈达抢走了桑莫达妮，
又说到这次在芜麻王地的再次相见。
夫妻二人越弹越高兴，
琴声缠绵地表达了忠贞的爱情。

大家听了他们的琴声，
都为他们的爱情而欢呼；
几个王子听了琴声，
一个个都不作声。

十三

桑莫达妮和巴答咪金一直在弹唱，
周围拥簇着兴奋和喜悦的人们，

人们热热闹闹像过节一样高兴。
这样一直到了第七天，
扎不兴哈达的愤怒再也控制不住了，
他嫉妒巴答咪金和桑莫达妮的爱情，
不等七天的期限结束，
就骂骂咧咧地坐上飞车，
回到了他的国家。

他心里越想越生气：
你巴答咪金真是看不起人，
在我的面前和桑莫达妮笑笑唱唱，
简直是故意在戳我的心窝子。
我现在有许多的好武器，
宝剑、长刀和飞车，
在天空和地面我都不怕你。

他在家里愤怒地乱跳乱打，
愤怒的程度没人可比。
他气冲冲地对手下人说：
"你们快快准备好，
我们要去攻打芜麻王地，
把他们的人全部杀死，
一定要抢到桑莫达妮。
所有的男人都要出征，
让他们知道我扎不兴哈达的厉害。"

所有的王子都不喜欢扎不兴哈达，
但他们很喜欢莫利静大。
他们约起来去找达嘎索的王子莫利静大，
要在芜麻王地的公主朵娜莫哈身上打主意，
想把朵娜莫哈嫁给莫利静大。

他们准备好了许多礼物，
到了莫利静大那里，
向他说明了他们的想法。
莫利静大听了也很高兴，
因为他也看上了同样美丽的公主朵娜莫哈。
莫利静大虽然和桑莫达妮通过情书，
但后来发生的事情太出乎意外。
他看见桑莫达妮和巴答咪金爱得那么深，
虽经磨难但矢志不渝，
他们执着纯真的爱情感动了莫利静大。
莫利静大在懊悔的同时，

也为桑莫达妮感到欣慰：
她毕竟找到了生生死死都爱她的人。
我们通过情书算什么呢？
姑娘和小伙子通情书的事太多了，
尤其是长得漂亮的姑娘，
谁没收到或写过两三箩筐的情书呢？

莫利静大在懊悔的同时也有了重大发现，
他看见了桑莫达妮身边美丽的朵娜莫哈。
茏麻王地美丽的公主啊，
她的面容像月亮般的皎洁，
她的眸子像星星般的闪亮，
她的衣裙胜过孔雀美丽的羽毛，
她的身影映在水里引得鱼儿跟着游……

莫利静大被朵娜莫哈完全迷住了，
其他国家的王子看出了莫利静大的心事，
就齐心来撮合这门亲事。
他们高兴地请来了国王哈低牙翁山，
请来了王后罕哄钻金大哇低，
还请来了巴答咪金、桑莫达妮，
他们在一起拜了佛，
把祝福的圣水，
滴在莫利静大和朵娜莫哈的头上，
为他们两人祈福，
愿他们生活富足，
长命百岁，永远不衰。
莫利静大完全沉醉在幸福中，
他虽然没有得到桑莫达妮，
但却娶到了同样美丽的朵娜莫哈，
他想想也知足了。

祝福完后，
桑莫达妮领着巴答咪金，
拜见了哥哥西哈那毡。
她对哥哥说：
"我若是死在深山中，
就再也不能和你们见面了。
托了你们的福，
才使我活着遇到了巴答咪金，
现在才能同你在一起说话！"

西哈那毡对她说：

"我带着兵马到这里来找你，
因为你是我的妹妹。
现在又遇上了你的巴答咪金，
你们俩就跟我一起回去看父亲和母亲吧！"
桑莫达妮听了心中很高兴，
准备带着心爱的巴答咪金返回勐巴娜西。

茏麻王地的国王对巴答咪金等人说：
"扎不兴哈达很生气，
他不会善罢甘休的，
你们要为我们想想怎么办才好。
他此番回去可能是搬兵，
你们不能丢下我们就走了。
扎不兴哈达非常强悍，
他有上万精兵和好刀枪，
我对我们的国家很担心。
他是恶罗扒的儿子，
武艺又高强，
还有锋利的长刀与弩箭。
水宫里的龙王还是他的兄弟，
他的地域广大，天下人都害怕他。"

巴答咪金和莫利静大等人听了，
觉得国王的担心并非多余，
扎不兴哈达这回受到羞辱，
他一定会领兵前来报仇，
要商量出对付的办法。

莫利静大说：
"我不怕扎不兴哈达，
他是一个王子我也是一个王子，
他是男人我也是男人，
他有恶罗扒的帮助，
我也有白虎叼来的刀弩，
难道我们达嘎索、勐巴娜西
和厅牙哇地、茏麻王地合在一起，
还怕扎不兴哈达一个人不成？"

莫利静大还说：
"我们不要怕他，
快磨好我们的刀枪，
准备好我们的弓弩，
扎不兴哈达敢来，

我们就敢应战。"
巴答咪金很赞成他的话，
暂时放弃了和桑莫达妮
返回勐巴娜西的念头。
四个国家的王子统领着自己的军队，
做好了迎战扎不兴哈达的准备。

扎不兴哈达回到家里，
不管别人怎样劝都不能使他平息怒气。
他命令所有的属下来见他，
又派人去龙王那里，
请龙王也来帮忙。

他召集了所有的军队及所有的男人，
要他们全都去打仗；
他让他管理着的
一千六百个地方头人都来见他，
都要带着人马到他那里听候调遣。

他指挥着各路来的军队相当威风，
阿泯王地一时兵集如山，
战鼓阵阵有如惊雷，
震得大地像要垮下去一样。
扎不兴哈达又让父亲贡皮大，
调动了他所管辖的恶罗扒，
让所有的恶罗扒都来参战。
阿泯王地一时人山人海挤得水泄不通，
连附近的森林都住满了人。

贡皮大敲动着大锣，
召来了十八万恶罗扒。
他们一个个不是耳朵大就是牙齿长，
样子狰狞得叫人害怕。
他们的眼睛红红绿绿，
使人看了心惊胆战。
他们沿路争抢着吃果子，
像一片黑云弥漫而来。

龙王也带着十八万龙兵赶来了，
他们打仗威力无穷非常厉害。
现在扎不兴哈达有了三种兵马：
人、恶罗扒和龙兵。
他们挤挤攘攘地混在一起，

就像乌云滚滚铺天盖地而来。

他们分成了三个营盘，
分别驻扎各自的军队。
恶罗扒会腾云驾雾，
龙兵会放毒，
人能征善战，
共有六十四万。

他们浩浩荡荡地杀向茏麻王地。
扎不兴哈达坐在飞车上洋洋得意，
心想要报仇雪恨，一洗耻辱。
恶罗扒紧紧地跟在他后面，
怪叫声惊散了沿途的鸟雀。
龙兵们沿着河流进发，
翻起阵阵浊浪。
各路军队才赶到茏麻王地城边，
扎不兴哈达就迫不及待地下了战书。

他在战书中写道：
"我是有本事和有能力的扎不兴哈达，
现在来到了你们这里。
我告诉你们，
我的兵马无数。
刀枪武器数也数不清。
我劝你们快快献出金蜡条和银蜡条，
还要把美丽的桑莫达妮送出来。

"你们茏麻王地所有的人，
包括巴答咪金和莫利静大都快来投降。
现在我给你们七天的时间考虑，
七天后你们如果不回答，
我就把茏麻王地杀个寸草不留，
到时候你们可不要怪我。"

他派人把信送给茏麻王地的国王，
国王看后心里非常恐慌。
国王又把信拿给巴答咪金和莫利静大看，
他俩看了非常生气，说：
"让这个不会说话的扎不兴哈达，
听我们的长刀和弩箭答不答应吧！"

他们马上写了封信给扎不兴哈达，

对扎不兴哈达的要求坚决拒绝，
同时奉劝他立即带领人马离开，
免得落个身败名裂的下场。
他们让来人把信带回去，
扎不兴哈达看了回信，
碰了个大钉子，
但他仗着自己有许多的兵将，
执意不撤兵。

国王召集了巴答咪金等四个王子一起商量：
"我们虽然做好了迎战的准备，
但没想到扎不兴哈达的人马来了那么多，
我们的军队数量还不够，
还要从四个国家调更多的人马来。
我们要想出更多的好办法，
谁有好主意就快快地提出。
扎不兴哈达得不到桑莫达妮，
就像火一样地赶来，
他太不把我们放在眼里了。
我们要把所有的军队都调过来，
才能对付扎不兴哈达那么多的军队。"

大家对打仗作了分工：
地上的兵由茏麻王地和西哈那毡来对付；
天空中的恶罗扒
靠巴答咪金和莫利静大去打；
只有龙兵在水里难对付，
要准备好长刀和弩箭，
用刀砍掉他们的头颅，
用箭射倒他们的龙王殿。

他们连夜调集各国的兵马，
大地方和小地方的军队天天都往这边赶，
不到七天，
茏麻王地到处是黑压压的军队。

达嘎索的兵马有十八万，
他们就住在城里；
勐巴娜西的兵马有二十万，
他们都抬着锃亮的大刀和长枪；
厅牙哇地的兵马有十八万，
他们的箭矢和长刀闪着寒光；
茏麻王地的兵马有二十万，

人人摩拳擦掌，士气高昂，
要誓死保卫国土和家乡。
他们一队跟一队敲着战鼓迎敌，
摆下了誓死决战的阵势。

莫利静大和巴答咪金带着军队，
迎战扎不兴哈达。
飞马和飞鞋在空中划过，
飞得闪电一样快。
地面的军队像汹涌的海浪，
扑向扎不兴哈达的人马。

莫利静大左手拿枪右手拿棒，
巴答咪金拿着长刀和弩箭，
他们面对扎不兴哈达排好的队伍，
发起了勇猛的进攻。

他们兵对兵，将对将，
你追我，我赶你，
各种兵器打在一起乒乓作响。
恶罗扒和龙兵也凶猛地参战，
扎不兴哈达坐飞车上了天空，
挥舞着长刀杀向巴答咪金。
你的长刀亮晃晃，
我的长刀闪闪亮，
两把长刀一来一往，
砍在一起溅出串串火花。

莫利静大在天上追着恶罗扒乱砍，
刀枪呼呼震天响，
刀砍在恶罗扒身上
惨叫声和哭号声不绝于耳。
还有弩箭嗖嗖乱飞，
两边的兵马在一起混战，
你一枪过去，他一刀砍来，
一场厮杀搅得天昏地暗。

天上的恶罗扒打不过莫利静大，
被杀得从天上纷纷掉下来。
莫利静大又追到地上，
打得恶罗扒乱跑。
他又把金枪连连投向恶罗扒，
恶罗扒纷纷倒下。

投过去的金枪刺中了恶罗扒，
马上自己又回了他的手中。
莫利静大的兵也很勇敢，
追着扎不兴哈达的兵一阵砍杀，
大挫了扎不兴哈达军队的士气。

西哈那毡和应大地哇一起放出了弩箭，
还飞在天上的恶罗扒一个个被射落下来，
箭声像夏天的惊雷，
弩箭飞动就如闪电。
龙王的兵也被他们射漂在河里，
战场的吼声震得大地不断地抖动。

扎不兴哈达在天上看见
自己的兵马被杀得后退，
他就飞回了地面，
用他的长刀顺地一扫，
把茏麻王地的兵马杀倒了一大片。
他又用弩箭一射，
一箭就射穿十个人。
恶战杀得战场灰飞土扬，
遮住了天空。

扎不兴哈达看见莫利静大正追着恶罗扒，
于是对莫利静大射了一箭，
正射在莫利静大的身上，
莫利静大从天上跌落下来。
扎不兴哈达看见莫利静大受伤
从空中翻滚下来，
忙驾着飞车挥舞长刀冲过去，
想乘莫利静大身受重伤之机，
用长刀把莫利静大的躯体砍为两段。

正在危急之际，
只听一声震天的虎啸，
半空中突然窜出一只大白虎，
接住下跌的莫利静大，
驮着莫利静大向王城方向呼啸而去。
突然出现的情况让扎不兴哈达大吃一惊，
也把两边作战的军队惊呆了。

两边的军队接着继续作战，

杀得天翻地覆，
扎不兴哈达越杀越凶狠。
大白虎把莫利静大驮回茏麻王地王宫后，
在地上打个滚突然消失了。
莫利静大被人们扶起，
终于带伤回了宫里。

这时龙王在天上下起了大雨，
淋得茏麻王地的兵马湿漉漉的。
巴答咪金看见扎不兴哈达得意地笑了，
就从天上用仙弩向他射了一箭，
扎不兴哈达侧身躲开了。
他也用弩回了一箭，
巴答咪金也同样躲开了。

他们俩又在天上打了起来，
像滚雷一样，
滚到这边，
又滚到那边。
两人用弩箭射，
又用长刀厮杀，
两人的本事分不出高下，
直到太阳落进西山，
他们才各自收兵回到扎营的地方。

莫利静大非常感激那只大白虎，
在危急关头救了他。
莫利静大的伤口非常疼痛，
难受得身上没有一点力气；
他的心里乱糟糟的，
伤口火辣辣的疼；
他大口大口地喘着气，
是朵娜莫哈精心照顾着他，
使他心里得到了抚慰。

十四

金里亚达拉在本桐麻地做了国王的女婿，
他和妻子缅朗伦幸福地生活在那里。
国王听到了扎不兴哈达发动战争的消息，
就把此事告诉了金里亚达拉。

金里亚达拉一听很着急，
立即要去援救他的哥哥。

国王舍不得让他去，
他一直在本桐麻地帮助国王管理国家，
大大小小的事他都处理得很好，
那里的百姓都尊敬他，
没有人不知道他的名字。

他听见了茏麻王地的战争越来越激烈，
打了多次还不分胜负，
巴答咪金他们一时不能取胜，
他很是担心和焦急。

他又对国王说：
"我听见我的哥哥被别人欺负，
我请国王让我带兵前去帮助他们。"
国王见他很着急，就说：
"好吧，我让你去帮助你哥哥，
你要多少兵你自己去调。"

金里亚达拉谢了国王，
向全国发出了命令，
要本桐麻地的男人都集中起来，
准备去出征。
他管辖的一千六百个地方的头人，
都接到了命令，
一时间都带兵来到了这里。
刀枪弓箭样样齐全，
战鼓敲得咚咚响，
他的队伍一队连一队，
一共有十万兵马。

金里亚达拉和妻子骑上了大象，
带着军队离开了本桐麻地，
沿着崎岖不平的山路前进。
他们翻过怪石嶙峋的大山，
穿过密密层层的树林，
三天的路并做一天走，
日夜不停息。
金里亚达拉带兵不去茏麻王地，
而是直捣扎不兴哈达的国家阿泯王地。
他一到阿泯王地，

就命令军队冲了进去。
阿泯王地留守兵马迎了上来，
双方一阵阵砍杀使得战场上硝烟冲天，
四处都是作战的人马。

金里亚达拉看到，
留在那里的龙兵们横冲直闯，
他于是想起了他的朋友扑嘎纶。
他马上写了一封信拴在弩箭上，
射到了扑嘎纶住的地方。

他在信中说：
"扑嘎纶啊，
你们喜欢吃的龙兵现在这里很多，
他们横冲直闯不怕人，
你们快来这里饱餐一顿吧！"

金里亚达拉的信穿过蓝天和云层，
一直飞到了扑嘎纶住的地方，
扑嘎纶的国王看了信后，
马上带了所有的扑嘎纶，
大小不一共有十八万只，
它们拍着翅膀大叫着，
一起飞到阿泯王地。
它们看见龙兵就追着吃。
追得龙兵无处躲藏。
金里亚达拉用会飞的棍子，
对着天上的恶罗扒连追带打，
一直打进了王宫。

战斗进行得非常激烈，
震得大地都抖了起来，
刀枪人吼把耳朵都震聋了，
天空中一片混战，
地上也没有一点空着的地方。

金里亚达拉有一个身材魁梧的部下，
他的力气谁也比不上。
他抬着一门最大的土炮，
对着阿泯王地的兵马打过去，
炮声像打雷一样响，
敌方的人马倒下一大片。
土炮声连连震响，

阿泯王地的兵马一片片倒下。

扎不兴哈达天天都和巴答咪金他们作战。
这天他坐着飞车在天上，
突然看见阿泯王地一片烟尘，
扑嘎纶在天上盘旋，
他的留守军队四处溃逃。
他不明白这是怎么回事，
气得在天上大叫，
目瞪口呆地看着
龙兵被扑嘎纶吃得四处乱跑。

当他看清是本桐麻地的兵马后，
他恶狠狠地说：
"想不到你本桐麻地这个小地方，
还会这样凶狠，
竟然跑去打我的国家。
你们做事不留后路，
等我再调兵来血洗你们的国家。"

"你们那些很久没有打仗的军队，
我扎不兴哈达不放在眼中。
我连恶罗扒都管着，
还有龙兵来相助，
我要看看到底哪边狠。"

扎不兴哈达又恶狠狠地指着扑嘎纶说：
"你们这些扑嘎纶啊，
我总有一天要把你们杀得一个不剩。"
扎不兴哈达在飞车上咬牙切齿，
发誓一定要报仇。

他看着阿泯王地火光冲天，
四处都是金里亚达拉的兵马，
心里想：
我要快回去救阿泯王地，
不然我们国家就不行了。
他忙带着他的兵马向阿泯王地转回去，
赶到时阿泯王地已经是一片火海，
王宫房子全部都被烧成了灰。

扎不兴哈达遭到了前后夹攻，
前面是金里亚达拉，

后面是巴答咪金等在追赶，
他一时没了办法，
只有带兵逃到了他父亲管治恶罗扒的地方。

这个地方到处是阴森森的山林和石洞，
四处堆满了人的骨头。
恶罗扒看见扎不兴哈达的败兵跑来了，
一个个都非常生气，
贡皮大更是气得暴跳如雷。
他命令败兵们在山脚上住了下来，
又连忙挑土垒起了围墙。

他们白天黑夜都忙着准备，
以抵挡巴答咪金他们的攻击。
他们干了很多天，
终于垒起了一道人爬不进去的墙，
四处布满了岗哨，
一有风吹草动马上就知道。

打败了扎不兴哈达，
巴答咪金和金里亚达拉他们很高兴。
金里亚达拉带兵迎接巴答咪金，
拜见了嫂嫂桑莫达妮。
缅朗伦也上前相见，
她见了桑莫达妮，
也惊叹她长得比自己还美丽。
他们在一起相互热烈地问好，
又谈了各自的情况，
巴答咪金又带他们见了其他的王子。

巴答咪金对弟弟说：
"好啊，弟弟，
你的妻子真漂亮！
你在哪里娶到了她？
你们怎么知道我们的事？
又怎么会带兵杀到了这里？"

金里亚达拉回答说：
"哥哥，我离开你后走了很多地方，
在本桐麻地才遇上了缅朗伦
我们就成了亲。
我在那里听说桑莫达妮被扎不兴哈达抢去，
还听说你们在打仗，

我就从本桐麻地带兵杀进他的国家。"

巴答咪金对他说：
"你来得正是时候，
不然我们都有些支持不住了，
弟弟，谢谢你！
是你和你的军队参战，
才使我们大家打了胜仗。"

他们六个王子在一起谈来谈去，
从家事一直谈到了战争；
他们在一起商量，
商量怎样结束这场战争。
他们都说一定要彻底打败扎不兴哈达，
不然今后他还会报复。

他们商量好后又调动了兵马，
西哈那毡、应大地哇、
金里亚达拉从地面进兵，
分给他们四十八万人马，
要一直杀到恶罗扒的地方。
他们的人马一队接一队地走进了林中，
大片的森林中到处是他们的旗帜和人马。

他们走出层层密林，
翻过座座耸立的大山，
越过条条湍急的河流。
他们的战鼓敲得震天响，
使得大地都抖动了，
直向恶罗扒的地盘进发。
桑莫达妮、朵娜莫哈、缅朗伦骑上了大象，
跟着她们的丈夫一起出征。

莫利静大自从受伤后，
朵娜莫哈一直在精心照顾他，
而他的伤势较为严重，
伤口始终不能愈合。
眼看别人和扎不兴哈达厮杀，
而自己却整天养伤还要别人照顾，
他的心里非常焦急。
他恨自己为什么受伤，
也恨自己不能去战场上拼杀。

这天他又在焦急和埋怨中睡着了，
突然又见那只大白虎来到他的房间。
白虎轻轻地舔着他的伤口，
舔过之后伤口突然不疼了。
他一觉醒来后，
发现白虎踪影全无，
但自己的伤却奇迹般地好了。
莫利静大非常感激白虎，
使他能再次参加作战。
当王子们的兵马，
向恶罗扒的地盘进发时，
莫利静大已精神抖擞，
加入了进军的队伍。

巴答咪金和莫利静大从空中走，
他们穿上飞鞋骑上飞马，
带着三十万的兵马，
赶到了恶罗扒住的地方。

他们看见贡皮大的宫殿非常高，
房尖就像竹笋一般，
尖尖的一层叠一层耸入云间，
宫殿有坚硬的岩石护着，
军队很难攻打。

西哈那毡他们三个，
带兵来到了城外，
把城团团地围了起来。
应大地哇带兵去攻打南门，
金里亚达拉去攻打北门，
西哈那毡去攻打西门，
莫利静大和巴答咪金，
堵住太阳升起的这方，
他们在四面扎下了大营。

恶罗扒和扎不兴哈达，
分兵守住了四道门，
贡皮大忙着四面指挥。
扎不兴哈达飞到天上对着地下乱打，
巴答咪金和莫利静大忙上天去应战。
恶罗扒们也随着扎不兴哈达的人马一拥
而上，
他们凶狠地对着巴答咪金的兵马一阵乱咬，

巴答咪金的兵马一下就被吃了很多。

巴答咪金和莫利静大忙用弩箭射向恶罗扒。
两人的弩箭嗖嗖作响，
箭矢在空中飞舞，
有的射中了恶罗扒的头，
有的射中了恶罗扒的胸，
有的射中了恶罗扒的腹，
有的射中了恶罗扒的腿，
把他们从天上纷纷射了下来。
恶罗扒此时十分惊慌，
溃逃进树林中躲藏。

另外一些逃离的恶罗扒，
被金里亚达拉骑马带兵追着砍杀，
把他们杀死了千千万万：
有的断了头，
有的断了腰，
有的断了腿，
有的没了脚或手，
杀得他们号哭连天。

南门喊杀阵阵，
西门也打得激烈，
吼声一阵高过一阵，
把盖有坚硬岩石的宫殿，
也震得摇来晃去。
扎不兴哈达见情势危急，
忙从天上飞了下来，
他左手提着长刀，
右手拿着宝剑，
他用宝剑敲着自己的长刀，
发出的声音震天响，
让人听了很害怕。

他叫龙王在天上下起冰雹，
碗大的冰雹乘着寒风纷纷落下，
把巴答咪金的兵马打死和冻死了许多。
他又把弩箭连连射向扑嘎纶，
把他们射得死的死伤的伤。

剩余的恶罗扒看到扎不兴哈达得了势，
马上又从森林中杀出。

有一群恶罗扒，
凶狠地向巴答咪金扑了过去。
巴答咪金忙组织人马迎战。
天空中刀刀枪枪响成一片，
地面上喊杀声一阵连一阵，
天上和地下都打得非常激烈。

不知是天黑了，
还是烟火遮住了天，
昏沉沉的天，昏沉沉的地，
天地间充满了杀气，
战斗凶猛而惨烈。
扎不兴哈达果然厉害，
如果对阵的不是巴答咪金，
别人早死在了他的手下了。

四面八方黑蒙蒙的，
就像没有星光的夜晚，
是敌是友都分不清了，
所有的人混战在一起。
巴答咪金在混战中抬起弩箭，
朝扎不兴哈达的方向射去。
扎不兴哈达也同时射出了一支箭，
把巴答咪金的箭挡在半空中。
两个箭头相碰在一起，
射出了耀眼的火花，
照得战场一片光亮。
只听见嗖嗖声响，
不知是箭声还是风声，
箭头带着光在天上穿梭，
就像流星划过。

他们打了很长时间，
始终分不出输赢。
天慢慢地亮了一点，
巴答咪金叫住了莫利静大说：
"一人只能打个平手，
再这样打下去也打不败扎不兴哈达，
只有我们两人联合起来，
才能对付扎不兴哈达。"

于是他俩一起飞上高空，
同时夹攻扎不兴哈达；

他们又叫金里亚达拉守住地面，
不让扎不兴哈达从地面逃跑。
巴答咪金说：
"我发誓要用弩箭射中他，
让他不再纠集恶罗扒作恶。"

他挎好长刀，拿起弩箭，
一跃身就上了天空，
地面上的人还没看清楚，
他就没有了踪影。
莫利静大也骑上飞马，
手里拿着标枪和宝鞭，
箭一般地飞到了空中，
与巴答咪金一起，
共同夹击扎不兴哈达。

他们飞进云层最密的地方，
去那里寻找扎不兴哈达，
但他们找来找去都没有找到。
这时候，只听见嗖的一声响，
扎不兴哈达躲在太阳边射来了一支箭。
巴答咪金和莫利静大，
急忙跳到了更高的空中，
朝着躲在太阳边的扎不兴哈达奔去。
他们在太阳边打了起来，
你来我挡打得激烈无比。

扎不兴哈达坐着飞车直冲过来，
他的长刀砍向巴答咪金，
巴答咪金一低头，
飞快地让过了他的刀，
他也用自己的长刀砍过去，
扎不兴哈达也迅速闪开。

他们就这样打着，
谁也打不赢谁，
两方都越打越有精神，
充分显示了各自的斗志和武艺。
莫利静大也参加了战斗，
与巴答咪金一起前后夹击扎不兴哈达。
他使出平生的本事，
力图降伏扎不兴哈达。
他们三个在空中打成一团，

你一刀我一枪各不相让，
天空中像滚过了阵阵惊雷，
震得大地微微抖动。

扎不兴哈达像闪电一样快，
一下飞到这里，
一下又闪到那边，
巴答咪金紧紧追着他，
用弩箭不断地射。
莫利静大也用宝鞭和标枪，
连击扎不兴哈达，
但都被扎不兴哈达巧妙躲过。
他们三人都很有本事，
打得变幻无穷，激烈壮观。

扎不兴哈达是个很有心计的人，
他想激怒对手，
让他们分心，
于是他对巴答咪金说：
"我虽然抱走桑莫达妮，
但还没有挨过她的身子，
你现在应该将她让给我，
你不要一个人占有她，
你不能这样贪心。"
巴答咪金听了果真大怒，
更加奋力地追杀扎不兴哈达。

他又对莫利静大说：
"你怎么也来打我？
你不记得我们在茏麻王地的事了吗？
你对桑莫达妮弹起了十二股弦琴，
她理都不理你，
你为什么不恨他们，
反而帮助他们来打我？
你这个悟不透爱恨的人，
亏你还是个男子汉！

"噢，我知道原因了，
就像蛇咬死了猪，
而乌鸦却得到了死猪肉吃，
你就是乌鸦，
得到死猪肉吃就不得了啦！
我们为了同一个女人打来打去，

别人看了要笑死了。"
扎不兴哈达不停地激怒着莫利静大，
想迷惑莫利静大的心智。

巴答咪金定了定神说：
"你想激怒我们，好让我们分心，
我们不会中你的奸计，
今天我一定要清算你的罪恶！
你勾结恶罗扒来祸害百姓，
我应该扭断你的脖子，
把你的头拿给女人去踩。

"如果你怕死，
就快点投降，
不然你只有一个下场，
你的血将染红我的这把长刀！"

巴答咪金的话提醒了莫利静大，
也明白了扎不兴哈达骂刻毒话的用意。
他回击扎不兴哈达说：
"你作为一个国家的王子，
不好好去管好自己的国家，
却勾结恶罗扒和毒龙，
发动战争来攻打别的国家，
带来灾难和祸害，
不把你清除掉，
多少国家和百姓将永无宁日！"

扎不兴哈达听了气得直跳：
"你们两个不要夸下海口，
是我的刀饮你们的血才对。"
说完，他对着巴答咪金他们猛冲过去。
他们在天上打成一团，
分不清哪个是你，哪个是我。
地面上也是如此，
一个个打得你死我活。
龙兵、恶罗扒、扒嘎纶和人混战在一起，
到处闪现着刀光剑影。

西哈那毡、应大地哇和金里亚达拉，
越战越勇，
带着兵马追击扎不兴哈达的人马，
战鼓声、刀剑声，

人声、马声、大象声响在一起，
两边都不愿放下手中的武器善罢甘休。
战场上到处都是红红绿绿的旗子，
追来杀去的身影和刀光剑影，
火光熊熊，黑烟四起，
战争使人们忘记了昼和夜，
昼夜里都在混战。

地上的三个王子，
要打败这么多的恶罗扒真不容易；
天上的扎不兴哈达力战两人，
两边还是不分胜负。
巴答咪金对着地下大声喊道：
"金里亚达拉快上来助战。"

金里亚达拉听见了哥哥的叫声，
就骑着九道弯的棍子上了天，
他一路飞一路打过去。
金里亚达拉对扎不兴哈达说：
"你难道不知道我的厉害？
不晓得我跟佛爷学过多少咒语？
现在我要你死在我的手里！"

扎不兴哈达丝毫不示弱，
他一边应战一边回答说：
"你不要夸海口，
你快过来比比瞧，
看看我们谁的武艺高，
看看我们谁的本事大。"
金里亚达拉对哥哥和莫利静大说：
"你们俩不要上前来，
让我一个人来对付他，
我一定要战胜他！"

扎不兴哈达正被巴答咪金二人缠得焦急，
听到金里亚达拉要一个人来挑战自己，
心里暗自高兴：
如果三个人一起上，
自己倒要小心，
现在只上一个，
我还怕他不成？
于是他便大声应战。

金里亚达拉跃身跳了过去，
举起长刀就砍，
扎不兴哈达飞快地让开。
他俩在天上打得难解难分，
乘风驾云地杀，
就像闪电划破长空一般。

打了一阵后，
金里亚达拉挖苦扎不兴哈达说：
"你打仗怎么老跑来跑去的？
你难道只有躲闪和逃跑的本领？"
扎不兴哈达大笑回答说：
"你这样年轻，
却要死在我的手里，
我真是可怜你。
你还是回去吧，
不要白白来送死！"

金里亚达拉听了怒火万丈，
他抬起长刀对扎不兴哈达狠狠地砍去，
扎不兴哈达忙用刀架住。
双方都是有本事的人，
双方的刀枪都是宝贝；
两边的人都打得猛烈，
两边的人都喘起了粗气。
双方打累了，
就在天空中休息一下，
都找片乌云躲躲阴凉。

休息时巴答咪金对弟弟和莫利静大说：
"我们不能一人对一人，
我们应该三个人一起上去，
不然，他跑得太快了，又有本事。
我们只有三人合力才能堵住他，
三个人围着他打，
才能打败他。
只要打败了扎不兴哈达，
他的军队才会土崩瓦解。"

巴答咪金的话鼓舞了金里亚达拉，
他停止休息冲过去对扎不兴哈达喊道：
"你等着死吧，
你的头一定要和你的身子分家！"

扎不兴哈达也毫不示弱地回答：
"如果你们有本事，
就快点来，不要说大话。"
扎不兴哈达还用手拍拍自己的长刀，
对冲过来的三个人说：
"你们真像女人，
三个来打我一个，
算什么本事？
你们不要说大话，
快过来试试我的刀。"

金里亚达拉最气愤这几句话，
他怒吼着向扎不兴哈达扑过去。
巴答咪金也对扎不兴哈达说：
"你不要得意，
只有到最后，
才知道谁是姑娘们笑话的对象，
谁才是真正的男人！"

他俩朝着扎不兴哈达举起长刀砍去，
莫利静大也挥舞着枪杆刺了过去，
扎不兴哈达使出全身本事来应战。
四个人在天空中打得风雷滚滚，
霹雳闪电一道道地撕裂着大地，
两边的人马看着天空中的恶战，
一个个惊得目瞪口呆。

打了一阵，扎不兴哈达有些心虚，
便使出先前的招数，
他的身子忽地一闪，
突然不见了踪影；
等发现他的身影又追过去的时候，
他忽地又不见了。
金里亚达拉等三人追来追去，
但扎不兴哈达躲闪得飞快，
怎么也追不上他。

金里亚达拉猛想起跟师傅学的咒语，
便暗中念动了咒语，
只见闪来闪去的扎不兴哈达，
突然变得笨拙，
行动像老水牛一样迟缓，
脸上还露出惊愕的表情。

三个人大喜过望，
忙挥刀持枪冲了过去，
就在刀枪快触到扎不兴哈达的一刹那，
扎不兴哈达倏地又不见了。
原来扎不兴哈达念动自己的魔咒，
化解了金里亚达拉的咒语。

等三人重新发现扎不兴哈达追过去时，
扎不兴哈达念动了自己的催眠魔咒，
只见巴答咪金等三人在天空中飘飘忽忽，
似睡非睡，昏昏沉沉，
连手中的兵器都快拿不住了。
扎不兴哈达恶狠狠地挥着长刀，
欣喜异常地扑了过来，
他把一切力量都集中在刀锋上，
要把莫利静大等三人的身子砍为六段。

茏麻王地的人马见了这情形，
一个个都惊呆了，
心想这下全完了！
千钧一发之际，
天空中一声炸雷，
雷光使人们眼花，
雷声使大地颤动。
炸雷处出现一只大白虎，
眼睛闪着电光，
全身一片银亮，
吼声震落了扎不兴哈达的长刀，
亮光解开了恶罗扒的魔咒。
莫利静大等人清醒过来，
身上似乎有倍增的力量。

莫利静大第一个冲过去，
用长枪顶住了扎不兴哈达的飞车；
金里亚达拉紧随其后，
挥刀砍在扎不兴哈达的脖子上。
扎不兴哈达惨叫一声，
头从天空中掉落下来。

扎不兴哈达的飞车，
拉着他的刀、箭和无头的身子，
跑到了他父母在的地方。
朵达拉看见儿子的尸体心中很痛苦，

眼泪打湿了襟前的衣裳。
这时贡皮大的城已经被攻破，
浩浩荡荡的兵马冲进了城里。
贡皮大想组织人马反击，
并还想把城门关起来，
但已经来不及了。

朵达拉抱着扎不兴哈达无头的尸体，
哭得死去活来，
她明白自己的儿子，
不该去发动这场战争，
战争造成了人世纷争，生灵涂炭，
但他毕竟是自己身上掉下的肉啊！
如今落得身首分离的下场，
做母亲的怎能不伤心？

朵达拉一声声地呼喊着儿子，
泪水像泉水一样淌下。
她突然看见一个白色的影子，
叼着儿子的头来到她的身旁：
原来是大白虎叼着扎不兴哈达的头出现了！

大白虎把扎不兴哈达的头接在尸体上，
又用舌头轻轻地舔着接缝处，
奇迹发生了：
头和身子慢慢长拢，
连条疤痕都没有留下。
扎不兴哈达的面色渐渐变得红润，
最后竟活了过来。
重新活过来的扎不兴哈达，
没有了以往的骄横和凶悍，
人变得非常友善和懂礼貌。
朵达拉知道这是神的旨意和点化，
给儿子一个洗心革面的机会，
她非常感激天上的叭英。

等大白虎消失了踪影，
扎不兴哈达对朵达拉说：
"母亲，我要到僻静和很远的地方去，
静静地赕佛和感悟，
不再受任何干扰，
永不参与人世间的是非和纷争。"
朵达拉含泪答应了儿子。

她知道儿子这一去母子将天各一方，
但她相信儿子功德圆满后，
一定会回来看望自己。
望着儿子渐渐远去的背影，
朵达拉默默地为他祈福。

恶罗扒没有了将领，
乱成了一团，
他们聚在一起商量，
要向巴答咪金他们投降。
他们准备了金蜡条和谷花，
还捧着许多礼物，
去拜见巴答咪金和其他的王子。

他们沿路栽上了甘蔗和芭蕉①，
又把道路打扫得干干净净。
他们选出了两个最年长的人，
按照最隆重的礼节去拜见王子们。

老人穿上了白衣服和白裤子，
双手捧着蜡条和谷花，
后面跟着所有的恶罗扒，
慢慢地走出寨子表示投降。

巴答咪金他们三人，
从天上回到了营里，
打败了扎不兴哈达，
三个王子都很快乐。

两个使者来到了他们的面前，
跪下去磕头并献上了蜡条。
两个老人对他们说：
"我们不应该向你们挑起战争，
你们是有福的人，
你们的心宽得像太阳普照天地，
你们的美德像大雨浇灌鲜花，
我们希望你们饶恕我们。"

他们的态度很诚恳。
恶罗扒也一起说：
"我们愿意听你们的调遣，

---

① 沿路栽上甘蔗和芭蕉，表示歉意。

让两个地方用同一把伞庇荫，
让我们也同享你们的福分。
请你们这些金心和银耳高抬贵手！"

巴答咪金和四个王子听了都很高兴：
"我们也希望没有这场战争，
现在我们也希望你们这样做，
我们要让你们同我们生活得一样好。
从此我们两边不要再有仇恨，
要世世代代和睦相处，
永远不再有战争。
让我们的友好传向四面八方，
让所有的人都知道。
你们回去告诉所有的人，
要他们安心，不要害怕，
祝你们无灾无难没有病痛，
好吃好穿生活富裕。"

两个老人听了再次磕头，
感谢几个王子的宽宏大度和友善。
他们回去告诉了国王贡皮大，
所有的人听见停止战争都很高兴。
龙的王子、扑嘎纶的王子和贡皮大，
都对巴答咪金等人献上祝福，
祝他们威名传遍天下。
然后他们欢欢喜喜地在一起聚会，
庆祝双方休兵罢战，
从此享受太平。

扎不兴哈达的千千万万兵马，
都来拜见巴答咪金，
他们都跪在他的脚下，
愿意听他的调遣。

巴答咪金安慰了他们，
让他们回去好好地生活，
他们都高兴地各自回了家。
几个国家的兵马也来拜见巴答咪金，
祝他和几个王子的威力永驻。

巴答咪金和四个王子领着他们的兵马，
一起离开阿泯王地回到茏麻王地，
他们一路敲着凯旋的战鼓，
欢歌笑语在山林间回响。

他们带着胜利归来的军队来到茏麻王地，
国王哈低牙翁山和王后都出来迎接他们。
国王对他们说：
"祝贺你们打败了扎不兴哈达，
你们都是最有本事的王子！"

他们一起拜谢了国王和王后，
又把打仗的经过从头到尾告诉了他们。
国王听了非常地高兴：
"扎不兴哈达除掉了，
就没有什么可担心的了，
我们的人民可以安居乐业，
可以过太平安宁的日子了。
你们的本事真大，
这是你们有福分。"

国王非常感激白虎救了王子们的性命，
特意让画师画了白虎的图像，
供在那里为它赕佛，
让它享受蜡条和谷花。

王子们在一起庆贺和相互祝福，
祝大家好吃好在没有灾难。
他们欢欢乐乐地过了几天，
最后都想要回自己的国家。

他们告别哈低牙翁山国王和王后，
国王苦苦挽留不住，
最后只好让他们走。
全城的人都来送他们，
锣鼓喧天非常热闹。

莫利静大和妻子走在前面，
他们骑着有金饰的白象，
金里亚达拉和缅朗伦跟在他们后面，
巴答咪金和桑莫达妮走在最后，

他们也骑着装扮漂亮的大象；
应大地哇和西哈那毡也走在队伍里，
后面还跟着一千六百个地方的管事和头人，
他们也都骑在大象上。
他们你跟我，
我跟你向前走，
走过了开满鲜花的树林，
走过了清明透亮的小溪，
红红黄黄的香花朝他们绽放，
他们把花插在鬓边，
小鸟和孔雀都向他们唱歌。

他们走了许多路，终于到了勐巴娜西，
国王雄伟的宫殿像银笋一样直插天空，
金瓦银墙照得眼前一片明亮。
勐巴娜西这天非常热闹，
无数的人都拥来观看。
西哈那毡领着众王子走进了大殿，
国王和王后看到儿子和女儿都回来了，
用最隆重的仪式来迎接他们。

王后拉起桑莫达妮的手问这问那，
桑莫达妮不觉眼里掉下了泪水，
她们抱在一起大哭，
相叙离别的痛苦。
其他的人都来相劝，
劝说她们重逢应该高高兴兴。

国王想到他们才从战场上归来，
就为他们举行了拴魂①的仪式。
王子们在勐巴娜西欢乐了几天，
又要朝前走，
各自回到自己的国家。

巴答咪金和桑莫达妮辞别国王，
国王和王后虽舍不得桑莫达妮，
但她已嫁给巴答咪金，没有办法强留，
他们依依不舍地分别，
巴答咪金一行又向厅牙哇地出发。

_____
① 拴魂：一种民俗。

他们沿着河边一直走，
直到天黑才休息，
就这样走了许多天，
他们才来到了厅牙哇地。

消息传遍了厅牙哇地，
国王和王后听见他们的儿子回来了，
都特别的高兴。
所有的大臣和百姓，
一起到城门迎接，
他们扫好了路，
又在两边栽上了芭蕉树，
还把沙子撒在路面上。

大臣们双手捧着金银蜡条和谷花，
恭敬地献给了巴答咪金和众王子。
他们敲响象脚鼓又放高升①，
一直把他们迎进了宫里。

国王为他们祝福，
把洁净的水洒在他们头上。
宫里宫外灯火辉煌，
城里城外张灯结彩。

国王为他们办了盛大的宴席，
他们一起欢乐了七天七夜，
所有的百姓都像过节一样，
姑娘和小伙子们又唱歌又跳舞。

国王和王后为两个儿子办了一次酒宴，
祝福他们的婚事。
满城的百姓都称颂桑莫达妮的美丽，
一千六百个地方的管事和头人，
都送来了祝福的礼物。

其他国家的王子，
在这里度过七天欢乐的日子，
最后他们告别巴答咪金，
要回自己的国家，
巴答咪金和国王挽留不住他们，
只好为他们送行。

临行前五个王子在一起结拜为兄弟，
他们一起发誓：
今后不管谁出了事，
都是大家的事，
每个人都要去帮助，
国家间要和谐安宁，
永远要友好相处。

金里亚达拉也要带着缅朗伦回去，
国王、王后和巴答咪金都去送行。
四个王子带着他们各自的人马，
返回他们自己的国家，
莫利静大和朵娜莫哈回到了达嘎索，
他的父母见他带回了妻子，都很高兴。

应大地哇回到了茏麻王地，
西哈那毡回到了勐巴娜西，
金里亚达拉也带着妻子回到了本桐麻地。
各个国家的国王都已年老，
他们都把王位传给了王子。
五个王子做了国王，
年年都互相来往。

巴答咪金做了国王后，
每天都专心办理国家大事，
他处处尊重佛的十条戒律，
像脖上套着金链一样约束自己；
桑莫达妮每天都做着善事，
很受大臣和百姓们的爱戴。

巴答咪金把国家治理得很好，
风调雨顺，百业兴旺，
人们生活得安定、富裕和快乐，
家家都有好吃好穿的东西，
国家里没有一个穷人。

巴答咪金和桑莫达妮每天念佛，
他们把金银财宝分给百姓。
他们的虔诚感动了天上的叭英，

---

① 高升：一种竹制火箭。

于是为他们国家，
下了一场金子和银子的大雨，
从此巴答咪金国家的百姓生活得更好，
他们还常常把钱粮分给其他国家的百姓。
巴答咪金又在全国做了七天七夜的佛事，
全国的姑娘和小伙子也守了七天七夜，
他们感激上天的恩惠，
赐给他们那么多的福分。

五个国家之间亲密往来，
五个国王情同手足兄弟，
他们之间永远没有争执和战争，
他们之间只有帮助、真诚和友情，
他们把上苍赐给他们的这块福地，
变成人人都幸福和快乐的花园。

西天大佛慢慢合上经卷，闭目养神，
似乎还沉浸在巴答咪金的那一世……

叭汗们全都匍匐在西天大佛面前，
他们用各种各样的语言，
赞美着西天大佛，
有的还讲了听了这个故事后的启迪和感悟。

西天大佛慢慢睁开慈祥的眼睛，
深邃的目光似乎穿越了时空，
他的声音静静地像清泉一样，
流进了叭汗们的心田：
"彼此至亲至爱吧，
都是上苍孕育的生灵，
应该和谐相处，和善往来，
应该生活在充满爱的人间！"

单行本，云南民族出版社 2010 年版
搜集者：李静波　王建又
整理者：王建又　杨利先

附　记：

　　《白虎经传》流传于云南省景谷傣族彝族自治县的傣族地区和西双版纳傣族自治州的部分傣族地区。这部长诗在傣族地区流传较广、影响较大，但很多流传的只是该长诗的片段和局部，一直没有被完整地挖掘、整理和出版。1980 年，云南省有关部门组织云南大学中文系部分师生到景谷、西双版纳等地进行民间文学调查和搜集。当时搜集到了很多民间文学的原始素材和资料，其中就有《白虎经传》的傣文手抄本等。由于当时时间仓促，故对该傣文手抄本未做全部翻译和整理，而将其搁置了。2008 年，当时手抄本的搜集者问起这部手抄本的去向，才辗转从一出版社的编辑手中找回该手抄本和其他译文片段。后来搜集整理者又找了多位懂得老傣文的人士进行补充翻译，同时对缺失的部分又根据其他地区的传说和文本进行了补充和完善，从而形成了一个较为完整的《白虎经传》汉文本。之后，我们又多方征求傣族专家的意见，反复修改、整理，直至最后定稿，才有了现在读者看到的《白虎经传》最终民间长诗文本。必须说明的是，原文名为《白虎经》《西天大佛的前世今生》等，后经征求各方人士的意见和根据文本的主要内容、情节，确定为《白虎经传》。因前后参与翻译的人数众多，故不一一署翻译者；一些篇章、片段及其手抄文稿的来源也比较零散，整理者下了很大的气力才汇集成统一的文本，故不再署演唱者，特此说明。

　　这部长诗比较真实地反映了傣族历史上多个部落、王国的相互独立和依存、交融与战争、和睦和奋进的那段历史，可以说这部长诗是那个时期傣族生活的写照，是一幅浓墨重彩的傣家生活画卷。它对研究傣族的社会历史、生活风情、宗教信仰、社会架构都是十分珍贵的资料。

整理者

2009 年 12 月

南窝妮

穷家的妻子叫木亮。

两家都没有儿女，
木罕木亮万分焦虑。
她们天天祈求天神恩赐，
她们夜夜盼望生下孩子。

序歌

月亮升起来了，
星星在夜空闪亮，
围过来吧，
玩耍的卜少卜冒[①]们，
听我把古老的歌传唱。

芒果花开了又谢，
乌笼花[②]谢了又开，
勐拉河的水啊，
涨了又落，落了又涨，
流走了人间多少悲哀。

在一个圣洁的晚上，
竹楼洒满银色的月光，
木罕木亮在一起纺线，
抬头把夜空眺望。

天上有两颗星星，
闪烁在月亮两旁。
木亮问木罕：
"两颗星星哪颗最漂亮？"

木罕望着左边的星星说：
"我最爱左边这颗星，
它这么大这么明。"
木亮望着右边的星星说：
"我最爱右边那颗星，
它那么团那么亮。"

一阵晚风吹过，
天上掉下两颗槟榔，
一颗落在木罕怀里，
一颗掉在木亮的线兜旁。

一

在勐拉坝子的西边，
鲜花盛开的溪水旁，
住着一富一穷两家人，
富家的妻子叫木罕，

① 卜少卜冒：傣语，姑娘、伙子。
② 乌笼花：亚热带草本植物，茉莉花的一种。六月开花。花瓣细小呈白色，有香味，傣家采其泡开水喝，有清热解毒之功用。在傣族歌谣中，一般喻美丽的姑娘为乌笼花。

从此，木罕木亮一起怀了孕，
两家竹楼里传出喜悦的笑声。
只等十月怀胎快快熬过，
只盼可爱的宝贝快快降生。

十个月后的同一天晚上，
两个孩子终于来到人间。
木罕生下一个女孩，
女孩起名南窝妮；
木亮生下一个男孩，
男孩起名达欢匡。

二

大青树的叶子掉了八次，
寨子边的乌笼花开了八回，
南窝妮和达欢匡，
一同长到了八岁。

并蒂的乌笼花开在水塘里，
并肩飞行的鸟儿形影不离；
像山上一对对的黄麂，
像水里一双双的鲤鱼，
南窝妮和达欢匡啊，
从小在一起。

勐拉河的水清了又浑，
勐拉河的水浑了又清；
乌笼花淡了又香，
乌笼花香了又淡，
南窝妮和达欢匡，
像花儿一样成长。

心地善良的南窝妮啊，
长得漂漂亮亮，
月亮望见她失去光辉，
星星望见她不断眨眼，
小鸟见到她忘了啄食，
孔雀见到她不会开屏。

像盛开的鲜花，

等着人来采；
像成熟的芒果，
等着人来摘；
美丽的南窝妮长大了，
同达欢匡暗暗相爱。

在一个月明星稀的夜晚，
乌笼花正悄悄开放，
南窝妮和达欢匡，
悄悄来到鲜花旁。

南窝妮开口把话讲：
"达欢匡啊达欢匡，
鲜花开在枝头上，
没人浇水会枯黄，
你可愿把这朵花采回去，
栽在你家园地上？"

"南窝妮啊南窝妮，
我明白你的心意，
只是我从小生在穷人家，
怎配采你这么美的花！"

"达欢匡呀达欢匡，
园里的花儿有高有低，
它们不是也开在一起？
世上的人有穷有富，
为什么不可以成一家？
你要是真心爱我，
就快去请媒人来吧。"

"南窝妮呀南窝妮，
你就等着吧，
明天是个好日子，
媒人一定到你家！"

三

一对喜鹊在枝头欢叫，
两个媒人进了南窝妮的家。
媒人传达了达欢匡的请求，

敬听南窝妮的父亲回答。

南窝妮的父亲早有主意，
心里打着算盘把话提：
"达欢匡想娶南窝妮，
这件事也容易，
只要送来三挑金子，
抬来一架银打的织布机。"

媒人灰溜溜地走了，
南窝妮被锁在家里。
鲜花打落了花瓣，
大青树折断了丫枝，
贪心的父亲啊，
要拆散达欢匡和南窝妮。

南窝妮被关在家中，
不知达欢匡在哪里；
达欢匡来找南窝妮，
被狠心的父亲赶出去。

星月暗淡的夜晚，
达欢匡吹响了响篾①：
"天上的月亮啊，
你为什么不发光？
月亮旁边的星星啊，
你为什么不闪亮？
高飞的鸟儿啊，
你为什么不歌唱？
我心上的南窝妮，
你在哪一方？"

凄凉的响篾声，
飞进南窝妮的卧房。
南窝妮悄悄推开窗户，
轻轻把歌唱：

"心上人达欢匡呀，
你不要悲伤流泪。
等圆圆的月亮出来了，
我俩在花园里相会。"

达欢匡的篾声又响了，
"你若是珍珠，
为什么不闪亮？
你若是鲜花，
为什么不开放？
你若真爱我，
为什么不出房？"

"达欢匡呀达欢匡，
我像高飞的鸟儿，
被关进了笼里；
我像快活的猫儿，
被索子拴起。
父亲一心要把我卖给官家，
跟你要三挑金子，
外加银打的织布机。
为了鲜花不遭人摘，
你快想想办法吧！"

"南窝妮啊南窝妮，
鸟笼花刚刚开放，
就被无情的风吹落；
大青树刚刚发出嫩叶，
就被冰雹打掉；
我俩的爱情刚刚开始，
就要被拆散。

"比生命还宝贵的南窝妮，
比珍珠还贵重的南窝妮，
为了我俩的爱情，
我要出门去做生意。

"我将到很远很远的地方，
我将去到大河的源头，
赚来三挑金子，
赚来银打的织布机。

"人间最痛苦的是，
生生地分开；
世上最难忍的是，
活活的别离。

---

① 响篾：一种竹制古乐器。

你要忍受三年三月零三天，
等我回家来娶你。"

"勇敢的达欢匡啊，
我心上的山鹰，
哪怕你走到天涯海角，
南窝妮也会一心等你。
活着是你的人，
死了是你的鬼！"

"南窝妮啊南窝妮，
在家耐心等待吧，
等我三年三月零三天，
不要嫁出去。

"狠心的父亲要你嫁，
你就披头散发装疯吧，
不洗脸也不洗手，
穿上破烂的衣褂。

"人家问你会做哪样，
你就说哪样也不会。
别人不敢要你，
等我回来再相会。

"南窝妮啊南窝妮，
明早天不亮，
我就出发啦，
留着我的响篾吧，
思念的时候吹响它。"

四

山鹰样的达欢匡飞走了，
南窝妮在家好凄凉，
日也想，月也盼，
盼望达欢匡转回乡。

大青树的叶子还没有掉，
乌笼花的花瓣还没有落，
讨厌的媒人就来叫喳喳，

父亲要把南窝妮嫁出家。

聪明美丽的南窝妮，
想起达欢匡说的话，
脱下了漂亮的裙子，
摘下了闪亮的耳环，
披开长长的头发，
抹黑漂亮的脸蛋，
早晨起来不洗脸，
晚上睡觉不洗脚，
吓得媒人离开了她家。

南窝妮装疯又卖傻，
疯疯癫癫不出嫁，
成天在家不出门，
气得父亲咬碎牙。

狠心的父亲啊，
最后把她卖给山官家。
南窝妮卖到山官家，
受尽欺凌和毒打。

河水听见她的哭声，
停止了流淌；
鸟儿听见她的悲吟，
停止了歌唱；
星星看见她的伤痕，
哭红了眼睛；
月亮看见她的眼泪，
脸儿苍白，黯然神伤。

乌笼花枯萎了，
花瓣纷纷落了；
乌笼花凋谢了，
不再散发芳香。
南窝妮黑夜里悄悄流泪，
夜半三更把竹篾吹响。

"达欢匡啊，
你在哪里？
左等听不到你的声音，
右等看不见你的身影。
三年又三月过去了，

三月又三天过去了，
南窝妮等得心碎，
南窝妮等得心焦。

"达欢匡啊达欢匡，
你为什么还不回家乡？
三年又三月过去了，
三月又三天过去了，
你可知道我在山官家，
日日夜夜把你盼望？

"达欢匡啊达欢匡，
你可听见我的竹篾响？
南窝妮有苦无处诉，
南窝妮相思对谁讲？
只有你能暖和我的心，
只等你来抚平我的伤。"

南窝妮日夜想念达欢匡，
披头散发装癫狂，
打水把竹筒丢在河中，
淘米把米倒进水塘，
烧火把锅底敲通，
喂鸡把鸡赶得飞过墙。

山官把南窝妮打得死去活来，
山官把南窝妮拖去街上变卖。
买主问她会不会煮饭，
她说："不会。"
买主问她会不会绣花，
她说："不会。"

卖了一街又一街，
南窝妮被卖过九十条街，
九十条街都卖不出去。
可怜的南窝妮，
不知卖到了哪方哪寨。

五

流走的河水难回头，

出门的人啊不还乡。
达欢匡出门做生意，
吆着牛群走四方。

三年又三月过去了，
三月又三天过去了，
达欢匡还是两手空空，
达欢匡孤独又凄凉。

一个静寂的黄昏，
达欢匡吆牛来到山中，
牛群突然站住了，
吆不走，打不动。

达欢匡心里发急，
达欢匡想着南窝妮。
难道家里出了事？
莫非南窝妮遭不幸？

达欢匡急急忙忙往回走，
吆起牛群往家奔，
一路风餐又露宿，
一心想着心上人。

达欢匡来到分水岭，
遇见家乡两位老人。
达欢匡上前道声好，
问家里有没有出事情。

两位老人回答说：
"达欢匡呀达欢匡，
你怎么今天才回家？
红头母鸭被人抱走了，
只剩红冠公鸭在水中；
南窝妮已经卖掉了，
只剩达欢匡你一个单身。"

达欢匡的心像山石被击碎，
达欢匡的心像树干被折断。
"南窝妮啊南窝妮，
哪怕你被抢到铜铸的宫殿，
哪怕你被送进铁打的牢房，
哪怕你沉到了海底，

哪怕你飘到了九天，
我也要把你找回身边。"

"推倒铜铸的宫殿，
砸开铁打的牢房，
大海深处找到底，
九天之上走一趟，
找不到南窝妮，
再也见不到我达欢匡！"

心急火燎的达欢匡，
急急忙忙往家赶，
来到寨边大树下，
只见两只画眉在欢唱。

达欢匡耳听画眉啼，
心里想着南窝妮：
"小画眉呀小画眉，
可见我的南窝妮？"

"达欢匡呀达欢匡，
你的南窝妮被人买走了；
达欢匡呀达欢匡，
快去追赶还来得及。"

达欢匡把槟榔扔上树枝间，
送给小画眉做礼品。
小画眉吃了槟榔果，
从此小嘴变得红艳艳。

回到家的达欢匡，
听罢母亲把南窝妮的事情讲，
背上长刀和弓箭，
达欢匡决心把南窝妮找回乡。

翻过一座座高山，
跨过一条条大河，
穿过一片片森林，
经过一个个村寨。

不知走了多少天，
不知走了多少夜，
不知走了多少路，

不知走了多少年。

勐拉河水千里流，
不知南窝妮在哪头？
荒山老林雾连天，
不知南窝妮在哪边？

六

大青树落叶又发芽，
乌笼花开花又结果。
南窝妮被卖了一方又一方，
谁知她是死还是活？

爬过九十九道坡，
穿过九十九个寨，
走过九十九座桥，
卖了九十九条街。

第九十九条街子上，
挤满蚂蚁样的人群，
大家热热闹闹做买卖，
到处都是生意人。

南窝妮呆呆站在街边上，
心里想着达欢匡。
面前过来一个人，
身上穿着华贵的衣裳。

难道是太阳晃花了眼？
莫非是天神有意来安排？
来人正是达欢匡，
南窝妮一眼认出来。

可怜的南窝妮啊，
又渴又累脸又脏，
破衣烂裙穿身上，
又饥又饿变了样。

南窝妮认出了达欢匡，
达欢匡认不出南窝妮。

他想买个女仆，
一眼看中南窝妮。

可怜的南窝妮，
怎么知道达欢匡走遍天涯，
为了寻她病倒在这里。
贫病交加生活不下去，
上了一个有钱人家的门，
有钱人家的姑娘做了他的妻。

达欢匡站在南窝妮面前，
上下打量把话提：
"你会煮饭吗?"
南窝妮回答说："会。"
"你会绣花吗?"
"会。"
"你会砍柴吗?"
"会。"
"你会挖地吗?"
"会。"

达欢匡手拿一包盐，
分成两包讲价钱：
"只配换一半。"
南窝妮连忙说：
"一半就一半，
一半也愿换。"

南窝妮的命好苦，
半包盐换成了女仆；
达欢匡好糊涂，
真是长了眼睛没有眼珠。

七

南窝妮跟在达欢匡身后，
达欢匡把南窝妮领进了家。
门前的路又宽又长，
新修的楼又高又大。

达欢匡的妻子正在梳妆，

穿着金边的衣裳，
围着银边的裙子，
戴着金子的耳环，
银打的镯头戴手上。

新买的女仆在家歇，
活计不干吹响篾，
主人一听生了气，
把她赶到楼下去。

南窝妮心里一阵难受，
拿出达欢匡送的响篾，
吹起响篾唤亲人，
吹起响篾诉衷情。

多么熟悉的响篾声，
声声响篾把心震：
莫非楼下的女仆就是南窝妮?
达欢匡翻来覆去不安宁。

达欢匡的妻子起妒意，
达欢匡的妻子好生气：
"你胡思乱想睡不着，
莫非楼下的丫头迷住了你?"

达欢匡的妻子凶又恶。
整天虐待南窝妮，
左不如意竹鞭打，
右不如意竹针戳。

竹片打在身上，
南窝妮痛在心里；
竹针戳在脸上，
南窝妮痛断肝肠。

打一次留下一回竹片，
戳一回留下一段竹针，
竹片竹针做见证，
南窝妮受尽欺凌。

竹片打过不解气，
竹针戳了不解恨。
可怜的南窝妮啊，

被赶到山上去看地。

高高的山坡上。
远远的地角边，
有个烂竹棚，
歪歪倒倒云雾间。

南窝妮来到山坡上，
南窝妮走到地角边，
不哭也不叫，
不悲也不喊，
砍来青青的竹子，
搭好地棚屋一间；
扎一把竹枝做扫帚，
里里外外扫一遍。

清清的泉边把脸洗，
姑娘时候的衣衫穿身上，
头发梳起黑黝黝，
姑娘时候的耳环戴耳上。

南窝妮住在地棚里，
南窝妮住在地角边，
青山泉水来做伴，
阵阵山风伴她眠。

乌笼花总有一天会开放，
大青树总有一天要发芽，
在南窝妮的心里啊，
也开着一朵希望的花。

有一天，达欢匡的男仆上山顶，
只见嫣红的朝霞铺满天，
一阵春风吹过来，
一阵歌声飘耳边。

歌声多么清亮，
歌声多么悠扬，
像清清的流水，
像傣家的葫芦丝声一样。

风儿听见歌声忘了吹，
鸟儿听见歌声忘了飞，

男仆听见歌声啊，
心慌意乱像酒醉。

男仆跟着歌声寻，
来到远远的地角边，
见一个仙女似的姑娘，
坐在地棚前。

圆圆的脸儿像月亮，
长长的黑发披肩上，
大大的眼睛像星星，
真像天上的仙女样。

男仆回家把情况禀报，
说地棚里有位仙女来到，
她穿着闪光的衣裳，
唱起歌来鸟儿听了都会笑。

达欢匡怎么也不相信：
"哪有这样的事情？
地棚里住着疯丫头，
哪里有什么仙女来降临？"

第二天，男仆一早上山冈，
迷人的歌声又在飘荡。
男仆循声来到地棚边，
美丽的仙女正在梳妆打扮。

男仆再次禀报主人，
跪倒在达欢匡面前：
"主人啊主人，
天上的仙女又来了，
你要不相信，
请你亲自去山顶看看。"

达欢匡离家上山道，
山间云遮雾又绕，
看不见仙女，
连地棚也没找到。

忽然一阵风吹过，
歌声来自白云间，
达欢匡寻着歌声走，

达欢匡来到地棚边。

心上的人儿南窝妮，
突然出现在眼前，
戴着姑娘时候的耳环，
穿着姑娘时候的衣裙。

达欢匡看得好仔细，
这正是他日夜思念的南窝妮。
达欢匡张开手臂，
南窝妮却扭头跑去。

达欢匡抓住她的筒裙，
南窝妮泪水涟涟，
左手拿出一打竹针，
右手举起一捆竹片。

达欢匡什么都明白了，

达欢匡肝肠痛断。
他紧紧抱住南窝妮，
像河水样的眼泪流啊流不完。

尾声

高山坡上地棚里，
不见了达欢匡和南窝妮。
在碧蓝的天空上，
出现了两颗星星在一起。

左边的一颗大又明，
右边的一颗团又亮。
达欢匡和南窝妮的故事啊，
永世长传，万古流芳！

收入金平苗族瑶族傣族自治县文学艺术工作者联合会编《云南民间文学集成·金平长诗卷》，1989 年编印
演唱者：陆占文（傣族）
翻译者：陆占文（傣族）　盘文兴（瑶族）
记录整理者：徐　阳　乡　溪　黄　鹏　佘仁澍

附记：

《南窝妮》是流传于云南省金平苗族瑶族傣族自治县勐拉乡傣族聚居区的一部傣族民间叙事长诗。长诗唱述了勐拉乡勐拉河畔一个家喻户晓的爱情故事：很久的时候，这里有一穷一富两家人，富家生得一女叫南窝妮，穷家生有一男叫达欢匡。两个孩子长大后相爱，可南窝妮父亲说要娶南窝妮就要送来三挑金子、一架银打的织布机。达欢匡的心里只装着南窝妮，他毅然外出做生意挣钱。南窝妮害怕父亲把她嫁出去就装疯装傻，但狠心的父亲还是把她卖给了一山官家。后来山官家又把可怜的南窝妮卖到了外地。达欢匡回到家，知道南窝妮的不幸遭遇就四处寻找南窝妮。达欢匡日夜奔波，心力交瘁，病倒在寻爱的路上。为了能活着他做了一户有钱人家的姑爷。有钱人家要找女仆，达欢匡来到街上找，看中的正是那个破衣烂裙、脸脏发乱的南窝妮。达欢匡没认出她来，她却认出了达欢匡。南窝妮作为女仆被达欢匡的妻子赶到山上看地。梳洗后的南窝妮重现美貌，一男仆以为地棚中来了仙女。达欢匡闻讯赶到山上，看见了南窝妮，两个历经苦难的情人紧紧相拥，忽然化作两颗星飞到自由的天空。这一部长诗不长，但却曲折感人。1989 年被编入《云南民间文学集成·金平长诗卷》。

阿　南

章英与南葛花

序歌

金色竹楼的四周，
洒满圣洁的月光；
百鸟飞来落脚的地方，
乌笼花①悠悠开放。

吹笙弹琴的卜冒②，
请你们停下；
纺线织布的卜少③，
请你们歇下。
围过来吧，听我们把英雄故事传唱。

一

相传远古远古的时候，

有一个美丽富饶的地方，
它的名字叫勐拉坝。
坝子里大青树擎天翠绿，
凤尾竹多姿婆娑；
勐拉坝河水清明圣洁，
金色的竹楼遍布四方。

勐拉坝住着一个国王，
国王居住的宫殿宏伟辉煌，
宫殿里侍女婀娜臣差顺良；
七个公主像七只美丽的孔雀，
点缀着绚丽的宫房。

勐拉坝子里竹楼遍布，
人群来来往往熙熙攘攘，
人人生活幸福美好，
个个脸上圣洁安详。

勐拉河水有清也有浑，
国王管辖的地方有贫也有富。
在勐拉河的上游，
离勐拉坝很远很远的地方，
在森林的绿荫下，
有一座低矮的土房，
房里住着一对中年夫妇，
就像两朵并蒂的荷花，
男的名字叫阿亮，
女的小名喊木靓。

---

① 乌笼花：亚热带草本植物，茉莉花的一种。六月开花。花瓣细小呈白色，有香味，傣家采其泡开水喝，有清热解毒之功用。在傣族歌谣中，一般喻美丽的姑娘为乌笼花。
② 卜冒：傣语，伙子。
③ 卜少：傣语，姑娘。

阿亮勇猛剽悍，
木靓勤劳善良。

夫妻结合十年，
还不见有儿女生下，
阿亮终日紧锁眉头，
木靓整天面带忧伤。
夫妻每天朝夕合掌，
祈祷天神把天恩赐下。

在一个圣洁的晚上，
月亮泛着银光。
木靓做了一个噩梦，
梦见山怪奸污了她。
骇得木靓细眉紧锁，
愁得阿亮痛断心肠。

夫妻惊惊慌慌度日月，
只等那噩梦早日淡忘。
木靓十月怀上身孕，
十冬腊月喜事临门，
三个宝贝呱呱坠地，
谁知道：
第一个生下来像条蛇，
溜到勐拉河里变龙王；
第二个生下来像只猫，
跑到山上变老虎；
只有第三个是真正的宝贝儿郎，
白白嫩嫩像五月出土的竹笋一样。

幽香的乌笼花刚刚开苞，
花瓣就被狂风吹散；
白胖的小章英刚刚落地，
就失去了抚养他的阿爸。

折断了的乌笼花啊，
和着叶子一起枯黄，
伴着断枝一同飘荡；
失去父亲的章英啊，
随着时光一起消瘦，
跟着母亲一起流浪。

碗中的米酒喝不完，

山上的森林望不穿，
不息的勐拉河水也有回旋的地方，
我的歌唱到这里为一段。

二

碗中的酒喝完了又倒，
山上的树砍了又生长，
勐拉河的水旋回又流，
我的歌儿歇了又唱。

在国王统治的天下，
有一个不大的寨子，
寨子后面是一座很高很高的山，
大山上居住着一头凶猛的虎怪。

自从当年木靓生下这孽种，
从此寨子里太阳不亮月亮无光，
住在这里的村民个个愁眉苦脸，
生在这里的卜少人人忧心断肠。

山上虎怪年年作恶，
每年要残食一个美丽姑娘。
村民禀报国王九十九回，
国王调将九十九个，
九十九个大将捉拿虎怪九十九回，
都被虎怪吞尽吃光。

国王面对上天，
把心中的恐慌讲：
"先知先觉的天神啊，
是哪样妖魔鬼怪把我的庶民来伤？
我派了九十九次兵，
我调了九十九个将，
可怜我那亲兵爱将一去不返。
尊敬的天神啊，
请快快为民斩妖除怪吧！"

国王正襟跪着，
双手合十向上天祈祷。
天神被虔诚的灵魂感动，

把山上作怪的实情传下：
"普天下的臣民啊，
山上兴妖作恶的是人间虎怪，
制服它只有请来流浪的章英。"

勐拉河的水奔流不断，
我的歌还没有唱完，
温和善良的傣家子民们，
喝口水歇歇气，
听我再把新的故事来唱。

三

回旋的水又流了，
我的歌停了又唱。
听吧，好好地听吧，
我的歌又是新的一段。

天上的月亮失去太阳不会亮，
地上的鲜花失去太阳不会香，
年幼的章英失去父亲的抚养，
只得跟着母亲四处流浪。

一百个勐的坝子留下他的脚印，
一百个勐的小路上留下他的心酸，
一百个勐的河里有他流下的眼泪，
一百个勐的竹楼边留下他的凄凉。

流不尽的勐拉河水啊，
淌不完的辛酸泪；
走不尽的茅坡路啊，
流不尽的苦难。

月亮圆了又缺缺了又圆，
大青树叶发了又落落了又发，
四处漂泊的章英啊，
十五岁长得英俊漂亮，
孔雀遇见他俯首，
蝴蝶见着他停止飞翔，
素雅的乌笼花暗暗吐芳，
多情的姑娘默默神伤。

美丽富饶的勐拉坝，
是天神下凡游玩的地方。
月光如水圣洁，
宝石闪闪发亮；
山鹰飞来大青树上栖息，
章英流浪到这里歇歇气。

章英双手合十虔诚祷告，
天神当即施下天恩：
赐给他一把神弓一篓神箭，
保佑他一路无灾无难；
赐给他一包神药一盒灵丹，
备在身上救苦救难。

巍峨辉煌的天堂，
是天神乐居的地方；
富饶秀丽的勐拉坝，
是国王居住的地方。

太阳温柔体贴，
月亮多情欢畅；
芒果吊弯枝头，
凤尾竹婆娑起舞，
百鸟争相歌唱，
乌笼花悠悠开放。

百十百幢大房百十百个宫女，
百十百个奴仆百十百个臣差。
七根鲜嫩的竹笋，
七个美丽的公主，
月亮见了无光，
星星见了暗淡。

孔雀栖树枝摇，
公主进宫殿亮；
七个公主在腻了宫房，
七个公主常到乡间游玩。

一百个宫女来陪伴，
千万兵马来护行，
行了九十九天日子，
走了九十九条大路，

过了九十九道江河，
进了九十九个村寨，
七个公主来到勐拉坝。

七公主名叫南葛花，
七个姊妹数她最漂亮。
七公主的宝马遭毒蛇咬伤，
宝马摔倒在地上，
把美丽的七公主丢一旁。

侍女扶起公主，
护兵找蛇算账。
找遍丛林草莽，
寻遍河道路旁，
毒蛇早已匿迹荒野。
七个公主急躁不安，
眼看亲爱的宝马就要身亡，
南葛花不由得心碎神伤。

太阳送来温暖，
春风吹开鲜花；
流浪的章英路过此地，
看见侍女和公主，
章英正襟跪下：
"公主啊，
我是你的顺民，
从小流浪在这个地方，
敢问你们为什么忧伤？"
公主指着倒地宝马，
伤心得说不出话。

南葛花轻轻抬起头，
见到这个英俊的流浪汉，
胸中热血喷涌，
羞答答来到章英身旁：
"我的顺民啊，
请你快快救活我的宝马，
金银财宝任你挑拿。"

"尊贵的公主啊，
金银财宝我不要，
只请赐我一碗饭，
度过我家今日饥荒。"

章英把神药灵丹放入宝马口中，
宝马顿时恢复原样。
乌云过去见太阳，
黑暗过去是天亮；
公主施给章英一碗长年饭，
骑上宝马走他乡。

芒果树上的果子落了又结，
我心中的歌儿唱不完，
蜜蜂累了要进蜂房，
让我休息一下再唱。

四

芒果熟了要摘，
姑娘大了要嫁；
我的歌停了又唱。

金色的勐拉坝富饶美丽，
这是国王居住的地方，
四周是高高的凤尾竹，
竹林里是华丽的殿堂。

流浪的章英来到这个美丽的地方，
年老的母亲像朵枯萎的乌笼花，
章英为母亲的疾病愁断心肠。
养活不了阿妈哪算孝顺儿郎？
可怜的章英苦思又冥想，
要去做工挣钱养活阿妈。

勐拉河的水流不尽，
勐拉坝的鲜花开不败，
国王统治下的庶民数不清，
章英的故事唱不完。

我的歌唱到这里为一段，
唱得不好请大家原谅。
听歌的卜少卜冒们啊，
喝口凉茶歇歇吧，
润润喉咙我又唱。

五

打猎就要上高山，
抓鱼就要下河滩，
听歌你要听完整，
唱歌要一句一句接着来，
现在我把新歌唱。

勐拉坝对面九百九十里的勐纳山上，
年年暗淡无月光，
山上虎怪兴风作浪，
山下百姓横遭祸殃。

国王派了九十九次兵，
九十九次去不生还；
国王派了九十九个将，
九十九个丧命在山冈。

国王的心啊，
像破碎的大石山，
像断根的大青树，
日夜坐卧不安，
梦见天神把话讲：
"尊贵的国王，
要除虎怪你不要愁，
只消出个招贤榜，
英雄自会上山打虎狼。"

国王出个招贤榜，
招贤榜贴在宫门石墙上，
榜上条件有一条：
谁要能把虎怪除，
配给王家的南葛花。

多少双眼睛盯着招贤榜，
多少人幻想做驸马。
三天三夜又三天，
招贤榜还贴在宫门石墙上。
这天来了个英俊的流浪汉，
身上的衣裳破破烂烂，

他的双臂像大青树干，
他的双掌像坚硬的岩石一样。
英俊的流浪汉走到招贤榜前，
撕下榜文惊得众人瞪眼相望。

章英怀揣招贤榜，
转身就往家中赶；
他要回家带弓箭，
他要回家别亲娘。

章英告别年老的阿妈，
身背弓箭走上勐纳山，
走了九十九里路，
翻了九十九座山，
来到阴森森的勐纳山上。
找了九十九天，
寻了九十九夜，
太阳出了又落落了又出，
月亮圆了又缺缺了又圆。
不知过了多少天，
不知过了多少夜，
章英筋疲力尽倒在大青树下。

天空一片黑暗，
四处阴风惨惨，
南边扑来一只猛兽，
北边刮来一阵阴风，
虎怪睁大眼睛，
来到章英身旁。
章英从熟睡中清醒，
奋力与虎怪搏斗，
斗了九十九天，
战了九十九夜。
战得天昏地暗，
斗得山冈震颤。
不知又斗了多少天，
不知又战了多少夜，
章英胜利归来。

芒果摘了又结，
乌笼花谢了又开，
我的歌唱到这里为一段。

六

芒果好吃是熟的香甜，
听歌要听完全，
卜少卜冒们请围过来吧，
让我接着来唱最后一段。

勐拉坝的四周，
乌笼花争相开放；
勐拉河的清水，
悠悠流淌不完。

太阳射出了金光，
月亮献出了柔情，
受虎怪祸害的人们，
从此有了欢畅。

比猛虎还要勇猛的章英，
周身挂着卜少赠给的花环；

比孔雀还要美丽的七公主，
头上插满芳香的乌笼花。
乌笼花一样芳香的公主，
接下章英杀虎的弓箭，
笑眯眯把情郎迎进家。

尾歌

我所传唱的章英，
他的辛酸泪染咸了勐拉河，
他的脚印遍布整个勐拉坝，
他的英名像川流不息的勐拉河水。

我所传唱的章英，
他的故事永远在傣家坝子传扬。
后世的傣家子民啊，
请牢牢记着吧：
善良永远不会跟恶棍为伍，
恶魔永远不会升入天堂。

收入金平苗族瑶族傣族自治县文学艺术工作者联合会编
《云南民间文学集成·金平长诗卷》，1989 年编印
演唱者：陆占文（傣族）
记录整理者：徐　阳　乡　溪

附　记：

　　叙事长诗《章英与南葛花》是流行于金平苗族瑶族傣族自治县傣族地区的一部作品。收入金平苗族瑶族傣族自治县文学艺术工作者联合会于1989年编印的《云南民间文学集成·金平长诗卷》。

　　长诗《章英与南葛花》记叙从小失去父的章英，随母亲四处漂泊流浪。在国王统治的美丽富饶的勐拉坝山头，有一头每年要残食一个美丽姑娘的虎怪。国王几次派兵除虎怪，但都惨败而归，未能除掉作恶的虎怪。国王出招贤榜，谁能除掉虎怪，将最漂亮的七公主南葛花许配给他。流浪青年章英身背弓与箭，凭借勇敢机智，奋力除掉作恶的虎怪归来，国王遵守许诺，章英收获七公主南葛花的爱情。

阿　南

朗伦与金野猫

点燃通红的篝火，
摆上醇香的米酒，
在这密密的凤尾竹下，
听波弄①讲一个古老的故事。

一

这是一个美丽富饶的地方，
获罕巴拿是他的名字。
宽广的坝子里啊，
密密的凤尾竹掩映竹楼，
象牙似的芒果结满枝头，
菠萝和芭蕉的清香哟，
一年四季在飘绕。

清澈的拿桑姆河是玉带，
淌了九十九个弯，
紧紧缠在坝子的腰间，
爱打扮的卜少和比朗②，
每天在河里洗三回澡。

获罕巴拿的草地绿又绿，
一群群牛羊肥又壮。
获罕巴拿的田野涌金浪，
一年两熟的稻谷堆满仓。

获罕巴拿富庶的土地上哟，
生活着辛勤耕作的傣家人，
日子像蜜汁一样甘甜，
心地像拿桑姆河水一样纯净。

坝子里有一座辉煌的宫殿，
年老的国王住在里面，
他经历了九十九个年头，
像流干烛油的蜡烛要熄灭。

枯草要抖落成熟的种子，
国王把希望寄托在王子身上，
絮絮的话语透出慈爱，
谆谆的嘱咐意味深长：

"老虎称雄只凭它的勇敢，
贤明的君王要靠集体智慧；
心胸要像土地一样宽广，
眼睛要像星星一样明亮；
雄鹰骄傲也会摔断翅膀，
年轻的帅罕啊，你要记牢。"

帅罕对将要告别人世的父亲，
立下了铮铮的誓言：
"大青树万年长青，
父王的话我铭刻在心；

---

① 波弄：有声望的傣族老爹。
② 卜少：姑娘；比朗：已婚的年轻妇女。

长刀再锋利砍不断金刚石，
风浪再大不会使王国衰亡。"

国王终于闭上眼睛，
嘴角微微透出安详。
王子捧着国王传下的宝刀，
象征基业的长刀闪耀光芒。
他朝着父王的神灵拜了九拜，
威严地登上宝座当了国王。

新国王贤明勇敢，
高尚的品格令人赞扬。
他体察百姓疾苦，
常常到民间走访；
出现灾难挺身而出，
财宝从不往王宫中拿；
他发布了九十九道诏书，
使获罕巴拿更加富强。

鲜嫩的青草地，
奔驰着千里骏马；
月牙弯弯的凤尾竹下，
悠扬的笛声为小卜少吹响。
让人流连忘返的坝子里哟，
清风送来稻谷瓜果的芳香……

世上有阳光映照下的鲜花，
也有箐沟里偷长着的蒿草；
河边不仅有柔嫩的凤尾竹，
也长着狠毒叮人的荨麻。

在离获罕巴拿三百里的地方，
有一座阴森险恶的大山，
山背阴处有个黑魆魆的深洞，
里面住着一个吃人的叭团①。

鸟儿不敢从那儿飞过，
云朵也不会在山顶停留；
黑森森的山洼洼，
堆满了吓人的白骨。

叭团害怕世间的光明，
更仇视人间幸福的生活，
欢乐甜蜜的获罕巴拿啊，
是他切齿痛恨的地方。

"森林再密我能顷刻烧毁，
龙潭再深也会立刻干涸，
世间充满黑暗和痛苦，
叭团才活得欢心舒畅。

"刺眼的获罕巴拿啊，
叭团要毁掉你的城池，
使田间长满荒草，
让百姓全都死光。"

叭团吐着猩红的舌头，
龇着的獠牙咯咯作响；
他晃动两只青筋暴涨的尖爪，
凶狠地扑向获罕巴拿。

这天，天蓝云白，
国王打猎来到山林中。
突然，一块乌云遮住了太阳，
乌云中钻出了丑恶的叭团，
张牙舞爪扑向年轻的国王，
恨不得一下把他撕个粉碎。

国王毫不惊慌，
大步挺身向前：
"哪方的恶魔这样猖狂？
胆敢侵犯我获罕巴拿！"

"哼，小子乳臭未干哩，
口气就这样无礼大胆！
我是天下无敌的叭团，
住厌了山洞要来当国王。
马上交出你的长刀，
立即滚出获罕巴拿宫殿。"

叭团的唾沫溅到国王身上，

_____

① 叭团：恶魔。

激起年轻的帅罕怒火万丈。
九龙神弓搭上了利箭，
闪电般射向叭团的心脏。

狡猾的叭团躲过箭矢，
从黑云中向国王猛扑。
烟尘弥漫的田野，
分不清东西南北。

杀声震落了白云，
刀光吓跑了猛兽，
爪来刀去霍霍作响，
国王和叭团拼死苦斗。

铓锣敲了九次，
象脚鼓响了九次，
赶来助战的百姓，
把叭团层层围了九圈。

叭团胆怯气力耗尽，
国王的长刀把他砍伤，
疼痛难忍的叭团败下阵去，
逃离获罕巴拿神圣的河山。

二

小伙子敲起欢庆的象脚鼓，
姑娘们跳起优美的孔雀舞，
打败了叭团保卫了国家，
年轻的国王更神采飞扬。

九十九岁的波弄端起金碗，
在国王头上洒下九滴圣水。
帅罕国王兴奋又得意，
解下腰间闪亮的长刀，
端起大碗醇香的米酒，
扬头灌进了喉咙：

"白蚂蚁咬不动坚硬的铁树，
老鸦雀怎能和金嗓鸟赛歌，
谢谢大家对我的祝福，

叭团本来就不是我的对手！"

这时从远方走来一位跛脚老人，
在国王面前谦卑地弯下身子：
"圣明的国王啊，
我们崇敬您的力量和智慧，
象群有了头象才能合群，
国家有了您才强盛无比。"

跛脚老人一面合掌致意，
一面把手里的红果举过头顶：
"圣明的国王啊，
这是一颗罕见的仙果，
它能使人具有神的力量。
献给您吧，
只有您才配得到神的辅佑！"

果子在阳光下闪着光芒，
像一颗红宝石鲜明透亮，
一缕芳香沁入鼻孔，
滋润着国王的心房。

"老人是这样谦恭和坦诚，
仙果表达了对国王的忠诚。
我怎能违背老人的意愿，
战胜了叭团应该享用仙果。"
他不顾大臣的反对和阻拦，
大口品尝这诱人的仙果。

国王还没有把果子吃完，
忽然感到胸口一阵绞痛，
再看一眼面前的跛脚老人，
慈祥的笑容变成了叭团狰狞的面孔。

"哈哈，年轻人，
战场上一点小胜就狂妄不已，
竟然分不出我是谁。
如今我不但要报仇，
还要尝尝做国王的滋味。"

叭团狂笑着一步步逼近国王，
帅罕后悔中急忙要抽刀杀魔，
无奈手脚发麻失去力量，

神威的宝刀也难抽出刀鞘。

叭团的魔爪抓住了国王，
邪毒的声音像毒针直刺帅罕：
"我要把你变成一只野猫，
丢在远方孤零零的小岛，
一辈子囚禁在那里，
不生不死遭受煎熬。"

叭团施动魔法，
吞了魔果的国王变成一只野猫，
金色的长毛掺着黑色的条纹，
可怜的眼睛里泪水迷蒙。

大臣和侍卫从惊异中猛醒，
齐拥上来要救尊贵的国王。
可是叭团挥动黑色的袖带，
让风沙和黑雾在大地上弥漫。
等狂风和黑雾停歇，
国王和叭团已经不知去向。

获罕巴拿失去了国王，
百姓只能流落他乡，
美丽的田园渐渐荒芜，
富庶的坝子变得阴森凄凉。

辉煌的宫殿黯然失色，
清澈的河水翻起浊波，
叭团作威又作福，
获罕巴拿到处腥风血雨……

三

拿桑姆河在远方汇成一个湖，
那里一片水天茫茫。
湖中的孤岛像飘失的小船，
上面笼罩着层层魔雾。
凄风苦雨的岛上，
囚着变成金野猫的国王。

路有走到头的时候，

水有流到海的时候，
茫茫的湖水啊，
何时才能干涸？
变成金野猫的国王啊，
灾难何时才是尽头？

椰子树长得再高，
叶子落在根上；
傣家住的是竹楼，
柱子立在地上；
变成金野猫的王子啊，
何时才能回到自己的故乡？

一棵大树成不了林，
一滴露水不能成溪，
一朵鲜花装扮不出春意，
金野猫是这样软弱无力。

他站在沙滩上，
伤心的泪水往下淌，
想起父王临终的嘱咐，
悔恨像利箭刺痛心房。

"狗尾草才会在大风中摇晃，
笨拙的猎人才会让树枝挡住目光；
我让叭团的诡计蒙住，
是因为胜利后得意和骄傲。"

"臣民不知流落何处，
田园不知怎样荒芜，
叭团不知怎样残暴，
百姓的鲜血不知流成几条河。"

"恨不得立刻乘上竹筏，
冲破魔雾划到对岸，
举起闪亮的长刀，
杀死叭团解救百姓的苦难。"

一个漆黑的夜晚，
金野猫做了一个梦，
梦见身上长出了双翅，
飞上了高高的天空。

宫殿还是那样辉煌，
佛塔在蓝天下闪着金光，
欢呼的百姓奔涌着，
大臣们牵来了披金的白象。

身上的猫皮不见了，
自己还是那副英俊的模样。
老人们端来了醇香的米酒，
姑娘们跳起了婀娜的舞蹈，
宽广的坝子里哟，
到处是热情的欢呼声。

他神采飞扬地跨上白象，
象脚鼓敲开了王宫的大门，
铓锣唤来了朝凤的百鸟，
臣民们拥簇着他登上了王殿……
可这一切都是梦啊，
醒来只能泪流满面。

芒果结了七次，
树叶落了七回，
金野猫囚在孤岛，
熬过了七个年头。

果子熟了引来红嘴鹦鹉，
梧桐花开招来美丽的孔雀，
囚禁的王子得到了百鸟的同情，
纷纷飞来为他排忧解愁。
美丽的孔雀来到金野猫身旁：
"大青树和凤尾竹是友好的邻居，
金野猫大哥有什么苦难，
请告诉我们一起来战胜它。"

金野猫擦去泪水，
向围拢的百鸟诉说遭遇：
"鸟儿失去双翅不能飞翔，
猛虎没有利爪如同犬羊，
变成了金野猫的国王啊，
回不了自己的国家。"

百鸟洒下了同情的眼泪，

大家在一起细细商量。
一个牛蹄印只能积一口雨水，
帮助金野猫要靠大家的力量。

高大的鹭鸶性情急躁，
他要把金野猫背回从前的国度，
可拿桑姆湖九千九百丈宽，
三天三夜才能飞过。
力量最大的鹭鸶啊，
也不能飞过湖上的魔雾。

一百种鸟都出了主意，
一百种主意都不管用，
施了魔法的拿桑姆湖呀，
狂风呼啸黑浪翻滚。

望着拿桑姆湖水，
百鸟久久不再歌唱；
金野猫啊金野猫，
怎样才能救你出苦难？

金野猫仰望着苍天，
泪流满面默默祈祷，
久旱的谷苗盼春雨，
困境中的金野猫只得求神帮助。

"叭英啊，您住在天上，
难道就看不见我的灾难？
可该诅咒的拿桑姆湖水，
为何要把我同故乡割断？"
可怜的金野猫，
悲伤过度昏迷在岛上。

叭英正在九层天打坐，
莲台变硬①使他惊讶，
睁眼往大地上一看，
才知道金野猫在遭难。

一只闪着银光的白鹤，
翩然从天而降，

---

① 相传地上的人们诚心祈祷，就能使叭英的莲台变硬，叭英知道后就会解救。

它是叭英的使者，
来指点金野猫脱离苦难。

"明天是吉祥幸运的日子，
要从这里经过七位美丽的姑娘。
七个姑娘七朵鲜嫩的花，
如果得到其中一个姑娘，
你就能渡过魔水回故乡，
就能重新掌管你的国家。
记住吧——
灵芝是回生的良药，
爱情能解救你的苦难。"

四

没有走出森林，
不知坝子的宽阔；
没有到过芒晃①寨子，
见不到世间最美的姑娘。

寨中的姑娘一群群，
最美的是土司的七个女儿；
七姐妹像七颗闪光的星星，
最亮的是七妹小朗伦。

世上最红的是三月红，
世上最洁白的是粉团花，
朗伦的双唇胜过三月红，
朗伦的肤色赛过粉团花。

她有金竹一样纤细的双手，
她有珍珠一样晶莹的眼睛，
美丽善良的朗伦啊，
胜过天上的都拉。

她用彩云裁作短上衣，
用荷叶缝成绿筒裙，
孔雀见了不敢开屏，

蝴蝶见了羞愧不舞。

美丽的朗伦是颗耀眼的珍珠，
六个姐姐像六块闪光的翡翠。
宝石要配黄金盒子哟，
七姐妹都要找如意的卜冒。

勐罕是个富庶的坝子，
七姐妹梳妆打扮去赶摆。
她们每人带一个绣花的筒帕，
要去把小伙子西定②的情意装满。

往日到勐罕的路，
半天就能走到，
七姐妹今天怎么啦？
一出芒晃寨就把路走岔。

走过了九十九片竹林，
穿过了九十九个寨子，
是爱情和神灵的指引，
使七姐妹来到了拿桑姆湖边。
这时候天边出现一抹红霞，
预示着她们此行如意吉祥。

神让七只竹筏停在水中，
七姐妹跳上撑开了竹篙，
波浪托起七朵美丽的莲花，
笑声荡漾在静静的湖面。

五

金野猫一身露珠等在湖边，
呆呆望着波光闪闪的湖面，
两眼望穿脚酸麻，
心里是那样焦急。

远方飘来一团彩云，
轻风送来一阵芳香，

① 芒晃：地名。
② 西定："定"指傣族男青年表达爱情的一种乐器。"西定"指拉奏这种乐器。

焦急盼望的金野猫啊，
看见了乘筏而来的七个姑娘。

岛上的鲜花霎时争相怒放，
采花的蜜蜂立刻嗡嗡起舞，
翩翩的蝴蝶穿梭不停，
哗哗的湖水欢腾歌唱。

七只竹筏靠了岸，
跃上了欢快的七个姑娘。
她们像扇动翅膀的蝴蝶，
采花的样子那样令人喜爱。

糯粘巴花插在头上，
金喇叭花别在胸前，
再摘两朵并蒂莲哟，
悄悄珍藏在心窝上。

金野猫伤心地躲进草丛，
心里七上八下跳个不停。
金凤凰只会和金龙做伴，
野猫怎会被美丽的姑娘爱上？
但纯洁的白鹤说得分明，
只有爱情才能够救自己的苦难。

微风不再吹动漂亮的筒裙，
湖水渐渐停止了喧哗歌唱，
那是一阵悠扬的歌声，
牵动了七姐妹的情思。

"雨水会给森林洗净绿衣，
阳光会给万物带来活力，
远方来的姑娘啊，
给小岛带来吉祥和希望！
嫩苗出土了，
露水会帮助它生长；
山泉水冒了，
小溪会带它流向远方；
让我这孤岛上的人啊，
挣脱苦海跟你们回到对岸。"

歌声凄凉断寸肠，
情意切切动心弦。
七姐妹急切四处找，
寻觅歌声悦耳的卜冒①。

越过沙滩穿过树林，
走过草丛跨过青石，
不见小伙子的踪影，
歌声却仍那样动听。

"诺嘎兰托②般歌唱的卜冒哟，
为什么不出来把话说？
难道痛苦只能装在肚子里，
不能对别人把衷肠倾诉？"

"丑陋的乌鸦配不上金孔雀，
多嘴的八哥不敢和乐多对唱；
不愿出来是惶恐羞愧哟，
我浑身上下是这样难看。"

"没有金梧桐，凤凰不会歇脚，
没有大森林，小鸟不能歌唱，
歌喉悦耳的哥哥哟，
不见面怎知难看不难看。"

七姐妹的话比米酒还甜，
金野猫情不自禁出了草丛。
落难的帅罕眼滴泪珠，
声音凄切又悲凉。

"我本是获罕巴拿的国王，
因为年轻气盛和骄傲，
中了叭团的诡计遭囚禁，
从此披上野猫皮，
有家难回仇难报；
只有你们才能帮助我回故乡，
爱情的力量才能使我脱苦难。
我要去战胜凶残的叭团，
让荒凉的国度重新富强。"

---

① 卜冒：傣语，小伙子。
② 诺嘎兰托：善唱的鸟。

金野猫来到她们身边，
把六个姐姐吓了一跳，
鲜花从手中抖落，
红润的脸庞变得苍白。

大姐二姐说：
"我们离开芒晃寨，
是寻找终身的伙伴，
凤凰不会待在斑鸠窝里，
野猫怎能让我们爱上。"

三姐四姐说：
"纵然你过去是威武的国王，
现在的猫皮却那样难看，
若是让寨子里的人知道了，
笑得我们脸都没地方放。"

五姐六姐说：
"柔嫩的小草长在大树脚下，
聪明的小鸟顺着风向飞翔，
天下有一百零一个国家，
英俊的王子比树叶还多呢。"

金野猫听了如万箭穿心，
全身冰凉差点昏倒。
满林的百鸟听了，
生气地齐声嚷道：

"金色的木瓜好看，
肚子里却是酸的；
姑娘的外表好看，
良心却是石头的。
槟榔树长得最直，
成熟的果子才是红的，
你们不肯帮助别人，
获得的爱情也是苦的。"

六个姐姐噘着嘴，
扭头跑着离开小岛，
六只竹筏划着湖水，
湖面丝丝寒风吹动，
六个姐姐回头不停地咒骂，

甜润的面孔变得丑陋难看。

世上最柔软的是木棉花，
人间最善良的是小朗伦。
孤岛上只留下小七妹，
给了金野猫一线希望。

朗伦蹲在金野猫身旁，
细嫩的手替他把泪珠擦，
可涌出的泪花擦不完，
水拍湖岸声不断。
还有什么比金野猫的哭诉，
更能把小朗伦的心尖扯断？

朗伦同情金野猫的不幸，
甘愿冒险救他出苦难。
她轻轻抱着金野猫，
来到湖边的沙滩上。
她和金野猫一同上了竹筏，
湖上飘起一朵美丽的莲花。

百鸟围着竹筏飞翔，
天上飘动七彩云霞。
美丽善良的小朗伦，
摇起木桨满湖芳香。

竹筏到了湖心，
叭团的魔法并不甘心，
掀动滔滔巨浪，
凶猛扑打竹筏。
金孔雀拔下美丽的羽毛，
托住了将被打沉的竹筏。

魔法又转动九十九个漩涡，
一次次把小小的竹筏吞没。
一群鹭鸶伸出长脚，
抓住竹筏不让它沉没。

魔法驱使一只恶鹰扑来，
利爪抓住金野猫就要逃。
勇敢的朗伦死死抱着金野猫，
爱情的力量使恶鹰不能得手。
一群红嘴鹦鹉扑上去，

把凶猛的恶鹰啄跑。

受伤的金野猫躺在竹筏上，
身上盖着朗伦漂亮的头巾。
虽然伤口还阵阵撕痛，
心里却是一片温情。
一次次的险恶被战胜，
患难中两人更加心心相印。

六

竹筏终于越过了茫茫湖水，
金野猫又回到了获罕巴拿。
离开了邪魔的孤岛，
野猫皮立刻从他身上脱落。

寒风过后枯草还会再绿，
阴云飘散太阳还会放光；
脱去野猫皮的年轻国王，
还是那样威武和英俊。

乐多唱起欢乐的歌，
百鸟跳起喜庆的舞，
望着英俊威武的国王，
朗伦羞得把脸捂住。

明亮的眼睛透过指缝，
朗伦细细把国王打量，
正碰上国王深情的目光，
也在呆呆地把自己端详。
朗伦脸上飞起红霞，
手搓五色筒裙低下头，
心像一只绿豆雀，
在胸口扑腾跳跃。

年轻的国王摘下一朵鲜花，
走到朗伦身旁，
拢住她黑色的秀发，
插在了耳鬓的上方。

三月花香不忘春天的雨露，

脱离灾难的帅罕感激姑娘。
失群的孤雁靠星辰引路，
复出的国王靠真挚的爱情。

世间常说金子珍贵，
朗伦的心比金子宝贵；
世间常说孔雀最美丽，
朗伦要比孔雀更美千百倍。

国王挚爱善良美丽的朗伦，
朗伦更被国王的深情感动，
火石和火镰相撞会闪出火花，
仰慕的心儿相撞会迸发爱情。

皎月和朗星在一起，
凤尾竹和金孔雀在一起，
年轻的国王和美丽的朗伦，
紧紧依偎在一起。

七

国王回到了故国，
坝子里一片荒凉，
竹楼不见炊烟冒，
寨子听不到鸡犬叫。

乌鸦在大青树上啼噪，
荆棘野草长满了田间；
寺庙塔尖的金铃啊，
挂满了密密的蛛网。
大青树枯了七年，
孔雀飞走了七年，
百姓苦熬了七年啊，
归来的国王带来复兴的希望。

蜜蜂的尖刺藏在肚子里，
百姓的仇恨刻在心头上，
抹去象脚鼓上的尘灰，
准备擂响讨伐的鼓点。

"倒不出醇香的米酒，

献给英武的国王；
牵不来华丽的白象，
迎接美丽善良的王后。

"但我们磨利了铁箭和长刀，
要杀死邪恶歹毒的叭团，
为获罕巴拿王国雪耻，
重建美丽富庶的家园！"

面对同仇敌忾的百姓，
泪水溢满了国王的双眼，
他挥动父王传下的宝刀，
立下了铮铮的誓言：

"凤尾竹长得高，
靠雨露浇在根上；
战胜凶恶的叭团，
要靠众人的力量。
祖传的宝刀紧握在手，
复仇的时刻已经来到。"

擂响象脚鼓，
宝刀和箭矢闪着寒光，
帅罕率领勇敢的臣民，
讨伐叭团把罪恶清算。

晴天响起九声惊雷，
宫外燃起九堆大火，
盘踞在王宫的叭团，
陷入了将要灭亡的海洋。

世上没有俯首就擒的豺狼，
更没有立地成佛的恶魔，
看到帅罕率领臣民来讨伐，
叭团恼怒得发疯又发狂。

臣民们奋勇争先，
浴血苦战魔力非凡的叭团，
鼓声震裂了大地，
刀箭遮住了日光。

百鸟百兽也来参战，
齐心合力攻击叭团。
雄鹰叨啄叭团的眼睛，
鹭鸶拍打叭团的拐腿，
大象的长鼻直抽叭团的腰部，
白鹤的长翅猛击叭团的秃头。

糯乐多吹响进攻号，
孔雀起舞为大象助阵，
群群蜜蜂叮住叭团，
咬起又红又肿的血泡。

叭团一败涂地向空中逃跑，
帅罕举起父王传下的金弓箭，
仇恨的利箭穿过九层云障，
射穿了叭团肮脏的心脏。

一具黑尸和乌血溅落下来，
弄脏了土地和人们的衣裳。
百姓们从此要住两层竹楼，
傣家人从此要天天下河冲洗。

八

九十九个寨子敲响铓锣，
九十九门礼炮同时鸣放，
九十九头白象列队行走，
九十九条道上挤满人群。

九十九根青竹编成床，
九十九条凤羽织成被，
九十九根梁竖起辉煌的宫殿，
帅罕朗伦结下九十九年爱恋。

白象把国王和王后载到百姓中间，
白发大爹用翠竹叶蘸金盆泉水，
洒在了国王和王后头上，
祝福他们从此幸福吉祥。

原载《山茶》1993 年第 1 期
演唱者：岩　弄（傣族）　召　罕（傣族）
采录整理者：杨利先　李静波　王建中

附　记：

傣族历史悠久，文学艺术发展也早。历史上，傣族人民创作了众多的民间叙事长诗，形成繁盛的民间叙事长诗群。《朗伦与金野猫》就是其中的一部优秀作品。长诗流传于景谷傣族彝族自治县傣族地区。由云南大学中文系部分师生组成的云南民族民间文学调查队搜集、整理，发表于民族文学双月刊《山茶》1993 年第 1 期。

叙事长诗《朗伦与金野猫》记叙这样一个故事：美丽富饶的获罕巴拿国的百姓，突遭一个吃人的恶魔叭团的侵袭。国王帅罕想除掉恶魔叭团，却被恶魔叭团施展魔力，使国王帅罕变成一只金野猫，把它囚禁在一个小孤岛上，长达七年之久。金野猫得到天神叭英的使者白鹤的指点，获得土司的七姑娘朗伦的爱情而得救，并脱落了野猫皮，回到故乡获罕巴拿国，成为英俊年轻的国王，继续与恶魔叭团战斗，射杀了恶魔叭团。获罕巴拿国的百姓敲鼓鸣炮欢庆，将盛于金盆里的泉水洒在国王和王后头上，祝福他们幸福吉祥。

长诗《朗伦与金野猫》，生动而形象地反映了傣族人民热爱和平、安宁的生活，顽强地与邪恶势力抗争的精神。

阿　南

帕罕

和平安宁的边疆飞着云霞；
偷盗邪恶人人憎恨，
勤劳善良人人夸赞，
男女老少都来到金塔下，
虔诚地朝拜、合掌，
口里念着颂词，
手中捧着鲜花。

千条彩线扭在一起，
万朵鲜花围在一起，
我们坐在金色的奘房上。
百鸟也飞来落脚，
礼板花开始绽放，
听啊，好好听呀，
我们的祖先使人敬仰，
听我把阿銮①帕罕②传唱。

宝石般的国王，
有七个妻妾围在身旁，
婻迪娓是他的第一个妻子，
上百上千的使女进出宫殿。

国王和妻妾相亲相爱，
没有一个受到他的冷落。
七朵花鲜艳芬芳，
七朵花都插在布南达心上；
七颗宝石闪闪发亮，
七颗宝石都镶嵌在布南达心上。

一

有一个遥远而古老的王国，
它好听的名字叫勐巴娜西，
村寨密布，京城闹热，
大路小道的象队驮马数不清，
沙铁和百姓穿梭不息。

国王布南达，
治理着国家，
百姓生活美满富足，

七根竹笋一样娇嫩洁白，
七个妻妾一样美丽漂亮。
好比牛屎粑粑贴在篱笆墙，
国王和妻妾形影不离，
早早晚晚欢聚一堂，
在金楼玉阁上又笑又唱。

仙子向往人间，
留恋那偷游过的荷花塘。
国王有七个妻妾，

① 阿銮：傣族传说中的英雄称呼。他是善良、智慧、勇敢、武艺高强的勇士。
② 帕罕：传说是万变的金岩石。

到底托生在哪个人身上？
混西迦①能洞察人间万物，
他嘱咐仙子去同嫡迪娓做伴。

国王没有伤心事缠身，
到时花儿自开醉心房。
六个妃子熬过了十月怀胎，
只等那吉日良辰宝石落地上。

六个孩子像笋尖一样，
又白又嫩见风快长。
宫女们天天为王子洗浴，
宫女们天天为王子歌唱。

一天晚上，
六朵花在凉台上争芳，
绸伞下欢声笑语，
月光下把嫡迪娓偷望，
挤眉弄眼悄悄嘲讽，
心怀嫉妒暗暗商量。

"嫡迪娓怀孕对我们不吉祥，
嫡迪娓生孩子是我们的灾难；
她的儿子注定继承王位，
撒尿屙屎都在我们头上；
我们的龙和凤不值钱，
只能在她的脚下苦度时光。"

好花也有刺，
清水也会浑，
六张美丽红润的脸庞，
也会发出暗淡的绿光。
她们歪着脸歪着嘴，
怪声怪气像乌鸦叫唤，
把嫡迪娓孤立在一旁，
争夺继承大权气焰嚣张。

宝石落在荷花叶上，
仙子投胎在嫡迪娓身上。
她可怜遇着难产，
血流过多昏迷过去，

不知道孩子什么时候见光亮，
不知道孩儿长成什么模样。

六个心地丑陋的妃子，
看见嫡迪娓终于把婴儿生产，
心儿像弯弓一样握作一团。
不等宫女向国王报喜，
她们一窝蜂扑上前去，
将嫡迪娓的婴儿抓到手，
从高楼上扔进花园，
让他摔死，
让野猫吃掉，
让老鹰叼走，
让国王来不及看见。

她们的心狠毒，
竟抱来一只狗儿，
放在昏迷中的嫡迪娓身边，
把狗毛涂上血，
就像嫡迪娓才生下一样。
她们喝令使女不得声张。

六个妃子一齐跪在国王面前，
同声把嫡迪娓诬告中伤，
说她生下了一只丑陋的花狗，
请国王和亲友到后宫看狗相。

嫡迪娓的儿子是天神赐给，
这是勐巴娜西的莫大荣光，
可是啊红宝石还未发亮，
就被人当泥土抛到地上；
还没有长大成人的婴儿，
就被人狠心地埋葬。

国王听了六个妃子的谗言，
信以为真十分生气，
他面红耳赤两步并作一步走，
来到嫡迪娓房中亲眼查看。
啊，真是一只狗儿，
在嫡迪娓身旁卧躺。

---

① 混西迦：傣族传说中至高无上的天神。

国王气得脸色发紫，
就像菜园的茄子一样。
国王气得暴跳如雷，
把宫殿都震得摇晃。
六个妃子在一旁窃喜，
差点扬起双手拍掌。

生怕臣民笑话败坏声誉，
国王决定把嫦迪娓赶出王宫，
就像赶牛一样毫不留情，
让那只花狗去和她做伴，
使女随从一个也不准跟去，
国王连声催促把人赶走。

嫦迪娓低头流泪，
嫦迪娓心儿疼痛，
可怜她产后无力无气，
怀抱花狗拖步出宫。

去向何方？
投宿何地？
天上只有飞云，
地上只有森林。

她有时在路上失去知觉，
她有时在路上哭泣哀叹，
她向寨神祈祷，
她向山神地神询问：

"神啊，尊敬的神，
你管理着天下的山河，
你看护着天下的百姓，
请你睁开慧眼吧，
看看我这个可怜的妇人！
请你竖起玉耳吧，
听听我无依无靠的呻吟！
还有那善良的天神混西迦啊，
请你告诉我，
我们母子在哪里栖身？
哪棵树下我们可以躲雨？
哪丛草窝我们可以避风？"

"狠心的召王啊，

你为什么把我赶出王宫？
谁也不为我求情，
谁也不把我可怜！
面前的高山啊，
面前的树林，
面前的大河啊，
面前的狂风，
都好像一起来把我欺辱，
都好像要把我压在最底层。"

"啊，天下的人啊，
养儿育女还有破布一块，
还有饭菜一盆，
有谁像我这样可怜，
流落在风风雨雨，
独行在野坝山林。
我的心啊，像栗炭火在燎焚！
我得罪了谁啊，
为什么要承受这难熬的苦难？
为什么要遭到如此蹂躏？"

"我为什么养儿养了一只狗，
长大了也只会抖毛狂吠几声。
高山密林啊，
长河大江啊，
请回答我的痛苦询问！
哪里有虎豹能把我吞吃？
我愿做它的充饥食粮！
哪里有陷阱百丈能把我埋掉？
我愿做死鬼把它守望。"

"我活在世上又有什么用啊，
谁把我当人看待？
我同狗一模一样啊，
我是狗的母亲，把狗儿抚养！
我像一片薄薄的笋叶，
经不起风吹雨打，
干瘪在地皮面上。
我死了吧，
这一生还有什么希望……"

嫦迪娓边走边哭，
一路上洒着泪水。

风凄凉，
吹醒了她的神智；
路遥远，
她抬步不知去向何方！
又累又饿摇摇晃晃，
娇嫩的身姿受摧残。
她步履艰难不时瘫倒在地上。

一座园子在跟前，
布涛、亚涛①夫妇在这里守望，
守望着满坡的红花绿叶，
龙舌兰筑成一道厚墙。

嫡迪娓怀抱着小狗，
忍着疼痛走进园子，
在一座竹楼下哀求，
脸儿好比蜡一般白黄，
身子靠在篾笆上再也爬不起，
一手抓住竹片向老人呼唤：

"布涛亚涛啊好心人，
请可怜我这落难的女人，
从很远的地方来到此地。
我的命运使我这样苦难，
我的遭遇是这样的不幸！
我不能同人家相比，
因为我生了一只会摆尾的狗，
来同我做伴苦度终身。

"两位慈祥的老人啊，
我是勐巴娜西的嫡迪娓，
被可恶的召王赶出了王宫，
让我在这里歇口气吧，
假若有剩饭也给我一碗。
没有谁比我的命还苦了，
没有谁比我更难做人，
让我在你们的屋边靠一靠吧，
我只求有个避风的地方，
我只求有躲雨的茅草一片。
我再也无力去寻找别的地方，
不知道哪里还能容许我栖身？

不知道哪里还有同情我的亲人？"

两位老人心好呢，
两位老人善良呢，
听了嫡迪娓悲伤的话儿，
满口欢迎她在这里安身。

他们把她接上竹楼，
布涛添旺了火塘的火，
亚涛端来了菜饭碗，
放在篾桌上叫嫡迪娓吃，
连狗儿也得到一包饭团。

芳香的花啊，
高大的菩提树，
嫡迪娓遇着了好心人，
在苦难中得到了温暖。
孤独一生的两位老人，
把嫡迪娓当作了自己的女儿，
好比亲生骨肉一样。

布涛坐在嫡迪娓身边：
"你听我说呀女儿，
你不要这样忧愁悲伤，
人间地上有苦有甜，
辛酸苦辣都得去尝。
这里就是你的家园，
住上三月四月随你的便，
只望你好好养育自己的孩儿，
哪怕它是一只小狗，
因为它总是从你的身上掉到地面。

"米饭我们竹楼上有，
蔬菜我们园子里有，
你想吃什么就去拿吧。
烧火的柴也就在眼前，
只要劳动就会有收获，
苦难不会把人压扁。
放心地住下吧嫡迪娓，
擦干你的泪珠吧可怜的姑娘！"

---

① 布涛、亚涛：傣语，大爹、大妈。

在好心人的身边生活，
嫡迪娓没有再那样悲伤，
但有时她神志恍惚，
竟把小狗丢出胸怀，
有时又心痛地紧搂着狗儿，
让它呷着干瘪的奶头。
是人是狗都是自己的骨肉，
嫡迪娓心酸地望着狗儿，
只觉得是命中注定的苦难。
有时她暗暗责问自己，
是不是拜佛没有拜够，
才落得这雷劈般的报应。

"儿呀，你虽生在豪华的宫中，
但你是狗儿呀不是人。
假若你是人就做了王子，
我们何必在这里受罪？
流离在野地苦受折磨！
我们就是没有住王宫的命呀，
才这样受到召王的欺凌。"

嫡迪娓追溯着往事，
悲伤的泪水洒满面，
是悲也好是喜也好，
命运只能让她同狗儿做伴：

"儿呀，不管你是人是狗，
总是我怀中的宝贝，
我心中的金树一棵啊！
为什么你要长着长毛？
为什么你要长着长尾巴？
你以后要守在哪家门槛上？
金窝银窝我们永远不配在了，
只有把人间的苦难饱尝。

"我的儿呀，
你为什么不是龙凤一条，
高高爬在宫殿的栋梁上？
你为什么不是亮亮的宝石，
镶嵌在宫殿的金椅子上？
啊，那只是梦想一场，

---

① 卜少、卜冒：傣语，姑娘、伙子。

我怎能啃着苦果想蜜糖！
命运啊，我们母子的命运，
注定着要掉进滚滚无情的大江。"

嫡迪娓对狗儿说着好话，
哭哭泣泣的日子，
不知道何月结束；
说说笑笑的时辰，
不知道何年到来。
她的脸，
一天天黄得像晒干的茅草；
她的眼睛，
一天天凹进去像两口深井；
她的身子，
一天天瘦得像断根的树干。

现在我的书唱到这里了，
说话说到这里该休息了。
听，叮叮当当的耳环手镯碰响了，
那是卜少卜冒①们坐不住了。
盘坐的老人也松松位置吧，
人间的苦难好比大青树的根须，
在树枝上盘缠数不清，
一言两语难以说尽，
这一节就唱到这里了。

二

绿叶繁茂，
花儿香飘，
香遍村寨和坝子，
香到男女老少心上，
愿大家没有疾病和痛苦，
摆脱人间的苦难和折磨。

经书有枝枝丫丫，
故事又说到了一边。
仙子从嫡迪娓身上出世，

被六个狠心的妃子，
丢到高楼下面。
他到底是死是活？
我们把他来叙说。

可怜的小生命啊，
你在天的哪一边？
苦难的嫡迪娓啊，
她的儿子是天上下凡的阿銮。
当六个妃子把他丢下玉楼，
人们都以为他不会活在人间。

啊，假若不是阿銮来托生，
小生命早就断送在石板上，
皮开肉绽破碎不堪。
幸好混西迦在天上看见，
看到一个小生命要遭难，
他眼前的神镜火光闪闪，
六个妃子的歹毒行径被他看穿。
当孩儿要坠落地面时，
混西迦早就把一床金绒毯铺好，
孩儿好比落入母亲的怀抱，
绒毯把阿銮托上了天。

芦苇花一般的嫡琵①们啊，
把不幸的孩儿抚养，
个个喜爱这颗宝石，
早晚同他相依做伴，
给他起名罕地亚。

含苞待放的仙荷花啊，
在嫡琵们的温暖中生长。
嫡琵们没有人奶，
但有一副副善良的心肠；
嫡琵们不是孩子的母亲，
但如同母亲一样把阿銮抚养，
听见阿銮哭喊，
嫡琵们百般心酸。

"召啊，不要哭了，
快在绸缎里甜睡吧，

你的母亲落难在山林，
在一座园子里流泪哀伤。

"睡吧，睡吧，
勐巴娜西的子孙！
可恨那六朵狗屎花啊，
要残害你的性命。
假若没有混西迦的慈悲，
你不会在这里发出甜蜜的笑声。

"不要哭啊，不要哭啊，
等你长成了人，
终究会回到自己的故国，
只有你这颗宝石，
才能照亮勐巴娜西山林！
苦难的孩子呀，
你才出世就遭人家暗算，
你要记住你苦难的母亲。"

阿銮开始懂事，
伴着日月成长，
随着林木苍翠。
他晓得要寻找母亲，
他晓得要寻找故土，
他常常发自内心地询问：

"我母亲温暖的怀抱在哪里？
我母亲轻柔的声音在哪里？
我母亲和蔼的面容在哪里？
请告诉我啊，谁是我的母亲！
是谁的奶水把我哺育？
是谁常把我背在脊背上？
是谁日夜伴我入睡？
是谁常为我轻声祝福？"

在一旁的嫡琵啊，
偷偷把泪水流淌：
"没有混西迦的光辉，
你这颗宝石不会这样透亮。
我们不是你的母亲，

① 嫡琵：仙女。

我们这里是远离人间的天上。

"落难的孩子呀，
在天庭上三年，
在混西迦身边三岁，
我们没有母亲的奶水，
只有仙果蜜梨把你哺养。
你不要这样整天哭喊，
你不要声声呼唤亲娘，
你要什么我们会双手送上。

"绿色的鸟我们有，
金孔雀我们有，
马、牛、象不缺一样。
你要什么自己挑选吧！
你要打竹筒吗？
我们把你陪伴；
你要敲鼓吗？
我们为你打镲。
落难的王子啊，
你不要用哭声刺痛我们的心，
你一哭就如同响雷震碎我们的心。"

混西迦站在一旁，
如同父亲把王子呼唤。
王子连忙步步走拢，
混西迦疼爱地把他拥入怀抱，
随手摘下三十二弦琴，
为他叮叮拨响，
逗他笑出声音。

有时混西迦把他抱进花园，
领着他去追扑花蝶，
听树枝上的翠鸟歌唱，
使他免除思念。
婻琵们也围着他舞起披纱，
挥动柔软的臂膀。

明媚的白天，
欢乐的夜晚，
没有使阿銮忘记故土，
还有对慈母的百般思念。
千水万泉没有母亲的奶水香，

仙果蜜桃没有母亲的奶水甜，
血肉相连的母亲啊，在哪里？
母亲的怀抱胜过太阳的温暖！

混西迦只得告诉王子：
"月亮宝石啊，听我讲，
你的母亲在人间地上，
假若要去把她寻找，
就快快地成长吧。"

婻琵们也围着王子说：
"天上没有人间的奶水，
只有你母亲身上才有。
你已经哭了很长时间了，
快尝尝我们削好的麻桑坡吧。
可怜的孩子啊，
我们不是你的亲生母亲！"

混西迦和婻琵们，
好话都已说尽，
个个疲惫万分，
不知道怎样才能使王子高兴。

罕地亚那宝石般纯洁透明的心，
罕地亚那竹笋般白嫩的手臂，
在天上被婻琵们热爱，
从这个怀里离去，
又到那个怀里摇来摇去。
罕地亚觉得母亲就在其中，
他哭泣、他呼唤：

"母亲啊，您在哪里？
千好万好不如母亲好啊，
母亲的目光慈祥，
母亲的笑语甜蜜，
母亲的手臂柔软，
母亲的奶水喷香，
母亲的怀抱温暖，
母亲的呼唤亲切，
母亲的歌儿动听。"

罕地亚扑在混西迦怀里：
"我出生做人，

为什么不能见母亲面？
为什么都说没有母亲的奶水？
母亲啊在何处？
为什么不把母亲的详情指点？
是母亲早早离开了人世间，
还是母亲狠心把我抛弃？"

混西迦听了刺心的询问，
流着眼泪悲伤地说：
"我的孩儿呀，
你不要哭喊把母亲找寻，
你的母亲与你自幼分离。
你的母亲叫嫡迪娓，
是宫中的六个妃子把你迫害。
她们怕你长大了把王位继承，
她们怕自己的子女在你脚下。

"我的孩儿呀，
你才出世就被六个妃子丢离母体，
你的母亲在昏迷中与你分离。
她们把花狗放在你母亲身边，
害你母亲与狗被赶出了勐巴娜西，
现在落难在山中一座园子里。

"花狗在她背上睡得多甜蜜，
她把狗当作自己的骨肉，
日日夜夜辛勤地把它哺育。
我的孩儿呀，
是我把你救上了天庭，
逃脱了人间苦难的土地。"

罕地亚又惊又喜：
"我的恩人啊，混西迦，
我对你百般地感激！
让离窝的鸟儿回到山林吧，
让分离的骨肉团聚吧！
我怎样才能回到人间？
我怎样才能依偎在母亲的怀里？
请指点我吧，我的恩人，
你的恩情我永远铭记心里！"

罕地亚流出了一股血泪，
哀求混西迦把他送下凡间，

送他见见可怜的母亲，
送他去和母亲团圆，
送他去把母亲的痛苦分担。

混西迦把罕地亚领到一边，
告诉他到人间要骑上帕罕鸟。
帕罕是一块岩石，闪闪发光，
帕罕像一盘月亮，透明透亮，
帕罕是一只天鸟，风雨无阻，
落地成石，上天成鸟，
只有阿銮才能把它骑上。
有时它能变成一头金象，
让阿銮来做它的主人。

把罕地亚送上了帕罕金象，
混西迦又送了一把三刃的刀，
让阿銮带在身旁，
回到人间地上，
去见自己的母亲，
去闻故国泥土的芬芳……

可怜的嫡迪娓啊，
睡梦中思念翩翩，
好像看见夜空中一颗明星跌落，
又像看见一头白象站在身边。
她高兴地伸出梦中的臂膀，
抓住了洁白的象牙，
用泪水把象牙洗刷……

啊，美梦使她惊醒，
留下了伤心的梦想，
望见的只是那纷飞的萤火虫，
在她面前穿来穿去光亮暗淡。
嫡迪娓昏昏沉沉多么失望，
在痛苦中又进入了另一个可怕的梦幻，
她梦见自己的骨肉不是花狗，
是一个白胖白胖的孩儿，
被恶人扔进了老林荒山，
让老鹫啄食掏出了心肠，
那粉肠拖在地上，
那血流染红山冈……
啊，梦啊，可怕的梦，
嫡迪娓惊醒过来呼天唤地！

这是第三个梦了，
嫡迪娓做了吉祥的梦。
她梦见善良的天神，
将骨肉送到她身旁，
骑着一头白象，
手里捧着鲜花，
笑着飘落身旁……

啊，美梦催醒了嫡迪娓，
她向天上合掌膜拜，
祈祷好梦变成现实，
让她看见幸福的彼岸。

东山发亮，
一切如旧，
只有布涛在身边，
和蔼的面孔微微笑如常。

嫡迪娓将自己的美梦，
告诉了好心肠的布涛。
布涛满心高兴地安慰她：
"美梦会带来吉祥，
你不要离开这个地方，
耐心等待那美好的时光。"

话儿又说到天上的召阿銮，
歌儿又唱到天上的美德。
罕地亚拜别了恩人混西迦，
急忙骑上帕罕。
闪闪帕罕在天上转了三圈，
沿着混西迦指的方向飞去。
帕罕飞上飞下，
飞行在天上云间，风里雨里……

洛帕罕①载着罕地亚，
离开了安宁的勐琶，
落在地上的深山花园，
落在那百花盛开的天然地毯，
好客的蜜蜂嗡嗡飞旋。

罕地亚离开洛帕罕跳到地上，
又将洛帕罕变成一座石崖，
假若需要它腾空飞翔，
再按混西迦的嘱咐念动口诀，
帕罕又会扇动快活的金翅膀。

罕地亚走到母亲落难的山冈，
望见一个妇人睡在草棚檐下，
愁容满面，手托腮巴，
可爱的花狗在她身边，
就像她的骨肉一样听话，
依偎在妇人的怀里，
还摇动着小尾巴。

罕地亚顿时一阵心酸，
混西迦的指点在心里翻腾。
啊，这就是我思念中的亲人，
落难的亲人举目无亲。
罕地亚又喜又悲走向那妇人，
眼泪唰唰似水奔涌……

他连忙跪在老妇人面前，
将自己的头放在她的脚上：
"啊，母亲，我亲亲的母亲啊，
你知道我是您的什么人吗？
快呼唤您的儿子吧，
快抹去您悲伤的泪痕，
假若我的命运不好，
我们不会有今天相见的时辰！"

悲恸的哭泣，
揪心的声音，
把嫡迪娓从梦中推醒。
她望着罕地亚将信将疑：
"年轻人啊，你从哪里来？
善良的王子啊，你的母亲是哪一个？
你的眼睛像两颗星星，
你一身绫罗绸缎，
你来自哪一个璀璨的王宫？

---

① 洛帕罕：洛，指一种巨大的鸟。洛帕罕，指帕罕的一个变化身。

"召啊，你从哪里来到这山林？
你声声呼唤我母亲，
你是谁啊，召？
请不要再刺伤我的心！
我一生充满了羞愧，
养了一只花狗做伴，
我哪里还敢把谁当孩儿！
请召不要认错了亲人。"

嫡迪婗嘴上这样说，
可心里真想把罕地亚细问，
伸出手去想把他抚摸，
又害怕得赶忙缩回手来。
自己养的是一只狗啊，
怎能错认这相貌俊俏的罕地亚！

"我没有那样的命啊，
可以来对着你把孩儿呼唤。
这深山老林就是我藏身之地，
这山地园子给了我同情，
善良的布涛亚涛啊，
就是我救命的恩人！
只有他们才是我躲雨的大树，
只有花狗才是我的孩儿亲人。"

罕地亚望着眼前的母亲，
听着她痛苦的诉说，
心儿比麻弯果还酸，
泪水像流不尽的小河。
他望望母亲怀中的花狗，
又看看母亲那深陷的眼窝，
依偎在母亲的身旁，
将所有的不幸向母亲诉说。

"啊，母亲啊我的母亲，
我是您生的宝树金叶，
您没有多余的孩儿亲人啊，
混西迦已将一切说明。
我离开您的身边时，
您正在痛苦的挣扎中，
您昏迷着头枕床边，
那六个可恶的妃子啊，
把花狗放在您的身边，

又狠心地把我丢下高楼，
让我们骨肉从此分离，
让花狗做了您的亲生骨肉。

"像鸭蛋让鸡孵一样，
花狗伴随您落难山林。
母亲啊我的母亲，
我就是嫡迪婗的儿子啊！
混西迦救我上了天庭，
像父亲般把我养育成人。
那些嫡琶的心纯洁透明，
整日整夜把我抱抱亲亲，
教我懂得了人间的语言。

"七岁时我开始思念母亲，
我在嫡琶中把您寻找，
我哭着向她们要奶水吃，
我哭哑了声音啊！
嫡琶千好万好对我亲，
怎么有母子骨肉亲？
我尝不到一口母亲的奶水，
我得不到那骨肉的深情，
我就这样在寻找中生活，
再善良的人也不能代替母亲。

"混西迦和嫡琶见我长大了，
就赐给我帕罕骑上，
来到人间世上寻找我的母亲。
母亲啊，快看我的头发，
同您的头发一样乌黑；
母亲啊，快舔舔我的泪水，
同您的泪水一样辛酸苦涩；
母亲啊，快摸摸我的心儿，
同您的心儿一样充满了思念和深情；
母亲啊，快把孩儿呼唤，
让我们在相逢中苏醒，
让母爱渗透我的一颗心……"

嫡迪婗闭着软弱的眼皮，
想起了遥远的时光。
"绝不是我得罪了仁慈的佛祖，
是人间的邪恶把我欺辱。
善良的混西迦啊，

我对你虔诚地合掌，
如果眼前的善良王子，
是我的血肉掉落在人间世上，
就让我的奶头喷出洁白的奶浆，
来满足我做母亲的愿望，
来表达我做母亲的深沉思念，
和我那胜过南巴来①一样的爱！"

婍迪娓的话声刚落，
奶水似泉水一样喷涌，
冲洗着儿子的泪痕，
冲洗着阿銮的忧伤。
她把阿銮紧搂在怀里，
心儿像拨动的琴弦一样，
在欢乐地跳荡：

"啊，我的孩儿啊，
我不知道有人把我暗害，
我不知道宫中还有邪恶横荡！
妈的宝石啊，妈的金子，
假若不是混西迦的善良，
你早就被乌鸦叼走眼睛，
早就被老雕叼走了肚肠，
我们又怎能在这里相会，
在这里享受温暖的时光！

"我的心肝啊我的儿，
我把你日夜梦想，
你的笑容曾在我面前撩过，
你的话语曾在我心中荡漾。
我望着花狗流泪，
我望着花狗哀伤，
我做人不像人样，
我没有栖身的地方，
只有布涛亚涛一片好心肠，
我才活到今天与你相会，
我才望见了冬天的太阳。"

听啊，听众们，
我的目光没有离开经文，
你们的心也没有离开奘房。

___

① 南巴来：无垠的海。

不是我让你们流泪，
是诗行中充满了忧伤！
母子相会了，
慕粘嘎开放了，
就像背上的婴儿，
有时也要放在摇篮里一样，
我们的故事也要停一下，
让大家有一个歇气的时光。

三

听吧，
听我把经文吟诵。
母离子，子离母，
又在落难中相逢，
浑水流过便是清水一池，
眼泪后面也常藏着高兴。

园子中的布涛亚涛，
为母子相逢喜在心头。
苦水倒完甜蜜在心间，
婍迪娓领着儿子，
给两位慈祥的老人下跪，
感谢他们的恩情。
布涛亚涛带着深深的祝福，
拿出白线拴罕地亚的手脚，
句句好话赞美罕地亚，
罕地亚名字动听，
好比礼板花绽放光彩，
布涛亚涛为阿銮祝福：

"你是善良王子啊，
为什么落难在他乡？
为什么要承受这样大的苦难？
混西迦给了你生命，
带着天上的福气来到人间，
朵哈罕地亚贡马那啊，
三名三姓同样动听，

慕礼板①没有它光灿。

"我的孩儿子孙啊，
愿你的芬芳常留在花园里，
今后不管你走到哪里，
别忘了孤独的两老在深山。
让我们诚心地祝福，
愿你的本事在故土上金光闪闪，
勐巴娜西的金椅应让你坐上，
那是百姓们的幸福和温暖。"

阿銮罕地亚双手合掌，
把两位老人深深敬仰：
"你们美好的祝福，
像山中流水清清，
不会在我心中消失；
你们的希望像大地上的金竹，
永远栽在我的心坎里。

"马鹿离不开绿油油的山林，
孔雀离不开凉阴阴的草坪，
这里就是我母子的家，
我要把两位老人供养。
说不完的恩情啊，
让我在漫长的日子里回报，
只要我还活在人世上。"

罕地亚从不向往灿烂辉煌的王宫，
但他却记得王宫中的邪恶势力；
罕地亚从不想去认布南达父亲，
但他却想看看他有多少仁慈心肠；
罕地亚从不想去找六个妃子复仇，
但他却想知道她们为什么这样凶狂。

他背上挎包和宝刀，
拜别了母亲和两位老人，
要到勐巴娜西京城去一趟，
看看他和母亲被赶出的地方……

勐巴娜西京城很热闹，

宽宽的广场被金子照得明亮，
走东串西都闻得见花的芳香，
布南达的六个儿子在这里游逛，
打竹筒②，串花园，
无忧无虑心情舒畅。

罕地亚素装打扮，
大胆地走进广场。
召王的六个儿子向他招呼，
约他一同来打竹筒：
"你来到这里为了什么？
东找西寻心神不定。
假若你没有忧愁和牵挂，
就和我们来玩打竹筒吧！"

"做饭的柴火要自己找的人，
不会没有生活的忧愁；
下锅的鱼要自己去捉的人，
不会没有平日的牵挂。
但穷人也有自己的欢乐，
从来不会在苦难中屈服，
也不会让寂寞夺走欢乐的光阴。
我的母亲善良，
我爱我的母亲，
没有她的同意我不会来这儿玩耍。
来吧，一块土地上的子女，
让我们的相识从打竹筒开始。"

听见罕地亚的回答，
六个王子高兴地提出条件：
"我们输给你的东西，
是六个金子做的筒筒。
你输给我们的东西呢？
有什么比金筒更值钱？"

罕地亚的挎包能万变，
要什么有什么，
他蔑视六个王子的高傲：

"我的东西都在挎包里，

---

① 慕礼板：花名。
② 打竹筒：傣族的一种传统游戏方式。

你们输什么我就输什么，
决不会在你们的金子面前失色。"

说着罕地亚从筒帕里掏出六个金竹筒，
六个王子惊奇得睁大眼睛，
想不到对方也是一个富有的王子，
便高兴地同罕地亚来比赛打竹筒。

罕地亚的竹筒摆在地上，
六个王子你打我打都打不中，
个个垂头丧气很失望；
六个王子把竹筒摆地上，
罕地亚出手就全部打中，
赢得了六个光闪闪的金竹筒。

阿銮告别了六个王子，
回到山地园子见亲人，
母亲和两位老人伸出大拇指，
把罕地亚夸奖称赞。

金筒换来了一袋袋米，
金筒换来了一箩谷种，
欢乐来到了寂静的山地里，
幸福来到了苦难人的心中。

第二天清早，
罕地亚又到了京城，
六个王子早在那里等候，
他们又开始了紧张的比赛。

直到太阳快要下山，
六个王子没有一次赢过罕地亚，
罕地亚又把赢得的金筒，
换了盐巴、食粮，
还有亲人的衣衫，
赕佛用品也都买齐全，
才回到了自己的家园。

母亲和两位老人啊，
望着一地一屋一床的东西，
眼睛里直流泪水，
泪泉中跳跃着高兴的泪花。

第三天清早，
罕地亚又来到了京城，
六个王子输了那么多金筒，
很想把老本赢回口袋。
他们玩着玩着直到天快黑了，
才想起应当是回家的时辰。

今天同往常不一样，
广场周围的人都忙着回家，
有的人边走边讲：
"天黑前快进家门，
城门外来了一个魔鬼，
它的牙齿还挂着人的肚肠。
勐巴娜西京城啊，
怎么遇到了这样的灾难？
往后叫我们怎么出城门砍柴，
就是沙铁的马帮也不够它填饥肠。"

罕地亚看见大队王宫士兵，
拿着大刀长矛跑到城门口，
大打开的城门很快要关上了，
罕地亚只好向六个王子告别。

六个王子见罕地亚要出城，
连忙把他劝阻：
"可怜的穷苦青年啊，
你不要让你母亲白白挂念。
难道你要用血去洗刷魔鬼的嘴巴？
难道你要把嫩肉挂到魔鬼的牙尖上？
在这里住一夜吧，
让我们在楼房上谈笑一晚上。"

罕地亚说：
"我不怕魔鬼吓人，
更不会让母亲焦念。
假若我碰见拦路的魔鬼，
我会像割草一样收拾它们。
感谢你们了，
你们快回自己的高楼宫殿吧，
就是十个凶恶的魔鬼也会死在我的刀下！"

六个王子又一起相劝：
"如果你不听从我们的话，

你不会再见到自己的母亲了，
我们也不会再在一起玩耍了。
听劝告吧，朋友，
多少人的性命已经断送，
魔鬼的魔法高超，
它能遮身隐影，
高大的身躯像石崖一样硬。"

罕地亚感激地说：
"谢谢你们的真诚相劝，
走惯山路的人不怕路滑，
摸惯夜路的人不怕恶魔。
假若它要同我较量，
我愿勇敢地迎上前去，
不是我死就是它的头落。"

罕地亚走出了京城大门，
六个王子用惊讶的目光相送，
守门的卫士害怕得发抖，
望着罕地亚的背影暗暗称颂。

罕地亚独自走上山林小道，
夜幕已经徐徐降临，
在那不远的拐弯处，
果真闪出了一条黑影，
把罕地亚的路拦住，
发出的声音把山都摇动：
"哈……
你怎么自己送到我口中，
白白来塞我的牙缝！"

魔鬼张牙舞爪红着眼睛，
跳起来比罕地亚高三人，
像一片黑云向罕地亚扑来，
难闻的臭味冲鼻心。

罕地亚后退五步，
顺手拔出长刀：
"你不要在人间横行，
作恶没有好报！"

这个魔鬼丢不开邪念，
更听不进好人的劝告，

它又吹气来又扇黑风，
石滚沙飞把本事炫耀。

罕地亚毫不害怕，
看准魔鬼的弱处，
举刀砍过去，
魔鬼惨叫着摔下山谷。

罕地亚紧追不放，
长刀在星光下闪闪发光，
草丛中洒遍了魔鬼的血，
魔鬼在山谷底断气身亡。

罕地亚用脚踢他的头，
就像踢石头一样，
直到断定魔鬼死了，
才放心地把长刀收起，
自豪地插进刀鞘，
高兴地走下山冈。

听众们，
罕地亚显示了自己的勇敢，
用长刀杀死了作恶的魔鬼，
为百姓除了大害，
受到百姓的敬爱。
当他回到母亲的身边，
彩云也跟着他飘满园内园外，
请允许我把这一章结尾，
另外再唱出新的篇章。

四

我又把鲜花捧出，
采不完的鲜花一束又一束，
优美动听的故事没有完，
让我一章接一章地叙述。

嫡迪娓在苦难中见到骨肉，
贫寒的生活充满了温暖。
罕地亚敬重母亲和两位老人，
愿用自己的劳动磨灭他们的辛酸。

每天早晨，
他和太阳一起苏醒，
一起在池塘中洗脸，
一起走出密密森林，
挎着长刀和筒帕，
去寻找食物来供养亲人。

阳光灿烂的时辰，
罕地亚又来到了都城，
六个王子远远看见了他，
纷纷跑过来向他询问：
"你还活着啊，朋友，
魔鬼没有把你战胜吗？
什么命运使你逃脱了灾难？
什么力量使你变成勇敢的人？
快把你的芦笙吹起来吧，
快把你那奇迹般的经历和胜利，
告诉我们全城惊慌的百姓。"

罕地亚自豪而从容：
"魔鬼没有吓断我的半根魂①，
魔鬼没有伤着我的皮毛一根，
我的弯刀闪电一样插进了它的脖子，
魔鬼的脑袋喷着血滚进了草丛。
六位王子啊，
你们对我的话信不信，
它的皮比牛皮还厚，
它的骨头比石块还硬。"

听了罕地亚的述说，
六个王子既惊奇又佩服，
一起表示要上山去看个实在，
看看那死在罕地亚刀下的魔鬼。

罕地亚带着六个王子走上山坡，
来到了魔鬼躺倒的地方，
只见魔鬼翘着屁股翻白眼。
六个王子对阿銮的勇敢啧啧赞扬，
无话可说面面相觑，
并对罕地亚把话商量，

他们愿出金银六拽②，
买下杀死魔鬼的荣誉，
要去国王那里邀功，
让国王把他们当作阿銮夸奖。

石头变不成宝石，
本事怎能伪装？
但是罕地亚心地善良，
他对朋友能够宽让。
他把不能吃的荣誉，
赠给了六个虚荣的王子，
收下了他们的六矻金银，
匆匆返回居住的山上。

六个王子忙抽出腰刀，
在魔鬼身上乱砍，
砍得刀把脱，
砍得刀缺口，
把魔鬼的死尸砍成了碎片，
直到筋疲力尽手脚酸，
才一起奔回王宫，
跑到父亲的身边。

六个人抢着报告功劳，
六个人抢着亮出带血的长刀：
"尊敬的父亲啊，
儿子们的经历您可知道？
我们没有去游山玩水，
害人的魔鬼已被我们杀掉，
光荣属于我们六个兄弟，
您的头上也有金辉照耀。"

国王布南达听了儿子们的话，
高兴得在地毯上跳跃，
他还不放心地带着随从，
去深山里把魔鬼细瞧。

哦，凶恶的魔鬼，
果真被六个儿子砍成乱草。

---

① 传说人有九根魂。
② 拽：计量单位，一拽等于三市斤。

布南达回到王宫以后，
拿出了六串闪亮的珍宝，
赏给六个勇敢的儿子，
还摆宴席庆贺他们的功劳。

六个王子蹦蹦跳跳，
围着布南达又说又笑，
要是有脸的人呀，
早把羞耻装进筒帕了，
只有这六个无能的王子，
才把罕地亚的荣誉盗窃。

听众们啊，
我们有一句话说得好，
你帮助别人的要忘掉，
别人帮你的要记牢。
太阳没有照不到的地方，
六个王子的心是直的还是弯的，
总会叫人看得一清二楚，
就像在镜子面前人人躲不掉。

五

召王布南达为六个儿子高兴，
如果不是金银一般珍贵的子孙，
他们怎能把魔鬼砍死在深山？
召王越想越觉得六个儿子武艺超人，
召王越看越觉得六个儿子相貌英俊，
但是他们心地是否纯正，
召王有意考察他们的行为。

布南达把六个儿子叫到身边：
"我的儿啊，你们使我自豪，
你们的本事在全勐值得传扬。
魔鬼长年出没深山把人伤害，
扰乱着我们国土上的和平安康，
如今它毙命在你们六人手里，
你们像狮子一样勇敢，
你们真有抓天的胆量。"

"我的儿啊，快听我的忧愁，

今天不能不对你们来讲。
你们的祖母，我慈爱的母亲，
她离开我们不知道有多少时光。
可恨那不知姓名地点的魔鬼，
在一天黑夜里把你们的祖母掠走远方，
如今是死是活我无法知道。"

"我天天梦见她，
我天天望你们快快成长，
去救回我那可怜的母亲，
哪怕她在魔鬼手中身亡，
我也要隆隆重重地把她安葬！
去吧，我相信你们的勇敢，
快奔向那日出日落的那方。
假如找不到你们的祖母，
我会把你们当作不孝的子孙，
我的王宫也不会容你们贪生躲藏！"

召王的六个儿子无话回答，
天大的难事终于来到身上，
左思右想不知如何打算，
要是真的见着魔鬼只好死在异乡。

六个王子抬头看看城外的高山，
啊，深山老林缠满藤条，
哪里有一条通向勐排的路？
啊，山高路遥到处是悬崖，
哪里都会匐伏着虎豹豺狼。
我们不是自找死吗？
我们不是自落万丈深渊吗？
假如不去头要落地，
父王布南达的长刀不会宽恕。

他们六人想起了罕地亚，
那个乐于帮人的罕地亚。
何不去找他助上一臂之力，
用他的本领为自己解脱苦难？
用罕地亚的勇敢和善良，
在六个人的脸上抹银涂粉，
这是一条生的路啊，
这条路充满了希望。

六个人忧心忡忡走出王宫，

来到常游玩的广场等罕地亚。
罕地亚像往常一样，
背着长刀、筒帕来到了广场。
他远远看见六个垂头丧气的王子，
像六朵花在烈日下萎缩枯黄。
罕地亚还保存着往日的情谊，
走到六个高贵王子的身旁。

六个王子像黑夜看见了灯笼，
六个王子像下雨看见了草房，
围绕着勇敢的罕地亚，
诉说着心里的无限忧伤：

"我们的朋友啊罕地亚，
国王要我们去勐排那地方，
寻找失踪多年的祖母，
我们谁也不敢任意违抗。
只有你啊，能救我们一命，
谁也比不过你的勇敢善良。"

罕地亚愿意在别人苦难时，
伸出一双援助的臂膀，
又听说是去营救受难的老人，
就算不看在可憎的国王面上，
他也要为老祖母仔细想一想。

六个王子哪里知道啊，
罕地亚同他们是一棵树上的芒果；
六个王子哪里知道啊，
罕地亚同他们是一条河里的鱼儿。
九色的宝石啊，含苞的荷花，
罕地亚手按着刀柄，
愿把救老人的使命承担。

罕地亚对六个王子说：
"我愿意相帮，
朋友的患难就是我的忧伤。
张开的弓没有回头箭，
我不会用谎话败坏自己的名誉。
等着吧，朋友们，
让我去请求母亲的允许，
让我得到她的祝福和希望。"

罕地亚回山林见到了母亲，
将六个王子的苦情诉说：
"母亲啊，请让我去吧，
您不要挂念我的安危。
假如不是看在老祖母的面上，
我也不愿去承担这个风险。
只要六个王子还真心待我一天，
我就要把他们放在心上十天。"

嫡迪娓听了儿子的誓言，
不停的眼泪像两股清泉。
布南达的母亲也曾是自己的亲人，
魔鬼把老人家掠走的那一天，
她也还居住在宫殿。
她没有忘记老人的恩典，
她没有割断对老人的思念，
假若老人还生活在王宫，
布南达也不敢把嫡迪娓任意驱赶；
假若老人还睁着眼睛，
布南达的六个妻妾也不敢那样狂妄。

嫡迪娓把罕地亚当成寒冬的火塘，
嫡迪娓不愿再经受漫漫的苦难，
可是老人的遭遇又刺痛着她的心田，
被魔鬼折磨的太后胜过她的灾难。
就是高高的山冈有灾祸，
就是深深的森林有危险，
嫡迪娓也不愿把罕地亚阻拦，
她要罕地亚去向园中两位老人告别。

罕地亚来向布涛亚涛告别，
并接受他俩的吉祥祝愿：
"罕地亚啊，只要母亲已答应，
路上不会有苦藤把你来缠绊。
我们从日月里看见了你的福气，
太阳和星星为你发出光和热。
我们为你虔诚祈祷，
十年中你不会遇着灾难，
忧愁和痛苦已在你前头消失了。

"你会走到要去的地方，
你要寻找的祖母定会碰到，
你还会碰到三颗闪光的珍珠，

三个温柔漂亮的魔女，
就像荷花三朵待你去摘取！
孙儿啊，你即使碰到了邪恶，
也会有混西迦把你送进幸福的乐园。"

布涛和亚涛的诚心祝福，
让罕地亚心上又香又甜。
罕地亚又走到母亲面前下跪，
嫡迪娓将筒帕挎在儿子身上。
她的话随着离别的泪水，
洒进罕地亚善良的心田：

"我的儿啊，
祝愿你万事平安！
快去快回不要让我挂牵，
不要让我的心悬挂在石壁上，
不要让我靠在寒冷的篱笆上，
陷入那漫漫无边的思念。

"你在外面碰见了好心的姑娘，
也要带到我的面前，
让我看看她那颗发亮的心，
让我看看她那纯朴的双眼。
只有翡翠才能和宝石相配，
只有山羊才能和马鹿做伴。
我的儿啊，
你给别人的好处可以忘记，
别人给你的好处要铭刻心坎……"

罕地亚告别了亲人，
走到帕罕旁边，
他用手掌摸了帕罕三次，
随后飞身跳上帕罕，
帕罕立即长出一对金翅膀，
尾巴也发出光彩。

洛帕罕带着罕地亚，
飞离芬芳的园子，
飞上了云雾缥缈的蓝天，
飞到了京城，

徐徐降落在王宫广场。
布南达的六个儿子，
已经在广场等候罕地亚，
他们带着罕地亚进宫见国王，
召王对罕地亚表示欢迎。

罕地亚和六个王子出发了，
饭团果食装满挎包，
长刀弓箭横挎身上，
相送的人像蜜蜂一样，
金鼓金铓顿时敲响，
从王宫到城门外，
一路都是叮嘱和期望。

混西迦的子孙罕地亚，
暂把个人的悲伤抛在一边，
他骑上洛帕罕飞上云间，
时时走在六个王子的前面。
无论是高山密林，
无论是大河深渊，
还是布满荆棘的园子，
都没能把罕地亚阻拦。

有时在大青树下，
把刺肉的烈日躲避；
有时在山涧清泉边，
把甘露一般的清水痛饮。

他们来到了南圣木①岸边，
罕地亚叫六个王子和随从，
等候在南圣木岸边不要向前，
对岸就是获排②居住的地方。

他情愿自己去冒风险，
也不愿让别人陷进危难。
他跳上洛帕罕离地远去，
六个王子举目望去，
百般羡慕阿銮的洛帕罕，
跟随而来的随从士兵，
也把罕地亚的勇敢啧啧称赞。

---

① 南圣木：传说中的大江。
② 获排：魔王。

洛帕罕载着罕地亚，
飞上了刚眨眼的星星，
飞上了刚洗了澡的月亮，
从高处俯瞰着山冈森林。

我的手还没摸到花蕊，
我的歌也只唱了一段。
这里说到罕地亚骑上洛帕罕，
跨过了南圣木的宽阔江面，
去到那人们不敢去的勐排，
去闯那人们不敢想的星星和月亮。

六

听吧！
我们的诗经像花一样，
在人间居住的地方喷香。
男男女女老老少少啊，
都要把动听的歌，
记在颤抖的心上，
让不停流的血液，
荡起悲喜交加的波浪。

罕地亚坐在洛帕罕身上，
有时从星星上落到地上，
有时从地上飞过月亮，

有时从西方飞到东方，
有时在太阳身边回旋。
人间的山河都在他眼中，
那里的一草一木肥美，
那里的一山一水透明，
那里的一村一寨欢腾，
好像一片片流云闪过，
他记不住走到了什么地方。

田埂上的鹭鸶，
向他引颈张望；

枝头上的红鸟，
朝他婉转歌唱；
草坪上的孔雀，
对他扇动翅膀；
山坡上的马鹿，
向他投来热情的目光。

一串串金银花盘在树上，
把芬芳撒进他的鼻孔，
一群群玉鸟围绕着他飞翔。
不管是山还是水，
不管是树还是藤，
不管是鸟还是兽，
都对他说着好听的话，
都祝福他能到达目的地，
都祝福他碰见自己的情人。
对出远门的人来说，
这算是最吉祥的际遇和时光了。

在罕地亚走过的山谷，
也有雄狮、白象出没，
老虎、豹子也常钻在草丛中间，
漂亮的花蛇缠在枯树上，
小虫唱着奇异的调子，
彩蝶不停地飞来飞去。

一处的水又清又甜，
一处的水又苦又涩；
一架山又青又翠，
一架山又荒又秃。
罕地亚只顾往前走，
在勐排不想多停留，
变化万端的景色，
就像夏天那捉摸不定的气候。

在一处翡翠一样的山坡，
一幢金色的竹楼闪亮，
竹楼四周铺满了七色鲜花，
婻排①玛罗坐在走廊上。
一副娇容在花丛中更显妖艳，

---

① 婻排：魔王的公主。

乌黑的头发像一面镜子，
闪烁着奇特的亮光，
身上裹着彩衣，
显得十分匀称耀眼，
好比一汪洁白的湖水迷人，
好比一颗珍宝使人向往。

她满身穿金戴银，
细眉大眼微露深情，
满口白牙像两排宝石，
项链就像一圈彩虹，
围绕在她的脖子上。
十四五岁正是青春年华，
闪闪宝石般的嫡排啊，
她好比一朵奇异的花儿含苞待放。

洛帕罕载着罕地亚，
落在这块芬芳的土地上，
一眼就望见闪亮的金楼玉阁。
踏着温和的阳光走上前去，
芬芳的花香把他熏醉，
还是和蔼的玉鸟把他召唤，
他就像走到自己的家里一样。

巡视的获排，
见了阿銮便问：
"你是哪方的人氏？
你是哪国的勇士？"

罕地亚坐在洛帕罕上：
"我是人间土地上的子孙，
住在勐巴娜西美丽的山林。
召王派我来到此地，
来到这宝山贵地。
召王的母亲，
也是我的奶奶，
不知被哪山的魔鬼掠来，
我一定要把她找回！"

获排听了罕地亚的话，
全身的毛一齐直竖，
他觉得眼前的勇士不同一般，
假若没有非凡的本领，

决不能走到这遥远的勐排。

他立即走上前去，
拉着罕地亚的手，
并肩走到楼上歇气。
获排见罕地亚全身闪光，
两只脚掌都沾着金片，
对罕地亚更加敬重，
一心款待不敢怠慢。

获排在罕地亚面前跪下，
十分诚恳地说道：
"我没有什么体面的礼物送给你，
只有一个独生女儿在身边，
像一颗宝石闪烁彩光。

"我愿将她许配给你做伴，
让你俩双双走进新婚的楼房。
不管你答不答应我，
我不再改变自己的主张。
罕地亚啊，让她作一颗引路的宝石吧，
作为我们友谊的开端吧，
请你不要让我失望！"

嫡排悄悄靠近墙壁，
从隙缝中偷看罕地亚。
只见罕地亚像一锭金子发亮，
爱的种子立即撒进了她的心田。

获排立即传下号令，
为罕地亚与女儿举行婚礼，
做摆的鼓声在勐排回响，
模样百种的魔鬼，
从四面八方相约而来，
在王宫里向获排祝贺，
向罕地亚与嫡排送礼……

罕地亚拉着嫡排的手，
嫡排的手又嫩又柔软，
好比芦苇丝一样。
他俩从地毯上走向新房，
就像一对鸳鸯走进水中央，
面对面地表白内心话儿：

"永远忠实于婚姻，
活着成人一对，
死了成鬼一双。"

有挂牵的人，
不会过安稳的日子；
有忧愁的人，
脸上的笑容不会久长。
罕地亚还找不着奶奶的踪迹，
只好向亲爱的嫡排请求：

"嫡啊，我的历程还很艰辛，
我的苦难还没有完结，
吃惯了蜂蜜会忘记苦瓜，
烤惯了火会离不开火塘。
让我现在就走吧！
花树有花开花落时，
亲人有分有合日，
等那绿叶葱葱的那天，
我会来接你到勐巴娜西的。
嫡啊，让我去搭救苦难的亲人，
让我去了结召王的心愿。"

嫡排没有阻拦，
只说了几句深情的话：
"召啊，你走吧，
只要你不把我忘记！
我像素馨花，
已把你这棵树紧缠，
扯不断也掰不开了，
请你不要在远方久留。

"假若看见迷人的香花，
也不要让花把你醉倒他乡，
我盼望你的归来，
就好比花儿等雨来浇；
我想念你的归来，
就好比心儿搭在火塘边上。"

罕地亚告别了嫡排，
又把洛帕罕骑上，

勐排的红花绿叶，
很快消失在后面；
勐排的巍峨金宫，
很快也望不着顶尖。
罕地亚在天上飞翔，
金鸟载他快如闪电。
他透过一片彩云，
又看见了一个勐排的宫殿。

这里的国名很好听，
金鸟告诉罕地亚这是勐旺，
就是太阳照耀的地方。
啊，太阳像金子一片，
在这块美丽的土地上闪着光芒。

罕地亚从洛帕罕上俯瞰，
只见那嫩竹发出新枝，
只见那花儿在暖风中绽放，
只见那一颗耀眼的绿宝石，
在金伞下无人做伴。
又一个嫩生生的魔女，
映入了罕地亚多情的眼眶。

罕地亚落在了这块不可怕的土地上，
罕地亚拜见了善良的魔王，
将寻求祖母回归的来意，
对眼前的获排从头叙讲。

获排望见罕地亚模样，
金手金脚跟凡人不一般，
急忙跳下象牙床，
把罕地亚迎上花地毯，
向罕地亚合掌[1]致意，
又问好来又问安。

获排还真诚地说：
"我这里没有什么款待你啊，召！
只有一颗珍珠玛亚望你接受。
绸缎被面床单已给你铺好，
只等你同我的小女同住新房。"

① 合掌：傣族的致意礼节。手合双掌，放在胸前，表示对对方的敬意和问候。

罕地亚把获排的盛情收下，
他走进花园将婻排颜容细看，
在毯子里轻轻抚摸婻排的手臂，
双双走进了灯光辉煌的宫殿。

太阳在竹梢上闪耀，
日月把罕地亚催赶，
他要离开深情的婻排，
他对婻排诉说了自己的心愿。

婻排怀着同情，
婻排百般留恋：
"去吧，远方的亲人啊，
只要你不忘记我这朵缅桂，
当你回转过花园时，
请把我戴在胸前，
带到勐巴娜西田园。"

罕地亚跳上洛帕罕，
用会说话的眼睛向婻排告别；
婻排情意深长，
一直抬着脖子把罕地亚目送。
她像断了枝儿的一蓬花，
她像丢了魂的人，
直看着罕地亚消失在天的那边。

罕地亚离开了勐旺宽阔的坝子，
在不远的前方又闪出了一幅画卷，
一条湛蓝的河流引他而去，
一路龙舌兰高大荫凉，
像两排铁树铜木在路的两旁；
翠绿的竹林把京城紧紧环抱，
绚丽的花朵把宫殿层层缠绕，
这里又是一个勐排地方，
名叫暹罗，显出另一番奇异的风光。

听说城里也有一朵金荷花，
好听的名字叫玛丽。
叮叮当当的金银首饰，
常随她摇摆的身影传到天上。
混西迦暗中把罕地亚指点，
让罕地亚在这里歇气。
罕地亚像小鸟望见明湖，

骑着洛帕罕飞落在这秀丽的坝子。

这个勐的获排远远望见了客人：
"客人啊，我见到你并不陌生，
因为我已做了一个好梦，
梦见人间的罕地亚要到这里。
让我向你表达自己的盛情吧，
客人啊，请喝一杯凉茶，
尽管你会有不幸和悲痛！"

罕地亚走近获排：
"对好心的主人，
应当先报自己的姓名。
获排呀，我叫罕地亚，
是勐巴娜西的子孙。
我的祖母失踪多年，
如今不知在哪一座痛苦的深林，
不管遇上千难万苦，我将把她找寻……"

罕地亚的经历感动了获排，
罕地亚的勇敢使获排尊敬，
获排真诚地这样说：
"客人啊，不要这样伤心，
一刀砍不倒枯树，
一刀剖不开竹子，
一刀砍不断苦藤，
一刀削不成篾子。

"先在我们这地方住一久，
再把你的祖母找寻。
假若你看得起我获排，
请留下你的深情。
我愿把姑娘嫁给你，
在明天摆下婚礼的宴席，
给我们全勐留下荣幸的时辰。"

罕地亚从获排恳求的眼神里，
看见了他热忱的心灵，
假若我推掉这门亲事，
就会在主人的脸上添上皱纹。

罕地亚答应了获排，
只作了一小点声明：

当宴桌的酒味消失以后，
他仍然要去寻找自己的亲人。

第二天太阳升起的时候，
罕地亚打上了新的包头，
同盖着粉红面纱的嫦排，
绕着宴桌给魔王们敬酒……

露珠躺在荷叶上休息，
鸟儿站在枝头上闭眼，
田鸡不再叫了，
月亮也躲进了云里面。
罕地亚揭开嫦排的面纱，
娇媚的嫦排目光多情。

罕地亚醒来的早晨，
先告别了新婚的妻子：
"嫦啊，如果你的温柔就是绳子，
哪怕把我紧紧拴住了，
我也得挣断它离你而去；
嫦啊，如果你的美貌就是醉人的蜜糖，
哪怕把我紧紧粘住了，
我也得跳出来离你而去。
我不能守着这里的凉茶香饭，
我不能留恋这里的金窝银床。
我不是一个无情的人，
但是我的行动会被你看作鲁莽。"

嫦排没有责难罕地亚，
哪怕婚后仅只一眨眼的时光。
能够理解别人痛处的人，
更值得人们尊敬、爱慕，
罕地亚向嫦排诚心表白，
爱的琴弦就永远不会被扯断。

罕地亚又告别了获排，
才骑上洛帕罕向远山飞去。
过了数不清的山林，
过了数不清的江河，
来到了遏列纳的土地。

罕地亚从云间俯瞰这座坝子，
从东望到西，

从西望到南，
每个角落都在他的眼睛里。
在一片云雾迷茫的山林，
罕地亚看见一伙魔鬼，
正寻虫扑鸟贪婪吃食。

这里不像他路过的勐排，
这里没存有善良的气息，
到处是恐怖的山谷，
连树木都伸着爪子，
河里的水也是黑色的，
高大的宫殿像用白骨砌起，
沉闷的铓声唤不来黎明，
远近一片昏暗的天地。

罕地亚的眼睛闪烁着星光，
拨开浓雾层层，
在洛帕罕降落的地方，
罕地亚望见了可怜的祖母。
祖母认不得罕地亚，
但猜想他是来自人间的能人：
"我的子孙啊，
你来自哪个美好的土地？
来到这恶魔盘踞的山林，
是谁给了你无敌的力量？"

罕地亚拜跪合掌：
"尊敬的祖母啊，
苦难人不知道什么叫害怕，
我来接您回到自己的故土！"

头发斑白了的祖母，
听了罕地亚的话归心似箭。
自从跌入勐排的土地，
她只被当作老奴仆使唤，
睁眼就见魔鬼吃生肉，
闭眼也梦见魔鬼啃血骨，
佛祖啊，快惩办这些罪恶吧，
可怜的老人情愿瞎了双眼！

祖母流着泪诉说：
"我的好孙子啊，
快带我离开这不是人在的地方，

走过这苦难的山林，
回到勐巴娜西美好的天堂。"

罕地亚扶着年老的祖母，
坐上神赐的洛帕罕，
离开了勐排的宫殿。
当他们飞上蓝天的时候，
洛帕罕发出了一股奇异的光，
把火焰投进了魔鬼的宫殿。

惊慌的魔鬼东跑西窜，
漂亮的宫殿在火光中倒塌，
抢掠来的生人也不见了，
魔鬼们一个个握着刀矛忙去追赶。

阿銮和他的祖母，
骑着洛帕罕闪现在云端，
会飞的魔鬼紧紧追随，
获排放开嗓门怒吼：

"你是什么人？这样大胆，
敢把我的宫殿变成火海一片？
那是我请来守门的老奴，
怎么会坐在你的身边？
快落下地来认罪吧，年轻人，
你的脑壳正好做我的饭碗。"

罕地亚不慌不忙，
回头指着凶恶的获排：
"我是混西迦派来的，
假若害怕你们这些魔鬼，
我何必自己来送死呢？
如果你的头不是石头做的，
就不要来碰着我的刀口；
如果你愿意懂得人间的善良，
我可以为你指引方向。"

恶魔听不进人话，
浑浊的池塘难舀清水。
赤裸着臂膀的魔鬼，
挥舞着大刀朝罕地亚砍来。
罕地亚抽出宝刀一把，
在天空中迎击凶恶的魔鬼。

魔鬼怎能抵挡混西迦赐给的宝刀，
他们的头像南瓜跌落地上，
吓得获排不敢靠近。
他长着象牙一样粗壮的利齿，
也吃不着勇敢的罕地亚；
他生着豹子一样的爪子，
也抓不着天神护卫的罕地亚。
从此他认识了勐巴娜西的勇士，
望着闪光的洛帕罕胆战心惊。

暹罗地方的美丽婻排，
早把心中的罕地亚盼望。
她手搭凉棚把目光投向彩云，
胜利而归的阿銮坐在洛帕罕上。

婻排真诚地合起双掌，
向混西迦诉说心中的渴望：
"如果我的命运配做罕地亚的奴仆，
如果勐巴娜西的奘房允许我去朝拜，
就让我爱慕的心长上双翼，
飞到罕地亚的身边。"

婻排的话刚刚说完，
混西迦透过明镜看见了她的心肠。
善良和纯洁是分不开的伙伴，
混西迦投下了一片同情的神云，
让婻排端坐在上面，
飘上了绚丽的蓝天，
在罕地亚的洛帕罕飞到的时候，
落在了热情的罕地亚身边。

洛帕罕顺风而行，
前面又是勐旺。
罕地亚多情的目光，
看见了等候着的第二个婻排。
婻排的热诚感动了他，
他的话像两条粗臂伸开：
"婻啊，假若你一心等我，
愿意随我到人间，
经风沐雨同生活，
那就来到我的身边吧！"

只见婻排站立的地方，
土地在微微颤抖，
冒出一股蓝色的烟火，
将纯贞的婻排托上天空。
罕地亚伸手抱住她的腰肢，
就像彩虹把青山环抱。

快到南圣木两岸的时候，
罕地亚爱着的第一个婻排，
已头插香花站在凉台上。
她每天都这样把两眼望酸，
阿銮啊好比一棵直直的金竹，
牢牢地插在她甜美的心田上。

当她望见婻排和思念的阿銮，
坐在吉祥的洛帕罕上，
连忙十指并拢在胸前，
对着面前的睡莲轻声祈祷：
"善良的混西迦啊，
清清的湖水好比我的泪水，
我久久思念的罕地亚已经来到，
请你送我上天吧，
让我跟随心爱的人远走，
我会对你十倍的虔诚！"

婻排的话随微风响，
拂过湛蓝的池塘水面。
一朵睡莲张开了娇瓣，
飞到了多情的婻排身边，
婻排像喝醉了米酒一样，
倒在柔软的荷叶上面，
荷叶把婻排送到了天上，
让她同罕地亚团聚。
这是神赐的福气，
也是爱情忠诚的力量。

罕地亚望着钟情的三位婻排，
幸福的清泉在心窝里荡漾。
受难的祖母也在一旁甜笑，
她虽然不知道罕地亚是亲孙子，
但是一条看不见的幸福彩线，
已把他们的心紧紧拴着，
只要到了勐巴娜西王宫，

她就要国王儿子为他们再举办婚礼，
将满心的感激献给勇士，
和他这三位美丽的婻排。

三朵金花与宝石，
在天上闪闪发光，
一串串歌声笑声，
绕着彩云回响。

帕罕啊金色的神鸟，
迎着南圣木的碧波飞翔。
罕地亚对三位婻排说道：
"婻啊，南圣木就在眼前，
你们先在山脚下的林子里等着，
让我先送祖母到江边，
交给迎候的王宫人马，
我再回来把你们接走，
一同去见我们慈祥的母亲。

"婻啊，你们不要多心，
因为江边的人拥挤，
人多的地方难免有贪婪的眼睛。
婻啊，你们不要害怕，
这里离南圣木不太远，
老虎吼叫的声音我能听得见。"

魔女们要同阿銮分别，
泪珠不由得滚滚流出。
罕地亚对着三朵迷人的花儿，
嘱咐了一遍又一遍。
婻排的脸上挂着愁云，
婻排的心像鼓皮在跳，
陌生的地方让她们恐惧，
眼巴巴望着罕地亚消失在远方。

罕地亚带着祖母飞去，
不时回头把婻排遥望，
好像蜜蜂依恋着喷香的鲜花，
好像金鹿依恋着茂密的山林。

南圣木江边的人群，
望见洛帕罕在眼前闪现，
立刻像煮沸的开水骚动起来，

拥过去把年迈的太后扶下洛帕罕。

召王布南达的六个儿子，
在欢呼声中产生了邪念，
他们害怕祖母对父王说出实情，
不是他们救来了祖母，
他们在罕地亚面前会失去光彩，
狠心的布南达不会宽恕他们的欺骗，
祖母也会一眼看破他们的不孝之心。

六个王子急得团团转，
他们相互耳语定下毒计，
要将善良的罕地亚毒害，
就此争夺罕地亚的荣誉。

人要起了坏心，
歹毒的手不会软。
六个王子乘罕地亚不备，
在人们将祖母接上牛车时，
七手八脚把罕地亚打倒在地，
木棍、长刀、尖刀，
雨点般落在阿銮的身上。
好心的人啊，
就这样死在南圣木岸边，
骨碎血流一息奄奄……

布南达的六个儿子，
忙跑到牛车的四周，
跟着祖母走向京城，
走进了金色的王宫，
向布南达合掌报喜，
向布南达无耻报功。

布南达被高兴的泪水，
蒙住了思念母亲的心；
布南达被六个儿子的海口大话，
灌醉了偏信的头脑。

当他把慈母迎到金椅上，
回头就把六个儿子赞扬，
还命令总管阿曼打开金库银库，
给六个儿子以优厚的奖赏，
并请歌手把他们的经历编成歌谣，

在勐巴娜西到处传唱。

儿子的荣光是父亲的骄傲，
儿子的勇敢是父亲的胆量，
布南达说不完的欢喜，
他愿把王位早日让给儿子。

茂密的山草割不完，
繁盛的花朵摘不尽，
我们的故事先唱到这里，
合拢的书本休息后再打开。

七

百鸟落在菩提树下，
奘房的金铓又传出响音，
诗经又把话儿引出新路，
南圣木江边罕地亚可怜丧身。

孤独的媏排等在树林里，
天边的暮色渐渐阴暗，
左盼右盼还不见阿銮归来，
三个纯贞的公主暗自悲凉：

"我们善良的丈夫啊，
为什么迟迟不回还？
难道他又走进了新的花烛洞房？
难道我们的真诚只配换来欺骗？

"往日欢乐不尽的时光，
就这样不值得罕地亚怀念？
我们再把真挚的爱呀，
从心窝里掏出来，
放在珍贵的包头上，
面对南圣木那方呼唤！

"罕地亚啊，善良的王子，
你快回到我们的身边吧！
让我们透过厚厚的云层，
看见你的洛帕罕闪现。
我们的忧愁装满了山林，

我们的寂寞像孤单的大雁。"

三朵花垂下叶瓣，
三个媽排在伤心哭泣，
她们怎么知道罕地亚的不幸，
只担心被心爱的人抛弃。
媽排们从山上朝下望去，
黑夜中没有一丝人家的火光，
耳边传来了虎豹的吼叫，
森林间闻不着人的半点味道。

三个媽排手拉着手，
像并排的姐妹竹一样，
迈开沉痛的步子走向江边，
去寻找心中的罕地亚。

哪怕猫头鹰从头顶上掠过，
她们也不觉得凄凉，
只要爱的火还在心里燃烧，
就是踩着老虎的足印也十分坦然。

南圣木的浪涛声传来了，
还掺杂着乌鸦厌恶的叫声，
三个姐妹有一种灾难的预兆。
晚风鼓起了她们的筒裙，
她们像飞起来似的，
一眨眼就到了南圣木岸边。

啊，三双眼睛一齐亮了，
望见了罕地亚躺倒的身躯。
从眼睛里流出来的泪啊，
像无情的暴雨一样倾泻；
从眼睛里洒出来的血啊，
像不尽的泉水一样奔涌。
"我们的罕地亚丈夫啊，
为什么死在这里？
是谁这样狠毒……"

三个媽排一齐扑上前去，
扑倒在罕地亚身上：
"不幸终于落在我们身上，
痛苦终于夺去我们的幸福，
天啊，是谁摧残人间善良？

天啊，是谁把罕地亚送进死亡？

"我们真诚爱着的人啊，
不要把我们留在陌生的地方，
我们向何处去？
我们到哪里生活？
人世上还有谁比你更好！

"召啊，为什么要和我们永别？
你为什么不开口再说甜蜜的话？
你为什么不睁开热情的眼睛？
我们的呼唤需要你回答，
我们痛苦的眼泪只有你能擦干！"

媽排的哭声在江心回荡，
媽排的哀啼传向黑夜八方，
守护着山林的山神听见了，
巡视着江河的水鬼听见了，
在六十层云层以外的天上，
混西迦的镜面里，
也映出了三张痛苦的面孔。

每天清晨，
混西迦都要到南圣木洗浴，
顺便洞察人间的苦难，
媽排的哭声正好把他催促，
他连忙变成一个下凡的阿銮，
腾云驾雾来到南圣木江边。

他看见三个美丽的媽排，
趴在罕地亚尸体上哭泣，
悲痛中他回想起往事，
罕地亚又一次丧命在人间。
混西迦望着三个媽排思索，
她们的爱情是否坚贞……

装扮成年轻人的混西迦，
手里抱着金色的丁琴，
在三个媽排的身后徘徊，
三十二根琴弦传出动听的声音：

"听吧，美丽的媽啊，
请把你们心里的话，

合着我委婉的琴音。
忧伤使人增添皱纹，
悲哀使人失去青春，
婻啊，这是我的忠告！

"你们的亲人已经死去，
他像断根的树不再常青，
他不会对你们说出好听的话，
他不会对你们叙谈衷情。
我请求你们说说笑笑，
跟着我到竹楼上做一家人。

"你们是三朵好看的花，
请允许我用有情的水来浇根；
你们是三朵馨香的花，
请允许我来把香花闻个饱吧！
砍倒的竹子怎么会发叶？
死了的人怎么还会复生？
假若我的话传进你们的心里，
就请抬起希望的眼睛！
婻啊，漂亮的人儿，
我的话每一句都是那样真诚。"

年轻人的话随风吹走，
三个婻排回头把他张望：
"你是哪家年轻的卜冒，
听着，你的祖母对你回话。
我们哀伤的泪水还挂在脸上，
我们有什么心思听你弹琴？

"你的琴声像猪叫一样，
刺人耳朵又让人恶心。
回你的竹楼去吧，
你就是沙铁我们也不稀罕！
天下的女人多的是，
你为什么来找我们三个不幸的人？

"别再厚着脸皮谈情说爱了，
我们已把你的话，
请过路的风带进了森林。
召坤啊，陌生的人，
请不要在这里拨动琴弦，
我们的心早已随着死去的亲人。

快走吧，我们不愿再看到你，
我们甚至想把你痛骂一顿。"

三个婻排只管抱着罕地亚，
哭得更加伤心不已。
弹丁人并没有离开，
只听见他又唱起了山歌：
"玛罗、玛亚、玛丽婻排啊，
你们的脖子白白的，
能不能让我靠一靠？
你们的脸蛋嫩嫩的，
能不能让我亲一亲？

"有雨花才会芬芳，
孔雀听见鼓声总会开屏，
你们别这样伤心落泪了，
我的王宫有数不尽的舞女，
乐师们的乐声会使你们欢心。
跟我走吧，三位美丽的公主！"

弹丁人的歌，
激怒了三个婻排，
玛罗公主放声大骂：
"水牛还会听人吆喝，
猴子还会听锣的声音，
你祖母的话为什么不听？
召啊，你的欢乐正是我们的痛苦。"

玛亚公主也跟着说：
"我们嫁给罕地亚那天，
从来没有想着要改嫁。
即使混西迦的斧头把我们砍碎，
我们也不会再期望在别人身边活着。"

混西迦变成的弹丁人，
暗暗钦佩她们的忠贞。
玛丽公主也对他开口：
"坤啊，你不要再戏弄我们，
欺骗是多么大的罪过！
不要说你是金银满楼的沙铁，
就是天下闻名的召王，
我们也不会背叛自己纯洁的爱情。"

混西迦怀着赞美的心情，
在嫡排背后悄悄隐去。
三个嫡排惊奇地张望，
也无心用目光去追踪。

她们面对面，心对心，
跪倒在罕地亚尸体旁：
"召啊，不幸的丈夫，
有你的生才有我们的活，
我们不能在人间做伴，
就让我们在大火中永生！"

说完她们各自站立起，
分头去把干柴寻找，
她们要把罕地亚焚烧，
她们要同丈夫一起葬在火中。

木柴堆起来了，
大火燃起来了，
三个美丽的嫡排，
把包头在江水里浸湿，
擦去罕地亚身上的血迹，
让他一身干干净净，
进入人生最终的勐历板。

三双娇嫩的手，
把死去的罕地亚抬起，
一步一步走向烈火，
泪水盖住了三张青春容貌。

混西迦隐身站在一旁，
将三个嫡排的行动看在眼里。
当她们走近火堆时，
混西迦又摇身变成一个恶魔，
跳到三个嫡排的面前，
张开血红的利牙：

"我饿了好几天啦，
让我把尸体啃吃掉吧。
如果我吃不着僵硬的尸体，
我就要把你们三个当作美餐。"

恶魔口涎垂三尺，

一把抱住罕地亚的尸体，
张开吓人的血盆大口，
就要把尸体来咬。
三个嫡排放声求饶：
"坤啊，我们求求你，
不要再把他糟蹋。
如果你真的饿了，
我们的肉有血有香味，
比蜂蜜水还甜，
比甘蔗水还润舌。
我们丈夫的肉只会使你后悔，
我们三个人的肉才使你留恋。
吃吧，坤啊，
你先把我们吃掉吧！"

三位嫡排纯洁的心，
像三颗宝石透明灿烂。
混西迦变成的恶魔暗暗流泪，
人间怎能缺少这坚贞的爱情！

混西迦转身变成一个人，
对着嫡排合起双掌：
"三位可敬的公主啊，
我来自天上，
来帮助你们医治创伤。
我带来了起死回生的圣水，
将让你们的丈夫复活于世。"

混西迦打开葫芦里的仙水，
洒在罕地亚的尸体上，
罕地亚慢慢醒来，
睁开了明亮的眼睛。

三位公主惊奇得发呆，
一头扑在罕地亚怀中。
在一旁的混西迦隐身而去，
将幸福留给了忠诚的伴侣
……

苦难好比深山里的苦藤，
只有把它连根拔掉才有幸福。
听众们啊，这里又是一段，
快擦掉留在你们脸上的泪水。

八

一束花不能分成两半，
一股水不能分成两条，
相爱的人要走在一起，
让我们为他们张开笑脸吧！

召王布南达见到了他的母亲，
一声哭来一把泪，
只要太阳一出来，
布南达就把老人扶到凉台上，
让勐巴娜西的太阳为她取暖；
只要月亮一出来，
布南达就把老人扶到躺椅上，
听老人诉说团圆后的甜言蜜语。

布南达的母亲认了六个孙子，
左找右找没有见着勇敢的罕地亚。
在布南达的追问下，
老人回想了苦难的经历：
"我的儿呀，听我讲，
那陌生的孙子在哪里？
他的孝心我怎能忘记？
全靠他跋山涉水闯勐排，
他手中的宝刀锋芒无敌，
在凶恶的魔鬼头上挥舞，
就像砍瓜砍芭蕉叶一样。

"三千里路都在彩云间，
他口口声声叫我祖母。
他在哪里啊？为什么不回宫？
眼前的六个孙子虽然英俊，
可我只在南圣木江边才认识，
他们没有同魔鬼厮杀，
他们的勇敢我没有目睹。

"儿呀，快去把他寻找，
我死前不能忘记他的恩德！
他是不是去接那三位漂亮的公主了？
还是被人暗害丧身……"

布南达听了母亲的话十分惊奇：
那位勇士为什么这样善良？
为什么对老母亲这样亲近？
他若是一位神仙，
为什么不在我梦中现身？
他若是一位凡人，
为什么要躲避我的报答？

布南达遵照母亲的嘱咐，
在王宫广场搭了一百个彩门，
在王宫广场搭了一座金桥，
又在广场中间筑起了高高的瞭望亭。
国王要举行七天七夜的大摆，
在赶摆的那天，
让人们穿过彩门，
让人们走过金桥，
王太后要寻找救命恩人。

吉祥的日子来到了，
布南达陪伴着母亲，
走上了高耸入云的亭子，
瞭望着拥进广场的人们，
每一张穿过彩门的面孔，
都像粉团花一样绽开。

有一张脸儿像宝石一样，
闪耀在那长长的金桥上，
盖过了摆场上最醒目的光焰。
布南达的母亲惊叫起来：
"儿呀，你看那个年轻人，
他就是我挂念的孙儿。
快敲响金铓吧，
把他呼唤到我的身边！"

召王连忙派出阿曼，
去请勇士进宫殿。
阿曼见了罕地亚，
一口气把召王的召见说明。

被豹子抓伤的猎人，
一嗅到腥气心里就发怒；
被王宫折磨的罕地亚，

一听见召王的名字手就按住刀柄。
但是他不愿失去礼节,
只好跟随着阿曼走进宫殿。

罕地亚一眼看见了祖母,
她旁边站着生父布南达,
布南达怀着感激的心情,
对眼前的勇士百般敬佩:
"我的勇士啊,
请问你的姓名?
你是讨饭过日子,
还是打猎为生?
你家的老人都好吗,
请你把真情都告诉我一声。"

罕地亚合掌在胸前,
回答布南达的询问:
"我来享受这赶摆的吉祥日子,
并不愿回忆自己的身世。
当你问到我的苦难时,
我不得不倾诉自己的不幸。
召王啊,
让我把话从头说起!
我没有家,
是好心人把我收养,
我只有一个可怜的母亲,
她经受的苦难数不清,
她的名字也许你很耳熟,
她叫婻迪娓……"
这个名字深深戳进了布南达的心,
他摇摆着倒在椅子上……

罕地亚接着说:
"我是被人用狗调换的人,
六颗歹毒的心把我和母亲伤害。
我的母亲抱着一只狗当孩儿,
如果是一只鸟她还不会那样伤悲。
她被你赶出了王宫,
我被混西迦救到了天上,
可怜啊,我的母亲,
在路上死去活来。"

"在她快要送命的时候,

山林里的两位老人救了她,
让她在屋檐下栖身,
让她拿饭团充饥。
我们忘不了两位老人的恩情,
我们忘不了混西迦的恩情!"

"召王啊,
乌鸦才会说谎,
孔雀不会骗人。
听见去救祖母,
我施展出自己的本领。
你那六个宝贝王子,
就像他们的六位母亲那样,
抛弃了人间的善良,
骗走了我的真诚,
好比害我母亲一样,
又将我杀死在南圣木岸边,
不让我回家见亲人。

"眼前的祖母啊,
请您说我有什么罪过,
为什么要让我像猪一样死在野外?
狠心的父亲啊,
你为什么把我母亲赶出王宫?
让我们母子受够煎熬……"

布南达胸中好比一团火,
他气得从金椅上跳起来。
他决不容忍六个儿子的罪恶,
更不能宽恕那六个狠毒的妃子,
这样把他欺骗作弄。

他的心像被一座大山压着,
透不过气来;
他的心里像装着一汪苦水,
两行泪水滚滚流淌。
他急忙上前抱住儿子罕地亚,
用脸贴在他的脸上,
在醒悟中弥补自己的过失。

年老的祖母泣不成声,
她没有想到在自己被妖魔抢走后,
王宫中竟然豢养了几只恶狼,

糟蹋了勐巴娜西的善良！

布南达命令大臣：
"快把六个不要脸的女人，
和她们养大的六只恶狼，
赶出王宫，赶出勐巴娜西，
我不愿再见到他们的丑嘴丑脸。
美丽的故土怎能摧残善良？
辉煌的王宫怎容邪恶藏身？
他们的归宿应当是地狱，
让我从睡梦中醒来吧！"

大臣们带着卫士，
用棍子把六个王妾赶出宫，
又用鞭子把六个王子撵走。
他们才走出京城，
忽然在他们脚下一声巨响，
天崩地裂沙石横飞，
无情的大地将他们吞进肚里，
惩办了勐巴娜西的邪恶。

王宫中点起了万束蜡条，
宫殿里挂起了万盏龙灯，
布南达拉着勇敢的儿子，
领着他走遍了王宫内外，
还把权力交给了罕地亚，
要让他做年轻的国王。
罕地亚并不马上表示愿意，
因为他的母亲还在山林里流泪。

布南达立即吩咐大臣们，
准备象队和人马跟随王子，
到深山里迎接嫡迪娓。

在一个风暖花艳的日子里，
罕地亚带着浩浩荡荡的人马来到深山，
拜见了不幸的母亲，
拜见了布涛亚涛两位恩人。

罕地亚跪在母亲的脚下：
"母亲啊母亲，
我来接您和两位老人进宫。
父亲已认识了过错，

往事不要过多细想了，
让辛酸随光阴流逝吧！"

满山的象队，
满园的马队，
人群乱纷纷拥挤不堪，
有的敲打着金鼓，
有的放声把歌唱，
欢迎嫡迪娓回王宫，
用欢乐洗去她的哀伤。

宝石重见阳光，
在勐巴娜西闪耀金辉，
手戴金镯的宫女们，
在嫡迪娓身边起舞；
穿绸裹缎的使女们，
在花园里像花枝一样招展。

罕地亚对三个贞洁的嫡排说：
"结束我们的忧愁和苦难吧，
让我们双双对对回到人间天堂。"

罕地亚把三位公主领到花园，
拜见了母亲嫡迪娓。
母亲看见三个纯贞的儿媳，
高兴得忘记了往日的苦难，
诉说着人间应当永存的恩爱。

逢雨的花更芳香，
像蜜蜂一样的人，
在花丛中嗡嗡来往。
苦变甜的时辰，
人们更感谢慈祥的混西迦。

鲜花从龙船上撒出，
歌声从玉楼上飘出，
相互见面的人把对方祝福，
寂寞的山林变成了赶摆场。

召王布南达也从京城赶来，
一见着嫡迪娓就下跪：
"嫡啊，我的妻子，
我现在才认清那苦难的往事，

苦水快把我的喉咙冲破了。
嫡啊，勐巴娜西欢迎你，
请你宽饶我以往的罪过，
有了你啊，王宫的灯火更明亮，
有了你啊，赶摆的鼓铓更响。"

嫡迪娓也向召王拜跪：
"召王啊，创伤愈合有痕迹，
叫我怎能不记得那痛苦的往事！
我被当作狗赶出王宫，
我把狗当作儿子哺养。
大臣们啊，你们送来什么礼品？
你们都劝我回到王宫，
难道那里的阳光比这里温暖吗？
可是在王宫里得不到的东西，
我在这里都分享到了。

"山林的阳光暖人，
山林的鸟儿同情人，
山林的亲人充满善良！
我的生命在这里复活，
我的苦难在这里消失，
我见到了儿子和媳妇，
这是我最大的满足了！"

布南达又请来了老母亲，
来劝嫡迪娓回王宫。
嫡迪娓看在老人的面上，
嫡迪娓顺从儿子的心愿，
嫡迪娓感激大臣们的盛情，

才决定回京城王宫。

勐巴娜西又放出光彩，
生死离别的亲人重又团聚，
大家准备好金银绸缎，
来到银铃叮当的奘房，
虔诚地赕佛，
五条佛规永远不能忘。

邪恶的六个妃子，
不管是在什么地方，
都要掉进可怕的地狱，
就连那六个狠毒的王子，
也将跌入铁锅里被沸水煎熬。

慈善的老祖母虽然被魔鬼抢去，
但她还是摆脱了苦难，
被混西迦指引下的罕地亚，
救回到人间共享欢乐。

嫡排也有人间的情深意长，
她们向阿銮传送了友谊和爱情，
从那不是人在的地方到勐巴娜西，
同人们一起跳舞歌唱。

罕地亚敬爱自己的母亲，
更敬爱救命恩人混西迦，
爱的井水又明又深，
爱的花朵又鲜又香。

收入《金湖之神》，中国民间文艺出版社 1981 年版
演唱者：景哏赛·奘相（傣族）
翻译者：岩　林（傣族）

附　记：

《帕罕》傣文手抄本民间长诗篇名。傣语，"帕"为"岩石"，"罕"为"金"，译为"金岩石"。流传于云南省德宏傣族景颇族自治州傣族地区。长诗讲述了傣族古时的一个善良战胜邪恶的故事。古老的勐巴娜西王国国王布南达娶了七个妻子，最小一个是美丽善良的嫡迪娓，她被立为王后。不久，六个王妃都相继生了儿子，只有王后嫡迪娓迟迟才有身孕。想到今后王位继承者的归属，六个妃子心生妒恨，在王后产下婴儿之时，他们恶狠狠地将婴儿扔进了后花园，让野猫撕吃，让饿鹰叼走了。还抱来一只狗儿，放在昏迷中的王后身边，去找国王谎报宫情奇事。国王听信了王

妃们的谗言，又见嫡迪娓怀抱里的狗儿，气上心头，立即把嫡迪娓王后赶出了王宫。无力辩白的嫡迪娓孤苦伶仃，悲愤离宫。在她绝望之时，一对以守园为生的善良老夫妇收留了她和她的狗儿。被六个恶妃悄悄扔掉的婴儿，却是天神混西迦指令托生在嫡迪娓身上的天子，随后也被天神接回上天哺育抚养，长大后取名罕地亚。罕地亚得知生身母亲在凡间受苦，罕地亚乘着神赐的帕罕（金岩石）飞到人间。能为主人万变所求的帕罕把罕地亚带到了日思夜想的母亲身边，苦难的母子终于相逢团聚。武艺高强的罕地亚，在天神和帕罕的帮助下，又从恶魔手中救出了失散多年的祖母，同时得到了三个心地善良的魔女的爱情。罕地亚的胆识和勇敢获得了父王的信赖，受到了百姓的拥戴。六个狠毒的王妃被逐出王宫，她们那六个忘恩负义、丧失人性的儿子也一同被赶出了王宫。在罕地亚的统领和治理下，勐巴娜西大地又重现了温暖和幸福。赞美英雄人物，推崇扬善抑恶，是许多傣族民间叙事长诗的主体内容。《帕罕》也是如此。潞西县遮放坝子里有名气的傣族民间文人景哏赛·棠相，特别擅长演唱有人物、有情节、有故事而曲折婉转的这一类傣族民间叙事长诗。他总是那么声情并茂，可谓长诗唱诵的佼佼者。

译　者

1980 年 10 月

嫦娥与笼桑

火塘呼呼作响，
米酒阵阵飘香。
大家望着老人没牙的嘴巴，
一根针掉在地上也能听到声音。
老爷爷端起酒碗，仰望星空，
叠叠哀叹，老泪盈眶：
"寒星呀，寒星！
你们为何这样凄凉！"

序歌

太阳落下了高高的哀牢山，
月光照亮了清清的勐雅江，
卜冒①端来了香喷喷的米酒，
卜少②烧红了热乎乎的火塘。

"老爷爷呀，您肚子里的故事多，
请给我们讲讲，
请您用好听的故事拴住月亮，
好好欢度这个夜晚。"

老人呷了一口米酒：
"讲哪个呀！有的故事有头无尾，
有的故事又很荒唐，
有的故事很短很短，
有的故事又很长很长。"

笼桑出生在滚米③家

美丽富饶的傣族乡，
江水绕着青山转，
大山叫作哀牢山，
大江叫作勐雅江④，
青山脚下坝子连着坝子，
平平的坝子像一颗颗绿宝石。

有个大坝子叫勐糯在下江，
有个大坝子叫勐谷在上江，
两个坝子是宝石中的翡翠。

两个坝子联袂着一个故事，
在傣族夜晚的火塘边传唱，

---

① 卜冒：傣语，伙子。
② 卜少：傣语，姑娘。
③ 滚米：傣族古代头人的称呼，现代叫布干。
④ 勐雅江：今流经新平彝族傣族自治县漠沙镇境内的一条江。

在傣族人的心中流淌。

勐糯是个富饶的地方，
平田年年丰收双季糯谷，
梯地的甘蔗长成凤尾竹，
果园里冬天瓜果也甜香。
滚米的谷子装满了九十九座仓，
滚米的金子堆成小耳山，
滚米的银子堆成大耳山，
滚米的绸缎比勐雅江水还要长。

滚米的楼房有一百间，
九十九间空荡荡，
只有一间铺着一张夫妻床。
滚米多想有个罗宰①，
每天走到身边来喊一声爹。
妻子多想有个罗宰，
每天走到身边来叫一声娘。

滚米吃甘蔗不甜，
喝米酒不香，
妻子穿金戴银一身响叮当，
可妻子身上的盛装没有亮色。
这比山高的金银财宝，
这比江长的绫罗绸缎，
百年之后咋个办！

果园中的金芒果有千万个，
滚米巴望着，
有一个变成自己的罗宰；
天上的星星有千万颗，
滚米巴望着，
有一颗星落到自己的土楼上。
滚米抬着达辽②走在前面，
妻子端着酒肉跟在后边，
每月初一到神树下跪拜万灵，
每月十五到大江边祭奠祖先。
一个星光灿烂的夜晚，
滚米梦见一颗星星，

落到妻子的手上，
妻子捧着亮晶晶的小星星，
藏进了她的筒裙下。

鸡叫三遍天亮了，
滚米把梦告诉身边的妻子，
夫妻俩为美梦笑了，
笑声像新婚之夜一样香甜；
夫妻俩喜欢了，
心潮像江水流淌着春天。

春天金芒果打花骨朵，
滚米的妻子怀孕了，
八月十五月亮圆，
妻子生下了一个罗宰。
罗宰圆圆的小脸像太阳，
罗宰亮亮的眼睛像星星，
罗宰粉粉的嘴唇像花瓣，
罗宰白白的皮肤鲜藕嫩。

妻子搂着罗宰喂白奶，
滚米抱过罗宰舍不得放开。
阿爸的宝贝哟！
阿妈的心肝哟！

波西③的红糖比蜂蜜甜，
含在嘴里会化成水；
波夏④的土锅煮肉香，
捧在手里又怕掉地上。

日落月升时光忙，
月圆的日子最吉祥。
滚米家中摆酒宴，
要给罗宰取名字。
舅公、舅母请来了，
姑爹、姨妈请来了，
远亲近邻请来了，
德高望重的老人请来了。

---

① 罗宰：傣语，儿子。
② 达辽：傣语，傣族用篾编制而成的祭祖先、送鬼用的一种器物的称呼。
③ 波西：傣语，地名，盛产本地甘蔗，榨出的红糖最甜。
④ 波夏：傣语，地名，专门制作土锅的寨子。

美酒馨香飘出窗外，
笑声欢喜装满楼堂。
舅舅先给娃娃取名叫岩罕，
他希望罗宰的生命，
像金子一样光亮。

姑爹给娃娃取名叫岩温，
他希望罗宰长大后，
日子像糖一样蜜甜；
老阿婆给娃娃取名叫岩扭，
希望他长大后像啄木哥肯帮人。

老牙涛德高望重，
理理银须给娃娃取名字叫笼桑，
他希望罗宰长大后耀祖荣宗，
滚米笑眯眯、妻子笑声高，
满堂都说笼桑好，
大家都说好笼桑。

笼桑在浑水中长大

太阳落下山冈，
大地暗淡无光。
喜庆过后三天，
笼桑接到悲伤。

狂风刮过十三遍，
电闪雷响十三天，
笼桑哭了十三夜，
笼桑用眼泪送阿妈上西天。

土坯出模遭雨打，
水稻抽穗遇干旱；
笼桑出生滚米家，
幸福没有跟着他。
日夜奔腾的勐雅江水，
会漂浮起几个泡沫。
善良的傣族人中间，
有的人只喜欢丑恶。

他们背着鬼妖游荡，
他们歪着身子走路，
他们嫉妒人间美好，
他们戴着笑面作恶。

没有腿脚的绿皮蛇，
比有翅膀的金嘎雀飞得快；
滚米送走结发妻子上山三天，
雅摩①嬉皮笑脸来到滚米跟前。
"老爷啊！我的姨妹叫西洒，
她是哀牢山上的一朵红山茶。
老爷啊，我的姨妹手最巧，
织成的花腰带似彩霞。

"老爷啊！我的姨妹是把锁，
收租收账是一堵坝。
老爷啊！西洒的女儿叫安拉，
她是勐糯坝子头一朵缅桂花。
老爷啊！没有贤妻淑女不成家。
西洒是匹白玉马，
安拉是个金鞍子，
玉马金鞍让你骑着走遍勐糯坝。"
乌云能遮住日月星星，
雾霾会掩住青山翠岭；
雅摩的嘴皮盖住了真情，
三寸舌头说动了滚米的心。

老马带着小马过河水，
搅浑清水翻起泥沙；
西洒安拉进了滚米家，
笼桑在浑水中长大。

西洒拿女儿当明珠，
香喷喷的扁米饭留给安拉吃，
甜蜜蜜的糍竜粑留给安拉吃，
脆生生的干黄鳝留给安拉吃，
油漉漉的火雀鲊留给安拉吃，
安拉的腰身胖成一个囤箩。

---

① 雅摩：傣语，女巫。

西洒拿笼桑不当儿子，
给笼桑吃苦荞粑粑，
给笼桑吃包谷硬饭，
给笼桑喝糙米稀饭，
给笼桑喝酸麻辣汤，
笼桑的身子瘦成一根竹竿。

冬天的一个夜晚，
勐糯坝子天空霰霏纷飞，
勐雅江上大雾弥漫，
滚米一家烤火围着火塘。
笼桑穿着厚厚的棉衣裳，
还嘴唇发紫牙齿打战；
安拉穿着薄薄的丝绢筒裙，
却嘴唇红润全身冒汗。

滚米捏捏笼桑的衣裳冰凉，
滚米叫西洒剪开笼桑棉衣角落，
原来笼桑的丝棉是江里的青苔，
滚米紧紧抱着儿子，
泪水浇熄了火塘。

笼桑身上种植着滚米明亮的基因，
他在迷雾里看得到光明；
笼桑心上种植着滚米俊俏的基因，
他像父亲一样长得英俊。

笼桑血管里流淌着母亲的血液，
寒凉温暖他牢记在心里；
笼桑血管里流淌着母亲的血液，
好人恶人他分得清。

六月的勐雅江边草木葱茂，
要数绿竹最养眼睛；
十二岁的笼桑英俊，
长成了一棵绿竹子。
七月的哀牢山千峰碧绿，
要数青松最醒眼睛；
十四岁的笼桑英俊，

长成了一棵青松树。

笼桑看不起安拉

远望高山顶上的青松，
近看大江边上的绿竹；
一肚子坏主意的雅摩，
跑来给姨妹开窍门。

"西洒啊！我的好姨妹，
奔跑的骏马要用软索套。"
"西洒啊！我的好姨妹，
快快烧旺火塘，
把笼桑拢到身边来。"
"西洒呀！宝马要配上金鞍，
你要天天教安拉梳妆打扮。"
"西洒呀！金马鹿要配金凤凰，
你要天天教安拉绣花织筒帕。"
"西洒呀！
糯乐多①要喂糯米拌鸡蛋，
它的叫声才会委婉。"
"西洒呀！
百灵鸟为了爱情在树梢歌唱，
教安拉唱歌，
是为了和笼桑配成双。"

"多谢阿表姐指点，
冬天和春天我颠倒了；
过去我对笼桑常常一脸冬天，
今后我要做春风时时吹笼桑的面。"

"多谢阿表姐指点，
阴天和晴天我颠倒了；
过去我对笼桑天天乌云满脸，
今后我要给笼桑看到，
我脸上挂着蓝天。"

---

① 糯乐多：傣语，即生活在傣乡树林中的一种鸟，鸣叫声很好听。

"多谢阿表姐指点，
我懂得了方方圆圆；
过去我做石头常常绊笼桑的脚，
今后我不会做芒刺戳笼桑的眼。"

"多谢阿表姐指点，
红糖和黄连我颠倒啦；
过去我给笼桑喝酸辣汤，
今后我要给笼桑吃蜂蜜拌红糖。"

一夜之间，西洒丧脸变笑脸；
一夜之间，西洒阴天变蓝天；
一夜之间，西洒寒冬变暖春；
一夜之间，西洒变换了脸面。

香喷喷的糯米酒，
脆生生的干黄鳝，
甜蜜蜜的糯竜粑，
油漉漉的烤鹅腿，
快吃，快喝，
我最爱的儿子笼桑！

白花花的绸缎衣裳，
黑黝黝的丝棉裤子，
亮晃晃的绫罗头帕，
新崭崭的丝绢筒包，
穿起来，挎起来，
我最爱的儿子笼桑！

酸角树上的丑火雀要攀金孔雀，
西洒白天教女儿涂脂擦粉；
石崖头上的干麂子呀！
想和金马鹿配双，
西洒夜晚教女儿织布绣花。

安拉的眼睛像两颗白果，
看起人来眯成一条线；
安拉的嘴唇盖不住白牙，
张开嘴巴像含着糯米饭。

美丽的卜少头上戴一朵鲜花，
走起路来鲜花粉脸一身春天；
安拉喜欢满头插花朵，

站起身来花落满地一身秋霜。

安拉像一条懒麻蛇，
走起路来七歪八扭；
她常常跟在笼桑后边，
笼桑不愿意回头看一眼。

狗嘴巴吐不出象牙，
安拉说话人人讨厌；
她要做笼桑的影子，
笼桑不给她看见一眼。

西洒找笼桑说：
"哀牢山上的鲜花千万朵，
安拉是最美的一朵马缨花，
又水又艳；
鲜花开放蜜蜂来，
笼桑安拉是天生一对，
拴牢红线。"

西洒说：
"勐雅江中的红鱼千万条，
安拉是最红的一条鲤鱼，
又大又鲜；
金鱼红鱼配成双，
笼桑安拉是地合的一对，
拴牢红线。"

西洒说：
"勐糯坝子的卜少千万个，
安拉是最俏的卜少，又娇又倩；
俊卜冒配俏卜少，
笼桑娶安拉做妻子，拴牢红线。"

笼桑回答说：
"西洒，我的后妈，
安拉会织布，
织出的布疙里疙瘩，
只能做抹桌布。
我不会要抹桌布。"

笼桑回答说：
"西洒，我的后妈，

安拉会绣花，
绣出十朵花十朵都是蔫花，
我和安拉不会有爱情。"

笼桑回答说：
"西洒，我的后妈，
安拉会缝筒帕，
缝的筒帕装饭盒也会漏掉，
我和安拉做夫妻，
只会天天吵架。"

笼桑回答说：
"西洒，我的后妈，
我爱做梦，
一夜做九十九个梦，
没有一个梦见到安拉；
后妈爱做梦，
一夜做九十九个梦，
都梦见你拿红线，
拴我和安拉的手。"

安拉抱着娘亲大哭大闹，
泪水把粉脸变成了花脸；
安拉咬咬牙，咬断了门牙，
西洒狠狠心，安了一颗祸心。

笼桑没有相中勐糯的姑娘

勐雅江边的红棉树，
风风雨雨十六年，
十六年的红棉树身姿魁梧；
笼桑在苦苦甜甜中十六年，
十六岁的笼桑，
像一棵朝气蓬勃的红棉树。

滚米家的大龙竹，
风风雨雨十六年，
十六年的大龙竹迎风飞舞；
笼桑在苦苦甜甜中十六年，

十六岁的笼桑，
英俊潇洒像一棵大龙竹。

哀牢山上的青松年年在长高，
十六岁的笼桑天天精神旺盛；
勐雅江水日夜奔腾不息，
十六岁的笼桑有使不完的力气。

笼桑天没亮就在勐雅江上打鱼，
笼桑夕阳西下回家吃饭，
歇下饭碗到江边吹筚灵①，
百鸟最爱听笼桑吹筚灵。
筚音悠扬绕彩云，
天上彩云也爱听。

笼桑吹筚灵像说话，
笼桑说话也像吹筚灵。
小卜少晚浴后江边走，
听到筚灵声脚步停。
小卜少们天天到江边来，
听笼桑吹筚灵，
小卜少们天天都想着，
与笼桑说爱情。

有的小卜少听说，
笼桑要过家门口，
捡开门前的小石头；
有的小卜少听说，
笼桑要过家门口，
拿着竹棍等待为笼桑撵狗。

有的小卜少为了看笼桑一眼，
挑着鳝笼绕路过笼桑家门口；
有的小卜少为了看笼桑一眼，
故意吃着竜粑绕过笼桑家门口。

笼桑从寨子中间过路的脚步声，
小卜少们最爱听。
有的卜少停住了手中的绣花针，
有的卜少的织布机没有了响声。

---

① 筚灵：傣语，一种乐器名。用竹子或土陶做成，有孔，能吹出好听的声音。

有的小卜少推开窗子，
等待笼桑来到家门口，
想甜甜地喊一声笼桑哥哥，
却呆呆地望着笼桑，
说不出半句话来。

依桂姑娘胆子大，
见笼桑来到家门前：
"笼桑哥哥，你是一只小蜜蜂，
我是春天里的一朵凤凰花，
我等笼桑阿哥来采花，
蜂酿甜蜜做一家。"

依珍姑娘胆子更大，
堵着笼桑就说话：
"笼桑哥哥，
你是哀牢山上的梅花鹿。
梅花在我心中夜夜开放；
我是一只漂亮的绿孔雀，
愿意为你天天开屏。"

依蓉姑娘心中早就装着笼桑，
她头上顶一块大红帕，
想着自己就是笼桑的新娘，
想着笼桑牵着她走进花烛洞房。
太高兴了，跌倒在床边上，
砸破了膝盖碰青了脸庞。

依莱姑娘心发呆，
她拿枕头背在脊背上当罗宰，
摇摆着身子学做妈妈，
轻轻喊着笼桑的宝宝我的乖乖。

笼桑看不上安拉，
勐糯的姑娘，
笼桑没有选中一朵花；
笼桑等待着花街节到来，
他要到花街上，
摘梦中那一朵心花。

小卜少呀！
快加几块干柴，
烧旺火塘；

小卜冒呀！
再给我一碗米酒，
滋润喉咙。
过江水有桥才会到对岸，
在这里搭一座桥，
我再往下唱。

源远流长花街情

勐雅江很美丽，
清清江水泛着涟漪，
勐雅江畔土地肥沃捏得出油，
插一根木棍也会发芽，
长出青枝绿叶开花结果，
傣族爱欢乐，
最欢乐的日子是赶花街。

花街像勐雅江水源远流长，
花街像缅桂花百里飘香，
花街上鲜花心花一齐开放，
花街上理想梦想一样明朗。
花街上有的爱情像十五的月亮，
花街上有的爱情又很悲伤。
听吧，年轻的朋友们，
傣族的后来人！

勐雅江中游有个白象渡口，
渡口连着一片白沙滩，
白沙像白糯米铺平了沙滩，
白沙滩方方圆圆有九千丈。

白象渡口伸出十条小路，
十条小路系着十个傣族村庄。
江水养育了十个村庄，
十个村庄一样富庶安详。

男人爱喝米酒，米酒喝不干；
女人爱纺线织布，
一天换一回新衣裳。
小卜冒人人虎背熊腰好强悍；
小卜少粉脸桃花个个俏模样。

这里的傣族人，
日日欢笑夜夜歌舞，
笑声歌声追逐着江水流向远方。

一个乌云遮天的夜晚，
雨骤风狂电闪雷响，
一条黑龙来到了勐雅江中，
雨停风静，
月光洒在清凌凌的勐雅江上。
白沙刺痛了黑龙喜欢黑暗的眼睛，
歌声笑声刺痛了？
黑龙邪恶的心房。

黑龙咬咬黑牙，
黑龙狠狠黑心。
黑龙发誓，
要把傣族人的笑声变成哭声，
黑龙赌咒，
要把傣家人的春暖变成冬寒。

黑龙呼来狂风，
吹倒了果树蔗林，
黑龙唤来暴雨，
把土楼田畴冲跑。
黑龙忽而变成一条红鱼，
游荡在江上诱食捕鱼的卜冒，
黑龙忽而变成一朵荷花，
开在江上掳走洗浴的卜少，
黑龙忽而变成一只白鹅，
游到寨子边吞食卜宰，
黑龙忽而变成一只独脚乌狼，
跑到山上把牛羊撕咬。

原来欢声笑语的村庄家家哀叹，
傣家人掉进了痛苦的泥潭，
就因为罪孽的黑龙作恶；
原来年年丰收双季稻谷的水田，
现在莠草稗子长齐肩，
就因为罪孽的黑龙作乱。

原来四季花香的果园，

现在花稀果蔫，
就因为罪孽的黑龙作祟；
原来十个村庄天天像过年，
现在傣家人的生活像嚼黄连，
就因为罪孽的黑龙作怪。

黑龙的舌头越舔越开，
黑龙的牙齿比草乌更毒，
黑龙的嘴巴像个落水洞，
黑龙的肚子永远没有饱足。

每年正月初五，
黑龙要一个村庄，
送九十九头大牛做彩礼，
黑龙要一个村庄，
送九十九头肥猪做嫁妆，
黑龙要一个村庄，
选个最漂亮的卜少做它的新娘。

今年轮到了岩龙①生长的村庄，
送谁家的卜少去呀？
都是母亲身上掉下来的肉。
村里的男人成了低着头的公鸡，
村里的女人成蔫了的凤凰花，
岩龙像被大鹅揪着心一样疼痛。
岩龙生下来六个月死了阿妈，
是村里的姨娘给岩龙喂奶喂饭；
岩龙长到六岁死了阿爸，
是村里的叔伯教他捞鱼摸虾。

槟榔树每一道节都记忆着过去。
长到十六岁的岩龙，
像老竹子一样硬扎，
像新竹子一样英俊，
像红棉树一样挺拔，
像大青树一样给人遮阴送爽。

一个没有月亮星星的夜晚，
岩龙烧红了家中的火塘，
请来了捕鱼的能手，

---

① 岩龙，傣语，人名。岩，男性的称呼或男子老大的称呼。

请来了打猎的高手，
请来了德高望重的老爹，
为他斩杀黑龙出主意。

岩龙有了主意腰板硬了，
岩龙有了主意手指握得紧了，
岩龙有了主意眼睛亮了，
岩龙有了主意心中有底了。

夜深人静、江水呜咽，
冷风吹寒、大雾弥漫，
岩龙来到了白象渡口，
他先拿竹竿搅乱大江。

黑龙几天没吃到一头猪半头牛，
黑龙没看到梦中抱着的花姑娘，
黑龙见一个年轻人挡住了眼睛，
黑龙饥肠辘辘口水顺江水流淌。

黑龙恼羞成怒爬上了白沙滩，
岩龙用竹竿引诱黑龙爬上沙滩，
像鳝鱼钻进了鳝笼，
黑龙爬上沙滩，
像泥鳅掉进了石灰塘。

岩龙抽出，
早已经埋在白沙下的坝子刀，
戳瞎了黑龙的两只眼睛，
斩断了黑龙的四只爪子，
最后把黑龙砍成三断。
瞬间，乌血染黑了白沙，
霎时，乌血浑浊了勐雅江。

像高山头上敲响了金铓锣，
嘹亮的声音传遍了四面八方。
岩龙宰杀黑龙的刀光，
照射在勐雅江上；
岩龙英雄的身影，
辉映在傣族人的心房。

十个村庄的爷爷奶奶，
携手牵衣来看黑龙的下场，
十个村庄的姨母婶娘，

蒸来了热乎乎的糯米饭，
十个村庄的伯伯叔叔，
端来了香喷喷的糯米酒，
十个村庄的卜少，
都打扮成凤凰花模样，
十个村庄的卜少，
都巴望着与岩龙拴线，
十个村庄的卜少，
都围绕着岩龙跳舞唱歌。

大家请岩龙，
摘一朵最美的鲜花挂在胸膛，
大家请岩龙，
选一个最好的卜少做新娘。
红日当空，
蓝天白云下的白象渡口，
仿佛一夜春风，
送来了万紫千红的大花坛。

每年岩龙宰杀黑龙这一天，
卜少们穿戴成一朵朵鲜花；
每年岩龙宰杀黑龙这一天，
卜冒忙碌成一只只蜜蜂。
鲜花丛中蜜蜂飞，
蜜蜂鲜花两相爱，
花街节的源头在白象渡口，
傣族人最早赶花街在白沙滩。

每年正月十三赶花街，
鲜花摆满花街，
心花开满花街，
花街上蜜蜂采花忙。
彩蝶飞舞在花丛中，
花街节，年轻人都想拴住太阳。

听吧，年轻人！
在座的伙子姑娘。
桥过完啦，
接着我把婻娥笼桑往下唱。

笼桑去赶花街

笼桑对滚米说：
"阿爸啊，我在你的眼睛里长大，
你是冬天的太阳给我温暖，
在你的怀抱中我找不到爱情，
幸福要靠我去花街上追寻。"

花街情歌，
仿佛在笼桑耳边响起来了，
绿竹青青、凤凰花开，
傣家卜少赶花街，
花花秧箩腰上挂，
鸡枞斗笠头上戴，
晨风吹动花腰带，
恰似孔雀把屏开，
歌从心中飞出来，
牵动卜冒情和爱。

绿竹青青、攀枝花开，
傣家卜冒赶花街，
长长坝子刀腰上挂，
五彩筒包肩上挎，
晨风吹动花筒包，
恰似蜜蜂采花来，
笑从心中荡漾开，
牵动卜少情和爱……

滚米回答说：
"笼桑啊，我最爱的人！
你是一个没有长大的卜宰①，
我还要为你走路操心。"

滚米回答说：
"笼桑啊，我最爱的人！
你还没有一双硬朗的脚板，
不能爬过巍峨高峻的哀牢山。"

滚米回答说：
"笼桑啊，我最爱的人！
你还没有两只硬扎的臂膀，
不能游过波涛汹涌的勐雅江。"

滚米回答说：
"笼桑啊，我最爱的人！
你像一只刚开口的糯乐多，
还不能动听的歌唱。"

滚米回答说：
"笼桑啊，我最爱的人！
你像一只刚长出翅膀的蝴蝶，
还不能飞到花丛中飞舞。"

滚米回答说：
"笼桑啊，我心爱的儿子！
你走在前边我走在后面，
父子如影随形不能分开。
笼桑啊，我的好儿子！
家里的金子银子是你的，
家里的绫罗绸缎你穿不完。"

滚米回答说：
"笼桑啊，我心爱的儿子！
哀牢山上鲜花千万朵，
难道没有一朵合你的心；
笼桑啊，我的好儿子！
勐雅江中美丽的红鱼千万条，
难道一条也不顺你的眼睛。"

笼桑回答说：
"阿爸啊，我最亲的人！
在你的眼睛里我永远是个龙宰②，
但我有了十六岁的年龄，
我像哀牢山上青翠碧绿的松树。"

笼桑回答说：
"阿爸啊，我最亲的人！

---

① 卜宰：傣语，男孩。
② 龙宰：傣语，未成年男孩。

在你眼睛里我永远是一个龙宰，
但我是一个十六岁的年轻人，
我像勐雅江边，
一棵朝气蓬勃的绿竹。"

笼桑回答说：
"阿爸啊，人间你最亲！
你能给我金子银子，
你能给我绫罗绸缎，
你不能给我甜蜜爱情。
请你给我自由婚姻，
我要建立幸福家庭。"

笼桑回答说：
"阿爸啊，我最亲的人！
我像一条网中的鱼儿，
不能到大江中游来游去。
阿爸啊，我离不开的亲人！
我像一只家养的马鹿，
不能到野林中奔跑。"

笼桑回答说：
"阿爸啊，我最亲的人！
我像一只关在笼子里的糯乐多，
让我飞出去自由的歌唱吧。
阿爸啊，我离不开的亲人！
赶花街找到梦中人，
迎回来孝敬父亲。"

滚米回答说：
"笼桑啊，我最亲的人！
我知道西洒没有良心。
笼桑啊，我最亲的人！
我知道你和安拉没有爱情。"

滚米回答说：
"我知道你在西洒的手中，
没有尝到糖的味道。
我知道你不会把爱情，
交给对安拉的怜悯。"

滚米回答说：
"笼桑啊，我最亲的人！

宽宽的勐糯坝子
开满了千万朵鲜花，
难道没有一朵停留你的眼睛。"

滚米回答说：
"笼桑啊，我最亲的人！
我管辖的百姓中
有千万个美丽的卜少，
难道没有一个留得住你的心。

滚米回答说：
"笼桑啊，我最亲的人！"
难道勐糯坝子里，
你找不到甜蜜的爱情，
难道勐雅千万户傣家，
你找不到满意的婚姻。"

笼桑回答说：
"阿爸啊，我最亲的人！
勐糯的千万朵鲜花，
是没有一朵留住我的眼睛。"

笼桑回答说：
"阿爸啊！我最亲的人！
我身边的千万个卜少，
是没有一个敲响我的心。

"阿爸啊，我贴你最紧！
我在梦中看见一双眼睛，
一双美丽的眼睛，
眼睛连着一颗芳香的心。
我一定要找到，
那双楚楚动人的眼睛，
我一定要找到，
那颗散发着芬芳的心。

"阿爸啊，我贴你最紧！
我一定会收获甜蜜的爱情，
我一定会得到美满的婚姻，
我一定会建立幸福的家庭，
我们一定会孝敬父亲，
请你老人家千万个放心。"

笼桑说：
"阿妈啊，我呼喊你在天之灵！
阿妈啊，我魂牵梦绕的亲人，
我吸完了你最后一口奶水，
阿爸从泪水中抱起我来。
人世间还有什么比奶水更甜，
人世间还有什么比泪水更亲。"

笼桑感动了父亲，
青苔的影子又来到滚米的眼睛，
滚米从迷茫中清醒：
"笼桑啊！
人世间我对你贴得最紧；
是啊，我给你一双翅膀，
又不给你去追逐彩云；
是啊！我给你一双腿脚，
又不给你去千万里行。"

滚米点点头，摆摆手，
"去吧，儿子，
花街上寻找你心合心的人；
去吧，儿子，
花街上寻找你甜蜜的爱情；
去吧，儿子，
花街上寻找你的自由婚姻。"

笼桑得到父亲的应允，
手脚像江中跳跃的鱼儿；
笼桑得到父亲的答应，
心似蓝天上飘动的彩云。

笼桑穿上白生生的缎子衣裳，
笼桑穿上黑黝黝的绸子裤子，
笼桑穿上一双皮底鞋子，
笼桑头上包好黄绫帕子，
笼桑肩上挂一个花筒包，
笼桑腰上挎一把坝子刀。

笼桑向父亲告别，
骑上一匹白马离开了家；
笼桑轻轻拉一拉缰索，
白马四蹄向前，嘀嘀嗒嗒。

笼桑扬鞭催马去赶花街，
路过了松树林下的彝家山寨，
彝家姑娘笑成了一个个火把梨，
围着笼桑的白马问话：
"傣家小阿哥，你从哪里来？
要到哪里去？
阿哥你多英俊，
你骑的白马也像你一样潇洒。"

笼桑回答说："我从勐糯来，
天灰灰亮就骑上马。
今天是傣家的好日子，
我要到白象渡口赶花街。"

彝家姑娘唱道：
"啊依嗬！傣家小阿哥，
我们都是花，朵朵都芬芳，
我们都是酒，碗碗喷喷香，
我们彝家姑娘哟，个个都漂亮，
请你摘一朵带回家，
敬奉爹和娘。"
姑娘们围着笼桑，
笑成了一树树火把花。

笼桑回答说："彝家小阿姐，
栗树直苗苗，绿竹常弯腰。
小妹是山上的百栗树，
笼桑是水边的嫩绿竹，
栗树绿竹难成对。"

笼桑回答说："彝家小阿姐，
白鹇翅膀长，画眉翅膀短。
小妹是白鹇山上飞，
笼桑是画眉飞箐沟，
白鹇画眉难比翼。"

笼桑回答说：
"彝家小阿姐，
你们都是美丽的马缨花。
我们傣家爱水，江水流朝下方，
你们彝家爱火，火把烧在山上，
我的心向着水边的姑娘。"

姑娘们听懂了笼桑的明白话，
请出来弹月琴的小伙子，
姑娘们弹起烟盒，
嘀嗒、嘀嗒、嘀嘀嗒……
彝家人用烟盒舞，
送笼桑去赶花街。

笼桑扬鞭催马去赶花街，
路过梯田边上的哈尼寨子，
哈尼姑娘嘴舌甜如蜜，
围着笼桑就问话：
"傣家小阿哥，你从哪里来？
要到哪里去？
阿哥你多英俊，
你骑的白马也像你一样潇洒。"

笼桑回答说："我从勐糯来，
天大亮了路过蘑菇房。
今天是傣家的好日子，
我要到白象渡口赶花街。"

姑娘们齐声唱道：
"依哈嗬！傣家小阿哥，
我们都是花，朵朵都芬芳，
我们都是酒，碗碗喷喷香，
我们哈尼姑娘哦，个个都漂亮。
请你摘一朵带回家，
好好孝顺爹和娘。"
姑娘们围着笼桑，
笑成了一朵朵红山茶。

笼桑回答说："哈尼小阿姐，
大鹰天上飞，小鱼水中游。
阿姐是大鹰飞得高，
笼桑是小鱼游浅水，
大鹰小鱼难相爱。"

笼桑回答说："哈尼小阿姐，
傣家的槟榔树生长在江水边，
哈尼的棕枇树生长在梯田边，
棕枇槟榔不会生长在一处。"

哈尼姑娘，

称赞笼桑棕树叶一样直的话，
喊来小伙子跳起了棕扇舞，
呦嗬、呦嗬、呦嗬嗬……
舞动棕扇送笼桑去赶花街。

太阳当顶，
笼桑来到了白象渡口，
白沙滩已经人山人海。
笼桑翻身下了马背，
牵着白马停停走走。

笼桑还没有走进花街，
耳朵里已经灌满了情歌，
绵绵情歌铺满了白沙滩，
阵阵歌声在大江里逐波追浪。

卜冒唱："初三月亮弯又弯，
初会小妹难开腔，
心口就像揣小兔，
脸上就像火烧山。"

卜少唱："江边虾花红彤彤，
小妹结交莫漏风，
燕子抬泥嘴要稳，
春蚕有丝（事）在肚中。"

卜冒唱："大吃西瓜小开腔，
问声小妹哪村庄？
姓白姓刀说给我，
我想吃你秧箩饭。"

卜少唱："要吃小妹秧箩饭，
可愿做小妹靠山，
活着同睡一张床，
死了合墓埋一双。"

在竹荫下笼桑看见，
卜少把筒帕挎在卜冒肩上：
"阿哥呀！你背着筒帕到上江，
上江的姑娘羡慕筒帕看呆了；
阿哥呀 你背着筒帕到下江，
下江的姑娘羡慕筒帕看傻了；
阿哥呀！

可千万别告诉他们是谁送你的。"

在凤凰树下，
笼桑听到了温馨的情歌：
"阿妹呀！在千千万万人中间，
你最会唱傣家的歌，
歌声好听调子又多。
你会唱的小调哟，
比三斗喂鸭的糯谷还多，
比五斗喂鹅的饭谷还多，
比三斗粗糠的糠皮还多，
比七斗细糠的糠粒还多，
比三石喂马的黄豆还多，
比九垛喂牛的稻草还多。"

笼桑牵着白马往前走，
穿过青翠竹林；
竹林绿荫蔽天，
笼桑身体爽心情好。

笼桑牵着白马往前走，
穿过红棉树林；
红棉花映着他的脸庞，
笼桑显得特别英俊。

笼桑牵着白马往前走，
沉浸在情歌声中；
情歌牵动了笼桑的春心，
笼桑想着梦中的爱人。

笼桑牵着白马往前走，
穿过阵阵甜蜜的笑声；
笑声使他心潮不能平静，
笼桑坚定了找到梦中人的决心。

笼桑牵着白马往前走，
走进了鲜花的海洋，
来到了花海的中心，
笼桑的眼睛看百花分外细心。

笼桑低头看摆在地上的花，

花手帕、花荷包、花筒帕①……
笼桑抬头看水灵灵的花，
凤凰花、红棉花、芫荽花……
凤凰花俏丽，
红棉花热情，
芫荽花馨香……
笼桑却没有找到，
盛开在梦中的那朵心花。

笼桑牵着白马往前走，
走出了花的海洋，
笼桑回头看蜂飞蝶舞的花街，
没有见到梦中的那一双眼睛。

婻娥笼桑情长如江

笼桑牵着白马，
失意地走到勐雅江边，
看见一只秧箩，
映在水中特别鲜艳，
仔细一看，
花秧箩正是梦中见到的那一个，
笼桑急忙拴好马，轻轻走向前。

笼桑唱起了情歌：
"青山清江亲又亲，
我来花街圆梦境。
千万花朵眼前过，
没有一朵合我心。"

笼桑耳边传来了歌声：
"青山清江亲又亲，
我来花街找爱情。
问声阿哥谁合心，
说给阿妹来听听。"

笼桑唱着：
"青山清江亲又亲，

我来花街圆梦境，
看过的花朵不合心，
我梦中的花朵叫婳娥，
我来找寻。"

笼桑耳边传来了歌声：
"青山清江亲又亲，
我来花街找爱情。
阿哥梦里可是我，
爹妈叫我婳娥最好听。"

笼桑听到婳娥名字，
急忙跑到婳娥身边，
看了又看瞄了又瞄，
真是梦中见到的亲亲。

凤凰花呀！演绎着风情，
凤尾竹呀！抱着江波亲了又亲。

婳娥："阿哥呀——
为什么我的心口像揣着小兔？"
笼桑："婳娥呀——
是因为你到了花开的年龄。"
婳娥："阿哥呀——
为什么我的脸像火烧山？
为什么我的心上升起了红云？"
笼桑："婳娥呀——
是因为糯乐多叫醒了你的爱情；
婳娥呀——
是因为你找到了一颗滚烫的心。"

笼桑："婳娥啊——
我多想喊一声，
太阳公公，
请您不要移动脚步。"
婳娥："笼桑啊——
我多想拴住月亮婆婆的腿，
请她慢些走路。"

笼桑："婳娥啊——
我看见蓝天彩云下，
有一双白天鹅比翼飞舞。"
婳娥："笼桑啊——

我看见碧水塘中，
有一对鸳鸯嬉戏清波。"
笼桑："婳娥啊——
我看见哀牢山上，
有一只金马鹿，
呆呆地看着绿孔雀展开锦屏。"
婳娥："笼桑啊——
我看见清凌凌的勐雅江中，
并蒂莲花在开放笑颜。"
婳娥："笼桑啊——
风可以撕开天上的云朵，
风撕不开我俩粘在一处的心灵。"
笼桑："婳娥啊——
风可以吹落树上的叶子，
风吹不开我俩千丝万缕的爱情。"

婳娥："笼桑啊——
水可以冲走江中的泥沙，
我俩的恩爱像流水中的石柱，
水冲不走。"
笼桑："婳娥啊——
水可以漂走江边的花朵，
我俩的爱情像江边的冬青树，
水冲不走。"

笼桑："婳娥啊！我是一棵树！"
婳娥："笼桑啊！我是一根藤！"
笼桑："婳娥啊！树缠藤情绵绵！"
婳娥："笼桑啊！藤绕树意甜甜！"
笼桑："婳娥啊！树绕藤根连根！"
婳娥："笼桑啊！藤抱树心相连！"

笼桑："我的心比水牛角还坚，
我的心比芒果核更硬！"
婳娥："我的心比菠萝蜜还甜，
我的心比缅桂花更香！"

笼桑："我的心比紫柚木还坚，
我的心比穿山甲更硬！"
婳娥："我的心比糯米酒还香，
我的心比岩蜂蜜更甜！"

笼桑："婳娥啊！你真美丽，

像正月盛开的凤凰花一样漂亮。
嫡娥啊！你睁开眼睛吧，
我最爱看你娇羞的目光！"

嫡娥："笼桑啊，你真英俊，
像三月的红棉花一样绽放。
笼桑啊，伸出你的舌头吧，
让你尝尝人间最甜的红糖。"

嫡娥从花秧笋中拿出食品，
嫡娥抓油炸干黄鳝喂笼桑，
笼桑捧甜竜粑喂嫡娥，
两人的心比蜜更甜。

笼桑到嫡娥家去

嫡娥依偎着笼桑说：
"阿爸像冬天的太阳一样温暖，
阿妈像春天的江水一样温情，
我从小生活在双亲手掌中，
他们爱你，
也会用爱我的那一颗心。"

嫡娥说："我的阿爸心宽，
肚子里能划木船；
我的阿妈心好，
像江水一样平坦。
走吧，
到我家去拜见亲爹亲娘。"

笼桑相信嫡娥的心里话，
笼桑抱着嫡娥骑上白马去勐谷。
一路春风，马蹄不停……
走过槟榔树，爬上青松凹。

太阳落下了哀牢山，
月亮照亮了勐雅江。
彝家山寨的歌声在篝火中燃烧，
哈尼蘑菇房透出了火塘亮光。

走进深夜，马蹄不停……

风停了鸟儿闭上眼睛，
月光在林中时明时暗，
月光像一床大被子，
盖住沉睡的森林。

走出夜境，马蹄不停……
嫡娥笼桑路过江津，
打鱼归来的卜冒，
抬着一筐筐鲜鱼上岸，
嫡娥笼桑没看一眼，
归心似箭。

走进黎明，马蹄不停……
捉黄鳝的卜少挑着鳝笼走来，
笑盈盈地对嫡娥笼桑说，
小哥小妹哟，
你们就像长在江边的凤凰花，
红棉树。

迎着朝阳，马蹄不停……
嫡娥笼桑，
来到流水潺潺的勐谷大寨边上，
挑水卜少的笑脸在水中荡漾，
银镯叮当，
嫡娥笼桑的心也随着歌唱。

走进勐谷大寨，马蹄不停……
卜少们听到马铃声忙出门来迎，
见着嫡娥从花街上找来了合心人，
团团围住嫡娥问话：
"嫡娥妹子，
你领回来的卜冒真潇洒英俊。
他叫什么名字？
他家住在什么地方？
家中过什么日子？"

嫡娥回答说：
"我的心上人叫笼桑，
他家是勐糯坝子第一家，
他的阿爸是滚米，办事公道，
可惜笼桑没有了亲阿妈。"

依丹姑娘说：

"嫦娥找到了笼桑,
就像森林中的绿孔雀找着金马鹿。"
依丽姑娘说:
"嫦娥配笼桑,
就像勐雅江中的一对鸳鸯鸟。"
依罕姑娘说:"嫦娥和笼桑拴线,
就像菠萝芒果一样甜蜜。"

依香姑娘拦住马头,
要笼桑猜中谜底才准进寨子。
"漂亮的笼桑哥:
甩叮当是哪样果?
倒挂钩是哪样果?
浑身刺是哪样果?
麻嘟嘟是哪样果?"

笼桑脱口就说:
"甩叮当是金芒果,
倒挂钩是酸角果,
浑身刺是甜菠萝,
麻嘟嘟是荔枝果。"

依香姑娘接着问:
"会过河的是哪样果?
抱大树的是哪样果?
叶下生的是哪样果?
叶上长的是哪样果?"

笼桑轻言慢语回答说:
"会过河的是梭子果,
抱大树的是槟榔果,
叶下生的是大茄子,
叶上长的是小枣子。"

依香姑娘想难住笼桑:
"哪样叫作嘴尖尖?
哪样叫作脸扁扁?
哪样叫作白鹅尾?
哪样叫作尾朝天?"

笼桑轻轻松松猜着:
"犁头叫作嘴尖尖,
犁板叫作脸扁扁,

犁弯叫作白鹅尾,
扶手叫作尾朝天。"

依香姑娘最后请笼桑猜:
"什么吃草不吃根?
什么吃草连根吞?
什么睡觉不闭眼?
什么睡觉不翻身?"

笼桑答出来,
像竹筒倒豆脆声声:
"割谷子镰刀吃草不吃根,
挖田地锄头吃草又吃根,
山上的小白兔睡觉不闭眼,
江边的大石头睡觉不翻身。"

嫦娥的双亲打开大门,
是阿爸听到了笑声,
是阿妈听到了歌声,
笼桑跟着嫦娥上前作揖躬身。

阿妈看到了女儿盛开的春心,
嫦娥像金孔雀在欢乐中开屏;
滚米仔细端详笼桑,
女儿的靠山特别英俊。

阿妈高兴地对笼桑说:
"我的嫦娥五岁能纺棉花,
纺出来的线又细又长;
七岁织出来的布又密又细,
卷起来吹出歌调飘进万家。

我的嫦娥九岁会绣花,
绣出来的花朵蜜蜂飞来歇脚;
绣出来的画眉,
窗外的小雀会飞来做伴;
缝成筒帕装水也不会漏下。"

嫦娥咚咚登上土楼,
火塘烧得红红旺旺;
嫦娥在火塘边铺一床竹席,
竹席平滑光亮。

婻娥在竹席上摆篾桌一张，
桌子上放一盘槟榔，
槟榔新鲜诱人口馋，
婻娥等待笼桑一同分享。

婻娥在火塘上支个铁三脚，
三脚上煨清水满土锅，
"雷响茶"香味四散，
婻娥倒一碗等待笼桑来喝。

笼桑上楼看到温暖的火塘，
看到茶水看到槟榔，
看到了婻娥甜甜的心肠，
笼桑感动得热泪汪汪。

笼桑说：
"婻娥啊！我坐在席子上，
比坐在攀枝花褥子上还要绵软；
婻娥啊，我嚼着槟榔果，
比吃熟透的菠萝还要香甜。"

笼桑大口喝完茶水，
满口生香，神清气爽：
"婻娥呀，
我要把茶叶放在筒帕里，
让这绿油油的春茶，
时时伴我解馋。"

母亲在灶房里做菜饭，
依丽、依香、依罕都去帮忙，
饭香、菜香、酒香飘出窗外，
房顶上的炊烟渐渐消散。

圆圆的大桌子上菜肴已经摆满：
油淋淋的烤全鹅，
黄生生的腌鸭蛋，
酸溜溜的火雀鲊，
香喷喷的牛肉汤。

多好的一桌傣族特色菜饭，
是婻娥阿爸待客的最高宴席。
女儿找到了靠山，
阿妈把笼桑夸赞，

聪明的滚米，
却要考考女婿的智商。

滚米叫四个姑娘脱下围腰，
和女儿都挎上花腰箩，
秧箩中叫姑娘们放一件，
自己心爱的物品，
滚米用黑布亲手蒙住笼桑的眼睛。

滚米叫五个姑娘牵起手来，
围着笼桑团团转三圈，
大家都齐闭嘴静音，
滚米说：
"笼桑，能认出婻娥就是天赐命运。"
四个姑娘，
在秧箩里放进自己心爱的物品，
四个姑娘对笼桑一见倾心，
都等待笼桑伸手来掏，
都想和笼桑配婚成亲。

笼桑被蒙住了眼睛，
指尖通连心灵，
在黑暗中，
高洁的爱情就是眼睛。
笼桑慢慢伸出手去，
先摸摸姑娘的手，
再探探秧箩中的物品。

笼桑把第一个姑娘的手轻轻摸，
手指粗壮还有老茧。
秧箩里放着一个芒果，
这姑娘爱果园，不是我的婻娥。

笼桑把第二个姑娘的手轻轻摸，
手指细长指甲薄，
秧箩里放着一朵鲜花，
这姑娘爱梳妆打扮，
不是我的婻娥。

笼桑把第三个姑娘的手轻轻摸，
手指柔软手掌有细痕，
秧箩中放着糯米饭腌鸭蛋，
这姑娘爱厨房，不是我的婻娥。

笼桑把第四个姑娘的手轻轻摸，
手指修长指甲尖弱，
秧箩中放着一团丝线，
这姑娘爱织布绣花，
不是我的婻娥。

笼桑把第五个姑娘的手轻轻摸，
呀！这是我最熟悉我最爱的手，
秧箩中放着花街上的定情物，
我的绣花盒，
这正是我魂牵梦萦的婻娥。

笼桑紧紧抱住婻娥，
婻娥为笼桑把黑布轻轻抖落。
"啊，我眼前的太阳笼桑！"
"啊，我梦中的月亮婻娥！"

最高兴的还是滚米，
他先喝干了米酒一大碗。
大家围着圆桌子用餐，
皆大欢喜，笑声满堂。

甜美的爱情，
总希望时间老人睡觉，
美好的光阴总嫌太短。
婻娥笼桑要短暂分开了，
婻娥的眼泪像小溪流淌。

笼桑今天要返回家乡，
勐谷的年轻人一大早等在路上。
卜少打扮成一朵朵鲜花，
跟着婻娥，
卜冒跳起猫猫舞，
祝愿笼桑一路平安。

笼桑说：
"婻娥啊，天地很宽大，
我俩的心粘在一起；
你的心是糖，我的心是蜜，
我俩短暂分开，
是为了永远甜蜜的日子。

婻娥说：

"笼桑啊，婻娥的话比金子贵，
金子千年颜色也不褪；
离开的日子，一天我当作一年过，
我对你的爱情百年也光辉。"

笼桑告别勐谷翻身上马，
马儿朝着勐糯方向顺江回家。
笼桑映进江里的身影，
在蓝天白云间飞翔，
笼桑的身姿，
照亮了路边的凤凰花。

婻娥的眼睛，
跟着笼桑的身姿时明时暗；
婻娥的心潮，
随着笼桑的身影逐渐高涨；
婻娥多想，
砍倒遮住眼睛的红花绿竹；
婻娥的心，
已踏上艄公的竹筏把笼桑追赶。

婻娥白天想念笼桑，
把机杼的经纬线弄得眼花缭乱，
嗒嗒嗒的织布梭声，
是她的恋歌绵绵；
婻娥夜晚想念笼桑，
把纺车摇了千万转，
嗡嗡的纺车声，
是她的心曲缠缠。

婻娥坐在火塘边自言自语：
"笼桑啊，我送给你的筒帕，
你可要时时挎在身上呀！"
婻娥扯起筒裙擦眼泪，
筒裙滴下了泪水。

婻娥睡在床上说梦话：
"笼桑啊，
天使拉着我的手要拴线，
我甩开了他的手。
抬起你的坝子刀，吓跑了他，
我捧着心飞向勐糯你的家。"

一天过去了，三天过去了，
五个月过去了，七个月过去了。
婻娥盼着八月十五月亮圆，
笼桑到家中下聘礼的日子。

一天过去了，三天过去了，
五个月过去了，七个月过去了。
婻娥的腰身粗起来了，
婻娥感觉宝宝的手脚，
在腹中蠕动。

"笼桑啊，初见面时，
我像一朵荷花开放在水中，
现在，荷花已经孕育莲子，
我喜欢得像金孔雀，
在翠竹丛中开屏，
你一定欢乐得像金马鹿绕青松。"

婻娥的身子一天比一天笨，
原来花腰带在腰上绕三转，
现在只能绕两转半，
婻娥站着想走、走着又想站。

婻娥不想吃香喷喷的糯米饭，
阿爸最爱喝的玉碗茶也嫌味淡；
婻娥想嚼涩嗝嗝的生槟榔，
咬着甜蜜蜜的红糖也心神不安。

滚米坐在土楼上扳着指头数，
像一棵无风的大青树。
婻娥牵着阿妈向阿爸找主意，
滚米话语轻轻像春雨润物！

"去吧，我的掌上明珠，
去找你人生的归宿。
去吧，阿爸祝你一路平安，
去找你一生的幸福。"

阿妈为女儿收拾衣物，
婻娥的花秧箩中，
依丽装进了金耳环银手镯，
婻娥的花秧箩中，
依香装进了小圆镜牛角梳，

阿爸阿妈呀！
望着三个姑娘走上去勐糯的路。

婻娥到勐糯找笼桑

婻娥默默念着：
"笼桑啊！自从你走了后，
我就没有了欢笑。
我常常仰望蓝天上的白云，
那是我俩纯洁的爱情。
我天天戴一朵红棉花在胸前，
那是我俩心心相印。"

婻娥默默念着：
"笼桑啊！自从你走了后，
我就没有笑声。
虽然，
姐妹们每天晚上都来陪伴我，
但我却像孤独者行走在荒郊。
旺旺的火塘我不觉得温暖，
红红的火光照不亮我的欢笑。"

婻娥默默念着：
"笼桑啊！你是温暖的春风，
我是飘动的白云；
风儿吹到哪里，
婻娥就飘到哪里去。"

婻娥默默念着：
"笼桑啊！你是潺潺的流水，
我是水中的小鱼；
溪水淌到哪里，
婻娥就游到哪里去。"

婻娥默默念着：
"白云啊，白云！
请把我的心带给笼桑；
溪水啊！溪水，
请把我的眼泪带给笼桑。"

婻娥默默念着：

"口弦啊,口弦!
我心中的蜜蜂,
快快飞到笼桑耳边,
让他听听我的悲恸。"

娥娥默默念着:
"彩蝶啊,彩蝶!
我心中的飞马。
快快飞到笼桑的身边,
叫他快快接我回家。"

飞蛾扑上灯火,
是想奔向光明。
娥娥去找笼桑,
是为了美好的爱情。
她哪里知道,
娥娥就像扑火的飞蛾,
一步跟着一步走向绝境。

娥娥领着姐妹走捷径,
娥娥心中留着笼桑的英俊,
看见打鱼回来的卜冒,
娥娥忙上前去打听。

卜冒看见三位如花似玉的姑娘,
急忙上前笑脸相迎,
"美丽的姑娘,
到勐糯坝子还有十八里路。"
卜冒说完,
呆呆地看着娥娥的眼睛。

娥娥一行走到山坡顶,
问一位放牛的布涛:
"走夜路回家也可以闭上眼睛,
老人家请告诉我们,
到勐糯坝子还有多少路?"

老布涛望着三位姑娘风尘仆仆,
心中装满了几多怜悯:
"苦命的卜少啊,

要走吸完一袋烟功夫。"
说完,
他把手中的竹杖送给娥娥。

娥娥在寨子边的水槽下洗澡。
在大青树下换上新衣裳。
依丽为娥娥系上花腰带,
抖抖花筒裙,
依香为娥娥戴上银手镯金耳环。

雅摩为了姨妹,
在勐谷安了"耳朵",
她知道明天娥娥找上门来。
今天太阳刚刚落下哀牢山,
她就装着一肚子话来到滚米家。

她先找西洒说悄悄话:
"勐谷的丑火雀来啦!
明天来占金孔雀窝啦!
笼桑找的那个女人就要到家啦。
我的姨妹,仇人到家,
为了你的安拉,
你一定要含着蜂蜜说话,
肚子里要装满曼玛果①。"
西洒心领神会,
一张脸笑成了霜打过的菊花。

雅摩后上楼见滚米,
楼梯踩得咚咚响。
她弯腰、曲腿再说话,
口蜜腹剑雅摩丧尽天良。
"尊敬的滚米大人啊,
你说一句话,能推倒哀牢山;
你吼一声,勐雅江水会倒淌,
你敲一下铛锣,
勐糯人就会来到你身旁。"

"尊敬的滚米大人啊,
勐糯坝子的大小事情你做主。
明天是祭'匹'②的日子,

---

① 曼玛果:傣语,一种植物,果实很苦。
② 匹:鬼神。

请你一大早到'匹'树前，
为傣家祈福。"

西洒去找笼桑说话：
"我的好儿子，
亲亲的笼桑，
明天你的婻娥就要进家，
我会在家里好好招呼她，
你起早到江中捉条大鱼回来。"

星星睡觉去了，
东方天刚翻出鱼肚白，
公鸡没有开口，
笼桑到江中打鱼去了。
天灰灰亮，
滚米出门去主持祭"匹"。

西洒母女在家中收藏财物，
西洒收拾金银饰品锁进柜子，
安拉把绫罗绸缎抱进自己房中，
静静等待婻娥进家门来。

婻娥和两个姑娘来到家门前，
安拉把依丽、依香堵在大门外。
西洒还在家中闭着眼睛想主意，
婻娥已经恭恭敬敬的，
跪在继母跟前。

哀牢山上岩蜂蜜最甜了，
西洒的嘴巴比岩蜜更甜。
她双手牵起婻娥说：
"哟，我的好媳妇，
我天没亮就开门等着你来了！
笼桑为了招待你，
天没亮就去江中打鱼。
我的好媳妇，
你先上楼吃饭去。"
婻娥回答说：
"我要和笼桑在一起吃饭。"
西洒满脸堆笑，
心中骂婻娥不是东西。

婻娥想起出门时候母亲的叮嘱：

"宝贝啊，
到了笼桑家要听长辈的话。"
婻娥独个人一步一步登上楼梯，
土楼上的篾桌子已经摆了饭菜。

趁婻娥上楼去的空隙，
西洒轻轻地在楼梯上插上竹针，
安拉快快的，
在婻娥过路的地方钉了竹钉，
母女俩悄悄进房去关上房门。

婻娥看见饭菜，
肚子更饿了，
拿筷子挟起一箸笋丝放进嘴里，
味道很酸，
酸得腹中的胎儿动了一下，
嚼一嚼，像嚼着竹根一样硬。

大碗里装满了腌猪肝，
猪肝上糊着一层厚厚的绿霉，
翻动一下散发出阵阵臭味，
不能放进嘴里去。

盘子里摆着腌鸭蛋，
婻娥想起了阿妈的腌鸭蛋味道，
剥开一个蛋白灰色，
蛋黄如污泥，
婻娥不敢放进嘴里去。

婻娥很饿，
抓饭笋里的糯米饭吃，
香喷喷的糯米饭下，
却埋着刀子。
尖刀割破了她的手指，
婻娥的鲜血染红了桌子。
婻娥哭喊着从楼梯上滚下来，
婻娥的鲜血顺着楼梯滴下来。

婻娥站起来靠着篾笆墙，
墙上的竹针刺破了她的背脊，
鲜血浸透了她的衣裳，
鲜血染红了土地。

婳娥挣扎着踽踽走出大门，
门槛下的竹钉刺破了她的脚板。
婳娥再一次跌倒在地上，
婳娥哭喊着两个妹妹，
躺在血泊里。

依丽姑娘哭喊着忙上前去：
"笼桑啊，快来保护你的婳娥。"
哭声感动了天上的白云，
洁白的云絮落下了丝丝细雨。

依香姑娘哭喊着把婳娥扶起：
"笼桑啊，快来保护你的婳娥。"
哭声感动了门前的大青树，
大青树叶上落下了滴滴泪珠。

西洒推开房门上楼去看，
她的脚踩着婳娥的鲜血；
西洒忙到桌子边去看，
桌子上留着婳娥的血滴。
西洒急急忙忙下楼来看，
篾笆墙上沾满了婳娥的鲜血，
西洒在庭院中边走边看，
庭院中到处是婳娥的血滴。

西洒看见大门上，
留着婳娥的血手印，
西洒看见大门外，
留着婳娥的血迹，
西洒看见，
三个姑娘痛哭在血泪里，
西洒哈哈大笑，
十分得意。

西洒站在门槛上大骂：
"勐谷坝子的丑火雀，
想来占勐糯坝子的凤凰窝，
咋不冲泡尿做镜子照照模样。"

西洒站在门槛上大骂：
"茅草窝里的黑头雀，
要来和白天鹅飞上天，
咋不冲泡尿做镜子照照模样。"

西洒站在门槛上大骂：
"烂泥田里的小黄鳝，
要来和大红鱼游大江，
咋不冲泡尿做镜子照照模样。"

两个姑娘搀扶着婳娥，
离开了骂声，
顺着大江边去找笼桑，
婳娥一边哭啼一边说话：
"笼桑啊，
心毒的继母赶我出家门啦。"

婳娥一句话、一滴血，
婳娥一滴血、一句话，
婳娥走过攀枝花树，
婳娥的鲜血，
染红了掉在地上的攀枝花。

婳娥一句话、一滴血，
婳娥一滴血、一句话，
婳娥趟过小溪，
婳娥的鲜血染红了小溪水。

婳娥一句话、一滴血，
婳娥一滴血、一句话，
婳娥扶着酸角树歇气，
婳娥的鲜血，
染红了树下的土地。

婳娥的鲜血还在滴，
婳娥的喉咙哭哑了，
婳娥走过赶花街的白沙滩，
白沙上留下了一条血线。

依丽、依香搀扶着婳娥，
蹒跚走着，
看见她和笼桑对歌的大青树，
婳娥一个人朝大青树走去，
婳娥抱着大青树说话：
"笼桑啊，
你的歌声又回到了我的耳朵里，
可你现在还在哪里打鱼？"

"笼桑啊，
你送我的香荷包，
我时时挎在腰上，
可你现在离我十万八千里。
笼桑啊，
你心爱的荷花已经枯萎，
只留下了凋谢的残荷落地。"

嫦娥的花秧箩掉在地上，
依丽拾起花秧箩，
依香把散落地上的财物，
放回秧箩里，
两个姑娘赶上前去，
抱着嫦娥哭泣。

嫦娥躺在大青树下，
呼喊着笼桑的名字昏了过去，
醒过来念叨着我不要死，
死也要死在笼桑的怀抱里。

嫦娥又昏了过去，
醒过来念叨着我不要死，
我的肚腹里怀着笼桑的孩子，
我要等到宝贝看见阿爸。

嫦娥又昏了过去，
她生下了一个儿子，
儿子睁开眼睛只看见母亲，
却看不到父亲。

儿子闭上了眼睛，
永远闭上了眼睛；
嫦娥醒过来了，
渐渐睁开了眼睛。

嫦娥看见孩子没有了生命，
嫦娥抱起没有生命的孩子，
嫦娥抱着浸泡在鲜血中的儿子；
依丽、依香的哭声震天动地。

嫦娥对着，
生命渐渐远去的儿子哭诉：

"宝贝呀，
我不知道把你放在什么地方好，
埋在地下，你会被蚂蚁咬，
我舍不得放下你。"

嫦娥对着，
生命渐渐远去的孩子哭诉：
"宝贝呀，
我不知道把你放在什么地方好，
放在大树上，
雀鸟会来啄吃，
我舍不得放你上去。"

嫦娥对着，
生命渐渐远去的孩子哭诉：
"宝贝呀，傣家最爱水，
妈妈把你放进水里最适宜。"
两个姑娘扶起嫦娥，
把儿子放进了大江，
"宝贝呀，
你永远活在妈妈的心里。"

清凌凌的勐雅江水，
为嫦娥母子低声唱悲歌；
清凌凌的勐雅江水，
像一床蓝被子，
把生命远去的孩子抱在怀里。

嫦娥的哭声越来越细：
"我的宝贝呀，你不要远去，
你要等着你的阿爸来看你！"
嫦娥的儿子没有离开勐雅江。

嫦娥笼桑的儿子，
没有离开勐雅江，
嫦娥笼桑的儿子，
永远活在勐雅江里。
他的头发变成水草，
年年岁岁在江水里生长。

嫦娥笼桑的儿子，
没有离开勐雅江，
嫦娥笼桑的儿子，

永远活在勐雅江里。
他的手指变成了面瓜鱼，
日日夜夜游动在江水底。

婻娥笼桑的儿子，
没有离开勐雅江，
婻娥笼桑的儿子，
永远活在勐雅江里。
他的手臂变成了大白鱼，
寒寒暑暑在勐雅江中，
游来游去。

依丽依香扶着婻娥朝勐谷走去，
江水呜咽为婻娥悲唱一曲；
江边的酸角树请凄风传送悲声，
冬青树上的寒蝉为婻娥哭泣。

依丽、依香牵着婻娥，
朝回家的路上走着，
高高的哀牢山，
仿佛压着婻娥跳动的心脏，
滚滚的勐雅江水，
拖不动婻娥回家的双脚，
竹林中的星花雀不停地叫着，
笼桑！笼桑！……

笼桑情急找婻娥

雅摩为了姨妹西洒，
太阳落山，
她就跑到勐雅江边来。
叩头作揖，
她请求水妖，
彻夜在江中游来游去。
吓得鱼类，
早早躲藏进水下的洞里。

笼桑在江中捕鱼撒网，
没有见到一条鱼的模样；
笼桑巴望着拿一条大鱼回家，
好好看看婻娥的笑脸，

像盛开的牡丹。

笼桑在江中捕鱼撒网，
没有捕到一条鱼儿，
太阳却来到了头顶上；
笼桑背着鱼网走进家门，
"婻娥、婻娥！"兴奋地大喊。

笼桑在家中找不着婻娥，
看见到处是血迹：
楼梯上是血迹，
饭桌上是血迹，
篾笆墙上是血迹，
门槛上是血迹。

笼桑指着大门上的鲜血问继母：
"哪来的血！这么多的血？"
继母回答说：
"我杀大公鸡招待你的婻娥，
流了一地的鸡血。"

笼桑又问：
"鸡毛哪里去了？
拿出来我看！"
继母支支吾吾，
继母吞吞吐吐。

笼桑追问：
"楼梯上的血，饭桌上的血，
篾笆墙上的血，庭院里的血，
门槛上的血，大门外的血，
竹子树上的血，大路上的血……"

继母笑着回答：
"为了给你们拴线，
我早上用苏木煮水染红线红帕，
不小心打翻了木盆，
红水到处流。"
笼桑心里明白，
是西洒在说假话。

笼桑跑出门外去问左邻右舍。
左边的白大妈说：

"笼桑啊，今天的日子真好呀，
一大早，
一只白天鹅飞进你家来，
却被打得满身鲜血淋淋，
白天鹅带着血泪顺江飞去了。"

右边的大婶说：
"笼桑啊，
今天是个吉祥的日子呀，
一大早，
一只金孔雀就飞进你家来，
却被拔掉了羽翎，
金孔雀带着满身伤痕顺江去了。"

笼桑想起娃娃时穿的青苔棉衣，
笼桑又看到了，
西洒那颗黑漆漆的心。
笼桑牵出白马，跨上马背，
笼桑朝着勐雅江边一路飞奔。

笼桑看见路上的点点滴血，
他的心也在流血；
笼桑走过大象渡口，
来到了白沙滩，
他望着白沙上的血滴哭喊。

笼桑望着白沙上的血滴，
心如火烧，
笼桑望着白沙上的血滴，
心如刀绞；
笼桑快马加鞭，
来到了吃秧箩饭的地方。
笼桑问东问西，
晕头迷茫。

笼桑对着路边的水芋头问话：
"水芋头大叔，你叶子宽大，
你见过的事情比你的叶子大，
你可看见我的婻娥，
走过你的身边？"

水芋头回答说：
"我叶子大是因为心宽睡得香，

我不管身边的事情。"
笼桑听了直跺脚：
"自私自利的芋头叔，
给你一生头朝下，
全身上下长疙瘩。"

笼桑对着路边的铁线草问话：
"铁线草大哥，你实心实意，
请你把见过的事情告诉我，
你可看见我的婻娥走过你身边？"

铁线草回答说：
"有三个姑娘从我身边走过，
最漂亮的姑娘，两个姑娘搀扶着。
她的鲜血浸透了筒裙，
她嘴里不停地喊着笼桑、笼桑……"

笼桑听了泪水像雨点落：
"铁心铁意的铁线草大哥，
你良心好，
从今以后，你不会死了，
春天到了，
你的子子孙孙会绿遍天涯海角。"

笼桑牵着白马来到水沟边，
问千叶草：
"一年四季绿茵茵的千叶草兄弟，
你的叶子多，记得的事情多，
你可看见我的婻娥，
从你身边走过？"

千叶草回答说：
"快走开，别啰嗦！
我只顾自己，不管别人的死活。"
笼桑听了嘴冒火：
"千叶草，太无情，
给你不长叶，只长节，
孤单一身不死也不活。"

笼桑牵着白马来到枇杷树下问：
"一年结一回果的枇杷哥，
你叶子厚，你会说实话。
你可看见婻娥从你身边走过？"

枇杷树回答说：
"有三个姑娘从我身边走过，
两个姑娘搀扶着婻娥。
她的鲜血浸透了筒裙，
她嘴里不停地喊着笼桑、笼桑……"

笼桑听了，泪流满面：
"厚实的枇杷哥，你的良心好
以后，
你会一年开花三回，
一年结果三次，
果子一年比一年多。"

笼桑心急忙赶路，
白马望着大江四蹄踟蹰，
笼桑跟着白马的眼睛望大江，
笼桑看见了，听到了：

大江下的水草舞动着江水，
小红鱼、面瓜鱼……
从水草下伸出圆圆的小嘴巴来，
望着笼桑吧嗒吧嗒……

笼桑听到鱼儿在说话：
"来迟了，阿爸，阿爸！
阿妈回家啦。"
白马的眼睛关满了泪水，
笼桑的眼泪如暴雨下。

笼桑从筒帕里捧出糯米饭来，
对着鱼儿圆圆的小嘴巴撒去，
吧嗒、吧嗒声响成一片，
笼桑听到了：
"感谢养育恩情，阿爸，阿爸！"

鱼儿吃完饭，
无影无踪，
只有江水下的水草，
在笼桑眼前晃动。
笼桑仿佛看到一双柔嫩的小手，
在向他告别，
笼桑的心像压着哀牢山，

一样沉重。

笼桑骑着白马向勐谷飞奔，
笼桑隐隐听到呻吟声，
笼桑悠悠听到叹息声，
笼桑急急跳下马，
向悲声飞去。

笼桑听见呻吟的正是婻娥，
笼桑看见叹息的正是依丽依香。
笼桑脸上布满了悲伤，
笼桑心中装满了喜欢。

笼桑把松软的婻娥搂在怀里，
笼桑把昏迷的婻娥抱上马背，
两个姑娘走在白马的两边，
笼桑牵着白马姗姗去婻娥家。

笼桑牵着白马过弯绕坎，
笼桑牵着白马下水上岸，
婻娥在马背上睡熟了，
好像趴在家中的攀枝花褥子上。

笼桑用笃深的情意，
抚慰着婻娥的心灵，
两个姐妹用诚挚的友情，
抚平了婻娥的呻吟，
白马温暖着婻娥的全身，
婻娥在热情中，
睁开了惺忪的眼睛。

婻娥听到了，
笼桑山盟海誓的声音：
"亲爱的婻娥，
我心中的女神，
狂风暴雨中我们一齐生，
红焰烈火中我们一齐死，
我们的爱情，
像天上两颗永远闪光的星星。"

婻娥听了笼桑的誓言，
向笼桑睁开了，
她美丽明亮的眼睛；

依丽依香听了笼桑的誓言，
心里想着，
未来能找到像嫦娥笼桑一样的爱情；
白马听到了笼桑的誓言，
回过头来舔舔嫦娥的伤口。

嫦娥笼桑一行走过勐谷坝子，
路边的甘蔗愣愣地望着嫦娥走过，
没有一丝甜意；
水田里的稻禾歪歪地望着嫦娥走过，
没有一点精神。

果园里的芒果望着嫦娥走过，
没有一点芬芳；
旱地上的菠萝望着嫦娥走过，
闭上了眼睛。

嫦娥笼桑一行，
来到了嫦娥家大门口，
门前最爱摇尾巴的小花狗，
两只眼睛里充满了泪水；
门前大青树上，
最爱唱歌的糯乐多，
紧紧闭着嘴巴没有了歌唱；
门前的缅桂花朵耷拉着头。

笼桑抱着嫦娥来到堂窝，
母亲已经烧旺了火塘，
母亲在火塘边铺上红毯子，
好让嫦娥平平地躺着。

嫦娥在轻轻地呻吟，
笼桑在揪心地哭泣，
满堂的泪水流在一起，
大家都没有了主意。

嫦娥的阿爸走出门去，
请来雅摩叫魂，
嫦娥的魂没有叫回来；
请来布摩送鬼，
送了鬼蜮出门，

嫦娥的双眼还是紧闭。

笼桑去找八丫花[①]

一位老布涛，
拄着拐杖走进门来说：
"尊敬的滚米大人，
我爷爷的爷爷说过，
天上有八丫花，
死去的人能够救活。"

老布涛的话像火塘温暖，
烘热了笼桑冰冷的心房；
老布涛的话像一束火把，
照亮了嫦娥在人间的希望；
老布涛的话像一阵春风，
吹散了双亲心上的冰霜。

笼桑听到有救命药，
寒冷的心，
像大雾弥漫的江上照着太阳，
霎时，笼桑全身热血滚烫。
"慈爱的岳母，尊敬的岳丈！
父老乡亲，兄弟姐妹！
老爷爷的话，
给我吃下了香甜的糯米肠。"

"八丫花在刀山顶上，
我一定爬上去摘回家来；
八丫花在火海中心，
我一定跳下去捞回家来。"

父老乡亲相信笼桑的决心，
兄弟姐妹们，
相信笼桑对嫦娥的真情。
笼桑牵着白马去找八丫花，
勐谷的兄弟姐妹都来送行。

---

① 八丫花：传说长在天庭里，专门有人看护的花，它能让人起死回生。

送行的人团团围着笼桑，
有的送来糯米饭，
有的送来油炸干黄鳝，
有的送来大葫芦米酒。
笼桑骑在白马背上，
祝愿的话织成了一件风衣，
给笼桑遮雨挡寒。

笼桑向亲人拜别：
"再见了，岳母岳丈！
再见了，我的宝珠娥娥！
你们的娥娥心肝。"

笼桑向亲人告别：
"再见了，波涛、咪涛……
再见了，依丽、依香……
再见了，勐谷的兄弟！"

大家向笼桑招手：
"笼桑，放心去吧，
找到八丫花就快快回家。
我们会好好呵护娥娥，
不会让你失望，
不会让你心上的花朵枯萎。"

祝福的话说了九十九箩，
笼桑上马和大家依依惜别。
乡亲们把笼桑送到山脚，
一直望到笼桑消失在野林间。

笼桑骑着白马朝山峰飞奔，
跨过山峰九十九座；
笼桑骑着白马朝大箐踏去，
踏过九十九条大箐。

最后一条深箐叫大黑箐，
大黑箐要搭桥才能过去；
搭桥才能上西天，
所以，
今天的傣族人发送死者要搭桥。

笼桑和白马一齐使力，
白马脚下生风跨过了大黑箐；

笼桑骑着白马来到红土坡，
红土坡上一根草也生长不出来。

太阳晒着头，头发会烧焦，
脚踩在地上，脚板会烫起泡，
戴帽子穿鞋子也无济于事，
所以，
今天的傣族人发送死者要打伞。

前面没有了路，
全被荆棘荒蒿挡住。
笼桑叩问心灵，
我的面前没有走不通的路，
路就在我的坝子刀锋上。
笼桑披荆斩棘，汗水如注，
笼桑相信，
爱情之路汗水能够铺筑。

人在做事，天在看人，
笼桑的忠贞感动了天神。
白马一串嘶鸣，
蹄下漂来了四朵白云
笼桑在马背上飞行。

笼桑白马飞过了红土坡。
笼桑白马飞过九十九棵香樟树，
笼桑白马飞过九十九丛乱刺棵，
笼桑白马飞过九十九堆乱石窝。

月亮姑娘把恬静的脸沉入西山，
太阳公公满脸绯红爬上东天，
清晨很欢乐，倾情的展开笑颜。
笼桑全身沾满了千山的花香，
马蹄上挂满了万泉的歌声。
正午时间，
笼桑牵着白马走在天地街上。

天地街又长又宽，
天地街是上天堂，
一定要经过的地方。
天地街上居住的都是死去的人，
死去的傣族人都住在天地街上。

笼桑牵着白马走天地街，
笼桑又惊又喜遇到了亲妈妈，
亲妈问笼桑：
"我的宝贝儿子啊！
你年纪轻轻咋个到这里来？"

笼桑回答说：
"阿妈，我还活在人间，
因为后母心毒，
害得我心爱的婻娥快死了。
为救活我心爱的婻娥，
我要上天上去采八丫花。"

笼桑请母亲吃饭，
菜饭摆满了一张桌子，
牛肉猪肉鸡肉鸭肉鹅肉样样有，
笼桑用筷子挟肉放在阿妈碗中。

可是母亲不吃碗里的饭菜，
捡掉在桌上的吃。
所以，现在傣族给死者献饭，
先把饭菜装在碗里摆好，
一家人才同桌吃饭。

吃完饭母亲对笼桑说：
"儿子，你到天上去找八丫花，
可真难啊！"
母亲把生长八丫花树的方向，
告诉儿子，
笼桑牢牢记在心里。

笼桑找到了八丫花

拜别母亲，离开了天地街，
笼桑朝母亲指的方向奔天上。
笼桑一定要找到八丫花，
让心中的花朵盛开百年。

笼桑身轻如燕，
白马带着笼桑腾飞。
太阳照耀的天上，

没有一丝声音，
只有清风徐徐跟在耳朵后面。

白马踏过云海，
白马冲上云峰，
白马击碎云涛，
白马要去的地方是八丫花。

劳累了一天的太阳公公，
渐渐闭上了眼睛，
暗淡下去的天宇，
圆圆的月亮挂在高空，
恬静得像人间八月十五的月饼。

笼桑骑着白马，
从月亮女神身边飞过，
月亮女神给笼桑白马，
披上一身银光；
星儿们睁大了眼睛，
看着笼桑骑着白马，
在星群中穿行。

多么美好的天堂之夜啊，
天上人都出来逛：
打火把的、秉红烛的，
提马灯的、举宫灯的。

穿长袍马褂的、穿短衣长裳的，
戴鸡枞帽的、挎花秧箩的，
舞棕叶扇的、弹拨月琴的，
老年人最多、小娃娃最少。

天上人说说笑笑、唱唱跳跳，
天上人一团和气，
天上人亲善友爱。
天上人说：
人间他们都在过，
天堂最好在。

笼桑骑着白马，
飞过通明透亮的重霄。
太阳公公歇息了一夜站起身来，
睁大眼睛望着天堂人间。

笼桑只有新奇没有疲惫，
笼桑白马在霄汉中间飞翔，
天空蔚蓝，
像三月清汪汪的勐雅江水，
一朵朵云彩，
在笼桑身体前后游来游去，
一群群白鹤，
在笼桑头顶上绕来绕去，
笼桑白马的身躯在彩云里。

太阳公公走到头顶来了，
笼桑看到远处青草坪上，
天上人正在赶天日街，
笼桑牵着白马在街上走走停停。

天街上的物资真够丰裕，
天上人把自己栽种出来的果品，
木车拉来，
扁担挑来，
背箩背来，
摆放在街子的两边。

有艳红的桃子，
火红的梨子，
笑开口的石榴，
笑歪脸的树瓜，
笑破肚皮的西瓜。

有金黄的芒果，
馨香的菠萝，
一梳梳香蕉，
一根根甘蔗，
天上的果物，
比地上的更香甜肥硕。

天上人种出来的果品不卖钱，
你吃我的我最高兴，
我吃你的你最喜欢，
是因为我的汗水，
映着你的笑容，
是因为你的笑容，
看见了我的汗水。

笼桑牵着白马，
在天日街上行走，
肚子轻轻向他呼喊。
笼桑走到，
一位傣家阿婆前边要吃，
阿婆挑了一个熟透的金芒果，
送给笼桑。

笼桑边走边吃，
笼桑停在甘蔗堆旁边。
波涛抬起一根甘蔗喂白马，
一直望着白马嚼完甘蔗。

笼桑吃完芒果精神百倍，
白马嚼完甘蔗仰头远方。
笼桑为了摘到一朵八丫花，
救活心中盛开的花朵。

笼桑骑上白马，
朝着八丫花的方向飞去。
飞过了九十九座琼山，
飞过了九十九条瑶河。

白马落在了偌大的花园中间，
大花园中，万紫千红。
一排排槟榔树高擎着蓝天，
一棵棵冬青树摇曳着清风，
一簇簇凤尾竹抚摩着云朵，
一朵朵凤凰花，
盛开成卜少的笑脸。

青草坪上，
鲜艳的小花点缀其间，
金马鹿在远处眺望，
绿孔雀在草间开屏，
红顶鹤在花草间散步。

那碧波荡漾的荷塘中，
仿佛仙女是出水瑞莲。
柔风多情，吹开绿叶，
亮出万红点点。

笼桑看见不远处，
有一棵葱郁的大树，
笼桑牵着白马朝大树走去。
笼桑踏着绿草胜绒毯，
穿过孔雀开屏，
笼桑轻轻走过百花烂漫，
却无心看红顶鹤悠闲。

笼桑站在大树前看大树，
大树冠盖九亩，
大树高九十九丈，
叶子如玉片，树干碧绿。

彩虹像一顶花斗笠罩着树梢，
大树上花朵盛开，
每一朵花有饭盒大，
都开出八瓣，
每一朵花赛过红山茶，
每一朵花艳如红棉花，
笼桑牵着白马呆呆地看着。

大树后边有一座小楼，
楼梯上走下来，
一位慈目善眉的仙奶奶说话：
"笼桑，
九天娘娘知道你来讨八丫花，
一大早叫我到这里等你来。"

笼桑牵着白马向仙奶奶迎上去，
仙奶奶用拐杖指着满树繁花说：
"这八丫花树啊，
栽下去已经九百九十九年了。"

仙奶奶接着说：
"这棵大树，
九十九年开一次花，
花开一回有九百九十九朵；
八丫花能让地上人死里复生，
地上人，
吃下一朵八丫花能活九十九岁。"

仙奶奶继续说：
"笼桑，你哪里知道，

是因为你和嫦娥的爱情，
感动了九天娘娘。
她给了你神力，
所以你身轻如燕，
白马飞越云霄来到这里。"

九天娘娘说：
"给你八丫花，
一朵两朵三朵都给。"
笼桑回答说：
"谢谢九天娘娘，
八丫花给我一朵，
救活我的嫦娥就满足了。
我和嫦娥在人间，
生活一天胜过百年。"

仙奶奶举起拐杖，
拐杖长、长、长……
对着一朵最好的花朵戳了一下，
八丫花落在青草地上，
霎时，
仙花闪射光华，
草地五彩缤纷。

笼桑双手捧起八丫花，
小心翼翼地放进筒帕里。
笼桑再次感谢九天娘娘，
向仙奶奶叩头，
笼桑骑上白马要走。
仙奶奶拉着笼桑的手说：
"小伙子，八丫花是仙物，
天堂之物、清秀圣洁，
沾不得半点污秽。"

仙奶奶又说：
"八丫花沾染污秽就不灵了，
不会救活你的嫦娥，
你的嫦娥，
也会像八丫花一样枯死，
你要牢牢记住啦。"

笼桑拯救嫦娥心急，
最后拜别了仙奶奶。

笼桑情急如闪电，
归心似箭，
巴不得瞬间就去到娥娥床前。

笼桑和白马踏着瑞云往回飞，
霎时，白马落在天地街上。
母亲已经在街边等候儿子了，
笼桑高兴地对母亲说：
"阿妈，我得到了八丫花！"

母亲拉着儿子说：
"笼桑，我舍不得离开你呀！
但你快快回到人间去吧，
与你钟爱的娥娥，
一块过幸福生活，
白头到老后，
一齐来和阿妈过天堂日子。

母亲忧心说：
"笼桑啊！
你阿爸是傣家最好的滚米，
你和娥娥要好好孝敬他，
还要时时提防狡诈的雅摩，
不要遭黑心肝的西洒暗算。"

笼桑对亲娘说：
"阿妈！
我在人间都长成大人啦，
你咋还不上天堂过好日子？"
亲娘回答说：
"天堂有规定，
夫妻牵手才能上天堂，
我在天地街等你阿爸来。"

笼桑的仙花遭了厄运

听吧，年轻的朋友！
傣家的伙子姑娘。
笼桑跨过了千山万水，
笼桑排除了千难万险，
找到了八丫花。

傣乡蔫了的凤凰花，
将要重新鲜活，
傣家快咽气的娥娥，
将要绽开美丽的笑容。
可仙花遭了厄运。

雅摩和布摩，好事做得多，
他们替卜宰叫魂，
他们为村寨送鬼，
他们的善事有口都说。

雅摩和布摩，好事做得多，
他们替办喜事的人家挑选吉日，
他们为办丧事的人家选择坟址，
他们的善心留在傣家心窝。

雅摩和布摩，坏的有两个，
他俩挑拨离间，
他俩牵手作恶，
他俩不怕傣家指背戳脚。

笼桑骑着白马回到人间，
来到了勐雅江边，
往下走是笼桑的家勐糯，
往上走是娥娥的家勐谷。

笼桑骑着白马朝娥娥家奔去，
路中间站着一个布摩。
布摩色舞眉飞望着笼桑，
布摩身前身后缠着笼桑，
布摩诱骗笼桑陷进污浊漩涡，
布摩要看天上的八丫花。

草乌花毒死人不见血，
布摩肚子里装满了草乌水；
坏人心中都藏着魔鬼，
坏人和坏人联手害好人。

大黑蛇请大黑蜂叮人，
大黑蛇一说就去叮人；
勐糯的雅摩请勐谷的布摩害人，
布摩最乐意害好人。

笼桑从筒帕里，
小心翼翼地捧出八丫花，
布摩嬉皮笑脸，
从笼桑手中接过八丫花。
罪恶的黑手蹂躏了善良的心，
笼桑哪里知道，
他的仙花遭了不幸。

布摩把八丫花放回笼桑手中，
哈哈大笑着走了，
笼桑把八丫花，
轻轻放回筒帕翻身上马；
笼桑万万没有想到，
八丫花已经失灵，
因为布摩沾满狗血的双手，
玷污了仙花。

笼桑跨进了阴冷的勐谷坝，
乌云遮住了太阳，
江风猛吹、寒潮冷冽，
路边的酸角树低头泪水洒。

笼桑来到了婻娥家里，
门前的槟榔树没有了生气，
凤凰花失去了妩媚的颜色，
房屋内外哀声和叹气堆在一起。

笼桑分开人群忙到婻娥床前，
围着婻娥的姑娘们一阵惊喜；
大家都说婻娥姑娘有救了，
母亲的热泪往婻娥脸上滴。

笼桑从筒帕里捧出八丫花，
笼桑把仙花轻轻放进婻娥嘴巴；
婻娥嘴唇渐渐泛红轻轻蠕动，
婻娥要说话，要向笼桑说话。

婻娥的眼睛慢慢睁开了，
婻娥的眼睛里放出一线光亮；
婻娥看到笼桑回到身边，
婻娥的脸上露出了一丝微笑。

婻娥死而生还的喜讯，

从婻娥床边传开，
传出大门，传到田畴果园，
传遍了勐谷坝子的傣家村寨。

香油灯点干了油，
亮一下最后熄灭；
婻娥的眼睛亮了一下后，
永远地闭上了。
傣家人的笑声顿时变成了哭声，
笼桑捶胸顿足撕心裂肺。

婻娥笼桑在烈火中永生

笼桑抱着婻娥失声痛哭，
笼桑的泪水，
胜过八月滔滔的勐雅江水；
笼桑抱着婻娥放声痛哭，
笼桑的哭声，
在腊月呼啸的勐雅江风中悲吼。

勐谷坝子最妩媚的鲜花枯萎了，
最悲恸的是笼桑；
笼桑脑子很清醒，
清醒得像三月的勐雅江水，
一样宁静。

笼桑最先想到，
天地街上单身独行的母亲，
笼桑恨自己没有把母亲的话，
刻骨铭心，
笼桑再想到，
勐糯孤孤单单的父亲，
笼桑跪拜父亲，
作揖母亲。

笼桑向生育婻娥的母亲叩头，
岳母的泪水漫过了心；
笼桑上楼去，
向养育婻娥的父亲叩头，
岳父满脸乌云。

笼桑做了一个机智的举动，
笼桑做了一个惊人的决定。
笼桑像高翔在雷雨中的雄鹰，
笼桑像站在悬崖边上的精灵。

笼桑从筒帕里捧出，
一对金耳环戴在婻娥耳朵上，
笼桑从筒帕里捧出，
一对银手镯戴在婻娥手腕上；
笼桑从筒帕里捧出，
九百九十九颗银泡抛出门外，
笼桑从筒帕里捧出，
九十九串芝麻银铃抛出门外。

堂屋里的人跑到门外去看银泡，
堂屋里的人跑到门外去看银铃，
堂屋里只剩下，
泪水蒙住眼睛的岳母，
堂屋里只留着，
停止呼吸的婻娥。

笼桑在空荡荡的堂屋里，
对婻娥说话：
"婻娥啊，请等我一下！
我最好跟你同行，
为了我们白璧无瑕的爱情。"

"婻娥啊，
花街上我们情绵绵，
婻娥啊，
吃秧笋饭我们爱甜甜，
婻娥啊，
土楼上我们记住了美好的夜宵，
婻娥啊，
玉枕上你留给了我甜美的笑颜。"

"婻娥啊，
我和你在一起的每一天，
都过着珍珠日子，
我们带着一串珍珠长眠。
婻娥啊，
我们是一双白天鹅，
飞上蓝天、飞向天堂吧！"

"婻娥啊，为了永恒的爱情，
我无悔无怨。
请高高的哀牢山作证，
请滔滔的勐雅江作证。"

笼桑从腰间抽出坝子刀，
笼桑对着坝子刀说话：
"长刀啊！长刀！
傣族男人的好兄弟。
长刀啊！长刀！
先辈们用你刀耕火种收获稻菽。
长刀啊！长刀！
祖辈们用你守村护寨，
抗击外敌欺辱。"

笼桑对着坝子刀说话：
"我的长刀啊，
过去我用你砍竹子搭桥给人过路，
过去，
我用你砍甘蔗给人吃到香甜，
过去我用你砍倒攀枝花树，
做甑子蒸饭香飘八面；
今天为了婻娥笼桑的爱情，
我要用你来结束我在人间的眷恋。"

笼桑搂着婻娥睡下了，
笼桑睡得像婻娥一样安静；
婻娥笼桑的鲜血融合在一起了，
婻娥笼桑的鲜血，
从红毯上流下来，
鲜血流到地上，
鲜血流出门外，
鲜血染红了草木，
鲜血染红了泉溪 ……

凤凰花看见了低下了头，
凤尾竹看见了掀起悲声，
太阳公公看见了躲进云里；
雾岚在勐雅江上呜咽，
江波低唱着悲歌，
苦雨诉说着悲情。

天上落下两片白云，
风姐姐在血泊中染成两块红绸，
一块盖在笼桑的脸上，
一块盖在婻娥的脸上。

雨婶婶送来三根白线，
在鲜血中染成红色，
九天娘娘为婻娥笼桑拴线。
婻娥笼桑在人间没有幸福，
婻娥笼桑在天堂里圆满了姻缘。

傣族有个古规，
身躯没有了灵魂，
遗体一定要火化，
坟地请布摩选定。

含泪的卜冒们抬着笼桑的遗体，
呜咽的卜少们抬着婻娥的遗体，
来到了一块青草坡上，
草坡上架着一堆干柴。

卜冒们把笼桑的遗体，
放在干柴堆上，
卜少们把婻娥的遗体，
放在干柴堆上，
婻娥笼桑肩并肩脚挨着脚，
婻娥笼桑的面向着天堂。

布摩雅摩都是黑心肝，
布摩硬要把婻娥笼桑分开。
在场的卜冒都说，
我们的婻娥笼桑，
生不能得到甜蜜的爱情；
在场的卜少都说，
就让我们的婻娥笼桑，
上天堂享受美满的婚姻。

布摩坚持把婻娥笼桑分开火化，
青年人坚持婻娥笼桑一堆火化。
愤怒的卜少砸烂布摩的羊皮鼓，
冲动的卜冒拥上去要打布摩。

布摩躲到婻娥父亲的身后边，

望着婻娥父亲说：
"尊敬的滚米大人呀！
祭竜节，你说一句话值万金，
咋个火化请你一锤定音。"

布摩说：
"尊敬的滚米大人呀！
傣族古老的规矩不能改变。
没有拴线的男女不是夫妻，
不是夫妻就不能在一起火化。"

"尊敬的滚米大人！
铁打的古规靠大人竖起。"
滚米牢牢守住古规说：
"婻娥笼桑就分开火化！"

含泪的卜冒们把笼桑的遗体，
抬到东边的柴堆上，
呜咽的卜少们把婻娥的遗体，
放到西边的柴堆上，
布摩点燃干柴，
霎时，烈焰熊熊，
瞬间，火光冲天……

尾声

两堆大火同时发出两声巨响，
响声震动了莽莽哀牢山；
两堆大火同时腾起两团火焰，
火光映红了滔滔勐雅江。

两团火焰同时化做两颗星星，
两颗星星先拥抱在一起，
尔后又分开，
两颗星星同时升天闪射光芒。

一颗星飞向勐糯坝子天空，
傣族都说就是笼桑；
一颗星升在勐谷坝子天空，
傣族都说就是婻娥。

一颗星出现在勐雅江下游的黄昏， 每年花街节的日子，
一颗星出现在勐雅江上游的黎明， 两颗星星相会在一起，
一颗星诅咒黑暗， 两颗星星一样闪亮，
一颗星呼唤晨曦。 两颗星星一样璀璨。

单行本，团结出版社 2018 年版
演唱、讲述者：刀万周　刀镇邦　杨富民
　　　　　　　白绍周　范美英等
搜集、翻译、整理者：刀明贵（傣族）

附　记：

我从小在新平县傣族地方长大，时常聆听到老人们讲述傣族民间传说故事、演唱长诗。19 世纪 80 年代初，我高中毕业后就开始进行民族民间文学搜集工作，走遍了新平县傣族地方的村村寨寨，把流传在新平县漠沙傣族坝子民间的一首家喻户晓的叙事长诗《嫦娥与笼桑》完整地搜集记录下来。长诗讲述了一对傣族年轻男女笼桑与嫦娥凄婉美丽的爱情故事。其中，有神话的浪漫，传说的神奇，故事情节曲折，生动感人，催人泪下；长诗亦展示了傣族民族的图腾崇拜、祖先崇拜、万物有灵及其民俗、风情、风光、风物。

搜集到这首长诗的时间至今已经三十多年了，漠沙镇下曼右村的刀万周老人对长诗的深情演唱，关圣村盲人故事家杨富民和大新寨刀镇邦老人以故事形式的倾情讲述，居住在漠沙镇托竜街上的白绍周、范美英老夫妇经过多少个白天黑夜的辛劳，把长诗有时用故事表达，有时用诗句的形式以汉字给我留下了墨宝。今天，五位老人都驾鹤西去了，我铭记着他们。

经过较长时间的慎重整理，多次修改。在整理过程中，既注重其文学价值，又注意科学价值，挚意突出傣族民族特色。由于水平有限，今天，呈现在大家面前的傣族叙事长诗《嫦娥与笼桑》，仍感文字欠美，诗韵不够。诚望傣族民众、专家学者、广大读者提出意见和建议。

整理者
2018 年 8 月 18 日

南娥和洛桑

序歌

在祖国遥远的边疆，
有一个美丽富饶的地方，
它像个金色的巨盆，
在崇岭中把大地嵌镶，
滚滚的元江从这里流过，
金色的盆地闪耀着粼粼波光。

江两岸长满了香甜的果木，
伞样的芒果树遮住了火辣辣的太阳，
酸角树的果实压断了粗壮的枝条，
高高的攀枝花红得像火一样；
菠萝和荔枝争着比甜比美，
蜜多萝①比香蕉还要醇香，
西瓜睡满了河滩，
密密麻麻的甘蔗盖住了山冈；
一年两熟的稻谷像金子一样喜人，
还有那数不尽的木瓜、橙子、槟榔……

八哥常歇在牛背上歌唱，

土绿翠②也把这里赞扬，
画眉的歌喉显得更加清脆，
就好像最善唱的傣家姑娘。
啊，这是多么美丽的地方哟，
一切都发出孔雀般耀眼的光芒！

就在这金色的坝子里，
遍布着傣族村庄。
有一个叫普漂的村子，
坐落在元江边上。
祖祖辈辈的老人都这样讲：
"故事就发生在这个地方。"

每当星星闪烁的夜晚，
人们便围坐在大青树下的滑石板上，
听老波涛慢慢地讲，
听老咪涛轻声地唱……

一　童年

不知在多少年以前，
有一对傣族的小伙子和姑娘，
他们从小就很要好，
一个叫南娥，一个叫洛桑。

洛桑是苦吃苦做人家的儿子，
长得像芒果树一样茁壮，
黝黑的面庞，
宽阔的肩膀，

---

①　蜜多萝：菠萝蜜的俗称。
②　土绿翠：一种羽毛翠绿的小鸟。

《 344 》

身上有一股用不完的力气，
干活像牯子牛一样强。

可怜啊，苦命的洛桑，
只有一个土锅支在三块石头上。
为抵债去召竜①家当长工，
牛马全叫他一个人放，
黄牛有二十五头，
骡马有一十三双。

黄牛放在山洼里，
骡马放在山坡上；
放牛的地方没有水喝，
放马的山坡连草都不长。
黄牛饿瘦了，骡马也饿瘦了，
召竜就龇牙咧嘴大骂洛桑，
棍子戳到洛桑的鼻子尖，
皮鞭抽打在洛桑的背脊上。

南娥生长在穷苦人家，
是一个美丽的姑娘，
长着像糯米粑粑那样圆圆的脸庞，
像玫瑰花一样红红的腮帮；
鼻子像葱头一样端正玲珑，
眼睛像泉水一样晶亮；
头发长得又黑又长，
像染靛一样闪闪发光；
比豌豆还圆的大酒窝，
笑起来甜得像吃蜜糖；
说话像八哥那样好听，
唱歌比画眉还要悠扬。

南娥从小就心灵手巧，
是个勤快的姑娘。
她纺纱又细又快，
她织布又密又长；
她缝的衣裳又牢又合身，
她染的布又均匀又光亮；
她栽秧像蚂蚁出洞一样整齐，
她捉黄鳝像螃蟹一样快当；
她割谷子比别的姑娘都快，

只听见"沙沙沙"的声响；
她春米筛簸得像珍珠一样干净，
她煮的糯米饭像缅桂花一样清香。

只因南娥家里穷困，
从小就帮召竜把鹅放，
大鹅有二十五只，
鸭子有一十三双。

太阳落了还不准赶鸭回窝，
天黑了鹅看不见回圈房。
召竜拿棍子指着南娥的鼻子骂，
骂她是不成器的姑娘；
皮鞭朝她的脚上打，
打得南娥吃不下饭，喝不下汤。

南娥和洛桑从小就很要好，
人们都说他俩是天生的一双，
一同上山砍柴，
一同下田栽秧。
上山去洛桑帮南娥砍柴，
在家里南娥帮洛桑补衣裳。
他俩常在大青树下弹三弦，
常在香蕉树下歌唱：

"洛桑哥在田里耕种，
八哥常飞来为你歌唱；
洛桑哥累了在树下休息，
八哥在牛背上伴你歇凉。
洛桑哥是清清的泉水，
莲花常开在你的身旁。"

"南娥妹哟，
你的声音比八哥还要清脆，
你的话语甜得胜过蜜糖，
你的模样比莲花还要美丽，
你的心比泉水还要明亮。"

"洛桑哥哟，
假如我是一只八哥，

---

① 召竜：傣族土司。

就要飞来为你歌唱；
假如我是一朵莲花，
就永远为你开放。"

他俩度过一个个夜晚，
见证人是那闪烁的星光。
两人的歌儿越唱越融洽，
爱情的烈火越烧越旺。
洛桑终于说出了心底里的话，
唱出了他终身的愿望——

"苦瓜结在苦藤上，
穷人心里想的是穷姑娘。
南娥啊，我心上的珍珠，
你是我的金翅膀！
土锅支在石头上，
我只有一间破草房，
日子比黄连还苦，
吃的是包谷籽，喝的是苦菜汤；
我好像小鸡关进笼子里，
酸角难嚼，梅子难尝；
长年累月挖田地，
风里雨里像牛马一样；
不有一文刮痧钱，
只有力气是我的家当。"

"好心的洛桑哥哟，
请你不要这样讲！
我俩是一个村子里的画眉，
我也是苦水泡大的穷姑娘。
只要你真心喜欢我，
就赶紧去对爹妈讲，
请个巧嘴媒人到我家来，
说明求婚的是洛桑。"

洛桑家请了范妈和刀婶，
去到南娥家说姑娘。
媒人被请进堂屋里，
香条①清茶摆在桌子上。
说过几句客气话，
讲到求婚的是洛桑。

"洛桑是个好孩子，
村里人个个都夸奖。
干活像一头牯子牛，
和南娥是天生的一双。
洛桑今年一十九，
成家正是好时光。
南娥对他早就有情意，
望父母成全他们俩。"

南娥妈心里暗盘算，
好一阵子不搭腔；
南娥爹开口说了话，
伸出拇指夸洛桑：
"洛桑是个好孩子，
手脚勤快年纪也相当。
庄稼人就图个好人品，
南娥的事——"

"南娥的事不用急，
以后慢慢再商量。"
南娥爹话还没说完，
南娥妈抢着把话讲。
南娥爹生来人本分，
家里的事还要老伴拿主张。
范妈刀婶没奈何，
只得告辞出了房。

一见媒人出了门，
南娥妈说话像水淌：
"洛桑的人品虽然好，
穷得身上响叮当，
钱财不够使，
吃的是包谷、荞子、小杂粮，
活像一个干壁虎，
还想讨我家的俏姑娘！
召竜已经传下话，
旺罕就要立正房，
要讨南娥做媳妇，
这样的好事永世也难逢！
看你那个糊涂样，

---

① 香条：一种野生香料，当地人常用来泡茶。

一点主意也不会想!"

二　逼婚

南娥妈是个贪财人,
甜言蜜语劝姑娘:
"召竜家有钱又有势,
住的是青砖白瓦房,
屋子又高又宽敞,
柱子拴得住大象;
田地共有几千亩,
一年收租万石粮,
谷子堆得像小山,
白米还有几大仓;
从头到脚穿绸缎,
鸡鸭鱼肉摆满桌子上。
旺罕是个大少爷,
洛摆召①的名誉多响亮!
布巾莱②要送给召竜的媒人,
不要递给穷小子洛桑!"

"你这是把孔雀赶进刺棵里,
把金鱼丢进烂泥塘。"
南娥哭了三四天,
不愿到召竜家做新娘。
她心里只有一个喜欢的人,
那就是日夜思念的洛桑。
她拿定了主意,
大清早去找洛桑。

洛桑今天起得早,
天上还闪耀着点点星光。
他站在村头的芒果树下,
焦心地等待着心上的姑娘。
直等到太阳冒出东山顶,
还不见南娥出村庄。

洛桑在树下焦躁地徘徊,

南娥妈的话像乱麻填满了胸膛。
他等了很久很久,
腰间的弯刀被太阳晒得滚烫。
他没精打采地扛起锄头,
懒洋洋地走上菠萝山。

突然一阵呼救声音,
惊醒了忧愁的洛桑。
他急忙抓起身边的弯刀,
飞身奔向呼救的地方。
只见一条大蟒蛇,
正追赶着一个姑娘。
洛桑顾不得搭腔问话,
疾步跳过去堵住大蟒。

他用尽浑身的力气,
一刀砍在蟒蛇的脖子上。
蟒蛇疼痛得拧动尾巴,
好像是要扫平山冈。
洛桑又一阵乱刀砍下,
把蛇头剁成了一堆肉酱。
姑娘被惊吓晕了,
紧紧地扑在洛桑身上。

洛桑抓住姑娘的手臂,
姑娘的头贴紧他的胸膛。
等姑娘看清是洛桑的时候,
羞涩地跑到大树后面躲藏。
这时洛桑也看清姑娘正是南娥,
眼里放射出惊喜的光芒。

南娥张着嘴不言不语,
向洛桑投去感激的目光;
洛桑把受惊的南娥搂在怀里,
问南娥为何来到这个地方。

"清晨我刚起床,
阿爹就叫我赶快上山冈,
说家里的柴禾已经烧完,
不要冷了灶膛。

---

① 洛摆召:傣语,官太太。
② 布巾莱:傣族少女的花手帕,作为定情的信物。

谁知我正在砍柴，
一条大蟒突然来到身旁，
若不是阿哥来得及时，
今天定要被大蟒咬伤。"
说话间把洛桑抱得更紧，
好像蟒蛇还会把她咬伤。

洛桑抚摸着南娥的手，
亲吻着南娥美丽的脸庞，
"南娥啊，快到我们家来吧，
不要把我丢在一旁。
我们永远在一起，
同苦同乐在一幢竹楼上！"

望着洛桑真诚的脸，
南娥的两眼泪汪汪：
"阿妈没把我许给你，
阿哥心里不要慌。
我的心永远不会变，
我俩的情意比元江水还长。
回去再请个媒人来，
好言好语劝劝爹娘。
说得爹娘回心转意，
我俩就能成对成双。"

眼看太阳已经偏西，
两人一同返回村庄。

南娥妈看见他俩一同回村，
冷言冷语抢白洛桑：
"癞蛤蟆想吃天鹅肉，
死馋狗还想喝笋母鸡汤。
我家的事与别人毫不相干，
省得闲话把人呛。"
拉着南娥转身回了屋，
当啷一声把大门关上。

南娥心里焦急，
大声和娘把理讲：
"阿妈你为何这样子？
说话做事不思量！
我从小和洛桑情投意合，
这些事为哪样你不想想？

召竜虽然有权势，
他难道当着众人把我抢？
召竜虽然有钱财，
万贯家财难买真心肠！
若是要逼着我嫁旺罕，
除非是牛角长在马头上！"

忽然一阵敲门声，
送礼的人来了一大帮。
管家首先开了口，
油腔滑调把话讲：
"南娥妈你来看清楚，
这里是红糖和槟榔；
还有礼钱和老烧酒，
布匹绸缎都成双。
你家南娥好福气，
很快就要做新娘。
少爷明天来接亲，
你们要早穿衣裳早梳妆。"

南娥妈看见彩礼眉开眼笑，
嘴丫也撕到了耳根旁，
抢过了南娥手中的花手帕，
请管家转交给旺罕新郎。

南娥急忙夺过花手帕，
顺手拿起酒和糖，
定要管家带回去，
面对管家把话讲：
"召竜纵有金山和银海，
请到别家去说姑娘。
南娥我已有心上人，
不到召竜家去做新娘。
土绿翠不和乌鸦在一起，
住惯的土洞要比瓦房更凉爽；
八哥常唱耕耘的事，
不歇高枝只爱歇在牛背上。"

管家又恼又羞怒冲冲，
骂南娥嘴巴莫要犟：
"我看你明天怎么办，
旺罕爷讨媳妇不比平常！"
转过身面对南娥妈，

他恶声恶气把话讲：
"彩礼你要收存好，
明天一早就梳妆！"

管家带着人走后，
南娥心里十分悲伤，
哭得死去又活来，
当晚跑去找洛桑，
商量好连夜就逃走，
一同逃婚到远方。

南娥回家收拾衣物，
把筒帕挂在门后的墙壁上。
突然听见狗叫声，
杂乱的敲门声惊醒了爹和娘。
闯进一伙挥刀弄枪的大汉子，
说是前来接新娘。
不由分说就把南娥拉着走，
急得老两口没有主张。
村里人都开门来观看，
叹着气又把门关上。

三　寻觅

麻鸡错吞了刺辣果，
什么味道自己尝一尝；
召竜家被人们议论，
却没有得到新娘。
旺罕带着三十个家丁，
骑着快马背着枪，
一路上询问南娥的踪迹，
人们只是摇头不开腔。

问山鸟，山鸟也不叫，
问野鸡，野鸡口不张；
问酸角树，
酸角树只撒下一些枯黄的树叶；
问槟榔树，
槟榔树站着不声不响。
旺罕和家丁追了三天四夜，
没有找到南娥姑娘。

大路找遍了找不见人，
转身找到小路上。

消息传到洛桑的耳朵里，
他急忙拿起弯刀和衣裳，
抬脚就往村外跑，
去找心爱的南娥姑娘。

一路找去他一路问，
走到了村边的小路上。
看见香蕉树他开口问：
"请问你见没见南娥姑娘？"
香蕉树照实回了话：
"过去了一个莲花般的俏姑娘。
金边上衣银边裤，
穿着一套新衣裳。"

洛桑高兴得没法说，
合掌感谢香蕉树的好心肠：
"谢谢你对我多指点，
祝愿你多子多孙，
果实累累甜又香。"

从此后香蕉果实结得多，
一串就有几十双；
春夏秋冬都结果，
吃着比糖甜，闻着比花香。

洛桑继续往前走，
高大的槟榔树站路旁。
洛桑急忙开口问：
"请问你见没见南娥姑娘？"

槟榔树一眼也不看洛桑，
高抬着脑袋冷冰冰地把话讲：
"没有看见小伙子，
也没看见小姑娘。"
洛桑听了大声说：
"让你永世站路旁，
果子又小又不香。"

从此后槟榔树干只长高，

永远也不会长粗壮；
果子比核桃还小，
又苦又涩没有什么可吃的。

洛桑继续往前走，
茂密的芒果树下有阴凉。
洛桑恭敬地开口问：
"请问你见没见南娥姑娘？"

大树回答："过去了，
身上穿着新衣裳，
金边上衣银边裤，
刚才跑到我身旁。
她喘着粗气流着泪，
真是个可怜的好姑娘。"

洛桑听了也流出泪，
合掌感谢芒果树的好心肠：
"感谢你对我多指点，
祝愿你长命百岁常健壮，
头上吊满大珍珠，
黄蓝蚂蚁昼夜守卫在你身旁。"

从此芒果树长得又高又大，
绿荫遮天，人们都在树下乘凉；
果实琳琅满目赛珠宝，
吃着比糖甜，闻着比花香；
黄蓝蚂蚁常在它身上走来走去，
不让人们把树伤。

洛桑继续往前走，
走到一块大石旁。
洛桑急忙开口问：
"请问你见没见南娥姑娘？"
大石头愣着不理不睬，
老半天一声也不响。

洛桑见此情景怒火升起，
骂声石头不像样：
"让你又憨又愣又难瞧，
永远趴在土地上；
洪水冲着叫你滚，
跌跌撞撞磨掉棱角看你犟！"

从此石头趴地上，
风吹雨打晒太阳。

洛桑继续往前走，
攀枝花树在路旁。
洛桑急忙把话问：
"请问你见没见南娥姑娘？"

攀枝花树回了话：
"过去了一个莲花般的俏姑娘，
金边上衣银边裤，
穿着一套新衣裳。"

洛桑听了很高兴，
合掌感谢攀枝花的好心肠：
"谢谢你对我多指点，
祝愿你年年开花吐馨香。"
从此攀枝花红如火，
一年里两次开花不寻常。

洛桑继续往前走，
鸡嗉果藤把路挡。
洛桑恭敬地把话问：
"请问你见没见南娥姑娘？"

鸡嗉果开口说了话：
"刚走过一个莲花般的俏姑娘，
金边上衣银边裤，
穿着一套新衣裳。
一路走她一路大声喊，
口口声声找洛桑。"

洛桑听了很高兴，
合掌感谢鸡嗉果的好心肠：
"谢谢你对我多指点，
祝愿你多儿多女孙满堂。"

从此后鸡嗉果实结满枝，
树藤树根都结上；
鲜红的果实成串铺满地，
吃个果子甜又香。

洛桑哟，跑遍了宽宽的大坝子，

没看见心爱的南娥姑娘，
只得继续往前找，
爬上了一座小山冈。

刺棵戳破他的脚底板，
坐下来打双草鞋穿脚上；
白花茅草高过头，
脸上手上被划得鲜血淌；
白花草上毛虫多，
两只眼被咬得又疼又痒。

山坡上是一片松树林，
树上的雀鸟歇成双；
松林深处黑黢黢，
一只大老虎睡在路上。
绕过老虎继续往前走，
走出松林天才亮。

前面是一个大石洞，
三十条花蛇爬在路上。
洛桑挥舞着大弯刀，
刀刀砍在花蛇的七寸上。

洛桑继续往前找，
前面是一个大池塘。
乌黑的池水不断地流，
黑沙跟着往下淌。
水太黑看不见人影，
水池边看不见南娥姑娘。

饿了吃多椰果，
渴了吃橄榄果，
累了在山上睡觉，
天当被子草当床。

两天蹲草棵，
三天睡树旁，
不知走过了多少箐沟，
不知翻过了多少山冈。

水中的青苔随着流水漂动，
好像南娥的头发一样；
红润的刺通花哟，

好像南娥的脸庞一样。
万年青树根连着根，
酸角树的叶子也成对成双。

洛桑抬起头往前眺望，
前面是一条大江。
大江边有一个人，
正是日夜思念的南娥姑娘。
洛桑大声地喊着"南娥妹——
等阿哥来了一齐过江。"

南娥折头往回看，
看清了来的是心爱的洛桑，
又是悲来又是喜，
一串串眼泪流出了眼眶：

"自从阿妹离家走，
急坏了阿哥洛桑。
老天爷有眼来帮助，
今日才得相会在他乡。"

四　殉情

他两人正在说话诉衷肠，
忽然间后面人声闹嚷嚷。
他二人急忙回头仔细看，
追来的是召竜的人马一大帮。

南娥洛桑着了急，
忙着找船要过江。
江上江下没有船，
他二人急得像蚂蚁跌在热锅上。

南娥叫洛桑快过河，
别落入召竜的魔掌；
洛桑定要一齐走，
同生同死同渡江。

眼看召竜的人马已来近，
南娥急得狠下心肠。
一掌把洛桑推入波涛中，

她转身奔向了上游方向，
引开了召竜家追赶的人马，
让洛桑安全地渡过大江。
洛桑在江里奋力游水，
又大声地呼唤着南娥姑娘。

旺罕骑着套金鞍的高头大马，
背着刀枪的家丁紧跟在两旁，
骑的是三十匹快马，
手提的是长刀和快枪，
扬起一阵阵沙土，
像刮起旋风一样。

马蹄踏得沙石乱响，
眼看就要追上南娥姑娘。

只看见南娥纵身一跳，
跃进了波浪翻滚的大江。

旺罕他恼羞成怒，
用弓箭射击姑娘。
家丁也跟着乱射箭，
可怜哟，三十支箭射在南娥身上，
江水淹没了美丽的南娥，
鲜血染红了大江。

洛桑哭喊着南娥的名字，
寻找着心爱的姑娘，
喊哑了嗓子，
哭红了眼眶，
奔跑着踢破了脚趾，
洛桑终于昏死在沙滩上。

江水唱起了哀歌，
大山也发出阵阵回响，
待洛桑醒来的时候，
召竜家的人马已经走光。

南娥不见了，
江里翻滚着血红的波浪。
洛桑沙哑着嗓子哭叫，
满眼泪汪汪。
哭南娥死于乱箭，

怨贪财的南娥娘，
骂万恶的召竜，
恨没能保护心爱的姑娘！

叫天天不应，
叫地地不响，
洛桑不愿独自活着，
撞死在大石头上，
在风浪声中，
尸体被冲进大江。

尾声 化竹

南娥和洛桑的父母亲，
跌跌撞撞寻找他俩，
看见路边的大青树，
问声谁见我们的儿子和姑娘。
大青树听见把枝摇，
树枝指大江，
大江的波浪高过头，
听着波浪的声音心里也冰凉。

大青树摇头叹口气，
低沉着声音开了腔：
"南娥和洛桑到树下，
哭哭啼啼多悲伤。
只因召竜的人马追得紧，
没有地方把身藏。
不愿到召竜家去受罪，
南娥纵身跳进了滔滔大江。

旺罕开弓放了箭，
射死了江中的姑娘。
见此情景洛桑哭得死去又活来，
一头撞死在大石头上。
大江为南娥洛桑收了尸，
两人一同葬身在大江。"

爹娘们听后哭花了双眼，
见青苔以为是儿女的衣裳，
见水莲花以为是儿女的脸庞，

见鲤鱼以为是儿女的手掌，
见泥鳅以为是儿女的指甲，
见麦瓜鱼以为是儿女的脚板；
水板凳①在水面上跑动，
以为是南娥姑娘在织网。

南娥妈哭喊着走到沙滩边，
只看见水面上有两只鸳鸯。
她放声呼喊着南娥的名字，
叫了南娥喊洛桑，
喊哑了嗓子也不见姑娘和洛桑面，
只见汹涌的波浪。

南娥妈悔恨自己做错了事，
看重了钱财，害死了亲姑娘：
"马走错路会回头，
人走错路会返乡；
做错了事情改不及，
哪里去找亲姑娘？
恨只恨召竜心肠太狠毒，
逼死了南娥和洛桑！"

南娥爹妈一边哭，
老两口跪在沙滩上。

猛听一阵江水响，
江面上翻起了汹涌的波浪。
从水里漂起了两具尸体，
恰恰是南娥和洛桑。
两人紧紧地手挽着手，
被波浪推送到岸上。

爹妈们边哭边诉，
边把尸体抬到山冈上，
找一块绿茵平坦的草坪地，
把南娥和洛桑一同安葬。
四位老人一直哭到太阳落，
才互相搀扶着返回村庄。

不知晒过了多少年太阳，
不知照过了多少年月亮，
坟上长出了两棵青竹，
不怕炎热也不怕风霜。
两棵竹子紧紧地挨在一起，
竹梢缠绕着随风飘荡。
人们都说这是一对夫妻竹，
生死也要配成双，
一棵是美丽多情的南娥，
一棵是忠厚勇敢的洛桑。

收入元江哈尼族彝族傣族自治县民委编《罗槃之歌》，云南民族出版社1985年版
演唱者：封永林（傣族）　　白玉珍（傣族）
翻译者：李存仁（傣族）
整理者：白玉龙（傣族）

附 记：

　　爱情叙事长诗《南娥和洛桑》流传于元江哈尼族彝族傣族自治县傣族聚居地区。长诗收入元江哈尼族彝族傣族自治县民委、文化馆编《罗槃之歌》民间长诗集，云南民族出版社1985年版。

　　叙事长诗《南娥和洛桑》，分为序歌、童年、逼婚、寻觅、殉情、尾声等章节，记叙从小给土司召竜放鹅的美丽姑娘南娥和穷苦小伙子洛桑的爱情悲剧。一对情投意合，相爱甚深的情侣，双双被逼身亡。其灵魂不灭，幻化作两棵一年四季常青的竹子，并排长在一起，紧紧相依。

　　长诗结尾化竹，象征长诗男女主人公生死相恋。故事动听，情节感人，是一首优美的爱情悲剧叙事长诗。

整理者

1984年2月

---

　　① 水板凳：一种在水面上行走的小虫。

尼罕①

金色的奘房，
住着召获罕②，
他熟读经书诗篇，
一百多只飞禽走兽，
拜倒在他的脚下，
围绕在他的身边。

七层高的佛塔，
闪耀着七色的光环，
金鼓在这里敲响，
金铓从这里传向四方。

朝拜的人源源不断，
像流水一样涌向奘房，
向召获罕祝福，
朝召获罕合掌。

金子般的柱子亮闪闪，
太阳好比从这里升起，
欢乐好比从这里释放，
人们迈着赶摆③的步子，

来这里祈求福气，
来这里诉说期望。

召获罕睡在龙床上，
他的心里装满善良，
好像明净的南溪达④，
流向全勐广阔的土地，
流在了百姓的心坎上。
他那祝福的颂歌，
像天露一样清香，
滴滴洒透可怜人的心田。

九万多虔诚的徒弟，
在召获罕面前毫无睡意，
他们望着修行成佛的国王，
听他讲自己的前世和后世，
听他讲尼罕的故事。

召获罕像一棵高大的菩提，
受到人们的赞扬和尊敬，
尼罕的故事像菩提叶般珍贵，
感动了多少男女老少听众。

召获罕对人们说：
"记住吧，
来到奘房上的人们，
让尼罕的故事在你心中常留；
听好吧，

---

① 尼罕：金岩羊。
② 召获罕：国王。
③ 赶摆：傣语，这里指集会。
④ 南溪达：圣洁的水。

这是一个真实的故事，
让它日夜唤起你们美好的回忆。
让它像沐雨的白荷花，
把芬芳献给热恋的情侣。
让它像一阵和善的清风，
去扫除人们心头的疑云。
让它像佛祖的智慧之光，
去辨明一切误会和恩怨，
把友好和亲爱永留人间世上。"

一

在翠竹绿莹莹的山谷，
在野花盛开的坡地上，
在百鸟栖息的树林里，
聚集着五百只快乐的岩羊。

每当朝霞出现在东方，
它们就在山坡上撒欢，
跳跃着，追逐着，
自由地穿梭在花丛林间。
溪边留下它们的脚印，
花丛中传出它们高兴的叫喊。

有一只美丽的岩羊，
它像群里高傲的公主；
有一只英武的岩羊，
它像山间出众的王子。

它俩在伙伴中间，
闪动着迷人的眼睛，
扭摆着壮实的身躯，
跳跃着调皮的步伐。
这是天神让它俩在这里相识，
有意让它俩结为夫妻。

坤①尼罕望得出神，
它呆呆望着婶②尼罕，

———————
① 坤：男性的尊称，这里意为王子。
② 婶：女性的尊称，这里意为公主。

把爱慕编成了歌，
仰着脖子唱起来：

"婶啊，你的毛这般光滑，
婶啊，你的角像两朵花。
假若我们能做伴侣，
我的生活将更加甜蜜。"

好听的话顺着风去，
婶尼罕听在心里。
它也请多情的山风，
把情意送进对方的耳里：

"坤尼罕啊，
没有谁比得上你的英俊，
没有谁比得上你的健壮。
你像九色的宝石，
越看越光彩耀眼。

"你像天上的骄神，
在伙伴中间首屈一指。
而我啊，只是山中的野果，
又苦又涩又难看，
即便在人家的眼皮下摇摆，
人家也不会有心望一望，
更不会把我爱抚和欣赏。"

婶尼罕的话，
像叮咚的泉水，
流进了坤尼罕的心，
使坤尼罕百般陶醉。

"我愿那一根竹篾子，
把我们紧紧拴在一起，
让我们永远不分离；
我愿那黏稠的树胶，
把我们紧紧粘在一起，
让我们长久相爱相依。

"当我看见你的那一刹那，

我的眼睛就随你而去，
我的心就随你而去，
我把全部的爱情献给了你。

"我们在森林里生活啊，
是天神安排的；
我们在岩石上相识啊，
是天神赐给的。
善良的天神，
将幸福给了我和你！"

嫡尼罕听了坤尼罕的话，
感动得泪水涟涟：
"这是命运的安排，
这是我们的姻缘。
今天我把心给了你，
那是多么纯洁、炽热的爱情。
我愿和你相依偎，坤啊！
只要你不在路上把我抛弃。"

"我的心和你的心，
就像山藤扭在一起了，
假若碰着人家的刀口，
就让我们的生命同时断掉吧！
嫡尼罕啊，
就是没有山草，
我也不会让你饿着；
就是没有岩洞，
我也不会让你受冻。
让我们一起向天神祈祷，
让我们共同向地神发誓！"

两只相好的岩羊，
同时显出神圣的样子，
面对高山一起说话：
"谁要是走弯路，
谁要是心不直，
就让它的脖子断在悬崖下！"

拜了天神，
拜了地神，
坤尼罕和嫡尼罕，
结为了终身伴侣。

它俩的欢喜，
不分白天和夜晚；
它俩的幸福，
不分春天和夏天。

野花祝福它俩，
朝着他俩开放；
群鸟庆贺他俩，
朝着他俩歌唱。

它俩的爱情，
像牛肚子果一样熟透了；
它俩的爱情，
像金缅桂一样香透了。

五百只友好的岩羊，
把金洞银洞腾出来，
让给一对新婚伴侣住，
使它俩心满意足。

果子随它俩吃，
花儿随它俩插，
泉水随它俩喝，
洞内洞外随它俩耍。
两年三年的一个晚上，
月亮在头顶又大又圆，
两只岩羊离开了金洞银洞，
离开了安闲的地方，
去寻找新的欢乐园。

一块青青的园子，
在向它俩招手，
当它俩走进园子，
那里的美景使它俩流连忘返。

东边的芭蕉又黄又香，
西边的甘蔗又粗又甜，
南边的石榴又红又大，
北边的麻鸾果压弯了树干。
熟果香满园，
百鸟枝头唱，
白象憩睡在泉边，

孔雀开屏在树林中央。

人间的七八月，
好比熟透的果子，
坤尼罕和嫡尼罕，
高兴得跑来跑去。

它俩一会儿跑到西园吃果子，
它俩一会儿跑到东园啃树苗……
它俩不知道这是有主人的园子，
以为是偶然碰到的野生天地。

二

我愿意栽花，
我愿意种果树，
让花丛树下飘满欢声笑语，
为这个动听的故事祝贺。
我也有一个心愿，
写这本书献给人们，
献给爱说爱唱的年轻人。

坤尼罕与嫡尼罕游玩的园子，
是老布央①劳动的地方。
他和老伴用辛勤的汗水，
浇灌了每一棵树和每一丛花。
每一块土都散发着汗的气味，
每一块地赛过了神住的天堂。

这天，老布央来到园子，
猛然看见树苗被折断，
树上的果子被摇落，
遍地的花朵被糟蹋。
他气得头发倒竖，
心里像火烧一团。
他决心去挖陷阱设暗扣，
擒住可恶的岩羊。

老布央回到家里，

用酒泼熄了心头的怒火，
在快醉酒的时候，
他突然清醒过来了。

他把牛皮拿来，
搓好了几股牛皮绳；
他把竹子砍来，
做好了几个竹暗扣。

天还没有大亮，
老布央悄悄进园子，
在岩羊留足的地点，
设下了陷阱和暗扣。
直忙到天大白，
他才满意地往家走。

老布央回到家里，
累得躺在席子上，
他望着屋顶的草排在想：
牛皮绳结不结实呢？
陷阱够不够深了？
能不能擒住岩羊？

洗过脸的太阳，
抬头把大地张望，
一对岩羊踏着阳光，
又走进了迷人的园子。

它俩踩着绿色的草地，
嚼着嫩生生的果叶，
像往日一样欢喜，
还不住地把歌儿唱起。

在不知不觉里，
它俩各走一边，
一个朝东边去寻乐，
一个朝西边去寻欢。

虽然岩羊没有坏心，
但也有不尊重别人劳动的时候，

① 老布央：守山地的老人。

嫡尼罕在东边遇到了不幸，
它落入了老布央陷阱里的暗扣。

嫡尼罕哭泣，
嫡尼罕悲伤：
"我的同伴啊，
快来救救我！

"我落入了陷阱，
暗扣扎痛了我的心。
如果我用力去挣脱，
只会越陷越深。

"我遭遇了苦难，
却没有谁来同情，
我命中注定的同伴啊，
难道我不值得你可怜吗！"

嫡尼罕越哭越伤心：
"我口渴啊，
像干旱中的禾苗，
像裂开缝的土地；
我盼水啊，
像待放的花等待雨露，
像玩耍的野鸭期望池塘。

"难道我的垂死挣扎，
不值得你同情吗？
难道我死之前，
连水也喝不到一口吗？
水啊，我的生命，
什么时候能湿润我滚烫的嘴唇？"

在西边寻欢的坤尼罕，
虽然看不见情侣在挣扎，
却听见了它的呼救。
它忘记了猎人的追赶，
它丢掉了害怕和恐惧，
沿着岩石去寻水，
希望能碰着一股甜美的山泉；
它顺着山谷奔去
但愿能看见一汪水塘……

嫡尼罕用嘶哑的声音，
在向情侣呼喊要水；
坤尼罕睁着泪汪汪的双眼，
在山林里到处找水。
一个在哭泣中生命垂危，
一个在奔跑中万分疲惫。

猎人的另一处暗扣，
像巨人张开双臂，
又无情地把坤尼罕紧紧扣住，
使它也同样失去了自由。

悲伤的坤尼罕啊，
朝着同伴在的那方哭号：
"我的好伙伴啊，
我亲爱的嫡尼罕，
你在等待我的水战胜烈日，
你在等着我的水救活生命。
不！你在等待我的爱情，
能使你获得无穷尽的力量，
逃出猎人的深坑陷阱。
谁知道我们命运相连，
下场是这样的悲惨！

"怎么办啊，伙伴！
怎样才能使你摆脱不幸？
怎样才能使我俩幸福重逢？
你盼的水没有喝着，
你盼的我没有来到。
也许你会觉得我无情，
是一个负心的家伙，
丢下了你逃回安乐窝，
逃回了安宁的山林。"

嫡尼罕正是这样想的：
贪生怕死的坤尼罕远远地走了；
嫡尼罕正是这样说的：
见死不救的坤尼罕悄悄躲起来了；
嫡尼罕正是这样骂的：
无耻的异性无情又无义！

嫡尼罕像发誓一样，
用尽最后的力气说：

"黄土可以把我埋葬，
森林可以把我掩盖，
但，在我再生的时刻，
无论变成什么动物，
还是变成什么样的人，
我都要把此恨化为行动。
我再不相信爱情还有真诚，
我再不相信异性还有良心！

"老天啊，
希望你让我再世成人。
我要用锋利的长刀，
杀尽无情的男人，
就像割韭菜一样。
善良而慈祥的神啊，
让我得到你的恩赐吧！
我绝不会是知恩不报的人，
我绝不做无情寡义的女性。"

嫩尼罕的哀求，
飞到了高高的天上……

三

我写这部书，
只愿是人间的一架桥，
只愿是人间的一片笋叶，
长存于人世间，
同善良在一起，
得到人们的一点赞美，
得到人们永久的祝福。

太阳的温暖，
月亮的光辉，
永远是那样融合，
永远相依相随。
听吧，
好好地听吧，

我愿这个故事，
在勐桑推宽阔的地方传颂。

老布央夫妻双双出门，
去看陷阱是否有效果，
去看牛皮绳是否结实，
去看暗扣有没有收获。

老两口在嫩尼罕落井的地方停步，
看见金岩羊已经奄奄一息。
老布央又跑到另一边的暗扣，
看见坤尼罕也已死去。

可怜生命的天神，
把两只金岩羊的灵魂收起了；
同情生命的天神，
决定让两只金岩羊重新托生。

四

我的歌啊，
像坝子的土地，
一块连着一块；
我的诗啊，
像河流上的桥，
一座连着一座。

有一个富庶的勐获罕①，
这地方天天像赶摆②一样，
沙铁③的马帮如流水不停，
京城里到处闪耀着金光。

蓝色的水，
绿色的山，
金色的田野，
在太阳下一亮一闪。

① 勐获罕：傣语，勐即地方或国家，获罕即国名。
② 赶摆：傣语，节庆活动或盛会。
③ 沙铁：傣语，富翁。

老国王不愁吃不愁穿，
只愁不给他降福，
他那漂亮的妻子，
不生儿不养女，
至今还像少女模样。

花儿也会使人看腻，
美丽的妻子也会使他厌烦。
假若有个儿女在身边，
老国王会更宠爱王后。

老国王请来了四个摩嘎拉①，
为他和妻子占卜，
期望把忧愁变为欢乐，
结束夫妇俩孤独的时光。
老国王和王后，
诚心按摩嘎拉的指点行事，
亲自去修路、搭桥②，
把积德的汗水，
洒在行人走过的路上。
他俩默默地想着，
他俩暗暗地盼着，
讨得一个儿子来托生，
或者是一个可爱的姑娘。

诚实的祈祷，
恳切的哀求，
引起了天神的同情。
天神怜悯他俩的境遇，
就决定让死去的婻尼罕，
在勐获罕国土上降生，
与孤独而富有的夫妇俩做伴……

勐获罕的另一个地方，
有一间破漏的草房，
穷苦的夫妇更造孽，
生活只靠砍柴度日。
他俩也无儿无女，
天神也看在了眼里，
决定让身强力壮的坤尼罕，

在这间草屋里重获生命，
为两位穷苦老人分担痛苦，
把生活的重担挑在肩上。

坤尼罕像菩提叶，
飘落在草屋中间；
坤尼罕像菌子一样，
见雨就往上长。

穷苦的老两口，
为儿子起名叫胜帕腊。
不久，胜帕腊长大了，
长成了一个强壮的汉子。

我的歌又唱到婻尼罕，
她出生在王宫里，
国王和王后要给她起名字，
忙请来了聪明的摩嘎拉。

摩嘎拉望望蓝天白云，
摩嘎拉望望孔雀凤凰，
摩嘎拉望望金子银子，
摩嘎拉望望珍珠宝石，
都觉得很平常，
特别是在富足的王宫里。

最后，
摩嘎拉灵光的脑子动了，
他想起了一个动人的名字，
"就叫她婻罗悦吧！"

婻罗悦十六岁时，
显出饱满的青春气息，
但她渐渐变得沉默，
就像牛滚的泥塘，
掀不起一丝波纹，
那是痛苦的往事升上了心头。

她没有心思看幽院的花木，
她没有心思去取乐赶摆，

---

① 摩嘎拉：卜卦师。
② 修路搭桥：这是傣民族最提倡的一项义务活动，被视为积功德，求平安，继承传统道德的好风尚。

她睡觉也常做噩梦，
她吃饭像咽进沙粒，
她要将神圣的誓言付诸行动，
让仇恨好比洪水般巨浪翻滚。

有一天，
她挂上宝刀，
像出征前的勇士，
拜倒在再生父母的脚下：
"亲爱的父母啊，
我的话都好似包头帕一样神圣。
我前世是一个被无情抛弃的女性，
请让我把话说明。

"我恨那世上无情无义的男人，
他们使我留下难以泯灭的创伤。
在三年之内，
请父母不要为我焦虑，
也不要为我担心。

"对欺侮女人的汉子不容留情，
他们应该得到应有的报应。

"答应我吧，爱我的父母，
假若你们使儿失望，
那么刀刃就会割断我的头颅。"

老国王诚恳地说：
"我最爱的女儿啊，
你的话难道是发自内心吗？
提刀弄斧不是女人的事。
做错事会给自己带来污点，
走错路会把荣誉葬送，
不能说的话不要随便说，
不应该做的事不要去做。"

婻罗悦仍不死心，
在父母面前一再哀求。
老国王夫妇无话可说，
真怕独女因此而自刎，
再让他俩重度无儿无女的日子，
只好随女儿的意愿而行。

婻罗悦的心窝掀起水花，
她穿起新裙，戴起金链，
带着一群身边的宫女，
一个个背刀执矛又握弓；
又骑象，又骑马，
又敲锣，又打鼓，
一路威风冲出宫门，
人们不知道这是什么队伍。

她们见了男人就动刀，
她们见了汉子就放箭，
复仇的刀箭啊，
毁掉了一条条无辜的性命。

村寨发出惨叫，
山林发出哭声，
人们害怕她们，
就好比畏惧大火烧天。
百姓们都难过地说，
假若婻罗悦在京城，
我们不愿再留在这个勐的土地上。

老国王不是不听人们的劝说，
他也无法制止女儿的行为。
血在流，人在死，
天地越来越暗淡。

京城的百姓和乡村的百姓，
都将自己的儿子藏匿，
妻子代替丈夫去劳动，
谁都怕亲人去送死，
成为婻罗悦公主刀下的死鬼。

路上没有了马帮，
商人也不再随意前往，
到处都关门闭户，
像老鼠害怕花猫一样。

婻罗悦的刀尖滴着血，
婻罗悦的衣裙血染红，
五百条生命被她残杀，
五百颗心脏在她面前停止了跳动。

五

树上的花瓣要凋谢，
树上的叶儿要脱落，
我们的话也有暂停的时候，
这一段就是我喘气的地方。

绿树要发枝，
好花要喷香，
故事讲到了第五章，
好比喷出的泉水汇成了河。

河边有青苔才好看，
水池里有荷花才漂亮，
如果经书没有动人的词句，
就好比杯子里没有泡茶叶。

老国王为自己的女儿发愁，
她变化了的性情造下灾难，
她复仇的火焰越烧越高。
谁能医治她的创伤啊，
老国王愿付出一切代价，
或是以金银为酬报，
或是招为女婿以表答谢！
这个旨谕随着铓锣传扬，
传遍了京城和村寨。

有一天，
深山老林里的胜帕腊，
他告别父母挑柴上肩，
去赶京城的街子。

他来到京城，
听见了人们的议论，
看到了国王招医请贤的金榜，
但却没有一个人敢上前揭榜。

胜帕腊耳朵没有聋，
人们对公主的指责和咒骂，
一瞬间扑在了他的心上。

原来前生失散的同伴，
就是如今的婻罗悦，
她将误会当作了仇恨。

胜帕腊的心里比谁都明白，
胜帕腊的心里比谁都焦急，
为了全勐的安宁，
为了男人的生存，
他愿去医治公主的狂妄病，
即使要他付出生命！

大臣们暗自高兴，
百姓们欣喜若狂，
都纷纷祝福胜帕腊，
期望他的才智大获全胜。
只要能把公主治理好，
全勐臣民一起感谢胜帕腊，
爱戴他胜过自己的亲人。

外出的鸟回巢，
胜帕腊归了家，
穷苦的双亲问儿子：
"脸上为什么挂笑纹？
心儿为什么跳不停？
是什么喜讯快告诉我们。"
胜帕腊有话不瞒双亲，
清水能一眼见底，
他把前世的姻缘，
一五一十讲给父母听；
他把婻罗悦公主的仇恨根源，
明明白白说给双亲听。

"婻罗悦是我的前世伴侣，
只有我能解除她的仇恨，
只有我才能拯救百姓的灾难，
请双亲让我去王宫拜见国王。"

胜帕腊的话，
不免使双亲担心：
"你有心怕她无意，
姻缘不合恐丧生。"

太阳像黄色的宝石，

冉冉升起在东山上，
胜帕腊来到京城外的奘房，
这是婻罗悦公主常来忏悔的地方。

胜帕腊见了佛爷，
连忙合拢双掌问安。
老佛爷望着诚实的胜帕腊，
催促他立刻离开奘房：

"我的孩子啊，
你不要在这里久停，
如果碰见了婻罗悦公主，
你就难回家见到双亲。"

佛爷的劝说使胜帕腊感动，
他把自己与公主的遭遇，
细细对佛爷叙说了一遍，
并请佛爷帮助他解决难题。

佛爷拿来了竹笔，
拿来了十块白布，
交给胜帕腊作画，
还祝愿他一举成功。

胜帕腊躲在奘房上，
不分白天和夜晚，
把自己的遭遇画成壁画，
把公主的误会写在画上。

两只带头岩羊，
怎样来到老布央的园子，
跌进了陷阱和暗扣，
谁也听不见谁的呼喊。
坤尼罕想救婻尼罕，
自己也被牛皮扣拴住，
双双丧身，从此分离，
一个在王宫，一个在深山草屋。

胜帕腊写在画上的话，
句句发自肺腑。
恩爱的夫妻怎会见死不救？
神圣的誓言谁能忘记！

"婻啊，亲爱的妻子，
你不要错怪忠诚的丈夫，
更不要仇杀无辜的男人，
快用净水洗刷你的眼睛吧！"

佛爷帮着胜帕腊，
将画高高挂起，
挂在奘房门上，
等待婻罗悦公主到来。

一串马铃响过，
一排刀光闪过，
没有人赞美的婻罗悦，
从京城来到了奘房。

她腰挂三尺长的刀，
还是那样杀气腾腾，
但是，当她抬头看见了壁画，
心头像蜂王叮咬似的疼痛。

她从头看到尾，
每一幅画都好比竹针，
刺着她昏昏沉沉的心，
使她慢慢清醒……

婻罗悦公主第一次流下了伤心泪，
她连忙把佛爷询问：
"尊敬的老人啊，
这是谁画的画？
这是谁写的诗？
请告诉我他的尊姓大名！"

佛爷低垂着头沉思，
拿不准是凶是吉，
假若年轻人在奘房上丧命，
将是他一生的罪孽。

正当佛爷为难之时，
胜帕腊突然大胆走出，
站在婻罗悦公主面前，
请公主来问罪：
"婻啊，
老布央的陷阱没有饶你的命，

老布央的牛皮扣也没有让我脱身。
你将误会变为怨恨，
这是多么可怕的罪过啊！"

嫦罗悦终于完全醒悟，
她恨自己的轻率举动，
她恨自己的杀人罪过，
她跪在胜帕腊脚下号啕大哭：

"我不知道我俩一同落难，
我不知道我俩一同丧命，
坤啊，我要怎样来赎罪？
谁还能再相信我的一言一行？"

"你好比一颗绿宝石，
把我丑恶的心照明。
坤啊，快跟我进宫吧，
只有你能把我沉睡的心唤醒。"

宫女们匆匆回宫，
将喜讯禀告国王：
"公主遇见了好心人，
他英俊美貌而善良。
他与公主的姻缘命中注定，
好比两颗明亮的星星。"

老国王的心，
像花朵一样开放；
王后的笑声，
像铓锣一样回响。
他俩命令大臣们，
赶快去迎接年轻人和公主；
他俩还命令大臣们，

赶快派人布置赶摆场。

一路的象脚鼓，
敲敲打打出了京城；
一路的红绸伞，
红红绿绿出城门。

奘房放出金辉，
嫦罗悦和胜帕腊手拉手，
骑上了大象，
走回了王宫。

阳光温暖着京城，
幸福来到了人们心上。
人们宽恕了嫦罗悦公主，
把希望寄托在胜帕腊身上。

醉人的米酒喝不尽，
可口的菠萝吃不完，
胜帕腊的穷苦父母，
也从深山来到了富丽的宫殿。

胜帕腊接替了王位，
嫦罗悦当上了王后，
从此，勐获罕消除了仇恨，
到处充满着友爱和相帮。

老人们的祝福，
年轻人的庆贺，
变成了森林，变成了高山，
在勐获罕土地上永不衰落。

收入《金湖之神》，中国民间文艺出版社 1981 年版
唱述者：景哏赛·奘相（傣族）
翻译者：岩　林（傣族）

附　记：

　　《尼罕》，傣语，译为"金岩羊"。原傣文文本的音译名称。长诗唱述古时的一个地方，五百只岩羊在这里栖身，其中有一只美丽的岩羊像高傲的公主，有一只英武的岩羊像出众的王子，因天神赐福，它俩拜天拜地结为夫妻。一天，它俩来到一处宽阔的果园游荡，以为是野生的花木果树，便

又吃又闹弄坏了好多果枝。守园人见状十分气愤，便下扣逮住了嫲尼罕（母岩羊），把它牢牢拴在炎热的烈日下。嫲尼罕一边痛苦挣扎一边向坤尼罕（公岩羊）呼救！它想，就是死了也要见伴侣坤尼罕一面，好想喝上一捧凉水。但，整整晒了一天它什么也得不到，它深深地陷入了绝望，以为丈夫见死不救。所以它暗暗发誓：如果有来世成人，它将向贪生怕死的男人们复仇。其实，坤尼罕在妻子被逮之后它自己也被守园人设的暗扣勒死了。后来，这一对金岩羊果真双双有了来世，母岩羊降生在勐获罕王宫里，成为娇美的公主；公岩羊却出生在破漏的草屋，成为穷苦人的儿子。很快长大成人的公主嫲罗悦千方百计实施自己前世的誓言，到处寻找男性复仇，滥杀无辜，夺去了五百个男人的生命。国王只好向全国张榜纳贤，渴望能很快医治好公主的精神病，抑制她的复仇狂。远在僻乡的前世伴侣，得知此情后痛苦万分，自知是一场误会而酿成的灾难，他便在公主常去朝拜祈福的佛寺里，夜以继日地绘出了一组画，将他与公主前世在果园里的不幸遭遇一一展出。那天，公主果真又来到佛寺，亲眼看到了这组血泪斑斑的生死图文。她对自己的行为猛然醒悟，悔恨不已。老国王派出象队把小伙子接进了王宫，与公主美满完婚，真正结束了前世的怨恨，重建今生的和睦恩爱和幸福。这部长诗的傣文手抄本源于一位姓景的民间文化人，他在长诗尾部留下了两行字："为了祈求永久的平安，特献上这部名叫《尼罕》的书，献给芒弄养（寨）的摆（赕佛摆），愿所有对佛祖佛教虔诚的人，离世之后进入宝石之地、金子之地勐涅槃（极乐世界）。"此长诗篇幅不长，但却曲折动人。因为在生与死的关头，伴侣之间发生了误解，极大地损伤了纯贞的爱情。长诗颇受傣族青年人的喜爱，并深受启示和教育。这个傣文文本是景哏赛·奘相老前辈收藏的，所以他极为熟悉，吟诵如流。在翻译时，我特别注意到对原作的忠实。

译　者
1980 年 2 月

婻倪罕①

居住在勐相罕的古德玛②，
像天上的温暖太阳，
照耀着飞禽走兽，
人间万物都得到他的怜悯。

充满慈爱的阳光，
透过密密的竹林，
洒满高大的奘房。
奘房像九色水光的宝石，
放射出奇异的光芒。

古德玛手捧着葫芦，
把圣洁的水洒在地上。
朝拜的人们向他合掌，
好像五颜六色的鸟围在他身旁。

人们的虔诚，
换来了古德玛的美好祝福，
他祝愿人们有吃有穿，
他祝愿人们死后进入勐历板。

葫芦里的圣水，

是宝石化成的神泉，
它洗去人们心头的邪恶，
哪怕只是芝麻大的肮脏。

留下的是清醒的头脑，
明亮的眼睛；
留下的是人间的美德，
地上的善良。

金色的奘房四周啊，
人来人往像流水一样，
男男女女，老老少少，
都期望跨过人生的灾难，
分享到的是美好的时光。

莫戛南沙里布达③，
他的聪明和智慧，
就像那闪电一般。
多少人向他合掌，
请求他讲述自己的身世。

莫戛南沙里布达，
望一眼湛蓝的天空，
望一眼满怀期望的徒弟，
声音柔软地说：
"我的前世是天仙，
后世是坤获罕的王子。
从天上来到人间，
经历了无数的苦难，

---

① 婻倪罕：意为比金子还要珍贵的公主。
② 古德玛：佛祖，即释迦牟尼。
③ 莫戛南沙里布达：佛祖的俗名。

辛酸和不幸是家常便饭。
请大家不要惊奇，
没有邪恶怎显得出善良！"

第一章

有一个地方，
是天底下最富庶的国家，
金光闪闪的京城，
拥拥挤挤，热闹非凡，
穷人和富人和睦相处。
每到赶街天，
人马川流不息。
西里南达纳坤召，
就是这个国家的君主。

京城街道，
货摊摆满，
小伙子银扣闪亮，
少女们一身宝气。

召获罕①信任摩嘎拉②，
请他来卜卦，
看天地，察日月，
展望国家前程；
请他算一算，
谁是这个国家的后继人。

摩嘎拉沉思片刻，
正正经经地说：
"召的土地一天比一天肥沃，
召的牛马一年比一年兴旺。
身边的仆人成千上万，
他们都听从您使唤。

"鲜花朝您吐艳，

① 召获罕：国王。
② 摩嘎拉：卜卦师。
③ 拉圣亚：宝刀。
④ 钢哈相：无敌弓箭。
⑤ 混西迦：善良、智慧的天神。

瓜果向您放香，
忠实的臣民们，
勤勤恳恳地为您打理山河。
谁也不能同您相比，
您的名声像星星挂在天上。

"召啊，您有一把拉圣亚③，
您有一把钢哈相④，
贵族们为您赞叹，
星星在您面前失去光泽。"

笑语欢声里还杂有哭泣，
铓鸣鼓响中还掺着悲伤，
在金色之国的土地上，
国王因为没有儿女而百般惆怅。

这个不幸，
传到了高高的天上，
混西迦⑤的天镜发出光和热，
是地上发生了火灾，
还是地上出现了罕见的大旱？
混西迦十分惊奇：
"啊，千年百没有见过，
这样强烈的光焰把我催醒！"

混西迦忙放眼俯瞰，
哦，是召获罕的哀伤，
变成了一股冲天的火焰，
向他祈求，向他呼唤。
混西迦有一颗善良的心，
他对着金色的国土喃喃自语：
"让我丢下一颗宝石，
送儿送女消除召获罕的苦闷！"

混西迦转身望天宫，
三十七幢房屋充满笑语，
天仙神女们踩着云路走来，

苏占巴底走在最前面。
他们一起跪倒在混西迦脚下，
倾听着他的嘱咐和指点。

混西迦指着苏占巴底说：
"听好啊，听我的话，
去到你要托生的地方。
那里是宽阔热闹的勐获罕，
那里充满着欢乐和甜蜜。
你将属于召获罕家的人，
永远做他的子女。
快下凡去吧，
去认你的爹妈。"

像饱满的谷穗一串，
像熟透的芭蕉一架，
天子苏占巴底告别了天宫，
托生在勐获罕王后的身上。

在夜深人静的时刻，
召获罕的妻子做了一个美梦：
一颗闪亮的宝石，
划破了漫漫的夜空，
朝勐获罕的王宫飞来。

她伸出渴望的双手，
接住了这颗神赐的宝石。
她连忙将自己的幸福，
告诉了身边的召获罕。

是混西迦降福，
让她做了这个美梦。
国王和王后在被窝里议论，
一直到天大亮了才歇气。
召获罕请摩嘎拉卜算，
摩嘎拉笑着说道：
"召①啊，那是一颗珍宝，
是九色水光的宝石。
它将发出吉祥的光芒，
照耀着我们宽阔的土地。

不久，召王要有子女后人，
降生在辉煌的王宫里。"

听摩嘎拉这样一讲，
召王和王后欢喜不尽。
他们拿出珍珠金银，
赏给聪明的摩嘎拉，
还有一堆绸缎，
也一起送给了摩嘎拉。

国王和王后，
常捧着祝福的鲜花和米花，
对着天撒，对着地撒，
一面感激天神的恩赐，
一面祈祷贵子贵女快快降生。

盼望的时刻来到了，
幸运的王后怀了孕，
而且到分娩的那天，
好像只是眨眼的时间。

王子像月亮落在地上，
他的手脚好比荷花一样，
又鲜又艳又嫩逗人爱，
王宫里的亲友都争相来看阿銮②。

国王摆了酒席，
请来附近的亲戚，
请来摩嘎拉先生，
把儿子的名字来起。

摩嘎拉算了算，
摩嘎拉想了想，说：
"哦，他像一把金伞，
张开在金色之国的土地上；
他像一颗闪亮的星星，
照耀着金色之国的山山水水；
他出生在金色的日子，
他的名字应叫漂亮的苏旺纳。"

---

① 召：对君主的尊称。
② 阿銮：傣族传说中勇敢、智慧而无所不能的天子，正义之士。

摩嘎拉合着双掌继续说：
"好山好水在苏旺纳脚下，
他管辖的是百花开放的国家。
等到他十七八岁之时，
全国百姓都会得到他的福气。"

时光闪电一般，
苏旺纳在十二三岁时候，
就已学会拉弓放箭，
能同他相比的人，
可能还没有出世。
他在一百个勐的贵族儿女之上，
他比一百个勐的贵族儿女勇敢。

召获罕虽然心地善良，
可是他高兴得忘记了一切，
忘记了拜勐神寨鬼，
忘记了拜地神家鬼，
两年一次、三年一回的规矩，
他忘得干干净净。

勐神寨鬼聚集在一起，
等待着国王的祭礼仪式，
左等右等等不着，
连简单的供品也没有，
勐神寨鬼们很失望，
地神家鬼们很生气。

他们在一起议论纷纷：
"国王为什么把我们抛弃？
为什么要践踏祖先传下的规矩？
我们要叫他居住的土地，
发出火一般的烈焰，
让八九月的雨水天消失，
变成百年不遇的干旱，
草木被晒黄，
庄稼被晒死，
花儿不会开，
绿枝不再发，
让鸭子找不着游戏的池塘，
让鸟儿找不着栖息的树荫。
人们忘记了我们，
我们也不把人们同情。

"我们还要到遥远的金湖边，
去请求金角龙的帮助，
只有他能克制干旱，
一年一度把雨水抛洒。
我们请求他收住雨，
断掉勐获罕的一切水源。"

勐神寨鬼们邀约前行，
终于来到了三千里路远的深山，
来到了金角龙居住的金湖边，
一起跪在地上请求：

"金角龙啊，金角龙，
你藏身在哪里？
请你快走出深黑的石洞，
来听听我们的恳求，
帮助我们实现自己的愿望。"

金湖水面翻起大浪，
金湖水底发出响声，
金角龙从深水处露出头：
"你们有什么事将我呼唤？"

勐神寨鬼齐声说：
"金角龙啊，
我们不知道应当怎样称呼你！
召获罕欺侮我们，
把那神圣的时光忘记了。
我们等不着他的祭品，
连香腌肉味也闻不着。

"金角龙啊，
我们的请求只有一桩，
希望你在勐获罕土地上，
不要降下浇苗的雨，
不要流去养鱼的水，
不要洒下滋花的露，
让勐获罕三年欠收成。"

金角龙听得明白，
勐神寨鬼的话使他震惊。
他怎忍心看见大地干旱，

他怎忍心看见草木枯黄，
他怎忍心看见牛马饥饿，
他怎忍心看见百姓遭难。

没有雨的大地，
将会变成火塘，
可怜的百姓何处安身？
何处去寻找充饥食粮？
金角龙忧虑忡忡，
但勐神寨鬼又不能得罪……

勐获罕的天，
变得黄红黄红的，
没有雷声，
没有雨点。

百姓们望着一天天枯萎的苗，
心里像针扎一样难受。
人们一村一寨约在一起，
找到国王诉说灾难愁肠。

召获罕束手无策，
又请来摩嘎拉说：
"快卜卦啊，我的先生，
为什么我们连遭三年旱？
为什么我们要遇此不幸？
翠绿的大地何处去了？
芬芳的花园甚时再现？"

摩嘎拉抬头望望天空，
天上没云没雨没雷声；
摩嘎拉又朝远处望去：
哦，一只金角龙盘踞在金湖里，
岩洞深处是他的家，
只有他才能呼风唤雨，
把快死的禾苗滋润。

召获罕听了心头如火烧，
群臣也摩拳擦掌像出征前，
真想一刀砍死可恶的巨龙，
消除心中的怨恨。

召获罕指使摩嘎拉：

"你快去问金角龙，
他为什么不翻身落雨？
事情的头尾你要问清楚，
他为什么不同情人间疾苦？"

摩嘎拉来到三千里金湖，
手指着湖中大声问：
"金角龙，听问话，
三年大旱你可看见？
你为什么不降雨到人间？
你啊，霸占了雨源，
为什么不让秧苗成谷？"

金角龙浮出水面，
哭丧着脸回答说：
"是勐神寨鬼的吩咐啊，
他们的话我怎能违背？"

摩嘎拉十分生气：
"坏话好话你要分清，
怎么不听听召获罕的期望？
没有谁的话比他的更神圣！"

顶天立地的摩嘎拉，
立即吹气使仙艺，
一股风刮进了金湖水底，
金角龙的右眼顿时失明。

摩嘎拉临走的时候，
又留下了句利刀般的话：
"金角龙，你听好，
七天以后我才来要你的命！"

摩嘎拉说完就离开金湖，
回到京城进王宫，
拜见等待他的国王：
"我的召啊，
是勐神寨鬼不让金角龙降雨，
我气得把龙的右眼吹瞎了，
这也算是对他的惩罚！
我还警告他，
七天以后去找他算账。"

召获罕满意地点了点头：
"金角龙这样无情，
原来是听信了勐神寨鬼的话。
记住，我的摩嘎拉先生，
七天以后去把龙砍死在湖中。"

很长很长的话一下说不完，
很长很长的故事要分段，
像星星要眨眼一样，
大家也需要松松盘着的双腿。

第二章

成串的花蕾，
在绿叶中绽放，
一朵接一朵，
好比竹笋又发。
我们的话要讲下去，
我们的歌要唱下去，
它才能连成故事，
深深印在人们心间。

有一个穷苦的猎人，
他年纪轻轻长得英俊，
家住坝子边的老林里，
早出晚归去狩猎，
穿林翻山不怕累，
用打得的麂子、马鹿，
去换取充饥的米粮，
生活虽艰难，
可竹楼上常常挂满了肉干巴。

一天，他远离寨子去打猎，
到处都是他熟悉的地方，
只有金角龙所在的金湖，
是他第一次到这里驻足。

他走近金湖，
便被清澈的湖水所吸引。
他伸出双手要捧水来解渴，
突然，一阵水响，

金角龙浮出水面把他张望。

猎人转动着惊奇的眼睛，
正要同金角龙打招呼的时候，
金角龙却先开了腔：
"好心的猎人啊，
你的到来使我多高兴！
我没有东西招待你，
却要马上让你替我分担痛苦。

"勇敢的猎人啊，
我听信了勐神寨鬼的话，
得罪了召获罕，
没有把雨水洒向大地，
召获罕就派人来制服我，
把我的右眼吹瞎了。
七天以后的什么时辰，
那位摩嘎拉还要来结果我的性命。

"善良的猎人啊，
请你给我福气，
让我永生在这汪湖水里，
请你留下不灭的恩情。
假若你对我真诚相助，
我会百倍感谢你，
让你带回许多金银珍宝。"

猎人听了金角龙的话，
心中产生了同情，
是非应当要分清，
但不能让金角龙来抵命。

猎人对着金角龙，
用好话抚慰：
"摩嘎拉的本事再高，
我也能同他较量几番，
七天以后我再来金湖边，
让无理的人死在我的箭下。"

猎人和金角龙说完了话，
各自回到自己的住处。
猎人的住处在老林中间，
那里也有简易的草棚。

时间就像说话，
一响就过去了，
七天的光阴也如此，
好像只是一个翻身的工夫。

七天后的清晨，
猎人严守诺言，
早早就来到金湖边，
设好暗箭忙把身藏。

摩嘎拉带着他的宝刀，
向金湖边走来，
走着走着他大叫了一声，
立即倒在地上抽搐毙命。

猎人从草丛中跳起，
抱起死去的摩嘎拉，
丢进了金湖的深水处，
让他去喂鱼，喂水獭猫。

金角龙对猎人很钦佩，
并感激他的勇敢和真诚，
从此，老龙和猎人，
结下了深厚的友谊。

金角龙流着热泪，
对猎人朋友说：
"亏了你的帮助，
我才逃脱了死亡的命运。
我怎样来感谢你啊，朋友？
请带走我的金银珍宝吧，兄弟！"

猎人诚实地摇摇头，
对老龙朋友说：
"我不要你的金银珍宝，
只希望我们的情谊长存，
在我危难的时候，
也得到你的真心帮助。
朋友啊，纯正的友谊胜过一切。"

金角龙与猎人在一起发誓，
要像珍惜眼珠一样珍惜友谊，

要像爱护心脏一样爱护友谊，
对朋友的忠诚好比天地不灭。

猎人在告别的时候，
对金角龙依依不舍：
"如果我打得猎物，
一定不忘朋友在饥饿中挣扎。"

猎人走进了深箐，
走进了深深的老林，
迎着即将来临的夜幕，
不知疲倦地走着……

在夜幕中十分璀璨的王宫，
召获罕焦急地走来走去，
摩嘎拉怎么一去不回还？
是不是猛虎恶狼把他咬伤？
是不是斗不过金角龙而丧生？
召获罕想来想去心凉半截，
决定明晨就派人去察看究竟。

第二天，
召获罕派出了勇敢的士兵，
到老林里去寻找，
到金湖边去搜查。

不知道是多少天，
回来的士兵禀告：
"我们找遍了每一片丛林，
我们看遍了每一塘池子，
都没有摩嘎拉先生的身影。"

召获罕头靠金藤椅子，
思量着摩嘎拉可能遇到的不幸。
他失掉了这个高明的先生，
就好比失去了有力的右臂。
他又急又忧无主张，
不知道应到哪里把摩嘎拉寻找；
他也有些不相信，
这样有本事的人会轻易死去。

又说到那猎人，
他又在山林里觅寻鹿影麂迹，

不管是悬崖还是陡壁，
都挡不住他的步子。

在野花阵阵喷香的地方，
在蜜蜂嗡嗡叫唤的地方，
突然呈现出一汪莲湖水，
猎人的双腿好像被野藤拴住一样。
啊，多么漂亮的景色，
赛过了神妙的金湖畔。

猎人正在东张西望的时候，
莲湖边飞来了七个美丽的仙女，
像七朵彩云落在水面，
像七朵鲜花落在草地。

猎人的眼睛呆着不转动，
猎人的心儿像敲打的小鼓，
他看见那一群迷人的仙女，
在湖水边沐浴，
发出月亮般迷人的光彩。

湖水就是一面大镜子，
镜子照出她们丰匀的身材。
猎人静静躲在一旁，
惊讶得忘记了一切。

有时真想向她们走拢去，
有时真想把她们拥抱，
有时真想要她们做妻，
同迷人的美人肩并肩，
把脸紧贴她们的娇容。
可是自己只是一个猎人，
怎么配得上这样的珍珠？

猎人一动不动，
猎人想了又想：
我能不能把她们带回家去？
有没有人把我笑话讥讽？
如果她们不能做我的伴侣，
能不能献给召获罕做媳妇，
也算表达我这个臣民的心意。
啊，还是去找金角龙朋友，
找它商量后再做主吧！

猎人说走就走，
很快来到金湖边，
对着湖水深处喊道：
"老龙啊，我的朋友，
我有烦心的事要问你，
请你把金角露出水面，
帮我想办法出主意。"

金角龙闻声出水：
"猎人朋友，你有什么难事？"

"我在莲湖畔，
看见了七位美丽的仙女，
又说又笑在沐浴。
我的心粘在了她们身上，
你能不能帮助我，
把她们讨来做伴？
哪怕我与她们不相配，
但我很想把她们领回，
或者像履行猎规一样，
把她们送给召获罕，
尽到一个国民的职责。
你快回答我啊，朋友。"

"朋友，只要你真心要她们，
剖开的竹子可以削成圆的。"
金角龙说着拿出一个魔项圈，
交到猎人手心上，
让它去套最漂亮的仙女，
满足自己的心愿。

猎人拿着金角龙给的项圈，
很快跑到多情的莲湖边，
看看仙女们还在相互嬉戏，
心中暗暗喜欢。

他对准七朵彩云，
他对准七朵鲜花，
把魔项圈从手中抛出，
套住七个又白又嫩的仙女。

仙女们动弹不得，

猎人高兴得在岸边手舞足蹈，
不管仙女们怎样骂他，
他心里都是乐滋滋的。

猎人站在莲湖岸边，
对七个羞涩的仙女说：
"这湖水是召获罕派我守望的，
你们来这里搅水也不问问我。
我不能容忍你们的行为，
叫你们永远回不到雷恩①。"
猎人的威吓话，
使仙女们发抖，
她们没有办法，
只好合掌哀求：

"召啊，请你可怜我们，
别伤害我们年轻的生命。
你要金银我们给你，
你要什么宝贝东西我们去找。

"我们的父母在遥远的南方，
我们不是那些不值钱的东西。
召啊，让我们回到雷恩去吧，
我们将拿来很多的金银送给你。"

猎人显出气愤的样子：
"金银我不稀罕，
宝石也不入我眼，
你们把我的湖水搅浑，
我决不能轻饶你们的轻佻行为。

"哪怕你们的金银宝石，
在人间是多么值钱，
但我需要的是一个心好的妻子，
像你们一样逗人喜欢。

"你们的妹妹一定最出众，
请把她留给我这个穷猎人吧，
我立即放你们回去，
同你们的父母团圆。

"假若你们不答应，
或者有意欺骗我，
我就用箭将你们射死在水中。"

仙女们哭哭啼啼，
还是尽力哀求说：
"尊贵的猎手啊，
让我们去找父母商量吧，
我们同父母命运相连，
更不敢私自留在人间。"

时间已经很晚了，
猎人依然不让步，
除了留下那颗最闪光的宝石公主，
金牛银牛猎人都不想要。

湖中仙女面面相觑，
大姐对着可爱的婻倗罕，
说出心里的盘算，
话儿伴着泪流出：

"可爱的妹妹啊，
我们的性命全在你一人身上，
快跟着猎人去吧，
假若我是你也会这样做的。

"我们还会相见的，
命运会给我们这个时辰。
需要我们的时候，
你就大声呼唤。"

婻倗罕心地善良，
为了不使姐姐们受罪，
她答应了姐姐的要求，
决定跟随猎人。

姐妹们又哭又说，
纷纷向婻倗罕告别，
眼泪在湖面上掀起了浪花，
说话的声音像麻雀吵架。

① 雷恩：传说是远离人间的美妙国度，神仙居住的地方。

嫦倪罕从湖中走出，
走上岸靠拢猎人。
猎人这才收起魔项圈，
让其余的仙女飞回雷恩地方。

六个仙女见了父母，
一面下跪一面哭：
"父母啊，
我们遇到了不幸的事。
当我们在莲湖洗浴时，
竟得罪了守湖的猎人，
他说我们搅浑了净水，
他说我们大胆欺辱了他。
他就用一个魔项圈把我们套住，
扬言要用箭射死我们姐妹，
除非把嫦倪罕嫁给他，
否则，我们别想再见到父母。

"父母啊，
我们答应用金牛银牛赎罪，
猎人也都看不上眼，
我们只好说服嫦倪罕，
让她去同猎人做伴，
救姐姐们跳出苦难。
就这样，嫦倪罕离开了我们，
像一只岩羊被猎人牵走了。"

仙女的父母听了，
心都要裂开两半，
想起聪明美丽的嫦倪罕，
他俩泪水唰唰流，
像疯子一样心神不定。

嫦倪罕的母亲大声哭起来，
对着宫外呼唤：
"我的女儿啊，
我的宝石，
你明亮的眼睛在哪里？
你秀丽的容貌在哪里？
你丰满的身姿在哪里？
你轻柔的声音在哪里？
你动听的歌声在哪里？
你苦难的命运是谁给的啊，

为什么被猎手的绳子拴走？
儿啊，你什么时候回宫，
什么时候回到父母身边？"

哭声刺心，
人人泪落，
王宫里充满忧愁，
王宫里没有欢乐。

获得嫦倪罕的猎人，
穿行在野花盛开的山林，
可是嫦倪罕仍然一路哭不停，
诉说着心中的哀怨：

"我的父母啊，
为什么我要做猎人的妻子，
要同他白头到老？
难道我对佛祖不虔诚吗，
生活才如此不如愿？"

嫦倪罕的哭声，
在山林里回荡，
山妖鬼怪都听见了，
蓝天里也飘着她的泪花。

猎人拉着嫦倪罕，
一步高一步低地走着。
他看见嫦倪罕越哭越伤心，
就和和气气地对她说：
"嫦啊，不要再喊父母了，
他们听不见你的声音。
我们俩从小就有姻缘，
在菩提树下发过誓啊，
这是天地的恩赐，
让我俩结为夫妻。

"嫦啊，还有一句话，
我也对你说一说。
假若我配不上你这朵花，
我愿把你奉献给召获罕，
召获罕有一位王子，
同你相比并不逊色。
他像一颗发光的宝石，

他像一把威武的长刀，
他还没有同桌吃饭的妻子，
他桌上的筷子为你留着一双。

"过了山过了水，
就到召获罕的王宫了，
宝石镶嵌的宫殿啊，
就等着你去栖息了。
婚礼的礼花要为你放了，
婚礼的歌要为你唱了，
你见了花一样的王子，
你一定会依偎在他的怀抱。"

尽管猎人甜言蜜语，
相劝的话说完说尽，
婻俀罕没有听进去，
脸上的泪没有停流。

婻俀罕对猎人说。
"你把我献给召获罕，
恐怕只是一粒被人看不起的芝麻。
猎人啊，放我回去吧，
可怜可怜我那哀伤的妈妈！
我的眼泪已哭干了，
再流出来的也许是血。"

猎人并没有心软，
他拉着婻俀罕，
走在蜿蜒的小路上，
又拖又拉有时寸步难行。
婻俀罕的衣衫被挂破，
婻俀罕的脚被划出血。

又走了一段艰难的路程，
婻俀罕望见路边的贝叶，
悄悄咬破手指头，
用殷红的血写下书信，
假若父母来到这里，
就会看到女儿的哀伤。

血写的书信这样讲：
"生我的父母啊，
我尊敬的双亲，

我的血寄托着期望，
请你们不要把女儿抛弃。

"在思念中祝福我吧，父母，
我的心像乱麻一样，
我的心碎成了两片，
一片装着对你们的怀念，
一片装着雷恩地方人的善良。

"无论我落难到哪个王国，
绝不要派大军来追赶我，
以免糟蹋人间草木，
伤害山林中的生命。
我会平安无恙的，我的父亲母亲！"

婻俀罕写下血书，
请父母不要追寻，
她又扯下披巾，
搭在树杈上。
随风飞舞的披巾，
好像是她在向父母招手致意，
好像是她在向姐姐们告别。

婻俀罕想：
血书和披巾在的地方，
是请父母留足的地方，
遗物将免除父母的焦念，
遗物也暗示婻俀罕的决心，
她决定跟随猎人远去，
无论要经受多少苦难。

猎人望望婻俀罕，
用好听的话消除她的顾虑：
"婻俀罕啊，宝石公主，
你不要老想着家，
我不会带你去受苦，
更不会损伤你的可爱生命。"

他俩一路走一路说，
猎人拉着金银山的美女，
渐渐走进了热闹的村寨。
人们在四周议论着猎人的奇遇：
"他从哪里采来这朵最美的野花？

跟那会飞的娲琵一模一样。"

有的人合掌祝福，
有的发出友好的询问：
"猎手啊，
你从哪里要得的美女？
是谁给你这莫大的福气？
这是天仙神女啊，
只怕你会出现忧愁吧！
放她走吧，
把她送回深山吧，
在哪里牵来的就放到哪里去，
不要得罪了娲琵神仙！
你仔细看吧，
她身上发出异香，
她身上放出异彩，
照耀着我们寨子的四方角落，
这是多么不平凡的人啊！"

猎人对乡亲们说：
"乡亲们啊，
我会安排好的，
在那日出日落的良辰，
我要送她进王宫去，
献给尊敬的召获罕。
请不要歪嘴斜眼把我责难，
待到夜深人静的时候，
我会把她捆在房柱上的。"

猎人的父母和妻子
连忙把他劝阻，
端出饭菜茶水，
招待远来的公主。

娲倪罕吃不进饭菜，
只是不歇地哭泣。
她住不惯四面通风的竹楼，
她盖不下臭气连天的破被，
她害怕蓑衣的棕毛，
她和民女不能相比。

猎人一家无法入睡，
人人都盼着天快亮，

不然，娲倪罕的抽泣声，
就要搅碎他们的心了。

曙光在东方升起，
猎人一家催促猎人上路，
快快把天仙美女领进京城，
再耽搁就要冲掉一家人的福气。

猎人领着娲倪罕，
走上了去京城的路。
娲倪罕看见了宽宽的象路，
心里才稍稍舒坦起来。

宫殿金顶向他俩微笑，
宫殿银门为他俩敞开，
猎人拉紧娲倪罕的嫩手，
来到召获罕的面前：

"我是勐获罕的百姓，
我是召获罕的顺民，
三年大旱使我一无所获，
对召王也没有什么孝敬。

"召啊，我终于交了好运，
猎获了雷恩的美丽天女，
特把她贡献给王子，
让这朵奇异的花喷香在王宫里。"

召获罕好不欢喜，
满脸挂着笑问道：
"我的猎手啊，
请你告诉我，
千人万人难碰的吉日，
怎么叫你遇着了？
这样艳丽芳香的花，
偏偏在你眼皮下开放。"

猎人恭恭敬敬地回答：
"召啊，猎人的福气，
还不是来自您的贤明！
当我打猎到深山的时候，
好像是神把我送到了莲湖边。
那是一池蓝色的湖水，

七色的莲花使我忘返。

"七位天女在湖边沐浴，
我用魔项圈将她们圈住，
当她们向我哀求的时刻，
我要下了这位宝石公主。
她也许能配得上青春年少的王子，
她也许能给王宫带来欢乐和光明。"

召获罕立即吩咐仆人，
抬出九盘金锭银锭，
赐给穷苦猎人，
感谢他的赤诚。

猎人赶着驮满金银的牛马，
回到了自己的竹楼，
满屋五光十色，
全寨异常明亮。

父母和妻子泪盈盈，
穿金戴银，盖缎披绸，
牛马成群，样样齐全，
穷困的猎手啊，
好比富足的沙铁。

第三章

这部好听的故事，
让它永久流传，
就像花树发芽，
开出新花那样，
生根在傣家居住的地方。
不要被人遗忘，
无论是穷人富人，
都要记住这动听的诗句，
它是金子般珍贵的故事！

现在，请大家听着，
我将要讲讲雷恩地方，
讲讲婻倪罕的父母和亲人，
他们是怎样思念婻倪罕的。

婻倪罕的六个姐姐，
同妹妹依依告别后，
离开了忧愁的莲湖，
回到了雷恩宫殿。

她们拜见了父母，
对父母讲述经过，
现在，不知道那猎人，
将婻倪罕带向何处，
也不知道她是死是活，
落难在什么样的异乡。

两位老人听了，
好比乱箭穿心，
脚蹬地板嘣嘣响，
为小女的遭遇百般悲伤：

"我们的心肝宝贝啊，
你现在在哪里？
我们心中的肉啊，
我们怀中的花，
你在哪片森林哭喊？
你在哪条河边流泪？"

婻倪罕的父母，
想念女儿心切，
立即带着军队下雷恩，
一路人马浩浩荡荡。

云间回响着马蹄声，
长刀矛尖在山林中一闪一亮，
到处在呼喊婻倪罕，
他们又把莲湖搜查了一遍。

沿着婻倪罕的足迹，
沿着婻倪罕留下的泪痕，
他们找到了贝叶信，
看见了婻倪罕的血书，
书信向两位老人诉说，
字字句句都是婻倪罕的心里话。

见字不见人，

婻傥罕的父母更痛苦，
心头布满了忧愁，
不住的泪水滚滚流。

婻傥罕的话虽然说得明白，
但两位老人都不愿回转，
他们仍然指挥兵马，
朝前继续搜寻。

他们走进了一片树林，
又看见了婻傥罕留下的披巾。
雷恩王后捧着披巾亲吻，
好像亲吻着女儿的额头。

雷恩王后抬头眺望远方，
悲痛得几乎晕倒在地上：
"女儿啊，你在哪里？
你的笑容就此消失了，
你的身影就此不见了，
你的歌声就此停止了。

"你要是死了，
尸体埋葬在哪山啊？
你要是还活着，
又生活在哪个王国？
你在哪里呼唤爹妈？
你在哪里思念姐姐？

"女儿啊，
你为什么要把我们劝阻？
你是故意好话宽慰我们，
还是被可恶的猎人逼迫下书？
我真想踏遍人间王国，
把你找回到我身边。"

雷恩国王对王后说：
"飞进森林的孔雀，
让我们到哪里去找？
失落大海的宝石，
让我们到哪里去捞？
回去吧，王后！

"女儿聪明又精灵，

女儿的决定不可不信。
她如果没有幸福，
就会在你的梦中诉说痛苦；
她如果想念我们，
就会在哪一天回来相见。"

王后失去了主见，
只好同意丈夫的说法。
浩浩荡荡的人马，
转头走上回程的路。

但婻傥罕的母亲啊，
一路低头不言语，
她在默默为女儿祈祷，
祝愿她在人间平平安安。

我们的诗篇，
在这里又告一段落，
抽烟的抽烟吧，乡亲们，
这是休息的时刻。

第四章

让我们把香花，
插在包头上，
那身上的臭气，
就会随香风散去，
远远地散去。

召获罕得到了婻傥罕，
好像金窝银窝飞来了凤凰，
这是儿子的命运注定，
让他和婻傥罕在宫中相亲。

婻傥罕看见苏旺纳王子，
就像马鹿看见了雄狮。
她满面春色，
她心情豁然开朗，
忧愁一扫而光，
转悲为喜把王子爱慕。

摩勐①被召进宫殿，
他站在召获罕面前说：
"召啊，让他俩成亲吧，
这是人间最亮的两颗宝石。
让我们选个吉日良辰吧，
为这一对相配的新人祝福。"

召获罕夫妇，
听从摩勐的话，
命大臣去办宴席，
准备为儿子完婚。
苏旺纳一见婻倪罕，
立刻就把她爱上，
紧紧拉着她的手，
十分深情地说：

"婻啊，
是天上的善神，
给了我莫大的福气，
把你镶嵌在我的心上。"

婻倪罕像含羞草一样，
把含情的目光躲藏。
但苏旺纳看得见她的心，
又伸手去把她的心弦拨动：

"来自雷恩地方的公主啊，
我俩像竹篾编在一起了，
善良的天神把我俩的手，
紧紧拉在一起永不分离。

"我好比弓，
你好比箭，
我俩相配在一起，
决不会各在一边。

"我多么感激猎手，
我是这样热爱你！
人间上有天堂下有地狱，
我可以向你发誓：

"如果我对你假情假意，
就让天斧劈死，
就让我滚下地狱。
婻啊，让我们心一条，
一起治理勐获罕的河山，
把爱情的种子播在土地里。"

苏旺纳和婻倪罕，
像岩石一样不碎，
像含苞的花同放。

他俩好比水上鸳鸯一对，
嬉戏在水池中央；
他俩好比长龙一双，
盘缠在梁柱顶端。

自从他俩结成夫妻，
勐获罕呈现出一片祥和。
风调雨顺，山清水秀，
甜蜜的日子来到了这个国家。

田野，稻谷饱满，
园里，果实累累，
家家户户日子美，
男女老少心欢畅。

一串串牛铃，
回响在山间；
富有的人家，
像竹子蓬发；
千村万寨闪烁着欢乐的异彩，
人们都说这是婻倪罕带来福气。

每到傍晚时分，
百姓们都拥到王宫两旁，
把乘凉的婻倪罕偷望，
向她投去祝福的目光。

勐获罕的人们，

① 摩勐：国师。

无论是老人少年，
都好像换了一层皮，
变得年轻漂亮。

愉快的生活，
安宁的日子，
金子一般的时光，
使人们忘记了卜卦的人，
国王也渐渐疏远了摩勐，
因为只有忧愁时才需要占卜。

摩勐产生了嫉妒，
摩勐产生了邪念，
他偷偷怀恨吉祥的娥悦罕，
他内心里是这样想的：
是娥悦罕损害了他的威望，
是娥悦罕把他从国王心中抹掉，
是娥悦罕让他在百姓中消失，
是娥悦罕使他失去了权力地位。

摩勐嫉妒娥悦罕的名声，
就像猢猴害怕响铓，
就像树虫看见壮木眼红，
他决心让忧愁的心变得愉快。

七个月以后，
娥悦罕才刚刚有身孕，
不幸的日子就来临，
边境的士兵不断来报警。

五百名强悍的匪盗，
在勐获罕边境骚扰，
他们又抢又烧，
他们像野草蔓延，
他们一天天逼向京城，
好似要侵占勐获罕的心脏。

安宁的日子被破坏，
美满的生活遭蹂躏，
百姓们恐慌不安，
混乱中纷纷逃亡。
过于善良却变成软弱，
都生怕做强盗刀下的死鬼。

从边境逃来的百姓，
把强盗描绘得多么可怕，
连王宫的军队都不可阻挡；
从边境逃来的百姓，
一窝蜂拥到王宫大门，
向召获罕悲愤诉说：

"召啊，
我们没有了安宁与和平，
我们失去了幸福与欢乐，
村寨变成了火塘，
田地变成了荒野。

"召啊，
到处是强盗的影子，
刀光闪处人头落地，
他们在善良人头上称王称霸，
他们要到京城把你赶出宫殿。

"召啊，
再让他们横行下去，
我们连牛也找不着一头了，
我们也没有居住的地方了，
请你拔出无敌的拉圣亚，
请你拉起无敌的钢哈相，
把可恨的强盗惩办。"

召获罕气愤难言，
他向全国发出号召，
希望臣民一条心，
去捉拿野心勃勃的强盗，
像扫地除灰尘那样，
把强盗的罪恶清算。

王子苏旺纳，
不愧是林中的柚木，
不愧是山中的雄狮，
他自告奋勇去迎敌。

召获罕喜爱儿子善良的心，
更希望看到儿子的勇敢，
抵御强盗的侵犯就是时机，

他决心让苏旺纳去建立功勋。

苏旺纳领命回房,
面对妻子嘱咐:
"我心上的婻俅罕啊,
我要远离你而去了。
因为边境上出现了强盗,
我应当去把他们战胜。

"放心吧,爱妻,
这里有慈祥的双亲,
这里有和蔼的姊妹,
安宁属于王宫啊,婻,
和平属于勐获罕啊,婻,
请你相信我的勇敢。"

婻俅罕眼泪汪汪,
诉说着心中的期望:
"我的召啊,
你要离去使我心酸,
快去快回平安而归,
别忘了快出世的孩子,
正等着他的父亲来亲热。"

苏旺纳沉思后说:
"心爱的妻子啊,
我们的孩子无论是王子或公主,
都是我们掌上的闪亮明珠。

"王子像太阳,
你的国度也会闪耀他的光辉;
公主像月亮,
让你的父母给她起个漂亮的名字。"

苏旺纳的话,
像潺潺流泉,
淌进了婻俅罕的心窝,
她幸福地倒在苏旺纳怀里。

勇敢的王子苏旺纳,
身佩宝刀和宝箭,

在大旗下出发,
直奔强盗扰乱的地方……

正当苏旺纳在边境激战之日,
也是婻俅罕快要分娩之时。
出生的婴儿是男孩,
是一个可爱的未来王子,
他像太阳也像月亮,
好比天神恩赐。

召获罕和王后倍加喜爱,
吩咐宫女们小心照顾王子,
轻手轻脚擦洗婴儿,
不要让他伤风中暑。

在一个吉祥的日子,
召获罕给孙子起了名字,
叫提晃相宰①,
召获罕还给孙子写下祝词,
希望他像宝石一样坚强。

召获罕安心地睡了,
但他做了一个噩梦,
梦见在边境打仗的儿子,
肚子被强盗的长矛戳通,
肠子拖在地上,
好比竹竿那样长。
忽然,苏旺纳朝他呼喊,
呼喊声中滚下万丈悬崖……

噩梦把召获罕惊醒,
他坐起来揉揉泪湿的眼睛,
又沿着窗户远望,
期望黎明快拨开夜雾。

召获罕忧心忡忡,
急忙把噩梦告诉王后。
两夫妇又急又慌,
等天亮就叫摩勐来卜吉凶。

---

① 相宰:宝石王子。

大地才睁开眼睛，
召获罕就请来摩勐。
摩勐正为自己的威信失落发愁，
现在召获罕给了他振兴的希望。

摩勐剥开一只鸡头，
抬起来看看又算算，
然后对召获罕说道：
"啊，召获罕啊，
你的梦凶多吉少，
我们的国家将灾难不断。

"从日出的那方，
到日落的那方，
天天都出现混乱，
年年瘟疫横行，
不仅田地没有收成，
百姓也将逐渐减少。"

召获罕听了摩勐的卜算，
心头一阵冷来一阵烧。
急忙追问摩勐：
"摩勐啊，请快说明白，
怎样才能使我们国家保持繁盛，
怎样才能使我们土地永放光明。"

摩勐对婻傪罕怀恨在心，
有意在此时口出恶言来中伤。
他望望召获罕和王后，说：
"召获罕啊，
我们不能忘记勐神寨鬼了，
只有他们才能修复勐获罕的日月。

"召获罕啊，
请拿出一百头大象做祭品，
成千的牛马鸡猪也别吝惜，
还要有一个天仙般的美女，
用她的肉来做上等的祭品，
我们的国家才能免除灾难。"

摩勐的卜算越说越明，
召获罕紧锁的眉头不能展开。
天仙美女指的是儿媳婻傪罕，

他忙开口对摩勐讲：

"成百的大象献出，
牛马鸡猪尽管杀，
只是那勐雷恩的公主，
我们才让她成亲一年，
连她的父母还没有相认，
我们怎能让她有所长短……"

摩勐打断召获罕的话：
"召获罕啊，
你若信任我，
就应当听从我的卜卦。
一个儿媳有多轻多重，
值得你这样为她担心？
无论她有多好看又有多值钱，
她只是一个人啊，我的召！
你应当想到整个国家的安危。"

摩勐的劝诱，
使召获罕失去主张，
他不得不听从，
只要勐获罕重现繁荣。

召获罕走到哪里，
摩勐跟着走到哪里，
他怕国王反悔，
失去清除婻傪罕的机会。

召获罕面容憔悴，
眼眶灌满哀泪，
他望着龙床上的孙儿，
更感到心如火焚。

假若相宰失掉母亲，
他又怎能保持生命？
假若不听摩勐的卜算，
勐获罕的山河更加破碎。

痛苦折磨着召获罕，
召获罕失去了理智，
他昏昏沉沉像醉酒，
他有气无力对摩勐和大臣说：

"我只要求你们，
等到黎明时辰，
才去后宫接走我的儿媳，
按你们的意愿去祭神鬼。"

断了藤的瓜，
怎么长大甜蜜？
失去母亲的儿，
怎么茁壮成人？

王后听见了不幸的消息，
慌慌张张跑到儿媳身边，
一面哭一面说：
"我的好女儿呀，
你可知道你父王做了噩梦，
被摩勐占卜出来，
他将把你推入死亡的深坑，
拿你做祭品献给勐神寨鬼。

"我的好儿媳啊，
明晨我们就要永远离别，
宝石般的相宰孙儿呀，
也不会再有喂奶的母亲。
你快回雷恩王国去吧，
别在这灾难的土地上丧命。

"珍贵的公主啊，
我们可怜这七天的小孙儿，
也可怜你那出生入死的丈夫。
他们父子失去你，
就好比失去人间最珍贵的爱，
就好比在心口上插上竹刺。"

婻倪罕听了王后母亲的话，
眼泪像泉水喷洒。
王后抱着婻倪罕，
边哭边说：
"你快走吧快快走吧，
只是苏旺纳会永久失去欢乐。
儿呀，把爱情装在心里，
也许还有相逢的幸福时刻！"

婻倪罕抱起相宰孩儿，

再次将奶头塞进他的小嘴：
"我的骨肉啊，可怜的生命，
我们母子从此不能再见面了。
有什么分别比这更痛苦，
我宁愿变成死鬼守候你。"

婻倪罕哭诉着，
拿出三只玉碗，
把奶水挤满，
再次对王后说：

"母亲啊，我走了！
在相宰寻找我的时候，
不要忘了将奶水喂他，
天阴打雷不要让他吓着，
冷天到来不要忘了给他加被。"

婻倪罕到房中打开木柜，
取出天女的衣衫，
穿在身上好比长了翅膀，
离地腾空飞出王宫。

在高高的云雾上，
婻倪罕不时地回过头来，
把孩儿探望，
把孩儿呼唤。

她飞飞停停，
她哭哭喊喊，
一条心怎能扯断，
一条血脉怎能割舍。

婻倪罕留下最后的惜别话：
"我的儿啊，
假若你爹从战场归来，
请把妈妈的遭遇诉说。
不是我狠心把你扔下，
是勐获罕摩勐容不了我。

"我的儿啊，
你爹那悲伤的泪水，
代替不了母亲的奶液；
父亲的臂膀虽粗壮，

却没有母亲的双手好靠。
但是我再不能为你挤奶了，
我再不能把你抱在怀里了。"

娲倪罕飞了半天，
仍在王宫上空回旋。
她多么心酸，
她多么痛苦，
她多么哀伤，
她百般依恋。
最后，她飞过高山莽林，
飞到了雅写居住的荚房。

娲倪罕主动向雅写问安，
雅写望着真诚的娲倪罕说：
"感谢你的问候，
娲啊，你从哪里来？
三千里路很遥远，
你有什么事向我打听？
我看你相貌端庄诚实，
心灵也一定很美丽。"

娲倪罕听了雅写的询问，
心里愈加酸痛。
"尊敬的召雅写啊，
我的心像被蜘蛛网缠绕，
又痛苦又脱不开身。
我是雷恩王国的七公主，
被一个猎人献给了召获罕。

"召获罕的王子与我成婚，
但摩勐却要把我们拆散。
在我丈夫出征平寇的时候，
要拿我的血肉祭勐神寨鬼。
召啊，
我只好离开勐获罕而归巢，
去见自己的亲爹妈。
但这不是我的愿望。

"尊敬的召雅写啊，
勐获罕有我知心的丈夫，
勐获罕有我亲生的骨肉。
如果我的丈夫追赶到此，

我有一枚戒指请您交给他，
我有一条披巾请您交给他。

"尊敬的召雅写啊，
不管我走到哪里，
请您为他指路，
别让他在山林里迷失方向；
他多么需要我的温暖，
他的孩子更需要母爱。
苏旺纳如果对爱情忠诚，
他会来到这条路上的。"

雅写请娲倪罕放心，
凡是找他帮忙的人，
哪怕只是好心的过路者，
他都不会让求助者灰心丧气。

娲倪罕满怀希望，
拜别了召雅写，
朝远处飞去……

雷恩瑰丽的彩霞，
迎接着娲倪罕的到来。
娲倪罕同父母相见了。
娲倪罕同姐姐们相见了，
娲倪罕同亲友们相见了，
娲倪罕同久别的故国相见了。
悲哀和喜悦交织在一起，
流出来的泪不知是哀泪还是喜泪。

娲倪罕扑倒在母亲怀里，
哭诉着自己的辛酸和遭遇：
"猎人把我带进勐获罕，
使我与苏旺纳成婚，
善良的王子给了我幸福，
解除了我思乡的痛苦。
但好日子并不长久，
勐获罕骚乱的边境，
逼着苏旺纳带兵平乱，
给我带来了新的不幸。

"可恶的摩勐，
在王宫中搬弄是非，

说我是不祥之女，
要用我的年轻生命，
去祭勐神寨鬼。
王后可怜我，
把我偷偷放出王宫，
让我飞回自己的故国。

"父母啊，
我变得多么孤单，
离别了自己的丈夫，
离别了自己的骨肉，
离别了我那再生的国土，
就是见到了你们，
我也觉得自己魂不附体。
请你们用慈爱驱散我的思虑！"

爱女的不幸使父母心疼，
爱女的恳求使父母泪下。
他们叫使女们去担来清水，
洗去女儿身上的汗臭和污秽。

宫女们纷纷来到七公主身边，
又说又笑，又唱又跳，
期望她能舒展开紧锁的眉头，
期望她的心弦能奏出喜乐。

早晨，去森林里采花，
中午，到仙湖里洗澡，
傍晚，去花园里散步，
晚上，在蜡灯下歌舞。

宫女们像一群小鸟，
整天整夜围绕着七公主，
只要七公主高兴，
她们就算完成了一天的使命。

这个故事，
不要让它失传，
挥起勤奋的毛笔吧，
写出金子一般的词句，
婻倪罕怎样回到了父母身边，
就是这章的内容。
听众们啊，

好听的故事又结束了一章。

第五章

我们的歌像火焰，
白天在燃烧，
晚上在闪光，
不会熄灭。

苏旺纳王子，
用自己的勇敢，
以及对兵士的信任，
征服了动乱的强盗。

他率领着英雄的军队，
他骑着威武的大象，
他怀着胜利的自豪，
向神圣的国都班师回朝。

他见到了欢迎的父母，
他见到了高呼的百姓，
他见到了闪光的宫殿，
唯独没有见到心爱的妻子。

父亲的嘉奖，
他不感到悦耳；
将士们的狂欢，
他感到烦躁和无聊，
看不见爱人的身影，
奖赏和荣誉都觉多余。

母亲知道儿子会伤心，
但不能对他隐瞒，
她拉着苏旺纳就哭：
"勇敢的儿子啊，
你快来看看你的骨肉吧，
他同你一模一样。

"儿啊，
你冒死保卫了国家的安宁，
而我们却没能维护你的欢乐。

儿啊，
你的妻子已经回故国去了，
因为摩勐的占卜要把她当祭品。

"我不能违背你父亲的旨谕，
摩勐的卜卦神圣不可违抗。
我从痛苦中清醒，
只有把娲倪罕送出王宫。
哪怕知道你会痛心，
我也只能这样尽到母亲的职责。"

苏旺纳急忙跑进后宫，
果然不见了爱妻的影子，
只见那王子在床上动弹，
好像闻到父亲的气味一样。

苏旺纳抱起儿子，
深情地吻着他的面颊，
更加思念孩子的妈妈，
她是否顺利回到了自己的故国？

苏旺纳很感激母亲，
是她哺育了幼弱的生命，
是她拯救了善良的娲倪罕。

看摩勐在眼前出现，
苏旺纳怒从心来，
他指着摩勐斥责：
"是哪一条经书写着这个规矩，
贤惠聪明的娲倪罕要当祭品？
你为了自己的利益就陷害别人，
你为了自己的威望赶走我的爱妻，
你快快把她送回勐获罕王宫！"

苏旺纳怒火难抑，
颤抖的手按着刀柄。
召获罕在一旁默默站着，
他自知有错不敢多言。
摩勐急忙向王子辩解：
"王子啊，我的心眼不坏，
我是怕你在战场上失利，
才从占卜中寻找出一条生路来。

"娲倪罕虽是你的妻子，
但她是勐获罕的祸害。
她没有做祭品已很幸运，
你不能再把我乱加责怪。"

苏旺纳一听更气愤：
"我如果不是尊重你摩勐，
我如果不牢记人间的善良，
我早把你一刀剁碎，
用你的肉去喂饿老鹰。"

将士们也为王子抱不平，
苏旺纳唤来贴身卫兵，
将摩勐关进栗木牢笼，
永久剥夺他占卜的权力。

苏旺纳回头对父王说：
"你信奉佛经讲善良，
为什么听信摩勐的恶言邪语，
把我的爱妻当作祭品？
要不是母亲的仁慈，
娲倪罕早成了死鬼，
你还有什么脸面见儿子？"

苏旺纳决心出宫，
去寻找心爱的妻子。
他走到幼儿的床边：
"不幸的孩儿啊，
你在奶奶身旁好好入睡，
我要去把你母亲找回，
哪怕她在深山密林千里外，
我也不畏惧艰险把路寻。"

召获罕望着不安的苏旺纳，
充满内疚地对儿子说：
"我的宫中宝石啊，
你到哪里寻找娲倪罕？
她的住处那么遥远而神秘，
重重灾难会威胁你的生命。"

再好听的话，
苏旺纳不会听了；
再甜蜜的蜂蜜，

苏旺纳也吃不进了。
不要说是召获罕说的，
就是苏旺纳尊敬的母亲说的，
苏旺纳也不会放弃信念，
他找不到爱妻决不罢休。

王后流着泪说：
"你爱我啊，我爱你，
亲爱的苏旺纳儿呀，
嫡悦罕在哪里呢？
山路上长满刺棵，
密林里布满野藤，
陌生的地方有危险，
你就听妈一句话吧！"

苏旺纳寻妻心切，
他的生活不能没有嫡悦罕，
哪怕眼前就是大火烧天，
他也要勇敢地去闯；
哪怕脚下就是洪水汹涌，
他也要纵身搏激浪。

苏旺纳的母亲啊，
再也想不出动听的话劝儿子；
苏旺纳的父亲啊，
为儿子的出走献出了祖传宝物。

一把拉圣亚交给苏旺纳，
一把钢哈相交给苏旺纳，
一颗护身红宝石交给苏旺纳，
苏旺纳感激地向父王跪下。

闪耀着神力的钢哈相，
只有苏旺纳配继承和使用，
他只要一个指头就能把弓拉满。

反射着魔光的拉圣亚，
只有苏旺纳适合挂在腰间，
他像摘花一样就能把刀抽出鞘。

苏旺纳有了宝物，
更增添了力量，
他独自离宫出走，

朝日出的那方走去。

路有三千里，
最高的山顶着天，
最深的林难见边，
最宽的江鸟怕过。

有时是百鸟在头顶歌唱，
有时是走兽在身后狂嚎，
乌鸦发出不吉利的声音，
苏旺纳不免一阵心抖。

在流水不息的雨水天，
青蛙、田鸡蹦蹦跳，
马鹿、岩羊成群结队抢吃草，
在山坡、草坪上东跑西跑。
野牛从他身边走过，
野猫从他脚下穿行，
斑鸠跟着他飞，
所有的生物仿佛对他说：
"走吧，召啊，
前面的路很远，
但困苦难不住你，
快去找着嫡悦罕。"

无论是白天黑夜，
无论是天阴下雨，
苏旺纳不停留，
爱情使他产生了无穷的力量。

有时，苏旺纳觉得，
眼前好像闪出一条大路；
有时，苏旺纳看见，
前面的林子像木炭一样漆黑。

苏旺纳走过漫长的路程，
突然望见一幢金色的奘房，
雅写站在木梯上先问他：
"远方的客人啊，
你有什么天大的事走进深山？
孤苦伶仃一个人，
难道你不怕老虎吗？
还有那吞人的大蟒！"

苏旺纳十指并拢，
高高举在包头上，
向雅写诚实地回答：
"召啊，慈祥的先生，
我是勐获罕的子孙，
来追赶爱妻婻傂罕。

"是歹毒的摩勐，
逼着她离丈夫而去，
离幼子而去。
召啊，尊敬的大人，
您的心一定很宽厚，
请告诉我应该怎么走？"

雅写像望见了清水井底，
又以他的智慧判断出王子，
高兴地对苏旺纳说：
"有心的王子啊，
你的妻子是从我这里走过，
不过她如今已回到了雷恩王国。

"她留下了戒指和披巾，
让你带着去找她。"
说着雅写取出婻傂罕的留物，
递给苏旺纳王子。

苏旺纳双手接过宝物，
仿佛看见了妻子的面庞和身影，
她怎样孤独地走过密林？
又怎样哭着翻过大山？
啊，可怜的婻傂罕啊，
你尝尽了人间的苦辣！

雅写望着苏旺纳的泪眼，
被他的深情所感动，
他抚摸着苏旺纳的肩膀说：
"婻傂罕居住的地方，
凡人要走上千年，
就是会驾云腾雾的我呀，
也只能一年往返一次，
那是雷恩过祈祷节的时候。

"多情的王子啊，
你若想找到妻子，
就请你牢牢记住，
我的法术最灵验，
它能帮助你通过漫漫长河，
它能引导你涉过茫茫江海。

"特别小心一条很宽的江，
一条巨龙常在江面上睡觉，
它身上的鳞片像木皮一样，
你可能会认为那是一座木桥。
它会把你掀翻入江，
再张开大口吞掉你，
但这是你的必经之路，
婻傂罕也是从这条路回家的。

"勇敢的王子啊，
你听后不必惊慌，
我会给你一种万能的草药水，
到时候你擦在脚板心上，
大胆从巨龙的背脊走过去，
这是一条难得的天桥。

"走过这条蓝色的大江，
前面还有一道深谷，
那里有魔鬼拦路，
它的大口血牙会吃掉你。
但只要记牢我的教导，
就是踩着它的肚子和头走过，
它也不会轻易伤害你的性命，
你不用畏惧它吓人的丑样。

"你还要经过南巴来，
这是飞鸟难过的大海，
只有两只洛蒂令戛神鸟双翅非凡，
它俩能带你跨过海面，
落到雷恩的国土上。
两只神鸟像两个船工，
守卫在南巴来的岸边，
当你见了它俩，
就背诵口诀把身隐，
变成一只小小蚂蚁，
钻进公鸟胳肢窝下的毛里，

让它带你飞过南巴来。
记住啊，勐获罕王子！"

苏旺纳朝雅写深深一拜，
按照他的指引把路赶。
一路竹林葱葱，草儿青青，
一路野果累累，花儿朵朵，
在苏旺纳身边晃过，
不知道他又走了多少路。

苏旺纳来到巨龙盘踞的大江，
他遵照雅写的嘱咐，
将药水涂在脚板心，
瞬时身子轻如鹅毛，
他走过了巨龙的脊背，
跨过了波浪滚滚的大江。

苏旺纳走进魔鬼拦路的深谷，
果真一张血口在面前出现，
还不断喷出股股毒雾。
他拉开钢哈相，
一箭结果了魔鬼的命，
那臭烘烘的魔躯滚进了谷底。

苏旺纳来到了南巴来，
两只神鸟栖息在大树上。
乘着朦胧的晚霞，
苏旺纳变成一只蚂蚁，
爬到两只鸟的脚旁。
可是，哪只鸟是公鸟呢？
苏旺纳认不出来，
他只好钻进了一只鸟的腋下。

东方亮了，
两只鸟飞起来了，
飞上了宽阔的海面，
飞向日出的那方。

飞着飞着，
母鸟叫了起来：
"啊，好像石头坠我双翅，
我怕飞不过大海了！
坤啊，你我可能要永远分离了，

大海就是我的墓穴了。"

公鸟紧挨着母鸟飞：
"我的婻啊，你要坚持，
我会帮你过大海的，
使力扇动你的翅膀吧，
如果你觉得身上有病。"

苏旺纳紧抓着母鸟的毛，
比出征的时候还要紧张，
只要他一松手，
大海将把他吞没。

母鸟吃力地飞翔，
公鸟在一旁陪伴，
那朵朵彩云好比一束束鲜花，
托着两只鸟飞向雷恩国度。

在傍晚的时候，
两只鸟终于到岸了。
苏旺纳立即摇身一变，
变成原样站在两只鸟面前。

两只神鸟见了苏旺纳，
就像见了太阳之子，
就像见了天神之孙，
一起下跪问安。

苏旺纳对它俩说：
"两位朋友，
我如果得到幸福，
决不会忘记你们的帮助。"

告别了两只神鸟，
苏旺纳踏上了雷恩土地，
在一条银色的蜿蜒小河边，
苏旺纳心情舒畅地停了下来。

当他抬起头来时，
看见眼前耸立着一座凉亭，
这是神子天女浴后休息之地。
苏旺纳登上凉亭，
啊，他看见河的另一边，

有一群仙子在洗澡，
有一群天女在用葫芦打水。

苏旺纳惊奇地走过去，
拦住几个打水的天女问：
"娴啊，你们怎么这样可怜，
谁见过打水只靠小葫芦！"

天女望着陌生人，
老实地回答说：
"远方的召坤啊，
我们的水是去冲洗公主的身，
因为她才从勐获罕回雷恩，
她带来了人间的各种气味。
坤啊，你来自哪方？
你的面庞像人间的王子，
假若我们没有猜错的话，对吗？"

苏旺纳不愿早露声色，
他俏皮地告诉众天女：
"人间地上有我的家，
天上宫殿也有我的住处，
我是一个到处游玩的人，
你们愿不愿意和我交朋友？"

天女们也笑着往河边跑，
苏旺纳坐在凉亭上唱起了歌：
"美丽的天女啊，
你们比银色的水迷人。
谁是娴悦罕的贴心伙伴，
我愿她的水担比毛还轻！"

一位苗条的天女，
立即望着亭子唱：
"好心的客人啊，
如果你真的可怜我，
就把那份福气给我，
让我的水担长出翅膀！"

苏旺纳走近她的身子，
在她不注意的一瞬间，
把金戒指放进了天女的银钵。
天女的水担果真变得轻飘，

好像挑着干树叶一样，
迈开轻盈的步子回宫。

娴悦罕享受着傍晚的霞光，
在花园里冲洗娇嫩的身躯，
天女们轮流为她倒水。
当一只银钵的水倒下时，
里面滚出了一枚金戒指。
娴悦罕急忙拾起来细看，
眼泪也哗哗跟着流淌。

娴悦罕问宫女：
"你去担水碰着何人？
他是什么模样？
是不是来自人间地上？
你快详细叙说。"

宫女回答说：
"漂亮的娴悦罕啊，
我们在银河边碰着了陌生人，
他英俊又威武，
他说话像唱歌，
他打听你的下落。
我们不知道他是人还是仙，
只是当他靠近我的水钵时，
我就觉得水担轻轻飘飘。
娴啊，他还坐在凉亭上呢！"

娴悦罕心跳了，
娴悦罕脸红了，
她跑去梳妆打扮，
再去见父母亲：

"敬爱的父母啊，
我的丈夫来了，
他就在凉亭上。
快准备白象吧，
快摆起酒席吧，
迎接人间的亲人！"

雷恩国王听了女儿的话，
马上擂响天鼓，
召唤全国将臣，

管象的大臣来到，
管马的大臣来到，
管兵的大将来到，
管总的大臣来到，
百姓们也闻声聚集。

雷恩国王和王后在王宫里，
带着婻俏罕的六个姐姐等候，
先派将臣、卫队、宫女和仆人，
像流水一样拥出宫门去迎接。

他们拥到凉亭旁，
一起拜见苏旺纳，
先把鲜花、米花向客人抛去，
再把欢迎的话来讲：

"有福气的王子啊，
你怎么在凉亭上栖身？
快请进宫殿去吧，
红地毯已为你铺开。"

苏旺纳合掌致谢，
他诚心诚意地说：
"我来自勐获罕，
那里有菩萨保佑，
好吃好在一切如愿，
我们的王宫也很辉煌。

"只是我思念婻俏罕，
我不能离开她生活，
所以才从人间来到这里。
我不知道她是否理解我，
她会不会因为我父亲的过错，
而对我也不那么信任。

"尊敬的主人啊，
我们的土地年年丰收，
我们的臣民人人健康，
强盗的扰乱我们平定了，
邻国相处也很和睦，
不知道你们过得可如愿？"

雷恩的大臣们，

感谢苏旺纳的问候，
然后众口同声地对他说：
"我们的国王和王后，
委托我们来接你进宫！
美丽的婻俏罕啊，
打扮得比花还漂亮，
她也在等待同你相见。
坤啊，快坐上金车吧！"

苏旺纳坐上七色的彩车。
金号在前面引路，
金鼓在四周轰鸣，
彩旗在两边飞舞，
金伞在头顶上闪光，
天女们手拉手像一串鲜花，
坐在金车的两旁，
大臣们前呼后拥，
把苏旺纳迎接到王宫门口。

婻俏罕随父母走出宫门，
她伸出戴着戒指的嫩手，
温柔地把苏旺纳拉住，
呼唤着苏旺纳的名字，
也呼唤着相宰小儿的名字，
把周围的人们感动得泪水俱下。

婻俏罕的心里，
不知道是苦还是甜，
在丈夫面前统统倒出：
"因为父王的一场梦啊，
摩勐就把我赶出人间，
坤啊，我和你情深意长，
经历的苦痛无人能比。

"母亲好吗？
孩儿好吗？
你翻山越岭把我追寻，
我感谢你的忠贞爱情，
更感谢雅写和天神，
没有他们的帮助你到不了雷恩。"

苏旺纳望着爱妻：
"我洁白的玉石啊，

我俩是五百年前定下的姻缘，
哪怕遍地是老虎豹子，
还有那吃人的毒蛇妖精，
都阻挡不了我们相见。
当我跨过无垠的南巴来，
我更加珍惜困难中相助的友谊。"

苏旺纳与娴傀罕，
双双对对贴得紧，
苦尽甜来，无限亲热，
像鸳鸯从此不分离。

第二天清晨，
娴傀罕正陪苏旺纳散步，
一个仆人来报信，
说是雷恩国王要召见苏旺纳。

苏旺纳走进宫殿，
拜见了雷恩国王：
"父亲，我来了，
请你对顺从的象吩咐！"

雷恩国王抹抹胡须，
带着赞扬的口气说：
"苏旺纳王子啊，
如果你不是珍贵的阿銮，
也不可能来到这里会亲，
因为你的经历是如此非凡。

"来自人间的亲人啊，
从你的容貌和举止可看出，
你一定是一个有本领的人，
请让我们也饱饱眼福吧！
用你的钢哈相射击雷绍勐①，
让那雷绍勐在你箭下崩裂。"

苏旺纳单腿下跪：
"父亲，我遵命，
不要说是一座雷绍勐，
就是三座这样高大的山，
我也能将它射倒，

让它变成一堆碎石。"

全勐的大臣被召来了，
全勐的百姓聚集拢了，
在宽广的王宫广场上，
雷恩国王发出命令：

"苏旺纳王子，
他是人间的阿銮，
请大家来见识他的本领，
他的利箭能把雷绍勐击碎。

"但是，一座山不够射，
这是王子说的话。
请你们一起出力，
再垒起两座高山。"

全勐的臣民，
马上就动手，
像蚂蚁抬小虫一样，
用石头和土垒起了两座雷绍勐。

雷恩国王做起大摆，
广场上挤满了人，

百鸟也落满了屋顶。
几万双眼睛看着苏旺纳，
娴傀罕和父母、姐姐们，
一起坐在金伞下。

苏旺纳取下神弓，
骄傲地走到大臣武将面前，
请他试一试这把弓箭。

雷恩国王发号施令，
所有的青壮年汉子，
都来试一试这把弓箭。

千人来拉，
万人来搬，

---

① 雷绍勐：顶天立地的泰山。

没有一个人拉得开弓，
全场臣民议论不休。

苏旺纳却轻轻伸出一指，
就把钢哈相拉开了，
并搭上一支利箭，
先朝天射去。

啊，那天好像要倒塌下来，
雷声隆隆，电光闪闪，
好像将有什么灾难降临。
人们都有些惊慌起来。
这时，苏旺纳才抬弓对准山，
三座雷绍勐好像在低头流泪，
向苏旺纳表示屈服。
果然，箭到之时山崩石溃。

射出去的两支利箭，
又飞回了苏旺纳手中，
人们欢呼雀跃，
人们歌唱舞蹈，
苏旺纳的名字，
从此镶嵌在雷恩王国臣民心上。

雷恩国王又提出新的要求，
他请苏旺纳再表演刀术：
"我的坤啊，英雄的王子，
你的名字不仅留在我们心中，
也将长留在我们的歌声里！
请不要对我们的请求厌烦，
我们还想看你的刀的威力，
是否能砍碎坚硬的岩石。"

苏旺纳回答说：
"勐获罕的骄傲，
就是雷恩国的自豪，
因为我们是一家人了。

"父亲啊，
别说是一块岩石，
就是三堵厚厚的石墙，
也经不起我的宝刀的锋芒。"

雷恩国王又命令臣民，
迅速垒起三堵岩石墙。
高兴的臣民个个动手，
很快就完工了。

苏旺纳取来宝刀，
同样先递给围观的武将们，
请他们把刀抽出鞘，
可是一个也没有那样大的力气。

苏旺纳只张开左手，
就像从芭蕉里拔刺，
轻轻抽出了发着蓝光的宝刀。
他挥起宝刀向石墙砍去，
那三堵石墙便成了三堆灰尘，
而宝刀却完好无缺。

雷恩国王敬佩王子，
更信任苏旺纳阿銮，
他在心里暗暗想：
当初还想派兵去讨伐猎手，
不知道人间还有这样的强人，
凡是动兵动刀啊要谨慎。

雷恩国王欣赏了苏旺纳的武艺，
但却不知道苏旺纳可有智慧。
他叫婻侻罕和六个姐姐，
都穿起一样的衣衫筒裙。
又叫仆人们摆设一道屏风，
让头盖绸缎的七姊妹躲在后面，
只伸出一只白嫩的手，
看苏旺纳怎样把妻子辨认？

苏旺纳看着七只手，
每一只都是那样娇柔；
苏旺纳看着七只戒指，
每一只都是那样生辉。

苏旺纳有点慌了，
他没有想到这个难题，
假若认错了婻侻罕，
就会成为人们的笑柄。

苏旺纳暗叫苦楚，
默默哀求混西迦帮助。
突然，一只绿鸟落在他肩上，
轻轻地对着他的耳朵讲：

"谁的戒指上有萤火虫，
你就伸手抓住不放，
就像老鹰抓住小鸡一样，
她就是你的妻子嫦倪罕。"

苏旺纳从屏风前走过，
从七只又香又嫩的手前走过，
当他看见萤火虫的光亮时，
很快抓住了那只棉花一样的手。

嫦倪罕幸福地揭开面纱，
和苏旺纳来到父母跟前，
请他们祝福……

从人间生根的爱情，
又在仙境妙地开花，
苏旺纳与嫦倪罕啊，
形影不离日夜做伴。

新房点亮了蜡烛，
烛火好比两人的心，
在一起燃烧，
在一起相照。

雷恩国王欢喜不尽，
一把金伞授给他们俩，
一把金椅送给他们俩，
叫他们俩管理雷恩宝地。

雷恩国王对他俩说：
"成千的象队归你们，
成千的牛群归你们，
成千的仆人使女归你们，
金子银子随你们使用，
只要你们俩永远在一起，
雷恩的臣民就日夜高兴。"

苏旺纳的心不在这里，

他恳求岳父和岳母：
"爹啊，不要把我挽留，
妈啊，谢谢你们的恩情！
勐获罕还有我们的骨肉，
他天天在寻找母亲的奶水，
如今不知是死是活，
没有父母的幼儿难生存。
让我们双双回去吧，
回去抚养自己的儿女！
我仿佛听见他在呼唤，
在高山，在森林，
那声音会使我们心碎。
天上的仁慈，地上的善良，
都一样的无比珍贵，
我们都要尽力报答。"

雷恩国王和王后，
越听越心痛，
他俩流着泪答应了，
让相爱的人重返人间。

雷恩国王吩咐大臣们，
派人建造一幢七层楼，
在金柱银梁上雕龙刻凤，
七色的宝石镶在门上，
屋顶刷上金粉，
屋檐印上银花……

成千成万的人在忙，
高楼很快建造起来，
楼内楼外辉煌灿烂，
雷恩国王把它赐给了相爱的人。

苏旺纳与嫦倪罕，
商量着启程的日期，
他俩恨不得像箭一样，
飞到孩儿的身旁。

池塘的荷花竞相争艳，
风儿轻轻送芬芳，
我们的诗又唱完一章，
请大家听我把后面的歌唱。

第六章

芳香随风飘，
歌声随风传，
我的诗句啊，
像红宝石一样闪亮。

相爱的王子与七公主，
是一对忠诚的伴侣，
他们思念人间，
思念幼小的骨肉。

婻倪罕的母亲边哭边说：
"走吧，我贴心的宝贝啊，
我什么时候才又见到你？
我的金床边不会有你的身影。"

六个姐姐都来告别：
"明天我们又要分别了，
希望你在异乡幸福，
好日子像菩提树叶一样珍贵。"

苏旺纳与婻倪罕双双合掌：
"我们敬爱的父母啊，
我们亲爱的姐姐们啊，
请不要牵挂我们，
我们的生活会像蜂蜜一样。
邪恶有时很猖獗，
但它毁灭不了善良的土地。
放心吧，亲人们！"

离别之夜人人难过，
心里好似苦瓜水淹着一样。
婻倪罕的父母睡不着，
婻倪罕的姐姐们直望着金楼。

苏旺纳与婻倪罕，
双双睡在七层楼的金屋中，
神子天女们把他们悄悄抬起，
连人带屋一起抬起，

驾着云，顺着风，
安放到勐获罕京城的王宫里。

第二天早晨，
高高的七层楼闪闪发光，
勐获罕百姓奔走相告，
都来围观这突然降临的金楼。

人们说，
这是天宫跌落人间；
人们说，
这金楼住着神子天女。

苏旺纳与婻倪罕从梦中醒来，
才知道已经回到了勐获罕的土地上。
他俩站到凉台上向臣民们招手，
消息立刻传到了国王那里。

召获罕和妻子听了，
连忙带着相宰孙子出宫，
去金楼把儿女看望。

苏旺纳的母亲泪水涟涟：
"我的儿子啊，
我的媳妇，
辛酸终于换来了欢乐！
快告诉我们，
雷恩的亲人都好吗？"

婻倪罕跪在父母的脚下，
苏旺纳讲述了一路遭遇，
没有坚贞的爱情，
就不会有今天的相逢；
没有真诚和善良，
就不会得到今天的报答。

婻倪罕看见相宰，
泪水像两条河流，
她又抱又亲又呼喊，
忙把甜蜜的奶头放进儿的嘴巴。

关在木笼里的摩勐，
说已明白了自己的罪恶，

他在大臣的带领下，
来到苏旺纳与婻倪罕面前，
又是合掌又是下跪，
嘴里不断地哀求：
"王子啊，公主啊，
我的罪过难宽恕，
活着也没脸见人，
还是把我送进地狱吧！"

苏旺纳怒火难平，说：
"往事不要再提了，
不然我会抽出愤怒的长刀。
请你永远记住，
邪恶得势不长久。
把肮脏的念头冲洗出心房吧，
做一个善良正直的人，
才能受到臣民的敬重。"

摩勐表面上认罪，
心里依然藏阴谋。
他仇恨地望着金楼，
眼睛里的凶光阴森恐怖。
但是他瞒不住混西迦，
突然，他脚下大地裂开，
摩勐掉进了地狱火炉。

深山的猎人来了，
他踏着喜讯的鼓声来了，

他带着丰盛的猎物来了，
他成了金楼上的贵客。

召获罕款待了他，
并授予他大臣的职位，
苏旺纳也感激他，
请他帮助治理勐获罕国家。

勐获罕像太阳一轮，
勐获罕像月亮一盘，
勐获罕像鲜花一束，
勐获罕像清水一汪。

四面八方的人啊，
都来到勐获罕的土地上，
分享着幸福和欢乐，
度过那金子一般的时光。

金楼上是苏旺纳与婻倪罕，
金楼下是欢腾的人山人海，
善良啊闪烁着不灭的光辉，
爱情的纯真啊像长河流淌。

人们一起合掌，
感谢天神混西迦的恩德；
人们一起唱颂，
召雅写带来的平等和友爱。

收入《金湖之神》，中国民间文艺出版社1981年版
演唱者：景哏赛·奘相（傣族）
翻译者：岩　林（傣族）

附　记：

　　傣族婚姻爱情叙事长诗《婻倪罕》，在中国西南部德宏傣族景颇族自治州傣族地区、保山市傣族地区以及耿马傣族佤族自治县、景谷傣族彝族自治县、孟连傣族拉祜族佤族自治县等傣族地区流传甚广。它以生动的故事、曲折的情节、鲜明的人物形象受到广大傣族百姓的喜爱和赞美；有的地区以口头的方式进行传颂，有的地区则保存着傣文的记载予以流传。一些傣族文本被收藏在佛寺里，一些傣族文本被傣族民间文人收藏。1979年底，当时我所属的工作单位中国社会科学院少数民族文学研究所云南分所对云南民族民间传统文学（口头的、书面的）进行了广泛、深入的调查和搜集，因此我就有许多机会深入傣族地区和我的家乡开展傣族民间文学的调查、了解和搜集，更有幸接触了几位令人敬慕的傣族民间文艺家、佛寺高僧和精通佛经的傣族前辈、文人，他们给我列举了

百多部长诗的目录。由此可知傣族浩瀚广博的民间文学世界、民间长诗并不是虚无缥缈的传说！就在那个时期，我拜见了芒市遮放镇户闷寨德高望重、精通经文傣文的前辈景哏赛·奘相，并请他帮助我一起翻译傣族民间长诗。他毫不犹豫地从户闷寨佛寺里及他的家里抱来了几部傣文本，在我家里开始了我终生难忘的傣族民间长诗翻译工作，而且一发不可收。从那时起，我和前辈完全沉浸在民间长诗的茫茫田园里，如痴如醉。他吟诵一段，我翻译一段。碰到深奥的诗句，我们共同探讨，力求比较准确地将傣文诗句译为汉文诗句。《婻侥罕》是一部美丽的爱情长诗，我和前辈景哏赛·奘相都被故事情节、人物、语言深深吸引着，仿佛身临其境，很是投入，有时候几乎达到了废寝忘食的地步。有人说，《婻侥罕》长诗是《召树屯》的姊妹篇，我认为这种说法确实不无道理。听说《婻侥罕》的版本有好几种，就连邻国缅甸的傣族百姓中也有流传。直到现在，我还是这样感觉，前辈景哏赛·奘相吟诵的这部《婻侥罕》应该是比较完美、比较完整的。而且，从我这个译者的角度来说，这个汉文译本是比较忠实于原著的。遗憾的是，因当时缺乏工作经费，我没能将像《婻侥罕》这样一些傣族民间长诗极其珍贵的傣文本留存下来，现在要找到它们真是如同大河捞鱼；即使费尽全力捞到了一条两条所谓的鱼吧，也不一定是我们自己曾经见过、听过、译过的那个文本了！由此可知，保护民族的传统文化和继承民族的传统文化的职责是多么的重要而紧迫！

翻译者

1980 年 10 月

贡麻与玛尼

一　贡麻的诞生

在遥远的天边，
有一个富饶美丽的地方，
青山围绕着绿色的田野，
瓜果散发出醉人的清香，
勐巴拉西啊，
就像故事里的仙境一样。

可笔直高大的椰林里，
难免有几株杂木，
富丽堂皇的王宫里，
也会有难言的愁苦。

仁慈的勐巴拉西国王，
直到五十岁他还无儿无女，
面对镶嵌着珠玉的宝座，
他禁不住深深地叹息，
勐巴拉西尊贵的王位。
该由谁来把你继承！

善良又貌美的王后，
腮边常挂着孤寂的眼泪，
她真羡慕那些平民家的竹楼，
每夜里孩子倚着母亲安睡。

望着召王一天比一天沉默，
望着王后今天比昨天消瘦，
人们纷纷议论又叹息；
都愿为他们分担忧愁。

有一天清晨，
一只雄鹰在王宫屋顶盘旋，
随后便停落在王后窗前，
把一串西西果扔在王后身旁。

这莫不是帕召①赐给的甘露，
将把我久旱的心田润湿！
王后拾起仙果，
把酸甜的果汁吸入口中。

剩下的果皮和小籽核，
顺手丢进了草丛里。

啊，那籽核，
竟散发出诱人的香味，
引来了彩蝶和蜜蜂，
还引来了召王最喜爱的骏马，
马儿垂下美丽又高傲的头颅，
把小小的籽核含在口中。

勐巴拉西经过十次月缺月圆。

---

① 帕召：佛祖。

盛开的花朵迎来又一个春天，
百鸟随着凤凰来朝贺，
有两个小生命同时来到人间。

王后生下了俊美的召混①，
父王为他取名叫贡麻，
白马也生下绿头小驹，
国王也如获珍宝疼爱它。

因为阳光和轻风的爱抚，
因为甘露和溪水的滋养，
在勐巴拉西母亲的怀抱里，
贡麻、绿头马长得很健壮。

二　勐巴拉西的星

贡麻长得又高又大，
他常在山林间跑马，
他能背诵出好多经文，
他的箭术人人赞夸，
他能用竹箪②吹出心中情，
他能用笔把美景描画。

不久，年迈的国王去世，
十八岁的贡麻挑起了重担，
他继承王位的那天，
勐巴拉西穿上了节日的盛装。

庆贺的人群来自四面八方，
打着象脚鼓敲响金铓，
带来了舞蹈和歌唱，
他们祝贺年轻的召王，
也彼此祝愿幸福安康。

远近一百个勐派来了使臣，
赶来了驮载礼品的马帮，
一百个勐派来的贵客，

都骑乘饰着金鞍的大象。

勐巴拉西王宫昼夜灯火通明，
香灯彩带挂满了宫廷，
摆设下一千桌丰盛的酒宴，
近亲和远客都尽情畅饮。

贵宾们来祝贺新召勐即位，
也有人要召勐③把婚事撮合，
可贡麻的思恋却在远方，
曾在梦里相望的姑娘。
虽不知道她的芳名，
也决心与她把幸福共享。

七天七夜的大摆结束了，
王宫的欢庆酒宴也已收场，
贵宾们告别主人回去了，
满载珍品的象队浩浩荡荡。

日子似水流淌，
月亮缺了又圆，
贡麻施展出治国的才智，
百姓的生活日愈甜蜜。

年轻的召勐拿定了主意，
要去把梦中的人寻找，
哪怕要走遍天涯海角，
也要把自己的幸福找到。
他把国事委托给王叔，
又跪求母亲时时为他祈祷。

仁慈的母亲深知儿子的心愿，
男子汉本应该去风雨里闯荡，
召勐更应有铁铸的双肩，
她要儿子把嘱咐牢记心上：

"坦途也有荆棘，
晴天也有风雨，
你时时处处要善心待人，

---

① 召混：王子。
② 竹箪：竹制的吹奏乐器。
③ 召勐：一国之主，即国王。

事事要先顾别人再想自己，
自己帮过别人不要挂嘴上，
朋友帮过自己要时刻牢记。

"愿月亮星星夜夜与你做伴，
愿太阳把你的道路照耀，
愿细雨洗去你满身风尘，
愿轻风拂去你的疲劳。
你放心地去吧，
母亲会为你虔诚地祈祷。"

三　珀帕玛尼公主

在勐巴拉西的另一方，
门斜拉国的威严四海闻名，
远近百勐都奉他为盟主，
年年以奇珍异宝做贡品。

门斜拉王有子女三人，
最小的公主名珀帕玛尼，
她从小丧失母后，
同善良的养母生活在一起。

随着岁月的流逝，
玛尼长得一副惊人的美貌，
可谁也说不出她有多美，
只说她美得世间难找。

宫墙关不住玛尼的美名，
七十个勐的王子都来求亲，
城里人声喧闹，挤挤搡搡，
大路上还走着满载的象群。

王宫里摆下美酒佳肴，
召王向求亲者深表歉意：
"贵客们不辞辛苦远道而来，
都愿永结友好之邦，
但我只有一朵金荷花，
她只能生根在一个莲塘，
我只有一颗红宝石，
她只能佩戴在一只手上。

择婿难题令我忧愁，
婚事要由公主自己做主。"

该把玛尼许嫁何方？
谁人配与她把幸福分享？
召王独自冥思苦想，
又叫来女儿、养母共商量。

珀帕玛尼羞涩地低下了头，
养母替公主把心事禀告：
"那天夜里公主进入梦乡，
天神引来智勇的少年，
这是勐巴拉西的远客，
他没有带来仆从和马帮。
少年有颗金子般的心，
能把他所到之处照亮。
他会用天神赐给的竹竿，
赢得公主的欢心和爱恋。"

召王听后满心欢喜，
他感谢神赐的幸福吉祥。
随即去告诉求亲的贵客，
请他们把彩礼带回家乡。
结亲不成情意在，
天长地久常来往。

四　寻梦

绿头马载着贡麻，
飞到了富饶的门斜拉国，
望见失望而回的求亲队伍，
贡麻停住脚步暗自思量：
门斜拉公主有多美，
她许是我梦里的姑娘，
绿头马啊快带我走，
去见王宫里娇美的凤凰。

贡麻每天七次去求见公主，
但没有一次使他如愿，
七七四十九次走到宫门口，
都说公主太累不能接见。

懊丧的贡麻问绿马伙伴：
"莫非你把我领错了地方，
还是同她没有缘分，
才迟迟不能与她相见。"

"今夜里等月亮钻出云朵，
我带你把高高的宫墙越过，
莫忘了采一朵艳丽的香花，
你为她轻轻地插在鬓角。"

一弯月亮在云间忽隐忽现，
几颗星星闪闪地亮在天边，
浓郁的花香随着夜风飘散，
青蛙的欢唱传进了王宫庭院。

月光照进了公主的卧房，
她半醒半睡，半倚半躺，
仿佛又走进了旧梦，
梦中人果真来到窗旁。

只见他悄然而来一言不发，
离去时只留下一束鲜花，
玛尼急忙走到窗旁眺望，
夜空中不知他去向何方？

啊，梦里的少年你是谁？
你究竟来自何方？
我多想听听你的声音，
我多想拉住你的翅膀，
宝石般的召混啊，
我在把你等待，把你盼望！

五　贡麻的歌

晨风轻抚着贡麻的包头，
露水濡湿了贡麻的鞋袜，
他心中装满了爱情的歌，
把久已渴望的话抛向云霞：

"为了寻求人间最美的花，

我满怀希望来到这块宝地，
为了重温我难忘的梦，
我跋山涉水来到这里。
每日里我多次求见，
却只见重门紧闭。

"莫非你已为别人敞开温情的披毯，
莫非你已给别人递去浓烈的烟草，
也许你认为梦境是虚幻的，
才与别人盟誓把梦境忘掉！"

墙外的歌声往墙里飘，
玛尼在窗前往外细瞧，
高楼还有高墙挡，
左瞧右瞧瞧不到。

养母最懂公主心，
忙唤宫女将歌手迎进门。
公主含羞望来客，
正是梦里送花的人。

昨夜的月亮啊昨夜的梦，
梦里的花香啊梦里的风，
谁说梦境都是虚幻的，
梦中的人儿果真相逢。

"尊贵的公主啊，
我来自勐巴拉西土地，
慈爱的母后准我远游，
为了找寻梦中的婻琵。
世上最美的金荷花啊，
我愿做一片碧绿的荷叶，
和你同长在一个莲塘，
让春风亲吻着我和你。"

"召啊，你甜美的歌声，
好比甘蔗滋润了我的心，
如果你是一株常青树，
我愿做根紫藤把你缠紧。"

恋人的歌声是浓郁的酒，
谁听了也会为它而心醉，
养母的眼睛里，

闪动着晶莹的泪水。

召王听了养母的禀告，
默默无语暗自思量，
他高兴女儿遇上了梦中人，
但要亲自把贡麻试探。

六　试探

第三天黎明，
王宫中来人传话：
召王要试试贡麻的本领，
看看远方勇士是真是假。

贾麻牵着心爱的绿头马，
踏着露珠直往王宫走，
忽听得玛尼轻轻叫唤，
原来她躲在芭蕉树后。

"金孔雀般的阿哥，
你要去接受父王的试探，
天神坤西迦会佑护你，
你要心细也要大胆。"

听到这比唱歌还好听的话，
贡麻泪水盈眶：
"你的叮嘱，你的目光，
增添了我的力量，
我一定会胜利，
这是你和我共同的愿望。"

贡麻与小马儿来到王宫，
巍峨的宫殿显示着威风，
门头装饰着昂首的孔雀，
柱子雕刻着飞舞的金龙。

大臣们坐在绣花椅垫上，
正中的宝座是威严的召勐，
贡麻进门带来了满屋的金光，
这来客果然与别人不同。
贡麻向众人躬身施礼：

"我是远方的一个青年人，
生养我的国土叫勐巴拉西。
由于天神的指引，
我来到了贵国宝地，
我没有带来象队马帮，
也没有运来绫罗珠玉，
更没有仆从簇拥着我，
我只有满怀的真心诚意。"

听了贡麻的自白，
大臣们纷纷私语，
都说他有胆识也有口才，
配得上召王的如花爱女。

召王抬眼把贡麻细看，
心中也有了几分喜欢，
为了爱女玛尼的幸福，
不得不对他作些试探：

"离王宫九百里路，
我有片待种的火地，
去那里要越过九百道山梁，
要跨过九百条大小沟渠，
有九百种杂草杂木，
长满在那块火地。
我请你为我去烧掉柴草，
还要把灰撒匀把火灭熄，
这件活计不算太难，
给你三天时间是否可以？"

贡麻走出了王宫，
芭蕉林里闪出了玛尼：
"召啊，烧荒得逆风点火，
让山风把火焰往远处送去。
用这把抓扒把余灰撒匀，
用这支竹帚把余火打熄。"

贡麻接过了抓扒、竹帚，
把它们绑扎在马鞍后边。
他的眼睛放着光彩，
把感激和爱情都流露出来。
骏马驮着贡麻飞上蓝天，
一刹那就到达荒地上面。

小马儿用四蹄遍地乱刨，
把草丛蹬平野藤踏断，
刨出片空地无树无草。

贡麻把火种点燃，
只见风从正中往周围吹刮，
把火焰带着往四处奔走，
顷刻间草木都化为灰烬，
枝叶根块也不留一点。

贡麻手执竹帚打灭余火，
绿头马衔着抓扒撒匀余灰，
烧荒的活计很快做完，
他们浴着朝阳在地里酣睡。

召王带领众人跨马飞奔，
到达荒地时月亮早已东升。
只见往日草木密匝的荒地，
已被贡麻梳理得平平整整。
他心中也不知是忧是喜，
命大臣快快派人来播种。

七　第二次试探

三天后召王在花园漫步，
他眯着眼对贡麻讲：
"你看看我的亭阁，
你看看我的花园，
人们都羡慕地夸赞，
说这是天上人间。
我想用星辰作灯，
把这亭阁照亮，
我想用绚丽的彩霞，
当作檐下的幔帐，
要把我凡间的王宫，
装点得如天仙殿堂。
但不知勐巴拉西的王子，

是不是能工巧匠！"

小马儿展翅飞上九天，
把贡麻引到银河水畔，
河水平静得没有波纹，
河底的石子银光闪闪，
几位嫦琶①在银河边嬉戏，
一同在水里把彩霞洗刷。

贡麻忙向嫦琶施礼：
"恳求嫦琶莫要怪罪，
我有难处要求助于天神。"
"佛祖已知晓你的难处，
特让我们等候在银河，

作为缝制帐幔的绫罗，
赠给你一幅彩霞，
再送你几颗晶莹的石子，
夜来可当作灯火。
这是佛祖的恩赐，
快拿去好好收着。"

贡麻告别了嫦琶，
刚要踏上归途，
云端的混匹混尚②，
又伸手把他拦住：
"凡间来的王子，
坤西迦也为你祈福，
他赠你一把宝刀，
使你能够转祸为福。"

翌日，贡麻来到王宫，
说是要把帐幔和明灯悬挂。
他在金瓦下镶嵌了星星，
他在梁椽下挂上了彩霞，
让召王花园中的亭阁，
白天黑夜都放着光华。
人人佩服贡麻的本领，
召王却还要再次难他。

---

① 嫦琶：仙女。
② 混匹混尚：在云端里往来的神仙。

游子在怀念亲爱的故国。

八 第三次试探

贡麻谦恭地想要告辞，
召王却伸手把他挡下：

"王宫后山有堵石岩，
它已经矗立了千年万载，
这岩石挡住我观赏山景，
烦劳你为了我把它搬开。"

贡麻听说后一言不发，
他神剑出鞘，翻身上马，
小马儿纵身起四足腾云，
直冲那挡眼的山崖。
只见那挥刀处银光闪亮，
刹那间一声响尘埃迷漫，
劈下的岩石飞落在另一山头，
在王宫观山景眼前豁亮，
再看看贡麻已站在召王身边，
瞧不出有丝毫疲劳的模样。

王子们朝召勐躬身，
大臣们禁不住赞叹鼓掌，
召勐也高兴地传命，
快把庆功的酒宴摆上。

门斜拉国京城里隆重庆贺，
象脚鼓合着一串铓锣。
做了七天七夜的大摆，
几十年也少见这样的欢乐。

九 贡麻的乡愁

天上的明月圆缺了七次，
七个月的日子飞快地度过，
贡麻的心上像撒了把盐，
又像是失落了什么，
游子在思念慈爱的母亲，

望着丈夫紧皱的双眉，
玛尼眼里饱含着泪水，
她问自己的亲人，
莫非为我们的婚配后悔？
贡麻抓紧妻子的双手：
"乡愁有如一杯浓郁的苦酒，
点点滴滴又把我渗透，
只有故乡的阳光和轻风，
只有妈妈的微笑和细语，
能驱散我心底的哀愁。"

"我难舍我的贡麻，
也难舍生我养我的家，
为了解开你紧锁的眉头，
我愿把乡愁的苦酒咽下。
我去禀告父王，
求他准我们一同还家。"

召王设下送别的家宴，
对爱女把衷肠倾诉：
"我最珍贵的明珠啊，
远乡的道路又长又远，
要看准了路才能落脚。
等待你的有幸福安乐，
忧伤苦恼有时也会擦身而过，
你要永保一颗纯洁的心，
那未来的日子比树叶还多。
寂寞时莫采那路边的野花，
饥渴时莫摘那他人的芒果，
要诚心分担亲人的甘苦，
谦恭知足能使你永远安乐。"

"仁慈的父王啊，
女儿的美德是父亲的骄傲，
慈父的爱女应白璧无瑕。
莫为我的离家而伤心落泪，
莫为女儿远行日夜牵挂，
三年五载我会回来见你，
勐巴拉西并非远在海角天涯。"
贡麻辞谢了备着金鞍的象，

还辞退了成驮的珠宝，
他只带着珍贵的玛尼，
跨上绿头马向前飞跑。

十　多难的路途

寒风把玛尼吹得颤抖，
她紧紧抓住贡麻的衣袖，
"你求马儿停一停吧，
我已经累得无法忍受。"

小马儿勉强按下云头，
停落在勐排①的土地上，
这里黑得五指难辨，
这里静得没有一点声响。

玛尼的双眼已很难睁开，
火烫般的烧热潮红了脸腮。
小马儿招呼贡麻，
快把我的马衣和肚带解开，
把它们铺在地上，
让公主好好地躺下来。

山林的夜静得可怕，
仿佛有什么灾祸即将来临，
贡麻不断地拨弄着火堆，
他知道火旺人才清醒。

忽听见小马儿一声嘶叫，
贡麻急忙往外瞧，
他心中不觉连声叫苦，
绿头马被琵排②拖走了。
贡麻失神地跌坐在地，
任凭泪水把火堆淹熄……
小马儿已失去了踪影，
这灾祸击碎了贡麻的心。
失去了同甘共苦的伙伴，
贡麻如同失去了命根，

玛尼使劲地摇贡麻，
一面悔恨地痛哭：
"是我带来了这场灾难，
因为我要求在这里停留，
只要让小马儿回来，
我愿受世上的惩罚。
哦，慈悲的天神混西迦，
祈求您伸出万能的手，
牵回我们的神马。
慈悲的天神啊，
请求你让贡麻清醒吧，
一个失去神智的人，
怎能去治理一个勐？
怎能去安顿一个家？"

玛尼的哭诉，
感动了慈悲的天神，
唤醒了失神的贡麻，
他又找回了自己，
是想马还是悔恨，
泪水顺着腮边不住流下。

贡麻扶着伤心的玛尼，
也不知自己在走向何处，
饥渴疲惫使他提不起脚，
前面又有大江挡住去路。
望着远方，他的心在呼唤：
谁能为我指出归途？

有无数的船泊在江岸，
江岸上是喧闹的市场，
来往行人从贡麻身边走过，
每张嘴脸都陌生而且冷淡。

忽然身边传来亲切的乡音，
"后生啊，请问你的姓名，
从那里来，要去向何方？
何处是生你养你的家乡？"
贡麻听问忙躬身回答：
"老人啊，我的名字叫贡麻，

---

①　勐排：魔鬼的王国。
②　琵排：魔鬼。

我和妻子在这里迷失了路途，
勐巴拉西是我亲爱的家。"

老人听后伏跪在地：
"召啊，人们都在念你，
谁会料到你竟落难到此地。
这艘船来自勐巴拉西，
为经商我们来到这里。
请随我上船沐浴更衣，
船上都是勐巴拉西儿女。"

十一　厄运

帆船航行在辽阔的江面，
只见乌云弥漫在天边，
刹那间天日都被遮蔽，
咫尺间都很难看清。
电光闪闪，
映着一张张惊惶的脸；
霹雳声声，
响彻在天地之间。

巨浪猛撞着帆船，
击碎船身、折断桅杆。
人们在风浪中沉浮，
有几人能够得以幸运生还？

浪涛把玛尼送上沙滩，
这里是勐帕达秀的江岸，
当她从昏迷中苏醒，
看不见贡麻和同船的伙伴。

她独自坐在江边哭泣，
她孤身一人不知去向，
这一天她流浪到一个村寨，
一家贫苦人把她收留在身边。

玛尼取下首饰变卖成钱，
先买回全家的米粮衣被，

又请工把破烂的竹楼修建。
再盖个供路人歇息的凉亭，
凉亭中装饰着水墨壁画，
把玛尼的遭遇画在上面。
苦苦等待着那幸运的一天，
贡麻一行出现在她的眼前。

贡麻被波涛卷到深水里，
无情的浪又把他抛向沙滩。
当他从昏迷中睁开双眼，
才知自己躺在桨房里面，
身上盖着松软的棉被，
一位年迈的雅写①守在旁边。

心地善良的雅写，
常常救助不幸的人们，
医治好贡麻的创伤，
又教给他神奇的本领。

到了第一百零一天的清晨，
雅写把他叫到身边：
"今日你就离开桨房，
往西方走三天三夜，
第四天你将到达勐旺地方，
在那里还会有奇迹出现。"

贡麻拜别了仁慈的雅写，
不停脚地走向西边……

十二　勐旺的奇遇

龙舌兰伸展着阔大的叶片，
围绕在花园四边，
那粗壮的粉绿色干茎，
傲然地指向蓝天，
这美丽的勐旺国土，
是善良的妖魔乐园。

---

① 雅写：在深山老林里修行的僧人。

画眉鸟般的歌声引来贡麻，
他悄悄站在龙舌兰后面，
只见绿树掩映着金色宫殿，
草地上立着银色的秋千。

几个宫女在采摘花朵，
一位嫡排①坐在秋千上面，
她穿着淡绿色的衣裙，
金色的项链垂在胸前，
她随着秋千缓缓摆动，
还把动人的歌儿轻唱。

龙舌兰后的贡麻，
被采花的宫女看见，
惊喜的嫡排止住歌唱，
殷勤地把贵客带到宫殿。

威严而和蔼的魔王开口说：
"佛祖托梦说你要来到勐旺，
旅途中将会历尽艰险，
他要我帮助你返回家乡。
你的坐骑被琵排抢来，
现正关在马厩里面，
它一定也很想念主人，
请你快快去与它相见。"

贡麻飞奔到马厩去探望，
他搂紧马儿泪水涟涟，
"兄弟"呼唤从心底发出，
马儿就地一滚变成俊美青年。
绿包头配着雪白的衣裤，
脚上的黑靴缀着金片点点。

兄弟俩携手来到魔王跟前：
"佛祖让我俩相伴相依，
从今后永远不再分离。
请大王发发善心，
将嫡排许配我这兄弟。"

看着两位英俊的青年，
魔王心中万分欣喜，

当即就给小的取名麻利戛，
并答应了贡麻提出的婚事。

喜庆的酒宴七天七夜，
兄弟俩要转回久别的家园；
神赐金毯闪闪耀眼，
载着勇敢的儿女飞向蓝天。

十三　重逢

金毯仿佛长着翅膀，
又降落在一座凉亭的旁边。
为了不惊扰宁静的村寨，
他们决意在亭边歇憩。
月光下人人都有心事，
贡麻抬头望见了壁画，
画的是贡麻与玛尼的遭遇，
还画着玛尼的日夜思念。

贡麻在画壁前悲泣：
"是谁这样了解我的不幸，
天神哪，难道人世间，
还有人有如此相同的经历？"

悲泣声打断了玛尼的思绪，
她心神不定地向凉亭望去：
我无眠是因为失去了伴侣，
这路人为什么失声悲啼？

玛尼轻轻地走下竹楼，
踩着月光慢慢走向凉亭，
只见凉亭内亮着灯光，
壁画旁投上了熟悉的身影。

一步步挨近了凉亭的门，
玛尼忍不住哭出了声：
"慈悲的天神，这不是梦吧？
我又见到了心上的人。"

①　嫡排：魔王的公主。

两双眼睛四股泪泉，
这苦苦的思念把人熬煎，
本以为今生今世不能再相见，
谁料到还有这重逢的一天。

十四　幸福家园

金飞毯变成金色的小船，
撑一片云彩当作白帆，
风神啊，把船儿推送，
远游的孩子盼着快把家还。

船儿飞到勐巴拉西王宫，
王后正祈祷着跪在窗前：
"寻找幸福的儿子啊，
你还在何处流连？

可知道年老的母亲，
望儿望穿了双眼！
谁能带给他母亲的祝福，
谁能带给他亲娘的思念？"

听见亲娘的祷告，
贡麻的心也碎了；
对儿子的思念、焦急，
使母亲过早地苍老。

慈母望着归来的孩子，
孩子簇拥着亲爱的母亲，
他们牢记经受的苦难，
更不忘母亲的叮咛，
真正的情谊能帮助人战胜不幸，
纯洁善良永远结伴真情。

原载《山茶》1991 年第 5 期
唱述者：银老二（傣族民间艺人）
翻译者：郗宝兰（傣族）
整理者：张　楠
以上选自《云南少数民族叙事长诗全集》

附　记：

　　《贡麻与玛尼》傣族民间叙事长诗流传于云南省昌宁县湾甸乡傣族聚居区。长诗唱述美丽富饶的勐巴拉西年过五旬的国王，为无儿无女继承王位日夜担忧。那天，王后吃下了雄鹰扔来的一串西西果，她还把剩下的小籽核丢给园中的白马吃，结果有两个小生命同时来到人间，一个是王后生下的王子贡麻，一个是白马产下的绿头小驹。岁月如梭，18 岁的贡麻继承了王位。在勐巴拉纳西的另一方门斜拉国，玛尼公主的美貌人品倾倒八方王公贵子，贡麻乘着绿头马也慕名而往，门斜拉国召王对求亲的贡麻发出比试本领的试探。出众的贡麻一一圆满应试，赢得了玛尼公主真心爱慕。门斜拉国做了七天七夜的大摆（庆典盛会），贡麻和玛尼终成伴侣。不久，思念故国的贡麻，带着玛尼踏上多难的归途。当他们航行在辽阔的江面，巨浪击碎了帆船，贡麻和玛尼也在风浪中失散。玛尼公主被冲上了勐帕达秀的沙滩，流落异乡。为了寻找失散的亲人，玛尼卖了首饰，把一座凉亭装饰成壁画亭，亲手描绘了海难的经过，表达了思亲的心境。贡麻也被奘房的雅写（修行僧人）救起。到了第一百零一天，贡麻告别了心地善良的雅写，来到被称为妖魔乐园的勐旺王国，巧遇被琵排（魔鬼）抢去的绿头马。神赐的金毯带着他飞向蓝天，飞到了玛尼的画亭，一对情侣结束了苦苦的思念。金飞毯又变成金色的船，把远游的赤子送回了富足的勐巴拉纳西。这部叙事长诗很受湾甸地区傣族群众的喜爱。

阿　林

混兰达与嫡盏娣

他俩最痛心的是没有儿女，
常常受人们的冷眼和歧视，
他俩拜天拜地盼能生一子。

善良的妻子，
悲痛地哭泣：
"我俩不能到其他地方？
只有上山寻找野果野菜度时光。"

一

在辽阔的勐沙瓦体坝子，
住着数万户勤劳的傣家，
四面八方长满了五谷瓜果，
一年四季盛开着各种鲜花。

清澈的勐沙瓦体河啊，
从美丽的坝子中央流过，
数不清的幢幢竹楼，
像星星撒在坝子的各个角落。

有一幢破旧的竹楼里，
居住着一对穷苦夫妻，
他们没有田也没有地，
只靠卖野果和芭蕉叶度日。

最穷最苦的人啊，
是情感最淳朴的人；
最苦最穷的人啊，
是心底最亮堂的人。

可怜头发斑白的夫妻啊，

二

茫茫的深山野林，
微风吹动着树梢，
密密的森林不知有多少棵树木，
泪水淋湿的夫妻俩来到无人烟的老林。

他俩穿过一洼又一洼，
翻过大山一座又一座，
不知在森林里度过多少个黄昏，
也不知在林海里迎来了多少个早晨。

在远处密密层层的树丛中，
树叶闪动着像镜子般光彩夺目，
夫妻俩又慢慢地走到树旁，
原来是金竹棚的叶子在闪光发亮。

金竹棚下人住过似的平整，
像古老的寺庙到处是黄金的颜色，
千万只小鸟在为它低声吟唱，
五光十色的彩云围绕在山冈。
金竹棚的东边长着金黄的芒果树，
南边流淌着一条透明甘甜的清泉，

泉水的两边长满各种果树和花朵，
夫妻俩就安居在这美丽的金竹棚里面。

三

茂盛的果树为夫妻俩开花结果，
吐露芬芳的鲜花向夫妻俩开放，
金竹梢上有小鸟为夫妻俩起舞歌唱，
夫妻俩的日子过得像鲜花一样芳香。

但忧伤的是身边没有孩子，
日子一天一天地在消逝，
夫妻俩天天盼望能生下一个孩子，
每天早晚在金竹棚下向天神祷告。

最喜欢的是鲜花盛开在竹棚边，
甜蜜的金芒果一串一串吊在身旁，
丈夫手里拿着一对金芒果，
妻子手里拿着鲜花双双向天神祈祷。

"天神啊，
白天我们夫妻俩盼太阳，
夜晚我们夫妻俩盼月亮，
愿我们夫妻能早日抱到孩子。"

四

温暖的日头慢慢地落进西山，
皎洁的月亮冉冉在东山升起，
静静的夜晚，泉水哗哗地流淌，
夫妻俩入睡在金竹棚。

待睡到甜蜜的深夜时，
妻子做了一个奇怪的梦，
梦见神鹰叼着鲜花来丢在她怀里，
梦见肚中肠子飞出二十八尺长。

慢悠悠地飘绕在茫茫的森林，
一眨眼又化成一对飞燕，
在勐沙瓦体城上空飞了三转，
忽又化成艳丽的鲜花盛开在她身旁。

奇怪的梦啊，
把夫妻俩惊醒；
美妙的梦啊，
夫妻俩不知道要出什么事情。

五

在茫茫无人烟的深山野林，
夫妻俩度过了一百零四个黄昏；
当一百零五个早晨来临的时候，
盼望有了尽头，妻子终于怀了孕。

满脸笑容的夫妻俩啊，
欣喜得像树丛间的阳雀，
夜晚睡觉闭不上眼睛，
夫妻俩的笑声啊咯咯地响。

朵朵艳丽的鲜花为夫妻俩开放，
高大的金芒果树为夫妻俩结果，
清澈的泉水欢快地为夫妻俩流淌，
夫妻俩在金竹棚中日夜相伴。

暖和的太阳映红了金竹棚，
夫妻俩盼望的喜事终于来临，
妻子生下了一个男孩，
取名叫混①兰达。

他是人间最闪亮的金子，
他是林中最美丽的鲜花，
他是山中最耀眼的宝石，
爹妈为他说出吉祥的话。

---

① 混：傣语，这里是对男子的称呼。

“愿你长得聪明又伶俐，
愿你长得智慧又勇敢，
愿你长得英俊又壮实，
愿神灵给你福气和平安。”

六

星星眨了一千次眼，
太阳洗了一千次脸，
混兰达已长到十一岁，
心爱的爹妈就离开了人间。

剩下孤独无援的混兰达，
树林里的小鸟为他悲痛；
混兰达独自无法睡眠，
熬过了七个痛苦的夜晚。

忧伤的混兰达眼泪涟涟，
天天出去寻找通往人烟的路，
找了很久都没有找到，
只有回到金竹棚下啼哭。

金竹棚滴满了混兰达的泪水，
他在竹棚下向天神祈祷，
请求天神解脱他的灾难和痛苦，
他的哀求得到了天神的帮助。

满脸泪珠湿透的混兰达，
得到了天神的帮助和指引，
当他擦干眼泪抬头看去，
只见通往竹棚有一条宽坦的大路。

森林里那弥漫的云雾纷纷散开，
他从昏迷般的梦中醒来，
不知道这条大路通往何方，
他随着大路伸展的地方向前迈步。

路边的花儿朝他竞相开放，
树枝上的小鸟围着他欢唱，
含羞的月亮为他照明道路，
朵朵彩云飞来与他做伴。

勇敢的混兰达啊，
翻过了一座又一座山，
穿过了一片又一片森林，
渴了喝泉水，饿了吃野果。

七

他在途中送走了七十七个黄昏，
又迎来了光洁明亮的第七十八个早晨，
他来到一座翠绿色的高峰上，
眼前展现了令人陶醉的风光。

他欢喜得像树上的鸟蹦跳，
他像一只蜜蜂出进在蜜罐，
高兴的混兰达欢乐往前走，
朝着那绿油油的坝子飞跑。

英俊勇敢的混兰达啊，
以为这里有人们居住，
高高兴兴继续往前走，
哪知道这是妖魔在的地方。

黑得如墨的大小妖魔，
纷纷向混兰达飞跑过来，
有的妖魔肚子大得像水牛，
有的妖魔牙齿宽得像板锄。

他们跟在混兰达后面，
高兴得像得到了蜜糖，
一个个张开嘴巴哈哈大笑，
抢着要把混兰达当做一顿美餐。

有的妖魔紧追不放，
有的妖魔垂涎三尺长，
混兰达轻轻飞起一脚，
把妖魔们踢得骨折手断。

妖魔们吓得目瞪口呆，
一个个脸色苍白嗷嗷哭喊，
大小妖魔们魂飞丧胆，

在一旁浑身发抖喊爹唤娘。

在一段不远不近的路上，
来了一个像人模样的老妖，
手里拿着花束口念佛经，
向混兰达发问道：

"勇敢多福的年轻小伙子啊，
你怎么来到了我们勐排①地方，
难道你不怕勐排的妖魔，
难道你是天上的神仙？"

"我不是天上的神仙，
我是人间最苦的一个孤儿。"
混兰达把可怜的经历告诉了老妖，
老妖听完把混兰达迎到了家中。

老妖非常疼爱英俊的混兰达，
只因他没有妻子和儿女，
遇到孤苦的混兰达心里高兴，
决定把他收做儿子。

八

星星眨了一万次眼，
月亮洗了一千次脸；
长到十六岁的混兰达啊，
更加壮实和勇敢。

勐排所有的花儿竞相朝他开放，
勐排所有的姑娘争着向他求爱，
可是勇敢的混兰达啊，
天天想的是要周游万水千山！

混兰达啊，
在苦闷中无言无语，
像一只小鸟一样关在笼里，
不能展翅远走高飞。

老妖知道混兰达心里很不舒坦，
便带着他游览花园散散心，
花园的东边有一块大石头，
石头底下埋藏着宝刀和神箭。

"勐排的所有妖魔们啊，
个个都来开过石门，
所有勐排的大力士们，
都来试搬过这块巨石。

混兰达啊，
如果你有福气石门将会自动打开，
如果你有本事把神箭宝刀拿到手，
勐排的妖魔们就会把你选为勐排王。"

九

混兰达来到花园里，
鲜花不敢向他开放，
花朵羞得不敢抬头，
百花呀不敢向他吐露芬芳。

混兰达喜悦的心啊，
像蜜糖一样的香甜，
他指着一朵红彤彤的花，
向他的义父问道：

"这红彤彤的花怎么叫？"
义父告诉他花名和作用：
"如果把它摘了带出花园去，
将会化成刀枪和百万精兵。"

老妖又说了很多药物花名：
"这黄生生的花朵啊，
摘了顺风丢去，
将会化成大风大雨。

"这绿茵茵的花啊，

---

① 勐排：傣语，勐，指地方或国家；排，泛指妖魔鬼怪。勐排即妖魔盘踞之地。

摘了把它向地上丢去，
将会化成大蛇和大火，
燃烧起整个森林。

"这淡绿色的花啊，
摘了向外一抛，
将会化成大海和大鱼，
人死去八九天用它泡水还能救活。"

老妖的话儿呀，
句句记入了混兰达的心间；
他领着混兰达走啊，
来到藏神箭和宝刀的大石旁。

混兰达轻轻走近石门，
只听得石门轰的一声巨响，
震得勐排所有的土地摇晃，
震得混兰达昏倒在地上。

勇敢的混兰达啊，
慢慢地从昏迷中醒来，
只见石门打开，
神箭、宝刀和宝剑在闪亮。

勇敢的混兰达啊，
双手合在胸前向神弓朝拜，
然后轻轻地向石洞里走去，
神弓旁的葫芦闪着耀眼的光芒。

金葫芦里的仙水啊，
能把石头变成大象，
能把死去的人救活，
能把头发斑白的老人变得年轻。

十

第二天的早晨，
温暖的阳光映红了美丽的花园，
混兰达打开石门的消息，

已传遍了整个勐排都城和乡间。

全勐的神弓手们都来到了花园，
有的妖魔把自己的弓箭擦得发亮，
准备要和混兰达比赛本领高强，
在花园里赶了七天七夜的大摆。①

热闹的百花园里，
小妖们敲锣打鼓，
打扮得像仙女样的姑娘，
在那里唱歌跳舞。

金号银号吹响了，
比赛武艺的时间到了，
小妖们喜欢得蹦蹦跳跳，
整个花园充满了欢乐。

英勇健壮的混兰达啊，
首先射出了第一支箭，
把眼前的一座高山削成了平地，
吓得赶摆的妖魔们目瞪口呆。

力大无比的混兰达啊，
又朝着一片林子射出了第二箭，
那一片森林燃起了熊熊大火，
称王称霸的弓手们纷纷向他跪拜。

妖魔们一齐拥护混兰达当勐排王，
头发斑白的老妖魔向他合掌致意：
"愿你从今后更加聪明又英勇，
愿你在勐排长久做主把家园治理。"

刚满十八岁的混兰达啊，
他的义父便离开了人世，
第二次人生悲伤，
又降落在他身上。

迷茫的大雾呀，
笼罩着勐排的宫殿；
悲惨的哭声啊，

① 赶摆：傣语，节日活动或盛会。

传遍了勐排大地河山。

大雾慢慢地散开，
混兰达招来了八个英武的勇士，
他们牵着八只凶猛的大象，
将离开勐排去周游远方。

混兰达骑上三头三尾的大象，
八个勇士早已一身戎装，
他们骑上大象离开勐排，
随混兰达一起来到金竹棚地方。

他们在美丽的金竹棚，
度过了七十七个不眠的夜晚，
又迎接七十七个明亮的早晨，
混兰达的心里总是把勐沙瓦体思念。

他在八个勇士当中又选了两个，
在八只大象中挑了最凶的两只，
两个勇敢的卫士骑上两只大象，
跟随混兰达踏上了勐沙瓦体故土。

十一

四月是鲜花盛开的季节，
四月的勐沙瓦体遍地芳香，
最美最香的是粉团花，
最聪明最漂亮的要算嫡盏娣姑娘。

最洁最清的江河啊，
要算勐沙瓦体河最洁最清；
成群成排的数万幢竹楼啊，
撒满了勐沙瓦体富饶的坝子。

在东边的山脚下，
有座美丽的古城，
古城就是勐沙瓦体，
召勐的名字叫坦玛力加。

召勐只有一个独生女儿，
她是美丽漂亮的嫡盏娣，

生得像金孔雀一样好看，
长得像鲜花一样漂亮。

美丽的嫡盏娣啊，
她的美名传遍了一百零一个国家，
所有的蝴蝶飞来向她扇翅膀，
所有的蜜蜂都飞来请她把蜜尝。

粉团花样的嫡盏娣啊，
被父王许配给勐巴拉纳西的王子，
气得她几天几夜睡不着觉，
气得她头昏心疼如刀绞。

十二

在热闹非凡的勐沙瓦体城里，
正好遇上勐沙瓦体城的街天，
赶街的人来来往往奔走不息，
各种百货吸引着一群群漂亮的姑娘。

勐沙瓦体的召勐坦玛力加，
轻轻地扶着嫡盏娣的肩膀：
"我的女儿呀，今天是吉祥的日子，
正好是勐沙瓦体城的街天。

"我心爱的姑娘啊，
给你到街上去逛逛看看热闹，
让你去买一朵头上戴的金花，
去买一条你最合身的披毯。"

十个宫女像十朵鲜花，
拥着公主走向街心，
宫女们一路上嘻嘻哈哈，
都想在街上能遇到合心的小伙子。

在热闹的街上，
英俊的混兰达骑着三头三尾的大象，
后面跟随着骑象的勇士，
他们从街尾走向街心。

姑娘们看见三头三尾的大象，

像林中的知了不住的喧嚷，
像一片白云飘落到坝子中央，
纷纷拥向混兰达停留的地方。

公主看着三只大象走到街心，
前后左右拥着数不清看热闹的姑娘，
赶街的百姓纷纷向来客张望，
十个宫女把公主拥到街前。

十三

雄壮高大的三头三尾大象啊，
被人们围住停止了脚步，
地上好像升起了几朵彩云，
照亮了千万双喜悦的眼睛。

混兰达和公主的目光轻轻相碰，
两颗明亮的心都在砰砰跳动；
公主痛恨父亲给她许配了终身，
此时不能把心里的话向混兰达传送。

"心爱的妹妹哟！
你长得比金孔雀还美丽，
我不知道花儿的香蕊，
有没有蜜蜂飞来先尝。

"你是一朵鲜艳的花呀！
只怕有人天天来看望，
你是一朵甜蜜的花蕊啊，
只怕有蜜蜂常常飞来旋转。"

"心爱的哥哥啊，
我痛苦得时常在啼哭；
因为我已许配给勐巴拉纳西王子，
不知道哥哥能不能将婚约解除？"

"我善良多情的公主啊，
你既然已经让父辈做主定了亲，
花园里的鲜花就属于他人了，
我闻一闻香味就已很知足了。"

"阿哥的话儿叫我伤心，
阿哥的心灵使我高兴，
勐巴拉纳西虽然与我订了婚，
那是父亲的决定，我并没有答应。"

"心爱的妹妹啊，
你的话像金子一样闪亮！
我是一个穷苦的孤儿，
怎能让你跟我把苦水尝！"

"心地善良的阿哥哟！
我愿与你相随终身为伴，
像星星永远围绕着月亮，
我愿为你烧茶煮饭缝补衣裳。"

"好心肠的妹妹呀，
你的话永远珍藏在哥的心房，
它像一塘清凉的泉水，
使我干枯的心又萌发出希望。"

十四

混兰达的话语涌进了公主的心房
她拉下纱巾轻轻把粉红的脸儿掩藏，
含羞地默默把头低下，
又弄了弄发髻上的金花。

她摸了摸手上的银镯，
她想抬起头来，
又怕碰见混兰达的目光，
两颗心贴在一起突突跳动。

娇艳的粉团花呀！
偷偷地把混兰达看望，
宫女们轻轻扯动着公主的花裙，
把两颗明亮的星星拥向回家的路上。

公主轻轻地拭去兴奋的泪珠，
脸上露出了甜蜜的微笑，
她喜爱混兰达的英俊美貌，
她希望混兰达能做自己的丈夫。

他们走进了宫殿的大门，
直接走到了召王的寝宫；
他们双双跪拜在地上，
召王又是高兴又是一脸的愁容……

"我尊敬的父王啊，
他才是我真正心中的丈夫，
他才是你真正的姑爷，
请把混兰达留在宫廷吧！"

"女儿呀，你俩情投意合我高兴，
可是你的终身大事早已许定，
再过七天勐巴拉纳西就要来娶亲，
我怎能把混兰达留在大殿深宫！"

十五

葵花开放向着温暖的太阳，
苜蓿开花朝着含羞的月亮，
混兰达等三人向召王跪拜，
告别了召勐和公主离开宫殿。

混兰达回到美丽的金竹棚，
时时在把公主思念，
"你是一颗灿烂的宝石，
世上没有人比得上你的美丽。

"天上的星星比不上你的明亮，
鲜艳的花蕊比不上你的芬芳，
金孔雀比不上你的漂亮，
神灵啊，你为什么不给我福气。"

混兰达因思念而变得憔悴，
他提笔写了一封长长的信，
选了一些珍贵的礼物，
派卫士送往勐沙瓦体王宫。

卫士们骑着大象来到了西城门，
只见百姓们个个挂满了泪痕，
只听见凄惨的哭声响震王城上空，

他们跳下坐象匆匆走进王宫。

他们走进公主的住房，
只见公主目瞪瞪地平躺在床上，
只见召王抱着公主尸体泪流满面，
只见宫女们围在公主身边哭声凄凉。

坦玛力加召来七个勇敢的卫士，
拉来七匹高大的黑马，
连夜赶往勐巴拉纳西，
把公主的死讯告诉给王子。

只见四面八方的城门上插满了军旗，
只见勐巴拉纳西的头人出来迎贵宾，
他们走进雄伟的宫廷向王子拜见，
只见宫廷中摆满了结婚的礼物。

"多福的王子啊！
我们是受坦玛力加国王的重托，
来请多福的王子去看望一下公主，
美丽多情的公主昨夜已经不在人世。"

王子听到不幸心里万分悲痛，
脸上挂满了成串的泪珠，
他立刻跳上大象带了八个卫士，
奔向勐沙瓦体的国都王宫。

十六

热闹的勐沙瓦体都城，
顿时变得黯淡无光；
漫天的大雾笼罩着天空，
悲哀的哭泣震动着王宫。

勐巴拉纳西王子来到城南门，
急忙跳下大象奔进宫廷，
抱起公主向坦玛力加跪下朝拜，
泪珠儿不住地往下滚落。

"尊敬的父王啊，
请你不要悲伤难过，

神灵没有保佑我们结良缘,
却给我们两勐降下了痛苦。"

"我和公主不能成婚配,
让我们两勐结成亲和戚,
我们两勐要比以前更加亲近,
我们两勐要比以前更加友好。"

头人们纷纷来说出伤心的话:
"公主是勐沙瓦体的独朵金花,
勐沙瓦体的数万鲜艳的花朵呀,
比不上公主的芬芳美丽。"

勐巴拉纳西的王子,
越听越伤心掉泪,
他忍着悲痛告别召勐,
带着八个卫士转回家乡。

婻盏娣就要抬出宫廷,
伤心痛苦的召王啊,
紧紧搂抱着女儿的身体,
娇嫩的玉体还柔软温和。

坦玛力加舍不得将她抬出宫去,
他认定寻找良医可能还会救活,
他寻访问遍了整个勐沙瓦体坝子,
他走遍了勐沙瓦体的所有村落。

混兰达的送礼卫士走近召勐身边,
向召勐坦玛力加轻轻诉说:
"我们勐排的王子啊,
他是一个善良的少年。
"像公主这样才死去几天的人,
他一定能把她救活,
他的美名啊叫混兰达,
如今他在美丽的金竹棚下安居。"

十 七

勐沙瓦体的召王越听越激动,
立刻招来全勐百姓修通金竹棚的道路,

他选了最勇敢的三百个伙子,
又选三百个美丽姑娘去迎接混兰达。

混兰达走进了宫廷,
看见了他爱过的美丽公主,
闭目躺在华丽的床上,
他用双手轻轻地把公主扶起。

他取出那闪光发亮的金葫芦仙水,
轻轻地喂进了公主的嘴里,
又把金葫芦仙水撒在公主的身上,
公主慢慢地睁开了明亮的双眼。

公主眉清目秀的双眼啊,
一直在看着混兰达,
她好像从梦中惊醒,
两双眼光如今又轻轻地碰撞。

公主眼里的热泪不住地滚动,
像荷叶上那晶莹的露珠;
公主脸上泛起的红晕啊,
像荷花沐浴着清晨的霞光。

混兰达诉说了父母的惨死,
又讲到了自己苦难的经历,
公主坐着静静地听得出神,
同情的泪水啊挂满了脸庞。

两颗心儿在王宫里紧紧贴近,
两颗明亮的心在热烈地跳动,
整个宫廷里响起了欢笑声,
城里城外的亲朋纷纷拥进宫廷祝贺。

一个年纪最大的老人说:
"金凤飞翔靠坚强的翅膀,
相亲相爱的人啊,
应该配成对结成双。"

"这是天神安排好的姻缘,
我们应该成全他们,
混兰达没有兄弟姐妹,
独儿独女正好结成夫妻。"

公主打扮得像十五的月亮，
发髻上的珠宝像星星一样闪光，
她穿上红色的纱衣，
显得更加美丽端庄。

婻盏娣双手合掌，
告别了亲人和家乡：
"再见吧，我的爹娘，
感谢你们把我抚养。

"再见吧，我儿时的女伴，
愿我们常常怀念永不相忘，
再见吧，亲戚和宫女们，
愿你们快乐又健康。

"再见吧，勤劳的百姓们，
愿你们的歌声日夜不停，
愿你们的田地年年丰收，
愿你们的日子永远安宁。

"再见吧！种满甘蔗的平田，
再见吧！蜜蜂常来的花园，
今天我就要出嫁到远方，
愿满园鲜花依旧年年开放。

"当天边送来微风的时候，
我在金竹棚下也会闻到你的芳香。"
公主依依不舍地向送亲的人们惜别，
踏上了去金竹棚下的路途。

十九

混兰达和公主坐上三头三尾的大象，
身挂宝刀的卫士走在两边，
前面有彩旗引路，中间打着金伞，
骑马的头人和迎亲的队伍跟在后面。

金号银号吹了几遍，

十八

公主的父亲坦玛力加，
请来了一个最会卜卦的摩嘎拉①，
他是勐沙瓦体最有本事的人，
要他选择一个吉利的时辰。

他命令身边的八个西纳②，
叫他们分头去准备办理婚事，
有的掌管钱财，
有的专管礼品。

有的去管音乐，
有的去管乘骑，
有的准备头花和项链，
有的准备耳环和手镯。

黑缎子筒裙绣金线，
红缎子衣衫镶银片，
黄金做面盒，白银做锅盏，
青铜做茶壶，红木做菜碗。

美酒抬进宫殿，
礼物遍地堆满，
一切准备就绪，
只等摆设酒宴。

十二月的蜜蜂采腊梅，
喜庆的日子就要来到，
勐沙瓦体的公主啊，
今天就要出嫁。

礼炮响了三声，
金银号吹了三遍，
人们欢喜锣鼓喧天，
宫女们拥着公主走出宫殿。

---

① 摩嘎拉：专门替人卜卦的人。
② 西纳：宫廷内的大臣。

迎亲队伍来到金竹棚下，
混兰达和公主跳下金鞍，
人们纷纷走来向新郎新娘祝贺。

"今天的日子像满月一样明亮，
今天的日子像黄金一样闪光，
愿你们拴上金色的丝线①，
愿你们的日子幸福万年。"

混兰达和公主举起酒杯，
双双向客人敬酒致谢，
老人们望着这对幸福的新人，
快乐地为他们祝福。

金竹棚下摆满了宴席，
鲜花撒满了一地，
美酒发出醉人的香味，
客人早已喝得昏昏欲醉。

酒席散了又摆，
金号停了又响，
美丽的金竹棚下，
人们欢乐了七天七夜。

二十

天空刚刚透亮，
星星还在眨眼，
蝴蝶还在花蕊上闭目，
百姓们告别了混兰达和公主。

"再见吧，美丽的金竹棚，
再见吧，英俊勇敢的混兰达，
再见吧，温和善良的公主，
愿你们的日子过得美满幸福。

"愿我们常常见面，
愿我们永不相忘，
愿你们永远年轻，

愿你们的爱情更加牢固。"

召勐和西纳们返回到宫廷，
百姓们回到了自己的竹楼，
一对对的小伙子和姑娘，
一路上倾吐着甜蜜的感情。

混兰达和公主的喜事啊，
传遍了一百零一个勐，
传遍了一幢幢竹楼，
传到了勐巴拉纳西王宫。

勐巴拉纳西的王子啊，
听到了这惊奇的消息，
天天坐卧不安心里纳闷，
他请来一百零一个勐的头人士兵。

凶恶的勐巴拉纳西王子啊，
像一条跌撞的疯狗，
天天用恶毒的语言诅咒公主，
时时用污秽的话谩骂坦玛力加。

他下令各勐的头人和士兵们，
把勐沙瓦体所有的百姓杀光，
把所有的牛马鸡猪抢完，
把村寨竹楼全部烧毁。

二十一

天色刚刚发亮，
大雾一片迷茫，
孔雀还在甜蜜地睡觉，
勐巴拉纳西的军队摸到了南邦。

凶恶的勐巴拉纳西王子，
是勐巴拉纳西最残暴的人，
他的名字叫苏帕达，
率领庞大的军队把勐沙瓦体蹂躏。

① 拴线：是傣族祝福新郎新娘的一种仪式。

勐沙瓦体的村寨竹楼燃起了大火，
凶残的苏帕达在一旁冷冷发笑，
笑声像疯狗似的狂吠，
"这就是你们勐沙瓦体悲修地命运！"

漫天的乌云遮住了阳光，
勐沙瓦体到处燃烧着大火，
一幢幢竹楼在烈火中倒塌，
勐巴拉纳西的兵将肆意屠杀。

一阵阵冷风迎面吹来，
路边的大树也在哭哭啼啼，
勐沙瓦体的召勐感到万分难过，
他的良心受到巨大的折磨。

他的心转了七十七转，
他含着眼泪对西纳们说：
"我的勇敢和聪慧的西纳们啊，
请赶快骑马跑到金竹棚去！

"向我的姑爷和女儿告知，
叫他们立刻赶到这里，
救救灾难中的勐沙瓦体，
赶走可恨的入侵之敌。"

二十二

七个西纳身挂七把战刀，
七个西纳骑上七匹战马，
他们穿过茫茫的漫天白雾，
直向美丽的金竹棚奔去。

七个西纳跪在混兰达面前诉说：
"多福的混兰达王子呀，
我们受坦玛力加国王的重托，
特意来请你和公主快去救援！

"如今的勐沙瓦体被敌人侵占，
不知有多少男人丧命，
不知有多少妇女守寡，
不知有多少竹楼已被烧毁。"

混兰达听了胸中怒火万丈，
他下令身边的卫兵立即披挂，
迅速赶往勐排请求出兵相助，
把勐排的妖兵全部召集到金竹棚下。

混兰达把宝剑往身上一挎，
和公主跳上三头三尾大象，
带领成千上万军队和妖兵，
连夜赶到勐沙瓦体火与血的战场。

早晨的勐沙瓦体啊，
一片白雾茫茫，
清澈的勐沙瓦体河水，
被百姓的鲜血染红。

他们来到西城门口，
混兰达和公主跳下大象，
立刻命令百万妖兵，
把四面八方的城门封闭。

他俩急忙走进宫殿，
叩拜父王双双跪下，
召勐心中感到欢喜，
一时感到说不出话。

混兰达和公主，
向父王拜了再拜，
"请父王尽管放心，
我们带来了百万精兵强将。

"我决不能让敌人在国土上横行，
决不让千百万百姓再遭惨杀，
百万精兵会把敌人吃掉，
请父王一百个放宽心吧！"

二十三

高高的军旗在风中飘扬，
城外的树木在微微摇晃，
太阳从东山顶爬上了云天，

苦难的勐沙瓦体就要把敌人埋葬。

等待冲锋的妖兵啊，
肚子饿得咕咕直叫，
他们正想吃勐巴拉纳西士兵的肉，
时时向混兰达传送请战报告。

太阳落进西山，
混兰达推开宫廷的大门，
手握神弓，跳上战象，
向全城勇士妖兵下达冲锋号令。

混兰达好比离弦的利剑，
成千上万的士兵好比猛虎扑向敌人，
勐排妖兵呐喊声啊如天上的炸雷，
吓得城外的敌兵心惊肉跳。

百万妖兵从四面八方拥出城门，
勐沙瓦体的军民紧随混兰达战象，
一路消灭敌人，
一路抢救百姓。

一百零一个王国的兵啊，
见到凶猛彪悍的勐排妖兵，
个个怕得全身发抖，
纷纷转头奔跑逃命。

妖兵们像捏小鸡一样，
把敌兵吃得鬼哭狼嚎，
有的吃脚甩头，
有的吃头丢脚。

妖兵们个个哈哈大笑，
四处寻找勐巴拉纳西的败将残兵，
有的兵丁急得跑进了森林，
有的兵丁怕得换装变百姓。

勇敢的妖兵啊，
不到半炷香的时辰，
就把敌兵全部消灭，
只剩下罪恶的苏帕达。

罪恶的苏帕达啊，

他的本领可是高强难敌，
有时下地变成石头和大蛇，
躲避妖兵的搜索和追击。

凶狠的苏帕达啊，
看看混兰达紧紧追赶，
他拔出身挂的宝剑，
和混兰达展开激烈的搏斗。

狡猾的苏帕达啊，
在地面上打不赢，
乘混兰达一眨眼，
就跳上高空钻云。

苏帕达得意扬扬：
"谁有本领谁就上来。"
像个得胜的猛兽，
在空中舞刀弄剑。

混兰达搭上一发毙命的神箭，
对准勐巴拉纳西逆子的黑心，
"嗖"一支穿心箭瞬间飞出，
可恶的苏帕达在云雾中丧命。

二十四

蒙蒙的乌云散开了万里碧空，
获救的勐沙瓦体坝子恬静安宁，
温暖的太阳冉冉升起，
欢乐的百姓向勐排兵将合掌感恩！
扶善镇恶的妖兵们凯旋返乡，
混兰达和勐沙瓦体百姓依依相送！

勐沙瓦体快乐的人群啊，
就像过节一样的热闹，
手捧鲜花拥进王宫广场，
沉闷了多时的象脚鼓又敲响了，
停了多时的金号银号又吹响了，
村村寨寨的歌手们又一起欢唱了！

一百零一个国家的百姓，

从远方赶来祝贺混兰达的胜利。
一百零一个国家的老年人，
向混兰达和公主说了祝福的话：
"祝你俩永远为一百零一个国家做主，
给各个国家带来幸福和安宁！"

混兰达给百姓淋了金葫芦的仙水，
老人们变得更加年轻，
姑娘们个个像一朵朵鲜花，
所有的人更加英俊年轻。

铓锣声飞上天庭，
天神听到高兴地降下福音，
琴声飞进森林，
勐排欢喜啊普天同庆。

二十五

一百零一个国家的百姓，
人人都尝到金葫芦仙水的抛洒，
个个都快乐地欢呼，
感谢混兰达和公主将金福降下，

唱吧，尽情地唱吧，
欢乐的歌声像江水流淌不尽，
跳吧，欢快地跳吧，
跳得幸福像高山一样万年常青。

原载《勐宛傣学研究》
翻译者：钱宝林（傣族）
整理者：张亚萍

附 记：

《混兰达与婻盏娣》是在德宏傣族景颇族自治州傣族地区流传盛行的一部傣族叙事长诗。《混兰达与婻盏娣》傣文手抄本一直收藏在陇川县城子镇多列奘房里，陇川县文化馆傣族干部钱宝林就是依据这本傣文手抄本进行翻译的。他从1985年10月到1986年5月陆陆续续经过几个月的时间才完成了长诗的翻译工作，并将译本交给了我。我看了《混兰达与婻盏娣》长诗汉文本后，确实是爱不释手，很快就着手进行汉文本整理。从1987年5月到1988年7月，我将整理稿进行了两次大的修改，才有了现在的这份整理稿。

可是，整理好的《混兰达与婻盏娣》傣族叙事长诗却无法出版问世，一直搁置到现在。承蒙大学同学左玉堂来电要我寄送稿件并推荐给主编编入《中国傣族经典民间叙事长诗集》，我得此消息兴奋无比！那沉睡在资料堆里几十年的傣族民间叙事长诗《混兰达与婻盏娣》终于可以与广大读者见面了！在此，我对各位文友的关心和支持表示诚挚的谢意！

整理者
2019年6月16日

章　相

序歌

阿哥哟将用自己的歌声，
演唱一首传自经书的歌！

这首歌哟，
并不是民间笑谈，
它是宝贵的警世良言；
传自古时的前辈贤人，
它教导人们修行养德，
努力去创建功德福分。

第一章　美丽的章相

传说古时候，
有一个美丽的勐①，
它的王宫，
就建在奔腾的恒河②边。

清澈的恒河水，
从勐中穿流而过，
它绕过王宫，
在遥远的天边消失。
繁忙的帆船，
在渡口往返穿梭。

美丽富饶的国度，
如天上的仙界一般。
茫茫的森林，
是无数大象的乐园；
辽阔的疆域，
埋藏着丰富的金银；
肥沃的田坝里，
金色的稻浪看不到边；
繁华的集市上盐巴辣椒无数，
还有各种货物琳琅满目；
乡间田野里，
成群的黄牛水牛和骡马，
在怡然自得的寻觅食物。
宽广的大道上，
人声喧嚷，
车来车往络绎不绝，
好一幅美丽的天国景象。

城中的大街小巷，
房舍鳞次栉比，
善良的亿万百姓，
生活在广袤的疆域中，

---

① 勐：傣语，意为地区、地方、国家。
② 恒河：恒伽河的简称。恒河又名克伽河，是印度三大河流之一。这里泛指江河。

一百零一个勐都来臣服进贡，
不愧是众多勐中的首邦。

石头筑成的城墙，
把都城围在中央，
整齐划一的石块，
如宝石一样夺目闪光。
整个都城哟，
像一座宝石城举世无双。

城墙外，
清澈宽阔的护城河，
紧紧把都城护住，
河中盛开着青莲白莲红莲，
还有白荷蓝荷凤眼荷。
各种荷花竞相斗艳，
无数的深沟堑壕，
排列在都城外边。

城墙下，
种着白缅桂黄缅桂鸡蛋花，
还有各式各样的桂花树，
沿着城墙郁郁葱葱，
阵阵清风送来花香四溢。
众多的八哥鹦鹉，
在树木花丛中觅食嬉戏，
清澈婉转悠扬的鸟鸣声，
不时从树木花丛中传出。

因为这个缘故，
人们就把这个勐，
取名叫章玛尼①；
按照经书的记载，
古时傣族的先民，
将这个勐叫作章相。

统治这个勐的帕雅②，
是福盛德隆的苏宛纳。
美丽贤惠的王后，

名叫婻③波香，
成千上万的宫女内臣，
时刻侍奉着帕雅和王后。
福盛的帕雅爱民如子，
精心管理着这个美丽的勐，
金碧辉煌的王宫，
坐落在都城的正中。
高达二十层的宫殿，
芭蕉花形尖顶巍峨高耸，
阳光下五彩斑斓人人称颂。

帕雅的宝座，
镶满金银珠宝玉石，
华丽昂贵的丝绸，
挂在宝座上方，
白色圆顶的华盖，
遮在宝座上部，
使宝座显得十分威严华贵。

宝座旁摆放着帕雅的御用品，
这边有宝剑和华盖，
那边是红缨枪和照妖镜，
还有一把奇特的长柄扇，
五种仪仗真是威严神圣。

几案上有精致的金礼盘，
还有镶金的茶叶盒，
水杯和槟榔筒雕着莲花，
金盆流光溢彩，
瓷碗美轮美奂，
件件世间难觅精美绝伦。

勇猛的卫士，
轮流护卫着帕雅的安全，
他们手持金柄银柄长矛，
个个英姿飒爽，
天天围护在帕雅左右，
不敢有丝毫懈怠。
上朝觐见帕雅的官员，

---

① 章玛尼：巴利语地名，"玛尼"与章相的"相"同一个意思，即都是"宝"。
② 帕雅：傣语，意为官、官员，从国王到村官，都可以在姓名前冠于"帕雅"。
③ 婻：傣语，对女性的尊称，相当于王后、公主、太太、夫人、小姐。

你来我往争先恐后。

众多婀娜多姿的少女，
衣裙华丽脸蛋漂亮，
乌黑的发髻上，
斜插着鲜花和精美的金簪，
小巧的耳环银光闪烁，
一个个打扮得像仙女一般。

她们有的弹奏竹琴，
有的婉转歌唱，
有的轻摇宝扇，
在华丽的王宫中，
在威严的帕雅面前，
早早晚晚轻歌曼舞，
乐得帕雅心花怒放。

第二章　嫡西丽罕降生

这时的帕雅哟，
年纪已有一百岁，
可是美丽的王后，
没有给他生养一子半女。
富饶美丽的章相啊，
将由谁来继承统管？

这是帕雅心中唯一的缺憾，
他请来美丽的王后，
她是后宫上万嫔妃的首领，
缓缓道出自己的忧愁——

"波香啊，
我如花的妹妹，
现在的我们仍没有一个子嗣，
阿哥的心焦虑万分，

十分担心我们的血脉中断。
我忧虑今后的章相哟，
没有子嗣来继承统管。"

"现在我把忧心的事告诉了你，
就请阿妹你哟，
用你的聪慧和睿智，
用你的真心和至诚，
焚香祈求众神的怜悯，
为我们求得一子半女，
让我们的血脉得以继承
让我们的江山世代永续。"

美丽贤惠的嫡波香，
默默听完夫君的话，
这时不声不响的她哟，
心里比谁都着急。
依依不舍拜别夫君，
独自回到自己的宫里。
此后，她每天下河净身沐浴，
梳发打髻插花，
早晚涂抹檀香扮装，
天天持守五戒八戒①。

每月十五月圆时，
她便焚香虔诚地祷告，
祈求帕雅英②和乾达婆③，
大地女神和人间勐神，
还有龙王和阎摩罗④，
四面八方天上地下的众神，
恳求他们都来帮助，
降下吉祥送来高贵的孩儿。

王后的至诚，
终于感动了天神，
当她早晚向天神祷告，
祈求恩赐十福，

---

① 五戒：佛教用语。中国大乘佛教中最根本的戒律，指杀生、偷盗、邪淫、妄语、饮酒之制戒。八戒：佛教为在家的男女教
徒制定的八条戒条，即：不杀生，不偷盗，不淫欲，不妄语，不饮酒，不眠坐高广华丽之床，不装饰、打扮及观听歌舞，
不食非时食（过午不食）。
② 帕雅英：傣语，帝释天，天神之王。
③ 乾达婆：八部众之一，是帝释天的乐神。
④ 阎摩罗：傣语，阎王，传说管地狱之神。

祈望有孩子的时候，
王后祷告的威力哟，
就像熊熊燃烧的烈火，
直燃天庭。

众神之王帕雅英，
感到心浮气躁，
连他的宝石座椅，
也晃动起伏摇摆不定。

躁动不安的帕雅英，
意识到人间有了不幸！
他俯身向人间看去，
只见哟，
勐章玛尼的王后嫡波香，
正在虔诚的祷告，
祈愿自己有个儿子，
继承勐章玛尼的王位。

这时的帕雅英，
已知道事情的起缘。
他决定伸出援手，
帮助嫡波香完成心愿。

于是他放眼天界，
在繁华美丽的天宫里，
美丽的嫡苏扎拉①，
生命已到了终结的尽头。

众神之王帕雅英，
来到苏扎拉的宫殿里，
把事情的原委，
告诉了自己的爱妻——

"苏扎拉啊，
我心爱的妻子，
是万世修来的缘分，
让我们相亲相爱；
一起在天庭创建福分，
一同在天界享受荣华富贵，

阿哥我哟，
从来没有把你嫌弃。

"现在呀，
因为你的生限已到，
因为你的福分已尽。
你得离开天庭，
离开爱你的阿哥，
下凡到人间去。

"睿智的苏扎拉呀，
请记住阿哥的嘱咐——
勐章玛尼的王城，
繁华无比的章相城，
就是你的投生地。
王城里呀，
有个美丽的王后嫡波香，
你就投生在她的腹中。

"如果王后生下了你，
阿哥我呀，
一定把你护佑，
绝不会弃你不管不顾。
请阿妹你哟，
千万不要有顾虑。

"心爱的苏扎拉呀，
因为缘分，
我们心心相印相知相爱。
因为命运和天宫的规矩，
我们不得不诀别分离。
阿哥我柔肠寸断啊，
但是对你的爱始终如一。

"今后啊，
妹妹你要修行波罗蜜②，
功德才不会像水那样流失。"

这时的苏扎拉哟，
内心痛苦万分，

---

① 苏扎拉：傣语，传说是因陀罗即帝释的第四个妻子。
② 波罗蜜：佛教用语，又作波罗蜜多。波罗，彼岸；蜜，到达。意为到达彼岸，也就是佛家常说的"度"。

她跪在帕雅英面前，
哀伤地向夫君请求：
"心爱的夫君啊，
小妹在这里合十跪拜，
请求您的宽恕。

"小妹下凡后，
在人间创建功德时，
如若遇到了苦难啊，
恳求尊贵的夫君，
及时伸出援助的手，
细心地把小妹护佑，
千万不要丢下小妹不管，
让小妹独自一人承受。"

"苏扎拉啊，
花蕊般的妹妹，
我心爱的妻子，
如果你下凡到了人间，
阿哥我绝不会把你抛弃。
阿哥我哟，
还会送给你一个儿子，
让他和你一生相依。"

听到帕雅英的誓言，
得到帕雅英的祝福，
美丽的苏扎拉啊，
心里不再忧伤多虑。
她立刻褪去仙衣，
顿时消失得不见踪迹，
离开天庭的苏扎拉，
就这样直奔下界人间。

正当人间将近黎明时分，
她降落在章相城王宫，
悄悄走进嫡波香居住的寝宫；
这时的苏扎拉哟，
她不敢稍有耽搁，
径直走到嫡波香的床前。

熟睡中的嫡波香，

做着一个奇特的梦——
一棵繁茂的菩提树①，
从天上降落。

整棵树金光闪闪，
散射的亮光哟，
照亮了整个勐章玛尼；
微风轻轻拂过，
翠绿的树叶，
发出阵阵悦耳动听的音乐。

看到神奇的菩提树，
降落在自己面前，
这时的嫡波香哟，
内心充满了喜悦，
她小心地看护着，
生怕它离开了自己。

她看见神奇的菩提树上，
飞来一群群吉祥的鸟儿，
有翎羽亮丽的凤凰，
有叫声动听的斑鸠，
有会学人说话的八哥鹦鹉，
有腿长羽白的鹭鸶，
它们纷纷飞向菩提树，
在树上觅食欢唱。

她还看见，
一只盘旋空中的鹞鹰，
突然凶猛地扑向鸟群，
惊得群鸟四散飞离。
喧嚣的树上，
瞬间寂静无声，
枝繁叶茂的菩提树，
顿时枯萎凋零。

眼前的情景，
让善良的嫡波香哟，
撕心裂肺疼痛无比，
她恳求总务大臣宰相出手相助，

---

① 菩提树：原名"毕钵罗树"，因释尊在此树下成道，故又名"菩提树"。

拯救这棵即将枯死的神树。

善良的宰相答应了她的请求，
连忙找人挑水浇树，
一桶桶清冽的恒河水哟，
就像一桶桶甘露洒在树枝，
枯萎凋谢的菩提树，
顿时重新长得枝繁叶茂……

梦中的嫡波香高兴得笑出声来，
惊醒时却看见身旁空无一物，
她思前想后疑惑不解，
心头禁不住惶恐不安——
"这是一个怎样的梦境，
它会是什么样的预兆？"

天刚刚蒙蒙亮，
贤惠的嫡波香，
早早来到帕雅的寝宫；
她备好温水牙具，
找来柔软的绸巾，
悉心把夫君伺候。

帕雅洗漱完毕，
随即来到王宫大殿，
他威严地端坐在宝座上，
思考王国的大事。
美丽的嫡波香，
紧挨着坐在他身旁，
随侍的宫女，
侍候着帕雅和王后，
她们敲起悦耳的金鼓，
把威武的帕雅颂赞。

这时温柔美丽的王后嫡波香，
跪倒在帕雅的面前，
她把夜间的梦境，
从头到尾告诉了夫君，
请求夫君苏宛纳，
为自己解开梦境的谜团。

智慧非凡的帕雅苏宛纳，
很快明白了梦境的预兆，

他高兴地扶起王后解释说：
"波香啊，
我美丽的王后，
你夜晚的梦境，
预示你已有身孕。

"从今以后，
你的生活起居要多加注意，
走路时不能太快太急，
说话时不要大声大气，
过辣过热的饭菜不要沾，
以免损坏肠胃伤了胎气。
这些话哟，
你要放在心上时刻牢记。"

夫君的谆谆嘱咐，
嫡波香牢牢记在心里，
她坐立行走处处小心，
生怕伤到腹中的胎气。

怀胎十月的嫡波香，
顺利生下一个女儿。
这位公主哟，
就像刚出模的金子，
长得眉清目秀娇美可爱，
千勐万勐没有谁比得上。
帕雅和王后，
乐得合不拢嘴，
爱得亲了又亲。

年轻的奶妈，
换了一轮又一轮，
都在为公主奔忙，
她们用仙壶打来圣洁的水，
倒入华贵的宝盆中，
为刚出生的公主沐浴，
用贵重的披巾，
小心地把公主包起。

美丽的宫女们，
不分昼夜守在摇篮旁，
轮流哄抱娇嫩的公主，
不让公主有任何闪失。

多福的公主，
转眼已满月，
按照古老的习俗，
公主应该有个名字。

慈爱的君王苏宛纳，
立刻下旨给各寨的坤先①，
让他们诏告勐中所有的摩龙②，
都到王宫议事庭商议大事。

大官来了，
大臣也到了，
婆罗门③阿章④和富商赶来了，
众多王族亲贵也都到齐了，
他们汇集在议事庭里，
焦急地等待喜悦的时刻到来。

睿智的国师，
博学多识的阿章，
地位显赫的王叔坤丰和坤鲁，
他们集合在一起，
准备给公主取个吉祥的名字。

他们写出公主的生辰，
列好加减乘除公式，
按照呼拉⑤的运算方式，
先乘十二个月后加月序，
两个算式分别乘上七，
余数是双或是单，
哪个吉祥哪个凶险，
他们全都了然在胸。

聪明智慧的大师，
根据呼拉得出的吉凶，
把结果禀告帕雅：
"尊贵至上的大王啊，
福隆的小公主，

轮回人间已多世，
按照呼拉得出的结果，
她的生辰八字非常完美。

"虽然星座上的火星，
运行时有些偏移轨道，
但是从卜算的运势看，
没有太大的凶相，
只是公主长大以后，
会短暂离别勐章玛尼。"

聪明智慧的大师，
推算好公主的运势，
又准备为公主取名，
他把王后梦见菩提树的预兆，
结合王后的名讳，
写在卦算的公式上，
再查看神奇的三个方位，
给公主取名叫媫西丽罕。

听吧，
貌若仙女的姑娘，
现在阿哥我哟，
要讲述辽阔的勐章玛尼，
讲述天堂一样的章相城，
歌唱美丽的媫西丽罕，
下凡人间创建福分的故事。

第三章　闺阁生横祸

阿哥我哟要接着歌唱，
歌唱公主媫西丽罕的成长。

帕雅和王后，
给公主拴好线，

---

① 坤先：傣语，旧时村级官名，为最低级官名。
② 摩龙：傣语，大师，专门负责占卜、祭祀、算卦、取名的师傅。
③ 婆罗门：婆罗贺摩拿的简称，为印度四姓之一，侍奉大梵天王而修净行的种族。
④ 阿章：傣语，学者、教师。
⑤ 呼拉：傣语，天文、星占学。

做完各种满月吉祥事。
爱儿心切的帕雅，
立刻下达旨意，
要求所有的奶妈，
轮流守候在公主身边，
精心照料不能差错半点。

当公主会站立走动的时候，
深爱女儿的帕雅，
想起了大师的预言，
非常担心女儿出事。

为防止女儿出意外，
他当即发布王令，
要求大臣和能工巧匠，
为公主单独建造一幢塔楼。

公主的塔楼，
必须造得金碧辉煌，
墙的四壁，
要雕刻猛兽和飞禽——
有神兽狮虎和飞龙，
有凶猛的金翅鸟①，
有展翅飞翔的凤凰孔雀，
有树梢觅食的八哥雀鸟，
有花海中纷飞的蝴蝶，
有绿林中穿梭的鹦鹉，
各种猛兽栩栩如生，
翱翔嬉戏的飞禽色彩斑斓。

塔楼顶部要涂抹金粉，
还要镶嵌精美的宝石，
让整个塔楼，
闪耀着金色的光芒！
使整个建筑，
在勐章玛尼独一无二。

"这个塔楼是送给公主的，
你要带领众工匠，
好好地建盖塔楼。"
——帕雅这样命令大臣。

智慧的西纳，
领受了帕雅的旨意，
立刻带领能工巧匠，
着手建盖塔楼，
他们用最快的速度，
完美地建好了塔楼。

金色的塔楼建好了，
疼爱女儿的帕雅和王后，
就把公主送到塔楼中，
让她在安全的环境中成长。

为了让公主得到精心照顾，
帕雅又发布旨意，
让成千的大臣官员的女儿，
到塔楼陪伴公主；
挑选成百上千的年轻少女，
侍奉公主的生活起居。

成千上万的少女，
在塔楼里忙忙碌碌，
精心照料年幼的公主；
一旦有了闲暇时间，
她们就梳妆打扮，
到花园里采花摘果，
吹拉弹唱自娱自乐，
夜幕降临才尽兴而归。

糯章巴花开了十六次，
美丽的婻西丽罕公主，
长成了亭亭玉立的姑娘。
天宫里的天王看在眼里，
想起先前许下的诺言，
他决定伸出援助的手，
帮助公主圆满功德。

他放眼茫茫人间尘世，
找不出一个与公主有缘的人；
和公主前世有缘的人，

① 金翅鸟：又名妙翅鸟，八部众之一。翅翮金色，故名金翅鸟。两翅广三百六万里，住于须弥山下层，常取龙为食。

并没有相伴转世投胎。

回望华美壮丽的天宫，
帕雅英发现了合适的人选，
威武的太阳神苏里亚①，
曾是公主心爱的丈夫，
他俩前世的美好姻缘，
今生还要继续绵延。

为了成就公主的功果，
履行自己许下的诺言，
帕雅英叫来阿修罗王罗睺②，
向他细细说明这段姻缘——

"听着，
尊敬的罗睺，
你快去太阳宫，
见到苏里亚太阳神，
就想法把他赶出宫殿。
你要做出抓他之势，
把他赶往勐章玛尼，
直至他走投无路啊，
躲入勐章相公主的闺房，
让他睡在婻西丽罕的床上，
促成他俩成对成双，
圆满婻西丽罕的念想。"

帕雅英吩咐完毕，
随即赶往另一个地方，
他要去见聪慧的博提然③，
劝说这位即将寿终的尊者，
下凡到人间勐章玛尼，
投胎在婻西丽罕的腹中。

聪慧的博提然尊者，
欣然领受了天王的法旨，
一瞬间便销声匿迹，
下凡来到了茫茫人间。

领受法旨的罗睺，
这时也来到了太阳宫，
他张开两只有力的臂膀，
飞快地扑向苏里亚。

苏里亚见状连忙躲避，
早已吓得魂飞魄散，
他慌忙逃出自己的宫殿，
跃上空中再奔向人间。

罗睺在后面紧跟不放，
一路把苏里亚追赶，
慌了神的苏里亚，
只能匆忙逃往章相。

罗睺不依不饶，
紧跟着追到章相城，
六神无主的苏里亚，
犹如一只惊弓之鸟，
躲进了公主的楼房。

紧随身后的罗睺，
如影随形继续追赶，
慌不择路的苏里亚，
只好窜进公主的闺房，
神通广大的罗睺这才停下脚步，
静静地把守在公主闺房外边。

无处可逃的苏里亚，
不顾一切跳上公主的凤床，
钻进公主芳香的被窝，
藏匿在公主身旁。

守在房门外的罗睺，
见自己的目的已达到，
便趁着朦胧的夜色，
跃上空中返回了天庭。

正是深夜静谧时分，

---

① 苏里亚：傣语，太阳。
② 罗睺：一个能张口衔日月而引起日食月食的阿修罗王。
③ 博提然：巴利语佛教用语，意为觉智。

这时的公主哟睡得十分香甜，
苏里亚钻进公主芳香的被窝，
伸手把公主搂入怀里，
颠鸾倒凤偷行云雨之事，
熟睡的公主却浑然不知。

夜色还没有褪去，
天光还依然朦胧，
苏里亚悄悄起身离开公主，
转身回到了太阳宫。

福盛德隆的博提然，
领受帕雅英法旨后，
这时已悄然离开天宫，
下凡来到勐章玛尼，
进入公主的房间，
投生在公主的腹中。

这一天正是十五日深夜，
熟睡中的嫡西丽罕，
做了一个奇怪的梦，
梦中的一切却又十分清晰——
茫茫无际的天空中，
罗睺在追赶苏里亚，
苏里亚左冲右突，
从天宫逃到了人间。

从天而降的苏里亚，
身上散发着耀眼的光彩，
他把一束喷香的鲜花，
递到自己的手中。

他用甜美的话语，
在自己耳边倾诉，
两人在舒适的床上，
说不完的卿卿我我，
道不尽的柔情蜜意，
恩爱和幸福无法比拟。

快乐和幸福是那么短暂啊，
罗睺不一会就追到闺房里，
他把两人抓起来，
紧紧按住相互搂抱在一起。

过了好一会儿才把两人放开，
然后转身返回天庭。

沉睡中的嫡西丽罕，
被凶险的噩梦惊醒，
这时的她哟香汗淋淋，
早已被吓得心惊肉跳，
浑身瑟瑟发抖战战兢兢，
脑海中一片茫然南北东西分不清。

天上的月圆了又缺，
新月到来旧月隐去，
美丽的嫡西丽罕，
腹部渐渐变大鼓起。

发现苗条的身体有了改变，
美丽的嫡西丽罕哟，
内心疑惑伤心万分，
整天愁眉苦脸不语不言。

她一次次发问内心，
她一次次质问自己：
"不知我的命运啊，
将来会是怎样的结局？"

隆起的腹部越来越大，
圆滚滚的腰越来越粗，
这让嫡西丽罕非常自卑，
这让嫡西丽罕忧愁万分。

因为羞于见人，
美丽的嫡西丽罕，
不敢再像从前那样，
和玩伴嬉戏游玩，
不敢再像从前那样，
迈出宫殿东走西看。

因为心存敬畏，
孝顺的嫡西丽罕，
不敢再去拜见父王，
不敢再去侍奉母后。

一天夜晚，

婻西丽罕梦见，
众神之王帕雅英，
身披青蓝紫黄绿灰红七色光辉，
从天而降来到床前，
好言好语安慰相劝：

"我来自天界，
聪慧的公主啊，
请你仔细聆听，
只因天神苏里亚下凡，
和你有了一夜之情，
你才有孕在身。

"你腹中的胎儿，
不是一般的俗人，
他是博提然的后裔，
神通广大聪明万分，
他将成为征服世间的伟人。

"聪慧的婻西丽罕啊，
现在我送你一台天平，
它是神奇的宝物非常特别，
它能满足你需要的一切。

"假如你需要成山的金银，
假如你想要世间的宝贝，
只要你虔诚祷告，
它都会满足你的祈求。

"这座神奇的天平，
是苏里亚给儿子的赠物，
你一定要好好收留，
你要倍加爱护珍惜，
把它作为珍贵的证据，
今后向你父王证明你的清白。"

贤明的帕雅英，
把天平放在公主枕边后，
即刻纵身跃上天空，
很快就消失在茫茫夜色中。

熟睡的西丽罕，
立刻从梦中惊醒，

睁开眼看看四周，
帕雅英已不见了踪影。

她伸手去摸摸枕边，
果然摆放着一台天平，
她拿在手上仔细端详，
这座神奇的天平哟，
镶金嵌宝金光闪耀，
确实是帕雅英赠物无疑。

看见宝物在身旁，
西丽罕的心哟，
像装满了一罐蜜，
香甜又畅快，
她向天神祷告感谢，
小心地把宝物收好藏留。

夜色渐渐褪去，
新的一天阳光明媚，
洗漱好的婻西丽罕，
孤独地坐在塔楼内，
看着变样的身体，
苦楚忧伤又涌上心头。

这时候，
思念女儿的王后婻波香，
在宫中烦躁不安。
因多日不见女儿的面，
心中疼痛像刀割一般，
她决定到女儿的塔楼，
探望心爱的女儿婻西丽罕。

到达公主宫中，
见到昔日娇美可爱的女儿，
面色憔悴满脸愁容，
王后内心无比疼痛：

"我心爱的女儿啊，
我的掌上明珠，
你为何这般愁容满面？
是不是有苦难言，
是不是有病在身，
看你粗壮的腰杆，

是不是已经有孕在身！

"是哪位小伙，
来到你的塔楼串门；
是哪位小伙，
打情骂俏把你羞辱。
请把事情的原委，
告诉你的母后，
不要有一点隐瞒。

"母后担心，
听到你怀孕的事情，
你暴躁的父王定会大发雷霆，
到时恐怕难保你的小命。

"婻西丽罕啊，
我心爱的女儿，
遇到这样的事，
今后的苦日子像树叶一样多，
你将怎样度过？"

泪水满面的婻西丽罕，
立刻跪拜在母后跟前，
从最初的梦境，
到后来的怀孕，
毫无保留地向母后禀告；
并拿来神奇的天平，
展示在母后的面前，
证明自己的清白和纯情。

看到神奇的天平，
听了女儿的哀伤哭诉，
婻波香知晓了原委，
化解了心中的疑虑和忧愁。

"可是啊，
女儿已铸成大错，
严厉霸道的夫君，
怎会把女儿宽恕放过！"

善良的王后忧心忡忡，
乌云布满她的面孔，
她只好匆匆告别女儿，

带着复杂的心情返回宫中。

王宫中的帕雅苏宛纳，
这时候发现，
乖巧伶俐的女儿，
已有多日不见踪影——

是不是得了病
到底发生了什么事
为何我心爱的女儿
多日已没有到宫中？

长久不见女儿的面，
帕雅心里忐忑不安，
想见女儿的心情啊，
越来越迫切。

他立刻传来侍女，
命令她一路小跑，
前去探望公主，
并及时回禀报告。

侍女三步并作两步，
很快到达公主婻西丽罕住处，
她清楚地看见，
公主大腹便便，
脸色惨白憔悴，
已没有昔日的美丽风采。

她还看见，
公主疲惫地躺在床上，
身子羸弱孤独一人，
旁边没有一个女仆照看。

侍女不愿惊扰公主，
跪在床边小心与公主作别，
她连忙回到王宫，
把实情向帕雅禀告。

听到侍女的禀告，
帕雅气得火冒三丈，
他挽衣卷袖，
手拍得座椅砰砰直响：

"是哪个狂妄的小子，
目空一切狗胆包天，
敢来做公主的情人，
是哪个蛮横的小子，
欺君罔上欺人太甚，
胆敢把我羞辱，
让我在人前丢尽脸面。"

帕雅气急败坏，
马上传来侍女，
让她们即刻赶到公主住处，
传令公主入宫觐见。

父王的一道旨意，
犹如晴天里的霹雳，
吓得婻西丽罕手足无措，
羸弱的身体不停地战栗。

孱弱的西丽罕，
不敢违背父王旨意，
她走出塔楼，
慢慢向王宫走去。

慈爱的母后婻波香，
担心女儿受伤，
立刻带上神奇的天平，
陪护在女儿的身旁。

帕雅压住怒火，
详细询问女儿：
"我心坎上的爱女啊，
明珠般的西丽罕，
是什么原因，
让你怀上了身孕？

"是哪一个小伙，
胆敢把纯洁的你玷污，
是从远方来串门的国王，
还是将军大臣的官宦子弟，
是富翁的公子哥儿，
还是下层百姓的儿子？

"我的女儿啊，
出于父爱和关心，
我才这样问你，
你要如实告诉为父。"

婻西丽罕泪如泉涌，
长跪在帕雅面前，
面对威严的父王，
她不知如何回复询问，
心中巨大的痛苦，
压得她喘不过气来。

女儿的悲哀痛苦，
王后婻波香看在眼里，
更担心骄横跋扈的丈夫，
把心爱的女儿伤害。

她急忙趋步上前，
合十跪在丈夫脚下，
把女儿的遭遇，
从头到尾坦言相告。
并把神奇的天平，
递给面前的丈夫察看，
祈求盛怒之中的丈夫，
原谅无辜的女儿。

王后的请求，
更加让帕雅大动肝火，
他不顾王后的尊严，
破口就把王后大骂：
"你贵为勐章玛尼王后，
却和女儿沆瀣一气，
整天除了沉迷于宵小，
不思为人之母的正道，
事事只依着女儿的心，
娇宠放任把女儿惯，
才会有这样的奇耻大辱，
让我们勐被人嘲笑唾弃。

"你说的那些话啊，
全是奇谈怪论，
句句有悖常理，
天神下凡到人间与凡人交合，

帕雅英给人送珍贵的天平，
这样的事哪里会有，
这样的事谁人能信，
就是翻遍十万卷经书，
也找不到这样的记载。

"再说这天平啊，
谁人不备有，
天下这东西很多，
谁也不会稀奇，
作为一勐之主，
我也用不着它称东西。"

怒火烧心的帕雅，
疯一般从宝座上冲下，
夺过王后手中的天平，
砸向王后的额头。
对着王后狂吼咆哮：
"这是对你说谎的奖赏！"

帕雅怒火难消，
打了王后又骂公主，
口中唾沫飞溅，
发誓要砍了公主的头。
他立刻传来刽子手，
命令他们按照旨意执行。

凶煞般的刽子手，
立即把公主反手绑起。
蛮横霸道的帕雅，
双手高举明晃晃的宝剑，
说是要杀了公主，
消除蒙受耻辱的怨气。

那时哟，
受人尊敬的王叔坤丰和坤鲁，
怎能忍心让侄女遭受伤害，
他们双双上前跪拜，
恳求帕雅息怒宽恕，
刀下留人饶了侄女的性命。

两位王弟的苦苦哀求，
帕雅不能不给情面，

气愤难当的他，
收住了挥舞的宝剑。

堂上的群臣，
一起跪在帕雅面前，
公主的遭遇，
让他们忧伤满面，
帕雅的霸道，
令他们噤若寒蝉。

虽然可怜公主，
虽然为公主抱不平，
慑于帕雅的淫威，
迫于帕雅的暴戾，
他们不敢上前去劝说，
他们不敢上前去求情。

公主的不幸，
立刻传遍全城，
人们相互转告，
纷纷涌向王宫。

人们怜悯公主，
同情公主的遭遇，
更害怕失去公主，
看着公主白白死去。
但他们地位低下，
无法进宫求情相救，
他们个个心情沉重，
他们人人忧伤无比。

疼爱女儿的王后，
这时哭得死去活来，
她再次跪在帕雅面前，
请求帕雅饶恕自己的女儿：

"尊贵的夫君啊，
请你消消心中的怒火！
至高无上的大王啊，
请你惠施恩泽和慈悲！
不要降罪我们的女儿，
不要伤害女儿的性命。"

看见王后苦苦哀求，
帕雅毫无怜悯之心，
他勃然大怒，
恶言把王后大骂：

"你们母女两人，
都犯下不可饶恕的重罪，
应该砍了你们的头，
丢进大河让水冲走。"

帕雅的无情，
让母女俩痛不欲生，
她们互相紧紧拥抱，
生怕失去对方，
是生是死只能任由国王处置。

坐大象的国王，
传告勐中的百姓，
打造宽五十排的竹筏，
准备流放王后和公主。

建好的巨大竹筏，
停放在江边渡口，
装上盐巴和粮食，
穿戴用品一应俱全。

凶恶的卫兵，
把王后和公主推上竹筏，
侍奉公主的五百侍女，
全被押上去一个不留。

这时哟，
帕雅一声令下，
竹筏被推入江中。
这时哟，
男女老幼齐声痛哭，
宽广的勐章相，
顷刻间成了一座哭城。

汹涌的河水，
把竹筏卷入河心，
竹筏在河中拼命挣扎，
飞快地向下游漂去。

随波漂流的竹筏，
过了险滩又遇巨礁，
飞越浪峰又逢暗流，
一路惊涛骇浪险象环生。

回望渐渐远去的王城，
想想遭受的不幸和痛苦，
母女俩心如刀绞，
泪水簌簌流个不停，
身旁的五百侍女，
见状一起放声大哭。

凄惨无助的哭喊声，
随着竹筏渐渐远去，
消失在人们视线外，
淹没在咆哮的浪花中。

沿岸居住的百姓，
都来到岸边送别，
王后伤心地哭声，
像一把剑刺在他们心头，
他们为失去王后和公主伤心无比。
男女老少个个掩面哭泣，
河水激荡，
波涛汹涌。
王后婻波香只看见，
清澈的浅滩上，
巴占鱼在穿梭嬉戏；
水深处，
蛟龙在翻腾，
蜥蜴在追食鱼儿；
深潭崖底，
潜伏着全身花斑的水怪。

婻波香还看见，
凤凰鱼鹰和山鸡，
在两岸密林中追逐嬉戏；
成群的乌鸦，
在沙滩上东奔西跳；
婆娑的金竹，
在岸边随风起舞；
金色的沙滩，

在阳光照耀下，
焕发出五彩光芒。

美轮美奂的景象，
勾起了王后的感伤，
情不自禁地泪水，
盈满美丽的眼眶。

这时哟，
落难的母女俩，
想起了天上的神仙；
她们双手合十，
虔诚地顶礼膜拜，
祷告天神给予怜悯救援。

她们祈求，
天上的帕雅英，
水中的河神，
森林里的树神，
保护地方的勐神，
自己的守护神。

她们祈求天上地下的众神啊，
一齐降临人间，
保护她们乘坐的竹筏，
不被汹涌的河水吞噬；
保护孤苦无助的她们，
化险为夷一切吉祥。

王后母女的祈求，
帕雅英感知在心，
他俯身遥望，
只见人间的西丽罕，
身处激流涌浪之间，
在向众神祈祷求援。

悲悯众生的帕雅英，
立刻传来一位年轻的天神，
赐给他一条神圣的红线，
命他火速赶往人间勐章玛尼，
把这细细的神奇红线，
拴在王后母女的发髻上。

帕雅英又颁下旨意，
诏告人间的各位神仙，
有水中的河神，
有土地的保护神，
有山林的守护神，
责令他们切勿怠慢
要求他们用心在意，
护佑好善良的母女俩，
严防竹筏损毁人员伤亡。

帕雅苏宛纳的行为，
更让帕雅英十分愤怒生气，
他再次召来一干神仙，
赋予他们特别的行事权力：

"众位神仙，
帕雅苏宛纳荒唐霸道。
你们要快速赶到勐章玛尼，
施展出各自的威力，
对他的肆意妄言，
重重加以训诫。
对他违犯古规王道，
流放王后母女的行为，
施以严厉的惩罚。"

众天神领受了帕雅英的旨意，
来到勐章玛尼上空，
他们大张旗鼓排兵布阵，
他们公开施法显示威力。

那时哟，
宽广的勐章玛尼上空，
刹那间乌云滚滚，
一道道闪电劈向大地，
一阵阵雷声轰然爆响，
刚才还是阳光明媚的天空，
一瞬间变得漆黑一片，
伸开手看不见五个指尖。

电闪雷鸣过后，
瓢泼大雨从天而降，
一阵阵狂风摧枯拉朽飞沙走石，
辽阔无边的勐章玛尼哟，

大地在雷电轰击下震颤，
江河在风暴狂卷中咆哮。

惊恐的人们四处奔逃，
躲进屋内惊慌失措，
受到惊吓的大象牛马，
停止了奔走喧叫，
雄鸡呆立圈中，
不再昂首打鸣，
树上歇息的凤凰，
浑身湿透无精打采。

勐中可怜的百姓，
哪里见过这样的天象，
他们呼天喊地，
对着造孽的帕雅大骂：

"可恶的帕雅呀，
心胸狭窄做事太绝情，
是你加罪王后和公主，
让她们乘筏四处流浪，
是你暴躁愚蠢的行为，
才使勐章相遭受这样的灾难！
这是你应该遭到的报应啊，
这是上天对你的惩罚。"

王宫上方还在电闪雷鸣，
耀眼的闪电就像利剑，
一道道直刺向帕雅，
帕雅被吓得魂不附体，
站不稳坐不安，
只能四处乱窜东躲西藏。

帕雅刚刚躲入地下室，
闪电也尾随追赶，
在帕雅面前闪亮炸响，
惊得他魂飞魄散，
抱头窜入宝座底下。
闪电还是不依不饶，
环绕在帕雅身旁，
发着可怕的亮光，
一次次劈向帕雅，
把帕雅烧得皮焦肉烂。

帕雅惊恐万分，
从躲藏的宝座下蹿出，
拼尽所有的力气，
跌跌撞撞奔向卧室。

他三步并作两步，
逃进卧室跳上金床，
缩头缩脑躲进被窝里，
身体瑟瑟发抖气短心慌。

蜷缩在被窝里的帕雅，
仍然无法躲过闪电的追击，
撕心裂肺的霹雳声，
把帕雅震得眼冒金星。

一股狂风袭来，
像一双无形的大手，
把帕雅盖的被子吹掉，
还把沉重的金床掀翻。
这时啊，狼狈不堪的帕雅，
躲无处躲藏无处藏，
立即从卧室中逃出，
奔向宫殿外漆黑的夜幕中。

这时的帕雅哟，
就像鬼附身发疯了一样，
在殿外上蹿下跳，
在殿里跑进跑出。

因为害怕雷劈，
魂飞魄散的帕雅，
跑进低矮的茅厕里，
跳入腐臭的粪坑中。

恶臭的粪便，
淹没到他的下巴，
只有头和脸露在外面；
为了保住性命，
帕雅顾不了那么多，
憋住气悄悄地躲在粪坑中。

粪坑中的帕雅哟，

身上臭气冲天，
脸和头爬满蛆虫，
整个人奄奄一息。
可怜的帕雅，
独自躲在粪坑中，
左右都是粪便，
心中万念俱灰。

躲在房中的平民百姓，
他们非常担心害怕，
屋外怒吼的天雷，
会不会把他们劈死，
他们一个个愁眉苦脸，
每个人都坐立不安。

大风刮了七天七夜，
才渐渐停息下来，
昏暗了七天七夜的勐章玛尼，
才见到晴朗的天空，
勐章玛尼的百姓，
脸上露出了久违的笑容。

天气稍有好转，
勐章玛尼的大臣们，
就迫不及待地去觐见帕雅，
只见殿堂上一片狼藉，
他们的帕雅踪影全无，
一个个不由大惊失色。

他们慌里慌张，
仔细查看每个房间，
寻遍宫殿中每个角落，
仍然找不到帕雅。

大臣们不甘心，
再次分散仔细寻觅，
他们从楼上找到楼下，
从前院找到后院。
看了花园又看菜地，
找遍大小卧室房间，
问遍宫中侍女仆人，
找了很多地方花了很多时间，
可他们尊贵的帕雅哟，

像被风吹走一样销声匿迹。

帕雅失踪的消息，
顷刻间传得沸沸扬扬，
众臣和仆从们，
都为帕雅的失踪感到焦急忧虑。

众人乱作一团，
四处寻找他们的帕雅，
有的漫无边际呼喊，
有的奔向茅厕张望。

这时候他们才发现，
腐臭难当的茅厕里，
帕雅浸泡在粪水中，
只有头和脸露在外面。

人们大喜过望，
急忙喊人过来帮忙，
他们很快抬来竹梯，
放入恶臭的粪坑内。

帕雅顺着梯子从茅坑爬出，
全身沾满黄色的粪便，
大股令人作呕的臭气，
一阵阵迎面扑向众人，
人们一个个掩住鼻孔，
不愿意待在他的身边。

帕雅的狼狈相，
引来男女老少一阵阵数落：
"看那愚蠢的帕雅，
全身沾满粪便，
这都是他不遵王道自作孽，
还害得全勐百姓跟着遭殃。"

有的指责帕雅做事太绝：
"王后和公主没有罪过，
帕雅却绝情无义，
造孽越多报应自然就快。"

也有的讥讽帕雅福薄：
"没有女儿福分多，

就不要对女儿太过分，
帕雅自己不自量力，
结果自取其辱，
在百姓面前丢尽了脸面。"

几个大臣不顾腥臭，
簇拥着帕雅来到河边。
等帕雅洗净了身子，
才把帕雅迎回王宫。

帕雅重回宝座端坐，
内心却纷乱如麻，
想起被撵走的王后母女，
双眼溢出愧疚的泪花。

第四章　绝境逢生

听吧，
这次阿哥哟，
要再次把王后母女歌唱，
请大家仔细地聆听欣赏。

王后母女祈祷后，
领受帕雅英旨意的众神，
有江河的河神，
有沿岸的森林保护神，
他们隐在母女俩和五百侍女身边，
暗中保护着母女俩继续乘筏向前。

领受红线的天神，
这时也下凡到人间，
他化身变成一只鹦鹉，
落在顺流而下的竹筏上，
它用人类的语言，
仔细地嘱咐母女二人：

"听着，尊贵的王后和公主啊，
我从天界来到凡间，
是受了帕雅英的旨意，
给你们送来这根珍贵的红线。

"细细的红线哟，
它非比寻常不同一般，
它是帕雅英施了咒的红线，
能保佑你们母女俩吉祥平安！"

这时的母女俩哟，
心中狂喜高兴万分，
她们虔诚地双手合十，
感谢天神送来的红线。

河里的浪涛汹涌，
水中的竹筏飘摇，
王后和公主啊，
久久难以入眠。

她们环顾左右，
只见两岸都是悬崖峭壁，
就像一道道屏障，
挡住了她们的视线，
让她们看不见尽头，
使她们辨不清方向。

竹筏飞快向前，
载着众人闯激流过险滩，
很快过了勐章玛尼疆界，
驶向远方的丛林。

看着远去的勐章玛尼，
王后心痛欲裂；
她一边抽泣，
一边向故乡告别：
"再见了，
我可爱的故乡！
再见了，
四周奇石环绕，
五色桂花飘香，
到处是宝石装扮的王城！

"现在啊，
我将要离开高大的王宫；
现在啊，
我将要别离辉煌的宫殿。

"再见了，
我常踏青赏玩，
栽满各种奇花异草，
百花争艳的花园。

"再见了，
花园中的鲜花，
芳香的桂花和金兰花，
婀娜多姿的青莲红莲，
芬芳扑鼻的索腊批①和糯泊②，
香气袭人的栀子花夜来香，
各种绚丽多姿芳香四溢的鲜花。
现在啊，
我将随着竹筏漂流离开你们！

"再见了，
声音悠扬洪亮的大鼓，
今后我将再也见不到你，
但我会时时把你想念。

"再见了，
朝中的大臣，
多福的宗亲，
勤劳的百姓，
愿你们无灾无难，
祝你们吉祥平安！"

告别了章相的百姓，
告别了朝中的大臣，
王后的心哟，
此时此刻比苦胆还苦。

望着眼前汹涌的浪涛，
王后感到非常害怕惊慌，
她担心自己掉进浪涛，
再也见不到亲人和故乡。

头顶的白云飘荡翻滚，
眼前的山峦连绵起伏，
无助的苦痛涌上王后心头，

她不禁悲从中来失声痛哭。
王后哭哭停停，
双眼布满血丝，
由于悲伤过度，
全身在颤抖抽搐。

顺水漂流的竹筏，
在水中颠簸一月有余，
竹筏上装载的食物，
此时已经吃得所剩无几。

美丽善良的婻西丽罕，
立刻拿出神赐的天平，
把它高高举过头顶，
仰望天空虔诚求情。

这时哟，
众多香甜的食物，
就像人们做好的一样，
摆在面前琳琅满目。

竹筏上的王后和公主，
还有随行的五百侍女，
靠着天平变出的食物，
艰难地度过每一天。

宽大的竹筏，
一路东倒西歪奔向下游，
经过原始森林的时候，
侍女们惊奇地看见，
她们乘坐的竹筏，
离岸的距离只有一百庹。

侍女们喜出望外，
急忙向王后和公主禀告：
"尊贵的王后公主，
我们很快可以离开竹筏了！"

欣喜若狂的侍女们，
纷纷跳下河中，

---

① 索腊批：傣语，花名。
② 糯泊：傣语，花名。

熟练地游向岸边，
根本不听王后公主的阻拦。

矫健的侍女们，
犹如鱼儿得水，
眨眼的工夫，
已游到岸边沙滩。

王后和公主，
只好留在竹筏上，
因为不会游泳，
她们不敢涉水犯险。

上岸的侍女们，
一个个喜笑颜开，
她们你呼我喊地跑向密林，
歇脚在一棵大树下。

太阳开始西落，
天色渐渐黑了下来，
一群饥饿的夜叉，
此时正四处觅食。

它们从山上下来，
遇上了五百侍女，
饥饿的夜叉如狼似虎，
把众侍女吃得干干净净。

侍女们离开后，
载着王后母女的竹筏，
还没漂流多远，
就在一处暗礁上搁浅。

吃完侍女的夜叉，
见到竹筏上的王后和公主，
马上狂叫着扑向竹筏，
想把母女俩全都吃掉。

在这危急的时刻，
帕雅英送的红线哟，
突然发挥神力，
众夜叉想要抓住母女俩。
她俩就会像火一样发热，

热得让众夜叉无法靠近，
夜叉无法靠近母女俩。
除了红线还有一个原因，
那是因为啊，
婻西丽罕公主还怀着博提然，
是博提然的威力，
阻止了夜叉的侵害。

夜叉们又惊又怕，
一个个无计可施，
只有流着口水，
灰溜溜逃回了森林。

王后和公主经历了这次磨难，
早已浑身发软胆战心惊，
她们俩用尽力气，
挣扎着把竹筏划向河心。

受到惊吓的婻西丽罕，
内心久久不能平静，
之前啊，
时时都有侍女陪伴，
她们有说又有笑，
自己并没有感到孤单。

可是现在啊，
五百侍女全被夜叉吃尽，
竹筏上只剩母亲和自己，
孤苦无依地在水中漂行。
想起自己的遭遇，
想起母亲也跟着受难，
婻西丽罕越想越悲伤，
对着河水大声哭喊：

"河水哟，
这样湍急汹涌，
处处有暗流险滩，
我和母亲哟，
随时会成为鱼虾的美食，
不知谁能救我们上岸？

"人活在这个世上，
怎么这样艰难。

之前的我啊，
住的是宽敞的王宫大院，
睡的是松软的木棉大床，
万千的侍女围在身边，
每天都有说不完的快乐和喜欢。

"现在啊，
霸道的父王，
却给我罗织罪名，
让我每天哟，
提心吊胆无法有片刻清静。
那些陪伴我的侍女，
被夜叉吃完吃尽，
让我怎么不伤心！"

公主悲不自胜，
有时哭得人事不省，
有时哭哑了嗓子，
早晚滴水不进。

见到女儿这样，
王后婻波香十分难过，
她以母亲的慈爱，
好言好语安慰女儿：

"西丽罕啊，
我心爱的女儿，
你不要太难过，
你不要太悲伤。

"你再怎么哭啊，
现在不可能有人来这里，
把我们母女俩救到岸上，
送到有人居住的地方。

"西丽罕啊，
母后的明珠，
我们应该有生的信心，
相信我们的福分没有穷尽。

"现在，

母后的心肝啊，
母后还在你的身边，
母后不会离开你半寸。

"西丽罕啊，
花一样的女儿，
你不要太伤心，
见到你伤心的样子，
母后的心里啊，
也跟着你难过哀伤。

"我们修行的波罗蜜，
不可能那么低贱无用，
只要有福德相助，
我们一定会遇难呈祥！

"西丽罕啊，
母后的心头肉，
如果我们修行的功果还在，
必定会有人来搭救。"

母后的安慰像一股暖流，
注入西丽罕干涸的心田，
她停止哭泣不再哀伤悲愁，
开始喝水进食与母后相依为命。

竹筏载着王后母女俩，
穿过重重险滩暗礁，
越过无数汹涌波涛，
漂流到一个神圣的地方。

这个神圣的地方哟，
是帕拉西①居住的地方，
这是一个河水清澈的渡口，
帕拉西常来这里洗漱。

这天哟，
帕拉西刚好在河边，
他看到漂来的竹筏，
立刻上前把竹筏拉住。

---

① 帕拉西：傣语，野外修行者。

他把宽大的竹筏，
用力拉到岸边停下。

获救的王后母女俩，
内心充满感激，
她们跪拜在帕拉西面前，
虔诚地表达感激之意，
并把自己的遭遇，
从头到尾告诉给帕拉西，
恳求尊贵的帕拉西，
慈悲为怀收留她们母女。

慈悲的帕拉西，
非常同情母女俩的遭遇，
答应收留她们做养女，
和自己生活在一起。

慈爱的帕拉西，
腾出一座萨拉①，
他让母女俩居住在里边，
安心地生活修炼。

从此以后，
母女俩就安顿下来，
她们不怕苦不怕累，
早晚端茶送水，
到山上找野菜挖芋头，
对养父帕拉西用心侍候。

除了侍候帕拉西，
她们不忘每天清扫巴朗②，
每晚焚香祷告，
日夜勤勉守持戒律。

森林里的日子，
在宁静中一天天过去，
有一天闲谈，
母女俩谈到了在原始森林边，

跟随的五百侍女，
已经被夜叉吃完吃尽，
母女俩感到伤心又惋惜：
"那些可怜的侍女哟，
莫非命里早就注定，
致使她们被鲁莽驱赶，
丧命在夜叉口中。

"如果她们忍耐一些，
来到帕拉西这里，
今天我们在一起哟，
会有多么的快乐欢喜。

"如果她们克制一点，
忍受暂时的痛苦，
她们就不会命丧原始森林，
莫非是她们的宿命如此。

"那时啊，
她们一个个争着上岸，
在树林玩耍毫不提防，
结果一个个被夜叉吃光，
血染树木沙滩，
只剩下我们苦命的母女俩。"

母女俩促膝长谈，
回想之前的种种经历，
回想遭遇的种种磨难，
两人唏嘘不已不断感叹。
现在啊，
歌唱王后母女俩脱险，
和帕拉西一起幸福生活的歌，
到这里暂告一段落。

这段唱词哟，
仅仅是一个序言，
王后母女俩在森林的故事，
阿哥将在后面接着吟唱。

---

① 萨拉：傣语，简易房屋或凉亭。
② 巴朗：傣语，简易佛堂。

比先前更加明亮。

第五章 苏令达出世

听吧，
美丽的姑娘，
你的音容笑貌，
就像入春的第一场雨，
轻轻地把大地唤醒，
滋润着人们的心田。

这次哟，
阿哥要接着上节的歌，
为你们歌唱，
博提然诞生的故事。

那时候哟，
投靠帕拉西的母女俩，
有帕拉西的庇护，
在森林里生活得无忧无虑。

岁月如梭，
婻西丽罕腹里的胎儿渐渐成熟，
十个月期满的一天，
随着一阵响亮的哭声，
一位福盛的男婴哟，
就此降生在人间。

这位男婴哟，
就是将来福盛德隆的博提然，
他出生的日子，
是在傣历六月十五那天。
那时候太阳正当顶，
罗睺正在吃苏力亚①，
阳光明媚的天空，
突然变得漆黑一片。

随着博提然一声啼哭，
浑浊黑暗的天空，
顿时变得阳光灿烂，

---

① 这里指的是日食现象。

自从博提然降生世间，
婻西丽罕和婻波香哟，
脸像绽开的花朵，
充满了温馨和欢乐。

日月一天天穿梭，
时光一天天度过，
降临人间的博提然，
不知不觉间已有一个月。

博学的帕拉西，
根据王后母女所述的预兆，
还有出生时发生的日食天象，
给男婴取名叫作苏令达。

帕拉西还告诉母女俩，
这个孩子哟特别有福分，
他是天神赐予的孩子，
将来会成为王者统治人间。

从此以后哟，
博学多识的帕拉西，
就把男孩当作自己孩子，
加以照顾和爱惜。

时光悄悄流转，
一晃眼的工夫，
苏令达已有十岁，
这时的苏令达哟，
长得英俊又漂亮，
就像模中的金子一样。

慈爱的帕拉西，
看在眼中喜在心里，
他让苏令达跟在身边，
精心传授他智慧和技艺。

年少的苏令达，

又聪慧又爱学习，
在帕拉西传授下，
精通熟练了各种技艺。

苏令达不仅技艺纯熟，
浑身也充满了过人的力量，
这时他的力气，
已经赛过七头大象。

技艺超群的苏令达，
有着超人的胆量，
他经常到森林游玩，
寻找可吃的芋头、野菜和食粮，
太阳落山的时候，
他才满载而归回到巴朗。

那时候哟，
在遥远的原始森林里，
有一个美丽的荷花池，
池边长的一棵芒果树非常神奇。

这棵神奇的芒果树啊，
挺拔直立高达一百庹，
长得枝繁叶茂铺天盖地，
有一千枝枝杈层层叠叠。

众多的枝杈中，
有几枝枝杈特别出众，
它们结的果实哟，
和其他果实的功效大不相同。

有一枝枝杈，
结着一颗很苦的果实，
人们吃到它，
就会马上中毒身死。

有一枝枝杈，
结着颜色怪异的果实，
吃起来又香又甜，
可会让人重病缠身，
整个人会瘦得只有骨架，

走起路来颤颤巍巍。

有一枝枝杈，
结着淡如清水的果实，
人吃以后哟，
牙齿掉落稀疏似箩眼，
满脸面皮起皱纹，
头发变白，
人会变得老态龙钟。

有一枝枝杈，
结着酸酸的果实，
人吃了就会变成猿和猴，
在树枝上喊叫跳跃。

有一枝枝杈，
结着咸咸的果实，
人吃了这种果实啊，
会长出大象一样的长鼻。

有一枝枝杈，
结着又辣又麻的果实，
人吃了这种果实哟，
会变成一只花斑老虎。

有一枝枝杈，
结着精致小巧甜甜的果实，
如果百岁的老人吃了，
会变得年轻俊朗，
浑身充满力量，
力气抵得上十头大象。

还有一枝枝杈，
长在高高的树梢上，
长达三拃①的黄色果实，
密密麻麻坠挂枝头，
颗颗都有扑鼻的芳香。

人们吃了这种芒果，
精神面貌会大为变样；

---

① 拃：计量单位，约为拇指和食指伸开的距离。

人们吃了这种芒果，
就会变得英俊漂亮，
而且通晓各种技艺，
聪明智慧无人能比。

人们吃了这种芒果，
可以延年益寿永远健康。
寿命长达一千年，
谁吃了这种芒果，
他就会力大无穷，
力气抵得上百头大象。

谁吃了这种芒果，
就会有天神一样的能力，
走起路来啊像风一样快，
像箭一样迅疾。

神通广大的帕拉西，
有意成就苏令达的功德，
他跃上云端，
向原始森林中的荷花池飞去。

到了荷花池，
落在芒果树上，
智慧无双的帕拉西，
对芒果的功效了如指掌。

他不挑东也不拣西，
就在高高的树梢上，
摘下三只三拃长的芒果，
腾云驾雾回到了巴朗。

帕拉西拿出一只芒果，
让苏令达吃下；
吃下芒果的苏令达哟，
顿时神清气爽，
有了神一样的威力，
力气远胜一百头大象。

剩下的两颗，
帕拉西毫不吝啬，
一人一只，
分给王后母女俩品尝。

母女俩吃下芒果哟，
身材顿时变了样，
两个人神清气爽，
就像十五岁的少女一般，
她们美丽的身姿，
就像画中的仙女一样。

时间如流水逝去，
因为得到帕拉西的精心呵护。
这时的苏令达哟，
已长成智勇双全的少年。

看着已长大的孩子，
婻西丽罕内心喜悦无比，
她拿出神奇的天平，
交到儿子苏令达手里，
让他时常带在身边，
用作防身的神器。

长大懂事的苏令达，
立刻双手合十致敬，
他接过母亲手中的天平，
决心承担起男子汉的责任。

从这时候起哟，
窄小的巴朗里，
时常传出欢乐的笑声，
祖孙三人其乐融融。

对于养父帕拉西，
祖孙三人崇敬有加，
帕拉西的生活起居，
他们照顾得十分仔细。

年少的苏令达，
不失少年的贪玩秉性，
他非常喜欢森林，
经常到森林里游玩嬉戏。

有一天，
好动的苏令达，
又到原始森林采摘野果。

在森林尽兴游玩的他，
无意中误入森林腹心，
竟然到了夜叉的领地。

夜叉盘踞在一个深深的岩洞里，
早已发现苏令达的踪迹，
当他离岩洞不远时，
苏令达的一举一动，
洞中的夜叉看得十分清晰。

看见苏令达走近，
夜叉怒不可遏大发雷霆，
它冲到苏令达面前，
毫不留情破口就骂：

"哪里来的疯小子，
竟敢闯入大王我的领地。
你是不是活得不耐烦，
送给我当口中食物充饥。

"你娇嫩的肉，
还有你的血和心啊，
必定又香又甜，
正合我的口味和心意。"

那个夜叉哟，
张开血盆大口，
牙齿稀稀疏疏参差不齐，
一双大眼骨碌碌乱转；
脸上长满密毛和胡须，
头发又长又白，
毛茸茸的大腿又长又细，
全身满是蓬松的长毛，
样子令人十分恐惧，
它刚骂完三言两语，
立刻张开血盆大口，
瞪着鼓鼓的大眼，
恶狠狠地向苏令达扑去。

那时的苏令达哟，
虽然还是小小年纪，
可他艺高人胆大，
哪把夜叉放在眼里，

他立马摆好架势，
蓄势待发等着夜叉发起攻击。

傲慢凶恶的夜叉，
欺负苏令达年少无知，
扑上来就想把苏令达按倒；
机灵的苏令达，
立即闪在一边抿嘴偷笑，
让夜叉摔了跟头闪了腰。

夜叉又羞又恼，
气得嗷嗷大叫，
它连忙从地上爬起，
转身向苏令达身边跳跃。

它这一跳一跃，
正好跃到苏令达身边，
长度有七倍蜜枣树的距离：
苏令达不慌不急，
轻松接过夜叉的拳势，
立即展开有力的反击。

只见烈日下，
两个人你来我往，
我一脚你一拳，
打得难解难分。

他们打斗的吆喝声，
一声盖过一声。
两人互不相让，
打得天昏地暗，
仿佛要把山冲倒，
俨然要把地震陷。

见夜叉还不服输，
苏令达勃然性起，
他瞅准一个机会，
抓住夜叉的脖颈，
高高举过头顶，
把它狠狠地摔翻在地。

苏令达的力气，
胜过百头大象，

他这一用力哟，
把夜叉摔得实在不轻，
半个身子陷在土中，
手脚难动气难喘。
勇猛的苏令达，
不等夜叉缓劲喘气，
立即快步上前，
把夜叉牢牢按在土里，
一边用脚把土踩实，
一边大声呵斥夜叉无礼：

"你这凶恶的夜叉啊，
如果你有逃跑的力气，
你就从这个坑中，
赶紧逃命远去。"

身陷土中的夜叉，
急得双手乱舞乱抓，
它用双肘支在地上，
激烈地晃动身躯不断翻爬；
试图摆脱眼前的困境，
可怎么晃动也毫无意义，
埋住它双腿的泥土坚如磐石，
它的双腿动弹不得渐渐发麻。

夜叉急红了眼，
差点把肺气炸，
它暴跳如雷，
双手拼命地狂抓。

无奈双脚被困，
气得它嗷嗷大叫，
它的叫声啊，
传遍整个森林，
树木都感到惊惧，
大地也为之颤栗。

苏令达心地善良，
动了恻隐之心，
他决定把夜叉收服，
作为自己的左膀右臂：

"凶恶的夜叉啊，

你好好听着，
你已成为手下败将，
我可随时要你小命，
如果你肯投降归顺，
我就饶你不死保住性命。"

暴怒的夜叉，
根本不领情，
它口出狂言，
誓死不肯臣服：

"我是堂堂的夜叉，
森林里唯我独尊，
从来没有向谁低过头，
从不做别人的仆人。
我生在这座密林，
注定是夜叉的一员，
即使丢了性命，
我也死得无悔无怨，
怎能辱没自己的名号，
归附一个乳臭未干的小男人。

"如果你放我起身，
我还要跟你拼死交战，
我将把你的肉吃尽，
我将把你的血喝干。"

苏令达听罢大怒，
挥拳把夜叉一顿痛打，
使劲把夜叉往地下塞，
土一直埋到夜叉的脖颈处，
厉声叱骂责令夜叉臣服：

"你若拜跪臣服，
我还可宽恕轻饶。
如果你不听我的话啊，
今天你的小命难保。

"如果你双手合十求助，
我就把你从土坑里拉出，
帮你脱离困境，
保住你的性命。"

夜叉很是嚣张，
始终不肯降服：
"死在你的手上，
我绝不后悔，
至于向你低头降服，
我内心绝没有这个念头。

"如果杀了我哟，
你就背上了罪孽，
这个罪孽会一直跟着你，
我绝不会善罢甘休！"

苏令达怒火中烧，
他使劲一脚踢去，
把夜叉的头哟，
踢得脑浆迸裂。

愚蠢的夜叉，
因为它的嚣张，
因为它的狂妄，
就这样在森林中横尸而亡。

暴死的夜叉，
从此和苏令达结下了怨仇。
它未灭的灵魂，
游荡到持双山①，
化为凶恶的帕雅团②，
在那里称霸一方。

它的各种器官，
支离破碎无一健全，
它们游离在各处，
变成各种毒虫害人。

它们有的变成蜈蚣，
成群聚集在草丛树间；
它们有的变成蚂蟥，
游动沉浮在池塘水边。

它的主筋，

变成凶恶的毒蛇，
守在大道小路上，
伺机喷毒咬人。

它身上的毛和皮，
变成有毒的毛虫，
它众多的筋腱，
变成了毒虫和蜈蚣。

它的血滴，
有的变成蚊子，
有的化为牛虻，
专叮世间的牛和人。

它身上的肉和肠，
变成花斑的猛虎，
或藏在柊叶丛中，
或躲在路边，
伏击其他林中野兽，
伺机袭击路人。

它长长的白发，
变成盲蛇四处乱钻；
常在水坝河岸钻孔打洞，
造成堤坝崩塌河水泛滥。

听吧，男女老少们，
阿哥我哟，
歌唱苏令达出世，
他身带宝物神器，
战胜森林夜叉的故事。
就唱到这里。

第六章　母子分离

这一章啊，
阿哥将演唱年少的苏令达，
陪母亲到荷花池游玩，

---

① 持双山：围绕须弥山的七金山之一。
② 帕雅团：傣语，持明神。

最后与母亲失散的故事。

那时候哟，
年少的苏令达王子，
杀死恶魔夜叉后，
就到各处寻找野果和芋头；
找够了野果芋头，
才回到巴朗拜见母后。

在家等候的母亲和外婆，
见到王子平安回来，
内心才逐渐平静。
母女俩又抱又亲，
慈祥的脸上，
充满甜蜜的欢喜。

正是夕阳残红时，
树木掩映的巴朗里，
炊烟再次袅袅升起，
王后和公主忙里忙外。

祖孙四人吃好芋头，
小小的巴朗里哟，
又传出温馨的话语，
洋溢着浓浓的幸福和甜蜜。

年复一年光阴如流水，
年少的苏令达王子，
年纪已有十六岁，
相貌英俊有神威。

慈爱的帕拉西，
十分担心王子的安危，
他把王子叫到跟前，
给予谆谆的教诲：

"孩子啊，
在我们居住的东北面，
靠近原始森林的地方，
有一个神奇的荷花湖。

"神奇的荷花湖里，
长满五色的荷花，

成千上万朵五色荷花，
在阳光下争奇斗艳，
散发着迷人的清香。

"一望无际的湖水，
清澈见底碧波荡漾；
玉带般的银色沙滩，
平缓铺展在湖岸。

"岸边不远的地方，
鲜花树木郁郁苍苍。
成群的八哥鹦鹉，
在林中嬉戏歌唱，
勤快的蜜蜂，
围着花儿采蜜酿糖。

"这个湖哟，
谁在湖中洗了澡，
他的容貌，
会变得像天神一样俊朗；
他的寿命，
可活到一万年永远安康。

"他的头发不会白，
他的牙齿不会掉，
耳也聪目也明，
各种疾病不会来纠缠。

"孩子啊，
这个湖虽然美丽，
但它也凶险万分，
处处暗藏杀机令人谈虎色变。

"凶恶的夜叉，
凶猛的虎熊狼豹，
它们常常游荡在湖边，
善恶不分的帕雅团，
它们会走下山来，
到湖里游泳洗浴祸害好人。

"苏令达啊，
我心爱的孩子，
你要听从养父的劝告，

千万不要去那里游玩。"

养父帕拉西的劝告，
更增添了王子的好奇。
他的内心充满渴望，
非常向往荷花湖的美丽，
他想亲自去探寻一番，
发现荷花湖的美丽和秘密。

因为这时哟，
苏令达身有神器，
勇杀夜叉的经历，
增强了他的胆气。
即使湖边有妖魔鬼怪，
他一点也不害怕和恐惧。

他双手合十跪倒在地，
急切地恳求养父帕拉西：
"至高的养父啊，
请原谅孩儿的稚气。

"您说的这些，
让孩儿十分好奇，
美丽神奇的荷花湖，
令孩儿非常向往心醉神迷。

"现在的孩儿哟，
心已向荷花湖飞去，
请您允许孩儿，
前往荷花湖作短暂的游历。"

心慈的帕拉西，
不忍拒绝王子的求祈，
他也想锤炼王子的意志，
于是给王子支着献计：

"我心爱的孩子啊，
如果你真的想去，
养父不拦你，
但有一点你一定要牢记。

"到了荷花湖以后，
你要用湖里的黏土，

捏成一个个泥黄牛，
摆放在湖的周围。
做好这些以后哟，
你才能下湖游泳洗浴，
这些施了法术的泥黄牛，
将会尽心尽力保护你。"

得到养父的准许，
苏令达万分高兴和快意，
他立即谢别养父，
回到居住的巴郎。
把去荷花湖游玩的事，
告诉外婆和母亲。

婻西丽罕护犊心切，
心里一百个不愿意，
她坚持要陪着苏令达，
决不让儿子冒险独来独去。

见孙儿有母亲相伴，
外婆婻波香心宽了许多。
她把母子叫到跟前，
临行前仔细叮咛嘱托：

"西丽罕啊，
我的爱女！
苏令达哟，
我的爱孙！

"你们母子俩，
一个是我的心肝，
一个是我的眼珠，
你们要快去快回。
千万不要留恋耽搁，
否则哟我会担心难过。"

第二天凌晨，
天刚微微亮，
一夜难眠的母子俩哟，
迈步向密林深处走去。

一路翻山越岭，
不知走了多少路程。

风尘仆仆的母子俩，
终于到达神奇的荷花湖边。

他们看见，
在荷花湖的岸边，
在茂密的树林里，
铁链鸟在欢唱，
八哥正嬉戏闹得欢，
好像在迎接母子俩。

他们看见，
一丛丛糯京稿①，
一朵朵糯古腊②，
在骄阳下争奇斗艳。

野姜花糯罕葆③和糯班协④，
青莲红莲和箭叶雨久花，
还有茉莉花和索腊批，
朵朵芳香娇艳。

他们看见，
湖中的荷花，
岸边的黄姜花，
芳香扑鼻成排成片。

紫色的黄色的鲜花，
还有栀子花和鸡蛋花，
绚丽的五色桂花，
争相开放在密林间。

他们看见，
各种颜色的石斛花，
一束束一串串，
顺着枝干傲然怒放。

淡雅的紫茉莉花，
散发着醉人的清香；
微风轻轻拂过，
令人心情无比舒畅。

① 糯京稿：傣语，花名。
② 糯古腊：傣语，花名。
③ 糯罕葆：傣语，花名。
④ 糯班协：傣语，花名。

他们看见，
成群的蜜蜂，
在花丛中来来往往，
围着鲜花穿梭奔忙。
它们嗡嗡的鸣声，
犹如千军万马发出的喧响。

他们看见，
体态婀娜的凤凰，
扇动着美丽的翅膀，
从天空纷纷飞落荷花湖旁。

花团锦簇的湖边，
数不清的孔雀成群结队，
它们舞动多彩的身姿，
炫耀着自己的美丽和高贵。
身手矫健的鱼鹰，
一群群随波逐浪嬉戏翻飞。

他们还看见，
山冈上的小叶榕，
黄色的果实结满枝头，
啄食果子的凤凰孔雀，
在树上叽叽喳喳欢叫不休，
快乐的鸣声响彻荷花湖四周。

疲惫的母子俩，
把营地选在了沙滩上，
湖岸边的沙滩又松又软，
不远不近正好搭棚铺床。

机灵的苏令达，
不顾旅途劳累，
立即找来一堆黏土，
很快捏好几头泥黄牛。

他把捏好的泥黄牛，

个个施上法术，
摆放在湖的四周，
每个角落都不疏忽。

施了法术的泥牛，
过了一阵像真牛一样，
一个个大如公象，
在湖畔来回警戒游荡。

做好这些哟，
孝顺的苏令达，
恭请母亲下湖后，
自己才跟着下水畅游。

这时候哟骄阳似火，
正是太阳当顶之时，
山精鬼怪纷纷出动，
四处觅食想要填饱肚子。

这时候哟，
和王子有世仇的山精鬼怪，
半神半魔的帕雅团，
还有凶猛的老虎，
邪恶的毒蛇，
它们知道母子俩的到来，
立刻涌到湖岸边，
窥探母子俩的行踪。

湖中的婻西丽罕，
对靠近的危险一无所知；
她洗好澡穿戴齐整后，
端坐在沙滩上等着儿子上岸。

岸边偷窥的魔怪们，
老虎和帕雅团，
还有毒蛇和大蟒，
它们见有机可乘，
有的跳有的爬，
纷纷扑向婻西丽罕。

湖边警戒的黄牛，
马上发现了异常情况，
它们立刻冲向魔怪，

头顶角挑全力奋战。
魔怪被阻在外围无法靠近，
只能远远看着公主哀叹。

众多的黄牛，
跑起来震天动地。
只见哟，
排排树木被踩倒，
小山小丘被踏平，
仿佛山将崩地将裂。

贪婪的帕雅团，
凶猛的虎豹，
邪恶的大蟒毒蛇，
见识了黄牛的勇猛。
一个个胆战心惊，
狂奔乱跑四处逃命。

逃跑的帕雅团，
仍然心有不甘，
它从空中返回湖岸，
飞身落下直扑婻西丽罕，
它抱起公主飞上空中，
留在湖面的是婻西丽罕的声声哭喊。

母亲的一声声哭叫，
吓坏了湖中嬉戏的王子，
苏令达大惊失色，
立即向天空望去，
只见母亲的身影哟，
已经越飘越远无踪无迹。

惊慌失措的苏令达，
立即回到岸边驻地，
迅速穿好了衣服，
循着母亲的哭声追去。
苏令达追呀追找呀找，
找遍了湖边的树林山峰，
寻遍了邻近的沟壑深箐，
可是母亲始终无影无踪。

失去了慈爱的母亲，
孤单的王子万分惊慌，

他急得心如刀割，
眼泪哗哗往下流淌。

可怜的苏令达哟，
听到八哥画眉鸟的叫声，
都以为是母亲在哭喊呼唤；
他就立刻循声追赶，
可是追到有声音的地方，
却不见母亲的身影。
山林里一片死样的寂静，
连鸟儿也消失得一干二净。

苏令达一路找一路哭，
树林里草丛中，
都闪现他的身影；
山溪旁河岸边，
都留下他的足迹，
为找母亲他奋不顾身。

四处寻找的苏令达哟，
想到可能会永远失去母爱。
他内心万分难过焦急，
不停地哭喊呼唤：

"母亲啊母亲！
我受苦受难的母亲，
莫非您已被夜叉吃掉，
我再也听不到您的声音。

"母亲啊母亲！
莫非您得到天神护佑，
现在已脱离苦难，
重新回到荷花湖边。

"母亲啊我可怜的母亲，
莫非您已穿过茫茫的森林，
莫非您已找到回家的小路，
正在路上焦心地等待孩儿。

"可怜啊，
我的生身母亲，
为何遭此厄运，
被凶恶的夜叉掠去。

"是什么样的因果，
使您遭受这样的苦难，
让时刻在您身边的孩儿哟，
和您分离生死不明。
是不是这一切的原因，
都产生于您前世的宿命。

"我亲爱的母亲啊，
您现在身在何处，
为何把您的孩儿，
一个人丢弃在森林？

"为了寻找您呀，
您的孩儿苏令达啊，
独自一人在森林里奔波寻找，
经受着失去您的痛苦煎熬。"

年少的苏令达，
意志坚不可摧，
寻找母亲的决心，
让他暂时忘记了劳累。

他穿过阴暗的密林，
他登上高耸的山脊，
所有经过的岩洞山崖，
他都要一一去查看探寻。

他担心，
隐秘的山崖岩洞，
可能被狡诈的帕雅团利用，
用来藏匿自己的母亲。

他忧心，
自己的一点点失误，
就会错失找到母亲的机会，
给自己留下终身的遗憾和后悔。

可是哟，
找遍每一座山崖，
寻遍每一个岩洞，
母亲仍然无影无踪。

为了找到慈爱的母亲，
苏令达毫不气馁灰心，
他翻越高山穿过密林；
渴了就喝山泉，
饿了就吃野果。
到了夜晚哟，
他就在山林或岩洞睡觉休息，
随身一躺直到天亮黎明。

飞翔的鸟儿，
也会感到劳累，
现在哟阿哥有些疲倦，
要停下来歇气喝水。
苏令达寻找母亲的故事，
还有很多没有讲，
休息好了之后，
阿哥再接着往下唱。

第七章　误入龙宫

听吧，
清澈的荷花湖哟，
一望无际十分宽广，
处处是美丽的春天景象。

珍珠一样的姑娘哟，
你的双眼，
赛过湖水耀眼的波光；
你的容貌，
就像盛开的荷花一样。

这次哟，
阿哥要为你们歌唱！
英俊的苏令达，
为了寻找母亲婻西丽罕，
他踏遍千山万水，
深入龙宫与恶魔交战。

那时候哟，
孤零零的苏令达，
正躺在山洞里睡觉。

夜晚寒风瑟瑟，
漆黑的树林里，
传来老虎黑熊犀牛和大象的吼叫。

月亮渐渐西落，
东方开始泛白，
蜷缩在山洞里的苏令达，
被寒冷的山雾冻醒。

这时仍然浓雾弥漫，
洞外的山林悄无声息，
不时传来一两声鸟鸣，
然后又重归于静寂。

冻醒的苏令达，
更加思念自己的母亲，
他双眼热泪成行，
轻轻地把母亲呼唤：

"母亲啊您在哪里？
您是不是栖身山洞，
也和孩儿一样，
在寒风中受冷受冻。"

浓雾渐渐散去，
鸟儿开始觅食，
叽叽喳喳的鸣叫声，
打破了森林的寂静。

早已睡醒的苏令达，
这时从冰凉的地上爬起，
他走出洞外，
上路寻找母亲的踪迹。

山路崎岖，林海茫茫，
莽莽的山林里哟，
除了蛐蛐纺织娘的叫声，
仍然看不见母亲的身影。

离开栖身的山洞，
苏令达继续寻找，
他走呀走，找呀找，
最后来到一条河边。

苏令达实在太累了，
他决定在这里歇歇脚，
到河里洗洗澡，
放松紧绷的神经和大脑。

清澈的河水哟，
又凉快又清爽，
使劳累的苏令达，
暂时忘记了疲劳。

这时候哟，
他身上的独特香气，
随着涌动的水流，
渗到了深深的龙宫里。

龙宫里的龙女金莎娜，
闻到香气感到非常惊奇，
她立刻离开龙宫，
顺着水流去找寻香气。

龙女来到河边见到俊美的苏令达，
金莎娜哟正当青春花季，
顿时芳心荡漾春情涌起，
深深爱上了初次见面的王子。

她化成人间美女，
慢慢靠近正在洗澡的王子，
她用温情的语言，
一遍遍倾诉爱慕的情思。

那时哟，
只见苏令达快速游回岸边，
急匆匆穿戴好衣帽，
站在那里不发一言，
因为他十分担心，
是不是山妖变化来哄骗。

看见苏令达这般绝情，
龙女伤透了芳心，
她连忙转过身去，
悄然隐身在树林。

龙宫里的龙太婆，
也闻到了飘来的香气，
她感到非常惊讶，
决定去查看稀奇。
她循着香气来到岸边，
远处有一个男孩在河滩上站立，
这个男孩是如此英俊帅气，
龙太婆打心里欢喜，
她决定想方设法，
让苏令达成为孙女婿。

洗好澡的苏令达，
这时又恢复体力，
他再次钻进深山密林，
继续寻找母亲。

林中奔走之际，
苏令达的心里，
突然闪现一种念头：
"我可怜的母亲哟，
会不会已返回荷花湖，
此刻正在急切地盼我回去。"

有了这样的想法，
苏令达毫不迟疑，
立刻掉转身子，
朝荷花湖快步走去。

年迈的龙太婆，
自幼常在荷花湖走动，
对那里的一切，
熟悉得不能再熟悉。

婻西丽罕被抓走的那天，
龙太婆也在湖边，
帕雅团抱走婻西丽罕的情形，
她凑巧亲眼看见，
婻西丽罕母子的相貌，
在她脑海中印得很深。

她立刻飞往荷花湖，
化身成美丽的婻西丽罕模样，
坐在湖岸边，

一边哭一边把儿子呼唤：

"我的孩儿啊，
阿妈已脱离灾难，
阿妈已返回荷花湖边，
焦急地等你出现。

"阿妈啊，
在荷花湖四周，
把你仔细的寻找，
却不见你的身影，
现在的你哟，
身在什么地方。

"苏令达啊，
我心爱的孩儿，
阿妈已在这里等你，
阿妈深深地念着你，
快快回来吧，
不要耽搁停留在森林里。"

思母心切的苏令达，
这时哪里辨得清真假，
听见敬爱的"母亲"，
正在湖边把自己声声呼唤；
一股暖流涌上心头，
他快步跑到"母亲"跟前，
搂住"母亲"的脖子，
尽情地放声大哭。

慈祥的"母亲"，
立刻发出温言软语：
"孩儿啊，
我心爱的苏令达，
是我们的福分，
使得阿妈没有死去，
使得阿妈回到这里，
让我们母子俩重逢相聚。

"现在哟，
我们母子俩已相聚，
我们应该离开这里，
回到我们的巴朗驻地。"

欢喜中的苏令达，
对"母亲"言听计从，
跟着"母亲"离开荷花湖，
踏上返回居所的征途。

"母子俩"离开荷花湖，
钻进茫茫的原始森林。
回家的路程才走了一半，
"母亲"就把王子带到了龙国。

这个地方宫殿高耸，
这个地方房舍林立，
还有宽广的坝子，
苏令达见了疑心顿起。

狡猾的龙太婆，
看出苏令达起了猜疑，
立即用花言巧语，
欺骗苏令达不要猜忌：

"孩儿啊，
我们千辛万苦来到这里，
不知它叫什么地方，
但它非常繁华美丽。

"这是我们前世的福分，
使我们脱离灾难，
来到这宽广的土地，
我们到城里去看看，
找一个安逸的住所，
好好休养休息。"

龙太婆不由分说，
带着懵懂的苏令达，
穿过嘈杂的王城街市，
来到辉煌的王宫中。

王宫里喜气洋洋，
仆人们忙得进进出出，
他们做了可口的饭菜，
迎接人间来的英俊小伙。

龙国里的少女们，
听说来了一位帅小伙，
一个个芳心荡漾，
纷纷来窥探偷看。

看到苏令达的美貌，
情窦初开的少女们啊，
脸像春天的花朵一样绽放，
她们情不自禁地盛赞：
"人间来的小伙哟，
怎么如此的潇洒俊朗！"

好多痴情的少女，
情到深处不能自拔，
她们在王子面前来来往往。

她们向王子递送情话，
她们用美丽的言辞挑逗，
想着法子靠近苏令达。

夜色越来越浓，
喧嚣的人们平静下来，
困乏的苏令达，
美美地进入了梦乡。

见苏令达沉沉熟睡，
心怀鬼胎的龙太婆，
立刻轻手轻脚打开门，
向龙王居住的宫殿走去。

原来这位龙太婆啊，
不是一般的老太婆，
她是龙王的母亲，
她的地位至高无上。

她急着去见龙王，
是要把内心藏着的梦想，
告诉她的儿子，
龙国里的至尊龙王。

见到儿子龙王，
龙太婆说出了自己的梦想：
"听着，我的儿子哟，

有一段姻缘应在你的公主身上。

"现在啊，
人间一位少年王，
他穿过茂密的森林，
来到了龙国你的身旁。

"他长得一表人才，
让他做你的女婿，
招为龙宫的驸马，
实在是般配不过非常荣光。

"人间的姑娘有千千万，
母亲我用了许多方法，
才把这位少年王哟，
带到我们龙国你的身旁。
你要用心在意，
设法让他爱上你的姑娘。

"人间的人有万万千，
都不曾到过我们龙国，
因为王子是有福的人，
他才会来到我们身边。
能不能把他留住，
你要用心思量。"

第二天天刚亮，
龙王叫人把大鼓擂响，
召来大臣官员，
商讨招驸马的事项。

大臣来了，
官员也来了，
他们一个个火急火燎，
见到龙王立刻跪倒朝拜。

威严的龙王，
随即将旨意颁下，
要招苏令达为驸马，
让大臣官员们拿出好方良法。

一个德高望重的大臣，
上前向龙王进言：

"尊贵的大王啊，
赶快派人把小伙找来，
让我向他当面提问。
假如他是贵人后裔，
如果他是福隆的人，
一定能解答问题。
这样的人哟，
招为驸马毫无疑虑。

"如果他哟，
愚钝无知没有智慧，
无法解答我们的提问，
我们就将他砍头治罪。"

听了大臣的主意，
龙王十分欢喜，
他们共同商定，
天晚时候让人去请王子。

狡诈的龙太婆，
立即前往苏令达住处，
把龙王邀请的事，
事先告诉苏令达：

"我的孩儿啊，
阿妈刚刚听说，
至高无上的国王，
要请我们进宫朝见！"

听说国王邀请进宫，
苏令达非常惊异，
愣了一会儿才清醒，
心里有了一丝猜疑。

傍晚时分，
使臣来到苏令达住处，
他们用隆重的礼节，
邀请苏令达到王宫做客。

年少的苏令达，
艺高人胆大，
虽然满腹怀疑，
仍然接受使臣的邀请，

跟着"母亲"和使臣，
向龙王的王宫走去。

走在街上的苏令达，
没有丝毫的怯意。
他看见，
成群的姑娘少妇，
个个花枝招展，
让人看得眼花缭乱。

那些姑娘少妇们，
看见路过的苏令达，
她们东一嘴西一句，
纷纷把苏令达赞夸：
"这位人间的小伙哟，
是多么的英俊貌美，
世间真是少见不可多得，
我们龙国更是绝无仅有。

"多么希望自己哟，
有缘和他成双成对，
与他双进双出，
相亲相爱长相守。"

她们有的双眸含情，
羞怯地掩嘴诉说：
"俊美的人间阿哥啊，
为何这般打动阿妹的心窝，
能否请阿哥哟，
屈尊移步，
到阿妹家里坐坐。"

善良的苏令达啊，
这时候才知道，
自己和"母亲"，
已来到水底龙国。

聪慧的苏令达啊，
这时才幡然醒悟，
之前自己在河中洗澡，
为何有姑娘来调情，
原来那条河，
可直通水底的龙国。

也就在这时，
苏令达才彻底明白，
一直伴随自己的"母亲"，
原来竟是龙外婆的化身。

苏令达思绪难平，
心中暗暗思忖：
"现在的我哟，
被龙女欺骗，
来到了水底下的龙国，
离开了尘世人间。"
龙女们的热情招呼，
打断了苏令达的思绪。
回过神的他，
对龙女们的邀请婉言谢绝：

"美丽的姑娘啊，
谢谢你们的盛情邀请！
现在的阿哥哟，
因为有国王的召唤，
正要赶往国王的宫里。
所以阿哥哟，
只能和你们告别，
愿你们一切吉祥如意。"

告别了多情的龙女，
苏令达快步向龙宫走去。
他穿过王城街市，
很快到达龙王的宫里。

只见龙王的楼台亭阁，
幢幢装饰着闪亮的珍宝，
间间富丽堂皇流光溢彩，
俨然是黄金铸成的宫殿。

宫殿内，
大臣高官排列整齐有序；
宫殿外，
男女仆人进出川流不息。

聪慧的苏令达，
见了宝座上的龙王，
不失礼数走上前去，

恭敬的叩拜敬礼，
叩拜问候完毕，
这才回到客位坐定等候问讯。

龙王向下看得清清楚楚，
年轻人相貌英俊不失风度，
静静地端坐在客位上，
端庄可爱很有礼数。

这时候龙王发问：
"英俊的年轻人啊，
你的故乡在哪里，
来自什么国度？
莫非你就是位王子，
你叫什么名字？

"你怎么会来到这里，
到这里想干什么？
这里可是龙宫啊，
请你详细告诉我吧！"

苏令达听到龙王询问，
马上起身跪拜回答：
"尊贵的龙王啊，
晚辈从人世间来，
勐章玛尼就是我的家，
我是福德广大的帕雅的外孙，
我的名字叫苏令达。

"晚辈曾经住在原始森林里，
师从我的师傅高僧帕拉西，
学习了许多咒语法术，
掌握了多种武功技艺。

"晚辈在森林里游玩，
听说辉煌的龙宫就在水底，
它远在百里之外，
就像天堂一样美丽。
晚辈想见识龙宫的神奇，
所以斗胆来到这里，
晚辈祈求大王赐福啊，
请不要怪罪我的无礼。"

至上的龙王听得仔细，
知悉了苏令达的来意：
"是天赐的福荫引导侄儿啊，
你才来到我的宫里，
按水底世界的习俗，
我要向你提出一些问题，
这是龙宫正常的测试，
本王请你不要多心在意。

"一是有七颗神圣的珍珠，
洁白晶莹闪闪发亮，
耀眼的色泽如丝绸放光，
又像洁白的攀枝花絮一样，
人们是多么珍惜啊，
早晚都在把玩观赏。

"二是有三颗少见的珍珠，
颜色发灰暗淡无光，
就像三块黑色的火炭，
善良的人都不愿它们靠近身旁。

"且说这黑、白两种珍珠，
摆放在五个纯金贡盘（蕴）①之上；
如果贡盘（蕴）消失了，
两种珍珠也就随着破碎消亡。

"请英俊的侄儿讲解赐教吧，
什么是正确的答案。
英俊的侄儿要好好思量，
如侄儿回答符合正道啊，
本王将举行隆重的拴线仪式，
让美丽的公主与你同入洞房。

"我会按照龙宫的婚礼习俗，
举行盛大的庆典招你为驸马，
让你继承尊贵的王位，
治理我们宽广的龙宫。

"如果侄儿解答不合正道，
或者回答不了这些问题，
那将危及你的生命，

只能到阴间报到悲惨地死去。"

苏令达听清了龙王的问题，
按照传统礼俗起身致意：
"尊贵的大王啊，
您提的是十分深奥的问题。
如果大王想知道答案，
请把大臣王族全部召集，
让他们都来静坐聆听，
晚辈会一一解释其中的深意。

"要解答这个深奥的问题，
应该在神圣的地方。
我要坐在华盖罩护的蒲团上，
仔仔细细地加以宣讲。

"如果不郑重其事，
如果只是轻描淡写，
就不符合传统习俗，
就会违背了道德法规。
大王啊，
开玩笑不合智士仁者的规矩，
珍珠也会因此丧失它的神力。

"如果真的违背了正道，
就会遭到报应堕入地狱。
大王要用恭敬的礼仪，
静听侄儿解答问题。"

尊贵威武的龙王，
听得清清楚楚明明白白，
他命令大臣们立即行动。
几万人一起着手准备，
他们擂响大鼓发出通告，
让所有臣民人人都来。

消息传遍了整个龙宫，
水底世界顿时沸腾起来。
老年人拄着拐杖小步慢跑，
年轻人摩肩接踵大步跨迈，

---

① 贡盘（蕴）："贡盘"和"蕴"，傣语读音都是"憨"，是两个同音词。

无数的姑娘少女蜂拥而至，
都想一睹英俊王子的风采。

身材苗条容貌漂亮的公主，
洪福齐天的金莎娜啊，
这时也匆匆离开华丽的闺房，
来到大厅坐在宝座边静静听讲，
她洁白的肌肤像丝绸一样光滑，
柔软身材让所有小伙子神魂颠倒，
她传情的眼睛像宝石一样发光，
无限柔情让多少年轻人欲火中烧。
但看她目不斜视的痴情样子，
只想立刻投入苏令达的怀抱。

丝绸席子和蒲团铺好了，
绣金边的华盖高高撑起，
大臣官员和百姓全部到齐。
一切都已准备就绪，
龙宫至尊的大王啊，
这时恭请苏令达王子就座入席。

官员和平民手捧鲜花和米花，
金色的蜡条高高举过头顶，
人们口念祝词祈祷，
全场鸦雀无声静坐聆听。

这时候，
世间的王子苏令达入座，
他轻启朱唇细细讲来：
"七颗洁白的珍珠啊，
那是人类智慧的核心，
那是人类行为的准绳。

"第一颗珍珠叫'信'，
我们要用自己的身心，
虔诚信奉佛祖释迦牟尼，
给寺庙布施各种物品。
对佛教的忠诚和信仰啊，
它就是我们信徒的珍珠宝玉，
第二颗珍珠叫'戒律'，
每个人都要坚定地把持和坚守。

第三颗珍珠叫'忏悔'，
做人要时时牢记改错悔罪。
第四颗珍珠叫'佛经'，
我们每天都要顶礼膜拜诵念不停。
第五颗珍珠叫'施舍'，
广施财富就能积累大德。
第六颗珍珠叫'勤勉'，
要一生勤谨勉力修行，
才能克制暴怒成为完人。
第七颗珍珠就是'智慧'，
如果你勤勉修行勤学苦练，
就会获得智慧预知未来。
这就是七颗洁白的珍珠，
这就是为人处世的七条准绳。

"至于三颗黑色的珍珠，
它们颜色漆黑暗淡无光。
一颗叫作'贪欲'，
它会断送贪婪之人的性命；
一颗叫作'嗔怒'，
它会让人失去理智看不到长远；
一颗叫作'痴愚'，
它会让人遇到灾祸无法躲藏逃离。
若有了这三种恶习，
好人也会变得作恶多端。
即使是对舅公姨姥叔伯父母，
以及同寨的长辈和僧侣，
因贪婪本性驱使，
他也会全然不顾不管，
他会忽视佛法僧三宝，
他会每天作恶不断，
最终酿成人生悲剧，
导致家破人亡妻离子散。

"贪婪嗔怒痴愚三种恶习啊，
诱使人心变黑变烂，
佛法和戒律抛在脑后，
时刻想着作孽万端，
这样会断送自己的性命，
堕入阴森恐怖的地狱。

十万劫①也无法超脱为善，
这就是人人厌恶的三颗珍珠，
挨近它就会让人走进黑暗。

"至于那看不见摸不着的'五蕴'，
请大家竖起耳朵聆听；
一个叫作色蕴，
就是物质的外表和体形；
一个叫作受蕴，
就是人心对万物的领悟和感情；
一个叫作想蕴，
就是人们对万物的想象和愿景；
一个叫作识蕴，
就是人们对事理的认知和悟性；
一个叫作行蕴，
就是人生一世的善行或恶行。

"如果这五蕴衰老了，
人就会形体消亡灵魂无依，
聪明智慧消失得不见踪迹，
变成孤魂野鬼堕入地狱，
丢下无数的金银和财宝，
留下妻儿子女悲伤地哭哭啼啼。

"这时候啊，
人们将你的尸体丢在坟地。
亲朋好友悲伤哭泣，
你却听不见看不明，
没有谁会陪伴同行，
只有两项业行随你同去。
如果你今生功德圆满，
你会投生在仙界自由无比；
如果今生修得中等福气，
你会重生在人间做别人的子女；
如果你今生罪孽深重，
你会堕入地狱受尽油煎刀锯。

"这就是'五蕴'包含的真理，
无论男女老少都不能破例。
龙界的臣民啊，
请你们听清牢记！"

水底龙宫的臣民们，
这时候解决了疑难问题，
他们一起叩拜祝福英俊的王子，
赞扬之声在龙宫此起彼伏。

龙宫至高无上的龙王，
心里十分高兴欢喜，
他遵守诺言讲信用，
答应招苏令达作为女婿，
把美丽的公主金莎娜，
嫁给英俊智慧的王子为妻。

龙宫的内臣近侍，
急忙给公主装扮梳洗；
龙宫一千个漂亮的姑娘，
陪嫁作为公主的贴身侍女。

龙王举行盛大的结婚拴线庆典，
所有的臣民都来祝福献礼。
龙王让夫妻俩继承王位，
登上宝座对龙宫统治管理。

从此龙宫改朝换代，
进入了苏令达统治时期，
他在美丽的公主和宫女陪伴下，
统治着辽阔无边的龙界水域。
他按法规教育所有的臣民，
让他们的生活自由自在称心如意。

第八章　婻西丽罕遭难

现在啊，
哥哥将要回头讲述，
美丽善良的母女俩，
如何历经波折相聚。

有福的王后婻波香，
平静地在森林里盼望，
等待西丽罕和苏令达回归，

---

① 劫：又叫劫波，通常指年、月、日、时不能算的远大时间，即长远的时间。

一直到暮色苍茫星斗闪亮。
她心中牵挂忐忑不安，
为什么女儿和外孙还不回还？
她步履蹒跚走进森林，
对着无边的黑暗高声呼唤！

她感到撕心裂肺的悲伤，
心里牵挂着离家外出的娘俩。
心头的疑问一个接一个，
伤心的泪水成串成行：
"为什么福无双至祸不单行，
爱女和外孙竟会同时消失。
莫非娘俩迷失了方向，
再也走不出茫茫无际的森林；
莫非遇到夜叉老虎恶狼，
吃光了血肉夺走了娘俩的生命。

"爱女为何还不归来啊，
我那可怜命苦的西丽罕，
你为何忍心抛下孤独的母亲，
让我一个人哭泣悲伤？

"你们娘俩在森林里消失，
我们是否再无相见的希望？
如果是这样啊，
母亲将伤心痛哭直到死亡；
没有你俩的安慰陪伴，
我的生命将暗淡无光。

"我英俊的外孙啊，
你为何不回来让我亲亲，
你走进森林就像风一样消失，
我上天入地也找不到你的踪迹。
悲伤的我一天要哭千次，
睡梦中也无法将你忘记，
你为何抛下我远走高飞，
让我东奔西走苦苦寻觅！
心爱的外孙你可听见我的呼唤，
快回来和外婆搂抱在一起。"

嫡波香在森林里蹒蹒独行，
一边哭喊一边寻找，
一直找到月上树梢，

这才摸索着返回巴朗歇脚。
回到住处仍然伤心不止，
不停地哭泣呼叫，
一直到第二天清晨，
浓雾渐退天刚拂晓，
她就去拜见养父帕拉西，
把所有的担心一一禀告！

帕拉西听了嫡波香的哭诉，
已明白事情的缘起和终了。
他用精深的智慧和舒缓的话语，
慢慢将嫡波香开导：
"那苦命的母子俩哟，
已经走散分道扬镳，
这是因为前世结下的因果，
注定要在今生遭受回报。

"在人世间轮回转世的人啊，
谁都会受苦受难无法脱逃，
如果未至涅槃最高境界，
世间的苦难不可能完结终了。
如果今生死去来世还投生为人，
仍然会在世间身陷苦难的泥淖，
只有功德圆满达到涅槃的人，
才会超脱世间的苦难自在逍遥。

"至于嫡西丽罕和她的儿子，
早已在原始森林里失散分离，
必须经过三年漫长的等待，
你们三人才能重逢相聚。

"你现在只需静心修身养性，
不断地行善积德圆满波罗蜜，
你的福气不会像水气一样消散，
你和女儿外孙的缘分还会继续。
你要坐禅修行不偏不倚，
心怀慈悲多施善举，
就在这森林里耐心等待，
他们终有一天会回来与你相聚。"

听了养父一席话语，
嫡波香心里云开雾散，
她举手合十拜谢帕拉西，

转身回到自己的萨拉小草屋，
摆上贡盘顶礼膜拜，
持守八戒静心坐禅。

至于美丽的婻西丽罕，
那时被帕雅团生生掠去，
她悲伤的哭声连绵不断，
在空中飘荡久久不曾停息。
帕雅团抱着她在云雾中穿行，
飞越了无数山峰和辽阔大地。

帕雅团飞到一处遥远的森林，
大约有九十里的距离。
还没到陡峭的悬崖，
也没到他的阴暗穴居，
这时他心里一阵嘀咕，
不由自主打起了坏主意——
"我是把她当成美食吃进肚里
还是把她留下来做为娇妻?"

这时候啊，
公主的身体，
变得滚烫无比。
原来拴在公主发鬓上的红线，
已经被因陀罗施过咒语，
这时产生了神秘的威力。

也是婻西丽罕天天点亮油灯供奉，
精心修行持守戒律，
她积下的功德哟，
像火焰一般在身上燃起，
把帕雅团烧得狂躁不安，
六神无主无法安静停息。

帕雅团失身从天空中坠落，
翻滚着重重摔翻在地。
婻西丽罕也随着跌落下来，
正好压住帕雅团的身体，
帕雅团穿过树梢摔在石头上，
顿时皮开肉绽丧命断气。

因为有神仙的庇护，
婻西丽罕没有摔在石头上，

只是落在帕雅团身上昏过去。
不过她昏厥的时间不长，
很快就睁开眼睛苏醒过来，
她急忙从帕雅团身上跳起，
跌跌撞撞跑进树林里，
像箭一般向前奔跑逃离。

神奇的芒果给了她无比的神力，
她快步如飞爬山过溪，
不分东南西北一直向前，
生怕又落在帕雅团手里。

她独自在草丛密林中穿行，
不敢说话也不敢呼叫，
她生怕帕雅团听见追来，
只是埋头独自一人奔跑。
她不敢停留也不敢往后瞧，
更不敢坐下休息歇脚。

即使全身都被尖刺划破，
白嫩的脚底板起了水泡，
森林里留下一串串带血的脚印，
她还是忍受剧痛继续奔逃。

婻西丽罕就这样走啊走，
婻西丽罕就这样跑啊跑，
她终于穿过密林来到大河边，
这才爬到河边的石头上歇脚。
她不会游泳过不了河，
只好停留在那里东看西瞧。
这时候啊，
她才歇息在大河边，
坐在石缝里伤心哭泣。
想起自己心爱的儿子，
想起和蔼可亲的母亲，
婻西丽罕心里不停地颤抖，
对着河水不停地呼叫:
"妈妈最心爱的儿子啊，
不知你现在身在何方，
莫非还在到处把母亲苦苦寻找?
妈妈最可怜的儿子啊，
你在森林里找不到母亲，
是不是正在独自一人哭泣。

"你我在森林里举目无亲，
远离了家族和亲戚朋友，
只能与外婆相依为命，
只能与帕拉西形影相随。
现在你刚刚满十六岁，
你孤身一人远走高飞，
离开了母亲无依无靠，
天大的苦难你怎样承受。

"莫非聪明的你追随母亲，
却在森林中迷路无法返回；
莫非你遇上凶恶的夜叉，
被夜叉吞吃变成孤魂野鬼；
莫非你已安全返回，
正在帕拉西身边接受教诲。
母亲现在最想见的人是你啊，
最担心的事就是你的安危。

"母亲我现在苦难深重啊，
心中悲切伤痕累累，
要是没有儿子陪伴身边，
将忧郁而死无法闭眼闭嘴。

"我可怜的老母亲啊，
您住在巴朗旁的小草棚里，
不知道您的女儿啊，
已经被帕雅团掠去。
可能您还在急切地等待，
苦苦地数着女儿的归期，
等到月上树梢夜幕降临，
母亲仍见不到女儿的踪迹。
您一定会到处寻找女儿，
您一定会忧愁伤心哭泣，
真的苦了您了我慈祥的母亲，
女儿该怎样减轻您的焦虑！"

嫦西丽罕在河边悲痛欲绝，
日日夜夜不停地哀声哭泣，
她的哭声震天动地，
她的泪水流成小溪。

饿了，她摸索着到河边，
寻找熟了的野果充饥，

举目四望一片迷茫，
分不清东西南北，
只听见河水涛声如雷，
只看见河岸怪石耸立，
沙滩上有闪烁的金沙，
白鹭鸶和鱼鹰在觅食嬉戏，
河边有孔雀锦鸡戏水，
张开翅膀欢叫着飞来飞去。
眼前的情景美好欢快，
却勾起她痛苦的回忆。

她在河边团团乱转，
周围都是悬崖峭壁，
她伤心痛苦泪流不止，
因为无路可走无处可去。
她无奈地站在巨石上，
直到太阳落山月亮升起；
山林里有无数鸟雀，
相互呼唤结伴而息，
河里有成群的鱼儿，
你追我赶在浅滩游戏；
一阵阵轻风吹来醉人的花香，
一群群八哥说着动听的鸟语；
猿猴在林中高声呼唤伴侣归来，
黑熊带着幼崽爬回树上的窝巢栖息；
蟋蟀蚂蚱鸣声不断，
山妖鬼怪的哀号令人心悸。

美丽的嫦西丽罕蹲在巨石上，
孤身一人无依无靠，
夜幕降临伸手不见五指，
整个原始森林一片静寂。
孤独的嫦西丽罕蜷缩在树下，
大雾弥漫凝成一颗颗露珠，
滴在她脸上冰冷无比，
天上的星星暗淡无光。
只听到风吹树叶哗哗作响，
林中有数不清的野兽，
山猪鹿麂老虎野牛和野狼，
还有大象犀牛黑熊狮子和山羊。
黑夜里时常传来野兽的号叫，
那声音令人毛骨悚然胆战心惊。

婻西丽罕睡在石缝里，
浑身发抖感到十分恐惧，
她被惊吓得时昏时醒，
头皮发麻全身汗毛竖起。
她身上没有被子遮体，
只好在坚硬的石头上和衣歇息，
有时她梦见和儿子亲密相依，
醒来却像风一样消失不见踪迹。
只听到水浪拍岸的声音，
更让人心中悲伤不已，
直到箐沟里响起蝼蛄蟋蟀的鸣声，
她才知道黎明到来黑夜已经过去。
这时醒来的她更加痛苦难当，
只因思念爱儿而流泪哭泣。

听吧，
真金不怕火炼的妹妹啊，
你讲的话句句像真金一样珍贵。
这里啊，
哥哥还要继续讲述婻西丽罕，
她的故事还会流传得很久很久。

当她还在森林里受苦时，
她伤心痛哭烦恼忧愁，
她在密林里走投无路，
滞留河边长达一月之久，
她心中有苦无处倾诉，
经受的磨难常人无法忍受。

就在这时云开雾散，
大河上驶来一支浩浩荡荡的船队，
五百艘商船正好经过那里，
这是上天来把婻西丽罕援救。
这条大河一直通达大海，
而商船就从大海进入河流，
船队沿着河流逆水而上，
几个月后才来到河边巨石周围。

这时候啊，
船队上的商人突然有所发现，

河边巨石上站着一个高贵的妇人。
婻西丽罕也看见了漂亮的船队，
心中一阵惊喜感激老天睁眼——
"落难的人终于等来了救星，
我将随他们逃离苦海无边。"

惊喜之后她又十分担心，
思来想去难以决断——
"天底下的男人都一样，
我怎能跟他们同舟共船，
如果他们来侮辱我，
孤立无助的我又该怎么办？"

犹豫不决的婻西丽罕啊，
这时只有真诚的祷告和祈求，
"如果我前世修行波罗蜜，
如果我积下了功果善行福气，
现在就请来救助我吧，
但是别让男人猥亵我的玉体。
请求至高无上的天王，
请求龙王和金翅鸟，
请求天界的各位神仙，
请求你们赐给我护身的神力。
即使有十万个男人来，
也不敢搂抱触碰我的玉体，
请求你们让我从此变哑，
见到人也不言不语，
一定要让我守口如瓶啊，
永远保住心中的秘密。"

就在婻西丽罕在心中祈祷的时候，
商人的船队靠近了岸边巨石，
他们看见婻西丽罕就把船停下，
连连向岸上的婻西丽罕招手致意：
"岸上美丽的姑娘啊，
为何独自一人站在这里，
巨石上的青发美女啊，
你是人还是妖令我们猜疑？
莫非你是水底的龙女，
到这里游玩忘了归期；

莫非你是高山顶上的玛诺拉①，
外出游玩而滞留在此地；
或者你是世俗的人类，
来森林里寻找夫君或儿女。
为何只有你独自一人，
停留在这深山密林里？"

美丽的婻西丽罕不言不语，
站在河边微笑着点头致意，
商人们把船停靠在岸边，
再三向婻西丽罕打探消息。
婻西丽罕侧着脸毫无反应，
好像没听见不搭不理。

商人们得不到什么答案
心中不快颇感无趣——
"这美女怕是一个聋子，
碰上她是我们的好运气，
我们把她带走吧，
当作共同财产为我们服役。"

商队的首领船长稍作考虑，
很快接受了众人的提议，
一个商人立即下船，
来到婻西丽罕的面前比来划去，
他用手指示意婻西丽罕上船，
点头哈腰一派虚情假意。

美丽的婻西丽罕上了船，
装聋作哑不言不语，
她步态婀娜多姿袅袅婷婷，
美丽得就像天上的仙女。
她身材苗条亭亭玉立，
靓丽得像传说中的金娜丽②；
因为她在金湖里沐浴过，
洁白的肌肤像刚出炉的纯银；
眼珠黝黑牙齿整齐，
出众的容貌让人垂涎欲滴。
船长见了心慌意乱，
跌倒在沙滩上无法动弹，

她的美丽超过人世间所有的姑娘，
谁瞟一眼就会全身酥软。

众商人拍手欢呼，
喧哗声响遍河面沙滩，
人人都争着与她亲近，
个个都梦想将她霸占——
"她是又哑又聋的姑娘，
不会讲话又无人保护，
请让我来好好地将她陪伴。"
"我懂得医术神药，
让我和她成对成双，
日夜守护服侍她我也心甘。"

正在众人争吵不休的时候，
一位男子高声提议：
"人人都想得到这位美女，
争吵到天黑也解决不了问题，
现在我给大家出个价钱，
谁拿出十万两白银就得到美女。
你把白银称给我们大家，
我们就把美女让给你，
拿出钱美女就属于你私人拥有，
不出钱就不要打美女的主意。"
跌倒在地的船长听了心中高兴，
满脸笑容连忙上前商量，
他拿出十万两白银交给大家，
众人这才把婻西丽罕让给了船长。
船长得到美女十分高兴，
不停地手舞足蹈心花怒放，
贼眼紧盯着美丽的公主，
盼望太阳早点落山好入洞房。

商人们划着船继续逆流而行，
傍晚时分到了一个小岛，
他们把船停靠在岸边，
准备在此过夜等待天亮。
孤单无助的婻西丽罕走下甲板，
慢步跨入铺好被褥的船舱，
丝绸做的枕头被子一应俱全，

---

① 玛诺拉：传说中非人非鸟的神仙美女，俗称孔雀公主。
② 金娜丽：与玛诺拉同，即传说中非人非鸟的神仙美女，俗称孔雀公主。

那是船长准备的洞房花烛。

好不容易挨到夜深人静，
船长惦念美女难耐心痒，
他快步踏进西丽罕的住处，
欲火中烧就想脱衣上床。
他用手摸索着寻找公主，
掀开被子就要肆意孟浪，
刚想把公主搂抱在怀里，
就感到公主的身体在发热发烫。
那感觉就像把手伸进火塘，
疼得手指好像断了筋一样。

他冲出卧室坐立不安，
心里想着美女难以入眠，
他在公主卧室外来回转悠，
整夜想着公主心有不甘。
他接二连三地摸进公主的卧室，
每次都是同样的结果无功而返，
公主的玉体就像烧红的火炭，
稍一触碰就让他皮开肉绽。

这一夜婳西丽罕睡得很香，
只是气坏了心怀鬼胎的船长，
美丽的公主仿佛有神护佑，
再想进去也缺乏胆量，
十万两银子打了水漂，
船长思来想去愁断了肝肠。

第二天太阳从东方升起，
给人带来了无限的温暖，
大地和天空云消雾散，
水手们忙前忙后准备早饭。
看到愁眉苦脸的首领，
他们不知道昨夜出了什么麻烦，
只能用奇怪的目光互相示意，
难道船长在洞房遭了灾难：
"哎哟哟，
我们尊敬的大船长啊，
怎么萎靡不振眉皱脸长，
是不是整夜没睡，
美女如胶似漆缠着不放，
缠绵到天亮一刻不停，

弄得眼眶深陷脸色发黄。"

无奈的船长开口申辩：
"这个女人美若天仙，
目光流彩令人垂涎，
她肯定不是世间的俗人，
一定有天神护佑洪福齐天。
每当我走近她的床铺，
她身上就像燃起烈焰，
想与她同床共枕啊，
就像火烧火燎般熬煎。
昨夜我根本无法近身，
现在才这样愁眉苦脸，
这是因为我白白花了银子，
不是因为整夜亲热缠绵。"

听了船长的表白诉说，
大家深信不疑无人争辩，
看来这位美女确实有洪福，
或许就是一位下凡的天仙。
因为船长是德高望重的首领，
从来不曾说过一句谎言。

从此谁也不敢在公主面前放肆，
信口开河说些轻薄挑逗的语言，
船长命令大家小心侍候，
公主有什么要求必须提供方便。

安排好公主的饮食起居，
船长下令起锚航行，
浩浩荡荡的船队逆流而上，
几天之后来到一个很大的渡口。
打望的船工兴奋地相告，
远处就是勐帕东地界。

他们奋力向上游划去，
大约一里路程才进入勐帕东领地，
到达帕东河的河口，
再沿着帕东河逆水扬帆，
最后来到一座大城市边上，
这才歇桨落帆驶船进港。

看见成队的商船到来，

人们奔走相告十分欢喜，
男女老少从四面八方赶来，
平静的港口成了喧闹的集市。
姑娘小伙纷纷前来购买货物，
城里的商贩蜂拥上船讲价交易。

人们看见嫡西丽罕端坐在船里，
高贵优雅容貌美丽，
肤色洁白眉毛弯弯，
身材苗条胜过仙女。
众人见了呆若木鸡，
身体颤抖意乱情迷，
一个个张着大嘴直喘粗气，
半天也说不出一句完整的言语。

商贩们赶紧从船上倒退回来，
连忙向勐帕东国王禀报消息，
国王闻讯万分惊喜，
派遣使臣去验看貌比天仙的美女，
并宣船长即刻进宫聆听旨意。
使臣得令起身下殿出宫，
快马加鞭上船传达国王的旨意。

船长奉命进宫叩见圣驾，
至高无上的国王随即提出问题：
"那位美丽绝伦的女人，
你们是如何得到她又来自何地，
她是夜叉变化而成的幻影，
或是森林里跑出来的妖精，
还是我们同种同族的人类，
跟着夫君来本王的领地旅行？"

船长下跪禀报国王：
"奴仆经商来自远方，
途中经过一处原始森林，
那位小姐正站在一块巨石之上，
奴仆们看她孤单可怜，
就带她到勐帕东来见大王。

"她是奴仆们共同发现的，
没有人娶她进过洞房，
她是众人的财物，
她的身价值百万银两，

她美若天仙平民无人配得上，
般配的只有至高无上的大王，
她有高贵的王族血统，
不是妖精夜叉变幻的模样，
因为这美女还吃人间的饭菜，
确实是人间绝色举世无双。

"但是啊，
她耳朵不好听不见别人说话，
也不会开口与人交流叙讲。
天下的女人没有她漂亮，
容貌闭月羞花配坐金殿之上，
现在全船奴仆将她献给陛下，
让她做您的爱妃洪福绵长。
如果至上的大王不肯收留，
奴仆就将她带到勐章玛尼，
贡献给勐章相尊贵的国王。"

国王听了心里很是高兴，
收下了船长奉献的礼物，
可他心中惦记的是船上的美女，
想要亲自到港口去看望公主。
一群大臣官员前呼后拥，
随着国王匆匆赶路，
来到港口仔细一看，
国王立刻瞠目结舌，
意乱情迷浑身颤抖，
一言不发踏上归途。

回到宫内国王心如火烧，
一心惦记着船上的美女，
他叫来王后和十二个妃子，
直言还想再娶个妃子才称心如意。

美丽的妃子们听了国王的主意，
一个个柳眉竖起心生怨气：
"如果陛下再娶个新的妃子，
请准许奴婢们离宫回去。
当初陛下看上奴婢时，
多次来奴婢家求亲迎娶，
父母和亲戚这才点头答应，
放我们进宫为您服役。
现在您喜新厌旧有了新欢，

厌恶奴婢们要娶新的美女，
请准许送奴婢们出宫，
重回父母身边再打主意。"

至上的国王闻言勃然大怒，
高声辱骂众妃子无礼：
"我娶你们花了大钱，
给了你们父母高价的聘礼，
你们就是我花钱买来的奴隶。
我耗费的金银无法计算，
现在你们居然敢违抗我的旨意，
不尊重我想要出宫回去，
你们这是不怀好意侮辱本王。
本王理当重重责罚毫不怜惜，
考虑到你们曾经为我尽心尽力，
准许返回家乡顺从你们的心意。"

十二个妃子知道无法挽回，
聚集在一起骂骂咧咧讨论商议，
她们要带领各自的随身侍女，
逃出勐帕东这个伤心之地。
一个妃子引经据典，
说出了离开国王的主意：
"按照从前老前辈讲述的故事，
我们一起跑到遥远的大森林里，
在宽广的原始森林中间，
有一个仙湖神奇无比，
仙湖里有七个出水口，
分别从巨大的石山里流出，
七个出水口流出的水啊，
各有不同的神奇功力。

"一个出水口的水非常纯净，
饮用和沐浴后，
丑陋的人也会脱胎换骨，
变成美丽的仙女。

"一个出水口的水非常清冽，
饮用和沐浴后，
懦弱的人也会勇猛无比，
身体健壮寿命长达一千年。

"一个出水口的水非常甘甜，

饮用和沐浴后，
重病的人也会很快痊愈，
十万年也不会衰弱老去。

"一个出水口的水非常可口，
饮用和沐浴后，
平常的凡人也会变作神仙，
拥有十万头大象的威力。

"一个出水口的水非常温润，
饮用和沐浴后，
愚蠢的人也会变得聪明，
精通各种知识和技能。

"一个出水口的水有点浑浊，
饮用和沐浴后，
人会肤色暗淡力气衰退，
长出长长的胡须就像饿鬼。

"一个出水口的水有点发臭，
饮用和沐浴后，
人会生出长长的黑毛，
变成东蹿西跳的长臂猿猴。"

其他的妃子听了个个欢喜，
纷纷赞同这个绝妙的主意，
大家相约远远离开好色的国王，
到原始森林里寻找圣水洗浴，
让自己更加漂亮迷人，
让国王因此而后悔生气。

十二位美丽的妃子带着侍女，
一起告别了勐帕东的亲人朋友，
她们走出王宫走进原始密林，
寻找那传说中的仙湖圣水。

翻山越岭寻找了一个多月，
她们才找到一个有水的地方，
陡峭的石壁上有一块巨石，
巨石中有一股泉水喷射流淌，
喷落的泉水积成一个湖泊，
与传说中的仙湖很是相像。

妃子们看见了十分欢喜，
不假思索就宽衣解带，
一个接一个跳进平如镜面的湖里，
开始高高兴兴地戏水洗浴。
顿时她们长出黑毛生出尾巴，
妃子和宫女全部变成猿猴。

从此以后啊，
原始森林里便多了一个物种，
那就是妃子们变成的各种猿猴。
擅长攀爬的叫长臂猿，
喜欢跳跃的是短尾猴，
还有青猴马猴等各种各样的猴子，
常常在森林中哀声啼叫狂吼。

人们说，
女人有了坏心眼，
就会带来恶劣的后果。
一时的冲动只会让自己遭罪，
贪心不足反倒害了自己啊，
不能如愿还造成终生的懊悔。

听吧，
这就是十二个妃子的悲惨遭遇，
这就是十二个妃子的惨痛教训。
聪明的男女老少，
还有刚刚长成的晚辈，
你们心中要清楚明白，
你们千万不能学习模仿。

现在啊，
哥哥将继续按照故事情节讲述，
聪明的妹妹你要知晓记牢。
至上的勐帕东国王大发雷霆，
妃子们连夜离宫出逃，
等到至上的国王气消，
宫里已听不到一个妃子的言笑，
就连宫女们也都一同消失，
国王感到有些后悔有些懊恼。

他惦念着美丽的公主，

心中牵挂无法安稳睡觉，
待到太阳升起天光明亮，
他就召集大臣官员一起商讨。
他下令养象官牵来大象，
所有的马匹都装蹬上鞍，
排列好五种国王的仪仗，
一同去迎娶婻西丽罕。

财务官带上百万银两，
提前到达港口交给贪婪的船长；
船上的人个个兴高采烈，
心甘情愿把公主贡献给国王。

勐帕东国王到达渡口，
商人们立刻把公主献上；
国王看到公主浑身酥软，
连忙下令起驾回宫进入洞房。

这时候啊，
迎亲的队伍浩浩荡荡，
人们簇拥着至上的国王，
有的给国王撑开金伞，
有的将笛子和长号吹响；
唢呐和锣鼓声声震天，
五颜六色的旗子迎风飘扬，
迎亲的队伍望不到尽头，
欢呼声一浪高过一浪。
全城的百姓拥挤在路边，
为的是见识公主美丽的模样。

平民百姓聚集在王宫外的广场，
大臣和官员拥着国王走上金殿，
勐帕东举行盛大的典礼，
庆祝国王与婻西丽罕完婚。
国师诵念颂词祈祷祝贺，
婻西丽罕从此成为正宫王后，
国王下令赶摆①三天，
举国欢庆祝福后宫新人，
三天后命令官员和百姓全都回家，
好让他和婻西丽罕恩爱缠绵。

---

① 赶摆：傣语，泛指节日活动和盛大集会。

至上的勐帕东国王，
迎娶回公主心花怒放，
还不等夜幕降临他就心急如焚，
盼望与美丽的公主同入洞房。
可怜他刚刚走到公主的床边，
全身就像火烧火燎一样，
公主的身上仿佛喷着烈火，
炙烤得他无法挨近大床。
国王没有什么办法可想，
只好退出卧室徘徊。

他在卧室外思来想去，
心里感到十分奇怪和迷茫——
"公主的身体像喷着烈火，
这样的事还是头一回碰上，
可能她不能住陈旧的宫殿，
必须建造高楼作为新房。
美丽的公主住进新建的宫殿，
身上怕就不会有滚滚的热浪。"

这时候啊，
国王下令让官员们筹备，
全国的百姓都来出力帮忙，
大家分工合作砍树锯板，
很快就备齐了砖瓦椽梁；
两个月后新宫殿建起来了，
装饰精美金碧辉煌，
公主随即搬进金殿住下，
国王暗自高兴心旌摇荡。

晚上国王进到新建的宫殿，
慢慢靠近公主的床旁，
隔着几步就感到头昏眼花，
公主身上还像火一样炽热滚烫。
国王忍受不住热浪的炙烤，
跑出宫殿摇头哀叹：
"公主的身体像火一样，
莫非她应该睡在地上，
身体与地气相接，
火气才会慢慢地冷却下降。"

国王马上下令大臣官员，
把公主的寝宫建在地上，

地板用混合黏土接地，
周围用绣有金花边的屏风隔断，
建好后请公主入住，
等待着与美人共度春宵时光。
夜深人静国王进入寝宫，
刚走近床旁就连忙避让，
公主身上炽热的火气并未消减，
烘烤得他浑身疼痛晕头转向。

国王只好退出宫外，
无奈地连声抱怨叹息：
"我的百万白银打了水漂，
枉费了我的一番算计，
这位公主美若天仙，
她有深厚的功德福气。
不该住在低矮的楼房，
应该把她放到空中去，
让风吹散身上的热气，
她的身体就会降温任随我意。"

第二天国王再次下令，
让官员们建造一座空中楼宇，
大臣官员不敢违抗，
只得急忙筹划设计。

他们调集十万民工，
带着刀斧一起进到森林里，
砍伐来许多笔直的木料，
开始建造神奇的空中楼宇。

经过九个月的精心建造，
一幢辉煌的宫殿拔地而起，
宫殿高耸入云有三十庹，
围墙涂上金粉光彩熠熠。
阁楼外用金花边装饰，
宫殿显得格外辉煌壮丽，
选定了一个吉祥美好的日子，
国王把公主送进宫殿休息。

到了晚上哟，
国王急不可耐地来与公主相聚，
可是公主的身上哟，
仍然是炽热无比，

因为他们前世无缘今世无分，
没有共同修行过波罗蜜。

另一方面啊，
公主曾经向因陀罗立下誓言，
之后才降生下到凡尘，
再说公主发鬓上的红线，
那是因陀罗施过神咒的神线，
它有神圣的威力保护公主，
使天底下的男人无法近身。

第二天天大亮时，
国王闷闷不乐满腹疑虑——
"她像火一样的身体，
让我无法靠近干着急，
莫非她不适合在陆地，
在水里才会降温随我心意。"

这时候啊，
国王就命令大臣和官员，
让他们在水上建造一幢楼房，
官员们得到国王的命令，
调来了全国技术最好的木匠，
又派众多的百姓进山伐木，
为公主的寝宫准备栋梁。

那时候啊，
百姓不停歇地为国王做事，
连续几年无法耕种休息，
建盖宫殿的差役每天不断，
国王却忘了朝贡宗主国的规矩。
勐帕东妄自尊大过了好多年，
一直没有向勐章相朝贡献礼，
勐章相国王十分震怒，
无法忍受勐帕东的无礼行为，
他调派了十万兵马，
前去勐帕东兴师问罪。

国王的心腹大臣带领兵马，
穿过密林跋山涉水，
经过一个多月的风餐露宿，
到达勐帕东城外集结列队。

使团进入勐帕东的地界，
勐帕东的大臣赶紧出城迎接问候，
勐章相的使节斥责勐帕东无礼，
好多年也不来朝贡犯下大罪。

勐帕东的大臣们不敢隐瞒，
只得如实禀报事情的原委：
"国王为一个美女神魂颠倒，
国家大事早已置之脑后。"

这时候啊，
勐章相的使臣明白了事由：
"你们勐帕东犯了大错，
违反了自古以来的礼俗法规，
你们不按规定朝贡，
必须向洪福的勐章相国王谢罪！
命令你们国王及所有的官员，
好好把谢罪的礼品筹集齐备，
再带上那个又聋又哑的美女，
到京城向我们的国王忏悔。"

这时候啊，
勐帕东的国王念达如梦初醒，
怎敢违抗勐章相国王的命令，
他把大臣和官员召集在一起，
做出了到勐章相谢罪的决定，
虽然割舍不下又聋又哑的公主，
也只能带着她和群臣一道前行。

使臣带着勐帕东一干人员，
踏上了返回的行程，
大队人马翻山越岭，
一路风吹雨打暑热霜冷，
他们按照路程日行夜宿，
终于回到了勐章相王城。

回到平坦宽阔的章玛尼，
大队人马聚集在一起休息，
有人发现了队伍中的婻西丽罕，
误认为是来了下凡的天仙。
过往的人们奔走相告，
纷纷上前围观绝世的美女，
城里的人们扶老携幼，

有的还背着婴孩带着儿女。

这时候啊，
人群里有一个漂亮的姑娘，
她是一位大臣的独生女儿，
名字叫作婻扁罕，
她当过婻西丽罕的侍女，
时常在宫中服务帮忙。

婻西丽罕母女被逐流放之时，
正逢婻扁罕出宫游玩，
她到遥远的地方待了半年，
回来才知道主人已经被逐落难。

现在啊，
她从河边洗浴回来，
正好经过使臣们休息的场地，
她看见人群熙熙攘攘，
就向人们打听消息。
有人看她面善和气，
也就对她说了个详细：
"使臣押着外地官员到这里，
还押着一个漂亮的聋子美女，
听说她长得美丽非凡，
可惜是哑巴不能言语，
他们刚刚进城在这里休息，
人们才纷纷涌来看个稀奇。"

婻扁罕这时心生好奇，
挤进人群看了个仔细，
原来是她的主人婻西丽罕，
正坐在那里发呆叹气。
她伤心地跑到婻西丽罕面前，
向美丽的公主叩拜致礼，
此时此刻啊婻扁罕泪流满面，
只是一个劲地哽咽抽泣。

公主认出眼前的侍女，
不由得痛哭失声泪落如雨；
公主和婻扁罕相对而泣，
说不出心中的千言万语……

人们也认出了可怜的公主，

纷纷上前问候致意，
想起婻西丽罕和母亲，
这些年不知经受了多少狂风暴雨。
男女老少无不泪如雨下，
宽阔的驻地顿时哭声四起。

婻扁罕告别公主急忙跑回家去，
把情况告诉了自己的父亲，
大臣心中明白事由，
急速进宫向国王禀报。

国王得知消息后又惊又喜，
下令众官员赶快准备：
"王亲国戚和宫女一起出动，
抬上花轿前去迎接，
城里的百姓也要倾城而出，
欢迎婻西丽罕回归。"

人们接到命令不敢怠慢，
成千上万的人忙乱喧哗，
人们的心情复杂不一，
哭声和笑声混在一起。
有的感到伤心痛哭不止，
有的脸带微笑满心欢喜，
人们都想见到有福的公主，
大街小巷人来人往川流不息。

这时候，
官员百姓蜂拥而至，
来到公主歇息的大凉亭，
首席大臣叩见公主，
跪献鲜花恭请公主回宫。

婻西丽罕看得清清楚楚，
以平和的口气轻声问询：
"敬爱的父王和大臣们，
各位官员和平民百姓们，
还有王公贵族和商人富翁，
你们是否身体健康生活安定！
没有人生病遭受苦痛吧，
人们是不是还在自由地做生意，
大都城还像当年一样繁荣昌盛？"

大臣们连忙禀报公主，
请婻西丽罕把心放下：
"尊贵的公主和王后离开王国，
全勐官员和百姓日夜想念牵挂！
您的父王也感到后悔，
盼望你们早日回家。
全勐的平民百姓生活安定，
官员和王族亲戚都无灾无病，
我们宽广美丽的勐章相，
还是威名远扬昌盛繁华！"

首席大臣又再次跪拜，
恭请至上的公主起驾回宫：
"您尊贵的父王在苦苦等待，
请公主回宫参见您的父王。"

这时候啊，
年轻貌美的婻西丽罕，
十分怜爱全勐的平民百姓，
体恤前来迎接的大臣官员，
她伸手接受了父亲的礼盘，
心中的怨恨顿时烟消云散。
这都是前世犯下了罪孽，
今世得到报应理所当然，
幸好有上天的神灵相助，
才让公主免受太多的苦难。
遇到林中修行的帕拉西，
才使公主福气在身一路平安！

现在啊，
公主回到了从小生活的地方，
就要与父王重逢团圆，
就要与官员和王族们欢聚一堂。
功果福气战胜了罪孽灾难，
大臣官员簇拥在她的身旁，
子民百姓把她敬为上宾，
诚心诚意前来跪拜恭请。
想到这里她泪流满面，
感激热爱她的官员和百姓，
美丽善良的婻西丽罕啊，
一直关心着百姓的幸福安宁。

公主在侍女的搀扶下坐上大象，

踏上了回宫回家的平坦大路，
两个勐的大臣官员紧随身后，
两旁还有成群的少女围护。
高张的金伞流光溢彩，
恭迎的人群夹道欢呼，
护送的人成千上万，
有姑娘小伙还有离婚少妇。
她们戴着金耳环银臂镯，
身穿丝绸缝制的花衣花裤，
有的穿着绣着凤凰的裙子，
有的穿着镶嵌金丝的衣服，
头上的金银首饰闪光发亮，
身上佩戴的珠宝数不胜数，
一个个长脖蜂腰体态婀娜，
行走起来像凤凰翻飞跳舞。
花枝招展引来彩蝶翩翩，
情歌唱得椰子树摇个不住，
人们兴高采烈从城中走过，
一路敲锣打鼓纵情欢呼，
大象马匹和车队蜿蜒不断，
长幡彩旗和金伞耀人眼目。

人们簇拥着婻西丽罕，
缓缓进入金碧辉煌的王宫，
后面紧跟着连绵不断的人流，
都想亲眼看见公主美丽的仪容，
王宫宽阔的广场人声鼎沸，
人群熙熙攘攘挤得水泄不通。

勐章相至高无上的国王，
对自己的女儿十分怜爱，
他起身离开国王的宝座，
迎接心爱的公主归来。

有福的国王带领公主，
一前一后缓步走进金殿，
重逢的喜悦没能持续多久，
国王的心像火燎一样难受。
因为他只见到了女儿，
没有见到心爱的婻波香王后，
他抱着女儿昏厥过去，
双眼圆睁气喘如牛。

婻西丽罕见到父王万分激动，

也随父亲晕倒在地浑身颤抖。

这时候啊，
大臣和百姓们非常担心，
惦记着婻西丽罕的安危，
整个王宫笼罩着愁云惨雾，
上上下下都感到悲伤忧愁。

勐章相和勐帕东的臣民得知消息，
一个个号啕痛哭伤心欲绝，
因为他们看到一幕悲剧——
父女相见却因悲痛过度而昏厥。

大臣们见状惊慌焦急，
王宫里顿时一阵忙乱，
有的抱起昏迷不醒的至尊国王，
有的抱起软弱无力的婻西丽罕；
有的找来救命的神药喂服，
有的用壶里的圣水滴灌，
父女俩终于苏醒过来，
众人紧揪的心才稍稍舒缓。
勐章相国王这时坐了起来，
因为他有话向女儿倾诉：
"我最心爱的女儿啊，
父亲年迈痴呆糊涂，
就像鬼魂附身乱做事，
把你和母后押上竹筏放逐。
如果不是你们洪福齐天，
恐怕早已葬身水底鱼腹。

"因为你们母女俩的波罗蜜，
才活着离开大河化险为夷，
可是你心爱的母亲啊，
如今停留在何方的森林里？
莫非已死在森林里或河流中，
让我一生一世懊悔不已？
还有女儿腹中的孩子，
不知道生下来是男是女？
不知现在何方玩耍游戏？
为何不与女儿在一起，
莫非已经流产，
早已离开人间悲惨死去？"

婻西丽罕举手合十，
不慌不忙地答道：
"敬爱的父王啊，
请听女儿细细禀报。
父王发怒生气，
震得勐章相地动山摇，
你指责女儿和母亲触犯了国法，
罪行深重不可轻饶，
将我们二人押上竹筏逐放。
竹筏在波浪里顺水漂浮，
漂过了许多险滩深潭，
最后在一片原始森林停靠。
那些侍女就跳下竹筏，
奋力游到沙滩上想要逃跑，
山妖魔鬼们闻香而来，
可怜的侍女全被咬死吞掉。

"只剩下我们母女二人，
侥幸从妖魔地界脱逃，
我们经受了一万种磨难，
在竹筏上痛哭着顺水漂流。
漂到帕拉西修行的森林里，
才被帕拉西救起有了依靠，
我们生活在帕拉西身边，
找芋头果子把肚子填饱。

"那时候啊，
女儿怀胎到了产期，
孩子在密林寺院里降生落地；
那是一个活泼健康的男孩，
帕拉西按生辰反复推演，
最终为他取名叫作苏令达。

"养父帕拉西非常喜欢孩子，
经常带着他在森林里奔跑游戏，
他把各种本事传授给孩子；
苏令达逐渐精通了各种咒语技艺，
他天天去森林里寻找野果山芋，
找够了食物才返回寺里。

"有一天啊，
我们母子俩走到原始森林深处，
只见一个很大的仙湖碧波荡漾，

满湖的荷花迎风怒放，
母子俩情不自禁跳下去戏水游玩。

"正在母子俩忘情开心之时啊，
飞来了一个凶恶的帕雅团，
他抱起女儿高飞而去，
小女从此与母亲和苏令达分离。
可怜的小女被帕雅团劫持，
一直飞到一片遥远的森林上空，
帕雅团和小女从空中重重摔下，
女儿掉在地上昏迷过去。
苏醒过来后小女赶忙逃命，
惊恐万分钻进了无边的密林，
天天都在深山里奔跑，
分不清哪边是南哪边是西。
到处寻找也不见心爱的儿子，
女儿痛哭失声肝肠寸断。

"我随着大象脚印走到河边，
一个人孤苦伶仃谁来陪伴，
女儿在河边停留了很长时间，
天天在那里受苦受难。
有时在树荫下存身，
有时在石缝里打盹，
森林茫茫无路可走，
河水汹涌过渡无船。

"就在女儿伤心欲绝的时候啊，
一队商船来到女儿身旁，
船上的人把女儿拯救到勐帕东，
历尽艰辛终于回到了亲爱的故乡。
这才见到了敬爱的父王，
这才见到了官员亲戚和百姓。

"至于心爱的儿子苏令达，
还有敬爱的母亲嫩波香，
可能他们还留在深山密林里，
外婆和外孙可能还是天各一方，
他们在密林里乱转无法相逢，
因为原始森林是那样的宽广。
禀报我亲爱的父亲啊，
女儿实在不知他们现今身在何方。"

看着心爱的女儿举手叩拜，
听着女儿讲述遭受的种种磨难，
勐章相至上的国王啊，
感到后悔莫及万分羞惭。
他心中挂念着小外孙，
以及相亲相爱的妻子嫩波香，
痛苦悲哀一起涌上心头，
止不住的泪水流个不断。

第九章　母子团圆

现在啊，
哥哥将继续讲述，
嫩西丽罕迎接母亲的故事。

听了嫩西丽罕的诉说，
了解了母女俩遭受的种种苦难，
国王心里非常感伤，
只能用温柔的话语宽解安慰：
"父亲心爱的女儿啊，
现在你已回到故乡，
回到父亲身边就平安了，
你就安心地住在宫殿里，
无忧无虑地生活在勐章相。"

之后啊，
至上的国王发布命令，
按照古老的习俗，
给女儿嫩西丽罕接风拴线。
拴线仪式结束后，
选择吉时迎请公主住进金殿，
安排许多侍女陪侍在身边。

国王又与大臣们商议：
"本王的大臣官员们，
那个勐帕东国王，
我们应该怎样处理，
是要治他傲慢无礼的罪过，
还是表彰他保护公主的功劳？"

大臣官员们纷纷上前叩拜：

"感谢至高无上国王的指示，
勐帕东的国王虽然傲慢无礼，
但他收留公主是一件很大的功劳，
我们应该赏赐他最贵重的奖品。
千万不能恩将仇报，
否则会造成很大的罪过，
今后会遭到上天的报应，
他拯救公主脱离死亡受到奖赏，
我们有恩必报才会更加兴旺。"

至上的国王深明事理，
采纳了大臣们的建议，
命令大臣官员赶快筹集，
准备给勐帕东国王重重的奖励。

全勐上下一起动手，
各种奖品准备完毕：
一百头大象威武雄壮，
带鞍的骏马一百匹，
一百辆牛车排成一行，
一百辆马车整齐划一，
一百把金伞涂满金粉，
刺绣的华盖一百顶，
一百条黄金耀人眼目，
一百卷丝绸华丽无比，
按官衔造册登记论功行赏，
大大小小的官员全都欢天喜地。

勐帕东国王欣喜若狂，
因祸得福叩谢勐章相国王。
受奖完毕谢主隆恩，
他请求返回自己的家乡，
勐章相国王颁旨恩准，
要他回去治理好自己的地方。

勐帕东国王领旨告辞，
启程离开宗主国勐章相，
他带着随从穿过深山密林，
日行夜宿回到了勐帕东家乡。

至于美丽的婻西丽罕，
终于回到了勐章相故乡之地，
虽然和父王幸福地生活在一起，

但她总是在暗地里哀伤哭泣；
她思念慈爱的母亲，
她想念心爱的儿子，
也想念那位野外修行者，
慈悲福盛的帕拉西。

每当想起森林里的种种遭遇，
她心里的忧愁就随之升起，
对母亲儿子的刻骨想念，
使公主时常伤心泪流不已，
为此她去拜见父王。

举手合十下跪行礼，
诚心诚意地请求父亲，
找回母亲和儿子全家团聚。
此时国王的心里，
也有同样的主意，
他想让公主带领大臣，
走进森林接回外孙和爱妻。

国王听了女儿的禀告，
满面笑容高兴无比：
"父王很感激女儿前来相告，
我也有同样的想法和心意，
也想迎接外孙和爱妻回来，
一家人重归于好幸福团聚，
感谢女儿来禀告提醒，
我即刻下令颁发旨意。"

至上的国王立刻颁布命令，
要求大臣和官员遵旨办理：
"本王将命公主进入森林，
请爱臣通报百姓知悉，
她要去寻找我心爱的外孙，
找回她的母亲我的爱妻，
你们速去准备一千只竹筏和木船，
停放在宽大的渡口里。

"各种食品装上竹筏和大船，
油盐辣椒和大米一定要宽裕，
要有威武的大象，
要有雄健的马匹，
排出五种国王的仪仗，

刺绣漂亮的华盖也要备齐。"

心腹大臣忙下殿筹集，
竹筏和象鞍全部备齐，
分配官员们上到竹筏，
所需的物品一件都不能遗漏。
宫女和她们的用品，
一件件往竹筏上搬移，
这一次不像上次流放，
宫女们兴高采烈欢天喜地。

登上竹筏的人员不只宫女，
还有歌唱家和乐师，
他们带着铓锣大鼓和唢呐，
还有精美的长号和短笛。

所有的一切准备就绪，
大臣恭请美丽的公主启程。
手持刺绣华盖的侍女，
簇拥着公主离开宫殿。

官员们鸣响礼炮开道，
鲜艳的长龙虎头旗迎风飘扬，
队伍来到河边登上大竹筏，
美丽的公主端坐竹筏中央，
送行的官员和百姓挤满两岸，
隆隆的锣鼓声如春雷震响。

这时候啊，
统领兵马的将军一声令下，
熟悉水性的船工们齐心协力，
一只只竹筏缓缓驶入河中。

竹筏离开渡口顺水漂去，
船工们熟练地撑篙划桨，
一排排竹筏穿过险滩深潭，
欢乐的笑声此起彼伏响彻两岸，
还有琴声笛声和歌声，
就像河中的波涛一浪高过一浪。

汹涌的浪花拍打在竹筏上，
竹筏穿过激流到达大江，
两岸是茂密的原始森林，

一阵阵蝉声热烈悠扬；
山上盛开着白花和紫花，
还有画眉在花丛中歌唱，
巨石上芦花飘飘洒洒，
水边的白檀花送来阵阵清香；
蟋蟀在沙滩上弹琴演奏，
波浪拍岸激起水花怒放，
鱼鹰水鸟在江边嬉戏，
成群地飞来飞去展翅翱翔；
此情此景是多么欢快啊，
公主感到心情愉悦非常舒畅。

竹筏在水上行驶了一个月，
公主无病无灾平安吉祥，
她与大臣官员和宫女们，
一起欢乐地顺水漂流，
一排排竹筏首尾相随，
穿过激流来到帕拉西渡口。

这是公主常来打水洗澡的地方，
她曾经长时间生活在这里，
两岸的森林映入眼帘，
她感到十分亲切和熟悉，
即将见到久别的母亲和帕拉西，
公主的心情激动无比。

"也不知儿子是否回到了巴朗?"
——公主忍不住思来想去。
她告诉官员把竹筏停在岸边，
牢牢拴紧竹筏绳索不得大意。

婻西丽罕走上岸去，
带领着一队队官兵和侍女，
她走到帕拉西的巴朗内，
看见亲爱的母亲无比欢喜，
她也见到了野外修行者帕拉西，
就是没有爱子苏令达的消息。

这时候啊，
公主亲爱的母亲婻波香，
也看见了自己的爱女，
她走过去抱住公主，
母女俩激动得昏厥过去。

有福的帕拉西走到她们身边，
连忙把水壶里的圣水洒滴，
他又诵念咒语施展法术，
母女俩才苏醒恢复如初。

母女俩举手拜谢帕拉西，
双方寒暄问安致意，
婻西丽罕下跪行礼，
讲述自己的痛苦遭遇，
从下湖洗澡被帕雅团劫走的灾难，
到千辛万苦回到勐章相的奇迹：
"现在啊我带着父王的命令，
前来迎接儿子和父王的爱妻。"
婻西丽罕讲述完毕，
再次叩拜亲生母亲和帕拉西，
婻波香听完失声痛哭，
帕拉西端坐着不言不语。

大臣官员和侍女相随而至，
依次跪拜王后和帕拉西，
大家互相寒暄问候完毕，
这才搭建棚子在森林里休息。
亲爱的妹妹啊，
哥哥叙述婻西丽罕到达密林，
见到了母亲和帕拉西，
哥哥诚心讲述到这里，
应该停下来稍作休息。

现在啊，
哥哥将讲述苏令达的故事——
他在森林里与母亲失散，
到了龙宫做了龙王的姑爷，
他与龙女成双成对，
治理并享受着龙界的富贵。

他一直惦记着母亲和外婆，
思念之情一天比一天浓烈，
这一天他捧起爱妻的双手，
请她为自己分担忧愁：
"美丽的公主金莎娜啊，
你是哥哥心爱的王后，
哥哥与妹妹共同生活，
是我俩前世的姻缘造就。"

"遇到妹妹是我的福气啊，
哥哥一辈子也不会后悔，
现在时间长了哥哥想回到人间。
因为哥哥在把母亲牵挂，
不知母亲是留在密林里，
还是已经回到帕拉西的家？
莫非走进森林迷失了方向，
莫非走出森林安身在田坝，
莫非在森林中被妖魔吃掉，
抛尸野外成了孤魂野鬼？
哥哥还想念慈悲的帕拉西，
还有心爱的外婆婻波香王后，
现在哥哥要告别妹妹返回人间，
希望公主不要劝阻挽留。"

公主听后无比悲痛，
举手叩拜诉说心中的感伤：
"哥哥要抛下妹妹远走高飞，
忍心让妹妹独守空房，
哥哥难道要抛下我永不复返，
让妹妹一辈子悲哀失望。"

召苏令达百般疼爱，
安慰公主不要哀伤：
"妹妹在哥哥心中的分量啊，
就像价值连城的稀世珍宝一样，
哥哥爱妹妹你啊，
胜过爱护自己的眼珠；
哥哥对你的感情，
永远不会褪色变淡；
即使有人下毒离间，
哥哥也绝对不会产生异心。

"妹妹啊请你仔细想想，
当初父王为我俩举行加冕典礼，
来了众多大臣官员和王亲国戚，
还有无数百姓见证了我俩的甜蜜。
希望妹妹不要太过伤心疑虑，
哥哥离开妹妹是要去将母亲寻觅，
只要找到亲生母亲之后，
哥哥就会及时返回来与你团聚。"

听了王子的深情表白，
嫡金莎娜公主转悲为喜：
"金子般的夫君啊，
你的深情妹妹不会忘记。
如果哥哥要返回人间哟，
请禀告父王知悉，
把事情的缘由告诉父王，
请求至上的父王准许，
如果父王恩准同意，
哥哥就可以平安地离去。

"龙宫里有许多神圣的宝贝，
哥哥要争取随身带去，
哥哥就要一件神奇的宝镜，
它会让你事事称心如意。

"有了它啊，
再远的地方都能看得清楚，
即使是全天下也能一览无遗，
它还能满足你不同的愿望，
心里想要什么都能称心如意，
哥哥一定要拿到这一件宝贝，
作为随身携带的法宝不离不弃。"

这时候啊，
苏令达明白了公主的深情美意，
把公主的嘱咐牢牢记在心里，
他带着公主前去觐见龙王，
向至高无上的龙王倾诉心曲。

两人见到龙王就跪倒在地，
详细禀报了事情的缘由，
龙王听清了驸马的请求，
即刻恩准下达旨意——
"你牵挂母亲是大孝的事情，
为父怎会不顺从你的心意，
你贵为龙宫的驸马不同凡人，
父王将送你宝剑神弓仙鞋等宝器，
还有一块神奇的神镜，
都作为本王送给驸马的薄礼。
孩儿必须时时携带在身边，
一定能遇难呈祥化险为夷。"

至高无上的龙王颁旨完毕，
就把一干宝物交到驸马手里，
洪福的苏令达和爱妻叩头谢恩，
告辞龙王缓步退出宫殿。
分别的时刻终于来临，
前来送行的人摩肩接踵，
有王族亲属和百姓，
还有龙界的大臣官员。
嫡金莎娜满心悲伤，
强颜欢笑忍不住泪水涟涟，
大家一起诚心诚意的祈祷，
祝福英俊威武的驸马一路平安！

人们把苏令达送到渡口，
汪洋大海中突然出现一条大路，
任由王子公主平安行走，
一行人走到大河边稍作停留，
苏令达就让官员和百姓返回，
龙界的官员和百姓得到驸马的准许，
就停在河边跪拜告别。

苏令达依依不舍地告别公主，
两人紧紧相拥不愿松手：
"哥哥亲爱的嫡金莎娜公主啊，
找到母亲我就会回来与你相会，
你就放心地回家耐心等待吧，
十万年也不要忘记哥哥的话。

"哥哥最亲爱的美丽娇妻啊，
你就忍耐着生活在龙宫里，
你要爱护官员和百姓，
把龙界治理得有条有理，
祝愿亲爱的妹妹吉祥平安，
与父母幸福地生活在一起！"

这时候啊，
美丽的嫡金莎娜公主，
下跪拜别苏令达王子：
"心中牵挂的亲爱夫君啊，
妹妹祝福你一路平安，
有好人相助有福气护佑，
走进密林战胜一切困难，
尽早见到哥哥亲爱的母亲，

了结你期盼已久的心愿。"

两个年轻人互道珍重，
两颗相爱的心悲伤欲碎，
威武的苏令达和娇妻依依不舍，
两人眼里饱含热泪。

美丽的嫡金莎娜公主，
再次向苏令达深情表白：
"妹妹至爱的夫君啊，
最美丽的莲花要并蒂开，
千万不要抛下妹妹伤心忧愁，
十万年妹妹也等待夫君归来。"

英俊的苏令达王子，
再次向爱妻发出誓言：
"纯金般的妹妹啊，
最幸福的人儿要成双对；
哥哥不会把妹妹抛下，
让妹妹一人独守空房；
哥哥不会离去很久，
很快会回来与你团圆相会。"

两人依依不舍挥泪告别，
金莎娜公主和众人原路返回，
只有苏令达形单影只，
独自一人走进了原始森林。

他走过千山万箐，
在茫茫的林海中到处寻觅，
王子忽然想起随身携带的宝物，
就拿出神镜想试试它的威力。

苏令达透过神镜四处看啊，
无边无际的森林看得很清晰，
整个世界就像在眼底，
江河大海毫无漏遗。

苏令达看见自己的母亲，
带领众士兵驻扎在森林里，
她在外婆的草棚里等待儿子，
一旁还有修行者帕拉西。

还有一个小夜叉住在山洞里，
父母死去把他割舍抛弃，
只剩下他一个孤单的胖小子，
继承了父亲在森林中的领地。
小夜叉就在这片密林里生活，
长年累月与森林中的大象为敌，
被它追杀的大象尸横遍野，
杀死后它又拉来堆放在一起。

杀死的大象攒够一定数量，
它就把大象四脚朝天捆在一起，
拴成担子挑在肩上，
每边有大象二十头，
麂子马鹿他都不屑一顾，
那片森林就是它的领地。

苏令达看见后心中欢喜，
他喜欢那小夜叉力大无比，
王子走到小夜叉面前，
刚要开口就听小夜叉大声呵斥：
"谁这么大胆闯进我的领地，
莫非你已经到了死期，
我正盼着多来些猎物，
你就主动送到我的嘴里，
快快说来你叫什么名字，
我好在心里留下点记忆。"

这时候啊，
威武的召苏令达回答：
"我从广阔的森林里经过，
名字就叫苏令达，
福气支持我战胜一切邪恶。
我的神力无比强大，
你这森林里的野小子，
快快把名字报上来，
我也想知道你名字叫啥。"

小夜叉开口回答：
"我的名字叫作夜叉鹏玛，
我力大无穷勇猛无比，
每天在森林里把大象追杀，
老虎见到我都躲避逃离，
这片森林历来归我管辖，

谁敢大胆闯进来，
他就是我口中的粑粑。"

小夜叉摆开架势，
叫阵英俊威武的苏令达，
他亮出三十二招式，
恶狠狠地腾跃扑打。
瞪着一双火焰般的眼睛，
把身边的大树连根拔倒，
巨大的石头被他打得粉碎，
参天的大树一排排倒下。
他狠心要把王子置于死地，
自夸是森林里无敌的恶煞。

这时候啊，
威武的苏令达不受惊吓：
"你这个小夜叉，
要论打斗我毫无惧怕。
如果我战胜你，
你必须归我管辖，
跟在我身边做忠实的奴仆，
一辈子要遵守诺言不得变卦。"

小夜叉开口承诺发誓，
恶狠狠地回答王子：
"如果老子输了，
就投降臣服于你，
如果是你输给老子，
我将把你当成肉食。
鬼也不信人能战胜夜叉，
你就快快过来送死，
森林里迷路的小子啊，
我现在真的要把你当肉吃。"

面对凶恶的夜叉，
苏令达高声回答：
"来吧，
你这小夜叉鹏玛，
有胆量就来与我拼打。"

小夜叉听了勃然大怒，
浑身上下毛发竖起，
凶恶地向王子猛扑过去，

一心想置王子于死地。

苏令达摆开架势，
闪身避过夜叉的攻击，
转回身伸开双臂，
紧紧抓住夜叉按倒在地。
小夜叉动弹不得，
趴在地上哀声求乞：
"小奴有眼无珠，
口出狂言犯了大忌，
请求英雄饶恕小奴，
小奴甘愿做你的仆役。

"奴仆至上英明的主人啊，
如果您赦免小奴不死，
无论主人有多少大小事情，
小奴全部承担甘心愿意，
即使是养牛管理大象马匹，
小奴都会尽心尽力。
小奴绝不敢违反主人命令，
请求大王松手放了小的。"

小夜叉苦苦哀求呼声凄惨，
整个森林好像在发抖战栗。
智慧的苏令达松手放开，
小夜叉从此诚心降服归顺，
愿做苏令达的侍从奴仆，
心甘情愿地背着宝镜神弓和长剑。

苏令达带领小夜叉跋山涉水，
穿过一道道深沟和陡坡峭壁，
他们走过宽阔的深山密林，
顺着山脉向前走去。

他们走进了一片大森林，
正是帕拉西的居住之地，
帕拉西每天在这里静心修行，
许多动物在这片圣地繁衍生息。

那时候啊，
有一只烈性的母野牛四处觅食，
来到了帕拉西的修行之地，
它天天舔吃帕拉西的尿液，

吃进肚里全身舒坦十分惬意。

这样过很了长时间，
母牛竟然有孕在身，
怀胎十月期满，
一个男婴降生人间。

男婴生下来就十分雄健，
美丽的眼睛又大又圆，
一闪一闪亮得像一面镜子，
胖嘟嘟的手脚红红的圆脸。
母牛回头探望自己的宝贝，
大惊失色恐惧万分。

它把婴儿遗弃在地上，
掉头狂奔进入森林藏身，
婴儿洪亮的哭声在森林里回旋，
传到了帕拉西的耳边。
帕拉西感到十分惊讶，
不知是谁家的孩子无人爱怜，
他寻着哭声一路找去，
来到了哭泣的男婴身边。

慈悲的帕拉西心生怜悯，
抱回可怜的男婴作为养子，
等到男孩稍稍长大，
就教他咒语法术和武艺，
并根据他的生辰八字，
为他取名叫碟倭。

碟倭跟随养父一起生活，
从小喜欢在森林里奔跑游玩，
有时独自进入森林跑得很远，
天黑后才慢慢返回家园。
时光流逝光阴似箭，
碟倭迎来了第十六个春天，
如今他已经长大成人，
是一个身怀绝技的英俊少年。

这一天啊，
碟倭在浩瀚的森林里游玩，
正好与苏令达和鹏玛相遇，
主仆二人顺着山箐行走，

很快进入了碟倭的领地。

碟倭一见有人闯入领地，
就念动咒语吹向山箐，
一瞬间草丛里爬满了毛虫，
还有凶恶的螃蟹和蜈蚣。
它们纷纷扑向主仆二人，
要让王子和鹏玛葬身毒虫，
苏令达不慌不忙念动咒语，
毒虫顿时消失得无影无踪。

碟倭不甘心轻易失败，
又变幻出一阵狂风，
把无数高大的树木拦腰吹断，
警告主仆二人此路不通。
智慧的苏令达身手敏捷，
变幻出威力更大的旋风，
把大树连同碟倭一起，
卷到了遥远的大森林中。

才一会儿工夫，
狼狈的碟倭折返回来，
对着苏令达大吼大叫，
满腹的仇恨像火焰熊熊：
"你们是哪里冒出来的野种，
有本事咱们来一决雌雄！"
苏令达示意鹏玛应战，
凶悍的小夜叉声如洪钟：
"你说要比武一决雌雄，
我们决不会让步认怂，
我们有高超的武艺，
才敢游走在广阔的森林之中。
你如此傲慢无礼，
武艺却平常稀松，
快点来臣服于我们王子，
饶你一死还可通融。
如果再说傲慢无礼的话语，
你将死在我的掌中。"

气急败坏的碟倭冲向鹏玛，
两人在森林里奋力拼打，
直打得大树倒下，
直打得山石崩塌。

两人吼声如雷，
犹如猛虎神威大发，
两人势均力敌，
拼杀多时不分上下。

苏令达坐在一旁冷静观战，
暗中等待伺机而发，
当碟倭再次冲向鹏玛，
苏令达看准时机飞步腾跨，
伸开双手掐住碟倭的脖子。
碟倭翻着白眼无法招架，
连忙举起双手求饶，
恳求王子放他一马：
"小奴祈求福厚的王子，
饶恕小奴的无礼和胆大，
请留下小奴的性命。
小奴知错知罪认打认罚，
小奴愿意跟随洪福的王子，
一生伺奉主子当牛做马，
一直到生命结束啊，
只求主子饶命宽大。"

仁慈的苏令达宽恕了碟倭，
把宝剑交给碟倭背挎，
宝镜由自己保管，
宝弓则交给夜叉鹏玛。
从此三人化敌为友，
一同进入茫茫的森林。

碟倭带领两位朋友，
来到养父帕拉西的巴朗，
三人一起跪拜施礼，
祈求帕拉西赐予吉祥。
碟倭双膝跪地长拜不起，
请求帕拉西恕罪原谅：
"孩儿要告别敬爱的养父，
跟随苏令达王子奔走远方。"

帕拉西看苏令达是个福盛之人，
三人的缘分深厚绵长，
他欣然同意了碟倭的请求，

祝福他们一路和顺安康。

三人拜别帕拉西走向森林，
边走边观赏林中的美丽风光，
不知不觉越过了千山万水，
来到了苏令达养父的巴朗。

看见失散已久的苏令达归来，
母亲和外婆大喜过望，
她们从小草屋里跑出来，
迎接远游的孩子回到身旁。
帕拉西看见养子平安归来，
带来的两个随从气宇轩昂，
他心里由衷地高兴欢喜，
双手合十感谢上苍。
母亲和外婆抱住苏令达，
禁不住热泪滚滚流淌，
大家相互亲吻述说思念之情，
拥抱在一起问长问短。

大家心中十分好奇，
苏令达王子到底去了哪里？
孝顺的王子跪拜了长辈，
这才详细诉说自己的遭遇——
怎样与母亲分离，
怎样到龙宫当了龙王的女婿，
怎样结识了两位朋友，
怎样历尽艰辛回到此地……
大家听了苏令达的讲述，
都为他平安归来感到高兴欢喜。

大臣宗亲和百姓看见王子归来，
纷纷上前跪拜敬礼，
苏令达王子与他们亲切交谈，
双手合十点头致意。

这时候啊，
为首的大臣和王族，
端上装有鲜花蜡条①米花的礼盘，
还有准备好的王族服饰，

---

① 蜡条：傣族用蜂蜡做成的香，用于敬献佛或者做礼节必备物品。

跪倒在地恳求婻波香：
"请您看在国王的面子上
和我们一起返回勐章相。"

心地善良的苏令达啊，
对大臣官员和百姓十分体谅，
他也十分思念自己的故乡，
特别是高贵的外公国王：
"他们准备了如此丰盛的礼品，
还派来了众多的官员和百姓，
恭请外婆和我返回家乡，
我们怎能拒绝这份深情。"
苏令达与外婆一起，
接过礼盘表示同意。

大家看到他们接受了献礼，
顿时欢呼雀跃万分欢喜，
人们敲锣打鼓吹笛弹琴，
欢呼声传遍森林震天动地。

沉寂的原始森林沸腾起来，
各种鸟儿纷纷飞来看稀奇，
八哥和铁连鸟站在树梢张望，
凤凰和孔雀张开美丽的翎羽，
野鸡在树丛里不停地鸣叫，
斑鸠在草地上欢快地嬉戏。
人们纵情地唱歌跳舞，
举行盛大的庆祝典礼，
姑娘小伙耳戴玉环臂套银镯，
在悠扬的笛声伴奏下对唱传情，
笑语欢歌响彻森林的每个角落，
三天三夜也无法停息。

这就是苏令达的经历啊，
他从龙宫返回人间，
与母亲外婆和帕拉西重逢相聚。
美丽的妹妹啊，
哥哥的故事还未讲完，
请你慢慢听哥哥讲述。

第十章　重返故乡

现在啊，
哥哥将接着叙述，
三王怎样返回勐章相——
苏令达和外婆接受了礼盘，
答应大臣准备返回故乡。
他和母亲外婆一起，
准备了鲜花米花和蜡条，
相约来到帕拉西的住所，
手端金礼盘把礼物献上，
他们虔诚地向帕拉西"苏玛"①，
请求他给予祝福和原谅。

帕拉西双手接过礼盘，
慈爱地为他们祝福吉祥：
"你们母子三王历经磨难，
如今终于要返回勐章相，
回去后要好好治理国家，
成为坐象君主威名远扬。
所有担心忧愁之事不要产生，
疾病疼痛不要来靠近身旁，
做君王统治广阔天地，
长命百岁五体安康，
享受王位统率万民，
在人间幸福生活地久天长。"

帕拉西祝福完毕，
又传授给苏令达神奇的法术，
能在空中自由穿梭飞翔，
能下海进入龙宫劈波踏浪。
苏令达高兴地接受法术，
顿觉浑身有无穷的力量，
三人虔诚跪拜感谢，
告别帕拉西回到居住的地方。

---

① 苏玛：傣语，忏悔、道歉之意，傣族有在已安居期间或长辈病重时向长辈忏悔的习俗。

苏令达召集将军和大臣，
商议返乡的各种事项——
要安排好前锋和后卫，
要准备好乘象和车辆。
各种事项要准备就绪，
一切物资要筹集妥当，
苏令达要碟倭和鹏玛作为前锋，
走在大队人马的最前方。
逢山开路遇水架桥，
道路务必干净平整宽敞，
路旁种上芭蕉甘蔗和鲜花，
路边一定要有水井清泉流淌。
还要修建供人休息的亭子，
备有盐巴辣子和美味的食粮，
要准备被褥和枕头，
要准备毛毯和蚊帐。
大路要直接通达勐章相，
中间不能分岔拐弯，
苏令达下令碟倭和鹏玛，
马上行动赶紧去办。
英勇无比的碟倭和鹏玛，
接受命令后火速行动，
率领军队开山辟路，
神奇的宝剑威力无穷，
坚硬的石头化成粉末，
参天大树纷纷倒卧草丛，
开挖出一条宽阔的大道，
笔直平坦直达勐章相王宫。
沿途驿站分布合理，
一切物资筹办齐全，
碟倭和鹏玛传回捷报，
恭请苏令达君王启程。

大臣们一切安排稳妥，
苏令达就去恭请母亲和外婆，
三人移步来到帕拉西的住所，
跪拜在养父的脚前轻声诉说：

"奴仆们至上的养父啊，
祝福您千年不生疾病，
乐在林中慈悲修行，
继续圆满盛德波罗蜜，
最终到达涅槃吧！

这是我们至诚的祝祈。

"现在我们向您告别，
心中的悲伤无法压抑，
因为英明的乘象王，
来请我们三人回去。
请养父不要悲伤，
祝福您修得更多的福气。"

预见到三人的美好前程，
帕拉西非常欣慰欢喜，
准许他们离开回国，
祝福他们一路平安顺利。

三人动身骑上大象，
十万大军和百姓簇拥着前行，
浩浩荡荡的队伍看不见首尾，
臣民们搂肩搭背万分高兴。
乐师们奏响各种乐器，
年轻人唱歌跳舞打情骂俏，
欢乐的歌声笑声洒满一路，
回响在茫茫的原始森林。

一路上驿站一个接着一个，
将军们准备了齐全的生活用品，
还备有柴火和鲜嫩的草料，
回国的人马享用不尽。

大军一路走走停停，
一个月后来到勐章相边境。
苏令达下令停止前进，
在边界安营休息等待命令。

苏令达写好帝王书札，
派大臣入城向外公国王禀报——
母子三人已经回到边界，
一路平安身心俱好。
信使得令快马加鞭，
很快来到勐章相国王的金殿，
叩首跪拜呈上书信和礼品，
向国王禀报请求恩准。

得知母子三人已回到边界，

至高无上的国王欣慰无限，
马上通告全勐的百姓和官员，
赶快准备好迎接久别的亲人。
官员和百姓们开始忙碌起来，
一切准备就绪十分周全，
大家一起入宫见驾，
恭请国王启程动身。

内务大臣走在前列，
官员和百姓簇拥在国王后面，
迎接的队伍浩浩荡荡，
经过广阔的田野和无数市镇，
一连几天日夜兼程，
大队人马来到苏令达营帐外边。

看见外公走进营地，
苏令达和母亲高兴万分，
快步出来跪拜行礼，
满心欢喜却又泪水涟涟，
他们搀扶着至尊的国王，
来到王后嫡波香面前。

国王和王后夫妻相见，
久久相拥不肯松手，
嫡波香想起悲伤的往事，
止不住的泪水直往下流；
她跪倒在夫君脚下，
心中有千言万语却无法开口，
国王面对亲爱的娇妻，
心里像打翻了瓶装的五味，
既为过去的行为感到后悔，
又为亲情失而复得感到欣慰。

搀扶起跪在地上的娇妻，
国王连声诉说着自己的懊悔：
"我娇美的妹妹啊，
你是我心中尊贵的王后，
哥哥以前一时糊涂做了错事，
把你们母女逐到竹筏上放流。
幸亏你们现在还安好，
像荷花一样美丽清秀，
你们没有遇到什么灾难，
哥哥我感到非常欣慰。"

"哥哥见到女儿的那一天，
就打听你和外孙的消息，
得知你还生活在原始森林里，
哥哥我十分想念非常惦记。
便急不可待地派出女儿，
带领将军大臣和百姓前去，
把你和未见过面的外孙接回，
全家人高高兴兴生活在一起。

"是我们的福分帮助了我们，
使我们久别后重又相遇，
我还见到了英俊的外孙，
这是因为我们修行波罗蜜。
我们的功德没有衰退荒废，
所以我们才得以相见团聚。

"现在啊，
哥哥亲自率领王族大臣和百姓，
迎接金缅桂花一样的你和外孙，
希望你与哥哥相依相伴白头偕老，
与哥哥同坐宝座当百姓的主人，
你还像以前一样当王后，
哥哥为无可挽回的错误感到懊悔。
今后再也不敢让你伤心难受，
哥哥亲爱的嫡波香王后啊，
不管哥哥有多少罪过，
都希望你能对我宽恕原谅。"

娇美的嫡波香双手合十，
柔声说出心中的话语：
"奴家威武福盛的乘象王啊，
奴感到无尽的悲伤和忧虑。
以前啊，
妹妹与您成双成对，
幸福地生活在一起，
依托您的洪福，
享受着王后的一切待遇。

"一直到您大发雷霆，
无视王法习俗规定，
说奴家违反王法，
无法容留在宫廷，

派人把奴家母女两人，
押送上竹筏流放远行，
不管奴家怎么哀求，
您都不肯宽恕怜悯。

"可怜我们母女和侍女，
坐在竹筏上不辨东西，
不知不觉漂出了国境，
生还的希望小如米粒。

"在可怕的森林里，
侍女们成了山妖夜叉的食物，
仅剩母女俩逃过一劫。
幸好遇见了慈悲的帕拉西，
他行善施德收留我们，
母女俩才大难不死化险为夷。
这才有了您英俊的外孙降生，
如今我们才能返回故乡的土地。

"如果没有女儿和外孙的存在，
奴家做梦也不会想重回宫里，
可能已变成森林里的孤魂野鬼，
或许已经成为食物供水怪充饥。

"现在啊，
您又来奴家面前百般劝慰，
求求您了，
至高无上的大王啊，
请您别管奴家赶快放手，
下贱贪婪的女人不能当主子，
我不该再次与您成双当王后。

"妹妹我呀，
遭受过大象的侵害，
见到蛟龙也恐惧害怕，
奴家没有失去生活的信心，
是因为有威武的小外孙牵挂，
他是奴家心尖上的宝贝，
奴家将一生依靠他。
奴家不会走进金殿与您为伴，
任您独自一人享受荣华富贵，
今后您与奴家各自生活，
井水与河水不会交叉。"

听了王后的轻声细语，
国王感到后悔莫及，
他面对王后无言以对，
独自坐在一旁伤感叹气。

苏令达和婻西丽罕见状，
走上前来与国王叙谈，
国王听了外孙的讲述，
了解了母女俩遭遇的苦难；
他的胸中如烈火焚烧，
泪水夺眶而出肝肠寸断，
他抱住外孙亲吻双颊，
在场的人为之动容悲伤。
英俊乖巧的苏令达跪拜行礼，
起身后坐在外公身旁。

国王拍拍苏令达的肩膀，
真诚地倾诉自己的心意：
"亲爱的独苗外孙啊，
看到你回来外公十分欢喜，
全勐的臣民百姓和土地，
现在我全部交给你统治管理。
你就带着外婆和母亲，
返回勐章相都城登基，
进入金碧辉煌的王宫，
管理呵护全国的人民。
外公眼中你宽厚仁爱勇敢，
偌大的勐章相无人能及，
请务必接受外公的要求，
千万不要随口推拒。"
苏令达跪拜感谢恩赐，
领受了国王外公的旨意。

此时勐章相国王十分焦虑，
心中牵挂着婻波香爱妻，
他不停地好言好语劝慰，
诉说相思之苦和甜言蜜语。
婻波香看在女儿和外孙的面上，
终于消除了积攒多时的怨气，
她谅解了夫君先前的凶狠，
坐进国王身旁的龙椅。

福盛的媢波香啊，
第二次坐上王后的宝座龙椅，
她一心为女儿和外孙着想，
决定继续修行波罗蜜。

现在啊，
哥哥将讲述另一段故事，
国王与臣民们离开森林营地，
浩浩荡荡返回勐章相都城。

至尊的国王好说歹说，
终于劝得媢波香怨气消散，
回心转意回到了国王身边；
国王高兴地向大臣和百姓宣布，
准备和王后一起返回王城，
他命大臣准备鲜花蜡条和米花，
恭请苏令达和媢西丽罕出发。

大臣官员连称"遵旨"，
百姓和士兵听到消息一片欢呼！
因为他们在森林里待了很久，
在路上奔波行走了一个多月。
虽然在森林里也能游玩娱乐，
虽然在路上也是热闹非凡，
但大家都惦记着自己的亲人，
每个人都是归心似箭。

受命的大臣不敢怠慢，
前去恭请苏令达王子起身，
王子愉快地接受了礼盘，
大臣便通知所有人员立即启程。

百姓簇拥着国王走在队伍前列，
侍女簇拥着王后跟在身后，
媢西丽罕有众多官员的女儿相伴，
她们坐上华丽的车子紧紧相随。
英俊的苏令达王子骑上战马，
率领数万威武的士兵殿后护卫。

听吧，
军队急走的声音震天动地，
看吧，
大队人马走过的地方灰尘弥漫。

礼炮声在原始森林上空回响，
好像要把群山震垮掀翻，
黄旗和绿旗在疾风中飘荡，
回城的队伍气势雄壮。

威武的战象身披黄金盔甲，
金箔闪亮套着弯曲的双牙，
它的两颊贴着金色的花巾，
虎头旗和飞龙旗飘展如画，
骑在战象上的苏令达啊，
真是器宇轩昂英姿飒爽。

走在前头的士兵威风凛凛，
高举着银柄和金柄的华盖，
有的手持利剑和红缨枪，
有的紧握短把长把的宝刀。
为首的大将当先开路，
象队和马队跟在后面，
王后和公主的车队紧紧跟随，
侍卫手持金刀在两边护卫。
队伍浩浩荡荡走进广袤的森林，
天空回荡着如同盛大庆典的声音。

这时候啊，
野象犀牛和黑熊四处逃散，
树林间的鼠类吓得东躲西藏，
野牛麂子马鹿和野狼不敢停留，
各种鸟类展翅惊叫飞向远方。

这是因为啊，
多位君王从原始森林深处出发，
队伍浩浩荡荡十分庞大，
大象马匹车辆响声隆隆，
路旁的山林不停地颤抖震动。
返回都城的人马夜宿昼行，
一站接着一站向都城前进。

队伍一路奔波来到都城，
宽广的大街清洁平整，
通往金殿的街道两旁，
挤满勐章相的百姓和大臣。
有欢呼跳跃的少女和少男，
有满面笑容的小孩和老人，

他们有的耳戴金环臂套玉镯，
有的还戴着银光闪闪的项圈，
人们纷纷争相出来观看，
热闹非凡就像盛大的庆典。

人群中有不少官宦子弟，
看到苏令达惊为天人，
他们连连发出赞叹的声音，
都想上前为王子牵象背箭，
少女们情不自禁产生爱慕之情，
梦想着能时时陪伴在王子身边。

她们目不转睛地看着王子，
交头接耳小声地私下议论：
"天底下没有谁比王子英俊，
能陪伴他那真是幸福无边。"

国王和苏令达一行登上金殿，
国王就给大臣们下达旨意，
收集各种各样神奇的宝物，
作为给苏令达的见面之礼，
为他举行盛大的拴线仪式①，
祝福庆贺苏令达称王登基。

按照传统习俗和王族礼仪，
大臣官员们连忙安排设计，
准备好礼桌等各种庆典用品，
牵来了坐象一对坐骑两匹，
鞍上装饰着闪光的金星银星；
白色的华盖高高擎起，
还有长柄扇御杖和拂尘，
滴灌圣水的浴槽也搭建完毕，
沐浴的宝殿金碧辉煌，
各种珍贵的物品不胜枚举。

人们前去跪拜恭请国王和王后，
以及嫡西丽罕和苏令达王子，
大家一起来到圣洁的浴殿，
按照风俗依次接受圣水沐浴。

这时候啊，
众官员簇拥着福盛的苏令达，
坐上了象征最高权力的宝座。
国师摇动金色的铃铛，
口中不停地祈祷诉说：
"十万种族都臣服于大王，
水底龙王和天神因陀罗，
还有阎罗王和四大天王，
请来聚集在这个神圣的王国。
今天是个吉祥的日子，
请求各路神仙来见证庆贺，
请享受奴们用金杯洒下的美酒，
保佑福盛的苏令达无灾无祸。"

"今天是个神圣喜庆的日子，
全天下阳光灿烂明媚绚丽，
奴们用圣水沐浴苏令达大王，
为他举行隆重的登基典礼。
从今后他就称王统治全勐，
让他和全国百姓一生幸福安康，
请求洪福的天神和龙王，
为这神圣的时刻降下吉祥！"
国师向四方滴洒美酒，
拜托各路神仙护佑勐章相。

按照勐章相的传统习俗，
国师祈祷祝福完毕，
八大卡真②按照王国最高礼制，
滴洒圣水为苏令达沐浴，
在苏令达手腕上拴上金线银线，
祝愿他遇难呈祥逢凶化吉。

圣水沐浴和拴线登基典礼结束，
人们举行盛大的赶摆集会，
大臣们恭请四王进入金殿，
万民拍手庆贺欢声如雷，
苏令达布施财物积累功德，
大臣官员和百姓山呼万岁！

---

① 拴线仪式：傣族传统习俗，傣语叫"俗宽"，直译为安魂。凡是重大事件都要举行拴线祝福仪式，如结婚、上新房、升
　　官、出远门或者出远门归来等等。
② 卡真：封建领主制下的大臣。

那时候啊，
赞美苏令达的消息天下传扬，
邻国的军民万分敬仰，
贵宾带着贵重的礼物前来拜会；
希望新国王赐予吉祥，
天下商贾云集勐章相都城，
珠宝象马自由买卖八方通商。
新国王的治理大见成效，
全国欣欣向荣一派喜人景象。

福盛的天神之王因陀罗，
洞察人间的兴盛衰亡，
他悄然下凡来到深山老林，
变化成一个打猎老人的模样。
他走进辽阔的森林，
寻找神奇的红牙白象。

老猎人在密林中到处寻觅，
找遍了深箐石崖和山冈，
在开满鲜花的檀香树林里，
老猎人发现了一群大象；
这个象群大约有五百多头，
公象全都长着长牙非常漂亮，
一头大象威风凛凛走在前边，
这就是传说中领头的象王。

老猎人马上变化成鱼鹰，
飞到象群中巡视查看，
他发现象群中有一头公象，
浑身白毛荧光闪闪，
皮肤就像丝绸一样，
红色的象牙又长又弯。

鱼鹰飞落在白象脊背，
白象顺从的双膝跪在地上，
鱼鹰即刻变成老猎人，
用手轻轻抚摸白象，
白象顷刻缩身变化，
大小就像白兔模样。
尾巴又细又长，
红色的象牙闪闪发光，

老猎人把白象装入藤篾箩，
走出原始森林巡游四方。
他走遍各个神圣的王国大勐，
到处叫卖随身携带的白象。

这天啊，
老猎人来到名叫萨洁的地方，
蹲在城市的街边叫卖小白象，
贵族和官员纷纷前来观看，
好奇地询问打探：
"叫卖的老猎人啊，
请原谅我们的冒犯，
这么微小的白象，
您老人家打算卖多少钱？"

老猎人抬眼看看官员，
不卑不亢地回答询问：
"回长官大人的话，
这只白象价值很不一般，
它是我从大森林里带来的，
六十万金是它的价钱。"

官员们听到老猎人的话语，
当场爆笑起来嘲讽老猎人：
"哎呀呀，
箩里的白象跟小猫一样大，
就算卖一拽①也不会有人出钱，
现在您老人家却开口数十万金；
谁也不会轻易上当受骗，
您还是到其他地方去卖吧，
萨洁城里没有买象的人。"

老猎人带着白象，
迈步离开了萨洁城邦，
他带着小象继续游走各个大勐，
还是没有人愿意购买微小白象。
不知到过多少地方，
最后他来到了勐章相，
走进王城来到金殿门前，
他拿出白象放在地上，

---

①　拽：傣语，傣族古代重量单位，一拽等于三市斤。

全城的人十分惊奇，
王公大臣争相前来观赏。

消息传进了王宫，
苏令达也前来探问：
"这么小的白象很是稀奇，
老人家想要卖多少银钱？"
老猎人见国王驾到，
连忙跪拜行礼回答：
"这是一头神奇的红牙象，
价值六十万金和六十万银，
少一两奴仆都不会卖，
出够了钱你就拿去。"

苏令达十分好奇，
再次向老猎人讨教：
"这只漂亮的微小白象，
如果它长大了能有多高？"
老猎人双手合十，
谦恭地回答国王的问话：
"这只能抱起来的小象非同一般，
它会随人的心意长高长大，
如果奴仆拍一下它的脊背，
它就会高达三庹长十二肘。"

苏令达听说有这样神奇的事，
高兴地答应了老猎人的开价，
他拿出神奇的天平，
称出六十万金和六十万银，
如数付给老猎人，
请求老猎人把白象变大。

老猎人离开金殿大门，
把白象放到金殿前的广场，
他从藤篾箩里拿出白象，
伸手轻轻拍打白象的脊梁，
小象顿时变成高大威武的大象，
还散发出一阵阵醉人的清香。

王城周围生活着多个象群，
此时闻到了红牙白象的气味，
千万头大象受到惊吓，
纷纷发出震天动地的怒吼。

发生这种奇怪的事情，
苏令达不解其中的缘由：
"千万头大象都发出惊恐的叫声，
请问老人家是什么原因！"

老猎人再次跪拜行礼，
详细回答国王的询问：
"如果要让象群停止惊叫，
就用冷水清洗红牙白象的全身，
再用白象身上流淌下来的水，
泼洒到每一头象的身上，
象群闻不到红牙白象的气味，
它们自然就不会惊叫恐慌。"

苏令达立即命令大臣，
按照老猎人的话办理，
车官象官们即刻照办，
群象果然停止了惊叫哭泣。
象官把白象带到象舍，
供上清水嫩草精心护理。

群象停止了吼叫，
老猎人向苏令达告辞致意：
"奴仆请求将卖白象的金银，
全部寄存在大王的殿里，
七天后奴仆将返回贵地，
带走寄存的金银远去；
如果七天后奴仆不能返回，
这些金银就算奴仆给大王的献礼，
请大王收归国库，
为勐章相的百姓造福谋利。"

老猎人行礼后走下金殿，
很快来到无人之地，
他变回真身腾空而飞，
回到忉利天金殿宝地。

苏令达一直等待老猎人返回，
等到第八天也不见他的踪迹，
只得下令将金银收归国库，
留待将来再作处理。

现在啊，

哥哥讲述苏令达的故事，
讲到他登基为王，
得到了价值连城的红牙白象。
讲到这里暂告一个段落，
后面的故事哥哥将详细讲唱！

第十一章　鹦鹉传情

粉团花一样的妹妹啊，
现在哥哥将继续讲述——
年轻英俊的苏令达，
怎样追求爱情寻找伴侣。

苏令达继承了外公的王位，
八方臣服四海扬威，
王公和大臣们开始张罗，
为年轻的国王寻找心仪的王后。

勐章相幅员辽阔，
妙龄少女成群结队，
有王公贵族的千金，
有宫廷大臣的小姐，
有大富翁的女儿，
还有出身贫寒的美女俏妹，
她们时刻都怀着一个梦想，
做英俊国王的王后嫔妃。

然而苏令达都不喜欢，
他要挑选自己喜欢的姑娘，
他拿出神奇的宝镜，
仔细查看人间的四面八方。

他发现北方有一个大勐，
水边有一座王城大放光辉，
王城里住着一位少女，
美貌胜过人间美女千万倍，
亮晶晶的两眼如神仙点缀，
美丽的脸庞犹如画师描绘。

苏令达一见便生爱慕之情，
藏在心底久久不能相忘，

每天用宝镜观看欣赏，
仿佛能闻到美丽少女的芳香。

威武的国王治理着这个大勐，
美丽的少女是国王的掌上明珠，
王国的继承人是公主的哥哥，
他有神奇的宝贝和高超的法术，
能在天空中像风一样自由飞舞，
他的性格凶狠十分霸道，
周围王国慑于他的淫威只能臣服。

王城的围墙用石头垒砌，
城墙上插满了五颜六色的彩旗，
漂亮的房子连绵重叠，
王城是如此的磅礴大气，
这是一个不知道名字的大勐，
苏令达心仪的姑娘就住在这里。

美丽的公主养着一只鹦鹉，
这只鹦鹉十分乖巧机灵，
每天都会飞到花园，
叼一朵鲜花献给主人；
公主想要什么样的鲜花，
就差遣鹦鹉去花园里挑选，
鹦鹉住在高贵的金笼里，
深得主人的欢心和爱怜。

思维敏捷的苏令达，
找来了碟倭和鹏玛，
君臣三人坐在一起，
共同商量追求公主的办法。

两个大臣按照苏令达的指令，
找来了一只聪明的金鹦鹉，
他们让聪明的金鹦鹉，
学会了用人类的语言表达。
苏令达为它取名叫辇达辛，
从此国王和金鹦鹉如影随形。

苏令达有什么事情要办，
都会差遣金鹦鹉传话，
聪明的金鹦鹉都能领会，
上传下达一丝不差，

苏令达思念远方的姑娘，
就对辇达辛倾诉衷肠：
"我可爱的小鹦鹉啊，
哥哥心中深藏着一位姑娘，
她肤白发黑美丽动人，
就住在勐章相遥远的北方，
那是一个仙境般的城市，
那座城市高大巍峨金碧辉煌。
那位金叶一般的姑娘啊，
还未有中意的情郎，
她养着一只漂亮的绿鹦鹉，
现在哥哥需要你出力相帮，
美丽的姑娘不知道在哪个勐，
希望你能乘风飞去打探寻访，
一定要千方百计寻找到她，
宽解哥哥思念爱人的愁肠。"

苏令达让书信官起草情书，
让金鹦鹉带去给远方的姑娘，
书信官按照苏令达的旨意，
用优美的诗歌体倾诉衷肠：
"苏令达国王致信问候，
远方的妹妹吉祥安康！
妹妹有宝石一样的心境，
降生在人间广阔的土地上，
福缘让哥哥知道你的存在，
妹妹的美名已四方传扬。
哥哥有一颗金子般善良的心，
寻找有宝石般心境的妹妹陪伴！"

"难道妹妹宝石般的心境，
已经装进精致的盒子收藏？
悄悄地与麝香相伴，
发不出耀眼的光芒。
如果这颗宝石还闪烁着光芒，
如果这颗宝石依然明亮，
哥哥希望得到这颗宝石，
让她与金子配对成双。
福运使年轻的国王写信问候啊，
祝愿宝石般的妹妹安好吉祥！"

书信官写完叠好，

苏令达把信交给辇达辛：
"哥哥机灵聪明的信使啊，
请你不辞辛苦四处找寻，
一定要把我的信和我的情意，
送到我心爱姑娘的手心。
要用甜美温柔的话语，
让姑娘听得合理合情，
把我的深情厚谊送到，
帮助我完成求爱的使命。"

信使金鹦鹉拜别了主人，
信心十足地飞向森林，
它飞越千山万水，
在许多大勐里探访找寻，
哪里人多热闹就飞向哪里，
希望得到姑娘准确的音讯。

这一天金鹦鹉飞到一个大勐，
正是它苦苦寻找的勐萨洁，
辉煌的王城气势磅礴，
城边的码头船来人往，
金鹦鹉歇在一棵枝繁叶茂的树上，
这里是人们下河洗浴的地方。

人们在树下你言我语，
金鹦鹉在树上听得仔细——
"威武的国王统治着这里，
福气助使他有个女儿非常美丽，
她的名字叫作娟妲朗西，
眉毛弯弯肌肤白皙，
她的美貌胜过十万少女；
还没有哪个小伙符合她的心意，
她有一只可爱的绿鹦鹉，
每天都会为主人摘花献礼，
外勐的贵族公子都想来攀亲，
姑娘到现在还没有点头应许。"

聪明的金鹦鹉听到谈论，
离开码头飞到公主的花园里，
花园是花的海洋，
各种花朵竞相开放十分艳丽，
花园是鸟类的乐土，
各种鸟儿穿梭飞行觅食嬉戏。

花园里鸟语花香热闹非凡，
真是一块人间少有的福地，
金鹦鹉辇达辛置身其中，
与群鸟一起游玩快乐无比。

这时候啊，
一只漂亮的绿鹦鹉飞来，
在它常来的花枝上歇息，
只见它叼起鲜花飞往王宫，
献给公主后又飞回园里，
如此反复不断从不停留，
让金鹦鹉感到十分稀奇：
"亲爱的兄弟姐妹们，
小奴很早就来到花园里，
为什么那只美丽的绿鹦鹉，
不来和大家一起玩耍游戏；
它总是叼着鲜花往宫里飞，
小奴非常困惑不知就里。"

聪明伶俐的八哥扇动翅膀，
飞到金鹦鹉跟前回答：
"新来的英俊金鹦鹉啊，
那只绿鹦鹉来此是为了摘花，
它是萨洁公主心爱的宝贝；
从来不跟大家一起玩耍，
它受到公主的疼爱和精心养护，
天天来花园叼花献给公主。"

辇达辛探明了原因，
对绿鹦鹉产生了爱慕之情，
它设法接近美丽的绿鹦鹉，
希望得到绿鹦鹉的垂青：
"羽毛漂亮的妹妹哟，
为什么飞来飞去叼花不停，
哥哥真想和你在树上相互喂食，
一起在蓝天上展翅飞行。
你属于哪个主人？
请问可爱的妹妹你的姓名？
假如妹妹还没有心上人，
哥哥愿意给你喂食终生相伴！"

听到金鹦鹉甜蜜的话语，
绿鹦鹉迈步走近辇达辛，
两鸟相会两情相悦，
绿鹦鹉毫无保留地直言表白：
"妹妹的名字叫素捻达，
原是别人养在金笼里的小鸟。
娟姐朗西公主把我养大，
所以才每天为公主摘花，
公主有什么事情吩咐，
我都为她办得分毫不差，
她是勐萨洁国王唯一的女儿，
福盛的公主完美无瑕。"

辇达辛听了绿鹦鹉的表白，
也将自己的来意叙讲：
"哥哥心中至爱的妹妹啊，
哥哥来自幅员辽阔的勐章相，
哥哥的主人名字叫苏令达，
他是勐章相的国王。
英俊的国王气度非凡，
却没有心仪的王后陪伴，
他让哥哥带着情书来寻找，
希望与意中的人儿配对成双！"

"听说沾巴花①盛开不衰的地方，
有一位美丽善良的姑娘，
哥哥千辛万苦来到这里，
就是要将这位姑娘寻访，
现在遇上鲜花般的妹妹，
希望你为哥哥想想办法大力相帮！"

辇达辛和素捻达两只鹦鹉啊，
情投意合一问一答互诉衷肠，
直到太阳偏西由红变黄，
他们才依依惜别相约再见。

娟姐朗西看见晚归的素捻达，
心中不满禁不住抱怨：
"今天你去哪里流连，
这么晚才回到金殿，

---

① 沾巴花：傣语，汉语称鸡蛋花。

你不像以往那么准时，
莫非想悄悄离开我的身边，
你不顾我把你养大的恩情，
真想拔光你的羽毛让你丢尽脸面。"

素捻达急忙跪拜解释，
连声请公主宽恕爱怜：
"小奴很晚才返回，
不是因为厌烦主人，
是因为遇到了一只金鹦鹉，
它住的地方离这里很远很远。
据说它是勐章相国王的信使，
带来苏令达国王的情书一件，
苏令达国王英俊无比，
还没有王后陪坐身边。
他孤身一人治理国家，
想找一位公主同枕共眠，
他仰慕您的聪慧和美貌，
才派金鹦鹉把天下各勐访遍。
金鹦鹉飞越千山万水，
最终才歇翅在我家花园。"

听了素捻达的一番话语，
娟妲朗西内心泛起涟漪片片，
她对陌生的苏令达产生了好感，
吩咐赶快请金鹦鹉入宫见面。
公主急于想看远方来的情书，
不知信中有什么样的蜜语甜言。

绿鹦鹉领命急飞到花园，
寻找来自勐章相的心上人；
看到情哥哥金鹦鹉，
绿鹦鹉欢喜万分：
"远方来的情哥哥啊，
妹妹帮您实现了心愿，
主人差遣妹妹来邀请，
让您去金殿与她见面。"

辇达辛得到邀请十分兴奋，
两只鹦鹉一起飞往金殿；
公主见到来自远方的金鹦鹉，
心中涌起暖流欢喜万分。

金鹦鹉行礼拜见公主，
献上主人的情书，
它用优雅的语言与公主交谈，
把主人的爱慕之情款款倾诉。

娟妲朗西轻轻打开情书，
认真阅读每一个词句，
生怕看错一个字，
生怕漏掉一张纸。
信中饱含真挚的情感，
深深打动着娟妲朗西，
仿佛英俊的苏令达坐在身边，
在耳边诉说着甜言蜜语。

娟妲朗西开口发话，
让素捻达好好款待金鹦鹉，
带辇达辛到金笼里居住，
享用清水和鲜美的食物；
让它们在金笼里交流谈心，
互诉衷肠倾吐情愫。
娟妲朗西沉思良久，
然后提笔回信致意：
"像椰子树一样挺拔的哥哥啊，
请听妹妹发自肺腑的言语，
水里的荷花含苞待放，
还不曾有蜜蜂飞来采蜜。"

"鲜嫩的荷花自由地生长，
不知何时有意中人前来观赏，
有心摘花的情郎来到面前，
它才会尽情地盛开怒放。
荷花期待有心人来采摘，
它才会散发出迷人的花香，
什么时候有金砂的光芒照射，
麝香盒里的宝石就会闪光发亮。
妹妹娟妲朗西在此遥拜，
期待远方的哥哥来闻花香，
请发挥聪明智慧吧，
不要让痴心的妹妹伤心失望。"

娟妲朗西写好回信，
用金线拴在金鹦鹉的脖子上：
"漂亮的异国鹦鹉啊，

谢谢你不辞辛苦万里飞翔，
你主人的信我已看明白。
含苞的荷花会应时开放，
现在请你原路返回，
把我的信送到你主人手上，
所有情况在信里已写明白，
请你洪福的主人尽快想方设法。"

辇达辛拜别娟妲朗西公主，
按原路飞回勐章相，
金鹦鹉飞进金殿，
恭敬地禀报苏令达国王：
"鲜花一样的公主，
住在仙境一般的勐萨洁，
长得如天仙一般漂亮，
她的名字叫娟妲朗西。
优雅的语言好听顺耳，
声音犹如蔗糖一样甜蜜，
她写了回信让小奴带回，
还嘱咐小奴捎话致意——
如果是堂堂的男子汉，
就请展示毅力和勇气，
千万不要害怕退却，
让公主见识国王的诚意。"

苏令达听了金鹦鹉一番话语，
心情愉快如同沐浴在温泉水里，
激动的心翻腾起思念的浪花，
内心明亮生出无限的爱意。
苏令达打开书信仔细阅读，
犹如娟妲朗西在耳边细语，
两人频繁地书信往来，
两颗心在不断缩短距离。
苏令达以自己的聪明智慧，
不断试探娟妲朗西的诚意，
国王再次致信公主，
希望爱情永恒长久始终如一：
"哥哥亲爱的娟妲朗西啊，
你是勐萨洁的一朵仙花，
哥哥对你的爱坚贞不渝，
犹如大海里的磐石坚韧不拔，
即使受大浪冲击也不会动摇，
就算天翻地覆也永不变化。

"有幸遇到聪慧的妹妹，
哥哥想请教几个问题：
有一个大勐的国王，
统治着广阔的领地。
他用骨头和象牙建造宫殿，
宫殿里有柱子和大梁，
椽子都是骨头和象牙，
城墙外面包裹着厚厚的皮，
里边有千条绳子缠绕拉扯，
结构紧密不会割舍分离。
漂亮的宫殿竖着两棵柱子，
顶部插着装饰宝石的白旗，
宫殿大门直通窗户，
有三十二块坚实的石基，
还有大门和窗户九扇，
一刻不停地打开关闭。
"那位国王啊，
还有强盗持刀护守，
有五个年轻的内卫。
有凶猛的大象四头，
即使好生伺候嫩草和清水，
大象还是十分凶猛令人生畏；
它会发癫发狂无法控制，
横冲直撞导致人亡物毁。

"国王亲自精心喂养，
关在象舍再用铁链拴扣，
不让它跑出城里，
日夜守护形影相随。

"那位至高无上的国王，
天天在金殿里静处不动，
他浑身感到炎热难耐，
睡在宝榻上如同在火上烘烤，
即使舀十万罐水浇洒也没用，
越想灭火反而导致烈火熊熊。

"那座宽广的都城，
只有两条进出的道路，
一条布满尖刺荆棘，
沿途有很多危险。
经过时要轻手轻脚，

才能避开尖刺顺利向前；
一条紧挨着悬崖峭壁，
崎岖坎坷相当凶险，
还有心怀恶意的强盗恶人把守，
随时准备砍杀过往的行人，
——现在哥哥把故事告诉妹妹，
请美丽聪慧的妹妹发表高见。"

苏令达挥笔写好书信，
封好信封盖上金印，
他让金鹦鹉赶快飞到勐萨洁，
直接把信交给娟妲朗西：
"会说话的辇达辛啊，
请你把信送到勐萨洁，
一定要直接交给公主，
请她明白我的深情真意，
你不要乱飞迷失了方向，
你不要被群鸦阻拦分不清东西，
你要提防老鹰侵扰袭击，
夺走我的书信让我伤心。
你要穿越丛林越过高山，
千万不能让娟妲朗西久久期盼，
路途遥远要注意安全啊，
我的话你要时刻牢记。"

金鹦鹉牢记主人的嘱咐，
带着情书穿云破雾，
它飞越千山万水来到勐萨洁，
进入金殿向娟妲朗西跪献情书。

娟妲朗西接过苏令达的情书，
轻轻放在镶嵌宝石的礼桌上，
她打开情书认真阅读，
禁不住春心荡漾激动不已。
苏令达优雅甜蜜的语言，
犹如糖水喂进公主的口里，
一直甜到娟妲朗西的心底。
她的内心犹如打开二十层窗户，
整个世界顿时光彩熠熠。

虽然从未相逢见面，
两个相爱的人仍然日夜思念，
虽然远离千山万水，

两颗相爱的心仍然相通相连。

至于苏令达的提问，
聪明的娟妲朗西已胸有成竹，
因为经书中早有记录，
自古以来智者经常讲述。

娟妲朗西提笔回信，
解答苏令达信中的问题：
"亲爱的哥哥吉祥如意，
娟妲朗西在此跪拜行礼，
至于您提出的深奥问题，
奴家现在一一来解答释疑——
所谓宽广的大勐王国，
其实就是我们人的身体；
用皮包裹着的都城，
其实就是我们人的皮肤；
用骨头和象牙建盖的宫殿，
就是人的肋骨和背脊。

"千条皮绳缠绕拉扯，
就是千条筋脉布满人体，
进入宫殿的平坦大门，
有坚实的三十二块石基。
那是我们人的嘴巴，
还有三十二颗牙齿洁白如玉，
那九扇大门窗户，
不知疲倦时刻打开关闭。
指的是人身上的九窍，
与生俱来从不离弃。

"两条进出大勐的道路，
宽阔的胸怀就是其中之一，
凡事按道义施行办理，
诚实守信不偏不倚。
如果死了就去天堂，
福气相随永不分离。

"另一条路坎坷崎岖，
指的是行走邪路不合道义，
它会使人走向灭亡，
最终堕入万劫不复的地狱。

"所谓至高无上的国王，
天天睡在金床宝榻上，
感觉火烧火燎炎热难当；
十万罐水也无法降温冲凉，
那是指人类的心脏至关重要，
人一旦怒火中烧就会发疯发狂。

"国王的五个强盗侍卫，
指的是色声香味触五种欲望，
贪婪的欲望使人毁灭，
如同强盗一般凶猛疯狂。
它会使人走上邪路，
最终导致家破人亡。
那群持刀把守的人，
就是人类无法摆脱的愁烦。

"那凶猛的四头大象，
变成强盗紧靠两旁，
指的是人体内的四塔①，
它们有时会失去平衡，
导致人体生病直至死亡。

"第一是土塔，
它是人体的根基，
力量强大无所畏惧；
第二是火塔，
它的力量强大无与伦比，
过盛会使人疯狂痴迷；
第三是风塔，
它强劲有力，
时常昌盛不会衰息；
第四是水塔，
它力大无比，
有时会失控令人疯言疯语。
这四只大象就是风火水土，
它们是人体构成的物质基础。

"至于两柱撑起的宫殿，
顶部插着装饰珠宝的白旗，
那是人的两只脚撑起全身，
构成一个统一的整体。

人老了就会长出白发，
白发就是飘扬的白旗，
——妹妹这样回答哥哥的提问，
不知亲爱的哥哥满不满意。"

聪明的娟妲朗西解答了问题，
又向苏令达倾诉心意：
"远方年轻的国王啊，
妹妹虽然身在远方，
心与哥哥却紧连在一起，
什么时候妹妹能来到哥哥的身边，
同住一个金殿诉说甜言蜜语，
同睡一张金床相偎相依。

"威武福盛的哥哥呀，
请您千万不要退却，
男子汉的意志要坚定不移，
不要像小木船一样摇摆不定，
不要让远方的少女牵挂惦记。
如果两心相印，
再远的路也没有距离。
妹妹的意志像石碑一样坚固，
即使远隔千山万水，
也请哥哥设法前来相聚，
妹妹日夜等待您来迎娶。

"现在啊，
妹妹有几个问题要请教，
请哥哥为妹妹解答疑难——
有两个美丽宽阔的天然湖泊，
像珍珠并排成对镶嵌在地上。
湖里开满了鲜艳的荷花，
花蕾直指国王的宝座，
荷花四季常开不断，
诱人的香味四处飘荡。
微风带着花香飘来，
是否还环绕在哥哥的身旁。"

娟妲朗西写好信交给金鹦鹉，
千叮咛万嘱咐请国王尽快回复。

---

① 四塔：指人体的风、水、火、土四塔，也叫"四大"。

金鹦鹉带着公主的书信，
飞越群山丛林踏上归途，
它机灵地躲过猛禽追杀，
飞向勐章相遥远的国土。

金鹦鹉飞到勐章相，
马上进入国王的金殿，
面对苏令达跪拜行礼，
呈上娟妲朗西的信件，
还把公主的叮咛嘱托，
一字不漏地禀报主人。

苏令达十分愉快地看完来信，
喜悦之情浸透全身，
他读出了娟妲朗西深深的爱意，
也看到信中的提问。
他知道这是公主在考验自己，
谜底已了然于胸无须思忖。

智慧无比的苏令达，
提笔回信答复公主的询问：
"并排成对的湖泊，
就是哥哥明亮的双眼，
湖泊里开满的荷花，
那是你举在头顶的十指尖尖。
花蕾指向国王的宝座，
是妹妹向哥哥致意躬身，
你有情意与哥哥早日成双，
你的芳香弥漫在哥哥的身边。"

苏令达沉思片刻，
将自己心中的深爱倾诉：
"亲爱的勐萨洁宝贝公主，
祝你洪福齐天吉祥如意。
檀香般的小妹啊，
哥哥说到做到心口如一，
得不到宝石一样的妹妹，
哥哥决不会轻言放弃。

"为了妹妹哥哥可以放弃一切，
即便是放弃王位也在所不惜；
哥哥得不到美丽的宝贝妹妹，
枉为男子汉在世间顶天立地；

哥哥希望一辈子与妹妹相伴，
这份深情终生不渝。

"聪慧美丽的妹妹啊，
哥哥日夜牵挂思念着你，
妹妹的智慧无人能比，
你应该明白哥哥的情意。
如果妹妹是有情之人，
不用多久我们就能相见团聚。"

苏令达很快写好回信，
郑重地交给金鹦鹉辇达辛：
"我勇敢的信使啊，
请你辛苦劳累飞向远方，
一定要把我的情书，
安全地送到公主手上。"
金鹦鹉接过主人的书信，
展翅飞向远方公主的家乡。

辇达辛带着主人的嘱托，
不辞辛苦飞到了勐萨洁，
它向娟妲朗西叩拜行礼，
呈上信件请公主阅览。

娟妲朗西接到信万分高兴，
迫不及待地打开边翻边看，
她的心怦怦地跳个不停，
脸如火燎一般发烫。
苏令达的身影仿佛在面前晃动，
信中的话语使她激动非常。

苏令达的誓言斩钉截铁，
这让娟妲朗西心满意足。
她连忙写好回信，
请金鹦鹉带回勐章相——
"至上的花朵，
有绿叶衬托着的哥哥啊，
您的来信妹妹已经拜读，
我感到非常高兴万分快乐。

"菩提树般的哥哥呀，
您发过誓请不要反悔食言，
妹妹每时每刻都在牵挂思念，

对你的真情永远不会改变。

"诚心祈求远方的哥哥，
按照王室的礼仪筹备办理，
尽快准备求亲聘礼，
派遣使臣前来勐萨洁迎娶。
妹妹在日夜期盼，
决不会失信于你。
妹妹时刻思念的远方哥哥啊，
您像椰子树枝繁叶茂健壮挺立，
请哥哥不要多虑而举棋不定，
不要再犹豫徘徊迟疑。"

金鹦鹉飞过十万森林，
越过万条沟沟箐箐，
一直飞到苏令达的金殿，
恭敬地献上娟妲朗西的信件。
福盛的国王明白了公主的真心，
知道了公主坚定的信念，
他急召碟倭和鹏玛进宫，
筹划到勐萨洁迎娶的大典。

两大臣闻说高兴万分，
跪拜行礼献策献言：
"主人有这样的好事，
奴仆一定促成办理周全，
奴仆是主人任命的臣子，
理当承担使命一往无前。
这事不需要主人操心费力，
就请主人下旨给微臣，
但主人还须禀报您的外公，
得到他的祝福和恩典。
迎娶王后是勐章相的大事，
应该得到老国王的允准。"

苏令达接受两大臣的建议，
迈步走进外公的宫殿，
双手合十跪拜行礼，
请老国王颁下旨意：
"战胜十万勐的外公君王啊，
现在外孙有事禀报，
我治理勐章相王国，
完全按照老辈的法律和规矩。

然而王后的宝座一直空缺，
这就违反了王国的习俗礼仪，
我怕受到异国人的轻视，
说我们勐章相违规悖礼。

"现在外孙想去勐萨洁求亲，
求娶美丽的公主娟妲朗西，
如果对方允许联姻，
两勐将搭起金桥建立友谊。
两国将联成一家，
强强联合天下无敌，
现在外孙特来禀报，
请求外公您恩准同意。"

战胜十万勐的老国王听禀，
含笑点头十分高兴：
"外公随你所爱不会阻挠，
就按你的意愿办理施行。"
苏令达听了连声称谢，
跪拜出宫去向母亲禀报，
婳西丽罕听后非常欣慰，
要苏令达尽快着手准备。

苏令达下旨碟倭等众位大臣，
按照习俗备齐各种礼品——
有群鼓双面鼓和臂镯，
有绣金丝花边的蚕丝裙，
有金手镯银手镯和钻石耳坠，
有各种漂亮的项链项圈，
有装饰珠宝的金钗，
有镶着金星和银星的佩带，
全部礼物都用金子打造，
金光灿灿价值连城。

生产生活用品都备办齐全，
又实用又美观高贵大气——
有织布机和纺线机，
有织布用的梭子和绕线机，
有金子做成的饭桌，
有宝石装饰的盘子和金勺，
有金子打造的三脚架，
礼桌锅碗也用黄金制作。

还有犁柄弯曲的犁和耙，
犁柄装饰着金子金光闪烁，
有犁田用的镶金牛轭，
有用金丝编制的箩筐，
有盛水的小罐，
有锥子和斧凿，
它们全都用黄金制作；
平民百姓从没见过。
有成排的大象和马匹，
有车辆耕牛和黄牛，
鸡鸭也不能落下，
应有尽有一样不差。

国王专用的礼仪用品，
全都精心打造准备齐全：
有绣金边金柄的华盖，
有御杖长柄扇和拂尘，
有金琴和镶宝石的笛子，
有声音浑厚的金螺号，
有声音响亮的锣和镲，
有金鱼银鱼和鹦鹉，
有金头红缨枪，
有黄金制成的芭蕉，
有丝绸毡子席子……
精美的物品数不胜数。

官员们精心安排布置，
武士肩扛长矛和大刀。
上千的少男少女精心打扮，
一个个歌声婉转舞姿曼妙。
他们全部集中到金殿，
等待着出发的时刻来到。
首辅大臣请来国师，
演算历法挑选吉祥的日子。

苏令达命书信官书写王札，
语言优雅尊贵无比：
"大王城的年轻国王谨此敬礼，
致信尊贵的公主娟妲朗西，
现在哥哥派官员前来求亲，
一切已按国王礼节准备完毕。"

苏令达将信交给碟倭，

让他作为自己的全权代表，
还赐给他各种贵重的用品，
在异国他乡展示勐章相的威严。
有遮阳避雨的金伞，
有防敌护身的金剑……
碟倭叩头拜谢主人，
选择吉日良辰率队启程。

第十二章　节外生枝

现在啊，
哥哥将讲述碟倭率领队伍，
去勐萨洁求亲的故事。

碟倭接受主人的委派，
率领大军向勐萨洁进发，
隆隆的礼炮响过三响，
碟倭登上了长牙大象。
跟随的官员骑上骏马，
马背上马鞍非常漂亮，
众多百姓簇拥着大队人马，
热热闹闹的乐曲声响亮悠扬。

求亲的队伍走过大街，
他们向少妇和少女们告别：
"身材苗条眉弯如月的妹妹啊，
哥哥们要去远方异国勐萨洁，
我们要去把公主迎娶回来，
让她与福盛的国王形影相随。
等到哥哥们完成任务顺利返回，
再与妹妹们团圆相会。

"据说生在勐萨洁的公主，
比十万少女还要漂亮秀美，
哥哥们将去迎娶三十二色美女，
让她做勐章相国王的王后，
你们就耐心等着看吧，
勐章相可亲可爱的各位妹妹。"
少妇和少女们听得心痒，
七嘴八舌忙着应对：
"真的像你们说的一样，

那哥哥们就快去快回，
要快得像五月的风横扫落叶，
要快得像天上的鸟展翅高飞。
智慧敏捷的哥哥们啊，
如果不能把公主迎娶回来，
你们就不要回来见妹妹。"

迎亲队伍离开勐章相，
走进茫茫的原始森林。
大队人马日行夜宿，
快马加鞭片刻不停，
清晨早起踏着露水赶路，
傍晚搭建篷帐就地宿营。

一路走过好多地方，
路过的王国都有赫赫威名，
走过的千山万水说不尽，
穿过的密林数不清，
奔波劳顿三个月后，
队伍来到勐萨洁都城边扎营。

勐萨洁的臣民见有客人来到，
纷纷前来询问打听：
"远方的客人啊，
你们来自哪里，
成群结队来这里有何贵干？
莫非是来与我们联姻联谊，
看你们所带物品众多，
却不像商人来做生意。
若是敌国来入侵冒犯，
却不见众多的军队齐聚，
请远方的客人说明缘由，
我们好向国王详细禀报。"

为首的使者将军碟倭，
谦逊有礼地回答询问：
"尊敬的勐萨洁官员们，
晚辈是勐章相国王派来的使臣，
不敢来贵国侵扰冒犯，
是来和贵国联姻结成友邦。
威武的勐萨洁国王有个公主，
名叫娟妲朗西像鲜花一样，
她还没有与谁缔结姻缘，

正好与我们的国王配对成双。
我们的国王是年轻的苏令达，
我们来自遥远的勐章相，
我们是联姻使者前来求亲，
按礼节准备的礼物百样千种。
敝国想与勐萨洁缔结姻缘，
迎娶娟妲朗西公主共庆吉祥，
请您进城入宫见驾，
把我们的来意禀报国王。"

勐萨洁的官员获知事情的缘由，
急忙回城登上金殿禀报：
"洪福齐天的国王啊，
现有勐章相的大型使团来到，
他们带着国王苏令达的信札，
前来与我国联姻联谊。
他们带来诸多贵重的聘礼，
想迎娶美丽的公主娟妲朗西，
两国从此成为友好盟邦，
就像关系紧密的邻居亲戚。
为首的使臣名叫碟倭，
威风凛凛英勇无比，
奴才在此跪拜禀报，
请福盛的国王颁降旨意。"

一旁的王族大臣们听到消息，
纷纷赞同提出建议：
"如果来与我们建立友邦，
迎接使臣应该按照王国礼仪。"

国王朋玛典哒听禀沉思良久，
因为不知女儿如何考虑，
他派人找来公主的侍女，
让她设法打探公主是否愿意。

这位侍女是首辅大臣的女儿，
走进公主宫殿小心地探试：
"小奴纯金般的公主啊，
小奴前来禀报一件大事。
现在全勐的人都议论纷纷，
不知公主是否听到消息——
南方的勐章相派来使臣，
带来了国王苏令达的旨意。

他们要来迎娶公主您呀，
不知您是否同意允许，
小奴真担心您嫁了个庸才，
铸成大错终生后悔不已。
现在这里只有我们两人，
请您说说真实想法不要顾虑。"

娟妲朗西早已成竹在胸，
心中的话语像水流淌：
"我的贴心妹妹啊，
请听姐姐细说慢讲——
听说那远方的勐章相哟，
地域比我们还宽广。
年轻的国王苏令达，
像天神因陀罗一样英俊雄壮，
宏伟的金殿建在王城中央，
高高的城墙围护着四面八方，
城墙上插满五彩的旌旗，
宫殿装饰得金碧辉煌。

"聪慧洪福的国王苏令达，
能像风一样自由飞翔，
全世界无人能敌，
论武功举世无双。
他可以去龙宫游玩，
优美的身姿犹如凤凰，
他拥有各种神奇的宝贝，
宝剑神弓和仙鞋不差一样。
天神还赐给他天平和仙镜，
身边还有两位勇猛的大将，
他们每时每刻护卫在身旁，
常常陪伴主人在空中自由飞翔。
我从心底里喜欢苏令达，
早就想与他出对入双，
现在听说求亲的使臣来到，
心里万分高兴难以言讲。"

侍女担心公主的前程，
心生顾虑连忙劝说：
"美丽的公主啊，
我们勐萨洁是繁荣富强的大国，
我们的都城在世界上数一数二，
附属我们的王国有很多很多，

我们的臣民超出百万，
国家犹如天堂仙界一般。"

"如果要讲对等般配，
只有北方的勐威迪喀能够入围，
它才有资格与我国联姻，
它的王子才能与公主成双配对。
勐章相只是山里的小国，
野鸡怎能与凤凰同宿同飞，
公主若下嫁苏令达，
就会使您的美名受到损毁。"

娟妲朗西不为所动，
滔滔不绝倾诉衷肠：
"那个北方大国勐威迪喀啊，
就算那地方美如天堂，
本公主没有福气嫁到那里，
它绝对不像勐章相令我神往。

"那位纯金般的国王苏令达啊，
与我早有书信来往心心相连，
我俩相互爱恋许下诺言，
这是前世定下的姻缘永不改变。

"即使本公主失去了一切，
将来讨饭过日子也心甘情愿，
即使苏令达真是顽劣的山民，
本公主也绝不反悔违背诺言。
即使缘分在遥远的天边，
我也将随缘而去紧紧相跟，
即使别的国家生活幸福，
美如天堂仙境花园，
本公主也决不动心，
本公主也决不改变。

"这是本公主的福气与缘分，
妹妹你不曾有过无法理解承认。
我嫁勐章相的意志已定，
请妹妹不要再阻止规劝，
不要信口雌黄挑拨离间，
让我丧失信心离开心上人。

"我的前程自己会考虑，

选择苏令达我心甘情愿，
即使将来为奴割草或乞讨过日，
我都会坦然面对无悔无怨。
妹妹的好意姐姐心领，
请你不要再发表意见。"

侍女劝说不了公主，
只好向国王禀报实情，
国王知道了女儿的心思，
下令迎接远方的客人。
他让大臣们准备好各种礼物，
生活所需的物品要一应俱全——
有上好的烟叶和槟榔，
有新鲜的大米和猪肉，
有盐巴辣子和柴火，
还有做饭的锅碗瓢盆……
按照勐萨洁古老的礼仪，
迎接远方的贵客使臣。

大臣们遵旨办理，
生活必需品即刻准备齐全，
选择吉时送到使者营地，
代表国王表示欢迎慰问。
这时有个大臣心怀叵测，
在公主的哥哥面前挑拨离间，
哥哥桑卡达知道后大发雷霆，
不顾王室礼仪胡言乱语：
"勐章相的人真是愚蠢！
心比天高敢来谈婚论嫁，
野鸡想攀上梧桐树枝结交凤凰，
野人想爬上蜜枣树梢品尝甘甜。
他们出身低贱痴心妄想，
也不看看天上的月亮多高多圆。

"我的妹妹是天上降下的宝石，
美如凤凰赛过天仙。
他们地位低下福气薄浅，
为什么还来谈婚论嫁，
这样的姻缘门不当户不对，
会让勐萨洁丢尽脸面。

"你们赶快去召集兵马，
赶走来自勐章相的人员，

让他们远离勐萨洁，
我不想再见到他们的嘴脸。
如果他们迟迟不愿离开，
我要砍下他们的头解恨。"

更多的官员明白事理，
劝说桑卡达大王降火消气：
"勐章相也是泱泱大国，
与我们勐萨洁势均力敌，
他们的使臣不应该受到轻视，
我们不能抛弃王国交往的礼仪。"
听到反对的声音，
桑卡达恼怒无比，
开口谩骂反对他的官员，
斥责他们损害勐萨洁的利益。

官员们依然按照习俗，
敲锣打鼓来到碟倭的营地——
"远方的贵宾使者啊，
请接受我们的欢迎和敬意；
让我们一起走进金殿，
按照习俗商量婚事。"

碟倭得到官员的邀请，
率领众使者向王宫走去，
他们带着准备好的礼物，
气宇轩昂地经过长街闹市。

这时候啊，
王城里人声沸腾，
路两旁人群拥挤，
大家都想看看来自远方的贵客，
还有他们带来的贵重聘礼。
碟倭率领的队伍排成纵队，
步伐整齐军旗飘扬，
围观的人群成千上万，
喝彩的声音一浪高过一浪，
碟倭目不斜视昂首挺胸，
像一头威武的雄狮英姿飒爽。

碟倭进入金殿觐见宰相，
叩拜行礼将国王的信札呈上，
宰相连忙合十还礼，

热情地慰问致意：
"感谢使臣带来丰盛的礼物，
路途遥远十分不易，
你们越过了千山万水，
有没有染上什么疾病瘟疫。"

机灵的碟倭听话听音，
连忙起立表达谢意：
"感谢宰相的问候和关心，
仰仗两国国王的庇护，
使者们从勐章相一路走来，
所有的疼痛疾病都躲开逃避，
一路自由行走很是愉快，
昨天就已到达贵国的福地。

"请求宰相不要嫌弃，
让奴仆拜见国王沾沾福气，
还请宰相多多指教，
让奴仆向国王敬献薄礼。

"奴仆还请求拜见尊贵的公主，
亲眼看见她的圣洁和美丽。
奴仆的主人苏令达在此叩拜，
向洪福的国王王后和公主敬礼，
请求缔结婚姻建立友好邦交，
两个勐像一个勐一样亲密。"

宰相明白了事由，
带领碟倭入宫见驾，
他们按照习俗礼仪，
向至上的国王跪拜行礼。
朋玛典哒国王还礼让座，
向碟倭表示亲切的慰问：
"尊贵的勐章相使者啊，
不知何时来到勐萨洁，
长时间穿行于山林之中，
一路上是否平安顺利。"

碟倭双手捧着礼品和信札，
举到头顶呈到国王面前：
"托国王和公主的洪福，
奴等一路平安没什么灾祸，
疾病远离身体五蕴，

迎亲队伍穿越丛林到达这里。
至上俊美的召苏令达，
他继承王位顺利登基，
想要与贵国建立友谊，
永续两国的友好关系。

"勇敢的国王还是只身一人，
独自统治着国家没有伴侣，
就好像丛林中的独树，
孤苦伶仃无所凭依。
他在寻找漂亮的王后，
想与至上的公主同舟共济，
恳求福盛的大王恩准，
实现奴仆等使者的心意。"

福盛的国王朋玛典哒，
满面笑容颁下旨意：
"远道而来的使者啊，
我们非常乐意接受贵重的聘礼，
我的女儿对此姻缘十分渴望，
正在宫里等待消息。
为了维护双方的尊严，
请使臣再去与桑卡达商议，
他是娟姐朗西的哥哥，
最终还要得到他的允许。
因为本王上了年纪，
早已将国家交给儿子治理。

"本王已经年迈体衰，
只能依靠福祉度过晚年，
本王也希望与贵国联姻，
使我们两国的友谊永世长存，
世代友好犹如一个国家，
风雨同舟相互支援。"

精明聪慧的碟倭听罢，
只得拜别国王退下，
一行人返回城外驻地，
自娱自乐吹拉弹唱，
他们和着琴声亮开歌喉，
歌声和喝彩声漫天飘洒。

这时候啊，

高贵福盛的娟妲朗西，
正在阅读苏令达的信札——
"高贵美丽的妹妹啊，
哥哥心中日夜把你牵挂，
哥哥现在派使者前来联姻，
让爱情的种子生根开花。

"哥哥已备齐了珍贵的礼品，
按照王国的礼仪前来迎娶，
让两国之间搭上金桥，
像一家人一样亲密无比。

"哥哥爱你青发美丽的妹妹，
心中日夜牵挂思念着你，
漂亮的妹妹啊，
千万不能欺骗哥哥，
我们都是高贵的王族后裔。
我们双方立下了爱的誓言，
请妹妹不要半途废弃，
纯金般的娟妲朗西妹妹啊，
请妹妹用智慧思量考虑。"

那时的娟妲朗西呀，
见到爱人的来信心中欢喜，
愉悦之情传遍全身，
心中像装满了甘甜的蜂蜜，
还有各种绫罗绸缎和金银饰品，
每样礼物她都十分满意。

娟妲朗西吩咐男女奴仆，
准备柴米油盐水等作为回礼，
送与勐章相的使者们享用，
感谢他们长途跋涉不惧风雨。
公主热爱勐章相来的客人，
就像热爱自己的子民，
因为他们是苏令达的使者，
公主才如此地关怀备至。

男女奴仆们接受了差遣，
急忙准备好一切物品，
全部送到城外的营地，
让客人们生活得称心如意。
杰出的碟倭一夜无眠，

准备了很多礼品和金银，
他要进宫去拜见公主的哥哥，
那位掌握实权的桑卡达大王。

第二天早上碟倭离开驻地，
带着随从前呼后拥进入金殿，
只见过道铺设着红色的地毯，
两旁摆放着水壶和各种贡品。
桑卡达按当地的最高礼仪，
迎接来自勐章相的贵宾。

善良的使者碟倭走进殿内，
拜见桑卡达大王后入座，
众多官员围坐在一旁，
书信官打开信件高声念诵：

"小弟是新任国王苏令达，
致信尊贵的桑卡达大王，
欲与贵国成为姻亲和友邦，
请求至上的桑卡达大王准许。
为我们两国的将来着想，
希望我们永续友好关系，
娟妲朗西公主貌美出众，
小弟有意前来迎娶。
让她成为本王的王后，
贵我两国成为友好盟邦和亲戚，
请按照王国的习俗礼仪，
把美丽的公主嫁给我为妻。
所有的礼品已经备齐，
敬献给桑卡达大王略表心意，
小弟苏令达在此合十叩拜，
向勐萨洁大王桑卡达敬礼。"

书信官读完苏令达的信件，
碟倭恭敬地俯身向前，
双膝跪地向桑卡达顶礼膜拜，
献上礼盘表达心愿：
"奴才请求迎娶美丽的公主，
恳请神圣的大王发发慈悲恩准，
让两个勐成为友好盟邦；
唇齿相依亲如家人，
美好的姻缘一定会八方传颂，
让全世界的人都惊叹艳羡。"

桑卡达大王心高气傲，
内心宛如烈火焚烧，
一句好话也没有，
恶言相向高声叫嚣：

"勐章相的穷小子啊，
实在是愚蠢可笑，
你们为何厚着脸皮来提亲，
烂茶叶也想冒充仙草。
勐章相根本配不上勐萨洁，
穷国王怎能配得上出众的公主，
你们是山上低劣的种族，
却妄想摘到天上的星星和月亮。

"苏令达是小小的山民，
他的母亲未婚先孕，
他是个没有父亲的野种。
现在竟敢来论嫁提亲，
不要说什么珠宝交换金玉，
我讨厌到处寻食的老鼠。

"我的妹妹是美丽的金凤凰，
你们千万不要痴心妄想，
现在就转身回去吧，
不要停留在我们地方。
难道你们不觉得羞耻吗，
你们的行为实在让人看不上！

"我们的国家幅员辽阔，
就像忉利天神圣不可侵犯，
你们为何不抬头看看天空，
再看看天空中的日月星辰；
凤凰不能下嫁野鸡，
高贵的公主你们如何高攀得起，
就是你们搭起通天的梯子，
也不可能摘到星星和月亮。
你们是低下的种族，
根本不配做公主的新郎。

"即使你们拉来十万车金银珠宝，
加上数万头配金鞍的骏马大象，
哪怕成千上万种礼品堆成小山，

我妹妹也不会嫁到贫穷的地方。
迎娶的事本王绝不会答应，
你们的要求无法商量，
如果成全这种低贱庸俗的事，
我们的尊严和脸面将往哪里放。"

勇猛强悍的碟倭听毕，
心中怒火无法浇熄，
真想冲上去抓住他的脖颈，
举身抛向空中再重重摔翻在地。

但由于事先国王慎重交代，
福盛的碟倭才强压怒气，
依然用平和的话语禀告国王，
请他宽宏大量从长计议：

"勐萨洁的大王桑卡达啊，
请您说话轻声细语，
您是统治国家的国王，
脾气不能如此冲动暴戾。
国王的金口不说粗鲁的话，
国王的胸怀要有宽容的心，
您要为国家的将来着想，
千万不能因此损害两国关系。

"我们两国都是声名赫赫的大勐，
我们是位高权重的大丈夫，
不是我们勐章相穷困潦倒，
也并非我们的地方缺少美女，
只想顺从国王和公主的姻缘，
我们并非一厢情愿地高攀硬娶。

"此事黄金般高贵的公主有情，
至高无上的勐章相国王也有意，
我们才备上书信和厚礼，
按照传统的礼仪来说亲迎娶。
这是天下人的普遍做法，
您身为国王为何不明事理？
您为何百般阻挠这桩婚事？
想让两颗相爱的心破碎分离！
这是前世注定的姻缘啊，
谁想拆散破坏必定回天无力。

"你为何不问问您可爱的妹妹，

她的心里又是怎样考虑，
不能凭您的个人好恶横加干涉，
在我们面前胡言乱语。

"我们双方犹如出鞘的宝剑，
都有尖锐的刀刃锋利无比，
如您想见识见识的话，
将来会有机会决出高低。
真正的男子汉不以骂人取胜，
靠的是智慧勇气和魄力，
谁也不会让您桑卡达做老大，
您想征服世界那是痴人说梦。

"现在啊，
碰上勐章相国王是您的福气，
就算您不允许公主出嫁，
我们也一定会如期迎娶。

"对于我们而言，
想要得到公主轻而易举，
只是看在您父王和百姓的份上，
我们才迟迟不肯动手而已。
我们考虑的是两国长远的利益，
绝不是害怕您天下无双的威力。

"世界上有十六个伟大的王国，
国力强盛相差无几，
您也是人世间的国王，
并不是天国的神仙降临大地。
勐萨洁和勐章相不相上下，
为什么要分贵贱高低，
天底下的人们生来平等，
都靠五谷杂粮饱肚充饥。
难道您是吃钢铁长大，
才如此称王称霸不讲道理；
你也是母亲怀胎生下，
逐渐长大成人理当通情识礼。"

听到碟倭的强硬回答，
在场的官员手捂额头哑口无言，
殿内一时鸦雀无声，
桑卡达火冒三丈浑身战栗。

勐章相使者有勇有谋，
不愿让桑卡达脸面尽弃，
同时担心国王苏令达指责，
最终影响两国的友好关系。
聪慧机智的碟倭这才掐断话头，
率领迎亲队伍愤愤离去，
转身来到老国王和公主的金殿，
把拜见桑卡达的详细情况，
还有心里的担心忧虑。
全都向老国王诉说，
让美丽的娟姐朗西知悉。

公主得知兄长不准许出嫁，
心中波浪翻滚久久不能平息，
她软语安慰使臣和官员，
又给心上人国王写信。
请求福盛的国王宽心等待，
千万不要有怀疑之心：
"妹妹的心一如从前，
妹妹的诺言永不会改变，
请亲爱的苏令达尽快设法，
迎娶妹妹不要长久拖延。

"妹妹心中日夜思念，
悲伤难过整天泪水涟涟，
胸口像撕裂了一般，
茶饭不思饱受熬煎。"

碟倭告别国王和公主，
收好信札走出金殿，
第二天清早动身启程，
很快就离开了勐萨洁城。

接下来啊，
哥哥将讲述福盛的国王，
按照古时的礼仪准备礼品，
再次去迎娶公主的故事。

碟倭带领队伍返回勐章相，
一路跋山涉水风餐露宿。
天黑了无论走到哪儿，
他们就在哪儿安歇，
第二天再启程出发，

一直走了整整三个月，
这才到达宽广的勐章相，
回到自己的家乡。

士兵们异常欢喜，
马不停蹄地来到城里，
年轻的姑娘蜂拥而至，
纷纷前来探望打听消息。
发现公主没有娶回来，
姑娘们十分诧异，
士兵们见到众多的姑娘，
心里也感到过意不去，
他们只得快速离开人群，
直奔金殿盘坐在国王脚底。

国王苏令达平心静气，
面对碟倭轻声细语：

"我英俊的大将啊，
你带领队伍前去迎娶，
现在已经返回勐章相故地，
你是否到了遥远的勐萨洁，
你是否见到了貌美的娟妲朗西，
你是否按照习俗迎娶回公主，
事情办得是否顺利？"

碟倭双手合十跪倒在地，
满心的话不知从何说起：
"勐章相至高无上的国王啊，
奴才真心想要促成此事，
遵照您的旨意到了勐萨洁，
促成您和公主喜结连理。

"奴才按照王国的规矩和习俗，
用平和委婉的语气去求娶，
奴才向老国王合十致敬，
献上各种各样贵重的聘礼。
老国王答应公主远嫁，
让奴才去征得桑卡达的同意。

"现任国王桑卡达是公主的哥哥，
他从中作梗不通情理，
无视传统的勐规习俗，

说的是蛮横粗鲁的话语——
说什么'你们是山上低等的种族，
野鸡怎能和凤凰攀比，
公主如果嫁给你们，
有失我国的身份和等级'。

"他还用傲慢的语气呵斥小奴，
大声辱骂百般挑剔。
说要拔剑砍掉小奴们的头颅，
满嘴的粗话十分无礼——
说什么如果与你们结盟联姻，
就损害了我们的尊严和利益，
低劣的种族不配当驸马，
就像丝和绸不能搭配在一起。
那个时候啊，
小奴真想掐住他的脖子，
抛向空中摔下让他毙命倒地。"

福盛的国王听明白后，
脸上展露着笑容并不生气，
依然用平和的语气询问碟倭，
想知道公主的打算和心意：
"美丽的公主是否变了心，
她还跟你说了些什么言语。"

碟倭再次跪拜国王，
转诉公主的问候和心意：
"福盛的公主日夜把您牵挂，
爱您的心坚定不渝，
貌美的公主还捎口信给您，
对您的情始终如一。
还让小奴把亲笔信带来，
请您阅读后早定大计，
迎娶的事宜急不宜缓，
苗条亮丽的公主正盼望着佳期。

"公主对待我们亲切有加，
如同爱抚子民和亲戚，
她生长在广阔的天底下，
天生丽质胜过十万少女。
手臂嫩白而又柔软，
就如同象牙一般光滑细腻，
说话的声音悦耳温柔，

刘海下的双眉又弯又细，
体态娇柔苗条匀称，
国色天香堪称天下第一。

"美丽的公主与您十分般配，
配得上至上杰出的国王，
如果迷人的公主能做王后啊，
你们就是勐章相的一对金凤凰。
这样的姻缘非常难得，
将被天下人称颂传扬，
请智慧的国王尽快设法迎娶，
时间不能耽搁得太久太长。"

至上的国王听罢沉思良久，
表面沉静心中腾起波浪；
想到公主还在焦急地盼望，
苏令达又是欢喜又是悲伤；
他决定用更周全的办法，
准备好聘礼再去提亲洽商。

善良的碟倭感到十分吃惊，
原想国王会对他大发雷霆，
没想到国王不但不急，
反而还露出笑容平心静气。

碟倭大臣非常不理解，
心里好像要崩溃一般，
苏令达聪慧非凡，
极力劝慰碟倭把心放宽：
"即使内心怒火万丈，
我们也不能恶语相向，
天底下的任何一位君王，
绝不会为虎作伥。
我们应该备上礼品再去提亲，
因为古规习俗就是这样。"

国王对碟倭大将说完，
就去朝拜外公老国王，
他用柔和的语气，
向至亲的外公倾诉衷肠：
"外公啊，
碟倭和官员们已经全部返回，
出使的情况报到外孙这里，

"联姻的事不容乐观，
要走的路还很漫长崎岖；
娟妲朗西的父母倒是赞成，
反对的是她的哥哥桑卡达，
他不但极力阻挠抵制，
还用狠话侮辱我们的国家。

"他说联姻有失大国的尊严，
低贱的种族不宜附贵攀高，
这样的联姻违背了王国习俗，
会招致天下众王国的取笑。
现在啊，
外孙十分担心才前来禀报，
请求外公指示一条光明大道。"

至高无上的老国王听完禀报，
就对外孙苏令达说道：
"如果事情确实如此，
那就增派人员再作努力，
让鹏玛作为开路前锋，
加倍准备提亲的聘礼。
两位大将带领三十余万人前往，
让桑卡达不得骄横无礼，
如果他们是真正的男子汉，
就应该好说好聚。
如果他们想要建立友好盟邦，
就应该接受我们的诚意，
如果他们再不遵守习俗，
对勐章相的使臣粗暴无礼。
我们就要勇敢地进行斗争，
让战象踏进勐萨洁的领地，
他们为何这般狂妄自大，
竟然在我们面前胡言乱语。

"勐章相也是堂堂的金殿王国，
我们是真正的男子汉无人能敌，
他们为何这般目空一切，
对我们轻蔑藐视不讲规矩。
天上的二十七星宿同样明亮，
谁也不用做服侍别人的奴婢。

"两位使臣大将请听清，
还有四卡真①必须牢记，
我们不是去俯首称臣，
不是附属国向他们进贡献礼。
众官员们仔细地想想吧，
一定要为勐章相扬威争气！"

鹏玛和碟倭两员大将听毕，
连忙跪倒在地恭敬行礼：
"奴才们威震天下的国王啊，
您的话我们已经牢记心里，
遵照至高无上的国王的指示，
小奴俩愿担此重任为国效力。
就算勐萨洁的人有神仙的本领，
能在天上像风一样飞来飞去，
小奴俩也无所畏惧，
决不在他们面前低声下气。
就让奴才俩去同他们较量比试，
恳请尊贵的君王不必担心忧虑。

"奴才们会遵照主人的旨意行事，
代表福盛的国王去提亲迎娶，
如果他们遵照习俗办事，
就不会发生冲突动用武力。
如果他们还是恶言相向，
那奴才们要怎么对待处理，
请求至上的君王明示吧，
奴才们想要知道得更为详细。

"奴才俩是这样想的，
请尊贵的国王定夺考虑——
如果他们用好言好语对待，
我们就决不动用武力，
奴才等使者会按照提亲礼俗，
与他们联姻缔结友谊。

"如果他们不遵循正道，
仍然对我们大发雷霆，
不遵守规矩和习俗，
侮辱谩骂我们的国家。
奴才将变化成鬼怪夜叉，

追咬执拗的召桑卡达，
把他赶尽杀绝，
一口气也不剩下。"

尊贵威武的国王并不允许，
指示要以礼待人不伤和气，
下令增加五种帝王御杖，
备办更多更好的聘礼。
用天神赐予的法宝天平，
变化出应有尽有的物品，
犹如源源不断的泉水流个不停，
不用臣民们为此操心忧虑。

苏令达牢记外公的嘱咐，
转身对鹏玛和碟倭下达旨意：
"威猛的爱将放手去办吧，
相信你们一定会尽心尽力，
如果他们还是不讲规矩，
对我们国家轻慢无礼。
你们就施展神奇的法术，
让桑卡达领教勐章相的威力，
让他在世人面前丢尽脸面，
再不敢自高自大蛮横无理。"

两位大将双手合十举至头顶，
拜别至上的君王动身启程，
带领百姓和官员走进茫茫森林，
跨过千山万水直奔勐萨洁都城。

求亲的队伍日夜兼程，
早起晚睡风餐露宿，
经过三个月的艰苦跋涉，
终于进入宽广的勐萨洁领土。
城里的民众和官员心存恐惧，
谁也不敢前来问候招呼，
因为桑卡达大王三令五申，
不准许与来使有任何接触。

鹏玛和碟倭带领队伍到达，
就在城里安营扎寨，

---

① 四卡真：傣语，卡真即大臣，即四位大臣。

没有人前来接待供食，
只得去集市掏钱购买。

公主得知两位使者带队前来，
心中高兴喜笑颜开，
吩咐仆人准备了各种物资，
送到鹏玛和碟倭的营寨。
有做饭的水米油盐，
还有睡觉的毡子席子和铺盖，
鹏玛把物资分配给士兵，
让他们衣食无忧安心等待。

鹏玛和碟倭吃过早饭，
带上礼品入宫觐见，
老国王向来宾表示欢迎，
福盛的娟妲朗西开口寒暄：
"鹏玛和碟倭别来无恙，
至上的君王是否安好和顺。

"我日夜想念着遥远的勐章相，
心中在把福盛的君王挂牵，
至亲的两位官员带来佳音，
好像甘霖浇洒在干涸的心田。
如何才能让事情顺利解决，
请尽快考虑不要拖延。"

两位使者听了公主的话语，
心中的疑云随风散去，
他们呈上各种各样的礼品，
拜别公主返回驻地。

他们已知晓公主的心意，
人人欢欣鼓舞兴奋不已，
在城中玩耍游戏不亦乐乎，
歌声伴着竹琴声经久不息。

第二天鹏玛和碟倭起了个大早，
带着礼品来到桑卡达的金殿，
桑卡达一见使者就怒火中烧，
呼吸急促瞪圆了双眼。

可是前来的使者有所改变，
两位大将形影不离无比威严，

桑卡达只得强压心中的怒火，
紧咬双唇不发一言。

智慧非凡的鹏玛移步上前，
面向桑卡达跪拜行礼：
"福盛的勐章相国王苏令达，
心中爱慕着公主娟妲朗西，
派遣奴才们前来提亲，
按王国联姻礼仪备齐了聘礼。
请求迎娶贤惠美丽的公主，
让她作为勐章相的王后。

"请求至上威严的大王，
宽宏大量大发慈悲，
按照规矩和习俗，
允许我们把美丽的公主娶走。

"奴才俩不敢违抗大王的旨意，
为的是两国和衷共济，
按照王国联姻的传统习俗，
我们备上礼品再次前来提亲。
恳求您大发慈悲之心准许，
让勐章相和勐萨洁结盟联姻。"
这时候啊，
性情暴躁的桑卡达原形毕露，
终于无法忍耐大发雷霆，
他将起手袖猛拍桌子，
口吐狂言破口大骂。
当着金殿里的众多官员，
高声斥责碟倭和鹏玛：
"你们勐章相的人太愚蠢了，
为何不想想上次我所说的话，
你们为何这般厚颜无耻，
回去后还不知着远远逃避。

"现在又想再次高攀，
真想不到你们有如此厚的脸皮，
要想迎娶我美丽的妹妹，
你们白日做梦枉费心机。

"你们赶紧回去吧，
不要逗留在我国的领地，
我不会把妹妹嫁给你们，

让她到山区小国侍奉野鸡。

"我们勐萨洁啊，
是个泱泱大国神圣无比，
比世界上所有的国家都优越，
不像勐章相蛮荒偏僻。
你们是低贱的山地种族，
就像凤凰群中的野鸡。

"如果你们自认是真正的男子汉，
那就在战场上较量比比高低。
万一你们打赢获胜，
公主远嫁我也同意，
如果你们输了就俯首称臣，
让勐章相国王来朝拜献礼。"

桑卡达大王大发淫威，
目中无人口出狂言粗语，
喊打喊杀要砍人头，
手拍桌子双脚跺地。
整座宫殿震得嗡嗡作响，
堂上堂下无人吭气。

那个时候啊，
凶猛的鹏玛心急如焚，
变化成夜叉怒气满脸，
身上长出长长的粗毛，
铜铃般的大眼喷着火焰。

鹏玛一声怒吼声浪振天，
仿佛要震塌桑卡达的宫殿。
碟倭双脚在宽广的地面上踏跺，
大地颤抖仿佛就要塌陷，
他们在大殿上摆开架势，
展示武功踢腿挥拳。

人们见状惊慌失措，
颤抖着抱头四处逃散。
鹏玛和碟倭跃上高空，
形影相随相依相伴，
高声叫喊要与桑卡达比武——
"有种的就赶快前来应战！"

碟倭在空中大声叫喊，
满城的人听了胆战心慌：
"傲慢无礼的桑卡达大王啊，
快来领教本将军的武艺高强，
快来与国王的大力士较量吧，
见识见识威武强大的勐章相！"
随后碟倭和鹏玛从高空降下，
回到座位坐下神态端庄。

在场的官员心惊肉跳，
害怕夜叉把城里的人吃光，
他们浑身瑟瑟发抖，
不知道桑卡达要怎样收场。

这时候啊，
两位神通广大的大将不卑不亢，
告诉桑卡达再仔细掂量：
"既然你如此无礼傲慢，
我们就告辞返回勐章相，
刚才只是略施雕虫小技。

让你们见识一下休要狂妄，
等到明后天啊，
暗沉的天将要崩塌下来，
把你们的王宫压成粉末一样。
我们一旦启程离开，
你们就一定能见到如此的惨状。"
桑卡达听后大气不敢喘，
一声不出悄悄躲到一旁。

鹏玛和碟倭起身离开，
去叩拜至上的朋玛典哒国王，
再到公主居住的宫殿，
向美丽的娟妲朗西细说端详：
"因为你哥哥不同意联姻，
我们只能告辞回国返乡。"
这时的娟妲朗西公主啊，
心如刀绞万分悲伤，
坐立不安满脸热泪流淌。

美丽的公主感到十分担心，
害怕失信于心上的爱人，
因为双方早已有言在先，

共同许下了爱的诺言：
"现在啊，
好像是妹妹把哥哥欺骗，
因此让使者蒙受羞辱。"
公主心中痛苦万分，
满脸悲伤泪水涟涟，
身材俏丽的娟妲朗西，
无奈与使者话别赠言：
"大统领将军啊，
请不要抛弃我割断红线，
快去禀报英俊的苏令达吧，
赶快派军队来攻城掠阵，
强行迎娶不宜迟缓，
让我早一天陪伴在国王身边。
如果时间耽搁得太久，
我会因思念而痛苦万分，
本公主期盼早日见到国王，
十万火急刻不容缓。"

"因为王兄心黑如炭，
本公主担心的事千千万万，
可能导致我言而无信，
失信于心爱的梦中情人。
你俩回去请如实禀报吧，
请智慧的国王早作决断处置。
善良的大将军啊，
如何做才不失信于国王，
全靠二位考虑周全。"
鹏玛和碟倭连连点头答应，
拜别美丽的公主离开宫殿。

第二天早上鸡叫三遍，
两位大将率领军队出发，
军旗飘扬威风凛凛，
示威的礼炮震天动地。
队伍一路向前马不停蹄，
走出勐萨洁都城进入原始密林，
经过七天七夜的艰苦跋涉，
才走出勐萨洁的领地。

这时候啊，
两位使者前思后想，
停止前进互相商议：

"我们是乘象王的心腹重臣，
辅佐国王治理国家义不容辞。
现在啊，
福盛的国王让我们担当重任，
我们却不能实现国王的心意，
怎样做才符合国王的心思，
我们一定要敢于担当想尽千方百计。

"帕拉西教给我们很多法术，
还传授给我们很多技艺，
我们要用尽所有的智慧，
发挥出神圣的威力——
造出能飞行的器物，
夜深人静时飞进勐萨洁宫里，
悄悄把公主从宫中偷运出来，
让两个痴情的爱人相会团聚。"

两位本领高强的将军，
反反复复讨论商议，
都觉得这个办法十分巧妙，
一致同意照此办理。

他们派人砍来挺直的树木，
再砍成三千段待用的材料，
让人雕刻成有手有脚的猴子，
不胖不瘦像人一般大小。

这时候啊，
两位大将发挥聪明才智，
按照师傅的传授念咒施法，
他们拜祝深山里的帕拉西，
他们拜祝勐章相国王苏令达！
请求帕拉西和苏令达大发慈悲，
保佑他们心想事成实现计划，
他们把咒语吹在木头上，
雕刻过的木头瞬间发生变化。
变成一只只会飞的长尾白猴，
抓耳挠腮不停地叽叽喳喳，
三千只白猴在空中飞行盘旋啊，
看得人张口结舌眼花缭乱。

第十三章　终成眷属

听吧，
青枝绿叶榕树般的妹妹啊，
苗条淑女永远被别人赞美。
现在啊，
哥哥要放开歌喉继续演唱，
赞颂主人公的爱情纯洁高贵，
世间的有情人终会成为伴侣啊，
他们在原始森林里幸福相会。

两位大将制作完成会飞的神猴，
立即安排它们承担起重大使命：
"你们在森林上空飞行，
穿越云层进入勐萨洁王城，
我们的神秘咒语会伴随你们，
飞到公主娟妲朗西的宫里。
等到娟妲朗西睡熟以后，
一千只白猴轻手轻脚进入寝室，
把公主连同床铺一起抬出，
珍贵物品一件也不要落下，
金盘水壶口缸杯子和盆，
还有公主的金碗和银碗，
全都带走一件不留。
另外两千只猴子留在宫里看守，
防范人们进殿胡作非为。"

众白猴领命一跃而去，
飞越森林随风而行，
天还灰蒙蒙公鸡刚刚鸣啼，
云雾笼罩着广阔无垠的大地。
人们沉浸在梦乡之中，
谁也不知道也看不见，
被施了法的神猴驾云飞腾，
悄悄进入了勐萨洁王城。
魔法把公主和众人迷住，
全勐的人没有一个人惊醒，
就连公主身边的侍女，
也睡得十分沉稳寂静无声。

就在这个万籁俱寂的时候啊，
神猴进入了公主居住的宫内，
一部分在门口把守巡视，
一千只猴子直接进入公主卧室。
它们抬起刻有龙虎狮的金床，
还有公主的其他物品和座椅，
丝绸檀香一件不差，
侍女也全部抬出毫无漏遗。

猴群蹦蹦跳跳离开王城，
吵闹声在林中回荡经久不息，
它们欢呼着穿云破雾，
刹那间消失在无边的森林里。
来到森林中大军驻扎的营地，
它们向鹏玛和碟倭叩拜行礼，
把公主和侍女轻轻安放在地，
还有各种宝物令人目眩神迷。
鹏玛诵念咒语解除法术，
让白猴全部变回木头，
士兵们收拾好一节一节的木头，
不让公主看见后心生疑窦。

宽广的森林浓雾消散黎明来到，
竹枝上歇息的野鸡啼鸣报晓，
成双成对的孔雀白鹇下地觅食，
鹦鹉和铁连鸟展翅腾飞翱翔。

这时候啊，
被吵醒的公主睁开眼睛，
眼前的情景让她大吃一惊，
周围是密密麻麻的树木，
还有守护的官员和士兵。

公主感到十分困惑，
从床上下来查看究竟，
她看见很多士兵环立四周，
还有鹏玛和碟倭坐在附近。
她知道大概发生了什么事情，
连忙移步上前低声打听：
"尊敬的鹏玛和碟倭啊，
请走近我的身边不要拘谨，
我有话要问请告知详情。"
鹏玛和碟倭急忙过来参拜，

向公主禀报昨夜发生的事情，
娟妲朗西听了十分吃惊，
连连指责他们做事任性：
"你们为何偷偷把我带出宫殿，
让本公主远离家乡和父母双亲，
父母不知情会哭得天昏地暗，
两位将军胡乱做事是何居心？

"本公主离开宫殿不明不白，
全勐上下一定会鸡犬不宁，
我会不会死在这荒郊野外，
父王和母后会不会伤心生病。"

这时候啊，
公主在森林里号啕大哭，
心中有说不出的痛苦和悲伤，
那些侍女也跟着公主哭喊，
震天的哭声在森林中久久回荡。

两位将军连忙跪拜行礼，
安慰公主不要难过悲伤：
"尊贵的公主慈悲善良，
事情已经发生请随遇而安，
奴才等为的是成就美好的姻缘，
并不会给公主带来任何灾难。
我们有天上众神仙相助，
才能实现苏令达国王的期盼，
这是公主前世修来的福果，
还请公主转悲为喜把心放宽。
请求公主饶恕奴俩的罪过，
不要有太多的顾虑和猜疑，
至于您的父母大人和朋友亲戚，
靠公主的福气还会见面团聚。
奴才们至高无上的公主啊，
如果还有什么事不合心意，
就请吩咐小奴去处置办理。"

至上的公主不听劝说，
要求鹏玛和碟倭早做计议：
"本公主今天将死在这里，
任何地方我都不会去，
如果想让本公主活下去的话，
就让我今天见到国王苏令达。

让他从空中飞到我的面前，
显示他的诚意和真情，
如果晚上还见不到他的身影，
我就抱恨死去让他后悔不及。"

"两位将军代表国王，
你们不能随便离开这里，
因为本公主仔细想想，
害怕惹来灾祸担当不起，
你们轮换着与我交谈，
让脆弱的我有活下去的勇气。"

两位大将听罢确实紧张焦急，
抓耳挠腮不知如何办理：
"勐章相远在天边山隔水阻，
要走三个月才能到达这里，
国王若是不能在一天内到达，
美丽的公主可能就要死去。
这种事情人命关天啊，
我们要怎样做才能逢凶化吉。"

鹏玛和碟倭跪拜行礼，
暂时离开公主私下商议，
他们发挥聪明才智想方设法，
把木头做成能飞的器具。
让它去恭请至上的苏令达国王，
穿云驾雾从空中火速飞到这里。

大将军准备好飞行器具，
两个人开始念诵咒语，
但无论怎样念诵和吹气，
木头还是木头在地上滚来滚去。

眼见施法不能产生魔力，
两位大将更加慌张焦虑，
他们一边轮流去守护安慰公主，
一边冥思苦想费尽心机。
可是无论采取什么方法，
结果都是不合心意，
他们心急如焚慌慌张张，
不知道怎样做才能获得神力。
情急之中他们仰望天空，
决定向天神求助问计。

两人立即准备好贡盘蜡条，
高高举到头顶诚心祈祷，
请天上和山林的神仙大发慈悲，
请求海里的龙王救苦救难。
向四面八方的神灵求助，
向因陀罗和梵天祷告：
"恭请天王下凡相助相帮，
赶快把消息传给苏令达国王，
让国王腾云驾雾快速赶来，
决不能错过今天这个时限。"

将军祈求众神灵下凡相助，
大山林里的神仙应声而起，
马上变成猎人背着大网兜，
走出森林来到将军的营地。

众官员带着老猎人走进军营，
鹏玛见了就合十施礼：
"在山林里行走的老伯啊，
您路过这里要往何处去，
您所在的勐离这里是远还是近，
小辈斗胆问问老伯的名和姓？"

老猎人双手合十还礼，
高声回答鹏玛的问题：
"我住的勐相当遥远，
和宽阔的勐章相是隔壁邻居，
我顺道来查看捕鸟兽的扣子，
现在觅得食物准备回去。
我离开这里要赶回去吃午饭，
家里有熬好的肉汤和南迷，
你们来自哪一个勐，
是来打猎还是要去哪里？"

大将军听罢十分欢喜，
连忙请老猎人帮助传递消息：
"请求老伯不要丢下小辈，
帮助我们把信带回家里，
信就带给勐章相的国王，
这件事刻不容缓十万火急。"

鹏玛很快写好帝王信札，

密封之后拜托老伯捎去：
"老伯所在的勐离这儿相当遥远，
一天之内到达恐怕力所难及，
更何况要穿过无边的荒山野林，
中午之前怎能回到家里？"

老猎人听罢哈哈大笑，
连声说这样的事并不稀奇：
"老伯我跋山涉水会念咒语，
走起来如风似箭追得上闪电，
我经常在丛林中游山玩水，
所到之处比这里还要遥远，
这点路程算不了什么，
一会儿就可到达请不要挂念。"

老猎人告别鹏玛和碟倭，
讨要了些茶叶和草烟，
迈开大步走进丛林，
瞬间就消失得踪影不见。

神仙变的老猎人腾空而去，
刹那间就到了苏令达的宫门，
他迈步走进金碧辉煌的王宫，
一眼望去国王并不在宫殿。
因为福盛的国王去了渡口，
老猎人只好把信放在宝座上面，
放好信老猎人转身离去，
回到原始森林的住所不再露面。

苏令达国王从渡口返回，
一进宫殿就看见了宝座上的信，
国王连忙打开信仔细阅读，
原来是鹏玛和碟倭报告消息：
"奴才等已经恭请到公主，
可是公主不愿意跟随回来，
现在我们正在森林里等待，
恭请福盛的国王急速赶来。"

苏令达知道消息后非常高兴，
端起神镜照见了远方的情形——
公主侍女和将士们一切安好，
集中在森林里等待新的命令。

这时候啊，
智慧非凡的苏令达激情难抑，
心中牵挂着美丽的娟妲朗西，
他立刻戴上王冠穿上王袍，
身佩宝剑腾云驾雾向森林飞去。
刹那间飞越千山万水，
来到了将士们驻扎的营地。

营地里的人们看见国王驾到，
敲锣打鼓吹笛拉琴热烈欢迎，
时间正值阳光灿烂的午后，
福盛的国王满面笑容喜气盈盈。

国王径直向娟妲朗西走去，
两人相见说不出的熟悉和亲近，
爱将鹏玛双手合十跪地敬拜，
向国王禀报了事情的来龙去脉。

貌美出众的公主见到国王，
心中的忧愁烦恼一扫而光，
她向国王合十致敬倾诉爱意，
绵绵的情话像江水流淌。

尊贵的召苏令达回礼致意，
向娟妲朗西倾诉衷肠：
"哥哥至爱的妹妹娟妲朗西啊，
哥哥对你日夜想念不思茶饭，
你的爱哥哥已深埋心中，
哥哥也从不敢忽视你的情感。
因为前世共同修行波罗蜜，
我俩才能相见交心言欢。"

"妹妹一切安好康泰，
哥哥感到无比的心安，
哥哥将让妹妹做尊贵的王后，
日日夜夜与哥哥相依相伴。
哥哥不会让你独守空房，
更不会抛下你不顾不管，
请公主不要有丝毫忧虑，
任何困难我都会与你同担。"

眼见国王如此情深义重，
公主无比欣慰万分高兴，

所有的担忧抛向九霄云外，
悬着的心终于放下不再颤抖。
心中装的是至爱的苏令达，
脸上流淌着滚烫的幸福泪。

公主的侍女纷纷向国王下跪；
祝福国王与公主成双成对，
这时候太阳已经落山，
森林里一片昏暗漆黑。
两人依依不舍互道珍重，
各自在临时搭建的棚子里安睡。

第二天黎明太阳刚刚升起，
公主带着侍女去侍奉国王起居，
她们用金壶打来温水，
准备好各种洗漱用具。
摆上茶叶槟榔贡盘，
在睡榻上铺毡摊席，
按照风俗礼节服侍国王，
公主的言行举止大方得体。

到了利于出行的日子，
至上的国王发布命令，
鹏玛和碟倭连忙集合队伍，
官员们忙忙碌碌遵照执行。
给大象和骏马套上金鞍，
装好沿途所需的粮食和物品。

一切都已准备就绪，
国王的贴心侍卫就去恭请，
美丽的公主跟随勇猛的国王，
动身离开森林前往勐章相。

军队在丛林中行进，
一路上翻越了千山万水，
鹏玛一马当先作前锋领队，
碟倭率领士兵压阵殿后。
庞大的队伍共有三十余万人，
冒着雾露整整走了三个月，
穿过无边的森林进入平坝，
终于来到仙境般的勐章相。

勐里的人们沿路搭建青棚，

迎接勐萨洁的公主和国王，
英俊的国王从此不再孤单，
因为有王后时刻陪伴身旁。

英俊的国王进入勐章相坝子，
金殿里的大臣卡真全部出动，
他们簇拥着尊贵的国王和公主，
欢天喜地缓缓进入城中。

国王坐象周围挤满了官员，
平民百姓站满道路两边，
侍从们手持金柄华盖，
金鞍宝象显示出王者的威严。
人们你拥我挤争先恐后，
都想亲眼见识公主美丽的容颜。

公主陪伴在苏令达身边，
高贵圣洁好似下凡的男女天神，
公主的美丽天下无人可比，
人们欢呼国王娶回了天仙。

路旁拥挤的人群如痴如狂，
有的人见到公主就全身瘫软；
有的想摘下自己的头巾，
铺在地上作为公主行走的地毯；
有的想化作影子随公主而去，
有的想亲身陪伴在公主身边。

还有勐里的那些富家千金，
看见公主就全身酸疼，
那疯狂的笑声好似哭声，
因为鲜花般的公主让她们自怜。

城里和农村的少女们心悦诚服，
出类拔萃的公主让她们叹羡：
"公主的美貌超出凡人，
真的是下凡转世的天仙。"

王亲贵族把国王和公主迎进金殿，
引到苏令达母亲媥西丽罕面前，
老国王夫妇也出来迎接，
与来自勐萨洁的孙媳亲切相见。

母亲媥西丽罕牵着儿媳，
脚踏金丝铺的地毯走进金殿，
带领娟妲朗西坐进镶金的椅子，
成千上万的宫女侍奉在两边。

官员们配好掺有檀香的圣水，
搭建起高大的沐浴香殿，
准备了闪闪发光的金华盖，
还有御杖长柄扇和拂尘。
配有金鞍的坐象上百头，
装饰精美的马车有三千，
金水槽和银水槽已经备齐，
勐章相举行隆重的加冕盛典。

这时候啊，
司仪官恭请两位登上宝座，
阿章师傅为他们祝福拴线，
大臣官员们合十敬拜，
祝愿国王和王后福寿绵绵。
祝愿勐章相繁荣昌盛，
国力强大战胜一切敌人，
受到天下一百余勐的朝拜，
全勐百姓平安吉祥幸福无边。

国王和王后加冕礼成，
全勐举行盛大的赶摆，
人们从四面八方涌来，
王城里热闹非凡人山人海。
依靠福盛的国王和王后，
百姓们吃喝不用发愁，
因为国王有神赐的天平，
它能满足人们的各种需求。

苏令达国王拿出神奇的天平，
让官员和百姓拜祝祈求，
神奇的天平有求必应，
肉食酒水等食物应有尽有。
千百万官员和百姓随意取用，
吃饱喝足后唱着歌尽兴而归。

盛大的赶摆活动宣告结束，
国王和王后牵手返回王宫，
大臣官员们前后簇拥，

内务官和宫女仆人小心侍奉，
有美女弹琴吹笛唱歌助兴，
国王和王后非常幸福其乐融融。

威严的外公老国王，
温文尔雅的外婆嫡波香，
还有慈爱的母亲嫡西丽罕，
一起来到王后的宫中看望：
"因为前世修行波罗蜜，
你才来到宽广的勐章相，
从今后请你大胆管理后宫，
用心陪伴照顾年轻的国王。
你要和国王一起掌管国家事务，
有什么事齐心协力共同担当，
等到你的哥哥回心转意，
你俩再一起回勐萨洁探望。
目前时机不到难以成行，
请不要为娘家的事太过悲伤。"

娟妲朗西拜谢各位长辈，
答应做好苏令达的左膀右臂，
从此她在勐章相安顿下来，
受到全勐民众的爱戴和敬仰！

第十四章　人猴大战

现在啊，
哥哥将讲述勐萨洁发生的故事——
木猴蜂拥入城偷走公主，
把她安放在森林中的营地，
整个城市都被神咒迷昏，
全城的人没一个惊醒知悉。
等到第二天天色大亮，
漫天的迷雾渐渐散去，
人们起来行走劳作，
开始议论纷纷心生疑虑。

因为人们路过王宫时，
觉得公主的宫殿有点怪异，
宫殿内不见一个人影，
四处静悄悄无声无息。

官员们走近宫门探望，
只见满殿都是猴子，
他们吓得大声惊呼，
你推我搡纷纷逃离。

城里的人们七嘴八舌，
为公主的安危操心着急：
"哎哟哟，
这样的事情实在稀奇，
美丽的公主她去了哪里，
莫非她已被众猴吃了，
遭此厄运实在让人痛惜。
众多的侍女仆人也一起消失，
里里外外毫无踪迹，
空旷的宫殿到处是猴子，
这样的乱象简直不可思议。"

大臣官员连忙派人进殿驱逐，
一个个手持锋利的宝剑和大刀，
只见宫殿里到处都是猴子，
冲着人龇牙咧嘴不停地吼叫；
猴子见人就蹦蹦跳跳，
张牙舞爪围上前又抓又咬。

有的猴子披着长长的黑毛，
有的猴子瞪着红红的眼狂叫，
有的猴子像寻食的恶狼，
遇到人就张开大口撕咬。
进殿的人一时无法抵挡，
一个个满脸是血纷纷外逃。

大臣见状不妙急忙上殿叩拜，
向至上的勐萨洁老国王禀报：
"今天奴仆们看到很多奇怪的白猴，
挤满了公主的宫殿为数不少，
奴仆看见就叫人进去驱赶，
白猴反倒追着人撕咬。
就算举刀砍杀它们也不畏惧，
对着人龇牙咧嘴张牙舞爪，
有的人来不及退回被猴子抓住，
凄惨的哭喊声令人心惊肉跳。
逃得快的人捡回一条小命，

就像风吹芦花般四散奔逃。"

老国王朋玛典哒耐心听完禀报，
感到情况十分离奇蹊跷——
娟妲朗西公主忽然无影无踪，
丢下空宫殿让猴子逍遥自在。

宫殿周围的人们饱受惊吓，
至上的父王母后也感到恐惧，
爱女娟妲朗西忽然消失，
众多的侍女也不见踪迹，
至上的两王惊慌发抖，
跑来转去不停地哭泣。

老国王让大臣速去禀报，
让桑卡达尽快采取措施，
桑卡达大王听完大臣禀报，
嘲笑大臣们胆小贪生怕死：
"只不过是一群小小的猴子。
你们为何那么害怕恐惧，
叫几个勇士去把它们赶走，
实在不行就统统消灭干净。"

执行官领命集合勇士，
快速赶到公主居住的宫殿，
他们一个个身材高大强壮，
力大如牛无比英勇顽强。
有的手持锋利的宝剑，
有的扛着长长的火枪，
有的手持盾牌和长矛，
有的挥舞着长柄刀豪气万丈
一心想要消灭那些猴子，
让它们有来无回魂飞命丧。

勇士们呼喊着冲上前去，
有的亮出武功腾跃跳踢，
有的用长矛猛刺，
有的用长枪射击。
有的挥舞着利剑长刀，
一阵阵喊杀声震天动地，
可是还没攻到宫殿门口，
凶恶的猴子就猛扑过来反击。

宫内到处是跳跃的猴子，
它们的个头比人还要高大，
瞪着血红的眼睛向人扑来，
不停地吱吱乱叫张牙舞爪，
它们不会退缩也不知畏惧，
抓住人张口就咬决不放下。

有的猴子跳到人的头顶，
有的猴子爬上人的肩膀，
张口乱咬眼耳和四肢，
直咬得人浑身是伤鲜血流淌。
有的人眼珠被猴子抠掉，
有的人被猴子活生生把肉吃光。

勇士们不惧怕疯狂的恶猴，
手挥刀剑砍杀开枪射击，
可是猴子具有超凡的神力，
任凭刀砍剑劈也不会断气。
砍一只变成两只，
砍两只变成四只，
砍四只变成八只，
最终变成上万只猴子无法计数。

人战不过猴子便败退出宫，
有的连枪和刀也被猴子抢去，
有的被猴子咬得浑身是血，
有的被抠了眼珠断了手臂，
刀枪不入的勇士也打不过恶猴，
丢盔弃甲纷纷从宫里逃离。
有的还被恶猴骑在头上，
像是背着猴子奔跑在城里，
众多勇士见状一哄而散，
人们打不过猴子应对无计。

因为这群恶猴不是一般的猴子，
并不是在密林中吃野果长大，
它们被鹏玛和碟倭念咒施法，
任何武器也伤不了它们的毛发。
勇士们纷纷逃离宫殿，
派人向桑卡达报告：
"奴仆叩拜桑卡达大王，
奴仆们打不过猴子只能败逃。
那些恶猴太多不惧不怕，

长刀短剑也无法将它们砍杀；
还会变化成许许多多的猴子，
任凭我们用矛刺或是用枪打。
它们的身体十分离奇，
枪弹根本射不进它们身体；
我们好多勇士被猴子抓去，
不知道是活着还是已经死去。"

桑卡达大王听罢心生疑虑，
命令大臣赶快召集能人商议，
精通法术神咒的人应命来到，
一个个手持武器披挂整齐，
他们身怀绝技刀枪不入，
发誓要将恶猴杀光无遗。
有的背上文着符咒，
有的文着红色的熊虎，
有的吃胡椒嘴皮发麻，
有的祈祷师傅前来相助，
有的背着神奇的宝剑，
有的衣袋里装着宝物。

这些勇士手持神弓宝剑，
火硝铁弹装满粗大的枪管，
铁柄的红缨枪套着铜环，
长柄大刀寒光闪闪，
他们全都智勇双全武艺高强，
一直在国王身边放哨站岗。

三万一千精兵聚集完毕，
国王拿出银钱奖赏激励，
勇士们从王宫整队出发，
兵分左中右三路发起攻击。
他们把宫殿围得严严实实，
喊声震天犹如风暴霹雳，
个个都说自己勇敢善战，
纷纷在将官面前夸口斗气。

勇士们争先恐后冲进宫里，
还是无法与恶猴势均力敌，
恶猴露出粗大的尖牙，
咬住人不放直到奄奄一息。

有的用尾巴勒住人的脖子，

有的把人按翻摔倒在地，
被猴子咬死的人不计其数，
活着的双手抱头纷纷逃离。
施过法术的猴子拥有神力，
奋力挥刀砍杀也不会死去，
还变出许许多多的替身，
整个宫殿成了猴子的天地。
它们比人多出数倍，
见人就追咬毫不客气，
夸口的勇士想取胜反被咬死，
群猴又一次打退了人的攻击。

数十万恶猴追赶士兵，
人们抵挡不住纷纷惊慌逃命，
国王的精兵丢下刀枪和盾牌，
法宝散落一地空有其名。

城里的居民魂飞胆丧，
一个个挑着担子逃出城去，
官员大臣乱作一团，
束手无策没了主意。

桑卡达大王这时开始着急，
坐立不安不断唉声叹气，
眼看城里的百姓纷纷逃离，
女人们呼唤丈夫哀伤哭泣，
生怕丈夫被恶猴活活咬死，
从此变成寡妇孤苦无依。

至于那些白猴尽管十分凶恶，
人若不去招惹也就平心静气，
静静地坐在那儿守护着宫殿，
大门外人来人往也不搭理。

狂妄的桑卡达这时才如梦初醒，
向全国悬赏万两黄金百万白银，
征求能人解除白猴的魔咒法术，
拯救王国保护百姓生活安定。

但是啊，
问遍全国所有的官员和百姓，
谁也破解不了这个法术咒语。
桑卡达大王见此路不通，

只好找来大臣官员一起商议：
"这样的事从未见过，
肯定是勐章相使臣施展的魔力，
因为他们精通各种咒语法术，
如何破解我们要拿出主意。

"前些日子勐章相使臣送来聘礼，
求娶我们美丽的公主娟妲朗西，
大王不允许才发生这种怪事，
公主悄然消失不见踪迹。

"我们攻进公主宫殿的时候，
并没有见到公主的任何物品，
金盘和卧榻都不在宫里，
更怪的是床垫蚊帐也全都消失。

"使臣肯定是受他们国王指使，
偷偷把娟妲朗西公主掠去，
然后变化出恶猴来守护宫殿，
不让我们知道事情的究里。
估计公主此时已到了勐章相，
我们应该派探子前去打听消息，
让他们到勐章相明察暗访，
查明娟妲朗西到底身在何地。"

桑卡达大王赞同大家的建议，
挑选机灵的军官去打探消息，
让他们打扮成商人的样子，
带上货物假装外出料理生意。

这些军官接受了国王的使命，
准备好货物就出城打探消息，
大队人马穿越密林翻过深山，
一路明察暗访寻找公主的下落。

他们穿过密林走过田坝，
日夜兼程走了很长时间，
这才到达宽广的勐章相王国，
在王城里边做生意边到处打探。

勐章相都城真是无与伦比，
让勐萨洁的军官连声赞美，
王城的城墙宽厚坚硬，

湍急的护城河环绕四周，
都城有四座高大的城门，
那是进出都城的要道关口。
有的城门靠船摆渡进出，
有的城门架有石桥任人行走，
车辆和人从四座城门自由出入，
城墙上彩旗飘扬非常壮美。

有一天探子们路过王室花园，
突然见到了美丽的娟妲朗西，
她陪伴在英俊的苏令达身边，
正和大臣侍女一起游玩嬉戏。

当公主近距离从他们面前经过，
他们确认是娟妲朗西无疑，
心中的谜团完全消失。
公主的确生活在勐章相宫里，
公主原来的侍女也一个不少，
正在花轿旁与公主相伴相依。

完成使命的探子急忙返回，
日夜兼程一刻也不停息，
回到勐萨洁就快速进入宫殿，
向桑卡达叩拜禀报消息：
"至上大王赋予的使命，
奴仆们时时刻刻放在心上，
我们在勐章相王城明察暗访，
亲眼看见公主和苏令达国王。
他们从奴仆们面前走过，
正在王室花园里游玩观赏。

"苏令达国王英俊潇洒威武无比，
就像天仙塑造雕琢的一样，
两人真是金童玉女十分般配，
就像盒里的珠宝成对成双。"

探子禀报的话还没讲完，
桑卡达大王就大发雷霆，
挽起衣袖猛拍宝座，
对着探子破口大骂：
"谁让你在这里胡说乱讲，
低贱的山民怎么值得称赞，
你这糊涂的大臣谎报军情，

找回公主我再和你算账。

"勐章相的人是下贱的种族,
他们厚颜无耻来哄骗公主,
骗娶我美丽善良的亲妹妹,
难道他们不怕死无葬身之地。
他们为何这样蔑视侮辱勐萨洁,
你我都是统治一百余勐的国王!

"现在我将与他们比剑斗象,
举兵攻打扫荡勐章相,
大将官员们要想清楚,
不这样做我们脸往哪里放。"

大将军梭辣匹听罢走上前去,
面对桑卡达叩拜行礼:
"请至上的大王下令吧,
小奴愿担当重任带兵出击,
伟大的勐萨洁兵强马壮,
一定能战胜勐章相这个死敌。
请求至上的大王恩准允许,
奴仆对他们毫不畏惧。

"低贱的山民怎能对抗大国将领,
无法无天真是可恨至极。
奴仆愿带兵进攻勐章相,
让他们见识大国的神威和武力,
那些山民小子的力量啊,
连勐萨洁的小拇指也无法相比。"

这时候一位前朝老臣缓步上前,
叩拜桑卡达大王进行劝谏:
"如此大事应该仔细商议讨论,
恳请至上的大王考虑周全,
若能搭起金桥建立友谊,
两国亲如一家一定会好事连连。

"因为公主已在勐章相安身,
她自己喜欢确实是心甘情愿,
再说王城里的恶猴还未赶走,
奴仆请大王明察再作处置。"

听到老臣据理力谏,

桑卡达大王更加狂躁气愤,
胸中像干柴燃烧起烈火,
满脸杀气不留情面:
"你们全都目光短浅,
不要再胡说八道多嘴多言,
我将带兵剿灭勐章相,
逼迫山民苏令达乖乖归顺。

"只有把他的人头砍下,
本王才能解除心头之恨,
附属的一百余勐才会心悦诚服,
赞美'福盛的桑卡达威力无边',
谁再多嘴多舌必将受到严惩,
休怪本王不留情面。"

大臣们吓得脸色发白,
一个个举手合十不发一言,
四大卡真和首辅大臣不敢抗旨,
只好乖乖遵从桑卡达的意愿。

桑卡达的父亲老国王也来规劝,
希望狂躁的儿子处事谨慎,
桑卡达不听父亲的劝告,
还说"唠唠叨叨都是胆小之人",
善良的母后更是无话可说,
为了公主整天以泪洗面。

第十五章　战云密布

现在啊,
哥哥将继续讲述,
狂妄的桑卡达暴跳如雷,
自命不凡准备动武。
他下令派遣信使到各国,
命附属的一百余勐带兵来援助,
剿灭勐章相山民小子,
让苏令达拱手臣服。

他还下令征召全国所有男子,
千百万平民都必须参加,
首席大臣不敢违抗,

按旨意写好国王信札。

信使们带着信件立刻出发，
快马加鞭奔向四面八方，
他们按照国王颁下的旨意，
及时把公文送给各勐的大王。

附属国接到桑卡达的信札，
知道宗主国要调兵讨伐，
他们就按命令征兵动员，
精选的勇猛武将成百上千。
各个勐的军队集结完毕，
等待宗主国王发令去冲锋陷阵，
这些威猛的精兵身怀绝技，
他们从各地赶来支援。

勇猛的军官骑象骑马，
个个精通法术有神咒护身，
勐萨洁都城挤满了军队，
这么大的阵势实在是空前绝后。

国王的大将军点兵布阵，
询问下面的部队来自哪里，
领队的将军一一上前禀报，
回答大将军提出的问题：
——"我们是帕瑶威猛的壮士，
是勐萨洁国王的同宗亲戚。
小的名叫罕绍，
率领部队来到大国领地，
士兵的人数有十二阿呵①，
个个英勇善战天下无敌。"

——"我们来自远方的盟国勐西威拉，
领受国王命令前来参加讨伐。
带来的兵士足有十六阿呵，
一定能剿灭自尊自大的苏令达。"

——"勐柯岱是我们的家乡，
自古与勐萨洁是友好邻邦。
我们居住在大海边的岛屿上，
都是铁铜般的勇士天下无双。

小的是领队名叫苏丁，
带来十七阿呵勇士助阵帮忙，
宗主国有事我们要全力支持，
帮助抢回公主让她重返故乡。"

——"我们是勐大伽西拉的精兵，
身藏神符精通各种咒语。
能把树叶变成千上万的士兵，
为桑卡达大王冲锋效力，
前来支援的兵丁至少十八阿呵，
带队的将军朋玛俊达就是小的。"

——"现在报到的是勐帕湾的勇士，
勐萨洁与我们是联姻的亲戚。
二十一阿呵勇士个个刀枪不入，
大将军下令我们就发动攻击。"

"我们来自勐威迪喀，
国王是桑卡达大王的外公。
接到信札小的就带兵到来，
三十六阿呵勇士敢于冲锋陷阵，
大炮是我们所向无敌的武器，
炮声一响就能炸平勐章相王宫。"

——"我们是勐沙瓦啼的部队，
奉桑卡达大王之命前来加盟，
小的就是带队的威扎寒，
上亿的勇士个个威猛。"

——"我们是勐占巴派来的人马，
十八阿呵将士个个名扬天下。
像蛀虫能钻到高高的树梢，
像巨石般坚定狂风也无法动摇，
勇士们磨刀霍霍随时准备出战，
小的宰亚先现在率队前来报到。"

各路人马清点完毕，
勐萨洁的部队也全部到齐，
一共有二十阿呵威猛的将士，
由索莱大将亲自率领。

---

① 阿呵：傣语，据说是四十三位数的数字。

这是联军中人数最多的队伍，
他们是勐萨洁全部的壮丁。

庞大的部队在城外列队集合，
都城四周全是来自各地的人马，
大家分别用各色彩旗作为标识，
分配好营地各自安营驻扎。
熙熙攘攘好不热闹，
人喊马嘶十分嘈杂，
喧闹声如瀑布般惊天动地，
腾腾的杀气让人心里发麻。

各路人马全部集结，
最高统帅桑卡达就位指挥，
招来国师推算最吉祥的日子，
按照习俗祭祀勐神请求护佑。

人们找来七十万头健壮的水牛，
准备好红布白布和槟榔串，
国师念动咒语呼唤勐神，
还有法力无边的各路神仙：
有宏伟都城的守护神，
有庄严寺庙的守护神，
有辉煌金殿的守护神，
以及祖先的神灵和护身的神灵。

国师还祈求天上的帕雅英，
水下的金翅鸟龙王，
保护四方的四大天王，
各路神仙都来护佑赐福。
国师把酒滴到大地上，
献上鲜花和纸花无数，
再撒上准备好的米花，
手持香火举过头顶开始祷祝。

只见杀翻后的白水牛纷纷倒地，
全部四脚贴地头却高高抬起，
侧身倒向同一个方向，
头朝勐章相方向跪拜行礼。

七十万头水牛全都一个姿势，
引得在场的人发疯发狂：
"今天我们祭祀勐神十分妥当，

牛在我们之前就已奔赴战场，
进攻勐章相一定大吉大利，
我们必将得胜而归名扬四方。"

神圣的祭祀活动刚一结束，
桑卡达大王就下令军队出发，
隆隆的炮声震天动地，
浩浩荡荡的队伍威风无比。
索莱带兵做前锋先驱，
二十阿呵兵马天下无敌，
红色和粉红色的军旗高高飘扬，
士兵穿着红色和粉红色的戎衣。
他们都是勇猛凶悍的武士，
钢枪闪亮长矛尖锐宝剑锋利。

有的士兵手持金柄伞，
年轻的武将坐象骑马，
士兵们步行在左右，
簇拥着将领高呼口号示威。
浩浩荡荡的队伍快速行进，
"嘟嘟"军号吹个不停，
战象军马首尾相接，
震响声似乎要把大地震陷。
年轻的勇士匆匆告别情人，
送行的老者祝福士兵早日凯旋。

威武的桑卡达跃身飞上战象，
全身披挂铠甲仪表堂堂，
前有五种仪仗鸣锣开路，
无数精兵簇拥在两旁。
刺绣的华盖悬挂着金花边，
阳伞上的金黄漆闪闪发光，
威猛的架势无人可比，
完全不把苏令达放在心上。

战象有十阿呵之多，
一门门大炮由战象背驮，
战马不少有八阿呵匹，
马鞍装饰着花边非常华丽。

有的马鞍镶嵌着珍珠宝玉，
军官们骑在马背上趾高气扬，
桑卡达大王的部队打头阵，

其他的部队紧紧跟上。

勐帕湾的部队由道罕亮统率，
蓝色的军旗迎风飘摆，
威武的士兵跟随军旗行走，
发誓不打败勐章相决不回头。

勐帕瑶的部队紧跟其后，
以威武的罕绍大将为首，
凶悍的士兵手持长刀和盾牌，
十二阿呵兵马看不到尽头。

接着是勐沙瓦啼的士兵，
跟在勐帕瑶士兵的身后，
士兵们不断向前推进，
由勇猛的威扎寒领头。
他是久经沙场的将军，
南征北战全无敌手，
他们都是南方的勇士，
文身从脖颈一直到小腿。
穿着大筒裤佩戴利剑，
全身红彤彤布满符咒，
一边行军一边左右看情人，
肩上的军旗有红有绿有粉。

勐大伽西拉的部队随后而来，
由威猛的朋玛俊达将军统率，
他精通各种咒语法术，
机智勇敢战功卓著。
勐大伽西拉兵马众多，
十八阿呵勇士如狼似虎，
黄红相间的军旗迎风飘扬，
雄壮的军乐有铓锣和大鼓。

勐西威拉的部队步伐整齐，
服装漂亮高举着花白军旗，
十六阿呵勇士善于拉弓射弩，
围观的姑娘百看不厌啧啧称奇。

勐占巴的部队相随而行，
他们由宰亚先大将军统领，
隆隆的炮声直冲云霄，
骑马的将军威风凛凛。

士兵们手持盾牌和长柄刀，
全身披甲头戴牛皮帽，
有的手持长柄红缨枪，
金灿灿的枪弹装满挎包。
他们都是不怕死的亡命徒，
高举灰绿色的军旗向前进，
老人见了直夸威武，
姑娘见了想搭话谈情。

随后是来自勐柯岱的部队，
统帅是英俊的苏丁将军，
他的士兵个个英勇顽强，
身穿镶黄花边的服装高大英俊。
他们撑着金色的绣边华盖，
黄色的军旗迎风飘扬，
苏丁骑着威武的红牙战象，
十七阿呵勇士簇拥着他前进。
汉族造的钢炮扛在肩上，
一排排刀枪放射着寒光，
年轻的士兵威武勇敢，
对着姑娘调情歌唱。
坐象骑马的官员高声叫喊，
帮助快乐的小伙倾诉衷肠：
"纯金般的姑娘啊，
阿哥们将去攻打勐章相，
听说那里的姑娘很漂亮，
阿哥们攻下勐章相王城，
就把漂亮寡妇和姑娘带回家乡。
勐萨洁漂亮的姑娘们啊，
你们就等着哥哥衣锦还乡。"

勐威迪喀的队伍兵强马壮，
紧跟在勐柯岱部队的后面，
他们的士兵勇敢坚毅，
使用的都是上好的武器。
大炮都用驴马驮运，
打头阵的手持钢枪英勇无敌，
铜做的铠甲描绘着苍鹰，
头盔上的红顶带鲜艳美丽。
炮声一响就会冲锋陷阵，
一个个英勇顽强无所畏惧，
大将是国王信赖的心腹，
国王命他作统帅为国效力。

三十六阿呵兵马浩浩荡荡，
走在路上尘土飞扬，
送行的寡妇和离婚女笑声喧哗，
四方虎头军旗高高飘展，
士兵们的挎包装满烟草，
跟随虎头军旗大步奔跑。

各勐的部队依序相跟前进，
大象和战马的铃声响个不停，
车轮声乐器声和人声惊天动地，
把沉睡的深山老林吵醒。
队伍中有汉族傣族和各种民族，
还有老挝越南参战的士兵，
桑卡达大王统领大军，
晓行夜宿一路攻击前进。
有时遇到大金殿的军队阻击，
指挥部队攻下来后再继续前行，
七个多月才走出无边的密林，
到达勐章相边界驻扎屯兵。

第十六章　大战爆发

现在啊，
哥哥将继续讲述，
发生在两勐之间的大战——
桑卡达大王带着各勐联军，
马不停蹄攻入勐章相领地。
时逢太阳偏西鸟雀归林，
天色昏黑联军安营扎寨，
他们就地搭起一排排帐篷，
紧挨着勐巴占嗒的边境。

勐巴占嗒国王守土有责，
但区区小国缺乏实力，
只有六阿呵多一点的兵马，
没有多少百姓生活在那里。

联军的前锋穿过森林到达边界，
勐巴占嗒猎人刚好到森林狩猎，
他们听到联军士兵的喧哗之声，
还有大象的吼叫和战马的嘶鸣，

象马的吼叫声惊天动地，
估计来了成千上万的士兵。

他们感到奇怪就连忙返回，
向大臣和官员详细禀报，
大臣和官员听清事情的缘由，
急忙报告至上的国王请求旨意。
国王问清事情的来龙去脉，
就命令将军和官员前去打探：

"赶快指派精明的人去察看，
大队人马来到必有祸殃，
到那里一定要打探清楚，
他们有多少人马又来自何方？"

首席大臣遵命指派得力将官，
精选出三万勇猛的士兵，
要他们出城到边界弄清实情；
全勐的人要赶快集结待命，
大家一起动手加固城墙，
扎好各自的篱笆不让外敌入侵。

前去边界的将士探得实情，
原来是各勐的联军大举进犯，
统帅是狂躁傲慢的桑卡达大王，
他准备与苏令达国王决一死战。

勐巴占嗒立即在边界设立关卡，
修挖战壕建筑工事加强防御，
关卡建好后就封闭边境，
不让勐萨洁的联军进入领地。

联军的士兵从密林中走出，
来到边界就敲打关门问询，
勐巴占嗒的守军不理不睬，
双方互不相让口气都很强硬。

勐萨洁的大将威扎寒亲自出马，
率领士兵大举进攻勇猛冲杀，
勐巴占嗒的士兵毫不畏惧，
双方的士兵你攻我守互相谩骂。

眼看勐萨洁的联军人多势众，

对勐巴占嗒形成了包围之势，
守军急忙写信向国王求援，
一边严防死守开枪射弩还击。

众多的敌军进攻不止，
兵分几路从山梁和箐沟推进，
驱使长角大象向前冲锋，
枪炮声呐喊声震天轰鸣。

勐巴占嗒的国王见形势危急，
火速下令派遣三十万大军支援，
将领们领命骑上战象奔赴战场，
率领士兵抗击入侵的联军。

联军的梭辣匹将军英勇顽强，
指挥自己的士兵大举进攻，
他手下的勇士多得数不胜数，
架起大炮朝对方狂轰滥炸。
勐巴占嗒的士兵招架不住，
只得撤回城内坚守不动。

联军首战略胜一筹，
占领阵地后高声欢呼，
鼓声和铓锣声响彻四方，
士兵们又是唱歌又是跳舞。

桑卡达的联军乘胜追击，
攻城拔寨势如破竹，
占领了宽广无边的坝子，
直达中心地带才停下脚步。

这时候啊，
急坏了商人吓坏了孩子，
人们惊慌失措乱作一团，
谁也顾不上谁忙把命逃，
像炸了窝的蜂子向城里逃窜。
有的牵着黄牛和水牛，
有的挑着家当和细软，
有的背着包袱和粮袋，
有的背着孩子放声哭喊。

勐巴占嗒的国王火速通知臣民，
加强防御阻止敌人进犯，

加高城墙挖深护城河，
和来犯的联军决一死战。
同时还派遣使者送信求援，
向苏令达大王禀报战况：
"抢夺公主的联军已经来到，
请大王做好准备随时应战。"
使者带上信件火速出门，
快马加鞭一刻也不敢迟缓，
勐巴占嗒的国王再次排兵布阵，
挑选出最勇敢的将士参战。
二百头战象迅速集结，
二阿呵士兵开赴前线支援。

联军的战象战马蜂拥而来，
将士们毫不畏惧沉着应战，
他们支起火箭向敌人射去，
在郊区平坝英勇拼杀。

平坦的田坝喊杀声震天，
双方你来我往撕打成一片，
谁也不肯退让认输，
双方一样勇猛输赢难分。

战斗进入了白热化阶段，
攻守轮换持续了很长时间，
勐巴占嗒的士兵死伤无数，
联军的伤亡也成百上千。
桑卡达大王气得暴跳如雷，
无法忍受胶着僵持的局面。

他咬牙切齿下了死命令，
指挥联军继续猛攻前进，
壮大的场面犹如盛大的赶摆，
人喊马嘶象吼刀光剑影。
这一回合哟，
勐巴占嗒的士兵终于抵挡不住，
只得暂时撤退躲回城内防御。

联军的士兵哪里肯放弃，
穷追不舍步步进逼，
勐巴占嗒城被包围得严严实实，
呐喊声和枪炮声交织在一起。

勐巴占嗒国王发现情况危急，
急忙召来心腹大将捧玛，
调拨给他一阿呵人马，
到前线去支援保卫国家。
捧玛麾下有位丙比桑将军，
率领的三亿士兵敢拼敢打，
丙比桑吹嘘自己英勇善战，
对凶猛的联军毫不惧怕。

国王还派一位心腹随行参战，
将军的名字就叫吉迪伽，
吉迪伽是赫赫有名的大力士，
名声传遍勐巴占嗒的千家万户。
力气大得能扳倒一只大象，
一只手就能轻易拔出象牙。

吉迪伽是国王的左膀大将，
率领的勇士有一阿呵还多，
他的部队紧跟在丙比桑后面，
个个都是英勇善战的棒小伙。

他们把部队分为左中右三路，
同时向围城的联军发动反攻，
双方实力相当谁都不肯退让，
急忙驱赶大象发起冲锋。
有的挥舞刀剑又刺又砍，
有的紧握火枪互相扫射。

这时候啊，
桑卡达的大将梭辣匹飞身而出，
凶猛地扑向丙比桑将军。
吉迪伽大力士见情况不妙，
急忙率队绕到梭辣匹的背后，
他拔出宝剑朝梭辣匹砍去，
梭辣匹人头落地一命归西。
可怜的梭辣匹来不及告别妻儿，
就已身首异处令人惋惜。

勐巴占嗒的士兵见状十分欢喜，
顿时增添了无穷的信心和勇气，
他们忍不住高声呐喊助威，
为斩获梭辣匹的人头振奋不已。
吉迪伽率领士兵乘势追杀，

战场上杀声阵阵惊天动地，
联军的将领见对方气势凶猛，
不得不解除包围迅速撤离。

士兵们见梭辣匹战死沙场，
人头落地悲壮死去，
顿时群龙无首乱了阵脚，
连忙向桑卡达禀报消息。

勐巴占嗒的士兵乘胜追击，
岂肯放过落荒而逃的人马，
他们紧随其后高声喊"打"，
有的用枪刺有的用刀剑砍杀。
桑卡达大王见势不妙，
赶紧召来勐帕瑶的大将罕绍，
命他火速率队出击，
打退敌人早传捷报。

罕绍挥剑奋力前冲，
率领人马左冲右突中间进攻，
勇士们有的手持盾牌防卫，
有的手持长矛奋力拼杀。

双方士兵刀剑相拼，
战象相搏难分高下，
罕绍的部将罕曹万分焦急，
高声直喊"砍头！砍头！"
勐巴占嗒的士兵们见状，
冲向罕曹将他团团包围，
吉迪伽也急忙飞身过去，
一心要让罕曹有来无回。
罕曹面对多人围攻，
只得来回躲闪且战且退，
勇猛的吉迪伽拼尽全力攻击，
丙比桑也上前阻止罕曹突围。

罕曹被人团团围住，
无法逃脱斗志减退。
吉迪伽挥刀大力砍去，
罕曹人头落地鲜血直流，
可怜的罕曹就这样战死沙场，
美丽的妻子变成寡妇整日忧愁。

勐帕瑶的士兵见罕曹人头落地，
顿时军心大乱一哄而散，
相互踩踏拉扯四处逃窜，
桑卡达大声呵斥也无法阻拦。
见势不妙桑卡达连忙下令，
撤退三十里再作决断。

回到大营桑卡达迅速调整兵力，
登上高台宣布新的作战命令：
"捧玛拉大将替补罕曹之职，
吃败仗的勐帕瑶部队进行整编，
再与勐帕远的部队联起手来，
两支部队合力攻打南城门，
勐沙瓦啼和勐威迪喀攻打西门，
攻打北城门的任务交给捧玛典。
其余的部队留守大营，
作为总预备队随时准备增援。"

桑卡达重新调兵布阵完毕，
众将官得令各自回营备战，
等到第二天天色大亮，
骑上宝马战象同时发起攻击。

勐巴占嗒的信使穿过茫茫森林，
快马加鞭赶到了勐章相。
进入金殿叩拜行礼，
向苏令达大君王报告战况，
苏令达听完使臣禀报，
急忙下令见机行事避其锋芒——
"勐巴占嗒的军队和臣民百姓，
全部转移到勐章相减少死伤，
放开大路引诱敌人深入，
勐萨洁联军得意忘形骄兵必亡。"

信使得到命令火速返回，
把命令传递给勐巴占嗒国王，
国王立即召集大臣和官员商量，
带领军民连夜转移到勐章相。

待到鸡鸣破晓天刚放亮，
桑卡达大王率队发起冲锋，
一瞬间枪声炮声响个不停，
士兵同时向三座城门进攻，

大队人马像潮水般冲进城里，
势不可挡犹如暴发的山洪。
城内到处是黑压压的人群，
那是破门而入的勐萨洁士兵，
不管是城里还是城外的荒野，
呐喊欢呼的声音震耳欲聋。

可惜勐占巴嗒的军民早已撤退，
只有一些粮食物品来不及带走，
桑卡达占领的是一座空城，
他却以为大获全胜壮志得酬。

勐巴占嗒国王丢下王城和物品，
带领军队和百姓穿越茫茫森林，
到了勐章相就去拜见苏令达，
细细禀报敌我交战的情形：
"桑卡达率战象军队进攻，
奴才等率部抵抗为大国王效力，
无奈他们人多势众，
我方战死的将士十万有余。

"如今奴才的王宫已被敌人占领，
不知现在是什么情形，
恳请大王明察早做准备，
得手后他们势必会赶尽杀绝。"

福德无量的苏令达听完禀报，
心里充满慈悲怜悯之意，
耐心安慰勐巴占嗒国王，
劝他不要焦虑着急。
然后召见大臣将军和官员，
一起聚集到金殿商议。

苏令达国王召来鹏玛和碟倭，
向两名爱将面授机宜：
"二位爱臣要做好充分准备，
等待迎击勐萨洁的来犯之敌。
接到勐巴占嗒国王的告急信，
本王已派出使者传令下去，
把王札快速送达多个大勐，
请他们火速来援调集大量兵力。

"鹏玛大将迅速率领所部出城，

把守国门关卡不要疏忽大意，
如若敌人来进攻挑衅，
你就指挥全军打退来犯之敌。"

两员大将接到大王的命令，
欣喜若狂激动不已，
他们兴奋得手舞足蹈，
认为能为国效力是天大的福气。
"纵然对方有十万阿呵兵力，
我们一点都不害怕畏惧，
我们是真正的男子汉大丈夫，
有齐天盖地的红运和福气。
有机会守卫家园为大王效力，
即使肝脑涂地也在所不惜，
我们要率队挥刀斩将消灭敌人，
让来犯的桑卡达死无葬身之地。"
两位将官言罢叩头行礼，
拜别苏令达大步离去。

鹏玛一时一刻也不敢怠慢，
赶紧召集将官部署兵力，
调集了勐章相所有的军队，
一共二十六阿呵还有多余。
他统领指挥着大队人马，
直奔边界去守卫防御。

神通广大的碟倭忙着筹建兵站，
准备迎接各勐前来支援的军队，
他深思熟虑谋划周全，
可能出现的意外都能积极应对。

勐章相有众多的盟邦和附属国，
他们接到通知就率队前来支援，
有一个勐叫沙嘎拉，
幅员辽阔坐落在大海边；
有一个勐叫瓦纳捧，
国土与勐章相紧紧相连；
有一个南方的勐名叫帕东，
召之即来不远万里；
另一个王国名叫勐伽西，
他们的国王有无穷威力；
另一个宽阔的勐名叫捧玛瓦涕，
它与勐章相关系十分紧密，

还有一个勐因流沙而得名。
流动的沙土像九月河流的漩涡，
这个勐的人个个强悍勇猛，
派来的士兵几十亿还多，
各勐的队伍来自不同的方向，
敲锣打鼓赶来支援勐章相。

一支支队伍有序进入兵站，
休整待命随时准备奔赴前方。
金黄色的华盖遍布营地，
在阳光照射下闪闪发光，
车马声象吼声交织在一起，
人来人往就像赶摆一样。

勐章相的官员纷纷出城欢迎，
只见援军多如天上流动的乌云，
主管接待的碟倭急忙造册登记，
外来的援兵共计一百阿呵有余。
再加上勐章相自己的人马，
王国共有一百二十七阿呵兵力，
这一百二十七阿呵将士，
个个能征善战英勇无敌。

各勐的首领将官到达勐章相，
连忙去拜见英俊的勐章相大王，
苏令达亲切问候各位首领将官，
并把事情的来龙去脉耐心宣讲。
首领将官明白了事情的原委，
立刻排兵布阵全部安排妥当——
哪几个勐负责左翼和右翼突击，
哪几个勐从中路发起冲锋，
哪几个勐负责殿后作预备队，
必要时开赴前线配合总攻……

碟倭下令勇猛的素亭将军，
率三十阿呵兵力守卫东北边界，
各勐的军队全都各就各位，
到达目的地后就在那里驻守。
他们天天进行盛大的赶摆活动，
完全不为任何事情困扰担忧，
只盼望桑卡达快快带军队到来，
一决高下杀他个片甲不留。

请听吧，
檀香般婀娜多姿的妹妹哟，
难为哥哥要远离阿妹背井离乡，
是因为两只猛虎在密林中相遇，
勐章相啊将迎来一场大战。

现在啊，
哥哥将继续讲述未完的故事，
把两个联盟之间的战争，
为妹妹细细描述放声歌唱。

桑卡达率领的联军得胜后，
驱赶战象战马向勐章相挺进，
威扎寒率领部队担任前锋，
勇猛的勐帕湾人马作第二梯队。
两位大将率队穿越茫茫的森林，
一到勐章相的边界就攻关夺卡，
士兵们挥舞利剑冲上前去，
看来这关卡似乎不难攻下。

可是啊，
无论多少士兵前仆后继，
任凭桑卡达的联军怎样攻打，
勐章相的将士岿然不动，
没有后退半步毫不惧怕。
因为有鹏玛和素亭两位大将，
坐镇指挥死死守护着关卡。

鹏玛和素亭见大批敌军拥来，
急忙捎信禀报苏令达：
"桑卡达的联军已全部来到，
双方全面交战已经进入白热化，
敌方士兵太多攻势凶猛，
请求增派象兵支援守住关卡。"

苏令达看完信知道前方危急，
立刻命令碟倭率军增援抗敌，
他拿出天神赐予的法宝天平，
变出财物作为给将士们的奖励。
援兵的服饰装备全部统一更新，
穿上同样的战袍使用新的武器。
智慧的碟倭大将率领军队出发，
马不停蹄奔赴边境，

麾下有神通广大的勐帕东的将军，
万纳朋将军和勐巴占嗒的将军。
他让这三位将军赶赴前线支援，
增援部队共计二十阿呵士兵。

三位大将领命一起率军出发，
勐巴占嗒的大将担任前锋，
勐帕东的部队作为中军，
万纳朋的部队殿后紧紧跟进。

大炮驮在象背上威风凛凛，
士兵列队雄赳赳走出军营，
金色的华盖在阳光下闪耀光芒，
迎风飘扬的军旗色彩分明。
大部队浩浩荡荡一往无前，
穿过宽广的原野奔赴边境。

威武的苏令达由娟妲朗西陪伴，
检阅军队为出征将士壮行，
浩浩荡荡的大军不见首尾，
出发的礼炮声轰隆隆响个不停。

援军很快到达边界的关卡，
在边境摆开阵势准备决战，
双方的将士虎视眈眈，
谁也不怕谁同样的顽强勇敢。

士兵举起象钩驱使战象前进，
勐巴占嗒和勐帕东联合作战，
他们架起大炮朝敌人发射，
炮声轰隆大地震颤。
勐帕东的大炮威力无比，
勐萨洁的士兵死伤数十万。

勐萨洁联军被炮轰死伤无数，
勐威迪喀部仍然不后退一步，
他们迅速调整兵力部署，
兵分多路向勐章相联军反扑。

数百门大炮很快安装完毕，
同时向勐章相士兵开炮轰击，
中炮的士兵横七竖八倒成一片，
勐章相联军死伤难以计数，

因为此时他们身处狭窄的山沟，
受地势影响不利于攻击和隐蔽。

勐章相三位将军见战事失利，
连忙聚集在营帐中谋划商议，
他们找到一个入口狭窄的山谷，
状如口袋可以埋伏大量兵力。
三位将军定下伏击之计，
一切安排就绪就带领军队撤离。

勐威迪喀的将军发现敌军败退，
立即指挥军队乘胜追击，
他们不顾一切盲目跟进，
犯了"穷寇勿追"的兵家大忌。

勐章相的部队这时已调派完毕，
单等尾追的士兵钻进"口袋"里，
勐威迪喀的部队一进入山口，
埋伏的士兵就将"大门"关闭。
切断了勐萨洁联军的退路，
团团围住发起勇猛攻击。

误入包围圈的士兵仓促应战，
只有招架之功哪有还手之力，
死伤的人数超过几阿呵，
战场上血流成河尸横遍野。
勐威迪喀的大将见势不妙，
慌忙下令部队立即撤离，
一部分士兵拼命逃出了包围圈，
拣回一条小命仍然心有余悸。

万纳朋岂肯放过败逃的敌人，
率兵一路追杀冲锋陷阵，
勐帕东勐巴占嗒将士不甘示弱，
把勐萨洁联军打得屁滚尿流。

在东北方向把守的鹏玛和素亭，
这时率领数阿呵士兵在激战，
勐萨洁联军由威扎寒统帅，
还有勐帕湾勐帕瑶的大将助阵。
双方刀剑相交拼勇斗狠，
战场上"砍头"之声响成一片，
长枪大炮纷纷开火，

直打得硝烟弥漫天昏地暗。

威扎寒这时催促战象冲出阵前，
要与素亭一决雌雄分出高低，
身手敏捷的素亭毫不畏惧，
驱赶战象上前迎敌。
只见他闪身跃到对方的象背上，
两个大将在象背上撕打搏击。

素亭是个大力士无人能比，
一把抓住威扎寒的脚摔翻在地，
勐章相的士兵们一拥而上，
按住威扎寒拳打脚踢。
可怜威扎寒被绑上手脚，
套上枷锁顿时气短头低，
他手下的士卒吓得四处逃窜，
素亭指挥部队乘胜追击。
只见刀光剑影枪炮轰鸣，
伤亡的勐萨洁士兵难以计数。

见到士兵被追杀四处逃散，
桑卡达急忙下令阻击迎战，
他召来勐大伽西拉的朋玛俊达，
要他率队支援勐帕瑶和勐帕湾。
震耳欲聋的炮声轰然响起，
大地一阵震颤天色为之昏暗。

愤怒的朋玛俊达捋下一把树叶，
扬手撒向勐章相追兵，
树叶瞬间变成众多勇士，
手举长矛团团围住素亭将军。

这些勇士是法术变出来的神兵，
十分勇敢不会战死，
哪怕用刀剑将其斩断，
反而越砍越多变出更多的士兵。
他们越战越勇步步进逼，
勐章相将士招架不住纷纷逃离，
战场上的形势就这样发生逆转，
很多士兵被树叶变的神兵消灭。

鹏玛见树叶变的神兵占了上风，
连忙念诵咒语轻轻吹气，

战场上顿时燃起熊熊大火，
将那些神兵全部烧成灰烬。

朋玛俊达见神兵被大火烧光，
立刻念咒施法与鹏玛对抗，
顿时风起云涌大雨从天而降，
熊熊大火瞬间便烟飞灰扬。
雨水汇成浑浊的滔滔洪水，
勐章相的士兵身险惊涛骇浪，
鹏玛大将见状急忙念咒施法，
变出一阵大风四处扫荡。
呼啸而来的龙卷风摧枯拉朽，
瞬间就吹散大雨平息了波浪。

朋玛俊达看到施法无效，
急忙挥军围住鹏玛厮杀；
两位大将骑着战象，
你来我往奋力拼打；
身手同样敏捷勇猛，
势均力敌难分高下。

鹏玛随手连根拔起一棵大树，
同时施法把自己变成魔王夜叉，
飞身跃到敌兵群中，
挥舞着大树横扫追杀。
口喷火焰双眼大如铜铃，
张开大嘴把人活活吞下：
"我的食物有这么多，
真是感谢勐萨洁的桑卡达，
我现在要放开肚皮吃个饱，
把你们全部吃光不吐渣渣。"

听到鹏玛放出如此的狠话，
勐大伽西拉的士兵万分惧怕，
他们像风吹芦苇花般一哄而散，
就怕成为鹏玛充饥的粑粑。
鹏玛挥舞大树继续追打，
士兵们自顾逃命呼爹喊妈，
鹏玛乘机抓住朋玛俊达，
送回城内好生关押。

素亭大将看见鹏玛取胜，
连忙指挥大军穷追猛打，

一直打到勐萨洁的阵地，
抓获的战俘有数阿呵上下。
这时候天色渐渐暗淡下来，
鹏玛鸣金收兵回营休息驻扎。

镇守东南方的是敏捷的碟倭，
手下有赛邦、沙嘎亚和岳格，
行进中的队伍浩浩荡荡，
就像天上流动的云朵。

碟倭骑着战象率军出城，
金星银星装饰着象座，
大象的脸颊挂着金边花巾，
长长的象牙用金片包裹。
前方有士兵擂战鼓开路，
应和的还有长号短笛和铓锣，
士兵伴随隆隆的炮声迈步向前，
准备与来犯的敌军交战拼搏。

双方士兵很快就相遇交火，
挥剑举矛相互攻击，
战场上硝烟弥漫遮天蔽日，
杀声阵阵响彻云霄天际。
如此大规模的战争前所未有，
置身其中的将士全都胆寒心悸。

桑卡达下令召来勇敢的索莱，
还有勐西威拉和勐柯岱的大将，
加上勐占巴的大将宰亚先，
让他们率军与碟倭对阵。

宰亚先和勐柯岱大将一马当先，
攻打岳格、沙嘎亚和伽练，
两位大将率军左右夹攻，
岳格指挥士兵射箭防身。

这时候啊，
宰亚先驱赶战象向前猛冲，
与伽练的战象打成一片，
岳格大将见状急忙驱象上前，
协助伽练围攻宰亚先。
三位将领在战象背上死命拼杀，
直杀得日月无光天昏地暗。

宰亚先终于力不能支，
正想驱使战象逃避一边，
机智的伽练迅速拉弓射击，
宰亚先躲闪不及连中数箭。
尸首从象背滚落到地上，
勐占巴的大将从此魂归九天。

这时候赛暖大将率兵赶到，
与勐西威拉的勇士拼杀交战，
他的金色华盖闪着光芒，
和他并肩作战的还有赛邦。

勐萨洁士兵把目标对准赛暖，
支好弓弩一齐放箭，
身手敏捷的赛暖侧身躲闪，
一支支利箭擦身而过射空射偏。

勐西威拉的勇士岂肯放过，
立刻全体出击围成一圈，
赛暖被团团包围无法逃脱，
被人砍下头颅魂归西天。
他战死沙场回不了家园，
撇下娇妻在家中泪水涟涟。

勐西威拉的部队乘胜追击，
赛邦奋力抵抗无所畏惧，
伽练见状冲上前去助阵，
双方大将交锋难分高低。
手下的士兵也拔刀混战，
谁都不甘示弱主动放弃，
这真是一场惨烈的大战啊，
直打得天地失色鬼神哭泣。

战场上刀光剑影，
士兵们互不退避，
战象和战马怒吼嘶鸣，
吱吱呀呀的马车声经久不息。
还有隆隆的战鼓声和炮声，
以及嗖嗖的火箭声，
各种声音交织在一起，
就像汹涌的洪水要淹没大地。
一瞬间宽阔的战场血流成河，

足以让鸭子畅游嬉戏，
那流淌的鲜血滔滔不绝啊，
淹没了战象的脚背和马蹄。

这时候太阳渐渐落下山去，
天黑后双方停战休息，
第二天天色刚刚露白，
双方大将又率兵发起攻击。
成千上万的士兵一拥而上，
开始交锋厮杀在一起，
有的手持锋利的刀剑砍杀，
有的手持尖锐的长矛搏击。
双方的士兵个个英勇顽强，
互不退让毫不畏惧。

桑卡达赶忙召来捧玛典，
命他率队去东南方支援索莱，
捧玛典接到命令立刻率兵出发，
到达前线马上开始攻打，
勇敢的战士手持长矛大刀，
与对方的士兵混战厮杀，
勐章相的士兵也不甘示弱，
一拥而上打得敌人流水落花。
抓到的俘虏多达数千人，
把勐威迪喀的将领气歪了嘴巴。
捧玛典连忙下令架起大炮猛轰，
驱赶战象率部乘机冲锋，
万纳朋见岳格大将受到包围，
急忙上前相助发动反攻。

捧玛典身陷重围无路可退，
顿时成为束手待擒的瓮中之鳖，
万纳朋纵身飞跃到捧玛典背后，
趁其不防砍下了捧玛典的人头。
万纳朋拉开弓箭连连怒射，
勐萨洁的士兵中箭纷纷后退。

这时候勐威迪喀的部队赶到，
数阿呵士兵蜂拥上前，
双方士兵挥刀舞剑；
战场上杀声阵阵硝烟滚滚，
勐威迪喀的攻势如滔滔的洪水，
岳格的士兵一个个被生吞活剥。

沙嘎亚见敌军占了上风，
急忙分兵支援岳格反击，
勐威迪喀的士兵投掷长矛进攻，
奇怪的是插不进对方的身体。
就连朝他们发射炮弹，
居然都是哑炮打不出去。

这是因为沙嘎亚精通法术咒语，
手下士兵都有刀枪不入的魔力，
他随手变出许多燃烧的火箭，
一支接一支射向敌方的阵地。
勐威迪喀的部队招架不住，
只好拖刀曳枪掉头撤离。

伽练见敌军仓皇逃跑，
穷追猛打不舍不弃，
他抓起一把白色的石头抛撒，
一大片敌兵应声倒下奄奄一息。
勐萨洁的宰雅典冲过来支援，
迎面撞上伽练无法让避，
伽练纵身飞跃挡住他的去路，
大声呵斥宰雅典莽撞无礼。
面对身手敏捷的伽练，
宰雅典心惊胆战躲闪不及，
伽练紧紧拽住宰雅典的双腿，
向着天空高高抛去。
可怜宰雅典脚上头下重重落地，
顿时皮开肉绽断了呼吸。

英勇的伽练大将再显神力，
抱起一只战象高高举起，
用力抛向勐威迪喀军中，
吓得士兵们哆嗦战栗。

勐萨洁的索莱大将见势不妙，
赶紧冲上前施法念诵咒语，
他顺手抱起一块巨大的石头，
朝着勐章相的士兵狠狠砸去，
勐章相的士兵来不及避让，
死的死伤的伤难以计数，
有的腿和脚被砸断，
有的头破血流睡翻在地。

双方实力相当谁也不怕谁，
几个回合下来还是分不出高低，
有时勐萨洁的进攻略占上风，
有时勐章相的士兵扬眉吐气。

两个联军对阵旗鼓相当，
双方的士兵个个身怀绝技，
有的丢到水里也不会被淹死，
有的扔到火中也伤不了皮肤。

这时候啊，
勐伽西的岳格驱象上前挑战，
冲向勐萨洁的大将捧玛琅甘，
两人的力气一样大，
武功也一样高强。
勇猛的岳格势不可挡，
一剑砍中捧玛琅甘的战象，
战象应声倒地垂死挣扎，
捧玛琅甘从象背跌落地上。
岳格持剑飞身追杀，
可怜捧玛琅甘中剑身死异乡，
士兵们见首领身首异处，
一哄而散四处逃亡。

勇猛的伽练再次拉弓急射，
神箭飞向逃兵犹如飞蝗，
勐萨洁的士兵中箭死伤无数，
一时间乱了阵脚无法抵挡。
伽练乘机率兵大举追杀，
勐萨洁联军只好逃进山沟避让。

勐柯岱的苏丁这时挺身上前，
率兵拦住了奋勇追击的伽练，
梭玛尖达见状驱象迎敌，
要与苏丁决出个胜负高低。
苏丁毫不畏惧，
接住梭玛尖达奋力迎击，
两人骑在战象背上边吼边打，
只见刀光剑影腾腾杀气。

看到苏丁丝毫没有退却之意，
梭玛尖达怒火万丈十分着急，

他飞身跃到苏丁的战象背上，
两人在象座里挥刀舞剑搏击。
苏丁招架不住急忙离开象座，
梭玛尖达纵身追上前去，
他一把将苏丁牢牢抓住，
举到空中狠狠摔翻在地。
勇士们一拥而上死死按住，
把苏丁捆绑起来押回营地。

桑卡达见状急得痛心疾首，
因为联军已损失了几员大将，
又见士兵乱了阵脚四处逃窜，
气得他暴跳如雷团团乱转。

他急忙命令索莱和勐威迪喀将士，
调整兵力继续加强进攻，
索莱凶狠残暴精通魔法妖术，
念动咒语变出众多的魔兵。
这些刀枪不入的魔兵挥刀舞剑，
向勐章相的阵地冲杀过去，
他们的意志比钢铁还要坚硬，
把勐章相的士兵追得四散逃离。
勐章相方面急忙组织反攻，
不让敌人得寸进尺占领阵地，
将领们拉开弓弩嗖嗖射出利箭，
士兵们举起长柄刀和长矛抗击。

但是呀，
任凭他们怎样发射弩箭，
也无法射进魔兵的身体，
任凭他们怎样刀劈矛刺，
也伤害不了魔兵一丝一毫。
那些魔兵毫无畏惧发起冲锋，
勐章相士兵抵挡不住望风披靡。

伽练眼看形势不利，
赶紧率兵发动反击，
岳格和碟倭也率兵加入，
三员大将并肩作战同心协力。

英勇的伽练大将成竹在胸，
对魔兵的进攻毫不畏惧，
碟倭和岳格在一旁观战，

寻找消灭魔兵的有利时机。
只见伽练念诵咒语施法，
一场烈火从天而降威力无比，
火势熊熊扑向勐萨洁联军，
无数的魔兵身陷火海烧死无遗。

索莱见魔兵全被烧死，
气得七窍生烟指天骂地，
他再次念诵咒语施展魔法，
变出一场暴雨把大火浇熄。

索莱紧接着吹气变出一头猛虎，
张牙舞爪向勐章相的士兵扑去，
碟倭大将赶紧念诵咒语，
变出一排排大象阻挡猛虎攻击。
威武的大象赶走了猛虎，
顺势冲进了勐萨洁的阵地，
大象把长长的鼻子一挥，
无数的士兵被打得奄奄一息。

索莱见状急忙念诵咒语，
变出一万只雄狮向大象扑去，
一瞬间大象消失得无影无踪，
勐萨洁联军暂时占了先机。
雄狮赶走大象继续追杀，
勐章相的士兵吓得哭天喊地。

因为狮子奔跑速度飞快，
士兵们根本来不及躲避，
凶猛的狮子扑向哪里，
哪里的士兵就只能束手待毙。

威武的碟倭再次施展法术，
一瞬间大火熊熊铺天盖地，
烧得雄狮调头消失，
勐章相联军转危为安化险为夷。
索莱毫不示弱念咒施法，
变出汹涌大浪将大火扑熄。

碟倭变出一阵狂风把大水卷走，
士兵的尸体也被全部卷入海里，
索莱见状气急败坏，
纵身一跃在空中飞来飞去。

一边念咒施法变出许多巨石，
从空中向地面狠狠砸去，
被砸死的士兵成千成万，
横七竖八躺满一地。

神勇的碟倭大将手握宝剑，
跃到高空中与索莱拼杀，
勇猛的两位大将谁都不肯认输，
你来我往难分高下。
碟倭举起长柄刀砍去，
杀声震耳欲聋如雷霆爆发，
天空也变得阴沉昏暗，
仿佛是世界末日天塌地陷。
索莱听得心惊肉跳双脚发麻，
一时忘了还击手抖眼花，
碟倭趁其不备揪住索莱的脖子，
挥舞甩动像在戏弄一只青蛙。
他又抓住索莱的双手双脚，
在空中抛来抛去随意玩耍，
最后把他抛到勐萨洁士兵面前，
士兵们见状连滚带爬。
有的捂着头躲进战壕，
有的逃进碉堡哭爹叫妈……
激烈的大战告一段落，
勐萨洁的统领重新清点兵力。
前来支援的勐一百余个，
在战斗中损失惨重大伤元气，
好几位大将阵亡战死，
牺牲的士兵多得难以计数。
真要细细计算伤亡的人数啊，
足足有数十阿呵还有余，
他们战死沙场魂归西天，
丢下了家中可怜的娇妻，
抛弃了来不及享用的金银财富，
抛下了在家苦苦等待的儿女。

祸根就是无道的桑卡达啊，
他是昏君独断专行不讲规矩，
专横跋扈傲慢无礼，
不顾天下安危只为一己私利。

第十七章　两王决战

现在呀，
哥哥将继续讲述，
两位大王飞上天空，
在空中搏杀的故事。

桑卡达见将士和百姓死伤无数，
自认倒霉仍心有不甘，
他召集大臣将军们商议，
派使臣送信向勐章相挑战：
"独尊大王桑卡达的信札，
正告低贱的苏令达，
本王要用战争消灭低贱的种族，
武艺高超智勇双全称霸天下，
只是可怜勐章相的百姓，
卷入战争家破人亡。

"如今见到你这等山野刁民，
我心中的万丈怒火难以抑制，
恨不得摘下你的头颅当作水瓢，
用来冲洗屁股和脚丫。

"但是呀，
我还是有一颗慈悲之心，
可怜你这贱民从小没有父亲。
我愿意放你一条生路，
只要你放下武器不动刀兵，
你就来当我的奴仆吧，
俯首称臣归顺勐萨洁朝廷。

另外你快快把我的妹妹送回，
这样才能从此高枕无忧，
这是我赐予贱民的最大恩惠，
你要三思而行不要再跟我作对。
你若不把娟妲朗西送回，
你若不来当仆人给我打洗脚水，
你必定会死在本大王的剑下，
变成深山密林中的孤魂野鬼。"

桑卡达让手下把信绑在箭上，
射到勐章相的军营中，
鹏玛接到信后立刻赶回王宫，
敬拜苏令达大王把信呈送。

书信官拆信当众朗读，
众大臣和将军听了怒火熊熊，
大臣将军们纷纷下跪请求，
允许他们上前线拼杀冲锋：
"桑卡达如此傲慢无礼，
完全不把勐章相放在眼中，
我们要亲手擒获桑卡达，
将他碎尸万段祭奠祖宗。"

苏令达大王听了面带微笑，
稳坐宝座谈笑生风，
大臣们见状急得连连跺脚，
不知苏令达是否成竹在胸。

鹏玛和碟倭两人更是焦急，
手拍座椅响声咚咚，
恨不得立刻飞上天去，
抓住桑卡达让他一刀见红。

苏令达大王终于开口说话，
抚慰大臣和将军不要冲动：
"爱将们别太着急生气，
对付桑卡达我已成竹在胸，
我要和他单挑对决，
让他俯首帖耳甘拜下风。
你们只管写信回他，
笑到最后的人才是真正的英雄！"

书信官急忙提笔写信，
回复狂妄的桑卡达：
"至尊君王信札，
勐章相洪福齐天的大王，
弟苏令达致信桑卡达大王阁下，
你我二人若要单打独斗，
小弟愿意奉陪决不害怕。

"就怕您不小心丢了性命，
就怕您父母割舍不下，

小弟希望哥哥您适可而止，
赶紧带领军队返乡回家。
至于美丽的娟妲朗西公主，
天生注定与小弟有缘，
如今她已成我的王后，
是因为有福气引导和神仙牵线。
因为前世修行积福，
我们共同修来了今生的缘分，
是上天让我们结为夫妻，
天赐的姻缘谁也无法分离。

"大战使百姓和士兵伤亡无数，
这是大王深重的罪孽难以宽恕，
一定会遭报应打入地狱，
哥哥您要赶快幡然醒悟。
小弟心胸宽广如宇宙，
过去的事不愿再纠缠细数，
若是桑卡达大哥识相，
就请退兵返回勐萨洁故土。
去与父母双亲和亲族团聚，
双方你来我往和好如初。

"若是您想找死不肯罢手，
我们明天上午战场上决出输赢，
若您驱使战象来战时下跪求饶，
小弟还愿放您一条生路。
若您不肯放下屠刀立地成佛，
就永远回不了家乡见不到父母，
请桑卡达大哥三思而行吧，
小弟在此至诚祈祷为您求福。"

苏令达对信的措辞十分满意，
让鹏玛朝桑卡达的军营射去，
利箭穿过天空落入对方的军营，
拾到信士兵连忙向桑卡达呈递。

桑卡达看完信气炸了肚皮，
像水牛般呼呼地喘着粗气，
全身热得像烈火在燃烧，
完全无法冷静应对周全考虑。
他挥舞着宝剑暴跳如雷，
就像笼子里的老虎窜来窜去，
恨不得马上抓到苏令达，

挖出心脏当作下酒菜解恨消气。

桑卡达立即给将军们下令，
要他们准备决战全线出击：
"我若征服不了这个小国盗贼，
我十年都不会称心如意，
你们快去给我做好准备，
明天就向他们发动全面攻击。
杀了他们这些低贱的山民，
才能解除我心头的仇恨和怨气。"

看到桑卡达如此大发雷霆，
大臣将官们也都连声附和同意，
他们通告天下百姓全民动员，
同时调兵遣将不遗余力。
各支队伍的士兵四处奔忙，
向各个军营传达桑卡达的旨意：
"明天天一亮全体出发，
向苏令达的联军发起攻击，
要把勐章相荡平踏成灰烬，
决不心慈手软姑息养奸。"

第二天太阳刚刚升到山顶，
桑卡达大王下令发起总攻，
各部队同时向前挺进，
只听得杀声阵阵炮声隆隆。
他们以此来鼓舞士气，
向勐章相全线进攻。

勐威迪喀心狠的大将做前锋，
勐沙瓦啼的大将紧随其后助攻，
被鹏玛抓住又逃脱的朋玛俊达，
压阵殿后藏在士兵之中。
桑卡达率兵走在最后面，
护卫的勇士前呼后拥，
密密麻麻的将士不见首尾，
仿佛飞蛾扑灯蚂蚁出洞。

人声与象吼马嘶交织在一起，
大炮轰击城墙硝烟滚滚，
枪声响彻天际，

大地颤抖仿佛就要塌陷。

勇猛的鹏玛和碟倭守卫王城，
发现敌方倾巢而出来势汹汹，
他们赶紧调兵遣将，
委派身手敏捷的沙嘎亚作前锋。
勐巴占嗒的将军跟随其后，
刚强的岳格率队居中，
接着是勐捧玛瓦涕的部队，
殿后压阵的素亭大将堪称英雄。
鹏玛和碟倭也率部出征，
勐章相大地硝烟弥漫战火熊熊。

军队浩浩荡荡出城迎战，
号角声和锣鼓声惊天动地，
无数头战象奔赴前线，
又长又尖的象牙白花花一片。

仇人相见分外眼红，
两军决战一触即发，
呼啸的利箭飞向敌方阵地，
天空中飞舞着勇士投出的长枪。
刀剑与盾牌猛烈碰击，
枪炮声一浪高过一浪。

骑战马的勇士持长矛对刺，
骑战象的大将驱战象相搏，
步兵挥舞着大刀与长矛，
使尽浑身解数拼个你死我活。

双方士兵多达数十阿呵，
在一起混战搏斗难分敌我，
死伤的士兵不计其数，
横七竖八躺满田坝和山坡。

桑卡达见难取胜忙下命令，
让炮手赶紧开炮轰击，
巨大的火炮能装二百斤火药，
小点的装七拽八憨①也没问题，
炮手轮流朝勐章相的阵地发射，

① 憨：傣族古代重量单位，一憨约等于四两。

每次轰击杀死的士兵十万有余。

桑卡达的火炮威力巨大，
勐章相联军失去了还手之力，
死伤的士兵超过一阿呵，
吓得直往后退停止了攻击。

鹏玛见状立刻挺身而出，
骑着战象率领士兵反攻，
只听他朝着对方一声怒吼，
吼声响彻整个宇宙震耳欲聋。
他大嘴一张露出巨大的门牙，
眼睛大如铜铃十分凶猛，
浑身披着长长的黄毛，
在敌人的阵地上横冲直撞。
勐威迪咯的炮兵赶紧瞄准鹏玛，
大炮筒内塞进满满七挑火药，
再装上铁丸子点燃引线，
集中火力一齐开炮。

英勇的鹏玛连忙念咒施法，
桑卡达的大炮瞬间炸膛自毁，
无数炮兵被炸死烧死，
勐萨洁的攻势又一次被打退。

英俊的碟倭率领士兵冲进战场，
施展魔法帮助鹏玛乘胜直追，
瞬间变出一道道冲天的大火，
烧得勐萨洁的士兵丢盔弃甲。

勐大伽西拉的大将见此情景，
念动咒语吹出一口仙气，
变出一场大雨倾盆而下，
立刻把熊熊大火浇熄。

碟倭又念咒语施展魔法，
变出上万魔兵张牙舞爪，
个个饿鬼般长着长毛，
冲上去把士兵张口吞下。

还有的魔兵飞到高空，
俯冲而下四处追杀，
勐萨洁的士兵伤亡不少，

步步后退难以招架。

因为魔兵实在是太多了，
东南西北都成了它们的天下，
魔兵向勐萨洁联军发起猛攻，
拔起椰子树和蜜枣树用力击打。
战象和战马被打翻在地，
战场上到处有人哭爹喊妈，
勐萨洁的士兵面对魔兵的追杀，
心惊肉跳万分害怕。
腿快的拖刀曳枪掉头就跑，
逃兵的身影布满了宽阔的田坝。

勐大伽西拉的大将连忙施法，
变化出一阵龙卷风铺天盖地，
全部魔兵被吹得一干二净，
喧闹的战场出现瞬间的安谧。
他又念诵咒语变出一条条毒蛇，
黄紫相间的花纹紧裹蛇体，
每一条毒蛇个头巨大无比，
成千上万条巨蛇飞上天去，
巨蛇向勐章相的士兵俯冲攻击。
勐章相的士兵吓得魂飞魄散，
一个个抱头鼠窜四处躲避，
巨蛇张开大嘴喷出火焰，
熊熊大火烧向勐章相阵地。
勐章相的士兵身陷火海，
死伤无数失去了抵抗能力。

机智的碟倭急忙念诵咒语，
变化出成千上万的金翅鸟，
金翅鸟迎着巨蛇飞去，
一瞬间就把巨蛇吃了个精光。

碟倭再施魔法念诵咒语，
顿时阵阵暴风吹来一场大雨，
这不是普普通通的雨水啊，
雨水中夹杂着刀剑无比锋利。
伴随刀剑的还有巨大的石头，
刀剑和巨石砸向桑卡达的阵地，
士兵们被砸得死伤无数，
纷纷落荒而逃各自藏匿。

勐大伽西拉的大将忙念咒语，
变出巨型的天花板遮挡大地，
挡住从天而降的刀剑和巨石，
勐萨洁的士兵才稍稍得以喘息。

桑卡达见战局进展不利，
骑在象背上大声叫嚣：
"小小的勐章相低贱的山民，
你我单挑的时候已经来到，
双方的士卒不要再相互打杀，
停下来好好休息少安毋躁，
现在我骑着战象来到战场，
就和你苏令达决战单挑。

"难道苏令达你贪生怕死，
不敢和本王试剑比刀，
你究竟躲在哪里不敢露面，
快快滚出来跪地求饶。
如果你怕死就乖乖举手降服，
做我的奴隶和勐萨洁的臣属，
这样我就放你一条生路，
可以苟延残喘免得身首异处。"

机智的鹏玛大将听了，
急忙向苏令达禀报：
"威武的大王呀，
桑卡达亲自骑象上场，
要和您决斗单挑，
他口出狂言不可一世，
辱骂勐章相低贱弱小。
请洪福齐天的大王亲自上阵，
将他降服不再乱吼乱叫。"

贤明的苏令达大王欣喜若狂，
很乐意接受桑卡达的挑战，
他下令士兵停战休息，
又命令总管去装备战象。
他的战象就是那头红牙宝象，
金鞍宝座全用黄金来打造，
两侧身体用金星和银片装扮，
底部坠着美丽的花边，

脸颊两侧用花纹彩巾装饰，
长长的象牙全部用金片包裹，
总管大臣把宝象装备好，
牵到苏令达面前供他骑坐。

苏令达拿出龙王恩赐的法宝，
佩带上锋利的宝剑和神弓，
脚穿仙鞋头戴金盔，
就像因陀罗一样英俊威风。
人们根本无法用画笔来描绘，
他就是会飞的神仙来自天穹。

苏令达跃上战象宝座，
勇士们在左右护卫簇拥，
此时的苏令达英姿飒爽，
就像天上的繁星把月亮围捧。

苏令达驱使战象离开王宫，
到达东北城门外的战场，
这里是他战胜五魔①的场所，
他的坐骑红牙宝象吼声嘹亮。
桑卡达的士兵见了洪福的君王，
敬佩得都想下跪行礼归降。

桑卡达见苏令达到来，
紧催战象上前迎战，
苏令达一点也不惧怕，
摆好阵势等待桑卡达，
桑卡达手握盾牌横冲直撞，
逼近苏令达口出狂言。
这时候啊，
桑卡达来到苏令达面前，
他的战象突然高高举起长鼻，
四只脚一弯跪在地上，
在苏令达的战象前瑟瑟发抖，
因为它害怕苏令达的红牙宝象，
任凭如何驱赶也无法站立行走。

桑卡达见状目瞪口呆，
再这样下去颜面将无法存留，

---

① 五魔：佛教用语，指蕴、烦恼、业、死、天五魔，也作天、罪、行、恼、死五魔。

他急忙离开象座跃到天空，
苏令达也腾空追去与他决斗。
杀声响彻长空直传到地面，
散发出的光芒穿透整个宇宙。

桑卡达心里发怵全身颤抖，
只有招架之功无法还手，
苏令达轻念咒语施展法术，
顿时天空乌云密布炸响惊雷。
层层乌云翻滚而来，
耀眼的太阳也失去了光辉。

这时候呀，
桑卡达睁着双眼却看不清四周，
震耳欲聋的巨响令他魂飞魄散，
雷声隆隆天摇地动，
好像山川都要崩塌粉碎。
他想奋力跃上高空，
却好像被人抓住无法腾跃，
地上观战的士兵感到十分惊奇，
桑卡达大王为何这般狼狈，
就像迷了路在空中乱窜，
找不到方向分不清南北。

这时苏令达跃到桑卡达近前，
抓住他的双脚抛去扔回，
有时把他甩到很远的地方，
有时把他摔在地上啃土吃灰。
桑卡达像断线的风筝一样，
被风吹来吹去无法停留。

勐章相的士兵见状高声叫好，
情不自禁地呐喊助威，
有的敲起锣锣打起金鼓，
欢呼声响彻天地。
勐萨洁的士兵见大王打了败仗，
一个个争先恐后迅速逃离，
脚步慢的急得嗷嗷大哭，
骑战象的将领浑身战栗。
他们口中直念"阿弥陀佛"，
纷纷合十祈祷跪倒在地。
这时苏令达揪住桑卡达的头发，
一个劲地在空中抖甩玩耍，

直到甩得桑卡达头昏眼花，
才把他重重摔到地下。

桑卡达重重砸到坚硬的地上，
勐章相的士兵一拥上前，
捆住桑卡达套上枷锁，
指手画脚骂得他灰头土脸。
英俊的鹏玛和碟倭将军，
押着勐萨洁的大王四处走遍，
不可一世的魔头终于降伏，
勐章相的士兵欢喜连天。

英俊神勇的苏令达从空中降落，
解除咒语天空明亮如前，
勐萨洁的士兵纷纷举手投降，
愿依托苏令达的福运诚心归顺。
他们端着礼盘纷纷敬献礼品，
请求苏令达慈悲为怀不计前嫌。

苏令达坐着宝象返回王宫宝殿，
命令全国的大将和官员：
"勐萨洁的士兵已经投降归顺，
勐章相的士兵要收好长刀宝剑，
本王已经饶恕原谅他们，
他们有再大的罪过也全都赦免。
桑卡达大王贵为一国君主，
对他要以礼相待留点脸面，
快给他松绑打开枷锁，
只要他心悦诚服就不计前嫌。"

大臣和官员遵照苏令达的旨意，
给桑卡达松绑解开枷锁，
带他进入王宫合十跪拜，
遵照习俗向苏令达请罪悔过。

桑卡达跪在苏令达面前，
往日的狂妄烟消云散：
"奴才傲慢无礼又好战，
请求至上的大王恕罪，
请留奴才一条小命吧，
遭此报应奴才万分后悔。
奴才愿把整个王国都献给您，
带领全勐百姓做您的护卫，

所有的属国都一同归顺，
享受您的福德和恩惠。"

苏令达大王听了连连点头，
赦免桑卡达的罪过不再追究，
不管以前他的罪过有多少，
统统不去计较一笔勾销。
桑卡达满心欢喜合十谢恩，
真心实意臣服归顺。

美丽的娟妲朗西出来会见哥哥，
按照习俗礼仪问候致意，
又问及父母双亲是否安好，
话没说完就已痛哭流涕。

桑卡达见妹妹伤心哭泣，
连忙安慰劝她不要着急：
"亲爱的妹妹呀，
至上的父王和母后都还安好，
没有灾难也没有疾病，
宗族亲人托上天的福荫，
个个健康平安吉祥如意。

"只是哥哥我之前太过鲁莽，
意气用事缺乏周全考虑，
发动战争害死了无数兵将，
连累友好邻邦让他们损兵折将。
现在哥哥我托妹妹的洪福，
才得以保全性命亲人团聚。"

娟妲朗西见到哥哥悔过自新，
不由得眉开眼笑满心欢喜，
因为哥哥终究幡然醒悟，
兄妹俩说不完的离情别意。

这时候啊，
桑卡达向妹夫苏令达告别，
他要尽快返回王城外的营地，
收集勐萨洁方面的残兵败将，
返程回家再作商议。
准备好金银珠宝等各种礼物，
再来向苏令达大王进贡献礼，
举行典礼正式向苏令达道歉，

从此归顺勐章相决不三心二意。
仁慈的苏令达同意他的请求，
祝福桑卡达一路平安顺利。

第十八章　尾声

现在啊，
哥哥要继续演唱勐章相的故事，
大战打赢降服了桑卡达。
百姓和官员共同赶摆庆祝，
祝贺威力强大的苏令达大王！
招待参战的各勐将军和士兵，
众多勐的大王都来朝贺，
轮流觐见苏令达陛下，
祝福勐章相更加兴旺强盛，
祝贺苏令达威望倍增美名传扬！

吹鼓手在一旁奏乐伴奏，
武艺高超的鹏玛合十行礼，
他向苏令达跪拜祝福，
手舞足蹈直抒豪言壮语：
"我们是真正的男子汉，
有坚强的意志和高超的武艺，
现在战胜了十六大国的联军，
他们都带着金鞍雄象来献礼。"

鹏玛献辞祝福完毕，
再拜行礼后退到一边休息，
这时候机智的碟倭走上前来，
敬拜大王后高声讲道：
"我们伟大的国家有福运护佑，
战胜了来犯的敌人入侵的强盗。
不管是哪个王国的勇士，
谁的武艺都没有我们高超，
天下一百余勐现在都来归顺，
大王您真是洪福齐天吉星高照。
因为有大王您的护佑，
我们才能征服天下步步登高。"

碟倭献辞祝福完毕，
沙嘎亚大将边舞边合十行礼，

他擂响大鼓震天动地，
整整衣冠向大王献辞致意：
"洪福齐天的勐章相大君王呀，
战胜了愚蠢无道的桑卡达，
您的美名传遍天下一百余个勐，
多国争相归服缔结友谊。

"美丽温柔的勐章相妹妹啊，
哥哥的家乡离这里千里万里，
我们来支援贤王征战，
挥舞利剑战胜了强敌。
哥哥的英名四处传扬，
敌人见了胆战心悸，
这是因为有大王的洪福护佑，
还有月亮般的妹妹你支持鼓励。"

勐伽西的大将岳格行礼敬拜，
面向苏令达挥舞宝剑献艺：
"祝福大王更添威严，
百姓在您的福荫下吉祥如意，
鲜花般的美女侍奉在大王左右，
天下人民都来朝贡献礼。

"祝勐章相的美女财源滚滚，
他乡的小伙子都来追求迎娶，
各勐的君王洪福无边，
你们的美名传扬万里。"

岳格大将拜祝完毕退下，
勇猛的万纳朋出列献辞，
他施展优美的身段舞姿矫健，
最受姑娘们的青睐和赞许。
他武艺高超身材健美，
舞步轻快向姑娘们抛媚眼致意。
他举棒擂响金边的大鼓，
心中涌出滚烫的话语：
"美丽的勐章相姑娘啊，
现在哥哥把剑舞奉献给你，
祝愿洪福的大王吉祥如意，
哥哥倾全国之力率领勇士前来，
支援大王取得辉煌胜利！
天下的人们恐怕不会忘记啊，
万纳朋英勇杀敌美名传扬万里。"

勐巴占嗒大王紧跟着出列，
还有赛邦大将和勐帕东的首领，
他们遵照习俗礼仪敲响战鼓庆祝，
咚咚的鼓声像万钧的雷霆。
从勐章相到东西南北四方，
到处传颂着苏令达的美名。

这时候啊，
苏令达大王颁布旨意——
有功之人按照职位赏赐奖励，
各勐的大王赏赐十万金，
珠宝玉石难以计数。
将官赏赐一万纯银，
附赠各种物品并加爵晋级，
士兵每人赏一千纯银，
加上各种物品皆大欢喜。

除了战象战马和马车火炮，
君王将官和士卒全都有封赏，
赏赐的金银和物资成千上万，
再多也难不倒苏令达大王。
因为他有上天恩赐的天平，
还有龙宫带回的神奇法宝。

苏令达大王论功行赏完毕，
前来支援的各勐首领告辞回国，
君王大将带着自己的队伍，
高高兴兴回家尽情享受生活。

桑卡达大王归顺苏令达后，
托苏令达的功德得以脱离劫难，
他准备好礼物去敬献苏令达，
希望苏令达冰释前嫌化解敌意，
因为这场战争因他而起，
他现在真心悔过后悔莫及。
准备的礼物有战象和战马，
还有成群的奴仆和金银珠宝，
样样准备齐全就带来敬献，
请求苏令达饶恕赦免。

苏令达见桑卡达诚心悔过，
原谅了他先前的罪过恶行。

他用甜美的声音教诫桑卡达，
同时警诫归顺附属的各勐首领：
"我们要遵守法律和古礼，
行事要符合十王道①的要义，
以德治理国家是当务之急。
作为国王应该时时牢记——

"一是要不断做布施，
不能忽视佛法僧三宝，
只有积累无量功德，
死后才能升天终成正果。

"二是要持之以恒持守戒律，
诚实守信不打妄语，
不做违背习俗损人利己之事，
遵纪守法对国家进行治理。

"三是要懂得施舍，
把金银财宝送给急需之人，
敬重神圣的修道者，
不断积累波罗蜜功德。
遇到乞丐和化缘者，
要行善布施积累无量功德。

"四是要做正直的人，
办事要一碗水端平公允公正，
不要自恃强大就欺凌弱小，
对待任何事物都要一视同仁。

"五是要加强修养苦行精进，
不断提高自身的道德品行，
行善积德远离恶行业道，
才能有宽厚仁爱的圣贤之心。
好比锋利的宝剑要时时磨砺，
才能斩断路上的荆棘不断前进，
做人为官都要加强自身修养，
才能抵达最理想的圣地福境。

"六是要有温和之心，
时刻提醒自己戒骄戒躁，
杜绝一切愚昧的行为，

慈悲为怀不杀害生灵。

"七是要心态平和制止嗔怒，
无论何时都能控制好情绪，
不管事情有多么紧急，
都要冷静思考和商议。
不欺压百姓和官员，
不伤害阁僚随员和下级，
待人处事不要傲慢和嗔怒，
那样会导致一事无成四处树敌。

"八是不伤害众生满足私欲，
这一条千万要牢记心里，
不侵略别人的疆土，
不抢夺别人的东西。
不做使人家破人亡之事，
这样才能圆满自己的波罗蜜。

"九是要心态平稳善于忍耐，
做事考虑周全说话要有分寸，
这样才能获得他人的尊重，
战胜世间的罪恶成为完人。

"十是要有敏锐的智慧，
行事思前顾后远虑深谋，
有智者化险为夷遇难呈祥，
愚蠢的人既有远虑也有近忧。

"这些都是千古流传的真理，
作为一勐之主要牢记心里，
要教导官员和百姓遵守践行，
王公贵族也必须持守如一。"

桑卡达双手合十下跪，
聆听苏令达大王的良言至理。
他把十王道的教义铭记于心，
当成座右铭时时牢记。

其他王国的君王也都认真聆听，
牢牢记住苏令达的教诲和鼓励，

---

① 十王道：布施、持戒、舍、正直、温和、精进、制怒、不伤害众生、忍耐、无敌对。

不管是君王还是文臣武将，
纷纷敬拜苏令达表示感激。

桑卡达接受训诫办妥一切事情，
拜别苏令达准备带兵回去，
苏令达大君王宽厚仁爱，
允许他回去与父母双亲团聚。
赏赐了无数的金银财宝，
还有丝绸绫罗和蟒袍官衣，
有配鞍的骏马和大象，
还有各种美食佳肴全都备齐。

苏令达和王后还准备了礼物，
送给至尊的父母双亲和亲戚，
所有的物品准备齐全，
就请哥哥桑卡达带回家去。

娟妲朗西跪拜辞别哥哥，
请他转达对父母的思念和歉意：
"请哥哥把奴家的情况啊，
一五一十向父母说个仔细，
请求父母宽恕奴家的罪过，
不要耿耿于怀伤了贵体。
奴家若有对父母不敬之处，
或是言语行为过分过激，
就请至高无上的父母宽大为怀，
原谅女儿的不孝和无礼。"

话没说完王后已泣不成声，
侍女随即呈上各种宝物和重礼，
还有喷香的鲜花和米花，
金灿灿的蜡条光鲜无比……
兄妹俩手足情深依依惜别，
心中有道不完的千言万语。

桑卡达还有一件事放心不下，
临别时只好告诉苏令达：
"哥哥还有一件事担心牵挂，
我对妹妹宫中的魔猴毫无办法，
如若它们继续盘踞在宫里，
我实在是无法安心治理国家。"

苏令达听后微笑点头，

指示鹏玛和碟倭解除魔法。
鹏玛和碟倭轻念咒语，
呼唤猴子赶快离宫回家；
猴子听到口令呼啸飞走，
瞬间全部消失没有一只留下。
魔猴消失后只剩下猴子的模型，
原来都是用木头雕刻而成。
桑卡达见状觉得神奇无比，
不住地点头称许赞叹连声。

见到魔猴飞到高空消失不见，
勐萨洁的人们高兴得欢天喜地。
桑卡达大王知道魔猴已飞走，
这才放下心来准备返回家园。

挑选好利于出行的良辰吉日，
桑卡达下令随从和军队启程，
浩浩荡荡的队伍走进丛林，
翻山越岭马不停蹄直往前奔。
天黑了就停下来扎营休息，
天一亮就起身出发快马加鞭，
走过了一个又一个驿站，
七个月后终于回到勐萨洁王城。

踏上家乡故土桑卡达问心有愧，
面对父老乡亲他万分追悔，
因为他害得很多将士命断沙场，
留在异乡成了孤魂野鬼——
"都怪我不遵守正道法规，
狂妄自大侵犯他人铸成大罪，
真是天理不容追悔莫及呀，
父老乡亲的责骂我该如何应对。"
黎民百姓们见军队归来，
纷纷前来迎接询问，
成千上万的将士战死沙场，
妇女们哭喊着寻找夫君，
吵闹声哭喊声响成一片，
比夏天田间的蛙叫还要闹心。

有的人哭着找刚成年的孙子，
有的人哭着找慈爱的父亲，
有的人哭着找叔叔或伯父，
有的人哭着找哥哥或弟弟，

偶尔有找到的眉开眼笑，
许多找不到的泪湿衣襟……

桑卡达带领队伍朝王宫走去，
见到父王母后跪拜行礼，
从头到尾讲述事情的经过，
转达妹妹和妹夫的问候致意：
"妹妹远离父母和家乡，
心中万分愧悔过意不去，
她请求尊贵的父母原谅，
饶恕包容她的过错和无礼。
妹妹在勐章相健康平安，
跟随她的夫君苏令达幸福如意，
苏令达还教导孩儿和各勐首领，
遵循十王道国家才会强盛无比。"

老国王和王后听到女儿的消息，
笑逐颜开满心欢喜，
仿佛是获得无数金银财宝，
对未曾见面的女婿万分满意。

老国王和王后好言安慰桑卡达，
希望他从此走上正道遵循古礼，
按照妹夫的教导治理好国家，
爱护千千万万的黎民百姓。

从此以后桑卡达遵纪守法，
身边有无数良臣出谋献计，
勐萨洁一天比一天强盛，
恢复了大战前的繁荣和富裕。

后来老国王和王后年老力衰，
撒手离开人间驾鹤西去，
留下桑卡达一人独力撑持，
遵循道法把王国治理。
桑卡达还带着各种贵重的礼物，
时常到勐章相走亲串戚。

现在呀，
说完了勐萨洁的故事，
哥哥再讲讲勐章相的情况——
勐章相的大王征服了天下，
远方的王国纷纷来缔结盟邦，

不管是远在南方还是北方，
都来建交结盟欢聚一堂。
有北俱芦洲和东胜神洲的大勐，
有西牛贺洲的强国和友邦，
还有龙国和十六重天，
都与勐章相友好来往。

龙女金莎娜这时也离开龙国，
来到勐章相与苏令达团圆相聚，
人们准备了各种吉祥的物品，
为苏令达和两位妻子灌顶洗礼。
盛大的灌顶洗礼庆典结束，
苏令达和两位妻子进入金殿里。

金碧辉煌的大金殿一共三座，
由龙国的大王帮助建立，
三座王宫紧紧相依，
气势雄伟无比壮丽。
二十层的高楼耸入云霄，
笋形尖顶插满五彩幡旗，
屋檐上用金片做的菩提叶装饰，
门窗镶满了珍贵的宝石和琉璃。

一座金殿给勐里的人观赏，
招待那些前来拜访的使臣，
另一座金殿给苏令达大王居住，
两位王后时时陪伴在身边。
还有一座金殿用来商议国事，
大王在这里会见大臣和官员。

龙王建好了三座金殿，
红牙宝象的象舍也修建完毕，
高耸入云的象舍全部用石头垒砌，
装饰得金碧辉煌宏伟壮丽。

龙王这才告别公主和女婿，
带着大臣和随从返回龙宫，
别的国王首领也相继返回勐里，
从此天下太平其乐融融。

苏令达遵循道法治理国家，
享受无尽的富贵荣华，
有天赐的法宝天平相助，

所需的物品从不缺乏。
他的财富装满各个仓库，
勐章相国力强盛富甲天下，
他坚持修行积累波罗蜜功德，
大规模的布施普惠天下。
每天拿出六十万金六十万银，
恩泽遍及高山密林寻常人家。

享受到大王恩惠的人数不胜数，
他们从各个地方来到勐章相。
有的是婆罗门常常接受布施，
有的是游走四方化缘的修行者，
有的是身披黄袍的沙弥，
还有的是支持大王的臣民，
他们希望和苏令达同生同世，
功德圆满享受来世的幸福！

前来勐章相祈福的人还有很多，
苏令达一一给他们布施赐福。
有的是肢体残缺的老者，
有的是生活贫苦的穷人，
有的是孤苦无依的乞丐，
有的是无家可归的孤儿寡妇，
他们希望得到苏令达的护佑，
保佑来生能享受福德和财富！

苏令达遵行十王道治理国家，
勐章相王国一天比一天富强，
百姓幸福安康人丁兴旺，
人民可以自由经商或云游他乡。
物产丰富牛马成群，
村连村寨连寨繁荣兴旺，
人们没有任何疾病灾难的烦恼，
全勐的人民个个长寿健康。
人人都把苏令达大王称颂，
感谢他带给勐章相幸福吉祥，
不管是男人女人或老人小孩，
每天都快乐开心笑声朗朗。

大王的王国闪耀着光芒，
好比明亮的太阳照亮四面八方，
勐章相拥有无数忠臣良将，
为苏令达谋划良策治国安邦。
国家一天比一天强大，
富足的人越来越多遍布四方，
道路两旁堆满交易的商品，
苏令达的英名天下传扬。

多福的王后娟妲朗西，
波罗蜜功德十分圆满，
十月怀胎一朝分娩，
生下一个男婴就像一朵花。
国师选好吉日为他取名，
就叫苏林亚卓涕宰伢万纳。

小王子一天天长大，
英俊得像块珠宝放射光华，
美如黄金铸就英俊无比，
真是个美少年人人夸赞。

多年后美丽的金莎娜喜结珠胎，
十月期满生下一位公主，
红红的小脸流淌着金光，
水汪汪的双眼就像珍珠。
小公主满月王公大臣齐来庆贺，
苏令达请国师为她取名，
公主的名字叫作婳吉西，
肌肤雪白貌美如天仙；
兄妹俩聪明伶俐人人夸赞，
在父母精心呵护下快乐成长。
现在呀，
勐章相和苏令达的故事，
阿哥讲到此就全部结束。
小王子和小公主长大后的传奇，
阿哥留到后边为妹妹讲述……

单行本，云南出版集团　云南人民出版社 2016 年版
西双版纳傣族自治州少数民族研究所译

附记（原后记）：

这部《章相》歌唱了男女主人公神话般的浪漫爱情故事、所向无敌的英雄形象、坎坷的人生经历、幸福美满的生活，表达了人们对甜蜜的爱情、美好的生活的向往，深受傣族人民的喜爱，是一部广泛流传于傣族民间、影响深远且具代表性的叙事长诗。

翻译出版这部《章相》，长期以来一直是西双版纳傣族自治州少数民族研究所全体干部职工的心愿，但由于种种原因，始终无法实现。至 2014 年初，在完成了《中国贝叶经全集》《傣汉词典》等工作后，整理、翻译《章相》这项工作才被重新提上议程。为了挖掘傣族珍贵的遗产，弘扬优秀的民族传统文化，西双版纳傣族自治州少数民族研究所决定组织翻译这部傣族叙事长诗。由此，在 2014 年 3 月份在原来的基础上完成了项目的版本收集、申报工作。经过 6 个多月的辛勤工作，在全体翻译、审校人员的共同努力下，于 2014 年底全部完成了《章相》的翻译、审校工作。

本叙事长诗由西双版纳傣族自治州人民政府于 2014 年初立项，2014 年 8 月被云南省民族事务委员会立为云南省少数民族传统文化抢救保护项目之一。本长诗由西双版纳傣族自治州少数民族研究所岩香同志筹划、组织翻译、统稿、主审，参加翻译人员：刀金平翻译序歌至第七章；岩贯翻译第八至第九章；陆云东翻译第十至第十二章；玉丹罕翻译第十三至第十六章；依艳坎翻译第十六章至尾声；由王军建教授整理。

翻译出版这部《章相》，得到了云南省民委、西双版纳州政府的大力支持，在筹划、立项、出版这部叙事长诗过程中，得到了西双版纳州民宗局及相关科室、西双版纳州职业技术学院王军建教授的大力支持，在此一并表示感谢！由于编者水平有限，在翻译中难免有错漏之处，敬请读者给予批评、指正。

编　者

2015 年 10 月 15 日

厘 俸

一

清晨的太阳刚刚升起，
海罕已起床洗漱完毕。
匆忙吃罢早饭，
敲响震耳的鼓声。

鼓声咚咚传向天空大地，
宫廷的大门迅速开启。
文武百官急忙骑着大象，
进入宫廷聚集。
银色的象牙闪闪发亮，
悦耳的铃声清脆无比。
混①海罕端坐在宫殿中央，
象牙雕刻的龙椅光滑富丽，
宝石镶嵌的金幡幢悬吊在头顶上。
他的弟弟桑本、桑温入朝参拜，

忠诚的老军师布冈伴、布冈戈也入廷敬贺，
还有数百文武官员和一千个勐的首领登堂
入席。
勇猛的武将艾召生②也来到这里，
当他步入朝廷，
百官纷纷欢呼起立，
他用目光向人们频频致意。
百官坐定朝廷肃静，
海罕在龙椅上发布命令：
"我的忠臣们！
面对凶恶的敌人，
骑上你们的大象，
拔出你们的利刃，
挥舞你们的长矛，
勇敢地夺取全胜。
我的将官啊，
胜利就依靠你们！"
朝廷肃静，百官屏息。
海罕面对着无数忠诚的目光说：
"去年到今年一年之际，
就像阿巫戛③一样能飞的艾哈腊④，
来到我们勐景哈⑤，
看见我和妻子坐在宫廷里，
他摇身一变，
变成一个陌生人来到宫里，
抱着一只凶猛的斗鸡，
来和我的斗鸡相战相比。
他运用法术，暗中使计，

---

① 混：官的统称，与官家有亲属关系者也称混。
② 艾召生：又名冈晓。艾，老大。召生：一勐之主。
③ 阿巫戛：叔叔，名叫戛，此人能往来天上和人间。
④ 艾哈腊：对俸改的贬称，其意为野蛮残忍。
⑤ 勐景哈：海罕治理的王国。

打败了我的斗鸡。
他忽然又变成了一只美丽的马鹿，
越过斗鸡场，
向远处奔跑而去。
我骑上一匹没有鞍子的快马，
向神秘的马鹿追击。
鹿像飞箭一样，
马像狂风一般。
追啊，追！
马鹿忽然不知去向。
我失望地回到宫廷，
发现妻子已不在原来的地方。
艾哈腊抢走了我的嫩崩，
他变鹿是为了调虎离山。
不见妻子，
我的心如刀绞，
万分悲伤！
百官们啊，
如今我只能孤零零地独坐，
孤零零地吃饭。
我真想孤零零地进入森林，
孤零零地一死了之！
为了寻找嫩崩，
我宁愿用生命相换。
我的混俸①啊，
我希望得到你们的帮助！"
朝廷肃静，百官屏息，
你看看我，我看看你，
大家都沉默无言。
忽然艾召生捋袖拍桌，
应声而起说：
"召②供养我们尽心尽意，
希望人人都是一员猛将。
旧衣未破又给新衣，
战袍未磨又给新装，
绫罗绸缎在所不惜。
如今海罕失去爱妻，
天大的悲伤积在心里。

他的不幸就是我们的不幸，
他的仇敌就是我们的仇敌。
百官们啊，
让我们骑上大象，
为海罕夺回嫩崩爱妻。"
他的话响亮有力，
震动了整个宫廷。
话音刚落冈晓话音又起：
"我们一千个勐的首领，
已经在宫廷内外齐集。
我们要找回嫩崩，
让她和海罕永远在一起。
让幸福和富裕与他们相伴，
让她做我们的皇后，
是大家的心意。
百官们啊，
我们应该为海罕出力。"
他转身又对召海法③说：
"尊敬的召海法呀，
面对大事我们不能性急，
狗一般的慌乱不能夺取胜利。
人人都知道天上有天堂，
地上有个勐景罕④。
那里的土地宽广无边，
那里的人多如蚂蚁一般。
我们怎能将它团团包围？
因为我们没有足够的兵将。
如果我们不能取胜，
布领暖⑤的指责就要从天而降。
我记得你在勐准果做召的时候，
布领暖送了一只仙鼓与你为伴，
用来保护你免灾免难。
一旦发生危急的事情，
就把仙鼓敲响。
或者派阿巫戛上天去见布领暖，
布领暖就会给我们帮助和力量。
这次进攻勐景罕，

① 混俸：文武百官的统称。
② 召：官，还有尊敬之意。
③ 海法：海即海罕。法即天。海法意为海罕与天一般高。
④ 勐景罕：俸改治理的王国。
⑤ 布领暖：天神名。

需要布领暖的许诺和天兵的帮助。
只有这样,
才能攻下勐景罕,
嬿崩才能回到你的身旁。
我的召海法啊,
请你认真地想一想。"
海罕点点头表示同意,
然后向宫廷台阶走去。
面对仙鼓跪下叩头,
"仙鼓呀,仙鼓,
我从未作恶多端把人算计,
也从未侵占过别人的土地。
艾哈腊为什么抢走我的妻子?
使我每时每刻把她思念,
独坐吃饭我泪珠不断。
虽然她还活在世上,
但我却成了鳏夫一样。
我要率领我的兵马,
立即出征勐景罕。
我的力量不够强大,
请布领暖派给我天兵天将。
请让我把仙鼓击响!"
他起来敲响了仙鼓,
鼓声洪亮如雷传向四方,
也惊动了上天。
睡在床上的布领暖被鼓声惊醒,
生气地起身说话:
"仙鼓本用来保护海罕,
为什么突然把它敲响?"
布尚色、布尚勐①立即打开天门,
俯身观看人间大地,
只见勐景哈的周围遍布战马战象。
他们急忙报告布领暖:
"海罕的仙鼓不是无故敲响,
请派阿巫戛下凡了解察看。"
阿巫戛得令后马上下凡,
转眼来到勐景哈这个地方,
果然到处是战马战象。
他急忙走进宫廷刻不容缓,
只见海罕哭泣坐在床上。
海罕见了阿巫戛更加哭得悲伤:

"我的阿巫戛啊,阿巫戛啊,
当年推我做召的时候,
是你将嬿崩许配给我做了皇后,
可是俸改现在已将她抢走。
我失去了心爱的嬿崩,
为了嬿崩我心神不宁茶饭难进。
我要报仇,
要夺回失去的皇后。
可是我的力量不够,
因此我敲响了仙鼓,
请求天神给予帮助。
阿巫戛啊,
我是多么的痛苦!"
阿巫戛听完,
也落下了同情的泪珠。
他拉起海罕的双手,
愤怒的话语涌出:
"该死的俸改啊,
多次把别人的妻子儿女抢夺,
特别是美丽的女人他从不放过,
对他的痛恨来自四面八方。
只要我们一声号召,
各个勐的兵马都会赶来援助。
该死的俸改啊,
过去我没有成仙的当初,
为了生活我做起了生意。
有一次买了三百头公猪,
当路过勐景罕的时候,
俸改却抢走了全部公猪,
还抢走了我那马肚般大的银包。
东西抢尽还不让我走,
又把我拉进宫廷前的场院,
将我的双手勒在脑后捆得紧紧,
我疼痛难忍又骂又叫,
死去活来受尽煎熬。
可是他还不罢休,
又用冷水劈头盖脸全身浇。
然后叫他的妻子也过来,
撩起筒裙踩我的肚子踩我的腰。
此仇此恨我终身不忘,

---

① 布尚色、布尚勐:天神名。

想起往事我怒火中烧。
我一定要为你报仇,
看俸改这次往哪里逃!"
说完后阿巫戛回到天上,
向布领暖细细禀告:
"你的侄儿海罕,
安分守己生活在人间地上,
从不为非作歹,人人喜欢。
可是俸改却抢走了他的妻子,
他天天痛哭十分悲伤,
每天搂着宝刀当婻崩。
手中宝刀不离身,
报仇的念头时时在心中。
而今准备进攻勐景罕,
可是他的兵马不够强,
要打败俸改只好求助布领暖。
因此他敲响了仙鼓,
祈求天兵相助。"
布尚勐听了仔细想,
慢慢开口把话讲:
"天兵相助是可以的,
夺取胜利也没问题,
只怕俸改狗急跳墙杀心起,
杀死婻崩来出气,
使我们战斗虽胜而无利,
海罕的悲伤更无期。
为了避免这不幸,
不如首先写信表和意,
请求送还海罕的妻。
黄金一百二十拽,
作为赔偿同时送还去。
如果俸改他接受,
两勐相安各受益。"
布领暖点头来同意,
派遣布尚色、布尚勐下凡到人间。
两天神瞬时已落地,
来到勐景罕,
进入俸改居住的八层楼官邸,
屋内金粉涂饰,豪华富丽。
他们不经通报直接进去,

面对俸改既不叩头也不行礼。
俸改见到两位天神,
立刻走下龙椅,
请他们入座恭敬无比。
两天神指责俸改:
"你的龙椅如同布领暖的一样豪华,
你行事从不把人放在眼里,
你为非作歹四处横行。
现在布领暖传下命令,
你应该洗耳恭听不要忘记。
你的妻子已经绰绰有余,
为什么还要把婻崩抢劫?
你的领土已足够宽广,
为什么还要侵占别人的土地?
你应该立即把婻崩送还海罕,
同时赔偿大象二十头,
还要把金子一百二十拽,银子一线①,
放在箱子里,
然后敲锣打鼓连人带物送过去,
外加绸缎、棉布各一百二十匹。
如果你能这样做,
你的生命就能保全,
勐景罕的城池也不会受攻击。
这是布领暖的旨意,
你必须马上考虑,
立即回答这个问题,
布领暖还等待着我们转报你的想法!"
俸改听后愤怒无比,
双脚跺楼板,暴跳如雷起,
"你们说海罕是布领暖的侄子,
相助海罕这是天的旨意。
即使用二十把天斧对我劈来,
也无损我一根毫毛。
如今,我决不屈服决不退让,
不仅要继续强占海罕的妻,
还要把他的妻妾、奴仆,
统统归入我的宫里。
还要到勐景哈耙田撒秧②,

---

① 一线:三千三百三十两。
② 管理勐景哈之意。

派我的大将黄达皆去统治！
还要把海罕、桑洛①双双捉拿，
当作豺狗，
关进木笼供人观赏，
让他们活活气死！
布领暖要叫我回信答复，
浪费纸张我不愿意。
我的纸张只用来给布天法②写信，
你们赶快离开，赶快回去。"
两位天神听罢，
一怒之下，
拔出宝刀劈向屋柱，
返回天上禀报。
布领暖听后把话说：
"事态如此不用急，
调集天兵下凡去，
踏平勐景罕。
把俸改和他的老窝连根拔！"
两位天神连忙提建议：
"如按天王之意，
踏平勐景罕，
只怕相助无益，
婻崩又遭俸改杀害。
不如由海罕先出兵，
沿着婻崩被掠走的足迹先行。
我们召集天兵，做好准备，
海罕的兵马一到勐景罕。
各路天兵就可出击。"
布领暖接受建议，
下令天兵齐聚集。

二

海罕按照天意先出兵，
在勐哈坝调遣万马千军。
兵马布满九个坝，
威武的战象结队成群。

象舆③上插着五光十色的孔雀毛，
好像柳条在微风中轻摇身影。
当各路大军整队完毕，
雄赳赳的战士如森林一样。
树枝搭起的营帐布满山间，
星星点点的火堆到处燃起。
营帐像城堡，
火光似星星。
出征的气氛多么热烈又多么神秘，
只等吉日的到来，
一声令下，
千军万马就要出击。
到那时，
犹如蜜蜂出洞，
万头齐涌。
前面是武艺高强的刀斧手，
风驰电掣疆场打先锋。
紧接着威武的战象结成群，
象铃叮当震耳往前冲。
后面是运送物资的人流，
浩浩荡荡无边无际。
各路兵将、战象络绎不绝，
首尾相连倾泻而出似山洪。
象脚踏出丛林路，
弓弩手刀斧手齐冲锋，
战旗高高飘扬迎风舞。

吉日已到命令下，
冈晓率领全军是先锋。
战马奔腾动大地，
战象吼声震长空。
夜幕降临白日尽，
露宿山冈和森林。
拂晓太阳又升起，
海罕起床洗漱毕。
吃完早饭到军中，
成群的婻珍④围身旁，
又跳又唱欢声笑语。

① 桑洛：勐景懂的国王。
② 布天法：与布领暖一样的天王。
③ 象舆：战象背上载有的供人乘坐的东西。
④ 婻珍：按景谷县藏本，婻珍既是女奴，同时又是宫廷歌女。西双版纳藏本则称为婻宰，音相近，意为妻妾。

海罕往北遥遥望，
前锋燃起的火堆未熄灭。
如同大火烧群山，
映红半个天空半个地。
海罕起身向前做准备，
金光闪闪的铠甲身上披。
金丝缠绕铠甲上，
缀满珍珠的带子在腰际。
缀满宝石的筒帕①肩上挂，
这护身的珍品不离他。
镶嵌宝石的战刀腰间挂，
头上的王冠闪闪亮，
九颗宝石颗颗大，
刀剑不入硬无比，
海罕明亮的脸庞映在王冠下，
一根金矛手中拿。
侍从牵出占拜舍②，
海罕的坐骑高又大。
红色的缰绳绕金丝，
就像阳光下黄色的稻穗。
侍从抬出晖罕③架在象背上，
层层紧扣防松塌。
海罕手拿囊皮罗④，
跃身跨上大象。
十万头战象紧跟上，
头头大象配金鞍。
九个铃铛脖上挂，
声如洪钟传四方。
万千虎形彩旗北门出，
锣鼓齐鸣人呐喊。
海罕的坐骑南门出，
八万护卫军紧跟上。
惊天动地浩浩荡荡，
气吞山河不可挡。

冈晓率军渡过江，
安营扎寨寨连寨，
首尾相连似城墙。
后续部队已来到，

弓弩手身背箭袋满山冈。
八万大军护海罕，
已经到达江对岸。
砍倒竹子扎成筏，
满载兵将渡大江。
战象入水横渡，
鱼龙翻腾卷巨浪。
营帐、彩旗遍江岸，
遥遥相对隔江望。
海罕命令一声传：
"发兵两路来作战，
一攻勐哈，
一取勐老。
如果有人抗拒，
把他消灭干净。
如果有人投降，
宽大处理不许杀。
百姓的财产，
不准何人去抢夺。"
众兵将听了军令，
马不停蹄。
急速进兵，
伙夫忙碌不停。
海罕大军走出山谷，
进入勐老和勐哈。
平坝一望无际真壮观，
牛马成群悠悠然，
战火一起四逃散。
兵将直逼城堡下，
团团包围桶一般。
冈晓率军攻勐老，
敌人慌忙关栅栏。
又喊又叫又杂乱，
紧闭栅栏想死守，
两军对峙暂观望。
桑洛率军攻勐哈，
土炮轰击威力大。
硝烟弥漫冲天起，

---

① 筒帕：跨在肩上的背袋
② 占拜舍：大象名。
③ 晖罕：象典。
④ 囊皮罗：用羊皮绘制的地形图。

骑兵趁势猛冲杀。
敌人死伤多又多，
急忙收兵败退下。
紧闭城门守战壕，
两军肉搏相格杀。
勐哈城内象万头，
食禄之地怎能丢。
抬过土炮连连发，
重整旗鼓来反扑。

勐老一方的战斗也打响，
打开城门来迎战。
战鼓咚咚，寨门大开，
兵丁涌出。
双方短兵相接，
拼死格杀！
桑温、赛伦驰骋疆场，
纵马指挥大军作战。

激烈的战斗仍在延续。
海罕的军队越战越勇，
勐老、勐哈已危在旦夕，
敌兵的斗志越来越低。
布冈戈和布冈伴带领援军赶到，
猛烈的炮火向对方轰击。
勐老、勐哈已溃不成军，
继续战斗已没有力量和勇气。
派出使者向艾召生求和，
愿意献出二十头大象和两个美女，
只要不杀害臣仆和百姓，
他们愿当奴臣和奴婢，
贡赋徭役也心甘乐意。
艾召生拒绝对方的求和，
坚决要进攻到底。
他传出话语：
"俸改抢夺婻崩，
四面八方人人知悉，
这奇耻大辱怎能忘记？
夺人之爱已是理亏，
本应赔礼道歉知晓正义。
我们忍无可忍远征出战，
本应投降认罪不应抗拒。
你们顽固坚持为敌，

我们宝刀已经出鞘，
不除恨雪耻，
宝刀就将一直高举。
不铲除恶人，
锋利的长矛就要举起。"
艾召生言毕，
使者失望地返回。
战鼓又鸣，
冈晓的兵丁奋勇冲杀，
向对方心脏步步进逼。
敌人魂飞魄散溃不成军，
四处逃散各自保命。
冈晓和桑洛两军捕获大批俘敌，
他们似绳索捆绑牛羊一般威风丧尽。

三

海罕大军随之抵达，
为庆胜利把牲畜宰杀。
宴会盛大官兵举杯，
情绪高涨精神奋发。
海罕起身说话：
"打仗要靠勇猛不怕死，
宰杀牲畜为了犒劳大家。
战火烧到哪里，
哪里就遭受灾难。
为了夺回婻崩，
不得已才进攻勐景罕。
先发制人旗开得胜，
功劳应该归功于大家。
战事未完不能松气，
还有勐海和勐我没有攻下。
现在制定下一步的计划。
一千个勐的首领带领兵丁先行，
逼近勐海逼近勐我，
应以象阵在前冲杀，
刀矛、刀斧手齐上阵。
人吼鼓敲造声势，
象冲人奔各奋发。
千军万马分两路，
夺取城池第一步。

百官们啊努力吧！"
宴会结束情激发，
穿林翻山又进发。

海罕进兵的消息，
传到勐海、勐我两地。
他们做好准备迎击，
选出勇猛的战士，
埋伏在密密的树林中，
埋伏在深深的山谷里。

艾召生来到伏兵前沿，
一只"蜡达献"鸟怪叫着迎面飞来。
他心中感到十分奇怪：
"我从来未遇到这种现象，
虽然出征作战已一年。
很可能前面有了伏兵，
望大家警惕敌人突现。
如果情况果然如此，
奋勇冲杀一直向前。"

兵丁小心搜索前进，
转眼到了险峻的滴水崖，
伏兵突然出现，
两军相遇一场混战，
土炮轰鸣山谷震撼。
冈晓率兵拉弓射箭，
骑兵侧身贴马冲锋陷阵。
两翼包抄同时围上，
对方溃退一哄而散。
横尸遍野鲜血流淌，
穷打猛追咬住不放。
直插山谷冲到平坝，
坝子宽阔两军决战。
坝子平坦骑兵如飞，
杀敌如同杀狗一样。
目标指向勐海勐我，
大军压境团团围上。
只见那金幡幢林立，
战旗迎风飞舞飘扬。
战象威武阵前排列，
雪白的象牙如出土的山笋。
长长的象鼻来回摆动，

要卷起大风卷起大浪。

勐我首领站在庄房，
居高临下，
手摇扇子高声谩骂：
"勐景哈的众兵丁啊，
你们听着，
得罪你们的事我从未做下。
就是芝麻大的事也找不出半点，
更不用说像山芋般一样大的事。
你们来此威胁，
为什么调动千军万马？"
冈晓高声回答：
"你这手拿扇子的老糊涂，
眼见千军万马你还嘴硬不怕，
竟在城楼把扇扇，
自作镇定卖弄得意。
风吹胡子还在说胡话。
俸改抢走了海罕的婻崩，
你还瞪着眼睛来装傻。
如今你的头就要落地，
为什么还要为俸改卖命说话？
有胆量你就骑象走出寨门，
你这该死的老东西啊！"
勐我首领恼羞成怒，
挥着扇子连说带骂：
"俸改抢走海罕的婻崩，
并没有从勐我经过，
我怎么知道起因在此？
你毫无道理进攻勐我，
莫非要降就降要杀就杀？
大概是勐我土地肥沃，
坝子美丽又宽又大，
还有大象万头可骑可拉，
这一切使你们心痒毛抓。
但是休想白日做梦，
你们空手而来也同样空手回家。
快快回去耕田种地。
你这个老不中用的人啊！"
话刚落音鸣炮三响。
寨门大开战象蜂拥而出。
战马、刀队紧紧跟上，
炮手、弓弩手如水出洞，

杀声震天喊声雷动。
象队排阵冲出寨门，
猛士集结冲杀在前。
一声令下，
两军象群相格杀。
你撞我踏横冲直撞，
象吼人叫天翻地覆。
一场混战血肉横飞，
尘土飞扬太阳灰蒙。

桑洛驱象出战，
敌方纷纷从象背滚落。
崩纳宛①率军如出水蛟龙，
如巨浪狂涛。
冈晓不断派兵往前冲，
勐我勐海寡不敌众，
节节败退撤回城中。
城墙残破房屋倒塌，
海罕大军趁胜追杀，
象阵如奔腾的山洪。
兵丁如旋风，
席卷勐海勐我。

勐我大布冈②拼死顽抗，
骑着一只花脸大象，
调转头来冲向冈晓。
冈晓驱赶他的占拜温③，
勇猛向前迎战。
两头大象交锋，
象牙交错力量相当。
殊死格斗"咔咔"有声，
象上的两人也分外紧张。
勐我大布冈用长矛直刺冈晓，
枪枪落空心慌手乱。
冈晓趁势一矛飞刺，
直戳喉头正中大布冈。
他翻身落象像石头一般，
冈晓的武士一拥而上。

争先恐后要砍下大布冈的首级④，
兵将庆祝胜利欢呼高喊，
攻克勐我捷报飞传！

勐海首领大布冈，
说话喜欢摇头，
声音生来抖颤。
大难临头他拼死抵抗，
掉转象头迎着召桑洛。
他自恃武艺高强，
长矛直指桑洛连刺数十枪。
桑洛右来右拨左来左挡，
大布冈枪枪落空心发慌。
桑洛看准时机找空当，
大布冈腋下无铠甲遮挡，
一矛刺入腋中央。
只见鲜血飞溅人滚下象，
两旁武士争相把头砍。
勐我、勐海二首领遭击毙，
兵丁失去统帅溃不成军。
四处奔逃似鸟兽散，
就像一只摔碎在地上的碗。
胜利的海罕向全军发布命令：
"今已攻下勐我、勐海，
不得私藏金银财宝，
应共同分享，
战马战象谁得归谁。"
庆祝胜利摆酒设宴，
全军欢聚举杯痛饮。
战马战象草地放牧，
只可怜妇女遭殃。

四

勐老、勐哈已被攻克，

---

① 崩纳宛：海罕的另一员武将。
② 大布冈：万户以上的首领。
③ 占拜温：冈晓所骑战象的名字。
④ 谁先砍下头来，头有多重，就按其重量赏赐同等重量的银子。

勐我、勐海也被拿下，
海罕大军又准备向勐谷、勐远进发。
俸改气愤得咬牙说：
"勐谷、勐远如果又丧失，
我也不怕。"
军师布冈很上前说话：
"勐谷、勐远已准备议和，
事到如今，
你也不要难过。"
俸改生气地说：
"你动身到勐谷、勐远，
罚款惩罚他们的错误，
大象二十头、金二十两不算多。"
布冈很骑上快马赶路，
到达勐谷、勐远。
只见田野禾苗碧绿苗壮，
牛马成群结队，
高房林立一排排，
一派繁荣一派兴旺。
他走进城楼，
来到混谷远①的楼上说：
"海罕即将进攻你们，
为什么不做准备迎战？
勐我、勐海危急也不支援，
致使两地落入海罕的手中，
听说你们现在又想议和投降。
俸改派我前来传令：
罚你们一百二十头大象，
绸缎一百二十匹，
金子一百二十两，
美女一百二十个，
还要用铅做出人的形状，
我如实传达你们如数照办。"
混谷远回答得不急不慢。
"我们没有想过要投降，
为什么罚我们这么多的款？
还要铅做出人的形状，
这样做使我们加重了负担！
因为这些东西分配下去，

都出在百姓身上。
有的可以承担，
有的只能卖儿卖女来抵偿。
你们这种做法，
实在令人痛心不应当！"
话刚说完，
又对兵将们长叹：
"今后不知怎样度过灾难！
我们的心已冷得像雨淋一般，
更像白天的月亮没有亮光。
过去年年给俸改上贡，
还骂我们是吃黄景毛薯②的倮倮。
想起来多么气愤多么悲伤！"
混谷远话刚说完，
拔出宝刀。
布冈很吓得滚下楼房，
不敢停留急忙动身，
浑身发抖骑在马上，
回到勐景罕，
向俸改报告情况。
俸改听了把话讲：
"勐谷与勐景罕路途遥远，
每年的贡品只不过是烧柴，
他不服从也就算了。
有他不多无他不少，
大可不必放心上。"
说完手捋胡须眯眯笑，
似乎事情一小桩。

混谷远准备白银一千两，
还有大象二十头，
加上好酒二十坛，
一封书信也带上，
亲自出发送海罕。
见到海罕忙叩头：
"我们地处两勐③的交界，
俸改从来不把我们当人看。
现在我愿与你结盟，
共同进攻勐景罕。

---

① 混谷远：勐谷、勐远的酋长。
② 黄景：味苦的一种植物。毛薯：味甜，缺粮时以此为主食。
③ 两勐：指勐景哈，勐景罕。

我真的希望你找到媔崩，
只希望你的军队不要经过我的领地上，
我供给你粮草，
还要派兵马相帮。
召海法啊，
我知道你是个好心人，
你的心甜得像蜜一样。
接受我的请求吧，
勐谷、勐远的人不会把你忘。"
海罕点头把话讲：
"二位辛苦了，
你们的要求我答应，
这样安排很恰当。
同心协力团结起，
共同攻打勐景罕！"
艾召生又接见混谷远说：
"勐谷、勐远好地方，
议和结盟是上策，
而今安然无恙。
好朋好友来相处，
我的两位老布冈！"
混谷远此时完全把心放，
高高兴兴转回家。
海罕立即下命令，
停止向勐谷、勐远来进军，
军队安营扎寨半路上。

五

海罕坐在营帐中，
艾召生和众将士站立在两旁。
海罕把命令来下达：
"召桑洛啊，
你率领兵丁进攻冈老、冈桑。
混嘿南①也随之前往，
围住冈老、冈桑不放松。"
桑洛大军齐进发，
势如暴风骤雨来得猛。

翻山越岭不停步，
无路之处踏成路。
另一路由艾召生率领打先锋，
目标指向勐帕生和勐帕缓。
十万头大象气势如山，
十万名弓弩手逞威风。
出发的战鼓已敲响，
冈晓奋勇当先锋，
桑本紧跟不放松。
大军浩荡上征途，
行程十日真艰苦。
勐帕生和勐帕缓映眼帘，
周围的山头光秃秃。
高高的山崖为屏障，
村寨楼房星罗棋布。
城池外还有护城河，
护城河两岸刺藤多，
密密麻麻没有路。
石崖上凿出路一条，
弯弯曲曲多险阻。
城内战象二十栏，
城内宽阔且兵马无数。
冈晓一声令下，
将其城池重重包围。
战象沿阵排列，
两耳扇动象鼻上下卷腾。
铓锣震天鸣炮三响，
各路兵马齐准备，
冲锋陷阵要攻城。
勐帕生和勐帕缓的两个召布冈②，
打开城门来迎战。
派遣刀手五百人，
悄悄埋伏石崖旁。
接着冲出一个象队，
如大雾笼罩一般。
冈晓兵马被团团围在田坝中，
他的战象占拜温似猛虎，
如狂飙，
左冲右突不可挡。
冈晓的卫队挥刀矛，

---

① 混嘿南：海罕的妻子媔崩的弟弟。
② 召布冈：有时称道布冈或称陶布冈，为一勐之主，既是行政长官，又是军事首领。

左砍右杀来迎战。
象牙相交格格响，
刀光剑影起寒光。
召帕生和召帕缓率军边战边后退，
高声骂冈晓：
"你一勐之主不像样，
无理进攻不应当。
勐帕生、勐帕缓好地方，
土地宽广人口多，
城池高悬石崖上。
城中战象十万多，
象牙专指恶人有力量。
我们犹如成年的猛虎，
虎毛长得能拴住牛犊！
我们的武艺素来高强，
但从未想去夺取别人的地方。
如今你带领这班人马，
要夺取勐帕生和勐帕缓。
你还未曾学会怎样骑象，
你的双脚连象耳朵都未碰到。
你是来白白送死，
要活命赶快回转。"

冈晓停住大象，
把石崖两边仔细观望，
要弄清是否有伏兵躲藏，
听了对方的谩骂，
他冷笑一声高声回答：
"你们的武艺虽然高强，
你们的汗毛虽然长又长，
你们的大象虽然牙齿厉害，
但是还没有和我较量，
真有本事就拿出来看看！"
话刚落音对方就冲过来，
双方又是一场恶战。
冈晓的兵马勇猛向前，
把对方逼到石崖旁，
逃进崖洞东躲西藏。
冈晓的兵马冲到城下，
城中守军丢下铠锣战鼓，

狂呼乱叫一片慌乱。
冈晓的兵马顺石崖搜索前进，
战象猛追突破道道设防。
冲到一条夹道时，
对方的伏兵突然跃起，
砍杀冈晓的士卒和战象。
短兵相接难以突围，
冈晓只有决一死战。
只见手起刀落，
血肉横飞，
尸体堆积层层如山。
崖洞中又放出战象二十栏，
分两路向冈晓的军队冲来。
冈晓大惊失色心中慌乱，
伏兵又连连冲出崖洞，
手持帕绕①冲向冈晓，
冈晓的象被砍伤。
占拜温号叫一声连连后退，
冈晓吓得浑身瘫软。
孤军深入吃了大亏，
轻敌冒险上了大当。
冈晓的兵将身经数战，
勇猛冲杀突出重围。
勐帕生、勐帕缓的兵丁紧紧追上，
城中又放出二十栏大象。
形势危急，
冈晓之弟冈庄的兵马忽然到达。
冈庄脚蹬摆洪②旋风一般，
身后的军队成千上万。
双方又是一场恶战，
尸骨成山血流成河。
勐帕生和勐帕缓的军队难以抵挡，
退回城中将城门紧关。

冈晓的兵丁退到路旁，
只见占拜温的四足被竹签刺伤，
尾巴也被砍，
身负数伤到处血迹斑斑。
冈晓只能骑马而回，
战旗拖地，

① 帕绕：刀。
② 摆洪：冈庄骑的战象名。

兵丁疲劳不堪，
只好在田坝中安营休整一番。
冈晓安慰众兵将：
"勐帕生、勐帕缓防守严密，
地势险峻难以进攻。
但只要把城边的荆棘砍光，
铺平进攻的道路，
然后日夜不停地攻城，
就一定会胜利。"

冈晓的战况传到海罕处，
海罕率兵日夜兼程，
两军会合士气高涨，
鼓声锣声山谷震撼。
海罕知道勐帕生、勐帕缓坚固难攻，
就请龙王相帮：
"让大水淹没勐帕生、勐帕缓，
让这两个地方变成水潭，
啊，我的老龙王！"
龙王听见海罕的呼唤，
发大水冲向勐帕生和勐帕缓。
顷刻间城墙倒塌，
兵丁有的淹死有的受伤，
剩下的四处逃亡。
海罕的军队趁机冲杀，
但勐帕生、勐帕缓两大布冈，
还在坚守应战。
冈晓脚蹬大象奋勇向前，
鼓声雷动，
十万兵丁冲到城边，
只见冈晓紧咬牙关，
双脚蹬着象耳，
双目怒视，手持长枪。
土炮齐轰，大火熊熊，
守军像篱笆一样破散。
两个布冈坚守城池，
又放出二十头大象。
海罕的军队又把象群包围，
两个布冈骑着战象，
迎着冈晓交战。
只见刀矛飞舞，
一片眼花缭乱。
冈晓看准勐帕缓的布冈，

对他的腋下猛刺一枪。
桑本也刺中勐帕生布冈的肋骨，
两个布冈滚下大象。
士卒一拥而上，砍下首级，
守军见状乱如蜂拥，
望风而逃四处奔散。
有的嘴中含草跪在地上，
战战兢兢举手投降。
冈晓大声发布命令：
"掠到的金银要集中堆放，
象和马谁抢到归谁所有，
不要互相争夺争抢。"

冈晓大军胜利返回，
来到田坝会晤海罕。
海罕召开庆功大会，
向众官兵赏赐大象。
又把金银奖励全军，
然后杀牛宰马，
举杯欢庆打了胜仗。
海罕起身面对官兵说：
"如今夺取勐帕生和勐帕缓，
全军上下人人喜欢。
今后的战斗如何进行，
我们还要仔细商量。
部队的先锋，
仍然是一千个勐的主将。
你们要继续努力，
军纪不能放松。
勇敢要一如既往，
每到一处要安营扎寨，
秩序井然。"

第二天拂晓，
只听人欢马叫，
战鼓咚咚响，
千军万马又继续前进，
海罕在后慢慢跟着。
部队到达累莱山脊梁，
停止前进安营帐。
营帐层层叠叠围，
把海罕团团围在最中央。
整个营地大又大，

营地四周设警戒。
木头做成大栅栏，
漫山遍野篝火起，
青烟缭起火苗旺。
冈晓在前打先锋，
士兵头盔发光亮。
来到原始森林中，
粗大的藤条一串串。
兵丁砍下搭营帐，
冈晓的帐篷丝绸做。
烧火做饭炊烟起，
人声沸腾多欢畅。
另一路大军，
领头的是桑洛和混嘿南。
昼夜兼程急行军，
团团围攻勐冈桑。
派出骑兵用火攻，
烧掉城外村和庄。
黑烟滚滚冲天起，
大火熊熊映天地。
俸改站在高楼上，
放眼四处来眺望。
妻妾前呼后拥站身旁，
看到冈老、冈桑坝子烟火起，
转过头来把媊崩问：
"为什么成这样？"
媊崩轻言细语忙回答：
"如果是正月起烟火，
那是百姓在烧山。
如果是二月起烟火，
那是百姓烧火田埂上。
百姓有吃又有穿，
全靠你治理又有法来又有方。
年头百姓送牛马，
年尾还送马和牛。
年中又送酒和肉，
纳贡的人一年到头不会断。
祝贺我的生日吉又祥，
这都是因为你啊，
我的召法勐俸罕①！"

俸改听了心喜欢，
手摸胡须笑哈哈。
转身面对正妻咪埃汪：
"你向我指的地方看，
那里起火为哪样？"
咪埃汪急忙来回答：
"我的召法勐俸罕，
冈老、冈桑冒火烟。
不是正月百姓在烧田，
也不是二月山区的百姓在烧地。
请你仔细来回想，
从去年一直到今年，
桑洛的妻子被你抢，
桑洛抱着宝刀哭得多悲伤，
他不会甘心失妻子。
现在烟火已经起，
你的领地可能要遭殃。
过去桑洛率兵来攻打勐景罕，
我们的兵将城楼站，
把他们白眼来相看，
好像燕子看见蚱蜢一个样，
心中的高兴不用说。
他们的兵马实在少，
还不够一个包包来装满。
桑洛扫兴而归白来一趟，
只好天天抱着宝刀徒悲伤。
现在你又跑到贫穷的勐景哈姐报②，
媊崩身为海罕妻，
你为何把她抢？
桑洛和海罕相联合，
已经向你来开战。
你管辖的地方到处战火燃，
我的召法勐俸罕！
海罕是天神的子孙，
他的援军能来自天上。
如果双方来交战，
你管辖的地方一定会丢光。
勐景罕就要遭大殃，
这一切已经在眼前啊，
我的召法勐俸罕！"

① 召法勐俸罕：对俸改的尊称。
② 姐报：产黄景、毛薯的地方，意为此地贫瘠，而俸改仍去抢掠该地妇女。

俸改听后不说话，
闷闷不乐进宫殿，
一头坐在宝椅上，
召集百官进宫来。
他的宫殿八层高，
金碧辉煌亮又亮。
共有房屋三百间，
一间一间不一样。
百官进宫忙叩头，
齐向俸改来问安。
俸改手持金杯赐美酒，
百官畅饮心喜欢。
俸改高声问百官：
"听说海罕、桑洛联合起，
派出战象数万头。
为了婻崩和娥宾，
要和我们来作战。
是真是假谁知道，
我的忠诚的混俸们！"
文武百官坐厅堂，
默默无语不开腔。
只有双线①站出来，
叩头之后把话讲：
"我的召法勐俸罕，
此事我已听百姓在传说，
但不知是真还是假。
听说海罕、桑洛联合来作战，
发动数十万兵马和大象，
为的是夺回婻崩和娥宾。
我们边远的各个勐，
有的陷落有的投降。
千万个村寨已落入敌方，
人被杀死房屋被烧光。
现在桑洛和嘿南，
正在围攻冈老和冈桑。
已经围了一二十天，
已经烧了周围的村庄。
冈老、冈桑即将陷落，
守军正在把援军盼望。
这就是我所知道的，
我的召法勐俸罕！"

俸改听了心中阵阵紧张说：
"双线啊，
现在我该怎么办？
你骑上我的麻翁潘，
单独去把实情查看。
不准带任何人前往，
你要快马加鞭，
尽快弄清楚情况。
麻翁潘是一匹领头马，
它的长毛像金丝一样黄。
如果孕妇看见它，
肚中的胎儿就会烟消云散，
孕妇还不知道。
我的双线啊，
你要把我说的记在心上！"
双线向俸改叩头后，
走出宫廷来到场院，
骑上麻翁潘，
来到一棵大榕树下。
榕树上附有神灵，
神灵们就叽叽喳喳地高声喊叫：
"双线啊，双线！"
双线立即抬头看，
却不见一个人影，
领悟到这是神灵的呼唤。
他赶快下马向榕树叩头说：
"神灵啊，
听说海罕和桑洛率领大队人马，
要进犯勐景罕，
现正在围攻冈老和冈桑，
不知道是真还是假？
召法勐俸罕命令我去查看，
请神灵保佑我一路平安。"
神灵回话：
"你来到这里已经辛苦了。
应赶快把马头掉转。
千万不能往前再走一步，
再往前走就是死亡。
赶快返回勐景罕去转告俸改，

---

① 双线：人名，俸改的将官，原是海罕的人，后来投降俸改。

勐景罕城中有三十九个鲁勒①，
拥有如此广阔而富有的地方，
这是神灵保佑的结果，
可是俸改却把神灵遗忘。
过去每年年头用牛马祭神，
年尾也少不了猪羊，
年中还有茶酒斋饭，
现在把一切都丢光。
如今，
每月祭祀神灵的只有海罕。
他是布领暖的子孙，
他为人正直且心地善良。
不论走到哪里，
神灵和人们都拥护、喜欢他。
他每喝一口酒，
都要请我们碰杯同享。
谁祭祀我们，
我们就把他保佑。
勐景罕不是我们保佑的地方，
现在只有等待着灾难。"
双线听了愤愤不平：
"神灵为何还会偏心！"
拍马奔驰继续往前。
神灵开口又来阻挡：
"双线啊，
我们劝你不听，
你硬往别人的绳索里钻，
如同老虎钻扣子，
不相信你走着试试看！"
双线日夜兼程把路赶，
长途跋涉到凉水箐地方。
把马拴在树桩上，
打开饭盒来吃饭，
只见饭中掺着蛆和血。
勉强吃一口，
又想吐来心又翻，
丢开饭盒在一旁，
用水漱口哗哗响。
抬头一看吃一惊，
只见海罕、冈晓的士兵割象草，

四方八面遍山冈。
割草的兵丁看见他，
两面包围步步上前。
双线逃跑已无路，
活活擒住被捆绑。
兵丁押着他见冈晓，
他跪拜在冈晓脚下谎言相告。
冈晓横眉竖眼把他看，
命令士卒送他到花山，
交给海罕来审判。
海罕见到双线怒火起：
"我日日夜夜都在想，
一有机会就要杀掉你。"
双线急得心慌乱，
低声回答叩头响：
"怀②，怀，怀！
善良而又尊敬的海罕，
我投奔勐景罕，
并不是真心实意去投降。
我永远是你的奴臣，
离开了你我等于死去，
请你把我当作死人一样。
现在你要讨伐俸改，
但全勐的人都还不知道。
俗话说得好：
葫芦从肚里开始烂。
勐景罕防守坚又固，
需要内应来帮助，
只靠外攻太困难。
今天如能放我走，
到时你驱赶战象万头，
我做内应放把火，
在城中烧毁勐景罕。
立功赎罪重做人，
回头还做你的臣。
海罕啊，
你贤明又善良，
给予恩赐我永不忘！"
海罕相信他的话，

---

① 鲁勒：勐景罕城里划分的区域。
② 怀：主人呼喊奴隶时，奴隶的应声，即"奴隶在"的意思。

赐给他一顶慕专罕①，
还有一件舍王爹仿妥②，
然后杀鸡摆酒来招待。

冈晓看到怒火起，
竹棍痛打双线背。
边打边斥责：
"该死的畜生应知罪，
你挑拨离间搬是非。
嫡崩被抢你有责，
她落虎口，
导致战争成灾难。"
冈晓怒火止不住，
双线已经被打翻。
冈晓踏上一只脚，
双线闭眼把死装。
海罕看了心生气，
连连跺脚把话讲：
"我已同意把他放，
你又把他拉来打。
如此无理真该死，
不想活命那就算！"
手持长矛刺冈晓，
冈晓眼快忙躲开，
长矛刺在屋柱上。
冈晓无奈往外跑，
急忙在众头领中躲藏，
众头领团团围住来保护。
冈晓面如土色把话讲：
"我们出征一百二十天，
衣服鞋子都已烂，
海罕却不发新装，
双线该死却释放，
又是同情又怜悯，
又送衣来又吃饭。
我担心送的战袍要做靶，
象征海罕被捉拿，
矛又刺来刀又砍。"
冈晓边说边走盯双线，

双线地上爬起向海罕，
慌忙叩头急出帐。
冈晓暗中发信号，
士兵尾随双线紧跟上。
走出一段路，
抓住双线不再放。
剥下海罕送给的衣裳，
又把颈枷套在脖子上。
拉到河边刚要杀，
山神暗中来阻挡。
士兵突然眼发黑，
双线乘机跳入河，
潜水而逃到对岸。
不怕野兽来伤害，
跑进山林中躲藏。
日夜不停向前走，
双脚血泡起成团。
茅草划背背出血，
伤痕道道多又长。
眼看来到勐景罕，
坝子空旷河水淌。
渡口附近行人多，
双线藏身丛林招手喊：
"我有急事要见混俸，
请送给我一件衣服穿。"
行人脱下衣服送给他，
他胡乱穿起忙进城。
这时双线的妻子站在凉台把丝线晒，
抬手遮阳往远处看。
忽见远方来一人，
好像是儿子他爹啊！
不知究竟为什么，
他穿的是百姓的衣裳，
踉踉跄跄把路赶。
他为什么一人独行？
为什么不见坐骑麻翁潘？
双线刚回到家中，
妻子儿女问长又问短。
双线坐下安安心，
把全家人员都召集。

---

① 慕专罕：雕饰有花纹，涂有金粉的帽子。
② 舍王爹仿妥：四川出产的战袍。

流着眼泪把话讲：
"你们赶快把家中财物来收藏，
提防勐景哈的小伙子来夺抢。
然后把桂冠给我戴上，
装宝物的背袋也取出，
铠甲也快给我来穿上。
过了今日不穿戴，
今后是否还能穿？
穿好我就要出门，
事急要去见俸改。
离勐多日不回头，
有去有回才像样，
否则俸改起疑心，
我一去无音讯，
就像乌鸦一般，
飞到空中不知去向。"

双线穿戴完毕，
赶到宫廷里。
俸改斜倚宝座上，
双线叩头下拜来行礼，
嘴唇贴在地板上说：
"尊敬的召法勐俸罕啊，
我从海罕的刀尖逃出来，
亏得海罕心地善良，
如果他像你召法勐俸罕一样，
我的性命早已完。
我已经见到了海罕，
花言巧语把他骗，
他才把我放。
他的军队驻扎在深山里，
他的营地庞大无比。
他的帐篷搭在花果山，
他的士兵多得像蚂蚁一样，
漫山遍野火光明亮。
海罕的坐骑很凶猛，
象牙粗如盐臼大又长，
不惧水火不怕刀枪。
海罕的象群身高体壮，
每二十头象为一栏，

平时精心饲养。
海罕的军队源源不断，
箐沟踏成大道，
营帐布满山冈。
现在桑洛和嘿南的人马，
正在围攻冈老和冈桑。
他们用鸡毛火炭写成信①，
和海罕取得联系报告情况。
这就是我所了解的情况，
我的召法勐俸罕！"
俸改听完后捋起手袖说：
"海罕、桑洛即使扭成绳一股，
我也并不害怕。
驾驭万头战象来进犯，
也不能攻破我的城池。
他们是一口袋米，
怎能与一粮仓米对抗。
战斗一千年，
也不能把我的一根毫毛扯断。
他们费尽精力而来，
只能空手而返，
含羞而归！"
俸改不把海罕放在心上，
依然饮酒寻欢，
在轻歌曼舞中度过时光。

第二天拂晓，
俸改召集百官说：
"海罕正在围攻冈老和冈桑，
如不支援就要失守，
应马上行动派出援兵，
人马要出几十干②，
还要战象数千头，
请大家仔细来商量。"
文武百官不出声，
默默无言互相看。
俸改面对双线又开口：
"双线啊，双线，
你怎样来实现我的愿望？
你骑着大象代我出征，

---

① 用鸡毛和火炭粘在信中，表示事急。
② 干：一个首领所统帅的区域，相当于一个勐或数个勐。

援助冈老和冈桑。
兵马武器我为你准备，
战象我会为你挑选，
象辇的一切装饰也会为你置办，
一日之内你应把路赶。"
双线不敢拒绝俸改，
强打精神起身站起说：
"只怕途中遇伏兵，
不能到达冈老和冈桑。
为了俸改我不怕死，
只求给我勇猛善战的大象，
我的召法勐俸罕！"
俸改点头同意了，
下令牵出战象英着节，
它的四足又粗又大如蜂盘。
双线看了看大象说：
"这头象走路走得慢，
冈老、冈桑那么远，
耽误时间不划算，
请重新挑选重新换。"
俸改又令牵出占艾滇，
象牙歪斜在左边。
双线见了把话讲：
"这头大象最怕火，
又怕杀声又怕喊。
听见喊杀声就逃离战场，
请重新挑选重新换。"
俸改又牵出占拜黄，
象背上一条红线长又长。
双线见了又开口：
"这头大象怕战马，
还怕途中遇路障。
看见路障就回头，
请重新挑选重新换。"
俸改又牵出占拜翁，
一条紫色项圈套在象脖上。
双线见了又摇头说：
"这头大象怕土炮，
听见炮声就转头，
踩踏自己的兵和将，
军队纷纷乱一团，

不听指挥不听令。
即使用钩镰挖象头，
也只是歪歪脖子不动弹，
请重新挑选重新换。"
俸改又牵出占艾赖，
象牙粗大如盐臼，
脑门宽宽五尺长，
眼角也有五寸多，
尾巴又粗又壮，
不怕炮也不怕枪。
双线见了又犹豫说：
"这是俸改的坐象，
部下怎能随便骑。
俸改要给我不敢要，
请重新挑选重新换。"
俸改又牵出占拜中，
它也是俸改的坐象。
这头大象跨大步，
走出象栏气势如山。
四只脚上有花纹，
花纹也在背脊上，
尾毛雪白如丝线。
它见到火光往前扑，
听到枪炮声往前闯。
双线见了点点头，
抬出晖罕架在象身上，
紫色缰索牢牢绑。
双线宝刀身上挎，
闪亮的铠甲也披上。
铠甲金光四射如鱼鳞，
背上还背着一个通香①。
千军万马已齐备，
双线率领上征程。
马不停蹄象不卸鞍，
日夜兼程把路赶。
到达凉水箐地方，
只见冈晓的兵马在对岸，
营寨星罗棋布遍山冈。
双线隔岸来安营，
众兵将又摩拳来又擦掌，

---

① 通香：装宝石的袋子，为一种护身符。

要求立即进兵来开战。
双线劝说性莫急，
待机行动不为慢。
养精蓄锐是上策，
安营扎寨理应当。

冈晓虽见双线到，
若无其事不慌乱。
不急不慢喝闲酒，
只令鼓声不要断。
佳肴美酒传不停，
冈晓边喝酒边把话讲：
"双线曾经被捉到，
没有杀死真可叹。
送给海罕去审讯，
海罕心地太善良。
相信双线的假话一串串，
还指望双线为内应，
放火烧毁勐景罕。
海罕、双线道友好，
我等反要被问斩。"
冈晓越说越气愤，
酒杯砸地粉粉碎。

第二天拂晓炮声响，
双线大军穿过花果山，
目标指向冈老和冈桑。
双线的坐骑占拜中，
摆头甩鼻大步走，
双线稳坐金幢①下。
冈晓见状急发令，
又敲锣来又打鼓，
鼓声响彻云霄上，
人声沸腾刀矛叮当响。
手持高早②的兵丁打先锋，
后续部队紧跟上，
手中的武器是黄贺罕③。
鼓声咚咚催人心，
千军万马已出发。

冈晓骑上占拜温，
要和双线的占拜中决战。
双线看见冈晓来阻击，
急驱坐骑来迎战。
两军相对杀声起，
人喊马叫乱成团。
双线的兵丁，
个个武艺高强，
两侧围击冈晓的兵，
专砍马脚和象脚。
占拜中卷鼻飞奔冲又闯，
迎着冈晓来格斗。
冈晓痛骂双线高声喊：
"卡腊艾巴话④双线，
数日前曾把你捉拿。
只因海罕太善良，
否则你早已把命丧。
你靠谎言骗海罕，
回去多吃了几天热饭。
现在你又杀心起，
胆敢再次来挑战。
天理人情不容忍，
你要遭雷公惩罚。"
双线嘴硬把话讲：
"卡腊艾巴话冈晓，
你虽曾把我抓住，
想不到我今天又骑着战象，
要和你交战。
我用甜言蜜语欺骗了海罕，
他因此才放我归山。
其实我怎么能归顺海罕？
想当年，
海罕为了与媨崩成婚，
命令我把鸡卦看。
多次卜卦，
都不吉祥，
使海罕失望。

① 金幢：一种用绸缎精制的，系有飘带，色彩斑斓的伞形装饰物，插于象鞯后面。
② 高早：一种锐利兵器。
③ 黄贺罕：涂有金粉的长矛。
④ 卡腊艾巴话：说话口吃的下贱人。

海罕发怒，
他用鸡卦在裤裆里一摸，
就戳在我的眼睛上。
当我走出宫廷时，
你安然而坐态度傲慢，
高高在我之上。
我受了侮辱不能忍受，
投奔俸改为了报仇。
在俸改那里我完全两样，
自由自在地出入宫廷。
俸改对我从不傲慢，
将领敬我把我高抬，
人人称我大哥使我喜欢。
前后对比我怒火中烧，
我今天要和你决一死战！"
冈晓冷笑一声把话讲：
"双线啊，双线，
你过河来到对岸，
怎能随便把大话讲？
即使龙王不把你吞掉，
苍天也不能容忍你的猖狂！"
话刚说完一声令下，
士兵奋勇向前冲杀。
冈晓与双线也开始交战，
双线把护身宝石一摇，
顿时，
风驰电掣雷声震撼，
山摇地动天昏地暗。
两头战象势均力敌，
象牙交错格格发响。
冈晓的长矛飞舞直刺双线，
双线的铠甲坚固难穿。
占拜中吼声连天，
猛冲、猛撞占拜温。
占拜温倒退几步，
扑倒在地上。
天神在旁看了大吃一惊，
双线趁机挥矛直刺，
冈晓的铠甲被刺穿，

只见鲜血喷涌，
染红了占拜温的皮毛。
冈晓面色苍白身负重伤。
正在危急关头援兵来到，
冈晓的结拜兄弟艾包和尼崩①，
桑混伦和赛道②，
还有波道坚混缅③，
曾饮鸡血酒，
共发誓言，
愿同生共死。
他们一齐蹬着战象，
举矛直刺占拜中。
双线驱赶战象后退，
占拜中也身负重伤难熬。
双方士卒仍在混战，
只见刀矛寒光闪闪，
杀声刺耳，刀剑叮当响！
鲜血四溅染满脸膛，
如小河流淌。
放眼望去，
令人心惊胆战。
冈晓掉转战象高声斥责：
"双线啊，双线，
你的阴谋一时得逞，
但你决坐不稳大象。
今天我虽然受了伤，
但勐景罕的主人一定要换，
我冈晓将占有勐景罕！
今日收兵回营，
待来日，
再见分晓。"
两军各自鸣鼓收兵，
战场上尸横遍野，
犹如乌云遮月亮，
暗淡无光。

消息传到花果山，
海罕拔出宝刀怒声呵斥：
"平时你们吹嘘如何勇敢，

---

① 艾：老大。尼：老二。
② 桑：老三。赛：老四。
③ 波道坚混缅：勐缅（今普洱或临沧）的长官。

所向无敌以一当百，
破一勐之地只需一头战象。
现在和双线交战，
却损兵折将。
我恨不得挥刀将冈晓斩！
我要杀一儆百让众人看。"
布冈伴和布冈戈急忙跪拜说：
"亲爱的召海法海罕，
斩了冈晓犹如丢了十个冈①，
犹如丢了万头战象。
不再有人愿意佩带宝刀，
为你冲锋陷阵去打仗。
自古只有猛将战死沙场，
没有死于主帅的刀枪。
请你考虑吧，
尊敬的召海法海罕！
我们可以写信给冈晓，
叫他重整旗鼓与双线再战，
如果还不能战胜双线，
那就叫他自己把头割下，
那时无人再说情，
我们的召海法海罕啊！"
海罕听了把头点，
命令冈庄走过来，
满脸怒气把话讲：
"你是冈晓的亲弟弟，
去把我的书信交，
再把我的命令传。
明日出战要取胜，
否则撤职斩首不留情，
还要满门全家来抄斩。
事情紧急快备马，
日夜兼程把路赶！"
冈庄叩头接军令，
转身启程奔路上。
急行一日见冈晓，
交出书信传命令。
冈晓伤势已好转，
冈庄叩头说道：
"我亲爱的兄长，

你如同一只笼中鸡，
只等别人把酒下。
你如同砧板上的一块肉，
只等葱姜蒜来锅里炒。
想当初，
你挑选的战象力大又勇敢，
象牙粗壮亮汪汪，
凶猛异常！
可是现在反被别人来刺伤。
你调转象头败下阵，
暴跳如雷是海罕。
他一怒之下要把你斩，
二位军师忙求情，
才免你一死保性命。
海罕叫我把命令传，
下次再战必取胜，
否则性命就要丧！
管辖的十冈也收回。
请你想一想，
我亲爱的兄长！"
冈晓听了怒火燃，
又吐唾沫又跺脚，
震得帐篷摇晃晃。
他又急又气开了口：
"兄长我虽身中枪刺，
但有牙窝莱和牙黄②，
很快可以治好伤。
亲爱的弟弟啊，
海罕的头领多又多，
但无人敢把先锋当。
海罕的饭人人吃，
但无人拔出宝刀当先锋。
只有我冈晓一人打头阵，
忠心卖命为海罕。
可是到头来还要把首斩，
真叫我有口难言说不出。
战斗失利不怪我，
只因坐骑受了伤。
此仇不报我不瞑目，
我和双线的事也不会完！"

———————————————

① 冈：勐。
② 牙窝莱：一种草药，即花仙草。牙黄：能医治枪伤，百步之后伤势即愈合。

说完怒目举长矛，
长矛对准占拜温就刺，
占拜温号叫着乱蹦跳。
冈晓转身亲手敲战鼓，
将士耳听鼓声震天响，
急忙蹬象上战场。
冈晓紧扣九层甲，
宝石背袋肩上挎，
缀有金丝带的宝刀挂胸前，
头盔闪闪发光亮。
披戴完毕大步走，
边走边把命令下：
"这次务必打胜仗，
要把双线的首级来割下。
祈求众神来保佑，
活捉俸改和战象。
只要我的幢崩舍①迎风展，
临阵逃兵首级落。
全军战象齐列阵，
列列队行紧相连，
冲锋齐向前！"
冈晓左手举旗指向前，
右手握宝刀插云霄，
左右将士杀声起，
势如破竹不可挡。
冈晓在怒吼，
战象斗志昂。
将士如卷风，
摧枯拉朽！

双线见冈晓又出战，
敲鼓鸣炮急相迎。
两强相遇如斗鸡，
分外眼红不相让。
双线驱赶占拜中，
迎着冈晓直冲上。
身后兵丁紧紧跟，
吼声如雷震大地。
冈晓的占拜温稳如山，

四脚扣地有力量。
两象交锋，
牙响如疾风吹树干，
咔嚓咔嚓响。
两军交锋用刀矛，
刀矛交错叮当响。
双方伤亡数不清，
拼死相杀不退让。
冈晓紧紧咬牙关，
胡须在飞扬！
双线的兵丁军心散，
冈晓俘敌一万又四千。
铠鼓齐鸣全军欢呼，
占拜中被俘，众围观，
只见鲜血滴滴淌。
冈晓命令拿篾笼，
双线的首级往里装，
又将占拜中这头被俘的花象，
一同送去给海罕。
海罕见了心喜欢，
连忙把兵丁来询问：
"为何冈晓不前来？
一同庆祝打胜仗。
快快派人去请他，
我要用金杯盛酒来嘉奖。
还要送给他帅罕②，
祝他长寿又健康。"
侍从官接令忙动身，
快马加鞭来到冈晓前。
只见遍地是营帐，
欢声笑语四处传。
侍从官叩头见冈晓，
忙把来意细细讲：
混勐③请召生黑④去欢庆，
其余头领也前往。
剩下的坚守营寨要站岗，
战马、战象要喂饱。
请你动身吧，

① 幢崩舍：绣有虎形图案的幡幢。
② 帅罕：金项链。
③ 混勐：对海罕的尊称。
④ 召：官。生：高级官员。黑：勇猛。

我们的召生黑冈晓。"
冈晓手持酒杯摸胡须，
听完之后心里想：
"前战失利遭训斥，
令我痛心又难堪，
为人手下真困难。
听营中鼓声不停，
酒杯叮当响。
我不知如何是好，
心里乱！
为海罕两战双线，
为海罕出征勐景罕，
受苦担险从不怨，
他是我的混勐理应当。
现在传令把我请，
一片好意难推辞，
往事如烟算了吧，
把它放在脚底板！"
想到这里把令下，
牵出占拜温罩上象舆。
召集众将集合起，
鸣鼓开道向花山。
来到花山见海罕，
海罕设宴摆酒已妥当。
岗晓骑上占拜温一马当先，
脖系铃铛响叮当！
众将齐拥后，
冈晓一行抵营寨，
齐下象。
混勐相迎见冈晓，
面带笑容把手招。
冈晓略一迟疑把头叩，
海罕弯腰来相扶，
又把帅罕挂在他的脖子上，
祝冈晓长寿又健康。
海罕开口面带笑：
"你辛苦了，
我的冈晓！
为讨伐勐景罕，
风餐露宿不顾寒和暖。

你有功劳啊，
我的冈晓弟！"
海罕手捧金杯斟满酒，
递给冈晓心意表。
又把金杯传众将，
连声慰问辛苦了。
宴席盛大酒菜香，
摆满桌子一盘盘。
席间互相来碰杯，
只听一片杯盘响。
吃又吃来喝又喝，
吃饱喝足心欢畅。
宴会结束海罕起，
又和冈晓把战事来商量。
召桑洛和嘿南在另一战场，
围攻勐冈老和勐冈桑，
双方正在激战。
阿巫戛见到这种情况，
就劝告两位主将：
"桑洛啊，桑洛，
刀不快莫把竹节砍，
刀刃卷曲无人修。
人不勇猛将不多，
就不要把城来攻。
听我阿巫戛的劝告吧，
不要再打没有希望的仗。
今夜赶快撤离，
迅速靠近海罕。"
桑洛听了来回答：
"攻不下冈老和冈桑，
并不是由于我无能，
而是没有听从你指教。
前次出征勐景罕，
不但未得手，
反被讥笑出丑相，
巴札哇①奚落说：
'你是哪里来的小毛孩，
赶着水牛②来找麻烦。'
我十分生气把话讲：
'我的妻子被俸改抢，

---

① 巴札哇：俸改的将领。
② 把象比做水牛。

所以来攻打勐景罕。'
巴札哇听了哈哈笑道:
'来者为贵客,
欢迎你到勐景罕玩耍、嬉闹!
喜欢打哪里,
随便你去打。
不过你小心别把路走错,
否则回不了家。'
说完他掉转马头回城了,
我只好垂头丧气往家返。
这次教训我永难忘!
现在我听你的指教吧,
夺不回娥宾我心不甘。
我的阿巫戛啊,
请求你来帮助我!"
桑洛退兵后,
阿巫戛就把石头变大象,
芭蕉变成人,
森林变帐篷,
到处安营寨,
团团围住冈老和冈桑。
阿巫戛又将桑洛的情况告海罕,
同时为桑洛来求情,
海罕听了心中不欢畅。

第二天天刚亮,
冈老、冈桑吃过早饭,
只见深山密林树枝摇,
里面有数不清的大象。
两人先是惊奇后悲伤,
大声哭来大声喊:
"桑洛的军队已经伤亡一大半,
怎么还有这么多的兵马和大象?
就像洞中蚂蚁一团团,
越打越多不会完。
又像田中的稻穗密密麻,
满田满坝一串串。"

阿巫戛对海罕说:

"我的侄儿召海法啊,
桑洛围攻冈老和冈桑,
久攻不破已撤兵,
现在退到林中把营扎。
望尘莫及心有气,
如大病一场。
你应出兵支援他,
否则难取冈老和冈桑。
冈老、冈桑不攻破,
怎能直捣勐景罕?"
海罕开口把话讲:
"杀鸡占卜看鸡卦,
选择吉日来占卜,
命令召莫①捉鸡来,
给鸡洗脸洗脚图吉祥。"
边洗边来做祈祷:
"神灵啊,
请保佑我们的召②,
保佑召永远穿戴美丽,
保佑召幢③人人平安。
邪恶不沾身,
鸡卦显神灵。"
边说边把头来叩,
刀起血溅鸡蹬脚拽,
手持曼该细端详。
喜见曼该两头相对称,
如似他人送金杯。
冈晓弹舌把话讲:
"何必再把鸡卦看,
双线的兵马我已俘,
何不用计夺取冈老和冈桑?
请海罕给我俘获的双线坐骑占拜中
再给我双线戴过的莫央拍④。
我装扮成双线的模样,
前往冈老和冈桑。
只要对方城门开,
我的兵丁就冲进城,
就能活捉冈老和冈桑。

---

① 召莫:巫师。
② 召:指海罕,即主子、主人的意思。
③ 召幢:赏赐有金幡幢的勐的首领。
④ 莫央拍:头盔。

如果此战不胜利，
从此不叫艾召生。"
海罕听了连点头，
命令牵出占拜中，
只见它一对象牙锐利又粗壮。
冈晓叩头回营寨，
身后跟随众将官。

次日清晨天刚亮，
冈晓戴上双线的帽，
又把双线的衣服穿。
敲起双线的战鼓，
照双线的军队来装扮。
将士整装待出发，
冈晓又把命令下：
"派人通知桑洛和嘿南，
只等夜幕降，
一旦耳闻鼓声响，
佯装败退往回返。
化装的我军骗敌人，
诱使敌人开城门。
听到城门嘎嘎响，
我军冲进冈老城。
耳闻炮轰鸣，
急速把城围，
千万莫进城。
碰到敌人来逃窜，
迎头堵住歼灭光。"
使者动身去送信，
冈晓一切安排妥。
下令大军来出发，
马不停蹄人不歇。
山谷密林成大道，
走出山谷抬头看，
冈老、冈桑现眼前。
冈晓又把命令下：
"人人口中含树枝，
不准讲话出声响。"
大军到达城墙下，
冈晓轻声细语喊：
"尊敬的冈老和冈桑，
听说海罕、桑洛万头大象来攻城，
混俸心里又焦急来又不安。

指派侄儿我双线来援助，
请把城门快快开，
援兵进城同作战。
尊敬的冈桑父母官！"
两老布冈在城楼开了腔：
"海罕派桑洛来攻城，
我们奋起来抵抗，
城池未破安如山。
我们从未去求援，
你们究竟是何人？
是否海罕、桑洛人马来伪装？
为什么白天不到来，
天黑才来把门喊？"
冈晓稳坐象骑把话说：
"海罕的军队、千马和万象，
已攻克勐老、勐哈、帕生和帕缓。
由于互相不支援，
勐我、勐海又被占，
你们消息闭塞不知道。
还有勐谷、勐远已投降，
只因孤军守孤城，
没有援军才这般，
这些教训多么深！
我是混俸手下的将官，
按照命令带兵来支援。
共同守城来抵抗，
事紧急来莫迟疑，
城门紧闭不应当。
如果敌军来突袭，
我们怎么能抵挡？
一切后果你们负，
人员伤亡百倍还，
占拜中如遭劫难，
万倍来赔偿，
还要金银千百两。
事情一旦像这样，
只能落得臭名扬。
想想吧，
亲爱的冈老和冈桑！"
二位大布冈互相作暗示，
点燃火把仔细看，
只见四脚花象占拜中，
双线的头盔金光闪。

大象尾上的毛如雪白的丝线，
确实是混俸的好坐骑，
这是混俸信任双线让他骑。
头盔也确系双线戴，
兵丁的衣领和袖口，
缀有金线然是双线的军队。
两大布冈看了高声喊：
"原以为海罕的军队来骗我们，
因而迟疑不开门。
现在知道你们是混俸的真猛将，
双线也是混俸的侄儿，
我们马上来开门。"
只听吱吱嘎嘎连声响，
紧闭的城门已打开。
冈晓心中暗喜欢，
不动声色咬牙关，
双脚紧紧蹬大象，
只等城中的妇女哭叫找丈夫①。

冈晓的八万大军进了城，
占拜温紧跟占拜中之后。
两布冈捧出金杯酒，
兵丁列队欢迎站两旁。
东方拂晓天刚亮，
冈晓的军队鸣炮击鼓又敲锣。
信号一发突开战，
刀砍矛戳杀声起，
就像春碓声一样。
尸横遍地如柴堆，
小孩惊吓到处窜。
敌人前仆又后继，
拼死拼活来抵抗。
占拜温、占拜中冲何处，
何处似山倒塌，敌丧胆。
布冈老牙齿打战，
喊叫声发抖，
骑着大象冲向冈晓。
冈晓沉着应战稳如山，
占拜中昂着卷鼻又怒吼，

两象相遇不退让，
两将相见怒火上。
布冈老手持长矛指冈晓，
风驰电掣矛飞翻。
冈晓技高来躲闪，
布冈老矛落空心发慌，
脸变青色怒火旺。
冈晓武艺精又精，
长矛猛一晃，
布冈老眼花缭乱，
身中一矛肋骨穿！
鲜血喷涌染人象。
扑通一声滚下来，
兵丁齐欢呼，
吼声传远方，
争先把头砍。
冈晓战象也有功，
象牙挑敌未间断，
鲜血滴滴往下淌。

布冈桑坚持顽抗不投降，
骑着大象又出战。
敲起战鼓咚咚响，
兵丁排队列阵一层层，
把占拜中围在正中央。
冈晓的军队如山立，
严阵以待来应战。
两军杀得天昏地又暗，
一场肉搏如旋风转，
似剁生②如搅拌，
又如伐木刀砍树，
遍地横尸，
成堆成摞，
血流如小河！
布冈桑见势心惊胆战，
掉转象头，
退入城中城③。
兵败如山倒，

---

① 意为冈晓的军队入城后，将对方兵丁格杀。而妇女在战乱中纷纷在哭叫寻找丈夫下落。在战争中对妇女是不加屠杀的，而将其俘掠为妻奴。
② 剁生：生猪肉配上作料后剁细搅拌，即可食用。
③ 城中城：即内城，多为上层人物居住。

布冈桑的将士们互相践踏夺路逃。
冈晓紧跟不肯放，
穷追猛打不停步。
血战一场又一场，
只见布冈桑的兵丁两边倒，
死的死伤的伤。
布冈桑陷入绝境，
他只有背水一战。
他蹬着大象迎冈晓，
两头大象猛顶撞，
象牙交错格格响。
布冈桑的长矛如闪电，
冈晓左挑右挡找机会。
手疾眼快挺长矛，
一矛刺中布冈桑。
布冈桑翻身落下象，
冒宰①争相把头砍。
吼声震天内城撼！
残敌四散逃，
冈晓的兵丁紧紧追。
拿出钩镰枪，
钩人又钩象。
占拜温东奔西突战得欢，
敌人一见就丧胆。
各洪②乱哄哄，
大刀长矛纷纷放，
口衔呀热草地下跪③。
祈求召生黑把命饶：
"已经杀了布冈老和布冈桑，
砍树要留根，
不要把我们杀光。
留下普囡宾海④，
日后为你们砍柴割草，
召生黑冈晓啊。"
战斗已经近尾声，
桑洛、嘿南也从南面冲入城。
两军会师，

兵丁满城烟消散。
战斗结束冈晓军令下：
"两布冈的住宅谁也不能进，
要把门封闭，
等待海罕前来看。"
兵丁有的安营寨，
有的清理战场。
众头领来来回回在奔忙，
把战果向冈晓来报告。
桑洛、嘿南俘敌一千多，
回到城外守营帐。

第二天拂晓天刚亮，
桑混⑤见面把事商。
三头战象真威风，
三把金幢金光闪。
冈晓手捻胡须笑眯眯，
接着把话讲：
"召桑洛啊，召桑洛，
你来攻打勐景罕，
要把妻子来讨还。
为什么久战不胜城不克？
为什么海罕的军队打胜仗？
而你打起仗来无气又无力，
就像病人一个样。
妻子怎能夺回到你身旁？
若不是我们来支援，
怎能攻下冈老和冈桑？
我冈晓为了杀敌人，
宝刀已经磨损直到把，
为的是把两混⑥的爱妻来讨还。
如今已取冈老和冈桑，
他们的住宅不准抢，
要让海罕前来看。
报告的信件已送出，
你们要执行命令严看管，
两布冈的住宅禁止受侵犯。"

---

① 冒宰：贴身卫士。西双版纳称为侍卫军，只有官员之子才能充当。
② 洪：小城子内的各个村落。
③ 战败投降时，放下武器，跪在地下，把杂草、树枝或其他东西含在口中，表示投降。
④ 普囡宾海：下对上的自称，即小人、奴隶之意。
⑤ 桑：三。混：头领。桑混即三个头领。
⑥ 两混：指海罕、桑洛。

海罕接信笑颜开，
对着信使把话讲：
"攻占冈老和冈桑，
兵丁有劳将有功。
城中的财富尽可抢，
谁抢归谁理应当。
两布冈的住宅也同样，
住宅无须我来看。
金银财宝我不稀罕，
夺回婻崩才是我所想。
亲爱的艾召生弟弟啊，
我的心愿记心上！"
信使接令往回返，
冈晓又把军令传：
"所俘战象赶出来，
合理分配人人享。
滚勒汉显①要杀尽，
普勒该尼②留活命，
二者对待不一样。"
一切占伙③分配完，
冈晓转身回营帐。
大队人马相跟随，
人欢马叫战鼓响。
俘虏的俸少④随军到，
沦为冈晓滚赖⑤的妻。
俸少日晒如火烤，
脸发烫，汗流淌，
脚上血泡步难行，
身欲倒。
只因俸改太作恶，
百姓遭殃受煎熬。
兵丁赶路日夜行，
已到海罕驻扎的大本营。

见遍地营帐相连接，
大象悠闲把食觅。
冈晓坐骑停蹄，
卸舆放装，
安扎营寨！
桑洛、嘿南也来到，
脸上无光愧疚无语。
太阳初升天大亮，
众将领前来叩拜海罕。
战冈老、冈桑获大胜，
奉献成群的马和象，
金子银子驮马上。
海罕下令奖全军，
战象是奖品，
还有美丽的色披罕⑥。
再把板汉阿明⑦来举行，
全军兵将心欢畅。
布冈桑的女儿也被俘，
一个赐给弟弟桑洛做奖赏。
一个赐给混嘿南，
为他铺床睡觉把身暖。
布冈老的小女儿也被抓，
赐给弟弟冈晓做财产。
金银奖给有功者，
鼓励他们打胜仗。
混勐又把命令传：
"两布冈的首级绸缎包，
莫⑧举杯来祭神灵。
让他俩的灵魂留在地，
等俸改死后一同把天上。"
双混陶勐⑨啊
一切安排妥当，
摆酒设宴庆功忙。

① 滚勒汉显：有武艺的恶人。
② 普勒该尼：善良的驯服者。
③ 占伙：财产，包括人、畜、财物。
④ 俸少：成群的未婚少女。
⑤ 冈晓滚赖：指冈晓的兵将。
⑥ 色披罕：缀有精致图案的战袍、衣服。
⑦ 板汉：叫魂。阿明：祝福，祝贺。
⑧ 莫：占卜师。
⑨ 双混：二位官员。陶勐：掌管勐的头人。

六

庆功活动刚刚完，
海罕又把命令传：
"全军备战无松懈，
下一仗攻打勐景罕。
虽然我军连取胜，
不少地方已攻占，
但是讨伐俸改为时已三载，
还未见到我的妻婳崩。
这次出战意义大，
要详细记录在纸上，
留给后人永不忘。
各路大军要记住，
坚决占领勐景罕！
先把城池来围困，
冈晓打先锋，
桑本紧跟上，
召桑洛跟在桑本后，
桑温、赛伦的铁骑来压阵。
布冈戈和布冈伴负责搭营帐，
安排我的大本营，
迎接我到来。
号令一响就开战，
汉高波滚哇①攻城打头阵，
杀进城后把火放！"
海罕说完下命令，
千军万马齐出发，
如龙出海虎下山。
鼓声震天旌旗摇，
烟尘滚滚莱累②晃。
冈晓的军队如潮水涌，
召桑温的骑兵林中穿。
人如海，似雾满布，
宜将勐俸翻江倒海。

三日路途一日行，
急行五六日。
涉过水来又翻山，
九个坝子脚下过。
出了山垭口，
已经俯瞰勐景罕。
用石垒城堡，
统帅大营住海罕。
只听凿石声声响，
响声传到勐景罕。
冈晓立在山垭口，
只见俸改的高楼金光闪。
往北看，
景罕城一眼难望穿。
往西看，
无边无际白茫茫。
一发鲁非③射进城，
如火龙在飞舞。
土炮轰隆又一响，
烟雾弥漫勐景罕。
城外百姓纷纷逃，
妇女牵着儿女喊。
男子腰带满地丢，
各色帕拉④迎风响。
冈晓、桑洛、桑本齐下令，
放出铁骑去追杀。
满田满坝死无数，
人似牛群乱如麻。
活着的举手来投降，
群群俘虏一串串。
桑本再令把房烧，
烈火熊熊烟万丈。
俸改站在高楼上，
扶着好贺⑤放眼看。
皇后、公主成群齐拥出，
手扶栏杆也来望。
俸改转头问妻妾：

---

① 汉：敢死队。高波：人名。滚哇：勇猛。
② 莱累：山名，靠近勐景罕。
③ 鲁非：一种燃烧的火药筒。
④ 帕拉：背巾。
⑤ 好贺：好，栏杆。贺，大楼房。好贺即宫廷栏杆。

"城外何以烟雾漫？
是否百姓烧地忙？"
妻妾抢着来回答：
"曾经劝你你不听，
反把我们骂一场。
不是百姓在烧地，
海罕大军已临城。
百姓死成堆，
他们又把火来放，
只为你把海罕的妻子抢。
你的妻妾多又多，
终日在你身边团团转。
心不满足又把媊崩占，
今天大家同遭殃。
我们将要沦为海罕的妻，
待来日心欢畅，
我们的混俸罕！"
俸改听了把话传：
"来人是为来讨妻，
快把酒席摆出来。"
媊崩手扶栏杆远远望，
一心盼着混海罕。
娥宾用手指远方，
小声来把媊崩问：
"亲爱的姐姐呀，
群群马队和大象，
无数金矛闪闪亮。
是谁的军队来到了？
一匹白马红笼头，
绣有孔雀的旗帜迎风展。
人群如蜂一般，
是谁率领大军来？"
媊崩笑着来回答：
"大队人马的统帅是桑洛，
为把你娥宾讨回到身旁。"
媊崩说话声响亮，
声声回荡在宫廷。
娥宾又开口把话讲：
"白色金幢迎风展，
金色的战鼓敲得响。
一队骑兵弓弩手，
风驰电掣向前闯。
后面的兵丁带宝剑，

挥刀骑在象身上。
姐姐啊，
这是谁的兵马在前方？"
媊崩笑着又回答：
"这是海罕的二弟桑本的兵马，
带有战马数万匹，
还有数万个弓弩手。"
娥宾手指远方又来问：
"绸子做的金幢迎风展，
群群战马满山冈，
就像野花开满坝。
前锋是刀矛，
象鼻上下甩，
统率这队人马的又是谁？"
媊崩笑着来回答：
"那是海罕的弟弟桑温。"
娥宾又再问：
"马队二十群，
直奔勐景罕，
急驰如鬼影，
林中皆大象。
淡绿色的金幢，
如金线在阳光下，
发出点点亮光。
大队人马浩浩荡荡在行进，
如大雨哗哗响，
它又是谁来统率？"
媊崩开口又回答：
"它的统帅是桑温。"
娥宾又指远方把话讲：
"幡幢迎风团团转，
大队人马在田坝，
旗帜似孔雀尾巴齐飞扬。
长矛加上弯钩刀，
还有大象数不完。
端坐幡幢下的又是谁？"
媊崩开口又回答：
"那是海罕最小的弟弟，
赛伦做统帅。"
娥宾问话不停顿：
"一群马队坡下冲，
大象滚滚来，
士卒如排山倒海。

幡幢的杆有花纹，
象鼻在摆动，
端坐在幡幢下的又是谁?"
嫡崩开口又回答：
"那是勇敢的汉高波，
他专门把敌人首级砍。"
娥宾又指一处问：
"耳闻战鼓咚咚响，
金盔明亮映阳光。
战马战象满田坝，
大象的獠牙似星星，
齐把金幢团团围，
这位统帅又是谁?"
嫡崩开口又回答：
"他是军师布冈伴，
专为海罕设营帐，
只等海罕的到来。"
娥宾手又指远方：
"你看东方又一队，
坝中扎寨把营安，
犹如巨星一颗明又亮。
声音四起很杂乱，
那是放牧的马和象，
金幢高高迎风转，
这队人马又是谁统率?"
嫡崩开口又回答：
"这队人马的军师是布冈戈，
他们也专为海罕设营帐。"
娥宾又指一处问：
"前方象队排着来，
人和马队紧跟后。
马队后面是鼓手，
绸缎做旗随风翻。
华丽的象舆罩象身，
戴着红帽的人骑着象，
拿矛的兵丁一排排。
有一架象舆最出众，
黄色的虎旗插在上，
帽顶是红色的兵丁把它团团围，

抬高藻①的兵丁走在大象前。
一队人马持红矛，
左右两边骑兵雄又壮。
亲爱的姐姐啊，
这队人马的将领是否是召海法海罕?"
她俩的对话犹如吹奏比景牙②。
又听嫡崩来回答：
"他们的将领不是召海法海罕，
海罕在最后面。
这队的将领是冈晓，
海罕之下就是他。
他足智多谋最勇敢，
是海罕的心腹人。
专为海罕铺垫金丝绸缎床③，
打仗历来是先锋。
行军路上建远负④，
远负先后建九次，
海罕对他最信服。"
娥宾又指远方问：
"象牙密如天上星，
条条象腿似森林。
兵丁多如蜜蜂群，
幡幢如雪白皑皑，
这队的统帅又是谁?"
嫡崩开口又回答：
"他是召尼的小舅子，
名字叫作混嘿南，
他边建远负边攻城。"
娥宾手指远方又发问：
"那边又来一大群，
犹如滚滚黑云般，
密密麻麻似蜂团。
只见象牙白花花，
大象奔跑快如飞。
彩旗飘飘迎风展，
长矛全都用铜铸。
幡幢插在一头象身上，
直指勐景罕。

---

① 高藻：一种兵器。
② 比景牙：用象牙制作的箫。
③ 意为冈晓是海罕的得力助手。
④ 远负：在行军途中的临时城池。

这是谁的兵马又来到?"
婻崩看看来回答:
"那是冈晓的弟弟为统帅,
他的名字叫冈庄。"
娥宾手指一转又开口.
"一队人马远方来,
正在匆忙建远负。
帐篷都是绿颜色,
再用木桩当栅栏。
战象多又多,
战马吃草遍山冈。
紫色的幡幢飘带飞,
带兵的统帅又是谁?"
婻崩马上来回答:
"他是崩南宛多发,
他的表哥是海罕。"
娥宾睁大眼睛看远方,
拉着婻崩把话讲:
"那边人马黑压压,
九个洼地全布满,
如同大雨洒落一般。
兵丁双手抬景罕①,
他们的帽顶插着孔雀尾,
战象头尾相连不间断。
另一队兵丁头戴金色帽,
金色的旗帜如林一排排。
战马成群在奔跑,
马龙头配着彩色绒线团。
锋利的战刀挎肩上,
战刀上缀有老虎尾。
队伍后面战鼓擂,
象队在后紧跟上。
矛手随象后,
千军万马浩浩荡荡。
战旗像森林,
贯发晕②震天响。
金幡幢下端坐一员将,
手摇虎头扇,
周围战马团团转。

先头部队进坝子,
后面的人马还在绕山腰。
军容整齐毫不乱,
人马大象热闹不寻常。
口弦、三弦齐鸣奏,
悦耳动听不一般。
亲爱的姐姐呀,
是谁如此有气派?"
婻崩高兴地回答:
"这就是召海法海罕,
咱俩的哥哥就是他。
历尽艰辛越岭又翻山,
为的是找到我婻崩回身旁。"
娥宾又指另一方:
"那边骑马渡河的,
划船渡河的,
大象渡河的,
争先恐后多么忙。
象牙白如野白花,
遍布江中和江岸。
红色的幡幢映水中,
巨龙看见也躲藏。
那是谁的兵马又来到?"
婻崩看了把话说:
"那是召勐帕相冈③。"
娥宾手指又一转:
"黄牛、水牛和马群,
山中吆赶。
彩旗哗哗在飞舞,
抬矛背弓的人连绵不断。
金幡幢随风扬,
那是谁的兵马在赶路?"
婻崩开口又回答:
"那是桑混伦和赛道。"
娥宾手又指远方:
"冈晓左侧又一队,
战马战象相混杂。
紫色象辇映阳光,
兵丁手中持金矛。

---

① 景罕:一种武器,如斧状,杆用金粉涂饰。
② 贯发晕:一种火药炮,爆炸后不会伤人,是用来助威的。
③ 召勐帕相岗:勐帕的首长。

红色幡幢金晃晃，
还有众多的兵丁抬着亥短①，
骑马的弓手斗志昂。
这队人马似赶集，
它又是谁来统率？"
婻崩看看又回答：
"那是勐缅的波道坚大官。"
娥宾开口又来问：
"前方又来一队象，
人骑象上缓缓行，
互相挑逗在游玩。
士卒众多在急行，
骑兵手持红色的亥罕。
幡幢的颜色蓝又蓝，
幡幢之下不见人。
它的首领又是谁？"
婻崩开口又回答：
"它的首领是冈罕，
他的父亲就是召生黑。"
娥宾遥望远方问：
"又见马队成群来，
已经来到湖水边，
准备渡水忙又忙。
士卒持长矛，
湖埂也踏翻。
营帐是白色，
阳光下闪亮。
战象有的在吃草，
有的如石滚下湖去，
有的在水中嬉戏玩。
伙夫收炊忙，
有的在灭火，
烟往天上窜。
有的还未吃完饭，
有的正在套马上鞍。
黄色幡幢缓缓来，
迎风哗哗响，
这是谁的军队又来到？"
婻崩看后又回答：
"这是召勐洪②的军队来参战。"

娥宾指着远方又发问：
"前面又来人和马，
彩色斑斓如虎皮，
布满勐景坝。
兵丁手舞刀矛划圆圈，
有的拿着钩镰枪。
一群大象在甩鼻，
战马成群又结队。
兵丁头盔亮闪闪，
孔雀尾巴缀战刀。
骑兵跃马在奔跑，
象舆高插金幡幢。
这是谁的军队呀？"
婻崩看看又回答：
"它的首领叫艾包，
作战历来很勇敢，
召尼令他做后卫。"
娥宾手又指远方向：
"骑兵遍野跑，
人群满坝站。
战象甩长鼻，
炮手背长刀。
战马一百群，
群群头高昂，
准备把城攻。
战象又一队，
目标勐景罕。
一头战象的舆上，
插着紫色金幡幢。
这队人马的首领又是谁？"
婻崩来回答：
"他是召尼崩，
他的人马很勇敢。"
娥宾手又指一方问道：
"田坝中士卒在打桩，
准备围成大栅栏。
兵丁割草又挑柴，
战马成群跑得欢。
幡幢一顶色金黄，
一员大将坐中央。

---

① 亥短：一种护身的兵器，似盾。
② 召勐洪：勐洪地方的酋长。

这个首领又是谁?"
嫡崩开口把话讲:
"这是陶桑海,
统率预备队。
亲爱的妹妹啊,
海罕的全部人马已到战场!"

围攻勐景罕,
战斗已打响。
冈晓的军队猛冲锋,
桑洛的军队北面攻。
桑本的军队南面上,
桑温正面出击凶又猛。
杀声震动勐景罕,
千军万马冲城池。
用火来攻,
烟雾腾腾直往云霄升。
勐景罕城池宽又长,
海罕的兵马虽很多,
围城仍然有漏空。
赶集的百姓往城里逃,
你冲我撞死伤重。
兵丁点燃火把烧村庄,
村庄攻占六十个。
冈晓在原地把营安,
他眼望城池把话说:
"打仗不但要靠气势猛,
也还要把鬼神祭,
人马作战才更勇敢。
攻进城去有奖赏,
俸改有几头雪白的大象,
女儿美丽又漂亮。"
桑本急忙开了口:
"我打头阵攻入城,
俸改的小女儿就归我。"
桑洛也开口紧接上:

"我打头阵先入城,
俸改的小女儿应归我。"
冈晓摆手来阻挡:
"你们二人莫争吵,
一切事由阿巫戛来定,
说千道万听他讲。"

城内守军见人来冲杀,
慌忙又击鼓来又敲铓。
城中兵丁奔又跑,
手持武器来应战。
站在城头齐把弓弩发,
飞箭射满象身上,
如同豪猪身上刺一般。
城门忽然大大开,
俸改的兵马滚滚冲出来。
象脖上的铃铛震天响,
如雨急来似风狂,
瞬时冲到海罕军队前。
冈晓一时难抵挡,
往后急急退,
二十布冈①把命丧。
冈晓见状传令把兵退,
拉开距离稳住阵。
之后,
一杆旗帜插地上,
一声军令传出来:
"不准再后退,
否则把头砍!"
对方趁势往前追,
帕达汉②骑着大象猛冲来,
冯达望和雪达荒③紧跟随,
雪达亥④举着长矛也冲来。
达黄皆⑤的兵马有十万,
莫英法⑥的每头大象系着九个铃铛。
皆闷⑦的坐骑有九个金铃脖上挂,

---

① 布冈:为一个村寨的头人,二十布冈指二十布冈率领的士卒。
② 帕达汉:俸改的一员大将。
③ 冯达望和雪达荒:两人均为俸改的大将。
④ 雪达亥:俸改的大将。
⑤ 达黄皆:俸改的大将。
⑥ 莫英法:俸改的大将。
⑦ 皆闷:俸改的弟弟。

其手下的兵丁帽顶是红的，
几员大将出城来作战。
达黄皆和皆闷战桑本，
桑本沉着应战稳如山。
两人又冲杀布冈戈和布冈伴，
杀声喊声震天响，
胜负难分难解。
俸改的兵源源出城来增援，
只见帕达汉和莫英法围攻桑本。
帕达汉骑着的大象，
人血顺着它的牙滴滴淌。
桑本边战边退靠近冈晓，
兵退如潮冲坝倒。
冈晓见状怒火上，
命令战鼓猛敲响。
冈晓骑象冲敌阵，
战象横冲又直撞。
冲到哪里哪里让，
敌兵死的死来伤的伤。
雪达亥、雪达荒自吹是大官，
蹬着大象往前冲，
手持金矛战冈晓，
士兵如潮紧跟上。
达黄皆也骑象战冈晓，
冈晓驱象来迎战。
只听达黄皆的大象一声惨叫，
扑通一下倒在地。
冈晓趁势用矛刺，
达黄皆一命呜呼倒在田坝中。
冈晓再把象头钩，
达黄皆的头已被士卒砍。
欢呼之声响又亮：
"我们勐景哈的冒宰本事强！"
对方大惊失色心发慌，
退入城中城门关。
第二天拂晓天刚亮，
冈晓开口把话讲：
"各路将官，
你们人人有金幡幢，
应服从布冈戈和布冈伴。
战壕营寨应筑牢，
众士卒动手一齐干，
做好准备重开战。"

转眼又过了一天，
海罕率军下了山，
来到勐景罕大坝。
骑兵八万，
矛手三十万，
头戴铁甲的士卒五十万，
七十万兵丁挥大斧，
钩镰枪手八十万，
长刀队有九十万，
头戴金帽亮闪闪。
海罕骑着占拜舍，
来到坝子浩浩荡荡。
占拜舍好似一蜂王，
脖系金铃九个响叮当。
十万头大象相跟随，
贯发晕沿路阵阵响。
海罕心急如火烧，
因为还未攻下勐景罕。
冈晓看见海罕到，
急得淌大汗，
慌忙下象骑上马，
手拿金壶金杯见海罕。
见到海罕就开口：
"我的召海法呀，
你何以这么急来这么忙？
你只要稍作安排就可以，
就像宝刀在鞘中，
只要拔出一点露亮光，
不必操心费神太劳累。
你应该了解勐景罕，
土地宽阔没有边。
老鹰离巢往外飞，
飞回来时找巢难。
喜鹊、八哥高高飞，
飞来飞去飞不过界。
同是勐景坝，
由于土地太广大，
十里气候不一样。
此处天晴那里阴，
东边下雨西边出太阳。
远远望去地连天，
并非一朝一夕能够到尽头。
勐景罕城中大又大，

二十多处赶集场。
练兵场宽一百挐，
弩箭装满一千仓。
城中鲁勒三十九，
每个鲁勒的大门饲养大象二十头。
大象每天出又进，
路面踏出深坑一串串。
我的召海法呀，
我担心夜间敌人来偷袭。
三十万支标枪一齐发，
俸改还有猛士三千人，
刀枪不入的就有一百五十双，
如果他们发现你，
把你围住杀翻了，
那时军心动摇人心散，
很多人马就会去投降，
如同丝线被拉断，
再也接不上。
我的召海法呀，
请你仔细想一想！"
海罕听了把头点，
骑着占拜舍往回走。
群象跟着回远负，
海罕安居营寨等待捷报传。

第二次战斗又打响，
铓鼓声声炮火乱。
十万战象齐出战，
硝烟弥漫火烧山。
海罕的各路兵马猛冲杀，
一冲冲到城池边。
土炮火炮声不断，
只见城中大火燃。
冈晓奋力往前奔，
士卒紧紧齐跟上。
城头大石哗哗往下滚，
檑木齐下如狂浪。
土炮火炮又齐发，
冈晓士卒成肉酱，
大象倒在城墙旁。
士卒高举发巴梯①，

要把大石檑木挡，
可力量太大挡不住，
许多士卒震昏迷。
帕达汉趁机出城战，
打开栅栏放象群。
帕达汉头盔金光亮，
指挥象队的是雪达荒，
雪达亥也率兵来出战，
莫英法手指冈晓大声骂：
"艾冈晓啊，艾冈晓！
一望无际的勐景罕，
好似一座铁铸的城。
二十道铁索桥放寒光，
你们休想来攻占。
你们的大象如猪一般，
怎能爬过护城河。
你们来打勐景罕，
就像野鸡扑野猫，
来多少就死多少。
就像小鱼千万条，
进入龙嘴落肚肠。
又像狗咬老虎自投网，
二十条也喂不饱。
你以为勐景罕的狗无牙，
才把肉送到门上？
你们别来送死了，
快快回家去栽秧！"
冈晓大声来回答：
"你们的俸改太霸道，
到处把别人的妻子抢。
人人恨他紧握拳，
心中怒火高万丈。
你们真是太骄狂，
大象未死就拔牙，
反被象牙戳肋巴。
老虎未死拔虎牙，
虎牙爆炸变火花。
烈火烧到勐景罕，
海罕是天神的侄儿威力大，
俸改却把他来污辱，

① 发巴梯：一种专门用来抵挡檑木、滚石的防御物。

594

把他的爱妻婳崩抢。
海罕骑着占拜舍，
要把俸改亲手斩。
召尼本为婳崩来，
可恨俸改不回头，
只可怜勐景罕的人死如山。
你们几个小奴才，
胆敢来和我胡缠，
眨眼你们就要死，
二十头大象瞬间毙。"
雪达亥听了怒火冒，
骑着大象出来战。
冈晓驱赶占拜中，
毫不畏惧迎头上。
两头大象长鼻扭，
象牙交错咯吱响。
景罕的兵丁滚滚来，
两军交锋天昏暗。
战马铁蹄急，
战场尘土扬，
喊声杀声如雷声一般。
雪达亥手持长矛连连戳，
冈晓沉着冷静左右挡。
趁势矛刺雪达亥铠甲穿，
雪达荒急忙来援助，
双方士卒争抢雪达亥。
战马对阵相残杀，
土炮如洒沙。
冈晓左飞奔来右驰骋，
敌阵纷纷两边倒。
雪达荒拼死来迎战，
两象交锋互不让。
雪达荒长矛左发右射上下挑，
冈晓怒火心头燃。
狠狠一矛刺过去，
正中雪达荒肋下。
一声惨叫还未出，
翻身滚下象。
葬身矛下刚闭眼，
兵丁争相把头砍。

雪达荒的士卒见此状，
人人心发慌。
往后败退如山倒，
冈晓紧追不放松。
战斗层层来推进，
边打边把黑横①来围上。
敌军战败军心动，
桑稳②更是火直冒，
严厉斥责众兵将：
"昨日一战输得惨，
俸改得知则头难保。
只有把冈晓的首级斩，
把他剁成肉酱，
给召法勐俸罕献上，
才会将功补过有奖赏。
今天我们齐出战，
活捉冈晓放在砧板上，
让我们的妻子把刀拿，
放上葱和姜，
合在一起剁肉酱，
然后分给父老共同享。
还要将此事记下来，
留给后人代代传！"
话刚说完就下令，
骑着大象重开战。
身后兵将千千万，
就像乌云遮太阳。
战象獠牙白花花，
脖上金铃响叮当。
桑稳冲杀在北边，
桑洛勇敢来迎战。
俸改又一路兵马杀南方，
在城脚遇上布冈戈和布冈伴。
双方一场混战，
喊杀声如瀑布哗哗响。
士卒有的死在矛下，
有的中土炮。
两军谁也不相让，
象阵对象阵，
只听大象粗气喘。

---

① 黑横：栽下木桩，用横木围成坚固的栅栏，作为防御工事。
② 桑稳：俸改的一员大将。

桑稳杀向冈晓的阵营，
指着冈晓放声骂：
"冈晓啊，冈晓！
上数天大把地盖，
下数召法温管辖下的地最广。
你们来此为哪样？
一头象怎能战胜百头象？
你冈晓任凭武艺多高强，
来此只不过自取灭亡。
你的百头象对勐俸的万头象，
虽然力大似猛虎，
竹篮打水也枉然。
既然你已来挑战，
就不要心惊胆战。
冈晓啊，
我要把你的象牙来绞断！"
冈晓听了也大骂：
"你手拿金把羽毛扇，
模样像个老憨官。
我俩相交战，
不知谁先亡？
你口口声声说大话，
勐景罕的大象虽多如草，
有哪头大象能善战？
勐景罕的战象虽多如石崖，
又有哪一头能把我们的象牙绞断？
既然你已来挑战，
也不要心慌发抖腿发软！"
说完，脚蹬大象冲过去，
桑稳的士卒两边让，
桑稳出阵来迎战。
两象相遇吼声起，
你来我往，
一场生死激战，
令人眼花缭乱。
冈晓手疾眼快刺桑稳，
一矛正中咽喉上。
桑稳扑通滚下象，
士卒拥上把头砍。
呜呜……吼声传四方，
人又欢来马又狂。
勐俸人马慌忙退，

损兵折将斗志丧。
争相入城忙躲藏，
来把魂魄安。
其余各路也败退，
拖着战旗城里窜。

桑洛收兵回远负，
布冈戈和布冈伴，
抬着孔雀尾战旗数千杆也退回，
冈晓的军中最热闹，
锣鼓喧天战旗飘。
八万大军回营帐，
洗脸休息又吃饭。
冈晓夜间睡不宁，
朦胧间，
梦见自己变成一只大鹞鹰，
腾空飞起在云端。
梦中惊醒心急跳，
不能入睡到天亮。
一早起来吃过饭，
骑上快马见海罕。
海罕见了很奇怪：
"往次你来很热闹，
何以这次单身独马进营帐？
满面愁容心不安？"
冈晓边哭边回答：
"我的召海法呀，
只怕象倒不吃草，
我离人世留下你，
放心不下愁断肠。
不知老天降下什么灾和难，
昨夜迷迷糊糊做个梦，
梦见我变成一只花蝴蝶，
飞进俸改大鼓中，
后又变成乌鸦，
飞在俸改的剁生上。
又梦见骑着天马在空中，
天神赐给我衣服，
可左穿右穿套不上。
又梦见妻子和女儿，
在家欢喜地吃剁生。
还梦见宝石挎包散落地，
一群商人来抢光。

梦见蜜蜂来叮头，
形勇①咬我全身痒。
梦见南哈②遍身淋，
浑身乌黑不发光。
梦见宝剑出刀鞘，
如同铅巴一样软。
梦见长矛脱了杆，
只剩一只空杆把人戳。
梦见你的坐骑占拜舍，
右边象牙已折断，
呆呆站立不吃草。
梦见我的占拜中，
左边象牙也折断。
梦见你的宝刀缺了口，
缺口如同芝麻一般大。
梦见我的宝刀弯，
如同象牙一个样。
我的混勐啊！
只怕我冈晓死了，
嫡崩不能回到你身旁。
如果我真的离开你，
嫡崩就不能和你同桌来吃饭。
没有我冈晓，
谁来为你冲锋又陷阵？
只要我不变成鬼，
你就尽管把心放，
我的混勐啊，
我的心中很悲伤！"
海罕听了忙安慰：
"你清早来向我说梦，
祝你寿命万年长。
你详细给我讲了梦中事，
愿你的灵魂永远和我相伴。
亲爱的冈晓啊，
不要难过又悲伤。"
说完拿出金项链，
挂在冈晓脖子上，
作为阿敏③来护身。

项链金光射衣服，
衣服发出道道光。
海罕又为他来把魂招：
"愿你同海罕同过好日子，
白发到老不分散。
我的冈晓弟啊，
如果梦吉祥，
神灵会给我们金银财宝。
如果是凶梦，
死亡来临不要慌，
自古人人都如此。
相信我们会长寿，
白发到老升上天。
我们二月和俸改来作战，
参战兵马多又多，
你不用发愁。
只等布领暖的天兵到，
共同配合打胜仗。
你的梦不祥，
莫忙上战场，
把酒摆上桌，
和众官共畅饮，
并和我同住绸缎帐。
亲爱的艾召生弟弟啊，
听我的安排不要慌。"
冈晓听了又回答：
"我亲爱的召海法哥哥啊，
俗话说得好，
富人怕儿子无才华，
整天围着自己转。
勇士怕儿子衣服破烂④，
到处坐门槛⑤。
谁又会让孤儿来当官，
只有咬着衣服扣子在悲伤。
将死但战旗不能倒，
士卒不能散。
如果我冈晓战死了，

---

① 形勇：生活在江边的一种极细小的蚊虫。
② 南哈：生锈的水。
③ 阿敏：护身符。
④ 指怕儿子不成才。
⑤ 指无所作为。

你要扶持我的儿子艾冈罕。
请求你啊，召海法，
不要让我的儿子判①。
请给他官做，
食禄一个勐。
我的混勐啊，
我的心愿请你记心上！"

冈晓话刚完，
俸改的兵将又开战，
放火烧远负，
各路大军只退不抵挡。
退兵似牛群，
你挤我拥纷纷乱。
眼看靠近海罕的大营盘，
俸改的兵将仍源源不断出城来。
形势危急人心慌，
冈晓大声把话讲：
"我离开战场只片刻，
战局就成这个样。
我不出战怎么行，
俸改攻破我军怎么办？
我宁可战死在象上，
让绸缎衣服挂在象身上！
我的召海法呀，
话说多了口会干，
快把烈酒拿过来，
烈度不高的给阿巫戛。
你要亲手拿酒给我喝，
让酒的热气满胸膛！"
阿巫戛连忙来劝说：
"烈酒不能过多喝，
我的侄儿冈晓啊！"
边说边大碗大碗的酒往肚里灌。
冈晓看了就发问：
"你叫我烈酒不要喝，
可是你却喝了那么多，
一罐接一罐，
酒往嗓管过，
好像箐水在流淌。"

阿巫戛听了就回答：
"我可以喝一千条江河的水，
喝二十坛的酒也不会醉。"
冈晓听了把话讲：
"你已经老了不中用，
什么大话都乱放。
你阿巫戛聪明就去指挥作战吧！"
说完，放下杯子，
转身策鞭上马。
回到营帐里，
穿上衣甲，
戴上金盔，
拉过占拜中，
换上新象舆，
左转右转仔细看。
冈晓一声令下，
战鼓擂起来，
占拜中昂首大声吼叫，
士卒离营奔战场，
势如翻江倒海卷巨浪。
鲁非横空似红霞，
土炮轰鸣齐开花。
只见人群纷纷倒地上，
战袍已被鲜血染。
冈晓脚蹬占拜中如流星闪，
俸改的兵丁两边哗哗倒，
急急忙忙退入城。
俸改站在高楼举目望，
见冈晓攻城来势猛，
兵丁如大雾弥漫白茫茫。
到处只听喊杀声。
炮声隆隆震天响。
俸改见了怒火烧，
下令抬出大酒坛，
放在宫廷正中央。
他手中拿起瓜戛占②，
捋起双袖跺脚骂：
"海罕养的象能作战，
养的人勇猛又善战。
只听说，

---

① 判：贫困、无知、困难，无吃无穿。
② 瓜戛占：傣族首领特有的一种舀酒的金制器皿，状如缸钵。

这边的人马是冈晓的，
那边的人马还是冈晓的。
我们的儿孙死了不知有多少，
我养的大象不能战，
象牙虽粗大，
牙根不长包①。
我养的士卒不像样，
贪生又怕死，
不论令哪个召冈②去作战，
都推说象牙已受伤。
派出将领上战场，
回来象尾被砍伤。
召幢已经死了七员将，
你们都白吃我的饭，
勐景罕将要陷落变水塘。
是否冈晓以铁当饭？
刀枪不能伤他。
是否他的妻子用铁当菜让他吃？
谁和他战谁灭亡。
我的众官啊！
谁有胆量不怕死，
饮下我手中这杯酒，
砍下冈晓的头给我看，
我就将最美丽而宽广的地方赏给他，
将最漂亮的姑娘送他做妻子，
还要再把黄金赏，
冈晓的首级有多重，
所赏的黄金就重头三倍。
如果黄金不足赤，
再加上银两。”
一千个勐的首领端坐金椅上，
召冈、召伴③列位坐后排，
垂头静听不讲话，
宫廷悄悄无声响。
俸改的弟弟皆温和皆伴，
身子歪靠椅背上。
一员大将站起来，

他的名字叫卫大罕。
他认为自己艺高人胆大，
日夜想着要与冈晓决一死战。
他将起手袖骂众官，
唾沫横飞气焰狂。
皆温、皆伴叩头向俸改问：
"我俩为何不能出战？
冈晓即使有虎熊般百倍之威，
也要把他头来斩。
亲爱的召法温俸罕，
我们要想出好计谋。
不要只把冈晓攻，
否则援兵会助战。
应首先攻打东方，
那里的首领是桑洛。
再派矛手攻桑本，
又派骑兵紧跟上，
手持弓弩去偷袭。
我俩再驱赶百头象，
中路径直取冈晓。
即使他是铁一块，
也要把他化成汤。
敬爱的召法温俸罕啊，
我们的主意怎么样？"
俸改听了连点头，
接着就把命令下：
"三千哈火塔④做准备，
长刀日夜不离身，
刀鞘亮闪闪。
三百哈火吞⑤，
把刀当妻抱着睡。
入山不怕虎，
声如熊虎嗥。
棍棒戳眼眼不眨，
矛戳脸面如抓痒。
弩射肋骨多舒服⑥，
边练武功边吃饭。

---

① 牙根长包的象凶猛。
② 召冈：小头领，勐的酋长。
③ 召伴：千夫长。
④ 哈火塔：指俸改的猛士，十分凶悍的人。
⑤ 哈火吞：指俸改的猛士，十分凶悍的人。
⑥ 弓弩射不穿，反而有舒服之感。

用刀互砍闹着玩，
不是这样手痒痒。
三千冒暖冈①，
五十万冒暖转②，
三百万召暮烈③，
七百万召海短④，
这些猛士全出征，
我一个也不留身旁。
随同战象倾城出，
密密麻麻把大地铺盖，
一点空隙也不留，
直捣对方象鼻上！
众官们啊，
这次必须打胜仗！"
皆温、皆伴得命令，
请求俸改赐战象。
俸改又把话来传：
"我的两位将领啊，
需要什么自己看！"
俸改下令牵出英着节⑤，
手拿瓜戛占，
盛酒入金杯，
洒在地面上。
开口把话说：
"八百头战象，
任凭你们来挑选。
英着节脚粗如蜂窝盘，
送给皆温弟弟去作战。
又牵出占艾兰⑥，
送给卫大罕。
这头象的牙粗如盐臼般，
不怕炮也不怕枪，
几条花纹背上长。
将领们啊！"
俸改一声把令下，
鸣炮三声震天响。

千军万马如流石，
呐喊奔跑赴战场。
北方城门大大开，
涌出骑兵和战象。
南方城门大大开，
万马如缅卯⑦，
出洞遮天来。

冈晓抬头看北门，
象头、长矛密密麻。
转头再往南门看，
大象的脚步声震云端。
东门只见人流涌，
炮声震耳聋。
又见桑洛蹬着大象，
雄踞壕沟来迎战。
刀砍矛戳，
道道寒光冷飕飕，
双方人马死无数。
战象互拼杀，
相持不退让。
又见敌军围桑本，
砍杀之声比雷响。

俸改又把命令下：
"直取冈晓，
以一当百要血战，
冈晓再勇也难逃。"
三千哈火塔把他围，
皆温的象队左边上。
象牙的尖端铜来包，
又坚又硬难抵挡。
右边又来卫大罕，
士卒手持钩矛齐呐喊。
左右齐向前，
冈晓已被紧包围。

---

① 冒：未婚男青年。暖冈：守卫俸改正宫的卫士。
② 冒暖转：守卫宫廷的卫队。
③ 暮烈：即戴铁盔的士兵。
④ 召海短：穿着前胸后背有铜片做成的形如圆状的护身衣甲的士兵。
⑤ 英着节：大象名。
⑥ 占艾兰：大象名。
⑦ 缅卯：雨季时经常出没的一种会飞的蚂蚁。

两军相战，
人如海，象如潮。
俸改的兵马源源不断又出城，
千军万马黑压压，
如洪水暴发江河涨，
海罕的大军难抵挡。
冈庄想去救冈晓，
蹬象象不往前走，
反而怒吼往回转。
俸改的士卒又放土炮又发箭，
犹如雨点般。
弓箭射在象身上，
头头大象插满箭。
满坝只听象吼叫，
海罕各路兵丁退田坝。
冈晓仍然被围困，
就像乌云遮太阳。
海罕在远负高台站，
目睹冈晓形势急，
心中不安又慌乱。
向天跪拜连叩首说：
"神灵啊，
千棵万棵树死了，
请留下中间的那棵。
千人万人死了，
请把弟弟艾召生留在世上。"
天神拨开云雾，
对着海罕把话讲：
"海罕啊，海罕，
前几天冈晓把鸡卦吃了，
这是对天神的冒犯，
我们不再保护他。
你的象如石崖般多，
为什么不给冈晓骑一头？
现在冈晓的坐骑是双线的，
原是俸改的战象。
等一会就会有人叫喊：
旧刀不要把主子砍，
旧锄头不要去把根挖！
天要他死了，
你不要怕孤单。
攻城怎么不齐心合力？
天神的子孙啊，

是善良的人！"
海罕听了心悲伤，
不知如何是好，
像热锅上的蚂蚁团团转。
他定下心来想了想，
急忙下令把话传：
"赶快把占拜舍牵出来，
我要去攻勐景罕，
我要去救冈晓，
今天就同他一起战死吧！"
阿巫戛圆睁两眼对海罕说：
"求求你呀召海法，
明知自己刀不快，
偏要去把竹节砍，
刀口缺了无人再复样。
你不要心急啊！
俸改的城池这么大，
里面的鲁勒不知有多少。
心莫急，
否则要把事弄坏。
我的召海法呀，
冷静下来作打算。"
海罕叫来陶桑海说：
"快快骑上我的占拜舍，
支援冈晓莫迟缓。
我身边的兵和将，
你身边的那些大象，
一个不留全部上战场，
让冈晓安全往回转。"
陶桑海立即率兵出发，
如流星般直杀勐景坝。
他见冈晓重重被包围，
金幡幢在中间团团转。
陶桑海不敢再拖延，
蹬着占拜舍冲上前。
弓弩炮一齐发，
对着占拜舍射过来。
占拜舍一边吼叫一边闯，
冈晓看见怒火中烧：
"你这下贱的陶桑海，
海罕的战象千万头，
你为何专骑占拜舍？
让人家又炮轰来又刀砍，

海罕怎能离开占拜舍？
你打仗实在太无能，
只会骑着占拜舍来游玩。"
陶桑海听后怒火起，
回口大骂不相让：
"下贱的冈晓你懂啥，
死神已降临你身上。
海法才令我骑上占拜舍，
急急忙忙来救你。
兄弟之间要同心，
合在一起有力量。
今天即使战死了，
也要死在象身上。
现在俸改的兵马到处是，
我们为什么还要互相骂？
你说话就像疯子一般。
冈晓啊，
既然如此你就等着看。"
陶桑海一怒之下往回转，
冈晓又被紧包围。
俸改的大象如石滚滚来，
援兵一眼看不断。
冈晓被围千百层，
阵脚却没有乱。
士卒久战沙场心不慌，
背靠背来四面战。
占拜中往左猛一冲，
对方刹那倒下一大片，
再往右一闯，
哗哗又倒一大堆，
俸改兵丁难抵挡。
一场血战，
双方的人马战象，
疲劳不堪难再战。
冈晓下令射火炮，
火炮的红光映天空，
只见城墙轰隆倒。
冈晓紧蹬大象往前冲，
兵将在后齐声喊。
龙腾虎跃越战壕，
俘获大象二十栏。

俸改兵败退回城，
冈晓乘胜追击不肯放。
转眼来到一悬崖，
到处巨石林立，
石崖陡峭。
突然间，檑石滚滚如天降！
冈晓兵将遭伏击，
死伤无数。
战象欲退却不能，
往前更艰难。
俸改的兵丁手持大刀和长矛，
如旋风卷杀而来。
冈晓退一步，
戴头盔的士卒遭伤亡。
冈晓退三步，
二十乃干①又落下马。
城楼上，
助威呐喊声响云端。
冈晓抬头看前方，
二十头大象甩着长鼻冲过来。
左路也来围，
右路也来堵。
冈晓仰头把天看，
愁云笼罩黑茫茫。
冈晓心中也悲愁，
不知老天让谁亡。
他蹬着大象往右冲，
俸改的兵将纷纷落下象。
他蹬着大象往左冲，
到处是土坎，
俸改的兵将冲得跌跌撞撞。
冈晓的矛在飞舞，
只听鬼哭狼嚎一片乱，
俸改的兵马四处散。

俸改骑着飞马，
在天空中来回往下看，
看见形势太危急，
声如炸雷高声喊：
"占拜中啊，我的象，

① 乃干：村寨的头领。

旧锄莫挖根，
旧刀莫把主人砍！"
占拜中听到叫吼声，
站立倾听一动不动。
不管冈晓怎么蹬，
占拜中把象牙插地高声吼。
冈晓怒气上心头，
用矛戳大象。
占拜中疼痛忽狂奔，
如醉又似疯。
冈晓直往城里冲，
越过九条沟，
冲杀到安望①。
占拜中满身是刀伤，
冈晓士卒紧跟上。
俸改放出大象二十栏，
又把冈晓来包围。
俸改的弟弟皆温来出战，
各路兵将也出动，
锐利长矛肩上扛。
冈晓的兵将背靠背，
拼尽全力来抵抗。
无奈俸改兵将多，
死了一个十个上。
冈晓的兵马在减少，
如同河中沙石慢慢被水淹，
如同碗中米饭一口一口被吃掉。
俸改的三千名武士拿大刀，
七千名钩矛手往前闯，
直指冈晓大象占拜中。
皆温骑在大象上，
金舆高插孔雀尾，
指挥兵马来作战。
兵丁和大象蜂拥而出，
就像天崩和地裂，
刀矛发出动人心魄的声响！

另一支人马是卫大罕的，
迎着冈晓来追赶。
冈晓象队摆开阵，
一场恶战又开始。

冈晓的战象战死一头，少一头，
对方的战象战死一头，十头上。
冈晓的兵丁阵亡一个，少一个，
俸改的兵丁战死一个，十个上。
占拜中精疲力又尽，
其余大象也无力再冲闯，
慢慢靠拢相保护。
俸改的铁甲猛士逼上来，
长矛大刀挥起又落下，
刀断矛弯血四溅，
声声惨叫传四方。
天摇地动鬼神嚎，
人仰马翻一片乱。
五色头盔遍地是，
无数尸体堆成山。
惨淡红光映天空，
地上血流如溪淌。
一场混战终停歇，
冈晓的士卒全阵亡，
只有冈晓活下来。
只见他，
胡须飞飘，
紧咬牙关。
俸改的兵将不敢近，
后边冲来卫大罕，
蹬着大象高声喊：
"艾冈晓啊，艾冈晓，
最凶恶的人也要死于刀枪，
你坏事做尽不得好报，
必将成为别人的刀下肉，
剁生就是你的下场。
最顽强的人也要成为刀下鬼，
到时妻儿收尸不见头，
只能用葫芦来充当，
死后灵魂不归身。
死神已到你身旁，
你别发抖别害怕！"
冈晓开口便大骂：
"你这下贱的小人，
残忍的豹子！

---

① 安望：城中一地名，地势宽阔。

我蹬大象来此地，
是要砍倒大树连根拔。
俸改横行霸道太猖狂，
把海罕妻子活活抢。
召尼率领千军万马来讨伐，
欲从虎口救妻回家里。
可怜俸改的兵将空卖命，
白白死在我刀下。
可怜无辜的勐景罕，
臭气熏天遭大殃。
俸改到处把别人的妻子抢，
人人怒火填胸膛。
如果不把俸改杀，
我冈晓决不停止作战。
天不容俸改作恶，
也不容你们横行又猖狂！
假若我冈晓战死在象身上，
灵魂不上天，
变鬼也要坐大象，
帮助海罕来攻打勐景罕。
现在我俩比高低，
不知天要谁先亡。
即使我先死，
天神也要保海罕。
说了半天你是谁？
有胆量就来同我较量！"
卫大罕傲然把话讲：
"我是卫大罕大官，
心中早已发了誓，
日夜盼望把你斩。
今日良机终来到，
乘坐我的占艾兰，
与你决斗见刀枪。
即使我死了，
也要留名传四方。
艾冈晓啊，
你的末日来到了。"
卫大罕抽出长梭镖，
梭镖搭在象头上，
道道绿色寒光闪。
两象怒吼来交锋，
占艾兰在占拜中鼻下团团转，
灰尘蔽天鼓炮鸣。

冈晓取出通香来摇晃，
可它在黑暗中不发光，
神灵已不护冈晓！
冈晓见状心不慌，
他久战沙场不一般。
左来左挡，
右来右挡。
矛杆咔嚓一声被折断，
占拜中受伤跟跟跄跄，
金幡幢东摇西又晃。
俸改的士兵挥长刀，
想把占拜中的脚来砍。
占拜中晕头迷方向，
三千个武士冲上来，
三百把钩刀挥起来，
占拜中的脚被砍。
大吼一声倒地下，
象牙插进泥土中。
冈晓端坐象舆上，
拔出宝刀猛挥舞。
俸改的兵将眼花缭乱，
卫大罕拿起梭镖飞向冈晓，
冲上十个大汉挥铁棒，
冈晓连人带舆倒在象身上。
众兵将争相举刀来乱砍，
可是冈晓皮肉毫不伤。
卫大罕跳下大象来，
抽出宝刀砍下冈晓的头，
冈晓死在象身上。
俸改的士卒争先恐后去拾头，
冈晓的两耳还坠着闪亮的金耳环。
俸改的兵将高兴地把舌头弹，
七嘴八舌开了腔：
火旺能降水，
九层地狱都烧尽。
水大能降火，
我们人多胜冈晓。
人死首级离僵尸，
冈晓死了还把牙关紧紧咬，
脸不变色怒气还未消。
冈晓首级放在象舆，
胡须还在迎风飘。

俸改的军队打胜仗，
锣响鼓敲闹嚷嚷。
手摇金把羽毛扇，
又唱歌来又跳舞。
欢声雷动迎凯旋，
战马整齐来列队。
战象十头为一排，
战旗迎风齐招展，
浩浩荡荡穿城过，
百姓倾城齐欢迎。
有的站在转颂①上，
熙熙攘攘高处看。
崩珍②争相来迎接，
姑娘倾心英雄汉，
眉目传情把手招。
俸改站在转颂上观望，
几百妻妾相跟随。
美酒佳肴已摆上，
设宴慰劳兵和将。
胜利战鼓齐声鸣，
俸改只等冈晓的首级到。
俸改事先把话传：
"人人要说海罕死，
海罕的首级已被砍。
首级如今已送上，
哄骗姆崩死了心，
跟随俸改不思返。"
姆崩听到大吃惊，
跑到转颂探实情。
俸改开口把话讲：
"你说海罕是天神的子孙，
别人杀他杀不死。
你说尼苏③是烂皮④的子孙，
任凭你戮不会亡。
现在我已打胜仗，
你的哭声最动听，

让我听听细欣赏。
姆崩啊，
你也不要太伤心！"
姆勐⑤以为是真话，
撩起筒裙往外跑，
如醉如疯如断肠。
跑到宫中找首级，
拿起威罕⑥把人头洗。
只见眉毛有三横，
嘴上胡须长。
姆崩大声来呼喊：
"这不是我的海罕哥，
这是我的弟弟艾召生冈晓。
他的性格太刚强，
历来做事不依劝。
他生前管辖着十个冈，
地位仅次于海罕。
他是海罕的贴心人，
终身为海罕来打仗。
召尼让他为先锋，
谁也同他比不上。
他有大象十万头，
海罕的兵将有几万个干，
他怎么会亲自来交战？
海罕又有大象千千万，
他怎么会亲自骑象来攻城？
冒冒失失把命亡。"
姆崩端出撒帕永尖亥⑦，
放在边罕⑧上，
又拿一只黑公鸡，
公鸡的尾巴长又弯。
她举起金杯祭冈晓，
哀哀呜呜很悲伤。
"为了我使你遭劫难，
我亲爱的冈晓弟啊！

① 转颂：八层高楼的凉台。
② 崩：一群。珍：宫廷中的女奴。
③ 尼苏：对海罕的贬称。
④ 烂皮：神灵。
⑤ 姆勐：即姆崩。
⑥ 威罕：金制的盛水器皿。
⑦ 撒：剁生。帕永：酸菜、姜、葱、盐巴等食物。尖：和、与、同。亥：鸡蛋。
⑧ 边罕：竹篾编制的桌。直径三十厘米，涂漆并涂金粉。

听说你死时还未吃早饭，
我把饭和水亲自献给你，
让俸改的灵魂同你一起吃，
让他死在海罕的刀口上！
以此了我心头恨。
你要升天请神灵，
邀约天神桑浪、桑良下凡来，
共把俸改烧成灰。
你要到水中去告诉龙王，
让大水淹没勐景罕。
再祈求尼戛干好宰①，
用角把勐景罕挑陷落，
让它变成海洋白茫茫，
再用尾巴把俸改紧紧缠。
我亲爱的冈晓弟啊，
有人为你报仇莫悲伤！"
俸改听后怒火起，
抽出宝刀骂嫡崩：
"你的话痛心又刺人，
我要亲手把你斩。
留着你是祸害我不放心！"
嫡崩拿起牙万冷②往俸改脸上喷，
俸改宝刀落在地，
手肘搭在嫡崩小肚上，
抱着嫡崩又是亲来又是吻。
嫡崩含泪强作笑，
心中的怒火熊熊燃。
俸改高声下命令：
把冈晓的头颅挂在大鼓旁，
鲁冒③杀鸡来祭奠。
鼓响酒杯碰，
嫡少④斟酒到处忙，
满城齐欢腾！
俸改开口又传令：
用绸缎往冈晓脸上盖。
他手持酒杯把话讲：

"你上天不要一人单独走，
要叫海罕的灵魂同你一起行，
同到天堂把福享。
艾冈晓啊，你去吧！"
话刚说完又擂鼓，
与众将领开怀畅饮，
举杯欢庆！

七

海罕举目远望，
眼前已不见冈晓的兵和将，
就像大海退潮一个样。
他心急如焚无所措，
稍作镇定发军令：
让各贺摆⑤次日来商量。
第二天转眼已来到，
只见象牙到处闪。
海罕端坐把话讲：
"俸混啊，俸混⑥！
记得刚刚出征勐景罕，
大家都喝了鸡血酒，
人人开口发了誓，
不论谁战死，
都要夺回尸首来安葬。
现在冈晓已经死，
他的火勐⑦谁也不能抢，
火浪⑧也要照原样。
他的金幡幢，
传给他的儿子艾冈罕。
冈罕啊，冈罕，
树修枝为的是发蓬，
父死儿继位。

① 尼戛干好宰：一条有九种花纹的龙，传说这条龙十分凶恶。
② 牙万冷：一种迷魂药。
③ 鲁冒：即冒宰，宫廷侍卫。
④ 嫡少：被选入宫中的未婚少女，既是歌女、奴婢，又是王子的妻妾。
⑤ 贺摆：乘坐大象的官员。
⑥ 俸：一群、大家。混：官。
⑦ 火：一切、全部。勐：地方。
⑧ 火浪：兵马。

你父亲战死在勐景罕，
死前还没有吃早饭。
你要坐着大象抢回尸体，
我要隆重来安葬。
他管辖的火勐和火浪，
一切交给你来管。
我还要把最富饶的地方赐给你，
我还要让你挑选最猛的大象。"
冈罕挥泪又叩头说：
"去年我刚刚十岁满，
还在母亲腋下睡。
只怕我年轻无力量，
管不好火勐和火浪。
但你的命令我要听，
不报父仇我心不甘。
尊敬的召海法啊，
请把命令向各勐传，
集合各路兵和将，
按照计划快出发。
我要顺着父亲走过的路，
夺回他的尸体来安葬。
目的不达到，
永远不回返！
目的达到了，
你将肥沃的土地赐给我，
我一定接受不推让。"
海罕听了点点头，
就叫冈罕挑大象。
牵出花象占拜扁，
冈罕见了忙摇头：
"占拜扁怕马，又走得慢，
蹬它它不往前走，
还要回头朝后看，
这头懒象我不要。"
混勐又叫人牵出占拜散，
一条红线在其背上。
冈罕见了把话讲：
"这头大象也不行，
象牙实在太一般，

好似用模子倒出来。
它听到枪炮就吼叫，
并掉过头来往回闯，
把自己人马来踏伤。"
混勐又叫人牵出占拜崩，
它的脑门有七寸宽。
冈罕见了又摇头说：
"这头大象最怕火，
蹬它它不上战场。
镰钩挖它也不走，
反而弯着脖子往后看。
这头大象我不要，
我想要的是白象。
象牙洁白似月亮，
又凶猛来又顽强。
驯服的大象我不要，
我专要这头占拜汉。
海罕啊，
请你把它送给我，
我一定为你拼死来作战，
就像我的父亲一个样，
誓死为混勐来效力！"
海罕心中不愿意，
但还是答应给冈罕。
占拜汉本属天神布领暖，
现在把它赐给了冈罕。
这头大象看见火光就冲上去，
一见弩炮就往前闯。
侍从牵出占拜汉，
它大步走向石阶来，
闪闪金舆罩身上。
舆上饰有金丝线，
长汉①上点缀有飘带，
长行②上朵朵金星亮又亮，
长永③上颗颗宝石华光闪，
两边飘带坠着金银链，
晖罕上插着孔雀尾，
五彩缤纷迎风展。
多么威武的占拜汉，

---

① 长汉：遮盖在大象屁股上的装饰物。
② 长行：象舆左右两旁各有一块遮盖到大象肚子的装饰物。
③ 长永：大象从脑门到鼻子的一块装饰物，两边有飘带。

犹如混勐骑的象。
冈罕见了心喜欢，
当着海罕把衣甲穿。
左转右看金光闪，
节节衣甲用金丝紧扣连。
宝石包脖上挎，
宝刀一把明晃晃，
刀上系有金丝线，
宝石缀满刀鞘和刀把。
又把金盔戴头上，
金色飘带两边摆。
脖上又系金绳带，
再把金矛手中拿。
他大步走向占拜汉，
手拿金杯祭神灵：
"神灵啊，
请喝一盅金杯酒。
因得不到神灵的相助，
我父亲战死在勐景罕，
占拜中也遭了难。
他战死不是为自己，
为的是姗崩和海罕。
现在海罕下命令，
要我夺回父亲的尸体来安葬。
祈求天神保佑我，
让我免灾又避难。
天啊，神啊，
请求你们来相帮！"
冈罕说完准备坐上大象，
占拜汉四腿跪下冈罕上。
冈罕唤来众侍从，
发布命令各召传。
转身又对桑洛和嘿南说：
"我们这次攻勐景罕，
决不退缩要勇敢。
接连不断来冲杀，
不让艾俸温①喘口气。
如果你俩不勇猛，
就不算做男子汉。
你们赶快穿戴好，
分兵几路把勐俸围，

不让俸改有躲藏。"

桑洛接令热血涌，
按捺不住要作战。
他亲手来把大鼓敲，
鼓声急促震天响。
军队出征浩浩荡，
武艺高强的猛士打前锋，
身穿红衣火一样。
只见红顶绿身的幡幢，
桑洛坐在大象上，
率领全军去作战，
象头长矛指前方。

桑本接令穿戎装，
作为战时预备队，
随时准备援冈罕。
他也亲手敲战鼓，
翻身骑在象身上。
坐骑的铃响叮当，
头上是白色绸缎金幡幢，
士卒手持金钩枪。
混嘿南的象阵整整齐，
列成纵队二十行。
战鼓声声不停息，
目标直指勐景罕，
兵将直捣城墙下。
军中准备了发巴梯，
万名弓弩手强又壮。
召冈、召伴冲在前，
率领弩手打先锋。
大象求战不耐烦，
象鼻甩动如浪翻，
只等命令一声下！

还有崩南宛多法，
也把戎装穿，
他的兵丁如出窝的蜂，
如大雾弥漫的江河。
士卒的长矛锋又利，

① 艾俸温：对俸改的贬称。

象牙洁白如星星，
象舆高插孔雀尾，
迎着轻风齐招展。
战鼓声声把人催，
只等进攻勐景罕。

还有汉戛召勐央①，
亲擂大鼓把令传。
鼓声响遍村和寨，
兵将集合斗志昂。
象牙用铜紧紧箍，
士卒着金衣②，
佩带金矛③和长刀。
召麻④如潮涌出来，
战象脚踏鼻又甩，
只等出发往前闯。

还有桑温和赛伦，
两将兵马也出阵，
还有大象二十群。
鼓声咚咚震人心，
土枪土炮已上膛。
长矛搭在象头上，
势如风暴席卷来，
只等令下把敌穿。

还有冈晓的弟弟冈庄，
也亲手把大鼓来擂响。
鸣炮声声催出发，
漫山遍野是大象，
多如缅卯一般。
冈庄坐在象身上，
面对各勐首领把话讲：
"我哥冈晓虽战死，
但帅旗不倒兵将在。
今日来此重开战，
不报血仇不回返。

奋力拼杀不后退，
誓死攻下勐景罕！"

还有向冈和向戛⑤，
手中鼓槌不停挥，
鼓声咚咚全勐响。
向冈率领万头象，
还有大队兵和将。
将士袖口缀金线，
马队奔腾如冒短⑥。
海螺一声齐出发，
长矛搭在象头上。
象身着金舆，
孔雀尾高插金舆上。
众士卒怒视前方，
人流滚滚进入田坝！

还有艾包、尼崩和桑混伦，
赛道和波道坚混缅，
当年和冈晓同结拜，
兄一般来弟一样。
曾和冈晓同发誓：
不论谁阵亡，
都要夺回尸体来安葬。
如今冈晓已战死，
如果誓言不实现，
冈晓九泉不合眼。
他们求战心急坐不安，
只怕战象不勇敢，
只怕力量不足难破城，
与冈晓一样遭了殃，
未能如愿以偿。
他们杀鸡来祭奠，
请求冈晓的灵魂来相帮：
"亲爱的冈晓哥啊，
请你暂不忙升天，
请你站在象头上，

---

① 汉戛：人名。召：官。勐央：较大的地方。
② 金衣：涂有金粉的衣甲。
③ 金矛：涂有金粉的长矛。
④ 召麻：马官。
⑤ 向冈、向戛为兄弟两人，是勐的头领。
⑥ 冒短：一种三月开花的荆棘，花为鲜红色。

共同杀敌齐作战，
夺取胜利报大仇，
把你的尸体来安葬。
冈晓大哥啊，
我们的心愿请你记心上！"
祭祀完毕下命令，
金鼓齐鸣海螺响，
千军万马齐出发，
十万大象跑得欢，
象鼻直指勐景罕。

海罕大军已出动，
浩浩荡荡越山冈。
人马如雾没有边，
人马相挤又相撞。
厩中还有大象未放出，
踢腿扬鼻吼得慌。
海罕坐镇大本营，
他从容镇定稳如山。
战象关在栅栏里，
二百万兵丁，
好贺罕孙帅①来武装，
还有配备好贺罕的大军九百万，
都把占拜舍团团围，
忠心耿耿保海罕。
海罕开口下命令：
"金扁和召跟冈代替我督战，
率领我的战象援冈罕。
只能前进不能退，
谁要退却把头砍！"
出征的鼓声震撼勐景罕，
轰然一声炮三响，
金扁、召跟冈拔营出战。
占拜舍昂头又卷鼻，
不吃草料连吼叫，
栅栏中战象更慌乱，
乱蹦又乱跳，
心急似火燎。
海罕又把命令下：
"一队兵将用鲁非，

火攻勐景罕。
一队战象运土炮，
炮轰城和墙。"
出征兵丁似野火烧山，
滚滚卷向勐景罕！

冈罕坐在大象上，
左手一挥一声喊，
士卒分开成两行。
右手一挥又开口.
"众神灵啊，
我天天给你们献饭，
今天要请你们保佑。
我将攻打勐景罕，
幢崩舍帅旗已插在象舆上。
我要夺回父亲的尸体报大仇，
并把遗体运回家安葬！"
开口又对士卒讲：
"今日出战不一般，
贪生怕死必遭殃。
三千花矛手成纵队，
稳扎稳打不要乱。
五百召牙背②紧跟占拜汉，
等待把敌酋首级砍。
手持高召的紧接上，
其余兵丁再跟上。"
冈罕指挥兵丁向前进，
父亲的足迹在脚下。
想到父亲遭劫难，
眼中流泪心悲伤：
"我的父亲啊，
你虽然已经离人间，
海罕没有把你忘。
你的领地归我管，
海罕又赐给大象。
你的帅旗没有倒，
还有兵马还有将。
你虽死不要有怨言，
不要变心把自己人来伤。
你的灵魂要回来，

---

① 好：长矛。贺罕：带有钩的矛。孙帅：矛上缀着金丝链条。
② 召牙背：率领长刀队的头领。

战时附在象身上，
帮助攻打勐景罕。
攻下勐俸城，
了却心头恨。
亲爱的父亲啊，
儿的心愿你要记心上！"
占拜汉甩鼻又踢脚，
迫不及待想冲锋。
金鼓咚咚敲得急，
鼓声传到勐景罕。
沿着冈晓走的路，
占拜汉步履很轻快，
如攀枝花在飞扬。
兵丁已经到安旺①，
冈罕驻足细察看。
各路兵丁已来到，
重兵齐集在城下，
如漩涡塘中的浪花，
守城士卒心惊胆又战。

勐景罕南面地势险，
一道铁索桥架河上，
一条独路通两方，
一夫当关把万夫挡。
俸改明知海罕大军到，
照旧摆酒设宴把客待。
开怀畅饮不慌张，
一点没把海罕放在心头上。
俸改手下的召曼②多又多，
带领兵丁城头看。
吹罢海螺吹牛角，
各就各位在备战。
战象多如山上石，
栅栏一开放出来。
兵将手中拿武器，
个个严阵以待，
准备决一死战。
冈罕的大军鼓在响，
各路兵马齐向前。

桑洛抵达北城门，
守军出城来迎战。
枪声炮声震天地，
狂奔而来是群象。
战马两翼来包抄，
兵分多路齐围上。
两军相接杀声起，
刀光剑影闪闪亮，
麻香③砍得乱飞扬。
一场血战动心魄，
鬼神哭号天昏暗。
俸改一方布象阵，
桑洛从容来应战。
势均力敌难分解，
双方各有死和伤。

崩南宛多法、汉戛召勐惹，
还有那赛道和嘿南，
合力围攻城南方。
俸改命令兵马出城来，
迎战汉戛召勐惹。
长矛明亮映阳光，
栅栏一开放大象。
两军交锋声如雷，
杀声震撼勐俸城。
汉戛召勐惹被围困，
心中着急拼死战，
突出重围往后退，
退回营地仰天叹：
"天上勇敢数布领暖，
天下数我最好强。
二十头大象来围我，
我也不应败退见海罕。
战死沙场不回头，
才能算做英雄汉！"
哥哥崩南宛多法，
看到此情此景，
担心他性命难保，
急蹬大象来相帮。

---

① 安旺：冈晓战死之处。
② 召曼：村寨的头人。
③ 麻香：一种荆棘，结有红色果实。

战象奔腾狂风起，
一鼓作气往前冲。
刀矛横飞眼花缭乱，
如同伐木一般咚咚响。
汉戛召勐惹得到哥哥的支援，
士气大振越战越猛。
只见战壕到处血流淌，
俸改兵将慌忙退入城，
如同潮水回海洋。

嘿南的兵将临城下，
俸改急忙调兵又遣将。
如同飞蚂蚁般齐出动，
把嘿南紧紧包围桶一般。
黑云压顶形势急，
嘿南沉着不慌忙。
他施展计策巧安排，
分兵两路装败退，
退到一片开阔地，
两路合围又开战。

桑温、赛伦攻城东，
长矛无数林一般。
勐俸城池坚又固，
道道封锁严设防。
木石垒起层层大栅栏，
保护战壕和城门。
桑温、赛伦调兵将，
三千土炮黄铜铸，
连续不断来轰击。
只见勐景罕城中烟雾弥漫。
四万门土炮紫铜铸，
不断发炮震天响。
城内烟雾腾腾大火起，
城门倒塌敌慌乱。
向冈、向戛兄弟俩，
也在进攻城西边。
东南西北已围困，
勐俸将要临大难。
俸改一方大鼓响不停，
各路兵马听鼓响，
纷纷出城来迎战，
几面包抄围冈罕。

冈罕从容来对阵，
弯刀手紧跟占拜汉。
俸改的大象滚滚来，
如同乱石齐下山。
如蒙蒙大雾把天地粘。
冈罕的大军形势急，
众将坐在大象上，
大声呼喊把令传：
"佯装败退引敌人，
把象阵引入陷阱内。
两边乘机来包围，
夹攻敌人打胜仗。
勇士们啊，
执行命令不要乱！"
守军蹬象围冈罕，
千名弩手齐发射，
射中坐骑占拜汉，
它身上的箭如豪猪身上刺。
双方战马在厮杀，
刀矛交错声杂乱。
篱笆旁，战壕边，
一场一场混战，
血肉横飞尘土扬。
俸改的士卒抵不住，
纷纷后退又回城。
冈罕的大军紧追上，
城头檑木滚石如山崩，
士卒忙用哈法替来挡。
城中再用土炮轰，
冈罕的军队死上万。
他下令三千炮手齐还击，
四万门土炮也轰响。
烟尘腾起遮太阳，
天空暗淡无光芒。
鲁非飕飕又发射，
城内烈火熊熊燃，
房屋倒塌人逃散。
大象乱跑又乱跳，
有的围困在栅栏。
冈罕下令捉大象，
大象身大力又大，
有的无法捉得住。
士卒着急怪自己，

力小无能自责骂。
冈罕攻进勐景罕，
二十层①防线开了端。
兵不休息马不停，
允龙还在城中央。
只见城中尸遍地，
血流如水臭气扬，
满目疮痍一片凄凉。
冈罕的大军源源不断急行进，
来到四周都是绝壁处。
地势险要路艰难，
仅有独路一条通前方。
冈罕坐骑占拜汉，
坎坎坷坷过难关。
第二道城池已来到，
守军跳出战壕来迎战。
双方又砍又杀又吼叫，
一场恶战又进行。
鲜血飞溅满衣裳，
不知血从何方来。
冈罕的马队突奔袭，
杀得俸改的兵丁人仰马也翻。
尸体成堆填战壕，
城中百姓也遭殃，
小孩哭叫找爹娘。
百姓咒骂俸改太作恶，
使百姓惨遭难。
遍地烽火无处躲，
到处都是冈罕的兵和将。
百姓纷纷逃内城，
火烧眉毛跑得忙，
到处都是哭泣和呼叫。
俸改来到高楼上，
指指点点看远方。
得知兵丁伤亡大，
他对巴扎哇②说：
"你骑上快马去打听，
问明是谁来攻城。"
巴扎哇快马又加鞭，
奔出内城到前沿，

勒住马头问：
"坐在绿色幡幢里，
面目不清一小将，
你从什么地方来？
你像一只还不会啼鸣的公鸡，
一朵未开的花，
快快把你名字报，
攻打我们为哪样？
你人虽小却凶猛，
攻城势如砍甘蔗。
可惜你到此白送死，
冈晓虽勇猛，
可头也落地。
你的脚杆短又短，
要蹬象耳还够不上。
你的脖子短如毛虫样，
满身乳气还未干。"
冈罕把话来回答：
"我没有名也没有姓，
我是个神志不清的人。
我从石缝钻出来，
姑娘不和我玩。
我心中有气无处发，
才来攻打勐景罕。
你说攻打勐景罕难上难，
我说如同耍弄一根棍或棒。
我像一条无毛的虫，
鸡见了也会咯咯叫。
我像无牙的老虎一个样，
吃肉也要慢慢嚼，
就像老牛吃草慢又慢。
我身材矮小没有力，
就像一只小狮子。
如果冈晓没有死，
侄儿我也不会来到勐景罕，
也见不到你们大爷叔伯们。
因为艾召生已阵亡，
我才骑着占拜汉，
到这个地方来游玩。
你们哪头大象最凶猛，

---

① 勐景罕城内有大小城池（即城中城）二十层，俸改住最中间一层，称允龙，也称王城。
② 巴扎哇：俸改的一员将领。

就请你们放出来，
和我冈罕决一死战，
巴扎哇掉转马头急回返，
急忙报告俸改说：
"亲爱的召法温俸罕，
这次打仗不像前一仗，
我们可能要失败。
冈晓虽死，
可他还有兵和将。
海罕决不会心甘，
他又派兵来抢夺尸。
冈晓的帅旗迎风飘，
掌旗的统帅是冈罕。
大队人马浩浩荡荡，
战象被捉村寨陷，
我们的兵丁死又伤。
我已亲眼见冈罕，
身材矮小娃娃样，
脚短不够蹬象耳，
脖如毛虫一般短。
他骑的大象不一般，
象牙粗粗如盐臼，
把土挑起朝天上。
尾巴粗长拖到地，
不怕炮也不怕枪。
冈罕开口很不凡，
估计武艺很高强。
如果谁和他对阵，
必死无疑不能回，
死后也要变魔鬼。
我们应该怎么办？
召法温俸罕！"

俸改冷笑一声下命令，
招来卫大罕大官，
充当先锋战冈罕。
卫大罕弹舌嗒嗒响，
捋起手袖高声说：
"冈晓都死在我刀下，
何况一个毛孩来挑战。
我要把他活擒拿，

捉来暂时不宰他。
听说他聪明又漂亮，
我要把他养起来。"
达黄浓大罕又献计：
"既然是个小毛孩，
就不必费力动刀枪。
先用好话来相劝，
选送一群小姑娘。
姑娘的皮肤要白如玉，
头发乌黑又发亮。
年龄身材像冈罕，
冈罕见了定喜欢，
无心拼杀再打仗。"
俸改听了把头点，
选送几个小姑娘，
前往军营见冈罕。
到了军营又害怕，
人人提心又吊胆。
有的转身要想往回跑，
有的壮了壮胆，
见到冈罕开了口：
"我们的召法冒勐哈①，
你是一位好长官，
长得英俊又漂亮。
你不应该来攻城，
你应当归附勐景罕。
将来成为俸改的驸马，
在宫廷里把官做。
整天有好酒和好肉，
早晚有姑娘来同床。
你还是一个少年，
你不应该来打仗，
你应该和姑娘在一起。
你想与谁共餐？
你想与谁饮酒？
凭你来挑选，
我们愿意陪伴你，
绫罗绸缎任你穿。"
姑娘话说完，
捋起筒裙露身体。

① 召法：大官、首领、酋长。冒：未婚男青年。勐哈：海罕管辖下的地方。

大腿雪白赛白鹭，
乳房圆圆似月亮。
冈罕既不动心也不看，
蹬着大象往前冲。
占拜汉猛奔如发狂，
后边的士卒紧紧跟，
势如卷席风吹浪。
姑娘吓得惊又怕，
逃回城里跌跌撞。

俸改调兵又遣将，
挑选三千哈火塔，
身背宝刀宽又长。
又挑选三百哈火吞和三千冒暖冈
还有九十万冒暖转，
命令他们决死战。
俸改又指派食禄地方的坐象官，
备好戎装同出战。
加上召冈和召伴，
以及大大小小的将和官，
随军出发战冈罕。
俸改厉声下命令：
"谁往后退我要斩。"
话刚落音鸣炮三响，
锣响鼓鸣奔战场。
象队成群齐出发，
脚步咚咚震大地，
天塌地陷尘土扬。

俸改的弟弟叫皆温，
绿色的贺罕戛扎①身上穿。
带领兵将也出动，
大象成群又结队，
红漆涂在象舆上。
还有都恨②巴扎哇，
此人专会讲大话，
小时俸改就把他栽培当了官，
让他管辖一百二十千。

他是俸改的贴心人，
谁也不敢同他比高低，
此人也带兵参了战。
撒马姓③也兵分两路出了城，
还有如鹞鹰般凶猛的牛仰罕④，
又率人马又驱象。
俸改的忠臣伴龙法，
赶着象队齐出脖铃响。
还有那马门罗虎当⑤，
全身皮肤红似火，
官名叫召麻哈，
他专管马队是马官，
马队的马鞍全部涂红，
火焰一般红又亮。

俸改一声命令下，
先锋还是卫大罕。
卫大罕坐在大象上，
歪着身子偏着头，
金幡幢下的他很傲慢。
军队出发上了路，
二十员将领带白盔，
金龙绘在白盔上。
弓弩手数万走在前，
五千士卒随大象，
他们手中持大刀，
牛皮衣甲身上穿。
各路兵马涌出城，
翻江倒海卷巨浪。
俸改的大军围冈罕，
两军立刻交了战。
占拜汉一见人马来，
扬鼻挺牙往前闯。
俸改的战将巴罗法，
蹬着大象猛冲锋，
眼明手快迎冈罕。
冈罕的人马难抵挡，

---

① 贺罕戛扎：衣甲名，颜色如同会飞的昆虫的翅膀外壳发出油绿色的光亮。
② 都恨：夜不闭户。
③ 撒马姓：人名，力大无比，能用脚把石头踩得粉碎。
④ 牛仰罕：人名，俸改的将领。
⑤ 马门罗虎当：人名。

他大声呐喊鼓士气，
士卒返身又死战。
千军万马格斗急，
天崩地陷日光暗。
双方死伤惨又重，
占拜汉发怒乱冲撞，
象牙上人血滴滴淌。
巴扎哇带领马队蹬着象，
直向冈罕奔杀来，
撒马姓也跟着上。
冈罕人少力量弱，
背靠着背奋力战。
巴扎哇挺矛迎冈罕，
两头战象牙交错，
如风吹树干嘎吱响，
士卒互相砍杀如舂碓。
巴扎哇左手挥矛，
右手舞着钩镰枪，
风驰电掣向冈罕。
冈罕不慌也不忙，
乘机一矛刺出去。
巴扎哇腿上中一枪，
鲜血喷出染大象。
大象慌忙往后退，
巴扎哇靠在象舆上。
冈罕乘胜又追击，
再补一矛肋骨上。
痛叫一声落大象，
众冒宰争相把头砍。
呜，呜……
胜利的吼声，
震动勐景罕。
伴龙法见势大不妙，
掉转象头往回跑，
冈庄蹬象紧跟上。
伴龙法转身又迎击，
两象交锋互不让，
象牙斗得咯咯响。
两员大将相较量，
势均力敌艺相当。
伴龙法拼力刺一矛，
冈庄衣甲被穿通，
鲜血喷涌流地上。

冈庄忍痛蹬大象，
拔出宝刀猛力砍。
伴龙法一只手受了伤，
靠着象舆死一般。
冈庄乘势往前冲，
敌兵溃退如坝倒。

冈罕把象脖用力按，
占拜汉猛冲似发狂，
后面群象紧紧跟，
数来共有四百头，
卷起狂风尘土扬，
象牙尖上滴人血。
俸改的士卒心胆寒，
畏缩不前向后退，
损兵又折将。
撒马姓见状怒火起，
胡子几乎翘天上。
众将也把舌头弹得嗒嗒响，
驱赶士卒又冲锋，
乌云一般压冈罕。
冈罕沉着无所惧，
占拜汉奔腾如飞不可挡。
撒马姓自认为他骑的大象了不起
蹬着它奔向占拜汉。
两只大象只战了一回合，
撒马姓的公象惊又慌，
往后退缩不向前，
再蹬也不敢再战。
冈罕步步紧逼不放松，
撒马姓挥矛乱刺杀，
矛矛落空不见伤。
冈罕看准机会挺长矛，
一矛正中对方咽喉上。
撒马姓长矛宝刀齐落地，
翻身倒下离大象。
众冒宰争先涌上来，
手起刀落把头砍。
只听呜、呜……
吼声阵阵弹舌响！
俸改的大军连损两员将，
纷纷逃窜败下阵，
各路兵马急回城。

冈罕的军队乘胜追击扫战场，
俘虏、大象成栏成圈，
还有无数刀和枪。
桑洛率兵也参战，
对手是卫大罕的弟弟卫大荒，
还有贺哇仁占邦①，
他们声如虎熊猛如狼，
蹬着大象离贺勐②，
气势汹汹扑桑洛。
两军象阵齐交锋，
一场恶战，
人仰马翻。
吼声震动天和地，
势均力敌，
难分难解。

城东杀声也不断，
守军是俸改部将牛仰罕，
对手是海罕的两员将，
一个是崩南宛多法，
一个是嘿南。
战壕一条中间隔，
里里外外杀声起，
如山倒崖塌乱石滚，
血飞溅，
死伤成千上万。
双方力量差不多，
胜负难分持久战。

还有战场另一方，
红红一团是火焰，
原来是马门罗虎当。
他肉皮红红蹬着象，
来势汹汹如洪水泛滥，
就像木渣杂草水上漂，
滚滚冲往向戛和向冈。
兄弟二人怒火起，
互相依靠齐混战。
指挥士卒成两行，
一左一右来包抄。

弟兄二人两头象，
冲杀马门罗虎当。
你来我往矛飞舞，
道道光圈绕头上。
马门罗虎当手疾眼又快，
一矛划破向戛皮。
向戛猛力蹬大象，
咬紧牙关刺长矛。
马门罗虎当一声叫，
肋骨已经被刺中。
他掉转大象就要逃，
兄弟二人紧追赶。
向冈长矛又飞出，
一矛刺在象肚上。
手中斧头又抡起，
一斧砍在象头上。
大象一声惨叫倒地死，
象身压着马门罗虎当。
弟兄二人乘胜追，
风卷残云敌丧胆。

俸改的弟弟皆温和皆伴，
还有那凶猛的卫大罕，
三把金幡幢迎风展，
他们是军中三员主将。
率领象队浩浩荡荡，
只见孔雀尾摇摇晃晃。
三员大将已汇集，
如八月洪水两岸漫，
如夏天江水翻巨浪，
三军合力围冈罕。
冈罕稳坐象舆上，
面对全军大声喊：
"谁能战胜卫大罕，
我将赏给黄金许许多，
比卫大罕的脑袋三倍重。"
卫大罕一听怒火上，
分兵两路杀将来。
冈罕人马齐迎战，
好似水闸大开洪水放，

---

① 贺哇仁占邦：俸改的另一员将领。
② 贺勐：地名，在勐景罕城的北边。

一泻千里不可挡。
对方大象密密麻，
如田野稻穗望不断。
冈罕心中已清楚，
卫大罕的队伍力量强，
父亲死在他们手中。
原班人马在眼前，
旧恨新仇如火燃。
冈罕无所畏惧添力量，
蹬着大象一马当先，
目标向着卫大罕。
卫大罕忽然高声喊，
声音如雷震耳响。
"冈罕啊，冈罕！
你父冈晓不够我宰杀，
我甩着空刀往回返。
你是一个小毛孩，
刚生下地没几天，
就胆大包天骑着象，
要来进攻勐景罕。
莫非你父死了还不够，
你还要随父来死亡？
父子二人双双亡，
让人记录下来，
留给后人知晓太丢脸，
只可怜你年纪还太轻，
何必跟着父同亡！
冈罕啊，
今天你有来无回，
再也不能见海罕！"
冈罕怒目来回答：
"卫大罕啊，卫大罕！
你说冈晓不够杀，
天下是否你最大？
前次如果是我来，
你的性命就已完。
钩住你的肩胛骨，
耍狗一般院中转。
可惜召生死了才派我来，
今天我决不轻饶你。
只要占拜汉的牙不折断，
我誓不罢休与你战。
卫大罕啊，

是好是坏刀矛见，
今天你是来送死，
再也不能回家去，
与你妻儿相见！"
卫大罕心头冒火蹬大象，
两头大象牙绞牙，
响声如石滚下坡，
吱吱嘎嘎似要断。
冈罕稳坐象舆上，
卫大罕上下来巡视，
伺机要把冈罕算。
双方小心又谨慎，
谁也不是个憨人，
撩开衣甲让人来戳杀。
冈罕衣甲坚又固，
卫大罕挥矛如电闪。
冈罕武艺很高强，
手中长矛左右挡。
然后取出一宝袋，
对着天空轻摇晃。
天空忽然电光闪，
冈罕匍匐象身上，
两眼紧盯卫大罕。
卫大罕矛矛落了空，
心急如火露破绽。
冈罕看准机会猛一刺，
正中卫大罕咽喉上。
只听咚的一声响，
卫大罕倒在象身上，
紧抱象头死一般。
冈罕上下仔细看，
卫大罕脖上的铁甲已松塌，
咽喉被刺穿，
血正在流淌！
勐景罕的士卒，
为了保护他们的妻室和儿女，
挣扎着反扑过来。
勐景罕的男儿，
人人也是英雄汉，
个个奋勇当先，
又砍象脚又把人来砍。
一场混战，
血流成河死上万。

卫大罕身中一矛无力再战，
又气又怒如醉汉，
抱着象头往后转。
冈罕怎肯善罢休，
紧紧追赶其后面。
占拜汉长牙连连挑，
挑在卫大罕坐骑屁股上。
两头大象在格斗，
声如闷雷一般响。
卫大罕从象背滚下来，
占拜汉怒目挥长鼻，
长牙猛戳卫大罕。
两边士卒围上来，
争先恐后把头砍。
首级手中捧，
弹舌嗒嗒响。
"嗨、嗨……"之声传四方！
冈罕复仇心欢畅，
勐景罕人人听后毛骨悚然。

卫大罕的妻子站在转颂上，
边晒丝线边叫喊：
"求召法冒勐哈，
杀死你父亲的人多又多，
不仅仅是卫大罕。
如果他死了，
你不要像南瓜一样把他砍。
求你赐给红绸一小块，
裹着他的头回来，
我要把他来安葬。
你不要像砍黄瓜一样把他砍，
求你赐给绫罗绸缎一大块，
裹着他的尸体，
我要运回村中埋！"

冈罕的军中锣鼓响，
士卒齐声欢腾涌进城，
抢夺财产和大象。
妇女胆战心又惊，
放下织机丢下布，
四散奔逃四处藏。

母亲紧紧牵孩儿，
脸变颜色手脚颤。
老妇把孙儿紧紧抱，
如同猴子把儿护，
坐在窗前向外看。

俸改的弟弟皆温和皆伴，
蹬着大象堵冈罕。
占拜汉横冲又直撞，
一场恶战又开始，
杀声震山冈。
勐景罕弩手三千人，
弓箭齐发嗖嗖响。
鲁卡、鲁汪①被射中，
冒宰举起盾来挡。
边挡利箭边前进，
越过荆棘跨过沟。
势如八月涨大水，
洪水上岸冲沙滩。
向冈从左来增援，
到处都是象斗象。
向戛从右来增援，
大队人马呼又喊，
象队列阵冲杀来。
艾包、尼崩、桑温和赛伦，
还有波道坚混缅，
蹬着大象也来支援冈罕。
响声如雷惊天地，
人马纷纷死又伤。
俸改的弟弟皆伴，
骑在象上大声喊：
"冈罕啊，冈罕，
你年纪那么小，
不应来送命。
可怜你一个嫩娃娃，
死了实在不应该。
你一无本事二无力，
有什么能力攻打勐景罕，
只能空来此地走一转。
冈罕啊，冈罕，

① 鲁：儿；卡：奴隶；汪：山区。鲁卡、鲁汪指冈罕的士卒，社会地位处于最底层的人。

你年纪那么小，
为什么来此攻城不怕死？
低下头来想一想，
今天你是来送死，
再也不能回到尼混渤勐景哈——见海罕。
冈罕开口来回答：
"俸改的陶姐冈①啊，
神灵拳头早握紧，
因为俸改不信鬼神，
早已不把神灵祭，
神灵对他有怨恨，
灾难已降临他身上。
如果你们不相信，
今日你我来较量，
看看天要谁死亡。
你的大话莫要讲，
前次如果我出征，
你们的城池早已变灰烬！
现在我来讨伐你，
即使城墙比悬崖更坚，
我也要把它踏平。
我这次来勐景罕，
一是要夺回父亲尸体来安葬，
二是顺便来游玩。
如果天神布领暖的兵将到，
勐景罕就要彻底垮，
就像砸碎在地上的一只碗。
不管你们有多硬，
即使是从小吃石头长大，
也是枉然！
死神已降你身上，
竟不醒悟还自夸。"
皆伴听了怒火起，
骑着大象冲过来，
铜箍的象牙尖利粗又长。
冈罕蹬着占拜汉，
从容不迫来迎战。
两象交锋牙相错，
只听咚咚震耳响。
皆伴目不转睛紧盯冈罕，
突然一矛飞出去，

矛尖落在象舆上。
矛如雨点连连下，
冈罕左晃右来挡。
他心不惊手不慌，
双目牢牢盯对方。
突然一矛如迅雷，
矛尖刺进皆伴的胸膛。
皆伴往后身一仰，
斜身靠着金幡幢，
一脚挂在大象胸带上，
鲜血如水在流淌。
他的卫士护左右，
齐把冈罕来抵挡。
俸改援兵不断来，
一场混战卷地起，
搅得天昏地又暗。
大象久战力已竭，
人马昏沉不辨向。
皆伴负伤趁机逃，
后边追来占拜汉。
皆温远远已看见，
带领象队冲过来。
他自认勇猛不可挡，
坐在象上大声骂：
"冈罕啊，冈罕，
勐景罕站得稳又稳，
好像三脚大鼎立地上。
勐景罕土地宽又广，
喜鹊、鸽子飞不到边，
老鹰飞过迷方向。
勐景罕城池多又多，
各城的大象排成栏。
勐景罕兵强马又壮，
进城容易出城难。
你冈罕小小年纪嫩又嫩，
为何胆敢来侵犯？
如今你还不成人，
未到死期却来找麻烦。
你有来无回死已定，
不能回到妈身边，

① 陶姐冈：古代傣族民主选举的有威望的老人，这里指俸改的弟弟皆伴。

再把奶水饮!"
冈罕大声回答说:
"皆温啊,皆温,
你这俸改的弟弟也太狂。
勐景罕宽广算什么?
还比不过召法尼的大象一只脚印,
何必对我把口夸!
你自诩战象成栏,
何不数数我来听?
你的战象算什么,
哪一头胜过占拜汉?
哪一头能把它的牙挑断?
你们自称是英雄,
似乎天下第一强。
死到临头还不知,
还要嘴硬叫嚷嚷。
如果你有真本事,
你我蹬象来较量。"
皆温蹬象冲过来,
象牙粗大如臼棒。
两象交锋吼声响,
你来我往不相让。
占拜汉长牙猛一挑,
皆温的大象往后退。
二十头大象又冲上,
分成两路迎冈罕。
双方士卒相残杀,
双方大象互冲撞。
俸改的马队又出动,
左右两边围上来。
士卒下马挥长矛,
兵马相搏血飞溅,
如同婚嫁喜事般,
一一砍肉剁砧板。
只见刀光闪闪人倒下,
双方人死象又伤。
艾包、尼崩率兵援冈罕,
冈罕一见心欢喜,
越战越猛不可挡。
皆温双手紧握矛,
对着冈罕连连刺,
矛矛都被冈罕闪,
冈罕趁机刺一矛,

皆温中矛鲜血淌。
皆温负伤忙逃命,
众兵众将全败退,
百头大象阵脚乱。
冈罕蹬象急追赶,
追到一地叫安旺,
冈晓战死在这里,
昔日尸骨堆如山,
冈晓的尸体也还在,
紧紧扑在象身上。
象舆一半压在身,
左手搭象脖,
右手拖在草地上,
战袍还在闪金光。
二十位将领默默看,
人人流泪心悲怆。
大家弯腰齐动手,
抬起尸体放象上。
冈罕双手捂住脸,
边哭边说声音颤:
"我的父亲啊,
你为什么死在勐景罕,
听说你死时饿着肚,
忙着冲锋未吃饭。
混勐命我亲率兵,
夺回尸体去安葬。
请你坐着占拜温,
和我一同往家返。
亲爱的父亲啊,
你不要责怪你的儿,
请你保佑我攻下勐景罕。
你死了莫要变心肠,
请你坐着大象,
和我一道把俸改杀。"
冈罕说完下命令:
各路兵马转方向,
如蜂子出窝退出城。
来到城外齐列队,
把冈晓的尸体棺中装。
忽然空中传声音,
原来是神灵城头喊:
"冈罕啊,冈罕,
人死为何抬回去,

是否要把肉来分?"
冈罕听了不回头,
率领兵马回远负,
尘土遍地旗飞扬。
桑本、桑洛还在攻城,
见到冈罕已退兵,
也纷纷撤离战场往回返。
千军万马回远负,
冈罕开口对兵将说:
"要像冈晓未死时那样,
热热闹闹下河洗澡去游玩。"
然后走进远负营寨内,
众将出来迎冈罕。
可怜战象占拜汉,
浑身到处都是伤。
冈罕清点兵马查人数,
阵亡召冈、布冈六十个。
冈晓灵柩回远负,
尸体洗净衣服换。
灵柩抬到海罕处,
海罕大哭心悲伤,
手拿金杯悼冈晓:
"艾冈晓弟啊,
你要像活着时候一个样,
我用金杯敬你酒,
愿你灵魂得平安。
你虽然已经战死了,
请不要急忙上天堂。
要帮助我们攻勐俸,
等着俸改灵魂一同上。
你生前为我管辖的勐,
五谷丰登人畜旺,
人人都把你赞扬。
我要派出阿巫戛,
上天告诉布领暖,
向他讨要仙丹来,
让你重新又复活。

艾召生弟弟啊,
我的心中太悲伤!"

八

第二天早晨天刚亮,
海罕起床洗脸吃早饭。
然后召集众将官,
又把战事来商量。
海罕开口说了话:
"阿巫戛啊,阿巫戛,
俸改的弟弟皆伴,
如今已经战死了,
消息震动勐景罕。
卫大罕也把命丧,
俸改士气大大降。
我怕俸改红了眼,
要把婻崩来杀害。
你要急忙去察看,
保护婻崩不被伤,
我的阿巫戛啊!"
阿巫戛取出万俫诺①,
身上一抹变飞鸽,
展翅飞向勐景罕。
他从空中往下降,
飞进婻崩的窗户,
只见婻崩卧床睡,
蒙则②侍候在一旁。
等到蒙则走出门,
阿巫戛对婻崩把话讲:
"海罕叫我告诉你:
勐景舍③的婻崩啊,
海罕虽是天神的子孙,
可是还被俸改欺,
使得你俩双离散,

---

① 万俫诺:仙丹。
② 蒙则:宫中的女仆。
③ 勐景舍:婻崩的家乡。

不能同桌来吃饭。
海罕带军队来复仇，
皆伴已经被杀死，
卫大罕也已把命丧。
勐景罕元气已大损，
俸改心急会红眼。
海罕怕你被暗算，
要你小心又注意，
白天黑夜细提防。
海罕虽包围了勐景罕，
不幸冈晓已阵亡。
海罕的人马虽然多，
但不能把景罕团团围。
不知道俸改还有几个召幢，
不知道他还有多少兵将。
媚崩啊，
海罕心中很着急，
如果攻不下勐景罕，
他就要蹬着占拜舍回家乡！"
媚崩听完哭着说：
"叔叔啊，叔叔，
请你告诉海罕，
俸改的弟弟虽已死，
但他的帅旗没有倒。
卫大罕虽然已身亡，
他的帅旗仍在扬。
父死儿把兵马接，
俸改一声命令下，
他们的儿子做了官。
城中大象仍然多，
多得像风雨来临般。
城里赶集闹如常，
召幢不知有多少，
又像云来又像雾，
左数右数数不完。
虽然俸改势力大，
可海罕的力量比他强。
请他不要半途废，
我媚崩日夜把他盼。"
还有情况告诉他：
"俸改有矛手三十万，
还有四万镖枪手。
要小心作战别急躁，

攻城不要亲自往前冲。
要保护自己不被伤，
如果他被伤害了，
留下我一人怎么办？
就如丝线中间断，
他我分离接不上，
千年万年空悲伤。
阿巫戛啊，
请你把这些转告海罕！"
阿巫戛点头后又变鸽，
飞回远负见海罕。
见到海罕开了口：
"媚崩叫我把话传，
请你攻城别急躁，
不要冲锋打头阵。
勐俸地方宽又广，
城中壕沟密密麻，
弓弩存千仓。
俸改内城防守严，
栅栏围着二十层。
每道栅栏大象守，
每栏大象二十头。
俸改还有一头象，
名叫恩着节丁法，
脚大如蜂盘。
还有一头叫占艾兰，
凶猛无比难抵挡。
海罕啊，
媚崩的口信多又多，
我全部把它向你转。"
海罕听了低头想，
然后抬头把口开：
"这次攻打勐景罕，
没有俘虏一头象，
媚崩未能夺回来，
还失去冈晓一员将。
眼看勐俸攻不下，
媚崩不能归。
我心中着急无奈何，
只好骑着大象回家乡。"
阿巫戛听了圆睁眼说：
"既然勐俸攻不下，
也俘虏不了一头象，

为什么又要往回返？
要夺妻子夺不回，
要想报仇仇未报，
为什么空手返家乡？
我的召海法啊，
各勐供应酒和肉，
粮草源源没有断，
还把儿孙送前方。
现在你中途又收兵，
岂不丢脸在家乡？
现在要把神灵祭，
把俸改的灵魂招过来，
杀了他才能心欢畅。
冈晓战死有原因，
因为他不把神灵祭。
他像一只公鸡咯咯叫，
一见伙伴就乱斗，
不听劝和说。
当时我们祭神灵，
他不但不把鸡卦看，
反把鸡卦来吃掉。
神灵见了怒火上，
因此身亡在战场。
海罕啊，
你的心中不用急，
你有大象几万头，
召幢多多如森林，
何必急躁把气丧。
攻城要靠意志坚，
齐心合力就不难。
无论时间有多长，
千万不要丧斗志，
更不要背着宝刀空手返！"
海罕听了又回答：
"阿巫戛啊，阿巫戛，
费心费力来攻城，
夺不回嫩崩，
获不得大象，
我怎么会空手回家乡？
刚才我说丧气话，
为的是试试你的心。

为了夺回嫩崩我的妻，
我毫不动摇决心战到底。
即使占拜舍倒在地，
把我压在象舆下，
为嫩崩战死也心甘。
让我们共同来商量，
如何攻下勐景罕？
假话请不要当真言，
阿巫戛啊，阿巫戛！"
阿巫戛点头对海罕说：
"当日出征要打仗，
我祭神灵卜鸡卦。
那次鸡卦告诉我，
此次出征必胜利，
因为天上神灵在保佑，
派出神兵和神将。
有只红公鸡的鸡卦上，
看出这次战争要夺万头象，
还有一万个姑娘。
另一只鸡卦可看出，
天神用手轻一画，
一万个村寨将归顺你管辖。
又一只鸡卦可看出，
嫩崩正在忙梳妆，
等你接她回家去。
我的海罕侄儿啊，
你应当收集所有花牛和怪兽，
用来祭祀神灵做供品。
我已跑遍四面和八方，
潜入水底进龙宫，
绿色海水洗身上，
干干净净祭神灵。
我又上天见混宛①，
看到一只花母牛，
头上长有五只角，
牛是混宛儿媳的，
外祖父送她做嫁妆。
牛栏围了二十层，
早晚混宛喂草忙。
每当太阳落下山，

---

① 混宛：管太阳的神灵。

牵牛河边去饮水。
三十根绳索前面牵，
天神羡慕个个看。
五十根绳索后面拉，
神灵个个都想要。
如果我们要去买，
天神一定会答应。
如果我们去乞讨，
可能也会把它送。
我们写书信一封，
盖上我们的大印，
付上价值一头象的白银，
再加黄金一兰①。
混宛一定心欢喜，
会把花牛牵给你。
再做一条筒裙漂漂亮亮，
用金丝绣上花鸟和图案，
送给混宛的儿媳。
还要发誓对她讲：
如果攻下勐俸，
定要送她一小勐，
千户人家归她管。"
于是海罕下命令：
阿巫戛立即出发去牵牛，
桑温、赛伦齐同行。
三人日夜兼程不停步，
来到神灵洞口旁。
进入洞门一片黑，
走出洞门仔细看，
已经来到勐混宛，
只见到处是村寨。
阿巫戛告诉桑温和赛伦，
放马休息卸下鞍，
他先进村去打听，
如果同意给花牛，
再叫他俩进村寨。
阿巫戛一人进了村，
急急忙忙进宫廷，
看见混宛端坐殿中央，
金幡幢下面，
脚蹬在象牙雕刻的平台上。

宫廷富丽又堂皇，
花虫鸟兽到处都刻满。
阿巫戛开口问混宛：
"我的侄儿啊，
你不挖战壕不筑城，
太平日子过得欢。
海罕、桑洛下凡到人间，
他们那里到处战火燃。
每日只听喊杀声，
因为围攻勐景罕。
侄儿啊，
请你伸手帮一帮！"
混宛点头忙回答：
"海罕是天神的侄儿不能欺，
海罕是神灵的子孙要相帮。
我也准备支援他，
现在听候布领暖的吩咐，
兵马到后即下凡。"
他们两人正在谈话时，
只见有人牵着花母牛，
走到河边去饮水，
前后绳索一串串。
阿巫戛假装倒在地，
双手蒙眼不敢看，
躲在柱子后面把话讲，
声音又抖又发颤：
"这头牛是谁家的？
这是怪牛不吉祥。
我的侄儿啊，
为何牵到这里来放养？"
混宛听了忙回答：
"阿巫戛啊，阿巫戛，
这是儿媳的嫁妆，
我围了二十层栅栏，
小心保护来喂养。
它的左角会变银，
没有金子别人也会送到家，
右角会变珠宝亮闪闪。
你怎么说它是怪牛？
阿巫戛你莫乱讲！"

---

① 一兰：等于三千三百三十两。

阿巫戛听了又回答：
"我的混宛啊，
我到人间去游玩，
看见桑洛有头牛，
也和这头一个样。
因为他有这头牛，
他的妻子被人抢，
夫妻至今仍离散。
我又走到勐准果，
看见海罕也有这样一头牛，
也用二十层栅栏关，
各路神仙每天去观看。
因为他有这头牛，
婻崩也被俸改抢，
海罕只有另寻欢。
他到勐景罕，
挑逗俸改的母和妻，
白天和婻崩睡在床。
俸改觉察发怒火，
命令三千勇士把他首级砍。
婻崩命令一女仆，
背着海罕的头，
来到勐准果安放。
因为养了这头牛，
海罕遭厄运。
勐准果的人就把牛杀了，
七天七夜祭神灵。
火焰冲天日夜燃，
熏得天神坐不安。
布法①打开天门看，
命令召戛拍急下凡，
医治海罕又复活。"
混宛听了以为真，
面对阿巫戛把话讲：
"我要尽快把牛牵，
牵到河源头，
让河里有鱼翻水浪。
或者牵到田边去，
让谷子丰收庄稼长。
或者牵到天上的红街或黑街，

留在那里就不管。
阿巫戛闭着一只眼，
慢慢悠悠来把话说：
"牵到河头鱼死光，
牵到田边谷不长。
牵到红街或黑街，
要遭布法来指责。
侄儿啊，
现在海罕和桑洛，
正在围攻勐景罕。
艾召生也牺牲了，
还死了不少兵和将。
应该把牛牵下凡，
把它送给海罕做祭品，
把俸改的灵魂来召唤。
海罕目前正派人，
四处买花牛八方忙。
走了村寨千百个，
这种花牛实难买。
如果海罕要来买，
你就把牛卖给他。
如果海罕来讨要，
你也应无偿送给他。
我的侄儿啊，
我的话你应当记心上。"
混宛听了又回答：
"海罕和天神是一家，
他要买我一定卖给他，
送他我也很心甘。"
阿巫戛听了心欢喜。
告别混宛出了村，
见到桑温和赛伦，
命令他俩骑上马，
随他进宫见混宛。
到了宫廷下马来，
按照哈勐②把混宛来拜见。
桑温、赛伦开口说：
"海罕派我们来见你，
因为攻不下勐景罕，
还损失了艾冈晓，

---

① 布法：指布领暖。
② 哈勐：勐与勐之间首领相见时的礼节。

妻子嫦崩也夺不回，
他的宝刀准备放入鞘，
蹬着占拜舍往回转。
但又怕天下人取笑，
心中犹豫思绪乱。
听说你有一头花母牛，
他请求把牛送给他。
他把金丝筒裙来献上，
作为礼品送嫦勐①，
嫦勐一定心欢喜。
如果勐俸被攻下，
一千户的村寨归她管。"
混宛开口说了话：
"勐与勐的友谊比象大，
要牵走花母牛，
我不会阻拦。
双混啊，
我日夜惦记着海罕，
我要支援他。
大象已养得膘肥体壮，
只等布法的兵马到，
就率兵下凡去作战。
既然布法已把书信传，
枪炮刀矛已备好。
双混啊，
你们今日来相求，
我一定送牛一定帮！"
混宛接着下命令，
牵出厩中花母牛。
阿巫戛接牛心欢喜，
牵着花牛回地上。
阿巫戛三人刚离开，
嫦勐已从娘家返。
回来不见花母牛，
又哭又闹把话讲：
"早知要把牛送人，
我就不愿回娘家。
花母牛是好嫁妆，
又能生财又吉祥。
它在河头是鱼宝，
它在田头是谷宝。

牵它上街赶集，
集市热闹。
没有珠宝，
会有人送上门来。
花牛是舅舅给我的嫁妆，
它是我的财产。
要送也要告诉我，
不打招呼就送人，
把我当作卡看待。
即使是卡也要告诉他，
我却比卡还低下！
失去花牛我心悲伤，
如今我不愿在宫中住，
我要用尖刀来自杀。
我的花母牛啊，
你价值千头万头象，
现在已经失去你，
我只好去死！"
嫦勐越说越气恼，
就把织布机上的布扯下来，
织机摇摇又晃晃。
众人个个来相劝，
把她当作娃娃哄。
嫦勐的怒气仍不消，
不吃不喝乱摔打，
如同病魔缠身上。

阿巫戛三人急赶路，
双混各人搓根茅草绳，
一人前面把牛牵，
一个后面把牛赶。
花牛小跑满身汗，
三人脸上也淌汗。
眼看就要到远负见海罕，
只见迎接的人群闹嚷嚷，
绿色营帐布满路两旁。
花母牛牵到海罕前，
他见了花牛心花放！
满脸笑容开了口：
"如果没有阿巫戛，

① 嫦勐：混宛的儿媳。

就难得到这头牛。
阿巫戛啊，
祝愿你长生不老又健康，
日夜有姑娘来陪伴！"
阿巫戛听后哈哈笑：
"如果不是我出马，
这头牛实在难得到。"
海罕派人传命令：
"千勐的召幢、召冈和召伴，
神奇花牛已牵到。
初一属鸡那天最吉祥，
只等那天一来到，
就用花牛祭神灵。
还要陪祭马一匹，
马背上面罩花鞍。
还要陪祭两姐妹，
不是少女都不要。
一牛一马两姑娘，
杀了之后魂飞勐景罕。
召唤俸改灵魂来吃肉，
让他魂离身体人死亡。
千勐的召幢、召冈和召伴，
要通知百姓人人记，
祭祀之日两不准：
不准下河去洗澡，
不准种田和种地，
否则灵魂离身把祭品吃，
误遭身亡。"

属鸡的初一转眼到，
招魂开始人紧张。
占卜师名叫莫黄罕，
抱着黄舍①到桌前，
桌上还放着鸡和鱼。
莫黄罕开口叫又唱：
"海罕的灵魂不要离身，
嫡崩的灵魂不要走散，
两人要守在祭桌旁。
桑本、桑洛也要来，
还有千勐的召幢、召冈和召伴。"

占卜师说完又起身，
来到另一处祭场。
牵出五只角的花母牛，
面对俸改住的方向，
开始把魂招。
声音恐怖如飞猡②，
又像老虎在哀鸣。
"求勐俸的神灵来相帮，
领着俸改的灵魂来这里。
求勐俸的鬼神也跟上，
领着千百个将领的灵魂来这里。
来到这里把簸箕上的牛血都吃光，
把树叶上沾着的马血也舔完。
俸改的灵魂快快来，
领着两姐妹的灵魂做妻子。
俸改啊，
你只身一人太孤单，
要领着皆温的灵魂一起来，
还有身边的众将官。"
占卜师的话刚说完，
手起刀落宰花牛，
牛血喷在簸箕上，
又把马杀倒在树叶下。
可怜那姐妹俩，
吓得晕倒又昏死。
占卜师手起刀又落，
把她俩杀死在绸缎上。
转身又杀猪一头，
四只蹄子倒生长。
再把一只羊来杀，
脚上长有三叉蹄。
还要杀蜜蜂三百窝，
蚊子三百个。
还要杀簸箕般粗大的蟒蛇一大条，
还要杀毛虫一条，
最后又把鸡来杀，
再把鸡血四周洒。
该杀的都杀了，
占卜师开始施法术。
牛头拿来对马头，

① 黄舍：用竹篾编织的小箩。箩内放着海罕、召幢、召冈和召伴等人的衣服，意思是先把他们的魂招回。
② 飞猡：如蝙蝠状，体重十余斤，夜晚出没，叫声大而凄凉，使人听了感到阴森恐怖。

瞬时天上乌云翻巨浪，
风雨齐来天昏暗。
又拿羊头对蛇头，
霎时天上雷电闪，
雨更猛烈风更狂。
俸改的灵魂变成马，
随风来到祭场上。
先饮花牛的血，
又在两姐妹身上打了滚。
皆温的灵魂也来到，
变成一只鹞鹰在天上，
围着祭场在旋转。
千百个大将的灵魂也来到，
变成一群花蝴蝶，
飞来祭场忙吸血。
俸改的灵魂也过来，
饮血饮得吱吱响。
海罕一声命令下，
埋伏的弓弩手万箭发，
雨点般地射向俸改的灵魂。
俸改的灵魂中了箭，
大家把他的灵魂变成的马头砍，
然后摆到祭台上！
锣鼓齐鸣万众欢。
占卜师取出鸡卦看，
第一只鸡卦是豪没非①，
第二只鸡卦是豪拉丁款②。
第二天早晨天刚亮，
海罕起床洗漱吃早饭，
然后传下一道令：
"修理衣甲、兵器和象舆，
准备进军勐景罕。"
俸改站在转颂上，
指指点点向北望。
只见天空起云雾，
黑压压卷向勐景罕。
俸改睁眼仔细看，
来的好像是天兵和天将。

他自言自语把话讲：
"可能是布听法③派兵来援我，
马上就要从天降。"
他命令两个布冈狼④，
准备金杯和美酒，
还有瓜果礼品放桌上，
天神来到要慰问。
俸改又把书信写，
把心中想法信中写：
"我的布听法啊，
请不要安营在城外，
请直接来到宫廷上。"
布冈狼接信迎天神，
见到天兵和天将，
急忙跪下送书信。
桑勐、桑色⑤接书信，
只见信上落有俸改名，
大印盖在信中央。
两神看信互耳语，
相对而笑忍不住，
然后大声开了腔：
"谢谢两位布冈狼，
远道迎接辛苦了。
现在请你们往回返，
天神旨意告俸改：
布听法没有派兵来支援，
这次派兵的是布领暖。
我俩率兵八十万，
下凡支援混海罕。
你们的城池不牢固，
应该加刺围和打栅栏，
壕沟也要再加宽。
赶快去告诉俸改，
做好准备打大仗。"
布冈狼听完一席话，
浑身瘫软心慌乱。
抖声抖气说了话：

---

① 豪没非：凡是丢失的东西，都会回到主人手里；被抢走的妻子，不论到什么地方都会回来。
② 豪拉丁款：经商的人可以得到金银财宝；打战可以取胜。
③ 布听法：天神名。
④ 布冈狼：俸改的军师。
⑤ 桑勐、桑色：天神名。

"两位天神所讲的，
不知是真还是假？
如果说的是真话，
大难降临勐景罕。
两位天神啊，
我们不明真假心不安！"
两位天神又回答：
"我们不会把谎说，
布领暖派我们下凡来，
就是为了援海罕。
天神的力量大又大，
请看看我们带的兵和将。
两位军师啊，
赶快去告诉俸改！"
布冈狠急忙往回返，
愁目苦脸见俸改，
把天神旨意照实传：
"我们的召法勐啊，
不知天神怎么了，
布听法没有派兵来，
来的是布领暖的兵和将，
他们不帮我们帮海罕。
八十万天兵已下凡，
前面的天兵持天斧，
后面的拿着雷斧亮闪闪。
看着我们恶狠狠，
好像要把天斧劈在我们脑门，
我们的召法勐啊，
如今我们怎么办？"
俸改听了吃一惊，
满脸焦愁心透凉。
顿时跺脚发怒火，
开口就骂布领暖：
"你派来天兵帮海罕，
勐景罕也不会垮。
你用天斧雷斧助海罕，
勐俸也不会烂！
布冈狠啊，
你赶快传令召巴①和召冈，
守好城墙和战壕，

备好弓弩和刀枪。
我们的勇士啊，
不要怕死，要战到底！"
桑勐、桑色两位神，
派出使者见海罕。
两位使者骑快马，
见到海罕把话传：
"桑勐、桑色告诉你，
布领暖派兵来支援，
八十万天兵已下凡。
海罕你就放心吧，
不要急躁不要乱。
快组织兵马把城围，
天兵相助齐作战。"
海罕听了心喜欢，
高高兴兴把话讲：
"我把天兵日夜盼，
感谢亲爱的布领暖。
派出桑勐、桑色二位神，
率领天兵天将八十万。
勐景罕眼看要归我，
婻崩就要回身旁。"
他派人抬出象牙椅，
请二位天神坐在上。
他亲自端起装满美酒的金杯，
还有果品、茶叶和槟榔，
招待桑勐和桑色。
不到片刻大风起，
空中旗帜迎风展，
天兵天将黑压压，
哗哗降落大地上。
万头大象也落地，
象舆一色火样红。
胆亚巴纳②盖象头，
金光晃眼亮又亮。
象舆插着金幡幢，
天兵抬着天斧和雷斧。
八十万天兵到人间，
如雷似雨浩浩荡荡。

---

① 召巴：百夫长。
② 胆亚：漂亮的装饰物；巴纳：象头上的一块装饰物，中间有一圆镜，周围有用银子制作的泡泡。由象头拔挂到脑门心上。

海罕骑着占拜舍，
迎接天神天兵在路旁。
双方战象吼又叫，
兵丁闹嚷嚷。
天将天兵搭帐篷，
绫罗绸缎金光闪。
帐篷密麻一大片，
四周打桩围栅栏。
壕沟长长遍山冈，
安营扎寨已停当。
海罕叫人抬出善牙占①，
再把金桌稳稳放。
桑勐拿出布领暖的金铸像，
轻轻放在桌子上。
海罕急忙跪下来，
恭恭敬敬来叩拜。
然后问候桑勐和桑色，
先表歉意开口讲：
"天地之间太遥远，
二位沿途辛苦了。
你们劳累为海罕，
我心中不忍很不安。
两位敬爱的长辈啊，
自从攻打勐景罕，
日夜盼望天兵援。
布领暖心善可怜我，
派出天兵来参战。
天下百姓真高兴，
人人争把这事传。
二位尊者啊，
感谢你们的话说不完！"

第二天早上天刚亮，
海罕传军令：
"千个勐的召幢，
嘎西牙②那天最吉祥，
我要亲自率大军，

出征攻打勐景罕。
请天神桑色攻东边，
重重包围二十层。
艾道闷鲁天③紧跟上，
与天上的战象齐攻城。
混宛道端红④与召法免⑤，
支援城头的桑洛同作战。
桑勐负责攻城尾，
挑选的战象牙粗壮，
左右两翼共一万。
城的中部我去攻，
我要把它团团围住二十层，
我的后卫是龙王布唤罕。
一千个勐的召幢率军队，
按照原定线路向前进，
洪水般冲向城门旁。
我亲自督阵不放松，
谁往后退枷锁上。
谁蹬大象猛冲锋，
不仅赐给金幡幢，
还给一个村寨为奖赏。"

召尼率领天兵天将八十万，
准备出发收营帐。
鸣炮三声轰轰响，
炮声惊动人和象。
占拜舍昂首吼叫要出发，
二十头大象⑥自动跑到远负正中央，
一千头象扬鼻跺脚望远方。
士卒牵出占拜舍，
象舆装饰金晃晃，
如田中稻穗迎风展。
海罕走下宝座穿铠甲，
铠甲上麒麟亮闪闪。
扣带上嵌有珠和宝，
装宝石的背袋肩上挎，
背袋似火熊熊燃。

---

① 善牙占：象牙雕刻成的平台。
② 嘎西牙：甲午之日，即马日。西双版纳称嘎萨牙。
③ 艾道闷鲁天：天神名。
④ 混宛道端红：即混宛。
⑤ 召法免：天神雷公。
⑥ 专为海罕提供挑选为坐骑的凶猛大象。

一把宝剑挎腰上，
刀鞘刻着龙一条。
一顶莫央该①头上戴，
帽带闪亮迎风扬。
一根金矛手中拿，
占拜舍在等待，
左边转来右边转。
一顶金幡幢高高立，
威武的海罕幢下站。
亲自出征杀俸改，
蹬象踏平勐景罕！

一声令下大鼓响，
天兵天将上征程，
海罕大军也出征。
勇猛矛手三十万，
还有九十万钩矛手。
占拜舍昂首往前闯，
千名武士来保护，
手中大刀要把敌来砍。
前锋武士有万名，
手持长把三叉矛。
八十万兵丁来到勐景罕，
团团包围在城下。
土炮成排高高架，
火药引线已接上。
鲁非也排列，
如簸箕大的纺车般。
占拜舍继续在前进，
金幡幢迎风高高扬。

桑色、桑洛抵贺勐，
安营扎寨忙又忙，
帐篷火红似太阳。
布桑勐来到腊姐看，
只见到处是战象。
法洪桑兰②从天空来，
与桑本同率人马来攻城，
喊声杀声震天响。
混宛和雷公召法免，

还有艾道闷鲁天，
出动千头万头象，
大象吼叫声不断。
桑温、赛伦的战象更威武，
长牙排列似篱笆。
还有向戛和向冈，
人马多如雨点般。
冈庄和汉高召勐尼，
同时并进齐向前，
象牙密如星一样。
还有崩南宛多法，
马队如风奔腾上。
艾包、尼崩和桑混伦，
波道坚混缅和赛道，
带领兵丁打头阵，
象队随后往前闯。
还有天神布冈罕，
率领天兵和天将，
全部金矛齐武装。
桑海、冈罕在最后，
紧紧跟着海罕的坐骑占拜舍
士卒手持锄头和红杆矛，
等待占领勐景罕，
挖出金银和财宝。

俸改的兵将也在忙，
日夜巡逻在城门高楼上。
眼看城外遍人马，
急忙又敲锣鼓又吼叫：
"城外兵马滚滚来，
海罕的象队已经来攻城！
我们为什么不迎战？
大象为什么不出栏？
我们应该像个男子汉，
活捉桑洛和海罕，
把他们像牛马一样来放养。"
鼓声急急四方传，
一寨传到另一寨。
士卒听到鼓声响，
丢妻弃儿忙出发，

---

① 莫央该：帽子。上面缀有珠宝，亮如一把火。
② 法洪桑兰：天神名。

脚步咚咚碗叮当，
竹楼震得摇摇晃。
俸改见人来攻城，
稳坐转颂不慌张。
摆酒设宴仍作乐，
众妻紧紧围身旁。
左边是娥宾，
右边是嫡崩。
用手摸摸嫡崩脸，
又把娥宾搂身上。
俸改站起拿仙笛，
这只仙笛不离身，
经常把它床头放。

桑色、桑劢一声命令下，
只见鲁非飞城中，
越过天空一串串。
霎时城中烟火起，
天地之间迷迷茫。
城外土炮又轰鸣，
房屋崩裂尘土扬。
俸改看见这情况，
手扶栏杆高声喊：
"该死的奴隶们，
快快把大火来扑灭，
谁要怕死我就把他砍！"
大火连绵烧了三昼夜，
天空烟雾挤成团。
百姓抬水忙救火，
大火仍旧还在燃。
俸改一看势不妙，
急忙把弟弟皆温召，
还有舅爷罢龙法。
然后开口把话讲：
"前次你们战冈罕，
败在他矛下受了伤。
我用秘方牙窝来，
为你们医治不怠慢。
现在你俩已康复，
身体有力又强壮。
眼下海罕来攻城，
赶快从栏中牵出象，
带领一百个召冈，

火速奋力去迎战。
决不让对方进城来，
要为我拼死在沙场！
罢龙法的兵丁抬着红杆矛，
兵分两路齐出发。
卫大罕的弟弟卫大荒，
你的人马众多如洪水，
合力迎击勐渤的首领尼海罕。
巴扎哇与撒马姓，
布阵三层相呼应，
要把海罕的兵马来围困。
皆温和贺哇仁占邦，
还有马门罗虎当，
你们的手下兵丁抬钩矛，
冲出城门勇猛战。
我亲爱的弟弟们啊，
胜利回来有重赏！"
俸改说完又下令，
牵出大象占艾刁，
赠予弟弟皆温为坐骑。
占艾刁象牙弯又弯，
一条尾巴长又长。
牵出英着节，
脚上长肉包，
象牙红红火一样，
赐给罢龙法为坐骑。
然后又牵占艾兰，
兵丁上前罩金舆。
俸改起身穿衣甲，
戴上头盔挎上刀，
宝石袋子背身上，
金矛一根亮又亮。
珠光宝气遍全身，
金光四射晃人眼。
他几步走近占艾兰，
占艾兰弯腿又低头，
乖乖让俸改来骑上。
千名官和将，
骑在象上等俸改。
三千名哈火塔，
三百个哈火吞，
每天把剁生享，
等待决一死战。

俸改开口把话讲：
"为了保卫勐景罕，
我精心挑选兵和将。
你们最忠心也最勇敢，
应该为我出大力。
这次我已下决心，
要活捉小混尼和他的象，
留给后人为笑谈。
我要带头打先锋，
抬金矛的傣景罕①，
与我紧跟不离身。
金矛手三十万，
拧成一根绳索齐心战。
镖枪手共四万，
接近对方就镖杀。
如果谁要往后退，
砍下脑袋小命丧！
无论死伤有多少，
往前冲杀手不软！"
话刚落音炮三响，
城门大开兵马出，
如同飞蚁密密麻，
如同风急雨又狂。

俸改从贺允东门出了城，
千军万马随后跟，
就像天上的云彩一团团。
人走象踏乱石滚滚沟踏平，
士卒跟着战象冲，
就像黑云在翻滚，
冲向艾道闷鲁天。
戴着莫纳②的兵丁，
你砍我杀不相让。
秋风卷叶人倒地，
脸上身上血斑斑。
战象咆哮声如雷，
犹如天空被撕裂。
俸改的兵丁如同无王的蜂群，
到处乱飞乱叮咬。
二十人结成一群，

拼命挥刀杀又砍。
艾道闷鲁天势单力又薄，
面对攻势难抵挡。
只得边战边后退，
士卒伤亡已过半，
战象也掉头往回奔。
俸改的兵马把壕沟道道占，
俘虏人马共四千，
全军欢腾又欢唱。
敲起铓锣打起鼓，
响声震耳冲云霄。
俸改冷笑道：
"这伙人哪是我的对手？"
说罢蹬着大象往前冲，
挥矛直取布桑色，
士卒挥刀紧跟上。

桑色坐镇营寨稳如山，
指挥兵将攻城正紧张。
俸改令弓弩手齐射箭，
箭如雨点落在象身上。
俸改又令土枪手齐发射，
击伤象脚鲜血淌，
大象痛叫声凄惨。
天兵也有伤和亡，
纷纷躲避四处散。
桑色看见心中急，
起身蹬着占拜洪，
亲自上阵离营帐。
天兵手中拿天斧，
紧紧跟着布桑色。
马队载着弓弩手，
利箭穿透人和象。
俸改士兵纷纷倒，
前面倒了后面上。
桑色、俸改两混勐，
各率百万之众，
两支军队急交锋。
双方象队猛冲闯，
血肉横飞鬼神号。

---

① 傣景罕：贴身卫队。
② 莫纳：一种防护脸部的面罩。

兵器交错寒光闪，
血流成河尸成山。
桑色骑着大象猛冲杀，
鲁非齐放土炮响。
只见城中起大火，
俸改的兵丁无心恋战心已慌。
桑色乘胜向前进，
占拜洪象鼻腾空甩得欢。
俸改乱军之中稳住脚，
要想直取布桑色。
但不论他怎样蹬大象，
也无法接近动刀枪。
他只好掉转象头找目标，
看见桑洛就急冲，
又快又猛旋风般。

天神布冈罕已参战，
他放出四百头大象，
只见象牙如满山遍野的白花。
天兵天将入战壕，
战象屹立战壕旁。
俸改的兵丁如发怒的马蜂，
蜂拥而出扑过来。
布冈罕蹬着大象来迎击，
顷刻尸体遍山冈。
俸改见了怒火上，
猛蹬占艾兰，
冲向布冈罕。
布冈罕的战象立住脚，
昂首望天空，
左蹬右蹬不出战。
然后吼叫一声往后退，
后退无援处境难。
兵无首领四逃散，
布冈罕也无力再呼唤，
战壕失守又归勐景罕。
俸改冷笑一声开了口：
"这伙人也不是对手，
重找一个再来战！"
蹬着大象又向前，
百万兵将后面跟，
如洪水出堤泻万丈，
如马蜂离窝飞满天，

又如鸽群展翅，
在天空翱翔，
顿时冲向混宛。
混宛举矛来迎击，
后面跟着天兵和天将。
放出大象二十栏，
还有三千铁甲兵，
拿着金矛冲敌方。
只见俸改的兵丁两边闪，
死的死来逃的逃。
俸改见势怒气冲，
传令鼓手敲响鼓。
兵丁听见鼓声起，
纷纷聚拢又要战。
混宛气得咬紧牙，
擒贼擒王取俸改，
只见占艾兰牙沾鲜血滴滴淌。
俸改见到混宛把话讲：
"勐景罕一向很安分，
未曾骚扰过何方。
天神为何发了怒，
派兵对我来侵犯？
勐景罕从未得罪过天神，
天神为何调动人马和大象，
四处包围勐景罕？
既然如此不讲理，
今日我就来较量。
我要蹬着占艾兰，
一比高低与你战。"
混宛听了就回答：
"你这个艾哈腊花豹子，
勐景罕早已丰衣又足食，
为何要把桑洛的妻子娥宾抢？
你简直凶猛像虎狼。
你管辖的地方宽又广，
为何要把海罕的妻子婻崩抢，
使他们夫妻一对相离散？
你的罪恶滔天大，
天神决不会把你饶！
你横行霸道太逞强，
天神个个把你恨，
人人紧握拳头要下凡把你斗。
海罕是天神的侄儿应当保，

他遭灾遇难应当来相帮。
今日天神下凡来，
就是要把你的脑袋砍！
艾哈腊俸改啊，
你死到临头还不悔！"
说完蹬象取俸改，
俸改蹬象迎上来，
双方士卒两旁让。
两强相遇猛厮杀，
天空忽起风雨黑云飘，
不知天命注定谁先亡。
两头战象的牙绞得咚咚响，
双方士卒也交战。
俸改的大象如丘陵，
凶猛超群不一般。
混宛的战象用尽全力拼命挑，
占艾兰依然稳如山。
混宛用矛左右刺，
俸改衣甲九层厚，
坚硬无比难刺穿。
俸改双眼盯混宛，
手中长矛锋又利，
忽然一矛飞出去，
混宛的衣甲被刺穿，
血流如注流不断。
混宛负伤靠在象舆上，
他钩着大象往后退。
俸改趁势紧追击，
身后百万士卒齐呐喊。
混宛的大军败退逃，
一路损兵又折将。
桑洛远远已看见，
胸中怒火熊熊燃，
率领战象四百冲过来。
四百战象牙锋利，
高声吼叫斗志昂。
双方诅咒又厮杀，
天上、人间大混战。
桑洛的战鼓敲不停，
天兵四出围成圈，
把混宛保护在正中央。
远处又见尘土扬，
天神召法免也蹬着象，

赶来支援混宛。
两支大军齐汇合，
犹如滚滚洪水卷巨浪，
冲向俸改哗哗响。
双方你砍我又杀，
杀得天昏地又暗。
三千哈火塔，
三万哈火吞，
边舞大刀边弹舌，
人被砍死象砍翻。
满身满脸是鲜血，
血迹斑斑衣零乱。
俸改下令打土炮，
桑洛的大象死又伤。
天神召法免怒把士卒骂，
拔出宝剑指向前。
士卒不敢违军令，
舍生忘死往前闯。
发射鲁非来还击，
火花四溅烈火燃，
俸改兵丁纷纷倒。
桑洛又令土炮轰，
击中俸改的兵和将，
尸横遍野堆如山。
俸改见势不好转身逃，
全军崩溃四处散。
一场激战已过去，
硝烟四散，
混宛、桑洛派兵扫战场。
俘敌四千，
砍敌首级一万。
众兵丁呜呜齐欢呼，
敲起铓锣阵阵响。
拥着混宛和桑洛，
将士凯旋庆胜仗。

伴龙法和卫大荒，
从腊姐出城上战场。
要想击退布桑色，
未能如愿又掉头，
掉转头来攻海罕。
左攻右攻不见效，
海罕大军稳如山。

伴龙法自己吹嘘最勇猛，
手下的兵丁强又壮。
他两战失利怒火起，
蹬着大象攻桑勐，
后面跟着卫大荒。
桑勐的兵丁力量弱，
节节败退难抵挡。
伴龙法下令用炮击，
又发射鲁非一串串。
桑勐的营帐起大火，
他拔出宝刀指天上。
天空轰轰发巨响，
这是天上雷斧劈，
地上天斧也在砍。
法洪桑兰呼风又唤雨，
一时黑云翻滚风雨狂。
道道金光落下地，
雷斧劈死俸改的兵和将。
桑勐又令土炮轰，
俸改的兵马又伤亡，
败下阵来往回逃。
人逃马跑象乱闯，
如同蜂子齐回窝。
八百万人马退入城，
只听碗柜叮当响，
竹楼踩得摇摇晃。
桑勐蹬着占拜香，
穷追不舍歼敌人，
后面还有天兵和天将。
俸改的阵地被攻破，
九道壕沟都被占。

皆温蹬着大象占艾滇，
旁边是贺哇仁占邦，
还有马门罗虎当，
再一个是召冈牛仰罕，
齐头并进围桑本。
又放鲁非又轰炮，
炮声震天硝烟漫。
双方交锋刀碰刀，
刀下无数死和伤。
桑温、赛伦又赶来，
支援桑本战皆温。

皆温的兵马多九倍，
一心要活捉桑本领奖赏。
皆温下令兵丁轮番攻，
桑本手舞长矛心不慌，
冲来一群死一群，
后面又冲又伤亡，
一直未能近桑本。
皆温又派出马队齐齐排，
组成防线像铜墙，
把桑温、赛伦来阻挡。
桑本摆出大象阵，
围成圆圈四面战。
桑温、赛伦拼死冲，
靠拢桑本相互帮。
皆温的弟弟又冲来，
一层一层不中断。
桑本用力蹬大象，
大象胆怯脖颤抖，
两根长牙插地上。
桑本处于危难中，
如同巨流冲沙滩，
危在旦夕命难保。
兵马纷纷往后退，
靠近大营向海罕。
桑温、赛伦也退下阵，
来到海罕大本营，
脸色发青人发抖。

桑本军中一猛士，
名叫拉乱波滚叫，
他身背宝剑一把赴战场，
刀刃发出金绿色的寒光。
这次战斗他勇猛异常，
砍杀敌人头颅一千个。
虽然全军已退却，
他却孤军一人不下阵，
直到身负多处伤，
才跳出壕沟奔海罕。
海罕见了就称赞：
"拉乱啊，拉乱！
你勇敢不怕死。
如果人人都像你，
即使勐俸多坚固，

也早被我们攻占。
你虽是个小人，
我要给你重赏，
还要让你升官。
让你有万匹马在厩中，
让年轻妻子满屋又满堂！"

桑本败退回大营，
混勐开口就大骂：
"召桑啊，召桑！
人人都说你是我弟弟，
你管辖下的地方宽又广，
你的战象已成群，
为什么今日打败仗？
我可以把你杀，
也可以把你砍，
只怕众官心忧伤。
这次失败我饶你，
今后不能再这样！"
桑本听了忙回答：
"我的兄长召海法啊，
只怪我骑的那头象，
蹬它它不往前走，
弯着脖子还把牙插地上。
一边吼叫一边退，
让我丢丑脸无光，
我也无能心有愧。
亲爱的召海法啊，
你能否把占拜兵赐给我，
如果能骑着这头象，
我有信心攻下勐景罕。
如果我又打败仗，
杀了我也心甘！"
海罕听了下命令，
占拜兵被牵出栏，
身上闪闪罩金舆。
桑本急忙骑上去，
快如三月疾风狂。
兵将在后紧紧跟，
多如江河层层浪。
拉着土炮列阵有九层，
后面是桑温和赛伦。
大军直抵勐景罕，

分成两翼齐包抄。
皆温见了桑本就大骂：
"召桑啊，召桑！
俗话你莫非忘记了？
脑门碰树桩，
自寻死路把命亡。
你刚吃败仗往回退，
眼看就要被我砍，
幸好天神保护你，
现在你又来挑战。
你不怕死就快蹬象，
有胆量就来较量！"
桑本听了把话答：
"俸改的弟弟皆温啊，
俗话说得很清楚：
神灵赐战象，
重整旗鼓打胜仗。
旧病怕复发，
复发只有等死亡。
莫非你又忘记了，
冈罕一矛刺中你，
如果不是士卒保，
你早变鬼来无人样！
你现在为何又出现？
你凭什么把口夸？
你要和我来交战，
只怕你的象牙被绞断！
你有本事就来试一试，
让你看看我桑本，
究竟武艺强不强！"
话音刚落吼声起，
桑本、皆温同蹬象，
双方士卒急忙闪一旁。
两象对阵头顶头，
拼命顶撞不相让。
两将交锋舞长矛，
皆温矛矛都落空。
桑本眼疾手又快，
一矛把皆温衣甲来刺穿。
只见鲜血往外涌，
皆温从象舆翻身滚落在地上。
桑本的兵丁涌上去，
冒宰争先把头砍，

众士卒呜呜齐欢呼。

皆温已经被杀死，
他的大象还不知，
仍然进攻桑本象，
又吼又跳又冲撞。
士卒见了齐欢笑，
有的偷偷爬到象脖上，
占艾滇乖乖被擒获，
全军上下又欢呼。
呜呜之声传四方。
声音震动勐景罕，
城内人人心胆战。
桑本把战象占艾滇，
恭恭敬敬献海罕，
海罕赐给金银做奖赏。
桑本乘胜又追击，
步步为营围栅栏。
俘虏大官六十人，
还有兵丁和大象。

俸改各路人马纷纷退，
退到允龙城中城。
俸改见到形势很不妙，
拿出仙笛吹起来。
攻城兵丁顿时手脚软，
纷纷把手中刀矛放，
不会杀也不会砍。
笛声吹得震动勐景罕，
只有天兵神志清，
其余的士卒全迷糊，
有的呆立抱栅栏。
如此延续两三天，
烈火硝烟四弥漫。

混宛负伤回营帐，
士卒把他抱下象，
已经咽气魂离体。
海罕听到混宛死，
心中忧愁又悲伤，
泪珠流下一串串。

---

① 夏拍：白鹭，一种仙鸟。

然后告诉阿巫戛：
"阿巫戛啊，阿巫戛！
转告混宛的儿子不要急，
父亲战死名永传。
尸体别忙往家运，
要继承父位掌幡幢。
还要把土地赐给他，
以两三个村寨为采邑。
转告他不要太悲伤，
父亲虽死还有救，
以后请夏拍①来医治。
混宛的金幢和旗帜不能倒，
要立在营帐高飘扬。"
海罕又对众将把话讲：
"混宛下凡来帮我，
现在不幸已阵亡。
今后战斗怎么办？
要请大家来商量。"

九

第二天太阳刚升起，
只听大鼓咚咚响。
海罕命令所有兵和将，
还有天兵八十万，
继续进攻勐景罕。
千军万马又出动，
团团把允龙来包围。
海罕骑着占拜舍，
亲自指挥亲临战。
金幡幢插在象舆上，
虎形图案雄赳赳。
海罕的命令，
天兵也不敢违抗。
围城兵丁战鼓催，
鼓声震动景罕城。
水中蛟龙纷纷出，
出水蛟龙把江水堵。

所有天神都来到，
一时风云突变暴雨降。
海罕骑着占拜舍，
逼近城池要把俸改斩。

聪明的嫡崩在城中，
看见海罕亲自来作战，
她心生一计，
甜言蜜语向俸改，
口中含着牙万冷①，
喷向俸改把话讲：
"兵马已团团把城围，
你那勇猛的兵和将，
为什么不叫他们快出战？
战火已布满勐景坝，
为什么还不去扑灭光？
你应走出宫廷去，
站在转颂上仔细看，
你应该布置兵马快点将。"
俸改听了有道理，
把手中仙笛放床上，
走出宫廷到转颂，
然后又把将来点，
再把命令高声传：
"如今撒马姓已战死，
你们要夺回失地努力战！"
嫡崩趁俸改站在转颂点兵将，
偷偷把仙笛拿手上，
转身把它丢下楼，
顿时战象吼声起，
你踏我踩仙笛烂。
她又把酒糟往下撒，
三百头公猪奔过来，
你拱我挤把食抢，
踩得仙笛破又碎，
变成几百只花蝴蝶，
围着俸改飞飞扬，
战象战马也在厩中吼得慌。
俸改急忙回宫廷，
一看仙笛已不在，

心中明白怒火上，
他拔出宝剑欲杀嫡崩。
嫡崩吹出牙万冷，
吹在俸改的脸上钻进心。
俸改迷迷糊糊心发软，
伸出左手把嫡崩牵，
右手把宝剑丢一旁，
犹如哥哥牵妹妹。
牵着嫡崩把话讲：
"今天我要蹬大象，
与海罕拼死决一战。
两头战象阵对阵，
不知谁的象牙会绞断？
两把宝刀要出鞘，
不知天命要谁亡？
两只金矛要交锋，
不知神灵要谁的身体被洞穿？
两只大象要格斗，
不知哪一头要倒在血地上？"
说完牵出英着节，
它虽然力大但行动迟缓，
俸改指象大声骂：
"我精心喂养你，
就像养只斑鸠一个样。
喂的是雪白米饭团，
象栏涂的是金粉，
早晚还有蔗叶和蔗干。
哪一支象牙不锐利，
都要修整削尖如龙角。
现在战火熊熊燃，
我们双混②都要各自蹬大象，
手持金矛互交战，
要拼杀得血染矛杆。
两头大象相斗时，
你要顶住不能动。
两对象牙相交时，
你要站稳不后退，
英着节啊，我的象！"
俸改下令敲大鼓，
接着鸣炮响三声。

① 牙万冷：迷魂药。
② 双混：此处指俸改和海罕。

各路兵马都出动，
到处只听人马喊。
象栏大开群象出，
乱石踏得遍地滚，
箐沟踩得平坦坦，
各色旗帜满山冈。

海罕大军紧围城，
重重叠叠千百层。
只见象牙白花花，
只见象鼻翻腾如森林。
天空神灵在巡视，
金斧银斧来保护。
海罕停住大象驻足看，
只见金幡幢闪闪，
千军万马顶烈日，
箭满弦紧绷，
严阵以待望前方。
只见俸改的大军出城来，
两军相遇如云海，
把天地相连。
又如两股洪流相汇集，
杀声喊声骤然起，
如同四月的风和雨。
四面八方土炮响，
黑烟滚滚冲天际，
烟雾笼罩景罕城。
鲁非串串穿空过，
红光闪闪如火龙。
俸改的兵乱糟糟，
成群成片如山倒。
两军混战惊心动魄，
满脸鲜血如雨淋，
边揩边抹边死战。
俸改的人马死得多，
死尸密密犹如遍地攀枝花。
人血、象血四处淌，
涓涓细流汇成河。
俸改心头冒火催战鼓，
蹬着大象冲海罕，
英着节象牙锋利如龙角。
海罕蹬着占拜舍，
挥动长矛来迎战。

两头大象力相当，
你冲我挑猛又猛，
犹如飓风吹大树，
树干摇晃树叶响。
又如巨石相击撞，
砰砰巨响火花起。
俸改开口大声骂：
"海罕啊，海罕！
不是我主动找婻崩，
而是她对我献殷勤。
她早已对你变了心，
因此我才把她抢。
她已和我成一家，
天天坐在我身旁，
早晚和我同桌吃饭。
美丽的婻崩属于我，
每日与我共欢心，
已经与你不相干。
莫非你认为我太软？
莫非你认为我无战象？
你才带领兵马来捣乱。
你可能小看了勐景罕，
你以为这里没有男子汉，
才带领象队来侵犯。
我说你是为了婻崩来送死，
你真是要把头放在竹箩上！
今日我们双混干戈动，
为的是婻崩。
不论谁死魂升天，
也不后悔心也甘。
海罕啊，
天地作证并让后人把此事记。
召尼啊，
你今日必死已无疑，
见鬼去吧，让你永离人世！"
海罕听了开口答：
"艾哈腊俸改，
你这只豹子最凶残，
老象未死就拔牙，
象牙要戳你肋巴。
老虎未死就拔牙，
虎牙爆炸变火花，
烈火燃烧勐景罕。

我召海法还未死，
你就把婻崩抢，
使我夫妻不能同桌吃饭。
我现在坐着占拜舍，
率领无数兵和将，
报仇雪耻寻爱妻。
我的宝刀已出鞘，
要把你这头豹子砍。
砍了丢下河，
再把肚腹剖，
让鱼虾围上吃个光。
艾哈腊，
你这只豹子啊，
作恶多端没有好下场！"
话刚落音尘土扬，
双混交锋齐蹬象。
象牙交错象鼻甩，
象头相碰相顶撞。
天兵助战卷席来，
好像天塌把地盖。
俸改取出通香轻摇晃，
一群花蝴蝶飞起来，
围着俸改四面转。
海罕也把通香轻轻摇，
一时雷鸣电又闪。
俸改挥舞金矛如旋风，
海罕勇猛灵活左右挡。
俸改求胜心切露破绽，
海罕看准机会猛一矛，
矛飞出正中俸改，
鲜血喷流地上淌。
俸改急忙钩象往后退，
稳稳地靠在象舆上。
身后猛士三百人，
纷纷杀出救俸改。
海罕乘胜追击紧不放，
占拜舍胆怯不向前，
原来是看见俸改的坐骑，
象舆上插着孔雀尾。
要不是占拜舍脚步慢，

海罕早已把俸改戳下象，
亲手把他首级砍。
俸改被兵将救回城，
败兵蜂拥逃命忙。
海罕大军齐追杀，
天兵四处俘大象。
凶猛的大象难捉拿，
就用刀砍矛又刺。
大象受伤吼叫惨，
乱踩乱跑又乱撞。
俸改的贺悍①被吓坏，
纷纷忙忙跳下象，
拔掉象舆上的金幡幢。
战象无主四处窜，
海罕的大军穷追不舍跟在后，
追杀到允龙一块平地上。
只见矛往肋骨戳，
只听惨叫声不断。
一直追杀到洪冈②的中心，
老弱妇孺忙求饶，
到处鬼哭神号人又喊。
有的开口骂俸改：
"只因俸改太霸道，
勐景罕才遭此大难。"
俸改的土地宽又广，
年轻的妻子多又多，
即使从早到夜晚，
也难以个个轮着玩。
他人心不足做坏事，
又把海罕的婻崩抢，
使得海罕派大军，
勐景罕因此遭祸殃。
海罕的军队势力大，
攻城如同在卷布，
围城如同栽桩打栅栏，
层层围困欲逃无地方。
满城百姓人心乱，
绫罗绸缎遍地扔。
年轻姑娘流眼泪，
一手拿背巾，

① 贺：首领。悍：勇猛的士兵。
② 洪冈：城的中心地带。

一手又把娃娃牵，
开口求饶跪地上：
"求你海罕军，
十几岁的人请不要杀，
留下为你当奴隶，
为你割草采冬叶①，
只求吃碗热米饭。
勐景罕归你来管，
留下我们不要杀，
会守你在火塘边，
会服侍你在床旁。
善良的召法尼海罕啊，
我们的命在你手上！"
勐景罕的兵丁舞刀矛，
如醉如痴乱戳又乱砍，
无法突围困城中，
尸体成堆人叠人，
鲜血满脸难分辨，
哭哭叫叫阴风惨。

桑洛率领兵和将，
冲到贺允中城吼声响。
海罕另一支兵马也赶来，
战象齐聚如森林。
桑色、桑温的天兵也赶到，
浩浩荡荡洪水般。
桑温、赛伦也来到，
象牙密似秧田的篱笆。
汉高波也随后来，
身后兵马一串串。
混嘿南也到达，
象队排列如鱼贯。
崩南宛多法也来了，
带领兵马到处砍。
冈庄也来了，
大象多又多，
栅栏全部被撞翻。
向冈、向戞也来了，
象牙沾着的鲜血还未干。
艾包、尼崩也来了，

士兵紧握手中矛。
赛道和桑混伦也来了，
象群把城中房屋撞。
波道坚混免也来了，
兵将杀人如砍瓜。
天神布冈罕也来了，
天兵放火把房烧，
烟雾笼罩勐景罕。
艾道闷鲁天也来了，
带领千头好战象。
雷公召法免也来了，
天兵宝剑如星闪。
召桑本也来了，
蹬着大象要出战。
战象占拜兵到处冲，
踩死俸改的兵和将。
冈罕和桑海也来了，
手下人马遍山冈。
天神召法洪桑兰在天空，
又是呼风又唤雨。
天兵拿着雷斧劈下来，
只听一声霹雳响，
击中俸改的金幡幢。
金幡幢插在转颂上，
转眼散落成碎片。
俸改的大象乱又乱，
失去主人跑四方。
兵将撤退到允龙，
海罕的大军追杀到允冈，
允冈地处允龙城中央。
在允冈的洪囡②又开战，
只见矛戳血溅人倒地，
尸首分家各一方。
杀到俸改住地洪允坚，
此处有二十层防御大栅栏，
内有精锐兵马和战象。
俸改坚守洪允坚，
翻身一跃下了象。
妻妾全都围上来，
拉着衣服问长又问短。

---

① 冬叶：叶宽约二十到三十厘米，长约四十厘米，用来包饭菜。
② 洪：衙门。囡：小。

嫡崩看见俸改已受伤，
躲在后面暗自笑。
娥宾拿出牙窝莱，
给俸改止血医创伤。
海罕命令阿巫戛：
"阿巫戛啊，阿巫戛，
请你快把嫡崩看！"
阿巫戛拿出万拉纳①，
朝自己身上一涂抹，
马上变成一个黑奴隶，
全身黑黑如烧炭。
又把身子轻轻摇，
转眼就到俸改的宫廷中。
他到处寻找到处看，
别人却不能看见他。
他看见嫡崩仍安在，
急忙回营报海罕。
雷公继续劈天斧，
劈中洪允坚北面，
城墙轰然倒地响。
劈中洪允坚南面，
城墙哗哗齐倒塌。
海罕率领各路军，
直捣勐景罕城心脏。
俸改走投无路心中急，
如同野火在燃烧，
大火已烧到身旁。
他知死难已临头，
面对众妻妾把话讲：
"我的城池将被占，
大象将被俘来又被砍。
我只好骑着飞马找叶金，
她是我的大姐会帮忙。
她管辖下的地方宽又广，
靠近天边望不断。
我这个落难的大官，
只有靠她躲灾难！
她住的地方远又远，
除了我谁也走不到。
众妻妾啊，莫悲伤，
你们取出我的宝剑和宝袋，

宝袋挎肩上，
手持宝剑先往东面看，
东面长矛闪闪映阳光。
再朝北面看，
桑洛的象队到处是。
再往南面瞧，
红杆金矛看不断。
又朝西面看，
海罕的象队排成串，
象牙如秧田间的篱笆。
形势危急我先走，
离开你们时间不会长！"
俸改刚把话说完，
只听北面咚的一声巨响，
二十路人马冲杀来。
又听南面咚的一声响，
俸改的兵丁哭又喊。
占艾兰呆立不吃草，
英着节也一样。
眼看主人要远走，
两头大象呜咽身打战。
满屋妻妾急又慌，
宫廷中央团团转。
全都拉着俸改的手，
哭哭啼啼声凄凉。
嫡崩也假装在流泪，
手揩眼睛无泪珠。
娥宾搂着俸改腰，
哭得晕倒在地上。
咪埃汪把俸改搂，
哭得像个醉人样，
边哭边对俸改说：
"亲爱的召法勐俸罕啊，
请你拔出宝刀来，
先把我们都杀光！"
妻妾中有人又开口：
"召法勐俸罕啊，
请你把毒药给我们，
别把我们留在世，
做人家的奴隶命太惨！"

---

① 万拉纳：一种药，涂上这种药，人会改变脸型。

有的妻妾又开口：
"自从我们来到宫廷中，
早晚只知摆桌椅，
小心侍奉送酒又送饭。
不知你心中想些啥，
一年才同我们玩一次，
好像把我们关在厩里养，
太阳一落门上闩，
有人守卫在门旁。"
有的妻妾互相说：
"一年到头长又长，
只有一两天才能床头见，
现在混俸要逃了，
我们应该放声笑，
为什么还要空悲伤？
海罕来攻勐景罕，
要夺走占艾兰，
还有山包样高大的英着节。
还要夺走妻子和姑娘，
决不会把我们一刀杀。
勐景哈的伙子见我们，
眼睛就会斜着看。
我们生得白又嫩，
就像十七八岁的少女一个样。
等着勐景哈的伙子来，
我们和他们随心玩。
你们不要再哭了，
应该欢笑开心肠！"

俸改手持宝刀肩背宝石袋，
到处观察到处看。
只见大小城门烟雾漫，
他乘机翻身骑飞马，
飞往空中去逃亡。
勐景罕城内一片乱，
俸改的兵马死的死，
受伤的忙找地方藏，
不受伤的四处逃。
海罕的大军一直冲，

冲到俸改的宫廷墙院下，
有的守兵还抵抗，
人少力单怎能挡？
勐景罕的城内和城外，
都是海罕的兵和将。
俸改的军队越战人越少，
海罕的兵丁忙着抢大象。
有的兵丁被大象踩伤了，
勇猛的武士骑在象身上，
把踩伤的兵丁来嘲笑，
笑声哭声传四方。
有的一人俘虏大象两三头，
有的牵着俘虏一串串。
弱小的兵丁眼巴巴，
看着别人把战利品抢，
边看边把眼泪揩，
自骂无能不像样。

海罕坐着占拜舍，
冲进俸改的宫廷四处看。
贺纳①不见嫦崩影，
又转过大象到贺得②，
贺得不见嫦崩面。
占拜舍又鼻指贺干③，
海罕急忙蹬大象。
嫦崩果然在那里，
坐在金堆银堆上。
嫦崩一见海罕忙起身，
频频招手口中喊。
大象知情地下跪，
海罕急忙跳下象。
夫妻二人紧拥抱，
嫦崩呜咽把话讲：
"自从离开你以后，
日子苦似黄连般。
每天求神保佑我，
与你早日相见偎身旁。
自从与你分别后，
就像跳入火坑中，

---

① 贺纳：北面宫廷。
② 贺得：南面宫廷。
③ 贺干：中间的宫廷。

梦中团圆夜夜想。
我的召海法啊，
我几次打算去死掉，
又怕你心中太悲伤。
我知道你会来救我，
有朝一日打进来，
站在俸改的八层高楼上，
你我两人同喜又共欢。
想到这些我咬紧牙，
忍受侮辱活下来，
终于乌云消散见太阳！"
婻崩牵着海罕的手，
坐在宫廷正中央，
面对众人开口讲：
"亲爱的众将官啊，
我的弟弟们①！
你们为我太辛苦，
我当姐姐的太惭愧，
没有衣物来送上。
我要请求混海罕，
挑选出最美丽的姑娘，
送给你们做妻子。
我为你们拴线祝美满，
亲爱的弟弟们啊！"
众将让出一条路，
向嫂嫂婻崩叩拜，
桑温穿着龙袍也跟上。
召冈、召伴也叩拜，
一千个勐的首领，
所有的俸混，
齐来叩拜婻崩和海罕。
海罕一一来扶起，
让大家坐在金椅上。

娥宾心术很不正，
心中还把俸改想，
蒙头盖被哭得慌。
阿巫戛闻声走进房，
把她牵出见桑洛。
她一手揩眼泪，
一手牵着女儿一小双。

桑洛看见怒火起，
拔出宝刀杀娥宾，
海罕急忙来劝告：
"当混的不能把妻砍，
命运让你们结成双。
当召的不能把妻砍，
杀妻有罪不应当。
亲爱的召桑洛弟弟啊，
你要冷静细思量。"
桑洛把宝刀插入鞘，
心中暗暗在想：
当众杀妻不太好，
还会得罪混海罕。
我只好息怒，
拿出好心肠。
他想到这里大声说：
"我奋力来攻勐景罕，
一心想着爱妻不变心。
拼命作战不怕死，
肋巴骨挣得痛又痛，
为的是爱妻回身旁。
海罕也为婻崩来，
婻崩梳妆又打扮，
坐在金堆银堆上，
把郎君等待和盼望。
娥宾你却不像她，
哭哭啼啼恋俸改，
不知羞耻我伤心。
婻娥宾啊，
你完全变了一个样！"
桑洛愤怒又迷茫，
就像山中云雾一团团。
要不是海罕在劝阻，
他真想了结此事，
和娥宾一刀成两段。

海罕获胜分姑娘，
俸改的小女儿曾出嫁，
嫁给腊姐的首领做妻子，
现在分配给混桑洛，

---

① 婻崩出生在王族家庭，等级比她小的人，不论年龄大小，都称为弟妹。

服侍桑洛不离他身旁。
另一个女儿分配给桑本，
早晚为他把衣服穿。
俸改所有的妻妾全分完，
分给海罕手下的众将官。

第二天海罕早起床，
命令打扫宫廷设酒宴。
各勐的官员都来齐，
海罕拿出金银和财宝，
分给大家做奖赏。
牵出战马和战象，
分给桑色和桑勐。
两位天神不接受，
齐声开口把话讲：
"树虽砍倒根未挖，
将来还会重发芽。
俸改逃亡在他乡，
恐怕战争不会断。
金银财宝我们有，
你们拿去做军费，
建设地方蓄力量。
亲爱的海法侄儿啊，
你的心意我们记心上！"
海罕摇头又回答：
"你两老率领天兵和天将，
支援我们打胜仗。
为什么不接受金银和财宝，
亲爱的长辈双混啊，
这样做我心中很不安！"
海罕转身问阿巫戛：
"阿巫戛啊，阿巫戛，
我们已占领了勐景罕，
可是俸改逃跑了，
不知现在在何方？
你行走如飞似斑鸠，
请你快快去察看。
找到之后快回来，
我们率军再征战，
不捉回俸改心不甘！"
阿巫戛接令离宫廷，

站在高处放眼望，
他身上长有千只眼，
能看到一切毫不放。
他行走如风云，
看见俸改在前方，
那是勐龙拍郎林，
那里人走不到有魔王。
阿巫戛回营急报告，
海罕命令艾冈罕：
"艾冈罕啊，艾冈罕，
俗话说得好，
胜利者才能当道①，
勤奋者才能当混，
有福者才能坐大象，
倾家荡产者臭名传千里。
冈罕啊，
你要把俸改活捉拿，
立功回来我重赏。
哪里的土地最宽广，
我就把它封给你，
众婶满室又满堂，
由你挑选随你占，
还要赐给你大象。"
冈罕跪下忙叩拜：
"我的召海法啊，
我冈罕是奴臣，
你的吩咐重如山，
怎敢不听来违抗？
我冈罕是孤儿，
无牵无挂身胆壮，
混勐让我捉俸改，
我立即出发不停留。
我的召海法啊，
不捉到俸改我不回来！"

冈罕回营敲金鼓，
鼓声咚咚命令传。
全军整装齐出发，
日夜兼程蹬大象。
来到一条大江边，

① 道：官职，勐以上的官员。

水流湍急无人烟。
渡口拴着几只船，
只见一只大螃蟹，
大如篾笆一个样。
冈罕下令快渡江，
大象吼叫往回退，
原来是螃蟹把大象腿夹伤。
冈罕急得没办法，
只好把大象紧紧拉，
拴在竹筏和船上。
螃蟹又来夹竹筏，
竹筏在水中摇摇晃。
冈罕只好不渡江，
扎起大营在江岸。
派人到山中砍藤条，
又将藤条搓成绳，
再把绳子织成网，
然后把网水中放，
捉住螃蟹甩岸上。
从此以后传下来，
人们织网来捕鱼。
冈罕的人马渡过江，
到达勐龙拍郎林。
一座城池在前方，
冈罕的人马不停蹄，
立即把城团团围。
城中住着魔鬼群，
上天入地不费力，
凶猛可怕不一般。
见到冈罕来围城，
他们派人把话讲：
"俸改有难来投奔，
我们怎能把他捆？
轻而易举送你们。
你们赶快骑上象，
空跑一趟把家回。"
冈罕几次派使者，
面对魔鬼把话传：
"俸改的领土那么大，
已经陷落不归他。
你们孤城一座势力单，
为什么留下俸改还不放？
如果我们要攻城，

你们无人支援无人帮。
你们快把俸改来捆绑，
交给我们送海罕。
只有这样做，
你们才能得平安。"
魔王名叫布皮拍，
冷笑一声来回答：
"海罕攻下勐景罕，
算他撞在好运气。
如果事前俸改通知我，
我会带着魔鬼皮来里，
他手拿长刀会钻地，
把海罕大军搅得天昏又地暗，
他就攻不下勐景罕。
现在派来你冈罕，
人少马少象也少，
要想攻城是梦想！
你未免过分小看人，
好像天下只有你是男子汉！"
话刚落音下命令，
城中敲锣又打鼓。
魔鬼纷纷跑出来，
又吼又叫战冈罕。
冈罕的兵马久经战，
人人武艺都高强，
同魔鬼作战手不软。
冈罕下令放土炮，
魔鬼密密满城墙。
射出鲁非一串串，
有的魔鬼钻进地，
城中空空无一人，
后面包抄围冈罕。
冈罕人马只顾前，
忽听后面吼声响，
魔鬼从地下钻出来，
前后左右齐冲上。
冈罕的兵丁难招架，
死伤成堆难计算，
犹如满山木柴遍地放。
活着的只好互相掩护往后退，
败回营中气还喘。
勐龙拍郎林攻不下，
冈罕心中似火燃。

阿巫戛想出一妙计，
派兵上山把竹砍，
做成达了①一个个，
魔鬼必经之路全放上。

第二天天刚蒙蒙亮，
冈罕下令敲起鼓。
兵丁纷纷去攻城，
城中魔鬼又钻入地。
当从地下钻出来，
头脖正好卡在达了上。
冈罕的兵丁返回身，
把魔鬼脑袋全部砍，
如砍南瓜一个样。
魔鬼伤亡惨又重，
血迹斑斑映泥塘。
达了的功劳实在大，
用它来把魔鬼克，
世世代代后人传。
俸改失去依靠心发慌，
骑上飞马穿云层。
到达遥远天边勐乜缅，
他大姐住在这地方。

冈罕派人送书信，
把详情告诉海罕：
"到了勐龙拍郎林，
我们准备把俸改来捉拿。
魔鬼保护俸改又作乱，
现在我们已把城攻破，
攻城伤亡一千五。
俸改无处再躲藏，
骑着飞马上天际。
我们带着兵马去追赶，
不捉到俸改心不甘。
我的混勐啊，
等着胜利消息传！"
第二天冈罕又启程，
大军滚滚如波浪。

到达天边勐乜缅，
一封书信射城中，
要求尽快把俸改交，
如果不交就攻城。
城中派出使者来，
提出问题问冈罕：
"勐景罕已经被攻下，
海罕的人马到底有多少？
勐景罕已成灰烬！
海罕的战象到底有多少？
冈罕啊！
请你回答别隐瞒。"
冈罕连忙来回答：
"海罕的战象数不清，
天兵就有八十万。
我带的人马多又多，
他们在途中放大象，
让我冈罕打先锋。
我紧跟俸改足迹来，
大队人马在后面，
浩浩荡荡云雾般。
战象到处在吃草，
足足遍布十个勐。
如果海罕的大军到，
勐乜缅很快也要丢！
如果你们想和好，
就把俸改反绑胳膊交给我，
我要用一个大颈枷，
卡在他的脖子上，
押回营中送海罕。
我的陶姐冈俸勐②啊，
请你认真考虑仔细想！"
使者传话回城中，
大家忙把事商量。
有的说：
俸改遇难来投靠，
不应把他交对方。
有的说：
海罕的兵马多如沙，

_____

① 达了：用竹篾编成菱形的篱笆，用木棍插在路上，表示外勐的人不能进入村寨；如果用艾草绳把它穿挂在家门口，能克制魔鬼。
② 陶姐：民主选举中选举的有威望的老人。冈：官名。俸勐：管理勐的事务的头人。

海罕的战象多如草，
我们只有兵马三十万，
怎么能抵挡！
如果不把俸改交，
全城百姓要遭殃！
有的说：
俸改只是一个人，
却把灾祸带全城。
应该把他送出去，
才能保住全城得安宁。
大家最后下决心，
决定把俸改交海罕。
于是就去捆俸改，
边捆边把他安慰。
俸改拉着姐姐不肯去，
失声痛哭开口讲：
"亲爱的姐姐啊，
从此不能来相见，
亲人分离太悲伤！"
姐姐流泪说了话：
"我孤身一人到这里，
无骨肉在身旁，
好像一根细芦苇，
夹在苦竹丛中央。
姐姐我啊有难处，
不能救你免灾难。
你回去应该快求情，
说尽好话求海罕。
他一定会发慈悲心，
最后把你来饶放。
我的弟弟啊，
可怜的召法勐俸罕！"
姐弟二人抱头哭，
姐姐挥泪转身去。
兵丁带着俸改出，
打开城门交冈罕。
冈罕拿出金颈枷，
卡在俸改脖子上。
然后开口把话讲：
"因为路途太遥远，
我怕你半路逃脱找麻烦，
因此把你的手脚捆，

脖上套个大颈枷。
你的死期还未到，
还要把你交海罕。
见了海罕要下跪，
叩拜求饶不杀你，
还会赏你一口饭。"
冈罕的人马凯旋，
马放南山象入栏，
马欢跳来象把耳朵扇。
冈罕拉着俸改进宫廷，
人群蜂拥来围观。
俸改到了八层高楼上，
只见到处金光闪，
昔日的宝座仍然在，
如今已被海罕占。
他想起往事两眼直流泪，
喉头哽咽拜海罕。
海罕端坐眯眯笑，
拿起金杯把酒饮，
然后叫俸改坐下来。
海罕开口把话讲：
"艾俸温你啊罪该杀，
为了给勐景罕留情面，
我饶你不死活世上。
让你作为奴隶去养马，
让你割草喂大象！"
俸改直起脖子来回答：
"我不怕杀来不怕砍，
只求你杀我不要把脸伤，
我的脸要留下来，
留给婻崩亲个够。
只求你砍我莫砍脖，
脖子要留给娥宾搂。
要砍只能砍背脊，
那里跳蚤咬了就发痒，
又是手抓不到的地方。
海罕啊，
快快动手莫心慌！"
海罕听了怒火上，
俸改死到临头还逞强，
怎能留他当奴隶？
于是下令把他斩。
只见俸改脸变色，

忽黑忽绿忽发黄。
皮哇豪①拉着他往外走，
俸改吓得全身软。
走啊走啊向前走，
走到太阳落山的阴地方。
俸改的胡须迎风飘，
两眼暗淡无神光。
走到丛林深处停下来，
前面一个大凹坑，
俸改将要被埋葬。
兵丁拿出绳索来，
套住他的脖子就要拉。
俸改顿时脸发紫，
哆哆嗦嗦弯腰站。
前面的士兵猛一拉，
俸改咚的一声往前倒。
后面的士兵猛一拉，
俸改咚的一声往后翻。
皮哇豪阵阵发吼声，
俸改咽气蹬脚命已亡。
全城敲起铓锣和大鼓，
欢呼声震动勐景罕。

俸改已经被杀死，
消息传到天宫中。
天神传话到人间：
"做人不要像俸改，
作恶多端无好死，
死后埋葬烂泥塘。
海罕把此事详细记，
俸改的恶行一一写，
留给后人天下传。"
召尼二月开始攻打俸改，
野花开落已七次，
秋雨绵绵已七载，
终于才攻下勐景罕。
杀了俸改，
海罕坐镇勐景罕。
从此婻崩回身旁，
二人共把美酒饮，

二人同桌共吃饭，
快乐度日情意长。
海罕称召是道勐俸，
消息传遍四面和八方，
村村寨寨心喜欢。
内地汉族的君王知道了，
也齐声把他来称赞。
海罕称召力量大，
攻下的村寨有一万，
成为食邑的好地方。
海罕已经得天下，
对部将分封又赐赏，
每年用象、马、金、银作贡纳。
海罕心善良，
美名天下扬！

海罕写信给天宫，
请求布领暖赐仙丹，
救活冈晓回人间。
布领暖派遣召戛拍，
拿着仙丹就下凡。
冈晓的身子仍然在，
冈晓的头被婻崩藏。
召戛拍拿过头来脖上连，
又喂冈晓牙布老②。
冈晓身子渐渐暖，
睁开眼睛复活了。
他起身叩拜召戛拍，
高兴得手舞足蹈胡须扬！
好像睡了几十年，
如今一梦醒来了。
他走向海罕去叩拜，
又去问候众将官。
人们纷纷围上来，
看望冈晓房摇晃。
这乐坏了召冈和召伴，
二人开口把话讲：
"自从你战死在战场，
日夜都在思念你。
现在勐景罕已属我们管，

① 皮哇豪：行刑官。
② 牙布老：仙草，能使人起死回生。

你的英名人人传。"
冈晓捋起手袖说了话：
"我死而复生不容易，
要与各位有福同享有难同当，
白头到老不变心，
保住天下永平安！
亲爱的混贺信勐①啊，
所有的陶姐冈混俸②，
咱们同心有力量！"
海罕命令摆金桌，
冈晓坐在金椅上，
只见胡须两边飞，
冈罕、冈庄坐在旁。
海罕也已坐下来，
两边是布冈戈和布冈伴，
还有桑本和桑温。
鼓乐齐鸣歌声扬，
群群宫女把口弦弹。
众人边饮美酒边谈笑，
海罕和冈晓干杯忙。
酒宴快要结束时，
海罕微笑把令传：
"从栏中牵出占拜舍，
罩上一个好金舆。
所有的召兰闷③，
备齐礼品骑上象，
欢送混宛回家乡。

送到遥远的天边皆法，
那是混宛住的好地方。"
宴会一散众人忙，
欢送的人马排成队，
渡过美丽的勐卯江，
江水哗哗波浪翻。
海罕日夜兼程把路赶，
终于平安到家乡。
锣鼓齐鸣人欢腾，
只见允罕④映阳光，
顿觉眼睛明又亮。
海罕把混宛送进宫，
混宛又把酒宴设。
海罕与混宛相告辞，
蹬着大象往回返。

婻崩见海罕回来了，
骑着花牛迎路旁。
耳坠上的宝石多又多，
映得两颊真漂亮。
左右侍女高举金幡幢，
彩色旗帜迎风展。
混勐缓缓入宫廷，
坐上金椅把召当。
庆贺的人群来来往往，
到处挂满金幡幢，
宫中金碧映辉煌！

云南省少数民族古籍整理出版规划办公室编，
云南民族出版社1987年版
作者：佚　名
翻译整理者：刀永明　薛　贤　周凤祥
选自《云南少数民族古典史诗全集》

附记（原《后记》）：

　　傣族是个历史悠久的民族。傣族文学内容丰富多彩、别具一格，十分引人注目，其产生和发展的过程，有着自己的特殊规律。傣族书面文学亦有一千多年的历史，但仍保留有口头创作的基本特征，诸如统称为"坦"的经书和"厘"的历史、地理、法规、医药卫生以及文学创作等手抄本，

---

　　① 混贺信勐：千勐的召幢。
　　② 陶姐冈混俸：将官，老的布冈等。
　　③ 召兰闷：参加宴会的官员。
　　④ 允罕：混宛住的金子城。

不仅未说明其产生的年代，而且都具有匿名性和变异性。至于书面文学产生以前的口头创作，情况就更为复杂，因此作品确切的年代尚待考。我们只能根据作品所反映的社会生活内容和社会矛盾以及民间文学样式产生和发展的一般规律，推断该作品在傣族文学发展史中的大体时代背景和地位。

公元一、二世纪前后，傣族社会开始从原始农村公社进入阶级社会。唐南诏时期，傣族先民——黑齿、金齿、银齿、绣脚、绣面、雕题、茫蛮、白衣等聚居地区，在政治上隶属永昌、银生两节度统辖，文化上受南诏文化影响。这一时期的傣族文学反映的对象，已经不再是人类与大自然斗争的原始文化，而是以社会矛盾、社会生活为题材的作品了。傣族的英雄史诗——《厘俸》正是以这一时代为背景的产物，是一部叙述古代英雄海罕和俸改之间战争的史诗。

关于《厘俸》，江应梁教授在他的专著《傣族史》一书中曾有过这样的评价："《厘俸》展示了从原始社会解体至奴隶制初期傣族先民广阔的社会生活。当傣族先民进入'英雄时代'以后，由于使用铁制工具、象耕，创造了剩余的生活资料，使得私有观念和私有财产的产生和存在成了可能。于是，社会开始出现了阶级的划分，随之而来的便是无休止的掠夺战争。""战争以及进行战争的组织现在已成为民族生活的正常职能。邻人的财富刺激了各民族的贪欲，在这些民族那里，获取财富已成为最重要的生活目的之一。"①《厘俸》所描写的战争的性质就是如此。在这里，战争的起因和目的，就是为了夺取对方的财富——其中包括妇女。在每次战役之后，都要进行财产、女俘的分配，"谁的刀快谁就去拿那些东西"。当海罕和桑洛的联军包围了勐景罕时，俸改的妻子们说："人家攻城是为了大象，要勐景罕的金银珠宝和姑娘。"海罕亦讲："费心费力来攻城，夺不回婻崩，获不得大象，我怎么会空手回家乡。"这真是一语道破了战争的目的和性质。这种以掠夺获得财富的手段，在当时被视为一种光荣的行径。于是，力量和勇敢成为这个时代的道德风尚，形成了整个社会崇尚武功赞扬英雄的风俗。

从《厘俸》中可以看出，"掠夺战争加强了最高军事首长以及下级军事首长的权力"②，这些军事首长已开始形成了一个握有实权的特殊社会集团。像海罕、俸改、桑洛等已具有初期奴隶主的某些特性。在史诗中已出现了作坊奴隶、农奴和家奴。男奴为主人养马、养象、割草、砍柴和出征；女奴则充当舞女、妻妾或女仆。被征服者成了征服者的农奴、奴隶。值得注意的是《厘俸》与世界上其他民族的许多英雄史诗一样，战争是由于抢劫妇女诱发起来的。在《伊利亚特》中，由于海伦被拐骗而引起大战；在《罗摩衍那》中，罗摩则为了悉达被抢走而战；在《厘俸》中，海罕、桑洛为其妻被俸改抢走而发动了对俸改的战争。在这里，英雄史诗尖锐地提出了妇女问题。随着母权制的被推翻，男子在家庭、社会中逐步取得了对妇女的支配地位，对妇女的掠夺便成了战争的内容之一。《厘俸》不仅具有重要的文学价值，而且在民族学、民俗学、宗教学等方面，也有珍贵的价值。《厘俸》一共有三册，现在我们向广大读者介绍的是第三册。第一册是创世纪，第二册叙述海罕和俸改的身世，海罕和婻崩结合后，俸改看到婻崩美丽而抢走了婻崩。海罕因权势敌不过俸改，就偷偷潜入勐俸寻机向俸改进行报复，如实反映了原始群婚制的残余。但由于种种原因，我们尚未收集到这两册的原文，只能在本书后的附记中向读者简略介绍第二册的内容。

译者

1986 年 10 月

---

① 《马克思恩格斯选集》第四卷第一六〇页。
② 《马克思恩格斯选集》第四卷第一六〇页。

编后记

《中国傣族经典民间叙事长诗集》是编者经过较长时间的酝酿、策划，于2017年与德宏民族出版社达成合作编辑、出版事项，并共同向国家出版基金会进行出版项目申报。经双方两年多的共同努力，经省上有关领导部门的关心和支持，终于得到国家出版基金会的审批同意资助出版《中国傣族经典民间叙事长诗集》。至此，使一部足以代表傣族有史以来最优秀的民间文学作品（民间叙事长诗）能够进入了编辑、出版程序。这是傣族人民以及傣族文化工作者最值得欢欣鼓舞的大喜事！也可以说，这是中华民族大家庭里一个已经出版了百部之多民间叙事长诗的傣民族最值得记忆的文化历史丰碑！

一

傣族民间叙事长诗题材广泛，内容丰富，形式多样，每一部长诗都有自己的特色和风格，就像百花园里的鲜花朵朵争艳芬芳！但由于篇幅有限，我们在《中国傣族经典民间叙事长诗集》（上卷、下卷）里只收入了42部民间叙事长诗。这些长诗，都是新中国成立后，由各民族文化工作者深入德宏州、西双版纳州、保山市及景谷县、新平县、金平县、元江县等傣族地区搜集起来的，并在忠实于原著作的基础上进行了艰苦细致的翻译（由傣文本、口传长诗译为汉文）和文字整理。每一部长诗后面的"附记"都做了较为明确的说明。这些长诗，基本上选择了傣族叙事长诗中较为突出地反映了傣族婚姻爱情、人物及史事等方面的主题和内容。这些长诗，是傣族人民千百年间的生活写照，一直受到傣族男女老少的喜爱和赞赏，犹如大地的生命之树永久不衰。这些长诗，无论是傣文文本流传或是口头流传，它们都是以傣族传统文学最有特点的自由体诗吟诵的，所以故事性强，人物鲜明，叙述生动，易懂好听……好比流水一样优美动听。这些长诗，虽然有相当一部分是随佛教传入的，但聪明的傣族民间文化人在传播的过程中就不断地进行了巧妙的加工或不断地再创作，将手头的民间叙事长诗变为了傣族的本土文学作品（民间叙事长诗）。总之，这些长诗是傣族人民世代流传下来的民族民间文学精品。

我们在编辑这些民间长诗时，特别注意到了党的民族政策、宗教政策。一切违背党的方针政策的傣族民间文学作品（叙事长诗）或言词，我们都做了必要的删除和予以修正，将传承、弘扬中华民族传统文化及傣族传统文化的经典之作呈献给广大读者。

二

关于我们编辑这部诗集的立意，已在"前言"中做了充分表述。

《中国傣族经典民间叙事长诗集》，既是经典，那方方面面就要从"精品"着眼着手，尤其是作为傣族的第一部民间长诗汉文译作，我们必须为广大汉文读者和学者们着想。例如：

1. 《中国傣族经典民间叙事长诗集》约220万字之巨著，按照做出"精品诗集"的基点来说，比较适合于分为上卷、下卷；这样既美观而大气，又便于读者翻阅与收藏。

2. 编入上卷的傣族民间长诗，主要是以婚姻爱情为内容的叙事长诗；编入下卷的傣族民间长诗，主要是以人物、史事为内容的叙事长诗。两卷长诗的排序，原则上是以长诗发表、出版的先后排列。但考虑到所编入的长诗的质量水平，考虑到长诗内容的调剂，考虑到本卷长诗的带头诗篇与压尾诗篇，考虑到本卷长诗的整体效果，在排序上也会有少部分诗篇不拘于发表、出版时间的先后。特此说明。

3. 在 42 部傣族民间叙事长诗中，少数翻译者、整理者很不注意汉文标点符号的运用，轻视了它在文中应有的作用。对于这种现象我们做了规范性的纠正，要求作者（或编者帮助）一律正确标上标点符号。

4. 严格注释。要求每一条注释必须准确、明确。我们收编的 42 部民间长诗，是源于云南省多地傣族民间文学作品，他们因各地傣语的差异也就发生了用词上的区别；根据音译所用的汉字就会有些不同，甚至是完全不同。在这种情况下，要在两百多万字中更改、统一为一模一样的汉字称呼是不现实的，可能还会出现误解。那么我们解决的办法就是严格注释，将每一部长诗里特定名词、特定用语加以注释，并使其尽量简明易懂；如果有看不明白的注释，我们立即与作者（译者）联系，重新作注。绝不可以将模糊不清的音译词语摆到读者面前，影响读者的阅读和理解。

5. 出自新平县的傣族民间叙事长诗《嫦娥与笼桑》，在族别的称呼上，原诗全篇诗都写为"花腰傣"。我们认为是不妥的。因为，《嫦娥与笼桑》是新平县傣族人民创造的历史诗篇，是一部世代相传至今的优秀民间爱情长诗，那么作为文化工作者或译作者，我们有责任尊重、守护民族的传统和历史的真实，我们决不能用后来出现的任何他称随意地来替代国家确认的民族称呼——傣族！经与译作者联系说明，译作者完全同意我们编者的意见，并很快完成了全诗的修改，将长诗中的"花腰傣"称呼改为了"傣族"称呼。其实，如果《嫦娥与笼桑》的原诗中曾发生"傣雅""傣洒"及"傣卡"的自称，也应该是新平县傣族地区的历史事实。这种作者与编者之间的紧密合作和相互理解，是非常珍贵的，同时对传统民族文学作品质量水平的提升也是非常关键的。

三

《中国傣族经典民间叙事长诗集》有这么几个亮点：

1. 在诗集里的相当一部分民间长诗，如《相勐》《宛纳帕丽》《阿銮和他的弓箭》《红宝石》《香发公主》《嫦慕沐苹》《章相》《朗鲸布》《嫦娥与笼桑》《京省勐晃》等等，都是傣族作家、诗人和文化工作者担负主要翻译者、整理者。他们的参与，无疑给丰富多彩的傣族民间叙事长诗注入了更浓的民族诗意、民族风味、民族情感、民族精神！他们的参与，进一步提升了傣族民间叙事长诗的真实性。

2. 云南省著名的民族文学专家、云南民族出版社原社长、总编辑左玉堂为《中国傣族经典民间叙事长诗集》作序。他以自己多年研究民族文学的经验和成就，对继承傣族优秀传统文学、创新发展傣族社会主义新文学的举措，对《中国傣族经典民间叙事长诗集》的编选、出版给予了高度的评价和鼓励。

3. 《中国傣族经典民间叙事长诗集》的编选，特别注重每一部诗篇的"附记"的撰写和记录。较早出版的民间长诗的"序""前言""后记"等，我们都一一保留在"附记"里，并注明原文所用的标题。我们这样做，是因为我们认为这是傣族民间长诗难能可贵的背景资料。

4. 《中国傣族经典民间叙事长诗集》，不仅编选了历年来傣族民间叙事长诗的优秀译作，而且编选了几个州、市（县）傣族地区近年来挖掘、翻译、整理并发表、出版的多部民间长诗，它们是西双版纳州少数民族研究所译作《章相》《青莲之歌》，德宏州译作《京省勐晃》《景亚丽与南达纳》《南相》，保山市译作《贡麻与玛尼》，新平县译作《嫦娥与笼桑》，金平县译作《朗鲸布》，等。这些民间长诗的不断出现，既为诗集增添了新的光环，又告诉我们一个重要的信息：傣族民间叙事长诗的蕴藏量还很大，还有待我们的作家、诗人及广大民族民间文学工作者进一步深入民间，及时抢救老祖宗留给我们的珍贵文化遗产！

5.《中国傣族经典民间叙事长诗集》上卷、下卷都配有一定的精美图片。上卷为14页，60余幅图片；下卷为14页，60余幅图片。这些图片都是傣族人民多少年来的生活、文化的真实写照。

6.《中国傣族经典民间叙事长诗集》，用德宏傣文、西双版纳傣文题词，增添了民族特色。

四

在这里，我们很想说的是德宏民族出版社领导对《中国傣族经典民间叙事长诗集》的编者所做的出版诗集策划，表现了特别的认知和果断，很快抓住时机与编者紧密合作，并组织有关人员开展向国家出版基金会的申报工作，不久便取得了一定的成果。这是我们首先必须翘首赞扬的。

在这里，我们不能忘记的是中国社会科学院二级研究员、博士生导师刘亚虎和资深研究员左玉堂对我们项目申报工作的支持，为我们书写了真实而高水平的、具有一定学术见解的专家推荐意见。

在这里，我们要感谢中共德宏州委、德宏州人民政府及德宏州委宣传部、西双版纳州少数民族研究所等对编辑、出版《中国傣族经典民间叙事长诗集》所给予的关心、支持和帮助。

最后，我们要感谢各地民族文化专家学者和所有向我们编辑、出版工作提供各种帮助的同志们、朋友们！要感谢《勐泐金湾》《相丽勐傣》及其各位摄影工作者为《中国傣族经典民间叙事长诗集》提供了精美的照片！谢谢大家！

主　编

2019 年 8 月 12 日